# 田村孟全小説集

航思社

1996年、南箱根にて（撮影：田村祥子）

# 田村孟全小説集　目次

装幀　前田晃伸

# 田村孟全小説集

# 細民小伝

## 会計係加代子

私がお金を扱う仕事はやだなと思ったのは、東京へ出て来てから半年目くらいの時だった。河岸の場外にある私たちの店から一軒置いた隣の、ねり物では中堅の会社の経理の女の子がそこの課長さんと腹を合わせて帳簿をいじくり大金を使いこんだ事件があったからだ。二人は危くなるとすぐ一緒に旅行に出て、九州の方で死のうとしたけど二人ともいいから加減だったらしくすぐ助かって、そのままつかまってしまった。社長がそのすぐあと、算盤を入れてる私の肩をぼいんとぶって、男ができたらお前も別な仕事に廻って貰うぞ、ああ、加代子、といった。土用をすぎて涼しくなりかけていた頃だったけど、社長はみんなにうな丼じゃなくて塗りものに入ったうな重を取ってくれてから、おかしな演説をした。仕事の最中に男と女が目をじっと見合わせているようでは、会社は発展しないということがいいたいらしいのだが、それがうまくいえないのか、兄が妹に色目を使うようなことがあると、いや兄嫁が弟にという場合もある、そんなことでは世の中が乱れてしまうなどといってみんなを笑わせた。社長は相当バカな人で、ウニやクラゲやカズノコの値段しか分らないんだとその時は思ったけど、それは間違っていた。薄くて茶色っぽい口ひげをはやしているので、かげではみんなむじなと呼んでいるように、やっぱり相当なむじななのかも知れないとだんだん思うようになった。第一私がこの株式会社「海彦」にぽっと入ってすぐお金を扱わせられたことが、まずかなりむじな的だったのだ。その年の春のお彼岸はどういうわけか何軒ものうちが、お墓に先祖代々供養塔なんてほりこんだ大きい石塔を建てた。田ンボやお蚕から手を抜いて、しいたけやうどを山ほども作って当てた奴らが競争でやってやがると父ちゃんは淋しそうにしていた。そんなお墓の前で私ははじめて社長、島田彦次という人を見た。山育ちの彦さんが海のもんをいじくりまわし銭儲けをしてるようじゃ後生が悪いぞや、と場違いなほど済ましかえっている社長に年寄りの一人が声をかけた。それは非難なんかじゃなくて、バカでかい外車で乗りつけた人格者（寄附なんか頼まれた時、いわれた額よりずっと沢山だす金持ちのことだ）に対する正直なご挨拶みたいなものだった。その夜、ひと通り親類をまわるとかいって社長が私のうちへも来た。すぐあとでわかったことだけど、従業員が思うように集まらないので社長自身あわてて田舎へとんで帰ったというのがほんとのところだった。でももうお彼岸だから中卒の売れ口はみんな決まっていて、おいそれと人をつかまえられるわけがない。高二になろうとしていた私がさっそく目をつけられた。加代ちゃんか、代金を加えると書く、うん、こりゃ全く会計係にぴったりの名前だんべが、兄貴、と社長が言った。身内のそれも血のつながった姪っ子にゼニを任せる、こんな大安心のことは他にあるめえなあ、などと言った。母ちゃんがあけすけにいやな顔をした、姪っ子姪っ子なんてよしとくれよ、思春期の娘は（ししうんきいと母ちゃんは発音した）金持ちの伯父さんてえ作り話をうれしがるようにできてんだからね。実際の話、父と



社長は従兄弟といえばどうにか従兄弟と呼べるくらいの間柄に過ぎなかった。しかし、続けて二度もブロイラーの飼育に失敗していた父ちゃんは、兄貴とひとこといわれるたびに乗り気になって行った。工員じゃなくて、机の前で算盤をはじいていれば、それだけでまるまる三万の余もくれるんかやと念を押した。兄貴、誤解しちゃあいけねえ、と社長がいった、わしがいってるはゼニ、札束を勘定して出すもんは出す、しまうもんはしまう、そういうかけがえのねえ仕事をそこらの馬の骨や、ほれ（と人を差別する悪態をついた）、そんなもんに任せられねえ、この気持を身内の兄貴としてよう汲んで貰わねばなんねえ。それから社長はこっちが顔を赤くするのも腹立たしいほど私のことをほめ、あわてて母ちゃんのことを昔死ぬほど惚れこがれていたなどとほめ、それをかわりばんこに四、五回くりかえし、聞いてる方がわけがわからなくなるくらいになって、酔っぱらったのかなと思っていると、しゃんと腰を立てヤクザのようなきりきりした挨拶を父ちゃんにして、さっと帰って行った。

　小型のつぼのようなビンはゆすぶると、もわあっと金色の粉がいっぱい泳ぐように舞いあがる。その夜社長が置いて行った特級だか超特級だかのビンを私は今も覚えている。タカラヒメという商標だった。彦の野郎もホラ

を吹き吹き、吹きあげた組だなあと父ちゃんはいい、あきずにお酒の中の金色の粉を舞いあがらせた。その晩は蒲団の中に入らず、小さい机に寄りかかったまま少し泣いて睡り、あけ方もう一回泣いて、私はひとりで心をきめた。成績は何から何まで平均よりちょっと上ぐらいで、大学へは行きたかったけど、何かひとつをものにしてやろうというココロザシのようなものが持てなかったからだ。泣いたのはきっと途中でやめるという、そのことだけが口惜しかったんだと思う。朝めしも食べず、自転車で社会科の福井先生の所へだけ報告に行った。担任のうちへ行かなかったのは、福井先生を少し好きだったからだ。彼はアンポ反対のことを授業中にいう一人っきりの一番若い先生だった。一ケ月に一度くらい、福井先生はアンポのことと、六十年に知り合いになった女子学生のことをまぜこぜに話し、どこまでがほんとにあったことでどこまでがあこがれなのか最後の頃は必ず分らなくなり、自分でもじれったそうに机をげんこで五、六回叩き、それから大きい溜息をつく。先生が熱烈に喋れば喋るほど、その溜息はねうちがあった。どうしても結ばれないメロドラマのような、胸をしめつけられるねうちだったのだろう、授業が終ると私たちは中味のことはほとんど忘れてただぼうっとしていた。私の報告を聞き終



ると、先生はそうかあと、あの溜息の小型なやつをしてくれた。私が思わずその溜息を真似ると、先生は少しあわてて、ぼくに何か頼みごとがあるのかときいた。ぼくは力のないだめな人間で、君に餞別もあげられないんだなあ。今度は溜息なしだった。私はなんだか悪いことをしているような気持になり、急いで先生の下宿を出た。アンポの女子学生じゃないんだもん、先生を興奮させるわけには行かないじゃんと自分に言い聞かせた。帰りぎわに従姉妹のユリ子の所に寄って制服を脱ぎ、彼女の一張羅だったベージュ色の合のワンピースと取りかえっこした。(ユリ子はその春から高校へ行く予定だったし、事実行った。だけど私と同じように一年足らずで止めて「海彦」の社員になった。だから、あの制服はまた誰か違う子が着たに違いない)。ひとりぎめでそんなことをすれば母ちゃんが怒り狂うことは分っていた。でも私は自分の気分を早く形にしてさばさばしたかったんだと思う。母ちゃんはワンピースのえりもとをしめあげるようにつかんでひきずって行き、味噌蔵の壁に五回か六回私の頭を強くぶつけた。もっと回数が多かったかも知れない。母ちゃんは怒りすぎてことばが出なかった。私も頭の芯がバランバランになりそうだけど黙ってこらえた。蔵のはげかけた白壁が母ちゃんと私の上にぱらぱらと落

ち、弟の新一はまだ小学校五年だったから、自分がぶたれたように大声で泣いた、姉ちゃん、あやまれ！　あやまらねえと死むど！　母ちゃんの手がとまった。でも力はゆるめなかった。私は覚悟してたけど息ができなくなった。思いきり口をあけ、母ちゃんの目を見た。首の所が急に楽になり、母ちゃんの目が下に落ちて行った。一度胸を抱きこむようにしゃがんでから、ごろんとあおむけに地面にころんだ。貧血だった。新一、梅酒を茶ワンに一杯！　とようやく私は声を出した。あの年の大晦日だったろうか、私は母ちゃんと話しあった。手前で手前の首をしめてくれるようなステバチなざまだったあやと母ちゃんは笑っていた。戦争前から敗戦後まで肺病が恐ろしい病気だった時、母ちゃんは保健婦になって白い上っぱりを着て、きゃしゃな女乗りの自転車に乗って往還をすいすい走りたかったのだそうだ。それを親にとめられて死ぬほどくやしかったのが、急に加代子のワンピースを見てかあっと思いが帰って来たんだべかなあという。まるっきり嘘じゃあないと思うけど、大晦日の時には一応私が会計係を半年以上もきちんとやって、送るもんもよく送ってたから相当遠慮した言い分になってたに違いない。そんなきれいごとだけじゃなくて、一晩でふわっと自分の行き先をうれしげにきめた娘を心底憎く



思わなければ、あんなに力をこめて人の小首をしめられるもんじゃああるまいという気がする。だけど私も笑いながらテレビの「行く年来る年」を見ていた。いくら高くアンテナをおっ立てても、絵具を水で割りすぎたようなうすぼんやりしたカラーテレビだ。まわりんちがみんな農協へ申しこむもんだでなあ、と父ちゃんは照れていたけど、新小岩にある私たちの寮にはまだ普通のテレビも置いてなかった。金のきれ目が縁の切れ目っていうのは反対で、金のつながりが縁の切れ目なんだと私は思った。もう頼んだってあれだけの力の限り首をしめたり、味噌蔵の壁に頭をごきんごきんぶっつけてはくれまい。

三月三十一日、一緒の時に上京したのはみどりと孝三だった。四月十五日のお祭が終ってからでさしつかえないという電報が社長から来たけど（生れてはじめて私は自分あての電報をもらった）、きめたからにはうろうろしてるのはいやだった。母ちゃんは怒ったあと私と目を合わせなかったし、父ちゃんも変に遠慮して黙りこんでいたから、私は他の二人の所へ行って早く蒲団を送るようにせかした。父親が行く先の知れない出稼ぎに行き、その間に母ちゃんがいなくなっていた孝三の蒲団は、ボロと黒い綿がごちゃごちゃになって地下足袋のすえた匂いがしていた。これっからは温度がぬくとくなるから、

おらあ土間にじかに寝たって、と孝三はいったけど、私は花柄の安い生地を買って来てミシンで縫い、その中へ彼のしろものを押しこんでやった。別にやさしい気持でしてやったんじゃない。一緒に行く仲間が、食うや食わずの乞食のように見られたら、こっちまでバカにされる、それだけのことだった。それがらちもない出しゃばりだと分ったのは、上野行に三人で向いあって腰かけてからだった。腹具合はどうだとか、のどがかわいたろうとか、関東平野と利根川の関係だのと、まるで兄妹三人が観光旅行に行くようなはしゃぎ方を孝三がするのだ。私は遅れたメンスにちょうどぶつかって気分が悪かったし、高崎で彼が鳥丼を買ってくれても、おなかが張って食べる気が起きなかった。二人で半分わけするようにいってから、ぼんやり窓の外を見ていた。赤城山の裾野がとほうもなくゆったりと見え、自分がひとりぎめでとちぱち事を運んで来たのが何か間違ってるような気がする。絶対に高校を続けたいといい張れば母ちゃんはもちろん、父ちゃんも折れただろう。その間に自分の先き行きをていねいに考えてもよかったはずなのに、なんであわててこんな具合に……。思いつめてるんだなあ、加代ちゃんもと孝三が言った、けっぱっておかまをおこさなけりゃなんねえんだ、そうだんべが。みどりが女はおかまをおこす必要なんかないんだといい返した。何てことこくんだ、と孝三は力を入れた、そこらの集団就職とおらほうはわけが違うんだど。社長がお父っちゃん代りになるって、おめえなんかも聞いたんべや、会社の衆も(人とはいわなかった。村の衆という式だった)みんな肚ん中が分りあってるんだ、ふんだからこそみんなで力を合わしてだなあ……。それだったら今まで通り森林組合の製材所で働いてる方がほんとだと私はいってやった。彼は私より一級上だけど、中学へもロクロク来ないで山の奥の製材に行っていたのだ。ふん、あんなへちまなもんが何が組合かや、ただの人足の集りだ、それにあすこは本籍地も定かでねえもんが二人もいるんだど。働くためにじゃねえ、奴ら昼寝したり兎ワナをかけたりするだけで寄り合ってるっきりじゃねえか！　孝三の憤激が分らないでもなかった。荒っぽい山仕事で年下の彼はひどくこき使われたのだろう。それに、そのことが一番大事なことだけど、孝ちゃんはこれから入る会社をうちの代用にしようとしてるんだ。(実際の話、彼はこの日の夜明け、今まで自分一人で養って来た二人の妹をさとに逃げ帰っていた母ちゃんに放り投げるように押しつけ、一回もふり向かずに山越しして駈け通しに駈けて来たと後になって私に告白し涙ぐんだ)。孝三はもどかしそうに説明していた、川から田へ水をひくセキを村中でコンクリで固めてからは、水の取りっくら喧嘩が起らなくなったではないか。分るだんべ、みんなして力を合わせて働くっちう……。みどりが、私にグリーンガムを一枚くれた。そして自分もやせてとがったあごで噛みながら、資本家と労働者ってもんは別もんだって父ちゃんがいったよとはっきりしない声を出した。私もむじなの顔を思い浮べ、福井先生のことばを真似て、そうよ、絶対に永久に別のもんよ、といった。孝三は急に自信をなくしたが、みどりのおやじみてえに十年も土方をしてる酒くらいに、それどこじゃあねえ、酒の合間に土方をしてるぐれえのそんなよいよいに何が分るかさあと小声でいった。みどりがガムをほき出した、父ちゃんと私とはもう別のもんだよ、今日っからね。それはいつもの陰気くさい彼女らしくない言い方だった。みどりは給料の中からうちに送るんだろうかと私は考えた。あの父ちゃんは私が今まで知ってる最高ののんだくれだった。うちで寄り合いがあった時二級酒から焼酎に代わり、みんなが相当酔っぱらって帰っても一人だけ残って呑んでいたが、急にビンを振って、ひとが酔ってると思いやがって水で割ったんべやとまわりを片づけていた私にいった。私がきょとんとしていると、45度のと言いかけて、何だ35度か、35度の焼酎を十倍の水で割ると何度だや、高校生ときいた。35度よ、私が栓をあけたんだし、水なんかこれっぽっちも……。ふん、高校生じゃそういう算術は教せえなかんべ、35度を十倍の水でっちうような人間にとってきびしい算術は。おらあどっかで聞いたど、英語じゃ精神ちう字とアルコールっちう字がいっしょだっちうじゃねえか。私はくやしいからいい加減な数字でも言ってやろうと思った。ふん、35度さあ、とみどりの父ちゃんは呟いた、いつでもだ、いつでもおらあ人が水をかんまぜたと考えっちまう、そういう味になっちまう、35度でも45度でも、ただの川の水みちょうに……。そしてほんとの水をのむようにすうっとコップから呑んだ。普通酔っぱらいはこわいものだけど、私はとてもおかしく、ほんのちょっとみどりの父ちゃんを尊敬した。だから、今日っから別だといったみどりのきついことばで、ほんとに縁を切るつもりなのだと分り、口に出してきいた。うんとみどりは答え、しよしんしよめいのことといえばさあ、加代ちゃんとも孝ちゃんとも、そういう知ってる人とはみんな縁を切っちまいたいんだ、みんな、全部。もう大宮を過ぎていた。私は自分はどうなんだろうと考えようとしたが、何も考えがまとまらない。私はこの二人と全然違っている。どっちかっていえば一番でたらめなのは私だし、そういう言い方がおかしくないなら、私はわがままなお嬢さんにすぎないし、道を歩いてたら石が落ちてきたから、拾った程度だ。そしてもし母ちゃんがあれほどきつく首をしめあげなければ、すぐ石を放り投げる程度だったろう。加代ちゃん！　と孝三が私の腕をゆすぶった。みどりだってさあ、こうして一緒に出て来たんだから、やっぱし、しっかり組んでぐべぇよ。ヤサグレたり、夜のつとめなんて具合ちゃんになんねえように、お互いっこ注意しあってさあ……。孝三は手をすべらせ私の掌の甲にそうとさわる。みどりが立ちあがった。荷物？　といって私も立った。みどりは窓から外の街を見下ろすようにしていた。男と女が組んでぐなんて……。そのあと何か言っていたようだったけど聞きとれなかった。

私は何かの拍子に思い出し、笑い出したくなる。十五才だったみどり、それよかひとつ上の孝三と私。子どもだったとか、そら夢を見てたとかいうんじゃない。むしろさかさまだ。四年前のあの時の方がよっぽど大人だった。孝三にもみどりにも、自分たちがきめた目的につりあうだけの、きつい心持が確かにあったという意味でだ。だから会社に入って三日目か四日目だかに、みどりがこんな所やめる、といい出した時もそんなにあわてなかった。会社というものは大きさに程度はあっても、まずひとつのまとまった建物だ、と私たちの常識は教えていた。上野から築地までタクシーに乗っている間、孝三が落着きを失った容子で窓外を見て、ビルがでかすぎっちまうと一緒の仕事をしてても、気持のまつまりがつかねえで弱るだんべなと小声で私に言ったのもそういう理由だった。四年前の「海彦」はビルどころか建物でも家でもなかった。十五畳と八畳ぐらいの部屋と穴蔵に毛のはえたような倉庫（これを本社と呼んでいた。本社は築地市場と大通りをへだてた本願寺さまの裏にあるよその会社のガレージの二階だった）、それに市場の場外にある間口が二間、奥行一間のお店。それだけだった。みどりはその本社で、みんなに聞えるようなはっきりした声で社長にいったのだ。社長が理由を聞いたが、みどりは答えないで部屋の中を見まわしていた。十二、三人いた社員があっけに取られてみどりを見た。ふうん、と社長はむじなのひげをなで、理由もはっきりしないほど頭からっぽの人間にはわが社も用はないから好きなようにしなさいという意味のことを叱りつけるようにいった。誰がさあ、と田んぼや山ん中で人に悪態をつかれた時のようにみどりは叫びかえした、あたいの頭がからっぽだと、よしとくれよ、つまるもんがつまりすぎて重たくってたまんねえから、出て行ぎでえって報告してるんです。まあまあ、とむじなは大声を立てられて面倒くさそうに手をふった。お前の頭がつまりすぎていようがからだろうが、そいつは品物の倉庫じゃないんだから、わが社と関係はないってもんだろうが。ふん、出て行きたまえ。みどりはお辞儀をするふうもなく、社長に背を向けた。私が思わず何かいおうとしたとき、ハーイと大声で孝三が手をあげた。ホーム・ルームで先生！という具合だった。社長は立ちあがり、それを制するようにどぎつい声で、問題外のそとだ。こんな始末はといい、みどりの背を指さしながら、のんだくれのふんばぐれの娘をあわれだと思って拾ってやったのに、梅毒までしょいこんでるようじゃ、わしにも救いようがないというもんだ、ふん、早いうちに分ったのが会社にとっても本人にとってもせめてものなにだ……。社長と孝三がまた叫び、みどりと社長の方に近づいて行った。みどりは歩きかけたまま金縛りにあったような格好で、気をつけの姿勢をしているように見えた。孝三はその横にやはり気をつけの姿勢で並び（向いてる方向は二人反対だったが）、おれも、ぼくも出て行ぎたいと深くかんげえてたところですといった。社長の目がほんもののむじなのようにきょろきょろ動いた。なにか、あれか孝三さ、お前



この梅毒とつまり……。私もなにかいわなければと思い、でもうまくいえなくて、梅毒だなんてでたらめは止して下さいとだけいった。梅毒っちゃあ、この会社のことだんべが、孝三は興奮した時の早口で喋り続けた。おらあほうの森林組合より、まっとずっと梅毒だど。兎を取ったらせめて肉のひとかけやふたっかけはまず食ってくんろって、おらあほうのへちまきうりだってそのぐれえの挨拶はしるっちうに（この意味はきっと誰にも分らなかったろう）なんてえざまだ。ここじゃあ、田舎から大きい望みとささいな荷物を持って出て来たもんが、泥をぶっかけられて追い出されるっちうんに、みんなの衆がしらばっくれて、そらあ使って……。まあ、待ちろ、待ちろってばや、と社長が田舎のことばを使った。私は社長をずくなしだと思った。こんな時孝ちゃんを黙らせるには、頰げたをひとつはりとばせばいいのだ。（そんな簡単なことは田舎の親や年寄りなら誰だって知ってる）。だからそのあとはもう無茶苦茶になった。孝三は続けざまに、親代りになるといいながら子どもの腹のへり具合も分らないとか、人を労働者にするなら自分が労働して手本を示すのが人格者だとか、それを知らずにだまされて出て来た自分たちはいいバカで、もう涙も出ねえなどといえる限りの悪態をついたのだ。いい加減にし

ないか、山猿！　とはじめて別の人が声を出した。社長の一番近くに机を持っている総務部長だった。（この井下さんは軍隊で上等兵の社長より上役の伍長とかなんとかだったというけど、いつも社長のことばにびくびくしていた）。社長が私の方に目を向けて、ひげをこすった、加代子お前はわしの姪っ子だな、うん、これらとはわけが違う。もし冷静だったら、私は半分半分だったろう。みどりは違う所で働いた方がいいだろうし、孝三はひどいことをいいすぎた。でも私は胸が苦しいほどどきどきしていたし、姪っ子といわれてとてもいやったらしい気持になった。私の意見では、と私はいった。そんな言い方をしたのは自分の気持を落着けようとしたのだろう。社長は、この会社は、そこまでいうと、孝三の肩の怒った背中と、細い顎を上に向けたみどりの顔が目にはいった。私もみんなと一緒に出て行ぐのがほんとです。社長は、お前らまさか、といったまま口をあけていた。私はのぼせたまま喋り続けていた。私は会計係になるはずだし、孝三はすぐ軽自動車の免許を取って運搬係になるはずだし、みどりはお店の方へ出て威勢のいい売り子になるはずだ。そういうことが何ひとつ実行されていないのは、だまされたとしか考えようがない。君らはまだ見習いなんだから、と井下さんがいった。孝三が勢いにのっ



ていい返した、見習いなら見て勉強する親方がいなくっちゃなんねえんに、ここには親方どころか兄貴弟子もいやあしねえ。おれが親方でこの井下が兄貴分だと思えと社長がいった。とんだことだ、そこの机でハンコをついたり、電話でスースーハーハーいうんを真似してれっていうんかや、誰がさあ！　おらあ手に職を持つために来たんで、電話機持つために来たんじゃねえど。よそうってばさ、とみどりが気のない声でいった、人前で喧嘩するために出て来たんじゃねんだからさあ、行ぐんなら行ぐで早いとこ……。ああ、なさけねえけどそうすべえと孝三はいい、なあ、加代ちゃんと私の方を見た。

　生きて行くってことが時間の道を歩くみたいなもんだとすれば、その時がほんとに別れ道にさしかかってたんだと思う。黙って二人のいう通りにすれば、今の私は全然違う時間の道を歩くか駈けるかしていたはずだ（銀行の帰りにお金をとられることもなかったし、その後で起こったいろんな種類の気分にもぶつからないですんだ、という意味だけじゃなくて）。だけど私の中にはみどりや孝三と別のふっきれないような口惜しさがあって、つい喋ってしまったのだ。私は会社からあてがわれた着古しの青い上っぱりを脱ぎながら、うん、と孝三に答え、田舎へ帰って父ちゃんや母ちゃんに、ようくわけをいっ

て謝んなきゃなんないしね、会社のことや社長のことやなんかさあ。みどりがあたいは帰りゃしないよとあっさりいったが、こっちがびっくりするほどの勢いで社長が私の方に駈けて来て、どなった、帰るんじゃない、帰すわけには行かないぞ！　そんなことはおらんかの自由っちうもんだと孝三がいったが、社長はもう私の腕をぎゅうっとつかまえていた。放しとくれよと私は腕を振り、近づいた孝三が、警察だってこんな時ふん縛りゃあしねえぞとわめいたが、今度は社長の方の心の勢いがずっと強かった。黙んなさいと大声でいったあと、わしが謝ればいいんだろう、な、とやさしそうに孝三の肩にも手をかけた。問題は簡単なことなんだ、お祭りをゆっくりやってからお前たちが来るようにと思って、電報にもそう書いといたろうが、ああ加代子。私は仕方なくうなずく。問題はそれだ、五月の頭からは君たち三人をきちんと受け入れられるようなやり方というか、会社の姿勢だな、それを五月の頭に考えてたのに君たちは四月の頭に来てしまった。全く他には何の理由もありゃしない。いや、それどころじゃない、君たちが早く来てくれたことを機会にそういう新しい体制っちうもんを作ろう。若いもんの希望が死にたえるようじゃ、この「海彦」も……。社長はただもう私たちの口をふさぐために、嘘とほんとを取りまぜて喋り続けていた。

　大した芝居だった、みものだったとあとになって他の人たちの口から聞いた。三人がかりで仕組んだのねともいわれた。事実、孝三なんかは次の春に出て来たユリ子や和江たちに向って、大闘争の末勝利した式に面白おかしく話して聞かせ、一緒に組んでぐっちうことがふんとに大事なことなんだとお説教までしていた。みどりはやっぱり不満でいつかぽいといなくなるんじゃないかと思ったが、それも違っていた。ある朝うやうやしくお茶を持って行ったみどりがいった、おはようございます、社長は血液の検査をうけたことがあるんでしょうか、検査っちゃもちろん梅毒のあれです。私たちはまた始ったのかと思い、社長もごまかそうとして小声で何か言った。かくしても知ってるんよ、あたいなんかとみどりは笑ってみせた、東京のパンパンがどんなに大したもんか昭和二十一年だか二十二年だかのお盆の時にみんなに語ってきかせたっちうじゃん。あの頃か、あれは混乱してた時でなあといいかけると、ほら送り火を焚く土手んとこで若い衆に絵まで書いてみせたんべアメリカ兵相手のパンパンの絵を。映画みたいな具合に洋服やなんか脱いでく順序をていねいにひとつひとつ……。社長は大声で笑ってからむじなのひげをなで、みどりの親父の話じゃ大してあてにならんなといった。人格者がごまかすっちう法はないよとみどりは追いうちをかけた、だってその時以来島田彦次っちゃ大したもんだってみんなが尊敬するようになったんだかんね。（こんな具合にして、みどりも社長の尊敬をかち得ることができたのだった。それには違う理由もあった。私たちが入る前の「海彦」はもともと井下さんの姉さんの旦那さんが持っていた会社で、社長が乗っとってからも、人の集め方は手が足りなくなると井下さんがどっかから一人、二人と集めて来る旧式のやり方だったから、社長に話をするためにはみんな井下さんに話し、井下さんがそれをびくびく社長に話すので、誰も社長にじかにものをいう習慣がなかったのだ）。いずれにしろ、それから半年ほどの間、私たちは大した連中だった。優遇されたってだけじゃない。毎日毎日これが最後だというような、バカみたいな働き方をしたのだ。変な言い方だけど、それはやめて出て行くという思いつめ方とほとんど同じような心の持ちようじゃなかったかと思える。だからひとつネジがはずれれば、誰かがやめるといい出しただろうし、三人ともそうなったに違いない。

間に何回ものお盆や正月を置いて考えてみると、最初のあの頃がなつかしさとバカらしさのまぜこぜになったものに思えて来る。それは私たちの好成績に気をよくした社長が、毎年田舎の新卒を取ることに熱中し、私たち自身も後から後から知った顔が来るという気安さの中で、いつの間にか適当で普通の社員になってしまったからだろうか。今ではもう、他の人たちと私たちとの見分けがつかないと言っていい。他の事情もあった。その間に株式会社「海彦」が息つく暇もないほど大きくなって行ったということだ。手はじめは埼玉県の高座郡にある製造工場を買いとったことだった。むじなのことだからきっと人真似に違いないが、社長はその工場でクラゲウニとかカズノココンブとかタラコイカとかふたつのものをまぜあわせる製品を作らせた。両方とも安いくずものを買ってそれらしい色合に仕上げ、小さいすき透ったポリのいれものに詰める。それは前から高座郡の工場で作っていたイカの姿焼きやタコクンなんかよりずっと成功だった。本社はすぐ近所のビルを借り、恥かしいほど大きい看板をぶら下げたし、私たちの寮も引越して男子寮と女子寮が別々になった。そんなふうになってから、朝の出勤のとき本社の近くで、多勢の人の中に、孝三の後姿を見つけ声をかけようとして思わずためらったことがある。それは、あの孝ちゃんの外に向って膝から下を突き出すような歩きぶりや、それにつれて怒り肩が右左にゆれる特徴をそのまま持っていながら、どこか違う人のように思える。服装がきちんとしたというだけじゃない。上手なたとえじゃないけど、むかし孝ちゃんが体のまわりにくっつけていた少しむかむかするような匂い、すえた地下足袋や熱にむされたふけの固りや、時にはその反対に風呂上りで石ケンの匂いがしすぎたり、とにかくそんな匂いを持った空気がこそげ落ちてしまったように見えたのだ。私は二メートルと間を置かず本社の入口まで黙って孝三のあとをつけて行った。なんだ一緒だったんかと孝三がいった。私は別人みたいになったんね、孝ちゃんと答えた。彼はうれしそうに笑い、加代ちゃんだってそうさあ、後から見たらどこのどなたさまかと思っておれも声をかけねえぜ、きっと。私は自分もあの空気のようなもんがなくなったのかと思い、やなことだねえ、お互いといったが、バカ言え、おらあきれえになったって讃めてるんだぞと私の服にさわり、色とか柄の趣味をどうこう並べ立てただけだった。〝花の都のロンドンで、会社勤めの身であった〟ということばを突然思い出した。高校の英語の副読本で習った、チャールス・ラムの「スケッチブック」の最初に出てたような気がする。イン、ランドン、ゲエイ、ここんとこを花の都のロンドンでって訳したのは、これこそ名訳ってもんだねと教師が言ったので、それだけ覚えていたのだ。



その孝三はこの春、企画係長という役名になった。企画課がないし、企画課員もいないのに係長なのだ。大型のワゴンを運転して、工場と本社や、小売店に卸してまわるだけの運転手兼セールスだけど、企画なんて名前がつくと大層な感じがし、本人も相当いい気持らしく、企画として考えればとか、企画サイドの意見としてはとか勿体をつけていうようになった。同じ頃、社長とみどりの間に何かあったという噂が立った。みどりが言い出さないうちは私も黙っていようと思った。みどりはそれらしいほのめかしをいわれてもまるで聞えないようにしていたらしいけど、一度私にも聞える所で孝三がちらっとそれらしいことを言おうとしたら、男と女はだましっくらをしてるんだからね、相手がむじなら、眉毛につばつけるどころかほかんとこへもつばつけなくちゃ、とひとごとのようにそっけなくいいきった。私は孝三の気持にもみどりの気持にも、もう特別の感情を持たなくなっていたのだろう。それを聞いてもどきどきするようなことはなかった。私は一番平凡で、一番気持のきつさもなくて、ただ几帳面に会計の仕事をし、いつか莫然とした相手にぶつかって莫然と結婚でもするだろうと、自分を決めるようになっていた。一度だけ孝三との間にちょっとしたことがあった。車の免許をとってすぐの時、彼が私をドライブに誘い、どぶの匂いが少しする海のそばで抱きあった。私はほんの少し上気し、何も考えずに彼の腕の中でぼうとなっていた。急に孝三が真赤な顔で体を起こし、黙ったまま何度も頭を下げた。私のスカートが濡れて汚れていた。まったくそれだけのことだったが、孝三はそのあと一ケ月ほども私から目をそらしてばかりいた。私は孝ちゃんを普通の人より少しは好きだけど、それ以上ではなくなり、今度のお盆に見合いをするつもりはあるかという母ちゃんからの手紙に、会うだけなら会ってもいいと返事を出した。「海彦」にも社員にも、もう執着がなくなっていた。

銀行からの帰りに社員のボーナスをとられたのは、その手紙を出した翌日だった。それだけなら私はただ不注意だったと文句を言われ、むじなに三日も説教されればすむことだったろう。でもとられたのは地下鉄の中だったし、それにもかかわらず私は往復をタクシーに乗る伝票を出し、三百九十円を貰っていたのだ。それは、埼玉県の工場を買う資金の関係で今まで都電で行っていた銀行から、岩本町にある信用金庫に口座が移ってから、ずっと続けていたことだった。私は東銀座の駅の階段を上りかけて会社の名前が入った大きい封筒の下の方が切られ



ていることに始めて気がついた。会社に電話して、その足で築地警察署に行った。社長と井下さんがすぐすっとんで来て、取り調べる刑事よりもっと大きい声を出した。三年間もお前は猫ばばしてたのか、三百何円引く三十円を！　そのために会社は百六十万いくらの……。百六十二万四千五十二円ですと私はいった。お前は悪いことをしたと思ってないんだなと社長がどなった。その日一日私は会社でぼうっとしていた。まわりではボーナスが出ないんじゃないかということで、みんなが騒ぎ立てていた。社長は井下さんを連れてお金を作りにとびまわっていたから、一体どうなるのか誰にも分らなかった。孝三が近づいて来た、三百円ぐれえの金がそんなに欲しかったのかよ、加代ちゃん、といった。私はタクシーに乗るのが勿体なかっただけだと答えた。四年も会社にいて、それでもお前は会社とてめえと区別がつかねえんだなと彼はいい、すっと離れかけてから、つきあいが続いてたら、おれも犯罪者だったなと背を向けた。夜遅く、社長から私に直接電話があった。女の子たちがボーナスのことを気にして私のまわりに集って来た。元気かと社長はいった。ハイと私は答えた。早まったことをするんじゃないぞと社長がいった。何のことか分らなかった。自殺とか失踪するとか、そんなことをするなっ

ていってるんだ、この親心がわかんねえのかと社長は電話口でどなった。私はまるでそんな気持はなかったので、ちょっとおかしかったが、ありがとうございますと神妙に答えた。翌日、私をのぞいて全員にボーナスが出た。井下さんは私を監督する立場にいながら、怠慢だったという理由で半額にし、社長はゼロ、と井下さんがみんなに説明した。みんなはいつものように百五十円の仕出し弁当を食べていた。私はトイレに行くふりをして外へ出た。昨日一日やんだだけの雨がまたふり出していた。私は、屋台のおでん屋があることを思い出し、雨の中を歩いて行った。いつもこのおでん屋で昼めしの代りをする人も少く、待たずに私はコンブとコンニャクとチクワブとじゃがいもを食べ始めた。私の肩に誰かの手がふれた。去年から井下さんの下に入った横溝くんだった。彼は私のお皿を見て同じように註文し、タクシーの伝票はぼくが押してたんだからといった。私はチクワブを食べながら、伝票とは関係ないわと彼の方を見なかった。同情なんかされたくないからだ。ぼくは知ってましたよとまた横溝くんがいった、いつも必ず地下鉄で行くって。私は少しかっとした。知ってたら言ってくれれば……。いえば止めましたかと彼も食べながらいう。そうよ、私はお金がほしかったわけじゃないんだもん。横溝くんが私の方をのぞきこんだ、誤解してたのかなといってちょっと笑った。放っといて下さいと私は背を向けた。彼はひとごとのように静かに喋り始めた。ぼくは君が地下鉄を使うのを知っていた。ぼくは君が出て行くのを見てから、友だちに電話する。信用金庫、君の服装や背格好、真剣になると細い目がつりあがること……。じゃがいもがのどにつかえた。横溝くん……。彼は煮すぎてやわらかくなったコンブをゆっくりすするように食べた。それからゆっくりといった。会社で毎日同じ仕事をくりかえしてると、変なことを考えたくなるね。時には何十万という金をパラパラ数える。そういう時、犯罪者ってやつは楽しいんだろうななんて思うことがあるってわけ。ああ、おじさんコンブもうふたつ。私は雨がかかってぐしゃっとなった彼の髪と、その奥の変におだやかな目をじっと見た。

# 理容師リエ

生きかえった夜から三日間寝たまま過した。お店の行きかえりに菊ちゃんが寄って面倒を見てくれた。見習い中で理容学校の夜間に通ってるんだから、私のことは放っといていいって言ったけど、三晩とも終バスの時間まで枕もとに坐っていた。医者も呼ばなくていい、マスターや他のひとにもお見舞いに来ないでっていったもんだから、菊ちゃんは私が子どもをオロしたかなんかしたと思ったらしい。口にくわえる婦人用のやつで熱をはかってたら、うすいピンクの細目のそのいれものをこわごわさわって、これ男の人には使えないタイオンキかいときいた。女だって十八ぐらいまではねって私はおごそかな声でいい、菊ちゃん計ってみれば、と渡してやった。十七になったばっかだもん、とんでもねえわと彼女は少しあわて、少しいやったらしいって感じで私を見た。私は寝たまま笑った。ノドボトケとノドチンコの間くらいの両わきがひりつくように痛くて、すぐ口をしめ



た。そんなふざけたことでもいってみたくなるほど、私はただただ寝てばかりいた。ここは管理人なんかいない中っくらいに古いアパートで、部屋代は東中野の駅前にある不動産屋に払いに行けばいいだけだから、窓もカーテンもしめっぱなしにしといても誰も気にしやしない。だけどドアの鍵はいい加減なしろものだから、私は内側の取手にひもをまきつけ、その先を水道の蛇口の根もとにしっかりくくりつけて置いた。人に来られるのがいやだったわけじゃない。自分で自分をとじこめておきたかったんだ。おかげで二日目の夜菊ちゃんが来た時、ノドの所のあとを見つけられた。急いでぐしゃぐしゃのパジャマの襟でかくしたけど、菊ちゃんは目をそらしたあと、納得のいったような顔をした。もう分っちゃったんならいいやと思って、私は蒲団の上に坐り彼女が買って来てくれたヨーグルトとヨープルとヨグールとを続けて三つとも食べた。私は恐しいほどケチに暮して来たから、この三つがとってもおいしかった。底の方に残ったのをプラスチックのスプーンでていねいにひっかいてたら、急に菊ちゃんがすすり泣きをはじめた。なんにもきかないけどよお、なんにもきかないけどさあ、と何べんもいってから、いっくら思いつめちゃったって、あんまりじゃないかと今度は声を立てた。私は大して思いつめ

てるわけでもないし、それほどあんまりのことじゃないんだから泣かないどくれと頼んだ。ウソコケと大声で菊ちゃんがいった、自分で自分の命を取っちまうなんて、あたいはカソリックなんかじゃないけど、そんな大それたことは勘弁できねえよ、誰が勘弁できるもんか！　自殺をクワダテたと思いこんだのだ。自分の指で自分をしめるなんてことがうまく行くはずがないってことに気がつかないんだ。私は黙っていた。男に殺されかけたなんて、この子にはいえやしないし、いっても何ひとつ分ってもらえまい。菊ちゃんがもうちょっとはしっこい子なら、私が自殺なんかするようなタマとはタマが違うぐらいのことは知っててていいはずなのに。ごちそうさまと私はいって蒲団に横になり、毛布を頭からかぶった。すっかり自殺未遂だと信じこんだ菊ちゃんは、相談してほしかったとか、うちあけてくれりゃいいんになどと涙声で喋り続けている。今まで人のためどころか、自分のことでも泣いたことなんかなかったから、少しうるさいように感じ、それから私はスレッカラシでズルイ人間なんだなあと思った。嘘つきで秘密主義だとも思った。毛布を少し持ちあげると菊ちゃんの水っぽいような膝小僧が見えた。そのうちにこの足も私みたいな経験や私生活をすんのかしら？　きっと違うだろう。小学校のまん中ぐらいから私なんか嘘つきだったし秘密主義っていえばそんなもんだった。学校の先生なんて私たちが刈り方や剃り方の順序をいつもおんなじに繰りかえしてるような次第だから、「わたしの家族」っていう題の作文を小学校で二回、中学でも二回書かされた。私はいつも大体同じことを書いて出した。私のほんとの父さんは昭和二十年四月九日、おしゃかさまの生れた次の日に飛行機が落ちて戦死しました、という具合だ。中学のやつはもっとていねいに、海軍の一式陸上攻撃機に乗っていたが、はなばなしくではなく飛行機が故障したため十一人一緒に海のもくずと消えたのでした。小学校の時は教員が今の父ちゃんと同級生だったせいか、そうっと告げ口をしたらしく父ちゃんは牛小屋の裏へ私を連れてって黙ってゲンコをひとつくれてから、おれがそんなにきらいなんか、字を書いて嘘をこくほどもきらいなんかやとまじめな目できいた。ほかのやつらよりかっこよく書くべえと思って、と私は謝った。中学の教員はよそもんだから傑作だった、教室で大声で朗読なんかしたんだから。読んでる最中に顔色がかわった。やっと年齢の嘘がわかったのだ。作文の通りに行けば私は母ちゃんのおなかの中に少なくとも三年は暮してたことになるんだからね。教員は自分の間抜けぶりがくやしかったらしく、母ちゃんが田の草を取ってるとこへ来て、平和主義の教育ではぼくたちもひどく苦労してるなどと一時間も理窟をこねて行ったそうだ。あたしゃフクダ会だかんね、ニッキョウソの説教は受けつけねんさ、先生もいれるんだらナカソネよりフクダにしとくれ、と田んぼの中からどなってやったとその夜母ちゃんが話した。父ちゃんはナカソネ派の同志会の方だから、おらあほうへ来りゃフクダなんか蹴ちらかして同志会に引きずりこんでくれたんにようといい、それから私の方を見て、嘘っこきは泥棒の始りっちうけど、てめえはその年ではあいい泥棒だとよその子どもにいうように突き放した。私はもう謝る必要もなかった。信越化学へ半年出て、次の年は東邦亜鉛に行ったり、そんなことを二、三度繰りかえしてるうちに右の肘を事故でやられて、それっきりぶらぶらして同志会の連絡だなんていっては酒をのみ歩いてる父ちゃんなんか、ほんとの父ちゃんであるもんか、と私はもう固く心が決まっていたからだ（事故っていうのは嘘で、仲間と喧嘩してやられたんだと母ちゃんはいってた、保障金とかなんとか、とにかく金を持って来ねえカタワなんか今どき信じられるもんじゃねえ。私もそうに違いないと思う）。そんなふうにして私が別の父ちゃんを決めちまったことにはいろいろな理由がからまりあってるけど、一



番中心のことは、私が長女で下二人が妹だってことだ。小学生の時にだって私にははっきり判っていた、ムコを取ってこんなヨタなうちをつぐんはたまったもんじゃないって。だから私は家出をしたし、私の仕事や住所が他の人の口からうちに知れてからも、父ちゃんや母ちゃんをよせつけないようにしている。それがこの夏バンパクのために失敗して……。菊ちゃんがいつの間にか泣きやんで歌をうたっている。藤圭子のあの歌だ。私はあんなの好かない。圭子ってひとも好きじゃない。お店に来る男性の八割がたは理髪中にこれが聞えると、お酒ものめない人間が酔っぱらったような変な顔つきになる。モウ歌ナンテモンジャナイネ、越エテル。アア、ウラミガイッコノソンザイトカシタンダナア、ソンザイ。全く、平和主義の教員むきの歌だ。菊ちゃんと私はいった。彼女は歌いやめ、ごめんねといった。この子まで私の身の上とあの歌を重ね餅にしてるんだ。過去なんかちっとも暗くなかったし、運がよすぎたぐらいなんだからといってやろうと思ったけど止めた。窓をしめきって、ドアをひもでしばって寝こんでる人間がいっちゃ、やっぱし強がりに聞える。

菊ちゃんが帰ったあと、電気を消してから私はあの窓をあけた。彼の窓は暗かった。まだ十一時前だから、奥

さまを迎えに行くには早い。私と同じように寝こんでるはずはないから、どこかをほっつき歩いてるんだろう。私とは違う意味だけど、自分は運がいい人間だなんて思いながら。風がほんの少し入って来る。もうひやっこい秋の風だ。夏がひとつすぎたんだと私は落ち着いた気持で考えようとした。私は二十一だし、はたちとちょっとで戦死したあのほんとの父さんよりもう長生きしたんだ。それにすぐ故障する飛行機に乗ってるわけじゃないんだから、急に海の中へおっこちることもないじゃんか。ノドについてる赤黒いアザが目立たなくなったら、また働き始めるだけだ。彼の窓にパッと電気がついた。でもしめ切ってあるので何も見えない。いるんだ。あの四階の部屋に電気をつけることのできる人間は彼と、彼の奥さま（長い間、彼はオンナとだけ呼んでいた）と、四日前までの私のほかにはいない。あの部屋のことなら私はすみからすみまで知っている、きっとあの奥さまよりも正確に。白とホワイトローズで統一した家具、スリッパも同じく。キッチンの散らかり具合、ゴミのでたらめな捨て方（汚れたパンティとたばこの吸いがらの上にネギの青いとこがちぎってのっけてある）、ダブルベッドのベッドカバーのかけ方の癖……。やめなってば、と私は自分にいって聞かせる、そんなことと縁を切るためにわざわざ寝てるんじゃないのかい。窓をしめ、カーテンをしめた。暗い中で勢よく蒲団の上に転んでみる。ノドと首が痛み、息がつまった。胸をさすって深呼吸。大したことじゃない。藪の中を歩いてたってマムシにかまれるし、川の中にだってビンのとんがったかけらは転がってるもんだ。大勢の人たちとよろしくやって行こうとすれば、マムシにもビンのかけらにも出会うのが当り前のことだ。嘘つき。そんなのは上品すぎる。相手を利用しようとすれば利用されるっていうのが物理学的にも性生活的にも正しいことだ。お金には徹底的にズルイ私が、仕事を三日休む以上の損をしなかったのは、むしろ大した運勢じゃありませんか。以上、もう考えることはやめにしよう。うまく行けば明日の夕方、遅くてもあさってにはお店に出て、マスターにうまく切り出そう。理容学校で一緒だった今井ヨネちゃんが店を移りたがってたから、彼女とチェンジするっていえばマスターもいやな顔はしないだろう。中野区や杉並区は私には向いてないんだ。ヨネちゃんのアパートは台所が共同でやだなんていってたけど、あの辺ならマンションの四階から部屋の中の中まで見られて、そのあげくどうこうなんていったたぐいのことは無くてすむ。オリンピックからバンパクまで、私は自分が夢中でふやした貯金の額を計算しながら今度はほんとによく睡った。

翌朝また菊ちゃんが寄ってくれた。田舎から手紙が来たといって読んでくれる。うちの母ちゃんが菊ちゃんちへ行ってリエは一銭も送ってくれない鬼のような娘だとよその人にはいえないグチをこぼしたなんて書いてある。菊子はリエさんのそんなふうな悪いタチを見習わないようにしておくれよね。そう読んでから、ごめんねと菊ちゃんが謝った。私は鬼のような娘だなんていわれれば、讃められたと思ってうれしくなるといってやった。菊ちゃんは心底困ったような顔をした。私は今の店もこのアパートも移るという話をして、だから悪いタチを見習わなくてもすむようになるから心配ないと慰めた。菊ちゃんはもっと困った顔をして、あたいも連れてってという。弟子を連れて行くほど偉くないからだめよといったら、また泣き出した。リエちゃんは意地悪だ、底意地が悪いってのはあんたみちょうなひとだ、他にたよるもんがいねえあたいをいじめて、うれしがってるんじゃねえかと私の腕をきつくにぎってゆさぶった。そういわれてみると、確かに菊ちゃんはいじめてみたくなるような子だ。いや、今の私は何かの代りにこの子をいじめているのかも知れないと思う。実際、私が死にかけたことと菊ちゃんを今のお店に世話したことは無関係じゃないからだ。親とコンリンザイ縁を切ろうと思ってた私は、資格をとっていくつかの店で働いてる時、必ず田舎の方に見習いになるような若い子はいないかと聞かれ、いつもアイマイに断って来た。ちょっとでも田舎とつながりができたらおしまいだといつでも自分に言い聞かせていた。それなのに菊ちゃんのことを世話したのは彼女が床屋の娘だったからだ。菊ちゃんの母ちゃんのお秋さんには、私も何度かオカッパの髪を揃えてもらったことがある。

あの頃のお秋さんはきれいだった。もともと瓜実顔の美人の上に、野良へなんか出ないから色がまっ白で、私たちが学校へ行く時間には往還に水を打ち終って総ガラスの戸口なんかを掃いてる姿は、男の子たちがイイトコ床場ノ縁ノ下なんて意味もないはやしことばをかけたくなるほど、ある感じのようなものがあった。店もひま人の寄合い場になるほどはやっていて、お秋さんはつるっぱげの頭まで刈ってゼニを取るといわれたぐらいだった。蒔かず耕やさず一年中刈入れかいなんて軽口もいわれた。その店がはやらなくなったのは、あっという間のことだった。町村合併で三ケ村があわさって町に昇格した時、他の村の村長は五分五分の実力者で町長になるといって譲らなかった（二人ともフクダ会で同格なんだという噂もあった）ために、実力も人格も一番下の私たちの方の村長が急に推された。あわてた西山村長は、貧相な押し出しをどうしたら町長にふさわしくなるかと考えた末、遂にヒゲをおっ立てる決心をし、お秋さんの店へ毎朝通うようになったという次第だった。ヒゲがもっともらしくピンと横に張る頃は、イイトコ床場ノ縁ノ下というあのはやしことばも別な意味を持った。菊ちゃんの父ちゃんは山持ちの西山町長から杉山の一町歩がとこ貰う下約束でもしたんだんべえと人がいった。最後の頃は床屋と役場を往復し、在任一年半足らずで、次の選挙には落ちた。すっかり暇になったもと町長は一日中お秋さんの店に坐りこんでいた。そうしてお秋さんの店はすっかりすたれこみ、バスの便がよくなったこともあって、お客をもと隣の村の入口にあったオトコ床屋にさらわれてしまった。菊ちゃんの上に二人男の子がいたけど、二人とも中学を出るとすぐ逃げるようにどこか遠くの方へ就職した。手紙だけは今でも来るんよと菊ちゃんはいってるけど当てにはならない。そんな具合だったから偶然この仕事を択んだ時、イイトコ床場ノ縁ノ下ということばと一緒に、私は昔のお秋さんや西山ヒゲ町長を思い出し、そういえばあそこには小さい女の子がいていつまでもからかわれ続けてたっけと、ほんの少しその子、つまり菊ちゃんをフビンに思ったりしたものだ。

はあ覚えがねえかのう、おリエちゃん、と前歯の抜けた婆さまが大きい荷物をお店の入口に下ろしたのは今年の六月末だった。ほれ、あたしゃあのトコバの……といわれるまで私は目の前の婆さまがあのお秋さんだとは全く気がつかなかった。お秋、おばさん……。ああ、と婆さまは笑い、表をアゴでしゃくった、おめえの父ちゃんも一緒なんさあ。私は意味が分らずぼんやり外を見た。電話しるとリエは逃げっちまうなんておかしなことというもんだからね、近所の衆もいくたりか一緒で……。バンパクの帰りだった。日向くさい色黒の養老院の一団がそれぞれの荷物に腰かけて道端にいた。一番若い父ちゃんは少し離れた所に突っ立っていた。父ちゃんたら……。ウン、おめえ、やっぱし、いることはいたなあ。年寄りたちがうれしそうに笑った。これがバンパクというものだった。計画した偉い人たちは、こういう式の親孝行や親不孝まで計算してたんだろうか。バンパクの帰りにちょいと寄ってみただけのことよ、そういいさえすれば何年もの溝がなしくずしになったり、そんな人がいるってことさえ忘れていた年寄りたちが気軽におらあほうのリエちゃんやタケシやミヨ坊に笑いかけられるという寸法なのだ。背戸の浦さんがいた、てっぺんのおトノ婆さん、カナグツ屋の敬やん、はずれの寅コウさまんとこのお爺、あともうひとりは……。ツルミへ行った衆はじょうずう工場を見つけたんべかなんて誰かがいっている。東京駅から四十何人かが四つのグループに別れたというのだから、京浜地区の公害ははかり知れないというべきだ。東京育ちのマスターは全部が私と血がつながってると思ったらしく、すげえ長生きの血統だねえなんて感心し、今日はすいてるから、リエちゃん……。私はあわててマスターに耳うちした。マスターはうなづき、大声でいってくれた、昼過ぎから夕方にかけては、気違いのようにお客が来るから、島田くん、そのつもりでな。すいませんと私も大声で答え、仕事着を脱いだ。その辺の大衆食堂で全員にビールとカレーライスとチャーシューメンをふるまって、あとはにこにこしてればすむということは分っていた。でも私はいやだ。そんな無駄なお金を使うために働いてるんじゃないや。バス停ひとつ半ぐらいのアパートまで、私は歩いて案内した。部屋にはこの人たちみんなにお茶をのませる茶碗だってない、いや、私は上京以来お茶っ葉の値段に憎悪を持ってるから一度も買ったことがない。とにかく、四畳半と台所の板の間が荷物の山と年寄りくささでいっぱいになってからあとのことは、今思い出してもうんざりする。何かいい出せ



ば損をすると思ったから、父ちゃん、とひとことだけいった。私はどうするつもりも持ってないけど、父ちゃんはどういうつもりなのという意味だ。ああ、おめえも人に使われてる身だから、みなさんにつきあってるほど自由じゃなかんべなあと答える。うまい具合だと思ったから父ちゃんに鍵を渡し、そういうわけなの、蒲団もなくて狭っ苦しいとこだけど、よかったら夕方まで休んでってくれえと私はいった。まあ待ちろ、みなさんのいるとこで話だけ片づけべえと父ちゃんがいった、なあに、リエさえその気だら簡単な話さ。

それは話にもならない話だった。お秋さんの店を私につげというのだ。長いことホコリをかぶっちまってたから、ひとつここらでみっちり修行をした腕のたつ立派な職人である私においでを願って、建て直しをはかるべえというのである。お秋さんのご亭主も西山ヒゲ町長も仲よく死んでしまったから、その点はきれいさっぱりしたものだ、こんな賢い計画はバンパク旅行でみんながいいたい放題喋べくって始めて出て来るまたとない立派な考えだというのである。私は答えるのも面倒で黙っていた。背戸の浦さんがとんがった味噌っ歯で早くも未来の床屋の設計図を喋っていた。寅コウさまんとこのお爺がバスの待合を一町ほど移動させろといい、てっぺんのお

トノ婆さんは風呂屋も一緒に開業させたいらしく、立派なタイル張りにするために補助金を取れといった。笑って聞いている父ちゃんとお秋さんのコンタンは分るとしても、ほかの人たちの情熱は一体どこからやって来たものか。話の合い間に、ツルミに行った連中はミヨ子と誰々に世帯を持たせる計画だし、ウラワに行った人たちは団地の自治会の幹部と野菜直送の談合を行っているらしい（筋の通った話はこれだけだ）というようなことも分った。全く偉い人たちだねと私は心の中でいった、それだけの頭と情熱を今まで田んぼの中へ捨てて来たのが残念てもんだ。お秋さんがいつの間にか私の横にぺったり坐っていた。頼むわさ、リエちゃん、ほかの衆もこれほどリキんでくれてんだから。幸か不幸か、お秋さんの今は見るかげもない歯抜け顔を見てたら、私は急にあのフビンな菊ちゃんのことを思い出した。見よう見まねでバリカンぐらいは使ってるけど、とお秋さんはいった。私はみんなに静かにしてくれと頼み、あと二年したら一銭もかけないでみなさんは思い通りになるように菊ちゃんを教育してあげるといった。親のあとは息子が、息子がいねえときは娘がつぐってのが本筋でしょうが、人間は鳥じゃねんだから、ホトトギスの巣にウグイスの卵がはいりこむなんて、それは許されない間違いでしょう



が。父ちゃんの歯ぎしりするようなまなざしが私の横顔にぶつかって来た。二年間とホトトギスか、こいつは考えるねうちがあるぞと背戸の浦さんがいった。

菊ちゃんがふらふらと立って行き、朝日のさしかけたあの窓のカーテンをあけようとする。なにすんの、と私はとがった声でいう。菊ちゃんはびくついてまた坐りこみ、やっぱしあたいのこと、ほっぽらかすんねといった。私はふいにこの子のことを羨しく思う。心もとなげに何もかも頼りきろうとする時、菊ちゃんには色気のようなものがふわっと浮ぶ。いじらしくなって手をさしのべる誰かが現われるだろう。その人間がまともな人でありさえすればのことだけど。心配いらないよ、と私は菊ちゃんにいった、近所の衆の前で大みえ切っちゃったんだから、その約束をホゴになんかできるもんじゃないわ。菊ちゃんは黙ってハンドバッグを取り、ドアの方へ行った。マスターには明日から出ますってだけいっといてねと私がいった時、菊ちゃんがすっとふりむいた。あたいがいない留守にもう変な真似しないどくれよね。私はにが笑いした。自殺（と彼女は信じてる）するような人間が面倒見るとか約束するなんていくらいっても信用が置けるはずはない。それにもっと大事なことは、今の私に、まだ何かしでかしそうな感じがつきまとってい

るっていうことだ。ドアのひもを水道の蛇口にしばりつけながら、菊ちゃんのいう通りだと思った。水でザブザブ顔を洗い、鏡に向う。首のアトはもうそんなに目立たなくなって来た。濃いめの化粧でぼかせば、その上にタートルネックのセーターを着れば、外に出ても気づかれずにすむだろう。さあ、卵のおじやでも作って精をつけよう。菊ちゃんがゆうべ買って来てくれたイナリずしのご飯をほぐして鍋にかけた。キンコンキンと女子大の鐘の音が聞える。「乙女の祈り」とかなんとか、そんなメロディだそうだ。九時。毎朝私がこの部屋を出て行く時間。出て行く前に、あの窓ぎわから四階の窓の彼を見あげ、ほかの誰にも気づかれずに手をふって、それから窓をしめる。四日前まではそういう時間だった。淋しがってんの、あんなことがあったのにと自分で自分をからかってみる。それだけゆとりが出て来たのかなと思うと、自然に気持が甘くなる。いいや、もう気持の縄をといてやろう。私が始めて彼に見られちゃったのはいつだろう、五月の始め？　とにかくお店が休みの月曜だった。春先は十一時過ぎでないと窓に日ざしが来ないので、その時間に洗濯をする。四角いワクに二十個ほど洗濯ばさみのついたやつに下着をはさみ、窓の外へ吊した。その時だった。このアパートから十メートルと離れていない六階建のマンションの、四階の窓ワクの中に胸から上の彼の姿が、ぽっこりとあった。まっ白い大きい壁の窓の中に赤いセーターなんて、まるで新聞の折込広告の絵みたいだったから、私は一瞬見とれていた。顔が笑った。はっとして私は自分のしていることに気づいた。急いで部屋の中に取りこんだ。下着を見られたことが恥かしかったんじゃない。普通の女の子ならどんどん新しいのに買いかえるパンティなんかも、私は三年前のやつだってふだんは使っている。そういう自分の生活が恥しかったのだ。その日一日、部屋の中にぶる下げた洗濯ものを見ながら、全部かっぽっておニューを買いこもうかと思ったり、いっそのこと沖縄返還の年まで何も買わずにいてやろうかなんて考えたりして腹の立て通しだった。次の次の日、彼がお店に来て、私の番にぶっかった。向うが知らん顔をしてるから、私も知らん顔をしていた。ズボンといい靴といい、相当なものを身につけている割には若く、得体の知れない感じだった。二度目の洗髪をし、タオルで目のまわりを押さえた時、かくさないで干しとけばいいのにと首を下に向けたまいった。私はかっと来たけど黙っていた。月曜日といい、今日といい、普通の日の日中自由にしてる所をみると、夜の商売かなんかだろうと見当をつけたから警戒したのだ。理容学校の同級生でも、卒業しないうちにそういうたぐいの男に目をつけられて何人も途中からいなくなった。私がぶすっとした顔を見せたせいか、その日はそれ以上なにもいわずに帰って行った。次の月曜日が来た。私は洗濯の終らないうちから、何度も四階の窓を見あげた。窓はしまっていた。バカ気たことだけど、私はがっかりした。ちょうど相手が誰もいない時期だったので、ウエてるってたまんないことだなと思った。高級マンションに住んでる男が理容師の見ばえのしない下着なんかに興味を持つもんか。かくさないで干しとけばいいってあの人がいったのは、全く世間普通の思いやりっていうもんだ。私は先に四角いワクを窓外に吊してから、スリップ、ブラジャーといった順に干して行った。あっと思った。いつの間にか窓があいて、彼が見下ろしている。私は一生懸命気づかないふりをし、例の古いパンティを一枚づつ干して行く。額とこめかみから汗が落ちた。

ご飯が煮立っている。おいなりさんのあげを細く切って入れ、火を少し弱めた。お味噌をとかそうとしてポリの容器をあける。何ということだ。底の方にこびりつくほどしか残っていない味噌はまっ白にかび、ところどころ青い綿のようなカビの花が咲いている。そうだ、そう



いうことだぞや、リエ、てめえの生活ってもんは。この夏の間、私はここで一度も夕めしというものを食べなかったんだ。日曜で彼の奥さまがお休みの日は、理髪店の方が夜九時まで営業するので、マスターが夕めしを取ってくれたし、それ以外の毎日、あのマンションの四階の部屋で私たちはまるで夫婦のように夕食をし、夫婦のように一緒にうすいピンクのバスにはいった……、彼が奥さまを迎えに十一時に車で出かけるまでの間。私は声を出して笑った。もうノドもほとんど痛まない。醤油味をつけよう。ドアをノックする音が聞えた。私は体を固くした。やっぱりこの瞬間がやって来た。ドアを乱暴にひねる音がする。私はゆっくりと棚の上からカミソリを取った。リエ、リエちゃん。彼の声だ。私は音を立てないようにしてドアの近くまで行く。リエ！　彼の声が大きくなった。私はゆっくり答えてやった、何かご用ですか。あんな大きい溜息ってあるだろうか、ヒエーッというふうに聞こえた。そうか、生きてるんだな。死ねばいいと思ってたの？　何いってんだ、おれ、心配してたんだ、店にもいないようだし、ここもまっくらで……。殺人者になりたくなかったってだけでしょ？　あけろよ、ちょっと話そうよ。あけてもいいけど、私が手に何を持ってるか知ってるわね？　すぐに答えがかえって来

た。知ってるよ、リエがどんな女か、だけどちょっと相談したいことがあるんだ。鍋から泡がふきこぼれて、炎をぼやけた赤い色にする。私はくりかえした、手にあれを持ってるのよ。今度は答えはなかった。まだ炎は赤い色のままだ。つぶやくような声が聞えた、生きてりゃいいんだよ。じゃ、グーバイ。足音が何かにせかされたように去って行った。生きてりゃいいんだよ、じゃ、グーバイ、かと私はそのことばを頭の中でくりかえしてみた。

カミソリは重くも軽くもなく私の手の中にあった。ガスをとめ、カミソリを棚に戻した。どうせカミソリで始まったことだと私は思った。彼にはじめて抱かれた夜も私はカミソリをにぎっていたのだ。彼に対してじゃない。父ちゃんに向ってだった。バンパクの連中がひきあげた晩、店から帰ると父ちゃんがドアの表にひとりで腰を下ろしていた。荷物の中から、口をあけた焼酎の四合ビンがのぞいていた。私が黙ってドアをあけると父ちゃんも入って来た。私は電気をつけ窓をあけてからいった、蒲団がひとつしかないから、泊めるわけにゃいかねえよ。父ちゃんは答えずに焼酎を口のみしてから、おれはさっきの考えを捨てるわけにゃいかねえぞ、近所のバカヤツラはだまくらかしても、おれを納得させねえうち



はな、と私をにらみつけた。私は笑ってやった、だったらあんな衆を連れて来てバカ話なんかさせなきゃいいんに。父ちゃんはまた焼酎をのんだ、てめえ、まだおれの子じゃねえなんて嘘っぱちの考えを持ってるんじゃあるめえな。私は、あれはただの子どもごころだったといい、うちをつがせるのは妹のうちのどっちかにするようにといった。それは図星だった。父ちゃんは急にしょげた顔をし、やつらを高校へやったんは失敗だった、みんなうちを出てぐっていやあがる、ふんだからさリエ、おめえだけが頼りなんだ、おめえが床場を引きうけてくりゃ、おらあそこへ同志会の事務所も作って派手にやれるっちうもんじゃねえか。私は歯こぼれが多くて店では使えないとマスターがいったカミソリを貰って来た所だった。それで父ちゃんを脅かそうという気もなく、ハンドバッグから取り出した。ふと父ちゃんの目の色がかわった。てめえ、実の父親を、そんなもんで脅かす気か！　言い終ると同時に立ちあがった父ちゃんの左手のビンタが私の顔にバシャっと当った。持っていたハンドバッグとカミソリが畳の上にとんだ。私はカミソリだけは危いと思い自分で拾った。てめえ、てめえ……と父ちゃんは肩で息をしていた。私って人間の気持の中味がつかめなくてこわがってるんだなと思った。私は刃を開

いて電灯にかざしてやった。歯こぼれのボロカミソリだから大して切れやしないよ。そう言って自分の首すじを軽く当ってみせた。帰るどと父ちゃんがどなった。ガキの時のてめえの作文をそのまんま信じてた方が俺のためにもよかったんだ。私はもう一度首すじにカミソリを当てようとしアゴをあげた。彼だった。彼が四階のあの窓から身を乗り出して私を、私と父ちゃんを見ていたのだ。カーテンを引く気にもなれなかった。

私は父ちゃんの荷物を半分持って、東中野の駅まで送って行った。それはやさしい心づかいなんかじゃない。酔っぱらってて危いということと、これが最初の最後なんだという気持からだった。父ちゃんは環六ぞいの歩道をよたよた歩きながら低くわめいていた。そうさ、おらあ兄貴のように立派な死にざまはできなかったさあ、ええ一式陸上攻撃機だってかや、そんなもん、おれが十八歳になったとたんにこの世の中から消えてなくなってたんだ。そういう人間な、どう死ねばいいんだ、どう生きればいいんだや。やい、ナカソネの大将、元帥さま！　早えとこ戦争おっぱじめろや。よくは聞きとれなかったがそんな意味だった。帰りみち、まっ黒い車が私の横に停った。彼だった。黙ってドアをあけた。私も何もいわずふらっと乗ってしまった。動き出してから、



見るつもりじゃなかったんだけど、つい……と彼はいった。つい面白くてでしょと私がいうと、あんたはこわい役者だねと彼は笑った。その時貰った彼の名刺をまだ覚えている。「サニイ観光株式会社、常務取締役営業部長」。彼はその名の通り青年実業家ふうにふるまったし、私はもう恥の恥まで見られてしまったんだからと思い、自分のことを何もかも喋ってしまった。もちろん彼が実業家なら、私がお店を出す時にお金ぐらい出してくれるだろうという腹づもりはあった。部屋へ来ないかといわれた時も、ごく自然にうなづいていた、自分には父ちゃんが置いて行った悪い空気を追っぱらうためだと納得させながら。

そんなふうにして私の夏は始った。彼は一緒に住んでる女性がいること、そのひとが銀座の二流どころのバーのマダムであることなどはかくさなかった。むしろ積極的にいったのかも知れない。悪い女に食いつかれて困っているということを私に印象づけるためだ。そして自分が資産のある青年実業家だから、彼女が離れようとしないのだということを。全く他愛のない出まかせだった。近所に住んでいてそんなことがバレないと思う彼も彼だし、私の目も最初の間まったく節穴だった。性のウエもあったし、豪奢な部屋にいればもうそれだけで酔った。

マスターの奥さんが彼のオンナ（つまり奥さま）と美容院で時々会い、彼女たちはヒモを飼っているマダムと陰口をきいていたのだ。そのことが分ってからも、私は毎晩彼の部屋に通い、時には自分の部屋の電気をつけ窓をあけ放して置いて、彼が見たように貧しい部屋の中を見下ろしたりした。マダムにお小遣いを貰っている雄の運転手だと分っても、それを彼にいわないでとぼけていたのは、彼自身の口からそれを聞きたかったからだ。嘘つきが嘘つきを好きになっていたということかも知れない。

私は嘘をつきおさめて別れようと思った。立川の基地のそばに居抜きで売りに出ている理髪店があるから、一緒に見て欲しいと彼にいったのだ。中央高速を八王子まで行って引きかえせばいいドライヴだといって彼は車に私をのせた。調布から入って右手に立川の灯が見える頃、私はゆっくり喋り始めた。彼は車を道のふくらみに寄せてとめた。私は知っている事実を全部言った。彼は煙草の煙を二、三度はいてから、知ってて楽しんでたんだから図々しいのはあんたの方だなといった。私も素直にそれは認めた。だったら、さっさと消えりゃよかったじゃねえかと彼は私の肩を突いた。私はハンドバッグをひきよせた。リエ、まさかと彼はハンドバッグを見つめる。私はそれには答えず、ひとつだけ質問していいときいた。何でも聞けよと彼は投げやりにいった。あの人と、マダムと別れられますか？　彼はげらげら笑った。ああ、別にいい就職口があればねとまた笑った。ワタシ、と私はいった。彼はあっけに取られていた。俺がリエの……？　うん、一緒に理容院の店、開くの、とまた私はいった。断られることは分ってるけど、一ぺんいってみたかったんだと私はすぐ続けていった。彼の目がきょろきょろと動いた。私はハンドバッグを背中にまわした。彼は信じたようだった。私は低い声で笑った。いくらトコヤだからっていつもカミソリを持ってるはずがないのに、あんたって度胸がないのね。畜生！　彼が狂ったように私に武者ぶりついた。私はハンドバッグを窓の外に出してふってみせた。彼の手が私の両方の首にかかった。

生きかえったというのは、ほんとは大袈裟かも知れない。息を吹きかえすとき、ぼんやりした声が聞えた。交通事故ヲノゾキ見シタダケデ、ショック死シタオンナノ子ガイルンダッテサ、トコロガネ本物ノ事故ノホウハ運転手ガ二週間ノケガ、マッタク世ノ中タノシイヨウナ事ガアルネ……。それはお店でいつかお客さんが喋ってた声だった。私は体を起こし、フロントグラスの外を見た。彼が三メートルくらい向うで、私のハンドバッグの中をのぞいていた。私はどうにか肘をもちあげクラクションを鳴らした。その時の彼の顔ったらなかった。ぎょっとして一瞬逃げようとし、そろそろまた近寄って来た。私はまたクラクションを鳴らしてやった。彼がドアをあけた。生きてたのかと空気の抜けたような声でいった。私は横になったまま、静かにきいた、死んでたらどうするつもりだった？　彼は顔をそらし、ガソリンでもかけて燃しちゃう他ねえだろ、死刑にはなりたくねえもん、といった。今度死んだらそうしてよと私はいい、帰らないと銀座行きが遅れるわといってやった。そうして私は首にアザをつけアパートに戻った。カミソリ入ってなかったじゃねえかと彼が途中でつぶやいた。私はそれには答えず、もうはたちとちょっとで、戦死した父さんより長生きしちゃった、と溜息をついた。

　三日間寝て過したあと、四日目の朝、菊ちゃんが来る前に私はあの窓のカーテンをあけた。四階のあの窓にワイシャツ姿の男の人の上半身が見えた。彼より十歳ぐらい年上のつまらなそうな人で、実際つまらなそうに私の窓を見下ろした。

# 三人の運動会

誰が首謀者かだって？　首謀者ってのはあれだろ、前もって計画を立てて指図したりする？　見当違いだな。そんなもんいやしねえよ。誰も計画なんかしなかったし、それにおれたちの間には親玉なんかいねえんだからな。一緒の仕事場ってだけの……。――田舎じゃそんな結構な噂があんのか。それならそれでもかまわねえぜ、おれは。図体が一番でかいし、ふけた顔してるから、そんなふうに見えるんだろ。いいよ、それでいいじゃねえか。運動会の晩におれたちが中学三年の女の子にひどいことをした、ひどいことってのはお前さんがそういったからその通りいってるだけだけど、その親玉がおれだっていうんなら……。お前、こんなこと聞き出してどうする気なんだ？　ポリに頼まれたって顔じゃねえことは分るけどさ。これほんものか、この名刺。大学新聞編集部なんてそんなにいい金くれるのか？　だってそうだろ、夜の夜中にひとが夜警やってるこんなとこまでわざわざ



出かけて来てよ。ごそごそすんの止せよ、分ってるんだぜ。テープレコーダーだろ、そのレインコートの裏にあんの。出してここへ置きゃいいじゃねえか。ごていねいなことだ、この式で玉雄やミソオッチからも聞き出したのか？　ミソオッチは道敏に決まってるだろ、バカ、お前だって中学んときいつもそう呼んでたじゃねえか。――あっさりいったんだな、二人とも。ふうん、正確に喋ったかい、なんていうか、その時の、その現場をさ。ハハハ……、喋るわけねえよな、喋れねえだろうな。お前さんの、あんたのその事実だとか真実だとかなんて聞き方じゃ、喋る気なんか起きねえよ。お前、共産党か？別に答えて貰うつもりはないけどさ。とにかくな、玉雄たちがやったっていってるんなら、おれもやったことにしとくよ。もしやつらがそんなことは無関係だっていうんなら、おれも無関係だ。以上さ。どっちみち過ぎちまったことをぐたぐた考えるのはおれは好かねえし、それにもう田舎へ帰るつもりもないからな。――気持の動きだって？　あり方？　お前、千円のウイスキーを持って来て、それでおれに説教する気じゃねえだろうな。こんなものおれは飲みたくて飲んでるんじゃねえんだ。同級生のお前が挨拶に来たから義理で手を出してやってる、その辺を間違えるなよな。精神ってお前今いった

ろ、そいつは一体なんだ？　ほら、あの音聞えるか？　別に聞えなくてもいいんだけど、あれは隣の倉庫でネズミを殺してるんだ。いい大人が三人がかりで毎晩だぜ。薬を使や簡単なのに、ただふつうの棒だ、角材みたいなやつで追いまわして殺すんだってさ。おれは一回だけ見に行ったけど、みんな興奮して気違いみたいな目つきだったぜ。朝、仕事が終って帰る時彼らに会うと、睡そうだけど満足したような顔でおれの方に三本とか五本とか指をつき出してみせる。ゆうべそれだけ殺したっていうんだな。その中の一人なんかほんとにちゃんとした男だぜ、女房と子どもを二人つれて、ゆったりした顔でデパートへ入って行くのを見たことがある。ええ？　精神なんてお前、そういう場合何をさしていうんだよ。——また、運動会の話か。おれは別にごまかしたりしちゃいないよ。結論はさっきいった通りなんだからな。まとめていやどうなるんだ？　東京で一番でかい鳥料理屋に三年以上もつとめてた三人の野郎が、急に仕事をやめて田舎へ帰って来たと思ったら、どういうわけか女の子にひどいことをして、またすうっと戻っちゃった。——仕事？　別に辛いってことはなかったよ。百姓やること考えりゃ、たいていのことは平気さ。飽きたんだよ。何となくつまんなくなった。三年以上いたことの方がおかしいくらいのもんだ。ただおれたちは三人一緒にはいったもんだから、お互い相手がどうするかなんて探りあってるうちに時間がたっちゃった、その点は愚かだったよ。誰も勝てねえ勝負なのに競争してたんだな。七年間まじめにつとめれば支店を出してくれるなんて店じゃ宣伝してたけど、それをまに受けたわけじゃねえんだ。あれは七年つとめた上で、五百万以上とかなんとかそういう金を積んだやつに限るのさ。最初から金の都合のつかないおれたちには縁のないやり口だったんだ。別にそのことを恨んでどうこうなんて気は今だって全くないけど。でも、鳥だけはもう食う気が起きねえよ。玉雄とおれはずうっと材料の方にまわされたままだったからな。手羽、もも、ささ身、そいから臓物のえり分けだ。ゴムの前かけして、床のタイルには水を流しっぱなしでやってたけど、匂いだけはどうしてもな。玉雄のやつは今でも自分の手の匂いを十分置きぐらいにかぐ癖がついた、野郎おしゃれだからな。はいって半年目ぐらいの時、やつはどうしてもその匂いに我慢ができなくなって、どうせそこらの女の子に何かいわれたからに違いないけど、アメリカたわしって、ほれ、グリーンかなんかのごわごわした布っきれみたいなのを買いこんで、風呂屋の洗い場で石鹼であぶくだらけにして指をこすってたな。六さん、もう匂わねえだんべ、屁の匂いもしねよな。おれがとぼけてたらまたごしごしやって、そのうち石鹸の泡がふわんとピンク色になった。血さ。気にすんなってばさ、これからは鼻の悪い女とつきあえばいいじゃんかよっておれがいったら、水を思いきり流して涙ぼっちを吊してやがった。——純情だってかや？　ふん。お前なんかにはそういうんが純情に見えるってことか。そういうことなら、玉雄をのけてやったらよかんべえ、そのお前さんがいう性的犯罪って枠の中からさ。ミソオッチ？　あれのことはお前の方が十倍もよく知ってべえが。大体あれんちはお前んとこの小作だか百姓番頭だったかだよな、むかし。東京じゃあの鳥のことをミソサザイっていうんだってな。ひょこひょこの気の良さそうな馴れ馴れしい顔つきしててよ、ひょいと気がつくとひとの背中や頭の後にまわりこんで、チョツ、キチガイなんて鳴きやがる。鳴かねえ？　そんなこたあねえ、おれだって何度もキチガイって鳴かれたぞ。もしそうじゃねえっていい張るんなら、小鳥までお前さんを子どもの時から尊敬してたってことになる、まったく大したもんだ。——わき道になんかそれてるもんか。おれはミソオッチの話をしてくれてるんだ。あれは全く人を小馬鹿にした油断のならねえ鳥よ。道敏のミソオッチだって……。そうだ、お前



も覚えてるだろ、あいつのおふくろがポックリ病で死んだのを。あれはおれたちが小学校二年、二年の時だったいな、確か。お前なんかが先頭になって、ポックリコロコロポックリコなんてからかってたじゃねえかや。ふんだけどな、ありゃ嘘。ポックリ病だなんてのはな。あれはミソオッチが殺したんだ。——公平じゃねえ全く公平じゃねえさ、ここにいねえやつの話なんかな。そんなら止めにするだけだ。おれはウイスキーの義理に感じて喋くってるだけなんだからよ。でもな、おれは道敏の口からじかに聞いた、もちろん東京へ出て来て寮のおんなじ部屋で寝起きするようになってからのことだけど。しょうがなくて打ちあけたなんてもんじゃなかったんだぜ。どっちかっていや、自慢してるようなそぶりだった。信じなくてもいいさ、おれだってまさか小学二年のガキがと思ったもんな。原因はとにかくとして、やつが学校から帰ってみると、牛を売っぱらっちまった空っぽの牛小屋のハリからロップをぶる下げて輪っかを作って、その中におっかあが首を入れてたっていうんだ。飼葉桶をさかさにしてその上に乗ってたっていうんだ。ミチ、この桶を蹴っとばかしてくれやっていった。ミソオッチにもどういう意味か分ってたから、腹がへっててそんな力は出ねえやって答えると、台所にさつまとじゃがいもとふ

かしてあるから、さめて固くならねえうちにじゃがいもの方を先に食いなってふつうの声でいったちゅうんだから。やつは台所へ行ってじゃがいもを三つ、時間をかけてていねいに皮をむいて食ったけど、ミチ、腹がくちくなったら来とくれって呼ばれたんでまた牛小屋へ行った。おっかあはさっきの姿勢のままだったけど、今度はものもいわずに手招きして、近寄った道敏の首にぎゅうって手をかけた。上から無理にしめあげるような形だな、なにせおふくろの方は飼葉桶の上でロップの輪っこに……。なんだや、その手つきは！　テープを停めようってぃうんか。ああ、停めれや。おれが出まかせのでたらっぱしを喋べくってると思うんなら、それでいいさ。全くの話、おれはあんたにものを語って聞かせる義理なんか毛ほどもねえんだ。それともなにか？　ミソオッチのおふくろは死ぬ前にあんたのおやじがやってるコンニャク工場に通ってたから、そんなことで思いあたることでもあんのかね。ミソオッチのおやじは行方が知れないままで、あの葬式はあんたんちで面倒見てやったはずだからな。——止せよ。お前さんからいいわけを聞いたって別におれにはどうってこともねえや。十何年も前のことだ。お前がひとのことにお節介やくから、ちょっといってみたくなったんさ。さあ、お前のいいたいことを早くいっちまいなよ。志木の部落の血がまじってる女の子をなにしたのがけしからねえってことなんだろ。そういうあやしげな噂を聞きつけて、放っとくわけにゃ行かねえって思ったんだろ。おれだって今差別ってやつが問題になってるぐらいのことは知ってらあ。あんたが押しかけて来たのもそういうはやりの中のことだってのもな。いいさ。そういう噂に食いつきたきゃ勝手にやれや。だけど当のあの女の子がどう思ってんのか、そういうんも調べるんだろうな？　——狂った？　気がふれたっていうんか、ほんとに？　そうか、ふうん。それで、そのことでおれたちをとっちめるために、そういう腹づもりで来やがったんだな。……お笑いだよ、はっ！　ばかばかしくて屁も出ねえや。ポックリコロコロポックリコだ。さて、見まわりの時間だ。言っとくけど狂ったとか何とかっての聞いたから出て行くんじゃないぜ。労働、神聖な労働の時間なんだからな。……おい、あんたも帰ったらどうだ。さっき入って来た裏口は掛けがねをはずせば出られるからな。ああ、忘れないうちにいっとくけど、さっきのミソオッチの話。あれはほんとだぜ。やつがおれに喋ったときちょっとぐらい色をつけたかも知れねえけど。つまりさ、おふくろに首ねっこんとこを持ちあげられて、やつは苦しまぎれに手足をばたばたさせたんだ。ミソオッチはおれに絵まで書いて見せた、振子の原理だっていやがった。体全体が宙に浮いて、浮いた体が飼葉桶を蹴っとばすことになったんだ。振子の原理……。

――いたのか……やっぱりな。そうだとは思ってたけど、しつこいぞ、お前。おれは二ケ月も毎晩ひとりでここで暮して来たんだからな、あんたをどうにかしようと思えば、どうにかできるんだぜ。何だ、こわがらねえのか。そういうとこが物持ち金持ちの伜のつまんねえとこだ。おれはずうっと一緒にいたけど、玉雄やミソオッチが急におっかなくて仕方がねえことがあった。今笑ってたと思ったら、次の瞬間庖丁をにぎられるんじゃねえかみてえな……。――何で一緒に運動会へ行ったかって？ お前は最初から間違ってる。おれたちが行ったのはお祭で、運動会なんてヘチマなもんじゃなかったんだぜ。誰がさあ！ 運動会だなんてもんには頼まれたって行くわけねえだろ。お前、別に聞くほどもねえけど、さっきいったの、ありゃ嘘だろ。嘘いったんだんべ、あの子が、ヨシ子が気がどうにかなんてよ。おれをおどかすハメ手だよな。……ふん、やっぱしそうか。いいってば。弁解なんかするなって。あれはな、あの子はそういうタチの子じゃない、おれは今階段を上り下りしながら、そのこと



に気がついた、そんなわけはねえってな。どうしてそんなことが分るかってお前は聞くだろうよ。おれは別にかくし通そうって気じゃない。気じゃねえけどお前に喋っても分って貰えるかどうか、そうじゃねえ、自分でも自分のいうことがどのくらい信用おけるもんか……。――見たことは見た、どっちかっていや一番はっきり見たのはおれたちかも知んねえな。屋上にいたんだ、三階の上のあの屋上さ。まっすぐ目の下が一等とか二等にケチな賞品を渡す表彰台で、ここからしょんべんしたら、ひと騒動起こせるなあなんてとぼけたことを玉雄がいってたんだから。面白くねえなんてもんじゃなかったよ。田んぼを二枚も潰して急ごしらえした駐車場にはわんさと車がつまってんのによう、校庭と来たら子どもの遠足かなんかみてえで、一人前に酒飲んでる席なんか数えるほどもねえじゃねえか。おれたちはお祭りに帰って、知り合いってえ知り合いを一軒づつ梯子酒するつもりだったんだ。腹も立って来らあな。だめだ、だめだ。こんなことをいうとお前はすぐ、その腹いせにおれたちが事をおっぱじめたなんて勘ぐるに違いねえからな。とにかくおれたちは見たよ、あの子が円盤を投げるのをな。白いサークルいっぱいに一回転して投げるやつだった。上から見てたからぐるぐるまわる円盤がふわっとおれたちんとこ

へ浮びあがって来るような感じで……。いい体してやがるなあってミソオッチがいった。おれは上背もあるし、フォームができすぎなんで、新しく転任して来た教員かなんかだと思ってたら、ヨシ子だよ、例の、ほら、あのって玉雄がいったんだ。それでもまだおれにはピンと来ねえ。例のだのあのだのって何だって聞きかえしたぐらいだからな。そいで玉雄が手真似をして見せてやっと分った。それにしちゃあ立派に育ったもんだっておれは感心した。——偏見だって？　そういうんを偏見だっていうんなら、お前はあの子のことをひとに説明して聞かせるとき、何ていうんだや町村合併になってから新しく同じ村になったある部落の男と結婚した女が、その結婚をよってたかってぶちこわされてから産んだ私生児。そんなことをいくらでれでれ説明したって何のことかわからねえじゃんか。玉雄は手っとりばやくおれに教えて、おれも手っとりばやく分ったってだけのことだ。それのどこが悪いんだ？　——心の奥底？　とぼけたことというじゃんか。奥底も何も、心なんてえもんはまるっきり関係ねえや。まあいいや、お前がいいたいことの筋は読めてるんだから、争う気にはならねえ。いや、きっと反対さ。心みてえなもんが働いてたとすりゃ、人間ちゃなかなかきれいなもんだと思ってたんだからな。それから事



故が起きた。あれも絵のようにきれいだった。円盤が地面に当ってひとはねしたとき、わざわざそいつにぶつかりに行くように白いトレパンがとび出して、ちょっとの間立ち停ってから、すっと横倒しになった。横ざまに倒れた。前もって練習かなんかしてあったような具合に見えたよ。それから……、それからどうなったんだっけなあ。——馬鹿馬鹿しい。それが、そういうんが噂ってえやつだ。おれたちがそんなことに腹立てて騒ぎまわるわけはねえじゃねえか。どっちかっていや、ちょっとした見ものの場にいあわせたことで、お祭にふられたみじめな気分を忘れたような感じってことにでもなるんかな。だからおれたちは運動会に見切りをつけて、酒を買いに出かけたんだ。レンタカーだよ、おれが東京から運転してったやつで。誰かんとこへ腰をすえようと思ったけどさ、まだみんな運動会の方にいてうちは空っぽだから、野っ原で焚火でもすべえってことになって、三ツ双の手前の切り通しの上にのぼった。覚えてるだろ、学校の帰りにあの切り通しの上から、女の子によく石をぶん投げたじゃねえか。蛇を投げたこともあるってミソオッチはいってたけど、おれはそいつは覚えてなかった。火がいい具合に燃えかけた頃にはもう暮れかけて来て、最初は車がズラズラ通って行って、それから、小学生、中

学生の順でみんな帰って行く。おれたちはまだ酔っぱらっちゃいなかった。これが大事なことなんだぜ。どうせお前の聞いた噂ってのは、おれたちがベロベロに酔っぱらってあの子を追っかけまわしたなんて式のものに違いねえんだからな。全くの話、今ぐらいアルコールが入ってりゃ、おれもあの時余計なことをいわずに済んだんだ。玉雄のやつだって、まだ歌をうたうのは早えなっていってた。あいつが歌を習ってたのは知ってるかい？歌手になるつもりで週二回、声楽のレッスンとかいうのに通ってたんだぜ。その先生ってのがマンションに独りで住んでる四十女で、ろくすっぽ歌なんか教えないで、帰りぎわに握手をしてくれるんだってさ。自分自身を尊敬するのよって必ずいうんだってさ。おかしな話じゃねえか、自分自身てもんを尊敬すればいい歌手になれるって意味なんだぜ。おれとミソオッチは金を大川へ捨てるような真似は止せだの、いっそその四十女のヒモになっちまえだのって、大して身を入れねえ忠告をしたり、「鳥ごろしのブルース」とか「自分を尊敬できない時は」なんてでたらめな歌の歌詞を作ってやったりしてたっけが。全くの話、やつが、夕暮だの落葉の焚火だの子どもの頃の思い出って種類に感激して歌い出すようなタチだったら、おれたちもそれに気を取られて、あの子



が帰って行くんに気がつくようなこともなかったんべな。上も下も紺を着てた、長袖と長ズボンの本格的な格好、その上にこれも紺で白い線のはいってるジャンバーをひっかけて。おれはつい声をかけた、かけたっていってもあの切り通しの崖の上からだからな、三十メーターぐらいあるかな、下の道までの距離は。かっこいいぞって叫んだんだ。――そうだんべ、そんなことだんべ。あとからおれたちはいやってほどその式の文句を聞かされたよ。わざわざ通り道に待ち伏せしてて、子どもには聞かせたくねえような助平なことをわめいたとか、ぶち殺してくれるってどなり散らしたとかっていうんだろうが。そんなこたあねえ。おれたちはプロ野球の選手に声をかけるより百倍も上品にやったんだ。正確には思い出せねえけど、いいフォームだったぜとかさあ、また見してくれよなとか。うん、そうだ、玉雄がヨシ子って呼んだな。ヨシ子いい選手になってくれよ。ヨシ子のまわりにいた三、四人の女の子が彼女に何かいった。おれたちは笑って見下ろしてた。だけど日が落ちたから、誰がどんな顔つきをしてるかなんか見えやしなかった。急に女の子たちがひとかたまりになって駈け出した。そのときは別にびっくりもしなかった。何となく楽しくなってよ、声出して笑ってたんだ。逃げて行く方へ向って、

ヤッホーなんてお人好しの声なんか出しちゃって。それからふうっと気がついた、ふつう冷やかされたら自分のうちの方へ逃げて行くものなんに、反対だ、あの子たちは学校の方へ引きかえすように逃げて行く。そのことだけをおれは変だなあと思った。念のためにいっとくけど、その時はまだヨシ子の円盤投げが今年になってからの県の中学最高記録だってことを知らなかったのはもちろんだし、足に円盤がぶつかった厚が一ケ月も寝てなきゃなんない骨折でギブスをはめられたってのも聞いちゃいなかったんだぜ。――おたんこなす！　噂のことなんかてめえの方がよく知ってるはずじゃんか。そういう噂を聞きこんでお前は調べるとかなんとか、そういう気を起こしたんじゃねえか。共同体だとかってお前いったな？　そりゃいったいなんの意味だ？　おれはねえ村のバカ奴らなんか、てめえんちの豚でも死なねえかぎりはどんなどでかいことが起ったって面白がってうれしげに見物してるもんだと思ってるんだ。奴らはそういう奴らなんだ。おれたちのことを、おれたちとヨシ子のことを面白がってただけなんだ。東京からふらりかえって来た三人の野郎が、中学生の女の子をれん中まで追っかけまわした。その子に部落の血がまじってるとなりゃ、これはただごとじゃすまねえ、ただごとですむって考える



方がおかしいってもんだ。奴らはそんな具合に楽しんでたっちうんがほんとのところだ。だからさ、だからだよ、おれたちも一緒になって面白おかしくしてやったんだ。それは変てこりんな気持だったよ。実際はおれたちが追いかけもしねえっていうんに、あの子は息をきらして、山をどんどん中へはいって行って、一緒についてったほかの女の子がいくら呼んでもふりかえらねえで、とうとうひとりっきりで消えちまったっていうんだからな。星が出てたっていっても山ん中は闇だからな、その闇の中に消えちまったっきり、いくら呼んでも返事はかえって来なかったっていうんだからな。そんな時おれたちは何もしなかったなんて言いわけをして通用するはずがねえじゃねえか。そいだからさ、明日あかるくなったら山狩りするから待っててくれやなんて、ふざけたことをいい歩いてたんだ。おれはそれでも車があったからな、レンタカーをそこらへぶっけったりしたら大損こくから、酔っぱらうほどは飲んじゃいなかったけど、やつらは、玉雄とミソオッチは相当できあがってた。だもんだから、厚のうちへ行って足を怪我させられたしかえしはこのおれたちに任してくんろって申し入れをしとくべえなんていい出す始末だった。その時にはもう分ってたんだ、足を折った厚が来春、おれたちが止めて来た

ばっかしのあの鳥屋に就職が決まってるってことがな。それが玉雄たちを元気づけちまった、後輩をやられて黙ってちゃ先輩としてどうだとかこうだとか。筋の通らねえくそ理窟さ。おれたちはその鳥屋がやになって止めたんだからな。おれがそういうと、あんなに鳥の匂いのきらいな玉雄が、もう一回頼みこんであそこへ就職する気だなんていい出しやがる、それがかわいそうな厚に対してのせめてもの好意だ。ふん。おれは何もかも馬鹿くさくなって、ひとりで車の中にいた、ひっくりかえって寝てたんだ。十分もしねえうちに、やつらにいわせりゃ盃二杯も飲まねえうちに、叩き出されて来た。厚の兄貴と、はげの教頭と、まだ運動会の笛をぶらさげた体育の教師にな。教師がおれにいったよ、六郎くん、このまままっすぐ東京へ帰ってくれ。中学の生徒じゃねえんだぜっておれはいってやった、あんたに指図を受ける必要なんかねえんだ。厚の兄貴が白い紙に包んだままの一升ビンをおれに渡してよこした。六、ものごとには加減ちうもんがあるんだぞっていったよ。あのうちとおれんとこは三代だか四代だか前の親戚だからな。おれはああって答えて、二人を車ん中につっこんで発車させた。このまま帰っちまうんかってミソオッチがわめいたけど、おれもどうしていいかわからなかったよ。県道へ出たら玉



雄がとめろっていった。ヨシ子とおふくろはまだ厚んとこへ謝りに行ってねえ、だから今夜中にきっとここを通って厚のうちへ行くはずだっていうんだ、待ち伏せすべえっていうんだ。おれはバックさせて、県道から厚のうちへ曲るとこの道端に車をとめた。おれはやつらに一升ビンを渡してやった。やつらがしようと思うことは分ってたから、飲みすぎてひっくりかえっちまってくればいいと思ってたんだ。だけど玉雄のやつは急に酒がさめたみてえな低い声で喋りやがる。六さん、六さんがおっかあの方をおさえこんでくれよな、その間におれたちがあのあまを車ん中へ連れこむからさあ。もちろん連中の姿が見えたらエンジンかけとくんだぜ。そんなのは上手なやり方じゃねえっておれはいってやった、二人の真正面に車を突っかけるんだ、そうしりゃ、二人とも動きがとれなくなる。ミソオッチが小さい声でいったよ、おれは強姦だけはしたことがねえ。それっきりおれたちは黙りこんじまった。やつらは何もいわねえで、ただ飲み続けてたよ。——時間？　ああ、見まわりのな。おれは動くのがいやんなった。お前かわりにまわって来てくれよ。その間にこのテープに吹きこんどきゃいいんだろ？　鍵？　持ってって適当にやってみろよ。あかない所は結局大丈夫ってことなんだからさ。一番はしっこの

奴が屋上のだ。屋上だけはあがって見てくれよな。

――ウイスキーがひとビン空になったか……。おい川村、おれが何でてめえにこんなもちもねえ話を喋る気になったか、てめえはまだ分っちゃいなかんべや。振子の原理だぞ、振子の。あれはおれの方へ大きくゆれてくる分だけ、お前の方へも大きくぶつかって行くんだからな。てめえ、そのことをよく覚えてやがれ。お前のおやじは去年ダンボールの工場を作って、今年は今年で田んぼをつぶして自転車のベルの工場をこしやったんべや。近所の女たちを集めて安い金で働かしてるんだってなあ。百姓の片手間で現金収入になるってんで、みんな喜んでるっちうじゃねえか。違うおれがいいたいのはそんなことじゃあねえ。自転車のベルの工場の方は全部が全部、志木の部落の女衆だってな。あすこの人間たちをよく受けいれたっていわれてるそうじゃねえか。差別だの偏見をのりこえた人格者だなんて讃めてるウスラバカもいるぐらいだ。でもおれはだまされやしねえからな。普通の衆の半分も手間賃を出してねえに決まってる。そうやって儲けに儲けながら讃められてるんがてめえのおやじだぞ。その儲けの中からてめえは大学へ入って、こんなおれんとこまで押しかけて、おれを、おれや玉雄やミソオッチを……。いいさ、そういうてめえがおれたちの精神だの心の奥底だかになにものかがあるなんて。調べろよ、よく調べてみれや。いっとくけど振子の原理だからな……。ポックリコロコロポックリコだ。車ん中でミソオッチが歌い出したんだよ。ただそれだけを何べんも何べんも。ポックリコロコロポックリコさ。玉雄のいった通りだったよ。ヨシ子が先に立って、そのあとをおふくろが歩いて来たんだ。おれは自分でいった通り、まっすぐ車をつっかけるようにした。おふくろがヨシ子の前へとび出したのと、おれがブレーキを踏むのが一緒だった。やったさ、さっき喋ってたのとおんなじに。ああ、おれはおふくろのえりもとと袖をつかんで、謝りに来るためだろ、きちんと着物を着てた、そいつをつかんで道のわきの用水の中に突き落とした。今でも不思議に思うけど、このおふくろもヨシ子も一言もいわなかったな。どういうことだんべか。ひょっとしたらおれが興奮してて聞えなかったのか。いや、そうじゃねえ。おれはずい分冷静だった。やつらがヨシ子を車に押しこんでドアをしめたとたん、待ちかまえてきれいにスタートさせたんだからな。玉雄とミソオッチの荒い息が後から聞こえてた。鏡の中にはヨシ子の姿はうつってなかった。ちょっとふりむいても見えなかったところから考えると、体を伏せていたのか、やつらがおさえこんでたのか、どっちかだ。共同飼育場！って玉雄がいった。お蚕のチビを共同で育てる部落と建物。臭くってだめだとおれは答えた。どこでもいいから細い道へはいってとめろってミソオッチがいった。おれは答えなかった。やるんなら、中学のあの校庭のどまん中だと思ってたからだ。どこへ行く気なんだ、とまた玉雄がいった。おれは、ヨシ子ってはじめて呼んだ。返事はなかった。おれはもう一回呼んだ、ヨシ子、学校へ行くからな。なんてことというんだってミソオッチがわめいたけど、おれはスピードをあげてまっすぐ校門を通ってグランドに入った。きれいに片づいてて白いまっすぐの線や丸い線だけが残ってた、それとあの万国旗。おれはグランドをふたまわりした。もし宿直や小使いがいれば出て来るはずだ。教員室にだけはあかりがついてたけど、人がいる様子じゃなかった。お祭の晩だ、運動会の終った晩だ。どっかで賑やかに飲んだくれているに違いない。おれは車を門の方に向けた。正直な話、おれは輪姦なんかいやだと思ったんだ。その時急に思ったんじゃねえ。最初っから玉雄やミソオッチと一緒だってことがたまらねえって気がしてたんだ。やるんなら、おれがひとりでと思った。そういううまい手はないかと思ったんだ。それから、ひとつだけ考えていた。ヨシ子を逃せばいい。これだけのいい体をしてるかぎり、呑んだくれた玉雄やミソオッチが追いつくはずはねえ。おれはまた車を校舎の方に向けた。なにか気がついたんだな、玉雄がおいといった。おれは急ブレーキをかけ、すっとびおりた。そしてつんのめってうろたえている奴らの方のドアをあけた。ヨシ子、逃げろっておれは叫んでやった。その時だけだったおれとヨシ子の目があったのは。おれは今でも気分が沈んだときに甘いことを考えたりする。あのときあのことばを、ヨシ子はおれが助けるためにいったと思いこんでるんじゃないかって。もちろんバカ気たことだ。誰がそんなことを信じるもんか……。ミソオッチの手はもうヨシ子の紺のトレパンをしっかりにぎっていた。おれはその手をひねりあげてやつを車の外にほうり出した。玉雄が反対側のドアからヨシ子をひっぱり出そうとしていたっけ。おれはゆっくり車をひとまわりして、玉雄の体に体当りした。玉雄も倒れ、おれもその横に倒れた。ヨシ子だけがぼんやり突っ立っていた。六さん、さきにと玉雄がそのままの姿勢でいった。ヨシ子がギクッと体を動かした。ミソオッチがとびかかるように車をまわって来たんだ。ヨシ子は逃げた。みごとな逃げっぷりだった。校舎の中へ逃げたんだからな。そう、あっと思った時は校舎の横についてる階段をもう半分ほどもかけ上っていた。ミソオッチがよろめくように追っていった。玉雄が立ちあがった。おれはひっくりかえったまま体をねじって建物全体を見た。行かねえのか、六さんと玉雄がいった。教室は三十いくつあるんだっけとおれは答えた。畜生！　玉雄がわめきながら階段の方へかけて行った。ああ、その時はもうヨシ子の姿なんか見えやしなかったさ。おれはやる気をなくしたんじゃない。急にちがうことを考えたんだ。そうだよ、違う女のことをな。暗い教室や廊下を鬼ごっこしたって、どうせあの子をつかまえられやしない。おれたちが卒業してから、きっと新しいかくれ場所のひとつやふたつできてるにきまってる。おれはあわてて車にのり、もとの道を戻った。さっきヨシ子をつかまえたあの道さ。県道っていっても田んぼ中の何もない道、誰の姿も見えなかった。おれは車をとめた。用水の中をのぞいた。いた！　ヨシ子のおふくろは腰のまん中ぐらいまで水につけて、その水の中に正座していた。おれはすぐには声も出せないでその姿を見下ろしていた。さっきからずうっとこのままでいたに違いない、ひえた水に自分の腰をつけて。おれは思わずとんまなことをいっていた、つべたくって、風邪ひいっちまう。ヨシ子のおふくろははじめて体を動かし、水でゆっくり顔を洗った。それからおれを見た。おれは少しずるい気持になっていた



んだな。首をふってから、逃げたよ、大丈夫だよといった。……これからあとはもういうことなんかねえんだ。おれが彼女の方に手を出す前に、彼女の方が手をさしだした。それから……、もちろん着物の裾をしぼってやった。裾なんてもんじゃない、帯のすぐ下までだ。さあ、これでわかったろう。……、車の中に長い間一緒にいたあと、おれはあの人にきいた。その答えだけをお前に聞かせてやりたいよ。いろんなことといわれながらこんなとこにいるより、とおれはいったんだ、東京へ出れば別に誰も……。ヨシ子のおふくろは暫く黙っていてから、ゆっくり笑ったよ。それはちょっと気味が悪いくらいだった。人にああだこうだいわれてる方が、むかしは辛かったけど今はかえって気持がいいっていうんかねえ。それからもうひとついった。あたしがいるんで志木の部落の女衆が自転車のベルの工場に気持よく来てくれっからね、ほんのちょっとは人さまの役に立ってんだね。川村、お前のおやじの工場のことなんだぞ。この人のおかげでてめえのおやじは儲けをふやしてるんだぞ。人さまの役に立ってるんじゃねえ、川村のおやじにいい目を見さしとくだけじゃねえかとおれはあやうくいいかけるところだった。でもやめた。ほんのちょっとは人さまのお役に立ってる、それもまるっきり違うとは思えねえから

な。……これで終りだよ。お前が調べたいってことにぴったりかどうかわかんねえけどな。そうだ、玉雄とミソオッチがいたな。おれがヨシ子のおふくろと別れて車で中学へ行ったら、玉雄がつまらなそうに門の所にしゃがみこんでたよ、げっそりした顔してな。教室と廊下を走りまわってくたびれはてたんだろ。むこうから、ミソオッチが来た。やつは黙っておれと玉雄の顔を見比べていてから、キイキイ声で笑やがった、おれ、やったぜ。玉雄が急に立ちあがってミソオッチを殴りつけた。おれも一緒になって無茶苦茶にぶん殴ってやった。とうとうミソオッチが泣き出した。助けてくれよ、嘘だよ、嘘だってばさ。それでも玉雄とおれはミソオッチを殴り続けてたんだ。手には力をいれないで、ミソオッチの顔もみないでおれは殴っていた。万国旗の下だったんだ。いい運動会だったよ。

# 居残りイネ子

母ちゃんがしんじつ蒸発したとわかったとき、ひとつなんだなあイネ子と二人で乞食さまでもはじめっかなあやとおばあがいった、おらあその昔立派にやってのけた腕がござるからのう。私は大笑いした。農協の預金から郵便貯金までお金と名のつくものは座敷箒で掃きとるようにきれいさっぱり持ってかれっちまったんに、おばあは泣きごとをいうどころかこんな冗談をぶっとばすような胆の太いところがある。おめえがふんとにしねえんも無理はなかんべ、しょうげえの秘密だからと思って誰にも語ってきかしたこたあねえもんなあ。おばあは三十そこそこのときから後家を通して来たから甲状腺ホルモンの関係で首の右っかたに大きいこぶを吊している、おまけに左の眼は白い薄皮がかぶさっているから確かに乞食の身なりをすればいい加減いい線を行くだろう。しまっときなよと私は笑いながらいった、生涯の秘密ならお墓ん中でおけらにでも語ってやるのが本筋でしょうが。冗



談こじゃねえぞいとおばあはひとつ目をぐりぐりさせた、おらあ四十七の年から四十九の年まで三年間ちゅうもの、麦蒔きをおえて翌年じゃがたら植えつけるまで……。まるまった肩をなおすくめて両方の掌にほうほうと息をふっかける。すぐこういう具合に芝居がかって来る。私はいろりに松の枯っ葉と松ぼっくりをくべて燃やした。三年前に父ちゃんが消えちまって今また母ちゃんが屁もねえ能なし男と蒸発して、残ったのはこのおばあと私だけだ。おばあが自分の気休めにか私の気分を引き立たせるためにか出まかせのこしらえ話をしてくれるとすれば、まに受けてやるのがまあ人情ってものだ。四十いくつだとすりゃ、おばあはまだきれえだったんべねえ、乞食女には美人が多いっちうことは聞いてたけどと私はお世辞をいった。あれらの類いは色気違いのもの狂いでおらなんかとはわけが違うどとおばあがいった、色気違いの乞食あまは貰いもんのうどん粉を川の水でといて顔中に塗ったくるんだかんな。学校帰りの生徒から赤え絵具をふんだくって口のまわりをまっかっかにしてるんもいたっけが。そけえいぐとおらんかのは嘘いつわりなく食ってぐために乞食したんだから生活派っちうようなものだんべえ。生活派とはよくいってくれたもんだと思う。私んとこは戦争前はささやかな地主で、戦後は父

ちゃんが教員をしておばあと母ちゃんそれに私が田畑合わせて四反歩をこす百姓を続けて来たから、生活に困ったことなんか一回もない。むしろ村の中では小じっかりしたしんしょう、つまり中産階級の上とでもいったところだ。まったくおらあ気が確かすぎるほど確かだったいなあとまたおばあはいう。私は少しバカ臭くなったから、牛小舎へ出て大麦とフスマと飼葉をまぜた上から水をぶっかけて乳牛に食べさせ、それから便所にはいった。このお便所だけは牛小舎の隣なんかじゃなくて、うちんなかへ作りこまなきゃ婦人会の衆に恥しくってと母ちゃんがいいいいしてた便所。むき出したお尻にひやっこい風が下から舞いあがって来て、出そうなものが出なくなる。わざと背中をふるわして出そうとすると、それがほんものの胴ぶるいになった。おばあは狂っちまったんじゃあるまいかと始めて気づいた。いつもの冗談こだと受けとるんは間違いなんだ。ふだんから折合いが悪かった母ちゃんの悪態ひとつもいわずに、ありもしない乞食の話なんかするなんて、もし気がふれたんじゃないとしたら、ショックで呆けはじめたに違いあるまい。やれやれやあと私は年寄りがよくやる溜息の声を出した。つられて申しわけのようにチョビチョビッとおしっこが出たが、私はそのまま暫くお尻を冷たい風に当ててしゃ



がみこんでいた。母ちゃんが蒸発しそうな気配はひと月ばかし前からわかってたんだから、先手を打って私が出て行くべきだったのに、そうすれば母ちゃんはどこのどんな男とくっつこうが、このうちを離れられなかったはずなんに。自分じゃそれほど愚かだと思ってないのに、どうしてこうドジなんだ？　灰色の厚い紙を使いながら、まだ処女であることなんてのもそもそもドジではあるまいかと何となく思った。そうだ、私に決まった男がいないってことは大概の衆が知ってるから、母ちゃんが駈け落ちした件についての助平ったらしい噂が消える頃には誰かがムコを取れなんて話を持って来ることは目に見えてる。そんなざまになんねえうちに逃げ出さないことには、イネ子一巻の終りだぞ、おばあはもう仕方がない、年寄りの呆けは飛ぶようにやって来るから、そうして呆けきればもう人間じゃねえんだから、どっかのうちに押しっつけちまうべえ。私はいろり端に戻っておばあの顔をよくよく見た。おばあは角がはげ落ちた塗りものの書類入れとカステラがはいっていた大きい木箱をひろげて何か探しものをしている。イネ子、おれの眼鏡はどけえ行ったけかなあ。おばあのいう眼鏡は直径十センチもある虫眼鏡のことだ。あった、あったぞい、眼鏡よりはてめえの確かなまなこで読んでみてみれや。おばあが

さし出したのはごく当り前に印刷した一枚の葉書だった。文面も亡母の喪中につき年賀を失礼するといったありきたりのことしか書かれていない。わかってくれたかやとおばあがいった、その死んだおっかさんちうんがおれと組んで乞食した人なんだぜや。日付けはおととしの暮になっている。乞食の息子にしちゃずいぶんと礼儀正しいことをするじゃんと私はいってやった。そうともや、礼儀どころじゃあねえ蔵がふたっつと半分もあるような押しも押されもしねえ……。半分てなんのことだや、蔵が半分だなんてと私はいらいらした声で聞いた。おばあはひとつ目を細めるようにしてうれしげに笑った、イネ子は世間知らずだかんなあ、ふんとのでえじんこのうちを見たことがねんかや、半分ておれがいったんな、あれさ、門構えの横にはりっついてるようにおっ立ってる細い蔵のこんだ。いい加減にしとくれといって私は火吹き竹でいろりの火を吹いた。灰がおばあの箱の上にかかると、いつものきれい好きなおばあらしくふっふっと吹き払っている。年賀状が二十と一枚、あらあゴムの輪っかでとめといたっけに見当りやしねえ、その喪中につきって葉書が来たとき仏壇にしんぜてお燈明あげたまでは覚えてるっちうんになあ。私はほんの少しまじめになった。おばあが仏壇の前に毎朝一週間も坐っていたのは確かにおととしの暮だ。仏さまに頼んだって父ちゃんが帰って来るわけでもあんめえにとひやかしてやったのを覚えている。ばかあこけとそのときおばあはきつい声でいった、おれがとむらってるんは二十幾年も友だちだった人のこんだ。私は後家を立て通したおばあにも好きな男性がいて、その追憶にふけってるんかとおばあの身になってちょっとばかし感傷的になったものだ。それなのになあんだ、あれは女友だちだったのか。そうだ、そういえば越中富山の薬屋以外でわざわざおばあに年賀状を寄こす女性が一人だけいたっけが。細筆で崩し字と偏体仮名っていうのかな、とにかく私には一行も読めなかった。おれより二才がとこ上だったから、今のおらの年になくなったんだあや、竹内としえさんはなあとおばあがとても冷静な声でいった、おとむらいの挨拶状が来なかったんは二人のしょうげえの秘密を守るべえって約束をとしえさんがなしとげたからに違いはあるめえよ。私は拍子抜けした。変にがっかりした。気がふれたどころか呆けてもいないらしい。とすればこのおばあをどっかへ押しつけて逃げ出すのも簡単じゃない。思わず私は正直にいった、モウロクしたと思ったらそうじゃないんみたいね。誰がさあとおばあが勢こんで答えた、息子にも嫁にも逃げられたんだかんな、こんな時は頭を三層倍もしゃっきりさせとかなきゃなんなかんべえ。だって乞食だなんて突拍子もねえことをいうもんだからさあと私がいうと、頭が冴えっちまって気が確かすぎるほど確かだからおらあ乞食の話を持ち出してくれたんさあとおばあは気持よさそうに笑った。

今までの経験からいうと、おばあには人をかついで一杯くわせる癖があるから全面的に信じていいもんかどうかわからないけど、その晩喋べくった乞食時代の話は、半分近くは信用していいものかも知れない。戦争が終ったとき、兵隊にとられていた長男も次男も生死がわからなかった。秋になって長男の戦死がわかり、年があけてから次男、つまり私の父ちゃんがシベリヤに抑留されてるらしいことがわかった。おばあは何をするのもあいそこうそもつき果てて善光寺さんへ独りでお参りしよう、お参りをすませてから先々のことを考えようときめた。死にたくなったら千曲川へとびこむまでだと覚悟したのだそうだ。それから一番ボロボロの着物を着て（復員帰りがうろうろしてて物騒な時だったから、いいものなんか着てたらたちまち引っぺがされっちまうからなとおばあはいったが、死ぬ覚悟まで出来てたらそんなこと問題じゃないのにと私は思った）汽車なんかには乗らずポックラポックラ信州へ向って歩き出した。お金は一銭も持たず、お米を二升だけ細長いさらしの袋に入れておなかに巻きつけて行ったというのだ。中仙道なんか通らずに内山峠を越えて南佐久に入って行くと、二度ばかりほんものの乞食に間違えられて黙っているのにおかゆやじゃがいもを貰った。それに味をしめてあっちこっち寄り道して二十日以上かかって善光寺さんに着いたときは身なりはもちろん、心持まで気違い乞食になってお参りする気もおきなかったという。四十七で女盛りだったから（とおばあは主張した）男や若い衆にずいぶんと悪どい真似をされた。しかしおばあはひとつだけ奥の手を考えておいたから難は免れた。それは、おらあかさっかきの梅毒だど、おらの体にふれてみろ、ひと月もたたねえうちにてめえのその鼻がポロリと欠け落ちるからな、さあ好きなようにしろといって道端へでも土手へでも大の字になってひっくりかえるのだそうだ。左の眼がちょうど悪くなりかかってたから、その言葉は絶対に効き目があった。とにかく善光寺さんへ着いてもお参りする気がなくなっていたし、町なかは貰うにも寝るにも不自由だから早いとこ在の百姓家の多いところへ戻ろうと歩きはじめると、一人のきちんとした身なりの（といっても上下揃いのもんぺ姿だったそうだが）女の人がどこまでも後をつけて来る。もう夕暮れになっていて薄気味悪いから駈け出してみると、その人もまた駈け出して、とうとうおばあをつかまえた。恐れ入りますが、あなたの着物と私のと物々交換して貰えませんか。おばあは心の底からぶったまげた。こっちは気違いの真似をしてるのに、この人はほんものかも知れないと思った。それでつい本音をはいてしまった、おらあほんの気晴しにやってるっきりのこんだけど、お前さんはほんものの気違いじゃあんめえな、そこらの病院から逃げて来た？　竹内としえさんはとてもおかしそうに笑ったという、ごめんなんし、私もきらくまんざいにあんたのようなことがしてみたかってたんずら。それから二人は身の上ばなしをしあい、両方とも後とりが戦死しちまったということがわかった。あとは簡単だった。竹内さんの家は上田のそばの丸子の在だったから、おばあは乞食の着物をその家にあずけて置き、竹内さんは乞食をやりたくなるとお客に行くようなふりをして家を出ておばあの所、つまりこのうちへ夜中に訪ねて来る。そして乞食姿に着換えてこの辺一帯を歩きまわる。竹内さんが帰って行ったあと、おばあは同じような具合に丸子の在まで行ってまた乞食をしたというのである。このきらくまんざいは昭和二十三年の正月まで続いたが、竹内さんがリューマチになったので三年でおしまいになった。あの人の旦那さまは村会



議長をしてたっけが、よそに囲い女をこしやってたんで、おらなんかよりよっぽどぼんのうが深かったんだんべな、そのぶりだけ乞食の着物を着ると女学校の生徒が学校の服にはじめて手を通したときみてえにはしゃぎまわったっけや。年賀状には他のことはなにも書かねえで、次の世に生れかわる時はあの三年間を一生のことに引き伸ばしたく思いおり候とか、おらあ方はおらあ方で男に生れちまったら世界中の往還をボロを引きずってなりふりかまわず歩くべえなんてえことばっかりいってやったりして……。

おばあ、と私は大きい声を出した、おばあはまさか今の話父ちゃんにもしてきかせたんじゃなかんべね？　おれがだとばかこけ、はなっからしょうげえの秘密だっていってきかせたんべや。じゃ、そいじゃさ、話さないとしても見破られたりするようなことはなかったかい、竹内さんの年賀状を父ちゃんが読んで……。そりゃ読んだわさ、読んどいて信州におふくろの知り合いがいるんかやって聞いたわさ、なあにこっちのさつま芋と信州のリンゴを取りかえっこしたっちうだけの仲さっていってくれたら、それっきり……。そいでもあれね、信州の竹内さんの住所を父ちゃんは知ってたわけなんね、そうだとすりゃ出張かなんかのついでにちょっと足を伸ばして丸

子まで……。このさんもんでく！　ウスラバカとおばあがいった、この世の中っちゃあ七人の刑事じゃねえんだぞい。イネ子はなんだんべや、おれが乞食暮しをして、それが大したきらくまんざいだったっちうんをお前の父ちゃんが聞きかじって、その猿真似をしてうちをひょいりと出てっちまったとでもいいてえんだんべや、全くその通りだから私は黙っていた。おばあが大あくびをして立ち上った、よた話をすると若え衆はすぐほんきにしっちまうから、おらあ方まで肩が張る。おばあは右足を軽くひきずりながら奥の部屋へ行きかけ、またなにげなくいった、イネ子は若えんだからしてえことをしろよ、こんなおばあにかかずらあってるこたあねえかんな。私はどうすればいいのか腹が決っていなかったから、また黙っていた。しばらくすると寝床にはいったおばあの咳が、いつもよりほんの少し苦しそうに響いて来た。母ちゃんが出て行って穴ぼこがあいたうち。いやそうじゃない、母ちゃんをものにしようとして毎晩詰めかけてた男衆がばったり来なくなったうちというほうがほんとだ。あの衆は今夜あたりはどこで呑んでるんだんべか。どっちみち私のうちのことを結構な肴にしてるには違いない。目玉後家んちから小泉先生さとこになって、先生が留守してるあすこに変って、三日前までは副会長んと



この寄合い（父ちゃんが消えちまってからも母ちゃんは婦人会の副会長をやめなかった）今は何て呼ぶんだろ、副会長が男をこしゃって逃げちまったあすこなんて長ったらしいことはいわねえはずだから、また目玉後家んちに舞い戻ったってとこか。うかうかしてると私のことがこのうちの呼び名になる。口が腐ってもひとりぼっちのイネ子のなんて上等な具合には呼んで貰えまい、もっといやったらしい名がつくに決まってる。中学んとき私の級の持ち上りだった清水先生は三十七、八まで男を誰も寄せつけなかったら、ありゃあ穴がひとつっきしゃねえんさと誰かが噂を立てはじめ、私たちも教室で大きいのと小さいのが一緒んとこから出るとすればそれは前の方か後の方かだなんて議論したことさえある。先生はうちもいいし美人の方だったけど、まるでやけくそのように六十過ぎて腰が曲りっぱなしの石屋の後妻になった。石屋は平らなとこへ穴をうがつんが専門だからなという悪態がそれでも嫁入り荷物にくっついて行ったという次第だ。おばあ、と私は大きい声を出した。おばあは返事もせずにまだ咳を続けている。それは、こんな年寄りにかかずり合わねえで好きなようにしろといったことばと正反対に、イネ子お前まさかこのおれをほっぽらかして出て行くんじゃあるめえなあといってるように聞える。芝

居を踊ってるんだと思ってみても、ほんのちょっとはふびんな気がする。乞食話がほんとにしろ出まかせにしろ、おばあに同情して私がここに居残ったって理由をうち消すきき目は持っているし（おらあ乞食になるってよぎてえって聞かせたんに、イネ子のあまがここんちをつうくいって強情張るもんで、などと人にいえるわけだ）その上今は人をふびんがらせる長い咳。甲羅をへてだんだん化けもんに近づくっちや、きっと今のおばあのようなんをいうのかも知れない。とにかく、と私は結論を下した、二、三日中に片をつけることだ。父ちゃんや母ちゃんのように闇討ち的にではなく、おばあを置いて出て行くならはっきりそう言い渡してからにしよう。それが乞食話への私のお返しってもんだ。

次の日初男さんのうちへ行ってみた。彼は私のハトコ、つまりおばあと死んだ初男さんのおじいと兄妹だった。でもこの兄妹は仲が悪すぎて田んぼ仕事のすけ合いもしなかったし、後家になってからのおばあはすぐ近くの実家だっていうのに足も踏み入れなかったほどだ。秋に結婚したばかりの嫁さんがボテボテのおなかの横に細っこい手をふりふり出て来た。彼、桑原をうないに行ってるのなどという、寄って下さるんならお十時を用意しますけど。私は菓子パンを買って行くからいいといって



出た。お十時だって？　おこじゅはんて立派なことばがあるんを知らないんかい、結婚前におなかをふくらませることはよく知ってたくせに……。私はにが笑いした。こんなことを考えるのはやっぱしヤキモチだ。父ちゃんがいなくなってから二年間、初男さんは私に結婚しようといい続けてくれた、そのことのうぬぼれが私にはあるんだなあ。でも今はそんなことを考えてちゃならない。純情なくせに慾の皮だけ人の三倍もつっぱってる初男さんの弱点をうまくついて取引きを成立させなっくっちゃ。塚残しの丘にくっついた桑原でスキー帽をかぶった初男さんが桑の根っこに土を盛っていた。私が声をかけると、このたびはどうもとんだことでと帽子で汗をふいた。死人が出たときの挨拶でしょが、それと私がいうと、ふんじゃなんて挨拶したらと困った顔をした。挨拶はぬきにして相談に乗って貰いたいといって買って来たホットドックの包みをあけた。イネちゃんは味つけが上手だなあなんて間抜けなことをいって初男さんは夢中かえって食べている間に私は条件を話してみた。うーんと初男さんはうなった、今にでもとびっつきてえような話だけどもなあ。おばあのことは成行きにまかしてくれていいんよと私はいった、顔つきあわせて一緒に住むなんてこと考えねえでも庭先に二、三十万のプレハブをおっ

建てて三度三度の食事を……。待ちろ、待ってくれや、その二、三十万ちうんはおらあ方の……。当り前でしょうがと私はいった、本来ならおばあの実家なんだから目えつぶって引き取ってもらうとこを、私は田畑四反歩もつけてやるっていってんだからね。初男さんは空を見あげた、かすみ網が禁止になってからひわがよく飛ぶようになったなあ、イネちゃんも東京へ飛んでぐっちうわけか。歌や俳句の話をしに来たんじゃないと私はいってやった、模範的なトクノー家の初男さんならコンピューターと同じぐらいの早さでゼニカネの勘定はできるはずだのに。勘定は合うわさと初男さんはいった、そっちの方じゃあおらあ腹は痛まねえが、おめえんちのこと、先生や母ちゃんやイネちゃんのことを考えると胸んとこがなあ。私はもう話はついたと思ったから、おばあにはもちろん誰にも洩さねえように頼んで桑原を離れた。麦がちょっぴり青ずんだ田んぼ中の道を通って行きながら、私は解放っちやこういう気分だろうかと思った。私はもう理由なしに消えちまった小泉先生の娘でもねえし、道路工事の呑んだくれ人夫と駈落ちした母ちゃんの娘でもねえし、それからあのおばあとも。イネ子だなんて百姓っくさい名前はやめて、東京へ行ったら高尚な名前にしよう。ウスラバカと私は自分にいって聞かせる。出てってからの仕事も決まってねえんに、てめえはちょっとんばかりうわっ調子だぞ。だけど伝手をたよるんだけは止めにしなくちゃと思う。父ちゃんと母ちゃんが両方蒸発したなんてことを知ってる人間がいる所で働くのなんかやだ。私は新聞屋に寄って、一日遅れの東京版を一ケ月届けてくれるように頼んだ。社員募集、社員募集という字が頭の中でくるくるまわる。一ケ月募集広告を見定めれば、そうへボいとこじゃないのが見つかるだろう。うちに帰るといろり端でおばあが屑まゆをお湯にひたして真綿引きをしていた。出歩くんじゃねえっていってきかせたんべがとおばあはいう、もの笑いになりそうな時は亀の子みてえにじいっとしてるんが一番だぞい。乳牛を売っ払わなくちゃ現金がゼロだからね、相場を聞いて来たんさと私はごまかした。もっともいざ上京する時の資金としてはほんとに売っ払うつもりはあった。二、三万がとこだらおらに任しとけってばとおばあは手も休めずにいった、養老年金だのこん真綿なんぞで溜めこんだやつさ。さすがに私も気がさした。こっちがおばあを人さまに押しつける約束をしてる間に、現金を作るための真綿を……。でもと私は思った、ここで情にほだされちゃあなんねえ、心を鬼にすること。矛盾した話だけど、後足で泥をひっかけるように出て行った父ちゃんや母ちゃんを見習うべしと腹の中でつぶやいた。

夕方まだ日の高いうちに初男さんが庭先へ現われた。ひとわたり田んぼと畑をと屁ったれまなこでいう。私があわてて口に人さし指をあてたがもう間に合わなかった。おばあが障子をあけた。ひとつだけの目玉がすばやく動いている。おらあこっちんちのことが心配だもんでなどと初男さんはへまなことをいった。ありがとうよとおばあが答えた、この通りおらもイネ子もピンシャンしてっかんな、心中沙汰を起こすような無用な心配はおかけ申さねえぜや。私は仕方なく笑った、乳牛の様子を見に来てくれた人にそんなむごい言い草はなかんべに。急いで初男さんを牛小舎の前へ連れて行った。この牛もおれにつけて呉れるっちうわけかと彼はたるみっ放しになった。誰がさあと私はいった、私がいった条件は田んぼと畑っきり。そんだらおれに売らねえかと初男さんはいう、月賦で東京へ送金しべえ。私は張りとばしてやりたくなったけど、おばあが聞きつけると困るからこらえた。それでも二年間私に一緒になってくれっていい続けた人かいっていってやろうとしたがそれもやめた。考えてみれば初男さんは結婚しようっていったあと必ず、イネちゃんとこの田畑とおれんとこのを合わせてビニールハウスだとか電熱栽培だとかなんてことをあきあきするほど話したものだ。だから私だって結婚のことをまじめになんか受けとれなかったんだ。私は黙って庭に牛を引きだした。母ちゃんの騒ぎで放っぽらかしといたから、腰まわりがうんざりするほど汚れている。私がこわい顔をしていたせいか、初男さんが小声でいった、イネちゃんの考えてることは分るさ。私は分ってもらいたくなんかないもんだと答えたが、彼は小声で続けた、おらあふんとにおめえと結婚したかったんだぜ、ただなあ男と女っちうようなとこへ話だの身振りだのを持ちこむ気分になれなかったじゃんか、あの頃は。度胸がなかっただけだんべと私はそっけなくいった。ばかあいっちゃあいけねえと初男さんはいった、あの頃は毎晩いい男衆がおめえの母ちゃんとこへ呑みに来てたんべが。おれが夜なべ仕事をおえてこの庭へへえって来るとぷうんと匂っちまってな、あれさ酔っぱらった男衆が番ごて酒くせえしょんべんをここらにふりまいて。まったくだと思い私はちょっと笑った。おらあそれだけで胸も胃も腹もつまっちまって、こんなとこからイネちゃんを早えとこ連れ出さねばなんねえと思って。うんと私は素直にいった。確かにそんな雰囲気でセクシーになるにはお互い若すぎたに違いない。私は牛を引きながらうちの前のだらだら坂を下りはじめた。初男さんは少し感傷的になったらしく、まだ喋り続けている。おらあ田んぼも畑も取っちまう気はねえってことを覚えといてくれや、イネちゃんが帰って来てえってときにはすぐ返すからな。帰れるぐらいだら最初っから出てぐ気になんかなんねえよと私がいうと、彼は強い声でうち消した、おめえの父ちゃんや母ちゃんは心に穴のあいっちまった衆だから話にもなにもならねえが、イネちゃんはまだ……。母ちゃんの心に風穴があいてたんは分るけど、父ちゃんにはどんな穴があいてたんだんべかねえと私はきいた。クラスノヤルスクったけなあと初男さんがいった、ほれ父ちゃんがシベリヤで二年ばっか働いてた……。二十年も前に捕虜になってたとき穴があいっちまったっていうんかい？　そりゃおらんかにははかり知れねえことだけど、そうとでも考えなけりゃ小泉先生が消えっちまう理由がつかめなかんべや。

初男さんと別れて私は川原に乳牛を引きこんだ。手の切れるような水をざぶざぶ牛の腹や尻にぶっかけてから、荒縄を丸めてごしごしこすってやった。もし初男さんのいう通りだとすると、父ちゃんは二十年も穴ぼこのあいた体をかかえて、世間普通の小学校の教員になり、母ちゃんと結婚し、私っていう子どもを持ったことになる。そうして二十年たったある日、特別なにかあった日



でもなんでもない、ただお天気がすごくよくて空っ風も吹かなかった冬の始めのある日、いつものように自転車で出かけ（足腰の鍛錬だからといって小型自動車も買わなかった）、また自転車で校門を出たっきり、それっきり戻って来なかった。あと二年とちょっとで恩給がつくごくまじめな教員、麻雀も碁も将棋も酒さえ飲みたがらない固ぶつだった父ちゃん。だからいなくなった当座二日ほどは、そこらの道端でトラックにはねられたんじゃないかと母ちゃんと駐在は村中の道と道端の堀をさがして歩いてたっけが。三日目の夜、三里ばかし離れた上信電鉄の駅前の自転車あずかり所で父ちゃんのが見つかった。女だ、いや金だとみんながお祭り騒ぎのようによってたかって評定したけど、農協のお金にも郵便局のにもまるで手はつけてなかった。私はムコ取りだけど短大ぐらいなら出してやるといわれて、ほんのちょっとは勉強してたけど、母ちゃんのショックを見てたらふびんになって高三になる前に学校をやめた。今考えるとつまんねえことをしたもんだと思う。ふびんどころか、父ちゃんがいなくなってからの母ちゃんはどんどん若がえって行ったからだ。まず、普通の退職の形を取ってやったといって教育長が遊びに来るようになった。もちろんお礼の意味で酒を出した。何度か来るうち一人では恥しいら

しく、そこらの誰彼かまわず車に乗せてやって来た。今までうちの敷居をまたいだこともねえ衆が入れかわり立ちかわりやって来て、どこそこで父ちゃんらしい人の後姿を見たとか、ひどいのになると上京したついでに丸一日探してみただのと出まかせをいって、その挙句淋しい奥さんを慰めるためだと称して歌入りになったりするのだった。春先になるまでそんな馬鹿騒ぎが毎晩続き、腹にすえかねたおばあが、おらあちじゃありゃあ死んだもんだと思ってっから探してもらいたくもねえし、報告を聞く耳も持たねえど、とどなり出したことがあった。さすがにみんな気がさして帰りかけた時、母ちゃんが親子は一世、夫婦は二世といった。誰かが親子は二世、夫婦は三世といってまた坐りこんだ。確かその次の日だった、おばあちゃんは右足がちんばになったんねえ、神経痛かいと母ちゃんが声をかけた。暫く黙っていてから、そうかもしんねえな、これっからは冷えねえように宵の口から寝るとしべえとおばあは答えた。そしておばあはほんとに人前で右足をわざとひきずるようになった。私がバカ臭えといったら、老いては子に従えってからなとおばあは大げさにびっこをひき、そして人がいない所でもしんじつ右足を引きずるようになってしまった。それからは、もうとめどがなかった。副会長さんとこの寄り合い場という名の居酒屋だといってもいいぐらいのざまだった。初男さんがいったようにアルコールまじりのしょうべんが何の肥料にもならねえで庭先に毎晩撒かれたという始末だ。そして母ちゃんは朝から焼酎をのまないではいられないほどのアル中になり、あげくの果てに……。牛が水しぶきをあげるほど大きい糞をふたつ川の中に垂れた。私は牛の鼻カンをぎゅっとひっぱって、ノドのあたりを叩いてやった。こんな思い出ももうおしまいだ。

私があの車に出会ったのはそのあとだった。あの車、つまり青いフォルクスワーゲンがうちの前のだらだら坂の下で、猛烈な排気ガスを立てていた。こんな坂が上れないなんて格好に似合わずヨタな車だと思って乳牛を引いたまま中をのぞきこんだ。髪が中っくらいに長い若い男だった。私が興味ももたずに通りすぎると、おねえさんよう、この辺に自動車屋ある？　と男が声をかけた、修理工場だよ。私は三里先の町にはあるけど、みんな販売店と一緒だから、そんな大それた車を直しに来てくれるかどうか知れたもんじゃないと答えてやった。若い男は道がひどいとか、景色が腐ってるとかまるで私のせいのようにぶつぶついった。もうあたりは暗くなりかけていた。彼は時計を見てから、しょがねえ、歩いて駅まで出るかとひとりごとのようにいった。その車、道のどまん中へ置きぱなしにするんかいと私は聞いた、ここはトラックがよく通る道なんよ。そんなこと知るもんかと彼はいった。暗がりに馴れた目で見るとひょろっとしているけどかなり感じのいい男だった。おれはねえ、明日の朝七時半までに会社へ行ってなきゃなんねえんだぜという。私はなんとなくおかしくなって笑い出した。笑いごとじゃねえやと彼はどなった。今から修理に来てくれる所を探しても、こんなとこじゃどうせ明日の朝だろ、だったらおれ仕事に間に合わねえじゃねえか。その通りねと私はいった。車を択ぶか仕事を択ぶか。意識のどっかしらでおばあとの暮しを択ぶか、何もかも放り投げて一人になることを択ぶかっていう自分のことと重ね合わせてたのかも知れない。仕事の方が大事に決まってるじゃねえか、車は次の休みの時取りに来りゃいいんだ。その断定的なものいいがほんのちょっぴり私の心を動かした。そしてそのために絶望的なしくじりをやってのけちまった。つまり、私の家がすぐそこだから二人で押しあげられなければこの牛にもひっぱらせて、庭先に車を預ってやってもいいといったのだ。彼は大してありがたそうな顔もしないで、そいじゃ、そうすっかといった。

おばあが庭先に立ってるそのまん前を、私と彼は汗だ



くになって車を押しあげて行った。彼は気楽に今晩はといったが、おばあはただ押し黙って見つめていたっきりだった。車が隅におさまると、彼は私にぽんと鍵を渡した。今度の日曜日に来るつもりだけどよ、その前に修理屋を寄こすからこれで。何だかずうっと前から知り合いだったみたいな気安い喋り方だった。おばあがゆっくり近寄って来た。おらあこの子のおばあだが、とおばあはいった、寄ってちょっくらお茶でも飲んでってもらうべえかのう。彼はおばあの方はろくすっぽみないで、今度取りに来た時ゆっくりさせて貰うよといった。そいからさ、この辺は夜冷えるだろ、おれシート持ってねえからござかなんかかけといてくれよな、頼むわ。いい気なもんだと思い、少し腹が立って来た。あんたとは親戚でもなんでもないんだから、ある日車が消えてなくなってても責任持たないわよ、私。若い男は笑った、親戚になったつもりでかわいがってやってよ。しかしそのことばとは裏腹に私の手から鍵をひょいと取ると、車のドアをあけ、中をごそごそやってからカメラを取り出し、また鍵をしめた。ちょっとと私はいった、この車のヘッドライトでも写真うつる？　うつるんだったら二、三枚とってよ。向うが図々しいんだから私だって図々しくしてやれと思ったのだ。就職がまともな所になるとすれば顔の写

真が必要になる。彼がいやな顔をするかと思ったらそうでもなかった。ものはためしだ、やって見るかといい、車に乗りこむと、ライトをつけた。私はそれからあと、光の照りかえしの中に見えたおばあの顔を忘れることはできない。おばあは見てはいけないものを見た時のように、私が写真をうつされている間中、あのあいている方の目もしっかり閉じていたのだった。そして車の明りが消えた時、おばあの姿はもうそこにはなかった。

　彼がじゃ次の日曜日にといって帰ったあと、私は乳牛を坂下につなぎっぱなしにしといたことに気がついた。暗い中を引いて来て牛小舎に入れ、いろり端に行くと、おらあもう寝たかんなというおばあの声が奥から聞えて来た。今の男ったらねえと私がいきさつを説明しかけると、寝っちまったっていってるだんべがとおばあは怒ったような声を出した。そしておばあは翌日から私と口を聞かなくなった。車が故障したのにたまたま出会っただけだといっても何も返事をしない。まあよかんべと私は思った、次の日曜日が来ればあれが何でもない男だと分るはずだ。でもおばあの表情が何となくかわって来た。朝ひどく早く起きだし、わたしがむしろをつなぎあわせて車にかけておいたまわりを、何かぶつぶついいながらまわりあるき、それから仏壇にお燈明をあげるのである。私は少し心配になった、こんなざまが続いたらおばあはほんとに呆けっちまう。金曜日の夕方になっても修理の自動車屋なんか来やしなかった。土曜日の朝、またおばあが車のまわりをめぐっている。私はふと薄気味悪くなった。そういう目で見るせいか、ゆっくりゆっくり体をゆすりながら歩くおばあの姿は、乞食話から私が空想した格好そっくりじゃんか。私は急いで有線で郵便局を呼び出し、あの男から貰った名刺の会社あてウナ電をうってもらった。修理まだ来ない、あすかならず来い、イネ子。気がつくとおばあが私の後に立っていて、目があうと何かつきものが落ちたようなおだやかな顔で笑っている。私も思わずつられて笑った。だけど私がつられて笑ったんは大間違いのこんこんちきだった。

　日曜日の朝、おばあの姿は庭先にも寝床の中にもなかった。例のおばあの塗りものの箱の上に紙っぺらが一枚置いてあるだけだった。竹内としえさんのお墓参りに参ります。大きい字で二行に書かれていた。追いかけて行こうにも私は信州の竹内さんの住所を丸子の在ということしか知らない。そうじゃねえ、おばあがお墓参りという意味は自殺してくれるってことじゃなかんべか。私は誰に知らせる気も起きず、縁先に坐りこんでむしろをかぶったフォルクスワーゲンを眺めていた。

# 七年目のシゲ子

去年の五月戸籍抄本を取り寄せたら親父が死んでいた。二年も前に死んだことになっていた。つまりおれのはたちの冬だ。勘定してみたら五十八、百姓としても今じゃ早死にのうちにはいる。このときはかなり参った。兄貴にあてて手紙を毎晩書いた。夜なかまでかかって一週間も書き続けたけど、何ひとつまとまったことが書けずにそのまま放り出してはうたた寝した。七月に二級建築士の試験があって、抄本もその受験のためのものだったが、一番自信のなかった三項目めの力学構造が完全にアウトだった。結局線香を立てにも行かず手紙も出さなかったから、今でも親父が何の病気で死んだのか知らない。事故かも知れないと考えたけど、二年もたってからそんなことを確かめるのは相手が誰だったとしてもたまらない気分だし、いやそれより確かめる相手ってもんがおれにはいないって方がほんとのことだ。病気にしろ事故にしろ、手前が死ぬんだってことを考える時間がまるでなくて、ころりと死んでてくれたらなあと暫くの間思っていた。人の疝気を病むっていうのか、バカバカしいほどはかない望みだってことは分ってる、でもいざ切腹という式に何から何まで気が確かで、確かついでにおれのことなんかもきちんと考えられたりしたんじゃ心底やりきれないと思ったってわけだ。酒は飲まない方針にしてるから診療所の医者にもっともらしいことをいって睡眠薬を貰った。こいつが失敗だった。今まで夢っていえば、追っかけられたり、片足がすとんと落っこったり、水があふれて来て大変だといった式の確かその三種類ぐらいで実物の人間にはお目にかかったことがないのに、この薬を飲んだとたんすぐ目の前に大型のカラーテレビがあって親父がおれの方に向って来た。いやそうじゃない、最初はいこいをきっちり三分の一にちぎって百円で買った白い安パイプにつめて吸っては吐き吸っては吐きせわしなげにしていた。たて通しの丈の高い古桑の間だった。それから急にパイプごと畑に捨てて地下足袋でふんづけた。てめえのそのまらぁかっ切ってくれるど、そういっておれの方を見た。おれの方っていうより下半身のあそこのあたりだ。いつの間にか手に鎌を持っている。そいつが草刈り鎌や山で使う下刈りのやつじゃなくて、刃が十センチもない小ぶりの桑切りなので、まらをかっ切るということばがただのいいぐさじゃないってことが分る。桑切りなら下手にふりまわすような真似はしないで、そうっとあてがってから、まわすように引き切れば三センチぐらいの枝は一息だ。おれが何か叫んだのかどうか、その辺のことはよく分らない。ただ親父がこっちに向って来る、おらあ刃物はいつだってまめに砥いであっから間違えはねえ……。刺子になった消防団の古着をハンテン代りに着ていて、襟もとから袖ぐちへかけての二本の赤い線がもう赤ともいえない乾いた泥のような色で——。夢に色がついてるのは精神異常だなどというのは俗説にすぎないと知ってはいたが、それから二、三日の間グレンで鉄骨を吊りあげて組立てるのを指図していると、自分がワイヤーで吊るされて宙に浮いてるようなよろよろしたたよりない気分になった。昼めしの時間グレン車の運転台に横になって、おれはオーム社から出ている予想問題集をめくりながら、その夢がどんなに間違いだらけかということを証明しようとしてあせった。消防団の古着を親父が引っかけてたのはおれが小学校へあがる前のことだし、春蚕にたて通しの桑原ってのも理窟に合わない、それに第一親父があんなことばを……。考えてるうちにおれはちょっとばかり感傷的になった。二級建築士の免許がとれたら親父と兄貴の子ど



も三人を万博へなんて甘ったるい空想をしないでもなかったのに、二年も前にくたばっちまったのか！

恐らく親父が生きていておれが試験の全科目を通ったとしても、万博旅行どころか田舎へ挨拶に帰ることもしなかったと思う。十六歳で上京したときはうすぼんやりとしか分っていなかったけど、電車の中で女子高の女の子のスカートを切って退学になった野郎が、今じゃまともな一人前の男になりましたなんてことを見て貰うために働いて来たんじゃない。全部が全部ぴったりってわけじゃないけど、何かの本で読んだ、自分が自分の先祖になるんだなんていうのがまあ近い気分だった。つき合いが悪い、個人主義、変りもの、気違い、もう思い出せない悪口も沢山あるけど、一番傑作なのは痴漢といわれた時だった。世田谷の方で三段きりかえかなんかの自転車に乗ってすれ違いざまに女の子に切りつける痴漢が大いに活躍してた頃、新婚旅行から帰ってすぐ離婚したなんてバカなことを売りものにしてる女事務員がおれにいった、せっせとご勉強してるようだけどアイウエオ順のどの辺まで行ったの。現場の人間が本を読みすぎると笑われるってことに馴れてたから返事はしなかった。そういう独学者はほとんど変態で痴漢だってサルトルもいってるわよ。おれはわざと笑ってやった、サルトルがそんな

ことという前から、おれ、ちゃんとした痴漢ですよ。彼女におれのいう意味が分るわけはない。会社の封筒を裏返しにして表紙をかけたおれの本をぽんと突いた、つまりこれそういうたぐいの秘密のあれ？　こんなところ変な番号うって。番号は自分で整理するためにうったものだったが真面目くさっておれは答えた、日本十進分類法ですよ、アイウエオじゃなくて最近はこの分類の順番がいい感じなんだな。女事務員は腹立しそうに叫んだ、あんたほんとの痴漢ね、性的犯罪者だわ！　まわりの人間がおれを見た、男の目もあった、女の子の目も。何となく困ったように目を伏せた若い女の子の顔が今も印象に残っている。痴漢と面と向っていわれても落着いていたおれ。性的犯罪者といわれても、むしろ普通の青年より落着いていただろうおれ。あの時は十九歳と半年ぐらいだった。十六になったばかりの時、同じことをいわれて足の裏がしびれるように熱くなった屈辱がまるで嘘のように思えた。三年ちょっとの間におれはどこがどう変わったんだろう？　大人になったというそれだけのことだろうか？　しかし十九歳のおれはまだ女との経験はなかった。痴漢じゃないとしたら変態よとまた彼女は言ったが、それはひるんだようなばつの悪い調子だった。おれは低い声で朗かに笑ってやった、どうせ冗談なんだからむきになることはないじゃねえかというようなつもりだった。笑いながら自分の姿勢に構えてるようなものがなくなって行くのを感じた。そうだ、おれは高校を途中で退学させられたりしたんじゃない、もともとそんな生活なんかなかったんだ。つまり朝の通学電車の中で仲間と一緒に女子高生のスカートを切った島田光男なんてやつはもういない。その年の暮今の建築事務所に入った。それまでの建築施工の会社のやり方はちょっと初歩的な本を読みかじっただけでも杜撰きわまりないということが分ったというのが直接の原因だったが、中等卒業後家業の農業を一年半手伝う、と履歴書に何のやましさもなく書けたとき、おれをまともに痴漢と呼んでくれたあの出戻り事務員に心から感謝した。もっとも会社を移る寸前、ちょっとしたなつかしさと性的興味から彼女を夕めしに誘ってみたが、手もなくはねつけられた。悪いけど何も感じないのよと人通りの激しい退社時間の歩道で女は声を低めもせずに言った。おれは痴漢だし、性的にもさといいかけると彼女が立ち停った。前には何かがありあまってると思ってたんだけど反対よ、逆とまじめな声でいった、そう見えてたのは何かが足りないからなのね。おれは意味が分らないので問い返した。本読んでたらもうちょい回転がよくなんなさいよ。インポ。

それは一九六七年の暮でおれはまだはたちになっていなかった。すれっからしの女に見っともなく振られたとまず思ったが、それにもかかわらずこいつ変に確かなことをいいやがるという気もした。何かがありあまってると思ってたけど逆に……何かが足りないんだ——しかしそのときのおれはことばのほんとうの意味を考えようともしなかった。むしろ反対だ。てめえみたいな薄汚いやつも、ボロ会社も後腐れなく忘れられて結構ってもんだ、これで島田光男も新しい生活が始められるってわけだからな。事実おれは上京してからやっと体だけじゃなく頭も使って働きはじめた。設計と建築監理をやる他に特別なものだけ自分の所で施工も手がける高級なことが売りもののこの事務所では、土工のそのまた助手といった最低のことからやって来たおれは、かなり重宝な存在として扱われた。以前工事の手抜きや不完全さを本の知識から指摘して張りとばされ黙ることに馴れきっていたのに、ここでは事務所の信用という看板をしょって手柄顔に文句がつけられ、そのあげく仕事が分るやつとして評価されたのだ。あさましいといった働きぶりだったろうし、面を見るのもいやだときらわれていたことも知っている。だからおれは勉強というより自衛の手段として、手で操作できる機械工具類はほとんど手がけて技術のこつを飲みこんだ。職人や機械屋に注文をつけて逆にどなりかえされた時、そのまた逆にこっちからどやしつけてやろうという魂胆だった。そんな具合だから危い目にあったことは何度もある。おれはなクソアナをさらうことから始めたかけ値なしの叩きあげなんだとどなることに決めていた。自分の顔が人のよさそうなてらてらした色じゃなくて、底の方からよどんだように陽焼けしてることをいつも計算に入れ、暗がりへ引っぱり出された時もわざと顔を見せる位置に立ってやった。そんなとき、ふと自分が二十一、二の若僧だということを忘れ、五、六年の東京生活が十数年のように思え、もう三十過ぎの人間なんだというふうに感じられる。女との経験がそんな感じを裏から支えていたことも確かだ。もちろん安キャバレーの女を連れ出すというケチな経験にすぎなかったが、おれが仕事の上で身につけた横柄な態度が三十男というふうに女には見えていたらしい。いい年して子どもだとか、三十過ぎたらそんなにしつこくしないでなどといわれた。同じ女と二度つきあうことはしなかった。気持が残っても我慢して他の女にかえた。もっとも、床屋に行くのと同じ式で月三回と決めていたわけだから、それで思い悩むなんてことはなかったといってもいい。親父が死んだのを知って、あの変な夢を見たのはちょうどそんな頃だった。現実には親父が口にしなかったあのことば、てめえのそのまらぁかっ切ってくれるど――おれはそんなことがあり得ないと分っていながら、高校二年の自分がいわれたのじゃなくて、今のおれがその通りいわれたような気がし、時々どうしょうもないいら立ちに襲われるようになった。親父は教師や校長や他の生徒たちからも痴漢呼ばわりされて、そのままぽっと家出してしまったおれのことを、女癖の悪い、いやはっきり性犯罪をおかすに違いない野郎と死ぬまで思いこんでいたのだろうか。しかし死んだ人間にそうじゃなかったなどと証明してみせるわけには行かない。二級建築士の免許をとり損ねたこともあって、おれは上京してすぐの時のような無口な人間に戻りかけていた。しかし事務所の方では中学卒の若僧が一回目の受験で一項目落ちただけということで、あらためておれを買った。現場から呼び戻し給料を二倍近くあげてくれた。今年になってから目をかけてくれていた工事部長が見合いをしろといった。若すぎるからとごく当り前に断ると、若すぎるから君は値段がいいんだよと笑った、大学出て二十八、九で君と同じ場所にいる人間より五年間も先をつっ走ってるんだからな。おれは正直にどうも近頃女がぴんと来なくてと答えた。部長はすばやくきつい顔になり、街にごろ



ごろしてるすべたを女だと思っちゃいかんよといい、春先までに身のまわりを整理しておけ、君のように家というバックがない時は素行が清潔であることが大きい条件になるという意味のことをつけ加えた。戦後砂利屋で当てそのあとは霊園造りで当てた人のお嬢さんだという話だった。そういう偶然の引き合わせがあることをおれは信じたくはないが、大竹誠一から結婚式の挨拶状が来たのは部長から話があった翌日だった。

昼前事務の若い女の子が机の上に手紙を配ってあるく。おれに個人的な手紙なんか来たためしはほとんどないから別に気にしてはいなかった。結婚式の通知ですねと入社したてのその若い子が言った、差出人が二人並んで印刷してあるわ。群馬県という字と大竹という字が目に入った。大竹だ、あの誠ぴんが結婚する。角封筒をあけ金線でふちどりした大袈裟な厚紙を開いた。文面はありきたりのものだったが市会議長が媒酌人だとなっていた。おれは大竹の白い丸まっちい顔と赤すぎる唇を思い浮べた。おい、どんな女と一緒になるんだや？　見合いかや、あ、出来あってくっつくっちうわけか？　なつかしそうと女の子がいった。おれは机の上にその紙をぽんと放った、むかし別れたやつだから……。分らないもんですねと女の子が声を低めた、別れても島田さんに花嫁

姿を見てほしい……。おれはこの若い子が誤解したことを笑いとばしたりはできなかった。大竹のやつ、何でおれを招んだりしやがるんだといういら立ちのようなものが頭をかすめたからだ。ただの同級生として招んだつもりなのか、いやおれの居場所がそう簡単に分るはずはない、一年前役場へ抄本を請求したときはアパートの住所を書いた、それなのにこれは……。おれはトイレへ顔を洗いに行った。今までそんなバカなことをしたことはないのに眼鏡の上からざぶりと水をかけていた。そのままおれは鏡の中を見た。別に顔が歪んで見えたりはしなかったが、レンズの下の方についた水滴がぼやけながら大きく光っていた。おれはまだ大竹誠一を憎んでいるのか？　あのことを一緒に企み、一緒にやった誠ぴんとおれ、やつは女子校生の髪の毛を切り、おれはスカートを切った、おれは退学になり、やつは二週間かそこらの停学……。おれは眼鏡をはずして顔を勢よく洗った。もう七年も前の話じゃねえか、バカ。別に招待されたからって行かなきゃいいんだ、親父が死んだのを二年も知らなかった位じゃねえか。それにとおれは思った、部長のいう話が具体化するとなればやつなんかとこれっぽっちもつながっていたくはない。机に戻ると返信用の葉書も一緒に破り屑籠に捨てたが、ふと気になってドアの方をふ



りむいた。入社したてのあの若い子がこっちをまっすぐ見ていた。

　田舎へ帰る電車の窓から桑の若枝が葉をつけない裸のままの姿で空にぴんと向っている列を見ながら、あの時あのまま放って置いたとしたらとおれは思った。あの若い事務員定村君に何かいおうとしなければ、事実を知らずにすんだし、七年ぶりに帰ろうなんて気も起きなかったはずだ。あの日の昼休み、他の女の子たちがバドミントンをしてるのにも加わらず彼女は膝に新書版の本を広げたまま日向ぼっこをしていた。貧血症なのかぽかぽかする日なのに白っちゃけた顔だった。あの結婚式には行かなくてもいいんだよとおれは言った。断っとくけど出世しそうな縁談のあるサラリーマンがスキャンダルをこわがって式のよくあるテレビとはわけが違うんだ。おれは昔別れた男に花嫁姿を見せたい女がいるなどという、それこそテレビのお話を、一重まぶたのせいか一直線に人を見るようなこの子に信じこませたくなかったんだ。むかしっていってもあれはねえとおれはまたいった。定村君はおれの方を見ようとしなかった。かわいそうね高橋とみこさんて。とみこ？　とおれは思わず聞きかえした。ごめんなさい、あれ放りっぱなしにされたから片づけようとして読んだんです。とみこ？　高橋？　おれが

つぶやくと、そう読むんじゃないですか、登るって字と美しい……。そうか、そんなことだったのか、あの高橋登美子と……、おれはふいに背中をどやしつけられたような顔でもしたんだろうか。いやもっと腹の底にぎくんとこたえる急所をやられたようなものだった。大竹のやつ、自分が髪の毛を切った女の子と結婚するんだ！　おれはふらふらとバドミントンのコートの上を横切り、女事務員にラケットで軽く尻を叩かれた。高橋登美子という印刷の文字では、おれは何も気づかなかったのだ。小柄なくせに妙に華やいだ空気を沢山持ってる感じの彼女のことを、おれたち電車通学の間ではおトミさんとわざと気安く呼んで自分たちの憧れの照れかくしにしたつもりだった。そう、短歌部のバカが登美子百首なんて作ったと聞いておれたちは、トミコトミコトミコトミコよ百回マスかくなどとひやかしたものだ……、止せ！　今考えるのはこんなことじゃない。おれは眼鏡を左手ではずし、右の手を握って両方のまぶたを代りばんこに強く叩いた。鼻の裏側から頭のま上へしびれるような痛さがのぼって行った。大竹は、誠ぴんのやつは、逃げなかった、逃げずに自分が初めたことを形にしやがった。それに比べておれは一体何をして来たんだ？　あとをつけて来たんだろう、定村君がおれの横に立っていた。私、悪



かったと思いますと彼女は言った。おれは眼鏡をはずしたままの顔をそっちへ向け気の抜けた声でつぶやいた、悪いのはおれだよ。彼女は首を少しかしげた少女っぽい媚を作ったように見えた。おれねえ、電車の中でスカート切っちゃった、女の子の、そういってから無意識に目をおろしていた。膝の上の肉の薄そうな白い皮膚が見えた。おれは七年間かかってやっと人にこのことがいえたというわけだった。島田さんという声が聞え、おれはびくっとして眼鏡をかけ彼女を見た。あの眼だった、女が痴漢なるものを見る特定の目つきがあるとすればの話だが、この子もあの眼をしている。おれは長いことこの目つきを想像するだけでたまらない気分だったのだが、今は我慢しようと思った。しかし彼女の方がすぐ背を向け、ゆっくり四、五歩あるいてから急にかけ出した。体全体できゃあっと叫んでいるような走り方だった。その姿を目で追いながら、おれは大竹に会いに行こうと決めたのだった。式の日にはまだ二週間以上もあった。連絡を取らなかったから会えるかどうかわからない。会えなかったら高橋登美子の所へ行ってみよう、そう思いかけたとき全くはじめてあの女子校生、おれがスカートを切った方の半田シゲ子のことを考えていた。今までなぜ半田シゲ子のことが頭に浮ばなかったんだろう？　おれ

は何とか思い出そうとしてみた。丸顔だったか細長かったか、太ってたかやせてたかというふうな具合にじゃなく、ぱっとしたある印象のようなものをだ。無駄だった。おれはにが笑いした、そんな印象をまるで与えないのが彼女の特徴とでも考える他はなかった。高橋登美子の子分のような形でいつもくっついていたのだろうか？そういう気もするし、そうじゃない気もする。全く莫然たるものじゃないか。暮れかけてシルエットになりかかった関東平野のはずれの山々には雪は見当らず、七年ぶりだというのに、なつかしいという気分は起きなかった。そうだ、あのことのあとで、彼女がおれと同じようにうちが百姓だということを聞いたっけ。おれたちと同じだからもう二十三、嫁に行ってもうあのあたりにはいないのかも知れない。仮にいたとしてもおれを憎んでるに決まってるから、会えるはずもない。そんなことを考えながらおれは半田シゲ子に対して全然やましい気持を持っていないことに気づいた。これは一体どういうことなのだ。自分自身に対する恥かしさだけはバカみたいに後生大事に抱えこんだり捨て去ろうとあがきつづけて来たくせに。

乗換え駅につくと、おれたちがそいつで通っていた私鉄電車の下りには十五分ほど時間があった。まだ電車の



着いていない夜の始めのホームを歩いているうちに、おれはこのまま引きかえそうかとふと思った。おれが半田シゲ子に対してほとんどこれといった印象を持っていず、その上やましさや心のこだわりがないのと同じように、大竹にも登美子にもおれという存在は全く稀薄なのかも知れない。式の挨拶状にしたところで偶然おれのことを知ってる人間からまた聞きして、他の同級生に出したのと同じ調子で名簿から宛先を書きうつしたってこともあり得るじゃないか。変に思いつめたような気分で、本線を延長した粗末な吹きさらしのホームに突っ立っている自分の姿が何だか滑稽に思えて来た。おれは駅の電話ボックスで大竹のうちの電話番号を確めた。やつの所は最初私鉄の終着駅のひとつ手前の駅前で自転車屋をやっていたが、その後バイクを扱い、おれが上京する頃はオートバイと小型車の代理店になっていたから、番号はすぐに分った。もし彼がいたとしても、挨拶状は貰ったが、披露宴には忙しくて出席できないというつもりだった。しかし出たのはおふくろさんだった。同級生の島田って、あんたまさか光ちゃんじゃないん？　そうだと答えるとあらと大声でいってから長く笑い続け、笑いがぷつっと切れた瞬間、おら何てそういっていいかわかんねえもんだからといって鼻をすする音が聞えた。

おばさんとおれもごく自然に声を出した。うちから二里近い道を自転車で行って、いつもやつのうちにそれを預けてたから、電話の向うのおふくろさんの表情が分ったのだ。また鼻をすする音が聞えた。光ちゃんのことが辛くって誠ぼうと幾晩も涙をつるったことがあったんだよう。おれは結婚のおめでたを言った。急に声が代り今どこにいるのかと聞いた。おれは正直に答えた。そこを動かねえで待ってるんだぞいとおふくろさんが言った、誠一をすぐ迎えにとんでかせっからよ、動くでねえぞ。

大竹はおれが電話をかけていた所から歩いて十分ばかりの、小型自動車会社の営業所に勤めていた。駅前に立っていると彼の運転する車が来て停ったが、きょろきょろ見廻わしている。誠ぴんはむかしと同じように丸まっちい顔をし、精力的な感じになっていた。おれは手をあげながらゆっくり近づいて行った。バカあと誠ぴんが叫んだ、眼鏡なんかかけちまやがってよ。おれは助手席にのりこみ、彼が走らせはじめたときおめでとうと言った。止せってば、口をきいちゃなんねえぜと誠ぴんは言った、おらあちへ着くまでひとことでも喋べくったら事故を起こしちまうからな。おれは落着いた気持で笑うことができた。それがまじいんだってばさ、おめえおれのこと笑ってるんだんべや、おれの今度のなにについ



て。暫く黙っていてから泊めてもらえるかとおれは聞いた。今度は彼が高笑いをした。誰がさあ！　今しがたおらあそのことでひと喧嘩電話でぶったとこだぜ、てめえで料理をこさえなきゃ納らねえなんてぬかすあまがいやがるかよ。おトミさんとおれは小声でいった。あれと会わねえうちにいっとくけどさと大竹がまともな声でいった、光ちゃん、おめえこの誠ぴんを張りとばすべえと思ったことがあるだんべな。おれは答えなかった。そうでねえ、今だって、こうしてやって来たんもひょっくらひょっとしておれに怨みを言って張りとばすつもりかもしんねえ。そんな具合に見えるかいとおれは聞いた。見えなくもねえやなあと彼は答えた、おらあいくつもいくつも光ちゃんを裏切ってるような気いするし、は、組合の方を四年もやってるとちっとんべえ人の気持が分る。

おれが感動したなどといえば嘘になる。ただ心の底からこいつが羨しかった。あとで彼の家へ行って酒を飲み始めてからやっと思い出したのだが、おれと誠ぴんがあのことをやらかしたそもそもの原因は、新しく赴任して来た校長がコチコチの反動で通学時間の電車の乗り方にまで干渉したからだった。前の車輛は男、まん中のは普通の客、後の車輛は女子学生専用などということを女子高の校長と取り決めたのだ。二年になって生徒会の役員

の半分をしめたおれたちは運動部にだけ甘く他の部にいちいちケチをつけるこの校長の鼻をあかしてやりたいと思いはじめていた。そこへ例の通学規則だった。おまけに不平分子と見なされていたおれと大竹を風紀委員と通学規則委員などというバカげたものに任命するというのだ。生徒会の規約にないからとおれたちは校長室へ断りに行ったが、相手にされなかった。俺と誠ぴんは野球部だけでかい面をして乗っている女子専用の方へわざと毎日乗ってやった。それでも校長は知らん顔をしていた。野球の県予選の二ヵ月ほど前で、そのためのいざこざを避けているというのが分った。おれたちの真似をして通学規則を無視するやつはなかなか現れず、県大会が終ったらバットをくらわせるぞと野球部の連中から脅かされるのが積の山だった。そしてある朝、電車通学以外のやつを巻きこむ他はないと思ったおれと誠ぴんは女の子の髪の毛を切って学校へ持って行き、みんなに見せてやろうなどという子どもっぽい策略を実行したのだった。大竹は電車に乗ったと同時にワッと押して行って、平然と逃げないでいたおトミさんの髪の毛を用意したはさみですばやくちょん切った。まわりできゃあっという声があがり、同じはさみを持っていたおれはすっかりあがってしまった。おい早くやれやれと誠ぴんが戻って来て言った。しかしおれには髪の毛へ手をかけることも、はさみを持ちあげることもできなかった。こっちがひるんでいる容子を見たおトミさんがきつい顔で女の子たちの間を通って近づいて来た。軽犯罪法だわ、警察へ行きましょう。誠ぴんはとぼけて背中を向けた。おれはおずおずとはさみを持ちあげた。またきゃあっという声があがり、今度は逆に後の女の子たちが見ようとしておれの方へ押し寄せて来た。女の子たちにはさまれた形になったおれは大きくよろけ、思わず誰かの服をつかんでいた。それが半田シゲ子のスカートだったのだ……これらのことが全く事実そのままだったかどうか、かなり疑わしいことだ。酒を飲みながら大竹と高橋登美子が喋った思い出話を、酒を飲まないおれが黙って聞いていたのだ。不思議なことにこんなことを聞いていても、おれはその情景をほとんど思い出せなかった。

　このひとに脅迫されておらあたまらんぜと酔いのまわった誠ぴんが言った、披露宴のときによ、これがそのときの髪の毛ですって仲人に紹介させろなんちう……、あいつは光ちゃんあれだいなあ、学校行って一本づつみんなにくれてやったけが。登美子が朗かに笑った、私自分の毛を切ってもうレオポンさんに渡してあるもん。レオポン？　とおれは思わず強く聞きかえしていた。おなこうどさんと登美子が答えた。おれは誠ぴんの方を見た、おい、レオポンが仲人なのか？　ご通知に名前が入ってたじゃない、今市会議長の……。止めれと誠ぴんがさえぎった、そのことについちゃ、その件に関してはだなあ。あとは手を振って酔ったふりをしていた。あの時のあの校長が仲人なのか。ライオンの如く雄々しく豹の如く俊敏にと野球部に向っていつも説教してたために、おれたちはあいつをレオポンと呼んでいたのだ。何となくまやかしものくさいこけおどしの風貌にもぴったりだった。そのレオポンがおれを退学にした男だ。腹がへって泥棒する人間をわしは許す、大金を見てむらむらと手を出すやつもわしは許そうと思う、しかしだ、火つけと痴漢は絶対に許さない、わが校にそんな口にするのもけがらわしい痴漢、性犯罪者が……、そんなことを言ったすぐあとでスカートのどこをつまんで、どこいら辺まで切ったかとしつこく聞いたあいつ。光ちゃんよと誠ぴんがおれに抱きついて来た、あとでさ、あとで男と男の話をすべえよ。

その夜、おれは大竹と枕を並べて寝た。電灯を消してから、おめえ、披露宴にゃ来てくれなくてもいいぜやと酔っていない声で彼が言った。通知、あの住所どうしてとおれが聞くと、シゲ子さんから聞いたっておトミは



言ってた、たしかじかに聞いたっちうふうな……。おれが思わず体を浮かせかけたとき、彼は寝がえりを打って背中を向けた。翌朝おれが目をさますと彼は蒲団の上にきちんと坐っていた。ひとつ張っとばしてくれや、そうしればおれも気持がすいりなるっちうか。おれは起き上り、ほんとうに殴ろうかと一瞬思った。そでもなあとまた彼は言った、レオポンも気持を入れかえて今じゃ革新側だかんな。カクシンとおれは聞きかえした。おれもよ、あと三年たったら組合のバックで市会に出べえと思わねえわけじゃねえし。おれは笑った、いや腹の中で笑い声をあげただけだ。そんなことはおれには何の関係もない。おれに関係ないことで誠ぴんを殴る気なんか起きるわけはない。朝めしを食ってすぐここを出ようと思った。どうせ営業所へ行くんだからおれの車で一緒すべえやと大竹が言ったがおれは断った。あの電車に乗ってみべえと思ってよとおれは気持よさそうに笑ってやった。しかし、おれは反対側つまり終点行きの電車に乗った。登美子とどうしても話したいと思ったからだ。

彼女はシゲ子のことを聞くと、はっきり不愉快そうな顔をしてみせた。悪い結婚しちゃったもんだからと彼女は嫁入り道具に取り囲まれた自分の部屋へ案内してから言った。ほんとの話、言ったら島田さんが気分こわすと

思うんよ。何でもかまわないからいってくれとおれは頼んだ。あのスカートのことがやっぱしだったのよ、そいでもって前からいろんなこと言ってた性悪のいとこがいたんですと、そのいとこがスカートのことで因縁つけたつうんかしら、無理矢理……。ぼくのせいだってわけだねとおれは言った。ううんと登美子は首をふった、結婚するって話のときは私もそれ信じて一緒に泣いちゃったんだけど、でもあのひと嘘つきだから。無理に慰めてくれなくてもいいとおれは言おうとした。ほんと、嘘つきだけじゃなくて、なんつうか女としてだらしないの。もし登美子のいうことを信じるとすれば、子どもが生れてから夫が東京へ出稼ぎに行っている間、近所の男たち何人とも交渉があったという噂があり、登美子が人の口に戸は立てられないもんねというと、首をふって私なんか何のうれしいこともないかんねえと答えたというのだ。おれの住所のことどうして分ったんだろうと最後に聞いてみた。結局つまりそんなことでおしゅうとさんとバチンバチンになっちゃって、子ども放っぽって、ご主人のあと追っかけて東京行っちゃったってわけなんよと登美子はいった、東京っつっても工事現場で、飯場つうのかしら、賄婦みたいなことしてるのね。だけどとおれは言った。だから不思議だと私も思っちゃったの、私が通



知出したら、速達で島田さんの会社書いて来たのよ、ぜひ報らせてあげて下さいませなんて。おれは思わず溜息をついた。そんとき私、シゲちゃんと島田さんて東京でおつきあいができたのかしらなんて、ごめんなさい、はしたないこと思っちゃって。

　おれはむかし通学するとき乗った電車の中から、日あたりのいい桑畑の若枝の先にほんのちょっぴり芽が出かかっているのをひとつふたつ見かけた。これからのおれの生活、とおれは思った。おれが何をするにしろ、あのシゲ子がどこかでじっと見つめているのだ。その目は生きている分だけ親父の桑切り鎌よりもおそろしいに違いない。

# 忍ヒ難キヲ忍ヒ

精さんがいなくなってから三日たつ。お昼に田からあがったついでに大廻りしてのぞいて見る。しちくどいと思われたり惚れこんでるって言われても責任があんだから仕方あるまい。ぽっかり広い庭のまん中に越中ひとつの裸で、昨日とおんなじようにおいさんが坐っている。大きいメカイから平ざるへ青梅を移しているのだ。だるまさんがころんだ、だるまさんがころんだと十づつ勘定しながら、私がそばへ行っても知らん顔してる。漬けねえうちからしなびさせっちまったら持ちあつかいだんにと昨日言ってやったけど薄ら笑いをしたきりだったから、今日は何も言わないことにする。これだけ立派にぼけても、でっかい獅子っ鼻、鼻くそがいいこやしになると言われたその鼻の頭にはあぶらがべっとり光ってて、何だか油断がならない感じだ。精さんは女と逃げっちまったから、金輪際いっしょうもまっしょうも帰って来やしないよと大声でどなってやったら、私につかみかかって来そうな気がする。ひっくりかえってぼける前までずうっと消防団長をしててクン何等だかの勲章を貰いに東京までよばれたほどの固物だけど、この鼻や越中ひとつの股のあたりを見てると、おらあ固え人間だいという嘘を一生つき通してここまで来ちまったような——なんて、考えが出て来るんも、現に伜の精さんが、つい四日前までは勲章を四つや五つ貰ってもおかしくない篤農家だった兄いが鉄砲玉のようにとび出したっきり帰らないからだ。西っかたの牛舎へまわってみる。お玉さんがスコップで飼料をまぜてる後姿が見える。私の足音で手が停った。おらあぐずぐず怨みい言うほど暇じゃあねえとお玉さんは言った、おこさまがひもじがって首い振ってるから桑を五そくばっか……。ふりかえらねえでそこまで言ってから私の方を見た。精さんが帰って来たと思い違いしたことで涙ぐむぐらいなら可愛げもあるんだけど、お玉ばばあはそんな年寄りとはわけが違う。スコップをがたがたさせながら、お暑うがんすも言わねえで人んちへへえって来るんな泥棒猫だぞいとどなりつけた。桑がいるんだら余計に摘んであるからこっちんちへ廻すべえかのうと私は本心で言ってやった。お玉さんは誰がさあとあさっての方を向いた。無理もないって言えば無理もない、息子がいなくなったことに私がかかわりあいがあるなんてこの人には想像もできないんだろう。精さんはと私が言いかけたとたん、張り倒すような勢いでこっちへ向って来た。精一はな、東京の健作がとこで三日ばっかお客をして来るんだと、はあはあ息をつくようにしてそう言った。連絡があったん？　一瞬信じて私も聞きかえした、電話かなんか。でもお玉さんは目をきょろきょろさせただけだった。やっぱしはっきりしないんねと私は思わず呟いた。はっきりしてるともやとお玉さんは言いかえした、健作がとこに決まってら、ふん、何が電話だや電報だや、おとむらいでもあんめえにそんな物いりの真似はおらあさせねえど。私は心底このおばあがきらいだけど、ちょっとばかり同情した。昨日聞きに来た時は、四年前にお玉さんにいじめられて逃げて行った精さんのもとの嫁さんめぐみさんの家へちょっくら行っただけだと言い、おととい は食肉牛の仔牛を見るために高崎の在まで出かけて遅くなったから泊った、場合によっちゃ牛を引いて来る気だなどと言っていたのだ。こんなことを思いつくまでには、ああでもないこうでもないと夜の夜中まで考えつめて、その挙句他人さまが聞けば納得する理由を作り出してそれでどうにか自分の気持を落着かせているに違いない。健ちゃんの工場は東京のどこだったっけねえと私は聞いた、電話番号でも分れば私が……。お玉さんの黒い顔がはじめてひるんだような具合になった、そんなことまでして精の野郎が東京にも行ってねえことが分ったら、お前どうしてくれる気だや。牛が餌を催促するように低い声で鳴き、さそわれたようにもう一頭が大きい声を出した。六頭の牛とこれから食べざかりに入るお蚕を放っぽらかしていなくなっちまった精さん、あんたはほんとにあのひと、あの谷川妙子さんと一緒にどっかへ行っちまったんかい？　お玉さんが急に人を小馬鹿にしたような笑い声を出した、ユリちゃんお前せっせと気に病んでくれてるから教えとくけどもな、精の野郎農協からも局からも一銭も下ろしてねえ、煙草銭も持ってねえもんが乗物に乗れるわけがあんめえや。千円札を二枚、私から借りてったんよと言おうとしたけど止めた。それを言い始めたら何から何まで説明しなければ済まなくなる。ふんでもよとお玉さんは言った、村の衆には東京の弟野郎んとこへお客に行ってるって話しといてくんろ。私はいい加減にうなづいて帰りかけた。お茶もいれねえでなんだったなあとお玉さんが大声をあげた、だけんどお前も精の野郎にのぼせっけえって気が病めてっからお茶どこじゃねえなあ！　くそばばあと私は聞えてもいいように言った、誰がのぼせかえったりするもんか、アンテナも一人前におっ立たねえ野郎に。聞えたはずなのに、お玉さんの返事はなかった。精さんとこはテレビの共同アンテナから線を引くには一軒だけ離れ過ぎてるので、井戸端の柿の木におっ立ててるんだけど、それがなぜかいつもかしがっていて、嫁ごに子どもも作れねえで逃げられた精さんの性的能力にひっかけてそんな悪態が言われて来た。でも今ふりかえって見るとアンテナは柿の葉っぱの上にまっすぐに突っ立っていた。

もしこれっきりと私は考えた、このまま精さんが帰って来ないとすれば、何もかもひっくりかえしのあべこべじゃあないか。百姓なんか打っちゃらかして出て行こうとしてた私が残されて、誰が見ても文句なしの経営をしてる精さんがするりといなくなっちまうなんて。私はゲンタンキュウコウの田んぼに入って行って、ぼうぼうの草を手と足で思いっきりなぎ払い、ごろんとあお向けに寝た。刈り放しの麦の株つがお尻に当ってとび上るほど痛かった。畜生！ と思わず私は声を出した、どいつもこいつも人をバカにして、だまくらかしやがって。目をしばたきながら空を見る。あのひと、あの女と最初に出会ってからまだ十日もたっていないのに、ずい分長ったらしい時間が過ぎたような気がする。その分だけそら夢を見てたっていうことだろうか。



あの人がおらあ方へやって来たとき私は往還ばたの桑を摘んでいた。自動車の砂っぽこりでじゃみじゃみする葉っぱだから、水をぶっかけて一枚一枚拭かなきゃなんねえと少しむかっ腹を立てていたのを憶えている。白い着物の女がタクシーから下りて白い日傘をひろげた。車は鍵屋の店の横で方向転換してそのまま停った。待たせっぱなしにするんなら、どこんちへ来たんだろうと考えたけど、女の人は年寄りのようなゆっくらゆっくらした歩き方でカミの方へ行き、暫くするとまた戻って来た。光の加減で薄いおしろい花のようなじゅばんの色がふわっとすいて見える。こんななりの人に道を教えてやる気は起きないから、目があっても知らん顔をしていた。それなのに女の人はまっすぐ私の方に近づいて来て、石垣の下に立った。あなた伝次さんの娘さんでしょ？ 私は用心して返事をしなかった。ずっと前カミの敬ちゃんが東京で金を借りて、その借金取りがこっちまで押しかけて来たことがあったからだ。うちの父ちゃんだってそういう点じゃ信用ならない。島田伝次さんのうちの人じゃないんですか、ここはあの人のうちの畑で昔はおさつや枝豆なんかを……。近頃の警察は白い傘なんかさすんですかと私は言った、身許調べなら怪しいのはそちらさんでしょうが。女の人はうれしげに笑い、上の歯茎が出すぎるのをかくすように掌をあげた。伝次さんも口の悪い人だったけど、やっぱり似るものかしら？　ごめんなさい、私こういうものですと小型の名刺を出しかけた。手が泥だらけだからと私は断り、父ちゃんに用なら東京のカツシカ区へ行くようにと言った。やっぱりねぇと彼女は溜息をついた、来る道もそうだったけれど、ここでも野良に出てる人はあなたしか見なかったぐらいだからみんな……。東京へ行ってるんじゃないんよと私は教えてやった。去年カミのモロトに小さい工場ができて、今年のはじめにシモのナメザワにも工場がおっ立ったんで、いい男衆や女衆だけじゃなく婆さままで田んぼも桑原もおっぽり出して通ってる仕末なのだ。稼ぐもんは一日二千も取るって話だから、よその百姓は別としてここらじゃ戦争が終った後暫くの時以来の景気のよさだなんて言ってる。お仕事の邪魔をしてごめんなさいと急に彼女が言った、秋か春のお祭りに来れば昔のような賑やかな所が見られるわけなのね。私は笑い出した、毎月のお祭りの方がよっぽど賑やかで馬鹿騒ぎ、給料貰った晩の飲み会のことよ。お金の多い少いで言い合いになるし、バクチはおっぱじまるし、カミの工場へ行ってる衆とシモの工場の衆が夜中には合同して……。私のことばをさえぎるように彼女が言った、戦争が終って三年目まで私ここに住んでたのよ、風呂屋の妙ちゃんとか番台の妙子なんて呼ばれて、ひとりで……、そんな話聞いたことない？　もちろん私は聞いたこともない。じゃその頃演芸会って言って村中の若い衆が……。ああ、ヤクザ踊りなら父ちゃんたちもおしろい塗ったくって……。踊りだけじゃないわ、芝居も堂々とやったのよ。部落同士の対抗がしょっちゅうあって、私たちいつも優秀旗を取って来た……。私たちって、あのあんたも？　ええ、その頃は私もここの若い衆だったんですもの。石垣の前にしゃがみこんで私はまじまじとこの妙子さんとかいう人を見た。この辺だったらでぶと呼ばれるくらいの太り方だけど背筋がしゃっきりしてるから、気のきいた料理屋のおかみさんみたいな感じだった。どこんちの親戚なん？　と聞いてみた。どことも関係がないのよ、もう十年も前になくなったテンジンヤマのお爺さんが戦争前に私ん所でやってたお風呂屋の釜たきをしてたのね、それだけの縁故で女学生の私が疎開して来たわけなの。今歩いて来たけど私が住んでたあの小屋も……。

その小屋のあった場所というのは、いくら話しあってみても私には分らなかった。それに、演芸会のここでの会場はカナグツ屋の裏のタネツケ場の広っぱだったっていうけど、子どもの頃から知ってるカナグツ屋の裏手はすぐ山だからやっぱりどの場所だか分らなかった。年配のもんを連れて来ようかと言ってみたが、妙子さんは首を振った、匂いをかいで見たくなったっていうのかしら、それだけですから。青春の息のあとなどと私もきざったらしいことを言った。何となくこの人を好きになっていたのかも知れない。お風呂屋とかって話だったけどと聞くと、去年のはじめまでやってたんですけど土地も一緒に売ってしまったわという。じゃお金ががっぽりと言おうとして止めた。娘が今新婚旅行に行ってて、それが遠くだもんだから何もすることがなくてぼんやり……。遠くってハワイかなんか? ええ、ヨーロッパ。出まかせにしろほんとのことにしろ、まあ結構ですことと挨拶しとけば、それっきり今のような事も起らなかったに違いない。でもそんな気持にはなれなかった。いい加減勝手な熱を聞かせてくれたじゃない、話が美しすぎるじゃねえのよと私は思った。気持がぐらんぐらんして来た。どぎつく意地の悪いことを言ってやりたくなった。だけど適当な悪態が見つからないまま私は地下足袋の先で土を蹴った。あらと何かに気がついたように彼女は言い、急いでハンドバッグの中からお札を取りだしチリ紙に包みながら私の方へさし出した。申し訳ないわ、お忙しい最中を……、これでお茶でも召しあがって下さい。とぼけないどくれよと私は大きい声で言った、お茶ならどこんちのいろり端でも只で飲めるじゃん! だけどその紙は勢よく取ってやった。いくら包んだのか見届けたかったからだ。五千円札が入っていた。その瞬間、畜生と思った。ほんの十分ばかり立話しただけで五千円もよこすなんて、そういうことが人を馬鹿にしてる証拠なんだ。すぐに包み直して突き出した、こんなもん誰がさあ! でも私はなつかしかったんですから、どうぞ遠慮なさらずに……。私は黙って紙包みを放り投げた。彼女は仕方なさそうに落ちた包みの方へしゃがみこんだ、ほんとに固い娘さんねえ……。私はぱっと立ち上っていた、何が固いもんか、五千円だのそれっちょんべえの金じゃなきゃいつだって欲しくって脂汗が流れるようなもんだわ。お金が余ってぶらぶらしてるんなら東京へ出て人に使われねえで商売したいと思ってる人間に貸してみたらどうなんよ! ——理不尽な言いがかりってのはきっとこんなものを言うんだろう。でもそれは私の本心だったし、とにもかくにももう喋ってしまったのだ。妙子さんはぽかんと口をあいていたが、そのうち自分が悪いことをしたみたいに目をそらし、しょげかえっている風だった。私はまだ興奮がおさまってなかった、いや、そんな無茶なことを言っちまった照れかくしだったかも知れない。なつかしいなんて口先の芸当じゃなくって、田んぼでも畑でも買い取ってくれりゃどんなにありがたいかしれやしない、そう言って馬鹿笑いをした。妙子さんが私を見あげ、心細いような声で、それで……と言った。私はもう笑いにまぎらわしながら、おばさん？　そうねこの次戦争になったらまた疎開して来て演芸会でもヤクザ踊りでもやったらいいじゃんと言い籠を引っぱって桑原の奥に入って行った。彼女が私の無茶苦茶なことばを真に受けるかも知れないなんて、その時は毛ほども考えられなかったのだ。

そんなことだったから、うちに帰っても母ちゃんには何も話さなかった。話した所で町育ちだからその頃の事にくわしいとも思えないし、それよりなにより母ちゃんを見てると口を聞く気が起きないんだから仕方がない。喋らないでいればあっさり忘れてしまうもんだし、実際翌朝精さんに会った時だって、お蚕の川流れだなんてけたくその悪いものを見なかったら妙子さんのことが頭に浮ぶようなこともなかったろうと思う。それは私が川向うのレタスにこやしをやるつもりでひと叺背負ったまま、いつもの浅瀬を渡りかけた時だった。水はまだ青黒く見える時間なのに、あっちにもこっちにも白っぽいものが浮んでいる。近づくと小石の並びや葭の茎のあたり



に流れて来た籾ガラがふわふわひっかかっているのだ。脱殻や籾すりの時季でもないのに誰がうっちゃらかしたんだろうと何の気なしに足で蹴散らしてやった。籾ガラの層は見た目よりずっと厚くて、もわっと一度広がるがちょっと流れに乗るだけで大方はまたもとのよどみに戻る。石をひとつ取っぱらえばきれいに流れちまうはずだと荷を背負ったまま手をさし出そうとして、私はわっと悲鳴をあげた。灰色の小さいものがうじゃうじゃ重りあって動いてる。石のきわや葭の茎にせきとめられた籾ガラの上に二百とも三百とも知れない三眠起きのお蚕が一斉に首を空の方に向けてゆるゆる振ってるんだ。何だい、ひとをたまげさせるにもほどがあるじゃんと思わず独りごとが出たが、一歩、二歩そっちに足を踏み出してからあああと今度は長い泣き声を出してしまった。私の二本の足が流れを小さくかえ、そのはずみで籾ガラの十センチばかりの固りが離れ島みたいに切りはなされてお蚕を乗せたまま動き出し、あっという間に早い流れの中にまきこまれて行ったのだ。年寄りだったらナムアミダブツとでも言う所だ。桑を欲しがって首を振るお蚕の大群が助けとくれよと私に呼びかけているように見え、いや、一匹一匹が体中でそう言ってるように思えて心底参った。逃げ出したいんだけど、足を動かせばまた二、

三十がとこは流されるに決まってるし……。そくそくと土手道を来る足音がした。籠を背負った精さんだった。お早いこんだなと彼が挨拶したとたん、助けとくれえと私は大声で呼ばった。精さんが籠を放り投げて川原へ駈け降りて来る間に、誰かカミの衆がおこさまを川へ流したんよと私は言い、工場が内職をさせてるっちうからそっちに乗り換えやがったんだなと彼が言い、ほらここへ来て見てごらんよと私が言ったが、そこをどいてくれやと精さんは両手で平っぺたい大石を持ちあげた。殺しちまうんと聞いても答えずに石をふりあげたまま近づき、水だらけになりてえってんかよとどなった。私が五、六歩逃げたとたん、石は籾ガラの広がりのまん中にばしゃっと落ち、輪が広がって端っこからどんどん流れ出した。精さんはものも言わず続けざまに石を五、六箇放り投げたあと、よどみを作っていた小石を蹴とばし葮の二株ほどを引き抜いた。もうその辺には籾ガラのカスがただよってるだけで固りのほとんどは流れちまっていて、気がつくと川上の土手と流れの一部に朝日が当って光っていた。こんなに憎らしげに殺さなくったってと思いながら、私は煙草に火をつけてる精さんの方を見た。お前一日中そうやって叺を背負って川ん中に突っ立ってる気かやと彼が言った。全く、私は重いもんを背中に背負ってることを忘れていたのだった。興奮してたんねえと私は言って精さんから煙草を貰った。こういうのぼせはなんだなあとそっぽを向きながら精さんが言った、性的っちうもんだんべえ。私は思わず聞きかえした。セックスよ、そういうもんの血が騒ぐってえことだ。これには笑わせられた、キャベツの出来がどうこうみたいな言い方だったからだ。嫁ごの一人も上手にかまえねえで逃げられちまった精さんにも、騒ぐような血みてえものがあるんかねと言ってやった。めぐみのあまは百姓が嫌いだから出てったっきりのことよと精さんは言った、その点ユリちゃんならなあ。この式の話にもならないくどき方を今まで三回もされたことがあるから、恥かしがったりはぐらかしたりする気は起きない。百姓は今年かぎりでおしまいにするんだから、だめの皮。お前もやっぱしけちな工場勤めか。冗談こじゃねえ、私は田んぼも畑も売っぱらって東京で商売。夢みてえなこと抜かして人をごまかすのは止めれ。誰がごまかすかさ、現に昨日ある人に相談持ちかけたぐれえなんだから。ある人とはどこのどなたさまかや。精さんの知らねえ人。ほれみな、そんな出まかせの……。出まかせじゃねえってば、妙子さんて、谷川妙子さんておばさんに……、断られっちまったけどもよ。妙子さんだと、谷川の？　精さんが私の方に向き直った、お前昔のあの、風呂屋の妙子さんのことを言ってるんじゃあんめえな？

その頃四、五歳だった精さんは妙子さんのことをよく知っていた。知ってるどころか夢に見たことが何回もあるなんて言う。妙子さんが若い母親役で精さんが子どもの役で、オッカァと涙声で呼びながら舞台へとび出して行く芝居をやってたんだという。そのオッカァってのをちょっと聞かしとくれよと、あんまりおかしい取り合わせなんでからかってみた。精さんは小石を拾って川へ投げてから言った、途中でおらあ止めさせられちまったんさ。おふくろのお玉さんが子役に使うんなら花代かなんか寄こせとねじこんで、みんなに笑われるとてっぺんで縛った髪の毛を鋏でじょっきり切ってしまったというのである。お玉さんならやりかねないと思い、なるほどねと私はうなづいた、つまりそういう間柄か。それだけじゃあねえと精さんは言った、おらあ淋しくってなんねえから稽古場だった肥料の配合所へ毎晩出かけて行って蓄音機の係りになったんだわ、手廻しの蓄音機だけども針なんちうもんが手に入らねえ時分だから砥石で、荒砥と滑砥で砥いで先っぽをとんぎっしょうにしなけりゃなんねえ、そういう細え仕事は誰もやりたがらなかんべえ……。それからと私は聞いた。ああよと精さんは丸まっちい目を細くした、上手に砥げてるかどうかは目で見たって手に突っ立てて見たって分りゃしねえ、こうして口ん中で、ベロの先にちょんと当てて見るんだわさ、そのやわっこい痛さ加減で分るっちう寸法なんだな、滑砥の油っくせえ匂いと針のすっぺえ感じがベロの上に……。妙子さんが登場しないじゃんと私は言った。あの人もおれと一緒にそれえやってたんさ、物覚えがよくってセリフのたんとあるしばやばっかやってたから踊りの方はろくなもんをやらして貰えなかんべえ、そいでも暮方一番に来て夜中もしまいまでいて、おれが睡くなって来ると横い坐ってよ、おれがベロで確かめた針を自分のベロに当てて見てたっけが、精ちゃんの舌は敏感なんねえ、私には一度砥いだのと二度砥いだのと区別がつかないわ……。エッチ、いやらしいよう！ と私は言った、ベロを出しあって針の突きさしっこだなんて。ふと私は、その頃の妙子さんはどんな男と出来てたんだろうと思った。精さんがちらっと私の方を見た、この人にしてははしっこい目つきだった。あの人には男なんちうもんはなかった、演芸会が好きで好きでたまらなかったっきりだわさ。精さんは籠を引き寄せ、ああ、とんだ暇っかきをしちまったと急ぎ足で去って行った。もしかしたらと私は思った、その頃妙子さんと何かあったもんがいるとすれば、それはうちの父ちゃんじゃあるまいか。だから私を一目見ただけで伝次さんの娘だなんて言ったんだ……。あの人が出した名刺を貰っとかなかったことが急にくやまれた。連絡をつけときさえすれば、いつか力になって貰えたかもわかんねえのに。

ところがだ、二日たってまたあの人が来たのだ。母ちゃんと二人で黙りこくって昼めしを食べている時だった。ごめん下さい、ユリ子さんいらっしゃいます？　と私の名前まで呼ぶじゃないか。いろんなことがからまり合ってたから、私はとび上るようにして表へ出た。今日は白いスーツで東京都の婦人局長のようだ。お母さんにちょっとと言ったが私は首を振ってずんずん歩き、気違いだから構わないんよと答えた。三年前に事故にあったんですってねえ、それ以来あなたが東京から帰って来てお百姓……、ごめんなさい人に聞いていろんなこと調べさせて頂いたの。私はあっけに取られてふり向いた。妙子さんは笑った、あなたが言ってらしたことと考えてみたかったのよ、田んぼや畑のこと。私はぼうっとしてて何と答えていいのか分らなかった。一反歩三百坪が五十万だったのが、今年になってから八十万近いって話だったわ。ほんとに買ってくれるん？　浅ましいようなのぼせ方で私は聞いた。土地の名儀は去年みんな私の名儀にし



たし、東京で別な女と暮してる父ちゃんなんかに口出しなんか……。それも知ってるわと彼女が落着いて答えた、でも足の悪いお母さんや高校の妹さんに恨まれたりしたら。妹は問題じゃないんよ、母ちゃんだって……。でもお母さん、三年間一歩もうちから出ないって聞いたわ、そんな人を東京へ連れてったら……。母ちゃんのは、あれはね、ニセ気違いなんだってばと私は言った。妙子さんは往還を見下す形で丹波栗の根っこに腰を下ろした、気違いとかニセ気違いとかってどういうこと？　私も並んで坐りながら母ちゃんが事故に会ったいきさつを話した。それは農協の婦人部の旅行中の出来事だった。熱海のお宮の松の前とかでみんなが記念に写真をとって、最後に農協の役員を撮すときシャッターを押す役を買って出た母ちゃんが、ああでもないこうでもないと理窟をつけてカメラをいじくりまわしているうちに、みんなが危いとどなっても自分のことだと思わずに道にとび出して行ってはねられたのだそうだ。腿の骨が折れたけど、それは何かの金属でつなぎ合わせたから歩く練習をすれば重労働以外さしつかえなくなるはずだった。でも女が写真機をとか、利口ぶってしゃしゃり出たからとか、一緒に行った女たちの同情のない口ぶりがみんなに伝わり、またそれをあけすけに病院の枕許でいうもん

もいたから、いつの間にか母ちゃんは世間さまがいつも自分を笑いものにしてる、寄り合っては悪口を言ってると思いこんでしまったのだ。それでうちへ帰って来てからも、人さまが来ると這うようにして奥へ逃げて行くようなざまで、一時私と妹がたって歩かせようとしたら妹の頬っぺたを力一杯殴りつけたりした。重ね合わせるようにして父ちゃんが出稼ぎから帰って来なくなったから、それも物笑いの種をふやしたことになって……。分るわと妙子さんは言った、こういう所では人の目が一番こわいのね、いえ、人の目がこわいって思いこんでしまうことの方が。若い時私そんなことが何も分らなくて……。もっと何か言い出すかと思って顔を見たが、でお母さんをどうなさるのと彼女は言った。私は前に勤めた経験があるからスーパーをやりたい、そのレジの仕事でも覚えさせれば母ちゃんも立ち直るはずだと話した。

妙子さんはゆっくり立ちあがって伸びをした、私の方はどうしたらいいんだろう？　何のことか分らないので聞きかえした。いやらしく聞えるでしょうけど、私には田舎がないから、故郷みたいなものをお金で買おうとしてる、もしかしたらそんなふうなことなのよ。お友だちに話したら気が狂ったんじゃないって笑われたわ。私は精さんから聞いた演芸会時代のことを言おうとしたけど



止めて、ここがそんなに好きなんねとだけ聞いた。くるっと妙子さんがふり向いた、好きだなんてことがあるもんですか。それは誰かに文句をつけてるような言い方だったが、それっきり黙りこんでしまった。風の音と一緒に葉っぱがパラパラ音をたて、中っくらいの粒の雨が降り始めた。傘を取って来ると言って私が走り出すと、シモのお店で待ってると彼女は叫んだ。傘を持って鍵屋へ行ってみると、男衆が焼酎を飲む店先の縁台で妙子さんはひとりでビールを飲んでいて、私にも坐って飲むようにすすめた。私は地獄耳の鍵屋のおばさんに聞えないように、結局土地の話はだめなんですかと小声で聞いた。いい雨ねと彼女は言った、私毎日雨が降ってくれないかと思って過ごしたことがあったわ。雨が降ればみんな仕事をやめて肥料の配合所へ集まって来る……。コップに二杯も飲まないうちに妙子さんの目の下のあたりが赤くなった。バカだったのね、父が帰って来いって言っても知らん顔して浮かれて過ごしてたんだから。二年もたってもうそんなことより自分の生活って誰もが考え始めたのに、私ひとり演芸会の稽古をしようってばかり言ってて……、みんなにそっぽを向かれると、秋が来ればきっと始るわと思って……、その次には春が来れば必ずなんて……。夜中にね、練習場でひとりで蓄音機かけ

て殴られたこともあった。私気が狂ってたのね、そう思わない？　私は何とも答えられないから黙って激しくなった雨を見ていた。戦後に狂ったなんていえば格好いいけど、ほんとの所はお祭気違い……。私は心の中で取引き取引きと呟いてみたが、この人の気分が半分も飲みこめないから我慢するほかなかった。でもやっぱり終りは来たわ……、昭和二十三年の秋の終りに、私、夜逃げのようにここを逃げ出したの。何かあったん？　と思わず私は聞いた。自分が間違ってたことがはっきりしたのよ、もう二十歳だったし……、もう二十歳だから泣くこともできないで、堪え難きを堪え忍び難きを忍び以て万世の為に太平を開かんと欲すなんてことばをお経みたいに唱えて歩いてったの。私がその忍び難きをっていうのことを聞こうとした時、鍵屋のおばさんが顔を出した。降り出したから混んでたけどもね、今タクシー出たからって。そう言ってからおばさんはいつもの赤んべえをしたような無表情な目で私を見つめ、ふん、ユリちゃんがとこへ来たん？　そいじゃ結婚ばなしかな。妙子さんがいえとあわてて答えた、土地や何かのことでちょっと。私がとめようとする暇もなかった。おばさんは二、三度うなづいてから、何の工場をこしらえてくれるんかねと聞いた。私はこれ以上詮索されないために、おばさんいくらと言って立ち上った。



想像していた通り、その夜からあとは馬鹿馬鹿しい騒ぎが続きに続いた。工場を建てるために土地を売るらしいと聞きかじった村の衆が何人も押しかけて来た。中でもカミの工場へこの部落から人を入れている保険屋の久ちゃんと、鍵屋のおばさんの甥っ子でシモの工場へ人を入れてる輝夫さんが一番うるさかった。二人とも工場の土地造成から建築までの人夫をおらあ方に任せろと言うのである。そんな話は鍵屋のおばさんのそら耳で事実無根だと言っても全く承知しようとしなかった。私が相手にしないでいると自分たちがつるして来た酒を勝手に飲みながらお互いにののしり合いを始める始末だった。ようしと久ちゃんが言った、こうなりゃ東京へとんで伝さんに話いつけるまでだ。その瞬間、私は久ちゃんも輝夫さんも父ちゃんと同年輩だということに始めて気づいた。風呂屋の妙ちゃんておじさんたち知ってるでしょと私は何気ないふりで言った、昔一緒に踊りなんか踊ったあの妙ちゃんよ。輝夫さんの表情がすぐに変わり、ぼんやりしてる久ちゃんの膝をつついた、ほれあの疎開もんのと言った。久ちゃんの目も一瞬うろうろしてから止った。私の勘の通りだったたから構わず言ってみた、その人にひどいことして追い出したんはおじさんたちでしょうが、ちゃんと知ってるんよ。輝夫さんはとぼけた顔で酒を飲むふりをし、久ちゃんは間の抜けた笑い声を出してから言った、そんなこたあお前、ひと昔もふた昔も前のことだんべや。昭和二十三年だんべ、ユリちゃんなんざおっかあの腹にもはいっちゃいねえやなと輝夫さんは用心深そうに私を見た、そんな虫っくいみてえな噂を誰から聞いたんだや、あ？　私はそれで二人が追っ払えるならと思って、土地を買いたがってるのはあんたたちにひどい目に合わされたその妙子さんだと言い渡した。久ちゃんが何か言おうとし、輝夫さんがまた膝をこづいた。それから二人はまるで関係のない話をし始める。忍び難きを忍び堪え難きを堪え、と私は大きい声で言った。二人がぽかんとしてこっちを見た。あの人はね一生もまっしょうも恨みに思うって言ってたんだからね、それでもかまわねんなら私はいつでも橋渡しぐらいの役はさせてもらうつもりなんよ。

でも私の考えはやっぱり甘かった。ゆうべあわてて引きあげたはずの二人が、翌朝にこにこ連れ立ってやって来たのである。おらんか昔のことは水に流すことにしたんさと久ちゃんがいう。でも向うさまがその気でなけりゃ話にならんでしょうがと私が答えると、輝夫さんがげらげら笑い、おらんか谷川妙子さんを招待することにして、その返事をいただいた所だからなと言った。昨日のタクシーの運転手をつかまえて妙子さんが泊ったのが坂本鉱泉の湯元館だということを突きとめ、電話で昔を偲ぶ会を今夜やるから来てくれと話したというのだ。私は頭に血がのぼった、言うほうも言う方だし、すぐ受ける妙子さんも大バカじゃないか。全く昔のなじみっちうなあありがてえもんだ、こっちへ工場ができるとなりゃ、今度はよそから人をかき集めなくちゃなと久ちゃんがゆるみっぱなしの顔でいう。私ははっとした、妙子さんが工場なんて言うはずはない、それを思いつくと今度は私の顔がゆるんだ。工場って何の工場だか輝夫さん聞いて見たん？　そんな立ち入った話はお前、今夜飲みながら、そう、何なら昔のヤクザ踊りのひとつもやりながらじっくりと……。私は思いきり大声で笑ってやった、妙子さんは工場なんかこしらえるもんですか、ただここに住もうかって考えただけよ。ほんとかお前と久ちゃんが言った。当り前じゃんか、おじさんたちが欲の皮が突っぱってるからそんなことを……。輝夫さん、電話しろやと久ちゃんがあわてた声で言った、昔を偲んだって百にもならねえんだぞ。それからユリちゃんよ、お前がそんな芸もねえことに田地田畑を手離してあのアマがここへ住いなんぞこしやっても、おらあ方は鼻もひっかけねえからな、そう妙子のアマに言っとけ！　まあ待ちろやと輝夫さんが言った、今夜の会は盛大にやるだよ、その上でだ、どうせマルが余ってるんだからそいつをおらあ方の発展のために使って貰えねえもんだんべかってさあ、何たってお前若え時ここの舞台で一緒に……。止めとくれと私はどなった、そんなことのためになら私は土地なんか……。土地は腐るほどあるじゃんか、お前んとこの桑原にだけ宝物がうまってるわけじゃあんめえ。私はふうっと溜息をついた拍子に、庭先に精さんが立ってこっちを見ているのに気づいた。

私は駈け出した。精さんの腕を引っぱって栗の木の下まで行った。腹立ちと混乱で暫くはあはあ息をついていた。田畑を売っちまうんだってなと精さんが言った。私は首を振った。じゃ売らねえんかと聞いた。私はまた首を振った。落着けやと精さんが言った。何が何だか分んなくなっちまったんよと私は答え、妙子さんに二度目に会った事情や、輝夫さんや久ちゃんたちの馬鹿騒ぎを話した。精さんは黙ってうなづいていてから、結局何だなあ、他の誰がどうなるっちうことより、ユリちゃんがしてえことをするんが一番だなあと言った。変に公平ぶった気持のこもらない声だった。じゃ、東京へ行ってスーパーの店をやれって言うんと私は聞いた。ああとまたいう。じゃ精さんは、妙子さんて人が昔ひどいことをした久ちゃんや輝夫さんに……。そこまで言った時精さんの目がちらっと動いた。精さんと私は声をかけた。ユリちゃん知ってたんかと精さんがきつい声を出した。あんたこそその頃子どもだったのに何で……。おらあみんな知ってたんさ、それだけ言ってから黙りこみ柿の木をゲンコで何度もゆっくりと突いた。ひとつの事が始まったり終ったりするんにゃ、人柱みてえもんがいるんじゃねえんかなあ、誰かそんな具合の人間が出て来ると、そいつがひでえ目にあったりしると、他の衆は今までのことをきれいさっぱり忘れちまってよ……。それが昔の妙子さんだったん？　どうだげなおれにも分らねえけど、ふんでもおらあ見ちまったんさあ、おれがオッカァって呼んでた人が幾たりもの若え衆に手や足をおさえられて……、おらあみちまったんだからなあ、六つにはなってなかったっちうんによ。

精さん、と私は言った、今からすぐ坂本の湯元館に行っとくれえ、そいで妙子さんに会っとくれえ。会ってどうしるんだやと精さんが何かくたびれたような声で言った。私はね何もかも精さんに任せるから、妙子さんと話してみとくれえ。ユリちゃんのことをおれに決めさせようっちうんか？　うんと私は答えた。そいでお前はおれが決めた通りにするっちうんか？　うんとまた私は言った、今すぐに、あの人がこっちへ向わないうちに。急に精さんがいつもの顔に戻った、母ちゃんが小うるせえからなあ、出かけるなんて言うと。私はポケットから千円札を二枚出し、急いで精さんに押しつけた。頼むよ、あんただって昔のオッカァの顔が見たいはずじゃん。ああと精さんは札をにぎりしめた、そいだけどよ、おらあ何がどうなったって知りゃあしねえからな。その顔がいつになく男臭く見えたので、ベロとベロに針を突っ立てて喋っとくれよと思わず軽口を言ったのだった。それっきり精さんは戻って来なかった。もちろん妙子さんもやって来なかったから、宴会を用意した連中が私のとこへ酔っぱらってねじこんで来た。私の方こそねじこみたいぐらいの気持だったけど、彼らが用意したのだろうなつメロのＬＰがきりもなく往還の方から聞えて来たので、私は蒲団をかぶって寝てしまった。

　ふとお経のような声が聞え、私はキュウコウ田の草の中から身を起こした。それはしゃがれ声の歌のようにも思える。体をまわして見た。お玉さんが籠を背負って畦をぽこぽこ歩いて来るのだ。仕方なく桑を摘みに行くに違いない。イナハナナーターニ、イトヒクケムリ……。



ああ、そんな歌があったっけ。でもばあさんのはやっぱりお経と言ってよかった。ステテワカレータ、コキョウノ……。私は思わず声をかけようとした。その瞬間お玉さんは私の方をにらんだ、いやにらむような目つきをしただけだった。精、てめえが帰って来ねえようだら、おこさまなんかぶちやっちまうど。お玉さんはそれだけいうといかにも働きものらしく、すたすたと足早になった。きっとお蚕は川原に捨てられることになるだろうと私は思った。そして、その時は理由はないけど私が石をぶつけて流しに行ってやろう、性的に血が騒ぐと言ったあの精さんみたいなやり方で。

## 個室は月子

ものごとのすじ目けじ目がつくようになってから身近な人が死んだのは始めてだったから、白毛大王がポックラコだとナナちゃんから電話で聞かされた時は、ハアハアさようでございますかなんて職業的な返答をして、わきっちょに偉い奥さまでもついてんじゃあんまいねと彼女にがなられたくらいだけれど、実際の所膝小僧の内側から上の方へもやもやした波のようなものがのぼって来て、そのくせ肩や腕にはこちこちに力が入って首もねじれないようなありさまだった。ようやく、お寺先生がなんして？ ちょっくら参るような人物でねえんにと言いかけ、なんして、なんしてようとすぐ涙声になった。それがよう、やり過ぎだなんて又衛門がとナナちゃんも涙声になり、やり過ぎと聞きかえして私がはっと思いあたったとき、ほれあの蝮和尚が暗くなんねえうちからしべえしべえって……、ナナちゃんの黒いような赤いような顔が声で分った。又衛門の畜生がそれより他に理由はねえって何回も言って笑うんだもん。又衛門の薄らバカと叫びそうになったが止めて、心臓麻痺かなんかねと私は言い、田舎へ帰るのかどうか聞いた。ナナちゃんは月ちゃんが行くんなら一緒すべえと思って電話したのだと言う。無理だとすぐ思った。木曜の休みは昨日だったし、お葬いだと言っても血のつながりも何もない中学のときの先生のじゃ切り出しづらいし、そうだ土、日は社長のご夫婦が那須へ行かれるのでお供することが決まっている。ぼやかした意味でそんなことを言うと、個室つきでも女中は女中なんねえとナナちゃんは嫌味のつもりでねばっこい声を出した、お手伝いさんて言わなきゃいけなかったわねえ、かんべんね。私にはそんなことは問題じゃなかった。白毛大王が死んだ、もう死んじまった、はあ話いすることもできやしねえ——男衆と最初のはじめに何したときはピンからテンまで白毛大王に語るってあたいたちは卒業式のあとの茶碗会で約束してたっていうのに、それも線香の燃えがら水の泡だ。又衛門だのヒラクだの、男めらは伯母さんの葬式だって言や休みが取れるから車で行くってとナナちゃんが言った。その時になって、もし行けるとしても断じて行かないんだと私は肚で決めた。香奠は二千円ほども送ろうかしらと彼女が言ったが、送る気はないと答えて電話を切った。まだ膝小僧と腿の内側のあたりからもやもやは消えなかったけど、気持の方はすっきりしゃんとなっていた。お掃除は済ませていたし、あとは若奥さまにくっついてデパートへ行くことになっていたから部屋へ戻って着換えを始めた。紫の着物ですからそのつもりでっておっしゃってたけど、紫色に似合う家来の色気なんて私には分んないし第一合わせるほど洋服の数を持ってるはずがないじゃないの。いつもの通り草色のワンピースを着て鏡を見る。そうだ、私のこの部屋のことは白毛大王は知っている、いや、知っていたんだ。このうちに住みこんだ時、私は家具つきの個室を貰いましたなんて十二色のサインペンできれいっぽく絵まで書いて先生に手紙を出した。返事は全然それにはふれず、蝮坊主と一晩語りあったとか、小学生の頃お寺へ手伝いに来てた月ちゃんのことを思い出すとか、また私たちの結婚の変ちくりんなイキサツを知っているのはあなただけと考えて笑い泣きと泣き笑いと両方しましたなんてことが書かれてあった。その手紙を貰った二年前の春の晩、私は泣けて来て仕方がなかった。月子是我們的月下氷人、たしかそんな筆の字が蝮坊主の眉毛みたいに太く端っこに書きつけてあって……。あの時私は何で泣いたんだろう? 子どものときから女中で東京へ出て来ても女中だってこと



が悲しかったんじゃない。昔の蝮坊主のいやったらしいこともも う憎んじゃいなかった。きっと人生ってもんの辻つまがてんでまるっきり合わなくて訳が分らなくなったから泣けて来たんだと思う。辻つまだってかやと自分で自分に言い聞かせてみる。もしそんなもんが世の中にあるとしれば、あの坊主が先に死んで白毛大王のお寺先生はずうっと生きてて、少くとも私が始めて男の人と実際にあれがあったとき、その話を聞いてくれるんが辻つまってもんじゃんか。同級生のナナちゃんたちとのことは茶碗会でのそらっことだとしたって、私と先生の間は始りっからしてセックスだったたっていうんに。

ツギさあんと若奥さまが呼んだ。いつものように、はあいただいまと答えてから急に気持にじゃりっと来るものがあった。月さんじゃ役者みたいだし、月子さんだと親戚のお嬢さまのようだからと最初会社の方へ面接に行った時、常務がおっしゃった(常務というのは社長の奥さまのことだし、私の給料も会社から出てるんだと運転手の丸山さんがすぐに教えてくれた。デパートの帳面をみんな会社の費用で落としてるくらいの恐るべきうちだから、君もまあ三ケ月だなと言われたけれど、私は二年半以上もここにいる)。名前なんか符号だからどうだっていいし、月子っていうとメンスのことをすぐ連想されて

中学のときは月子って男めらに呼ばれてふりむくと、おめえまだかやなんていつもかまわれたから好きな名前じゃないけど、白毛大王のことを考えてたので、私をツギさんだなんてものだと信じてるバカ女にはこん畜生という気が起きたのだ。ドアをあけて出て行き、若奥さまの姿を上から下まで三回も見あげて見下ろしてやった。あら、やっぱりね、ツギもそう思うと彼女が言った、すこうし目立ちすぎるかしらってあたくしも思ったのよ、替えるわ。こういうとき同調しちゃあいけない、構わず讃めちぎることだ。いいえと私は言った、薄荷水が入った目薬さしたみたいにさわやかって言うんでしょうか……(時々こういう言葉を使うことに決めてる。ものの言いようも知らない子ってな目つきをされるが、もともとバカにされてるんだ。憎まれるよりはましだ)。若奥さまは自分で上品だと信じてる笑い方をした。やっぱり替えましょう、デパートじゅうの人に目薬をささせちゃ申し訳ないわ。私も笑いのお相伴をした。勝手に何回でも着替えやがれ、三、四十分こっちは暇になる。残念、そうは行かなかった。急ぐから手伝って下さいと来た。帯をぎゅうぎゅうに引っぱったり、脱ぎ捨ての着物を畳んでいる間、香水とナフタリンのまじった匂いが鼻のまわりをもわもわついて歩き、今夜がお通夜だっていうか



ら先生の体は本堂の側っちょの十五畳の部屋に寝かされてるのか、白い布をかけた顔からショートカットにしたあの白髪ははみ出してるんだろうかとつい思いたくないことを思ってしまう。まだ棺桶に入ってないとすれば電報ぐらいうつのがほんとうだ。センセイサヨナラ、こんなんじゃだめだ、学校帰りの森かげで式じゃないか、シラガダイオオノーリターン、だめ、ツキコノナカニセンセイハイキテマス、いやらしい、ツツシンデそうツツシミテシラガダイオオノシヲイタミタテマツリ……。ツギさんと若奥さまが言った、ヒスイの帯どめがないわ。ヒスイと私はぼんやり聞きかえした。福井さんのお茶の会から帰ったときあなたに仕末しといてって言ったはずよ。私はまだぼやっとしていた、イタミタテマツリ、イタミタテマツリ……。あなたととんがった声がして若奥さまの白足袋が目の前をちらついた。顔をあげたら涙が頬っぺたをつるっと落ちた。お出しなさい、誰にも言ったりしませんから。私は首を振ってタンスの小引出しを指さした。また涙が落っこちた。もう売ったかどうかしたんですか、あれ？　私が盗んだと思ってるんだ。泣くことなんかないわ、はっきり言ってくれさえしたら、私叱ったりなんかしないことよ。涙をこすって彼女の顔をみた、なんてきれいなんだろう、この人は。ふだんから

キツネ型の美女だけど、こんな具合に人をいじめる時、ゾクッとするほど美しくなる。男だったらミノベに勝てる警視総監ぐらいになれたかも知れないけど、相手を悪人だと決めつけて見つめる時自分が美しくなるなんて、そういう根性は一体どんなしろものだろうか。いつもの通りしまっただけだと私は普通の声で答え、じゃどうしてなくなってるのと彼女が聞いたけど、知らないものは知らない、値段が気違いみたいに高いんならすぐ警察に来て貰いましょうと言ってやった。ツギが涙を流したのはなぜなのとまたゾクッとする顔をした。私は答えたくなかったけど、白毛大王が今朝の明け方死んで……と言った。シラガダイオウ？　ええ、中学の時三年間持ち上りで習った先生です。なんとか大王ってその先生のあだ名なのね、そう、中学の先生がなくなって涙を流すなんてあたくしたちには考えられないことね、たとえ憧れてた若い男性だとしても。余計なお節介だと言いたかったが止めた。若奥さまの言葉の中には、だからお前たち田舎ものはって意味の他に、ヒスイのことをごまかす空涙だって感じのトゲがあったからだ。警察を呼んで下さいと私はもう一回言った。今度は彼女が折れた、大王さまって呼ばれるような人がなくなったんならきっと悲しいわよね、ツギは。あのヒスイ香港で五十五万したってお母さまは言ってらしたけど、でも人が死んだことから比べたら……。なぜだか分らないけれど、このうちからほんとうにものを取ってやろう、うち中の人間がぎゃあぎゃあ騒ぎ立てるほど盗むんだと私はその時思った。その時期があっという間にやって来るなんてまだ想像もつかなかったけれど。

帯どめの行方はすぐ分った。お嫁に行ってる長女の静枝さまがちょっと拝借したということだった（お嫁に行ってると言っても旦那さまは会社の専務だし、家もこの敷地の中だから自由に入って来て若奥さまのものを拝借するぐらい毎度のことなのだ）。でも五十万以上のものをと若奥さまが不服を言うと、鍵、鍵のがっちりかかる所におしまいなさいと奥さまはケロッとおっしゃった。そうして那須へ着いてから、何が五十五万ですか、香港で買った石は五万足らずなんだから加工賃を入れてもツギの給料の二倍にもなりゃしませんと社長に言い、嫁といい娘といいこうあき盲じゃ私もあなたもちょっとやそっとじゃ倒れられませんねと真剣な顔をなさった。最初に子どもたちをだまくらかした自分のことを棚にあげてと私はおかしくておかしくてつい笑ってしまった。カンの鋭い社長が老眼鏡をずりあげてこっちを見た、疑いの上に疑うぐらいでなければ企業はなって行かん。そうですともと奥さまが受けた、一番近くにいる人間を一番疑ってかかることだわ。とするとおれが一番、しかも長いことお前に疑われ続けて来たと社長は笑った。奥さまは笑いもせずにもちろんとおっしゃった。今まで女中が半年と居ついたためしがないのは、この二人がやかましくこき使うからだと運転手の丸山さんは言ってたけど、私はどっちかって言えばこの夫婦は嫌いじゃない。戦争前大会社にいて電気関係の特許を三つほど持っていた社長は、戦後アイスキャンデー作りや、かき氷の機械にモーターをくっつける商売から始め、今はクーラーの部品の重要な所やなんかを作る工場をふたつ持つまでにのし上って来たのだそうだ。そのせいかどうか仕事のことがちょっとでもうまく行かないと二人とも気違いに近い状態になる。普通の同族会社と違って常務である奥さまはその辺の計理士よりずっと腕がいいそうだから、会社の具合が悪いときはそのままものすごい夫婦喧嘩になる。二人とも立派なインテリだけど、作物の出来が悪い時の夫婦百姓のような所があって、お前が見るとこを見てないとか、手を抜いたのはあんたの方だとか、もうめちゃくちゃにののしり合い、当然のように理窟に合わないとばっちりがこっちにも来る、二人で組みうちでもすればいい分を私に向って熱いお茶をかけたりする。そん



な喧嘩や荒れた気分を苦にしないのは私が小百姓の子どもで、口だけじゃなく張りとばしたりとっ組みあったりするのをずうっと見てきたからかも知れない。一番近くにいる奴を一番疑うなんてことは百姓がいつも実行してることだ。隣合わせの田んぼや畑の相手同士はいつも肚の探りあいをして——そんなことを取りとめもなく考えながら別荘の庭を掃いていたら、実生の栗の木を見つけた。まだ二尺にもなっていないけど確かに栗だ。桃栗三年だから再来年にはあの生ぐさい匂いの房のような花を咲かすのか、お前。その時だった、ああ白毛大王のお葬いは今日なんだ、お寺さん自身はどんな葬式をやらかすのか見たこともないけど、とにかく今日、今ごろ。婆さまじゃないから仏さまだの物事だのの引き合わせなんて信じないけど、それにしたって白毛大王は栗の木にだけつく毛虫じゃないか。針のように長いツンとした毛が、草餅色の体の上にほんの二十本ほど荒く生えてる、その分だけ毛の真っ白なごわっとした感じが目立つあいつ。私はヒスイの騒ぎにまぎれて電報をうたなかったことを口惜しく思った。ツツシンデセンセイノシヲイタミ……、だめよ、だめじゃんか、こんなことじゃ何も言ったことにはならない。二ケ月分の給料八万円ほどもかけてうたねえことには……、膝の裏側から股の方へもやもやの波

がのぼって来た。気がつくと私は栗の若木を力一杯引っこ抜こうとしていた。

行かず後家だった白髪先生（和尚と結婚する前はみんなそう呼んでいた）に最初会った頃のことはよく覚えていない。うちが神農原の町で種屋の大きい店をやっていたから、てめえじゃあ種つける気も起きねえで行かず後家になっちまったんさと若え衆が先生の運転するスバルをやり過してから言いあってたのを聞いた時はすぐ意味が分ったから私ももう小学校へ入っていたんだろう。体が男なみに大きくて若白髪を染めずに短かく刈りあげていたから、教員には変てこな人種がいるぐらいに思い、中学へ行ってあんなもんに教わるんはかなわねえなあなんてことだった。それが小学校五年の秋、あの蝮坊主のおかげで……。蝮坊主はほんとに蝮を食べる。それを隠すどころか、ここらの食いもんの中じゃ一番の味だし嘘いつわりなく精がつくなんて言い歩き、子どもたちに向ってはどんなちっこいのでも百両で買ってくれるどと持ちかけていた。蝮酒の方がよかんべえ、オッシャンなどと言おうものなら、生き血を飲むやり方から始めて上手に塩焼きにするこつまで講釈するような次第で、生臭さ坊主も一緒に毒まで喰らってるんだから帳消しだと笑い話の種以上の悪口は言われなかった。でもおかみさんが子宮癌とかで死んでからは、ひどいことになった。もともとの貧乏寺を小柄でおとなしいおかみさんが畑仕事で支えて来たし、奥さんぶったとこがなくて人に好かれていたから、いっぺんにオッシャンが憎まれはじめた。蝮のたたりだなんてのはいい方で、やってやってやり殺した畜生野郎だ、子宮の癌の中から蝮の子と一緒に白いドロリが出て来た、嘘じゃあねえ、医者んぼうが酔っぱらってそう言うんをおらあこの耳でしっかり聞いたぞい。そしてもう誰もオッシャンなんて呼ばずに、面と向っても蝮坊主って言う衆が多くなるような始末だった。もちろん後妻を世話するなんて言い出せばその者まであやしい畜生にされてしまいそうな勢だったので、陽気だった彼もすっかりしょげこんでお寺から出ようとしなくなった。そんな時うちの父ちゃんは小ずるい人間だからお寺へ蝮を吊して行って取引きして来たのだった。おかみさんが作っていた畑をうちで引きつぐ、その代り食事や洗濯、法事の時の裏仕事はうちの母ちゃんが面倒見る。坊主の畜生ふたつ返事だったぜやと父ちゃんは三段歩の余も結構な畑が手に入ったことでにこにこしていたが、母ちゃんは知らん顔で三日も口を聞かなかった。しかしある朝坊主の方から洗濯ものを持って押しかけて来た。電気洗濯機と電気掃除器と電気釜と、とにかく電気屋に売ってるもんを片っぱしから買って来りゃ私が行くことはないと母ちゃんはまくし立て、坊主はそんな金はないから三段歩の畑を叩き売る他はないと淋しげな顔をした。父ちゃんが私の方を見た、月子、はあてめえも五年だんべえ、五年級って言やおらなんぞは一人前に百姓も山仕事もしたもんだ。父ちゃんてばと母ちゃんがきつい声を出した、三段歩ばかりのことで……。なあにおらあオッシャンの人格っちうもんに惚れこんでるんだわさ、なあ月子、暇んときは読み書きだって教えて下さるに違いあるめえ。フンフンだと母ちゃんが背中を向けた、人さまに顔向けのできねえような読み書きに決まってるだんべが。でも母ちゃんが背中を向けたのは、父ちゃんのいいようにしろという意味だった。そうして私は三段歩の畑と引きかえにお寺へ通いの女中になることが決まった。五年生の私は蝮なんか何回もつかまえたり石をぶつけて殺したことがあったし、性的なことに恐怖心なんか全然なかったから、蝮坊主をこわいとは思わなかった。ただ人に見られるのだけはいやだったから、朝は暗いうちに行ってご飯の支度や洗濯をし、夜も人に出合わない時間になってから五、六百メートルのお寺への道を夢中で駈けて行き、駈けて帰った。坊主はやさしかったし、お喋りなのに我慢してたんだろう、私の少い



口数と同じ口数以上にはものを言わなかった。夏が来て三段歩の畑が西瓜とまくわ瓜の蔓で青々として来ると母ちゃんもいつの間にか気をよくして、うちで作った煮物を私に持たせたりし遂にお盆にはお寺の庫裡に入りこんで墓参りの衆に挨拶の茶碗酒なんか出すようになった。それから秋が来て私はお寺の手伝いを人に隠れだてしてやることもなくなったけど、初めからの癖で行き帰りはいつも駈足を続けていた。うちで麦刈が終った晩方、俄雨が降り父ちゃんたちはあわてて取りこみに行った。私は泥のはねが上るといやだから体操用の白い短パンをはいて裸足でお寺まで駈けて行った。ビニールのぺらぺら合羽は風にあおられてずい分濡れたけど体はぽっかり温くなっていた。今夜は欠席だと思ってひとりで始めてたとこだんにと坊主は言って蝮がとぐろを巻いてる一升ビンを持ち上げて見せた、三年ものだからとろみが出て孫悟空の頭の輪っかのあたりが丸くしびれて来るのう。じゃこのまま帰っていいのかと私は聞いた。坊主は裸足で泥だらけの私の足を見て、冷たかったら風呂場で泥だけでも落として行くように言った、湯加減もそこそこっちうとこだんべえ。帰りもどうせ泥になるんだからまっすぐ引きかえせばと分ってたけど、うちへ帰ってそのまま麦の取りこみやら土間へ並べて穂先のノギで体中がち

くちくになるのはいやだった。外側の戸から風呂場へ入った。合羽と足の泥をお湯で落とすと、短パンにもいっぱいはねが上っているのに気がついた。タオルにお湯をつけてお尻の辺をこすったけどうまく落ちないで茶色がにじむだけだ。短パンを脱いでパンティひとつになった。どうせ合羽があるんだ、帰りはパンティの上に合羽だっていいじゃんか。洗剤をかけて洗い始めると私はこの間やっと吹けるようになった口笛で何か歌でもみたいな気楽な感じになった。誰かと誰かと麦畑で、こっそりキスする、いいじゃないの、私にゃいい人ないけれど……。引戸があいて私はふりかえった。すっ裸の坊主が立っていた。それから後のことは何がどういう順序なのか全く思い出せない。とにかく坊主は一言も喋らなかったし、私も悲鳴をあげるなんてことはしなかった。きっとぶったまげてポカンとしていたんだろう。父ちゃんのは何回も見たことがあるけど、セックスがこんなにバカでかくて赤い色のものだとは知らなかった。もちろんその時そんなことを考えたわけじゃない。夢中で洗剤のついたままの短パンと合羽をつかんでとび出そうとしたに違いない、外側の戸はくぐり戸だから頭を先につき出し腰をかがめて。坊主の手が私の腿をつかもうとしたような気もするし、そうじゃないような違うさわられ方をされたような気もする。



お寺の門までとび出してみると雨はもう殆んど小降りになっていた。でもビニール合羽は着てフードもかぶった。悲しいとかいやらしいとかそんな気持はなかったが、母ちゃんには語って聞かせちゃなんねえことなんだとだけ思った。別にこんなことからうちとお寺がまずくなって三段歩の畑がどうこうって考えたわけじゃない。母ちゃんに語り始めればしつこく何度も何度も喋らされて、そのうち勝手な理由で張りとばされそうな気がしたからだ。少し時間をつぶしてしらばっくれて帰ろうと決めたとき、まだ泡がぶつぶつ吹いている短パンを持っていることに気がついた。川まで洗いに行くのは億劫だった。中学の運動場の水道で洗おう、泡だけ落としてはいて帰ればどうせ雨だったんだから濡れてたって当り前だ——人間の知恵だなんてことを考えるとき、今だってあれとおんなじようにしただろうなあと思い小学五年から進歩がないのか、じゃなかったら肉体以外あれでもう大人だったのか、どっちがどっちだか分らなくなって来る。でも億劫がって川原まで下りて行かなかったことが、白毛大王と私を結びつけた、いや先生とあの蝮坊主をって方がほんとうだ。中学の庭へ入るともう雨が上っていて、あっちこっちの水たまりがネズミ色に光って見えたのを今でも覚えている。校舎のはずれにある足洗い場の大型の水道は途中に空気がつまっていたらしく、ガボッバシャッと音を立ててから勢よく水が出て来た。私は短パンを下に置き、坊主にさわられたような気がする腿のあたりに水をかけてぐいぐいこすった。ふうっと手もとが暗くなったような気がしてゾクンとした。後から誰かに見られてる。私はもう一度逃げるつもりであわてて短パンをつかんだ。五メートルばかり向うに白髪先生が立っていた。ちょうど教員室の遠い明りを先生の体がさえぎる形で、私の所を影にしていたのだ。何してるんと先生は言った。洗って、そいで、きれえにしてるんと答えた拍子に体中から力が抜けその場にぺったり坐りこんでしまった。先生はゆっくり近づいてからごく自然に私の合羽のフードをはね上げるように取った、お寺へ手伝いに来てる子でしょうが。私は返事をせずに下を向いていた。畑を五アールと引きかえに働きにやらされてるって聞いたけど、ほんと?　五アールじゃねえ三アールと言おうとしたが、先生の口ぶりが昔の女中奉公や子守りっこみたく嫌でたまんねえのを泣く泣く私がやってるみてえだったから、急に腹が立って来て出しっ放しの水道で短パンをジャブジャブやり始めた。坊主にあんなことをされたあとなのに、お寺へ仕事しに行ってるんをあわれげに思われて腹が立つなんて、てんで矛盾してるけど、こっちをじろじろ見てるこの変な大人に水をぶっかけてやりたいぐらいだった。急に先生の声が変わった、私あんたと一緒してお寺へ行ってやるわ、こんなこと、こんなちいさい子に……、それはもう何か勘づいた言い方だった。事実後になってから、ズロースを洗ってると思ったんよ、暗かったからと先生は笑ってた。でもその時の私はこんな大人から今お寺へ行こうなんて言われて気持がでんぐりかえった。やかましいやと私は言った、あたいのことなんか置いときやあがれ、白髪ばばあ。ののしったり悪態をぶつけたりしたんじゃない。下を向いたまま自分に言って聞かせるような言い方だった。誰がてめえみちようなよそもんの化けもんに……、そこまで言ったとき胴振るいのようなもんが起って私はしゃくり泣きを始めていた。大きい手がビニール合羽の上から肩を何度も叩いた。ここにじっとしてるんよ、先生すぐ戻って来っからね、ひとりでどっか行くんでねえよ。それがどういう意味か分らず私は泣きながらこっくりした。風が出て来たのに先生は戻って来なかった。ぎゅうっとしぼってはいた短パンが腹や股にぴったりくっつき冷たくてならなかったけど、動いちゃなんねえって言われたから水道の栓につかまったままずうっと立ち通していた。風が一度やんでまた吹き出し、黒い薄っぺらい雲が山の方へゆっくら飛んで行き、それを透かして灰色の天がいやってほど大きく見えた。あたいが天なんか見るんは始めてじゃなかろうかと思った。月ちゃんと校門の方から低い声が聞えて来た。先生が手招きしていた。私は早く駈けようと夢中になったが短パンがまだぎゅうぎゅうで、ただハアハア言って手を大きく振る強歩みたいな具合だった。でも近づくと先生の方がハアハア息を切らしているのが分った。月ちゃんと先生は言ってから白い髪のてっぺんを片手でぽんと押さえた、私ね坊さんと結婚するんよ。私は先生にとびつきたかったんだけど、ぎっくんとして停った。そうじゃねぇわとまた先生が言った、今ねえ、もうねえ、私たちは結婚しちまったん……、分るだんべ、月ちゃん。私はうんとうなづいた。風呂場の坊主の裸と先生の白髪がからまりあったりするようなことを想像したんじゃない。私がそういう空気のようなものを分ったのはきっと先生のあの言い方だった。今ねえ、もうねえ、結婚しちまったん……。

その年の暮蝮坊主と白髪先生は結婚式をあげた。うちが借りてるお寺の畑はもちろんそのままだったし、あの翌日すぐ私はお寺の手伝いから解放された。先生のうちのしんしょうが大きかったから式には沢山の人が呼ばれた。角かくしじゃあなく白髪かくしをして見ると、改めて先生が相当の器量よしだと分り、そんな人が貧乏寺の蝮坊主んとこへ後妻に行く理由が分らなかったからだろう、村の衆はそれを坊主が精力ゼツリンのあやしいやり方でたぶらかしたに違いないと言い、また坊主栗にたかるなあ白毛大王ぐれえだと栗の花が精液の匂いに似てることにひっかけて、先生もいい年をした色気違いなんだというふうにやっかんだのだった。二日目の招待に呼ばれた父ちゃんは大酒を飲んで帰って来ると、ありゃあ大した白毛大王だぜやと私に言った、嫁ごの癖しやがっておめえ、エロ歌をふたっつも歌って聞かしたんだかんな、それもひとつは英語だっちうことだ。私は先生たちのことは誰にも言ってなかったから知らんぷりんをしていた。ここらじゃ聞かねえエロ歌だな、ありゃ、麦畑の中でならどこのどなたさまを押っぺしこんでも構やしねえだなんてよう……。もう夜中だったけど私は庭へぼんやりと出て行った。先生はあの歌を私のために歌ってくれたんだんべか、ロバート・バーンズとかいう人の詩だってこの間教えてくれたけど——。

那須の別荘の庭で私は歌を歌うこともせず口笛も吹かず、引っこ抜いた栗の若木を他のゴミと一緒に燃やした。死んだものは死んだものだというきつい気持が急に起きた。電話を聞いた時涙が出そうになったり、電報うとうとして泣いたのは、ただ子どもの頃を思い出してほんのちょっとなつかしかっただけだ、オーバーに考えることなんかありやしない。それにと私は思った、月三千円田舎へ送る以外ほとんど使っていないので百万のがひとつと三十万近い積立て定期がある、日本の一世帯あたりの貯金がそのくらいだといつか新聞に出てたから私はもう平均まで来たんだ、中学の庭でふるえてた月子じゃないんだもん、もう白髪先生に助けて貰うこともいらないわけだ。実際、奥沢の邸に戻ってまたいつもの生活が始ると私はすっかり白毛大王のことを忘れた。でも、それでもだった、向うさまが私のことを忘れてはくれなかったのだ。またナナちゃんが電話をかけて来て、続いて又衛門もかけて来た。白毛大王を偲ぶ同窓会を新宿あたりでやるそうだけど出るかとナナちゃんが言うからきっぱり断ったけど、又衛門によると話は違っていた。彼は会社の車を使って塗装の仕事をしているヒラクとデパートに勤めている（というのは嘘で日給のマネキンだそうだけど）めぐみを誘ってお葬いに行った。そうしたら格好ぶっためぐみが水引きのかかった大層な香奠袋にしゃあしゃあと一万円札を入れたというのだ。おらんか



あわてちまってようと又衛門が気のいい声で言った、一人一万じゃでっかすぎるだんべ、そいでヒラクと相談ぶってめぐみの袋へ今一枚入れたっちうわけなんだ。じゃあんたたちは五千円づつねと私は聞いた。違うってば、そのくらいの損で電話なんかするわけがねえと彼は言う、東京へ来てるみんなを代表してって気持になったもんで、袋の表へ思い出す限りの名前をずらり並べて書いちまったんさ。なあんだと私は言った、後藤月子ってのも書いたからその分をって……。待ちろ、人の話をよく聞けやと又衛門が言った、合計十一人の名前を並べたらおめえ、引出ものじゃねえ香奠がえしっちうんか、そいつが十一個来ちまって、テフロン加工した鉄のでけえフライパンだもんだから、くそ重いったらありやしねえ……。私は電話口でゲラゲラ笑ってしまった。とにかくそいつをみんなに分けなきゃなんねえしよ、ついでだから集まって一杯やるべえって、こういうわけなんですよ。どうやら女の子を沢山集めて楽しもうって算段みたいねと私は言ってやった、違う？　又衛門は困ったような感じで笑った、はなっからそうたくらんだんじゃねえけどさ、まあ性教育っちゅうもんをあれだけまっしょうにやってくれた先生の会だもんなあ、死んだ人への義理ってもんもあるわけよ。私は教育もテフロンも間に

合ってるから出席する気はないと切口上で言った、第一人にことわりなしに香奠に名前書くなんてこと、許せないわ。あああ、めぐみのあまも許せねえって怒ってんだよなと彼が言った。ふとひっかかった。白毛大王は中学へ行ってから、もちろん私に一番やさしかったけど、背高のっぽで言いたい放題のことをいう荒っぽいめぐみにも、ぐみちゃん、ぐみちゃんと呼んで目をかけていた。真実かどうか分んねえけどもようと私の問いに又衛門が答えた、おめえなんか茶碗会んとき女として大事なことが起った時は白毛大王に報告するって約束をかわしたんべが、めぐみはこの正月にその約束を生きてる先生と果たすことができてよかったって、それが腹の底からありがたかったから大きいのを一枚包む気になったなんてよう……、帰りの車ん中で泣きながら三回もその話をして、そのたんびに名前を並べたことは許せねえって……。

いい加減な返事をして私は電話を切った。恐らくぐみちゃんの、めぐみの言ったことはほんとうだ。そう思うと頭の中がぐらんと揺れるようだった。彼女にヤキモチを焼いたんじゃない。お葬式に行かず先生に済まないことをしたなんていうんじゃもちろんない。はっきりは分らないけど、個室つきだなんてこんな邸に二年以上もいて定期預金が百万をこえたことで一人前になったつもりでいた自分が、ただのバカだった、いや、そうじゃない、私は結構小利口だった、そう思ってそんな顔して来たことが憎らしい……、いややっぱり違う。立っているのが辛くなって部屋の方へ歩きはじめた。あのもやもやっとした波が膝の内側からまたのぼって来た。腿のまん中よりちょっと上まで来るとすうっと消え、とたんにまた膝の内側のあたりから……。そのとき、白毛大王のあの息を切らした声がもやもやの波に乗ったように聞えて来た、今ねえ、もうねえ、結婚しちまったん。私は追い立てられたような気持で電話の所へ戻り、美容院へかけてナナちゃんを呼び出した。私あれに行くことにしたからね、時間と場所教えて。なんしてそんなにあわてかえってるのとナナちゃんが聞きかえした。そうだ、私は白毛大王の息せききって、あわてかえって生きちまった、そうして死んじまったことが今やっと分りかけて来たのかも知れない。ウシシ、知ってんだからとナナちゃんが言った、めぐみの話をしたら月ちゃんがショッキングだったみてえだって今又衛門から電話があったんだ。うんと私は素直に言った。ぐみちゃんにヤキモチ焼いたんでしょうが、私もだけどさとナナちゃん。うんと私はまた言った、ぐみちゃんだけじゃなくて、何から何までヤキモチ焼いてんのよ。

集りは土曜日の夕方からだったけど、私が奥沢を出るときはもう七時を過ぎていた。奥さまは会社で社長と何かあったらしく、着飾って外出しようとしていた若奥さまを呼びとめて叱言を言いはじめた。常務である私が今夜徹夜で経理の帳簿を見ようとしてる時に、工場長の妻であるあなたがちゃらちゃら出歩くとは何事ですかというような声が聞え、うらめしそうな顔で出て来た若奥さまが、ツギさんも外出は止めて下さいと言った。バンとドアをあけてお手伝いの外出とあなたの外出は意味が違いますと奥さまが決めつけた。いつもならわざとうろうろして見せる所だけれど肚が決まっていたから私は横玄関の方へ構わずに歩いて行った。若奥さまが追って来た、帰りに青山のマルセーユでパンを買って来て下さい。パンなんか丸山に車で行かせなさいとまた奥さまが言った。丸山さんが遠くからのんびりした声を出した、社長から超過勤務を禁じられてますけど。丸山さんは私を救ってくれるつもりだったに違いない。休日以外に外出なんて、できたのかいなんてさっきからかわれたばかりだったからだ。マルセーユですねと私は小さい声で若奥さまに言い、返事も聞かずにとび出した。新宿の鳥料理の大衆料理屋の二階に着いた時にはもうみんな酔っぱらいはじめていた。みんなと言っても自動車修理の工場



にいる又衛門、ジャンパーを引っかけたヒラク、高校を出て相互銀行に入った友和さん、女の子はナナちゃんの他に電子計算機の会社で工員をしてる太った澄乃、それに鼻のへんを整形したみたいに見えるめぐみ、私を入れても全部で七人だった。キャバレーの女ばっかしが揃ったじゃんかと挨拶代りにヒラクが言った。月子、めぐみ、ナナ枝、澄乃——全く私たちが生れた頃はちょっとしゃれたつもりの名前をつけることがはやっていて、白毛大王はみんな名前負け、負けなかったらみんなキャバレー行きと言ってよく笑ったものだ。又衛門が私にビールをついでくれながら、めぐみったらようあんな話は全然しなかったなんてとぼけてるんだぜと彼女か私かを挑発するように言った。もうあの話が出ていたのだと思いめぐみを見た。彼女は友和さんの方へよりかかるようにしながら、変な話ばっかりでいやあねと言った。ヒラクが机の下から重そうなフライパンを取り出した、香奠がえしっちゃ必ずどっかに名前を入れるもんなんだけどなあとポンとはじき、蝮坊主のことだからよ、これで目玉焼なんかこしやうと裏の白味んとこに戒名があぶり出しみてえに……。そりゃあれだんべえと又衛門が受けた、白毛大王が黒板に男性と女性のあれをはっきり書いたんべ、出て来るとすりゃあれだぜ。これには私だけじゃな

くてナナちゃんも澄乃も笑った。あの人が何であんなに一生懸命だったかやっとこの頃分ったよと友和さんが昔通りの鼻風邪を引いたような声で言った。あら、どうして、教えてとめぐみが言った。友和さんは笑った、青春さ、つまりあれを覚えたてで人に喋りたくてしょうがなかったんだな。白毛大王がとピンと来ない感じで澄乃が聞いた。覚えたてはいかったなあと又衛門が大声をあげ、フライパンの裏を箸で叩いた。ヒラクがすぐに真似た、くりするほど大きい音だった。それはピインとびっくりするほど大きい音だった。白毛大王、覚えたて、ピイン！　相部屋だったので隣の若い男ばかり三人の連中から文句がついた、うるせえから止めろよ。調子に乗ったヒラクは止めなかった、白毛大王、覚えたて、ピイン！　すばやく手が伸びてヒラクの顎のあたりが殴られていた。又衛門が立ち上った時には向うの三人も立っていた。しかし、すいません、われわれが悪かったんですと大きい声で友和さんが畳に手をついた、下らん話をしたり騒ぎ立てたりして申訳ありませんでした。殴った男が分りゃいいんだと言って坐り、他の二人を坐らせた。又衛門が顎を押えているヒラクを押えるように坐らせると、仲直りに一杯どうぞとまるでそういう筋書きを作ってたみたいに殴った男がヒラクの方へビールビンをさし出した。ヒラクは顔をしかめながら、どうもどうもとコップで受けている。青山のマルセーユってパン屋何時までやってるかしらと私はナナちゃんに小声で聞いた。ナナちゃんは首を振って隣の男たちのこっちより数段垢抜けしてる感じに見とれていた。すぐ行けよ、もうぎりぎりだぞと友和さんが言った。私は用意して来た会費の二千円をナナちゃんの膝の上に置いて立った。表へ出ると後から友和さんが肩を叩いた、車拾おう、おれもあっちの方へ行く。そして車に乗るとすぐ彼が変な声で笑い出した、あのパン屋土曜日は十一時半までやってるんだぜ。私も吊りこまれて笑った、ほんとはね名前だけでおいしいまずいって抜かす人たちなんだから、パンなんかどうでもよかったのよ、でもあんな具合が何となくいやで……。おっしゃる通りだなと彼が言った。そして暫く黙っていてから、ぼくはと言い、おれ白毛大王に養子にならないかって中学出る時申しこまれたんだぜ。それは私には初耳だった。今でこそしゃっきり軽そうな背広を着こなしてるけど、友和さんちは村の一番奥の部落で田畑はほとんどなく、炭焼きや材木の伐り出しをしてたのがその両方ともがアウトになり、親父さんが河川工事の人夫に出てやっとこさ暮してたから、彼の成績が一番でも高校へ行ける望みはなかった。それを村長の改選を控えた、つまり村長が人気とりのために、村の奨学金なんてものをでっち上げて友和さんに与えたのだった。おれ、ほんとは行きたかった、行って坊主の跡つぎになってもいいと思ってたんだ。だけど親父に三日続けて張りとばされてさ……。行かなくてよかったじゃない、結局と私は言った。友和さんが私を見た。光が遠い外苑の森中だったので彼の目の中は見えなかった。しゃれたパン屋の中は煌々と明るくて、派手な格好の客たちが棚にズラッと並べてある二、三十種類のパンを勝手に取って置いてあるバスケットに盛っていた。それだけ買えばいいのかいとわざわざついて来た友和さんが言ったので、この後どこかへ誘ってくれると思い、私はうなづいた。急に友和さんが名刺を出して、私のバスケットの上に置いた。月ちゃんが案内してくれたら、ぼくお邸へ入ってもいいんだぜ。私は何のことか分らずに彼の顔を見た。友和さんは右手の人さし指を鍵型にまげて自分の鼻の頭を三度こすった。いつもと変らない白っぽい顔だった。私が思わず真似て指を曲げようとしたとき、彼の手が軽くそれを叩いた。寮の電話番号はその裏に書いてある、連絡くれよ。私が返事をする暇もなく友和さんはさっと店を出て行った。こんなに眩しいぐらい明るい所であんなことを言う……、私は彼がどういう人間なのか全く分らなくなった。奥沢に帰り、キッチンにパンを置き、静かな廊下を歩きかけてから、私は自分の右手の指を曲げてみた。急にここがよそよそしいうちに見えた。私は友和さんに連絡するだろうか、そして、もし彼の言う通りに事を運んだとしたら、私はきっと彼とあれを、いや、彼の申し出を受け入れるその時がきっと……。白毛大王、あなたはまだあたいたちを教育してるんね、心の中でそう呟いてから、私は始めてギクッとした。もしかしたら友和さんは職業的なそういうことを考えてるんじゃあるまいか？　としたらこのうちで一度やったあと、私はまた別の邸に住みこむことになるのだ。「お手伝い子供無個室附、当方田園調布、社長宅」――新聞広告の小さい文字がチカチカするような感じで目の中を動き、私は自分の個室のドアのノブに手をかけたまま暫くはあける気になれないでいた。

目がさめた。時計のベルのせいだ。寝起きはいい方だからいつも使わないのに、ゆうべは頭がぐらんとしてたから掛けといたんだ、音を停めたら三時半だった。何てざまですか、六時十五分前のつもりが真夜中の三時半だなんて、うろたえやがって、このあまめが！　田舎の同級生と組んで人さし指を曲げようかっていうのに、大した純情もんじゃないの。蒲団の上でベッド体操の真似ごとをする。足だのおなかの皮をくねらせてると急におかしさがこみあげて来た。友和さんは私をからかったんだ、夜中に青山あたりまでパンを買いこみに行くなんて気どった生活をしてる風な私をちょっくらおどかして笑いものにしてくれようって寸法だったんだ。もしかしたらあのパン屋の店からまっすぐ新宿へ取って帰してナナちゃんやめぐみたちに、月子のぶったまげた面ったらなかったぜなんて報告したのかも知れない。いいざま、いいざまって又衛門あたりが笑いころげて、ほいで本気にしたん月ちゃんはとナナちゃんが聞き、めぐみが澄ましっかえった顔で女中って職業の一番弱点をついたわけだもんねと言い、おらんかがやらねえで友和が持ちかけたから真実味って点じゃ一番だったんべえとヒラクが、その点はなと又衛門が受けて、何たって月子のあまは友和に深い憧れをいだいてた按配だかんなあ……。同情してくれるのはデブの澄乃ぐらいだろうか、月ちゃんは世の中ってもんを知らねえんよ、あたいたちは会社つうとこへ入って社会つうもんと接してるんにあの人は百姓家からお邸みたいもんにまっすぐだからさあ。そこんとこがさあとナナちゃんが言う、憎いのはさあ手に職を持たねえんに貯金が百を越したなんて偉そうに……。問題はそんなとこにはないわとまためぐみが言うだろう、女



中ってもんはデパートにいれば一番よく分んのよ、奥さまみたい式のものと一緒になって私たちをバカにするんだから。矛盾してるんだなと友和さんが言う、肚ん中じゃ自分を朝から晩まで使ってる奴らにいつか仕返しすべえと考えてるくせにな。だからつまりおれが人さし指を曲げてお邸へ行ってもいいんだぜって月子に持ちかけたらさあ、あれもすぐ指をカギにしちゃって……。私は立ちあがってゆっくり伸びをした。指先が螢光灯の紐にひっかかり、間抜けなまばたきのような具合に明りがついた。友和さんやナナちゃんたちがこんなことを喋り合うほど気持がひとつじゃないぐらいのことは私には百も分っている。それなのに夜の夜中にありもしないそらっ事が頭に浮んで来るのは欲求不満で精神不安定で、要するにいいバカで、要するに孤独ってわけか。二年半ここにいる間に酒屋も肉屋も八百屋も、ご用聞きのあんちゃんたちはみんな違う人間になった。結婚して二人も子どもがいる魚秀の雄さんは、自分のうちが魚屋だから別だけど、他の若いもんはある日からポイと来なくなってそれっきりだ。私がちょっと気にいっていた肉屋の今野君は要するに世界的な傾向だもんよと言ってマッチを呉れた、この喫茶店へ勤めることにしたから休みんときでも来て下さいよ、木曜日だったろう君。次の次の休みの日

に私は渋谷の大ガードの手前のその喫茶店へ行ってみた。まっ白い壁がドームみたいになっていくつもいくつも続いていて途中に斜めの同じ形の大きい鏡があって、とにかく果てしがないように広すぎたから、今野君を探す気にもなれないでクリームソーダーを飲んで帰って来ただけだった。あれはまたここへ来て一年もたってなかった頃だろうか。要するにその頃から私は世界的に取り残されてるってわけだ。ご用聞きじゃなくて四輪車で品物を運んで来る黒眼鏡の八百屋もいた。ひとのお尻をするっと撫でて、今夜窓あけといてえななんてばっかし言ってたけど出世して千葉の松戸の先の方に店を持ったとかって……。ラチもねえと自分で自分を叱りつけた、今気にやんでるのは世界的傾向だの出世だのなんて事じゃないでしょうが。嘘ん気か本気かはまだ分んないけど、友和さんは連絡くれって言ったんだ、寮の電話番号は裏に書いてあるって名刺を渡して。名刺、そうあれは貯金の印鑑をいつも入れとくタンパックスの箱の中へ、ろくすっぽ見もしないで押しこんである。ゆうべ帰って来た時はテンから友和さんの態度に呑まれてて、このうちへ彼を引きこんで一緒に盗みをやらかすようなつもりだったから、おっかねえけどぞくぞくする秘密の何かみたいにあの箱の中へあわてててしまった。あれから半日もたってないっていうのにもう私の気持はよたよたよろけている。明日電話して忙しくて会って話す暇もないって言おうか、だけどそうしればあの人と永久に縁が切れっちまうんじゃあるまいか、じゃあ会って会った上であんな指のカギ型なんて冗談こでしょうってこっちから笑いとばかして……、でも俺本気だって一言あの鼻風邪みたいな声で言われちまったら……。大体夜の夜中にこんなことを考えるのが間違ってるんだ。昼間なら一秒フラットもかからないでピンシャン判断がつくはずなのに。私は明りをつけたまま蒲団の上にあお向けになった。そうだ、この部屋だ、ドアに鍵がかかる個室だなんてもんがひとの頭をあおでもないこうでもないって式にゆらゆらさせるんだ。今度の美容院は六畳に三人寝せたり四人寝せたりするって言ってたけど、ナナちゃんその方がよっぽどいいんよ。でもナナちゃんは分っちゃくれないだろうな、偉ぶって何の講釈よって怒り出す程度だ。相手が白毛大王だったらと、始めて死んだ先生の顔が浮んで来た。白毛大王が死ななきゃ、あたいはこんな目に会わねえで済んだんによう、友和さんとだって顔を合わせることもなかったんにと理不尽な怨みごとを並べながら、あっと変なことに思い当った。月ちゃんが案内してくれたらお邸へと持ちかける前、白毛大王から養子にならないかって申しこまれたみたいなことを彼は言った。あれは何のつもりか。ただ思い出した昔話をしたのか、それとも指を曲げて見せたこととつながりがあるのか。まさか子どもの頃敬ってた人が死んだから、そのおとむらいのために泥棒でもやってやろうなんてんじゃあるまいけれど、何かしらどっかしらそんなっぽいきな臭さがあるみたいで……。うん、とぼんやりしかけた頭をゆすぶってみる、父ちゃんがリンゴを百個ほども信州から盗んで来たことがあった。小諸のもっと向うの方にいる軍隊のときの友だちが死んで、葬式によばれた帰りだった。おらあ支那からポートモレビ（この地名はよく覚えてないけど南方だったらしい）の話を仏の前でとっくり語るべえと思ってたんによ、まともな戦友は一人も来ちゃいねえで、何かって言や酪農組合がどうこうなんて喋くり散らかすもんだから、はあ悲しくって屁も出ねえ、あんまり情ねえからリンゴ畑から手あたり次第ひんむしって来てくれたあ。風呂敷から土間にまかれたリンゴは赤んぼのゲンコほどのちっこさで、何だか恥かしがってるような薄い草色をしていた。母ちゃんが舌うちした、酒っくらいのふんばくれが！　リンゴだって立つせがなかんべえに。じゃかましいと父ちゃんはわめいた、おらあ正気のしらふで盗んで呉れたんだど。おとむらいを出したうちの畑を荒すなんちゃ大した正気だいねと母ちゃん。よくもこんなバカあまと連れ添って来たもんだと父ちゃんが芝居がかった声で言った、死んだ戦友のこしらったもんをイチしるほど俺が血も涙もねえ人間だと思ってけつかるんか。（そうだった、あの頃私たちは物を盗むことをイチするって言ってたんだ、泥棒のことはぬすイチ、きっとイチなんとかって名前の有名な盗っとがいたんだと思う）。ほんじゃ何かい、そこらの縁もゆかりもねえ畑からイチして来たつうんと母ちゃんは訳が分らなくなった顔で聞いた。だからてめえは薄らバカだっていうんだ、どこのどなたさまの畑だって分ってりゃ、そっちの方へ気が行って、おれの情ねえ心持がそがれっちまうってもんじゃんか。母ちゃんは小さい声で気違いって言ってそっぽを向いた。おめえなんかも食えやれと父ちゃんはリンゴをズボンの側っちょでこすってガリっとかじった。私があわてて両手を出したとき、母ちゃんがきつい声で、勝っても朝鮮の水は呑まずってぐらいだから、さわるんじゃねえとどなって誰にも食べさせなかったから、父ちゃんは意地になってひとりで食べ、下痢をして二日も寝こんだ……。勝っても朝鮮の水はなんて言い草、今でも母ちゃんはその通りに思ってるんかしら

――明りをつけっ放しで私はいつの間にか眠りこんでい

た。いや、眠りにこける間際のあたりで、リンゴをズボンでこすってるのが父ちゃんの赤黒い顔じゃなくって、友和さんのつやのない白ちゃけた顔に変わってたような気がする。

四日たって水曜日が来た。会うとすれば定休日の明日だけど、整理ダンスの一番下の引き出しのタンパックスの箱から彼の名刺を取り出す気になれなかった。ちょうどテレビによく出て来て、女ってものはなんて偉そうに喋ってた女がデパートで万引してつかまった時で、年が同じくらいの若奥さまは、上に三枚下にもふたつだわとつけまつ毛を数えたり着るものの趣味や言葉づかいの下品さを憎んでるくせに、また出しゃばってと言っては飽きもせずその女の番組を見ていたから、大悪人がふんづかまって世の中が静かになるみたいな喜び方で、あやしいあやしいと思ってましたわと朝ごはんの時社長に週刊誌をさし出した。メンゼスだなと社長は読もうともしないでおっしゃった、アメリカの宇宙局も女どもの盗癖を研究課題に加えるべきだ。若旦那さまが気の抜けたような笑いをし、女の業ですからね人ごとだと思ってはいけませんよと奥さまが若奥さまに言った。若奥さまが例のゾクッとするきれいな目で私の方を向いた、ツギさん分りますね？　ちゃんちゃらおかしくてと思ったけど私はわざととぼけてやった、生理休暇ってのはそういう意味があったんですか。社長が楽しそうに笑った、お前もここに長くいて大分頭が回転するようになったよ。勝手にバカにするがいいと思って、他の人たちの笑い声に合わせて私も適当に笑って置いた。ただ、男がイチする場合と女がイチをしでかす場合は何かしら根本的に、それこそ宇宙局段階で別なことなんじゃあるまいかという気持が起ったことは確かだった。友和さんがその気になって、私もその気になったとしても、やっぱし別々なことじゃあるまいか。彼に連絡する気になれないのは、悪の道がどうこうとか、おっかなくってたまんないとかいうこともほんのちょびっとはあったけど、一番大きい理由、理由の空気みたいなものはきっとそこらへんの所にある、それがこの四日間なのかも知れない。でも気持が決まらない癖に、明日が休みの日だと思うと目が今までと違うふうに動き始めていた。無意識のうちに目で盗みを働いているのだ。社長ご夫婦の寝室、若奥さまたちのベッドルーム、二年半もいればどこに大事なものがあり、どの引き出しの鍵がどこにあるかもみんな知っている。だけど社長が疑いと用心のかたまりみたいな人だし、奥さまは経理の腕がたつ人だから、現金は月末以外は私の財布の中味ほども置いとかない。何から何まで銀行振込みだし、預金通帳はこれもまた銀行の貸金庫かなんかに入れてあるらしい。結局若奥さまの宝石箱ぐらいがお金になるものって程度だ。金持ちって利口なんだなあと私はあらためて思いかえし、腹立たしいような笑い出したいような変な気分になった。玄関と応接間の大きい油絵、庭向きの十畳間の床の間の掛軸って式のしろものはよそのお邸ならひとつ五十万、百万、いや私たちが分りっこないほどの値うちものがあるんだろうけど、格好つけるだけのこけおどしだっていつか社長が言ってたからロクなものじゃあるまい。だとすれば薄グリーンやぎざぎざのジュラルミンのコンテナを十ほども持って来て、家具って家具を全部かっさらいでもしない限り、このうちからものを盗んだなんてことになりゃしないじゃないの。何もかもバカ臭くなって庭向きの十畳間に大の字にひっくりかえった。アメリカハナミズキの葉っぱの上に白っぽい空がある。空がゆっくり動いてる。あれは空じゃない、雲なのか。急に広々とした野天で汗水たらして働いてみたいと思った。ツギさあんと呼ぶ声がして私ははね起きた。居間じゃなくて廊下の方の電話の所に若奥さまがいて、男の人よと汚いものを指さすように受話器を見ていた。友和さんだ。じれったくて向うからかけて来たんだ、仕方ない、会う暇なんかないって



はっきり断ろう。大違い、又衛門だった、いつもこの電話月ちゃんが出て来るのによう今はびっくらこいたぜ。びっくりはこっちよと言いかけ、若奥さまが聞いてるに違いないと思ったので、忙しいから後でかけ直すわ外からと言い直した。構わないからお続けなさいと若奥さまの声がした、外でなんてそれほどうちは無理解じゃないことよ。蛇オンナと思いながら私ははいと答えた。どうしたんだや、まずいんかと又衛門が聞く。いいのよ、何の用だか話してと私は言った。ここんところ、自分で自分におっつかないほど気持がころんころん変わるけど、又衛門の人のよさそうな声を聞いたら、明日の休みは彼と会って、友和さんから持ちかけられた話でも打ちあけてみようかなんて気がふいに起きた。女中をやめる相談にだってホイサと乗ってくれるかも知れないじゃんか。

だけど、所がだ、憎らしいことに私はまた裏切られた。こんな昼間に話すのも何だけどようと言って又衛門がきり出したのは、友和さんのことだったのだ。仕事の都合とかで又衛門の自動車修理工場へ彼が寄ったという。月ちゃんおめえあれだって、友っちとデートの約束したとかってふんとかや？　私はかっとして暫くは口も聞けなかった。友和のバカ畜生、なんしてそんな軽口をヘラヘラ喋っちまうのさあ。白毛大王の会の晩におめえなんか

先い帰ったんべえ、あん時いいことがあったみてえじゃねえのよと又衛門がまた言った。でも、からかうような喋り方じゃなかった。別に約束なんかしなかったわと私は出来るだけつまらなそうに言った、またみんなが集る機会があったら会いましょうって。そらあ使ってだまくらかしてるんじゃあるめえなと又衛門、友っちの言ってることと大違いだど。友和さんがどんなことを言ったのか聞く他はなかった。奴は月ちゃんに愛情を告白したっつうじゃねえの、私は鼻で笑う式にフフンとやってから、それでと聞いた。それだから俺が電話してるんじゃんかと真剣そうな声がかえって来た、どっちかって言や俺だって月ちゃんにそんなような告白をすべえと思ってたんによ、友っちに先い越されちまったんじゃ一緒に机を並べた仲としてここは忍ばねばなんねえ。ヤクザ映画じゃないんだから、しっかりしとくれよと私は言ってやった。しっかりしてるともやと彼が言った、友っちが月ちゃんからの連絡がねえって辛がってたからよ、俺が代りに催促してくれてるんじゃねえか。そうかと私は思った、友和さんは又衛門をワナにかけたんだ、いや、そうやって私をワナにかけようとしてるんだ。催促されたって困っちゃうわと用心深い声で私は答えた、友和さんからは何も聞いてないもん。ほいじゃ、そんじゃあよ、おめえまだ友っちのもんちうわけじゃねえんか、又衛門の声が急にはずんだ、俺あほうが衝撃の告白をしても聞く耳を持ってるわけだな月ちゃんは。笑い出しはしなかったけど、いつもの冷静さが私に戻って来た。おだてと飛行機には乗ったことがないんですからね、衝撃にもニアミスにも縁がないのよ。電話を切ると私はまっすぐ部屋に戻った。整理ダンスをあけタンパックスの箱を出した。十本入りの箱は先月三本で間に合わせたから、タンポンのボール紙の筒がまだ七本残っていた。それと使用説明書に包んだ貯金帳の印鑑、そしてパン屋で渡された友和さんの名刺。私は見もしないでビリッとふたつにやぶいた。友和が何よ、又衛門が何よ、広い東京に出て来たくせに、二人一緒に私に惚れただなんて、能なしの百なしもいいとこだ。やぶいた名刺を重ねてもう一ぺんちぎろうとするまで、私は結構いい気分でいたに違いない。二人が一緒に一ぺんにだなんて……、突然背中がすうっとひえるような気がした。共謀じゃんか。あの二人がしめし合わせて私を利用しようとしてるんじゃないの。そうでもない限りこんな出来すぎの話なんかあるもんじゃない。友っちは一人でやるには大仕事過ぎると思って又衛門を引きこんだ、そうじゃねえわ、ひょっとしたらヒラクなんかも最初っからこの筋書に加わってて、みんなで私が住みこんでるここを……。あの晩みんなが私をおどかして笑いものにしようとしたなんて夜中に考えたけど、笑いものじゃない、ほんものをって魂胆なんだわ。つい力が入ってぐしゃぐしゃにした名刺をゆっくりと伸ばして、裏にボールペンで几帳面に書いてある電話番号の数字を私はしっかり覚えこんだ。

休みの日の夜、友和さんと会った。会ったら怨みを言おうと思い、笑い話にしちゃった方があとあと彼との間がうまく行くのかとも思い、私をナメるのもいい加減にしときいとうわ手に出た方がなんてことも思い、それやこれや考えるたびに膝から腿の内側の方へもわっとした波が繰りかえしのぼって来て、街中で人に見られるのが恥しいような感じだった。結局惚れてんじゃないの、おたんこなすと自分に言い聞かせても、またそれが楽しいような気分で一日を過した。朝早く電話したら、夕方六時半に池袋へ来てからまた電話くれとだけ言われたので、喫茶店で会って夕ご飯を食べて、もしかしたら寮の彼の部屋へ行って話しこんで、それからどうなんだろう……。電話を取りつぐ人が椎名町若竹寮ですって言ったから、電話帳を引いて北東相互銀行椎名町若竹寮の番地を見つけ、区分地図帳で調べた。西武線東長崎の駅からほんのちょっとの所みたいだった。若竹寮って名前は江



戸川にも大井町にもあるから、きっと北東相互の独身寮の呼び名に違いない、すっきりした清潔な建物って感じだけど、部屋は個室なのかしら、個室だとしても独身の男の所だから花でも買って行って飾ってやらないことにはムードってもんが——西武で花の売場を探しながら私は立ち停って溜息をついた、イチの話をしようってもんが花を飾ってムードだってかや、頭のてっぺんにチンチョリンどころじゃねえぞ。勤め帰りの人たちがのぼっと突っ立ってる私に何度も何度もぶつかって、ぶつかっても屁とも思わないで動いて行く。考えて見ればこんなラッシュの時にターミナルへ来たことなんて始めてって言っていい。公衆電話をかけるのにも三人待って、やっと若竹寮へつながったら、神宮さんはまだ帰ってませんがと切られ、膝ががくがくするけどまた三人の人の後に並ぶ。イチも大変だけど恋愛だって容易じゃねえわと観念して待つ。隣の電話では今かけてた人が三分で切れたのにまた続けてかけ直したので次の人が肩を小づいて文句を言ってる。文句つけられても平気でかけてるのはホットパンツの子だけど私ぐらいの年かしら。そういえば私は電話のことで苦労したことなんかない、廊下の電話だって居間の電話だって……。誰かの手が私の肩にかかる。よけるように体をひねって前へ出る。また肩にさ

わられる、ふりかえって睨みつけてやる。友和さんだった。あれえっと悲鳴をあげてしまった。やあとそれを押しかぶせるように彼が珍しく大きい声を出した、待たせたかい。何てことというんだろうこの人はと私は口をあけたまま見つめた、それにこんなにも広いこんなにも人がごちゃごちゃいる所であっさり私をつかまえるなんて警察のセパードだって……。行こうともう友和さんは歩き出していた。

そのあと友和さんが私に口をきいたのは、どっち回りっていうんだろうか上野の方へ行く山ノ手線に乗ってからだった。車輛のつぎ目の所まで人をぐいぐい押しながら通って行って、こっちがやっと追いついた時、どうだいとしてもしなくてもいい挨拶みたいな調子だった。まさかあの話じゃあるまいと思って喫茶店でも教えてくれたらと言いかけると、うまく出来そうですか、この前頼んどいたあれ。ズバリ、でも当り前の仕事のことをサラリーマンが話すような落着いた声で。私はまったく度胆を抜かれてまじまじと友和さんの顔を見あげた。笑っている、笑いかけるような細いやさしい目をしてる。あんたって人はと思わずきつい声で言ってしまってから、ハッとした、まわりは人だらけじゃないの。彼の目もピクンと動いた。ポケットから金色とグリーンの細長いものを出して私の手ににぎらせた。チュウ・ミーというガムだった。黙っとけという意味だと思い紙をやぶいてひとつ口に入れた。レモンの腐りかけみたいな匂いがした。巣鴨、駒込、田端、私が一ぺんも降りたことのない駅を通って行く。上野だろうか、上野で降りてあの辺は旅館なんかも多いからそこで私にいい返事をさせて、それから……、反対に口にガムを押しこむようにあれして黙らせといてからイチの方の話を……。テレビの犯罪ものだとどっちが先だったっけと何かひとごとみたいに考えた。又衛門から連絡あったろうと友和さんが言った。どんなこと喋ったあいつ？　いろんなことがありすぎたのですぐには答えられないでいると、あいつが月ちゃんに気があるって分ったから僕が先手をうってやったんだ、おかしかったな。そいじゃ共謀してたわけじゃないんねと私はほっとして聞いた。共謀と彼が聞きかえした。うん、イチのことで。イチとまた友和さんが聞いた。上野駅だった。降りる人がドアの方に動きはじめていた。私も最初からそのつもりだったみたいにドアの方へ行きかけた。友和さんがぐいと私の腕を引っぱった。ここじゃなかったのと反射的に聞いた。彼は答えないで私を引っぱって行き、車輛のつなぎ目の一番端の席に坐らせ、自分も隣に坐った。上野はほんとは好かないのよと私は言った。田舎のいやなことなんか考えちゃうし。彼はちらっと窓の外に目をやってから、転勤するとすればここから北だよ俺と言った。いつもの無表情さと違って、いくらか淋しげな感じがし、いつ、いつ転勤なんと私はせきこんで聞いた。友和さんはそれには答えないで、イチか、まったくイチってもんだなあと私の方に体半分をねじまげた、イチは成功すると思うかい？

電車の中の誰が見ても、のぼせっかえった恋人同士がぐちゃぐちゃやってるように見えたろう。実際友和さんはねじった体を押しつけるように私にひっついてたし、手も握るというよりマッサージするみたいに揉んでいた。私にとってはムードどころじゃなかったけど、とにかく彼がこの電車の中であの話のケリをつけちゃおうって魂胆だと分ったから我慢していた。話さえ早くつけば後は楽しくだってあやしくだってつきあう時間はある。私は値打ちのあるものは若奥さまの宝石類ぐらいで後はどうしようもないっていった式のことを急いで喋った。そんなものは好きじゃないよと彼が言った。じゃイチできるもんなんかないわと答えると暫く黙りこんでしまった。有楽町まで来た時彼がふっとまわりを見まわしたので、諦めて銀座で何か食べるつもりかしらと思った。ぼくは君んとこへ二回行って見たよと友和さんが急にきつい声で言った。いつと私はふるえるような感じになった。月ちゃんから連絡があるまでの間、だからうちの格好やあの辺のこともよく分ってますよ。やれやれやあ、仕方のねえことだわと私はおなかの中で母ちゃんがいつもやるような溜息をついた、男衆の考えることはなんしてまあこんなざまなんだんべか。私の耳がふわっと熱くなった。彼が口を近づけたのだ。玄関の鍵を月ちゃんが持ってることはあるの？　私はこっくりした。その合鍵を作ってくれればあとは問題ない。隣のうちの塀が低いからそっちから入って塀づたいに門の中へは入れると思うんだ。耳を熱い空気からもぎはなすようにして友和さんの顔を見た。まん前にま近にまっすぐ彼の顔があった。酔っぱらうと青くなる式の人みたいに、白くつるっとしたほっぺたに青っぽいかげが見える。東京へ来てから何回目、イチはと私は言った。顔をゆっくり遠ざけながら彼は首を振った、ゼロさゼロの次がイチじゃないか。電車が暗いあたりにさしかかり、友和さんがごまかしたのかどうかはっきりは分らなかった。月ちゃんはイチ抜けたって方ですか、この鼻風邪を引いたような声。私がうんて言いさえすればこの声を聞くことはなくなるだろう、それはそれでもいい、実際この人は私になんか興味を持ってないらしいし、一日中期待してたような楽しい感じにもなりゃしない。でも、もしここで終りになったら、私は今まで通りあのうちでツギさんのままだ。個室で悩むことさえなくなってしまう。フフフと私は低い声で笑い出した。やっぱりねと友和さんは今度はほんとにがっくりした顔になった。降りましょうと言って私は立った。品川だった。ホームへ降りると彼は仕方なさそうに後について来る。あんたってほんとにバカね、ふりかえって威勢よく言ってやった、鍵なんかなくたってうちへは入れるじゃないの。大きい声だったからまわりの人たちがじろっと私の方を見た。友和さんは裸を見られたみたいに縮み上って、そっぽを向こうとした。そうだ、これなんだ、彼が私をいいようにするんじゃなくて、私が私の筋書きでこき使ってやればいいんじゃないの。友和さんの腕をぐいとにぎってやった。分ったよ、もういいったらさあと小さい声で言う、それは又衛門やヒラクと同じような生意気なくせに人のいい普通の若い衆の顔だった。さっき彼がやったと同じように耳の近くに口を持って行った、あんた入りたいんでしょ、イチしてえと思ってるんでしょ。体がこちんこちんになっているのが分る。ずくなしと私はまた言った、鍵なんかなくたってあのうちへ忍びこめるやり口を私が作ってあげるわよ。友和さんは横目で盗み見るみたいに私を見た。

私は突然白毛大王のことを思った。私が裸の蝮坊主にさわられて中学の庭に逃げて来たあの晩、先生は私を待たせてすぐお寺へ行った、あの時坊主はまだ風呂場でもしかしたら男の自慰行為かなんかしてたかも知れない、白毛大王は月子のような小さい子にいたづらするなんてと怒ったあと、セックスが必要なら私をどうにかしてみればいいじゃんってぐらいのことを言ったのだ、いたづらを知られてたから坊主は恥しくて縮みあがったに違いない、きっとその瞬間行かず後家だった白毛大王は性的に男に対して自由になったんだ、私の女をさわるなり取りなりして見ればいい。そうして始めてセックスをしたんだ。だから、その足で校庭へ帰って来た時あんなに大きい声で言えたんだ、今ねえ、もうねえ、私たちは結婚しちまったん、分るだんべ、月ちゃん。あの時分らなかったことが、十年近くもたってその白毛大王が死んじまってからやっと分ったような気がする……。やり口ってどんなのと友和さんがおずおずと聞いた。白毛大王に決まってるじゃんと私は言った。うんとぼんやりした声で彼が聞きかえした、白毛大王がなんかイチしたことがあるのかあ？　男をねと言ってから私は大きい声で笑った、冗談。私は友和さんに手帳を出させてお邸の略図と、ことに私の部屋の窓の所を詳しく書いてやった。それからまた山ノ手線に乗り渋谷で降りてバスで帰った。けちんぼな彼が夕ご飯のことを言い出さなかったから腹ぺこだった。たった三十円の切符代だけでデートと打ち合わせを済ませたことをからかうと、僕は推理小説を研究してる、だから絶対君とぼくが会ってることを誰にも印象づけたくなかったんだなんてもっともらしいことを言ってたけど、当てにはならない。でもこれ以上友和さんの顔を見ていたってしょうがない、どっちみちあの人は私の計画に従う他はないんだ、取っつかまえたのと同じことじゃないか。いや、男としての彼は、無表情に二言、三言喋ってる時はかえってこっちの想像力をかき立ててくれたけど、ずうっと一緒にいるとそれが下っぱの銀行員の職業的なものだけって見えて来て魅力が五分の一ぐらいになっていた。いいや、もし彼が見事に成功したら少しは男っぽくふるまってくれることを期待しようよ。

土曜日が来て私はいつもの通り社長ご夫婦のお伴で那須の別荘へ出かけることになった。思ってた通り日曜日の夜までこっちに残ってなければならない若奥さまは、奥さまに今度はツギを置いて行って下さいませんなんて頼んでいる、土曜日はお芝居に行って日曜日はお友だちの出産のお祝いに……。奥さまが例の如く叱っている、那須へは遊びに行くんじゃありません、私は常務として社長とご一緒するんです、芝居なんかウイークデーになさい、出産のお祝いだなんて自分が産みもしないでよく行けますね。私はさっさと戸閉りを始める。庭向きの十畳間や書斎、二階は若奥さまたちのベッドルーム以外全部雨戸と鍵だ。そして部屋のひとつひとつもドアには全部鍵をかけ、それを若奥さまに渡す。疑り深い社長は若奥さまがルーズだってことを知ってるから、鍵の束を預けるのは面白くないらしいのだけれど、ずっと前那須へ鍵を持って行きっぱなしして困ったことがあったっていうから仕方がないんだろう。私もお願いしますと言って自分の鍵を若奥さまに渡した。もちろん約束した通り部屋の雨戸とガラス戸は外からあくようにし、ドアにも鍵はかけなかった。もし土曜日に友和さんがやったとすれば夜遅くでも那須へ電話があるはずだ。日曜の昼間だとしても夕方向うを出発するまでに連絡があるだろう。もし失敗して彼がつかまった時、当然身許が割れて私と同級生だということも分る、その場合私が共犯じゃないことを証明するための細工ぐらいは任せてくれと言ったけど、失敗した時にそんな余裕があるなんて私は信じていなかった。だから別荘に着いた夜中から日曜の午後まですぐ電話の所へとんで行けるように心掛けた。雨になりそうだから早く出発しようと社長が言い出した時、はじめて電話のベルが鳴った。走って行って取った。違った。社長の友だちから明日までいるのなら朝ゴルフをという電話だった。車に乗って別荘を出るとすぐ大粒の雨が降って来た。私はふと友和さんは臆病風に吹かれて門の中へ入りもしなかったんじゃあるまいかと思い、何だかがっかりし助手席で眠りこけてしまった。目を覚ました時はもう都内に入ってたけど、相かわらず大降りだった。二階の雨戸が少しそって来て風があると吹きこみますからねえなんていう奥さまの声が聞えた。そうだ、もし彼が入ったとして、そしてうまく逃げたとしても、私の部屋の窓をあわててあけっ放しになんかしといたら台なしだ。畳がビチャビチャになってれば誰だって一応は……。でもどういうわけか私はこわくはなかった。むしろドキドキするような気分で疑われるなら疑われてみようと思った。それが切り抜けられないようなら、もともと私はつまらない駄目な人間なんだなんていう変な理窟が頭に浮んだりした。

お邸に着いた。片手で奥さまに傘をさしかけてインターホーンを押し、ただ今お戻りでございますと言う。若奥さまの声ははいとあいまいにしか聞こえないので分



らない。ドアがあく音がし若奥さまが近づいて来る。気がきかないことと奥さまがいう、私たちが帰るのは分ってるんですから門はあけとくべきですよ。一瞬私ははっとした。全くだ、この雨なのに門をしめとくなんてやっぱり……。若奥さまがくぐり戸の方をあけた。私はとび出すように前へ出て彼女の顔を見た。イタリア製のくすんだオレンジ色の傘がふわっと頬のあたりを染めていた。別に変わったことはありませんねと奥さまが言った。はいと若奥さまが答えた。運転手の丸山さんを手伝ってガレージからこまごました荷物を運びこんでいる間、若奥さまは自分の宝石類が盗まれたのをもしかしたら気がつかないんじゃないかしらなどと思った。でもそんなことは簡単に聞き出すわけにも行かない。若奥さまから自分の部屋の鍵をいただき、わざと二、三度がちゃがちゃさせてから中へ入った。電灯をつけた。何もかわっていなかった。ガラス窓も雨戸もしまっている。私の部屋だけサッシュのガラスじゃないから普通のねじる錠だ。かけないで置いた端っこの合わせ目の所のはやっぱりそのままだった。私はどさんと畳の上に坐りこんだ。友っちのバカ、づくなしの能なし！　お前なんかもう一生つきあってやらねえぞ。もう一回機会を与えろなんて言ったって知らんぷりんだからね。バカバカしい、

又衛門にでも話して二人で笑いものにでもしてやらなきゃ気がおさまりゃしない。てめえみたいのずくなしの銀行野郎は東北の田舎へでもさっさと行っちまえ、そのくらいの電話を明日の夜でもかけてやろう。夜、いつもの通り後かたづけを終って部屋へ戻ってからもなかなか寝つけなかった。よし、いつかと私は考えた、又衛門が私に惚れこんでるとすれば、彼を引きこんでやろう。お人好しだからこわがって簡単には乗って来ないだろうけど、愛情だの衝撃だのっておどかせばその気になるかもじゃんか。私は女親分になったような気持でやっと眠った。

翌朝起きてすぐトイレへ行くと、メンスになっていた。予定だとまだ三日あるのに興奮しすぎちまったね、月子とひとりでにが笑いした。すぐ部屋に戻ってタンパックスの箱からタンポンの筒を一本出した。あと五本だっけ六本だっけとのぞきこんで、おやっと思った。印鑑は説明書の薄紙で包んどいたはずなのに、普通の白い紙が巻いてある。取り出して見て心臓をぶん殴られたような気がした。友和さんの手帳の紙だ。イチ成功。感謝。社長に注意。それだけの文字が几帳面に鉛筆で書いてある。気がつくと私の手がふるえ、いや体全体が胴ぶるいをしていた。友和さんの紙を丸めて口の中でぐちゃ



ぐちゃに噛んだ。噛んでるうちにやっと震えがとまり、今度は膝小僧の内側から腿の上へ、いつものふわっという波が押し寄せて来る。タンポンを挿入しようとして三面鏡の丸椅子に片足をあげると、水っぽい血が一筋すうっと伸ばした足の方に垂れた。友和さん、あんたは、いや、私はあんたときっと……。でも、社長に注意って一体何よ。危いから二週間はお互い連絡しないってことだったから電話はできないけど、社長に注意って一体……。友和さんに聞くまでもなかった、社長がその晩気違いのように騒ぎ出したからだ。寝室のどこかにしまって置いた純金の大判が十枚すっぱり消えてなくなったという。私はその騒ぎをなるべく聞かないようにしていたけれど、一枚が二十万円以上のものらしく、二百五十万、二百五十万と言っていた。そのお金の半分は私の権利だなんて気はちっとも起らなかったけれど、友っち、あんたやっぱし男だったのねと気持が暫くは上ずっていた。騒動は一晩中続いていた。那須へ行く直前に確かめたのだからと若奥さまが責められ、土曜日の夜芝居を観に行ったあと若旦那さまと一緒に外で食事をしていたことから一旦は空巣にやられたということになったが誰がどう考えても鍵また鍵で侵入されるはずがない。じゃ、うちの者が誰かってことになる。若奥さまは自分の部屋

を社長にかきまわされ、泣きながら私の個室をすごい勢いで調べに来た。警察に言うべきだわと私もくやしそうに言ってやった。若奥さまが二階へかけ上って行き、すぐ警察を呼んで下さいと社長に言った。外聞が悪いと社長のどなる声が聞え、暫くして、朝まで考えて見る、お前たちも考えなさい、それで一度静かになり、考えろっておっしゃられても考えられませんと若奥さまの泣き声がいつまでも続いていた。私の部屋は若奥さまがむちゃくちゃに散らかしたままだった。整理ダンスの引き出しから放り出された下着、スリップ、ブラジャーから冬物のセーター、スカート、オーバーまでが狭い部屋一杯にひろがり、鏡台の中の化粧品が引き出された横に、あのタンパックスの箱があって、中から残ったタンポンがはみ出しかかっていた。ああ、と大声をあげたいのを我慢して大きい屑カゴのようになった上へばたんとうつ伏せになった。足からのぼって来るもわっとした波が背中の方までするっと伸びて来た。はじめてこれが私の部屋なんだと体全体で思った。

私たちはいつもの遊びをしていた。コスモスとサルビヤがちんまり植わっている駐在所の裏庭だった。腹の中に蛔虫が百匹もいて血を吸ってるんじゃないかと思える



ほど色が白くて、とうもろこしみたいな赤毛の男の子。晩めしのおかては何だやと又衛門がいつものように聞く。白っ子はうれしげに歯を見せて近づいて来る、サバとイモガラのおつゆとキンピラゴボウ。くそおもしろくもねえとヒラクが言った、ずっとせんみてえに西洋料理こしやえって母ちゃんにそう言え。白っ子が大きい声でウンと答えた。ふんとにイモガラやキンピラばっか食べるようになっちまったんかねえとナナちゃんが言った。あたいなんかが悪さしたからだんべかと心配そうに澄乃が聞く、グラタンとかさあムニエルとかさあそういうんを……。さばの切身はどんなぐれえでっけえんだやと又衛門が言った。子どもは首を振った。切身じゃあねえ、でっけえやつをまる一匹っちうんだなと又衛門がどなった、やっぱしカンクさんちは大したもんだ、モノビでもねえんにさばをまる一匹も食うんだと！　駐在の奥さんがせつなそうな顔をして台所からこっちをのぞいている。ヒラクも大きい声を出した、そんな罰当りの真似こいてると体中があぶら身になっちまうど。私たちはげらげら笑い出した。白っ子も楽しそうに笑っている。奥さんが顔を伏せたまままちょこちょことこっちへ駆けて来た。私はいつもの役割通りに喋る、この与太奴ら、毎日毎日こんなひでえことをして警察がとっつかまえねえと

でも思ってるんかや。清一郎くんと奥さんがまっかな顔で言った、おうちへ入りましょう。警察がおらんかをふん縛るだと？　やって貰うべえじゃねえか、どういう法律のなんてえ罪だげなとヒラクが腕まくりをしてみえを切った。全くさあと又衛門が応じた、おらんかこの坊やさんと食べものの話をして遊んでたっきりだからな、なあぼく、面白かったんべえ？　ウンと白っ子が威勢よく答える。奥さんはその体を隠すように抱きかかえて背中を向けた。カンクさんちの今夜のおかてはでっけえサバをまる一匹だってえわいとヒラクがまたどなった。くるっとふり向いた奥さんの眼がすうっと赤くなって行く、あんたたちそんなに私のこと憎らしいの。誰がさあとナナちゃんが言った、駐在の奥さんだからってとんでもねえ言いがかりは止めとくれよ、農繁期にはどこんちの子どもにもやさしくしてくれろって校長が演説したんだからね。坊や、一緒に遊ぼうよと私も調子に乗って言ってやる。子どもがおうむがえしに遊ぼうよと叫んだので私たちはまた笑い出した。すすり泣きをこらえてるみたいに奥さんの肩がゆれている。澄乃が気がさしたように言う、あたいたちカンクさんの晩めしを村中にふれ歩いてるわけじゃないんよ。そうともやと又衛門が大きい声を出した、泥棒ひとりふんづかまえもしねえんに体中があぶら身になるようなもん食ってるなんて村の衆の方が本気にしるわけがねえ。大概遊びはこの辺で終りになるはずだった。うちの中へ帰るのをいやがる白っ子を奥さんがぶって、自分の代りに子どもを泣かせてきりをつけるからだ。だけどどういうわけか今は違っていた。奥さんが立ち上ってこっちを指さした、泥棒よ、つかまえて下さい！　泥棒、泥棒、泥棒！　いつやって来たんだろう、駐在が棒をふりあげて駈け寄って来た。ものも言わずに又衛門の顔を殴りつける。ナナちゃんが悲鳴をあげる。逃げべえとヒラクが叫ぶ。私の肩にも警棒の先っちょが当った。遊んでただけじゃねえのと澄乃が泣きながら言った。私も一生懸命続ける、冗談こだって知ってるくせにカンクさんはなんして気違いみてえな真似しるんだい。この前はずうっと見てても笑ってたんべがとまた澄乃が言った。ヒラクを追いかけまわしてた駐在がこっちを向いた。のっぺらぼうみたいで表情がなかった。やかましい！　お前らが泥棒だってことは分ってるんだ、隠したってちゃんと分ってるんだぞ。なぜか分らないけど、もうだめだと私は思った。夢中で誰かの手を取って走り出した。違う誰かがもう一方の手をつかんで引っぱるようにしてくれた。気がつくと私たちはお寺の裏山の籔ったの中を息を切らしてのぼっている。どこでどうなったのか私の手を引っぱってるのは又衛門だ。笹っぱが腕だの目のふちだのをこすりまわすんでヒリヒリする。籔漕ぎなんかよして道へ出ようったらと私は言った。声を立てるんじゃねえってばと又衛門が答えた、おらんか追われてる身なんだど。あれっと思う。その声は友和さんの声だ。駐在んとこにいなかったんにどうしたんよと聞いてみる。黙ってろっちうんが分らねえんか、おらんかほんとに追われてるんだぞ。それを相図みたいに遠くでピ、ピイと笛の音が聞えて来た。私は友和さんの手をぎゅうっとにぎった。急にうれしくなって来た。見つかっちゃったわね、やっぱり。友和さんが立ちどまって始めて私の方を見る。泣き出しそうな目つきで言う、やっぱりって何がやっぱりなんだや。私には友和さんがこわがってるのが納得が行かない。笑いながら腕をゆすぶってやる、だってさあもともと二人でやらかしたんじゃないのさあ。彼が手をふりほどいて、籔ったの中を逃げるようにのぼって行く。待っとくれよと私は追いかける。急に山のてっぺんへ出た。友和さんは膝をかかえてしゃがみこんでいた。背伸びして下の方を見るとお寺の屋根が半分ばかり見え、そのちょっと上の方の籔がゆらゆら揺れていた。私たちをつかまえに来るんだとすぐ分ったけど、全然つかまるような気はしなかった。終りだあと友和さんが言った、田舎へ帰って炭焼きでもするかあ。バカ言っちゃいけないよ、ここはもう田舎じゃないかさあと私は友和さんの横にしゃがんだ、一緒にここまで逃げて来たんじゃないの。そいじゃもっと終りじゃねえか、終りのおしめえだあと言って友和さんが泣きはじめた。小学生よりもっと子どもみたいだ、こんな人だったのかなあと思いながら私は自然に肩のあたりを抱いてやった。骨が私の胸にぶつかるだけでちっとも暖かくはない。泣くんじゃねえってばと抱いた体をゆすぶってやる、あれを計画した時から覚悟はできてたんでしょうが。急に友和さんが顔をあげた。白っぽい大人の顔だ。月ちゃんなんかと組んで大失敗だったとひんやりする声で言う、みんなお前のせいだぞ。何てこと言うんと私は悲しくなった、今は逃げることが大事なんじゃないの、逃げてどっかで一緒に暮すことが……。そんな話は始めて聞いたぞ、どなたさまとどなたさまが一緒に暮すってんだや、ふんふんだ。友和さんの手が私を突きはなし、私は笹っぱのむかむかする匂いの中に倒れこむ。まわりじゅうからわあんと人の声が聞え始める。ツギ、早く出て来なさい。あれは社長の声だ。三年近く居て貰って家族同然だったのに、何で裏切ったんでしょうと若奥さまが言っている。体を動かそうとしても金縛りにあったみたいでまるっきり動かない。友和さんがいなくなったことだけが気配で分る。急にすぐ近くで父ちゃんの声が聞えた、男にだまされたとしか考えようがねえやのう、ガキんときから頭があったけえ方だから。そうねえと言ってるのはめぐみの声だった。めぐみまで私を追いかけてるんだ。頭があったかくなきゃ三年も女中がつとまるわけがないもんね。笹っぱの上には昼間なのに半かけのお月さまがまっ黄色に見えて、ひやっこい涙が耳の穴のあたりに流れて来る。私を抱き起こしてくれたのは白毛大王だ。体じゅうがごきんごきんで息が苦しい。みんなはどうしたんと泣きながら白毛大王に聞いてみた。白毛大王はただ首を振っただけで黙っている。どうしてみんないなくなっちゃったんだろうと思うと次から次へ涙が出て来た。月ちゃんたらと白毛大王が小さい声で喋り出す、頭があったけえって言われても泣くことなんかねえんよ、直しようもない石頭だってふうに悲観することねえんよ。先生だって小さいとき兄貴や姉貴にそう言われたんだもん。だけど上の学校へ行くころになって、頭があったけえんを心があったけえことにきりかえてやりましょうと考えたわ。止しとくれよと私は言った、あたいは上の学校へなんかのぼらねえからそんなうまい具合ちゃんには行かねえじゃないの。だからそこをお手伝いさんの生活だと思うんよ。心があったかいから月ちゃんは三年もひとつ所に居るほどみんなに好かれたんでしょうが。お説教だら盆とお彼岸で沢山だと私はまた口答えをした。でも白毛大王はあさっての方を向いて喋り続けている、ちょっとばかり利口もんでも頭が氷水のようにつべたかったら、どんな人間になっちまうでしょう……。急にいろんなことが納得が行った。白毛大王は友和さんのことをあきらめろって言ってるんだ、私とあの人の仲を裂こうとしてるんだ。むせっかえるよな勢で私は泣きはじめた。あんまり大きい声で泣いてるから、自分の耳ががんがんするほどだ――。

目をさますと、ほんものの泥棒に荒されたみたいに散らかしっぱなしの部屋で私はうたた寝をしていた。えんじ色のバルキーのセーターが顔の下にあって、涙で濡れた所が鮮やかに赤い。ほんとに頭があったかいったらないわねと自分に言いきかせて思わず笑ってしまった。そうしてそれっきりこの夢のことは忘れた。というのも翌朝すぐ社長が警察へは届けないと言ったからだった。労組はなくてでたらめな従業員組合だけれど、中には人の財布に大っぴらに手をつっこみかねない破壊的な分子がいるから、騒ぎにはしたくないというのだ。マルツウの事件があってからっていうもの預金や有価証券は正しいお金で、貴金属や宝石はあやしいことをして貯めこんだなんて考えるバカな風潮がありますからねと奥さまが説明された。寝不足で青んぶくれみたいな顔の若奥さまは腹立たしそうにそっぽを向いた、気違い沙汰だわ、二百五十万も盗まれて泣き寝入りするなんて。禍いの芽をつみ取るってだけじゃないか、わしは泣いてなんかいないと社長が言った。私が泣いてるんですと若奥さまは叫んで、ほんとに泣き出した。いいざま、いいざま、もっと泣けと腹の中でベロを出してもいい立場なのに、やっぱり泣き顔を見てると同情したくなった。私はやっぱりお人よしなんだろうか。ツギさんと奥さまがきつい声で言った、面白がって人に喋るんじゃありませんよ、出入りの商人たちはもちろん、運転手の丸山にも絶対秘密です。さとの母にも話すなっておっしゃるんですかと若奥さまが食ってかかるように言った。そして社長も奥さまも答えないでいると、お芝居のように格好よく目を押えて部屋から出て行ってしまった。それっきり若奥さまは実家へ行きっぱなしで戻って来ない。私は何だか拍子抜けし、急につまらなくなった。最初の狙いから行けば、警察は来ないし、このうちをおかしな具合にしてしまったんだから百点満点の大成功なのに、全然うれしいような気分になれないのだ。一番きらいな蛇オンナでも若奥



さまがいてくれたらまだ純金の大判はどうして盗まれたかって話をできるはずなのに、社長も奥さまも若旦那さまも絶対に触れようとはしないから私も黙っている他なかった。ああ、つまんねえ、あれだけの冒険と大仕事をしたっていうのに誰にも話せないなんて。友和さんとは二週間連絡しないってことになってるからまだ日があった。奥さまも会社へ出てしまって広いお邸の中にひとりっきりでいると、事件が起る前よりもっと孤独でもっと欲求不満に陥って来る。こんな時ナナちゃんが言ってたあれをすれば気持が納るんかしらと思った。東京へ出て来てすぐナナちゃんが教えてくれた自分でセックスをいじくるやつ。若奥さまの部屋のダブルベッドで験してみたけど、くすぐったくってすぐ痛くなったからあわててやめた。めぐみから電話がかかって来たのはそんな時だった。昔っからお互いに好いていないことが分りあってる間柄だから、はあん、どういう風の吹きまわしなんて一体と聞いてやりたいとこだったけど、むしゃくしゃしてたから思わずなつかしそうな声を出してしまった。不思議なことにめぐみもずうっと親友づきあいしてたみたいな喋り方だった、私同級のもんには誰にも話してないけど結婚のことで相談に乗ってくれる？　ほんとはその時すぐ疑ってかかるべきだった。でも、あんまり突然な

んでかえって私は信じこんだ。相手はデパートに洋傘をおろしている問屋の次男だという。古くからある立派な商店で両親ともうるさい人らしいから困っちゃうというのだ。だってさあ、私なんかデパートに二年以上もつとめてたけど、お化粧と洋服の着こなしを覚えたぐらいで、他は何も勉強しなかったじゃない、月ちゃんみたいに立派なお邸で立派な行儀作法を覚えこんだ人が今急に羨しくなったってわけなのよ。私は料理もお花も見よう見真似だけでどうってことはないと答え、それだったら本格的な所へ通った方がいいと言ってやった。そういう技術的なことじゃないのよ問題はとめぐみが言った、雰囲気っていうか空気っていうか、要するに暮してみなきゃ身につかない、ほら、立居振舞って式のもんがあるじゃん。月ちゃんがそこらのOLなんかと違ってこせこせしてないようなものよ、分ってくれる？　私は受話器を握ったまま、ひとりで赤くなった。ついさっきまで若奥さまの部屋のベッドであんなことをしていた自分の格好が急に頭に浮んだからだ。なんか気い悪くしたんとめぐみが聞いた。ううんと私は答え正直に喋っていた、朝鮮牛にいっくら大麦を食べさしたって牛乳が飲めるようにはなんねえでしょうが。どういうこと、牛乳って？　女中がいっくら上品ぶってがんばったってそのまんま奥さまに出世するわけじゃないって話よ。受話器の向うでめぐみが困っているような空気が分った。かんべんねと彼女が言った、月ちゃんの長い間の苦労を考えねようなこと勝手に喋って。私なにもかも話しちゃうわ、ほんとはね、半年ぐらいいいおうちでお手伝いをしてみたいのよ、そういう所、月ちゃんだったら紹介して貰えるかと思って。今度は私が黙る番だった。確かにめぐみみたいに思ったことをすぐ行動に移す人間だったら考えられないことじゃない。でも、結婚相手の親たちに気に入られようっていうんだったら、何かちょっとばかし違っているる。戦争前は行儀見習いってのがあったって話でしょ、手っとり早く言えば、それなのよとまためぐみが言った、上流の人とつきあいがあるのは月ちゃんだけだから……。私は子どものいるうちでもいいのかと聞いた。親身になってどうにかしてやろうと思ったわけじゃない。学校の時から生意気だっためぐみに恩を売ってやったら、気分がせいせいするだろうと考えたからだ。

夜、私は奥さまにお手伝いを欲しがってるうちはないかと聞いてみた。ほんとは社長のゴルフ仲間でそんな所が二、三軒あることを知っていた。でも奥さまはどういうわけか厳しい顔で私のことをじいっと見た。それはいつも私を見る目つきとはどこか違ってるふうだった。いけないんですか、友だちを紹介しちゃと私はおずおず聞いた。別にと奥さまは顔をそらした、でもね、お世話するとなれば私んところ保証人てことになります。もし何か起きたら尻ぬぐいをするのはツギじゃなくて私ですからね。何か、何かが起きたらと私はおなかの中で繰り返した、この間の事件のことを言ってるんだろうか？　奥さまがまた私を見た、ツギには特別な男性がいないって分ってるからあんな事があっても疑ったりしませんけど、結婚前にどうこうなんてそんな女の子は欲のかたまりですからね、こわくて、こわくて……。奥さまの前で自分がどんな顔をしたかさっぱり覚えていないけど、あっと思ったことは確かだった。めぐみは何か魂胆があるんだ、何か狙わなければあんなことを急に頼んで来るはずがない。何かなんかじゃないってばさ、私と友和さんがやったあの方式を、恐らく、きっと……。そうして相手はやっぱり友和さんなんだ。だってめぐみは昔っから私よりもずっと友和さんと仲が良かったじゃないか。私は歯を食いしばった。これ以上考えちゃなんねえ、考えたら自分がみじめになるだけだ。それに何かの偶然てことだってないわけじゃない。友和さんが私に好意を見せたとき、又衛門も衝撃の告白をしたいなんて言い出したじゃないの。



友和さんの所へ会いに行く次の定休日までの間、私はぐらぐらするような気持で過した。もし私が瞞されたと分ったら、どうすればいいんだろう？　その足で警察へ行くって言ってやろうか。でも証固は？　「イチ成功、感謝……」ってあの紙、私はぐちゃぐちゃに噛んで捨てちまったじゃないか。いいえ、いいんだ、警察へ行くっていうのはおどかしなんだから、あの手帳の紙を持っている、ちゃんとしまってあるって言ってやれば……。支度をして出かけようとしてた時、めぐみから速達が届いた。約束通り履歴書が入っている。デパートの方は日給月給のマネキンですから、二、三日ですぐやめられます。よろしくお願いしますと女の子っぽい細い字で書いてあった。写真もきちんと張ってある。八重歯を出したふわっとした笑い方は男に、いや友和さんに笑いかけてるように見えた。私は人さし指でぱちんとはじいてやりたいのをこらえる。一生の別れ道になるかも知れない日だ、いらいらしてたら判断が狂ってしまう。この前と同じように池袋の駅から電話することにしようと思って、ふとためらった。山の手線一周なんて彼のやり方に巻きこまれたら、何もかもごまかされちまうかも知れない。寮の部屋に坐りこんでいろんなことがはっきりするまで動かないことだ。でもそんな決心はまるっきり無駄だっ

た。渋谷駅のバスが到着する所に友和さんが立ってい
る！　スピードを落してまわりこむバスの窓から、鞄を
かかえて突っ立っている彼の胸をそらせすぎたような姿
が見えたのだ。私は息がつまった。この時間に出かけて
来るのを見抜いて待ってるなんて、やっぱり友和さんは
悪どい犯罪者なんだ。私がいくら力んでみたところでか
ないっこない。もし、そのままバスの中にいても構わな
いんなら、出て行きたくないぐらいの気持だった。彼は
降りる人たちを見るような見ないような格好で煙草に火
をつけた。私は探しものをするようにハンドバッグをい
じり、一番最後から降りて行った。友和さんの眼は私を
確かに見たけど、恋人を見つけてぱっと輝くような光は
毛ほどもなかった。唇をとがらして煙をひと吹きしただ
けだった。そして私の先に立つようなつもりで歩き出
す。また駅の方だ。私は突っかかるように後から彼にぶ
つかり、よろけたのを見届けてから、くるっと反対側へ
向けて歩き出した。友和さんがあわててついて来るのが
気配で分った。道玄坂の方へ曲りかけた時、やっと彼の
手が私の手に触れた。この辺は知り合いが多いんじゃな
いか？　一緒にいるのはまずいという意味なんだろう。
でも私は首を振った。分ったよと友和さんの声が耳もと
でした、音楽でも聞こう。私はまた首を振った、何を言



われても反対したい気持だった。ぎゅっと手首をつかま
れた。どうする気なんだ？　私はふりむいて彼の顔を見
た。眉毛がたれ下ってまぶしそうな目つきだった。おか
しなことだけど、私ははじめて好きな人と会ってるんだ
という気がした。どこでもいい、静かなとこなら、そう
言ってから体中がふわっと熱くなった。
　だけど友和さんが私を連れて行ったのは、またしても
国電の中だった。そしてこの前と全く同じように普通の
声で、大騒ぎだったろうと言った。私は腹を立てる気力
を失い、警察はどんなこと調べたと聞かれても、届けな
かったみたいよと同じような調子で答えていた。彼の顔
がくしゃくしゃになった。入れ歯をしてる爺さまが手を
使わないではずすみたいな口の動かし方をしている。そ
れが安心と喜びの表情だと分るまでにはちょっと時間が
かかるほどおかしな顔だった。そうかあと小さい溜息、
それから急に、つきあうかい、ぼくとと弾んだ声になっ
た。何言ってるのよ、そのために出て来たんじゃないの
と私は言い、おなかの中で旅館じゃなくてホテルにして
下さいと頼んだ。だけどそれも見当はずれだった。新宿
で下りてそれらしい方角へ歩いたのに、彼が勢いこんで
入って行ったのは餃子専門の三階建ての大衆中華だっ
た。二百五十万もあっさり盗んだ男のくせに何てしわい

んだろうと腹が立って来た。餃子とやわらかい焼そばを私に断りもなく頼んだので、今食べたくなんかないと言ってやった。うんうんと友和さんは勝手にうなづき、置手紙は見てくれたんだろと言った。やっぱりだ。この騒しい油くさいとこで何から何まで話そうって寸法なんだ。タンポンの箱の中に手紙をかくすなんてエッチなことしたくせに、それをこんな所で話させようっていうんだ。見たんだろうとまた言った。急に私は緊張した、証固っていう言葉が頭をかすめたからだ。ゆっくりうなづいてから、しまってあるわ、記念のためにと答えた。友和さんが目をぱちぱちさせた、記念、記念ちゃどういうことだや？　私はあいまいに笑って置いた。捨てっちまわなきゃだめじゃねえか、珍しくきつい言い方だった。めぐみがお手伝いになりたいんだってと私も敗けずに強く言った。彼の口が大きく息を吸いこんだ。後から不意に殴られたときみたいだった。何で、何でおめえがそんな……。こっちが思ってたより十倍もあわててるように見える。私は黙って彼の目を見ていた。餃子のお皿が私たちの間に荒っぽく置かれた。食ってから話そうよと彼は言い、小皿に赤い辣油を取ろうとする。その手がふるえている。私は目ばたきなんかするもんかと思って見つめ続けた。めぐみのバカあま、吐き出すように友和さん



が言った、月ちゃんに報らせっちまうなんて……。頼んで来たのよ、あの人。私はハンドバッグから速達の封筒を出して彼の前に押しやった、この履歴書、あんたから返しといたら。これでもう終りだと思ったけど、どういうわけか口惜しくって歯ががちがちするような具合にはならなかった。友和さんはしばらく目をつぶっていてからぼそぼそ喋り出した。それを信じるとすれば、めぐみとは同窓会のあと一度会っただけで深い関係じゃない、寮の部屋へ押しかけて来て惚れてるの好きだのっていうから、好きだったら月子みてえにお手伝いになっておれがイチをやらかす手伝いでもしてみろと言った、めぐみより月子の方が好きだっていう冗談のつもりだったのに、彼女は本気にしてデパートをやめて女中になると電話して来た、それがめぐみとの間の一切のことでこれ以外のことは知っちゃかいないと言うのだ。分るだんべ、あいつは昔っから押しかけ女房みてえな気の強え、気短かな……。私はゆっくり立ちあがった。誰がそんなでたらめ放題の嘘っぱちを信じるもんか。月ちゃんと友和さんが言った、頼むから坐ってくれよ、あんなもんに喋っちまった口の軽いことは何百回でも謝るからさあ。トイレよと私は言った。うんと彼がほっとした声を出した、金のこともゆっくり取り決めなくちゃなんねえしな。私

はトイレの方へ行くふりをして、そのまま表へ出た。街はちょうど暮れかかっていて、人が混みはじめる時間だった。瞞しやがって、むじな野郎がと私は声に出して言った。でも誰も私をふりむいて見たりはしなかった。私の頭があったけえなんて思ったら大間違いだからとまた言ってみた。友和やめぐみに言いたかったんじゃない。街の人間たちみんなに言ってみたかったのだ。そんなことが糞の役にも立ちはしないことはもちろん分っていた。

こんな具合にして私はもとのもくあみのひとりぼっちに戻った。若奥さまが実家から帰って来たのはその夜だった。長いこと迷惑かけちゃったわねえと言ってクッキーを一箱くれてから、あの事件まだ解決してないんですってと聞いた。いろいろ喋りたそうな顔だったけど私はただうなづいて黙っていた。疑われてくやしかったでしょ、だから私立探偵に調べさせてみたのと若奥さまが言った。どきんとしてあわてふためいてもいいはずなのに、どうしたわけか私は落着いていた。ずうっと昔のどうでもいい出来事みたいな感じだった。何かわかったんですかと聞いた。バカにしてるじゃありませんか、外から入った形跡がほとんどないからやっぱりあたくしが一番疑わしいですって。もっともその探偵社、結婚やなんかの方が専門だから自信がないとは言ってたけど。若奥さまは腹を立ててるふうもなくけらけら笑っていた。あ、それからねえと彼女は言った、ツギさんのボーイフレンドのことも報告書に書いてあったわ。誰、誰のことと思わず言ってしまった。相互銀行の社員で外まわりをしてる人……。友和じゃないか、あいつと私のことがどんな具合に書いてあるのか。それと自動車の修理工場、それからペンキ屋に勤めてる人と……。なあんだ、そんなことか。純情なのね、あなたってと若奥さまが言った、みんな田舎の中学のときの同級生。私は自分でもびっくりするほど大きい声で笑い出していた、どうしようもないガキね、子どもなのね。だけどすぐ肚の中で訂正した、子どもだったのはついさっきまでだ、友和と餃子を置きざりにして来た時からもうガキじゃなくなったんだ。若奥さまもつられて笑っていた。光の加減でその口の中が奥の方まで見えた。きれいなピンク色だった。指をつっこんでこねくりまわしたいような感じだった。私はもう一回このうちからイチをするだろうと突然思った。この人から盗んでやれば友和を見返えせるんだという気がした。彼と若奥さまとはまるっきりつながらないけど、それだってかまわねえんだわさと自分で自分に言い聞かせた。

そのあと私が又衛門とヒラクと両方を誘いこんだいきさつについては、あんまり思いが残ってるようなことはない。友和さんがおじ気づいて失敗したというだけで又衛門は大乗気だった。ヒラクも一緒ということにはこだわっていたけど、じいっと思いつめてるような目つきをしてやったら、月ちゃんの言う通りにするよとあっさり折れた。私は友和さんがやったのと同じように山の手線の電車の中で打合わせをし、友和さんのためにしてやったようにお邸の略図を書き自分の部屋の雨戸とガラス戸とドアの鍵をかけないで置いた。そして社長と奥さまと私が那須へ行って留守の土曜と日曜の夜を指定してやった。くやしいことだけど友和さんとの時のような興奮は全然なかった。仕方ないじゃないの、色気が重なってねえんだもんと私はひとりでにが笑いをするより他はなかった。でも二人が成功して、若奥さまの宝石類をがっさりイチしてくれたらと私は思った、そん時は私ももう大人なんだから気前よく又衛門とつきあってやろう。でも結果は笑い話よりもっとバカバカしい具合だった。土曜日の夜隣のうちの塀にとびつく前に二人とも警官にとっつかまったのだ。お邸の略図を持っていなかったことは、間抜けにしてはまあ感心なことだけど、小型の懐中電灯がヒラクのジャンパーのポケットにあったことが致命的だった。二人は交番に連れて行かれる途中、言いわけの種がつきて遂にほんとうのことを言ってしまった。中学の同級の女の子がお手伝いさんをしてるうちを訪ねて来たんです。運がよかったと言えば言えるけれど、二人はお邸の前に連れ戻されて若旦那さまと若奥さまが外出から帰るのを待たされたのだった。同級生って、何のお仕事と若奥さまが聞き、自動車の修理工場、塗装工だと分ると、あなたたちのことは知ってるわと彼女は面白そうに笑い出した、どっちがツギさんの恋人なの？　おれが、ぼくがほんものですと又衛門が名乗った。今度は昼間いらっしゃいね、お昼をご馳走しますわ、泥棒に間違えられたお詫びとしてと若奥さまが言い、よろしくお願いしますと又衛門は最敬礼したというのだ。バカ晩まで口あいてろとでも言う他はない。それにしてもどぢな二人組が門の外にいる間に警官の目を引いたのはまだしもだった。宝石箱に手をかけてから後藤月子の同級生ですなんてまじめに名乗ったりしたら、目もあてられないざまになったろう。もちろん友和さんの大判十枚の事も調べのうちにバレて、私はふたつの罪でとっつかまり、一挙に二人の恋人を持つ破目になったわけだ。

でも二、三日の間、若奥さまの前では間抜けな恋人の相手という役を恥かしそうな顔でつとめなければならなかった。約束しちゃったんだから招びなさいよと彼女は何度も言い、私は又衛門の顔を見るぐらいなら盲になった方がましだということを違う言い方で納得させるために大汗をかいた。実際、恥知らずにも定休日の前の日に又衛門の畜生は電話をかけて来たりしたのだ。素敵な奥さんなんでおらんかぼうっとしちまったぜなんて気楽なこと言っている。私はどなりつけたいのをこらえて、友和さんに片想いなんだから放っといて貰いたいと言ってやった。話が違うじゃねえのよと電話の向うで又衛門がわめいていたけど、もう連絡しないでときつく言い渡して切った。急に友和さんへの思いが帰って来た。あの人はめぐみと二人で今ごろ新しいイチの計画を練ってるんだろうか。新聞広告でめぐみが住みこみ、少し信用されるまでおとなしくしていて、それからこのうちを狙ったような女中の個室から忍びこむやり口で……。だけど一体と私は始めて考えた、友和さんは何のために盗みをやらかすんだろうか。又衛門やヒラクだって泥棒根性は持ってるし、私だってそうだ。でも立派にやりこなすためには気持の突っぱり方がまるで足りなかった。友和さんは一体、どんな悪どい、どぎつい気持を持ってるのか。もちろんお金ってことはある。だけど私たちの中で



一番きちんとした生活をしてるのは友和さんじゃないか。お金が特別に欲しい何かの事情でもあるんかしら。薄らバカと私は自分を叱りつけた、お前は二百五十万円盗んだ共犯者じゃないのかい、それなのに何も知らねえなんて頭があったけえもいいとこだ。ほんとと私は自分で相槌をうった。白毛大王をしのぶ同窓会の晩、友和さんにイチの話を持ちかけられてっからっていうもの、私の想像は全部が全部はずれっぱなしじゃないの。少くとも友和さんとめぐみが前からツウツウの関係だってことさえ分っていたら、私はあんな話に鼻もひっかけなかったし、この二ケ月ほどを気楽に過していたはずなのに。しかし、だけど、そんなふうに考えたこともまたまた大はずれだった。友和さんが私の所へやって来たのだ。

彼は堂々とまっ昼間に表から入って来た。裏庭を掃除していた私が若奥さまに呼ばれた時には、もう玄関に立っていた。私がこちんこちんになって顔も見れないでいると、来週仙台へ転勤なさるんでご挨拶にいらしたのよと若奥さまが言った。この近くまで来たもんだから急に顔がみたくなってねと友和さんは晴々した声を出した。若奥さまがもの分りのいいふりをして上って行くように言ったけど、私は箒を持ったまま門の方へ歩き出した。何の挨拶と私はきつい声になっていた。友和さんは

ちらっと玄関の方を確めてから、めぐみとは何でもねえってことを……とあの鼻風邪みたいな声で言った。私は黙って首を振った。転勤するのに嘘ついてもしょうがねえじゃねえかとまた言った、あれの分け前は向うへ行ってから送るよ。私はまた首を振った。急に友和さんが私の手をつかんだ、あの時の書置き、返してくれよ。おどかしてる感じはなかったけど、そのことが目的でやって来たんだと分った。あの晩、ぐちゃぐちゃに噛んで捨てちまったわよと私は正直に言った。だってこの前記念にしまっとくって……。あの時は憎らしくってたまんなかったから嘘ついたのよ。信じていいんだな。あったり前じゃない、ずうっと別れちまう人に嘘なんかついたって……、そこまで言うとやっぱり涙が出て来た。友和さんがすっと私の手を放し、又衛門たち失敗したんだってなと言った。私はあっと思って彼の顔を見た。ほんの少し笑っているようだった。又衛門とヒラク、あれから殴り合いの大喧嘩をして絶交したってさ。みんな別れ別れになるよな。私は何も言えないでただ涙をこぼしていた。じゃあと友和さんは気持のこもらない声を出し、そのまま門のくぐり戸から出て行った。

めぐみが住みこんでるうちの三階のベランダから落ちて即死したっていうことを聞いたのはそれから一ケ月ぐらいたってからだった。電話をかけて来たナナちゃんは、そのうちの預金通帳を盗み出そうとして見つけられ、つかまえられそうになって飛び落ちたのだと言った。しょうがなくてそのうちが泥棒女中のお葬式してくれるんだって、行くとナナちゃんが聞いた。私は行かれないと答えて電話を切った。めぐみのやつ、やっぱり友和さんとしめし合わせてやったんだろうか、とくらくらするような気持で考えた。でも友和さんなら失敗させるはずはないって気もする。いずれにしろ真実なんてこの頭じゃ分りっこない。そして私自身はといえば、女中をやめたいと発作的に奥さまに言い、来月から給料をあげてあげますと笑われた、お手伝いの仕事がツギには一番向いています。

はりとばされてもろくすっぽ痛みを感じない体だとわかったとき、安広の方がぎくんとした顔をし、それにつられてあたしもびっくりしたことを覚えている。彼は確かめるようにもう一ぺん頬げたを張ってからこっちの顔をのぞきこんだ。自衛隊は上手にぶっとばすことを教えるんねえと平気なふりでいってやった、もちろんその二回目は真実とびあがるほど痛かったけど一緒になって一月足らずでナメられちゃあとあと事だと思ったからだ。なんで出来てやがんだ、てめえの体はと安広はいってズボンに手をこすりつけた。人間の肉で出来てるわ、毎晩いじくりまわしててそいでもわからないんですか。今になって思い出しても、なんて下卑たことをぬかしたんだろうと恥かしくなる。彼の目が白目だらけになるのがはっきり見えた。それから大きく息を吸いこんであたしに体当りをくらわせた。骨っこい肩で乳のあたりを狙ったんだろうか、とにかくあたしは板の間にぶっ倒れたきり何もわからないでいた。土間に父が立っているのが目のはしっこで見える。向うへ行ってとくれえとひっくりかえったままいったが、父は鶏小屋から取って来たんだろう、卵を五つほど両の手のひらにのせたまま彼の方を見あげていた。まずいなあと思った、末っ子のせいか安広は人が見てるとはしゃいだりのぼせたりする癖があるんだ。腐れあま、てめえが結婚の前に東京へ何しに行ったか知らねえとでも思ってやがるんか、彼の足があたしの太腿のあたりをぐいぐいと踏んづける。コンタクトレンズを入れに行ったんじゃないのさ、あたしはなんでもないことのようにいって彼の足をはずし体を起こした。嘘こけ、もっと大したもんを入れやがったくせに、いぬちくしょう。安広が蹴とばすつもりで構えたとき、父が音を出した。声じゃなくて音だった。のどのガンを手術してから首の側っちょに穴をあけていてそこにガーゼの包帯を巻いている。ゆっくり喋るとどうにか意味が取れる声になるけど、あわてたり興奮したりしてると、ヒューヒューだったりシューシューだったりしてその間に鼻の奥の方で苦労して区切りをつけようとする雑音がまじるから、聞き馴れていてもやっぱり薄気味が悪い。猫でも乳牛でも緬羊でもそれなりに生あったかい匂いのある声を出すものなのにとそのたびに思う。彼が父の方に足を向け板の間をどいんと鳴らした、おらあ教育がねんだから日本語でわかりやすく話しておくんなさい。こんな悪態ははじめてだったけど別に父の顔つきは変りはしなかった。あの音が一オクターヴ高くなった。ひい、ひい、ひゆい、安広が真似していった、おれはなんてえとこへ婿に来たんだや、え、ショッカーと怪獣のすみかじゃねえか。父の音がやんだ。掌の中で卵がふたつほどつぶれた。つぶれた黄味が白味にまじって指の間からべろんと垂れそうになる。安っちゃんとあたしはいった、あたしのことはなんだけど、ショッカーだなんちうい い方は止しとくれよ。彼は子どもみたいな気楽な笑い声をあげた、親爺さんの一等好きなテレビじゃんか、ショッカーって呼ばれたらうれしかんべが。今にも白味と黄味がずり落ちそうな両手をボールでも投げるように首のガーゼの所までゆっくり持ちあげて、父は自分の婿の方をまじまじと見つめた。にわっとりの眼みたいにすきとおっていて、怒ってるんだか悲しがってるんだかわからない。卵で目つぶしをくれやがるんだな、このショッカーめ、彼の声がほんのちょっとばかしひるんだような感じに聞えた、おらあテレビんなかの人間じゃねんだから、よそから助けが来ねえたっていつでも逃げ出せるんだど。あたしは思わず笑った。失笑ってことばがあるけど、そんな具合だったかもしれない。バカにしやがるんかと安広がどなった。馬鹿にしたわけじゃあない、無邪気さ加減をかわいいと思ったのだ。実際手術以後自分を並みの人間じゃないと思いはじめた父が、親子兄妹がそれらしく暮してる式のテレビをきらって、怪獣ものを好きになったのは理由が分るとしても、あたしよりひとつ上の彼が一緒になってうれしげに観ているのには幻滅だったけど、親孝行のうちじゃあねえかとそれまではもっともらしくいっていたからだ。いま一回笑ってみやがれ、あま、と彼は続けた、そのノドをひんねじって、てめえも唖んぼにしてくれる。こう見せものっぽいありさまじゃあ彼がいい気になるだけだから、あたしはさっさか逃げ出すつもりで立ちあがった。だけど、父が土間をすり足で彼の方に近づき、花むすび草履の片っぽのつま先を板の間のふちにかけた。やる気なんか親子してと安広がほんとにこわがったいじけた声を出した。半分あけた模様ガラスの表戸の横から入りこんだ斜めの光が父の首と肩の半分に当り、白い包帯があたしにもまぶしく見えた。つぶれたのとつぶれない卵を持った両手が拝むような形でその前にある。おらあはなっから本気じゃなかったんにと安広がもっと小さい声でいった。他人さまから見ればかなり間の抜けたから騒ぎに過ぎないあの四月の朝の光景を、あたしは歯がみをしながら出来たらやり直したい気分で思いかえす。新婚だったからというんじゃない。あの日父が父らしい格好をした最後だということも含めて（そう、自分ではくもんは自分でこしやうといって花むすびの藁草履をはいていたのも止めてしまったし、何より変な声を出すどころか口を聞かなくなったことだ。その代りにたのしい学習板とかいう幼児用の白い黒板を買いこんで来て、それに濡れ雑布で消せる五色のサインペンで簡単なひら仮名を書き始めた。野良へ出かけるのにも昔の画板かなんかのように肩からぶる下げるので、それだけは頼んで勘弁してもらったが）とにかく何かの境目だったと思えるからだ。そうしてその大事な境目のような所であたしは自分でも情なくなるようなヘマをやらかしたのだ。父ちゃん、卵が落っこっちまうう、父の手もとを見ながらずるっと行きそうな黄色のまじった白味のことをつい注意してしまったのだ。今でももったいないからっていう貧乏根性であんなことを口走ったんだとは思わない。でも落っこちそうなのをそのまま見てはいられなかった。だけど父はあわてて口先を手の下へ持って行き、ずるんずるっといやしげな大きい音を立てて卵をすすった。緊張がとけた。安広が小さい溜息をつくのが聞こえ、父はまだ手の平の方に残っている分をベロでなめている。しわんぼうのどけち虫、おらあここんちへ百姓番頭になりに来たんじゃねえど、彼の手がのびて父の掌を払った。卵はきれいにとび出し、ふたつは土間で割れ、ひとつだけどうしたわけか丸のままゆっくり転がった。父はぽかんと口をあけたまま安広を見ている。両の手はまだ中に卵をかかえた形のままだったが、まるで物乞いをしてるみたいに見えた。

田ンボ七段歩、畑四段二畝、杉山二町歩、雑木山一町六畝それに家屋敷分の名儀の書換えをあたしはその夜のうちに仲人をしてくれた本家の余一さんの所へ一升持って頼みに行った。仙子もやっと心が定まったってえわけだなと余一さんがいったが、あたしは笑ってはぐらかした。まさか前よりもっと捨てばちになったなんていえやしない。どうせここまでやったついでだと思ったので、ずうっと父から預かっていた農協の通帳も局の通帳も安広に渡した。その方が気分がいいだんべから、全部すっぱりあんたの名にしりい、そういってまだうちの岩井って印形も持っていなかった彼に、高校卒業の記念にもらったまま使っていない黒地の側に銀色の貧相な鶏の飾りがついてるやつを持たせてやった。以上があたしたちの第一ラウンドとでもいうべきものだが、立派に勝ったはずの彼は自信のなさそうな顔つきで、そんなに何から何まで何しちゃあおめえなんかがなんちゅうかなんだんべがといったふうなとりとめのないことを口走った末、一晩考えさせろやといってあたしの体にさわりもしなかった。夜中に目をさますと、うつぶせになった安広の背中がこんもり盛りあがってかけ布団が足の方に行っている。まだ考えてるん、つい聞いてみてからあたしは声を出さないで笑い出した。遊び疲れた子どもが昼寝をしてるみたいにひざを少し立てお尻をつき出した形で眠っている。誰かにお辞儀をしてるようにも見えるし、自分で自分をおなかの下にかかえてるようにも見える。なんてことだ、あたしが中学のころから腹を立てたり、ひねくれたり、いっそぐれちまおうかなんて考えて来た百姓家で婿を取るなんて、この程度のことなのか。この程度に気のいいどうってことのない男がやって来たってだけのことなのか。そう思って覗きこむと眉毛が薄いことを別にすれば、癖のないすんなりした顔つきだった。百姓一本槍で来た若い衆に比べたら、いい男の部に入る。これ、安、突き出たお尻をぽんと叩いてみた。彼は身じろぎもしない。思えばこの夜あたしは一番素直になっていたのかもしれない。そして思えばなんて気取った式のいい方で思えば、全く愚かにもとかなんとかつけ加えるべきだろう。とにかくだしぬけに勘忍ねと謝りたいような甘ったるい気分になったことは事実だ。もう一ぺん、安っちゃんとお尻をなでたが彼はほんの一瞬息をとめただけでやっぱり体を動かす気配もなかった。あたしは安広の横に並んで子どもっぽい寝ざまを真似てみた。樽入れが済んでから結婚式のすぐ前まで東京へ行ってたことについちゃ勘弁しておくんなさい、あんたが言ってた通りいぬちくしょうのような具合ちゃんだったんよ、だけどあたしがじゃないわ相手のあの人がだわ……。ほいだってさ、ご祝儀の日取りが決まってからやっぱし、おらあちみてえ百姓家へ婿に来る男なんて体が片輪でなけりゃ頭か精神かそういったとこに欠陥があるもんに違いねえって……、あたしだけが考えたんじゃないんよ、本家の余一おいさんだって仙子に欠陥がねえってこたあわしが向うさまに太鼓判をついたわけだが、男のよしわるしってもんは二十や二十一のあたりじゃ誰も請け合えねえやなあ、ひとつてめえのまなこで直に確かめて見るだい……、馬喰のふんばぐれだってそんないいから加減な口は聞かねえもんだわ、そんな人を村会議長にしとくなんておらあほうの衆はみんなあき盲ですってあたしは悪態をついて、そうしたら伝二さんが、本家には今どき百姓番頭がいるんかってあんたが聞いたあの伝二さんよ、友だちに相談するだよ、一等親しいもんになっていってくれたのよ、その人間の判断に身を任せる、その上で失敗したら生涯をあきらめっちまえばいいんさ、このおれが見る鏡だ、そういってでも本家の方は見なかったわ、余一さんも聞こえねえみたいに知らんぷりんだったけど（あの二人の関係についちゃなんにも知らないんだっけねえ、戦争中の兵隊で死ぬの生きるのって仲だったっちう話よ、つまり一等親しいもんて意味）。……あたしには誰もいなかったんよ、高校出るときの思い出文みたいやつ、学びの庭を今いでてっていう校歌からとった題名だけどもさあ、それにあたしが書いたもんのことで教員に呼びつけられて直しなさいなんていわれたぐらい……、うん、高校へ私が入ったのはちょっとでもましな人物をおムコさんに迎えるためですって書いといたんよ、父が考え出したそういう面白くない目的のためでしたから私は一年失敗して村では珍らしい中学浪人でした（ばかったらないねえ、そんなこっぱずかしいことまで告白しちまうなんてよ）私はこの三年間をまるで無駄に過してしまいました、きっとみんなからはひねくれ者だと思われていたに違いありません、楽しかった思い出も親しくつきあった友だちも……、まあ、そんなふう、そうだ、人真似して上品ぶったことも書いた、野獣になるにはバイタリティがなく屠殺場へ連れて行かれる小羊にしては目つきに純情さが……岩井、君が書いてることは自分を恥かしめるだけじゃなくて、友だちや学校全体を侮辱してるんだぞって教員がいったけど、それに違いないからあたしも黙ってた、そんなときよ小金沢君が教員に食ってかかったんは。正直にいや大胆な目で自己の現実を垂直的かつ水平的にえぐり出している作品を（作品だってさ、びっくらこいちゃう）闇から闇へ葬るっちう先生らのその姿勢についてわれわれは、いまはぼく一人だけどもう、断乎、抗議っちうか……、もちろん小金沢君のしち面倒ないい草をそのまんま覚えてるわけもない、大体聞いてたってよくわかりゃしなかった、聞かねえで見てたってのがほんとね、彼の顔。あたしのこと世界中の大問題みたいにまっ赤になって弁護してくれる人なんちゃ生れて始めてだったわ、もちろんそれまでひとっことも口聞いたこともねえし目え合わしたこともねえ男の子、生徒会の副で勉強も五番より落ちたことのない、その人があたしのことについて三年生全員を集めて討議をやらかす意志があることを確認したりしてるじゃないのよ。ほいでもね、感激してぼうっとしてたなんて思わないどくれえ、長いことひねくれてたもんはすぐおいそれと純情になれやしないんだから。二人の声が大きすぎるんでまわりに他の教員がたかって来てあたしのことをじろじろ見はじめた頃にはもう小金沢君が憎くてならねえような気持になっていた、うまいことばがあれば大声でどなってやりたいぐらいだ。岩井、お前はあとで呼ぶからと教員がいった瞬間、礼をするふりをして机の上からあたしの書いたやつをすっと取りかえし、教員室のドアの方へ歩きながら最初はくしゃくしゃに丸め、それから丁寧にびりびり破いた。君、書き直す気なんかと小金沢君が叫んだ。誰がさあとあたしは答えた、私はいなかったことにしといてもらいたいだけです。

あたしが東京へ会いに行ったのは、その小金沢って同級生なんよと腹の中でいったつもりで安広の方を見た。彼は同じ姿勢のままで眠りほうけていたが、男にしちゃ赤すぎる唇をちょっとゆがめた形で口で息をしている。癖のないすっきりした顔だなんてさっきは見とれたけど、それは頭んなかにつまるもんがつまってないからかもしれない。脳味噌とか知識とかいうんじゃない、決断力や実行力なんか見合いで婿に来たがる男に最初から期待なんかしていない。そんなんじゃなくて、他人の経験を、心の中の経験も含めて自分の経験と同じように思いやることのできる力のようなもの、そんな働きが何十回も失敗しながら少しづつ頭んなかに何かを貯えこんで



……、ばかくせえ、いい加減にしやがれと自分で自分にいい聞かせながらごろんとあおむけになった、そんなまぼろしみたいな勝手な期待は小金沢君に会いに行ってこてんぱちんに裏切られたじゃないのさ。だけど彼がまぼろしみたいなものを押しつけたことも事実だった。あれ以来学校の中で出会うと何か話したそうにしていたけど、あたしの方が恥かしいような気分で避けていたのが、卒業式の日とっつかまってしまった。式の最後の方になってからトイレに行きたくなったので、今日はいくら何でも文句をいわれないだろうという気で大っぴらに講堂から外へ出た。渡り廊下を駈ける音がして小金沢君が追いかけて来た。わかってるよ、おれは、おれだけはねと彼はせっぱつまったような声でいった、君んなかにあるなんちうか……。今はおしっこともいえないから黙ってうなずいた。つまりこんな学校は潰れろ、火をつけて燃やしちまえって……、七十年の春だったから田舎の高校なりにはやり言葉だったんだなあと今は思えるけど、そのときは火をつけて燃やすなんてことばにどっきりして、受験にミスってこの人は頭がパアになったんじゃないかって気がした。のぼせっかえらねえ方があれじゃあないんん、ごく当りさわりのない返事をしたつもりだった。そうかあ、持続する志かあと小金沢君は長めの

髪をかきあげた、岩井仙子はしっかりしてる、おれなんかにねえごりっとしたかたまりを内的に……。あたしはうれしかった、しっかりとかかたまりとかって讃めたふうなことばがじゃない、岩井仙子って式に苗字と名前をひとつながりに呼ばれたことが物珍らしくて何となくうれしかったのだ。顔には自信がないけど微笑といったふうな表情をしたような記憶がある。おれは一年浪人するっちう困難を択びとるわけだけどとかなんとか偉そうにいい、世界情勢まで説明しそうな調子だったので、あたしはずんずん歩き出した。彼はあわててポケットから折りたたんだ小さい紙を出しあたしの手ににぎらせてから、もう一度しち面倒な理窟を並べ駈け去って行った。もしかしたら手紙にはやさしい文句が書いてあるかもしれないと期待してトイレで紙を広げてみたら、東京の住所としたあとになんと川崎市から始めてアパートの名前があり、最後に小金沢道美、それだけだった。まる一年たって彼をそのアパートに訪ねたとき（本家の余一さんに悪態をつき、伝二さんに一等親しいもんの判断に任せろといわれて急にその気になったのだ）どうしてここがわかったんだや、合格するまでと思って秘密にしといたのにようと変な顔をしていた。あたしはがっくり来て思い出させる気も起きなかったけど、結局彼の部屋に九泊



十日いた。相談しに行ったにしては長すぎたし、同棲というにしては短かすぎた。小金沢君はあたしがただ黙ってたので惚れこんで押しかけて来たと誤解したに違いない、君の事情は何も聞かない、そいでも気持は痛烈にわかるつもりなんだなどといい続けていた。ひとつだけ幸運だったことは、試験の最終発表があたしが行ってから一週間あとだったことだ。他にすることがない彼はただもうあたしの体にまつわりついていたといっていい。はじめての女性となにするのははじめてだからと科学的な親切さで扱ってくれた。だから合格がわかってから二晩帰って来ないで、ぼちぼち退散しようと決心したときも別に彼を怨みに思ったりしなかったし、今でもその気持は変っていない。ただ何かの拍子に思いかえしてそんなふうな自分のあきらめのよさみたいもんに、ぐらぐら腹わたが煮えくりかえるときがある。婿とりだなんてことはのっけからいやだといい張ればよかったんに、浪人してまで面白くもない高校なんか行かず就職しちまえばよかったんに、小金沢君のことだって自分から身を引くような真似はしないでしつこくくっついてればよかったはずだし、最初から馬鹿にしてた安広と一緒になることなんかどんな理由をつけたってぶちこわせるはずだった。そういうことがひとつひとつできなかったのはあたしが

小さいときからひねくれてて、ひねくれてる分だけいざっていうとき粘りがない、それだけのせいなんだろうか。

土地とお金の話をした翌朝、安広が結婚式のとき着た背広をひっぱり出しネクタイを結んでるのを見て、思わずあっと叫び声をあげそうになった。ちょっくら兄貴たちんとこへ挨拶まわりに行ってくっからと彼はいった、百姓婿なんぞ勤まるわけがねえってぬかした奴らに、へどを吐くほど飲み食いさせてお見それしましたっていわしてくれなくっちゃ。お見それしてたのはあたしの方よといってやったが、その声はのどにまつわりつくみたいで彼には全く通じなかった。ここらの衆には特別の席は作らねえけど、まあぼちらぼちらおれの人物を知っていただくようなつきあいをして行ぐつもりだからその気でいろや。あたしはもう答える気にはなれなかった。自衛隊から一銭の貯金どころか借金をみやげに帰って来たって噂はきっとほんとだったのだ。自分じゃ大して酒も飲めない癖に同僚だけじゃなくて上役にまで番たび奢って、給料がなくなると兄さんたちに金送れと電報をうっていたという、あきれ果てた兄さんたちが連れに行って止めさせたという、でも彼の人気は高くてみんなが見送って別れを惜しんだという、それは何がなんでも人を



馬鹿にした噂だったから、あたしは悪い女にひっかかってしぼり取られたのをごまかすためにいいつくろってるんだとばかり思っていたのに……。安広が威勢よく出て行ったあと、父の何か聞きたそうなまなこに見られるのがいやで、あたしは決めた仕事もないのに耕耘機に乗って休耕中の田んぼへ出かけて行った。蒔いたわけでもないのに、よその田からとんで来て根をはやしたれんげがクローバの間で花をつけていた。やつらがいい気になって伸びきらねえうちに掘っくりけえしといた方がよかんべなあという声がして、ふりむくと伝二さんが畦に立っている。安広のことをいってるのかと一瞬思ったけど、このこやし草さと伝二さんは長靴でれんげの花を蹴った。煙草持ってたら一本くれとくれえとあたしはいった。仙ちゃんは飲まなかったはずなんに、ほいじゃ、できたかなあかがといいながら近づいて来た。とんだ赤んぼよ、しんせいの煙をほき出しながらあたしはいった。聞いたと彼がいう、名儀の書換えはちょっとばかし早まったような気いするなあ。だけんどもねえといいかけて、あたしはやめた。自分の馬鹿さ加減をぐちってみたところでこの人が助けてくれるわけでもないんだ。小金沢君の所から帰って来たとき、伝二さんにだけは東京で親しい人に相談ぶった、でもどうって返事も貰えなかっ

たと報告したんだけど、ふうんと詰らなそうな声を出したっきりだったからだ。あかができての書換えじゃねえとすると、おめえ男のことで婿どのにしぼられたってことか、伝二さんはごく当り前に煙草をふかしながら喋る。なんでそんなことといいかけて、あたしの方は煙にむせた。おれが婿どのにちょろっとほのめかしちまったんだ、許せや。あたしはむせっかえって涙のたまった目で伝二さんの顔を見た。彼の大きい黒い手があたしの背中をとんとんとふたつ叩いた、安広君を一人前の百に、いや農業経営者にしてやりてえと思ってな、ここらでひとふんばりしねえと仙子ちゃんにほかし出されるどってえつもりだったんだけど。あたしは意味がのみこめないでぼうっとしていた。伝二さんの説明によれば、父が伝二さんにあのまだるっこい喋り方で、おらがは婿が大はずれのようだとかきくどいたのだという。(本家の余一さんの戦友で東京の下町生れの伝二さんは復員して来ても空襲で家族が全滅していて行くあてがなかったので、本家を頼って来てそのまま居ついた、だけど当の余一さんは足に弾丸のかけらが百いくつも突きささっていたから陸軍病院へ入ったまま帰って来れなかった、その間本家で馴れない百姓をしていた伝二さんに父が手とり足とりして仕事を教えこんでやったのだ――そんな話はあたしも知っていた)恩人から頼まれたんで黙ってられなかったんだという。だから、安広にむかってお前さんが仕事に身を入れないことがはっきりすれば本家はいつでも土地をかたに仙子に金を出してやるつもりだ、そうすれば仙子はいつでも東京へとび出して行くだろう、現に今度の縁組にかっかしてる男が東京にいるはずだから……。こっちは旧式な人間だんべ、励みをくれてやるつもりが、ついおどかすような喋り方になっちまったんかのう。何が旧式なもんか、何が励みをくれてやるだとあたしは腹のなかで思った。確かに伝二さんは好意のつもりで安広にいって聞かせたかもしれない。だけど途中から欲得づくの計算がぱちぱち始まったぐらいのことはすぐわかる。深川あたりの履物を扱う商店の息子だった伝二さんは、ここらの地つきの百姓とはわけが違って、動力を使う農機具を本家にどんどん買いこませて近代化のはしりになったし、田畑も手放したいものが現れると名儀はそのままにしといて実際はどんどん買いあげ、今じゃ農地解放前の半分近く取り戻したって噂だし、それを仕切ってるのは余一さんじゃなくて伝二さんだってこともみんな知ってる。あたしが黙ってあさっての方を向いていたので、済まねえことをしたと始めて伝二さんが頭を下げた、出来ることならなんとか償いをつけべえと思ってる。放っといとくれ、ひとんちのこと、もう決心して決めちまったんだから、ほんとは後悔してたのにあたしはきつくいった。いや、名儀のことは暇がかかることだし、仙子ちゃんさえいやだっていやあ、いまちょっと容子を見てだなあ……。あたしを東京へ追っぱらって本家が取りあげようって魂胆ですか。伝二さんの頬のあたりがきくんとなり、それからにが笑いのようなものが浮んだ、やれやれ、大した誤解をと彼はいいかけ、おれが本家にとってどんな人間か分ってるんかやとつぶやいた、銭儲けに夢中になった所でおれんとこへ入ってくるわけじゃねえ、着るもんと煙草銭のほかなんにもありゃあしねえ、いやそんなことより金があったとしても残してやる人間がいねえってことだ。それは確かにその通りだと私も思う。世間さまもそのことを不思議がって、結局伝二さんは余一さんの奥さんのお糸さんに惚れこんじまったから二十五年の余もひとり身で通して本家のために働き続けたんだなんていってるぐらいだ。仕事中をとんだ暇っかきをさせちまったなあといつもの声に戻って伝二さんは田んぼから出て行く。あたしはふと気持がゆらいだ。安広はやっぱし使いもんにならない人間かねえ。彼はそれには答えず、おめえがとこぐれえが一等むつかしいよなあといった、百姓で食ってけるだけの田地



田畑がなけりゃ男衆も働きに出るし、そういっちゃなんだがおめえのお父っあんがこじっかりした立派な自作農でありすぎたっちうことだいなあ。うんとあたしも素直にいった、だから婿をとるような破目になっちまったんね。食うか食われるかってことかなあとまた伝二さんがいった。亭主とあたしのことと聞いた。気違いになっちまうか、そうならねえために石頭になっちまうか、いやひとりびとりのことじゃなくておれたちみんながさ、もっともおれはとっくの昔に取って食われちまったから別っこってもんか、ほいじゃ、ごめんなんし。もう五十歳になってるはずだけど上下揃いのベージュ色の作業服を着た後姿は、彼のことばに反して変に若々しく見えた。

伝二さんが死んだ（実際は安広が文字通り叩き殺したんだけど）今になって、彼の予言みたいなことばが半分は当って半分ははずれていたんだなあと思う。当っていた方は安広とあたし、はずれていたのは伝二さん自身のことだ。あたしたちの第二ラウンドはまさしく安広が気違い同然になり、それに対抗する分だけあたしが石頭になったといえる。とにかく農協のと局のと両方の通帳を自分の名前に変えてからの彼は、村の衆に人物を知っていただくためのつきあいと称して毎晩宴会を開いたの

だ。宴会といったって酒屋兼何でも屋の越後屋の座敷にあがりこんで、往還を人が通れば誰彼かまわず呼びこんで一級酒をふるまうだけのことだったが、祝儀不祝儀以外焼酎と二級しか飲まない村の衆はいつの間にか安さんの宴会と呼ぶようになった。越後屋のおばさんはその宴会のために人相がふたまわりほどよくなったといわれるぐらい大喜びだったから、ジュース入れの冷蔵庫に安物の冷凍食品を仕込んで置いて、お料理何人前などと景気をつけるありさまだった。おかしなことだけどちょうど農繁期にぶつかっていたから人々が毎晩あきれるほど集まった。出稼ぎの衆が帰って来ていたし、越後屋の店が野良帰りの人々が必ず通る三つ辻にあったから、中で賑やかな声が聞えると女衆や子どもを先に帰して上りこんでしまうという寸法だった。あたしはそのうち安広があき果てるか、お金がつき果てるかだとお念仏のように思いこみ、誰がなんといっても、ああいう人間だで、よろしくとしか答えなかった。でも仕方なしに一度だけ安さんの宴会に連れて行かれた。父が本家に談じこんだらしく、余一さんがあたしを引っぱって行った。さすがに村の衆も座敷から降りたが、どんな成行きになるか店先で面白そうに見守っていた。余一さんはなだめすかすように、ちったあ女房の身にもなってみれやとおだやかに



いった、毎日毎晩泣き暮してるんがわからねえんか。安広はあたしがどぎついことでもいい出すと思ったらしく、横を向いたきり何も喋らなかった。こんなことは逆効果だという気がなんとなくしたので、あたしは毎日も毎晩も一回だって泣いたことなんかねえっちうんにと表情をかえずにいった、本家もいい加減な出まかせはよしておくんなさい。これ、仙子と余一さんがあわてていったので店先の衆がわっと笑った。ぱっと安広が立ちあがった、まったく本家は出たらっぱしをいい過ぎるど、この女はなあ、このかかあは人間並みの体にできちゃいねえんだ、見れ。彼はシュウッ、ターッとかけ声をかけてあたしの頰と肩をひとつづつぶった。向うが酔ってるからちっとも痛くなかったし、それ以上に人が見ていると思ったので、相かわらず下手くそだねえ、そんなことで人がぶちのめせると思ってるんかいと大きい声を出してやった。よおし、これからがほん意気だあ、そうどなって安広が手をあげかけたとき、余一さんがさっと立って彼の顔に握りこぶしを叩きつけた。安広はあっけなくふっとんで倒れ、蹴とばされた兎みたいな悲鳴をあげた。余一さんは痛そうに手をこすりあわせながら、さあ、この場は村会議長の、いやお前さん方の仲人のわしに免じてひとつ丸くおさめるっちうか、そう、わしんと

こでじっくり飲みながら語るなんちうんも……。安広は口からほんの少し血をたらしたままうつむくように土間の店先の方にゆっくり歩いた。店先の衆の中からちょっとした溜息が聞えた。余一さんはそっちの方に向き直り、お前さんがたもちったあ責任を感じて貰いたいもんだなといった、悪いんは安広ひとりじゃねえ、よその部落から笑いもんになってるんはおらあほうの部落全体……。そこまで聞いたとき、あたしは自分でもびっくりするくらいの叫び声をあげた、キャーだかヒャーだか、ただのアーだか思い出さないけど、とにかく安広の動きから目を放さないでいたあたしは、彼が越後屋の売物のナタを取って振りあげるのを見たのだ。余一さんが靴下のまま店の外へとび出し、村の衆もわっと声を出した。警察、おまわりというような声も聞えた。でっぷり太った越後屋のおばさんが猛烈な勢いでどなりかえした、警察なんか呼ぶじゃねえぞい、安さんはおらがの店のナタを一丁買いとりてえって、こういってるっきりなんだからな。こわいなんて気持がけしとんでいたんだろうか、あたしは思わず小さい声で笑った。安広の体からも力が抜けた。ああ、おらあちのかかあがナタが切れねえって文句いやがるからよお、なあ、仙子。彼はあたしの目をじっと見た。あたしも見かえしてやった。安広はなんだか照れているように見えた。それでこの晩は終りだった。いつも正体のない彼をかかえて連れ戻してくれる二、三人の衆が明け方近くいつものように運んで来て、今夜はいいしばやがあったから二度宴会しちまったんさあとけろりとしていった。そして安さんの宴会は相変らず続いて行ったのだった。ある晩、他の衆と一緒に伝二さんが送り届けてくれた。そしてあたしと一緒に彼の体を蒲団の上へ運びながら、仙子ちゃん、いい加減に意地を張るんはよしたらどうだやといった。あたしが黙って首をふると、やれやれやあと伝二さんは溜息をついた。おめえさんたちのうちどっちが先にくたばるかって気がするなあ、どっちがなにしても、おれが見送らなくちゃなんねえんだが。あたしもついそのことばに引きこまれ、伝二さんに見送られりゃ本望だいねと答えた。でも、そうはならなかった。越後屋が地下足袋や泥足の衆のために座敷の側に張り出しを作ってテーブルや椅子を並べたころ、そう八月のお盆を三日後に控えたいまいましいほど暑い日、安広はぷいと姿を消して宴会にはもちろん、あたしのところへも帰って来なかった。お金がつき果てるのが先だった、やっぱりとあたしは笑った。こんな具合にして彼とあたしの三ラウンド目がはじまった。

越後屋のおばさんが報らせに来たとき、父もこの日を待ちに待ってたんだってことがひと目でわかった。ゆんべもおいでじゃなかったんで、いやもしかして安広さんな病気で寝こんじまったんじゃあるまいかって、あっしじゃないんよ他の衆がひとっ走り見て来いってもんだもんでね、彼女はお盆の上に水瓜を小さく切ったやつを山盛にしてその上に七色ティッシュペーパーを三枚かけていた。うちにもいないわとあたしはことばをけちして答えたけど、おばさんは奥の間を覗きこむように入って来た。雨が降ろうが槍が降ろうが一晩でもおらがのとこで宴会を欠かしたことのねえお方でしょうが、このぐれえの照りで暑気当りでもあるまいって、あっしじゃないんよ他の衆が首い長くして待ってるもんでね。あたしは夕めしのおかてに茄子とピーマンの油味噌を作りかけていた。油の中に野菜をぶちこむとぼっと音を立てて鍋に火が入った。あれえ、気いつけとくれよ、かっかされても困るよお、あっしはなにも安さんを連れに来たわけじゃねえ、こうして果物まで持ってお見舞いに来たっきりなんだから、冷やし水瓜、五日も冷蔵庫の奥にへえってたやつだあね、芯の芯まで冷えきってる……。いただくべえよとテレビを観ていた父があの聞きとりずらい声でいった。なんですとと彼女が聞きかえした。父は幼児用の黒板に赤のサインペンで、盆に実家、と丁寧に大きく書いた。あっは、あっはと越後屋のおばさんが弾じけるような声で笑い出した、あっしとしたことが気が足んないねえ、安広さんのような世間づきあいのいい人格者がお盆にまでおらがのとこで宴会をやってくれるなんて思いこんじまってて、そうでしたかい、実家へ行ぎなさったんですかい、そういってくれりゃみやげもんのひとつやふたつは用意しといたんにねえ。それから安広ぐらいよくできた婿は戦争が終って以来始めて見たとか、そんな人物が来てくれたのももともとここんちの衆の心がけがいいからだとか出まかせに讃めちぎって彼女が帰ったあと、父とあたしは子どもたちに二、三十円で売りつけるために小さく切り刻んである水瓜を向いあっていくつもいくつも食べた。それはよく冷えていたけど水気がなくぱさぱさだった。ああまずいといってひとつ食べ、あああおいしいといってまたひとつ食べると、父もああ、あと相の手を入れながら一生懸命噛みこんで、すぐさまお盆をからにしてしまった。婿養子に金を使いたいだけ使われて逃げられた父親と娘がさし向いで水瓜なんか食ってやがる、あたしがなんだかさばさばした気持でそんなことをいうと、父も声は出さなかったけどほっとしたような笑顔を見せた。今度帰って来たら安広の野郎もきっと落ちついて働くだんべというような顔だった。盆に実家という赤い大きい字を見ているとあたしもそんなふうに思えて来て、あの極楽とんぼめと口に出した、お盆を済ましてから兄さんと一緒に帰って来て詫びを入れるつもりだな。父がうなづいた。だから極楽とんぼだっていうんだ、そんな能天気な真似誰が許すと思ってるんだやとあたしは続けた、ひとんちのしんしょうを半年ばっかの間に飲みはたいちまうようなそんな畜生。父がちょっと意地悪い目であたしを見た、やだら別になれや、のどの奥と鼻とからゆっくり音が出て来た。なんだと、仙子を見くびってやがるんだなといいかけ、あたしも笑い出した。父は済ました顔でテレビの音を大きくした。考えてみると珍しくしあわせな晩方だったのかもしれない。あれからあと父と一緒になって安広を見くびるようなことはできなくなったんだし、それに夏じゅう通して水瓜なんか食べたのもあれが一回こっきりのことだった。でもそれもこれも結局は薬局お笑いの種ぐすりだ。ものの十日もたたないうちにあたしたちの甘い予測はきれいさっぱり裏切られたのだ。詫びを入れに来るどころか、彼は実家へ顔も出してはいなかった。蒸発である。いつもは正体をなくして人さまに抱えられて出る越



後屋の店先から、お盆の三日前のその晩だけはほんのちょっとしっかりした足どりで口笛まで吹きながら（と一緒に宴会してた衆はいう）、いい気持そうに出て行ってそれっきり鉄砲玉というわけだった。あんちゃん、やるううと自分の見透しの悪さや置いてかれたもんの口惜しさを忘れはてて、あたしはしばらくの間感動していた。いい流行歌を聞いてるときわけもなく泪がたまっちまうようなのとおんなじ具合だった。父は泣いたり騒いだりすると思ったらしく、あたしから目を離さないようにしていたけど、こっちがそれに気づいてわざととぼけていると、まっ昼間なのに仏壇にお灯明をあげそのまま蒲団の中へもぐりこんでしまった。もぐってこっそり泣いているのかもしれないと思って奥へ覗きに行ってみた。いびきをかいて寝ていた。のどの側から洩れる方の空気はかん高い音を立てるので、それと鼻の奥の低い音がまじり合い、二人の人間が寝てるみたいで、寝ながら喋くりあってるみたいで賑やかだった。そうだよ父ちゃんとあたしは腹の中でいった、考えたってどうせ訳はわかりゃしないんだから、こんなときは寝るか働くかだよ。

　実際その夏の終りから暮までの間あたしは自分でもびっくりするぐらいよく仕事ができた。体っていうか筋

肉がまるでいいつけられるのを待ってたみたいによく動いてくれる。朝四時夜十二時の調子でやっていても疲れる睡いなんてことは毛ほども感じなかった。それは安広のことを忘れるために夢中で働いたなんて高尚なもんじゃない。単純にお金が、現金が欲しかったからだ。何から何まで彼に渡してはあったけど、酔って正体なく帰って来るうちはズボンのポケットから適当に抜きとってたから間に合って行ってた、そのズボンが蒸発しちまったんだから出所は他になかった。あたしは父に相談しないで今までやらなかった晩秋蚕を五十グラム掃き立て、ひとりでやり抜いた。成績がよくってマユを五十貫出し二十万手に入ったときはほんとにうれしかったなあ。十月十五日のお祭りの日、若い衆が運転するバンに乗っけて貰って町へ出てニットのスーツでも買ってやりましょうと思ったら、なんとあたしは春先の結婚前より五キロの余も肉がつき、呆れたことに身長も少し伸びていた。そのころになると今まで気の毒げにあたしを避けて通ってた男衆たち（重に安広の宴会でただ酒をくらっていた人々）が野良の往き帰りに声をかけるようになった。女をあげたみてえだなあ仙子ちゃん、とひとの体を眺めまわす。向うにいわれる前にこっちからいってやれと思うから、亭主に逃げられるようなざまが性にあってるんかもしんないねえと大声で笑ってやる。男衆たちはどぎまぎして、逃げられたんじゃねえ追っ払ったんだんべや、そういう噂をおらんか聞いたどなどと自信のなさそうないい方になる。何度かそんなやりとりをしたあと、あたしはふと最初っから安広を追い出すつもりだったのかもしれないと思うことがあった。自分ではよく気がついてなかったけど、彼が出て行くように出て行くようにしむけてたんじゃないんかってふうにだ。田地田畑の名義の書き換えのときだってそうだ、なにもさあさあ使って下さいって式に通帳を全部彼に渡さなくたってよかったはずだし、半年間の酒狂いだってきちんと意見する気なら実家の兄さん方から伯父さん連まで動員すれば一、二ケ月で切りあげさせることはできたはずってもんだ。それなのにそういうチャンスをむざむざ見送っちまうってのはやっぱりあたしのなかに悪い魂胆があったんだって疑われても仕方あるまい。しち面倒に考えるのは好かないけど、婿とりだって諦めと、こんな婿で諦めちまってたまるかっていう反撥がいつも両方一緒にあたしのなかにあって、そのことで安広と渡り合うより、自分勝手にひとり相撲を取ってたんじゃないのか……、体の方はそのことを素直に知ってて、あたしが婿だの安広だのってものに騒がせられなくなったときから気持よく肉をつけ背丈まで伸ばしちまった……。いずれにしろお盆から冬のさなかまで半年の間、彼が今どこでなにをしてるかなんて一度も思ってみたことはなかった。それをイメージに浮ばせるような手がかりもなかったし、おまけにそういう手がかりを探す気が毛頭なかったことも確だ。冬のあいだに車の免許を取って、春先には軽トラの中古を買いこむ、そうすれば野菜を農協へも町へも出せるし、そうだ、父が前にやりかけて止めた清浄野菜なんかを始めてみてもいい……、出来秋をどうにか乗りきった自信もあって、あたしはこの次の年も自分ひとりでやって行く計画をごく当り前のことのように思いはじめていた、もしこれが一生続くとしても今までみたいにふて腐れないですむかもしれない……。こんなざまじゃあ二十一にもならないうちに仏さま同然じゃないか、仙子、とあたしは自分で自分を冷やかしてみた。そんなあたしに青年団の副団長になれといいに来たバカがいる。もっとも副団長は八人もいるんだそうだ、ヒラだと誰もその気にならないんで役員をどんどんふやした結果そうなったという。断るためにはなにか理由をつけなくちゃならないから、あたしは黙って受けることにした。仙子さんみたいにずっしり根をはやした人に役員になって貰ってうれしいよと団長がいった。中学で一緒だった孝



江ちゃんの兄貴で役場に勤めてる二枚目だ。ご主人の消息、まるっきりかねえなんてすぐ気やすい口をきく。ごまかすつもりであたしはいった、こっちは青年団の副なんかにさせられて忙しすぎて探してられないわ、役場に蒸発課っちうようなもんを置いたらどうですか。団長はうれしげに笑った、早速実行しましょう、情報が入り次第夜這いのセンでご報告します。

つまらない色気をふりまいちまったもんだと思う。でもまさかこの軽っぽしい団長がつかんで来た情報があたしと安広の次のラウンドのゴングになるなんて夢にも思っていなかった。節分の豆まきの前の晩、よっぽど遅くなってから彼は三六〇でうちの前庭まで乗りつけた。歩く道以外は雪かきを怠けていたので、氷った雪がばりばり音をたてた。十時すぎてからお客なんて珍しいことだと思って戸をあけると団長だった。わかったぜや、いどころと車から出るとすぐにいった。あたしはじきには意味がつかめなかった。蒸発課としちゃまじめにやってるわけよ。それで安広のことだとやっとわかり、こたつにいる父の方を見た。居睡りしていた。団長が声を落とした、うちの衆にゃ聞かせねえ方がいいんだら……。あたしがうなづくと彼は車の方へひきかえしてエンジンをいれた。二、三日前安広から役場に手紙が届き、戸籍の

抄本を請求して来たというのだ、偶然係が噂話をしてるのを聞いたので、今夜宿直になったのをさいわいに、封筒から東京の住所をうつし取ってくれたという。三六〇を運転する団長の横でそんな話を聞いているうちに、寒さのせいでかたかたかたかたかたと震えが来た。大丈夫かいと彼がきいた。あたしが黙っていると、抄本が要るのはきっと臨時じゃなくて正式の社員にきちんとなるためじゃあるまいかという意味のことを団長はいった、こんなに働くいいおかみさんがいるんに、どういう了見なんだべかなあ。いどころとあたしはいった。彼は車の中のあかりをつけてから折った便箋を渡してよこした。場所は中野区だった、バイオレットマンション四〇六として あった。表っかわがすみれ色かなんかの高い建物なのかと思うとくらくらした。日曜だら一緒についてってやってもいいんだ、おれと団長がいった。冗談じゃねえとあたしはきつい声でいった。別に無理にくっついてぐって意味じゃねえよと彼。誰がさあ、誰がのこのこ会いになんか行ぐもんか、ふざけやがって……、体じゅうの震えをおさえるようなつもりであたしは自分の膝をふたつ、みっつひっぱたいた。もうじき泣くぞと思った、このひとの前で泣くんはやだなと思った、またすぐ、関係ないひとだからせいせい泣けるとも思った。やっぱあ女問題



なんちゅうんもからまってるわけかねと団長がいった。あたしは予定通り声を出して泣きはじめたけど、頭の中では女問題だってとびっくりしていた。安広の横に女がいるなんて考えたこともないからだ。車が曲って停り、団長があたしの肩を遠慮っぽく抱いた。あたしはそうなるのを待ってたから彼のおなかの辺に頭と顔をこすりつけてたっぷり泣いた。団長の皮の上着はすべすべした表面がびくんとするほど冷たく、MGファイヴといった式の匂いがした。彼はあたしの背中からはじめて腰の骨まで撫で、そのうち手を横から下へまわしてあばら骨やおっぱいの下の方をまるで体の形をなぞるみたいにゆっくりさすって行く。いい気持だった。もっと思いきりやってくれればいいのにと思ってあたしは泣き続けていた。急に団長が干からびた声を出した、この上着は鹿の皮だからよ、あんまり涙をこぼされると痛んじまうんだ。なんだいケチとあたしは腹の中で悪態をついた、うちの亭主なんか半年で二百万以上も飲んじまった男なんだど。それは全く馬鹿気きった比較だけど、急に安広のことをなつかしいような気分で思い出したのは事実だ。それにと彼がいった、蒸発したご主人の心配しながらこんな姿をしてちゃあ、なんてったらいいか……。ヒューマニストとあたしはちょっと甘くいってやった。いやあと彼は照れ

笑いし、その晩はそれで終りだった。一週間して父とあたしは本家の奥座敷へ呼ばれた。余一さんと伝二さんの他に団長もいた。口どめしといたのに喋くったな、野郎めとすぐわかった。役場勤めの団長は村会議長の余一さんにちょろりと洩したのだ。余一さんは仕事のついでに安広の実家へ行き、どうなってるのか確かめて来たという。仲人としちゃあこまけえことをいちいち口にしたくねえ心境でがんすなあと余一さんはいった。この期に及んで人物論でもあるめえや、結論からへえってみたらどうだいと伝二さんがすぐ続けた。そうしておくんなさいと覚悟を決めた人みたいに父が答えた。安広を出すか置いとくか、ふたつにひとつだから、それをまず決めて貰いたいという意味のことを余一さんはいった、方針さえ決まればあとのことは黙って任して貰って大丈夫だ、実際問題としても安広の兄たちは恐縮しており、こっちのいう通りにするといっている……。あたしは余一さんが手でもてあそんでいるセブンスターの箱を取って一本くわえた。団長がすぐライターをつけて鼻先に出した。いざとなるとどっちでもいいやと思っちゃうのはどっかに欠陥があんのかもしれないと思いながら、あたしはぷかぷか煙をほき出していた。仙子、と父が催促した。父ちゃん先にいいなよ、どうぞとあたしはいった。父は自分が嫁さんを貰うみたいな恥かしそうな顔をし、首のところの包帯をひっぱった、いい後釜がいりゃあ、おらあ……。安広は出していいんだなと余一さんがいった、ほいで、仙子は。あたしは気楽に笑い出した、後釜ったってその後釜によるわ。よおしと伝二さんが声をかけた、第一段階として安広を離縁ちうことで意見があったわけだ、いいね親爺さん。父がこっくりした。よかあねえわといってあたしは急に立ちあがった。なんだや仙子と余一さんがあわてていう。ちょっくら東京へ行って彼の顔見て来ます。

本家の長屋門を出ると、伝二さんが追いかけて来るのがわかった。おめえと強い力であたしの肩をつかむ、東京で安と一緒に暮すべえと思ってもそいつは無理だど。誰もそんなこといっちゃいねえわとあたしはいった、自分のまなこで直に……。安の野郎ははあ世帯を持ってるんだわさ、そんなんを確めてなんになるだや、自分が二本棒だとわかりゃあ、ちったあ利口になるわけじゃないとあたしはすぐいいかえしたけど、世帯ってことばにはちょっとショックを受けた。伝二さんはあたしの肩から手を離して先にたって歩きだした、相手は三十の大年増だあ、安さんが大怪我をしたときにてめえんとこへ引きとって面倒見た……。大怪我ってとあたしは聞いた。ほれみろ、そんなことも知らねえで出かけてくやつがあるかい、地下鉄の工事場で仕事中になにしたんだってばや、秋に。あたしにはまるで想像できなかった、怪我のことはもちろん、あの安広が工事場で力仕事をしてるなんて姿がだ。左足の腿と膝小僧、それに顎の骨もどうにかなったんでプラスチックを入れる手術をしたという。行って来ますとあたしはいった、見舞いもしねえなんて、不人情すぎるわ。不人情はなにもおめえが先じゃあるめえと伝二さんがいった、大それた怪我を実家に報告してこっちに内緒にしとく法はねえし、その前に半年もどんちゃん騒ぎをやらかして砂もひっかけねえで逃げてったんを思いおこしてみるがいい……。だからだよとあたしは思った、だから行って面を見て来なくちゃならないんじゃないかさあ。あの気の小さいなまけものの彼が、なんだってそんな所で働きそんな怪我なんか背負いこんだのか、あたしにはそれを確める権利がある、そんなことを考えながらあたしは低い声でいった、よくもあれだけ気前よく無駄づかいしてくれたもんねえ。てめえの持ちもんが今になって惜しくなったんじゃなかんべなと伝二さんが聞いた。持ちもんて、お金のこと？　じゃねえよ、安広って人間のことさあ、仙子ちゃんな自分の手で財布を渡してやったから、あれもこれも安広のしで



かすことは自分がやらしてやってると思ってたんべや、てめえんとこの牛が鼻環をつけたままよそで騒ぎをかえしてるってふうかなあ……。それが持ちもんてことなん？　伝二さんは答えずにヒョーと吸う息で口笛を鳴らした。牛だの鼻環だのなんて変なこといわないどくれとあたしはいった、もしそうだとすれば安広の方があたしのことを……。安さんは今度も百万近いゼニをにぎったそうだぜやと伝二さんがいった、怪我の一時金とかいうやつだわ。ちょっとぽかんとしていてから、急にあたしは朗かになった、よかったあ、地下鉄だの顎の骨だのっていうからよっぽど惨めじゃねえかって、会いに行くんに気が重かったんだけども……。おめえは単純でいいなあと伝二さんがつまらなそうな声でいった、おまけに安さんはつくづく運のいい人間かもしんねえや。

翌日あたしは農協からちょっぴりお金をおろして東京へ出た。出るときは風のきつい曇り日だったけど、東京はどぼおんと静かで暖かかった。地下鉄の中野坂上で降りてから手ぶらでもなんだと思ってオレンジを八個つめた箱を買った。病院へお見舞いに行くみたいだって気がしたけど、あたしとしちゃあ安広の顔を見ればそれで十分だった。相手の女のひとについては予備知識もなかったし、かたきだなんて感情も全然なかったから、実際看

護婦さんくらいのイメージしか湧いて来なかった。だからバイオレットマンションというのがすみれ色でもなく大層な建物でもないのを見たとき、別に肩をいからせることはないんだ、お見舞いに来ましたっていや、それでいいんだとほっとした気持になった。三条みやこってひと（歌うたいみたいな名前だけどもう十年もこれで通してるといっていた）を見たら、その気持がもっと楽になった。せいがあたしの肩ぐらいしかなくて、髪の毛を長くたらして猫の目玉みたいなお化粧をしてたけど、笑うと上の歯茎がまる見えになり、それが不潔じゃなくて角がとれた大人っていう感じだった。まるであたしを警戒してないんだろう、田舎からわざわざ迎えに来てくれたのといっておかしそうに笑う。違うんです、あたしといいかけると、しいっと彼女が唇に指をあて、病院から帰って今昼寝中と部屋の奥の方を見た。寝てるわ、極楽極楽って顔。なんだかすごくだまされてるような気がしたけど、彼女の真似をしてそおっと中へ入ると、和室の四畳半の向うのじゅうたんを敷いてベッドを置いた六畳の部屋で、安広がデッキチェアの大きいやつに体を突っぱるようにして寝ていた。以前と同じように赤っぽい唇をちょっとゆがめて寝息を立てている。薄桃色の柔かそうなセーターを着て長髪に近い髪をしてるから、安広っていうよりか安広の弟って感じだ。そういう甘さのようなものが体のまわりにあふれ出していた。青い炎が見える煙突型の石油ストーブの上には小ぎれいな黄色いヤカンが置いてあり、むわっとするような温度だった。奥さんにこんなこといっちゃ失礼だけど、気楽なひとね、彼と三条さんがいった。極楽とんぼとあたしは少し腹を立てていった。そうそう、そういうふうと彼女はまた笑い、寝てる間にじゃんじゃん悪口いいましょうよとふすまをしめて、あたしを狭いダイニングのテーブルの前に坐らせた。お世話になりましたと挨拶するのが礼儀だと思ってあたしはオレンジの箱を渡した。急に三条さんの目が色っぽいようなすごいような感じになった、あんた、お金を取りに来たの、彼を取りに来たの、どっち。それは答えようによっちゃ只じゃ置かないぞっていってるようで、背骨の奥の方がぞくんとなった。でも、そういわれてもあたしは彼の顔を見たいから来ただけで、その通り答えるより他なかった。お金を取りに来たんじゃないのねとすごい目つきのまま彼女が念を押した。だって、それはこちらにお世話になってるからとあたしはいった。二ケ月ぽっちで百万も使えると思うのと彼女は怒った声でいい、それから急にげらげら笑い出して、ほんとにバカよ、気違いよ、あいつ。気違いだってことは少し知ってるけどとあたしはわけがわからないままいった。大した気違いよと彼女はもう一回いった、百万円で三ケ月面倒見てくれだなんて、契約してくれなんて、ひとをバカにするにもほどがあるわ。あたしも思わず笑い出した。むちゃくちゃなことだけど、でもいかにも安広のいい出しそうなことじゃないさ。わかると三条さんがいい、わかりますとあたしは答えた。彼女の説明によれば、怪我をする前の安広とは二度しか会ったことがないというのだ。それが急にお店に電話して来て事故で入院して一週間前に手術が済んだとこだけどお見舞いに来いという、お客さまだから仕方がないと思ってお店のマスター（新宿の上でもない下でもないバァだそうだ）と一緒に病院へ行ってみると、労災の補償金が百万ぐらい出そうだから退院したあと三ケ月それで面倒みてくれないかと申しこまれた、ふざけてるんだと思って相手にならないでいたけど、マスターが面白がってやれやれとすすめる、三回ぐらいそんなことがあったあと、十二月のなかばに安広が病院からまっすぐここへやって来ちゃったのだという。三ケ月で百万なら月三十万以上じゃない、お金儲けのためだと割りきって引きうけちゃったのよと彼女はいった。そうなん、お金儲けだったのとあたしはちょっと拍子抜けがし、でもちょっと疑るようないい方



でいってみた。ああ、そっち方面のこと気にしてるわけと彼女はいった、あとで安広君に聞きなさいよ。あたしは素直にはいと答えた。あっさりしたひとね、あんたと三条さんがいった、結婚してから一ケ月ぶっつづけでセックスしたって、あれ、嘘なのね。こう普通の顔で聞かれると、なまじ恥しがったりする方がエッチな気がしたので、一晩も休まなかったわけじゃねえわ、メンスのときやなんかはやっぱりとあたしは答えた。ふうんと彼女はまるで興味のないような態度を見せてから、彼は強姦したわといった。あたしが黙っていると、こら、ども、お前意味がわかってんのかよ、やられちゃったんだぞと声の調子をかえずにいう。このひとがどのぐらいふまじめで、どのぐらいまじめなのかあたしにはさっぱりわからない。仕方がないから一応、すいませんといってみる。バッカと彼女が歯茎を見せて笑った、奥さんに謝られたって、どうすることもできないじゃない、でも、あれね、あなたにこんなことというのも変だけど、安広君、そう性的に魅力のあるひとじゃないわね。こんなとき、なんて返答すればいいんだんべか、高笑いでもしてやりましょうと思ったけど、頬っぺたのあたりがぴくんとしただけだった。気い悪くした、と彼女がいった、もっとも気を悪くさせようと思っていってあげたんだけ

ど。あたしはもう黙ろうと思った、黙って帰ればいいんだ、この女にいやったらしいことをいわれたからじゃない、安広の居心地のよさそうな寝顔を見たときにもうはっきり決まってたんだ、彼はここでは自分のお金を使っている、たとえ体に傷を作って貰ったものだとしても、それは彼を豊かにしている、その豊かさはあたしをとっくの昔につっぱなしている……、きのうはよくわからなかったけど伝二さんがいったんはこういうことかもしれない……。こら、こども、気嫌を直せよと三条さんがあたしの耳もとでいった、安広を叩き起こして、ふたりでいじめちゃおうよ。無理に起さないどいとくれえとあたしはいった、ここじゃどういう暮しをしてたん。ご覧の通りよ、もっともはじめのひと月は大名暮しにしろって騒ぐから夕方毎日千六百円のステーキ焼いたけれど、鬼じゃあるまいし血の出る肉をそんなに……。でもさあたくしみたいな正直な人間で彼運がよかったわよ、他の女ならお金取ってグッドバイしちゃうとこだもん。あたしはまじめさを通りこした上でまたおかしくなって来た。最初に身売りしたのが自衛隊、その次身売りしたのがあたしのうち、今度は一体なんていったらいいんだろう、自分の傷を焼肉にして食ってる……。三条さんが立って行って四畳半のふすまをあけ、六畳のふすまをあけた。なんだ、こいつ、目を覚ましてたのね。ああという安広の声が聞えた、お客さんが見えてるみたいだから……。彼の声は少し変っていた、以前はあんなふうに口に含むような感じじゃなかった。なにがお客さんなもんですか、岩井仙子さん、おたくの奥さまじゃないの。知ってたよと同じような声で安広がいった、おい仙子、迎えに来てくれたんか、ご苦労。バカいうんじゃないってばとすぐ反撥しそうになったけどやめた。おやじさんたちも元気かとまた彼がいった、まるで普通に出稼ぎに来たひとみたいないい草だ。あたしも普通の人みたいにいってやろう、東京の生活はいかが、楽しそうなんで、あたしは安心したけど。もう飽きたよ、昼寝ぐらいしかすることがねえと彼。正直にいいなさいよ、もうお金もつきるところだってと三条さんがいう。おい、そんなはずねえだろ、ごまかすなってんだ、まだ一月はたっぷりと彼があわてていった。彼女が笑った、ねえ奥さん、三人で一緒に暮しましょうよ、あたしたちふたりが安広君を取りあうようなふりすんの。そいつは面白えやと彼がいった。いい気になるなと彼女が叫んだ、結局女どうしが結びついて、あなたは放り出される役まわりなんだから。勝手に遊んでやがれ、能天気めとあたしは腹の中でいった。立ちあがってドアの方へ行く。トイレはねえと彼女がいう。いいえ、あたしそろそろ失礼します、お邪魔さまでした。

階段のところまで三条さんが追いかけて来て、手に持っていたあたしのオーバーをふんだくった。わかったわよと彼女がいった、十万円あげるから連れて帰って。そんなつもりはないわとあたしはいった。十五万、それ以上はあたくしもあげられないわ、彼女はベストっていうんだろうか、でれっと伸びた毛糸の長チョッキのポケットから折った一万円札を出し見せびらかすような上手な手つきで十五枚数えてあたしに押しつけた、鎖つけてひっぱってくのよ、二度とここまで来ないようにね。犬っころじゃあるまいしとあたしはいったけど、お金はくれるもんだから貰っておくことにした。いいえ、犬ころですよ、そうとでも思わなくちゃ、あんなバカなひと面倒見られるわけないじゃないの、あたくし泣いてるように見えるかしら。なんてことというんだ、彼女の猫の目玉はうれしそうに笑っているのに。彼が太いステッキをついて近づいて来た、まっすぐ帰んのか、田舎。仲直りに温泉場まわって行くのも悪くないかもよ、いい捨てるって感じでいってから三条さんは部屋の方へ行きバタンとドアをしめた。あれで安広のことも追っ払ったつもりなんだろうか。あたしは今もらったお札を急いで出して五枚だけ彼に渡した。なんだやと彼が聞く。温泉場へ行く小遣いです、よく養生しておくんなさい。いっぺん帰ってみるんも悪くねえなあと彼がいった、なんたっておらあ村の衆に人気があっからよ。あたしはとあたしはいった、別のひとと一緒になる予定で、そいで別れにやって来たんだからね。安広の顔がどじょうをふんづけたときのような具合になった。こら、こども、拙者のいうことが聞えてるんか。畜生め、いぬちくしょうと彼は大して力もいれずにいった、てめえがインランだってことはわかってたけど相手は誰だ、今どき百姓番頭になるへちまきゅうりは。団長の顔が浮んだけど、名前いってもこのひとにはわかるわけがないと思った。よおし、そのへちまきゅうりをぎゅうって目に会わしてくれるどと彼はステッキをにぎり直した。伝二さんの顔が浮んだ。百姓番頭っていうことからの連想だけど、伝二さんなら安広を軽く撃退するだろう。本家の伝二さん、覚えてるでしょうがとあたしはいった、あの人と一緒になるんよ、ほいじゃ、さよなら。口に出したあと急におそろしいような気がしてあたしは夢中で階段をかけおりた。青梅街道の信号まで走りづめに走った。でも、安広は追いかけては来なかった。

それからぴったり半月のあと、彼がふたたび越後屋の店にみこしを据え出してからのことは、なにもかも身近なことすぎて、文字通りなまなましすぎて、あたしにはこまかく思い出すことも考えることもできない。彼は夏の盛りとおなじように通る人を誰彼かまわずよびこんで酒をふるまいはじめたが、男衆の三分の二は東京からまだ帰ってなかったから以前のような賑やかさにはほど遠かった。そして酔いつぶれる寸前に手もとのステッキを振りまわして、伝二を連れて来い、ぶち殺してやるとわめき、仙子はおれとおんなしように左足をぶっくじいてくれると悪態をつく始末なので、さすがに越後屋のおばさんも一晩づつ勘定しておくんなさいとこわごわ申し出た。田ンボ七段、畑四段、杉山その他三町歩と彼はどなった、おれの名儀の分を全部カタに置いてるじゃねえか、それだけきれいに使い果たしたら、そのあとはそうだあ、三月三日の桃のお節句にやつらをぶち殺してくれるんだ。そこまでいうと安広はごたんとひっくりかえり、越後屋の座敷でそのまま寝てしまうのだった。もちろんあたしが見てたわけじゃない。越後屋のおばさんが朝晩やって来て、つぶさに報告してくれたのだ。払いはこっちんちにつけてあるから、そのつもりでいておくんなさいよ。あたしはもうやけくそで、断りもなしに伝二さんの名を出しちまったことも恥しい一方で、お節句が



過ぎたらかたをつけるつもりだでとただ頭を下げていた。心配だからといって当の伝二さんが来てくれたときは、もうなんていっていいかわからなかった。おれで役に立つことだら、なんに使ってくれても結構だわさと彼はいった、お彼岸過ぎに祝言でもあげることに決めるかのう。助かるなあと父がひざを揃えて頭を下げた。それはまるでほんとに伝二さんが婿に来てくれることを感謝してるようないい方だった。まじめな話、土地の名儀の問題だけはかたをつけといたらどうだやと彼はいった、今は悪ふざけだと思ってても、いつほんもんになるか見当はつかねえぞい。実家の兄さんを連れて来て、安広の印鑑をとりあげて、あたしの名儀に書きかえた方がいいというのだ。そんなことしたら、ほんとに安ちゃんが殴りこんで来るうとあたしはいった。伝二さんが笑った、仙子ちゃんなそんときの用心棒におれの名前を出したんじゃなかったんかい。父が幼児用の黒板にグリーンのサインペンで、お前様が頼み、と書いて伝二さんの方へ向けた。伝二さんがふとつまらなそうな顔をした、いま十年も前にこの手の話がありゃあ、おれも楽しめたんべになあ。ほんとにその通りであたしは済まないと思った、そういう状態ならあたしも伝二さんに楽しく惚れこんだはずだ。越後屋のおばさんがはいって来た。おやまあ、

とうとういろおとこが出っぱって来なすったね。そうともやと伝二さんがすぐにいいかえした、振られてやけ酒をくらってる畜生によくいっといてくれや、おらあ今夜っからここんちに泊るから、いつでもとびこんで来やがれってよ。伝二さんとあたしは思わず叫んだ。なあにと彼はいった、ぶち殺すのなんだのってのはおらあほうが本職だわ、それがどんなもんか奴にしこんでくれる。しこむってことが体で教えるってことなら、伝二さんはその通りを実行して、それで安広に殺されたというわけだ。もちろんそんなことはあたしには思いも及ばなかった。父にいたっては、味方ができてのぼせあがったんだろう、黒板にくたばれ、安なんて書いてにこにこしてるようなありさまだった。そうしてその夜伝二さんはあたしんとこへ泊った。ひっきりなしにいろりに薪をくべてもぞくぞく冷えこむような晩だった。伝二さんは座ぶとんをたてた肘の下にかかえこむような格好でいろり端に横になり富農乃友っていう薄っぺたい雑誌を読んでいた。あたしが何回目かのお茶をいれかえると、仙子ちゃんは寝たらどうだや、おらあどうせ夜あかしだけどと彼はいった。急に瀬戸の方でばさっと氷った雪が割れるような音がして、あたしはちぢみあがった。おっかながることはねえよと伝二さんはいった、雪がおたがいに氷る



べえと思って突っぱりあいをやらかしてるんさあ。そのあとで伝二さんがぽつぽつ話してくれたことは、あれはどこまでほんとのことだろうか。死んじまった今になっては確める手だてもないけど、彼ははじめて本家んちへやって来た昭和二十二年だかの話をした、あたしが生れる五年前のことだ。南方から帰って来てはじめて過す山国の寒さが辛くて、よくいろり端で夜あかししたという。燃やすものがない時代だから枯れた杉っ葉や屑っ葉を燃し続けた。どの葉っぱの成分にそういうもんがへえってるんかわかんねえけど、煙にいぶされてると立つもんがおっ立っちまって弱ったもんだと普通の顔で伝二さんはいった。お糸さんに惚れてたって聞いたけどもとあたしは余一さんの奥さんの名前をいってみた。伝二さんは聞えないふりをして、おらあいろりばたでよくせんずりをかいたもんだあと溜息まじりにいった、本家のいろりの灰にゃあおれのなんだあ、死んじまった精子か、そんなもんがよっぽどまじってべえよ、もっとも孫ができてからはあのいろりも蓋をされちまったがなあ。やっぱしお糸さんに惚れてたんねとあたしはいい、腹の中では関係だってあったに違いないと思った。伝二さんはすぐそのまま睡ってしまい、あたしも毛布を持って来ていつの間にか睡っていた。目をさますと、もう表の模様ガ

ラスがにぶく光りはじめていた。伝二さんの姿はなかった。戸をあけて外を見た。鶏小屋の横に後むきで彼は立っていた。なにしてるんとあたしは声をかけた。せんずりさと大きい声で彼はいい、長靴の先で氷った雪を二、三度蹴った。

伝二さんが死んだありさまを思い出すのはほんとにいやだ。とにかく伝二さんは何としても早いところ話をつけるといってその日のうちに余一さんにお金を作らせた。越後屋へ安広を呼びに行ったのはあたしだ。もう薄暗くなって、ふらふらするほど呑んでから安広はステッキを持ってあたしについて来た。仙子ちゃんはそこにいろ、近づくなようちへおりる坂道のところで待っていた伝二さんがいった。そうして伝二さんは安広にお金をさし出し、なにか小声でいった。安広はお金をポケットに一度いれてから突然ステッキで伝二さんの頭を二度ほど殴りつけた。伝二さんは古桑の木の所までよろめいて行き、幹に背中をもたせかけて安広を待つみたいな姿勢になった。あたしはとび出そうにも足がすくんで動けなかった。安広はゆっくり伝二さんに近ずき、ひとつひとつ勘定するようなやり方でステッキを振った。伝二さんがぐしゃっと地面に倒れた。それからあとのことは村の衆が知ってる通りだ。安広は山の方へどんどん逃げて行き、それっきりになったたし、伝二さんは河原へ落っこって、打ちどころが悪くて死んだと医者が見立てて（あたしは余一さんと二人で伝二さんの体を河原まで運び土手の下に落した）、次の次の日、本家から賑やかにお弔いが出た。もちろん親籍も縁者もいないから誰も涙を流したりはしなかったけど、村会議長の余一さんが実の弟野郎のつもりだといったのでお浄めの酒の席には村長も小学校長も顔を出した。あたしはといえば怪しまれちゃなんねえように台所まわりでせっせと働いた。団長が赤い顔をして近づいて来た、また蒸発課が役に立つかも知れませんねえ。あたしは平気な顔でよろしくお願いします、この間はいい機会を作って貰ったんに見逃しちまってと答えた。恐らく安広は今度こそ永久に帰って来ないだろう。気持が落ちついたらあたしに惚れてるらしいこの団長とでも結婚してやろうかとふと思った。でもやっぱりそんなのはごめんだ、婿とりなんかもうごめんだ。こどもだけはちょっと欲しい気がする。父親は誰でもいいけど、いや、できたら伝二さんに関係のある人の方がいい、とすれば本家の余一さんてえことになる。申しこんだら断るだんべか、いや断れないはずだ。座敷の宴会のまんまんなかで楽しげに踊りを踊っている余一さんの姿が見える。おいさん、あたし頼みがあるんだけど。今度のことについてなら、早いとこ片をつけたいもんだな、きれいさっぱりさせて忘れちまわなきゃ、体に毒だ。うん、あたしおいさんのねえ……。余一さんはきっととびのくだろう、精子だと、なんてことぬかすんだ、なんてきびの悪いあまだ……。今日の仙子さんはきれいだなあと団長がいう。えっとあたしは聞きかえした。いやあ、ずっしりとこの土地に根を下ろしてるんが、それが立派っちうんだなあ、今度は青年団の寄り合いに出とくんなさいよ。うんとあたしは答えた、どういうわけか、ほんとにそういう会合に出て行くつもりになっていた。

# 蛇いちごの周囲

庭いっぱいに干した籾が冬の陽で光っている中を、あなたは敷物のねこやむしろのへりの線に沿って、たてよこに曲りながら近づいて来た。日焼けした麦藁帽子が籾の色よりもずっと赤っぽく見え、今朝手伝いに来たばかりなのに、もう十分ぼくのうちになじんでしまったような落着いた空気があなたのまわりにあった。こちらを特に見るというふうでもなく、体の向きをきちっきちっと変えながら、上下ともまっ黒な姿が確実に近づいて来る。ぼくは意表をつかれて単純にうろたえた。ことばをかけるとすれば自分の方からだと思っていたのに、ふいに先手を取られた感じだった。立ちあがろうとしたが体がこわばっていてうまく行かない。

　あなたは地下足袋で土留めの丸石へ軽くとび、縁側をへだててぼくのまっすぐ前に来た。心もち顎を持ちあげてぼくを眺めた。親しそうなというよりは、遠慮のないあけすけな目つきだった。ぼくははじめてあなたの顔を近くで見た。目鼻立ちに余裕がない寸のつまった顔だった。いっときも油断したり隙を見せたりしたくないという感じが、ありありとわかった。ぼくは気押されて中途半端なお辞儀をした。こんな所で子どもが本を読んでる、とあなたが唐突にいった。ぼくは赤くなった。椅子に腰かけきちんと机に向かっているつもりなのに、あっさり子どもと呼ばれたことが口惜しい。わざと机の上に鉛筆を落して、あなたを睨みつける。あなたは聞きとれなかったことばを聞きかえすように唇を小さくあけ、それからゆっくり笑顔になった。自転車で往復六里の道を中学へ通ってるんですってね、とあなたはいった、大変ね、ペダルに足がとどかないっていうのに。えっ、と不用意に聞きかえしたあと、ぼくは恥かしさで震えそうになった。誰がさあ、と低い声でどなった、おれの足がだと、いい嘘こきゃがれ、おらあ両の手をおっぱなかしたって……。あなたは二、三度眼をしばたいてから、讃めたつもりなのに怒ることないわ、子どもねえ、とまたいった。ぼくは机から立ちあがっていた。何かてひどいことをいってやりたいと思った。自殺したあなたの姉さんのこと、当時大人たちがしていたあやしげな噂、そういうことを汚いことばでぶつけてやろうと思った。すばやくあなたは何かを感じとったらしく、泥のこびりついた紺の手甲の腕をぶらぶらゆすった。そして急に、郵便局の息子、同級生なんでしょ、と呟きながらあなたは縁側に浅く腰を下ろした。極端に撫で肩で狭いあなたの肩を、ぼくは座敷から見下ろす形になった。黒だと思っていたもんぺの上下は、深い焦茶色の恐らくは銘仙だった。焦茶の上にやや薄い茶色の細縞がはいっていて、それが体の線に沿って曲り、ところどころ鈍い銀色に光っていた。それは僅かな食糧のために百姓の手伝いに来るいでたちとは、およそ縁遠い姿だった。いってみれば、隣村から誰かの訃報と葬儀の日取りを告げに来た、ご不幸のおふれのようないかめしいそらぞらしさがある。郵便局の息子、勉強ビリなんですってね、と肩を動かさずにあなたはいった。武田はひとを面白がらせべえと思って、とぼくは答える、やつはおっかさんが二人目だから、てんごうばっか、ふざけたことばっかいうんだ。どうして、とあなたは横坐りになってふりむいた、どうしてなの、まま母だとふざけてばかりいる子になるってこと……。眉を寄せ、麦藁帽子のひさしを下から指でつんつんと突いた。よく張った額がむき出しになった。そのために顔の道具立てのせせこましさが急にやわらげられたようだった。わからないでもないんだけど、とあなたはいった、武田くん、ずっと前私に手紙をくれたわ。ぼくは最初意味がのみこめずにぼんやりしていた。それから武田の濃すぎる眉毛と頬骨の盛りあがりを思い出し、軽くうちのめされた。返事は出したんかい、と低い声できいてみた。郵便局の子から附け文されるなんて何だか変よ、変、とあなたはいい、小さくあくびをしかけてから、唇をとがらせてそのあくびを飲みこむしぐさをした。ふいに大人の体温のようなものが感じられた。夜遊びが過ぎるようだのう、とぼくは若い衆が娘をかまういい方を意識して真似した。

　あなたが急に体をくねらせて立ちあがった。その蔵の中に誰か住んでいるの、といった。屋敷神さまがおいでなさる、とぼくは答えた。どういう人なの、とまたあなたがきいた。ぼくは笑った。青大将だんに、こんな、これ以上もでっけえ、と両手をひろげた。ああ、蛇の、とあなたはいった、何匹……。神さまは一匹に決まってべえが、とぼくはいった。あなたは三段跳びのようにやわらかく弾ねて、籾のむしろを何枚もとび越し、縁側と真向いの蔵の白壁に体をぶつけた。軒のあたりの崩れかけた壁土が麦藁帽と黒い着物のまわりに降った。私、ここを借りて住もうかな、とあなたはいった。響きのある高い声だった。青大将が気にいってるんじゃあるめえな、とぼくも大きい声でいった。これよ、とあなたはこぶしで壁を二、三度叩き、まっすぐ上を見た。それにあの窓、小さくて厚ぼったくて、鉄の棒がはまってるわ。白い無防備ののどが、子どもっぽい好奇心そのものに見えた。中へへえってみろやれ、まあず大した牢屋だからな、とぼくはさっぱりした気分で叫んだ。あなたは壁に両方の掌をくっつけ、胸の前でたがいちがいに交錯させながら、角の曲りめまで辿って行き、牢屋だから住んでみたいんです、といった。唇をつき出して、ですよおだといっているように聞えた。てめえでてめえを閉じこめっちまうんか、とぼくはきいた。あなたはふり向いたが、壁に背中をもたせかけて黙っていた。押しつけられた麦藁帽のへりが頭から垂直につっ立った。むかし癩病にたかられたもんがそんな真似をこいたんだど、とぼくはいった。きっともう、たかられてるわ、そういう変なものに、とあなたはいい、袖のあたりについた壁の白土を乱暴にはたいた。自殺した姉さんのことをいってるんだと思った。婚約していた男の戦死の報らせがはいったあと、丁寧に自分の棺桶を用意してからあなたの姉さんは死んだ。首吊りというこのあたりの流儀に逆らって、刃物を使ったという噂だった。ありったけの血を押し流して死ぐなんちゃあ、まあずよっぽど怨みが深かったんだんべな、と年寄たちがいっていたのをぼくも聞いている。戦死者へのあと追い心中、そんな事件がよそにもあったかどうかは知らないが、村役場ではあわてふためいて、山で篠竹を踏みぬいた足から毒がはいった、つまり敗血症だと判定した。あなたはそんな姉さんのお葬いにひとりで東京から来て、それっきりこの山の中の村に居ついてしまった。追いかけるように、焼け出されたというお母さんもやって来た……。一体どのできごとを指して、変なものにたかられてるなんていうんだろう……。てんごうをいうもんじゃあねえ、とぼくは年寄のような口調でさとしてやった、たかったりたかられたりするんは虱だけで沢山だっちゅうんに。あなたが歯を見せた。声を出さないで笑った。それから、八束くん、とゆっくりぼくの名を呼んだ。はじめてのことだったから、ぼくはまごついて、ああ、と口の中で声がもつれ、なまあたたかいものがのどを下りた。八束くん、ともう一度いいながらあなたが近づいて来た。この蔵貸して下さる、私に。本を一冊借りるようないい方だった。ぼくは苦笑した。子どもに頼むような話じゃなかんべに、と意地悪く答えた。そうね、とあなたは当り前のようにうなずき、のんびりした歩き方で縁側の所まで戻って来た。そして急に、白い粉がついてるでしょ、叩いて、といって背中を向け大袈裟に両手を持ちあげた。手甲でたくしあげられた袖と袂が虫の羽根のように丸く開いた。ぼくがためらっていると、白くなってない、とまたあなたがきいた。ききながら背中をゆすぶったので、黒い羽根が震えているように見える。むぐったがっても、くすぐったがっても知らねえからな、とぼくは不安定な声でいって背中に手を近づけた。貝がら骨の上のあたりにうっすらと白い模様がふたつついていた。いやあ、とあなたは手を触れないのに背中をよじって逃げようとする、くすぐったがりなんだから、私。ぼくは腰をかがめ片膝をついて、左手であなたの肩をつかんだ。撫で肩から想像していたよりも固い手ごたえだった。あなたはすぐ動かなくなり、ぼくは自分のたかぶりと恥かしさをかくすために、白い汚れを落すのより二倍も力をいれて叩いた。その音が何かの合図だったみたいに急にあなたが首をねじって横顔を見せた。おかあさんに頼んでみて、蔵のこと。おばあさんにも頼んでみて、君が貸してあげたいと思ってるっていって。早口ではなかったけれど、息の音がせわしなく聞えた。ぼくは瞞しうちにあったような気がして手を放した。あなたの眼がぼくの眼をつかまえようとしていた。睫の太い黒さにくらべて、瞳がたよりないような薄い色だった。姉の荷物があるのよ、とあなたはいった、衣類が主だから蔵の中へしまって置かないとだめになっちゃう。しけたり、虫がついたりしちゃう。

ぼくはかなり気持が萎えた。あと追い心中したひとの妹、それが馴れない百姓仕事の手伝いをしながらここにとどまっている、そういうあなたをぼくは遠くから眺めて、はかない植物か何かのように思って来た。それなのに、今あなたはずる賢い形でひとを利用しようとしている……。ぼくは机の前に戻って勢いよく椅子を引っぱった。するとふいに詐欺にひっかかったような口惜しさがこみあげて来た。蔵へへえりたけりゃ、へえれや、とぼくはきつい声でいった、鍵いかっちまって出られねえようにしてくれるど。あなたはいぶかしそうな、うるおいのある眼でぼくを見つめ、どうしてそんなに……、といった。ふんだって、おめえのいってるこんは、とぼくはさえぎった。からっきし理窟が通ってねえじゃねえの、自分を閉じこめてえっていった口のそばから……。からっきし、とあなたはこっちのことばを引き取るように繰返し、唇を突出す形で強く閉じた。自分の目の前のすぐの所を見つめる感じになり、そのために顔全体がすうっと縮んだようだった。ふいに空気をかきまわすけたたましい音が響いた。竹藪に尾長の群れが来たのだ。かけ合いでわめきあうような声がたがい違いに重なりあって、不愉快に耳をうって来る。しかしあなたは何も聞えていないように顔を動かさなかった。きいっという鳴声が一層高くなり、一層引っぱる音になって蔵の屋根の上を渡って行った。あなたがちらっと顔を横に向けた。影、とすばやく呟いた、そのお米の稲のつぶつぶの上をつき抜けるみたいに。あなたは影が通り過ぎたあたりを見続けながら、私、木屋のうちへ行くわ、あなたも来て、といった。格別りきんでいる感じはなかったが、考えがそこまで辿りついたような確かな調子があった。そうだわ、ご一緒して下さるわね、と勢いをつけるようにあなたは顔をふり向けた。眉をあげたので広い額が表情をおびて見える。木屋、神宮製材所はあなたの姉さんが死んだうちだ。そのあとあなたとおかあさんがほんの短い間厄介になり、すぐに追い出されたといわれているうちだ。いやなの、顔をしかめたりして、とあなたが苛立たしげな高い調子でいった、私そんないやなことを頼んでるのかなあ。そいだらさあ、とぼくも高い声になった。何でおれが必要なんだげな説明してみろやれ。あなたは息を吸いこんだが、答えようとしなかった。ただ瞳を動かさずにぼくを見ていた。体の中から自分を張りつめさせているような感じがあった。ぼくの方があやふや



に目をそらした、行ぎたくねえっていってるんじゃねえってば。じゃあ行って、とあなたはすぐ抑揚のない声でいった。そして急いで附け加えた、行っていただいても何がどうっていうんじゃないいんだけど……。ぼくはもう馬鹿にされているとは思わなかったが、あなたがどういうつもりなのかまるで見当がつかない。遠くから空気がはじける音が規則的に起こり、それが川向うの杉山にぶつかってせわしなく響いて来た。籾摺りをはじめた石油発動機の音だろうと思った。あれ、諸戸のほう、とあなたが木屋のある部落の名前をいった。反対だ、しもの中里のほうだい、とぼくは答えた。行きましょう、とあなたが急にはっきりした声になっていった、椅子やなんか君のために取って来てあげる。取って来るだと、とぼくは口の中でぼんやり繰返した。姉の荷物よ、とあなたが押しかえすようにいった、早く気がつくべきだったわ、まさにからっきし頭が廻ってないってところね、机だって使えるかもしれないっていうのに。そうよ、とあなたが浮きたつような口調で続ける、そんながたがたの机や椅子じゃ勉強なんてできません、つっかい棒がうちつけてあるじゃない、君の。私がいってるのは回転椅子なの、背中にもびろうどが張ってあって、金色の房が沢山ついてる……。それを、そいじゃあ、おれに使えって

こんかい、とぼくはうわずって口をあけた。小首をひねるようにあなたがうなずいた。リアカーを引いて行くの、それに載せてくるの、東京からの姉の道具ですもの、誰にも変なことはいわせないわ、木屋の人たちになんかなんにも……。聞いているうちに、また小さな罠にかかったような気がした。あのうちの衆があれかい、とぼくはおずおずきいてみた、おめえに何か文句をつけるんかい。なんにもいわせないっていってるじゃない、とあなたはいった。いってから急に眼がけわしくなり、あみだになっていた麦藁帽子のひさしを乱暴に引きおろした。ふんだって、とまたぼくはいった、木屋の衆のこんは誰も知らねえし、おいさんだって遠くから背がでっけえなあと思って眺めたっきりだし……。神宮迅一郎、とあなたが歯と歯の間から濁った声を出した、六尺一寸一分の……。そして自分の中に焼きついた姿かたちを見すえるように眉毛を寄せた。眼も力をこめた細い眼になった。だから行くのよ、とその眼のままでいった、だから君にも頼んだんです。何がだからなのか、ぼくには全くわからない。しかしわからないために、かえって粘っこい圧力が体の方に伝わって来た。

ぼくは神宮迅一郎とあなたが呼び捨てにした男を、思い起こそうとしてみた。黄色くてつるりとした顔つやの



大男、いつか消防団が整列したとき人々の青い帽子の上に、何かの間違いといった感じでひょっこりと角ばった顎が見えた。それは化石の骨の標本のようにあらわで、まる裸の姿で前方に突き出されていた……。あれに会いに行ぐんだな、あのもんに、とぼくはきいた。あなたは聞えなかったみたいに黙っていた。ぼくはまたきいた、戦死した人のおとっつぁんだんべが、というこんはおめえの姉ごの……。そう、おとうさん、とあなたはことばをぶつけるようにいった。顔全体をしゃくったので眼が光った。光ったままふいになごやかになって、椅子一緒に取りに行くわね、今すぐでいいわね、といった。ぼくはちょっとの間ぼうっとしていた。あなたのうつりかわりの速さを追いかけ、つかまえられないまま疲れはてた感じだった。何だ、情熱がないんだな、とあなたが明るくいい、ぼくはあわてて、腰かけは欲しいってば、といい、平気よ、おばあさんやおかあさんには私がきちんとお話ししますとあなたが笑い、ぼくも引きこまれて笑ったが、笑いながら、おらあ津和子さんが考えてるほど子どもじゃねえど、といった。あなたの名前をはじめていってみたのだ。でもあなたは気づいた容子もなく、そんなこと口に出していわなくてもいいの、とこざっぱりした目つきでぼくを見あげた。

背戸を曲って往還へ出るとすぐ、私が引く、後から押して、とあなたはいった。からのリアカーを押すばかがいるもんじゃねえ、と答えたが、あなたは梶棒を持ちあげて中へはいり、ぼくの背中を軽くぶった。家来が必要なんです、桃太郎にだってお供がいるわ。ぼくは外へ出たが、もちろん後押しはしなかった。鬼ヶ島っちゅうこんか、といってみた。そういわれると思ってたわ、とあなたは笑い、すぐまた笑いやめて、これにどれくらい宝物が積めるかしら、と梶棒の手ずれして黒光りしたあたりを叩いた。その拍子にタイヤの片方が、荷車の轍で掘られた往還の窪みに落ち、荷台の囲い板ががたがた鳴った。おめえ、まさか、とぼくは急に思いついていった。喧嘩をしかけに行ぐんじゃあんめえな……、怨みいはらしてくれべえとか……。怨み、私が、とあなたはすぐ問いかえし、何をはらすのよ、といった。繭の乾燥場まで百五十メートルほどのだらだら登りの道には誰も人影は見えない。ぼくはうち割って訊ねてみようと決めた。ふんだってさあ、津和子さんの姉ごは木屋のうちであんな具合式に何しちまったし、それからあとのこんだって……。君、とあなたがはっきりした口調でさえぎった、まさかおめえって私のことといったけど、君こそまさかじゃないの。いいですか、とあなたはもっとくっきりした声でいった、まさか長谷川登和子があの人たちにいじめられていびり殺されただなんて、馬鹿な想像をしているんじゃないでしょうね。事実ぼくはその通りのことを考えていたから、答えようがなかった。その反対です、姉は女王さまみたいにふるまって、ふるまっただけじゃなくて奉られていたんです。ああ、とぼくは気に障らないように答えた。リアカーを引いて行く動作のために、あなたが喋りやすくなっていることがわかったからだ。正式にお式を挙げるどころか、本人たちだけで勝手に婚約を済ませて、それだけで、そうじゃないわ、実際に夫婦になった上で……。あなたはそこで急にことばをうち切った。それからひとりごとのように、細かいことはまあいいや、と呟いた。うん、とぼくが聞きかえすと、とにかく初めてのうちへ厚かましくひとりっきりでやって来たんだわ、といった。恐らく、わたくし雄一郎さまと結婚のお約束をいたしたものでございます、詳しいことはこのお手紙に……、もちろん雄一郎さまのお手だということは一目でおわかりでございましょう、姉はそんなふうに挨拶したんだわ。そういう高慢ちきなことが似合うのよ、あのひと。ひとを見くびった高飛車な出方、それがこんな山奥の田舎ものに対しては、予想を遙かに上まわった形で成功したわけね。何がさ、とぼくは思わず口をさしはさんだ。中味も喋り方も安っぽくていい加減だと思ったからだけではない。武田からずっと以前に聞かされた噂話が急に頭に浮んだのだ。あかが腹に、とぼくはいった、腹んなかにへえるもんがへえってるってこんで、そいだから……。あなたはリアカーを停めた。梶棒を胸のまん前まで持ちあげ、後のずり棒に重さをのしかけた。タイヤがほんの少し浮いてゆるゆる空廻りしている。知ってたのなら、早くいえばいいじゃないの、小狐。怒った口調ではなかった。毎日喋りあっている友だちにぶつけるような親しさが感じられた。その通りよ、少くとも木屋の人たちは信じこんだのね、暫くの間、とあなたはいった、君は誰から聞いたの。武田、とぼくは答えた、武田はそのこんで木屋のおいさんに張っとばされっちまった……。ふんふんと、あなたは呟き、梶棒を持ちあげたまま体をひねって、浮いたタイヤを地下足袋の先で軽く蹴った。やつがあのひとにてんごうをいったんは、とぼくは説明した、入営しちまってるんに孕ませられるなんちゃあ、やっぱし雄一郎さんが東京の大学で大御心を深く教わったせいだんべのうって……。ばかねえ、とあなたはすばやくいったが、続けざまに何度も目ばたきをし、あのひとは何て答えたの、神宮迅一郎、とぼくを見た。げんこに決まってるさあ、とぼくはいった、武田んちは木屋の部落うちだから、ご祝儀も振舞いもしねえ嫁ごなんてもんは……。つまらない、とあなたは断定的にいい、リアカーを引いて歩き出した。荷台の板をかたかたさせるような早足だった。最初はそうだったかもしれないわ、とその速度に見合うようなせっかちないい方をした、妊娠の可能性だわ、そういうふりしてるだけで大事にされたわ。でも、じきにそうじゃない、おなかに子どもなんかいないってことがわかった、わかられちゃった。しかし姉は態度を変えなかったわ、今までと同じように女王さまのまま……。だって仕方がないじゃありませんか、とあなたはふいに高い調子で抗議するようにいった。自分が当の本人でその場に居合わせてる感じだった。だって、もとからあそこはおかしいんだわ、雄一郎さんのおかあさんの他に養女と称する女がいて、あのひとはそれをお妾にして一緒に住まわせて……。八東くん、と出しぬけにあなたが呼んだ。ぼくは機械的に、はい、と答えるしかなかった。まあ宜しい、とあなたは教師のような口ぶりになった。この程度の事実は世間的にはざらにあることだわ、そんなことで私は驚いてなんかいないし、姉だってきっとそうでした。問題はあのひとが二人の女をどう扱ったかってことだったんだわ。あいつめ、と彼のことをあなたはきめつけるようにいった、ある日は雄一郎さんの母親をちやほやして、翌日は逆に養女の女のほうをそうする……、お勝手仕事を全部任せたかと思うと、次には製材で鋸屑や木端のあと片づけばかりさせるんです。いいえ違うわ、代りばんこだったら二人だって少しは気が休まったかもしれない、ところがあいつはその日その日の風の吹きまわしで、それだって違うわ、風だって馴れれば吹き方が予測できるのに、わざと予測させないで、そうよ、猫を機嫌よく呼び寄せといていきなり蹴とばす、蹴とばされると観念しているとのどを撫でる、そんな真似を飽きるほど繰返して二人をくたくたにさせたんだわ。遂に二人ともあいつの顔色をそれこそ一瞬一瞬うかがわなければ、何ひとつできない人間になってしまったのよ。はしためとか女奴隷とかいうものだって、そのひとたちの仲間うちでは、……。あなたが急いで話をしまいこむように口をつぐんだ。藺の乾燥場の裏から切味のいい口笛を一息分だけ鳴らして、カーキ色の大きい上着が見えた。ぼくのうちの分家筋の末っ子の了だった。お津和さんよ、と了はいっぱしの若い衆ぶって両肩をせわしなくあげさげした、本家の手伝いなんざあ、いいから加減に、管絃楽団にしとけや。ぼくが答えようとする前に、あなたが勢いよく



いった、明き盲、私の仕事を八束くんに助けて貰ってるのがわかんないの。あなたは了がやった通りに肩をゆすぶり、さっさと歩き出した。了は舌うちをし、すぐ続けて、ぴちょん、ぴちょん、といった。同じ音程のその繰返しは何かの擬音というよりも、夜遊びの若い衆と娘の間でかわされる陰語のように聞えた。おれにもよう、と了があなたの後姿に向って真剣味のない声で叫んだ、上と下がつながった飛行機乗りの服、買って来てくんねえかのう。あなたは振りかえりもせずに、両側に家並みの詰った滑沢の中通りへ曲った。ぼくが駈けて追いついたとき、君の親戚は一人も死ななかったんだって、とおだやかな声でいった。一人も、とぼくが聞きかえすと、戦死や空襲のことよ、とあなたは答えた、一人もだなんて信じられない話だけど。非難している口ぶりではなかったが、ぼくは少し度を失った。今までそんなことを疚しいと思ったことがなかったからだ。あなたはそれっきり何もいわずにリアカーを引き続けて行く。

家並みを抜け出したところで、往還が左側に大曲りし諸戸坂の上り口になる。遙か崖下に川が蛇行しているのが見え始めて来た。あなたは速度をゆるめて急に立ち停った。そして、姉はあの女ふたりに対して同情なんかしていなかったと思うの、と今までずうっと話し続けて

いたような調子でいった。むしろ事情が明瞭になったときから軽蔑して、それ以上ね、あらわにこけ扱いすることにして、つまり迅一郎のやり方をそっくり真似したんだわ。ふんじゃあおっかさんに対してもか、とぼくはやっとこの問答に馴れて来て調子を合わせた、結婚する相手の産みの母親を顎でこき使ったっちゅうこんか。まだもう一人いるわ、とあなたがいった、弟の咲男です。あのもんはおらんかも知ってるぐれえ名の通った抜け作だからして、とぼくはいった。ええ、姉は一撃でしとめたんだわ、とあなたが答えた、徴用で行ってた中島飛行機の工場から逃げて来たのを、それを迅一郎が殴りつけて追い帰そうとしたのをかばってやったんです。咲男は姉の洗濯ものまで自分にやらせて欲しいといい出すほど……。待ちろや、とぼくは急に思いついていった、待ってくんろ、そんな見て来たようなこんが、よくおめえにわかるなあ、ちっとんばかしわかり過ぎだんべが。簡単なことです、とあなたはすぐ応じてゆっくりと坂を登りはじめた。姉は何から何まで東京に手紙で報らせて来たんです。父と、それから母と私あての手紙が一日おきぐらいに届いたわ。朝何を食べたということから始って、そう、もう私たちの手にはいらなくなっている食べもののおいしさを、わざとていねいに書くというようなやり



方だったわ。食いしんぼうの母があまりに毎度のことなので、手紙をくしゃくしゃにして口惜しがってたのを今でも思い出すわ……。とにかくその手紙によって私たちは、姉の生活を隅から隅まで、つまり目をそむけたくなるようなあのうちの連中のことを、そうです、一度も会ったことがないのに、一生涯一度だって会いたくないと思いこんでしまうほど、木屋の人たちのことを知ってしまったわけなのよ。ぼくはリアカーの後に手をかけてゆるく押しながら、あいまいな溜息をついた。あなたの説明が大袈裟すぎると思ったが、にもかかわらず、たまらないという気分に襲われたからだ。全く馬鹿なことだったわ、とあなたも溜息をついた、ほんとにこんな所へ誰が来てやるもんかと思っていたわ、焼け出されて乞食と同じになっても、少くとも私だけは来ないって心に決めていたのに……。あなたは何かを思い出したらしく、鼻声で笑った。ふんだけど結局お葬いに来ちまったんだんべ、津和子さんは、とぼくはいった。だからお笑い草なのよ、私って人間、とあなたはまた笑った。わたくしが瀕死の重病人になって危篤の電報が行ったとしても、津和子が看病にやって来るような所ではありませんここは、そんなこと書いた手紙を私は貰ってたんですからね。そのぐれえ気の強え、権高な人が自殺するんだか

ら、よっぽどのこんだったんだなあ、とぼくはいった。あなたの周辺の事情に漠然と同情したつもりだった。また君は誤解してる、とあなたは語尾を引っぱっていった、雄一郎さんの戦死の公報で姉が打ちのめされて、その結果あんなことになったと思ってるんでしょう、間違いだわ、全然。姉はとっくに覚悟ができていたんです。全く変らない態度で生活してるって手紙に書いてあったわ。母が慰めに行くっていったのを、絶対に断ったぐらいなんですから……。ぼくは何だかわけもわからず腹立たしくなって来た。おめえんとこの家はいい馬鹿だ、とぼくはいった、手紙にほんとのことばっかし書いてあるってこんで郵便局がスタンプを押すとでも思ってるんか、そいからさあ、心を鬼にしてとかだなあ、涙を押しかくしてだとかだなあ、悲しみは……。そんなにぐいぐい押さなくたっていいのよ、とあなたが梶棒を押しかえすしぐさをしていった、こんな坂ひとりで全然平気よ。ぼくは手を放した。そしてあなたのすぐ横に並んだ。ふんじゃあ、あれか、とぼくは勢いこんでいいかけ、あなたの耳たぶにうぶ毛が光っているのを見つけた。登和子さんちゅうおめえの姉ごは、戦死の公報がへえったあとも、それまでとひとつもありさまを変えねえで威張りくさって、おっかあに当る人をこきつかったり、抜作の咲



男に汚れもんを放りつけたりしてたっちゅうんだな。ザッツ、ライト……、ライト、エグザクトリィ、イナッフ、とあなたは早口でいい、まっすぐ前の空間に向って吹きかけるような、吐く息の強い笑いをした。笑いごとじゃねえんに、とぼくは少し気持をくじかれた声でいった。八束くん、とあなたがぼくを見た。眼がやわらかく細められていたが、うるんで輝いているのがわかった。君、やっと想像力が働いて来たみたい。私、そういうあなた好きよ。少くとも私があなたを択んだこと、失敗じゃなかった。ぼくがどぎまぎして目ばたきするのを確かめてから、どっこいしょ、とあなたは大きい声でいい、足を強くふんばった。もう坂の向うの諸戸の部落の家の屋根が見え始めていた。よいしょ、とまたあなたはいった、えんやこーらか、そのあと何ていうのかしら。あねさんあねさん、なぜ死んだ、そういうんだべが、とぼくはいった。おっしゃる通りね、とあなたは平静な声で答えた。なぜなんだや、とぼくはきいた。返事が返って来ることは期待しなかった。あなたは坂を登りきって、忠霊塔の白い一枚石の先端が見える所で立ち停った。麦藁帽子を押しあげ、手首と手の甲で額を叩くようにした。やっぱり、汗かいちゃった、とあなたはいった。ぼくはただ、ああ、とぼんやり答えた。母がね、と

あなたは額に手首を当てたままいった、今日か明日帰って来るの。東京か、とぼくはきいた。生活できるかどうか確かめに行ったのよ、焼野原でも東京がいいって母はいい続けてたから。津和子さんも行っちまうんか、とぼくはきいた。あなたは赤んぼうにばあというときのように、額から勢いよく手をおろし眼を見張って、どっちがいい、といった。

忠霊塔の前の広場では、子どもたちがまだ鼻環もつけていない仔牛の運動をさせていた。三頭の仔牛は後足をもつれさせながら、駈けるというより弾ねかえるといった動き方で、子どもたちに追いたてられていた。あなたは立ち停りそうにして仔牛たちの動作を見つめ、ゆっくり通り過ぎた。関東配電の前へ来ると、赤ら顔の駐在員のおかみさんが、おぶうには大きすぎる子を背中にして丁寧に体を折り、ご苦労さんでやんす、といった。誰を見ても挨拶する人だとぼくの方は知っていたが、いいお日和で結構なこんだのう、とあなたは大声でことばを返した。ふいにぼくはわかった。あなたは東京へ帰ることに決めている。だから、そのために決着がつけたいのだ。木屋へ行くのはその意味だ……。ぼくはあなたが呉れるといっている、びろうどだったり房飾りがついていたりする回転椅子のことを頭に浮べた。何のことはない、ぼくは会って話をしはじめたばかりなのに、もう別れの記念品を貰おうとしているのだ。おめえ、と思わずぼくは声を出した、津和子さん……。あなたは驚いたようにぼくの顔を見てから、情ない声を出さないで、といった。まさか君、私の話だけであのうちがこわくなっちゃったんじゃないでしょうね、昔姉の手紙で私がそう思ったみたいに。ぼくは首を振ったが、体に変に力がはいっていたので胴ぶるいのような具合だった。じゃ、なによ、とあなたが突っかかるようにいう。ぼくは答えることができなかった。突然すぐ近くでひとつ高いうなり声のあと、鈍い震動音が響いて来た。木屋の大鋸の音だった。行ぐよ、おらあ行ぐ、とぼくはいった。あなたは音に吸い寄せられるように足早になった。往還が山側に弓なりにうねると、角材を縦に幾重にも並べて高い壁のようになったあたりが見えて来た。その向う側に木屋の大きい石の門があるはずだった。成り上り者の癖しやがって、と人々のやっかみを買い、毎晩毎晩泥をべったり塗られた門だと武田が教えてくれたことがある。朝が来ると迅一郎は当然のことのように、女たちに用意させた水を肥びしゃくでざぶざぶかけた。しょんべんびしゃくでやるんはなあ、肥ふとって金がへえるっちゅう意味なんだっちゅうぜ、と武田はいっていた。女たちというのはあの二人の女だったのだろうか……。君が先に挨拶するのよ、とあなたがいった、長谷川の椅子や机を貰いに来ましたって。ああ、とぼくは答えた、それっきりでいいんかや。迅一郎の大きい図体が急に目の前に立ちふさがったような気分になる。それを払いのけるつもりで、おらあおめえがいいたくねえこんだって、何だってかんだってぶちまけてくれるど、ぼくは胸をふくらませて見せた。あなたが急に梶棒を置き、ぼくの腕をつかんだ。ばかねえ、とあなたはそのまま体をぶつけるようにした。殴りこみでも大喧嘩でもないのよ、といった。体温が感じられ、藁になりきっていない青いしめった稲束の匂いがした。君はね、じいっと目をそらさないで見ててくれればいいの、とあなたはその姿勢のままでいった。あいつの顔っつらをだな、とぼくはきいた。あなたはつかんでいたぼくの腕をぶらんとゆすぶるように放していった、私とあのひとのことをよ。きいーんと金属音が耳を打った。それは鈍い音に変わらず、ぱたっと止み、耳に音のふるえが残っているうちにまた、きいーんと鳴った。あなたはもうぼくの方を見ずに梶棒を取り、往還からほんの少し下り勾配になった石の門に向って歩いて行った。

玄関の硝子戸の金文字は前庭に積上げられた杉の丸太にかくされて、半分しか読めなかった。山丹林業神、までだった。そのあと、宮製材所と続くことはわかっていたが、ほんの短い間字が神業とさかさまに目にはいって来て、あなたから聞いた迅一郎の奇怪なふるまいと重なり合った。うろたえてる、と思った。丸太の山を廻りかけた所で、あなたが首を動かして短く叫んだ。しかし体全体に伝わる工場の震動音で聞き取ることができない。ぼくは急いで駈け寄った。すぐ目の前に茶色の塊がだしぬけに落ちて来た。丸太の山の裏側から人がとび降りたのだが、音がかき消されているために、それが地面にぐにゃっとくっついたような感じだった。咲男だと瞬間的にわかった。彼は珈琲色の飛行服を着ていた。少しよろけて立ちあがった。裾刈りをしたばかりの赤茶けた髪が突っ立った下に、ガーゼの白いマスクをしていた。待ってたんだあ、と咲男は大声でいった、おらあ待ってたんだあ。あなたは梶棒を握ってふり向いたままの姿勢で、猿、ゴリラ、といった。からかうというより、意表を突かれてひるんだ声だった。ぼくは背の高い胴長の咲男の体の側をすり抜けて、あなたの横に並んだ。しかしマスクの上の彼の大きくてとび出すような眼玉は、ぼくを認める動きを示さずに、おらあ待ってるって話したんべ、ふんだから待ってたんだあ、とまた繰返した。蔵の鍵を持って来て、とあなたは命令するようにいった、荷物を取りに来たんですから。そして体の力をゆっくり抜きながらぼくの方を向き、ねえ、と眼をしゃくる表情を見せた。ぼくは力を入れた声で、うん、と答えた。咲男の大きい眼が不安定にゆれてから、いぶかしそうにぼくを見た。マスクと下顎が動いたが何をいったのか聞えなかった。鍵を持って来てっていってるのがわからないんですか、蔵の鍵、とあなたがいった。彼はまだぼくを見ていた。首を前に突き出して来る格好になって、急に腕を持ちあげ、ぼくの顔を指さした。その指で三、四度突っつくようなしぐさをした。二メートルは離れていたが、実際に小突かれるよりももっと気持が悪かった。何だや、とぼくは思わず叫んだ。あなたがすぐ続いて、このひとは滑沢の本家の八束くんよ、変なことしないで、といった。咲男はすぐ腕を下ろした。息をすいこんだ感じになり、薄い眉毛と眉毛の間が極端に広がった。わかるでしょ、とあなたが念を押すようにいうとすぐ、これか、津和子さんの聟か、と彼はいった。声音ははっきりしていたが、感心しているのか非難しているのか見当がつかないような茫然とした感じだった。あなたは笑い出した。顔が空の真上を向くまで背をのけぞらせて笑い続けた。騒音で声が半分以上も消されていたが、もんぺの紐と胸の間の引っぱられた布地が細かく震えていて、その震えの波がこっちに伝染して来た。ぼくは体が胸の後の方から熱くなるような気がした。ああ、恥かしい、とあなたはとぎれる息のままいって、ぼくの方をからかう眼で見た。ぼくは自分の火照りを見抜かれたように思い、こんなもんをかまってたら日が暮れっちまうど、となった。全くだわ、とあなたは答えて梶棒を握り直し、玄関と丸太の山の間へリアカーを廻して進んで行く。蔵の入口がそっちなんだとわかって追おうとしたとき、ぼくは後から強い勢いではじきとばされた。よろけて丸太の肌に肩がもろにぶつかった。痛さよりも続けてやられるととっさに判断し、腕で頭をかばいながら目をあげた。咲男が腕をいっぱいに押し、リアカーの後枠に手をかけるのが見えた。恐怖心が胴震いのようにぼくを貫いた。大声で叫んだつもりだったが、のどが引きつる感じしか残らない。彼は腰を落とし背を思いきり丸めて、リアカーを後に引き戻すつもりなのだ。あなたは一度ちらっとふりむいたが、歯を喰いしばって咲男の力に耐えようとしていた。だが、梶棒の前はもうあなたの胸のすぐ下にあって、体はのけぞりかかっている。何しるんだ、とぼくははじめて声を出すことができ、自分の声に励まされて玄関の前を駈け抜けた。放せ、ぼくはまたどなった、放せってば、畜生。しかし、咲男は力をゆるめる容子はなかった。凶暴さとは全く違う、真剣な、いいつけられたことをひたむきにやりとげる子どものような感じだった。その作業を妨害すればいいのか、前にまわってあなたに力を貸すべきなのか、すぐには決断できないままぼくは咲男の飛行服の背中を見ていた。あなたが何か短く声を出したと思ったとき、一歩、二歩、彼の竹の皮の草履が確かな足どりで後ずさりした。リアカーが引き戻され、あなたの両方の地下足袋が斜めに開いたまま地面をずった。八束くん、と悲鳴のような声がとんで来た。そのとたん、ぼくは夢中で珈琲色の背中と腰にむしゃぶりついた。頭が鈍く固いものにぶつかり、目の前が暗くなった。気違い、気違い、とぼくはわめいていたかもしれない。横へ押しのけようとしたのか、殴り続けようとしたのか、それもはっきりしない。ふいにぼくの体は飛行服に引っぱられるような形で勢いよく動いて行った。耳もとで甲高い音が鳴り、すぐ鼓膜がむずがゆい感じがあった。工場の機械音が止んだのだとわかったのは、相手の体が変にやわらかくなり、それにとまどって顔をあげてからだった。咲男はリアカーの後からまだ片手を放してはいなかったが、マスクのひもが左側の耳からはずれてぶら下り、大きくあけたままの口は、何かにあきれ果てたという感じだった。そして、あなたの体は梶棒から体ふたつ分くらい向うの黄色っぽい庭土の上に、横向きに倒れていた。どういうはずみでそうなったのか、顔も体もぼくと彼の方を向いていて、背中と腰と脚の線がへという字のようにやわらかく彎曲している。ぼくと眼があうと、そのままの形でゆっくり歯を見せた笑顔になり、腕を立てて体を起こした。ぼくは動悸をしずめるために、ひと息大きく吸って近づきかけた。あなたはもう一方の手もついて立ち上る姿勢になったが、急にくずれるようにまた倒れ、それからゆっくりとあお向けになった。がたんと後で物音がした。咲男がリアカーをつかんでいた手を放し、タイヤの前の鉄のスタンドが地面にぶつかったのだ。ぼくはあなたの胸の辺に駈け寄った。抱き起こすつもりだった。放っといていいの、とあなたは大きく眼を見開いたまま低い声でいった。さっき下になっていた頬に黄色い土が大きい刷毛で撫でたようにつき、かすり傷らしい痕が小さい点線になっていた。平気なのよ、とまたあなたはいった、廊下であいつらが見てる。ぼくは玄関から続く、これもガラス戸になっている縁側を見た。中年の女が二人、ガラスの向うにいて、こっちを見つめていた。顔を並べているのではなく、別々に覗いているといった具合にお互いの間は離れ、玄関から遠い方の女の肩から下がガラスのよじれのせいか斜めの線で虹色の光をはね返していた。白ばっくれやがって、とぼくは女たちを見つめたまま思わずどなった、木屋の衆は、木屋だからって杉の木みてえにおっ立ってるっきりか。ガラス戸をあけて玄関の方の女がいった、薬箱が要るんなら、そういっておくんなさい。平っぺたい、あくびをするような喋り方だった。すぐ光っている方のガラスが動いた。富山のなには三つも来てるから、どれが効くげな、紙の袋のんもあるし……。こっちの方が年寄だとわかったが、喋り方はあきれるほど似ていた。あいつを呼んでよ、気違いを、とあなたが低いがすばやい声でいった。ぼくは咲男の方を振り向いた。彼はさっきリアカーを放したときと全く同じ姿勢でぼんやりとこっちを見ていた。どう呼ぼうか一瞬ぼくは迷い、それから学校でよくやるように、神宮咲男、といってみた、神宮咲男、津和子さんが来うっていってるぞ。彼は身をすくめるようにうなだれ、はい、といってから、おずおずと近寄って来た。片耳から垂れた白いマスクをぶらぶらさせながら、あなたの足の所まで来たが、あなたの顔は見ようとはしなかった。咲男さん、とあなたは気持のいい声で呼んだ、私怒ってなんかいないわよ。咲男はほとんど反応を示さなかった。聞いているの、あんた、とあなたは駄々をこねるふうに両足をばたつかせた。すると彼は号令をかけられたように突然駈足足踏を始めた。飛行服と全くつりあわない竹の皮の草履がぴたぴた地面と踵の間で音をたてた。ぼくはそれがあなたが足をばたつかせたことの真似だとやっとわかり苦笑した。死むふりをしてたんか、と咲男は足踏を続けながら楽しそうにいった、早くにそういってくれりゃあよかったんに。あなたは怒りもあきれもしなかった。ひしゃげた麦藁帽子からはみ出した髪の毛をいじりながら、さっきからいってるじゃないの、と答えた、蔵の鍵を持って来てって。咲男の足踏がゆっくり止んだ。蔵だとかい、あけろだとかい、とんだことだ、と彼は体をちぢこめた、おとっちゃんがぶっぱたくど。じゃあおとうさんを呼んでらっしゃいよ、とあなたがすぐにいったとき、縁側の方から、山、という女の声が聞えた。陽が暮れるまでに戻って来なさるげな、どうだげな。年寄の方だった。戦死した雄一郎と咲男の母親だろうとぼくは思った。それも確かじゃなかんべ、ともう一人がいった、盗み伐りの奴らから木を取り戻すんは並大抵のこんじゃねえわ。盗伐がはやっていることはぼくも知っていた。昼間伐って置いたのを、夜になってから牛や馬で山から挽きおろすという話だった。生っ木でも立枯れのやつでも、すぐ引き取るブローカーがいて唆しているという。あなたが体を起こし、二人を交互に見据えながら叫んだ、まさか山の中へ蔵の鍵を持って行ったってわけじゃないんでしょ、早く貸して下さい。女二人ははじめて顔を見合わせた。しかし、答えようとする容子はなかった。姉の荷物を私が、とあなたは苛立たしそうにいってぼくを見た、つまり母と私の荷物を預けてあるだけなのに、こうなんですからね。つまり盗っ人みてえもんだ、ここんちの衆は、とぼくもいってやった。話があべこべだんに、と母親の方が気持のこもらない声でいった、あれらの簞笥だのなんだのはまるまる登和子さまの嫁入り道具だんべ、去年な中島飛行機のトラックが運んで来たっけや。ふんとさあ、と若い方がすぐ続けた、それにひきかえ津和子さんとおっかさんは焼け出されの着のみ着のまままっちゅうわけだい。あなたは勢いよく立とうとして、少しよろけた。平気かや、とぼくが思わずきくと、背筋をまっすぐに立て直しながら微笑し、その笑いが大人っぽい皮肉なものにかわった。何とでもおっしゃいよ、とあなたは落着いた調子で二人にいった、ご主人ですか、迅一郎さんの前ではそんな屁理窟何もいえないんじゃなかったかしら、違いますか……。縁側の女たちは特別これといった表情を示さなかったが、あなた



は得意そうに両手を打ち合わせて土ぼこりを払った。だってあれなのよ、とぼくの方を向いた、二人で姉の簞笥から反物を一反ずつ持ち出したことがあるのよ、すぐあのひとに見つかって一発ずつ、そう、ああいうぶち方を一発っていうのね、ばあん、ばあんて……。若い方が音を立ててガラス戸を動かした、このあま、てめえの面の泥でも落とせ。そのいい方がいかにも口惜しそうだったので、ぼくは笑い出した。咲男さん、とあなたは呼んだ、あんたがやったんですよ、拭いて下さい。頬を彼の方に突き出した。咲男は意味がよく飲みこめないのか、ぼんやりした笑いを返しただけだった。あなたの手が伸び垂れ下ったガーゼのマスクを引っぱって取った。そして手ばやく丸め、頬をこすった。笑いなのか呻きなのかはっきりしない声が咲男の口から洩れた。あなたはびくっとして彼を見たが、急いでその白いガーゼの匂いをかぎ、息を止めるしぐさで鼻筋にしわを寄せた。咲男がまた動物じみた声を出し、返して欲しいという身ぶりで大きい掌をさし出した。どうしよう、とあなたはいった、蔵の鍵ととっかえっこだわ。彼のぐりっとした眼が急に不透明になるのがわかった。あなたは試すようにひもの所をぶら下げ、自分の頭の上で大きく振って見せた。体をゆするようにして彼の目がそれを追う。とびか

かるかもしれないとぼくは思った。だから号令をかけた。神宮咲男。彼がぼくを見た。神宮咲男、とぼくはもう一度いった、鍵を持って来い、蔵の鍵だぞ。駈足だぞ。咲男はたるんだやり方で気をつけの姿勢になってから、はい、と答えた。だが、すぐに目が細かくちらついて、津和子さんの聟、と音をさせながらのどの奥へ息を吸いこんだ。駈足、駈足、とあなたが叫んだ、急いでいる時に余計なことをいうと許さんぞ。咲男はまたあなたの方を見た。早く行け、とまたあなたが叫んだ。

　蔵の戸口は寒かった。西側の樫ぐねを吹き抜ける風が、庭の陽溜りへ通って行く道筋になっていたからだ。ぼくはあなたが蔵の中にいる間ずうっとその戸口で待っていた。ぼくだけじゃない。やつら三人も一緒だった。咲男と母親と、それから黙って鍵を持って来て扉をあけ、あなたひとりを中にいれるとすぐにしめてしまった養女の女。あなたが蔵から何を持ち出すのか、彼女たちが見張っていることは確かだったし、咲男は火搔き棒の寸を縮めて太くしたような黒い鉄の鍵を欲しがって、それを絣の着物の懐にさした養女の前でマスクをはずしかけたりしていた。だからぼくはその場を動く気にはなれなかった。本家の中学生は、と母親が鼻をすすった、お茶でも飲むかのう。ぼくは首を振って、扉の前の二段になった石段に腰かけた。養女はええっというふうな不確かな声を出し、抜目のない眼でぼくを見た。形のいい薄い唇と切長の目がかえって貧相で人でなしの印象だった。子ども衆に呉れる茶菓子もねえし、と彼女はいった、それにごめんなんしのひとつもねえし。挨拶はそちらさんが先じゃあねえんかい、とぼくは馬鹿にされまいとしていい返した、木屋の迅一郎は溜めこむんに忙しくって挨拶にも来やがらねえって、おらがのおじいがそういってたど。咲男が何を思ったのか楽しそうに笑った。馬鹿が、と咲男とぼくの両方へかけるように養女はいった。母親が蔵の庇を見あげて、あのあま、何に手間取ってやがるんか、とまた鼻をすすった。のどのわきに小さいたん瘤が出来かけていて、それがあなたを憎んでいるしるしのように見えた。決まってべえに、と養女が答えた、ふたっつの箪笥から着物っちゅう着物をずり出して、ひっぱしょってるんさ、昔の東京はほんに素敵だったわ、懐かしいわだとかなんとか……。だとかなんとかのう、と母親がすぐにいった、そんなようなしばやの外題があったっけが、若えとき松井田の松楽座で何したんをおらあ見た覚えがあるなあ。しばやの方でも何かい、と養女は唇を突き出した、上の娘が死んでぐように出来てるんかね。ぼくは息が詰った。もちろんあなたが着物を羽織っている姿を思い浮べたからではない。二人のことばの中の憎悪が、いや違う。憎しみにだって血の気が少しは必要なはずなのに、この女たちにはそれだけの体温がない。そういう寒々とした憎悪、いやそれも違うだろう、もっと無味無臭で、投げやりで、普段の気持のままでいながら……。とにかくぼくは息が詰った。これがあなたの姉さんのいいなりになって顎で使われていた女たちなのか。ぼくは自分が何をするつもりなのかわからないまま、立ちあがっていた。そうよのう、と母親がこもるような声でいった、どうだったげな、息子が死ぐ話だったかもしんねえが、昔のこんだから忘れっちまったなあ、しばやの間じゅう泣きづめに泣いてたっちゅうんに。養女は急に興味を失ったように欠伸をした、どっちしたってしばやのこんだ、泣かせるようにこしらってあるんさあ。ぼくはふいにどなった、何がしばやだ。女たちが驚いてぼくを見た。ぼくはどなってしまってからはじめて自分のいいたいことがわかった。昔でもしばやでもあるめえが、とぼくは二人を睨みつけていった、おめえなんかが姉さんを、登和子さんを死なせちまったんだ。二人はぼくのことばの勢いに押されて首をちぢこめたが、意味が伝わった容子はまるでなかった。白ばっくれるんもいい加減にしろ、とぼくは続けた、二人して組んで登和子さんを亡きものにしたんだべや。養女の方が薄い唇をあけ、ひるんだように片方の目をしばたかせた。母親は表情をかえずに鼻を二度すすってから、おらがは陸軍中尉の遺族の宅だんに、玄関にその札がかかってべえが、といった。すぐには意味がわからないことばだった。蔵の壁のはずれでうろうろしていた咲男が、草履をぺたつかせて駈け寄って来た。おとっちゃんだど、と低い声でいった。女たちが急いで顔を見合わせた。かくしといた方がいいんかや、と彼はいい、二人を交互にせわしなく見た。かくせるわけはあんめえ、と母親が答え、あわてて庭の方へ走って行く。咲男もその後を追った。ぼくは迷ったが、でたらめな告げ口をさせてはいけないと思い、庭の方へ歩きかけた。

丸太の山の上に黒いスキー帽と迅一郎の横顔の鼻のあたりが見えはじめ、続いて後手に組んだ大きい体が現れた。蔵とは反対側の製材工場の方へその濃紺の半纏の背中が曲って行く。母親が追いついて何か声をかけた。彼はちょっとふりむき、追い払うようなしぐさで片手を振った。迅一郎の後から黒い和牛の手綱を引いた若い男が出て来た。牛は地面にじかに丸太を挽いていた。ひとかかえ以上もある杉の、皮のついたままの長いやつだった。厚ぼったい兵隊服を着こんで片足をひきずっているその若い男は、ここらでは見かけたことのない顔だ。盗伐でつかまったに違いないとぼくは思った。男は迅一郎の背に向って何かいい、牛をとめて鞍から短い鳶口を取り、丸太に打ちこんであった鎹をはずしにかかった。迅一郎は向き直って男のしぐさを静かに見下ろしていた。男は鎹をはずし終ると、くの字の横木と挽き綱を手早くまとめて鞍の上に乗せた。牛を置いてぐんだな、という迅一郎の声がはじめて聞えて来た。ゆっくりした圧力のある調子だった。男はぎくんとして迅一郎を見てから、何度も頭を下げた。ならねえ、と迅一郎がまたいった、きさまはその鳶でおれに打ってかかった。男が哀願するように何かいった。迅一郎が牛に近寄り、角と角の間の窪みをなでた。牛は気持よさそうに顎を突き出した。これを置いてく他、法はねえな、と迅一郎は何でもないことのようにいった、おれだからよかったようなもんの、きさまと互角の相手だら、どっちかが命を無くしてたようなざまだぞ、わかってるんか。男は急に歯をむき出して牛の腹を叩き、指を二本出したり三本出したりして抗弁するふうだった。迅一郎は腕組みをしたまま黙っていた。男のことばが聞えないといった容子で、大きくて長い顎を空の方に向けている。ふいにぼくの後で物音が



し、あなたがあせた紫色の回転椅子を体いっぱいで抱きかかえて近寄って来た。なあに、あれ、とすぐきいた。ぼくは緊張のため手ばやい答えができず、あいまいに首を振った。畜生、とふいに男が悲鳴のような声を出した、腐るほど山あ持ってけつかるんに、杉の一本や二本がなんだや。それははっきりした泣き喋りだった。あなたは椅子をがたんとぼくの横に置き、そっちへ向おうとした。ぼくはあわてて手をあげて制した。畜生、と男が同じ調子でいった、縛るんだら縛れ、おらあな、おらんかはな農民組合っちゅうもんをこしらえかけてんだかんな。間髪をいれず、盗っ人の寄合いか、それがどうした、と迅一郎がいい返した。男はとまどったように小声で何かいい続け、三十人だど、三十軒の小作人だど、と割れた不安定な声で叫んだ。地主を、悪魔のような地主をやっつけてるわけね、とあなたがぼくの耳もとでいった。ぼくはそのなまあたたかい息をあわててよけ、やつは盗っ人だってば、と答えた。迅一郎はまた牛の額を撫で、おれの若い時分、説教強盗っちゅうんがあったっけが、おらあ憧れたもんだわ、強盗しといて説教を呉れる、こんなに気持のいいもんはなかんべえ。時代が違うと、と男が叫んだ、世の中がひっくりかえったんじゃねえかや、こんなでえじんぶったうちに住んでる奴らは、

近え将来にマ司令部からふん縛りに来るんだあ。彼がい終ったとたん、突然あなたが小刻みに拍手をし、がんばれ、と声をかけた。ぼくはあっけに取られて見た。あなたは力いっぱい手を叩き続けている。迅一郎たちの方を見ると、今まで叫んでいた男が、びっくりして口をあけ、あなたを眺めていた。拍手の間が伸び、その分だけ打つ音が高くなった。迅一郎はこちらを見ずに男の襟元をつかんだ。男がぎくんと固くなって向き直ると、彼は軽く押して手を放した。男はよろけはしなかったが、すっかり気勢をそがれてしまい、うつむいて何もいわなくなった。あなたの広げた手の甲がぼくの肩にぶつかった。それをしおに拍手をやめ、あなたはその手でぼくの肩をつかんだ。腕の震えが体に伝わって来た。ふいに日ざしが薄くなり、すぐに影が消えた。迅一郎が空をあおぎ、そのまま顎をまわしてこっちを見た。見つめるだけで口を開きはしなかった。あなたの方が何かことばをかけようとして、苛立っている容子だった。指先がぼくの服をつかみ直し、腕のつけ根の筋肉に強く当り、またもう一度つかみ直した。さあて、と迅一郎がこっちを見たままゆるやかにいった、お茶でも淹れろやれ、泥棒さまにな。母親がつきとばされたような勢いで母屋に走りこんだ。若い男は顔を揉むように下からこすりあげ、目のあたりに手をやって小声で喋りはじめた。日が再びさして来て、黒牛の尻の毛並が骨の形を示すように光った。あなたはぼくの肩をひと突きして手を放した。迅一郎の目がその動作を確かめるように光ったあと、男を見下ろしていった、わかった、てめえの気の済む具合式に形をつけろ。男は気をつけの姿勢で一礼し、あわてふためいたやり方で牛の鞍をはずしにかかった。何がなんだかわからないじゃないの、とあなたが呟いた。残念で堪らないという口調だった。男がさし出すように挽き鞍を地面に置くと、迅一郎は軽くうなずき、こっちに向って歩きはじめた。

あなたは麦藁帽子の紐をもどかしそうにといた。そして地面に置いたままの回転椅子を荒っぽくあおいだり叩いたりしている。近づいて来る彼にわざと背中を見せる形で、あなたはそのしぐさを続けた。養女がやっと自分の出番が来たというふうに彼に走り寄った、蔵からあまが勝手に持出して、ふんで取ってぐって。迅一郎は足をとめて、ぼくを見た。三メートル近く離れていたが、さっきの若い男のように襟元をつかまえられた感じだった。滑沢の本家の子だと、と告げ口を楽しむように養女がいった、リアカーまで引いて来たんだかんね。錆びた鉄がきしんでこすれる高い音がした。あなたが椅子をぐるぐる廻したのだ。腰かけてごらんなさいな、とあなたは弾みのある声でいった、これが一番低い高さなんですけど。ぼくは迅一郎の視線から逃れられない。つかまえられた体をもぎ放すように、ぼくは彼の顔をまともに見た。黒いスキー帽の庇の下の眼は、ごく穏やかで、こっちの眼とぶつかると、いぶかるような、もの問いたげな表情になった。椅子と机やなんかを貰いに来たんです、彼おらあ、とぼくはいった。いうと気持が楽になって、彼の体全体を眺めることができた。ぼろを吊ってる、とよくいわれるようなひどい格好だった。半纏は昔の消防の刺子のやつで方々がすり切れていた。その下の紺のシャツも股引もつぎはぎだらけで、ついだ所がまたほころびて細かく垂れ下っている。その腰かけか、と彼がいった。あなたは相変わらず背を向けたまま、しまっといても意味がないから、八束くんに使っていただこうと思うの、といった、机は私ひとりじゃ持ち出せないけど。迅一郎の目つきが急に変わった。咲男に似た丸い眼が目ぶたの奥に引っこむような感じだ。そいつはおれが富岡の家具屋にあつらえた代物だあ、と彼はいった、雄一郎が中学へへえる前に机と揃いにさせて。あなたがくるっとふり向いた。喧嘩をしかけられるのを待っていたようなとがった顔つきだった。ご冗談でしょう、とあなたは



いった、冗談にしても下手くそすぎるわ、雄一郎さんのですって……、雄一郎さんはこのうちが嫌いで逃げ出したくって、つまりそこにいる女の人やなんかのことだわ、あなたには勿論おかあさんにも絶望して、だから高崎の中学の寄宿舎へ最初からはいっちゃったんじゃありませんか、それをとぼけて……。たわ言はよせってば、と迅一郎がいった、その昔おらあ机と椅子を富岡であつらえた、それだけのこんだ。昂ぶっている容子はなかったが、ふいに片腕を振りあげるようにまわして勢いよく手鼻をかんだ。鼻は出なかった。空気がそのいかつい顎のあたりで震えただけだった。花枝、と彼はすぐ養女に命令した、もとあったとこへしまっとけや。ぎしっと木と鉄をきしませる音を立てて、あなたがへばりつくように椅子に坐った、どうぞ、やれるものならやってみて下さい。養女は別に驚いたふうもなく、のっそりした感じで近づいて行った。盗っ人が一日のうちにひとついえへ二回も三回も押し入るようじゃのう……、とあなたの体の方に黄色い両腕をさし出した。さわらないで、とあなたが叫んだ、姉の椅子です、長谷川登和子が東京から送った椅子です。両方の手を後手に椅子の背にまわして、しがみつく拍子に、髪の毛が頰に垂れた。あなたは顔をゆすぶってそれを振りあげ、迅一郎の方を見あげ

た。眼が光った。うるんだ光り方ではなくて、硬いものが光るように光っていた。咲男が彼の後から面白いものを見つけたといった容子で、長い手をぶらぶらさせながら近づいて来た。あなたを指さしお愛想笑いのような低い声を立てた。迅一郎はそれをうるさがるしぐさで首をふり、あなたの視線をはずした。てめえは、と彼は養女に強い声でいった、あっちへ行ってお茶をのめ、花枝。ああ、と彼女はすぐ従順に答えたが、あなたには何の表情も見せず、彼に近づいて鍵をさし出した、あけたまんまになってやんす。彼はひったくるように黒く平っぺたい鉄の棒を取った。咲男、お茶だど、と養女はいって母屋の方へぺたぺた歩いて行ったが、咲男は知らん顔をしている。八束くん、とあなたが椅子に坐ったままいった、リアカー持ってらっしゃい。ぼくは迷った。迷って迅一郎の顔をうかがった。しかし彼は自分のすぐ足もとの地面に目をやっていた。植木屋が履くようなこはぜの多い地下足袋が、体に似合わず小さく見えた。本家の、と急に彼が顎をあげた、その腰掛けは呉れてくれる。はい、とぼくはすぐ返事をすることができた。さっき最初に会ったときから、あなたの話とは別に漠然とした好意のようなものを彼に感じていたからかもしれない。おれが呉れてくれるんだど、と迅一郎は間を置かずにいった、おらがの戦死した伜のんをおめえにだ。ぼくはまた、はいと答えた。馬鹿、とあなたがいった、私の姉の椅子を君にあげるっていってたんじゃないの。咲男があいまいな呻き声を出した、おれのんもひとつ呉れっちまうべえかなあ。ぼくは突然あることを思いついた。調べれば東京の物か富岡で買ったのかすぐわかるはずだ。津和子さん、それを引っくりけえして見ろやれ、とぼくはいった、もし東京のマークかなんかがくっついてる場合は……。猿知恵ってえんだ、とかぶせるように迅一郎がいう、富岡であつらえたって東京製かもしんねえ。どうだっていいのよ、そんな、とあなたは叫んで椅子からまっすぐに立ち上る、机も持って行くから力を貸してちょうだい。だしぬけに蔵の戸口に向って駈けて行く。ぼくはつられて体が浮いた。そのとたん、迅一郎のかさのある半纏が目の前をよぎる。いぶされた落葉の匂いが強く鼻に来た。ぼくは夢中で駈け出し、彼を追い抜いて、蔵の中へつんのめるようにはいった。

　黒い幕をふいに垂らされたように暗くて、すぐにはあなたの姿は見えなかった。みしっと床板が鳴って、迅一郎がはいって来る気配がした。ぼくは軽く背中を押され前にのめった。おとっちゃん、と呼ぶ咲男の声が表からする。ふりむくと、迅一郎はしゃがんで鍵をさしこみ、中から扉を横に引いてしめるところだった。重さのこもった音がまわりいっぱいを包んで、暫く消えない。その間にやっと目が馴れた。右手の奥の大きい梯子段が、そのまま二階の窓からの明り取りになっているのがわかった。そして、あなたの髪と上着の後姿が梯子段の途中に浮ぶように見えて来た。津和子、と彼が呼んだ。怒りからとっさに出た口調ではなかった。長い時間繰返し口の中で暖められて来た匂いと、馴れた丸やかさとが自然に籠った声だった。あなたは梯子に手をかけたままふりかえった。真上から落ちて来る光のために眼とその下に大きい影ができ、黄色味を帯びた額がぼくたちの居場所を探るように動いた。津和子ですって、と所在を確かめられないまま見当違いの方向に顔を向けてあなたはいった、あんたに、お前さんにそんなふうに呼ばれるいわれはないね。ぼくの体の斜め後で、鼻から細く息を吐くかすかな音がした。吐きつくすようにその音が長く続いた。こちらが見えないためか、あるいは別の理由のためか、あなたはふいにうろたえて首を小刻みに振った。もういっぺん、津和子って呼んでみなさい、そうしたら、どんなことになるか……。ぼくの膝のあたりから急激に震えがのぼって来た。あなたのことばが、方角を間違えているにもかかわらず、肌の匂いを感じるほど近い



相手にいうような、こまかい息遣いを持っていたからかもしれない。迅一郎の体がぼくの背中にふれた。東京へ帰るつもりか、おめえは、と彼はゆっくり、まるであなたをなだめるようにいった。あなたの額が彼の所在をはっきりつかんだのがわかった。頭を下げて頼みなさい、私がいなくなった方がいいと思っている、とあなたは胸をそらせた、ここにいないで欲しいってそういいなさい。眼の下と唇にやわらかい光が当った。少しうっとりしているように見えた。おっかさんは何かや、まだ戻って来ちゃあいねえみちょうだな、と彼はいい、どういうつもりなのかぼくの肩をふたつ叩いた。ぼくは自分がいることをあなたに知らせなければいけないとはじめて気づいた。だが、すぐにあなたの眼が適確にぼくを見下ろした。八束くん、こっちへいらっしゃい、とあなたは大きい声でいった。声が響きすぎ、低い天井にぶつかってすぐ割れたので、ぼくは呼び寄せられたという気がしない。すべたあま、と迅一郎が決めつけるようにいった、頭を下げろだと、下げて呉れべえや。ふんだけどなあ、おらあ頭が重たすぎるほど重てえんだ、てめえの体がぶっ潰れねえように用心するんが先だぞい。あなたが慌てふためいて梯子段から飛びおりた。ぼくはおかしくて、つい笑いそうになった。彼のことばは口喧嘩で

よく使われる決り文句の類いだ。それなのにあなたの方は真に受けて、今にも彼が突進して来ると信じこんだ容子だった。手ぎわよく迅一郎があなたをあざ笑った。一度鼻の先で型通りに笑ってから、それを腹の方へ押し下げて行く。ぼくは自分が脅されたような気分になり、思わず首をひねって彼を見上げた。突然、表の戸が騒がしくゆすぶられ、続いて咲男の叫ぶ声が聞えて来た。あけろ、あけやがれ、畜生。迅一郎の体がすばやく動いて戸を押えつけた。がたんがたんしるな、鍵が馬鹿になっちまう、と彼は落着いた声でいった。しかし戸に体をぶつけるような音はやまなかった。殺されてえんか、この餓鬼は、と彼はまたいった。同じようないいかただったが、出しぬけに腕を大きく振りあげ、厚い戸の板を平手で力一杯殴った。あっち行きやがれ、この片輪も。どなりつけてはいないにもかかわらず、体の奥の方から出て来る憎しみが感じられた。戸の外が静かになり、その静かな気配とつり合いを取るように、わざと声を忍ばせてあなたがいった、片輪もんですって、自分の実の子のこと。迅一郎がふり向いたとき、あなたはもうぼくのすぐ後まで近寄って来ていた。彼はうなるような、痰を払うような音を立て、真実だら仕方あんめえ、と穏やかにいった。だったら私に対して、とあなたが詰問する口調



になった、私っていう人間を……。また戸の外で物音がした。小石や砂粒をぶつけるような弱い音だったが、それに混じって咲男の泣声が聞えた。泣きながら喋っていた。何だや、何しておれのこん入れて呉んねんだや。何だや、おれのこん仲間っぱずれにしてえ……、隠れていいことしてるんだんべや。あなたが少し身じろぎしてから、腕をぼくの肩にぶつけて来た、いいことしてるだって。ぼくは薄暗がりの中で赤くなった。隠れていいことをしてる、というのは、ぼくたちの日常では明瞭に性的なことばだったからだ。咲男、おれのいうこんが聞けねえんだら、と迅一郎がいいかけ、それにかぶせるように大きい声であなたが、そうよ、今みんなでいいことしてるのよ、お前なんかまぜてあげないから、と叫び、それを打消すようにしゃがんだ迅一郎が蔵の戸をぐらっぐらっと二段に引きあけた。母屋の縁側のガラス戸が、すぐ目の前にあるように明るく見え、その中を悲鳴をあげながら咲男の姿が逃げ去って行く。おかしなことに、外の空気が流れこんで来てはじめて蔵の匂いが感じられた。それは雑穀の乾いた青臭さと衣類の黴の匂いでじっとりとした百姓の土蔵特有のものとはまるで違っていて、油がよくしみこんだ鉄類と毛皮の日向臭いうとましさが、妙にからみあった匂いだった。

迅一郎は外に立ち、出口をふさぐ姿勢で、あけた戸の端に片腕をもたせかけていた。咲男の逃げて行った丸太の山の方角を眼で追うような横顔だったが、やがてその姿のまま顎を少し動かし、本家の中学生は何か、上の学校へあがるんか、といった。どうだげな、とぼくは答えた、海軍へ行ぐべえと思って予科兵学校っちゅうんを受けたけど。戦争さえ勝ってりゃあなあ、と彼がぼやけた声でいった。いい気味だわ、とあなたは挑発するようにいった、負けていいきび。迅一郎が口をあけたまま下顎をあなたの方に強く向けた。あなたは待ちうけていた口調で、何ですか、戦争犯罪人、といった。特別な反応はなかった。眼がゆるりと動いてぼくを捉え、机が欲しくって来たんか、といった。ああ、とぼくが答えると、米一俵でぶつべえ、と彼はあっさりいった、帰って母ちゃんかおじいにそういえ。ぼくはちょっとの間、ぼんやり彼を見上げていた。上の学校と訊ねたときから、戦死した長男の雄一郎、この村からはじめて大学へ行った自分の息子のことが彼の頭に浮び、その机を有効に使うなら呉れてやろうという心づもりでいる。直感的にそう思いこんで気がゆるんでいたからだった。神宮迅一郎、とあなたがふいに呟いた。彼の方を見てはいなかった。もう一度もっとゆっくり繰返した。呪文のようではない。自分で自分にいい聞かせる、そういう種類のことばがその姿のまま声になった感じがした。彼は突きのけるような身ぶりで蔵の戸から手を放し、全身をまっすぐに立てた。しかし表情が変わったふうには見えなかった。何の真似だ、と彼は力まずにいった。あなたは目ばたきをして彼を見た。少し眩しそうに細めた眼が確実に相手を捉えた感じになる。いいわね、とあなたはいった、これで私がいなくなる、そうするとあなたは今のような顔をして、何食わぬ顔をして、そのままのあなたで世間を瞞し続けて行くんだわ。彼は小さい毛虫が糸を引いてぶら下って来たときのように、目の前を軽く手で払った。そしてずるそうに両目を寄せ、お前が何かね、そんなこんでおらがのことを攻撃したおつもりかね、といった。どういたしまして、とせきこんであなたが答える、攻撃だなんてとんでもない、これはただの挨拶です、ごく普通の、ほんのちょっぴり辛い目にあった若い女が……。そこであなたは一度ことばを停めた。丁寧に息を吸いこみながら、体をはすかいにして、構えるような姿勢になる。人非人のお前、狂った鬼のお前、極悪非道の、言語道断の、そういうものを全部ひっくるめたお前というものに対して……。迅一郎はす早く笑った。面白い話を聞かされたときのような笑いだ。ああ、ああ、と彼は気軽にいう、鬼畜米英っていうんもあったなあ。しかしもうあなたはたじろがなかった。永い間かかって用意したものを、広げて見せるように喋り始める。力をこめ過ぎているために、少しあやういような高い声音がまじって来ることはあったが。鬼畜米英っていうのは私たちの中に棲んでたんだわ、とあなたはいった、殊にお前のような男の中に、そういうものの一番大きい、一番たちの悪い奴がです、私のいう意味がわかりますか。わかっても腹のたしになるしろもんじゃあるめえ、と彼は不機嫌に手早く答えた。頬かぶりしてごまかそうとしても無駄ですからね、とあなたは応じて、右手の人さし指と中指を彼の眼のあたりに向けて突き立てるしぐさをする。姉に生きる気持を失わせたのは、間違いなくお前のはずです、とあなたは断定した。全く予感がなかったわけではないが、やはりぼくはことばのどぎつさに耳鳴りのようなものを感じた。しかし当の迅一郎はほとんど驚いた容子を見せなかった。否定でも肯定でもない、ぼんやりした口調で彼は問い返した、どうして津和子にそんなこんがわかるんだや、うん……。最後のうんという尻あがりの聞き返しには幼児に対するようなやさしさがある。ぼくはふいに二人の間に自分がいるのが、けげんで恥かしいことに思えて来た。五十歳であろうこの大男とあなた、十



八歳のあなたとの関係はきっと親子のようなものなのだ。その口論の中にまぎれこんで、あなたの味方になっているつもりのぼくは……。証明するわ、とあなたがいった、いいですか。あなたの手がぼくの肩をつかんだ。それは手近にある物に無意識につかまるやり方だった。いいですか、とあなたはそのまま繰返した、姉のお葬式の次の日お前は咲男の嫁になってくれって私にいいました。それは五月二十五日の大空襲で私の家が燃えたことがはっきりした朝です。ああ、覚えてるわさ、と迅一郎が答えた、てめえの親父やおふくろさまの生き死ににつぃちゃ、まだはっきりしてなかったっけや。問題をそらすな、とあなたはぼくの肩をひとゆすりしながらいう、戦死した神宮雄一郎と死んだ長谷川登和子の志を生かすには、それより他に道がないってお前はほざいたんですからね。彼は芝居がかったふりでほんの少し頭を下げ、目をつむった。そのとき、彼の半纏のはるか後に人影がちらついた。養女の方の絣の着物だ。体をこごめてこっちをうかがっている。見てやがらあ、とぼくは思わず声を出した。迅一郎は柔かく上半身をひねって、このむじなあま、と押えつけるようにどなった。営林署の岩井増三さんから電話でやんす、と養女はわざとそうしているような、もったりした口調で答えた。おらあ留守に

決まってべえが、と彼は間を置かずにいう、盗伐の奴らをふんづかまえに夜も日もねえっていっとけ。そして養女が駈け去るのを見とどけず、彼は勢いよく体を向け直し、ぼくを睨みすえて、おい小僧、と大声でいった。その変わりようがあんまり急だったので、ぼくはすぐにはこわいという気がしない。あんちゃん、と彼は続けた、滑沢の本家のよう、おめえはぼちぼち帰るだな。ぼくは反射的に、なにい、と答えた。自分でも予期していなかったきつい声だ。どなり返したみたいになる。迅一郎の顔がかすかにとまどったのがわかり、ぼくは震えるのをこらえるために、畜生、何てえことをいうんだや、と思いきりどなった。八束くん、とあなたのたしなめる声が聞えたときは、もう彼の肩が蔵の戸口全体をふさぐように近づき、ぼくは逃げる暇もなく、激しい勢いで頭を押えつけられた。ごきんと頭と頸の中間あたりが鳴るような痛さだった。この餓鬼は、と真上から声が落ちて来て、黙禱の姿勢のように頭を下げさせられた。今一遍いってみやがれ、この餓鬼、と手で押えつけたまま彼はいった、貴様んとこが田地田畑の地主なら、こっちはこらの山っちゅう山を八割方押えてる山地主だ、山持ちさまだど。どっちがほんとのお大尽だげな、はっきりさせろ。ぼくは背中がしびれて来て、痒いような気がする。いい大人が何てことをこくんだ、と口惜しまぎれに呟いてみた。ううん、と彼が息を鼻先から出して聞きかえした。そのとき、うつむいたぼくの顔をあおるように小さい風を起こして、あなたの体が機敏に動いた。見ることはできなかったが、地下足袋の音の遠ざかり方で、あなたが蔵から飛び出したのだということがわかった。裏切られたととっさのうちに思った。迅一郎の手が頭からすっとはずれ、急に体が楽になった。同時にぼく自身の力も抜けてしまい、立ちくらみのようにふらついて、床に手をつきその場にうずくまった。足の裏が熱くて、小便をしたいような気分がした。



二、三分だろうか、もっと長い間だったろうか、はっきりしない。ぼくはしゃがみこんだまま立ち上る気が起きなかった。頭の中でおもりのようなものがゆらゆらしている。それは、一度だけ喫ったことがある煙草の酔いに似ていて、アルコールのときのように体が浮きあがるのとは反対に、頭の髄が胃の方へ揺れながら落ちて行く感じだ。年寄が首筋を揉むやり方で後頭部に手を当て、上下にこすってみた。そのとき真上でかすかに木のきしむ音がした。ぼくはぎくっとしてふりあおいだ。天井だ。二階で人が歩いたような気配だ。しかし音はそれっきり聞えて来ない。空耳だと自分に納得させようとして首を振り、蔵の中を見渡した。大きい機織機と縄綯機械が隅に置いてあるほか、よく片づいてがらんとしていた。ふいにあなたの姉さんはこの中で寝起きしていたのかもしれないと思った。二階に着物や道具が置いてあるとすれば、ありえないことではない。それに、自分で自分を閉じこめたいといったあなたの心持は、姉さんの暮しぶりの真似ごとなのかもしれない。ぼくはそのときになってはじめて、今まで思い描こうともしなかったあなたの姉さんのこと、ここへ来てからの姉さんの生活を想像した。もちろん、あなたから聞かされたこと以外に何の手がかりもない。でも、ランプに火をつけて庭を横切り、この戸をあけ、中へはいってしめる、急な梯子段に片手をかけながら二階へのぼって行く、二階の棟木があらわな天井からは鉄の鎖が下っていて、姉さんはそれにランプの取手をひっかける……、きっと派手な模様の着物を裾が引きずるように着ていて、その影が床から壁から天井の一部まで覆いぐらっと揺れ動いて……。背筋がぞくぞくし、ぼくはあわてて立ちあがった。急いで戸口を出る。樫ぐねから吹きおろして来る風に顔が晒される。悪酔いのようなものがまたたくまに消え、眩しさが目の周囲から額の裏側の方へしみとおって行く。そして呆れはてたことに、突如あなたの姉さんの姿がくっきり



と頭に浮んで来た。姉さんは和服なんかじゃなかった。女子挺身隊のカーキ色の上下を着ていた。あなたはむろん不審がるだろう。でもぼくは姉さんに出会ったことを今の今まで忘れていたのだ。たった一度だったし、名前を確かめるチャンスもなかったけれど、あのひとは恐らくあなたの姉さんに違いない。諸戸の方に来ているの、というようなことをあのひとはいっていた。そうだ、ぼくはほんの少しだけれど、話しあってさえいる。場所はあなたとさっき通って来た繭の乾燥場の反対側の、お宮さまの前から広がる田んぼのなかの畦道だった。田んぼといっても大麦の、葉っぱよりずっと色の淡い透きとおるような草色の穂が出かかっていたから、五月の半ばより前のことだ。パンクしたかチェーンが切れたかして、ぼくは自転車を修理のために預け、近まわりして畦道を帰るところだった。ちょうど大人の背丈くらいある高土手のはずれに、色の褪せたカーキ色の服がしゃがんでいるのが見えた。陽は落ちていたが、暗すぎるほどの時間ではなかった。土手下に背中が丸まって見えたので、どこかのおばあが山羊のために草を刈っているとぼくは思って、二、三間の距離になったとき、気軽に挨拶するつもりだった。急にその背中が立ちあがった。若い女だった。ぼくの足の高さに現れた顔は全くなじみのない

ものだ。息せききっているように口をあけ、頰がぽっと赤らんでいる。びっくりしたわ、と目を細くして笑うような感じになった。ぼくは口の中で曖昧に謝りの文句をいった。男もののように小さい襟のある荒織りのカーキ色の服には、瀬戸物でできた灰色のボタンがついていて、女子挺身隊員で軍需工場に行ってるひとだと見当がついたが、どういうわけか胸の名札はなくて、それを取ったあとが濃い色のまま長方形に残っていた。ぼくがじろじろ見ていたから気になったのだろうか、彼女は片手でつかんでいた黒い防空頭巾を持ちあげ中を広げた。これを摘んでいたの、と楽しそうにいった。頭巾の頭がはいる窪みの中は、小指の先くらいの大きさの赤い実でいっぱいだった。ぼくは思わず声を立てそうになった。それは蛇いちごだ。体を乗り出して彼女の足もとを見おろすと、蔓ばらよりもっと小さいとげとげのある蛇いちごの茎が、黒っぽい葉の別の蔓草の上にからまるように這っていて、取り残しの赤い小粒の実があちこちにくっついていた。食べるんじゃあるめえな、おめえ、とぼくはけわしい声でいった。だめね、このままじゃ、と彼女があっさり答えた、甘みがなくて渋くって、だからジャムにするの、いちごジャム。ぼくはのぼせあがった声で、味がわかるとすればもう食べて腹にいれたのかという意味のことを糺した。ひとつ食べたけれどまずいから吐き出したのだと彼女はいった。下痢するとか、おなかにいけないとか、そういうことなんですか、ときいた。興奮していたぼくは、蛇いちごについてありとあらゆることをたて続けに喋った。かわいげに見えるその一粒一粒の中に蛇の卵が一個ずつはいっている、だから食べれば腹の中が蛇の子だらけになる、それを知っているから仔山羊だって絶対にくわない、牛にくわせれば牛の頭が変になる……。聞いているうちに、彼女は声量のある低い声で笑い出した。残念がっている感じはなく、愉快な冗談に興じているような容子だった。そしてまだ笑いの残っている声で、捨てますね、とさわやかにいい、苗代作りのために水を引いたばかりの細い堰に向って防空頭巾を裏がえしに振った。濃い紅や薄い紅の小さい実は、水に落ちる音も立てずに散らばり、浮んだまま流れて行く。ぼくは自分の興奮に比べて、あまりにあっけない結果だったので、がっかりしたんべ、と慰めるようにいった。悪い夢を見たってわけね、と彼女は大人らしい分別のある口調で答えた。でも、いい夢だともいえるわ、ジャムのこと考えてる間どきどきしてたんですもの。いい終ると同時に黒い防空頭巾をかぶりながら、歩き出していた。あんた、どこのひとだや、とぼくは後姿に向って叫んだ。諸戸のほうに来ているの、と彼女はふり向かずに答え、大股で去って行く。近くで見ていたより肉づきが豊かで大柄な感じがした……。

思い出しながら、ぼくはかなりあやふやな気持になった。あのひとがあなたの姉さんだという証拠は何ひとつないことに気づいたからだ。その上に、五月の中旬だとすれば、そのすぐあとに姉さんは自殺している。自殺前の人間が、ぼくが見たような一種おおらかといえるような雰囲気を身につけているものだろうか。ジャムを作りたくて胸をはずませていたひとが、それから十日もたたないうちに死を択んだりするものだろうか。ぼくは目をきつくつぶり、彼女の顔だちを思い起こそうとしてみた。最初カーキ色の服装がひらめいたときは、あなたの顔や姿をそのまま大人びたものにしたひとだ、と疑いなく信じていたのに、今になってみると彼女の顔はぼやけて来るばかりだ。色が白いことと、耳から顎へかけての線が少ししゃくれ気味なのが、似ているといえばいえないこともないが、目鼻だちについては何も浮んで来ない。ぼくは急に考えるのが面倒になって、目をあけた。仮に蛇いちごのあの女性があなたの姉さんだったとしても、何ほどのこともないではないか。そんなことで姉さんの死んだ理由が明らかにできるはずはないし、また仮



にそんなことがわかったとしても、ぼくにはほとんど関係のないことだ。ぼくは戸口から離れ、庭や丸太の山の方を見渡した。あなたの姿も迅一郎の姿も見えなかった。興奮のあとの気落ちのせいで、ぼくは何もかも腹立たしいような気分だった。あなたに連れられてこの木屋へ来たことも、迅一郎に理不尽に脅かされたことも、それにあの二人の女と咲男、そういうもの一切が不愉快でうとましい。帰ろう、とぼくは思った。リアカーを引いてひとりで帰るんだ、そう思いながら玄関の方へのろのろ歩いて行った。回転椅子があった。もとのまま地面に置きっぱなしだ。褪せた紫色のびろうどに西陽が当って、長い間にたまった埃そのもののような色に見える。かっぱらってやる、とぼくはあっさり決めた。盗んで行くとか、こっそり取るという興奮はなく、ごく自然の動作で椅子を抱えあげた。漠然と考えていたよりも、それは重かった。持ち直して胸で支える形になったとき、あなたの穏やかな声が三、四間先の右手から聞えて来た。咲男からいい子どもなんか産れるわけがありません、とあなたは何かを暗誦しているような意味をこめない口調でいっている、もしかしたら全然産れないかも知れません。ためしてみねえで何がわかる、とすぐ続いて迅一郎の声。これもごく平静な喋り方だ。ぼくは体の向きを変

えて丸太の山の方へ二、三歩近寄って見た。ひとかかえ以上もある太い杉が四本ほど、不規則に出入りする形で積まれたその陰にあなたたちはいるようだ。あなたはあの時も同じことをいいました、というあなたの声がまた聞えた。しゃがむか腰かけるかしてる、とぼくは思った。そのあと何ていったか覚えていますか、いいえ、もう一回あなたにいって貰おうなんて思ってないわ。無意識のうちにぼくは足音を忍ばせて、それでも近寄って行く。あなたはこういったんです、とあなたはいう。口の中でことばを丁寧に転がしているような感じが聞き取れて来た。仮に産れないとしたら、誰の子でも構わない、たとえばこの俺の子なんかを産んでくれたら、大いに結構なことだ、大変助かる……。その通りだい、と迅一郎がいった。非難に応酬しているような声ではなく、率直に打ち割った所を話している感じだった。恥知らず、とあなたがもっと低い声でいった。何が恥だや、と彼の声がぴたりと吸いつくように追った。跡取りが欲しいっちゅうこんに関しちゃあ、おらあ手放しだど、恥も外聞もあるもんか。ぼくはいつの間にか立ち停り、杉の赤黒い切口の輪が不揃いに並んでいるのをぼんやり見ていた。それはほとんどが泥をくっつけている。泥が年輪を汚している分だけ、伐られたばかりの生々しさが感じられる。そういったんでしょ、姉にも、と急にあなたが高い声でなじった、私に申出たのと同じことを姉にもいったんでしょ。単純すぎる反応だが、ぼくは迅一郎があなたを張りとばすんじゃないかと思い、椅子の脚と背を抱えている掌の中がじわっと熱くなった。しかし、彼の答えはなかった。動く気配も感じられない。そうだわ、やっとわかったわ、というあなたの息を沢山まぜた声が聞え、すぐに丸太と丸太の一尺ほどの隙間に、立ちあがったあなたの頭、続いて背中の一部が見えて来た。ぼくの所から二間半ほどの距離がある。雄一郎さんの戦死の報らせを聞いたあと、とあなたはいって背中を少しよじった、おれの子どもを産んでくれってあなたいったんでしょ。そいから、と叱咤するような彼の声が低い位置から聞えた。それで、姉は……とあなたが息をつぐと、死ぐ他はなかったといいてえんだな、と迅一郎がす早くいってのけた。そうかい、そういうこんかい、と彼はまるで待ち構えていたような喋り方で続けた、おらがの子を何してくれっていわれて、困り抜いた挙句の果てにだ、登和子は自分で自分を亡きものにする他はなかったと、こういう次第を述べてえわけだ、お前さんは。あなたが身震いするのが、ぼくの所からもわかった。ほんの短い間、のどのわきの白い肌が見えた。恐らくあれです、とあなたは緊張を押えるためにゆるやかにいった、きっとそうだと思うんです、あなたはことばでいうだけじゃなくて、実際の行動の上でも……。椅子の背にまわした左腕がちょっと前から痺れはじめていて、にもかかわらず持ちかえることもできないので、ぼくはいつ取り落とすかもしれないという恐怖に駈られていた。行動だと、行動たあ何だや、と彼のおどすような声がする。それは、自分でわかってるはずじゃありませんか、と頼りない調子であなたが答えた。馬鹿が、と迅一郎がいった、てめえのいいてえこんはそれでおしめえか。弾きかえすようなしっかりした力がこもっていた。そうなんだわ、私はまだるっこしい馬鹿ものだわ、とあなたがあやうい感じのする高い声でいった、もっと早く、東京から来たときすぐに気がつくべきだったのに、今ごろになって、みんな終っちゃって、帰りぎわになってやっとわかるなんて、私、からっきし、なってないんだ、私……。うっとりしている、いい気持になりすぎているとぼくは思った。迅一郎がそこを的確につかまえていい切った、てめえはそんなこんでうれしがってるんか、うれしがるような話じゃあんめえに。この期に及んでまだごまかすう、とあなたは甘えるようないいまわしで応じた、長谷川登和子を死に追いやって申訳ない、そう謝ってくれさ



えすれば、私何もかも忘れてあげるわ、何もなかったことにして東京へ帰って行くわ。お笑い草とはこのこんだ、と彼は陰気な声でいった、与太な作り話に感心してるほどおらあ暇人じゃあねえ。喋りながら立ち上る気配がした。そして丸太の上にスキー帽と鼻のあたりがひょいと出て来た。その眼はぼくの方をまっすぐ見る角度だったが、格別の表情は見せなかった。逃げるの、とあなたがせきこんでいう。迅一郎はうなるような低い声で手短かに何かいい、無意識にスキー帽の庇に指をかけた。その動作がぼくには、張り倒すぞ、このあま、と威嚇しているように見え、息が詰った。しかし、彼はそのままの姿勢でゆっくり歩き出し、丸太の陰から全身をあらわした。

　ぼくは隠れる暇もなく突立っていたが、椅子の背を持つ左手の感覚はもう馬鹿になっていた。彼ははっきりこっちを見た。だが何かに心を奪われている容子で、すぐ眼を地面に落とし、地下足袋の爪先で庭土を引っかくようなしぐさをしている。あなたが彼の体にぶつかるような勢いで近づいて行った。木屋の迅さん、迅公さま、とあなたは蔑むように呼びかけた、世間が何と陰口をきいてるか知ってるの、あんた。大きい顎の真下にあなたの頭がはいるような形になり、彼はどこか体の見えない

部分に一撃をくらいでもしたように少し身をのけぞらせた。木屋の迅公さまよ、でかい図体をふたつ折りにして泣くがいい、四つ折りにして泣くがいい。息子を戦死させただけじゃおさまらなくて、その嫁に手を出して、これも死なせちまった、泣くがいい、木屋の迅……。彼は突然体をねじって、大きい音でくしゃみをした。はくしょい、とはっきりことばになるやり方だったが、作りものにしてはなかなか見事だった。人さまの口にゃあ戸はおっ立てられねえ、と彼は鼻の下をひとこすりしてから、興味のなさそうな声でいった。あなたは一瞬度を失った容子だったが、気を取り直してすぐに続けた、木屋の迅公、乞食同然の山番から一代でのし上ったが、跡取りをなくしては一代で亡びるだけだ、木屋の迅公よ、泣くがいい。黙れ、すべた、と彼がどなった。どなることで体中に力が行き渡り、若者のような精悍な表情になった。どこのどいつがそんなことを抜かしゃあがった、ここへ連れて来て見れ。ぼくは眼をつぶった。もう駄目だ、このままでは済むはずがないと思った。ほんとのことをいわれて痛いでしょ、とあなたが落着き払っていった。獲物をやっと追いこんだような得意そうな感じがある。私が何も知らないと思ったら大間違いです、とあなたは続けた、雄一郎さんの公報がはいったあと、あなたは姉を連れて毎日毎日山歩きをしていたわね、山へ行って何をしてたんです。迅一郎は唇を少し歪めるように開き、その口で息を吸ったり吐いたりした。それが興奮のためなのか、茫然としているせいなのか、ぼくにはわからなかった。夜明けに起き出して姉にお弁当を作らせたわね、必ず三食分作らせた、とあなたは念を押すようにいう、そうしてあなたたちは炭焼きの人たちの所へ行く。窯出しっていうのかしら、炭を取り出す所をあなたはひとまわり監督して歩くのね。それが終ると、姉を従えてどこことも知れない山奥に向って出かけて行ったのね。見送っていた炭焼きの連中は、まるで新婚みてえだって噂しあっていたわ。それだけじゃありません、とあなたは勢いこんでいった、春が来て炭焼きのひとが山から降りてしまってからも、あなたは姉をひっぱり出してその変てこりんな山歩きを続けていたんですからね。彼がふいに大きい顎を動かした。何かを払いのけでもするように強く左右に振った。口の減らねえあまだ、とひとごとのように彼はいった、山を歩こうが街道筋を歩こうが大きなお世話だんべが。いいえ、とあなたは確信ありげに答えた、だって姉はそんな暮しの最中に突然あんなことになったんです、無関係なはずがないじゃないの。ああ、ああ、ああ、と迅一郎はぼんやりしたうめき声をあげた、登和子が何い考えていたんだげな、おれも聞いてみてえもんだわ、うん。それが何かをごまかすためのいい方なのか、それとも本音を吐いているのか、ぼくには見当がつかない。あなたは用心深そうに二、三歩後ずさりをして、山を歩くのは楽しかったんでしょうね、ときいた。それから急にふり向いてぼくの方を見た。誘われたように迅一郎の視線がぼくをつかまえた。ぼくはあわてて椅子を置こうとした。米一俵だど、忘れんな、とすばやく彼がどなった。それは、とぼくが曖昧に答えたとき、椅子は痺れた左手を滑って地面に落ち、横倒しになってがらくたのような音をたてた。あなたが出しぬけに笑った。ぼくのぶざまを笑っているようでもあり、米一俵といった彼をあざけっているようにも聞えた。そして笑いを残したまま、長谷川登和子に慕われてたんじゃありませんか、あんなもの只であげちゃいなさい、とさとすような口調でいった。うっ、と迅一郎はふいうちにあったように声を詰らせ、それからぼくを追い立てるように手を振って、しつこい餓鬼だ、と小声でいった。

ぼくは痺れっぱなしの左腕を掌で殴りつけた。二度三度殴った。するとこのまま黙って椅子を貰って行くのが業腹だという気がして来た。おらあな、とぼくは迅一郎



の足もとのあたりを見ながらいった、こいつを盗んでぐつもりだったんだ。八束くん、とあなたが反射的に呼びかけた。ぼくはかまわず背を向けて椅子を引き起こし、よっこいしょ、とわざとらしい気合をかけて抱えあげた。待ちろ、と彼がいった。怒った口調ではなかったが、もしさっきのように手を伸してきたら、椅子を放りつけて逃げるだけだとぼくは思った。待ちろや、とまた彼はいった。ぼくのほうへ近づいてくる気配はない。お前さんは今話したこんを盗み聞きしてたんか。ぼくはためらわずに、ああ、一から十まで耳にへえった、と答えた。ふん、と迅一郎は鼻を鳴らした。てめえらはまさか、登和子っちゅうあまをおれがお蚕ぐるみのお姫さまみてえに、拝み申したとでも思ってるんじゃあるめえな、と彼は押しの強い調子でいった、笑わしちゃいけねえ、あんないまいましい小癪な女なんざあ、おれは目のはしにもとめやしなかった。笑わせるわ、とあなたは彼の声を上まわる大きい声を出した、姉の手紙にはその反対のことが……。やかましい、と彼はどなった、雄一郎はおれに逆らってうちを出て行った畜生だ、それの女が手紙一本持っただけで、はい今日はって押しかけて来たんだど。誰が嫁ごとしてまともにもてなしたりするもんか、とぼけるのもいい加減にしやがれ。迅一郎はまるで

ぼくをおどすように背を丸めて喋る。そうでしたの、とあなたが妙に余裕のあるいい方をした、山の中へ連れこんでも、嫁じゃない女として扱ったってわけなんですね、そう……。抜け作、と彼はさえぎるようにいって、あなたのほうへ顎をめぐらした。山歩きをしたんは雄一郎が戦死を遂げてからあとのこんだ、ご祝儀もあげねえうちに後家さまになったもんを、むごく何しちゃあ申しわけなかんべが。ふんだから樵道だのけもの道だの、山鳥のおんとめんたの違いだの、気がまぎれることを話してくれたんだ。全くおらあ人のいい、恵みの深え人間よ、わかったか、すべた。わかったでしょ、八束くん、とあなたがいった、こいつは出まかせをいって、丸めこもうとしているのよ。ぼくも全くその通りだと思った。うん、と大きい声で答えた。しかし彼はまるで聞えなかったようにいい続けた、兎がひっこぎ罠にかかってたこんがあったっけや、登和子があわれがるからおらあはずしてくれた。まさか半死半生のんを逃がすわけにも行がねえから、皮を剝いで料って火であぶって食った。登和子のあまは気色が悪いって、一丁も離れた窪みから頭を出したりすっこめたりして眺めてけつかったっけが。

迅一郎は声は立てなかったが薄ら笑いのような表情になって、口をぽかっとあけていた。ばかばかしい、とあなたが吐き捨てるようにいった、か弱い少女をいたわりながら遠足に行く、いいえ、それ以下の野暮ったいお伽話じゃありませんか、まるで姉に小指一本触れたことがないみたいな。そん通りよ、と彼は気ばらずにいった、おめえのいってる通りのこんだ。狸、古狸、とあなたが憎しみをこめて叫んだ。それからぼくの方に体を向け、二、三歩近寄って来た。八束くん、と低い声で呼び、芝居の身ぶりのように片腕をあげて、ぼくの顔をまともに指さした。指さしたまま唇をあけ、ちょっとの間何もいわない。ぼくは体の底を押されたような感じで、抱えている椅子にもたれかかるような不安定な姿勢になった。私がいなくなっても、とあなたはふいに早口でいった、必要なときが来たら君がみんなに話すんだわ。ぼくはこくんとうなずいて、一歩よろけた。こいつの与太話じゃなくて、ほんとうのこと、姉がなぜ死んだかってこと……。ぼくはもう一度うなずきかけたが、棺桶をなにしたっちゅうこんは、自分で用意したっちゅうんは、あれも真実なんかい、ときいた。あなたは眉をしかめ、すぐにまた目を吊りあげた。両方の眼がこめかみのほうに強く引っぱられて、顔のまんなかが白い隙間のように見えた。いいなさいよ、迅一郎、とあなたは息を詰めたままいった。知るもんか、と彼がすばやく答えた、おれだって知らねえうちに……。いい止めて唾をのみこむしぐさをした。のどぼとけが皮膚をつっぱるように上下した。それから、とあなたが間を置かずに追いうちをかける。知らなかったっていってるじゃねえか、おれに隠れて工場の馬鹿どもに板を挽けっていいやがったんだ、あのあまは。それははじめて心をかき乱されたようないい方だった。おれが知ったんは、山歩きに出てからひと月の余もたってからのこんだ。あなたはぎこちなくふりむいて、彼の全身を見渡した。それは雄一郎さんの後を追うためなんかじゃないわ、あんたがこわかったからです、いつか恐しいことが起こると思って、そのための準備に、といった。ああ、と迅一郎は眼を地面に落として素直に答えた、おれもそう思案する他はなかったさ、だから工場の馬鹿が告げ口に来たとき、登和子の好きなようにしてくれろって、おらあ……。彼は無意識に杉の丸太の切口に長い手を伸し、指の腹でくっついた泥をこそげ落とすしぐさをした。おらあ、いい馬鹿だ、と彼はもっと低い声でいった、山へ一緒に行っても、おれが下手に手出しをしねえ限り、棺なんざあ、永久にものの役に立つわけがねえと見くびってたもんなあ。永久にですか、とあなたが少ししわがれた声になっていった、永久に山歩きを続けたかったとでもいいたいんですか。甘ったる



いことをいってごまかすのは止めて下さい、いっときますけど、私の姉は純情可憐な銃後の乙女なんかじゃなかったんですからね。断じてそんなもんじゃないわ、女学生のときから軟派で、不良少女として名が通ってたんだわ。ああ、ああ、と彼は泥を落とし続けながら答えた、そのこんに関しちゃあ、お前さんが知ってるよりか百層倍も淫らな女だった、あれは。あなたがしゃっくりをするときのように背筋をひょこっと動かした。迅一郎はその動作をてばやくうかがってから、するするとあなたに近寄った。そったら小汚ねえ話が聞きてえんだら、ぶちまけてくれっど、と彼はいい、あなたの襟元をつかんで持ち上げるように引き寄せた。体が半回転し、あなたの斜め正面の顔がぼくのほうを向いた。歯をくいしばるような表情で、声を出そうとはしない。登和子のあま、と彼はこもるような声でいった、まる裸の体をいくたびもおれに見せやがった、見せべえと思っていくたびも見せびらかしやがった、わかるか。あなたはふいに目をつぶり、八束くん、向うへ行って、とやわらかい口調でいう。餓鬼も聞いてろ、と押しかぶせるように彼がどなった。ぼくはなにもかもわからなくなって、茫然としていた。これまで聞かされたあれやこれやのことが、ひとつの像を結ぶどころか、てんでんばらばらに頭の中に

とび散り、小さいとげとげのようにあちこちに突きささった感じだ。あれは夜中になってから風呂へへえる、と迅一郎はいった、そんとき決まっておれに声をかけやがる、冷えちまったから燃やしつけろ、燃えて熱くなりすぎたから水でうめろ、そんなこんを白ばっくれた顔でぬかしゃあがる、その挙句に……。ばかみたい、とあなたが感情のない声でさえぎった、姉のいいつけをはいはいって聞いてたの、風呂屋の三助……。背中を流したとでも思ってるんか、ばか、と彼がひるんでいった、まあいい、とにかくあのあまはおれの目の前で、闇で買いこんだシャボンをいやってほど塗りたくって隅から隅まで……。わかったわ、もう、とあなたは疲れたようにいった、それだけえげつないひとがなぜ自分で死ぬ気なんか起こすの。迅一郎は何かに弾かれたようにあなたの体を突き放した。あなたはよろけることもなく大きく足を開き、天皇陛下だって無条件降伏をしたんだ、とうちかえすようにぴしりといった、はっきりしろ、神宮。彼は肝心なことを聞きそびれたというふうに、首をかしげ鼻の上にしわを寄せた。一億総懺悔でしょ、自分だけ逃げようなんて卑怯じゃないか。あなたのことばを聞き終ると、彼は長い上半身を急いでくねらせ自分の背後を確かめるようなしぐさをした。その体がゆっくりもとに戻って来たとき、顔が赤黒く光って見えた。糞虫め、と彼は汚れた歯をむき出しにして顎を振った、おれが登和子を殺したって申せばてめえは満足が行ぐんか。赤味がすうっと首のあたりまでおりた。にぎった両方のこぶしが別の生きもののように調子をとって震えている。登和子はおれさまが殺してくれた、とまた彼はいった。口をあいたまま息をついているので、のどの奥がどす黒く見えた。どういうふうにして、とあなたが平板な声できいた。これだ、と迅一郎はどなって、両手を胸の前で一度に開いた、この手でくびり殺してくれたんだ、わかったか。ぼくは別にこわいとは思わなかったが、ふいに蛇いちごを摘んでいたひとのカーキ色の小さい襟と肉の厚そうなのどが頭に浮んだ。それから、とまたあなたが同じような口調できいた。それ以上何があるかさあ、と彼はあなたのほうへ上体をのしかけるようにしてわめいた、てめえが聞きてえことをおらあいってくれたんだ、さっさと消えっちまえ、東京へでもどこへでも帰りゃがれ。そうは行かないわ、と冷たい声であなたが答えた、殺人なら殺人事件として調べなきゃなりませんもの。やかましい、と彼はまたわめいて、自分のスキー帽をむしりとり、地面に叩きつけた。いまいましいことばっかぬかしゃあがって、そんなざまで人のまわりをうろうろし続けてるんだら、ほんとにてめえを絞め殺してくれるぞ。彼の顔は酔い呆けたように赤黒くまだらになっていた。ことに額のあたりは、髪の毛が胡麻塩である分だけ、薄気味の悪い光り方をしている。唐突にあなたが低い音程の笑い声をあげた。低すぎるほどなので、声にならない部分はのどがかっかっというふうに鳴った。行け、帰っちまえ、と迅一郎がくたびれ果てた感じでいった。あなたは笑いをすいこむように終らせてから、殺してよ、私のこと、といった。ありふれたことを頼むように、わざと力を抜いていった。彼はほとんど表情を変えなかったが、急に帽子が落ちているのを見つけたといった身ぶりで体をかがめ、黒いスキー帽をつまみあげた。聞えたの、と今度は力をこめてあなたがいった。迅一郎はつぎはぎだらけの股ひきの腿のあたりへ、スキー帽を勢いよくぶつけて土を払った。二度、三度と叩きつけた。そして、たまらねえ畜生めらだ、と帽子の形を直しながら小声でいった。畜生はどっちですか、とあなたが何か誇らしげないい方をした。彼は帽子を見つめたまま、てめえの姉ごだよ、といった、てめえの姉ごも殺してくんろなんて面をしゃあがった。あなたはあっけにとられたように、ただ目ばたきを続けていた。おれが触れもしねえのに、そんなはかなげな面しやがって、あのあま。どんな



顔、それ、とあなたがせっぱ詰った声でいった。おれは気づかねえふりをしてえた、そうしたらその次ぐ朝、てめえが死んだんさあ、と迅一郎はひとりごとのようにいった。もしかしたら芝居でそうしているのかもしれないが、妙に淋しいような空気が彼のまわりにただよっていた。あなたが動悸をしずめるように、小さい溜息をついた。どうして、とゆっくりきいた、気づかないふりをしてたら、どうして死んでしまったの。そんなこたあ、と迅一郎が大声でいい、きびきびした動作で帽子をかぶった、いちいち頭ん中へしまっとけるもんじゃなかんべが。そんために忠霊塔だの石塔だのおらあほうじゃあ用意してある。まあ時がなんだら、叩っこわしてもどうってもんじゃあねえが……ああ。

あなたが黙っているので、ぼくも黙っていることにした。うっかり何かいえば、あなたがどなり出しそうな感じがする。追い立てられているようにぐいぐいあなたがリアカーを引くので、荷台の回転椅子が押えているぼくの手の下でかたかた踊った。おなか空いちゃったわ、と前を向いたままあなたがいった。ぼくが考えていたよりは、ずっと屈託のないのびやかな声だった。おれも、と答えてから、蛇いちごの女があなたの姉さんだったのか

どうか、そのことだけ確かめてみたいと思った。登和子さんは津和子さんより太ってたんだんべなあ、とぼくは曖昧ないい方できいた。姉は馬鹿よ、とあなたはつまらなそうにいった。そして四、五歩あるいたあと、教えときますけどね、あのひと雄一郎さんのことなんか毛ほども好きじゃなかったんだから、といった。ふんじゃあ、なんして、こんなとこへひとりでわざわざ来たんだや。姉が馬鹿だからよ、自分しか愛さない馬鹿なナルシストだからよ、だから重っ苦しいまっ暗みたいな、運命みたいなものを、自分のまわりにくっつけたかったのよ、おらあ、そったらこんは、まるでわかんねえな、私にだってわかりゃしないわよ、だけど姉の男友だちの中には雄一郎さんより、三倍も五倍もすてきな人が何人もいたんですから……。雄一郎さんはあそこにへえってらあ、とぼくはいった。あなたは左手の忠霊塔の方を見ながら、うんと小声でいった。突然その声にかぶさるように、甲高い金属的な響きが背中の方から轟いて来た。あなたはどやしつけられたように背筋を震わして立ち停った。停電だったんだ、今の今まで、とぼくは声をかけた。あなたの顔がふり向いたとたんに白ちゃけて平べったくなった。何だ、停電か、とあなたは照れた声でいって目をとじた。西陽がほぼ正面からぶつかって来る角度なので、



陰影がほとんど飛び散って、年齢不詳のような感じだ。そのまま光に顔をさらして眼をつぶり続けている。子どもが寝息を立てるように、鼻で深呼吸をしているみたいだ。ぼくは訳のわからない不安に駈られて、おめえ、津和子さん、と呼んだ。うん、とあなたはのどの奥の方から声を出した。そしてしかめていた眉毛をゆるやかに吊りあげながら、顔を一段、二段というふうに区切ってのけぞらせ、接吻して下さる、と手早くいった、君、知ってる……。ぼくはとっさには何をいわれたのかわからなかった。荷台に載せた回転椅子を片手で押えたままの姿勢でぼんやりしていた。あなたが急に唇を動かした。その瞬間、ぼくははじめて意味がわかって、首筋を打ち据えられたような感じになる。しかし、あなたは唇を開いたのではなく、逆に力を入れてぎゅっと閉じたように見えた。ぼくは茫然としているにもかかわらず、それでも何かしなければいけないと思い、一、二歩あなたの方へ近づきかけた。大桁山ってどおれ、とあなたが唐突にいい、眼をあけてせわしなく目ばたきした。大桁は、とおうむがえしに答えたあと、ぼくは頭の芯が揺れているようで、ことばが出て来ない。下駄みたいな形の山なの、と穏やかにあなたはいった。あれだい、とぼくは横向になって指さした。将棋の王様をかしがせた感じの大桁山

は、陽の当った右半分が赤っぽい茶色で、左手の急斜面はどす黒く暗かった。稲含はどっち、とあなたはろくろく見ずにすぐきいた。ここからは陰になってまるで見えねえ、とぼくは答える、裾へ行ぐだけで半日はかかる。乗っ越すってどういうこと、とあなたが続けざまにきいた。迅一郎があなたの姉さんを連れ歩いた山のことをいっているのだとわかった。てっぺんとは限らねえ、尾根になってる所を……。あなたはさえぎるように体をまわし、碓氷峠はこっちの辺、と北東の方向を指さした。ずっとこっちだんに、とぼくは西北の方に向きを変えながら、自分の体を変に頼りないものに感じた。あなたはこのまま帰ってしまう、いなくなってしまう、そのことがありありとわかる、でもどうすることもできない、何をいったらいいのかもわからない。あら、と弾んだ明るい声でふいにあなたが叫んだ、あれやってみましょうよ。あなたは梶棒を放り出して、勢いよく忠霊塔の広場へ駈けあがって行く。ぼくはあっけに取られて見ていた。乾ききってぽくぽくした黄色い土が、あなたの地下足袋の動きにつれて、ほんの少し舞いあがった。広場には誰も人影が見えないのに、すいません、とあなたは大声でいった、二、三十分このリアカーをお借りします。あなたの足もとには、ぼくのうちのよりひとまわり



小型のリアカーが、置きっぱなしにしてあった。わかるでしょう、いいわね、と今度はぼくの方に手を振った。女学生がスポーツをするときの掛声のようだった。見つかったらひでえ目に会うど、とぼくは自信のない調子で答えたが、あなたはもうそのリアカーを片手で引き、駈足でこっちへ戻って来る。リアカーを二台、梶棒を重ね合わせてつなげ、四輪車にして坂を急降下ですっとばす、そんな遊びをあなたはいつ覚えたのだろう。一時期ぼくたちの間ではやっていたことは確かだが、坂を降りきってもブレーキのかけようがないため、何人かが怪我をして、リヤカーもぶっこわれて、それで禁止されているはずのものだった。やったことがあるん、津和子さんは、とぼくはきいた。ないから、だから一度やってみたいんじゃないの、とあなたは当然のことのようにいい、荷台の板をがたがたゆらしながら小さいリアカーを道まで引き下ろした。東京から来て、二日めだか三日めに私見たのよ、とあなたはいきいきした声でいった、大きい子が一人と小さい子が二人でやってたの、私は坂の下にいて、びゅうんてうなるみたいな音立てて降りて来るのを見てたの。大人に取っつかまったんべが、とぼくはいった。そうよ、とあなたは答え、坂の方に向って早足になった、すぐに見つかっちゃって、三人並んでびんた

を貰ってたわ、だけど呆れたことに、そのおじさんがいなくなったら、すぐまた始めたのよ彼ら。

坂の上に来た。諸戸坂のS字になった急傾斜は、最初の曲りめが崖の下に食いこむ形になったあたりで一度日陰になり、坂下のゆるやかなくねりが滑沢の家並みにつながって行く所でまた陽を受けていた。さあ、やるぞ、とあなたはいって自分の方のリアカーを放し、ぼくの方から椅子を取りあげて、道の端の枯芝の上にぽんと置いた。椅子の背がほんの少し、気のないような鈍い廻り方で廻った。ぼくはふいに胸がしめつけられるような気分に陥った。おめえ、とぼくは自分でも驚くほど高い声を出した、東京へ帰っちまうんだんべや、これっきり。あなたはふり向いてぼくを睨みつけ、徐々に眉をしかめ、目を細めた。それから急に肩をゆすぶり、そんなこと、君に話したってしようがないでしょ、と乱暴にいった。ぼくはその剣幕に押されて黙る他なかった。右の眼下でうねっている川が、ねっとりと赤く光って見えた。ほんとは私にもわからないんだ、とあなたは力を抜いて投げ出すような喋り方をし、間を置かずに、八束君は前に乗る、後に乗る、どっち、ときいた。後にしべえ、とぼくはのろのろ答えた、後の車のもんが梶棒で方向決めるんだし。停める時は土手にぶつけるのね、とあなたは坂の



下をすかして見ながらいった。最後んとこで梶棒おっ放して、とび降りっちまえば、とぼくも坂下を見た。カーキ色の服を着た男がゆっくりした歩調で坂を上って来るのが見える。待ちろ、とぼくはあわてていった、あの人物が通り過ぎてからにすべえ。あなたはうなずいて、小さい方のリアカーをわざとぼくの方から引き離した。上って来る人影はすぐ日陰の部分に入ってしまい、年寄なのか若い衆なのか見当がつかなかった。誰、知ってるひと、とあなたが早口できいた。ぼくは目をこらして見つめた。カーキ色のマント型のオーバーを着ているようだ。兵隊だ、とぼくはいった。どこの、とまたあなたがきく。ぼくは首を振った。ふいに男の全身が光の中に現れた。戦闘帽、両肩から交錯させてかけたふたつの雑嚢、カーキ色の長いオーバーはだらしなく前を開きっぱなしだ。復員兵には間違いないが、まばらな髭の下の凋んだ小さい顔には覚えがない。彼はこちらを見るでもなく、光の下でだるそうな伸びをし、そのまま休めの姿勢のように足を開いた。構わないわ、やりましょうよ、とあなたが苛立った声でいい、小さいリアカーを引き寄せた。ぼくも囲い板の前の部分を取りはずし、両方の梶棒を小さいやつが大きいのの下から入るように、重ね合わせた。兵隊がまたのろい歩調で坂を上り、近づいて来

る。しかし帽子を目深にかぶっているので、こっちを見ているのかどうかわからなかった。津和子さんは先に前の方へ乗って、梶棒持ちあげてれや、とぼくはいった。あなたは、うん、と勢いよく返事をして乗りこむ姿勢になったが、雄一郎さんだわ、と突然低い声でいった。ぼくは背中をどやしつけられたような気がして、兵隊の方を見た。だったら面白い、変なことになるんだけど、とあなたはすぐに続け、咳きこむような苦しそうな笑い声を立てた。ぼくはなぜかわからないが、あなたのほうが戦死した雄一郎という人を好きだったんじゃないかとふと思った。兵隊はぼくたちの横を何の表情も示さずに通りすぎて行った。あなたは一度坂の下を確かめるように見下ろし、大怪我して再起不能になっても知らないぞ、と真面目な顔でいってから、坂に対して後向きにリヤカーに乗りこんだ。あなたが後の車の梶棒を持ちあげ、ぼくはリヤカーの外からあなたの方の車の梶棒を片手で持ち、坂を降って行きそうになる両方の車を足を横開きにして押えた。あとはひと押ししてとび乗り、梶をうまく切りさえすればいい。行ぐぞ、とぼくが声をかけたとき、坂の上から兵隊が甲高い声で笑った。ぼくは虚をつかれて足がずるっと滑った。二台のリアカーはもう勢いよく動き始めている。梶棒を持ったぼくの右手がぐいん



と引っぱられた。あなたが悲鳴のような叫び声をあげた。ぼくは右手を先にしながら横っとびに走り、夢中で地面を蹴ってリアカーに飛び乗った。尻の骨が荷台の板にぶつかって頭がしびれる。あなたが口を一杯にあけて、ああ、と大声で叫ぶ。ぼくは梶棒を力一杯体に引き寄せてから右にひねった。あなたの姿が見えないと思った瞬間、ぼくの眼も黒いものでふさがれる。日陰に入ったのだ。八束くーん、とあなたがどなった。加速度が増すのと見合った勢いで、ぼくの方のタイヤが右に左にはねる。梶棒が手の中から踊り出しそうだ。すぐ目の前に、枯れたちがやの短い穂が光っている。光がさっと襲いかかり、ぼくは梶棒を左に曲げた。とびおりろ、とどなりながら体を浮かし、斜め横へ跳んだ。そのとき、あなたが何か叫んだのを聞いたような気がする。背骨を思いきり殴られたような衝撃と、あっけないほど低い金属音が同時にした。二台のリアカーはくの字にねじれて土手にぶつかり、車の外へとび出したつもりのぼくは、あなたの方の荷台に乗り移ってうつぶせになっていただけだった。大丈夫……、とすぐ横であなたの声がした。あ、あ、とぼくはとっさに答えたが、頭を持ちあげているだけで起きあがれなかった。私、最後まで放さなかったわ、これ、とあなたは弾む息でいって、梶棒を叩いた。

梶棒と囲いの横板で体を確保したから平気だった、といいたい容子で得意そうに顎を持ちあげて見せた。ああ、とぼくも笑って腕を立て、体を起こそうとした。と、そのとき遙か坂の上から、吠えるような叫び声が聞えて来た。あの兵隊だった。彼は回転椅子の上に乗って、万歳のような形で両腕をあげ、わあともうおおともつかない叫び声をもう一度あげた。ふいにリアカーがゆれ、あなたの腕がぼくのわきにかかった。起こしてあげる、とあなたは小声でいい、その声とは反対に力一杯ぼくの上半身を持ちあげた。その拍子にリアカーの重心がぐらんと後にかかり、あなたはぼくの体を半分上に乗せるようにして後に倒れた。あなたの胸の間にぼくの頭と顔がぶつかった。ぼくはもがいて起きあがろうとした。あなたが大きく息を吸いこんだ。ぼくの顔は押されるように持ちあげられた。もう一回、ね、とあなたがいった。

ぼくが大きい方、あなたが小さい方のリアカーを引いて坂をあがって行くと、復員兵は道端に置いた回転椅子に腰を下ろし、口をもぐもぐ動かしていた。手を小刻みに動かして、ぼくにおいでおいでをする。放っときなさい、とあなたがいった。チョコレート、と兵隊はどなるような声でいった、チョコレートをその弟野郎に呉れてくれるぞ。彼は雑嚢をひっかきまわし、平べったい長四



角の紙を出した。ハーシイだわ、とあなたがいった。それは確かにぼくが何年かぶりで見る正真正銘のチョコレートだった。貰っちゃえばいいとあなたがささやいた、君のこと弟だと思ってるわ。ぼくは少し薄気味悪いと思いながら兵隊に近づいた。兵隊は一度ぼくの目の前でチョコレートをひらひら動かしてから、突然もう一方の手でぼくの襟首をつかみ、力一杯ねじりあげた。ぼくは息がつまった。何するの、とあなたが叫んだ。やい、弟野郎、と兵隊はいった、てめえの姉ちゃんは何てえ名だ。彼はぼくの鼻に息を吹きかけながら喋った。その息はむかむかするような臭さだったが、葱と味噌がまじったような人なつっこい感じもあった。津和子です、長谷川、とあなたが決めつけるようにいう、それがどうしたっていうの。ツヤコだと、いい加減とぼけたことを抜かすじゃねえの、と彼は歯をむき出していった、おらあここらのこたあよく知ってるんだど、ツヤコっちゅうんはな、精四郎のおかたさまで五十婆じゃんか、それがそんな姿をしてるわけはあんめえや。あなたはゆっくり顎を突き出してから、出しぬけに笑い出した。全くだわ、とあなたはいった、私だって、私がこんな姿をしていることなんか、ほんとだと思っちゃいないわ。誰か別の人が、私の格好してるのよ、それとも、私が身をやつして

こんな格好してるのよ、わかりますか。兵隊は臭い息をぼくに吹きかけながら、ぼんやりしていた。あなたはすばやく彼の腕を叩き、ぼくの体を放させた。チョコレートを呉れてくれるっていってるんに、と彼は何か困り果てたようにいった。いただきます、とあなたはあっさりいって、彼の手からその長四角の包みを取りあげた。そして手早く紙を破り、銀紙を破り、ひと並びを折ってぼくに渡した。食べなさいよ、とあなたはいい、体を空に向ってよじってから、チョコレートをつまんだ指を顔の上にあげ、ぽとんと口の中へ落とした。ぼくもあなたの真似をし、首をひねって空を見あげた。今彼にしめあげられたのどの皮膚がひりつくように痛かった。そしてチョコレートが口の中に落ちる。痛さと甘さが同時に口の中に広がった。さ、もう一回やりましょう、とあなたがいった。兵隊がうなるように小声で何かいい、回転椅子をきしませて、ぐるぐる体をまわした。怪我するまで何回もやりましょうね、とまたあなたが叫んだ。

# 世を忍ぶかりの姿

# はしがき　熱警報装置の周辺

私は正常な人間だ。正常な人間としての自己を信じている。その限りにおいて、私は一九七三年十一月二十三日に目撃した、あり得べしとも思えぬ数々の事柄を記録する義務がある。この勤労感謝の日、私の五十五歳の年齢から言えば「新嘗祭」に生起した一聯の歴史的事象は、正確に記されるならば、「木戸日記」、「原田日記」、「本庄日記」、「杉山メモ」等の裕仁天皇に関する戦中の第一級資料を、戦後二十八年間において完璧に継承補完するものとなるはずである。繰返し言うが私には何ら狂気の徴候は見られない。なぜなら一個の実業にたずさわる市民として、今これを記している間も、「熱ポンプ工業株式会社」の「警報装置開発部」の部長であり、常務



取締役として正常に職務を全うしているからだ。それは昭和二十二、三年まで宮中に出仕していた若い侍従職の、その後の転身ぶりとしては、むしろ成功者の部類に数えられているくらいである。そう、私は満二十四歳から二十七歳までの四年間、最も弱年の侍従として裕仁につかえた。その間私が手がけた仕事としていまだに歴史的価値を失わないと思える事跡は二件ある。一九七三年晩秋の夢魔の如き一日を明確に照射するために、そのひとつから記し始めねばならぬ。

すでに宮廷史や軍閥史の域を越えて、日本現代史の絶望的一頁の中に、〝長野県松代に大地下壕を築き大本営を移転する計画〟なるものが封じこめられているのは周知の事実である。それは軍閥の最後の悪あがきとして編み出された、〝本土決戦〟なるものの愚劣極る一戦術と称されて。すなわち容易に艦砲射撃にさらされる〝江戸城〟から裕仁及びその第一位皇位継承権者たる継宮明仁殿下を、絶対安全な聖域に移し奉る目的のためであった。今ではこれも世間周知の事実に属する。ただし、笑

いばなしとしてである。恐らく、一九六〇年以降の女性週刊誌に小うるさく出没する、かの多産系白色レグホンとその雛鳥どもの高度成長ふう日向歩きと比べた時、陰惨な毒気のすべてを奪い去られたナンセンスな江戸小咄の類いとして。

しかしながら、〝大地下壕〟は往時の私にとって(いや、今この瞬間すらもというべきだ)、まさに宿命と呼ぶ以外の何物でもなかったのである。侍従以前の私は、東京帝国大学工学部より同じく理学部地震研究所に派遣せられた副手待遇の研究員であった。戦時下にあって耐震構造と建築強度の関連を追求していた私は、当然のことながら被爆時における地下建造物の限界強度を研究課題として与えられた。参謀本部軍事調査部からの命令である。改めて断るまでもあるまいが、原子爆弾の実在はもとより、その製造準備の存在すらわれわれの知識の外にあった時期のことだ。

一九四四年七月、サイパン島の玉砕が伝えられ、ついで東条内閣が瓦解してから数日後、すなわち敗戦の一年一ケ月前、突然宮内省に出頭すべしという奇妙な指令が参謀本部から私に伝達された。後代の諸君には恐らく理解を絶する事柄であろうが、私は天が死場所を与えてくれたに違いないと直感し、小踊りせんばかりであった。



というのも、第一高等学校以来の友人で文科系の諸君の中には、遠く南冥の果てで、あるいは極北のアリューシャンで、すでに鬼籍に入りし者数多く、私は象牙の塔にあって安閑と研究にふけっている自分を、心に疚しく思っていたからである。ましてや学徒動員令が施行せられ、私よりはるか後輩の紅顔の……、いや他人の事は言うまい、二歳年下の弟を六月のマリアナ沖海戦で失って以来、私は明確にこの戦争の破局を認めていたからだ。内大臣木戸侯爵より簡単なテストを受けた後、侍従職に任ずる旨の辞令があった。それが一億総武装の閣議決定がなされた日であることを、今も記憶している。

なにゆえに他の先輩諸学者をさしおいて、弱冠二十四歳の私ごときが択ばれたかについては、後日その理由が判明した。私の専門領域が大本営地下壕建設の装備に必須のものであったのもさることながら、明治の高名な細菌学者であり、若き裕仁に一度ならず学問の御進講を申上げた理学博士志賀重次郎が私の外祖父に当ること、これが毛並みを尊ぶ木戸侯のお眼鏡にかなったばかりでなく、アマチュア科学者である裕仁の興味を強く惹いたという決定的事由に依るのである。こうして私の学者としての生涯は裕仁によって奪い去られた。このような言い廻しは、通俗史書や教科書のみで裕仁像を思い描いている諸君のイメージに当てはまらないに違いない。いや、専門歴史書すらも、裕仁の機械仕掛のようなあの身ぶりに惑わされて、彼の内部までがロボット人間であるがごとき錯覚に陥っていること、枚挙に堪えないほどである。今私は必要最小限の所でそれらの決定的な誤りを訂して置く。

裕仁は意志の強い自信家であった。断じて軍閥や重臣たちの操り人形などではない。これから後私が語る事象との関連において言うならば、気力、生命力ともに充溢した、二十世紀の他国の帝王に比していささかの遜色もない、王の中の王であったのだ。彼は自分に知らされていない計画を、ただちに陰謀と決めつけて憎んだ。許可したくない政治的方針は、何度上奏されても無視した。無視されてその場で泣き出す感情家の軍人や閣僚に対しては、もっと単純に無視することで応えた。人事に至っては徹底的に権力的であった。恣意的だという意味ではない。閉鎖社会である宮廷特有の噂話を、彼は正確な情報に置き換えることを迅速かつ苛酷に要求し、それらの情報の束がもつれることなく自らの手もとに握られているることを不断に心がけた。その上で彼は意に沿わぬ情報の操作を命じ、工作を促し、結果の功罪に於て人物の力量を判定、よってもって人事を専断したのである。従って裕仁から疎んじられ権力中枢から閑職に追放せられた重臣、軍人らは、〝現人神〟の権威に敗れ去ったのではなく、一個の有能無比な最上級管理者によって、まぎれもなく能力の上で屈服させられたとして自らを総括する他なかったのである。軍閥暗闘史の舞台裏に於て、北進派を却け南進派を支持した事実は、すでに近来の研究書の指摘するところであるが、裕仁のこの意図による人事の掌握は、陸軍では佐官以上、海軍では少将以上であったことを附け加えれば、大元帥としての彼がいかに皇軍の実質的な、いい得べくんばまさに人格的な統治者であったかが明々白々となるであろう。

私は不要な贅言を費しているつもりはない。上記の如く〝大地下壕〟完造のため、表面は〝陛下の御学問相手〟として禁中に出仕してから旬日ならずして、私は彼の尋常一様にあらざる大権力者の一面を見せつけられたのであった。すなわち、計画中の松代大本営の所在及び構造の秘密が敵米国諜報網の知れる所となりし場合の対策如何——裕仁は吹上御苑散策の途次、近くに余人のいないことを確かめた上で、右のような御下問をなされたのだ。事の重大さにもかかわらず彼の声音は平静そのものであった。私はとっさの返答に窮した。彼はただの仮定だと思ってはならぬと手短かに附け加えたあと、更に戦慄すべき質問を発した。本土決戦遂行にあたって、現司令官、指揮系統の一切及び元老重臣の大多数が戦死または捕獲され尽すが如き情勢の現出したる際、朕並びに継宮の生存を保障する方策ありや。弱年の私が驚愕と悲傷の思いのために涙せざるを得なかったことは、昭和元禄以降の諸君らも僅かながら推察してくれるものと信じたい。だが精神的な次元で受け取る必要はさらさらない旨、彼は一種嫌悪の表情を浮べて述べたのである。科学者として、と彼は言った、物理的な処置について考案するのみにて可なり。私は恐懼してうなだれ、答申のため三日間の猶予を請うた。裕仁はふいに眼鏡をはずして眼をしばたき、木戸に相談することは断じて不許可なり、菊池ひとりにて案を作製せよ、と厳然たる口調で言い切った。もっとも身近かなはずの内大臣にも秘密であるとすれば、他の重臣はもとより皇族連枝にも何ら下問されていない、独断専行の発案であることは疑問の余地がない。私は事の大きさと責務の重さに、うちひしがれんばかりであった。

懊悩の三日間が過ぎたが、私には上奏するに足る成案は浮ばなかった。思い余った末、宮中でただひとりの友人である、これも最弱年の侍従武官に婉曲に意見を求めた。彼の名をかりに三上孝樹と呼んで置こう。陸軍大尉



たる三上は、私と相前後して侍従武官に任ぜられる直前まで、陸軍士官学校の戦術指導教官の職にあり、かの辻政信以来の俊秀としてつとに盛名を馳せていた。附言すればその先輩に負けず劣らず狂信的な面を有する点に於てもである。私より六歳年長であるこの軍人と友人になった理由はふたつある。ひとつはともに天狗同士の碁であったが、もうひとつは暗黙のうちに、お互いが同じ使命のために宮中に出仕する役割を荷なったことを認めあっていたからだ。つまり彼は専ら地上戦的見地から〝大地下壕〟の占守防衛についての研究を命じられていたのである。碁盤を囲みながら、裕仁からの御下問であることを伏せて、私自身が大地下壕作戦にやや危惧の念を抱いている旨を独語のように洩らしてみた。三上の顔が瞬間的に険悪なものとなった。暫く睨みつけたのち、陛下からの御下問はいつであったのか、と彼は押えた声で詰問した。私はその直観力の鋭敏さに動転し、それが三日前であり今日が上奏の日限であることを告白せざるを得なかった。彼は蒼白の表情のまま黙し、ついで顔面が恐しいほど紅潮した。俺より貴様の方が陛下の信任が厚いのか、と三上は呻いた。つまり彼が御下問を受けたのは昨日のことだというのだ。われわれは即刻場所を移し、二人きりで内密に数時間の討論をかわした。すでに

お互いを血盟の同志として、深く胸襟を開く破目に陥っていたのである。

一九六〇年代の半ば頃であったろうか、当時流行のきざしを見せ始めていた劇画なるもののひとつを偶然眼にしたとき、私は驚愕のあまりとびあがらんばかりになった経験がある。それは室町末期の武家の権謀術数に満ちた闘争を扱った物語であったが、中に敗戦を覚悟した武将の一人が自らの替玉の忍法者十数人を用意し、城に火を放って落ちのびる件りが、こと細かに描れていた。およそ二十年前、三上と私が語りあった計画の、圧縮された劇画がそこにあったのである。まさしく私たちは、裕仁の影武者と、大本営の影の場所とを真剣かつ率直に論じあったのだ。一人の天皇が命を落したとき、もう一人の天皇が突如現れる、と三上は言った。そしてその天皇が崩御した場合、更に更に別個の天皇が各地に現われ続け、われら赤子に決戦の大号令を下すであろう。日本歴史に於ける過去の国内戦を詳細に検討した末産れて来る戦術は、右の如きものをもって最上策とすると彼は述べた。私は本州中央の山岳地帯に、それぞれ建築様式を異にした地下壕を作り得る可能性について語った。恐らくその数は八紘一宇の精神にあやかり、表日本、裏日本を含む八個ぐらいが適当であろうと。ふいに思いがけなく、陸軍大尉三上孝樹は声を放って号泣した。上御一人である陛下を、と彼はかすれた涙声で言った、文字通り上御一人を他に七人も作る、いや作ることを考える考え方そのものが、不忠不敬の極みではないか……、もしかしたら俺はすでに逆賊かもしれん。この単純な忠臣を私は笑うことができなかった。否、彼の言葉は当時の私の胸を十二分に刺し貫いたのである。(そして一九七三年冬の今、私たちがその後に計画実施した行為のすべてが、不忠不敬の極みではなかったかという思いが、打消しがたく胸をよぎる)。

ともあれ、三上と談合した日の夕刻、再びかの吹上御苑に於て、私は裕仁に上奏した。松代以外に七ケ所の大本営を建設し、七つの玉座を設置すること、これである。七人の影武者については触れずに済ませた。裕仁はまるで予期していたかの如くにうなずき、実現に当っては武官三上を相手とするよう、といって話を打切った。現今の言葉で表わすならば、私たちは完全にリモートコントロールされていたと称すべきであろうか。数日ののち、三上と私は今までと別個の指令を与えられ、それにふさわしい権限を持つことになる。すなわち三上の指揮下には参謀本部陸地測量部の精鋭が、私の下には東京大学工学部関係の俊秀が集められた。もちろんこれらの諸君に真の目的を明かすことはできなかったから、山岳戦のための強固な砦といった態の説明を与えたものと記憶している。忘れないうちに附け加えて置こう、これが実施の段階にはいってからは、私たちへの命令者は内大臣木戸侯であった。一切の費用は彼の手から直接手渡されたのである。その十分すぎる程の経費によって僅か半年余の間に、私たちは所期の目的を完璧に果すことができた。すなわち影の大本営ともいうべき七つの地下建造物が、南は兵庫県から北は秋田県に至る中央山岳地帯の秘密の箇所に、あるいは縦穴、あるいは横穴、そして斜坑方式といった具合に点々と完成したのであった。作業要員は特殊な工作技術者は別として、半島人労働者及び中国人捕虜をこれに当てた。昭和二十年五月二十五日の帝都最後の大空襲の直前に作業は完了した。この作業の労務者たち全員を、秘密保持のため即刻銃殺したと三上が告げたとき、当然のこととして私自身が微笑を返したことを、今ここに告白して置く。

しかしながら、時局は私たちの努力を一方では叱咤し、一方ではあざ笑うが如き速度をもって推移して行った。ムッソリーニが処刑された二日後、ヒトラーが自殺し、そのまた二日後ベルリン陥落、ついでドイツの無条件降伏、そして裕仁周辺の指導層にとって致命的であった五月二十六日早暁の御所及び大宮御所の炎上。六月八日焼け残った宮内省に於ける最高御前会議は、われわれの予測を全く裏切って松代への大本営移転を否定し、最後まで帝都を放棄しないことを採択、内外に宣言したのである。それは表向き本土決戦を貫くポーズは捨てないまま、すでに戦争終結のためのあわてふためいた交渉が開始されたことを意味しており、裕仁の周辺にあっていち早くその真相を知った三上と私は、自分たちの必死の努力がすでに水泡に帰したことを、泣き笑いしながら確認したのであった。

ポツダム宣言受諾の前後に関しては、特に改訂を加えねばならぬほどの資料を私は持ち合わせてはいない。しかし、只ひとつ、三上と私、及びそのために惨殺されねばならなかった百数十名の朝鮮人と中国人捕虜の労作である、七箇所の秘密の玉座については、思いがけない奇妙な指示が与えられた。玉音放送終了後、数々の極秘書類が焼却される煙の中を、長年皇后の最も身近にあった女官であり、当時衣裳係女官長の職にあった二階堂ひろが、三上と私の近くに出しぬけに近づいて来た。彼女は何の表情もあらわさず、七つの場所は取りこわしてはならない、いつでも使用できるよう内密に保存すべしという意味の事柄を、裕仁からの直接の指示であるとして私たちに伝えた。それが将来何の意味を持つのか糺す余裕もなく、私はただ茫然とうなずいた。俺にこのあとも生き残っておれというのか、と三上が冷ややかな女官長に対して、噛みつくようにどなった顔が今も目に浮ぶ。

以上述べて来た事実について、宮廷、軍首脳、あるいは重臣たちのうち、どれほどの人々が了解していたのか、私はつまびらかにすべき証拠を何も持ってはいない。だが、われわれとは全く接触のなかった別個の一団が、別個の計画を進めているという風聞を耳にしたことがあった。すなわち、かつて三上が私ひとりに囁いたはずの例の影武者を作る工作である。それは一九三〇年代に相ついで起ったクーデターとその計画を遙か後方で糸を引いていた、民間右翼のボスが画策しているという噂であった。無論、三上も私もすぐそれを信じこむほど愚かではなかったが、そのような人物の候補者が水戸市郊外の農本主義思想家の小農場で七人用意されているらしいと聞いたとき、われわれは慄然とした。とはいえ、戦争中はもとより、敗戦後もおよそ二年間、そのことの真偽を確かめる手だてはなかったのである。明確にいってしまえば、敗戦後そのような児戯に等しい計画については、きれいさっぱり忘れてしまったのだ。そして例の七つの場所についても、できるならば忘却の淵に沈めてしまいたかったのである。だが、運命は、あるいは日本歴史はわれわれを忘れてはくれなかった。かの極東裁判、勝者が敗者に復讐するものとして悪名高きあの法廷で、東条英機が自己弁護のため証人席についた直後の一九四七年十二月のある日、私と三上は、われわれとは別個に行動していたグループと接触させられることになる。両者を引きあわせたのは、戦後も同様に衣裳係女官長の地位にとどまった二階堂ひろであった。

かくして、私たちが残した仕事は、最初の意図とは全く異った、ある意味では遙かに重大な役割をになうことになったのである。そして児戯に等しいと思えた、かの裕仁の替玉もまた、その七分の一に於て全く真実のものとなった。ただし、この場合、正確な意味あいでは、完全に逆な姿としてである。明敏な諸君はすでに承知してくれたと思う。この春の始め渡米の可否が論議され、内閣を揺すぶることとなった裕仁こそが用意された七分の一なのであり、万世一系の上御一人は、これまたわれわれの作業の七分の一の場に、爾来四半世紀の間、ささやかな仮の玉座に坐したまま、この戦後という世を忍んで来たのであるということを。

それらの奇怪な事情、諸君らの知れる戦後史とはおよそ異った経緯を、即刻開陳せよと諸君は迫るであろう。

しかり、私はそのつもりでこれを綴っている。しかしながら、この四半世紀にわれわれが世を忍んで勤めあげて来た作業よりも、遙かに恐るべき現象がこの一九七三年十一月二十三日の一日、いや十数分の間に起きたのである。これを書いている今もなお、私の動悸はややもすれば不規則なリズムを刻む。従って今の私は、四半世紀の事情を解き明かすより先に、その十数分の信ずべからざる現象を解明したいという方角へと心が向いてしまうことを禁ずることができない。いや、恐らくその現象を解明するためには、過去四半世紀の意味を、その絶対性に於て問い直さねばならないのかもしれない。いずれにしろ、私は自分の目で見たこと、耳で確かめたこと、そして信ずることのできる人間の行動のみを書き記すつもりである。しかし、私がもはや人間を信ずるという能力を失っているかもしれぬ、という恐怖が払いのけ難く脳裡を去来することもまた事実であると率直に告白して、この冗長なまえがきを了えることにする。



## 二　大嘗祭は処女を必要とする

年に一度だけ私は登山靴をはく。その紐をしめるたびに、サラリーマンといううたかたの世から抜け出し真実の領域に踏みこんで行くのだという興奮に、文字通り身がしまる思いがして来たものだ。そのような年中行事が始まったとき、私は三十五歳、まさに人生の半ばにあった。爾来二十年、皇族の一人からのプレゼントであるドイツ製の中古の登山靴を、今年もまたはいた。後で聞いたことだが、全く同じ方法で足固めをしていた三上は、ふいにこの行事が今年限りかもしれぬというわななくような予感に襲われたそうである。常識人である私はただただ遙かに過ぎ去った二十年を、どちらかといえば一種あきれ果てた長さとして思いかえしていたにすぎない。換言すれば、壮年期に持ち得たあのひそやかな昂揚と決意が、歳月とともに風化し衰退するといった態の凡庸な習性に捉われ始めていたのであろう。更に言うならば、〝堪え難きを堪え忍び難きを忍び〟、よってもって万世一系の大日本帝国を復活するはずの未曽有の責務に対して、昔日ほどの熱き誠を抱き得なくなったのであるかもしれぬ。ともあれ、私は晩秋の一日をピクニックで過すといった平凡な服装で約束の場所へ赴いた。前夜早めに東京を発っていたのは、集合時刻が早暁五時半と定められているからである。場所については、さきに述べた七つの旧地下壕のひとつが保存されてある山の中腹という以上には、明らかにすることはできない。私が記した時刻の件りから、恐らくそれが中央山岳地帯の表日本側であろうと推測していただいて結構である。すでに一度だけ降雪があったと聞かされていたこの辺りの山道は、闇夜であるにもかかわらず消え残りの雪が点々と見え、懐中電灯を用いなくても容易に方角を辿ることができた。だが、二俣路に来たときだしぬけに私の顔は眩しい光に照らされた。私はうろたえて顔を覆った。ミヤケ部落はどっちの道でしょうか、とすぐに若い女性の声が聞えた。それは私たちの集合地点の名前である。私は急いで光の輪から顔をはずし、君は誰だ、と詰問した。ごめんなさい、と言って彼女は光を消した、ひとりで東京から来たものですから。目をこらして彼女がどんな種類の人間か見定めようとしたが、光の残像で目が昏んでいる。こんな時間に何でミヤケへ、と私は強く言った。相手はほんの短い間ことばを探すような感じで黙った。目が馴れて、それが黒っぽいコートのようなものを羽織った痩せた女だとわかる。あそこには住んでいる者はおらんよ、と私は穏やかな声で、しかし警戒をゆるめずに言った。いいんですの、と彼女がすばやく応じた、チガヤ峠の方へ出たいんです、わたくし。喋り方に知的な感じがあった。それに最初思ったよりはずっと若い、少女らしい顔立ちが闇をすかしてほの見える。私は少し安堵したが、いずれにしろこの少女を連れて仲間たちとの待合わせ場所へ行くことはできない。心ならずも彼女に嘘の道順を示した。それを行けば昭和二十九年に着工され、四年がかりで完成したダムのほとりに出るだけだということを私は知っている。少女は丁重に礼を述べて歩き始めた。最初私の顔を照した電灯は携帯用としては一番大型の類いだったのでかなり奇異な感じがした。そういえば、東京からやって来たと言っていながら、それ以外に何の荷物も持っていない。君、と私は思わず後姿に向って声をかけた。自殺をしに来た女、という想念がひらめいたからだ。何でしょうか、と少女が平静な口調で問い返して来た。まさか君はこんな山へ死にに、とそこまで言うと、出しぬけに彼女は笑った。明るい声であったが、どこか投げやりな感じがしないでもない。いや、と私は照れたふうを装ってことばを重ねた、山へはいって来るような身ごしらえに見えなかったからね。死神ですわ、きっと、と彼女はこちらをさえぎるように言った。そして、ごめんなさい、びっくりさせるようなこと言ってしまって、とすぐに続けた、もちろんわたくしではありません、別の人を狙っているんです。私は頭がおかしい女とかかわりあったのだと覚り、からかうような気分で、ほう、君にはそういうことがわかる超能力でもあるのかね、と訊ねてみた。ふいに電灯がともされ私の方に向けられた。わたくし気違いやノイローゼじゃないわ、と彼女は低い声で言った、それにでたらめを申しあげているのでもありません。光を向けられているせいだろうか、私自身が訊問されているような気分だ。死神というのは、それでは……、と私はひるんだ声を出す。身近な、わたくしの一番近くにいる人に襲いかかっているの、と彼女は言った、ちょうど今ごろ。その頼りなさそうな声音には、独特の真実味があった。私は惹きこまれるように光の源に歩み寄り、その人とは誰なのかとやさしく問いかけた。道を教えて下すって、ありがとう、と彼女は急にさばさばした口調で言い、光を消すと同時に足早に去って行く。

　今になって私は思い返す、どのような甘言を弄してでもこの少女を山から追い帰すべきだったのだと。しかし姿かたちも明らさまに見えなかった少女が、私たちの未来をこなごなに打ち砕くであろうなどという予測は、ごく通俗なヒューマニストである私の頭をかすめ過ぎもしなかった。

　夜の闇が乳白色の靄に変わる時刻、朽ちかけた木樵小屋に私は近づく。道端に突出した岩の塊の下にある、まるで雨やどりのためといったその狭い小屋が、私たちの待合わせ場所なのだ。小さい焚火が見え、ああ、有賀君がいつもの通り一番だと知る。遠くから火が見えて、と挨拶もなしに彼女が問う、あんまり寒いものですから、つい……。私は曖昧に首を振って焚火に近づいた。有賀翠子は毛皮のコートを袖を通さずに羽織り、その下にけばけばしいと思えるほど派手な服を着ていた。銀座に自分の名を冠せた有賀画廊なる店舗を経営しており、それ以上に不動産売買で巨額の資産を有していると自らも吹聴している彼女は、五十に手の届く実年齢をまるで感じさせない。乏しい光で見るせいか、どう見ても三十過ぎの、女盛りにやっとさしかかったような、内部から溢れ出て来るなまめかしさがあった。私は特に偏見を持っているつもりはないが、十代で新橋かどこかの芸妓として名の通っていた閲歴が、したたかで見事な化け方に今も現われている、とふと思ってしまう。スガモ・プリズンで病死した右翼の大立者の公認の情婦であった彼女は、その立場を利用することを思いつき、旧華族たちの道具類のブローカーから出発し、今や堂々たる実業家なのだ。私は柄にもなく彼女の若々しさをたたえるお世辞を述べた。翠子は一瞬体の一部を触わられたかのように身をくねらせたが、そんなことより、ときつい表情になって言った、とうとう来るべきものが来ましたわね。彼女のことばに従えば、共産党が議会の開院式に於る陛下の出席を拒否した事実は、そしてそれを国民一般が特に驚異の目で受け取らなかった現象は、天皇制消滅の第一歩となろう。彼女はふいにコートを脱ぎ捨てて、今こそ私たちの時が、待ちに待った時が来たんですわ、と下手な代議士のような身ぶりで言った。私は微笑で翠子を制した。そして火のそばにうずくまりながら、ここへわれわれが集るのはあくまでも二十年前の開拓村の仲間としてであり、話柄もその過去を偲ぶこと以外であってはならない旨の注意を喚起した。さよう、私たちが勤労感謝の日を特に択んで毎年会合を催すのは、昭和二十三年から六年間この地の国有林の払下げを受け、食糧難時代を開墾開拓によって過ごしたその記念のためなのである。明確に言って置かねばならぬが、その過去自体は別段虚構



のものではない。それ所か、農業経験者を二、三人以上持たなかった仲間にとって、開墾とその後の六年間は馴れない苦闘の連続であった。そして昭和二十八年暮、先に記したダムが建設されるに当り、われわれは保障金を受け取って作りあげた村を捨て、それぞれに別個の人生を営み始めたというのが世間普通の姿である。ただし、そのように苦慮して開拓部落を作り、また放棄するに至った、陰された真の目的という点に関しては、まえがきに述べたが如く、全く特殊な事情が存在していたことをあらためて説くまでもあるまい。われわれが裕仁を中心にして作りあげた、特殊な村落共同体の構成員は、当初十数名をかぞえた。その後あるいは死没し、あるいは脱落し、一九七三年の今朝、この場所に集合するメンバーは六名となっている。事の序でに仮の名を明らかにして置けば以下の如くである。すなわち、私、菊池重範と、三上孝樹。目の前にいる有賀翠子とかの女官長二階堂ひろ。そして〝北日本新聞〟なる地方紙の社主である郷原佑と、古典的な総会屋としてかなり名の知られた久保伝三郎。

それらの仲間たちの一年間の消息を話しあううち、久保とどうしても連絡が取れないという次第を翠子が告げた。電話はいつかけても不在、至急親展の手紙にも返事

がないというのだ。老いたりとはいえ智将として名のある総会屋のことだ、と私は笑った、商売上の謀略で一時身を昏ましていることもあるさ。登山靴の鋲の音が高く響いて、猟銃こそ持たないが完全にハンターの服装をした三上が戸口に立った。翠子の華やいだ挨拶に対して、二階堂女史が遅れるそうだ、と三上はぶっきらぼうに答えてはいって来る。私も忘れていたことを思い出し、郷原が新聞少年に訓示を垂れて来るから儀式を遅らせて欲しいと伝言して来た旨を告げた。ふいに翠子が焚火を踏みにじった。そして歯がみをするような強い口調で言った、誰も彼も心変りがしたみたい、今年こそ一番大事な時なのに。三上が彼女を押しのけ、登山靴で火を蹴散らして行く。大事なってどういう意味かな、と彼は何かこだわりがあるような口ぶりで訊ねた。ガードマンの会社をやっているにしては疎いではないかという意味のことを述べてから、翠子はさっき私に喋った共産党うんぬんの論を繰返えそうとした。天皇と天皇制、と三上が力をこめた声でさえぎった、有賀さんにはその区別がわかっているのか。翠子は気押されて口をつぐんだままだった。三上は彼女の方を向いた姿勢で、その実私に聞かせたいに違いない事柄を、そこまで考えが煮詰ったといったふうな口吻で話し出した。すなわち、共産党が問題に



するのみではなく、雑誌ジャーナリズムが特集を組み、単行本もまた天皇及び天皇制を扱ったものが嘗て見られなかったほど氾濫している、これをもって国民の間に皇室批判の声が高まって来たなどと考えるのは、全く木を見て森を見ないが如き短見者流の皮相な俗論に過ぎぬ。例えば、「天皇の陰謀」とか「ヤマザキ、天皇を撃て！」といった類の、皇居にある現在の裕仁をその戦争責任に於て侮蔑罵倒する書物が何の制限も加えられず、書店の店頭に山積されているのは、現体制、支配者層がそれを危機の徴候としてではなく、安泰のしるしと考えているからなのだ。宮廷周辺がベトナム和平実現後一週間も置かずに、裕仁訪米計画を発表したりするのは、平和天皇のイメージを世界的視線の中で定着させる断乎たる成算があったからに他ならない。そこまで三上が一気にまくし立てた時、お待ちなさい、と焦立たしげに翠子が叫んだ。完成とか安泰とか、あなたはどこの皇室のことをおっしゃっているんです！　彼女ほどの激しさで言えたかどうか別として、私自身もまさに同じような問いを発するところであった。三上が盗み見る目で黙っている私の方をうかがった。そして照れたようにいかつい顔をゆがめて笑った。どうも俺は言い過ぎてしまったようだ、と彼は言った、しかしまあ客観状勢ってやつはそんなと

ころじゃないのか、どうだい菊池。さあ、どうかな、と私は用心深く答える、客観状勢なんてものを毛ほどでも信じる気分があったら、最初からわれわれはこんなことをしていなかったと思う。いや、と私は喋りながら心が激昂して来るのを感じて続けた、この戦後世界ってやつをどんなことがあっても、命と引きかえにしても認めてやるものか、そう考え抜いたからこそ、君も私もこうやって耐え忍んで来たんじゃないか、そうだよ、人間天皇なんていう子供瞞しを信じるくらいなら死刑になった方がましだと言ったのは君だぜ。ああ、と三上が気のない返事をしたとき、とぼけるのもいい加減にして欲しいものだわ、と再び翠子が叫び、体をぶつけるような勢いで三上の肩をつかんだ。あなた、心変りがしたんでしょう、弱気になってもう逃げ出したいと思っているんでしょう。彼女に上半身をゆすぶられながら、三上の頰が紅潮して来るのがわかった。翠子がふいに態度を変え、まるで愛人にすがり懇願するような口調で、三上の如き男らしい男がいなくなれば心細い限りだ、現実的な点から言っても旧陸軍のエリートコースにいた三上だけが、万一の場合自衛隊に話をつけられる人間ではないか、その人がいなくなればもう彼女自身もこの仲間であり続ける気持が挫けてしまうだろう、といった意味のことばを



綿々とささやくのであった。すぐ傍で見せつけられている形の私は、商売女ふうの手練手管に過ぎないとすぐ悟ったことも確かだが、にもかかわらずそれが成功してくれることを願った。だが、結果は逆の形で出た。俺は一度も弱気になったことなんかない、と三上は言って、すげなく翠子の腕を振り払った。きさまたちはあき盲だ、と彼は私の方に向って開き直るように叱咤した。皇室は、皇位は、天皇制は今のままで、現在の姿で放って置いても、すでに磐石だということがわからんのか！　私は別にあっけに取られるようなことはなかった。むしろ失笑しそうな気分であった。ということは、と翠子があえぐようにきいた、私たちの、私たちだけの陛下をどうなさるってこと……。問題は、と押しかぶせるように太い声で三上が言う、ミチコとそのチビどもの陰にかすんでしまった、皇太子のイメージアップをいかにして成し遂げるか。裏切者、と叫びながら翠子が彼に体当りをくらわせた。ふいをつかれた彼は、足もとの薪で靴をすべらせ、地面に尻もちをついた。私は落着いた声で笑ってやった、冴えない変身ぶりだな、三上。自分ではニューライトとでも呼んでいるんだろうが、財閥の走り使いをしている小役人木っ端官僚どもと、そっくり同じじゃないか。それ以下の犬畜生だわ、と翠子は言い、まだ煙が

くすぶっている太い薪をつかんで身構えた。私はそれを手で制し、君ひとりの考えではないようだね、と彼の表情を確かめながら言った、陰謀好きの男のことだ、誰と相談したのか、いや、誰が君を操っているのか言いたまえ。三上は地面に腰を落したまま、なげ出した登山靴の足をじりじり体にひきつけた。ふいに彼の全身から殺気のようなものが立ちのぼった。私はゆっくり体を動かし、翠子をかばう姿勢で三上から距離を取った。私の背に触れた翠子の躰が小刻みに震えている。三上、と私が呼びかけたとき、出しぬけに彼は笑い出した。試してみただけさ、と彼は無理に明かるさを装う声で言った、君たちの決意がどれだけ固いものか確かめたかったわけだ。嘘、と悲鳴のように呟いて翠子が私の背中に抱きついて来た、ああ、私、体がこんなに震えてるわ、菊池さん。脅かして済まなかった、と彼は立ちあがり泥や灰をはたき始めた。しかし、私も翠子と同様、彼の小手先の芝居などに瞞されはしない。陛下の前で今の話を繰返してみよう、と私はわざと何気なく言ってやる。三上の体が硬直するのがわかる。三上の客観状勢とやらの説明はなかなか堂に入ったものだからな、とはっきり皮肉をこめて附け加えてやる。俺が……俺に、話させようというのか、と彼がうろたえた声を出した。私は微笑する。彼の内部がまだ迷っている状態だということが了解できた。冗談じゃないか、と三上が真剣に言った、集りが悪くてかっとしたからやってみただけじゃないか、わかるだろう、この気持。ええ、と翠子が余裕のある口調で応じた、その辺の気持も陛下に卒直にお伝え出来たらと思いますわ。なに、と三上がふたたび怒気を孕んだ表情になった。そのときである。表の道から流行歌らしい歌を口ずさむ若い男の声が近づいて来た。

それはわれわれがこれから訪ねるはずの家族の一人息子、継人の声に違いなかった。ぎょっとして入口の方を見る。外はもう薄紫色の靄が漂う朝であった。歌は途切れることなく近づき、やがて歌いながら入口に若者の顔が現われ、私たちをあけすけな目附で眺めまわした。雨宮継人は二十一歳にしては独特の大人びた風格のある青年だ。それは私たちが産れたとき以来特殊な人物と見做して来たからかも知れぬが、少くとも都会のもやし青年を見馴れている目には、彼の山育ちの骨太な姿や陽焼けした顔立ちは、精悍で逞しい動物に出会ったようなすがすがしい気分を起こさせてくれる。お久しゅう、と取りつくろうように頭を下げた翠子に対して、ご苦労さんでやんす、と方言をまじえた気さくな言い方で応じた。彼は体になじんだアノラックとスキーズボンという姿だったが、背中に山村でよく用いるしょいこを背負い、それに風呂敷で包んだ大きい荷物をくくりつけていた。今年はなぜか集りが遅れておりまして、と私も丁重に挨拶する。ああ、と継人はこざっぱりうなずいてから、久保の娘さんが来てる、と道の後を向いた。娘さん、と思わず翠子がきき返し、私たちは愕然として顔を見合わせた。継人の身ぶりに促された形で、戸口の朝靄の中に華やいだスーツ姿の若い女が姿を見せた。友人の結婚披露の宴に列席する女子大生といった清楚な、それでいて控えめながら自己顕示をしている空気があった。久保稲穂と申します、と彼女が一礼する。私はその声音ではっと思い当った。黒っぽいバックスキンのコートと例の大型の電灯が彼女の手にあるではないか。ダムのまわりでうろついていたのを拾って来た、と継人が言った、久保の爺さんの代理だそうだ。彼女がまっすぐに私を見た。おかげさまで、違う道を教えていただいたために、継人さんとお会いすることができました、と皮肉な口ぶりではなく言って、小声で笑う。三上がつかつかと彼女に近寄った。久保伝三郎は何のつもりで君なんかを寄こしたんです、と彼はせきこんで詰問した。稲穂というこの少女の眼がふいに力を帯び、父の言いつけに従っただけですわ、それ以外わたくし何も存じておりません、と押しかえすように答えた。いいよ、行こうぜ、と継人が屈託のない調子で言い、先に立って戸口から姿を消す。待て、と三上が叫んだ、ここは若い女が来るような所ではない！　たとえ親兄弟といえども……。違うよ、三上、という継人の伸びやかな声だけが私たちの耳に届く、久保の爺さんは大嘗祭には若い娘が必要だと考えたかなんかしたんだろう。ダイジョウサイ、と翠子がうめいた。どういう意味です、まさか……、とすぐ続けて三上が大声を挙げた。

　蛇足ではあろうが、ここで大嘗祭の意味について略記して置く。新嘗祭がその年の初穂を天神地祇に供え、天皇自らも食する祭儀であるとすれば、新たなる天皇が即位後はじめて行う新嘗祭を大嘗祭と呼び、古来より即位式はこの祭儀をこそ本体とするのである。簡略にいえば、大嘗祭に於てはじめて日の神たる神霊が天皇の体に憑《のりうつ》り、聖なる霊的な君主、すなわち文字通りの現人神となられるのである。従って三上がどういう意味かと問うたのは、まさか即位式をすでに継人があげたのでは、というつもりであったに違いない。それに対する答えが、再び声のみで帰って来た、親父はこの夏一度ひっくりかえってね、それ以来さきざきのことを心配してばかりいるんだ、小うるさいから、あんたたちも気をつけた方がいいな。始めて知らされた裕仁の健康不正常という事実は、しばし私たちを沈黙せしめるに充分であった。三者が三様に茫然としている間に、稲穂ちゃんていったっけ、早く来いよ、と呼ぶ継人の遠い声が聞え、すぐ続いて道を走って行く足音がした。そして私が戸口に向ってよろめくように出て行ったとき、すでに少女の姿も見えなかったのである。ひっくりかえったってことは、つまりご病気なんだわ、と虚ろな声で翠子が言い、さきざきのこと、さきざきのことはすなわち跡つぎ、すなわち皇位継承、天つ日つぎ、と呪文の如く三上が言う。奇妙な話だが私自身は裕仁の病気ということについては、具体的なイメージが浮ばなかった。むしろ稲穂がここにやって来てしまったこと、それを継人が歓迎しているらしい事態の方が強く心にひっかかっている。今のあの娘、どうしたらいい、と私は二人に聞いてみた。もちろん追い帰すべきだわ、と即座に翠子が答えた、たとえ久保さんのお嬢さんだとしても絶対に私たちの秘密は……。もう継人さんが喋っているとしたら、と私もせきこんで問うた。そのような場合、と三上が顔を空の方に向け、山なみを仰ぎ見るような姿勢で呟いた、万一そうだとすれば、どっちに転んだとしても……。どっちにころぶっていうのは、と翠子が鋭くさえぎった、宮城にいる偽物をそのままにしとくって場合も考えてのことなのね。しかし、三上はそれには直接答えようとしなかった。秘密がやぶれるときは、事がやぶれる時だ、と彼はいった。そして右腕がごく自然に左の側腹に動いて行った。小さく息をのむ音をさせてから、翠子が讃嘆と非難と両方まぜ合わせたような低い声で、そこに拳銃があるのね、と言った。



## 三　昼寝とあけびとねずみの骨

本州の中央山岳地を分水嶺として表日本側と裏日本側にわかれる河川の源流は、数多くのV字型の峡谷を作り出しているが、古代の高地山岳人はもとより、現在の山村生活者もそのほとんどが南向きの斜面を用いて聚落を営んで来た。一年中陽の当らない北斜面は当然のことながら、その植物相に於ても、従って野生動物分布の姿に於ても、ほんのひとつ谷を距てただけの南面の豊かなありさまとは完全に趣きを異にする。嘗て私がそれらの山々を踏査した際、〃北っかたは、けものみちも避けて通る〝といった老練な猟師のことばが強く印象に残った。すなわち、われわれの当時の目的に沿って考えれば、谷の上の北斜面こそが人目を避ける秘密の場所として最適であると思量されたのである。今、私たちが訪れる人工的な〝山人〟の家族は、こうして陽が差すことのない暗鬱な北向きの傾斜地の、なおかつ目立つことの少ない入りこんだ窪地に、その安全な棲家を設定することとなったのであった。もう少し具象的にいうならば、今はもうダムの底に沈んでしまったわが同志たちの開拓部落が山のはざまの陽溜りにあって、そこから谷の向い側をまなじりを上げて望見するあたりに、常に四筋か五筋の炭を焼く細い青灰色の煙が立ちのぼっていたわけなのだ。それから四半世紀のちのこの朝も、煙の色は同じだった。そこだけには陽がさし始めた山の頂きまで行きつかないうちに、三筋の煙はゆらゆら広がって薄青い秋の空気の中に融けこんでいる。年年歳歳花相似たり、歳歳年年人同じからず、と私は月並みな感慨のことばを呟いてみた。その瞬間ふいに悟るものがあった。私にとっては天皇制も国家も日本も、どうということでもありはしないのだ。その昔思いのたけをかけた女性の面影を偲び、あるいは青春曽遊の地を遙かに懐しむといった、心弱い感傷癖が毎年私の体をここまで運んで来たに過ぎな



いのではあるまいか……。だとすれば、日本現代史にかかわりあったなどという思いあがった自負の心を捨て去り、今までかりそめとなして来た経済人の生活をこそ実相と観じ、市井凡俗の一庶民として生涯を了えても、何ら悔ゆるところはないはずではないのか……。

岳樺の林の中の急な小道を登りつめると、雪をあちこちに残した、ふところの広い巾着型の五百坪あまりの窪地が突如として眼前に現われて来る。くすんだ鼠色の楕円形の炭焼窯が六基、大きい盆の上に載せた六つのコッペパンのように不規則に配置されてある。中央部に短く挽き切りした薪が積んである以外、そこには小屋、休憩所といった類いの建物は何ひとつない。窯の後尾の小煙突から煙が吐き出されていなければ、それは自然の中へ無作法な抽象物体を持ちこんだような、一種薄気味の悪い感じさえ与える情景と言っていい。当然のことかもしれぬが、炭焼窯などというものをはじめて見た稲穂と呼ぶ少女は、この異様な光景にとまどったのか、窪地の入口に佇んだまま茫然としていた。息せき切って追いついた三上が、声をひそめて手早く訊問する。彼女が事の真相をどの程度まで知っているのか確めるためだ。だが、結果ははかばかしいものではなかった。その昔の開拓村を偲ぶ会合へ勤労感謝の日に行くこと、それを父に厳命

されたこと、それ以外に稲穂は何も聞いていないし、ダムのほとりから同行した継人とは、昨今はやりの原始生活礼讃について話し合ったに過ぎないと言う。翠子が焦立った容子で、隠しごとをすると承知しないというふうな常套句で威嚇した。稲穂がはじめて皮肉っぽい笑顔になり、どんなふうな事情をわたくしが承知していたら、みなさまはご満足が行きますの、と逆襲して来た。私はまことに尤もな言い分だと思ったが、翠子も三上もうろたえて絶句してしまった。結構ですわ、と少女は都会育ちらしい機敏な反応を示した、いずれ継人さんから伺うことに致します。みるみる三上の体に力がはいり、私はする。稲穂がこの場を解決しなければ、ととっさのうちに判断自分がこの場を解決しなければ、ととっさのうちに判断する。穏やかに私は今までの非礼を詫び、現在の職業と姓名とを告げた。そして幾分かの真実をこめつつ、開拓が解散してからも頑固にこの地に残り続けた一家族を慰安し、分に応じた寄附の志を持寄るのがこの日の意義である旨、簡略に説明してやった。稲穂は怜悧にひとつひとつうなずいて聞き終ったのち、父もわたくしに託したようでございます、と言ってコートの中から小さい風呂敷包みを出した。恐らくそれをしおに追い帰すつもりになったのだろう、お預りしましょう、とすばやく翠子が包みを手に取った。そのとたん、重い、という呟きが無意識に彼女の口から出た。急いで包みをあけ、中の大型の奉書紙を開く。百万円ずつの束が見えた。十ある、一千万だわ、とふいうちにあって気持を立て直せない容子のまま翠子が言った。はい、と控えめの声ながら、当然のように少女は答えた。締り屋のあの爺さんが、と呆れたように三上が洩らした。変よ、と今度はきびきびした調子で翠子が言った、最低の割当額だっていつもぶつぶつ文句つけてたのに。稲穂が何かを探り出すような眼で私たちを見廻した。最低の、っていくらですか。この十分の一、とつられてすぐ翠子が返事をする。お炭を作るって、そんなにお金がかかるんですの、と稲穂が無邪気をよそおった口調でまた訊ねた。

そのとき、窯の裏手から口癖のような鼻歌を響かせながら継人が近づいて来た。私はただちにこの少女を下山させなければ危ういと感じ、あせった。久保伝三郎の志を深謝し、戻ったら彼にくれぐれも宜しく伝えて欲しいと言って、引き取ることを暗に促したのである。彼女は意外なことに、至極あっさりとうなずき、一同に簡潔な挨拶をした。何だ、もう帰っちゃうのか、とほんの少し失望した声で継人が言った。稲穂は昨夜一睡もせずに車を運転して来たから疲れ果てていると答え、にせものとは思えぬ欠伸を手の甲で押さえた。それから急に、このままじゃこわい、どこかでお昼寝するわ、と独りごとのように言って周囲を見まわした。ここは見た通り地面の上には何も……、と継人が言いかけるのを、私は袖を引いて口をつぐませる。しかし、彼女は薪の山の方に向って歩き始め、あそこの上を拝借します、と答えた。一日中陽がささないんですから、寒くてこごえ死にます、と翠子が高い声をあげた。コートがあるから平気、と彼女は事もなげに応じて、薪の山の端を手早く平らにし、北向きの山では猪にも襲われないって聞きましたわ、と薪の上に寝てコートを頭からかぶったのである。

私たちが困惑したことはもちろんであるが、一種天真のおおらかさとでも呼ぶべきそのしぐさに、あっけに取られて手も出せなかったというのも確かなことだ。はしたない、と翠子が呟いた、女が寝るときは足をかくすってことも知らないんですから。なるほど、彼女のコートは膝小僧ぎりぎりしか届かず、思いのほか太目のふくらはぎや小さいくるぶし、飾り気のない靴が、妙にわれわれの目をひく。やはり追い帰すべきだと三上が言い、かえってあやしまれるだけだから放って置いた方が賢いと私が答えた。ああ、と継人が同調した、有賀のその毛皮貸してやるんだな。翠子は一瞬憤然としたが、いいわ、狸寝入りかどうか確めてあげる、と言って稲穂の寝姿に



近づき、毛皮のコートを足のあたりに乱暴にかけた。だが、少女はほんのちょっと身じろぎしただけですぐ動かなくなった。ほんものだわ、子供なのね、と翠子が気勢をそがれたような声で言った。

すぐに山を下って来る、とつとつという規則的な足音が聞えて来た。それは籠を背負って白い手拭であねさんかぶりをした、山村の百姓女以外の何者にも見えぬ、雨宮良子であった。われわれは急いで整列し、窪地の中央で彼女を迎えた。良子はまるで昨日別れた者に会うような寛いだ笑顔を見せて、私たちのいささか固苦しい挨拶を受ける。それから背の籠を下ろし、中から蔓についたままのあけびの実を取り出して、一人に一個ずつ手渡し始めた。今ごろまであけびをどこにかこって置いたんだ、おふくろは、と継人が言った。朝の果物は黄金《きん》の味、お茶代りにどうぞ、と良子は言い、手拭を取って自分もひとつ、馴れたやり方で食べ始めた。私たちも真似て食べる。彼女は大きい種子を地面に勢いよく吐き出す。私たちも真似る。いつもの事ながら、私は奇異な感じに襲われる。昭和二十三年裕仁の身のまわりの世話をする役目を負わされたとき、良子は確かさきほどの稲穂ほどの年齢をひとつふたつ越えただけであった。呆れ果てたことに、今もって彼女は当時の若さそのままなの

だ。朝の包み隠しのない明るさの中で見ると、翠子の作りに作った粧いのうとましさに比べて良子の方は天然自然の青春だと思わずにはいられない。なおかつ、二十一歳の息子継人と並べるならば、多くの人が姉弟だと言い、場合によっては良子を妹と見誤るかも知れぬ。私が女性の若さや美しさについて、いたずらに比喩をもてあそんでいると考える向きがあろうかとも思う。だが、私は断じて自分の見たままを記述しているのだ。そして、念のために附け加えるならば、これまで四半世紀に私たちがかかわって来た一聯の出来事のうち、奇跡とか神秘といったふうな人智を絶する事柄は何ひとつなかった。すべては計画と思惑のままに進み、それが失敗した時も常に科学的に原因を究明できない事象はなかったのである。従って、いい得べくんば、雨宮良子の肉体に於て、時間がはたと停止してしまったこと、これのみがわれわれの理性を超絶したたったひとつの奇跡なのである。ふいに良子が私と三上の方を、瞳だけは十分に成熟した力をもつその眼で見返した。なにか……、と彼女は問うた。すぐさま三上が照れた笑い声をあげた、密教食がはやっているとは聞きますが、このような山の食物が二十年たっても全く変らない秘訣だとは思えませんなあ。良子は娘のような声で笑殺した。わかるじゃありません



の、と翠子が口をはさんだ、残念ながらと言ってはなんですが、私どもとは心のありようが別でいらっしゃる。しかし陛下は順調にお年を召しているんですからな、と三上はまた厚かましく言った。良子はまるで聞こえなかったふうに、私たちの手からあけびの皮を取り、籠の中へ放りこんで行く。心なんて持ってないんだよ、おふくろは、とふいに乱暴な口調で継人が言い放った、わが母は草なり、わが母は樹木なり。ほう、と三上が調子を合わせる、すると毎年毎年新しい芽や枝や花が……。試してみなよ、三上、と継人がすぐ言った、軍隊じこみの腕前でばさっとやってみなよ、腕を斬れば腕がにょきっ、首を斬れば新しい首がするする……。三上はまるで自分が斬られる対象にされたように、首をすくめ体をこちこちにさせた。顔面が見るまに蒼白になる。私も継人という若者に、人の内部のたくらみを見抜く力があるのかと思い、背筋を冷いものが走った。愚かしい……、と何か楽しい語らいのあとのように、うちとけた感じで良子は言った。そして、くるっと窯の方を向き、おとうさん、まだですか、とのどかに叫んだ。

地の底から、こもって反響する不明瞭な声が聞えた。それは窯の黒々とした入口から出て来たのだ。良子が近寄り、みなさん半分がたお見えですが、と呼んだ。やが

てその長方形の焚口から真黒い軍手がのぞき、続いて腹這いになった姿で上半身が現われる。頬かぶりした手拭はもちろんのこと、顔といわず首筋といわず炭の粉だらけの、貧相な黒い男がわれわれの方を見て、かすかに白い歯を見せた。私たちは私たちの裕仁に向って一斉に深く頭を下げた。煙突がな、と彼は下半身をひきずり出しながら呟き、すぐに短い咳をする。咳が終ったあと、老人特有のぜいぜいという摩擦音がひとしきり残る。お加減を悪くされたと伺いましたが、と翠子が駆け寄らんばかりの態度で言った。裕仁は地面にあぐらをかき、頬かぶりの手拭を取って、ちん、と鼻をかみ、ついで黒いつばを、ぺっぺっと地面に吐いた。煙突がな、とまた彼は奇妙な熱心さで言う、けぶの出が悪いと思ったら、根っこんとこでつまってるもんがある、子兎ほどもある野鼠なんだな、これが。まあ、と翠子が大仰に感心する、つかまえられたんですの。蒸し焼きだな、これが、と彼は表情の乏しい声で答えた、さわったら骨までばらばらに崩れた。それから握っていた一方のこぶしを細めた眼の前で開く、頭蓋骨だよ、この頭で窒息する苦しみを味わった。翠子がぞっとしたように体を寄せて来るが、私は薄気味が悪いというより、単調な山中生活の味気なさがそのまま老いにつながっている姿を哀れに思う。頭が



呆けた、と三上が勢いこんだ小声で言った、この夏ひっくりかえったっていうのは脳の病気に間違いない。良子が早い視線で私たちを捉えたあと、郷原と二階堂と久保がまだ見えていませんが、いかがいたしましょう、と裕仁に告げた。ふいに弾れたような感じで彼は立ち上り、私たちを丸い眼鏡の底から冷やかに見据えた。つい今しがたとは別人の如き気力が、猫背と曲りかけた腰の見すぼらしいありさまにもかかわらず、強い威圧感となって迫って来る。仔細を説明せよ、とその昔の何事も手短かに喋るやり方で裕仁は言った。もと侍従の常として、答える役割は私である。郷原の遅刻は世俗的な仕事のためであり、二階堂も同様らしい、久保については連絡不能のゆえ報告できない旨、私は宮廷口調で申し述べた。無論、久保の件のとき、昼寝をしている少女の姿が眼にはいったが、裕仁も良子も気づいた容子がないので、わざと省いたのである。継人が言い出すかもしれぬと思ったが、彼は自分には関係ないといった顔附であけびを食っていた。裕仁は私の答えにうなずくこともなく、三上、有賀、と名前を呼ぶだけで報告を促した。二階堂は、と反射的に三上は口を開いたが、例の心変りの共謀者が他ならぬ彼女であるという私の予測が適中していたらしく、答えづらそうに身をよじり、はっはっ、と息切

れした犬のような音を立てた。二階堂ひろは、と叱咤するが如く裕仁が甲高い調子で問い返す。はっ、つまりなんであります、と再び三上は言い澱んでから、役職は衣裳係のままでありますが、美智子妃殿下附きということにこの秋から……。遅刻する理由のみを述べよ、と特別な反応を見せずに裕仁が決めつけた。三上の体が縮みあがるのがわかった。新しい役柄が多忙を極めると聞いております、と彼はやっとのことで答える。多忙ならば、以後顔を見せるには及ばない、と裕仁は嘗て多数の側近を葬り去ったあの非情な言い方で断を下した。三上は自分がしたたかに打ち据えられたといった態で、低頭したままであった。有賀は何かあるか、と彼が翠子に視線を移した。二階堂女史については仰せの通りでございます、と媚を売るように翠子は答えた、美智子の取巻きになるくらいなら、女官をやめるべきだったんだわ。三上が彼女を睨み、口早に突っかかった、宮中の情報が得られなくなってもいいのか。もちろん、そのことばは裕仁に対して二階堂をかばうためのものであった。結構ですとも、と翠子が強気で応酬した、怪しいスパイから偽の情報を受け取る方が、ずっとこわいことですもの。私は、二人の肩を叩き、言いあいを押しとどめた。久保伝三郎さまからは、と翠子が裕仁の方に向き直った。預る



べきものをお預りしております。裕仁は小首を寝かせてうなずき返し、さきに行って準備をするよう、と良子を見た。良子は黙礼してから、われわれを促すような身ぶりで、一番中央にある煙の出ていない窯に向って歩いて行く。われわれも裕仁に一礼して、それに従う。だが彼は面倒なことを済ませたような面持ちで、真黒な軍手を叩き合わせ、さて、けぶの出口が直ったから、ひと窯燃やすか、とすっかりもとのままの炭焼き爺の口調に戻って呟いたのである。中央の窯の入口に立った良子は無言のまま、体をかがめてその中へ入るよう指図をした。すでに察知せられたものと思うが、ここの下にわれわれの地下壕と玉座があるわけである。そして一見何の変哲もないこの窯の内部に、その秘密の出入口が蔵されるように設計されているのだ。翠子を先にして、三上、私の順に続く。継人、と呼ぶ良子の声が背後で響いた、あなたもお祭りの準備を見習って置くのですよ。やがて継人のものらしい乱暴な足音が近づき、ついで彼と良子の入って来る気配が感じられた。私はこの時の準備に用意した夜光時計の文字盤を確かめる。午前八時三十分を少しまわったところであった。

## 四　生きてあれば王の中の王

われわれは炭焼姿の裕仁ひとりを地上に残して、戦後史の冥府とも呼ぶべき堅牢な地下壕に降りて行った。だが、裕仁のみを、と思っていたのは私の完全な錯誤である。薪の山に伏せて昼寝をむさぼっていた少女、稲穂のことを、この瞬間完全に忘れていたのだ。当然裕仁と稲穂の間に何かが起り得る、などという想定は残念ながら考慮の外だったわけである。しかしながら、若い継人だけは稲穂の存在を忘れてはいなかった。それ所か、密かに彼女と二人で語りあうべき事柄を考え続けていたらしいのだ。やがて、地下の玉座の周辺にあったわれわれの目をかすめて、彼は例の窯の入口から顔を出し、裕仁と稲穂がことばを交わしている奇妙な情景を見ることになる。

以下の記述は、従って私が直接目にしたものではない。暫くののち稲穂と継人がわれわれに洩らしたことばを、私が簡略に縫合整理したものだということを、あらかじめ断って置かねばならぬ次第である。

久保稲穂は薪を平にした上で、ぐっすり睡りこんでいた。彼女は私たちの会話はもちろん、良子と裕仁の出現も知らなかったという。ごつごつした丸のままの生木の列の上では、さぞかし寝づらかったと思えるが、前夜かなり遅く突如父に懇願され、指定の時間に間に合わせるよう夜を徹して車で突っ走って来た彼女の、健康な疲労と睡魔にとっては、それも問題にならなかったようである。それどころか、自分のコートを上半身に、厚ぼったい毛皮の翠子のそれを下半身にかけて、結構上等な寝心地だったという。出しぬけにその夢を破ったのは裕仁であった。彼は毛皮のコートの裾を乱暴にまくったのだ。無論猥褻な行為としてではない。新しく炭を焼く窯のための薪材を運びに来て、邪魔なものを無造作に取り払ったわけである。裕仁は若々しい二本の足に驚かされたに違いないが、当の稲穂は黒いコートを頭からかぶったまま、身じろぎもしないで睡りこけていたらしい。恐らく彼は最初そっと彼女の白い脛を叩き、それでも容易に起きそうもないので、思いきってふくらはぎをぶるぶるっと揺すぶるようにしたのではないかと推量される。仰天した稲穂が悲鳴をあげてはね起きた。あなた誰よ、ということばが口をついて出た。急いであたりを見まわしたが、目の前のしおたれた老爺以外誰もいない。だがその老人は、炭焼窯に薪を入れるのだからどくようにと身ぶりで示すだけであった。危害を加えられるのではないとわかり、稲穂は二枚のコートをかかえて立ちあがった。裕仁は彼女に何の関心を示すふうもなく、薪を運んで行っては先程修理した窯に投げこむ作業を始めた。黙々としたその仕事ぶりが、稲穂には何か楽しいことのように見えたという。急に消えてなくなった私たち一行のことを聞き出すつもりもあって、彼女は言いつけられもしないのに薪運びの手伝いを買って出た。言い遅れたが久保稲穂は先輩に正田美智子を持つ、かの聖心女子大学の学生である。父伝三郎は、昭和三十三年正田美智子が皇太子妃に決定したことを知ったと同時に、旧右翼らしい不可解な情念に駈られて、翌春学齢に達する自分の娘を小学校からその〝聖心〟なるものに入れようと決意したものらしい。ともあれお上品なこの女子大生は、木炭という古典的な燃料の作り方がことのほか気に入ってしまい、手伝いながら陽気な鼻歌が出て来た。私はその曲譜を詳らかにしないが、歌詞は、「ハイデルベルクの、城の中に、一寸法師のペルキョが住んでいた、なりは小さくて、こびとなれど……」というようなものであった。裕仁は手伝う彼女に別段お礼のことばもかけなかった



が、どこから来た、勤め人か学生か、学校はどこか、といったありきたりの質問をぶっきらぼうに発した。聖心の名を聞いたとき、裕仁は何度も目をしばたいてから、さぞかし立派な学問を教える所であろうという意味のことを呟いたそうである。とんでもないわ、と稲穂は答えた、父がうるさく言わなければすぐやめたいぐらい。それから彼女は父よりもほんの少し年長らしい老人について親しみを覚え、古くさい右翼なんです、父ったら、と附け加えた。窯口から薪を投げ入れる裕仁の手が、ぎくっとしたようにとまった。彼女はそれを見逃さなかった。旧開拓部落関係者に違いないと直観的に覚った。ただちに継人を含む私たち一行がどの方面に向ったのか、開拓の昔を偲ぶ会の会場はどこか、とこの老人に向って問いただしたのである。だが、にわかに警戒心を発した裕仁は、知らぬ存ぜぬで通したばかりでなく、薪の上でうたた寝などするから狸か狢の類いに化されたのだととぼけた口調で嘲笑した。稲穂はこの山に登って来て以来、何から何まで自分がたぶらかされ馬鹿にされているのだ、という気分に始めて陥った。そして腹立ちのあまり、地元の警察に届けて捜査させるからいい、と言ってしまったのである。警察ということばの効果は絶大であった。突如打ちしおれてしまった彼は、暫く茫然と思案したの

ち、警察というものは証拠の品物がない限り動き出さないだろう、と小声で言ったそうだ。彼女は翠子の大袈裟なコートを示し、これを着ていた三十過ぎの派手な女性が、現金一千万円を持ったままこの附近で行方不明になったといえば、地方の警察がどんなに間抜けだとしても大騒動を巻き起こすに決まっていると自信たっぷりに脅迫した。私はそのときの裕仁の心中を察し、いたいたしいような憐愍の情を禁じ得ない。なぜなら、私たちはかねてより、占領終結後も日本国は全くアメリカナイズされたままであり、嘗て軍隊が持っていた力はすべて警察が掌握し、いわゆる徹底した官僚的警察国家であると彼に告げ知らせて来たからである。嘗ては彼の意のままに動いた輩が今は捜査に踏みこんで来る……。しかし、何も知らぬ稲穂にとっては事情は別だった。震えあがるほど緊張しているこの薄汚い老人は、ひょっとしたら三億円事件の一味といったふうな大犯罪者が身をひそめるための姿なのではあるまいかと思えたのだ。そう感じたとたん彼女はふいにすべての事柄が妙に楽しく見えて来た。警察には秘密にしといてさしあげるわ、と恩恵を施す口調で告げた、ですからあたくしの問いに正直に答えること。だが一度惑乱の極みに達したのち、裕仁は急に上御一人としての正当な威厳を取り戻し始めた。それ



は、やり場のない怒りの激発として現われたのである。日本国憲法と称するものは、と彼は稲穂を睨みつけて言った、昭和二十一年十一月のあれは私が衷心より裁可したものではない。わかってますわ、と彼女は全くあやしまずに答える、法律を認めない、だから警察権力に介入されたくないって意味でしょう。そのことばが裕仁の耳によくはいったかどうかわからなかったが、私は今の日本国なるものを認めていない、と再び彼は言った、かくの如きものは国家の名に価しないばかりでなく、わが歴史にとって屈辱と呼ぶ以外の……。なるほど、やっぱりただの野鼠じゃなかったわけね、とふいにくだけた調子になった稲穂が言う、代々木が山岳アジトを持つはずないから、このショービニズムは民族主義の一派だろうな。小学校以来かの〝聖心〟に学んだ少女の言にしては不穏当だと諸君はいぶかることであろう。私自身も全くその通りであるが、彼女の実質が現われて来るのはずっと時がたってのちの事なので、今は特に註記を施すことなく先を急ごう。

ちょうどこの頃、地下壕へと通ずる窯の入口に継人が辿りついた模様である。中から塞いであった煉瓦を取り除き、そっと上半身を出してあたりを見廻す。すぐ常になく昂ぶった裕仁の声が聞えた。私は主義主張、思想イ

デオロギー、それら全てと無縁である、ただただ日本民族のために、この場所を、ここの地上と地下をいましばし、守り抜く義務を負っている。恐らくこう宣言しながら、彼は窪地一帯とまなかいの峰々を身ぶりでさし示したに違いない。稲穂が幼児がするように胸のすぐ前で両手を小刻みに叩いて笑い声をあげた、解放区じゃないの。つまり民族主義の解放区！　継人が唖然としたことはもちろんである。急いで窯口から這い出そうとして、したたかに腰を打ってしまったという。そして、彼はその痛さの中で軽卒にも思いこんでしまったのだ。つまり父裕仁はもうすべての秘密事項を少女に喋ってしまったというふうに。なかなかやるわねえ、と再び稲穂が讃嘆の声をあげた、ゲリラ戦の用意もできてるんでしょ、軍資金もあることだし……。継人は大声で歌を歌い出した。二人の対話を遮るためだ。稲穂がすぐに気づき、どこに隠れてたんですか、と駈け寄った。そして継人が誤魔化す余裕もないうちに、彼女はその窯の入口が怪しいという目附でじろじろのぞきこんだというのである。それから腕組みをして辺り一帯を見渡した末、塹壕、砦、銃撃戦、昔のトーチカ、といった種類のことばを呟き続けていた。継人は夢中でその稲穂の腕をひっぱり、窪地の出口へ連れて行く。裕仁は興奮状態のまま若い二人を茫然と見送っていたらしい。じじい、と継人が荒っぽい声でふりかえり、てめえ早えとこ火を燃やしつけねえと夜の夜中に炭を取り出す仕末になるぞ、とどなりつけた。裕仁は息子の言に従順にうなずいて、また薪を投げ入れる作業に戻ったようであった。

　わたくしもあの穴ぼこから地下へ潜入してみたいわ、と稲穂は継人に引きずられながら言った、大きい声じゃ言えないけど前から憧れてたの。馬鹿なことを考えるもんじゃない、とふいにやさしい仕種で彼は稲穂の背を叩いた、俺たちは年寄りとは縁を切るべきなんだ、現にこの俺自身だって……。彼女は身をくねらせて彼から離れ、わざと何気ないふりで、つまりある決心をしてるってわけですのね、と探りを入れた。幸か不幸か継人は、そのことばを自分へのいたわりと同情の如きものと受取ったらしいのである。いや、幸不幸などという人生一般の形容句はこの場合全く不適当だ。というのも、秘密のほとんどを承知した上で、この少女が自分の身の上に思い入れをして呉れている、という愚かしい限りの錯覚に陥った継人は、四半世紀の間われわれが絶望的な努力で守り抜いて来た日本歴史の密閉された奥の院を、あっけらかんと御開帳してしまったからである。すなわち、私がこれまで記述して来たが如く、炭焼爺こそが裕仁天皇の真の姿であり、旧宮廷関係者と旧右翼団体関係者とが力を合わせて、昭和二十三年以来この地で、地下の仮玉座に今上陛下として擁立し続けて来た全ての経緯を、粗雑に、かつ投げやりに喋ってしまったというのだ。とはいえ、事の真偽を問い糺すほど、稲穂の方に戦後史や宮廷史の知見があるはずはなかったから、彼女はただ単にうなずいたり、促したりする以外何もできなかったわけである。話の奇想天外なありさまに、うっとり聞き惚れていた旨、彼女は後になって告げたが、察するに大半の意味がのみこめずに茫然としていただけのことであろう。問題は俺自身のことなんだ、と急に力をこめて継人がそんな彼女に身をすり寄せたという。そして、この夏父親が一度倒れて以来俄かに皇位継承の話が両親の間でかわされるようになり、恐らく今日の会合ではそれが最大の眼目となるはずだ、従ってこのままでは自分は裕仁のこの四半世紀と同じ役割を押しつけられることは目に見えている。俺、どうすべきだと思う、と彼は稲穂に訊ねたのだ、君はすべてを知ってて、それにもかかわらず客観的に見ることができるたった一人の人間なんだな。

若い女子大生が即答できなかったことはもちろんである。それどころか、ひと通り聞き終ってみると、この物語全体が若い彼女をたぶらかすための、悪辣なこけ脅し



に違いないと考え始めた。第一印象から直感的に犯罪の匂いをかぎつけていたことでもあり、その上総会屋をしている父が一千万円もの金を届けさせたのは、その犯罪グループとの間の何らかの取引だ。そう思う方が遙かに明確ではないか。要するに、炭焼親爺のオーバーな態度もこの息子の相談を持ちかけるふりも、結局三億円事件系統の大犯罪を陰蔽するために、別個の畏怖すべき虚構、つまり天皇制などを持ち出して威嚇射撃を加えていると受取る方が、ずっと理性的な判断だ。そのように思案した稲穂は、斬れ味のいい口調で、美智子妃のことについて伺ってもいいかしら、と反撃を開始したそうである。そのおしゅうとさんでこの春訪米問題でもめたあの天ちゃん、皇后陛下という名のその奥さま、それらの人物と継人の家族は一体全体いかなる関係なりや、あるいは無関係なりや？　まさに当然の疑問である。ところがである。これについては、はっきり幸運だったと言ってよかろう、継人はしどろもどろにしか答えられなかったのだ。答えようにもほとんど知らされていなかったのである。自分が産れる何年も前に、何やらトリックを用いて本物と替玉をどこかの場所で、こっそりすりかえたらしい、といった程度のことを語ったに過ぎなかった。

稲穂が哄笑した。それは一種神経的な笑いだった。笑

い終ると彼女の眼に涙がにじんでいた。あなたは気違いだわ、と言い、すぐそれを否定するかのように、私が気違いなんだわ、と彼女は低く呟いた、お父さまの死もおしかくして、こんな所へ……。あの久保の爺さんが、と継人が反問しかけたとき、どのようにして現われたのか、ひとりの壮漢が稲穂の背後に忍び寄り、突如彼女の首を出しぬけに絞めあげた。柔道の心得がある者特有の絞め方だったらしく、稲穂はほんの短い悲鳴だけですぐ沈黙した。お前……、と継人が唖然として呼びかけた。はっ、と低く男が答え片手でチロリアンハットを取る。彼は専門的な登山家の如き身づくろいであり、大型のキスリングの上にテントをくくったのを背負っていた。郷原佑だった。遅れて参りましたことは誠に申訳ありませんが、実はある重大なことを調べておりまして……、とそこまで彼が言ったとき、かすれた声で稲穂が、おじさま、郷原の……、と苦しそうに呟いたのである。彼はあわてて絞めていた腕を放し、彼女の前に廻った。そして、お嬢さま、と呼びかけ絶句した。私たちが知らなかった事実だが、郷原は稲穂に以前から数度の面識があったのである。すなわち、彼女の父・久保伝三郎に対し、右翼としての系列は異っていたが、信念の上でも処世の上でも大先輩として仰ぎ、何かと指導を受けて来た



関係上、久保の邸で自然に会う機会があったというのだ。事のついでに郷原佑の経歴を記して置こう。敗戦直後、集団割腹した極右団体がふたつ存在したことを諸君は記憶しておられるであろうか。当時十八歳の青年だった彼は、その一方の派に属しており、先輩たちと同時に〝ハラキリ〟を行ったのである。だが作法に未熟なこの若者は、死に切れずにいた所を病院に擔ぎこまれてしまった。捨鉢になった彼は以後GHQ内部の右派に接近する。本人の説に従えば、マッカーサーを暗殺する機会を狙っていたのだという。そんな時、後に詳述する予定だが、農本主義皇室崇拝者として名望のあった今は亡き稲山一光という老人に拾われたのである。われわれの〝開拓部落〟に加ったのも、その稲山老の配下としてであった。これらの閲歴が示す如く、われわれの中で最も若い郷原が、四十六歳という年齢であるにもかかわらず、裕仁擁立派としては最も熱烈過激なのである。そしてもうひとつ、私のようになまじ知識階級であるがために凡庸にこの世を渡っている者の目にとって甚だ奇矯としか映じないものに、彼の新聞社経営がある。社主であるから編集には一切口出ししていないと称しているが、ご丁寧にも彼の居住する北国のさる地方都市から毎日郵送されて来るこの新聞の紙面は、大づかみに言うなら新

左翼系と見まがうばかりの代物なのだ。社会党の左よりももっと左とでも規定すれば適切であろうか、ともかく現内閣批判はもとより議会制度そのものをも否定してかかるような勢いであり、連合赤軍事件の時などはありとあらゆる大ジャーナリズムの論調に逆って、それを擁護しているに近い紙面作りであった。もっとも、われわれの真の昭和維新のためには、暴力左翼の大義のために命を捨てる戦術を徹底的にマスターする必要がある、と彼は常々力説してはいたのだが……。

ひどいご挨拶ですのね、と稲穂がのど首を撫でさすった。それに対して郷原は困惑してうろたえ、暫く意味不明の言訳を繰返していたそうだが、あの炭焼窯の中に何が隠してあるんですのと言う稲穂の問いに、無礼者と遂に叫んでしまったという。そのとき、窯に薪を入れ終えた容子で、裕仁がこの三人の方へゆっくり近づいて来た。郷原がキスリングを投げ出し地面に膝まずいて叩頭したことはもちろんである。稲穂はこの光景をまのあたりにして始めて実感が湧いて来る。やっぱりそうなの、と彼女は言った、シンジケートのチェアマンとかプレジデント……。プレジデントとは何か、と郷原が思わず言う、畏れ多くもこの方はわが日本の……。やんごとないお方、と彼女は真面目臭ってことばをついだ。郷原が狼狽してはね起き、君の親爺は、久保伝三郎は洩らしたのか、もう、と激怒して詰問した。継人があっさり笑ったあと、俺、と言った、久保の爺さんの娘さんだから知ってると思って喋っちゃったわけ。郷原が怒りのやり場に困って裕仁の方をふり仰いだ。ふいに稲穂を注視する裕仁の眼が細められかすかに相好がくずれた。名は何と言う、と彼は訊ね、答えを聞くと、私もその昔毎年稲の穂を刈り取って来た、やさしいいい名だ、と告げたという。まがまがしい名前ですわ、と彼女は気楽に応答する、イナホじゃなくて、〝否を〟つまりウイ、ノンのノンのほうなの、ドゴール・ノン、角栄・ノンていう具合ですわ。おほほ……、と稲穂の表現によれば女形のように裕仁は笑声をあげたそうだ。それから、何をどう判断したのか知る手がかりはないが、お前も式に参列しなさい、とそっけない命令口調で言い、裕仁はわれわれがすでにその地下で待っているあの窯の入口へと向った。稲穂は躊躇なく従う。自分のコートは自分で羽織り、翠子の毛皮のを裕仁の背にかけてやりながらである。念のために記せば、この段階でも彼女は無論自分を案内する老爺を裕仁と信じてはいなかった。従って〝式〟なることばも、せいぜいマフィアの真似ごと程度に思っていた、とのちに語った。

かくして、余人には瞥見することも許さなかった私たちの玉座に、この若い娘は当の上御一人に招かれた形で近づく仕儀に相成ったのである。茫然と二人が窯の中に消えるのを見送っていた郷原は、突如われに帰ってキスリングを担ぎあげると、たとえ久保先生のお嬢さまでもあそこへはいったからには、二度と陽の目は拝ませないぞ、と殺意に満ちた顔で叫んだ模様である。だが驚いたことに継人が一種無関心を装った声音で、だめだよ、あの子は俺が守る、命をかけてもいい、と言い切ったのだ。郷原は呆れ果てて継人を見た。そして、都会の上流風な香りを漂わせた娘にこの山育ちの青年が一目惚れしたと思ったそうである。私自身も卒直に言えば、そのような状態を怖れていたのであったが、継人はその外見よりも遙かに単純ならざる人物であり、彼女に対してもかりそめの恋心などというものではなかったのだ。すなわち、われわれが後刻、手ひどい形で知らされることになる、彼独特の奇妙な叛逆がすでに継人の内部で用意されていた、と考えるべきであろう。その叛逆を成就させるためには、見ず知らずの若い、そしてかなり怖れを知らぬ容子の、稲穂のような異端者が必要であり、それが最も賢明な戦術であるというふうに。



## 五　日本庶民の仇敵パチンコについて

まあ、お神輿みたい、という稲穂の第一声は、右に述べたような事情を知る由もなく地下の玉座の周辺にあって、新嘗の祭儀の準備をしていた私たちを愕然とさせるに十分であった。いや、それだけではない。炭焼爺姿の裕仁がまるで自分の家の秘宝を自慢するときのような笑顔で、そう、そういうものの小造りのやつだよ、と応答しているのだ。きさま、と三上が思わずとびかかって行きそうになる。すぐに裕仁が放って置くようにというしぐさで軽く手を振った。お神輿みたい……、と私は呟いて、そう呼ばれた仮玉座を改めて見つめた。あの菊池がこしらえた、と彼女に説明する裕仁の声が私の耳をかすめる。この入口が狭い縦長の地下壕の奥の正面に、どうやって玉座をしつらえるかと頭を悩まし心を砕いた当時の記憶が、鮮明によみがえって来る。あの男は今は電機会社におるが、昔は建築学を勉強しておったからな、とまた裕仁が言った。そうだ、私は二階堂ひろから京都御所紫宸殿にある高御座《たかみくら》の写真を示され、それをここの狭さに合う規模に縮尺した図面を引いたのである。物資の乏しかった昭和二十三年にあっては、紫檀黒檀等の高級材料を集めることはもとより、細工師、宮大工に理由も説明せず詳細な指示を与えて作製させる困難は、なみひと通りのものではなかった。なおかつ一度完成したものを、目立たぬよう分解してこの地下に運びこみ、三上や郷原を助手にして組立てたのである。この八角形の黒い屋形の中央真下に据えられた御椅子だけは、以前から禁中で使用されていた御愛用品を、二階堂がひそかに運び出したものなのであるが……。その二階堂ひろの白装束の姿が、物思いにふけっていた私の眼前をふいにかすめて通った。言い忘れたが彼女は遅刻どころか、逆になぜか一番早くこの場に到着し、私たちが窯から降りて来た時はすでに祭儀のための衣裳更えを済ませていたのである。そしてこの衣裳係女官長は、良子の田舎娘ふうな姿をただちに簡略ではあるが十二ひとえの鮮やかないでたちに替えたのだった。

　わかったわ、と稲穂があけすけな大声で言い、裕仁に向ってしずしず近づく白装束の二階堂を指さした、神社の巫子さんなのね、そういう式のお祭りですのね。三上の体がびくんと震え、続いて女官長の尊大な態度にかねてから反感を抱いている有賀翠子が小さく失笑した。だが、二階堂は稲穂の存在など目にはいらぬといった容子で裕仁の真ん前に膝まずいた。申訳ございません、と彼女は六十の半ばを越えた女性にしては見事に張りのある声で言った、本年はしきたりの御歌をいただいて参ることができませんでした。それは、わざわざ私たちに聞かせて自分の役割を誇示するが如き口調であった。裕仁は何の表情も見せずに、ああ、とのどかに答えただけである。その御詫びを申上げるために早くから参って陛下をお待ち申しておりましたのでございますが……。二階堂は明瞭に陛下ということばを用いた。私は急いで稲穂の反応を注視する。しかし彼女は壕の入口の階段を下りて来る継人と郷原の足音に気を取られたらしく、体を斜め後にねじっていた。病気か、あれは、と裕仁が単調な声で訊ねる。いいえ、と二階堂はうなだれたまま答えた、皇后さまは何の理由もおっしゃって下さいませんでした。びくんとして稲穂が体をこちらに向け、そしてすぐ、近づいて来た継人の腕をつかんだ。皇后って、と彼女は明らかにうろたえた声できいた、宮城にいる、あの、前にヨーロッパで評判のよかった、でっぷりした、笑ってばかりいる……。正解です、と日常的な噂話をするように継人が答える、親爺に毎年ひとつずつ歌を、短歌和歌のあの歌な、それをことづけて寄こすわけ。信じられないわ、私……、と胸を一杯にふくらませるような姿勢で稲穂が言った。しかしながら、この時を境目にしてこれらの異様なありさまが、ほんの少しながら信ずるに足るものらしいと思い始めた旨を、のちになって稲穂は私に告白した。ふいに、二階堂、とよく通る澄んだ声で良子が呼びかけた。正装の彼女はほとんど玉座を背にするような形で立っている。はい、と答え腰を落したまま女官長がふり向く。あなたは今のことの理由を承知していながら、かくしているようですね。それは咎めだてるような荒さではなく、むしろ妙にやわらかい物言いであった。ぎくりとしたのは恐らく私だけではあるまい。良子が何かを見透すが如き霊妙な力を所有していることは以前から知られていたからである。なぜ陰すようなことをするのか、と突然上気した声で叫びながら郷原がキスリングを地面に落とした。だが、二階堂は落着き払った姿勢で立ちあがり、陛下、お召更えを、と裕仁の前に手をさしのべる。裕仁は何事もなかったようにうなずき、彼女に手を引かれるままに、われわれがいる玉座の方に歩み寄り、そのすぐ右手に作りつけてある小寝室のドアをあけ、中へ消えたのであった。このままでは済ませないぞ、と郷原は低く呻き、キスリングをあけて自分



の水田から刈取って来た初穂を、天神と地祇を形取った仮祭壇に向って用意し始めた。私も自分の仕事にかかる。それは地上に備えつけた小型カメラが捉える映像を、受像装置で確認し、異常の有無を監視する作業だ。稲穂が驚嘆の声をあげ、この場所に似つかわしくない近代的設備の意味を問うた。私は自分が電機会社の役員であることを彼女に思出させる。もちろん戦後すぐの時点ではランプ生活だったのだが、その後開発された小型発電器を私がひそかに持ちこんで以来、地下壕内は完全に電化されたのである。稲穂は真剣な面持で暫く受像器を操作していたが、映し出されるのが炭焼窯の窪地周辺の林や山肌ばかりであるため、私ともどもすぐ飽きてしまった。だが後になってこの地上監視用テレビは、ある偶然のきっかけから、私がこれを記す主目的である、〝信ずべからざる事実〟の一端をわれわれに見せつけてくれることになる。そしてそのためにわが裕仁は私たちの手から永久に奪い去られることになるのだが……。

稲穂ちゃん、とふいに継人が部屋の隅から声をかけた。そこにはささやかな工作器具が置いてあり、彼は今朝背負っていた包みから、まだ製品として整っていないパチンコの機械と鉄の玉を取り出していた。まさか他の物品と誤解される事もあるまいが、それは大衆娯楽とし

ての球戯のそれである。稲穂が覗きこむと、彼はことば少なに説明しつつ手早く細工を施し、実際に玉を弾き始めた。われわれが呆れ果てたことは当然だが、怒った翠子は皇太子明仁まで引合いに出して、下品な真似は即刻やめるようにとたしなめたのである。だが継人は手なれたやり方で弾きつづけながら、俺はこれで食ってるんだ、と平然としているではないか。私も稲穂もてっきりプロのパチンコ師と称するものと思いこみ、それぞれに詰問した。翠子のみではなく郷原も三上も激昂して継人を取囲んだ。彼は無言の抵抗といった容子で、床に坐りこんだまま単調なしぐさを繰返し続ける。良子が遠くから忍び声で笑い、正直に話しておしまいなさい、と言った。そして自分が代って説明するという母親らしい身ぶりを示してから、継人は一人前の技術者なのだと述べるのであった。すなわち、山を下りて食料品を買いこみに街へ出た時からパチンコに取りつかれ始めたのだが、今では当り穴の配置や玉の出る仕組みについての新アイデア、ニューファッションを考案し、それを機械メーカーに売る、純然たる技術屋だという。その仕事をもう二年以上続け、新機種を三十台以上産み出しているというのだ。戦後の日本人を低脳にしてしまった恥ずべき商売だ、と吐き捨てるように郷原が抗弁した、パチンコ屋の



経営は六十パーセント以上第三国人が牛耳っていると聞く、ということは奴らの恐るべき陰謀に加担しているも同然ではないか。その逆さ、と継人が気のない声で答えた、俺の機械で楽しんでる限り、日本人は戦争をしないでいられる。彼はのびやかに笑ってから、自分の機種が圧倒的に庶民に受けている、そのためアイデア料もこの種の技術屋の中では一番高いのだと誇らしげに説明した。それを遮るように、お金ならいくらでもさしあげますわ、と翠子が叫んだ、今のままで御歳費が不足でしたら、その倍でも三倍でも。継人はゆっくり立ちあがり、ズボンに附いた工作の屑を払って、金を届けるのも親爺が生きてる間だけだろうな、と冷やかに言い放った。三上はまるで自分が名指しで非難されたようにうろたえ、かりそめにも陛下の健康をうんぬんしてはならないという紋切型の説教で何かを誤魔化すようなそぶりを示した。継人はほとんど聞いていなかった。稲穂を暫くの間見つめたのち、俺には戸籍がないんだ、だから国籍もない、とくっきりした語調で言った、俺は日本人じゃない。良子がそれを引き取るように、占領されてから今までをもし日本という国だとするならば、あなたは日本人ではありません、と穏やかに言った。そんなことじゃないんだ、とふいに焦立たしげな声で継人が応じた、俺は

木のまたから産れた猿だ、小学校へも行ったことがない山猿なんだ、そういう俺がこれから先食って行くために、何をすればいいって言うんだ、この仕事が駄目だって言うんなら他に何が……。そこまで一息に喋ってから彼は急に口をつぐんだ。ほんの少し前から着換えを了えた裕仁が二階堂と共に現われ、彼を見つめている気配にやっと気づいたからであった。

　二階堂が何事もなかったかのような声音で、お式が始まります、と告げた。われわれが玉座の方へ動きかけたとき、ふいに衣冠束帯姿で手に笏を持った裕仁が逆に近づいて来た。その機械はわが国の輸出産業なのか、と彼は問うた。継人は顔をそらして答えない。郷原が戦後の日本にのみ特有の大衆娯楽だと説明してから、天皇制が続く限りパチンコは滅びないとある通俗評論家が……、と言いかけ、あわてふためいて土下座し、つい不敬極りないことを口走りまして、と頭を下げる。機会があったら私も試してみよう、と不機嫌そうでもない感じで裕仁は言い、玉座に向って戻って行く。突然、稲穂が強い声で、陛下、とその背に呼びかけた。裕仁がゆっくり振向いた。彼女はその視線に耐えられないほどの恐怖感をあらわにし、ふいに継人の腕に取りすがった。信じたんだな、と継人がやわらかい声で言った。うん、と思いつめ



た表情で彼女はうなずき、ですから何もかも話して、教えて下さい、とささやいたのである。継人は一度私たちを見まわし、親爺に聞くのがほんとだろうな、と挑むように言った。郷原がとび出し続いて三上も稲穂の腕をつかんだ。両側からしめあげるようにして、継人と引き離す。彼女は短い悲鳴をあげたが、すぐ立ち直り、私の父は久保伝三郎です、と確認をもとめるように言う。右翼としての思想内容については恐らく評価する気にはなれないだろうが、戦前から変ることなく天下国家のために一身を投げうって来たというその精神のありように対しては、娘として崇敬できるものがある、だから父親が生涯をかけてかかわって来た歴史の真実を知りたいと思うのは当然ではないか。以上の如きことが彼女の言い分であった。われわれが一瞬沈黙させられていた時、二階堂がおっとりした口調で言った、親子関係不存在確認という訴訟が今の家庭裁判所とか申す所で行われているのをご承知ですか、私どもは遙か昔にそのような取り決めを済ませているのですよ。だが稲穂の応答の方もしたたかであった。誰が裁かれているのか知りませんが、判決は事実関係の審理を尽してからにしていただきます、と彼女は言って裕仁を注視する、ここで事実関係と申しますのは、昭和のほんとうの天皇がなぜこんな所で冴えない

神主さまのような格好をしているのか、なぜ老いさらばえた炭焼お爺さんのように暮しているのか、その事実を指しているのであります。話の間に翠子がやるせないような舌うちをし、極彩色のネッカチーフの如きもので顔を覆ってすすり泣いたが、俄かに稲穂に駈寄り、だから私たちが辛い悲しい思いをしているんじゃないの、とまるで駄々をこねるようにその布きれで稲穂の頬を何度も何度も叩くのである。私は観念した。事態がここまで来たからには、侍従職にあった者として私が全てを語り、その上でこの闖入者の処遇を決するのが至当だとして、裕仁の裁可を仰いだのだ。

しかしながら彼は簡単にそれをしりぞけた。私が判断する事柄ではない、と嘗て宮廷で用いていたそっけない口ぶりで告げた。と、それを待ち受けていたように三上が押殺した声で、表へ行こう、と言った。ひそかにたずさえて来た拳銃を使おうとしていることは明らかだった。俺も一緒に出る、と継人がただちに言った。いまわしい椿争を避けるべく、すばやく思案をめぐらした私は、急いでテレビ装置を操作し、映ってもいないのに、表に人影が見える、とあわてたふりで叫び声をあげた。三上が一瞬うろたえて私の方に近づきかけた隙に、稲穂は郷原の手を振り切って、奥の玉座の前まで走って行く。そして、今ごろは父が死ぬ時刻です、と激しい息使いで言った。われわれがあっけに取られて、近づくことも出来ずにいる間に、彼女は玉座を拝むような形で膝まずき一気に次のようなことを語ったのである。すなわち、久保伝三郎は肝臓癌のため二ケ月ほど前に死を宣告されていたのだが、影響力が甚大な総会屋である故に、誰に対しても絶対秘密にするよう命じたのだという。そして昨夜遅く娘を突如病床に呼びつけ、自分の命は明日の昼までには失われるだろうとやや混濁した意識のもとで告げ、この山の中へ代りに行って昔の仲間に会うよう懇願したのだという。遺言だと思ってくれ、と久保は言ったそうである。翠子があの久保さんが、とすすりあげた。私が胸をうたれたことはもちろんだったが、冷ややかなはずの二階堂も、ご冥福をお祈りします、と小声で言った。だめだ、と歯を食いしばるように郷原がうめいた、一個人の生命と国家の大問題は同日に論じられない。うん、と三上が同調する声を出した。ふいに継人が奇妙な笑い声をたてる、こういう連中なんだ、仲間とか同志とか、ふだんは偉そうに抜かしてる癖に、いざとなればこの程度のはかない結びつきじゃあねえか、稲穂ちゃん、あんたこんな馬鹿な奴らのところへ来て、口惜しいだろうな。それらのあざけりを打消すように、二階堂が足早に稲穂の背後に近づいて行った。そして肩に手を置き、何も見なかった、何も聞かなかったことにして父上のお通夜にいらっしゃい、とさとすような口調で言った、さもないと私たちがお嬢さん自身のお通夜をする破目になるかも知れませんわ。ぎくりとして稲穂がふり向いた。こけおどしは止せ、とふたたび継人が笑った、ここにいる連中は誰も人なんか殺せやしない、一年に一回オーバーなお芝居をやらかして、それで大したことをやった気分になって引きあげて行く奴らなんかに何ができるって言うんだ、どういういきさつか俺は知らないけど、大日本帝国さんが泣いてるよ。奇妙なことだが継人のことばは泣き喋りのように聞えた。継人、と良子がたしなめるような、それでいていたわるような調子で言った、私もあなたになぜこういう生活を送る運命になったか一言も話しませんでした、恐らく今、今日やっとその時が来たのかも知れません。良子はゆっくりと私たちを眺めまわした。私たち三人が残ってから、きっかり二十年ぶりに、まるで迷子のようにこのお嬢さんがやって来られたのは、きっと私たちに、今までの私たちの姿のありったけを思い出させるように、神様が、ご先祖様が……。彼女はそこまで言ってからくるっと背を向け、玉座の左右にある天神地祇のふたつの仮祭壇に目を注いだのであった。



よし、話しましょう、と私は言った。違う、話すのは私だ、と郷原がすばやく言う、聞いて貰いたいのはこの若い二人だけではない、三上、なぜか分るか。名指された三上が視線をちらつかせながら、何が、と答えた。二階堂女官長、わかりますか、とまた郷原が声をかけた。わかるようにお話いただけたらきっとわかるでしょうね、と彼女は角のない声で受け流した。結構だ、と郷原は押しをきかせて言うと、手ばやくアノラックを脱ぎ捨てた。その下は剣道着の刺子であった。腹に短刀をのんでいるような気迫がふいに感じられる。お二人が今年、今日、何をたくらんでここへ来ているか、俺はすべて知っている、と彼は腰を落とした自然体に構えて喋り始めた。内容は私にとっては重大極りなかったが、稲穂が聞きたがっていたこととは全く別なものだった。すなわち、彼が地方新聞社を買い取ったのは実は独自の調査網が欲しかったからであり、社員を使って極左極右の政治団体の動向をここ数年把握し続けて来た。その網の中に仲間であるわれわれひとりひとりも当然入れるように指示してあった所、今年の春以来三上と二階堂が頻繁に会っているという報告が届いた。もともとこの山中で会合する以外、俗世間では人々の疑惑を避けるため可能な限り疎遠にしていなければならないはずの二人が、その禁を破っているとすれば何かのたくらみがあるに違いない。郷原はただちに詳細に洗いあげるよう命令した。結果、二人が宮城にいる現皇統の方を護るため、この地下壕の存在を抹消することに決めたという事実が判明した……。二階堂ひろが出しぬけに笑い出した。長年の間に身についた上品な失笑とでもいうべき感じで、地方にお住いでいらっしゃると疑心暗鬼って言うんでしょうか、誇大妄想に陥るのかしら、とあっさり否定した。田舎右翼め、と勢づいた調子で三上も言った、証拠があったら出して見なさい。いいのか、と郷原が待ち構えていたようにキスリングを引き寄せた、お二人の睦まじい会話が息使いがわかる程度まで録音してある。三上の顔がさっとこわばった。そのテープを持って来たのか、と震える声で言った。引っかかったな、と郷原が哄笑する。だましたな、ととっさに三上が右手を服の内側に入れかけたとき、ピストルはごめんこうむるぜ、と押しかぶせるように郷原が言った、そいつが誰の手から渡されて君の左の腕の下に吊るされているかも調べてある。三上はあげた手をそのままにして二階堂の方をすばやく見た。郷原の言が真実であることが了解できた。了解できたが、私自身その危険物を、いや、危険人物たちをどう扱ってい



いのか分らない。無意識のうちに私の体は裕仁の前に動き、まるで楯のように両手を広げていた。良子がふいに手をぶらぶら揺すぶり、それらの緊張を無視するような歩きぶりで三上の真正面にまわった。そしてまるでお菓子をねだる子のように、黙って掌を彼の顔の真下に突き出したのである。観念したのか、別なたくらみがあってのことなのか、一瞬ののち三上はぺこりと頭を下げ、上着の前を開いて拳銃をホルダーからはずし、良子の掌の上にのせた。良子は特別あらためるふうもなく、それを十二ひとえの胸の中へ無造作にしまいこむ。これで気が済んだか、郷原、と三上は意外に平静な声で言って軽く笑った。

## 六　堪へ難キヲ堪へ忍ヒス

二階堂女官長が裕仁の前で一礼し、その衣帯の乱れを直してから先導するような形で奥の玉座の方へ行く。裕仁が今までとは見違えるほど背をしゃきっと伸し、祭儀特有のすり足で進む。仮の玉座が設置されてから二十六

回めの新嘗祭が、かくして平穏裡に始まろうとしていた。私は配電盤に寄り、玉座と左右の祭壇以外の電灯を切る。裕仁ひとりの正装の背中だけが浮びあがって見え、彼は例年の如く天神に初穂を捧げて単調な祝詞を述べる。稲穂を気づかって列の最後尾にいた私の間近へ、彼女がすっと身をすり寄せて来た。私はそっとうなずいてから、君にはいつか話してあげられる機会がある、と言ってやった。しかし彼女は小さい欠伸を洩らしてから、わたくし、こんなこととは無縁な存在だわ、何も知らないままでいる方が気持がさっぱりします、と答えた。急に三上が闇の中から顔を寄せて来た。お嬢さん、あなたは無縁じゃありませんよ、と言う。私はまたかと思って彼をたしなめかけたが、お父上の久保伝三郎についてのことなんだ、もう死んでいるとすれば永久に秘密を聞けないわけだが、と彼女の注意を引きつけるような事実を暗示したのである。彼の言い分に従えば、日本株式会社の走り使いたる総会屋たちもここ二、三年の間にほとんど新旧の代替りを遂げたが、その日本株式会社が形を整え始め、総会屋なるものが力を発揮し始めたのは占領終結の翌年、昭和二十八年頃からであった。その頃父が悪事を働いたんですのね、と稲穂がやや心を乱された容子で訊ねた。逆だよ、と三上が言う、私たちはその年を期



して国体を復古させる、つまり押しつけ憲法を排除し、その気運に乗って陛下をもとの場所へという……。三上は思わず高くなって行く声をとどめて、祭壇の方をうかがった。儀式はごく自然に進行していた。私は三上の言いたいことの大半を悟り、稲穂に、そしていつの間にか近づいて来ていた継人に説明し始めている。その大要は以下の如くである。すなわち、本来のわれわれの計画では、ほんものの裕仁を再擁立して蜂起し大号令を発する日時は占領終結直後と決められてあった。講和条約の発効は昭和二十七年四月二十八日、偶然か占領軍の意図によるものか、それは裕仁の満五十一歳の誕生日の前日に当っていた。ちょっと、と言ってふいに継人が言葉をさしはさんだ、二十七年四月二十八日、今は沖縄デーか、その日に俺は産れたんだそうだね。私はうなずいて先を進める。まさに偶然の重なりと言うべきで、私たちは出生して来る嬰児が男子であるならばこれぞ真の皇統として同時に内外に宣する予定であった。そして幸運にも良子は継人を無事出生した。しかしながらそれから三日後に起った皇居前騒乱事件、世に言うメーデー事件は、山中に五年近く引きこもっていた私たちを震撼させるに十分であった。つまり占領軍よりも人民の暴動の方が危険だと感ぜられたのである。現今では体制側のフレーム

アップとされているがこの年に継起した種々の左翼テロは、われわれの所期の目的期日を大幅に遅らしめた。にもかかわらず、この年宮城にある現天皇は十月に至ると、敗戦直後ただ一度訪れたのみの（それは実は私たちの裕仁だったのだが）靖国神社への参拝を開始し、十一月には皇太子の立太子礼をすら挙行して、われわれを切歯扼腕させたのであった。次のチャンスをいつに持って来るか、開拓部落の内部で来る日も来る日も討議を重ねた。時期をつかめぬまま空しく一年が過ぎた。遂にそれが来た。昭和二十八年十一月、当時の合衆国副大統領ニクソンは訪日を了えた直後、戦争放棄をうたった日本国憲法は誤りであった旨の公式のステートメントを出す。昭和三十年が改憲の年になるであろうというニュースがワシントンから執拗に流れ始める。

小踊りせんばかりに欣喜した私たちは、今度は別個の計画を練った。それは明瞭なクーデターの計画として、軍隊を用いる案であった。警察予備隊から保安隊と名の変わった、つまり今の自衛隊を万一に備えて引きこんで置くことが成否の別れ道だと決めたのである。それらの下準備のために山を下って上京するメンバーが定められた。三名。ひとりは保安隊中堅層に数多くの陸士陸大同期生を持つ三上。ひとりは戦前からの総会屋として財界に顔のある久保。残るひとりはわれわれ開拓部落のリーダーであり、旧右翼のどの流派とも対等に話し合える稲山一光老人。そこからあとは俺が話す、と三上が言った。彼は私が言い落していた不安と焦燥感、つまりこの周辺の谷間がダム建設の候補地として予備測量が開始されつつあり、今まで洩れなかった秘密が危うくなりかけた時でもあった旨を附け加えながら話し始めた。仮玉座が設置される時期と前後して、禁中から私と二階堂が運びこんで置いた純金の延金を下工作の軍資金として、この三名は上京したのである。旧軍人旧右翼関係者が始めて国会議員の候補者として大量に名乗りをあげた年であったため、内密の下交渉はかなり順調に運んで行くように思えた。無論、あくまでも裕仁個人にまつわる秘密は伏せたまま、主に憲法問題再軍備問題に焦点を絞っての同志糾合をたてまえとしたのである。しかしながら上京してから十日あまりののち、別々に行動しているはずの三人が奇妙にも一斉に検挙された。容疑は奇妙なことだが何と純金の密輸にかかわるものであった。事敗れたり、と悟った稲山老人は取調べを待たずに留置所内で自殺を遂げ、その上なお奇妙なことに残された三上と久保は、容疑の事実なしとして簡単に釈放されたのである……。三上は一度溜息をついてから稲穂の方を向き、君の親爺さんとは何度も涙を流しながら言い争ったものだ、と言った、二人とも相手が下手に秘密を洩らしたと思いこんでいたからな、でもお互いにそんなはずはないと確認し合っただけだった。変だわ、とすぐ稲穂が言う、日本の警察はそんなにあっさりしたものじゃないはずでしょう。うん、と三上が答える、だから俺たちも悩み抜いた、その上で行きついた結論は……。彼は光の当っている玉座の前を見やった。裕仁と良子と二階堂の後姿にだけ光があった。誰かが計画の秘密を政府に洩らす、洩らしてつかまえさせて潰して置いてから、今度はそれを世の中から陰すために、間違いだから釈放しろと強引に上から命令させる、これが計画をパアにしなおかつ秘密を秘密のまま葬り去る最上策だと考えて……。知っているんだな、お前は、と私の声がつい大きくなってしまう。三上は一度首を振ったが、今度の事も俺はつい説得されて引きこまれただけだが、よく考えて見ると……。単純すぎる推理ですけど、と稲穂が言った、二階堂さんならすべてそういうことをやってのけられるということかしら。継人が奇妙な笑い声をあげてから、探偵小説ってのは必ず一人だけ忘れさせるように出来てるもんだな、と遠慮のない大声で言った、親爺だよ、親爺にだってその可能性は大ありなんだぜ。玉座の前の三人が



驚いて私たちの方を見た。そして、二階堂がまるでこちらの話を知りつくしていたような顔で、何のお話ですか、と近づいて来る。継人はそれを無視して続けた、もし親爺がここで炭を焼いてる生活の方が気に入ってるとしたらって考えて見ろよ、もう一回宮城とか外国とかへ行って固苦しいことなんかやるのがいやだと思ったらさ、そんな望んでもいない計画は潰す気になって……。でも、と稲穂が遮った、誰かに命令しなければできないと思うんですけど。ああそうさ、と継人が言う、まあ命令するとすれば、この二階堂あたりが適当ってことになるわけだろうね。

すぐ近くまで歩み寄った二階堂の顔が、ほんの少し引きつったように見えた。私はどなたの命令も受けたことはございません、と今までになく強い語調で言った。では自分ひとりで俺たちの計画をこわし続けて来たと言うのか、と郷原が彼女の体に手をかけんばかりの勢で真後に立った。二階堂は上気してはいたがひるんだ容子はなかった。ある観点からすればこわしたと見えるでしょう、と彼女は言った、別の観点、はっきり申しあげれば日本の国体にとっては護ることであったと言っても間違いではないはずですわ。ことばにならない怒りの声をあげ翠子が二階堂に体当りを喰わせた。白装束の女官長は

見事に床にひっくり返ったが、うめき声も立てなかった。女狐、と震える声で翠子が言った、よくも私たちを瞞し続けて来ましたね、昔のことはともかく今何をたくらんでるのか陛下の前で白状しなさい。二階堂はみやびやかなやり方で立ち上り、私が瞞してるんじゃございません、と言った、皆さまが皆さまご自身を瞞していらっしゃる、つまり自己欺瞞に陥って何も見えていらっしゃらない。だから、その何かを白状しろって言ってるんじゃないの、古狐め、と翠子は相手の白い襟元をつかんだ。陛下、と二階堂はそれを無視した甘い声で言う、陛下の時代、昭和天皇の時代はもう終りでございます、私たち国民にとって最も大切なのは次の天皇たる皇太子さまの事でございます。馬鹿、と叫びながら翠子がその頬をうった、美智子と結托してそんな汚いことを考えたのね、お前は。何度も申しますが、と平然とした態度で二階堂が応じた、私はどなたのご命令も受けてはおりません。嘘よ、嘘、と言いながら翠子は体をよじった、私口惜しい、口惜しくて口惜しくて、おなかの中がよじれるわ、あんな美智子なんかに頭を撫ぜられて気が変わるなんて……。違います、と断乎とした言い方で二階堂が遮った、私は一度も心を変えたことはありません、昭和七年私が禁中へ始めて出仕したとき、そうですわ、明仁殿下がまだお産れになっていない時から。結構でしょう、と私は言った、その変っていない心というやつの中味を見せて下さい。はい、と彼女は一種あどけない顔つきさえして見せる、国民にとって大切なのは肉体を持った個人の陛下ではございません、天皇制というものをいただいたわが国の国体そのものでございます、戦争前ならば小学生でもわかっていた明解なロジックですわ。郷原が、きさま、と彼女の背中を突いた、きさまの話を突きつめれば、ここにいらっしゃる継人さまを含めた御三方は不必要だということなのか、この世から無くなった方がいいと言うのか。私は思わず裕仁と良子を見た。裕仁はなぜか小声で笑ってから、祭りの終りを忘れるところだった、と言い、初穂の残りを自らゆっくりと口に入れて食べ始めたのである。郷原がその動作をはばかるような低い声音で、万世一系という血のつながり、日本という農耕民族の最高の司祭としての天皇家、そして国民の家という家がその形のまま国となった大和の国、と言った事柄をやや感傷的に語り、経済的繁栄の外見と宮廷内の人事陰謀で眼が昏んだ二階堂には、このような親と子としての、一家族としての国がわからなくなっているのだ、と説いた。無理でしょうよ、と翠子が悪意に満ちた声で言う、子どもを産んだことはもちろん、男性に愛されたこともない女ですもの、血のきずななんてわかりっこないわ。

お黙りなさい、と威厳に満ちた姿勢を保ちながら二階堂が反撃した、私に子どもがなかったなんて、あなた方にわかる事実ではありませんん、本来口が腐っても申すまいと思っていましたが、日本の未来のためと思ってお話しします。いいですか、私は良子さまとご同様に男子を一人だけ産んでおります。それは陛下のお子でございました。事の真偽はともかくとしてわれわれが茫然となったのは無論のことである。殊に今までほとんど表情を現わさなかった良子が、前のめりになるような形で二、三歩こっちへ近づく。昭和七年春たけなわのことでございました、以前から父とご親交のありました枢密院議長一木喜徳郎さまよりのお奨めで、私は禁中にお仕え致す身になったのでございます。二十歳に至らなかった私は、それが陛下の御世つぎ問題と係わっているなど、露知りませんでした。うむ、と三上が感に堪えたような声を洩らした、例の試験管問題だな。二階堂が目をとじてうなずく。三上の説明によれば、当時内親皇ばかり続けて三人産まれた宮中では、真剣に皇太子を作る計画が進められ、遂に侍医たちの計画に基づいて皇后以外の若い女性三人に人工授精が行われたというのだ。そして誰か一人



だけが計画通り男児を出生した、というふうな噂話をずっと後になって三上は陸軍の高官から聞かされた事があるという。私がその男子を儲けた女でございます、と二階堂がすぐ言った、もちろん、私はその子どもの顔さえ見ないうちに引き離されてしまいました。そして明仁様のご誕生がその翌年でございます。私の子どもはある華族に引き取られて無事養育されたとだけ告げられました。今、生きておりますれば明仁殿下より一歳年長、四十歳ちょうどということでございましょうか。銀行員になってでもおりましょうか、あるいは商社の支店長ほどにもなって外国暮しをしているかも知れません……。私はそれでも自分の生涯を何ひとつ悔いておりません。私は一人の男性を愛したことはございませんが、日本の国体というものを愛し抜いたのでございます。作り話だわ、そんな、と翠子が腹立たしげに言った、処女の癖に子どもを産むなんて、キリスト教のものまねの……。真相は陛下がご存知でいらせられます、と二階堂がさらりと答える。裕仁は一度小首をかしげてから、産んだ女性の名前はもう忘れてしまったが、二階堂ではなかったように思うな、と静かに言った。翠子が一度あざ笑うように声をあげてから、すぐ口を押えた。

## 七　戦中戦後花いちもんめ

儀式も一応終ったことであるし、部屋の暗さがそのまま各人の内部の暗さを引き出してしまうと考えた私は、配電盤に寄り明りを全部つけるためのスイッチを入れる。だが、それにもかかわらず、二階堂ひろは自説を述べ続けたのであった。すなわち、今の裕仁が宮中を離れている間に皇太子に対する愛を失い、身近にいる継人を皇嗣と定めたいと考えるのは、良子のような一般人に取ってはごく自然の情とうつるであろうが、それは国体という観点から見れば全く誤った考えであるというのである。郷原や翠子が激昂して二階堂に詰め寄ったとき、きっと間違っているでしょうね、とわれわれの方を向いたまま後ずさりして良子が言った。二階堂はいつ私の意見を求めたことがあるのですか、私は継人をそのようにしたいと言ったこともありませんし、考えてもいません。良子さま、と思わず翠子が声をかける、そんなことを言ったら負けてしまいます。いいえ、と良子はきっぱりと打



消した、負けるというのならば、私は一切のことに負け続けて来ました。自分でもいっそすがすがしいくらいの負けっぷりだわ。そしてふいに彼女は玉座の方を向いて膝まずく。今この瞬間も、真実なんか喋ってはいけないという誓いを守ることに失敗してしまいました。ですから、やはり負け女らしく喋る他はありません。裕仁がほんの少しあわてた声音で、私はそれを望んでいない、と言った。しかし彼女にはその声は聞えないようであった。私は子どもを産むつもりなんかもちろん、あの方を愛してもいませんでした、と彼女は私たち全部に背を向けたまま言った、むしろ正反対でした、私は機会があれば殺してやりたいと、いいえ、それはもしかしたら大袈裟過ぎるかも知れません、でも何か手ひどい仕返しをしてやろうということだけで頭がいっぱいだった……。裕仁がふいにせわしない歩き方で玉座の方に近づいて行き、今日われわれがここに到着して以来始めてその座に腰を下ろしたのである。そしてその威厳に満ちた姿とは正反対の小声で、良子、お前個人のことは今は置いておきなさい、と小心そうに言った、それは私と二人の間で話せば足りる。良子はふいに立ち上り、裕仁の前を左右に歩き始めた。それは乱れた心をまとめたがっているような、おぼつかない足どりだった。私は救えるものも救

えない負け女だったわ、と彼女はふいに言った。戦争が負けてから三日たったあとの、気違いみたいに暑い日、私は兄を殺させてしまった。陸軍少尉だった兄は私の恋人で神様で父親で、他の誰にも代え難い人だったのに、その人が私の目の前で切腹するのを……。そう、あの日の宮城前にはすでに死んでいる人も、死のうかどうか迷っている人もいっぱいいました……。

ふいに私の目にはそのありさまが見えて来る。裕仁の坐す玉座が皇居であり、その前を行きつ戻りつしている良子が、当時死を決意して皇居前広場に来ている兄を探し求めている、うら若い惑乱した少女のようにである。良子はまるで今彼女がその場にいるかのように語り続けていた。それによれば、やっと兄を探しあてたとき、兄は腹に軍刀を突き立て悶えている所であったという。救おうとした彼女に対し、悪鬼の如き形相の兄が、俺は滅びるぞ、陛下、とうめいた。彼女はどう手の下しようもなく、およそ十数分にわたる兄の断末魔の苦しみをまじまじと見ていただけだったという。以来彼女は皇居前周辺でほとんど狂気に近い浮浪生活を送り続けた。やがて年があけ、天皇の人間宣言があった。相手が人間なら一言、自分の兄であり恋人である男の怨みを言ってやろうと思い立った。そして、すぐに人間天皇の地方巡幸が始



まる。彼女は夢中で旅費を工面し、可能な限りその旅行の後を追った。道を歩く天皇に一言でも声をかけようと思ったのだという。しかし、果してその機会が来た時何を言ったらいいか自分でもわかってはいなかったというのだ。無論、ほとんど車に乗ったままであり、警護も厳しかった状況のもとではそのような機会は来はしなかった。だが、和歌山県の県庁前でいつものように待ち続けていたとき、一人の中老の紳士が良子の肩を軽く叩いた。よくお見かけしますなあ、とその男が言った。陛下の巡幸先にいつも来ている女としてマークしていたというのだ。この男が以後の彼女の運命を変えることになる。すなわち今は亡き、かの皇室尊崇主義者稲山一光が、彼女の身の上を聞いたのち、いつかその願いはかなえられるだろうと約束した上で、良子を水戸市郊外の農本主義思想家の農場へと連れて行ったのである。そこには働かずにぶらぶらしている奇妙な男が一人いた。すでに明敏な諸君が察知される通り、それは七人の身代りとして用意されたうちの一人であった。すなわち、われわれが実行したすり替え計画に従って、今この現在もかの皇居に治っている昭和の天皇にやがてなって行く運命の男がである。

夢物語を聞き終えたときのような、豊かな溜息を洩ら

してから、やっと私が知りたいと思っている所まで来たんですのね、と稲穂が言った、どうやって取りかえっこしたのかも話して下さるんでしょう。良子は我に帰ったように稲穂を見てから、まだ憎しみの話は続きます、と言った、講和条約の調印の時までがそういう時でした。私はその人の身のまわりの世話をし続けながら、いつかはと思ってました。

違うんです、私の疑問、と稲穂がはきはきした生徒のように問いかえした、ここの皆さまのこと丁寧にお伺いしたいわけじゃありませんわ。今東京にいらっしゃる天皇、あの方がどうして皇居にはいったのか、もともとどういうお育ちで、どういう考えの持主かってこと……。翠子が意味不明の奇声で遮ったとき、申しあげるわ、と間髪をいれずに良子が答えた、あの人も私と全く同じです、そして同じように憎しみから始まって、それがいつの間にか、そうね、恐らく愛着みたいなものに……。待て、もうそれ以上言うな、と私は激した声で制した、すり替えのことは勿論、あなた自身のことだってそんな風に続ければ果てには自分で気が狂うか、ひとを狂わせるかどっちかだ。ああ、おお、と玉座に坐ったままの裕仁が同意のしるしらしい単調な声を洩らした。何があぁだよ、と継人が私を押しのけて玉座の方へ近寄って行く。



ひとを狂わせる？　ひとってのは俺さまのことか？　彼は両親に向って威嚇するように肩をそびやかし、ついで私を睨み据えた、どうなんだよ、菊池。私は急いで弁解する他はなかった。つまり、良子の言い分を聞いていると、われわれのこれまでの努力の一切が無に等しいという結論になりかねない、自分としてはそれを恐れるあまり、下手な告白ごっこは止めにして貰いたかったという主旨の弁明をである。個々人の感慨がどうあろうとも、と私は附け加えた、それより遙かにわれわれがこの日本の歴史から負わされている任務の方が……。同意、と裕仁がはっきりした声音で断を下した、その目途に向って話を進めるように。ややほっとして軽く頭を下げる私の耳もとを、ふいに熱い息がかすめて通った。クーデターの計画、みたいなものが、進行中、なのね。稲穂が昂ぶりを押さえかねた声で訊ねたのだ。不用意にも私は、クーデター、と思わず問いかえしてしまった。誰も彼もが一瞬ぎくんとしたことは確かだった。剣道着姿の郷原が無言のまま私たちの方に歩み寄って来る。稲穂がとっさに私の背後にまわった。神経質になるなよ、と私は適当なことばもなくたしなめてみたが、彼の張りつめた圧力に気押されて二、三歩後ずさりした。稲穂の震えが細かく背中に伝わる。クーデターか、と郷原は態度とは逆の一種気乗りのしない口調で言った、そういう空騒ぎとはわれわれは無縁でありたいものだな。他の諸君にもあらためて確認を求めて置く、と彼は述べ続けた、人民の血を流すことはもとより、武力による威嚇等の策は一切用いないこと、その上で昭和二十三年から昭和四十八年今日までの日本国を全否定する。不可能だと君らはすぐ言うだろう、おれ自身もここへ来るまで、いやつい先刻までその方策が発見できずに苦しみ抜いていた。しかし、諸君らのだらけきったお喋りを聞いている間にやっと一筋の光が見え始めた。今その最上の方策がこのまなこにありありと見えて来た。お嬢さま、と郷原は同じ調子で言い稲穂を柔らかい手つきで指さした、あなたに感謝しよう、負うた子に教えられるというが、志も知識もないあなたによっておれは目を開かせられた、戦後世界全否定のためにお礼を述べさせて貰います。そして会釈までした。

端的に言う、郷原狂せりと即座に私は思い決めた。血気盛んな彼が妙に落着き払っているのもさることながら、ことばの内容がほとんど意味をなしていない。出自が戦前派右翼なのに、無血を言い、平和主義者流の説を立てる……。三上がすばやく私の肩に肩をぶつけ、焦りのあまり遂に、とささやいたのも当然なことである。郷



原君、表でゆっくり語ろうではないか、と私は心を静めて声をかけた。そうしよう、とすぐ三上が続けた、私も君に打ち割った話がある。だが案の定、郷原はわれわれを無視した。剣道のすり足といった歩きぶりでリズミカルに玉座に近づき、ぴたっと平伏したのだ。郷原佑、只今よりご上奏致します、と彼は言った。押しとどめる暇もなく裕仁が、うん、とうなずき、可能な限り具体的に論述すること、とさすがに異常さに気づいた容子で附け加える。「次の世を背おうべき身ぞたくましく正しくのびよ里に移りて」と申す皇后さまの御歌がございました、と郷原はまるで予行演習を積んであったかのように澱みなく喋り始めた、確か三十年近く前の御歌でございましたが、今この時この場所を遙かに見事に予言されたと思えるのでございます、すなわち、里と申すのはこの地であり、たくましく正しくのびて次のまことの世を背おうのは、陛下及びここにおりまするわれら。具体的に申しますれば、中ソの邪悪なる潮流はもとより、米国の資本主義末期の悪夢の如き影響を何らこうむることなき、この偉大な陰れ里に於きまして……。

誰もが唖然としていたこの時、こざっぱりしたもの言いで遮ったのは良子であった。こんなお芝居はやめましょう、そろそろ、と彼女は出しぬけに言った、愚かな

見栄のはり合いはお互いにくたびれるだけじゃありませんか、皆さんも本心ではそう思ってるはずだわ。郷原が力をこめて振り向き、翠子が同時に叫んだ、愚かな見栄ですって、何てことをおっしゃるの、良子さまともあろうお方が。だって、そうじゃありません、とすかさず良子が言いかえした、皆さんはそれぞれ現実世界にまともなお仕事、きちっとした生活をお持ちです。ですから、何かの間違いで生き残った化石とでも呼んだ方がいいような奇妙な生物、勿論私たち三人のことですけど、こんな人間であることをとっくにやめてしまった亡霊をからかうのは、もうこれ以上やめにして欲しいんです。あっさり見棄てて、忘れ去って、いえ、何もなかったことにして現実世界の方へお戻り下さい。それが皆さまのためにも、私たちイリオモテヤマネコにとっても最良のことだとは思いませんか？　彼女はなぜか小さいくしゃみをし、それから潤いのある眼でわれわれを見渡した。そして、それが最後のことばであるといった風な、少し感傷のまじった鼻声で、こんなこと、今日言ってしまえるとは思えなかった……、でも、本心です、だから、さっきも恥をさらして、昔のこと、取りかえしようのないことを、喋りたかったのね、きっと、と言った。長いこと経済的なお世話をいただきながら、下手なお別れのことばしか出て来ないの、……ごめんなさい。



## 八　スイス湖畔が奪い去るかずかず

私自身の錯綜した感慨をここに書き記すことはやめにしよう。だが、狂せるとその時点で思っていた郷原に手を貸すことも含めて、私が直ちにいかなる実際行動をも取り得なかった無念さだけは言って置かねばなるまい。なんとならば、この良子の心のありかが明示された、いわば別離の言を境にして、同志たちが二分し明からさまな敵対関係、いうところの内ゲバなるものに陥ったからである。最初の動きは二階堂であった。彼女は歌劇の踊子のように身をひるがえして良子に駈け寄り、感極まったというしぐさで相手を抱擁する。言葉つきもそれにふさわしい甘ったるさで、良子さま、良子さまと繰返しながら、高貴な魂、至上にして優美な思いやりといった類いの文句を連発した。勿論意識して隠されたお心の裡も察しておりますわ、とこの老女官長は言う、一見ご自身の私生活を乱されたくないとおっしゃっておられるようですが、その実深くわが国体を愛し現皇室及び現日本のより一層の発展繁栄を願うあまり、敢て身をお引きになると申しましょうか、甘んじて尊い位置を投げうたれたと申すべきでしょうか、例えるのも恐懼の至りでございますが、二十一年新春陛下おんみずからなさいましたかの人間宣言にも比すべきほどの……。無論これらの持ってまわった長広舌を他の諸君が黙視していたわけではない。三上と有賀の両人が互いに相手の出方を伺うようなそぶりで、両側から女官長と良子に近づいて行った。その腐った口に蓋をなさい、とまず翠子がゆっくりと口火を切った、さもなければその干からびたのど仏に荒縄を通して塩びきにしてさしあげるわ。そうだわ、女官長の新巻なんて、東宮御所の奥さんには絶好のお歳暮……。黙らんか、不見転芸者、とすぐさま床を踏み鳴らして三上が叫ぶ、貴様のような売れない古株は、そっちにいる黴のはえた田舎新聞のお座敷でナツメロの踊りでもやっておれ。いや大ジャーナリストにして大革命家殿は急に頭があたたかくなったから、気違い囃子なぞがお気に召すかな。嘲笑された郷原の方に目をやりながら、遂に破局が来たと私は思った。気がふれたとはいえ、かかる愚弄を黙過するような男ではない。平素の性情から言えば、旧軍人の三上も足もとに及ばないほどの激情家だ。



そして悪いことに、翠子が歯ぎしりしながらあおり立てる、郷原さん、この国賊たちを除きましょう、君側の奸を叩き斬って下さい、今こそ。そのことばに応じたつもりなのか、郷原は裕仁に対して丁重に頭を垂れ、ゆるりと立った。君、やめ給え、と私は無力と知りつつ叱咤した。三上が迎えうつべく急いで得物たり得る武器を物色する眼になる。よしなよ、とふいにのどかな声で継人が言った、ヤー公でもギャングでもないんだろ、素手できれいにやって貰いたいね。言われた三上は瞬間とまどって、この奇妙な野次馬を見た。その代り八百長や下手な手打ちも見たくないな、と継人は続ける、どっちかがアウトになるまで。うん、と小声で稲穂が思いがけず大胆な相槌をうった、こんな山の中ですから、動物と動物が闘うみたいに……。そういうことだ、郷原さんもわかったな、と継人は断定的に言った。しかし、せめて表で、と私が時間を稼ごうと計ったとき、郷原は何も聞こえなかったような、そう、一種放心した表情で玉座を離れ、三上、二階堂、良子、翠子の四人がいる側と、継人と稲穂と私がいる側との、ちょうど中央に向けて歩いて来る。三上が身ぶりで女性たちを自分から引き放し、柔道とおぼしい構えを取った。だが郷原はその方へは目もくれなかった。というより首を深くうなだれ、蹌踉とでも形容するほかない足どりで、そのまま三上の前を過ぎたのである。無論三上は警戒をゆるめるようなことはしなかった。卑怯な真似は許さんぞ、とその背に向って威嚇を浴びせる。と、郷原は何か珍らしいことを聞いたように、一度ひょこりと振り向いたが、格別な表情を示すこともなく地上に続く階段の方へ同じ調子で進んで行った。逃げるのか、きさま、と半ば勝ち誇り、半ば拍子抜けした声で三上が言った。だが、当の郷原は階段口に佇んで、ほんの少しの間身動きしないでいる。

何だ、やる気がないのか、と継人、勝てないの、自信がないの、と翠子、頭が駄目になったとさっきから思っていたよ、と三上、それぞれが声をかけ、私自身はそのどれもが当っているように思えたが、おっしゃって下さい、今考えてること、と良子が言った時、郷原はぶるっと肩を震わせ、そのまま床に坐り、出入口を背にして斜めに私たちの方へ体を向けた姿勢で突如坐禅を組んだのである。目はとじているのか半開きなのか分らないほどであった。二階堂がその表情をすばやく確めるように廻りこんでから、放って置くのが一番いいようですわね、と忍び声で笑った、新しい事態を納得するための時間を貸してあげなければなりません。それに、と彼女はすぐ厳しい表情に戻って言う、鉄は熱いうちに打てと申しま



すわ、こうしてみなさまのご意志が一致しましたからには……。詐欺師、白狐、いつの間にそんなことが決まったの、と翠子が気落ちした声で抗ったが、二階堂は全く無視して、継人さまおわかりでございましょう、と声をかけた、母上さまも仰せの通り私たち一同は全世界、つまり社会主義国家からも深い敬意を捧げられる民主天皇国の二十一世紀的……。理窟はいいのよ、とうんざりした口調で継人が遮った、小むつかしい言葉で長ったらしく喋ったり書いたりする奴は、ガキの時分知恵遅れの薄ら馬鹿で親兄弟からいびられたコンプレックスの現われだっていうぜ、新左翼知識人の戦闘的分子ってほどじゃないけど、でも、おたくも相当な方だな。稲穂がさも楽しげに笑い興じて、継人さんも相当なものだわ、と言った。お黙りなさい、と女官長は一喝したあと、では継人さまは私どもの意見に同じられないとでも……。だから薄らトンカチだっていうんだ、おれは最初から言ってあるだろう、気にいった仕事をして気楽に暮せて、それであんたたちにガタガタ言われなければ、満足なんだよ、と継人が体をゆすぶりながら答える。自由、君の欲しているのは自由人としての生涯なんだ、と三上が喜ばしそうに言った、全くぼくらは良子さまに対してもそうだが、基本的人権というやつを踏みにじって来た形だから

ねえ、そういうことだよなあ、菊池。私はふいに自分の名を呼ばれて愕然とした。というのも、これら一聯の策謀をむき出しにしたやりとりを耳にしながら、自分もまた郷原が坐禅を組むような心持で沈思熟考しなければならぬと念じ始めていた矢先だったからだ。ぼくらの中では菊池が一等リベラル、昔からそれは衆目の一致するところだから、まあ基本的ななにについては異存がないはずだがな。

私は答えたくなかった。いや何事も聞えなかったふりができれば一番望ましかったというべきだろう。すでにこの件について最重要なふたり、良子も継人も彼らの側にある。仮に私と翠子が反対し、現皇室改廃を叫んだとしてもあまりに非力過ぎる。そして宮廷内部で動ける二階堂も自衛隊に働きかけられる三上も、ここへ集る以前からとうに心を決めていたのだ。にもかかわらず、賛意を表するにしては、私の心のありようは、彼らと根柢的に異っている。今朝この山へ登って来る途中考えた、と私は自分に言い聞かせるつもりで呟いてみた、戦後のおれのほんとうの姿は一経済人に過ぎないのではないか。日本歴史も国体の尊厳も、それらの事にかかわって来たのは、ひょっとしたら魚釣りの好きな専務や、学生時代に山岳スキー部のリーダーだった男が今忙しい経営戦争の時間を割いて蔵王や信州の山や……、つまりその類いの趣味の観念過剰な形態とでもいったもの……。菊池さん、重範さん、そんなこと、と胸を詰らせた声で翠子が私の腕をゆすぶった。言わせてくれ、と私は続けた、この天井の上の炭焼窯から紫色の、うん三筋の煙が立ちのぼっているのを見たとき、そのときは確かに今のようなことを考えていた、しかし、それはやっぱり違うんだな。どう違うんだ、とふいに郷原が声をかけた。ほとんど感情を現わさない透明な声だ。見る。最前と変わらぬ姿のまま瞑目している。うん、と私も目を閉じた、おれは臆病な男だ、だから命が惜しい、その点では君らの中の誰よりも凡庸な人間なんだと思う。だがしかし、一人の経済人としてのおれは、電機会社の重役から副社長くらいになって、そのあと相談役、無論関連会社の並び大名ふうな取締役をいくつか兼ねる、その辺で止りだ。終りが来るわけだ。死ぬ。葬式もそう見すぼらしくはないはずだ。新聞にも会社名がべたべた並んだ広告が出る……。つつっと足音を立てて三上が近寄って来た。きさま、一体何が言いたいんだ、自分のことばかりずらずらと。はやりのテレビ身の上相談だって愛情、セックス、金銭、そうそうまさに心の自由、それが満たされれば結構結構って……。死は、と私は三上の焦立ちを無視して喋って行った、死は一切を打ち切る重大事件なり、いかなる官権威力といえどもこれに反抗する事を得ずと信ず、と書いた男がいる……。余ハ石見人森林太郎トシテ死セント欲ス、と稲穂が私よりもなお低い声で引きとった。おれはそんな考え方に反対なのだ、と私は言い続ける、もちろん鷗外のように死ぬことは身にあまることだと承知しているが、でもおれは……。稲穂が男の子のように腕組みして私を注視していた。思考の道筋が混乱してるな、とその姿勢に合わせた語調で言う、経済社会で功なり名を遂げても空しいと菊池重範は考えた、鷗外は天皇の軍人、天皇の官僚であることを死後は拒絶したいと遺書に書いた、おんなじことじゃないか、どこが違うの。強いて言えば、忠誠をつくして来た対象、最後にはそれを否定したくなる対象の質が明治国家と経済大国との差にある……。面倒なことはやめなよ、と継人が口をさしはさんだ、石見の人森なんとかって言って死ぬの格好いいじゃねえか、おれなんかそうは行かないんだぜ、その昔天皇であった男の二度目の妻の子雨宮継人……。おれもそれが出来ない、と私は言った。まさか東京の人菊池重範でもあるまい。東京の人、と叱りつけるように二階堂が呼んだ、審議の妨害はこれ以上絶対に許しません。



そのとき、玉座の方からぴたぴたという妙な物音が聞こえた。裕仁が片手で持った笏をもう一方の掌で叩いているのである。続けなさい、菊池、と彼は言った、死ぬことに関してはこの老人も勉学しつくして置かねばならぬ。幸か不幸か今もって私には判断しかねるのであるが、玉座からのこの一言の威力の故に私は自問自答ではなく、この場のすべての諸君に語らねばならない破目に陥った。申しあげます、と私は始めた、最初から結論を持っているわけではありませんから、途中混乱があるかと思いますが。二階堂がごく上品に笑い声をあげ、最初から大混乱の極みじゃありませんの、優柔不断の東京の人は、とすばやく牽制をかけて来た。ふいに私の体に怒りの如きものが漲るのを覚えた。この日この場に来てから始めてのことであった。私はその怒りを吐きつくすように、一気に弁じ立てる気になったのである。内容を略記すれば以下の如くである。すなわち、志士仁人ではない私も、これら戦後史を虚妄にしてしまうはずの極秘行動に参画している限り、常に自己の死を想いえがかずにはいられなかった。その死たるや、家族縁者等に劇甚の被害を与える非業の死である可能性大と考える方が妥当だという風にである。それがために私は敢て医学的処置を施し、自ら子供を作ることを放棄したのだ。何も知らぬ妻が多くの産婦人科医の門を叩いても、秘事を明かすことはもとより動揺を覚えたこともない。なぜなら、個的な生命が生物的に受け継がれなくても、日本歴史という流れの中では私という存在が明確に刻印され得ると信じ、そのために心の平安が得られたからだ。ここで存在と呼ぶのは史上に名をとどめるとか栄誉を得るとかということをいささかも意味しているものではない。私の人物そのものの如く凡庸な言葉かも知れぬが、〝地に爪跡を残す〟行為に参加しているのであるならば、まさに無名者としての死を甘受しようと思い続けて来たわけなのだ。引き合いに出した鷗外について言うならば、すべてを拒絶し石見人と自己規定したときの彼は、一見石見という一地方に生まれた人間というかすかな帰属意識以外は一切を払い落したかの如くに思えるが、私見では、彼は一時代一国家を越えた最大なものに帰属していることを逆に表明したかったのではなかろうか。最大なものというのは石見という語の中に彼がこめた自然、そして自然の一部としての人間、いわばそのような全人類生命史とでもいう他ない無限の流れの中で、よく生きた一生命という強固な自負心が、あの嘐り立つが如き遺書の文面に現わされていると思えるのだ。それは傍観者といい、永遠の不平家と称し続けた彼だが、実の所弱年期に受容した自然科学としての啓蒙思潮、すなわち人類永遠の進歩を最後まで信じ通したかったからこそ、敢て一自然人を名乗ったと見れば、かなり明晰になるはずだ。"I for Japan; Japan for the World; The World for Christ; And All for God;" なる墓碑銘を自ら彫らしめた明治の代表的宗教家もまた、青年期には自然科学者、いや魚学水産学の徒であったことは偶然ではない。一方が石見という極小の、一方が神という極大の対象への帰属心を死後に残さしめたこと、これは彼らの意識の隔絶ではなく、むしろ同根たることを物語るに足る事実だ……。明治人を取上げる限り、割切りは容易だと諸君は非難されるだろう。だが私自身、他ならぬ明治人たる外祖父、裕仁陛下に御進講したこともある細菌学者に、建築学を専攻せよと命令されたのだ。その時祖父はこの地上に姿あるものを、この歴史に形あるものを残せといって少年の私の夢をかき立てたのだ。そして、その少年の日から半世紀に近い今、事志と異って、この姿なのである。とはいえ、偶然引きこまれたこの日本歴史の秘部を私は以後死場所と考え続けて来たことは間違いない。もしかしたら少年の日の夢とは真逆なベクトルになるかも知れぬのだが……。

一度は私もそう思い、今この時また三上も二階堂も、結果として私に一経済人に戻れと言う。戻って生きることは確かにたやすい。しかし、私は一経済人として死ぬことはどうしてもできないのだ。文字通り死んでも死にきれないという思いだ。だから極論すれば、今この場で私を死なしめてくれるなら、女官長たちの意見を受容れてもいい。――私は喋りながら自分の頭がほとんど朦朧状態に近いことを感じていた。もちろん、と私はあやふやな声で言った、こんなふうに喋れば喋るほど死ぬのが怖しくなって来る……。貴様、という殺気に充ちた三上の声が殴りつけるようにふりかかった。気がつかなかったが、彼は私のすぐ横に近づいて来ていた。きさまはわれわれの計画をぶちこわしたい一心で喋り散らした、と彼は言う、だがその程度のお涙頂戴で人の心を変えられると思っているのか。いや、と彼はもっと激しい声になった、もしきさまの話が真実だとすれば、きさまは陛下も、この日本も、国体も、何ひとつ尊崇していないではないか。何ひとつ心にないではないか。あるものといえば、ただ空っぽの自分、自己、個人、それだけだ。命だの死だの大袈裟な身ぶりはやめろ、みみずにだって命もあれば死もあるんだ。突然、みみずか、いいこと言うなあ、と継人が言った。私は半ば三上の断定が当っていると思っていたので、とっさに嘲笑されていると感じた。だけどさ三上、と継人は別の事を言う、野郎が春先



に穴や枯草の下から這い出して来る、あいつら気持のいいお日和をよく知ってやがって、ゆっくり、のおのおと、ほかほかして来た泥の上をのたくって行く、いい気分だろうなあ、とおれなんか思うぜ、ことにおたくたちが眼の色変えて騒ぎ立ててるの見てるとな、分るかい、おれが言ってること。意表をつかれた容子で三上は少しうろたえた、私が言わんとするのは、つまり菊池という男がもともと、われらの同志として……。いいえ、と二階堂が無感情な声で言った、スタートからミスキャストでした、人選を誤ったっていうことですね。こういう種類の人物は左翼よりもずっとたちが悪いのです、明瞭な敵対者なら処置の施しようもありますが、卒直に申上げれば死んでいただく気にもなれません。

小さい嗚咽の声が洩れた。翠子がまるで自分を窒息させるように掌で口を覆っている。そしてふいに駈け出し、玉座の裕仁のまん前に体を投げ出したのである。陛下、と彼女は一言叫んだのみで暫く泣き続け、それから急にくっきりした語調で、あたくし金に汚い女でした、沢山あこぎなことをして来ました、と言い始めた。人をだますのなんか平気でしたし、ほんもののヤクザを脅してお金を捲きあげたこともあるんです、ですから今ここで口にするのも恥しいありとあらゆる悪口、ののしり、

顔に唾を吐きかけられたことだって何回も……。でも、だけど、あたくしいつも笑ってました、何とも思わなかったんです、そんなの。ええ、あたくしは世間さまとは違う女です、だってそうじゃありませんか、あたくしには陛下がある。ここで難儀をしておいでになる陛下のために、してさしあげなければならないことがあまりにありすぎて、そのためにはお金をいくら儲けても儲け足りないんです。おわかりになって下さいませ。有賀翠子は、ですからどんなにあくどいことを世間さまにしても、心はいつもきれいだったのです。そうですわ、自分の楽しみや暮しのためじゃなかったんですもの。……もし、万一、ここが無くなって、陛下のお顔を拝することができなくなったら、あたくしはもう、あたくしではなくなって……。女官長が明らさまな嘲笑を浴びせたのはこの時であった。有賀さん、商売の神様でしたら恵比須さまじゃないんですの、大黒さまとか、いえ、もしかしたらお稲荷さまのおキツネさまなんか、あなたにふさわしいかも知れませんわね。どうぞ、そちらの方を……。翠子は床に倒れ伏したまま二階堂の方を見上げていたが、静かに頭を垂れ、違う、と低い声で言った、あたくしは陛下を愛しております、お稲荷さんのキツネなんか愛せませんせん。おかしいというにしては悲しすぎることば



だと私自身は思ったのだが、若い継人は即座に失笑した。止めなさい、としっかりした声で稲穂がたしなめる、あの人、真理があるわ、ううん、というより、私分るわ、どういうわけか、分るんだわ、私。

やれやれ、と三上がすべて片づいたと言わんばかりの声をあげた、ところで諸君、郷原は仏さまになってしまったようだから構わんが、君らは言いたいだけのことを喋り散らした癖に、何ひとつ具体的な提案をしていない、いいかね、この昭和四十八年という年は身上話なぞをやり合って過せる時じゃない。改めて繰返さないが、われわれにとって危機の瀬戸際だということを頭によく叩きこんだ上で、実現可能な解答を出して貰うことにする、さあ、有賀君、立って答えろ。私が答えよう、と私は言った。だが、答えるべき具体策を持っていたわけではなかった。ただ、今まで見えなかったものが朧げに見え始めて来たような気分はあった。おれは政治とは無縁だ、と私はのっけに言った、君たちのように天下もなければ国家もないのかも知れん。たわけ、だったら喋るな、と三上がどなりつける。いや喋る、と私も始めてどなり声をあげる、おれは翠子君の姿を見ていて始めてわかった、彼女は金のことを言い、おれは仕事のことにこだわった、君らから見ればまさに唾棄すべき世俗的なこ

とをだ。そうだ、おれたちは俗な人間なのだ、世俗、通俗、それ以外のものではあり得ない。だから、だからだ、おれたちは聖なるもの、侵し得ないものが欲しい。聖なるものとどこか一点で深く結びついていたいと欲している、わかるか、おれの言うことが。ふん、と三上は鼻先であしらった、わかってたまるか、そんな理窟にもならん理窟が。菊池が現実問題として言えるのは、このままむざむざとこうして時を、時代を過そうってことだけじゃないか、笑わせやがる。その通りだ、と私は力をこめて答えた。その代り今のこの状態を変えようとするものに対しては徹底的に抗うつもりだ。君らがどんな策略を用いようともだ、それだけははっきりさせて置く。これは三上と二階堂にだけ言ってるんじゃない、良子さまにも継人さまにもです。

今この手稿を書き記している間にも、あのときなぜあのような結論を、あれほど断乎とした態度で喋り得たのか、自分でもつまびらかにすることができない。ともあれ言い終えた私は、無意識のうちに玉座に向って一礼し、まるでかつて皇居でそうしたときのように、行儀よく退出する歩きぶりで出口の方へ行きかけたのであった。白いものが風を捲きおこすように私の視野を遮った。装束姿の女官長がその衣で私を包むように前面へまわって大きい袖をひろげたのだ。菊池さん、と優雅な声でささやきながら体をもたれさせて来る、わかりましたわ、あなたのお気持。そして言葉と同時に私の左手に温いものがふれた。彼女の手だ。私の手を握る。その中に小さい紙包みがあるらしい感覚。君は、と私が思わず大声をあげかけたとき、もう彼女の手はその小さい品物を残して離れていた。念のためですわ、あくまで、と彼女は私の声を封じるように言った、品性高潔な科学者ですから、ご自分で用意されてるとは思いますが。茫然としている私の眼に、階段口に坐禅を組んだままの郷原の姿が入った。いや、今は目を見開いた彼の視線が私を捉えたという方が正しい。薬か、と郷原は極めて平静な声で尋ねた。ああ、とつられて私もごく普通に答える。遙か背後で翠子が絶叫するのが聞えた、殺す、やっぱり最初から殺すつもりだったのね、私たちのこと。彼女は立ちあがると同時に女官長目がけて突進して行く。三上が割って入り、暴れまわる翠子を組みとめ、手早く羽がいじめにした。殺すのなら早く殺して、と彼女は歯を食いしばって呻いた、そうすればすぐ幽霊になって、お前たちを呪うわ。死なせやせん、とさばさばした口調で三上が応じる。じゃ、生きてるうちにだって幽霊になってやる、このまま幽霊になって、護国の鬼になって……。まあ落着け、と三上が羽がいじめのまま彼女のことばを遮った、死ぬの生きるのって、君らは少し被害妄想過ぎる、その幽霊思想を追払って現実に引き戻すために、われわれの明解にして卓抜なるプランを示そう、言って置くがこれは妄想や思いつきじゃない、確たる実行計画だ。あの、と稲穂がゆっくり訊ねた、それ、私もお聞きしちゃって構わないんでしょうか、なんでしたら私お外に出て……。それには及びません、とすかさず二階堂が述べる、ここまで事態を知った以上、お嬢さまの生も死も私どもとご一緒にしていただきますから。

最初に諸君みんなにお詫びをしよう、と三上は丁寧にわれわれを見廻しながら話し始めた、この秋の始め、女官長と私はヨーロッパで内密に落合った、場所はスイス、ある湖の畔にある小じんまりしたシャトーを下検分するための行動だった。君らに相談せずに動いたことは遺憾としなければならぬが、今日ここへ来て実現可能なプランとして提示するためには致し方ないことだったと思って貰いたい。すなわち、われわれは日本列島改造何とやらで、近い将来必ずや人々の出入りが繁くなるこの地を離れて、どこの国の人間が隠れ住んでも怪しまれない地を、その建物を探したというわけだ。羽がいじめにされたままの翠子が身もだえし、畏れ多い、陛下を外国



へ追払ってしまうなんて、と言った。きさまこそ、畏れ多いぞ、と余裕ある口ぶりで三上は答える、陛下及びおふたかたを安全な場所に移し奉る、その場所を私たち二人は一応内定した上で、必要な資金の口座をスイス銀行に開いて来た。むろん旅券問題その他の工作は今後に属するが、以上の計画について君らの賛同を得たい、そう、可能な限り全員一致の……。継人が体をゆすぶりながら三上に近づいた、おふたかた、っていうとおれもスイス行きか、あそこにはパチンコ屋はないだろうな。ふいに、継人さん、あなたって方、好きよ、と稲穂が声をかけた。背中からの声に驚いて継人がふりむく、好き？おれを？　稲穂はすぐ打消すように小さく笑って、パチンコ屋がなければ作ればよろしいわ、レマン湖湖畔のパチンコ店。翠子が声になる溜息をついた。どうしてみんなそんなに楽しそうにするの、と打ちひしがれた涙声で言った。まあ、まあ、と三上が羽がいじめを放し、その手で彼女の肩を慰めるように叩く、君なあ、事態をこう解釈するんだよ、今まで新嘗祭にここへ集まったろう、その場所が遙か遠いとはいえ今の時代のことだ、スイスの十一月二十三日、頭上にのしかかって来るアルプスの峰々を仰ぎながら……。突然、裕仁が玉座から立った。アルプスは見たことがある、と彼は明瞭な声で、だがほ

とんど表情を察知せしめない態度で言った、スイス、あそこは美しい。はっ、と三上が声をあげ、ご聡明な陛下は、と二階堂がうれしそうな声で言いかけたとき、スイス、と再び裕仁が言葉を発した、その地へ赴くというが如き事態は、今日に於ても亡命と呼ぶものなのか？

当然かかる御下問は予想していたに違いないが、暫くは三上も二階堂も答えることができないままであった。私はそれを見定めた上で、二歩、三歩と裕仁の方に向った。これが反撃の最後にして最大のチャンスと決意したからである。亡命とは申せません、と私は直截に言った、なぜなら彼らの述べているプランは永久に陛下及びおふたかたを日本へ戻さないためのものでありますから。菊池、と三上が叫ぶ。私は無視して続ける、真の意味の亡命は、時を稼ぎ再起して権力を奪取するを以て目的と致します。しかるに彼らは現皇室をただただ守るために、換言すれば、そのためには恐るべき障害と思える陛下を……。止めろ、菊池、と再び強い声が飛んだ。だが今度のは三上ではなく、すでに立ち上った郷原のそれであった。もういい、言っても無駄なことは言わぬがいい、と彼は妙に腹に響く声で言い、こちらに近づいて来る。郷原、お前、と私は思わず悲鳴に近い声をあげた。ブルータス、お前もか、と言いたいだろうな、と彼は私



の方を見ることなく、なぜか良子の前へ行って立停った。おれの腹は決った、計画通り実行に移すこと、と彼は良子の眼を見ながら言う、良子さまさえ心が固っているのであれば……。二階堂がゆったりと二人に歩みかけ、それはもう先程からあれだけ、といつもの豊かな口調で言う。良子がそのことばでかえって動揺したのか、でも、と小声で言って、裕仁を見、ついで私に視線を移した。その瞬間、郷原の体がほんの少し良子に触れたように見え、小さい悲鳴が彼女の口から洩れた。郷原の手に拳銃が握られていた。それは三上が携行し、それを取りあげる形で良子が懐中におさめて置いたものであった。私を始め、この郷原の態度を目にした全員の茫然狼狽ぶりは、あえて記すまでもあるまい。彼は落着いた手附きで安全装置をはずし、ゆっくりと階段の所に戻り、出口を蓋する形でわれわれ全員に向き直った。

このような姿で上奏、ご裁可を仰ぐ不敬不忠をお許し下さい、と郷原は述べた、上奏はもちろんさきほどの続きであります。すなわち、血を流すことなく、平穏裡に現皇位を退位させ、陛下が大内山にご帰還あそばされる、その件に関しましての具体的、かつ迅速なる方法、これについてでございます。

## 九　現日本全否定の主体ふたり

　置け、銃を棄てろ、と三上が少しうわずった声で叫んだ、それが陛下に拝謁する態度か、脅迫同然ではないか。だが郷原は右腕を挙げ射撃の姿勢になりながら、同然？　甘ったれたことは言わぬがいい、と三上の胸板に狙いを定めた。気負った緊張感がない分だけ、ぞっとさせるものがある。そうか、撃ってみろ、とさすがに旧軍人らしく三上はすぐ開き直った、しかしもしその弾丸が至上の御軀をあやめるような場合……。わからんな、と郷原はごく日常的な調子で答える、おれは射撃については上手下手以前だ、実弾でやったのは警察の試射場で三発ぽっきりだから。私はもう一度ぞっとする。さっき彼がトリックを用いて拳銃を奪い上奏し始めた時点では、狂気と見做していたことを心中申訳なく思っていた。だが、今の彼の態度言葉つきから察すると、また怪しいという気分に陥るからだ。三上もまさしく同じことを考えたらしく、おい郷原、君は今正気を失っているんだよ、



とそっとなだめる調子で声をかけた。そう見えるかね、ふうん、と彼はひとごとのように答えたが、射つ構えは崩そうとしなかった。二階堂が安堵の吐息を洩らしてから、そうですとも、と言いながらゆるゆると近づき始めた、あなたは血を流してはならぬっておっしゃったばかりじゃありませんの。停れよ、と郷原がほんの少し力をこめて言う。そこが変ですわ、と二階堂はなおも近づく、武力による威嚇を行わないっていう思想を披歴なさって……。おれは撃つ、と郷原がどなった。そのために構えている拳銃の先に揺れが残る。老女官長はぎくんとして動かなくなったが、それでも一呼吸してから、どうぞ、と強気に言った。その気丈さが見守っている人間をかなり楽観的にさせたことは確かである。だが二階堂がもう一度、どうぞ、と皮肉をこめて言った直後、われわれは脳天をしたたかに打ち据えられるが如き音響とともに、思わず両の眼を閉じさせられる破目に陥った。郷原が撃ったのである。

　この密閉されたに等しい地下の小空間にあっては、残響のすさまじさは想像を絶していた。鼓膜がしびれるというより明らかに突き通されたような痛覚の中で、私は床に突っ伏した二階堂ひろの白装束を見た。陛下、お騒がせして申訳ございません、と郷原の叫ぶ声。そして悲

鳴をあげたらしい顔つきの良子が白装束に向って走り寄る。二階堂さん、と彼女は呼んでその肩に手を伸した。郷原が荒っぽく歩み寄り、見世物だ、とどなるように言う、おれは見世物で撃った、こいつも見世物で死んだふりをしている、起きろ、狸婆あ。彼の真新しい登山靴が白装束の肩を蹴った。すぐにその背が波うち、二階堂は手で支えながらふらりと上半身を起こしたのである。どこかお怪我は、と良子が言いかけたのに対し、冗談だと言ってるじゃありませんか、私は丁寧に足もとを撃ってやった、つまり現状肯定の睡気で頭が呆けた不心得者に熱いコーヒーを振舞ってやっただけのことです。特別興奮した容子も見せずに郷原は言ってのけた、侍従武官君、君も甘ったるいスイスの湖とやらの夢から覚めたろうな。三上がぼんやりした顔で、二、三度うなずいた。私自身のことを附け加えるならば、狂気か正気か疑った回数だけ彼に対して恥じねばならなかったわけである。郷原佑、と感動をあらわにした容子で翠子が呼びかけた、あなたこそ忠臣です、国乱れて忠臣出づ、そんなことばがあったかしら。とにかく今までのこの連中の国をないがしろにし、大君を欺き奉る野心から、あなたこそ全てを救って下すったたったひとりの……、喋りながら興奮をつのらせた彼女は身をもたせかけんばかりの勢い



で郷原ににじり寄った、その深い謀りごとをまるで見抜けなかったあたくしはほんとに馬鹿でしたわ。女はみんな馬鹿だ、と彼はすげなく断定し、拳銃の手を軽く動かして拒絶した。でも、心だけは信じて欲しいわ、他の方がみんな裏切者になったとき、あたくしだけは……。わかっている、と面倒臭そうに翠子のことばを受け流してから、以下無言のまま彼は拳銃を擬した姿で同志を区分けして行ったのである。すなわち、まだ自分の状態を確認できないほどうつろなまなざしの二階堂を始めとして、三上、二人の計画に動かされた良子、おれもだな、と自分で進み出る継人、その四人を一方の壁に沿って順々に並ばせる。私もスイス行きを面白がった方ですから、と稲穂が屈托のない調子で言って、継人の横に並んだ。菊池、と郷原が呼んだ。そうか、と答えてから私は苦笑した、君からみれば忠誠心に関する私の考えも許しがたいことだろうからな。

おれは狂っているように見えるか、と郷原は私の答えに関係なく言った、狂っているとすればどの程度なのか……。いや、と私は急いで打消す、君は確固とした計画に辿りついたと自分で言っているように……。ごまかさずに卒直に答えろよ、と彼は言った、少くとも最前何度も君はそういう憐みの眼でおれを見ていたはずだ。う

ん、と仕方なく私は言う、しかしそれを自分で意識したから坐禅を組んで、正常な状態に戻したわけじゃないか。ふいに郷原の表情が今までになく狂暴なものに変わった。おれもそのつもりだった、しかし今もやっぱりおれは狂っている、狂気そのものだ。彼の眼の光り方に私はあわてる、おい、脅迫はもう十分だよ。脅迫？　そうか、と郷原はその表情を崩さずに言った、おれは自分を脅迫しているんだ、早く狂え、急いで狂気になれってな。ほう、と継人が素直な好奇心を示した、都合がいいね、自分でそんなことができるとすれば。郷原がぴたっとその方に目を据えた。そして早口に、近い将来あなたにもそれを学んで貰う必要がある、と言った。それから急いで私の方に目を戻し、菊池昔のことを考えるんだ、とあわただしい口調で喋り始めた、あの時、昭和二十三年の行動の際、おれたちの中で正気だった者が何人いると思うか。どう考えても無茶な、実現可能とは思えない計画だった、衆人環視などというどころの騒ぎではない、行幸を出迎える地方人の熱狂があった、今よりはおとなしいが左翼、同じく今よりおとなしいが警察、宮内庁の金魚のうんこが五十人を越す、新聞記者、そしてその上にいつでも武器を使える占領軍、あのアメ公たちがうようよしていたんだ。その中で用意した身代りを陛下



と取りかえてしまおうということ、これが正気のわざと言えるものか……。ようやく平静な気分を取り戻したらしい二階堂が、注意を惹くための咳払いをしてから、私に限っていえば終始正常な精神状態でした、と水をさすように言い放った。でしょうな、と郷原はすばやく受けとめた、それは取りも直さずあなたが舞台の端役に過ぎなかったからだ、いろいろ道具立ては整えただろうがね。問題は現場でこれに命をかけた人間たちのことだ、菊池、三上……。当り前のことを聞くな、と三上が焦立った声で答えた、敗戦で死に損ったんだ、新しい死場所を与えられて喜ばないはずはない、しかし断って置くが当時のおれはまだ帝国軍人のつもりだった、だから死を決意してもそれは狂っていたことにはならん。菊池、とすぐ郷原が促した。うん、と私は答えかけるが、すぐには過去の自分の感情を捉えきれないでいる。私が言ってもいいんですか、と良子が言う。郷原が一瞬とまどいの表情で、しかしあなたの場合は逆というのか……。はい、と良子は応じた、気違いのふりをする練習をさせられていました、万一失敗してつかまったときのためにでしたね、と郷原が言う、他の人々に累を及ぼさないために、そう、妄想性痴呆症といったかな、あの前の年検挙された爾光尊と同じやつに見せる……。私は天照大神

の霊がのりうつった女として、アメシルスヒカリナガヒメノミコトと名乗る予定で、そこまで言うと、ふいに良子は両手のこぶしで両の眼を叩いた。アメシルスヒカリ……、と稲穂がつぶやく。そう、と良子は両眼に握りこぶしを当てたまま言い続けた、最初は気違いの練習でした、でもいつの間にか私はほんものになりかかっていたわ、来る日も来る日も爾光尊の脳天を突きさすような甲高い声、それを録音したレコードを手まわしの蓄音機で聞きながら……。

あの、ついでですから伺ってよろしいでしょうか、と稲穂が言った、最初からの疑問なんですけど、身代りというのか、そちらの方のほうのことも……。そんなことが簡単に話せるものか、と三上が即座に叱りつけた。いや、簡単に話して置こう、と私は構わず言った、彼も失敗した場合良子さんとともにつかまる予定になっていた、従って一方では私と三上から陛下に似るための猛訓練を受けると同時に、他方ではやはり狂気の練習を……。違う、と言下に郷原が否定した、妄想性の狂人にしたてるには彼は正常な人物であり過ぎた、仕方がないから彼のそれ以前の実人生の悲惨を大袈裟に脚色して、ただそれだけを繰返すようにとこの私が……。郷原、と裕仁がふいに声をかけた、お前は何が述べたいのか。最近の学問



水準は別として、精神病理学や心理学はお前からあらためて講義される必要を認めない。恐懼の至りであります、と郷原は待ち受けていたように答えた、陛下に当時の状況を思い起こしていただくことが目途でございました、今こうして日常生活にまぎれておりますと、無謀極りないと思えるあの行動が、実は何ひとつ血を流さずに、何の武力の威嚇もなしに、所期の目的を達したわけであります。従いまして、というわけですから、このたびの計画も……。待てよ、と思わず私は口をさしはさんだ、あれをもう一度やれというのか、今のこの世の中で……。郷原がぎらっと光る眼を私に向けた、不可能という決定的理由があったら聞こう。しかし、時代というか、その、と私は言い澱む、つまり客観的条件が……。主体的条件だ、と郷原がただちに断定した、われわれがどれだけ狂気になれるかという点に一切はかかっている。信じない、と彼以上の強さで三上が断言した、かつてわれわれは陽に陰に宮城内部に力を持っていた、事実あのときは菊池がよく動けたし、すでに故人になった支持者も五指に余る。それなのに今われわれには二階堂女史ただひとりしかいない。郷原が低い声で笑った、その女史の心すらもこちらにないからとでも言いたいのだろう、のろまめ。なに、と三上がこわばった顔になった。

自分の頭の中をよく点検してみろ、と郷原は続けた、ただ一点空白があるのがわからんのか、われわれの最大にして最高の協力者が宮城のまんまん中にいるではないか。

私が激しい衝撃を受けたことは事実である。だがそれは郷原の計画にというより、そのことを空白にしたまま考えようともしなかった自分たちについてであった。しつこいようですけど、と稲穂が声をひそめて言った、それが私の最初からの疑問でしたし、みなさまがその方のことを計算していなかったのが不思議に思えますわ。お黙りあそばせ、と間を置かずに、しかしやわらかい口調で二階堂が言った、何も知らない人があれこれ申すのはナンセンスの極みでございます、郷原さんにしても同様です、何をもって三十年近い昔に協力者だった方を、今も等しなみにおっしゃるのですか。郷原はすぐには返答しない。相変らず右手に拳銃を持ったまま、ゆっくりと二階堂の方に歩みより、ついで、ふいに良子に目を転じた。良子さま、あなたのおかげです、と唐突に彼は言った。私、とふいをつかれて良子が呟く。こんなことはやめて普通の人間に戻りたいとあなたは言った、それが本心なんだと。そのあと、私は精神を統一して考えつめたのです。強制的にであろうと狂気であろうと、あのとき死を決意して参加したあなたが、もとの生活に戻りたいと二十五年をへて言うとすれば、われわれの別の協力者、いや主人公とも言うべき彼だって、時にはそのように思う日があるはずだ。なるほどなあ、と興味深そうに継人が言った、おれが最初おふくろから話されたと記憶してるのは、王子と乞食、あれだったけど、つまりさあ、今の皇城にいる人とうちの親爺がうまく談合して、もとのさやへっていう……、ひとごとみたいで悪いけど、ちょっと話が面白過ぎちゃうな。継人が喋っている間に、郷原は玉座の前の裕仁に近づき、ぴたっと膝まずいた。陛下、ご決意下さいませ、彼に陛下の親書を届け、彼の決意を促して下さいませ。そしてこの四半世紀の日本にあらざる日本を、全的に否定する宣言を彼に副署させて、お発しになって下さいませ。

稲穂が思わず大きい吐息を洩らし、ついで低い声で、異議なし、とひっぱるように言った。ほんとだわ、私も、と翠子が叫んだ、わくわく致します、畏れ多いことでございますがわくわくして、胸の辺が、少し気持が悪いくらい……。

## 十　われは歴史を継承するものに非ず

玉座に深く腰を下ろしてから、裕仁が手招きをした。その動作が小さすぎたので、最初誰も自分が呼ばれているとは思わなかった。だがその動作が激しくなり、全員を呼集しているのだと分った瞬間、ご裁可だ、と興奮を押さえかねて郷原が叫んだ。瞬間、二階堂と三上が暗い表情で視線を交わす。翠子が喜色満面で玉座に急ぎ寄り、私も伺うことにするわ、と稲穂が言ったのをしおに、全員が裕仁の前に半円形に並ぶこととなった。彼は何かにせかされているようなせわしない口調で、朕は国民の総意に基いて新日本建設の礎が、と唐突に語り始めた、礎が定まるに至ったことを深くよろこび、枢密顧問の諮詢及び……。知ってるわ、これ、と稲穂が小声で言い、何だよ、これ、と継人がきいた。裕仁は眼をしばたかせてすぐ続ける、帝国憲法第七十三条による帝国議会の議決を経た帝国憲法の改正を裁可し、ここにこれを公布せしめる。彼が言い切った形で一息ついた時、憲法の



頭にくっついてることばなのよ、と稲穂が継人に説明した、吉田茂とか、いろんな大臣の名前の前のところ。ほう、よく勉強しているね、と裕仁は思わず彼女に目をやったが、すぐに表情のない顔に戻り、これは昭和二十一年秋私が玉爾を与えたものだ、と述べた。今もって占領軍による押しつけ憲法と申されて居ります、と二階堂が少し厭味をこめて応答する。しかし彼はまるで聞えなかったように続けた、あれ以来二十五年以上を経たが、私は廃位されてはいない、自ら退位を宣言したこともない、また法に定めてある摂政も置いていない、従って、私は私が裁可し公布せしめた憲法によって、いまだに皇位にある。これらの事項に何か誤りがあるか、二階堂、どうか。はっ、と一度短い声をあげてから、いえ、そのようなことは毛頭ございません、と彼女はそっけなく答えた。いまいましさが籠められているように、私には聞き取れる。裕仁は予期していたように、す早く立ちあがり、以上だ、と言った。一同が暫くあっけに取られていたのは無理もないことであるが、私はすぐに女官長を糺弾するための昔ながらの裕仁独特の方法だと覚り、得心が行ったのである。陛下、と意味をつかみきれないまま、郷原が切なそうな声を出した。裕仁はほんの少し笑みを見せ、関連ある部署のものとともに具体案を作製

し、報告するよう、と何気ないことのように述べた。

他愛がないと観じる諸君もあろうかと思うが、郷原が勝ち、二階堂たちが敗れ去ったいきさつは、以上で全てである。その上、関連ある部署、という言によって女官長は、郷原の計画に協力することを命ぜられた次第だった。もちろん、それは直ちに開始された〝再すりかえ〟案審議のプロセスで、三上、二階堂たちと、郷原、翠子及び私との間にあった対立がすべて氷解し去ったことを意味するものではない。にもかかわらず、われわれ天皇の官僚、天皇の軍人、天皇の右翼は、およそ一時間余ののちに、一応の具体案を作り了える寸前までに至ったのだ。それは正確には、具体案というより、具体化するに当って困難が予想される問題点を洗いあげたに過ぎないと評される態のものであったかも知れぬが、とにもかくにも、あれだけ強固な姿勢を取って来た彼ら二人が熱烈に参加し論議をつくした事実は、驚くべきことと思われた。恐らく、役人や軍人の体質についてほとんど無知と言っていい若い稲穂や継人は、この状態を珍妙で奇怪なものと見做したことは間違いないであろう。その証拠に、彼らはしばしば質問を、時には粘り強く、時には思わぬ角度から発し続け、その都度われわれをとまどわせたのである。

これらの経緯を事細かに記し残す意図を私は持っていない。冒頭のはしがきで述べたが如く、あり得べしとも思えぬ恐るべき現象が、このあとすぐに生起したからである。とはいえ、そこに至るまでの間を全て省くことは、この手記のありようから見てもまた片手落ちのそしりを受けることになろう。従って私は、必要最小限という意味で、二点の事柄に絞って略記して置くことにする。その一はもちろん、われわれが審議した〝再すりかえ〟案の結果そのもの。他の一は、このたびの案の基礎となった昭和二十三年初頭の〝すりかえ〟の事実、これである。記述を明解にするためには、後者から始めるのが妥当であろう。実際この小地下壕の話合いに於ても、〝歴史〟を知らぬ継人と稲穂のためにしばしば私がその説明役を買って出なければならなかったからである。

——一九四七年暮、東条が極東裁判の法廷で自己弁護のために証人席についた直後のことは、すでに記した通りである。宮廷派のわれわれと民間右翼派の稲山一光が初めて談合したことも述べたはずだが、その内容は極東法廷に裕仁陛下が出頭させられるや否やの一点をめぐって行われた。この時期を記した史書、資料の類いは、〝天皇戦犯説〟をおよそ三分の一以下のパーセンテージとしているが、当事者であったわれわれにとってはその逆、いや時には九十九パーセントの可能性がある、致命的危機として受取られていたのである。〝すりかえ〟の発意が裕仁及び重臣の側からであったのか、稲山たちの進言によるものなのか、私は詳らかにすることはできないが、最初の会合の時点ですでに稲山老は、向う三ケ月の期間を与えられるならば彼らの果すべき役割は完璧に準備しつくされるであろうと断言して、私や三上、二階堂を瞠目させたのである。その上彼が出した注文はただひとつであった。すなわち地方巡幸の際の昼食を、県庁、役所等を用いずに、民間の工場を当てること、それを宮廷内部で決定し、当該工場に通告する以前に稲山に正確なスケジュールを渡して置くこと、これだけであった。いや、もうひとつ附随する件があった。この日の巡幸をかなりのハードスケジュールとし、陛下ご疲労を理由に昼食を会食形式にせず、ただおひとりで召上るよう決めて置くこと、これである。稲山の注文は裕仁周辺のわれわれには比較的容易なことであった。なぜなら、民間工場の昼食も、ただおひとりで召上る件も、巡幸が頻繁になって以来は、何度か行われており特に慣行を破るものではなかったからである。

すりかえの現場は中京工業地帯のはずれにある綿紡工場が当てられた。この同族経営の工場はそれから五年ほどのち大長期ストが行われ戦後版女工哀史の名のもとに人々に知られることとなったのであるが、それ以前の昭和二十四年初め、すなわちわれわれが拝借させていただいてから一年後に講堂で映画上映中フィルム引火から火事騒ぎとなり、女工二十数名圧死、重軽傷者数はその倍以上を数える大事故を引き起こしている。あれはおれが工作したのだ、証拠を消すためだ、と後になって三上がふと洩らすのを聞いて私は慄然としたことを覚えている。ともかく、後々不運の連続に見舞われるこの工場も、〝計画〟当時は花形産業でもあり、隆盛の一途にあった。稲山は繊維業界の公然たるスポークスマンであった戦前派右翼の中堅幹部一人を連れてここに乗り込み、陛下巡幸途次のお立寄先という寝耳に水の情報を与えて驚喜させたあと、万一の不祥事を起こさぬよう社内に於ける警備の一切を短期間引受けることを、事大主義の社長が彼に〝お願い〟申しあげるという形を整えたのである。日ならずして、礼儀作法万般にわたって上流階層のマナーを身につけている、陛下の給仕係として有資格の女性という名のもとに若き雨宮良子が、そして警護の長という意味では履歴を公然と明かにした方が得策な旧陸軍侍従武官三上孝樹、その三上の指示に従って〝御食堂〟を改築する役割を与えられた郷原佑――これらの同志たちは行幸の日取が発表される一ヶ月前から、工場に自由に出入りし、自由に指示する権限を握ってしまったのである。そして、笑い話にもならぬことであるが、巡幸先の下検分を行う侍従菊池重範——私は初対面者が行う通りのやり方で名刺交換を三上を除く人々と行ったあとで、〃御食堂〃の改装が陛下の意にかなうものであろうと彼らに告げ、事大主義の社長を再び欣喜させた。陛下の意、と私は書いた。そうである。裕仁はとうにこの計画を知っていたばかりでなく、積極的に試みるよう命じていたのである。

決行当日の模様については、私自身今もあっけないほどのものと思っているくらいであるから、これを読まれる諸君も同様であるに違いない。〃御食堂〃の地下には郷原が用意した簡便なあげ蓋式の狭い地下室が、大袈裟な絨毯の下に隠されている。早朝からその中に一人の男が待機している。水戸市郊外の小農場で良子が出会った、彼、である。昼食時、時間ぎりぎりに陛下が〃御食堂〃にはいる。ただひとり、良子が給仕係として控えている。良子の合図で地下の彼が出て来る。むろん扉の外の一番重要な場所には、その時点でもまだ皇宮警察の職員に顔のきく旧陸軍侍従武官と、そして現役の侍従である私が頑張っていた。中では良子の手伝いで衣服の交換



が男同士の間で手早く行われ、裕仁が地下室へはいりきったのをしおに、良子があわただしく扉をあける。われわれが目にするのは気分が悪いといった姿勢で椅子にもたれかかった、無言の彼である。私は直ちに女官長と侍医を呼び、陛下御疲労、という理由で当日のスケジュール中止を周辺および記者たちに告げる……。

疑念のある諸君は当時の新聞紙を繰って調べられるとよい。一九四八年三月の記事の中に、中京地帯巡幸中の陛下が御疲労のあまり、急拠予定を打切って帰京され、以後一週間ほど皇居内で〃風邪〃のため休息せられた旨の記事を発見するであろう。そして、すでに述べて来た事柄から推量して貰えることと思うが、この帰京、休息の間の一切は私と二階堂と、そしてつい先年医学界の長老として幸福な生涯を了えられた、当時の有能な侍医との合作であり、また、陛下をご不興にさせた責任のあまり狼狽している社長以下の人々の混乱のさなかに、目立たぬ彼の服に着換えた裕仁を工場外に運び出したのは三上、それをこの地下壕に案内して来たのは郷原であった。そして、この壕内では稲山が威儀を正してお迎えしたのである……。

これらの過去を若い二人に語り、また、私の承知していなかった面を三上、郷原に補足して貰いながら、時

折、思わず良子の表情を私はうかがってしまう。この行動のいわば、かなめに当る場所にどうして彼女が択ばれたか、当時も今も果して本人は知っていたのであろうか、という疑念がその都度頭をかすめたからだ。しかし、私が見る限り、良子は話に加わりもしなかったが、かといって聞いていないでもない、といったふうな一種茫洋とした表情を変えなかった。私のそんな態度に気づいたのか、ふいに稲穂が、良子さまだけは個人参加みたいな形ね、どういうわけですの、と訊ねた。まあ、今度のあなたみたいな立場かしら、と二階堂が言う、過去に人間的つながりがない人が必要な場合が……。ああ、と機敏に稲穂が反応を示した、さっきのお話の失敗したとき罪をかぶるっていう……。われわれはカーペットの床に腰を下ろして話合っていたのだが、この時突然良子が立上った。成功した場合の罪、と彼女は一語一語はっきり発音した、成功した場合には絶対に不必要な、存在してはならない存在……。私は溜息をつき、知ってたんですね、と言った、いつからです？　最初から、と彼女は答える、気違いの練習をしているときは、もう知っていました。ふうん、と少し感情を表に出して継人が言った、死んだあの稲山の爺いが強制したんだな、失敗したら気違いになれ、成功したら死んでしまえ……。そう



じゃないわ、と良子が答えた、その頃私がいつ死んでもいいって目つきをしているって言ってから、日本の上流にはお前のようなのはひとりもおらん……。ひとりもおらん、と繰返す裕仁の声がやや離れた奥から聞えて来た。緊張している際でなければ、恐らく私は失笑したであろう。言葉つきが表情を帯びていないにもかかわらず、それはのろけとしか聞きようのないものであった。ということだったのさ、と郷原が低く言った、稲山先生はこのおれに消してしまえと命令した、しかし、そのためにあの工場へ向おうとしてここを出るとき、丁寧にお迎えしろって、また先生が……。急にはずみをつけるようなやり方で稲穂が立った。私も危険そのものね、とすぐ言った、直接関係者じゃないのに計画を聞いちゃいました、それが成功しても、失敗しても私って……。今度はそのために継人さまがいらっしゃるんじゃないかしら、と翠子が女らしい気のまわし方で声をかけた。断るよ、と継人は即座に答えた、おれはここがおれんちだからまあ話を聞いてるだけで、計画とか何とか、そういうものには関係しない予定だからね。稲穂がふいに、くすくすと笑った、ほんとね、私だって、他にひとりもおらん、なんて女の子じゃありませんもの。今にして思えば、継人のことばの中にはもちろん、稲穂の照れ笑いの

中にも、その後われわれが直面しなければならない情況とごく密接につながるものが含まれていたのであるが、その時は若い男女の気取りと牽制のし合いぐらいに考え、大して気にもとめなかったのである……。

——さて、一九七三年秋、前記の行動から四半世紀後の行動プランを書きとめて置こう。断って置かねばならぬが、十一月二十三日のあの場所でプランは文書化されたわけではない。さよう、隠密な計画であればあるほど、それを文書になどしないのが世の常であろうが、われわれの場合メモを取ることはおろか、口頭でもそれを整理レジュメしあうようなこともなかった(後の記述で理解して貰えるはずだが、最終的に案の体裁を整えようとしたとき、思いもかけなかった事態がその作業を中断し、そのままになってしまったのだ)。故に、以下は私の不確かな記憶をもとにようやっと列記したものに過ぎないこと、そして末尾まで行きついていないということも含めて再度断って置く次第だ。

㈠　期日の確定。この計画が物理的に可能な最終の時は、交換すべき当方と先方とがともに頭脳の取りかえしようのない老化を来たさない間である。そしてそのような時期が急速にやって来つつあることは間違いない。従って今は待機の時ではなく、実行の時である。しかしながら、成功した暁のことを考慮し、当方を可能なかぎり現在の先方の姿形、喋り方、行動等に於て似せるための訓練期間は待たねばならぬ。珍妙なことだが、以前の計画と逆に本物が身代りの方の真似を身につけるということ。この点については当方に多少の抵抗があっても説得せねばならぬ。

㈡　第一の親書。当方と先方の連絡は、後に湮滅するとしても、必ず証拠となる文書、返書の形式を用いる。口答の場合、仲介者(当面は二階堂衣裳係女官長が担当するのだが)の恣意的な解釈がはいりこむことなしとしないが故である。親書の内容は、可能な限り簡明に実行計画の存在を先方に通告し、返書の内容は、諾否、いずれかを要求し、先方のいかなる条件をも受入れぬことを明示する。先方当人であることの確認のために、返書には証拠物品を附加するよう求める。(物品については二階堂と当方当人との間にて協議)。

㈢　第二の親書。将来の憲法改正をも含め、この行動成就の際に於ける諸外国との関係のあり方、特に天皇戦犯説の懸念を中心に、先方の直接の命令により、現皇居内に秘密の調査機関を設置せしめる。この際の返書はその機関員の官職姓名等を附したものを要求する。一方、当方に於ては郷原の情報網をもとに、別個に最適と思える機関員のリストを用意して置く。

㈣　連絡会議。右機関の調査報告を受取った段階で、速やかに連絡会議を設置する。先方の会議員は先方の判断に委ねるが、当方は、菊池、三上をこれに当てる。会合場所は国外を最上とするが、訓令その他の点に関し当方に不利と思われる時は、東京内にてもさしつかえない。

㈤　身柄の安全。右会議開催中、菊池、三上の身柄が不当に拘束され、もしくはこの会議が最初より計画を壊滅させるための囮であるケースを考慮し、一九四八年次のすりかえ行動の全貌を記した文書を英・仏文に訳し、それを携えた有賀がスイスに於て待機し、不慮の事態出来の際は即刻これを海外通信網に配布する用意があること、以上を先方に十二分に知らしめ、身柄の安全と共に、計画の速かな進行を威嚇的にうながすこと。

㈥　現政府との関係。今後政局がどのように推移するにしても（現自民政府であれ、他の連立型政府であれ）、国内的国際的に力量不足たることは明瞭であるから、行動計画の一切が完了するまで、たとえ内意を得るという形に於ても絶対に接触することを禁ずる。

㈦　至上と会議の関係。計画の円滑な進行については連絡会議が全責任を負い、当方先方ともに、そのスケジュールに容喙せぬこと。会議で決定不能な高級問題（例えば皇嗣、皇位継承順位、良子の処遇等々）は当方、先方間の親書のみにて解決すること……。

……こうして列記してみると、書き落したことが多々あるような気がするし、また、この順序の通り話し合われたのではなく、行きつ戻りつしていたわけであるから、どれを最重要と一同が認め、どれを附随的と考えたかも、いずれも不確かのように思えて来て仕方がない。ただひとつ、㈦の後半に記して置いた高級問題が、話題の最後となり、なおかつ、それぞれの意見が不一致、というより、不一致を見越した上でお互いに黙りこくってしまったことは確かであった。仕方なく私は、高級問題はどこの世界でも派閥を産むようだね、とわざと茶化して言った、国内、国外への宣言の問題に移ろうじゃないか。そうは参りませんわ、と今までかなり協力的であった、いや妥当で確かな意見を述べていた二階堂が強く反撥して来た、このことの決定が早い時期に明解になされていない限り、国内国外ともにお家騒動というふうな低次元なスキャンダラスな問題として受けとられ、最後の段階で私たちだけではなく、皇室そのものが世界に対して敗れ去るってことが……。私はふいに何者かに注視されているような気がし、思わず、横、後を見まわした。

継人さん、と翠子が悲鳴をあげて棒立ちになった。出口の階段と反対側にある狭い仕事場から彼が私たち一同を冷ややかな目で見つめていた。いや、継人の手には拳銃が握られていたのである。君、それは私が、と思わず郷原が立ちかけると、動くんじゃねえ、こういう時はそういうんだろ、と彼は思ったより平静な声で言った。君は、それで、誰を、とあえぐように三上が聞く。高級問題とかっていうのを撃ち殺したいんだ、と彼は拳銃の手をでたらめにふりまわした。おことばですけれども、と今度は慎重に二階堂が言う、高級問題とはすなわちあなたさまとおかあさま……。わかってるよ、と彼はあっさり言った、おれが自分でポンと死んじまえば、その半分は片づくんだろう。継人さま、と翠子が走り寄って行った。思わず、私も腰を浮かしかけたが、翠子に抱きつかれた継人は拳銃の手をだらりと下げている。死ぬのはやだよ、と彼は少し投げやりに言った、自殺するなんて度胸ないよ。何がしたいの、出て行きたいの、と良子が予期していたような口調で言った。ああ、と彼もごく普通に答え、問題は、おれを探さないでくれってことなんだ、普通の日本人と違うし、世間も知らないし、うまくどこかへ潜りこむことができないからな、暫くは今までの仕事をして……、そのうち金溜めたら誰かの戸籍ぐらい手に入れられるだろう。それから彼はふいにさっぱりした容子で笑う、別にお断りして、お別れしようなんていうんじゃないけどさ、高級問題だなんて悩まれちゃうと申訳なくてね。雨宮継人なぞは最低問題、それ以下の問題だと思って貰いたかったわけ。彼はそっと翠子を押しやり、今朝背負って来た唐草模様の風呂敷包をぐいと持ちあげた。裕仁が何かことばをかけたいらしく、四、五歩近寄りかけ、継人、と呼んだとき、継人は急にけわしい目で父親を見据えたあと、風呂敷をつかみ直し、階段口へ足早に行き、音を響かせながらのぼって行った。

足音の反響が消えても、誰も何も言うことができなかった。稲穂がわざと大声で、あーあ、と伸びをするように声を洩らし、私もこれで失礼致します、と言った。誰も答えなかった。良子が階段に背を向け静かに玉座の方へ戻って行った。戻って行きながら、今日の祭儀用の十二ひとえを一枚ずつ脱ぎ捨て、玉座側の小寝室に消える。そうしながら、彼女は小声で歌を歌い始めているようであった。稲穂が心うたれたように、出口に行きかけた足を止める。歌は小部屋の中からも聞え続けていた。遙か昔、私の若い頃にはやった流行歌のようだった。「あてなき道を辿り行く、流離の旅は涙さえ枯れて、果てなき思い出よ、ああ、うらぶれの身は……」突如、歌声だけだった静寂を、うちくだくような激しい物音が階段口から聞えた。そして何か光る小粒のものがはねながら落ちて来る。数十個の例のパチンコの玉だ。これ、継人さんのお商売の、と翠子が急いで拾いにかかろうとしたとき、靴音と同時に継人が転げ落ちる形で階段口に現われた。お怪我は、と翠子がすぐ聞いたのに対し、人が、とあえぐように継人が言った、上を多勢の連中が取巻いている。郷原の体がはね上るように動き、三上が、包囲されたのか、とどなった。継人は首を振った、十人、おれが見たのは十人ぐらい。私は夢中で監視用テレビに近づき、スイッチを入れる。どんな奴らだ、警官か、普通の、じゃ村人か、都会の、二階堂さんまさか……、といった声が私の背であわただしく取りかわされた。

受像器に画像が現われた。最初は周囲の林。すぐ別のカメラに切りかえる。キャラバンシューズの足だ。地上カメラを動かして顔を捉える。後向きの登山帽が見えた。いるのか、と声がして、一同が私の前に集まった。受像器の顔が動き、横向きになった。中年男。もっと正面を向いた。私が思わず声をあげかけた時、稲穂が、あ、という短い悲鳴をあげた。その画面の男は郷原そっくりではないか。いや、間違いなく郷原だ。三上が、郷原……、と小声で言いかけ、私も思わずふり向いた。郷原はそこにいる、剣道着姿のまま、そこにいる。急いで画面を見る。やはり、その登山帽は郷原だ。その顔が急に画面外に切れる。追うのよ、カメラで、と稲穂が夢中で叫んだ。むろん、私もそのつもりで操作する。だがあわてていてうまく行かない。ふいに派手な女の服のようなものが画面に入って来る。私は自分にあせるな、あせるなと言い聞かせながら、女の顔を捉える。口を大きくあけて笑っている。それは間違いなく有賀翠子であった。私がいる、と翠子がすぐ後で絶叫した。

今になって考えてみると、そのような奇怪な事態の中で、頭がおかしくならずに冷静に装置を操作していた自分を不思議に思う。こいつがぶっこわれたんだ、と誰かが喋り、でも格好だけ違っていて顔が、とまた誰かが言い、狂ったんだ、おれたちか機械か……といった声も聞えた。私は遙か山の中腹に据えてあるカメラに切りかえ、ゆっくりとズーム・アップして行った。六個のコッペパンのような炭焼窯の周辺に、そう、五、六個の人影が、思い思いの服装で、思い思いに歩きまわっているのがわかった。ひとつ溜息をついてから、警察じゃないな、と郷原が言った。じゃ、ガードマンか、と嚙みつくように三上が言う、あの中にきさまがいるんだぞ。私はその言葉に従うように登山帽の男の全身へカメラをズームさせた。登山帽の郷原はゆっくり歩いて行き、きちっとした背広姿の男に近寄った。背広がふり向いて歯を見せた。それは三上であった。三上だ、と継人が言ったとたん、畜生、おれもいやがるのか、と三上は叫び、顔をおおって床に坐りこんだ。そして再び低い声で、切れ、やめろ、そんなもの、菊池、と言い続ける。どういう心の働きか分らぬが、私は、私自身もきっといる、とその瞬間に思った。そして別のカメラに切りかえながら、地上を探しにかかった。いた、まさに私と同じようにピクニック姿の男が。その男が横顔から、ゆるりとこっちを向き、気持よさそうに笑っている。もう誰も何も言わなかった。画面の私が、私に向って何か語りかけている。地上の菊池重範が、この菊池重範に向って。

## 十一　世を忍ぶ真の姿

数分間なのか、あるいは数秒間に過ぎないのか明確にいうことはできないが、私は〝私〟に語りかけられた直



後、画面のスイッチを切りながら失神して、そのまま床にくずおれていた模様である。従って地下壕内の他の諸君が、この間にどのような行動を取っていたか記すことができない。翠子に揺すぶり起こされて、私が最初に目にしたのは、拳銃を構えて階段口に足をかけ、上方をうかがっている三上の姿であった。ここはおれに任せろ、と彼は低い声で叫んだ、みんなは奥へ隠れるんだ。ぶち殺すのか、と切迫した声で継人がきく。もちろん、われわれの秘密計画を嗅ぎつけた奴らなんか……。じゃあ、あれですか、と稲穂が言った、三上さんが上にいる三上さんも殺しちゃうわけですか。ぎょっとして三上が振向いた、おれがおれを……。そういうことだな、と継人がテレビ画面から天井を指さした、確かにあんたがいるんだもんな。菊池、きさまがこんな装置を、と三上はどなりつけてから急に声を落し、おれは上にいるおれ、みたいな奴をどうすりゃいいんだ、とこっちに拳銃を向けて言う。わからん、と私はわれながら虚ろな声で答えた、なにもわからんよ、でも、おれにはあのおれを撃つ勇気はないだろうな。その瞬間に当のおれたちも命がなくなるってことか、と郷原がせきこんで言う。ジキルとハイド、と稲穂が呟いた、どっちがジキルでどっちがハイドなのかしら。もちろん私たちが美しい人間よ、と翠子が

叫んだ、上にいるのは、あれは悪魔よ、亡霊の、お化けの、変身したインベーダー、日本を狙う黒い影……。お黙りなさい、と二階堂が落着いた態度で制した、何も考えないで静かにして時が過ぎるのを待ちましょう、悪い夢にうなされているだけなんですから。気楽なことを言わないで欲しいわ、と翠子がすぐに応じた、自分の姿が上にいないと思っていい気にならないで下さい、当事者の私たちにしてみれば夢だなんて……。

違うわ、きっと違う、と考え続けていたことを口にするように稲穂が呟いた、今までカメラに写っていなかったっていっても、第二の女官長さんがこの上に存在してないなんて保証はないわ。おれたち全員がそっくりそのまま、と継人がきく、そう思った方がわかりやすいって意味だな。はい、と稲穂が答える、私をのぞいて皆さんみんな。ほう、ほう、と楽しい打明け話を聞いた時のような声を出して、菊池、と裕仁が床に坐ったままの私に近づいて来た、自分の姿が窯のあたりにいるものならば見てみよう。はっ、と私は答え、ふらふらと立上った。郷原がさっと近寄り、スイッチを入れようとする私の腕を押さえる、陛下、おやめ下さい、と彼は蒼白な顔で言った、もし、ここの真上にも陛下がおいでになるとすれば、私どもは宮城も含めて三人の……、つまり、今ま



でのすべての計画が水の泡になって……。いつの間に戻って来たのか、もとの田舎娘ふうに着換えた良子が裕仁のすぐ側に立った。見ましょう、菊池さん、と彼女は言った、もしかしたら私たちのほんとうの姿が見えるかも知れないわ。私は決心してスイッチを入れ、カメラの操作を始めた。鳥瞰する形で全体を捉える。人々というか、〝私たち〟はまぎれもなく地上にいる。次第にズームして行く。いるわ、私がまだ、と最初に翠子が言い、おれも菊池も、と三上が呻いた。ひとりだけ後向きでうずくまっている老人らしい背中が見えた。近寄ります、と私は震え声で裕仁に言い、その背中にズームして見た。背中は和服のコートだった。いかつい肩は裕仁のものではないように思える。突然、やめて、と叫ぶ稲穂の声がした、父だわ、父です。郷原がのり出すようにして、そうだ、久保先輩だ、この感じは、と何か安心したように言う。和服のコートはゆっくりと立ちあがり、ついていたステッキを横に持って大きい伸びをする。ああ、とまた稲穂が悲鳴をあげた、病院で、死んでる、もう死んだはずなのに、あんな……。口を覆ったのだろう激しい嗚咽が濁った音で響いた。お父さん……。それはまるで死の床にある親の臨終に向って言うような感じであった。

稲穂の嗚咽が続く中を、しっかりした足どりで歩き出した者がいた。良子だった。行って見ます、と彼女は階段の口に近づきかけてから、誰に言うともなく言った。行ってどうする、とすぐ郷原が言い、武器は持つのか、と三上が続けた。良子は後姿のまま首を振り、話してみるんです、と静かに答えた、私はこんな格好ですから、ここで時代遅れの炭焼をしてる山の女だって言って……。私の中にふいにひらめくものがあった。なぜかわからぬが、このまま良子がここを出て永久に逃げ去ってしまうように思えたのだ。行こう、一緒に、と私は言った。だってあなたは、と翠子が遮りかける。いや、と私は別のことを答える、私は科学者だ、事実をありのままに見ることができる。

私たちが階段をのぼりきって、秘密の入口である窯の内部に辿りついたとき、地面の強い照返しが眼を射た。焚口を覆う煉瓦の固りが取除いたままになっていたのだ。臆病者ね、とごく日常的な声で良子が言った、あわてふためいて蓋もしないで下へ逃げ帰ったんだわ、あの子。彼女はそのまま焚口から上半身を出し表を見ている。いるか、と私は緊張した小声で聞く。見えないわ、と彼女は遠慮のない大声で答え、帰っちゃったのかしら、と体を寝かせるようにして窯の外へ出た。追うように私は焚口に顔をつける。良子は周囲をぐるっと見渡してから、いないわ、やっぱり、と言った。事実、焚口からおそるおそる首を出して見たが、それらしい人影はもちろん、居たらしい形跡もないのである。悪夢、夢、だったのか、と私は思わず溜息をついた。ひとまわり見て来ますから、と彼女は言い、焚口の私を振向いて軽く頭を下げた。良子さん、と思わず私は強い声を出した、あなたはこれっきりっていう……。彼女が聞きかえすように微笑した。そうだ、と私は続けた、あなたは彼らがいようがいまいが、夢だろうが現実だろうが、そんなことと関係なくここから逃げるつもりだ、そうですね。はい、と予期した通りの返事がかえって来た、いけませんか。私は焚口から上半身を出して良子を見上げた。私も一緒に逃げて行きたい、と私は言った。一瞬考えこむように目を細めてから、彼女はほとんど声にならないような笑い声をあげた。そして、その昔ちょうど反対のことがあったわね、と言った、継人がお腹にいたとき、このまま逃げて自由な、普通の女がするような生活を送れって菊池さんは言って下すった、でも、私があなたに一緒にって頼んだら、断られちゃいました。ああ、と私は思い出しながら答えた、当時の菊池重範は陛下とあなたと半分半分愛していたんでしょうね。今は違うっておっしゃるの、と彼女が顔をそむけてきいた。わからない、わからないが、ここにいることに耐えられなくなった、いや、菊池というこの自分の全部に……。私が、そこまで言ったとき、ぎくっとしたように良子が窪地の奥を見た。あわてて私も体をひねるが、下半身が窯の中なので、彼女の見ている方角は捉えられない。

います、と良子は低く呟く。全員、と私は訊ねる。身軽に横に動いて眺めすかしながら、四人、五人、と数えるように彼女は言った。それは、やっぱり、私たちの、なに、ですか、と私は息をひそめて訊ねた。彼女は答えずに、するすると別の窯のその向うへと体を運んで行った。そして、その位置から急に私の方を向き、その通りだというように、大きく二度、三度うなずいて見せた。やはり彼らは、いや、〝私たち〟は実在していたのだ。いや、現にすぐそこにいる。私は体半分を炭焼窯の外に出したまま、地面に頬を押しつけた。日ざしはかなり強いにもかかわらず、黒味の深い土はすでに冬の始めのひんやりとした肌ざわりであった。思考に少からぬ混乱を来たしていた私は、〝彼ら〟が果して何者なのかとまず考えることもせずに、三上、郷原、有賀、私、そして稲穂の父の久保だけが、〝第二の姿〟をそこに現わし、裕仁以下の人々にはそれがないことを不公平な、容認しがたい事象として反芻していたのである。そして、思いがけずひとつだけ鍵がとけたような気分に襲われる。裕仁に、第二のそれがないのは当然だ、彼はかの宮城にすでにそれを有している。クロスワードパズルのひとつの語が解けたときのように私は他の連中にその原理の如きものを押しはめてみた。二階堂はどうか？　彼女は別の場所に別の彼女が存在しているだろうか？　だめだ、残念ながら否である。しかし、こう考えることは不可能だろうか？　二階堂はここにいようが宮中にいようが衣裳係女官長のままで、その職務に於ては外見上分裂しているものがない。ということは……。そこまで考えたとき、まるで私の考えをあざ笑うように、窪地の奥の方角から、どよめくような多勢の笑声が伝わって来た。ぎくりとした私は、亀が甲羅の中へそうするように、窯の焚口の中へ頭をひっこめようとする。笑声の中から、姉さん、まあ一杯行こうじゃないか、という男の野太い声がくっきり浮き立って聞えて来た。姉さん？　それは良子を呼んでいることばだろうか？　すぐに良子が答えたらしいことばが意味不明の音というだけの形で響いて来る。そしてまた男たちの声。……そうだ、彼女は、〝彼ら〟と何かやりとりをしている。私は、そのことばの意味を明瞭に捉えるため、再び窯口から上半身を出してみた。すぐに地下足袋の駈寄って来る音が聞え、良子の姿が視野の中へ入って来た。菊池さん、と彼女は何のためらいもない明るい大声で呼んだ。うん、と私は辛じて声になるほどの返事をする。良子はなおも近づいて来ながら、心配することないわ、開拓部落の人たちなんですって、と言ってのけた。開拓？　今ごろどこを開拓するんだ、と私は反射的に聞きかえした。彼女はほんの四、五メートルの所へ来て停り、昔よ、昔開拓部落にいた人たち、と念を押すように言った。じゃ、おれたちと同じの？　そう、全く同じ、部落がダムの底に沈んでからみんな都会へ出て。じゃ、おれたちと同じに？　そうよ、一年一度勤労感謝の日になつかしいふるさとへ来て宴会を……。私は頭をしたたかに叩かれた時のように、目螢が飛び散り、無数のそれが光って空に舞うのを覚えた。やつらは、やっぱりおれたちなのか、と私はその目螢たちに向って呻き声をあげた。違うわ、あの人たちは正真正銘の開拓者、と彼女が口早に言った、満洲へ開拓に行って、引揚げて、それで、ここへはいって……。私は何ら正確な意味をつかめないまま、それじゃ、あの菊池はおれじゃないのか、おれとは違う人間なのか、とせきこんで聞いていた。ふいに良子が近寄り、地面に突いている私の腕を持った。行って、会ってごらんなさいよ、あなたの顔を持った人に、それで聞いてみればいいんだわ。

このような事態に直面したとき、普通の諸君は果して、どのように振舞うだろうか？　いや、かかる設問は馬鹿げきったものかも知れない。少くともその地下壕に集るときのわれわれは世間普通の人間ではないのだから。臆病ね、と私が怖れをなしていると見てとった良子が言った、あの人たちは一緒に飲もうって言ってるのよ。私は腕で体を窯の中から引きずり出す動きを始めていた。それは良子のあまりにも素直なことばを鵜飲みにしたからではない。こわいもの見たさ、ということばがある、そういうものの最もアナーキーな状態とでも言えばいいのかも知れない。とにかく私は〝私〟に対面する決心をしたのだ。

良子に先導される形でその場に近づいて行った時、彼らは地面に大きいビニール茣蓙を敷き、車座になって野外の宴会を楽しんでいる姿であった。その周囲に立ちこめているもわっとした空気のようなもので、人々がすでに相当酔っている状態だとすぐわかった。やあ、どうぞ、どうぞ、とこちらが何も言わないうちに声をかけられた。その顔、その声はまぎれもなく私自身のものであった。私がぎくりとするのを押さえるように、お邪魔しゃんす、と良子は山の娘そのもののような大声をあげ、すぐ小声で私の耳に、黙って向うの話を聞いていればいいのよ、と言った。私はありったけの力で自分を普通の表情に戻そうと試みながら、彼らのひとりひとりを見渡した。郷原がいる、三上がいる、有賀翠子が、そして今日は地下に娘を派遣して来たはずの老総会屋久保伝三郎がいる……。その久保がすぐ体を横に寄せ、さあ、お楽入って遠慮せずにやって下さい、と言うのである。お楽しみの所を申訳ないこんだねえ、と良子は朗かに言い、私をうながしてその席についた。あっという間に私は紙コップを持たされ、一升ビンから酒を注がれている。注いでいるのは他ならぬ、〝私〟、いや開拓の私とでもいうべきか。失礼だが、相当いけそうなお顔ですな、とその開拓の私が私に向って言う、一杯行く最初の時そういう具合に手に震えが来るのは、体がアルコールを手招きしてるわけですからね。私は、はあ、いや、と曖昧に答えて、彼―開拓の私の目をおそるおそるのぞきこんだ。不思議だ。彼は自分が私とそっくり、いや、そのままであることに何ら気づいていない目なのである。そして、挨拶は抜きにしましょう、と彼―開拓の私はすぐに言う、ピクニックなら、二杯や三杯何ともないでしょう。いただきまあす、と横の良子が久保―開拓の久保から注がれた酒をぐぐっと飲んだ。私も飲む。味はなかったが胸が突きあげられるように熱くなった。お見事、と開拓の私が声をかけ、すぐに一升ビンを傾けて来た。私は今度は積極的にそこへ紙コップを突き出した。そうだ、酔えるならば酔おう。これが白日夢というものであるならば、酔って酔って酔いつぶれればいいのだ。毎年この日にここへ来てやってるんです、と郷原が、いや開拓の郷原が声をかけて来た。この下のダムの底にわれわれが汗水たらして作った開拓村がある、そいつを偲びましてねえ、この勤労感謝の、そう昔の新嘗祭に来るってわけですよ。昔はもっともっと盛大だったんですの、と開拓の翠子が陶然とした流し目を送って来た、亡くなったり、行方のわからなくなった人もいて……。私が二杯目も飲み干さないうちに、開拓の久保がビンを向けて来る。いや、われわれは倖せですよ、と彼は言う、私は株をいじってますが、その色っぽい女性は画廊を経営している、こっちは田舎新聞をひとつ持って威張りくさる身分……。予期はしていたものの、私は体がふらっと崩れそうな気分に陥る。お見かけほどお強くはないのかな、と開拓の私が言う、私は電機会社の役員ですが、熱警報装置というのを開発しておりまして、これはですなあ……。開拓の三上がふらつきながら、私たちの間に割ってはいって来た、よせよ、ここまで来て仕事の話はないだろう、歌、歌、ガードマンの親玉がいつもの歌を歌います。開拓の三上は足を開いて仁王立ちとなり、大声で歌い始めた。〝夕陽は赤し、身は悲し、涙は熱く頰濡らす、さらば湖底のわが村よ、幼き夢のゆりかごよ〟——それは先程壕内で良子が口ずさんでいた歌ではないか。そして今、彼女は他の連中が声を合わせて合唱し始めた中に加わって、屈托なさそうに歌っていた。〝あてなき道を辿り行く、流離の旅は涙さえ……〟

私も目をつぶり、酔いにまかせて声を合わせていた。今が白日夢であるというより、私の人生すべてが白昼の夢であったような、悲しく、それでいて懐かしさに満ちあふれた気分であった。歌はいつの間にか、これまた懐かしい〝さらば、ラバウルよ〟の大合唱になっていた。歌声が突如賑やかになったように思い目を開く。何と、そこには地下にいるはずの剣道着姿の郷原、ハンター姿の三上、毛皮のコートを羽織った翠子までいるではないか。私は目をこらして周囲を見わたした。さっきと同じように、開拓の私たちもそこにいる。開拓の久保と良子をのぞいては、全く同じ人物がそれぞれ二人ずつ、ということなのである。三上——ハンター姿の三上が何気なく私に近寄り、下の画面で見てたら大丈夫そうだったか



ら、と耳うちした。私は思わず、他の連中は、ときいた。二階堂が窯の口で押えてる、と手早く彼は答えた。突然、後から酔ったふりをした良子がもたれかかって来た。困るわ、と彼女は言った、炭焼爺のヒロさんて人、知らないかって言うのよ、あの人、と開拓の久保を目で示した。御存知じゃないかな、とその久保がすぐ声をかけて来た、この六つの窯はその男がやっとるんですよ、小男で猫背の。ほんものの三上や郷原たちが、ぎくんとしたらしい容子がわかった。今考えてみるとその時の私の答えが致命的だったと認めない訳には行かないが、煙が出てるから仕事をやってるんでしょうな、私たちは見かけませんでしたが、と言った。煙、煙、とすぐに開拓の方の郷原が受けた、仕事をしている所を見ると、そう遠くには行ってないな、これは。ヒロさあん、と開拓の翠子が山の方に向って叫んだ。ただちに開拓の郷原と開拓の三上が唱和する、ヒロさあん、ヒロさあん。声は周囲の山にぶつかり合って、波がうねるようなこだまになった。そのヒロさんて方は、と郷原が緊張しきった顔で開拓の久保にきいた、あなたがたのお仲間ですか。開拓の久保が大きくうなずいた、私と同年だが頑固者でしてね、皆が開拓を離れても一人でここに残ってこんな真似をしとるんです、まあ、何かの縁です、一緒に呼んで

やって下さらんか。郷原がびくりと肩をふるわせて私と良子の方を向いた。良子の顔がぎゅっと引きしまるのがわかった。ついで彼女は胸いっぱいに息を吸いこみ、ヒロさあん、とよく透る声で叫んだ、ヒロさあん。郷原がやけくそのように、音程のはずれた声で、ヒロさんよお、とどなった。

裕仁が現われたのである。あの、稲穂に神主さま、と評された姿で、手に笏を持って、例の窯の方から、こちらへ近づいて来るのである。しかも、われわれが今まで見たこともないような親しげな笑顔を見せて。だめだ、と郷原がうめき、その場にぐにゃりと倒れた。だが、開拓の連中は酔いつぶれたと見たのであろう、開拓の翠子が、まあ、体に似合わない弱い方、とだけ言った。裕仁はすぐ間近かまで来た。にこにこと開拓の連中に目を向けている。ヒロさんめ、知っててわざとかくれていたな、と開拓の私が気楽な感じで声をかけ、裕仁はこくんとうなずいた。翠子が、ほんものの方だが、あわてて背を向け地面にうずくまった。呻いている。実際に吐いている容子だった。相変らずだなあ、と開拓の三上が言った、お祭りをちゃんと覚えてて、おれたちのためにその格好をしてくれてた癖に。裕仁はまた、こくりとうなずき、ゆっくりと口を開いた。こいつだけはかかしてはおらん、お前らがいなくなってから二十一回目だよ。ほんものの三上が、殺気に満ちた態度で裕仁に近寄った。あんたがヒロさんか、炭焼の、とかすれ切った声できいた。ああ、と裕仁がごく平静に答えた、開拓のときから年に一度だけ神主をやらせられるので、こんな格好だが。やらせられる、と三上は茫然とした声でおうむ返しに呟いた。なあに、と開拓の久保がすぐに引き取って笑った、好きでやってる癖にすぐそういう臍曲りのことを言う。うん？　ととぼけるように言ってから裕仁もまた笑ったのである。三上が失神したように茣蓙の上に横たわった。開拓の翠子が、まあ、ほんとに弱い人たちね、と言いながら、裕仁に紙コップを持たせ酒を注ぎながら、ヒロさんももう年貢の納め時じゃありませんの、と言う。ああ、と無表情に答えて裕仁はコップの酒を一息にあおった。年貢、と私はきいた、年貢を納めるとはどういうことです？　あれなんですの、と開拓の翠子が陽気に応じた、この頑固爺さんのお子さんやお孫さんが早く山を降りろって言ってるのに……。全く、と開拓の三上が言う、来る時寄って来たんだが、三番目の孫が来春は幼稚園だ、商売もうまく行ってるし、爺さんが戻っても何ひとつ苦労させないで、床の間へ飾っとくからってさ、そう是非伝えてくれって。そうか、床の間か、と裕仁は考えこむように言った、私も体が動くうちに下りるとするかな。決まった、と開拓の久保が言った、気が変わらないうちに、この足で連れて行くことにしよう。よし、と開拓の私が朗かな声をあげる、これで私たちの苦難に満ちたといっては気障だが、開拓時代からのひとつの歴史が完全に終るわけだ。それまで一言も発さずに裕仁を凝視していた良子が静かに近づいた、ほんとに山を下りなさるんですか、あなたは。裕仁は良子の方を見ようとしなかったが、この格好で戻ったら物笑いだからな、と他の連中を見て笑った。どうして、どうして、と久保が言った、その格好はあんた、立派な値うちものさ、私らの村の守り神様に見える、つまり、お互い倖せに暮せてるのは、お前さんのおかげのように見えるよ。ほんと、と開拓の翠子が軽薄に言った、因業爺さんに今日は後光がさしてますわ。

出発、と開拓の三上が叫んだ、マイクロバスがダムの所で待ってるから、後光がさしてるヒロさんも、よその者の目につかずに済むよ。しかし、と裕仁が言った、窯の火が……。山火事になることはあるまい、と開拓の郷原が言った、さいわい、この人は土地の娘さんのようだから、ついでに飲み荒したこの辺のものも仕末して貰いましょう。そして開拓の三上が歩き出した、歌を、軍歌



を歌いながらであった。〝わが大君に召されたる、命はえある朝ぼらけ、たたえて送る一億の……〟声にうながされた形で開拓の連中はのんびりと窪地の出口に向って歩み始めた。裕仁がふいに小走りに燃えている炭焼窯に走り寄り、焚口の中央の煉瓦を傍らの鉄棒ではずした。陛下、と私は思わず、その方へ近づきかけた。しゃがんだ彼はじろっと私を見ただけで、手に持った笏を焚口にさしこんだ。私は重ねて言った、陛下、それはアマツヒツギの、そのヒツギの火でございましょうか？　馬鹿、と彼は詰らなそうに言った。カマドの火だ、カマド神さまのな。そして彼は燃える笏を片手に開拓の連中の後を追って窪地の出口へ小走りに去って行く。

軍歌が次第に遠ざかり、山の静寂が戻った。倒れる、倒れる、と私は自分の体を感じていた。ふいに、すぐ後で良子の声がした。呟くような歌、例の歌だった。〝あてなき道を辿り行く、流離の旅は涙さえ枯れて……〟歌い続けながら彼女は六つの窯のひとつひとつをゆっくりめぐって行った。私は倒れることを瞬時忘れて、彼女の動作を目で追った。〝いずこに眠るわが村よ、今ぞ果てなきさすらいの旅路に、のぼる今日の空……〟何ということだろう、ひとつの窯をめぐるたびに彼女は何か体が縮んで行くように見える。私は目をこする。だが、確な

ことであった。この二十年、ほとんど娘のままの豊かさで年を取らなかった良子が、私のこの目の前で、見る間に、三十の、四十の、そして中老の女に変わって行くではないか。こんなことが、こんなことをこの目で見るとは。良子さん、と私は力なく言ってみた。ふいに歌がとぎれた。何か言いましたか、と彼女が私の方を始めてまともに見かえした。声も中年の声であった、そしてその顔、そのものも。私がその場に昏倒したのはその瞬間であった。

## あとがき　再び生きてあれば王の中の……

われわれが、われわれの裕仁を失った経緯を私は記し了えた。しかし、記しながら、あの地下の玉座――私が青春を奪われ、そして壮年中年の支えをそこに見出していた、あの山の中の小宇宙は、再び登山靴をはいて、来たるべき年にあのダムのほとりに出向いて行くならば、四半世紀そのままの姿で残っているのではあるまいか、という思いに駈られるのである。建設当時より設置してあった湮滅のための爆破装置によって、あの日の夕刻あれを消滅させたのが他ならぬこの私自身でありながら、である。さよう、これらの思い出の中にしか菊池重範という男は生きていないのだ。そうだ、裕仁があのようにして、何の商売かは知らぬが、床の間に据えられ、三人の孫たちに取囲まれているに違いないと思えるこの時に於てである。他の同志諸君よ、君らは果して現在を現在として生きているか？　結果として所期の目的を達した二階堂が東宮御所に戻って女官長をつとめ続けていることをのぞけば、三上よ、君はどうなのだ。連絡を取る気力を失った私は噂のみで推測する。三上、君は同じように警備会社の社長として仕事に精を出しているらしいが、心はそこにあるのか？　郷原よ、君が新聞社を売り払って、どこかの山中に隠棲したことは聞いた。君はそれで自らの生涯を閉じたつもりなのか？　そして有賀翠子、君がスイスの湖畔に小さい古城を買いとったと、今日画廊のマネージャーから電話を受けた。君は永住するそうだが、盛夏には避暑にお出かけ下さいという伝言だった。一体何のつもりだ？　最も強く反対したスイスの地に、君は奪い去られた君の愛する裕仁を探し求め、移し奉るつもりなのだろうか。ともあれ、ふりかえってみると、私は君に一番親近感を覚えていたことを悟る。

もし君も同様であるならば、私のこの走り書きの手稿を、拒絶することなく、その湖の畔に保管してくれるだろうか？　歴史の将来が、万が一にもかかる記録を必要とする日まで。

　稲穂君、父君久保伝三郎氏の盛大な葬儀に参列しなかったことを許してくれると信ずるが、君自身はその後あの一日をどう生かしているのか？　あの時以前から実は君が、流行の共同生活とやらの一員で、リブというのだろうか、父親が誰とも知れぬ子どもの母であったことを聞いても、私はそれほど奇異な感は持たなかったのだが、今も君はそのような同志たちと、変らぬ心で共同体を作ろうとしているのだろうか？　そして継人君、君は君の希望通り、どこかで新形式のパチンコ機を考案しているのか？　庶民のアイドルだと君は自慢していたね。街中を歩く機会があったら、私は君が考案したであろうその機械であの銀色の小さい玉をはじいてみることにする。そして、かすかに期待してみよう。君が他人の戸籍なぞを買うことなく、どこの国にも属さない人間として生涯を全うすることを。それこそが、君にとって王の中の王の道であると、君が気づいてくれることを念じつつ。

　最後に、良子さん。私があの日意識を取戻したとき、あなたはすでにいなかった。私の目が確かだとすれば、あなたはあのまま年をとり続けて、山姥のようになって山野を彷徨しているのだろうか。山に霊が籠るというこの島国の長い信仰の中の、その霊のように、怨念と至福の両方の谷を、ひとまたぎにまたぎながら……。

# 目螢の一個より

去年の暮から今年の春にかけて、ぼくは二度、君のことを思い出させられる羽目になった。最初は山内さんからの速達。正確な日附も覚えている。一九七二年十二月二十四日——もちろんクリスマス・イヴだからじゃない、君の四回忌の命日だからである。もっと正確にいえば、彼の速達がわざわざ日附についての注意を喚起するといった、それこそクリスマス・イヴふうの感傷の押しつけで始まっていたことを覚えているからだ。

〝あえて申しあげることもないでしょうが、庶民の心奥に根を下ろしたわが仏教の伝統に従えば〟と山内は書き始めていた、〝一周忌の翌年は数を一コ飛ばして三回忌、そして今年の今日が真砂等史君の……〟どうしてこう持ってまわったものいいをするのか、とにかく、ぼくはうんざりするというより、あっけにとられていたくらいだった。ついでだけれど、彼は群馬県立沢渡高等学校と封筒の張目のまんなかに印刷した茶色のやつの、その大きい文字の横に自分の名前を書いていた。無神経な、とぼくはすぐ思ったが、ご当人は逆にここに踏みとどまって闘争を続けているということを誇示したかったのかもしれない。

内容はすぐ破いて捨てたから正確には記憶していない。要するに、君についての新しい文集を出すから何か書けということ、その文集を頒布するのをきっかけに記念碑を片矢川畔に建てたい、物心両面の協力を頼む……。それだけだったら破り捨てるどころか、素直に協力していただろう。しかし彼は、ぼくが君のその新文集に書くことになるはずの、文意というのだろうか、中味のありようをくどくどしく指示していた。それは例えばこんな具合だ、〝藤沼薫はついに県の要職に帰り咲くことに失敗した。辛うじて女子商校の校長です。ご承知と思いますが、われわれの力の勝利でした。とはいえF体制とわれわれが称したあの体制そのものは、生徒指導部を中心にS高内部にがっちりと……〟それでつまり、やる気の教師はもちろん、君の事件を昔話としか考えない現在の生徒諸君も、さっぱり冴えない。だから、過去F体制と勇敢に戦い抜き、その挙句追われるように東京へ去った先生（それがこのぼくだというのだ）に、事件及び事件後の闘争を総括して貰えれば、S校だけではなく県教育界全体に対しても……。

入野分校定時制にとばされながら三年近く頑張っている彼、山内貞護教諭を笑う資格はこっちにはない、露ほどもだ、また誤りを指摘できるほど、イデオロギーはむろん、教育論についても力を持ってはいない。だけど気色が悪い。腹が立つというのじゃなくて、ちょっとした詐欺にひっかかったようないまいましい感じ。ぼくは道代にも見せず、青いポリバケツの中の青いポリ袋の、隅っこの方に速達を押しこんで、そのまま全部忘れようと決めた。道代、女房のことだけど、道代は君に一度だけ会って、ふたことみこと喋ったといい張っている。だから、こと君にまつわる問題になると、プラスにもマイナスにも針が振れすぎて、大いにかしましい。そんないきさつで、ぼくは一度めの事態からさっさと遠ざかった。もちろん返事は出していない。

二度め。この日附は不明瞭だ。その葉書を道代の方が先に受取っていて、

——新井進って、芋洗い君てほうの新井君……、ときく。それがどうかしたのかとぼくがいう前に、

——だとすれば、お茶海苔の、あの新々茶園の新井さんか。できるのね、早稲田の二文へはいったんですって、二文て夜のことよ。

だが葉書の用件は、二浪の末合格というその報告ではなくて、在京同期生の名簿を作りたいから、消息を書き送れというものだったらしい。らしいというと変だが、道代はぼくのその後の消息なるものを自分で書いて投函して置いた。で、新井からのはもう整理して捨ててしまったというのである。

——おれは同期生なんかじゃない、断りなしに余計なことをするな、ばか、とぼくはいったが、思いがけなく芋洗いの語源（?）、疣のある新井の、小鼻の上にあるあの消炭色の疣、その鼻のあたりから口先きへかけての小生意気そうなとんがった線が、まのあたりに浮んで来て、あいつめ、という感じでついにやりとする。

——だから、余計なことも丁寧に書きました。

まるでぼくを脅すようなしぐさで道代は肩をひねって見せ、台所の方へ行った。そうだ、そのときは遅い夕めしかなにかの合間だった。

——だから？　どういう意味だ、それ。

——決まってるじゃない、馬鹿にされないためよ、と彼女はこっちも向かずに答える。

——論理的じゃねえなあ、君は、と相変わらずのこと

だがぼくは舌うちする気持、何がだからなんだ、何が馬鹿にされるだ、全然つながってないじゃないか。こういうやりとりがまずい結果を産むことを知りつくしているはずなのに、ぼくはみすみす道代の張りめぐらしたかすみ網にひっかかっていた。"make a scene"てことばがあるだろう。文字づら通り彼女はこれが好きだ。それも突発的にじゃなく、まえまえから準備して伏線を張って、じっと時がやって来るのを待ち構えるという寸法で、なのだ。

——つながってないのは、あなたの頭のなかです、といつもより少し鈍重な身ぶりで近づいて来た、何がだから、何が馬鹿にされる、っていったわね、よござんすか……。

どこで覚えたのか、よござんすかなんて私立女子高の女校長みたいないやらしいことばを使うのである。いいたいことをさっさといえ、とこっちは促すほかはない。

——真砂君事件で、と突然道代は君の名前を口にした、沢渡に居辛くなったのは青木さんが馬鹿だからだ、みんな、そういってます。

——みんなって誰だよ。まあ、いいそうなやつはわかっているからいいけどさ。

——昔のことじゃないんだ、あたしは、と田舎から送って来た沢庵をひときれつまんで、糸切歯のところで音をさせてかじった、東京でプールの看視員だかガードマンだかやって惨めに暮してるって、沢渡でいい触らされてるんです。あなたとあたしがよ。

そこで当然、誰だ、そいつは、とぼくが気色ばみ、わかってて、あたしがその者を放っとくとでも思ってるの、と女房が大した実力者のようにいい、要するにあなたは馬鹿にされてる、だから、それを救うために、杉並スポーツセンター取締役という正式な職業名を、たとえ芋洗い君が発案した同期生名簿にだって、きちんと記載させる必要がある……。と、おおよそそんな始末の、喧嘩にもならない夫婦喧嘩でこの二度めの件も遠ざかって行くように思えた。だが、ぼくの考えは足りなかった。道代の手口というか口ぶりというか、そういうものに気を取られていて、葉書をよこした新井がどういうつもりなのか、在京同期生という中に、なぜぼくを、三年になってから始めて君らの学級担任になったぼく、それも僅か三カ月間くらいの臨時の担任を含めたのか、そんな疑問は毛ほども湧かなかった。

——やつらがたかりに来ても知らんぞ、とぼくは軽口を叩いた、ご馳走費用一切君もちだからね。

疑問が正当に意識化され、軽口がほんものになったのは、春休みにはいる前の日、教師ふうにいえば昭和四十七年度の終りの日の朝遅くだった。いや、君のことを思い出させられる羽目の二度めの方はまだまだ終ってはいなかった、とてもとても、というべきだろう。

“Kokoni Bokuwa suwatteiru,
Seri ippai no mizugiwa no
Seri no haenai Namendō
Sono hosoi semai shima desu,
Kōgoishi-Bridge no 200M. shimo
Kataya-River no hidarikkata
Leftside means, Umi no hōni mukattedesu,
Suna o toru Hito yo
Jari o hotteiku Hito
Boku o mitsuketara
Tsugete kudasai,
Truck ni tsumu Hito,
Hakobi saru Hito yo,
Boku o mitsuketara,
Tsugete kudasai,
Buil o Build to yūnoka
Sono Jari Suna de Buil o tateru Hitobito ni
Sono Buil no Window no mukōni suwatteiru Hitobito ni
…….”

まだもっと長く続くけれど、君の遺稿集の、というより、君が川原のまさに〝芹いっぱいの水ぎわの、芹のはえない滑んどお〟の上に残したノオトの最終頁のことば、これを道代は〝ケイオーケイユーダブリュウエイ、ビーオーケイユーダブリュウエイ、エスユーダブリュウエイティティイーアイアール……〟とぼくの背中に向って大声で暗誦したのだ、その朝。もちろん中途でわけがわからなくなったらしく、〝二百メートルしも、片矢リヴァーの左っかた、レフトサイド、ミーンズ、海のほうに……〟といいかえてしまったのだが。ともかく上京後一度も思い出さなかった君のことばを、ぼくは女房の口からわめき散らすような形で聞かされる羽目になったのである。それどころではない。君の死後の事件、いや、この場合ははっきり闘争と呼ぶほうが正しいな、あの遺稿集及び一周忌闘争の、ある意味では渦巻のまんなかにいた留々子、里見留々子君と会うことになって、そのあげく……。

……いけない、こんなふうなやりかたではまずいと思う。君が残したことばみたいに、位置や方角や場所、そういうのを正確で具体的にやらなくちゃ、と思う。川後石橋の二百メートルしも、だったり、海の方に向って左側、だったり、というようにだ。いや、ぼくが立ったり坐ったりしている場所は、君のような、細い狭い島、ではなくて、〝ビルをビルドというのか、その砂利、砂でビルを建てる……〟、そうだ、〝そのビルのウインドウの向うに坐っている……〟、そっちの場だということを確認しながらである。つまりはその窓の恐らくガラス越しに、思い出を思い出させられたに過ぎないという次第を、ぼく自身が絶えず念頭に置いておかないと、時間のガラスも空間のガラスも、今はそこに何か遮ってるものがあるなんて到底意識できないほど、きれいに磨かれてしまったから……。ガラスにこだわったのは他でもない、まさに君が指示したような具合ぴったりに（？）、ぼくが室内プールを仕事場にして、その暖房で守られたガラス越しに、外を見ているからだ。といっても大ビルじゃない、屋根は緑と黄色の合成繊維のだんだら模様のテントで、吹き降りの日なんかには、その隙間に溜ったほんものの冷たい水が、文字通り冷水を浴びせかける寸法で、ざざっとこわれたシャワーのように落っこって来るんだが……。

新井進から電話がかかって来る前の時刻、ぼくは旧式



の発泡スチロール製ビート板につかまって、ばた足を続けている。明日からはもう二時間早くプールへ来なければならない、「春休み特別教室」は九時開始だから、……そうだ、これをしおに、毎朝のさまにならないこれは止めるとするか……。そんな心持で水を蹴っている。去年の夏定員を二倍にしたのに続いて、今度の休みもそうしてみたら、一昨日で満員〆切りになった、昨日は自分の子どもがはいれないからと文句をいいに来た父兄が十何人いたとかいってた、……つまり管理職としては十分といえる……。急に腿の筋肉が固いものでしめつけられた。顎がもちあがって脚の蹴りが深くなりすぎたためだ。まだ誰もかきまわしていないこの水は、温いのが表面に層を作っていて、そのすぐ下はぴしゃりと皮膚をうって来るような冷え加減なのだ。白いビート板の逆Uの字の切りこみに向って頭を下げ、唇をとがらせて水をひと吹きふた吹き眼の前へとばしてやった。すぐに下半身が浮き、ぬるまっこいものに包まれるのがわかる。明日、相良が朝から見に来るっていってた、あいつまたコーチ連中に訓示を垂れるだろうな、……ぼくをオーバーに讃めるから困る、……なるべく馬鹿にした態度でいてやろう……。灰色の壁が近づく。二十五メートルのふちがもう頭のすぐ上に来ている。板をつき放して立

つ。表の光が眼鏡をはずしているためによけい強いものに感じられた。十三、四分過ぎたところだろうか、十時を。厚いガラス越しのクラブの庭には人影はない。乱視まじりの視力では、アスファルトの地面が表情のない板きれのようだ。暑い寒いも彼岸まで、か。もう彼岸もあけたわけだ。その日にうちでは何もしなかった。沢渡にいれば、道代の実家へ墓参りに行ってたわけだけれど。あれも季節が季節だから楽しくないわけじゃなかった、……お寺じゃなくて、細い往還沿いのひと部落をちょうど見渡せる小山の中腹、あの古い埋め墓へ登って行くと、どういうわけか道代は決まって少女時代、いや幼女の頃を思い出して……、おじいおばあたちがたて続けに亡くなったのだそうだが、半年ほど前に埋めた人の所は、腐りごろになるのだろう、地下のそれが小さくなるから、かなり盛上げて置いたはずの土がぺっこりへっこんでいて、子どもたちはこわがるどころか面白がってその上に素足の藁草履の足をのせる、……と、その草履がずずっと吸い取られるように柔い黒土にめりこんで、……それを囃したてて、今度はあたいの番……。

もわっと空気が動き、部長先生と呼ぶ須貝の声が聞えた。パッキンつきの中央ドアを半分あけ、事務服の空色に着換えた姿がある。それが薄ぼんやり見える。親指と人さし指で丸を作り、こくこくとうなずいてやった。水温も室温も順調というつもりだ。

——ご苦労さまでーす、という須貝の高い音が、暖い靄を押しひろげるように返って来る。だが、水っぽい反響がたちまち声を濁らせてしまうので、彼女がまともにいっているのか、からかい半分なのかはっきりしない。いつもそんな具合に思っていたから、ばた足を明日から止めるにしろ続けて行くにしろ、一度訊ねてみようという気持。呼びかけるつもりで、体全体を水の中でまわす。と、もう空色の姿はない。まばたきを二、三度して室内燈の半分がついた。いや、青天だから三分の一か。でも奥の飛込台からシャワーの方まで柔い光が行き渡る。る。ついでに眼をしかめて大時計を見る。きっかり十五分過ぎ。あれはパンクチュアルな女だ、早く切りあげろと催促している。実際あと十分足らずでファミリー会員が現れるはずだ。ここのところ中年女性五人のグループが開始時間ぴったりに通って来ている。環七通りを新型の自転車で、という熱心さだ。肘を立ててプールサイドにあがる。首のまわりの空気が熱い。ドアの方に帰りかけると、その蒸れた空気の中に、ご苦労さまでーす、という須貝の今のことばがただよって来る気がする。やっぱりおれは馬鹿にされている。そう見た方が順当だ。道代はいつか沢渡の連中が馬鹿にして噂してるといっていたが、それとは別の意味でだ。おれほどの年の男が四、五歳児程度の泳ぎざまで、毎朝水温を確かめている図。そいつは、ご苦労ご苦労とでもいう他ないものかもしれない、自分でもこんなことがまるまる二年も続けられるとは思っていなかった。最初は体からアルコールを抜くために験《ため》してみただけだったのだが……。そうだ、道代の厭がらせに対抗して続けて来たのかもしれない、……ここへ始めて来た年の夏、あいつはこっちが知らないままに外からガラス越しに撮した、……カラーだった、それを何もいわずに机の上に、飾りのついていないニス色の木枠の写真立てにいれて……、おれはゴム粘土、鮮やかな黄色と緑のゴム粘土のひだひだの中で全身もがいていた、……天蓋の二色の縞が水面にこうもはっきり出るなんて、……おれの水色のパンツは小汚い紫、まあビート板の上の腕だけは逞しくて、水の濡れで薄茶色に光っていたが……。道代の気持を忖度しかねて、おれは最初気づかないふりをした。見ようによってはコダックの曖昧さのない色調は、素人の女が写したにしてはかなりの、と思えないこともなかった。しかし耳と眉毛がはっきりしているだけで、目をつぶっているらしい下向きの顔と来たら、叱られて仕方なくやっているような、まるで楽しさのない……。おれが黙っているせいか、あいつも、写真の出来のこともこっちの姿のこともいおうとしない。……畜生、どう見えたって構うもんか、続けるぞ、おかげで酒が残らなくなったんだからな。……どのくらいたってからだろうか、写真立てはかたづけられていた、それに気がついたのはもう秋になってからだったか？……

中央ドアと男子用トイレドアの間の職員用出入口。そのドアをあけかけたとき、体にぶつかりそうな形で中央ドアがあき、

——部長先生、お電話です、と須貝。

——どこから、とぼくはおうむがえしにきく。

——新井さんて、生徒ですっておっしゃってるんですけど。

ぼくは眼鏡のない眼を細めて彼女の表情を確かめようとした。会員の父兄が明日からの教室について、定員オーバーでももぐりこませてくれという、そんな頼みに違いない。だとすればいちいちこっちに取次がずに窓口の須貝が処理すべきだ。

——生徒の新井っていえばわかるはずだって、おっしゃってます、と彼女はぼくが人名を思い出そうとしていると決めたようにいって、すぐ顔をひっこめる。

まあいいだろう、とぼくも決める、父兄に対してクラブの方針をよく徹底させるのも悪いことではない、信用を高めるということだ。それも仕事。

――新井だけど、と相手はいった、部長先生ってなんの部長ですか？　なに部の？

失礼極まりないいいぐさだが、といって突っかかるような感じはないので、

――プール全体の責任者とお考え下さい。

――それで取締役か、と相手はまたいった。

鈍感もいいところで、そこまでいわれても電話で喋ってる彼が沢渡の新井だとは気づかなかったのである。どちらの新井さんですか、とぼくがいい、一瞬向うは黙ってから、やだなあ、芋洗いだってば、といい、新井進です、とすぐにいい直す。ああ、とぼくはぼやけた声を出した、新井か……。受付カウンターの中から須貝がこっちをうかがっているのに気づいた。

――君、眼鏡が更衣室に、と急いでいいつける、タオルのなにもついでに……。

須貝ががたがたとカウンターの下をくぐり抜け、電話口の向うで新井の笑い声が聞えた。重役っつうのはいばってんだなあ、と彼がいい、ばか、こっちは海水パンツいっちょうなんだ、用事があるならさっさといいなさい、と答える。事実ぶるっと来るほどではないが、プールや階段上の男女両更衣室からみれば、この入口から続く事務の方はよほど暖房を落しているので、体が濡れっぱなしだということを急に意識させられる。足を動かすと、パンツの内がわの下から膝に向けて一筋ずつ雫が伝わるのがわかった。

――すいません、今大河原にかわります、と彼がいい、間を置かずに、もしもし、大河原です、大河原譲二です、という新井のより少し太い、太いにもかかわらず高くはねる声になった、名簿作りの事で頼みたいんです、先生に……。

眼鏡を受けとってかけ、須貝が後から着せかけてくれる短いタオルのガウンを、その動作に任せてひっかけている間に、大河原はこっちの返事も確認も求めようとしないで勝手に喋り続けている。そしてその中に全く出しぬけに、君の名前がはいって来た。それを大河原譲二はごく当然のことのように口にしたのだ。

彼のいい分によれば、同期生名簿を発案したのは、たとえ二文だとしても早稲田にはいれてご機嫌になった新井の力だが、それをリコピー程度のもので済ませようとする根性は絶対に間違っている。どうせ作るならば、作る意味を明瞭に現わす形で作るべきだ。ということは、

一九六八年入学、七一年三月卒業のクラスとはどんなものであったのか、それをしっかり跡づけること。例えば計画倒れになったバリ封鎖、例えば六九年佐藤訪米直後の真砂等史の自殺、例えばその後の遺稿集作りと一周忌に於ける日教組＝民青ふうなやり方の失敗等々を……。

——おい、お前、とぼくは思わず大きい声を出している、おれはすっ裸なんだぞ、プールからあがったばかりで。理窟はわかったから早く用件をいえよ。そのパンフレットみたいなものの費用を出せってことか？

——そっちはなんとかなるんだなあ、と急に口調を変えて大河原が答えた、大丈夫なんです、金もだけど、印刷のほうもおれコネあるし……。

そういえば、もやもやした記憶だが、彼がどこかのマスコミ学科だったか新聞科だったか、比較的新しく出来た学校のそんな所へ進学したはずだったと気づく。ストレートだから今度はもう三年になるわけだ。そして、急速に鮮明な印象がよみがえる。大河原の蒼さがまじったような色の黒さ、かちっと四角に張った肩、……あれはあいつのおじいさんの大河原武保そっくりの……。

——つまり書いて貰いたいわけです、という声が、だしぬけにそこだけ明瞭に聞えて来た。

——書く、とぼくはききかえす、彼の面倒な喋りっぷりを全く聞き流していたから意味がわからない、で、あやふやに重ねてみた、しつこく丁寧に書くわけだな？

——四百字十五枚、六千字だけど。足りますか、先生の場合？

ぼくはやっとのことで事態を悟る。山内がいって来たのと同じように、このぼくにまた何かあの時期のことを書けというのだ。おかしな偶然の重なりあい、世の中暇な奴が多いという感じ、そう思うと急に余裕が出て来た。

——ぼくは著述で生計をたててるわけじゃない。

——セーケー？　なんだい、それ。

——室内プールの温度を肉体そのもので測定しておる。そっちの方が忙しくてね、沢渡から山内さんが依頼して来たやつもお断りしたよ。

ふ、ふっと須貝が失笑し、ぼくと目が合うと、その笑い顔のまま、机の上からくすんだ赤い箱を取ってさし出し、チェリーを一本手渡してくれた。

——情報ははいってますよ、断ったんじゃなくて、黙殺っていうか……。

——まあ、そういうわけだ、とぼく。須貝がガスが透けて見えるライターの火をつける。それで一服吸ってから、まあ、君らも昔のことにこだわるのは止めて、現在の生活っていうのかな……。

もっともらしくそんなことをいいかけたとき、背中に外の冷えた空気がす早く襲いかかり、続いて女性たちの賑やかな挨拶。まさにこっちの現在の生活である、中年のおとくいさまの一団がはいってきた。勢いこんだようにその女性たちが、草色の会員証をカウンターの端のプラスチックケースにいれて行く動作に対して、ぼくははすかいの形だがひとつずつ会釈している。むろんその間、大河原譲二のかっかしたらしいことばは続いていた。

——冗談じゃないよ、現在っていうのは過去をよく総括したところに……、総括なんてことば、特に使いたいわけじゃないけどさ、どうしようもなくかくある、そのありざまについてだよ、過去もまたどうしようもなくかくあったという、その総体として……。

——切るよ、とぼくはいった、新井君がうちのほうの電話を知ってるはずだ、そっちへ連絡してください。

——青木さん、と彼ははじめてひるんだ声を出した、協力してくれないんだな……。

——そういうことになりますね。それでは。

てばやく煙草をはさんだ指で電話のボタンを押して切った。ふりかえって見ると、もう女性会員たちは、最後の小柄のひとりの黄色いセーターが中央ドアの向うに消えるところだった。

——とりつがないほうがよかったみたいですね、と須貝がいった、申しわけありません。

だが、そのことばとはそぐわない事務的な目つきで、彼女は会員証の整理をしているだけだ。何が、とぼくはききながら、足の方が完全に冷えきっていることに気づいた。すぐ更衣室に向う。背中で、だって群馬の学校じゃいろいろ大変だったそうですから、という答えにもならない妙なものいいの須貝の声がした。

シャワーの、少し熱めのやつを浴びて体を暖めた方がいいという気がする。しかし面倒くさい感じもある。このシャワーはＨＯＴのほうが正常に出て来るまで、この時間では全開にしても五分近くかかる、ちょうどその頃、着換え馴れしている今の女性たちが階段を下りて来ることになるから……。パンツを脱ぐ。タオルで強くこすってやる。すると、今の気分全体にある面倒くささのようなものは、大河原たちの電話や、それに対する須貝の反応からだと思えて来た。後味の悪さのようなもの……。ふいうちにあって十分対応しきれないうちに相手が去ってしまったみたいな、ふいうちも対応のほうもいずれ大したものではないが、でもその後に残った、かたづけ損ねた滓……。

ズボンをはき、チャックをあげ、ゆるっとした感触で思いつくことがある。あの長電話は公衆じゃなかった、とすると、彼らのうちどっちかのアパート下宿の類いからだ。だったら、かけ直してやればいい。番号は……、新井の連絡場所に道代がこっちの消息を書き送ったわけだし、それを住所録に書き留めて置かないはずはない。もう一生用事なんかないという人間の名刺でも、あいつは書き写している……。しかし着終って、クラブマークがついたジャンパーを壁のハンガーから取るときになってはじめて、ところで一体おれはあいつらに何をいうつもりなんだ、とようやく当り前すぎる疑問が湧いたのである。苦笑する。どうだっていいことじゃないか、断ることははっきり断ったんだし……、そのことで彼らに冷たいと思われたって、今も今後も一向にさしつかえない。山内からのはわざわざ速達で来たのに黙殺したくらいなんだ……。

後になって考えてみると、そういう心の動き方とでもいった容子のなかに道代が影を落としていた、と気づく。馬鹿にされていると彼女がいったこと、それへの対抗意識が、構うもんか、どう思われたって、という具合にである。そして、にもかかわらずというべきだろうか、一度めは山内が、二度めは大河原がそれぞれの理由をくっつけながら、あの時期のこと、君の死とその後のことをまとめるようにと、わざわざこのぼくに要求して来た、その事実については一向に頭を動かしていなかったのだ。だから、職員更衣室でのこの時刻、向う側からはこの内部が見えずこちら側からはプールの容子がおおよそわかるように附けられた、淡いローズ色のレースのカーテンとガラス窓越しに、始めた、始めた、と例の女性五人の色とりどりの水着と、水泳帽だけはここの購買部で出している白いゴムのお揃いの、その準備体操を眺めながら、君についての思い出や想像の気持の動きは、何ひとつ、うごめきもしなかったわけである。

ぼくの朝めしは十一時十五分ごろだ。この日も同じだった。ばた足のあと、受付のうしろの事務室で、昨日一日の利用者数を、時間クラス別に色わけしてグラスに書きこむ（この仕事も、ぼくより古くからいる須貝なぞは部長先生の趣味と見ているようだが、こっちは頓着しないことにしている）。受付カウンターの所に出て行って、ファミリー会員の容子を見ながら、ぼんやり一服する。それから下駄を突っかけて、うちに戻る。見ようによっては、この間何もしていないのと同じだ。実際、昼のクラスのコーチたちが揃い始める十一時半過ぎに出勤すれば、仕事に支障がないからだ。それでもぼくは続けて来た。相良にいわせれば、教育者として誠実な人物、ということになるが、とんでもない、朝めしをうまく食いたいだけのことだ。農家育ちの道代は、この〝朝めし前〟とか〝朝作り〟とかいうタイプに似たやりかたを、最初の頃、感激的ないい〝作風〟だといっていた。〝しんしょう持ち〟のいわば大百姓ほど、これをやるというのだ。おかげでぼくの方も、〝丹精こめた朝食〟つまり沢渡にいたときのトースト目玉焼ふうから逃れて、味噌汁とおかずのある御飯というものに確実にありつけることになった。この朝も、靴下の先に下駄を突っかけてクラブの庭に出て来ると、大河原たちの電話へのこだわりはきれいさっぱり忘れて、食欲旺盛な胃袋になっている。

　門の方から間のびしたバックホーンの音が響き、建築用の鉄材や機具を積んだ中型のトラックがはいって来た。お彼岸前に着工という約束なのに業者の怠慢だ、乗りこんで話をつけてやると相良は憤慨していたが、実際に彼がそうしたかどうかは知らないが、いよいよ取りかかるんだな、とわかる。

——杉並スポーツセンター、今まではこの三個のSの最後のSが泣いてたわけだ。しかし、この室内トレーニングセンターがばりんとできあがれば、体操教室、美容教室……。

　青図を見せながら相良がそういったとき、センターはCENTERまたはCENTREだから、いずれにしろ最後のSというのは変で、泣いているのは最後のCというほうが……、ぼくは穏やかにというより陽気な冗談としていったつもりだったが、

——お前、とぎくりとしたように彼は遮って、急に疑わしげな目つきでまっすぐぼくを見据えた、青木はあれか、今回の私の進め方が気にいってないっていいたいのか。

　ぼくはあっけにとられ、それから少し困って黙っていた。おい、と彼がすぐ促す。

——計画は賛成だよ、全面的にだよ。おれはただ、ことばの上の、それだけの……。

——そういう奴だよ、お前は、とこっちの表情からすぐ察したらしく相良は大声で笑い出した、おれがいくら怠けてたからってセンターがCで始まるぐらいお前……、おれは音のオンのほうで、スリーエスっていう、そのオンでSが気に入っているんじゃないか。

ぼくはこういうふうな相良が好きだ。だから続けて彼が自分のレスリング部育ちのままの坊主刈に手をやりながら、青木は田舎教員のこせこせした狭い考えに毒され過ぎた、これからはこのセンターの役員として気を大きく持って貰いたいと附け加えても、素直にうなずくことができた。それは去年、つまり上京して一年目のときで、事前にこちらに報せもせずに、さっさと取締役にしてくれたあとのことだった。大学時代、気心が知れたというほどのつきあいもなかった同級生から、いわば破格の優遇を受けたわけだから、ぼくの方におもねる心がゼロだったとは思わないが、スリーエスは確かに格好がいい、とすぐに答え、Sの字を三個波の形に変形して今のいるかマークの下にデザインしてみたら、と提案した。

——おう、と彼はぼくの肩を叩いた、スリーエスのウエーブの上にドルフィンか。よし決めた。

彼の親戚と称する長髪のやさしげな目附の青年が、それから一週間ほどたってぼくの所へ来た。話通りのデザインが大小とりまぜて十数個あり、青木先生に決定して貰えとおじさんが命令した、といった。ぼくはその青年が一番気にいっているのはどれかときいて、即座にそれに印をつけ、相良のほうに回した。

今、彼の計画に従えば、プールのはす向いに、つまりぼくの〝社宅〟のまん前に、〝ドルフィン・オン・ザ・スリーエス〟のネオンをその上に戴くことになるはずの鉄骨二階建て体育館が作られるわけである。去年中に古いやつをこわして整地したその空地の黒っぽすぎる土の上に、ひよわそうな雑草がつまみ菜色の芽や葉をあちこちに出し、風の中で身じろぎしている。バックして来たトラックが、その前をさえぎる。そして、ぼくは自分が現に着ているジャンパーに、すでにそのマークがつけられていたことに急に気づき、目の左下のそのマークの黒と白に向って思わず独り笑いをした、明日相良がどんな訓示を垂れても、馬鹿にした顔をするのはやめにしよう……。

工事が始まれば騒がしいことはもちろんだが、土埃がはいらないように何か対策を講じた方がいい。そんなことをいうつもりで玄関をあけると、

——新井くん、電話して来たわよ、とすぐに道代の声がとんで来た、酔っぱらっちゃってたんですって。

——新井がか、とぼくは間の抜けた返事をして上って行く。

——大河原がよ、と道代はダイニングテーブルの向うでもうめしをよそり始めている、だから、勘弁してやって下さいって。

何か心楽しいことがあったような、不安定に弾む声なので、少しいぶかしい気がするが、こっちは別に怒ったわけじゃないよ、といってすぐ食べ始める。いつもの彼女なら、箸をつけるのに従って、ひと通りその朝のおかずについてあれこれいい、そのあと自分も取りかかるはずなのだが、今朝は容子が違う。

——ほんとに怒ってないって、どうしていえますか、とこっちの顔に目をとめたまま訊ねるのだ。

——おい、何でもないんだぜ、あいつらのことなんか、とぼくは面倒になっていう、君が口出ししてくれなくても解決したんだ。

——じゃ、なんで自宅の方へ連絡をくれなんていったのよ。新井くんに電話しろってあなたいったでしょ。

——そりゃあ……、つまり事務所で小うるさいことがいやだったから……。

——ただ、ごまかすためだったわけ？

たたみかけるようにいう道代のきまじめさがついおかしくなって来る。きっとこいつも暇な人間なのだ、だから彼らのペースにすんなり乗ったわけだろう。楽に笑ってから、

——まあ、ともかく、あいつらも奥さまにお詫びしてそれで気が済んだんだろう。それでいいじゃないか。



——そうは行かないわ。

——何が……。

——あなたは理解してないわよ。

——だから、何をだよ？

急に道代は黙りこむ。不機嫌に黙りこむと、唇に力を入れるために逆に笑窪ができてしまう、その理不尽な笑窪とでもいうべき左頰をこちらに向けて、電気釜の中をかきまわしはじめた。ぼくは気づかないふりをして、めしをくい続ける。要するに彼らと仲好くしないのが気にいらないのだ。沢渡でのような窮屈でうとましい生活から離れて、ここに来たことを幸運だと思っていながら、一方ではそういう昔をなつかしみたいという、ほんの少し分裂した自分の気持を、ぼくが理解していないと思っているのだろう……。いつの間にか何もいわずに食べはじめている。箸の先でついばむように、少しずつ口に運び、口もと前歯のほうだけで噛んでいるようなやりかた。そしてふいにこっちを見ずに、

——大河原って馬鹿なやつなのよ。と独りごとのようにいった、隔世遺伝で、あの剣道の先生のおじいとそっくりで……。

遺伝の件についてはぼくもさっきそう思ったところなので、ああ、と相槌をうつ。

——ほんとに悪い奴なのよ、と道代は同じ調子で続ける、同窓会の副会長の位置を利用してF体制を支えたんですからね。

F体制などと話の容子が変なほうに行きそうなので気になったが、あの人のいいおじいさん、旧制沢渡中の最後の教頭で、以後活溌ではないにしろ沢渡高の同窓会のために私ごころなく尽した彼は、われわれが知っている限りでも、県の役人から天下って来た藤沼校長と特別な関係は……。

——じゃあ、おききしますけど、とゆっくりと、しかし少し声を大きくして彼女が遮った、あの六九年秋のバリケード封鎖の情報は誰から校長に洩れたと思ってんの？

ぼくはただぼんやりしていた、というべきだろうか。きんぴらごぼうの、そのごぼうのすじが右奥の虫歯を冠せたあたりにはさまって、それを舌の先でどうにか取ろうとしていて……。

——ほら見なさい、なあんにも知っちゃいないじゃないの、と道代は勝ち誇ったような小声でいった。

その通りだ、ぼくは、いやぼくだけじゃなく、全教員がその噂のために、校長から一晩学校内に泊るように命令されて……、にもかかわらず、どうして校長がその噂



を知ったのか、ぼくのまわりでは誰も話しあいはしなかった……、むしろ、われわれさえ知らない情報をいち早くキャッチした藤沼薫という男の管理能力の絶大さにあらためて感心したり、こわがってみたりしただけで……。

——教えてあげましょうか。

——ああ。

——あのあと、ばさばさ処分が出て、そいで、それが真砂君の死なんかにもつながって行ったんですからね。

——早くいえ、もったいぶらないで。どうせ新井たちからの受売りなんだろ。

——いばるんなら教えません。

——じゃあ、いい。昔のことのいい加減な臆測なんか、今ごろ知ったって、どうなるもんじゃないんだ。おい、とぼくはごはん茶碗をさし出し、お代りをいう。

道代は黙って受取って、山もりに盛った。

——半分でいいよ、とぼくはいった。

道代はいわれた通り、その山をけずって釜の中に落し、そこで手の動作をとめると、ふいにやわらかい声で、

――今日、あの人たちが来たら、怒る……、ときいたのである。

ぼくのほうは何か具体的なことに関わってる、と途中から予測できたから、驚きはしなかったが、

――今日？　なんで今日なんだ？　とだけ問いかえした、明日から特別教室じゃないか。

――もちろん、考えたわ、とすぐにいった、考えたあとで、こっちからそういってやったのよ。

――じゃ、あれか、お前のほうが招んだのか、向うが来るっていったんじゃなくて？

――はい、と道代は答える、頭のはのほうにアクセントを置いたので、ひらき直った感じだった、ヘルメットかぶったひとがプラスチックのボール持って挨拶に来たのよ、工事始めますって、明日の朝からですって。だから明日からはうるさいし埃だらけになるし、だから今日じゃなきゃ仕方ないじゃない。だからよ、怒らないでって頼んでるんじゃない、さっきから。

――へえ、さっきからの話は、あれで頼んでるつもりですかねえ、とぼくはいうが、もう道代に押しこまれてしまったと感じている。まあいい、招んじゃったんなら、それでいいさ。だけどあいつらの文集だか住所録だかとは、おれはおつきあいしないよ。おい……。




ぼくはそれで事を打切ったつもりだから、道代の手にあるめし茶碗を催促するために、テーブル越しに手を伸した。

――何すんのよう……、と道代が粘りのある声を出した、招んだのならいいとかなんとかいってる癖に……。まるでぼくから脅迫されたみたいに肩をこちこちにして、茶碗を胸のまん前でかばうようなしぐさをするのだ。

――めしを寄こせっていってるだけじゃないか。おい……、とついこっちもつられて声に弾みをつけてしまう。

――ちゃんと知ってるんですから、あたし、とその姿勢のまま彼女は一気に飛躍しはじめた、あなたが怒ってる理由なんかすけすけにわかってるわ。だってそうじゃない、あなたは真砂君のことやなんか、作文だって論文だって書けやしないのよ、だからあのひとたちが来れば自分が恥をかくと思って……。

――そうだよ、それでいいじゃないか、とぼくは荒っぽくどなる、だから、やつらにのっけに断った、それだけのことじゃないか。お前にがたがたいわれる筋合がどこにあるんだ。めし寄こせ、ばか。

道代はこっちが出している手をわざと避けて、テーブ

ルのはしに近いほうにそっと置く。その茶碗をさらうように取ってぼくは食いはじめた。

——要するに君は格好がつけたいわけだ。沢渡の連中に馬鹿にされたくないとかな。それだから新井にも住所なんか書いてやったわけだし、今日だって招びたくなっちゃう。だから、それはそれでいいっておれはいってる。その代りだ、ぼくには無関係なところでやって貰いたいよ。ぼくのためを思ってなになにしてるなんてことじゃなしにさ……。

めしを食うあいだだけは落着くたち、そういうたちがあるとすればぼくはそうだから、いつの間にか楽な気分になって喋っている。作文も論文も書けやしないといわれたことが、どこか隅っこにひっかかっているが、ふくれあがったり重たくなったりする感じはしない。

——自分の教え子じゃありませんか、と道代は急に低い調子になって台所へ立った。

やつらを招んでも構わないってことで安心したようだ、とぼくはたかをくくり、

——教え子っていうほど教えちゃいない、彼らだってそんなことはよく知ってるさ、と答えた。

——そうよねえ、と引き伸ばすような喋り方で彼女が相槌をうった、あなたなんか真砂君と話したこともな



いし、顔も覚えてないんですものねえ。要するに局外者なんだ。

——なに……、と思わずききかえす。

——局外者ですって、青木先生は。

そういいながら用事もないらしいのに冷蔵庫をあけ、中腰でなかを覗いている。

——トマト召しあがる、先生。あんまりおいしそうじゃないけど……。

ぼくは知らん顔をすることに決めた。大河原や新井たちが来ても会わなければいい。プールに呼びに来られないために、適当な口実を作って街へ出よう。たとえば相良から夕めしを一緒にといわれた、というふうなことで……。

——ごちそうさま、と立つ。

——トマト切ってるのに、今。

——うまそうじゃないっていったじゃないか。結構です。

——逃げるのね、あなたったら、とふいに感づいたらしい高い調子でいって振りむく。手に庖丁がある。自分でそれに気づいて苦笑し、とぼけてあの子たちに会わないつもりなんでしょ？　わかるんだから。

——用事ができれば仕方がないだろう。明日からの教

室も、工事の着工のことも……、どっちみち相良が何かいって来るはずなんだ。

——ずるいじゃない。あたしひとりになんでも押しつけて、と道代はせっかちに手を拭きながら戻って来た。あわてている容子だった。あたしが電話で招んだからって、あなたがすっぽかす理由にはならないわ。逆よ。うちのほうに連絡しろっていわれたって新井君がいうから、あたしはあたしの都合に任されたと思って決めただけなんだから。あなたが逃げちゃったら、あたしこそいい被害者だわ。断るんならあなた断ってよ。あたしは自分で断るのいやですからね。

——わかったよ、とぼくは答えて煙草に火をつける、真砂等史に会ったことがない、顔も覚えてないってお前いったな。

——ええ、違うんですか、青木先生は。

——じゃ、それだけ関係ないおれが、どうしてあっちからもこっちからも書けとか、思い出をどうこうなんていわれなきゃならないんだ、え？

——あっちって、山内先生のことね。あたし知ってるんだ、あなたが断ったこと。

——だから、こっちっていうか、大河原たちのだって、あれじゃないか、たとえば、山内にでも頼めばいいんだ、まったく……。




あっ、という短く息を吸いこむ動作で道代は唇をすぼめた。それからすぐ、あなたって、とより目に近い眼つきでこっちの眼そのものをうかがうように見据えた。うん、とぼくは意味不明のままたじろぐ。なあんてこというの、と今度は口をあけたままでいる。ぼくは自分で自分の眼の奥をのぞくような気分で煙草を消す。左手の人さし指の先に火の小さいかけら。熱い。ふいに道代は笑い出す。そんなバカ、あなたって……。人さし指の爪と肉の間を親指の腹でこすりながら、あっ、あっ、といった勢いでぼくは気づく。やっと気づく。大河原がいって来たのはおれが山内からのを断った、それを知ったからじゃないか、つまり山内のやりかたを日教組＝民青ふうなんとかと非難して、だからこそその山内を黙殺したらしい青木に……。おれがなんだっていうんだ、おれが、とぼくは自分の迂闊さを打消すように力をいれていった、新井や大河原の腹づもりなんか最初から見抜いてたさ、そんなことがわかってないほど、おれが鈍感だと思ってんのか、お前は。じゃあ、いってごらんなさいよ、と道代、山内のほうを断ったために、とぼく、それだけなら他に人がいるじゃない、と道代、他にってお前、と少しあやふやな声でぼく、いろいろ知ってる人ってことよ、書けそうなって、と道代、そいじゃ、なぜおれにいって来やがるんだ、沢高と距離が離れてるから……、それが半分よ、と道代、じゃ、あとの半分はなんだ、なんなんだ。ほらみろ、なんにもわかってないくせに。いえよ。いばらないで頼めばいいじゃないのさ、夫婦の間だから教えてくれって。

——やめたよ、ばかばかしい、とぼくはいった、あいつらに会って率直にきいてみる、そのほうが気分がいい。

——じゃあ、そうしなさいよ。だけど、だとすれば、真砂君のことや遺稿集問題のこと、何か書く、書かなきゃならなくなりますよ。なりますからね。

——いいさ、書くさ。おれは誰に対しても負目なんかない。ストレートに全部書いてやる。

ことばの弾みというようなやつは確かにあった。あったが、いってしまうと、実際に心が動きはじめたことを、少し昂ぶった気分で感じたのである。

——「三無を越えよう」は君が持ってたんだろう、出しとけよ。

——だって、彼女が急におどおどした容子で例の変な笑窪を見せた、だってさ、真砂君の写真をあとから眺めて東横野から自転車通学で来る生徒と間違えたくらい……。

——個人識別もできなかったっていうんだ、そういうのは、とぼくは自分自身のことなのに妙な強気で喋っている、そんなこと大して問題じゃないじゃないか。山内には真砂等史が自殺するって予感があったのか。高村さんはノオトのことばを、そりゃあ丁寧に読みこんだ文章を「三無を越えよう」に載せたよ。だけど結論はなんだ、死んだつもりで生きて欲しかったぐらいのことじゃないか。

——大きい声出さないでよ、見っともない、と道代がいった。

——見っともない？　何が、誰に。

——偉そうにいってて、あとで恥かかないで、ってことよ。どういう立場で書くかも決まってないっていうのに。

——だから、あれを読み直しとくっていってるんだ、どこへ置いた？　奴らが来るまで事務所で読んでるから、すぐ出せよ。

道代はふだんからちょっと窪み加減の丸い眼を、自信なさそうに何度もしばたたいてから、急にうつむいた。本気ですか、ほんとに今要るの、あれ、といった。

かたづけてしまったと道代はいったのである。沢渡から出て来るとき、いらないものは整理しつくした、いらないという意味は、ここを出たら二度と戻るまいというつもりで、それこそ過去の一切をふり切り、棄て去って……、そんな次第だから君の「三無を越えよう」なんか、まっさきに燃やしてしまったはずだ、というのだ。ほんの少し、ぼくはほっとしている。あれを読めば考えさせられてしまうだろうし、それ以上に書くことは苦痛……。

――君が流行歌みたいな気分でここへやって来たとは知らなかったな、とぼくは軽く皮肉をいい、そのために気持がゆるやかになっている。

――流行歌そのものよ。亭主はアル中、女房は不姙ノイローゼ……、ほんとに身も世も捨てたかったんだから、身も世も。

エプロンを勢いよくはずして、道代のほうもうきうきした容子になった。ふふん、とぼくも思う。過去をこうあっさり、それもオーバーないい方で規定できるならば、何も問題はない。少くともおれはアル中だと女房に見られる、そのときの腹立たしい脱力感のなかにはいないし、あいつのほうも子どもの件からはよほど遠ざかった……。

妙なことだと自分でも思うのだが、新井の電話からはじまった気分の波だちがほとんど鎮まってしまったとき、ぼくは自分の部屋の本棚の前にぼんやり立って、君のあの小冊子がどこかに置いてなかったろうか、と眼で探している。六段の棚が三本、そのうちの二本はほとんど、もと教師としては粗末極りない日本史の類い。あとのひとつは探偵小説と、道代の世界文学全集が雑居。眼をたてよこ、たてよこと動かしていると、急に今すぐ「三無を越えよう」を読みたいという気分に陥った。〝ふざけるな!!〟というのが冒頭の一句だったのを思い出す。〝ぼくは血のメーデーの年に生れた、破防法のその年に……〟と続いていたのだろうか。どうも違うようだ。別のことばが出て来る、〝政治とは世の中をいいとおしいものに思えるような働きのこと〟、〝高校生の政治活動禁止？ crazyなのは誰だ〟……、そうだ、こんなことばもあった、〝生徒よ、先生に対して話せ。先生よ、生徒のために話せ〟……。ぼくはきれぎれに浮んで来る文句の中から、君の最後のことば、ローマ字で綴った部分を探し当てようとしている。片矢川の川原で四リットルのガソリンをかぶる直前に書いた、日附と時刻のあるあれ……。それ以前の君のノオト三冊の中にも、英単語まじりのローマ字で、それを淀みのない筆記体で書いた部分が相当量あった……。英語に馴れるための勉強なのか、それとも部屋がふたつ違いの弟と一緒だから日記ふうなメモを読まれたくなかったためなのか。そんなことを山内や高村さんと推量しあったことがあった……、そう、「三無を越えよう」を活版にする再編集の頃だ、あれは。〝三無〟はともかく、〝越えよう〟という題名は少しあっけらかんと明るすぎる、といったふうな軽口をぼくが叩いたのに対して、山内が哮りたった口調で、その明るさこそが死者のココロザシを生かすために絶対必要なのではないか……。

無意識に眼鏡のフレームを鼻の上でほんの少し押しあげる。重苦しい方角へ移ろうとする気持の流れ行きを変えたいと思ったからだ。……青木さんには建設的っていうより、それ以前の段階で不健康な所がある、一種のニヒリズムなのかなあ、と山内はいった、暗さとか病的なこととか、好きすぎますよ、……君好みの教師像とは縁遠いさ、とぼく、ところがおかしなことに君の敵であるF体制もぼくに同じことを忠告してくれた、どう解釈すればいいのかね、……お待ちなさい、いけませんよ、とすぐ高村さんが丁寧に仲裁してくれる、おふたりともヒューメーンであることの幅を故意に狭く考えようとしておって、その辺の混乱がなにをなににしているわけでして、ですから私、真砂に対しても教員としてではなく、一個の人間対人間、もちろん彼はもう対話に応じてくれる存在ではないわけですが、それにしても私たちが校長に疎んじられ、いや明白に憎まれることを承知の上でこうしてこの……。ふいにすぐ後の壁ごしに、老人の悲鳴のような音と、続いて空気をかきむしる耳ざわりな震動が響いて来た。道代の掃除機だ。いつもはこっちが居ないときやるはずなのに、と不愉快な音のほうを振り向く。だがすぐに、お客さまのためと納得する。三月に一度くらいプールのコーチや事務員を招ぶ以外、ほとんど客が来ないのだから、あいつが張切るのも無理はない。部屋の引戸の向うの廊下を這って、掃除機のT字型の先っぽがこっちをうかがうように出て来る。そして、

――困っちゃうなあ、やっぱり洋間にしようかしら、

というせわしない声。

――そっちのテーブルでいいよ、大袈裟にしないほうが、とぼくはダイニングで十分だというつもりで答える。

――違うのよ、と掃除機を押しながらはいって来た、あれじゃ間に合わないかもしれないし、そうじゃないかもしれないし……。

ぼくは手で空を叩くしぐさを往復させて、やかましい

音をとめるようにしむけた。

——ごめんなさい、と弾みのある調子でいって彼女はスイッチを切った、迷ってるのよ、あたし。

——あっちで構わないさ、あいつら学生なんだから別にまともな……。

——学生とは限らないっていうのよ、それが、と道代はいった。いってから髪の毛を叩くようにかきあげ、電話でつかまえられるだけつかまえてみるからって、動員かけるなんていいかたしてんのよ。

——何十人も押しかけるって意味か、とぼくはあっけにとられてききかえす。

——まさか、と鼻先をしかめて笑った、多くて四、五人。先生の肌に合いそうな奴に限定するから心配しないで下さいって。

そういうことは最初にすぱっというもんだ、とぼくは道代に背を向けた。またおこるう、と唇をとがらせる感じでいい、そんなら、そんじゃいいわ、あたしひとりでみんなと話すから、と急に開き直る、そんなに沢高の子たちと会うのがいやでしたら……。ばか、とどなりつけたい気持をこらえるために、ぼくは背中を向けたまま本棚に近寄る。何してんのよう、と道代の声がからんで来る。あたしが自分のお友だちを勝手に招んだんじゃないのよ、みんなあなたのためを思ってなのよ、それなのにいばりくさって、ふくれたりして。ばか、とぼくはやっぱりどなる。どなってから、真砂の文集を探してるんだよ、と声をなごませた。嘘つけ、と間を置かずに答えがはねかえった、燃やしちゃったっていったら安心した顔したじゃない、ちゃんと見てたんだから。




ぼくは振り向いて道代の眼を見かえした。窪んだ眼がこっちの視線をはじきかえすように、意地を張って光っている。若い……、とぼくは鬱陶しくなって気の抜けた声を出した、いい加減にしろよ。何をですか、と態度をかえずに突っかかって来る。沢渡とは縁を切ったわけじゃないか、棄てるだの燃やすだのという具合にさ、だから適当にあしらっとけってことなんだよ、しゃかりきに力みかえることなんかないんだ。いいえ、と道代はいう。そして少し神経質そうに自分の眼のすぐ前のところで視線をちらつかせ、それから急に電気掃除機のスイッチをいれた。やけに体をもたせかけて、カーペットをこすり始める。おい、とぼくは曖昧な声でたしなめた。ふいに掃除機の先がぼくのスリッパに向けて近づいて来る。おとしまえをつけるっていうのがあったでしょ、と騒音の根もとにぶつけるような高い声でいった、ちょっと古いことばだけど、つまりあれです。なにい、とぼくはやや度胆を抜かれてききかえした。あなたが書かないつもりだから、あたしが書くんです、大河原くんたちのあれへ。ぼくはまた、なにい？　とあきれはてていている。道代はふいに体を起こしてこっちを見据えた。掃除機の細い棒はつかんでいるだけで、もう動かそうとしてはいなかった。もちろん名前は青木道代ってわけには行きませんから、あなたのにして貰います。だけど、あの頃のことほんとに知ってるのはあたしだわ。真砂君とだって死ぬ日のお昼前に会ったんだし、それからあとのほうだって、里見の留々ちゃんを蛇田のあの山奥まで連れに行ったのは……。ぼくはどなりつける代りに手を出した。殴りつけるためではない、かしましい音のごたまぜから逃れるためだ。しかし、ぼくの手がスイッチへ届く前に、道代はすばやく掃除機の棒を手もとに引き寄せている。消せ、とこっちが声を出したのと同時に、騒々しさがとぎれた。

——ふざけやがって、なんだ、とぼくはいった。声が大きすぎると自分ですぐ思う。

——あなたが反対することぐらいわかってるわ、と道代はわざとのように声を落とす、わかってるけどあたし、どうしてもやるの、もう決めたの。

——おれの名前で書くってことをか。大河原に約束し



たっていうのか？

——違うわ。あなたって変なひと。

——何が？

——何がって、あれじゃない、代りにあたしが書くなんてことあの人たちに教えたら、全然格好悪いじゃないの。

——おい、お前……。

——いいの、平気。あなたが書いたみたいにやってみる自信はあります。どっちみち、それを書き直したりなんなりすればいいわけよ、あなたが。

——ばかばかしい、とぼくはいった。

——そうよ、ばかばかしいわよ、と道代が間を置かずに応じた、ことば尻を引っぱるようにあげるので、ひどく気楽な感じに聞える、だけど世の中ってそういうことがあんのよ。

——そういうこと？　なんの話だ？

——だって、たとえばあのとき、相良さんに手紙書いてって、あたしがあれだけ繰返し頼んだから、それで結果として……。

——ばかもの、とぼくはうんざりした気分でいった、相良のことと大河原たちと……、味噌も糞も一緒っていうんだぞ、そんなの。まったく道代の頭の中には大

したミキサーがはいってますよ。

——ミキサーって感じじゃないわね、もっと別な機械が働き出したのよ、ついさっきから。たとえば遠心分離器でもあるし……。

ぼくは体をゆすぶって聞く気がないことを示す。もうプールへ戻って行く時間だ。道代の手もとの掃除機の棒を手刀で叩いて、その横をすりぬけた。廊下から玄関まで白い兎の毛のついた毛糸の室内ばきが、鈍いすとすとという音で追って来る。知らないから、あとで後悔しても知らないから、と非難するというよりははしゃぎまわる感じでいう。ぼくは二十センチの高さもない玄関のたたきの下駄の上に、はずみをつけてとんだ。おれだって知るもんか、と捨てぜりふのつもりで答える。大体天から突然降って来たような話なんだ。そこが大事なとこなんじゃないの、と道代が大仰に叫んだ、だからこそまじめに受け答えすべきなんだわ。何がべきだ、行くぞ。待ってよ、と室内ばきのまままたたきに降りて来た。生の問題と死の問題なのよ、これは。

いくら考えかたがとびはねるといっても、こういうやりかたはひど過ぎる。いずれにしろ自分がいいたいことを全部吐きつくさない限り、こいつの考えの道筋がつながって見えることはないだろう。いいなさい、とぼくは観念していった。一から十までまるごと、きちんと。引っこんだ目の玉がそこだけ、笑うようによく光った。ドアの金網いりの不透明なサッシュガラスに顔をしゃくりあげて向けているせいだ。むかしは何も喋りたがらない女だったのに、という心持がふいに持ちあがって来る。少くとも上京するまでは、こんな具合ではなかった……心配しなくてもいいのよ、と道代がいった、こっちの気分をすぐさま見透しているような大人びた感じがする、別に狐つきでもこっくりさんでもないんですから。ちゃあんと生活のデータを研究した上のことなの。能書きはいいよ、とぼくはいった、それにしちゃ真砂の文集を燃すとか棄てるなんて大いに不注意じゃないのかね。思いがけなく道代はとまどった顔つきになった。目玉がまた顔のひだの間に引き戻されたような……。ぼくはドアをあけた。空気は動くが、外のほうが乾いていてさっぱりした肌ざわりだ。まあいいさ、もともと君が字を書けって頼まれたわけじゃないんだし……。道代の答えはない。ぼくは半開きのドアから外を見ている。もう小型のトラックはいなかった。用地の隅に一メートルほど鉄の長い鍵型の棒がぎっちり積まれ、その丁寧さの分だけ黒土にめりこんだ感じだ。道代が小声で何かいった。ふりむいて見るが、口をとがらしてうつむいているので、じゃあ、と体を外へ出す。また道代が何かいった。今度はうなるように力をいれた声だ。新井たちのことは任せるよ、とぼくは急に思い出して答える、君の好きなやりかたで構わないから。ケイオウケイオウエヌアイ、とふいに明瞭すぎるほどの声が返って来た。うつむいたままの顔で、だった、ビイオウケイユーダブリューエイ……。首を少しずつ振り下げ、それで母音の音のくまどりをくっきりさせたいとでもいうような……。ぼくはただあっけに取られて見ているだけだった。エスユーダブリューエイティティイーアイアールユウ！　何かのかけ声のように道代は息を太く吐き出し、ぼくは始めて、それがローマ字綴りをいっているのだとわかる。おい、と思わず中途半端に呼びかけ、答えがないうちに突然、それが君のあれだと悟ったのだった。エスイー……、と強い息つぎをして道代はすぐに続けた、アールアイ、アイピィピィエイアイエヌオウ、エムアイゼッドユウ……ジィ……アイ……ダブリュウエイ……エヌオウ……。ぼくは耳をこらして聞いた。彼女の口もとは見ないで、自分の眼鏡のふちのあたりに、それらの音を文字として並べ直すようなつもりで……。IPPAI ……、これは、いっぱい、だ、……MI, ZU, GI, W……、水ぎわの、か……。

急に道代の声がやみ、こちらを見据えた。ああ、とぼくは少し照れて声を出した。わかったよというつもりでだ。しかし道代はそれには反応を示さず、どちらかといえば不愉快なことを強制されているような、眉をきつくしかめた顔で、君のあのことばを暗誦して行ったのである。



川後石ブリッジの二百メートルしも
片矢リヴァーの川原の左っかた
レフトサイドミーンズ、海のほうに向ってです
砂を採るひとよ
砂利を掘って行くひと
ぼくを見つけたら　告げてください
トラックに積むひと
運び去るひとよ
ぼくを見つけたら………

なぜそらでいえるほど覚えこんだのか。理由はもちろん、時期がいつごろのことなのか見当もつかなかったけれど、それを聞き出そうという気は起きなかった。それよりも、ぼくが知らない薄ぼんやりした暗がりのなかで、この女はあの若草色の小冊子を読みふけっていた……、その色がほとんど軽薄といっていいほどの色調だったから、墨絵でデザインされた実物大の蟬の姿が間

違えてこぼした墨汁の滲んだしみのような感じに見える……、あれを縦にしたり横にしたりしながら、SERI IPPAI NO MIZUGIWA NO, SERI NO HAENAI NAMENDŌ, という文字づらを、道代はぼくが知らないある時期、飢えた動物がそうするようにがつがつ飲みくだしていたのだ……。いまいましい……。ぼくは暗がりの中の彼女のその姿格好に、いやその暗がりのじっとりしたような空気に対して、いまいましいほどの嫉妬を感じていた、ということにでもなるのだろうか。靴下の爪先から脱けて行きそうになる下駄を、蹴りつけるように突っかけ直して外へ出た。ビルをビルドというのか、と道代は少し早口になりながら同じ声音で続けていた、そのビルのウィンドウの向うに坐っているひとびとに……。ぼくは下駄をせわしなく、前歯の方でずって歩いた。それをこの世の仕事と信じている……、とそこまで明瞭に聞え、それから急に声が遠ざかった。ふりむいてみる。と、あけっ放しのドアの向うには道代の姿は見えなかった。

　春休み特別教室の生徒数を、年齢別にグラフに作って行きながら、ぼくは君のことばの続きを、道代が止めてしまったあとのところから思い出そうとしている。須貝が手まわしよく大型の方眼紙と六色のサインペンを机の上に用意しておいてくれたので、ここへはいって来るとすぐ、プラモデルにしがみつく小学生のようにジャンパーの袖をたくしあげて取りかかったのだが、道代がぼくにしかけたあやしげな呪文は動機が他愛もないもわもわしたものだとたかをくくれる分だけ、かえって効果が大きかったといえるかもしれない。なぜなら、あいつみたいに感情的にならずにおれの方は客観的にといったふうに自分の態度を決めこんで、その上で君のことばを思い出すことに熱中しているからである。まず単純な文脈に整理してしまおう、冷静に分解するんだ、という具合にぼくの頭は動き始めた。川原に坐っている若者がいる、彼は自分の死体を見つけるだろう人に呼びかけることばを用意している、見つけるのはあそこの川原だから当然砂利屋だのダンプカーの連中、その連中に托して世の中のおさまりかえった人々に抗議のことばをいおうとしている……。そんな考えの最中ぼくはまったく出しぬけに、実際に君の遺体を発見したのが芹摘みのおばさんの二人づれだったことを、出しぬけではあるが、川原という風景からはごく自然な連想として、思い出させられたのだ。君が川原にくだっていった側とは対岸の高瀬村からやって来て、ゴム長で背中に竹籠をしょって浅瀬を渡りきったとき、あおむけにひっくりかえった形で倒れている人間に気がついた、ということになっている。発見したあとそのおばさんたちがどうしたか、君の体に手を触れたのか、あるいは見ただけであわてて警察に通報したのか、そのあたりのことは、ぼくは何も聞かされていなかったように思う。そうだ、君のお父さんとお母さんの連名の文章の中に、正座をして火をつけたらしいが死にきれずにころげ、ころがりまわったらしい、という意味の簡潔な描写があった……。足先はガソリンをかぶっていなかったせいで全然焼けただれてはいなかった、というふうに……。

薄緑色の方眼紙の網目がふわっと眼鏡のすぐ前でぼやけて来た。左手で透明な定規をおさえ、右手に黄色のサインペンを持ったまま、そのままの姿勢でしばらくぼくは茫然としている。頭の中に乾いた海綿のような部分があって、それがみるみる自分ではどう手の下しようもなく、水気を吸い始め含みこんでふくれるような感じだった。そして、あきれたことに、君の顔かたちや姿勢がはじめて鮮明によみがえって来たのである。君の、というのは間違いだ。君の写真を見て、そのとき記憶した白黒の画像の、である。「三無を越えよう」には君の写真が四枚だったか五枚だったか載っていて、お祭の法被を着た幼年期のや、小学校入学のときのや、友だちと旅行先で写したのやがあったはずだが、その一番最後のやつの



……。恐らくあの年の夏の終りか秋口の、黒っぽい薄手のセーターのV字にあいた胸の両側に、無造作に首からかけた手拭がぶらさがっていて、白っぽい綿パンに、そのポケットに両手を突っこんで立っている……。膝から下がない七分身の写真だから足ごしらえは不明だけれど、どこそこ高原のなになに尾根にて、とでもいった空気が背後の茫漠とした曇り空の中にある。そのなかで、君は両方の肩をほんの少しそびやかしていた。まるで、こちらに向って、まだピントが合わないのかい、適当で平気だってば、と声をかけ、その拍子にズボンに入れた両手をポケットの入口で突っぱるようにする。その動きがごく自然に肩に伝わり、すぼめるともそびやかすともつかない丸みを作って、その肩がVネックのせいでがっしり長く見える首と巧みで気持のいいバランスを感じさせる……。それと眼鏡の顔。唇の両端を気持吊りあげて前歯を見せている。その笑っているような、それでいて笑いを閉じこめてしまっているような表情が、今ありありと見えて来る……。君看ヨ双眸ノ色、語ラザレバ愁イナキニ似タリ、と高村さんがいった……、ものを考えてない顔だって意味ですか、と不用意に山内さんがきき、いや逆でしょう、と高村さんが苦笑する、考えがあってあってあり過ぎるから、ですね、青木さん、とぼくのほ

うを見る、……芥川だか太宰だかの作品の中に出て来るやつでしたか、ともっともらしくぼく、……いや忘れました、とこの穏やかな国語教師はやわらかくかわした、近ごろはどれが誰のことばなのかさっぱり思い出せません……、それにもかかわらず山内がしつこいやりかたで食ってかかる、太宰や芥川みたいな敗北主義者と真砂の死を一緒に扱うなんて、そういう態度は問題の所在をずらすっていうか、端的にいえばこの沢高の体制をネグったところで真砂の死を見てしまうという決定的な……。

おれは一体何を考えてるんだ、というつもりで、定規を取上げ軽く頭を叩く。軽っぽしい気の抜けた音。タンタカタッタスッタンタン、と叩き続ける。ふいに忍び笑いが聞え、須貝が暖房のためにあけたままにしてあるドアのところから覗いている。うん、とぼくはあわててききかえし、姿勢を起こした。須貝はつつっと足早に来て、まるで内緒ばなしをする口調で、

——先生、お疲れみたい、という。

——いや、むかしの友だちのことを急に思い出してね、とぼくは反射的に正直に答えている、もう死んでしまった男のことだが。

——お友だちが亡くなられたんですの、と彼女がいぶかしげにききかえした、ずいぶん若死にってことになりますわね。



ぼくはとっさに苦笑して顔をしかめた。友だちといえば確かに同年代をさすわけだ。そのうえ生前の君とは交渉が何もなかったんだから、こんなことばはなおのこと奇妙なものだ。

——部長先生、とまた内緒ばなしのように須貝が声をひそめた、教え子だっていう人が訪ねて来ちゃいましたよ。

——新井たちが、とぼくもつられてあわただしいいいかたになった。

——名前はおっしゃらないんです、髭もじゃもじゃの、頭ももじゃもじゃの……。

——それで、なんだって?

——青木さんのところへみんな集るらしいから、それで来たっていうんです。ほんとですか?

やれやれ、という気分になった。誰だかわからないが、こんなに早い時間から押しかけて来るとすれば、夜にはわんさか溢れるという始末になりかねない。

——お断りしましょうか、理由はなんとでもつきますから、と彼女が急に事務的な口調でいった。

さしでがましいじゃないか、とぼくは思わず荒っぽい声でいって立った、個人的ななにに首をつっこんで貰う

ことはないんだよ、君。虚をつかれた形でそりかえった須貝の小作りの顔が、肩のすぐ横にあって、はあ、とこもった声で答える。そして、髪に巻きつけた薄紫と薄桃色のまじったスカーフを直すまねごとの手つきで、こっちの眼をうかがっている。いやあ、とぼくは意味不明な八つ当りをしたことの弁解をつい始めてしまう、家内が昔の生徒たちの顔を見たいっていうんだ、子どもがいない女の気晴しを禁止するわけにも行かないってわけさ。定規とサインペンを机の上に放り出し、受付のほうに向う。みなさん多勢集るわけですか、とすぐに須貝が妙に押しをきかせた声でいった。多勢って……と受けながら振りむいて見ると、化粧のしすぎで茶色じみた顔が、まっすぐぼくのほうに向けられている。多勢っていっても、とぼくは不審な気持で繰返した、別にこのプールを借りるわけじゃないし……。でも、みなさんみんな昔の仲間の方でいらっしゃるんでしょ、と彼女が早口にいった。仲間？　生徒ですよ、生徒。沢渡高校ってとこでぼくが教えてたんです。伺ってます、相良さん……、専務さんから、と表情を変えずに須貝がいう、そのとき騒動を起こしたひとたちが集るわけですね？　おいおい、とぼくはとっさのうちに彼女の真意がわかりかけて近づく、相良は何ていってるか知らんが、今日来る連中は騒動とかなんとか、そんなあれの……。だって、暴力学生なんでしょ、と須貝はとっておきのことばだというように力をこめた、左翼の、極左暴力集団の。

しょっぱい顔とでもいう他ない顔を、ぼくはしていたのだろうと思う。けたたましい大声で笑いとばしてやる、そんな気分が起きなかったわけではない。相良の体育会系そのものの誤解も、それを鵜飲みにしているこの女の思いこみも、ぼく自身にとってはお笑い草以外の何物でもない。しかし、ふだん手際よくあらゆる雑用をこなして行く彼女の濶達さからみると、今の大袈裟過ぎる警戒心はぼくに対するほんとうの底意というか、底意の角度をあらわにしているように思える。つまり、あれなのだ、こいつは相良の言いつけに従って、ぼくが怪しげな行動に出るかもしれない、その行動を看視していたに違いないのだ。スパイ。そう考えれば一挙に腑に落ちるではないか。あれはむかしむかしちょこちょこっと手をつけたことがある子なんだよ、と相良が最初の頃いったことがあった、今は全然だけどね、でもそういうなにだから金銭のことも他のことも信用してくれていいぜ。そうだ、なんのことはない、相良自身一番信用している須貝の目を通して、ぼくを見張っていたというわけなのだ。事柄のばかばかしさ加減よりも、そんな単純なことに頭がまわらなかった自分の迂闊さ加減が腹立たしくなって来た。

——相良に報告しときなさい、とぼくはわざと無表情な声でいった、杉並スポーツセンターにも季節はずれの造反運動が起こりかけてる、大変だ、機動隊を導入しろ……。

——やだあ、と須貝が首を振り肩をよじった、私、部長先生のためを思っていってるのに、いじめないで……。

——いじめる？　どうして？

——だって、私が専務さんに何でもいいつけるスパイみたいにいうんですもの。

顔のわりにがっしりした体をくねらせるようにゆすぶっている。当り前すぎることで恥かしいが、この女は相良と寝るときどんな姿をするのだろう、とつい思う。部長先生、と何かを催促するように須貝がいった。ああ、ああ、とぼくは答える、スパイだなんて、そんな失礼なことを君……。そこまでいいかけると、急に気持が晴れた。冗談にしても許せることじゃないぞ、とぼくは笑い出し、その顔のまま部屋の区切りを抜け、カウンターのある受付のコーナーへ出て行った。三、四歳児と幼稚園児の時間だ。今日が普通クラスの



最後の日というせいで父兄の数がいつもの二倍ほど。冬の間附き添いの母親たちを吹きさらしの表の見学椅子で待たせるのは気の毒だからと、カウンター前の廊下や時にはプール内のドア側に入れていたのがそのまま癖になって、今も二十人以上のひとびとがはいって来ている。まあ、このくらいわさわさしているほうが、親たちに競争心を起こさせるという意味では都合がいいともいえるのだが……。よう、とその人ごみを探すまでもなく野太い声がとんで来た。見る。なるほど、長髪に髭もじゃら、茶のコールテンの上着……。しばらくじゃない、と細い目の目尻を下げて、幅広の顔が近づいて来る。こいつは、これは……、見覚えがある、覚えがあるんだが、名前が、呼び名が出て来ない……。君はあの、例の……、とことばだけがせきこんでしまう。髭の中の口がその髭をひっぱるように笑った。モテキ、と区切っていった。ああ、とぼくはたちどころに思い出す、茂木か、茂木秀次のほうの、虻田の……。茂木は金茶色があちこちに固ってまじった髭をこくこく動かし、虻田の山猿、と快活に答える。それが髭猿になったわけか、とこっちも楽な気分でいう、何してるんだ、そんな面構えで。遊びだよ、主に、といいかけて細い目をしかめた。後に須貝が戻って来ているのがわかった。おれの部屋へ

来いよ、とぼくは奥の事務室を指で示した。見に来ただけなんだ、と茂木はいい、女性たちの背中ごしにプールの方をのぞいた。おれ、水道道路の向うっかたにいるからね、時々ここの横通って、こんなとこにプールがあるってんで、おもちゃみたいな色のこのテント見てたんだ、まさか青木さんがおさまりかえってるとは思わなかったもんな。母親たちの二、三人がそのあけっぴろげな喋りかたにつられて、遠慮のない眼でこっちを見ている。おい、とぼくは背バンドのついた上着に声をかけた、茂木、きみい……。いいんだよ、と彼は振向きながら答えた、中へはいってみたいんだ、気にいったよ、ここ。そして、カウンター越しにその髭をま近かまで寄せて来て、重役だっていうじゃねえか、先生、と小声でいった。ぼくがその態度をほんのちょっとうるさいものに感じて口もとに力をいれたとき、真砂が死んだのもまるまる無駄ってわけじゃないわけだ、と一層低い声でいう。ひどく遠い出来ごとのようにあっさりいったので、うん、とぼくは意味がよくつかみきれないような、ぼやけた返事をしただけだ。

午後二時をほんの少し出た時間、ふたクラス六グループのレスンの最中だった。幼児たちの声は騒々しいというよりは、こまごました反響がもつれあってひとつの太



い帯になり、靄のように青っぽい水の上に漂っている。暑い、と茂木がすぐにいい、いや丁度だとぼくが答えるが、その声も水面のほうに吸いとられて行くような、たよりない耳ごたえだ。六、七人ずつのグループだから、約四十人ほどが男の子も女の子も同じ臙脂と白い縞の帽子で、ドアと反対側の二十五メートルのサイドいっぱいに広がっている。飛込み台とシャワーの間へ茂木の体を押してやりながら近づいて行く。一番手前に未経験のグループがふたつ。ここだけはコーチが女子で、その手拍子に合わせて、サイドに腰かけた小さい生徒たちが膝を屈伸して水をこねたりはねたりしている。いい月謝取るんだろうなあ、と茂木がうなるようにいった。良心的にやってるよ、塾だの音楽のなにに比べれば安すぎるぐらいさ、とぼく。すぐ眼の下の水の中にいるコーチが、気配でちらっとこっちをうかがった。女子の体育大の三年といっていたろうか、肩幅も筋肉もみごとにかさのある今泉君。こらっ、と出しぬけに軽快な声をあげ、茂木の髭面に気をとられてぼやっとしていた色白の男の子に水をひっかけた。そして、ホイチ、ニ、ホイチ、ニ、と心持高い調子になって手拍子を続けて行く。うしろから茂木がぼくのジャンパーを引っぱった。ふりむくと、こっちの体をそのまま取りこむようにシャワーの隅のほうへ

連れて行こうとする。頼むよ、先生、と彼はいった。何を、とぼくは一瞬びくんとしてききかえす。真砂の死も無駄じゃなかった、とついさっき彼がいったことばが頭にひっかかったままになっているからだ。ぼくは君らに何か頼まれたりする筋合は、基本的にはなにひとつ……。

——変なこというなよ、といぶかしそうに茂木がいった、まだ頼んでないじゃないの、何も。

——だからさきにいっとくんだ、大河原や君たちが沢高時代のことをどう考えようとも、ぼく自身は……。

——今の話ですよ、昔のことじゃなくて。おれ、あんな具合の先生っていうの、コーチっていうの、それにしてくんないかなあ。泳ぎだったらガキどもに教えるぐらい……。

——ああ、とぼくはすっかり気抜けして答えた、好きなのか、こんな……。

——見てみれや、と茂木は上州なまりでいった、あの若い女めらの、あの……。

彼が軽く歯嚙みをするように髭をゆすぶらせている方角は、正面ドアのすぐ横から外の入口に続く四、五メートルの廊下で、そのガラス一面にぎっしりと父兄が……、ぼくはいつも父兄と呼びならわしているが、茂木のことばでいえば若い女めらがひしめくようにプールの中をのぞいていた。確かにそのさまは不自然だ。中庭に面したずっと広いずっと明るいガラスの向うには一人もいないで、まるでとじこめられたように狭いひとつところに……。ほんらい附き添いも見学も表でということなんだがねえ、とぼくはいった、こうして見ると珍妙だな、われわれが屋外にいてあの人々が室内にいるような……。うといなあ、そんなんじゃねえってば、と茂木がさえぎった、あの若いおふくろさんたちは自分のこどもの屁もない練習ぶりを、あんなに夢中で眺めてると思うかい？　そうじゃないとすれば何を……？　だからさ、おれ、なってみたいっていうんだよ、海パンいっちょうの裸でさ、あれだけ沢山の女がじいっと見てる……。

ばかばかしいというよりは、大いに愉快な気がした。何やら芸術青年気どりのこの茂木も、まだまだ例の虻田の山猿……。見られて快感を感じるのは女じゃないのかね、とぼくはからかってやる、その髭もじゃらでじいっと見られたいとはおそれいった。何いってんだ、と彼は妙に真剣そうに突っかかって来た、おれはたちちょうどなんだ、ぴんぴんにおっ立ったおれのずばりを、ああいう女たちの眼の前にびゃあーっとさらけ出してみたいと思ったっていいじゃねえかよ。そういうのが生きてるって実感だからな。結構だよ、とぼくはたちまちうんざりしてしまう。そういう要求だったら、どこかの市民プールの看視員になって笛でも吹いてるんだな。もっとも五月の末頃申しこんどかないと、大学生の夏のバイトとしてはみんなが狙いそうな通俗的なやつだから……。ちえっ、ちえっ、と茂木はいかにも古くさいやりかたで舌うちした、そんなに高尚ぶることはねえだろう、杉並スポーツセンターとかなんとかいってさ。

　陽気なからみ、とでもいったふうな彼の口ぶりをぼくは急に負担に感じはじめている。仕事中だからとどなりつけて追い帰してしまいたい。ためしに一回だけやらしてみてくんないかなあ、と茂木がこっちの顔色に気づいたらしく穏やかにいった。だめだね、とぼくはすばやく答えた、そんな髭をむしり取って坊主刈りになって体育大へでも入って、きちんと資格を取れば別だけど。なあんだ、と彼は投げ出すようにいってコーチたちのほうを見た、みんなそういう連中か、そんなら最初からいってくれりゃいいんじゃねえか。戻るぞ、とぼくはいった、こんな所にいるとコーチが看視されてるんじゃないかって気を廻すからな。ドアのほうに動きかけたとき、ぽつんと一粒、大粒の水滴がジャンパーの肩に落ちてはね散った。そのためかどうか、急にこの室内の空気を暑くてたまらないものに感じる。そんじゃさ、と茂木が追って来ながら声をかけた、先生はさ、青木さんはどういう資格でここにいるんだよ？

　久しぶりに会えば誰でもそう訊ねるに違いない、そういうありきたりの質問だったにもかかわらず、わき腹を出しぬけに突っつかれたときのようにぼくは体を無意識にちぢこめた。蒸れが顔に向って四方から押し寄せて来るような感じがする。茂木の体がすぐ横に来て並んだ。茂木、とぼくは声を押えるようにいった、お前何しに来たんだ、ここへ。おれにケチをつけるために集ろうとしてるのか、お前たちは、といった類いのことばがつい口もとまでのぼって来ている。ううともああともつかない曖昧な、それでいて妙に響く頓狂な声を彼は出した。そしてすぐ、先生の奥さんがみんなにごちそうしたいって、それで招んでくれたんじゃないの、といった。それはそうだけど、とぼくは少し気持を挫かれている、そうらしいけど、今のおれの仕事をどうこういって貰いたくないもんだね。どうこうじゃないってば、と茂木はまた大きい声を出しプールの中をひとわたり見まわした、羨ましいからきいてんのがわかんねえのかなあ。しかしあれじゃないか、とぼくは思いきり悪くききかえしている、さっき真砂が死んだことがなんとかみたいな、からむようなことといったじゃないか、君は。ああ、あれか、とごくあっさり茂木が答えた、里見留々ちゃん、留々子がいつかいってたのを真似したんだ。里見、とぼくはぼんやりした声でいった、あの子がなんでそんな……。あいつ来ますよ、と茂木が急にきびきびした口調でいった、おれが迎えに行くことになってるんだ、これから行くんです。

後になって考えると、里見が来るのはまずい、まずいことが起こる、と自分でもびっくりするほどストレートな直感がとっさにひらめいたのは、あの日の結果を思い合わせてみて、かなりいい勘だったといえるかもしれない。あの子はまずい、だめだだめだと拒む感じが、はっきりした根拠を持っているわけではないのに、日ざしが急にかげるように目の奥を横切り、おい、やめろよ、そんな……、と声になって出たのである。うん？　と彼がおうむがえしにきいた、やめろって……？　ああ、とぼくも反射的にいう、迎えに行くとか呼んで来るとか。そいじゃ知ってたんか先生は？　何を？　留々子がやってることやなんかさ。知るもんか、今お前から聞いて……。水商売、先生と同じで。同じ、何が？　その冗談をここへ来たときからいおうと思ってたんだ、水商売で成功したどうしっていうんを。三年もか、あれから三年間も彼



女はそういうなにを……？

——たまげちまうよなあ、と茂木はいった、新宿でスナックなんか経営してるんさ、留々子と来たもんがさあ。

——経営ってお前……、とひどいことを聞かされたようにぼくはうろたえている、見たのか、その場所でやつがなにしてるのを……。

——目螢が飛ぶってんはこういうことだよなあ。くらくらっと……。

——目螢が？

——先生覚えてないかね、真砂が書いてたじゃないの。東大のさ、安田んとこの感想でさ。

——忘れたな、おれは。

——あそこのてっぺんから火焔ビンぶん投げた、あれがコンクリだかアスファルトだかの地面に落ちて、ぼうって燃える……、あれ、テレビで始めて見て、真砂は頭のうしろのほうに目螢が散ったとか飛んだとか、そんな具合にさ……。

——それが、どうしたっていうんだ、とぼくは苛立った声できいた。正面ドアのまん前まで来ている。

——おれ、あいつの文章が出たときから、あそこが大事だと思って読んでたからね。真砂がガソリン使おう

と思ったんは、ベトナムのあれとか、由比忠之進さんとかさ、そういうほうのあれじゃなくて……。

茂木の場合、声が太くてまっすぐなせいで、それに細いニュアンスがこの中の騒音で潰されているせいで、お喋りという感じはほとんどなかった。ぼくは何か答えて話を打切りにしたいと思うのだが、じっとりと温度のある空気がのどを越して行くのが気になるだけで、ことばは出て来ない。ひときわ高い女の声が響き、一番端の子どもたちの一団がもつれあうようにシャワーに向って来る。ぼくは急いでドアの銀色の取手をつかんだ。コーヒーでも飲むか、と決断力のない声でいった、割合うまいのが取れるよ。ドアを引っぱる。いつものことだが、パッキンがしっかりしすぎているために圧力が耳の底を押して来る。もしそうじゃないとすればさあ、という彼の声が急にくっきりした輪廓で聞えた、あんなやりかたを択んだんはどういう理由からですか？　ドアを思いきり引いて、ぼくは冷たい空気の側へ体を入れかえた。すぐ目の前の一段高い所に須貝が立っていて、部長先生、といった。

彼女がそういっただけでするする戻って行く向うに、道代が立っているのが見える。入口からすぐのカウンターのとっつきにいて、顔をまっかに上気させていた。




近づいて行くと、来ちゃったのよ、もう、と顔をしかめていう。ああ、いるよ、蛇田の彼、とぼくがふりむきかけると、違うわ、新井君と大河原君よ、と道代はいった。それから済ました顔でカウンターの中の椅子にきっちり坐っている須貝のほうをちらちら見て、何も支度してないじゃないの、どうなさるつもり。それは誰が聞いてもぼくをとがめだてているような口ぶりだった。茂木がすぐうしろに来て、暫くです、と声をかけた。だが、道代はそれに対しても、早く来るのなら来るっていってくれればいいのに、と同じように突っかかるいいかたをするのである。あれしよう、とぼくはあわてていった、とりあえずぼくの部屋のほうで……、新井君たちにもこっちへ来るようにいってくれないか。突然道代が腕を伸し、左手の手首をぎゅっとにぎった。そして引っぱる。だめよ、あのひとたち、と唇の先で小声を出した、べろんちょんに酔っぱらってるんだもん、ここへ連れて来たらあなたが大恥かいちゃう。それが聞えたのか聞えないのかわからないが、須貝がはきはきしたものいいで声をかけた。

——私で何かお役に立つことがありましたら、どうぞお申しつけ下さい。

——いえ、いいんですの、とすばやく表情をかえ、張りあうように愛想のいい声で道代が答える。

——でも、もしなんでしたら……。どっちみち明日から教室ですので、ここ五時にはしめますから……。

——あら、お仕事が終ってからなんて、須貝さんにそんな……、とぼくの手首を放した手で空をうつしぐさをする。

そらぞらしい奴らだ。お互いに相手をきらっているくせに、父兄が見ていると思ってオーバーにやっている。須貝にしたところで、ぼくのところへ来て、お盆ひとつ運んだことがないというのに……、それを道代はにくにくしげに何度もくりかえしていたはずなのに……。

——おい、里見留々子君覚えてるだろう、とぼくはいった、彼女も来るらしいぞ。

——まあ、道代はしぐさの続きで一度目を見張ったが、留々ちゃんが……、と呟くうちににわかにイメージが湧いて来る容子で、なつかしいわ、なつかしい、と目をひっこませてしばたたいた。

——あの……、と須貝が椅子から立った、女性のお客さまも……？

——お客さまなんてもんじゃないの、と道代は急に勢づいたようにいった、女の子なのに生徒会長してたひと、青木が教えてた高校のよ。

——そうですか、共学なのに生徒会長をですか、と須貝は美談を聞いたといった笑顔になる。

——勉強ができただけじゃないの、それが。陸上競技のトラック、あの走るやつ、あれの選手だったわ、八百メートルかなんかの。

——わかります、わかります、だから人気があったんでしょ、男の子にも。かかあ天下の本場ね、やっぱり。

——でもねえ、と道代が急に調子を落した、その子の次の次のクラスから女の子は取らなくなったのよ、共学が廃止になっちゃって……。

ぼくはその室内ばきをスリッパの先で軽く押した。忙しいんだろう、どうするつもりなんです？　道代はぽかっと口をあけてぼくを見かえし、それから須貝のほうをゆっくりうかがうように見た。須貝がふいうちにあったようにどぎまぎした顔つきになる。ごめんなさい、気がつかなくて、と低い声でいいながらぼくのほうにその顔を寄せて来た、今日はもう何もないと思います、ですから、先生はおたくのほうにいらして下さっても……。

うーんとぼくが曖昧に答えかけたとき、道代の足がこっちのスリッパの上に重なった。重なってから甲の上をはい上るように動き、爪先でぐいっとねじるように力をこめた。

こもれる狂気、あぶれる力、
榛名は嗤う、片矢はなみだ……
この歌、君は知っていただろうか？　もしかしたら君の死後急にはやり出したものかもしれない。片矢はなみだ、というあたりに君を偲ぶ気持が、憤激とともにこめられているような気がするからだ。もと歌は旧制沢渡中学の校歌で、大正の初めに作られたものだという。ぼくはもちろん、今一緒に歌っている新井も大河原も、そのもとのほうはよく知らないはずだ。
藤沼薫る、息が詰るよ、
世界の果てに、遠くぞ逃げん
ぼくはすでに酔っている。酔っているから何度繰返してこれを歌っているのか、わからなくなっている。道代がプールからそのまま買物に出かけて行き、ぼくが茂木と一緒にうちへ戻って来たとき、朝から酔い続けだという大河原がどなっている声が表から聞えたのである。藤沼薫る、のところを、こら、てめえ、藤沼薫う！　と呼び捨てに校長の名を叫んで置いて、息が詰るうぞお、世界の果てに……、と歌に戻って行く荒っぽいやりかたで、だった。
そんな始末だから、久方ぶりの挨拶どころではない。



禁酒してるんだって青木さんよう、と大河原がこっちの顔を見るなり立上りもせずにいう、根柢的にあんたは人生を失ってますよ。すいません、とすぐ新井が謝った、こんな具合だからタクシーんなかで寝ちゃえば、そのまんま下宿へ引き帰すつもりだったんだけど。あの歌が出るようじゃ引き帰すわけにも行くまい、とぼくはいって、道代があわてて用意したらしい洋間の机の前に坐りこんだ。彼らが持って来たに違いない飲みかけのウイスキーが一本とチーズやチョコレートのつまみ。正月に飲んで以来だから、ビールからゆっくり始めたいと一瞬思う。ビールないのかな、ここんちは、と茂木が部屋の戸口から大人びた声でいった。だからさ、先生ずうっと禁酒してるってんで、申しわけなくてさ、と新井、いや、君らが来たからにはがっぷり飲もう、腰を据えてというところだ、とぼく、飲んでもよろしいってお許しが出たんじゃねえか、いま奥さんから、ちゃあんと知ってるんだ、と大河原、てめえ、そんな挨拶があるかよ、と茂木がいきりたった口調でいった、おれにもひとことも挨拶しねえってのはどういうんだ。挨拶、と大河原が濁った声ですぐ応じた、いいかたを教えてくれりゃその通りいうよ。よせってば、お前、と新井がそのそびやかした肩を押えかけたとき、茂木がするっとぼくの横を抜け、机をまわって、ジーパンと白い靴下の足で大河原の肩口を蹴った。でんぐり返しのうしろ向きをやって失敗したときのように、大河原は両脚を頭の真上よりもっと向うまで持ちあげ、それからどさっとその脚をカーペットの上に投げ出した。一度上半身をぐねぐねさせたあと、そのまま動かないでいる。

　がき、だらしねえ、と茂木はちょっととまどったような低い声でいった。なんだよ、茂木は、と新井のほうがたかぶった口調になった、問答無用で喧嘩しかけるなんてさ、先生んとこでさ。とぼけんなよ、芋洗い、と茂木は髭を指先で強くこすった、おれがなんでこいつを怒ってるのか、知ってんだろ、お前。ああ、と新井はいい、ぼくのほうをちらっと見た。なんだ、いってみろよ、とぼくは気軽にいってやる。伸ばしていた足を二、三度ばたつかせ、大河原が勢をつけて起きあがった。おれいうよ、おれ、と机に片方の肘をつき、幅の広い肩を斜めにひねった、六九年十月の終りのおれたちの最初で最後の主体的な……。簡単にいえばさ、と新井が早口で引きとった、先生はもう知ってると思うんだけど、あのバリ封鎖の情報が校長に洩れたやつ、あれはさ、大河原がじじいに喋っちゃって、じじいは同窓会の副会長だからさあ……。うん、うん、とぼくはわかっているような顔で答えた。道代が今朝いっていたのはこのことだと覚ったからだ。ふたつのタンブラーにウイスキーをつぐ。

――ほんとはな、今ごろそんなこといわれたって意味ねえんだよ、と茂木が腰をおろしながらぼくからウイスキーを取った、バリやってもやらなくても、おれたちは今ごろこんな面してたと思うよ、こんな具合に飲んでな。

――だろうね、とぼくもいった、やってもやらなくても真砂は死んだ、そういう気がするよ。

――なんだよう、とまたからむ口調で大河原が机をゆすぶった、青木さんなんか何も知らねえくせに偉そうなこというなよ。

――やめろってばよ、と新井。

――やめねえよ、と大河原がまたいう、ひとつだけいっとくぞ、おれは。

――ああ、いえよ、とぼく。

――藤沼校長が青木さんを他の先公よりいびらなかった理由。校長はね、あんたのことどういう人間かわからなくて薄気味悪かったんだってさ。冗談じゃないよ、事の真実においていうならば、青木教諭は何も考えていなかったから、空っぽだったから、校長はわけがわからなかったに過ぎない！

ぼくが思わず笑い出しそうになったとき、いい過ぎだぞ、大河原、と新井が情ないような声でいった、青木さんは絶望的にノンポリだけど、生理的には反逆者の面があるって、むかしお前も……。ありがとう、とぼくはコップを持ちあげて一口飲んだ。君らのいうことは正しいよ、頭が空っぽじゃなくて、どうしてこんなところでプールの見張人なんかが勤まると思うかね？

大河原と新井が顔を見合わせ、そして何かうさんくさいものを見るような疑わしそうな眼でぼくを見た。ぼくはストレートのウイスキーをのどにぶつけるように飲みきって、すぐにまたついだ。タンブラーに三分の一以上もたっぷりついで、その半分近くを同じような飲みかたで飲みくだす。なんだ、その目つきは、とぼくは滑りのよくなった声でいった、歌だよ、歌、さっきのやれよ、大河原。大河原が妙にかしこまって、はあ、といった、歌いますけどね、そういわれちゃうとやりづらいなあ。ぼくは声を立てて笑いだした。たったそれだけのことなのに、何か主導権を握ったというような取りとめのない愉快さが体のまわりに漂って来るのを感じている。茂木が敏感に察したという口ぶりで、先生がアル中だったって話、ほんものみたいだな、といった。ああ、それはほんと、とぼくは答えた、ついでに君たちのことも規定させて貰うよ、君たちは絶望的な田舎者です。都会っ子は今ごろ三年も四年も前の話をこんなふうに力みかえってしたりなんかしませんよ。そりゃあその通りでさ、と大河原が赤黒い顔に力をいれて答えた、そう規定されてもどうしようもないわけだけどさ、こだわり続けるっていうかっこ悪さっていうのか、その弱点をこだわり続けることによって、いつかプラスの……。だめなの、とぼくは断定する、そういうロジックそのものが田舎者の……。だよな、と茂木が軽く溜息をついた、世界の果てに遠くぞ逃げん、て具合に行かねえんだよな。

歌うか、とぼくはいった。興奮の最初の波頭が遠ざかって行って、けだるさが体の芯に寄り集って来る感じだった。すいません、と新井がいい、黒いだるまビンを目の上にかざした、どうせ田舎もんなんだから、真砂のために乾盃してやるべえじゃねえの。そりゃあいいけど、とぼくはコップを新井に突きつけた、なんていって乾盃するつもりなんだい？　やだなあ、先生、と新井がうろたえていった、なんかまた意地の悪いことをいおうとしてるんじゃねえの？　大河原が新井の手からビンを引ったくって、ぼくのにぼこぼこっとついだ、そんなのは決まってるじゃねえか、お前は犬死にしたなあ、おれたちも犬みたいに生きてるけど、こんな具合だよ。よせよ、お前、と新井が真剣な目つきでいった、お前ら忘れてるかもしんねえけど、今日は真砂の命日なんだぞ、おれはふざけたり、ことばの遊びなんかしねえからな。じゃ、どうすりゃいいんだ、と大河原も引きこまれている、芹いっぱいの詩でも朗読すればいいんかよう？　平凡にやればいいじゃん、と茂木がいった、ご冥福を祈るってやつをよ、どうせおれたちは若死にしたやつには勝てっこねえんだ、そうだろ、先生。

ぼくはコップを持ちあげ一度目をつぶった。そのときのことばが出て来れば何かいおうと思った。しかし、何も出て来ない。ぼくは黙って飲んだ。ゆっくり口にいれたために舌の先からへりへウイスキーの味がしみて行く。さっき飲み出してから、はじめてアルコールのまつわりつくような匂いが鼻のほうにのぼって来た。真砂が死んだのもまるまる無駄じゃなかった、おかげで気楽にやってます、とぼくは軽口をいうようにいった。よしてくれよ、と新井が身ぶるいさせていった、まじめじゃないんなら黙ってりゃいいのに、罰が当っても知らねえから。違うよ、と茂木がいった、里見がいったんだよ、留々子がさ、その真似をしてるんだ。真似じゃないよ、とぼくはいう、おかげで気楽にやってます、これはほんとのことだよ、あいつが死んであんな騒動にならなきゃ、



おれきっとまだ、沢渡にいたかもしれないもん。

声を出さないで快活に笑うやりかたがあれば、そういうふうに笑ってみたいという気分だった。今朝から始ったこだわりのとげとげのようなもの、過去から咎めだてを受けているようなちくちくする異物、そういう類いのものがいつの間にか融けて柔かいものになって、どこかへ流れ出してしまったという感覚。歌おうよ、あの歌、とぼくは叫んだ、おい、新井、心配症、新井は疣のある小鼻と上唇をひくひく動かし、気楽なもんだなあ、このひとは、といった。嫌悪をあらわにしたいいかただったが、それがわかっていても、ぼくには一向に気にならない。行くぞ、といって手拍子をとった。

こもれる狂気、あぶれる力、

榛名は嗤う、片矢はなみだ……

途中から大河原と茂木が手をうちながら加わって来た。ふいにぼくは快活さがそのままのレベルでゆるやかな感傷に移って行くのを感じている。この大正時代の寮歌ふうなメロディが自然にそれを許してくれている。

世界の果てに、遠くぞ逃げん

沢渡の古くてせせこましい町中の、あの狭い離れの部屋で、おれは何度も逃げ出して行こうと思っていたに違いない……。結婚してすぐ、道代のいとこに当る種屋の

おじさんから只であの部屋を貸して貰ったときから、一生教師なんかしているのはたまらないと思っていた……。窓のすぐ前に製糸工場の古めかしい焼いた板の壁が長く続いていて、だが、その板壁の向うは、工場を取りこわしたあとにてかてかした色気のアパートが四棟も並んでいて、夜中には必ずどこかの部屋から赤んぼうの泣き声が聞えて来る……。変な動物が鳴いてる、と道代はよくいった、あれ聞いてると、山の中にたったひとりでいるみたいな恐しくてたよりない気持になるのよ。ばかなこというな、これが巷の声じゃないか、人くさいっていう。でもそう思えないんだもんしようがないじゃない、あたしきっと頭が変なんだ、もう変になってるんだ……。

帰って来たみたいだな、と茂木がいった、少し手伝おうかな、と立ちあがる。いいよ、気にするな、とぼく。とたんに台所のほうから、どなたか手を貸して下さらない、という道代のうわっ調子な呼び声が聞えて来た。行きます、と茂木がこざっぱり応じて出て行く。おれもなんか……、と新井が立ちかける。坐れよ、とぼくはいった、話すことがある、おれの話を聞け。なんですか、と新井がとまどった顔をした、むかしのことならおれもう結構なんだ、さっききめたんだよ、田舎者みたくあんまりこだわんのやめようって。台所から道代の高い笑い声



と続いて茂木の太い声が響いて来る。いつも彼女が心を閉ざして暮しているということを、逆に証しているようなのびやかな音程だ。そうだな、とぼくもいった、おれもやめよう。大河原、歌えよ。はい、と大河原は神妙に答え、それからやけくそのように荒っぽく歌い始めた。

こもれる狂気、あふれる力……

ぼくは低い声で合わせ、体を左右にゆすぶった。そして新井に話そうとしてたことを、ごく自然に反芻しはじめている。緑と黄色の太い縞のテント、あれが二年前のパンフレットの印刷では、派手で巨大なドームのように見えた……。杉並スポーツセンターなんてところから、どうしておれにこんなものを送ってよこすんだろう……。道代は先に眼を通していて、幼児スポーツのメッカだなんて失礼しちゃうわ、うちに子どもがいるなんて、どこかのダイレクトメールの名簿にのってるみたいじゃないの……。見つけた、ぼくに送って来た理由。役員として会長、名誉顧問、という所に政治家の名前が並び、その最後に専務取締役、相良一雄。あいつ、とぼくは思わず声を出していった、医者になり損ねて、こんなことしてやがる。産婦人科の医者だって豪語してたくせに。産婦人科、と道代が声をとがらせた、なんでいじめるみたいなことばっかりいうのよう。そう……、あのときあいつ

は前橋の大学病院まで行って検査をして来た直後で……、おれはパンフレットをすぐその封筒にしまいこみ、その場では相良のことは話さなかったような気がする……。というより、話しあうというような状態が暫く前からとぎれていたから……。道代が何かいうとおれはすぐ黙りこみ、こっちが酔っぱらって喋っていても、あいつは無表情に横に坐っていた……。……土曜日かなにかの昼前、出しぬけにあいつはあのパンフレットを突きつけた。かけてよ、電話、といった。おれはまるで意味がわからず、黄と緑のいびつなドームを見ていた。酔っぱらい、アル中、とののしられても、相良の親父が名誉教授クラスの産婦人科の高名な医者だ、と自分で喋ったことをおれは思い出せなかった……。……緑と黄色の天蓋。あれを外からはじめてみたとき、環七通りからはいる道を一本間違えたために、おれたちは、なだらかな坂をどんどんくだって行って、気がつくと薄暗い林の窪みの中にいた、名も知らない木立の黄ばみはじめた葉っぱが行手を遮る。林業試験場? 違うわ、浄水所ですって、ねえ、ご挨拶しないで帰りましょうよ、と道代はいった、いい報告してお礼するんならあれだけど、こんなしめっぽい気分じゃ……。来たときより急な坂道をのぼって行きながら、ふいに思う、このままふたりで年寄になるん



だ……。あった、と道代が横むきで叫んだ、あれ、あれだわ、おもちゃみたい。見あげるのでもなく見おろすのでもなく、ちょうど眼の高さにその色があった。汚れたクリーム色のビルの上に、何かの間違いで大きい変形のアドバルーンがひっかかったような形で。別の細い坂を下って行くと、すぐにその天蓋は細いきれはしになり、やがて見えなくなった……。眼の高さではなく、やはり屋根の上を見おろしていたのだとやっとわかる。「秋期記録会（九時三〇分～十三時）」という白い大きい貼紙。気遅れがするほど多勢のひと。中庭からガラス越しに見る。プールが地面よりかなり高いので、水面は遙か奥のほうの部分しか見えない。そのガラスのすぐ向う側に子どもたちの臙脂色の帽子と裸の背中がはいって来てびっしり並び、奥の水面もかくしてしまう。行こう、挨拶は手紙か電話で済ませる、と今度はおれがいう。道代は聞えない容子で母親たちをかきわけ、ガラスに顔を押しつけるようにして中を見ている。あら、撃ったわ、ピストルをちゃんと撃ってるんだわ。道代がぼくの手を引き寄せるので、そのほうを覗く。遠いどよめきのようなものが聞えるだけで、泳いでいる水しぶきも、口をあけて叫んでいる子どもたちの顔も、それが五メートルか十メートルの向うで現実に行われているのだという感覚が

まるで湧いて来ない。夢みたい、と道代は息をはずませてふりかえり、そのことばの陳腐さに照れて、田舎者にはね、といった……。

……事志と違う、それが人生だよ、青木、と相良がいう、事と志は別もんだって悟ったときから社会人になる、そうですね、奥さん。ぼくの深酒にはらはらしてて道代は生返事しかしなかった。ぼくが産婦人科の医者にならなきゃならない理由はどこにもない、同じく、青木が田舎高校の教師である理由も……。道代が腕に爪を立てて来る、あなた、もう失礼しましょうよ……。出しぬけに相良の声が大きくなった、お前はおれんとこへ来るべきだよ、べき、わかるか？　いつの間にこんな話になったんだろう、校長に憎まれてると道代がこぼしたからだろうか？　おれは議員の秘書、第三ぐらいだけど、そんなのやってたから、そりゃあお前と思想は違うよ。ぼくはうんざりして手を振る、思想なんてそんなもんないってばさ。相良の大きくて固い手がばしんと背中に当る、同級生のおれまでごまかすことはないぞ、青木は三派の暴力学生の側だって、奥さんがちゃんといってる、それで校長からワルモノ扱いだってな。おれは左翼も右翼もない、いやいや、そいつは正確じゃねえな、お前が左翼だったのを見こんで、任せてみたいんだよ、わかるか？　いつまでにお返事すればよろしいんでしょうか、と道代が急にきまじめにいう。ばか、これはただの話だよ、相良の気まぐれ、いや相良はおれたちが子どものことでがっくり来てるのを慰めてくれてるんだ、ありがとう、お礼をいいます。ばかはお前だよ、おれはインテリじゃないんだから、ことばの遊びをして嬉しいなんてことはないんだ、本心、全くの本心、奥さんに給料の話をしといてもいいくらいなんだ。ありがとう、教師の分の五倍にしてくれよ。三倍に負けろ、いずれ本格的に体操、美容、トレーニング、そういう総合のなにになったら……。罪だわ、と道代が泣き出しそうな声でいった、主人はその気がないのに、あたしは希望を持っちゃいます……。いい奥さんじゃないか、と相良がいった、奥さん、青木を説き伏せればいいんです、いや説き伏せて下さい。おれにはこの左翼が必要なんだ、奥さん、昔と違って運動やる連中も上の者のいうことをきかんのですよ、ことにおれは、おーいって号令かけて、それでぴたって勢揃いするようなのじゃないと、すぐ頭に来て、きさまーってやるから、若いコーチがすぐそっぽ向いちゃって……。青木はどういう具合にしてあの三派の連中をあしらってるのか……。あしらってなんかいないっていってるじゃないか……。いやしかし新左翼のあの統制ぶりはだな……。左翼じゃないっていってるだろ、いい加減にしてくれ、おれはね、子ども、子どもが欲しくて出て来ただけなんだ。子ども？　子どもぐらいいくらでもくれてやるよ、いま六百五十だ、来年の夏には倍になりますよ、千を越す、そのなかから男の子でも女の子でも好きなのを取んなさい。取る、取るだって？　ああ、自分で作れなきゃ、よそから取ってくるほかないだろ。取る？　奪えって意味か？……事と志だよ、それは違って当然なんだ、ことこころざし。こどもごろし？　こととこころざし……、子取ろう草紙……、こども殺し……、罪だわ、あたしは希望を持っちゃいました、もう……、あなた、寝ちゃだめよ、こんなときになんで寝ちゃうの、寝ちゃだめ、寝ちゃだめって……。

……カンナの球根あるかいってきくの。急にきかれたんであたしびっくりしちゃって。ていうのはね、短い間頼まれたお店番だし、もう押しつまってるでしょ、お客さんが来るなんて思ってなかったわけ。電気ゴタツの一番小さいのをお店の土間からあがったすぐの所に持って来て、毛糸でお部屋履き編んでたの。だから、なんでしょうって体を後にひねるみたいにして見たのよ。草色のオーバーオールっていうんですか、あれの下に学生服



だっていうのがすぐにわかったわ。カンナの球根、ってぶっきらぼうにいうの、こっち見ないで。だからあたしも、そこになければないはずよって気楽に答えたんです。それで行っちゃうかと思ったら、なにか手に取っていじってるのね。仕方がないからお店に降りたの、ありましたってききながら。はいってはっきり答えて、それから、チューリップだけだな、球根はって。チューリップはあたしも中学生ぐらいのときに作ったことがあったんで、秋相当遅く植えても平気だって知ってたから、チューリップいかがですか、今植えればぎりぎり間に合うわ、っていったの。無責任な商売っ気ね。そうしたら、なんか択ぶみたいに球根を取って眺めすかすのよね。カンナって、あれもう時代遅れじゃないかしら、そこへ行くとチューリップは種類もたくさんあるしって、そこまでいったら、急にこっち向いたの。そしてね、なんとなく笑うのよ、なんとなく笑うって顔なの。ほら、あの遺稿集に載ってたでしょ、手拭首からかけてた。あのぐらいの顔ね……。

ぼくは道代が喋っている声を、部屋の隅の本棚の下に横になったまま、ほんの少し前から意識して聞きはじめている。しかし、まだ起きあがる気はない。部屋のまん中につけてある二本吊りの螢光燈の下で煙草の煙がもや

ついているので、どのくらい睡ってたのかと、ぼんやり考えている。体を動かすのが面倒だという気分もあったが、道代のやつ、また、と思うから、わざと目覚めたことを知らせないで置こう、というつもりもある。ぼくひとりに対しても四、五回繰返したことがある話だから、彼女はまるで棒暗記をしているようによどみがなかった。

……カンナって古臭いんかね、ってまじめにきくの。眼はね、眼鏡の奥で笑っているっていうあの感じなんだけど。時代遅れだっていう根拠はなんですか。そういわれてあたしも困っちゃって、だから笑ったの。感じよ、最近あんまり見かけないからっていって。じゃあ、むかしはよく見かけたわけかいってまたきくのよ。好きなんだ、カンナが好きなひとなんだって判断したわ。それで、きいてみたの、あんた作ったことあるのって。そう聞きながら、あたし急に思い出したのよ、ダリアとかカンナとか、夏咲くあれは、春先に植えるってこと。だから……。

首までかけてある毛布から腕を出し、カーペットの床に伸しながら、ぼくは首を少しねじってみた。人数がふえて机いっぱいに並んでいる感じがわかる。何人だろうとぼんやりした眼で確かめ始める。



……あなたばかねえ、カンナは春先に植えるんじゃないのっていったの。そうしたら、眼をぱちぱちさせて、調べりゃわかることですよねって、恥かしそうっていうより、なんだか気落ちしたみたいないいかただったわ。それで、そのまま出て行きかけたんで、春になったらカンナ用意しとくわって声かけたの、そうしたら急にふりむいていったのよ、むかし群馬やわたの駅に、ホームにカンナの花が沢山あったの、知ってるって。あたし何の話かと思って、ぼんやりしてた……。

茂木の髭とコール天の上着の向うに、眼鏡をかけたやせぎすの顔、理科大なんか、そういう理科系統に行った斉藤だろうか、これは。戸口を背にして喋っている道代の向うに、長髪でまるい目玉の、見覚えのない顔……。もうひといき首をひねる。新井がウイスキーのコップを手にして、神妙そうに目をつぶって聞いている。ぼくの親父は昭和二十一年の夏に中国から帰って来て……、とそこまで道代がいったとき、起きてらっしゃるわ、先生、という女の声が聞えた。少し鼻にかかっているが、よく響く声。あっと思う。里見留々子だ。彼女が来ていることをぼくの鈍った頭は完全に忘れていたのだ。頭を軽くゆすぶりながら起きあがろうとする。まだおやすみになってたほうがいいわよ、と早口で道代がいった、もうすぐ話がおわりますから。お邪魔してます、と斉藤と長髪がいった。ああ、といいながら、ぼくは坐り直した。留々子はぼくが寝ていた本棚沿いの反対側に坐っていて、お久しぶりでございます、と丁寧に頭を下げた。うん、とぼくもいう。草色と緑がまじったような派手な服を着ている。大河原君、と道代がいう、聞いてるの、あなた。痰を払うような声で大河原がうめいた、悪いけど、水くんないかなあ。さて、おれも飲み直すか、といってぼくは立ちあがった。その動作の中で留々子と目が合った。彼女の目が笑いかけて来た。

それはつい昨日別れたばかりというような気ばらない目つきだった。ぼくもつられて笑顔になる。彼女はむかしとほとんど変らない、ぺったんこで見ばえのしない陸上部の里見だ。ほっとすると同時に、少しがっかりする。変らないな、里見は、と思わず口に出た。茂木が低い声で笑い、それでおれなんかも頭に来てんだよ、と新井がからむ調子でいった、新宿でなんとかなんて茂木がいうから、期待しちゃうじゃねえかよ、ふわぁって……。それを遮って、今奥さんから真砂の死の直前のことをうかがってました、と斉藤が眼鏡の顔できまじめにいう。道代が水で薄めたウイスキーを渡してよこす、でも留々ちゃん大人っぽくなったわよ、ねえ。着てるもんのほう



だけね、と新井がすぐ続けた、中身はまるっきりじゃねえか。留々子が落着いた声で笑った、誰も新井になんか中身を見せてやしないわ。どこまで話したかしら、と道代がいった。真砂のお父さんが中国から帰って来て……、と斉藤が答える。うん、復員して来てね、それで群馬やいわたの駅を通ったんですって。あのたっぷりした葉っぱの上に赤と黄色の花が燃え立つように咲いていて……水を飲むように飲みほしてつぎ直しながら、あんまり脚色するんじゃないぞ、とぼくはいった。知らない人は黙ってなさい、と手ばやく道代が決めつける、そのカンナを見て親父はポッポ屋になったんだ、っていったの。ポッポ屋、ってあたし思わずきいたわ、知らないわけじゃなかったけど、古いことばでしょ。鉄道員、って答えたわ、彼。それから、さよならっていって出て行っちゃったの。ああって私思ったわ、なんにも知らなかったから、このひとのお父さんずっと昔死んじゃったんだ、それをなにかの拍子で思い出してって……。以上終り、とぼくはいった、残念ながらこの話には証拠がない。あるわよ、あります、といって道代はビールのコップに口をつけごくりと飲んだ、あら、話を固くしちゃってごめんなさい、みなさんもどうぞお飲みになって。

——それが二十四日の、あの二学期の終業式の日だっ

たわけですか、と斉藤が咳払いをしてからきいた。

——そうなの、証拠ってこのひといいましたけど、あたし、ずうっと日記をつけてたから。真砂君の遺影の写真見たとき、もう半年以上たってたわけですけど、あって声出しそうになったわ。急いで調べてみたわ。

——どういう日記だか、奥さんがどんな具合に書いたのか、聞いても構わないかなあ。おれすごく重大なことだと思う、と大河原がふらつきながらいった、ものすごく重大だよ。

——いいわよ、と道代があっさりいった、出して来てもいいけど、あたし暗記してますから。こう書いてあったわ、一日中室内履きをあむ、昼前ちょっと店番、カンナを冬植えたいというあわてものあり、心楽しきことなくむざむざとイヴを送る、彼も同じ。笑っちゃいやよ、笑っちゃ……。

——彼ってのは先生だな、と新井がわめくようにいった、むざむざとイヴを送ったわけだ。赤色エレジーで行けばさ、と荒っぽく歌い出した、六十九年の冬の夜う、ふたりはイヴを、むざむざと……。

——ばか、よせ、と大河原がどなる。

——わかりました、と斉藤がいった、真砂はあの日、最後にカンナの球根を植えて、それを父親っていう



か、家族に残すつもりで……。

——おれがいってるのはねえ、とまた大河原がどなった、そんなセンチメンタルなことじゃないんだ、真砂は一体何に向けて抗議を発したかったのかっていう……。

——奥さん、ちょっと悪いけど、と茂木が太い声できいた、カンナを冬にのあわてものが、真砂等史だって、どうしてわかったんです？

——だって、写真を見てあれだったのはもちろんだけど、お父さんが戦後すぐ国鉄にはいったって、遺稿集にもちゃんと載ってたじゃないの。等史君の生い立ちってところに、国労のまじめな組合員だって。

——奥さん、あんたはわかってるんだなあ、と大河原が机を叩いた、それだよ、国労、まじめ、そこんとこにねえ、戦後革命の根本的なだなあ……。

——わめくなよ、大河原、とぼくは大きい声でいってやる、道代の話にはやっぱり証拠がないんだ。鉄道員の伜ならあの当時だって今だって沢高に十人以上はいるんだ。

——そう、それ、と茂木がいう、おれもそこんとこがね……。

——じゃあ、その十人の生徒がみんな眼鏡かけて、ま

じめそうで、丸顔で、胴長の感じだっていうの、と道代が腹立たしそうにいった、あたしは写真を見て一目でぴったり……。

——自転車はどうだったかしら、とふいによく響く声で留々子がいった、その真砂君、自転車でお店へ行ったんですか？

——そんなこと、とちょっとひるんだ調子で道代がいう、あたしはお店の中にいただけだっていったでしょう。買物をしないお客さんを表通りまで見送るばかがいるもんですか。

——そうね、ごめんなさい、と留々子はさからわずにいう、遺稿集の中に、おかあさんのことばで、一度自転車で学校の方に行ったってあったもんですから。

——黙れ、黙れ、と大河原が叫んだ、てめえらなんだってんだ、自転車だの、眼鏡だのって、そんなもんで人間なんてなにひとつわかるわけないだろ！

——じゃ、大河原はなんで人間がわかるっていうんだ、と茂木がいった。

——カンナだよ、カンナ。群馬やわたの駅に昭和二十一年に咲いてたカンナの花だよ、真砂の眼はなあ、戦後民主主義なんてものをずっと通り越して戦後革命の最初の挫折を……。



——説教はやめろよ、とぼくはいった、舌がもつれるのがわかるので丁寧にいう、死んだ人間のことを、わめきあうより、生きてる人間が、酒をのむほうがましだ、おい、お前たちも飲め、大河原と道代はな、向うで真砂のことを論じても構わない、ちっとも構わない……。

——いいですよ、と大河原が立ちあがった、てめえらみたいな低能となんか一緒にいたくねえや、青木さんも含めてだけどさ、奥さん、行こうよ、今の話、どういうふうに書いたら一等明確になるか、そこんとこを……。

——書くって、今の私の、と道代がうろたえた声をあげる、それも難しくしちゃうの？

——明確にだよ、という大河原の声が頭のま上から聞える、戦後革命の真実の出発点であるべきだった燃えるようなカンナの花、それが国労、いわゆる社共の意識無意識の裏切りによって、五十年代を六十年代を……。そうなんだ、真砂が抗議したかったのは、藤沼体制とか沢高とか、そんなもんじゃない、やつは肉親である父親の青春を、それを根柢的に問い直すことによって……。

ふいにまた酔いが体の芯のほうに、じわじわっと集りはじめる。誰かがうしろから胃袋をつかんで引っぱったり放したりする。それをふりほどくつもりで体をひねる。ガラス類の音。おれか、おれが、何かこわしたのか？　横になってなさいよ、と道代がいった。大河原のいってることなんか古臭いよ、羽田の頃の論理、と茂木がいった。奥さん、書くんですよ、絶対ですよ、と大河原がいった。こわいわ、と道代がいった。私も書くわ、と留々子がいった、大河原君、私も書く。何を？　真砂君に会ったことよ。いつ？　あの日。どこで？　校庭よ、グラウンド。ほんとか？　あの人自転車に乗ってたわ、裏のお諏訪さんのほうから乗ったままはいって来た。それで？　あたしがひとりでトラック走ってたら、その横に来たのよ。話したのか？　ほんのちょっとだったわ。何を？　選挙のことよ。ああ、あの二十七日に衆議院のが？　そう、そういうこと話さないかっていったわ。話したのか？　断ったわ。どうして？　こっちはトラックを走ってる最中だもん。ばかだなあ。うん、だけど真砂君と話したことなかったもん、それまで。それで？　図書館へ本を返しに来たからって、二冊ぐらい持ってたわ。それから？　図書館のほうへ行っちゃったわ。おわりか？　あたし大きい声でいったの。何を？　ナカソネよりフクダのほうが勝つわよって。ばか。そう、ばかよ。でも、ほんとか？　ほんとよ、そのあとトラックを五周したら、おひるのキンコンカンが聞えたわ……。

……変じゃない、と道代がいった、そのころカンナを買いに来てたのよ。そうだ、カンナに真実がある、と大河原がいった。そうでしょうね、と留々子がいった。でも、あたし、真砂君と話したわ。矛盾するじゃない、と道代がいった、あたしの話が嘘になる。真実だってばさ、奥さん、と大河原。両方とも真砂だよ、選挙もカンナも、と新井。矛盾するよ、選挙をいうやつはカンナはいわない、と茂木がいった、どっちかひとつだ。思い出したわ、と留々子がいった、あの人が帰るのもあたし見たんだ。どっちへ？　奥さんには悪いけど、街のほうじゃなかったわ、来たときと同じに、お諏訪さまから川っぷちをかみのほうへ。じゃ、カンナを買いに来たのは彼じゃないっていうのね。真砂はカンナ、おれが保証する。おふくろさんは図書館へ行くためにうちを出たっていってるぞ。じゃ、里見と出会ってもおかしくないな。あたし、話したわ。真砂が選挙なんて猿芝居を心にかけてるはずないだろ。だって遺稿集にあったろう、人間が人間を選ぶとは何か。カンナの話をした彼は真砂等史君じゃなかったのね。泣かなくてもいいって、奥さん。おれ里見留々子なんか信じない。いいわ、私ももう喋りません。奥さん、もう泣くなってばさ。カンナですよ、カンナを信じるから、泣かないでくれよ。信じてもらいたいんじゃないわ、事実なんだもん。そうだよ、里見みたいに校長の推薦で生徒会長になる奴なんて。男たちがみんな逃げたからさ、斉藤も逃げたんだろ？　大河原だってそうじゃねえか。里見は真砂とのそれがあったから、校長とやりあったんだな？　私もう喋らないっていったんじゃない。でもさ、遺稿集出させないんなら、生徒会長やめさせろっていったんだろ？　校長は退学だっておどかしたのか？　違うだろ、騒ぎになるから黙って病欠しろって、そうだよな、里見。やめてよ、あたしの話なんか、むかしのことはもう喋りません。あたしは喋るわ、あたしくやしいんだもん、あの人が、群馬いやわたのカンナの花のこと……。わかってるから泣かないでくれよ、わかってるんだから。わかってやしないわよ、留々ちゃんだってわかってやしないわよ。なにをですか？　カンナのひとが真砂君だと思ったから、その遺稿集で留々ちゃんがいじめられてるって思ったから、わたしと茂木君が虻田まで迎えに行ったんじゃない。そうだなあ、あのときおれ里見の親父に張りとばされたもんなあ、優等生の娘をアカにしたって。だから、あたしがそうじゃないって、そのとき留々ちゃんのお父さんにだってカンナの花の話をしたんだわ、わたし。それで里見がまた戻って来たわけか。だから、あたし、くやしい、今までなにして来たんだかわかんなくなっちゃう。信じますよ、カンナのそのなには。もういいわ、信じてなんか貰いたくない。先生、どうすんだよ、先生。青木さんがなんかいえばいいんだ。だめだよ、先生は自分の意見なんかないんだ。だけど、里見はどうしてそのあと勝手に退学しちゃったんだ？　くどいわね、もう話したくないっていったじゃない。カンナはねえ、カンナは咲いてたのよ、それを復員兵が真夏の炎天下でじっと見てたのよ、そう、そうですよ、だから泣かないで下さいってば。泣くぐらい泣かしてくれたっていいじゃないの、ここはあたしのうちなんだ、自分のうちで泣くのまでいけないっていうの。あんたたち、いったい、どこの誰なのよう、どういう権利があってあたしをいじめに来たのよう。

スイッチはどこかね、先生、と新井がいった。間違えてプールのなかのをつけるなよ、と茂木がいった。でも、警察がとんで来るわけじゃないんでしょう、と斉藤がいった。となりにボイラー係のあんちゃんが二人いる、ぶん殴られないようにしろよ、とぼくは答え、カウンターのはずれの壁を手探りして、事務室の電灯をつける。わあ、水が見える、すげえや、と名前のわからない長髪がいった。ばか、と新井がいった、水があるからプールっていうんだ。おれは泳がねえぞ、と大河原がいった、今泳いだら死んじゃう。弱虫、と留々子がいった、偉そうなことというくせに心臓が弱いのね。心臓じゃねえよ、寒いんだよ、と大河原がいった、茂木、ウイスキーくれよ。

暖房の余熱はもうほとんどない。外と同じ温度だ。中央ドアには鍵がかかっていない。押して中にはいる。こっちにはほんの少し、なまあたたかい空気が残っていた。泳ぎてえなあ、と茂木がいった、先生の海パンこっちにあるんだろ。ふりちんでやれ、ばか、と答える。案外あったかいよ、あったかい、あったかい、と新井がサイドにしゃがんで水の中に手をいれている。事務室からの光が弱いので、その影はまんなかあたりで水面の濃い青にのみこまれているように見えた。斉藤がぺたぺたそのほうに走り寄り、落ちるぞ、落ちるぞ、とはしゃいでいる。声が響くわね、と留々子がいった、外へは聞えないんですか。茂木からウイスキーのびんを取ってラッパのみにし、叫びたけりゃ叫んでもいいよ、とぼくはいった、愛する真砂等史よ、なんてさ。やるわ、とすぐに留々子がいった、真砂くーん！　声は乱反射して、わーん、という濁ったこだまになって消えるだけだ。真砂！と大声で大河原が叫んだ、お前はカンナだぞ、カンナの花だぞお！

ぼくは一コースの飛込台に腰をおろし、またウイスキーをのんだ。カンナの花だぞ、ともう一度叫ぶ大河原の声が、艱難の花だぞ、と聞えて来た。見ろよ、見ろよ、おれの影、と新井がいった、真砂のあの写真みたいだろ。シャワーわきの一番近い壁に向って、ポーズを取っている。似てる！　と斉藤か誰かが叫んだ、寒そうにしてる肩の……。壁のほうを見る。ほとんどおぼろといっていいほどの薄い影だった。頭のまん中から上は暗くなって、鉢頭のように闇に消えていた。寒そうな肩……、とふと思う、あの写真のあの肩格好は、あれは寒いからああしてたんだろうか。もっとポケットの手を突っぱれよ、似てないぞ、と茂木がいった。影の両側が少しゆらいでから、きゅっと狭まり、肩の線がかすかに丸みを帯びたように見える。そうだ、それでよし、とぼくは号令をかけるようにいって、ウイスキーのビンを口に持って行く。

おれは真砂等史だ、と新井がいった、おれは一九六九年十二月二十四日に死んだ。

死ぬ前に最後に会ったひとはだあれ、と留々子が叫んだ。

里見留々子、お前とも会ったなあ、と影が答えた。

嘘つき幽霊め、と大河原がいった、お前はカンナの球根を買いに行ったはずだぞ。

オー、ノー、と影がいった、あれは青木道代という中年女性の幻影に過ぎない。

ばかやろう、と大河原が叫んで走り、続いて悲鳴と一緒に、ばしゃっと低い水音がした。助けてくれえ、と新井が芝居がかった声で叫んでいる。

ぼくは床のタイルの上に坐りこんで、残り少くなったウイスキーを呑む。また睡気が襲って来る。このまま横になって、ばたんと伸びていたい。叫び声、走りまわる音、水のはねる音……、その音の傘がすうっと頭の上から遠のいて行く。

青木さん、なんだよ、寝るんじゃねえってば。ざぶりとやれば眼がさめるさ。やっちゃうか？　ばか、死んでも知らねえぞ、中年じゃねえか。平気だよ、先生、先生。先生はここの部長でしょ、最高責任者でしょ……。……体が誰かに支えられて、起こされる。おい、最高責任者、模範的スイミングをやれよ。おれは泳げない、と



ぼくはいう、ビート板があればばた足はできる。びしょ濡れの服のようなものが首筋にさわった。なんだ、冷たいじゃないか。平気だよ、新井も大河原も泳いだんだぞ。ビート板をよこせ、ビート板……。

体がぐらんとゆすぶられて軽くなった。一、二、の、三……。もしかしたら、おれはプールへ投げこまれるのか、そう思った時、おれは顔と胸を殴られたのを感じる。水の中だった。立って、あわてて顔をぬぐう。視界がもわっと暗い……、眼鏡だ……眼鏡がない……。飛込台にかけた手を誰かがひっぱった。もう一方の手も……。体が宙に浮き、またタイルの上に落ちた。眼鏡、とぼくはいった、おれの眼鏡……。急に耳もとで声がする、私、探すわ、先生。留々子のあの鼻にかかった声だ。私が探すから、待ってて。ああ、とぼくは顔をあげる。彼女のぺったんこの顔が、ただ白っぽいだけにしか見えない。お前、死ぬなよ。死ぬ、あたしが？　それから低く笑った、あのねえ、さっきは奥さんに嘘ついてごめんね、あれ、嘘よ、あたしのいったこと。嘘、とぼんやりききかえす、お前はそういうことが好きなのか？　好き？　そう、好きっていうんじゃないけど、さっきはあたし落着いてたわ、悪意を持って落着いてたわ、落着きはらった悪意……。彼女のスカートの裾の草色がふいに

目をおおい、そして遠ざかった。

鍵はここ、右のポケットだからね、と茂木の声がした、眼鏡は明日の朝、飛込台の一メートルぐらい向うんとこ、探して下さい。留々子が、里見が探してるとぼくはいう。あいつが持って来てくれるって。帰りましたよ、とっくに、と茂木。潜って探したのか？　違うよ、あいつが水にはいるわけないじゃないの。しかし、落着き払った悪意で探してみるって、留々子が……。ぴしゃんと背中が叩かれた。しっかりしてくれよ、奥さんに怒られるぜ。道代？　おたくまで送って行きたいんだけど、こわいから、これで。先生、放すよ、放すよ、いいね……。

ぼくはふらっと歩く。そうだ、ここは中庭だ、クラブの中庭に過ぎない……。二歩、三歩、歩きかけて、服がぐしょ濡れだと気づく。靴。靴はいている、誰かがはかせてくれたのだ。そうか、あいつらおれに靴をはかせて帰ったのか……。ゆっくりと頭がめぐり始める。眼鏡は明日探すか。こわれてはいないだろう、恐らく。……うちの灯がぼわっと滲んでみえる。それがひどく明るく見える。ドアがあけっ放しになっている。なんだ、あいつ、あのままま泣いているのか。



ただいま、とぼくは自分の声を自分でしめつけるように、口をせばめていった、もう、みんな帰ったぞ。返事はなかった。このぐしょ濡れは、と急に思う、投げこまれたというのがいいか、すべって落ちたというほうがいいか、どっちだろう？　おい、道代、と大きい声を出す、あのなあ、眼鏡を落したんだ、古いほうのやつ出してくれよ、君がしまっといたんだろ。まだ答えはなかった。

ぼくは濡れた靴下と一緒に乱暴に靴を脱いであがって行く。おい、道代、怒るな。留々子のな、あのグラウンドの話、あれは嘘だってさ。本人がそういったんだ、奥さんがねたましくなったから、ついちょっとした悪意で……。道代はいなかった。トイレ。がたん、とあけてみる。いない。押入れだ。おい、いい加減にしろよ、とあけ放つ。いない。いない。枕が間のびしたやりかたで畳の上に落ちた。突然、道代はプールの外から見ていたんじゃないかという気がした。彼らが騒ぎまわっているのを、そしてぼくが奴らに投げこまれたのを。そう、はじめてあのガラスの外から覗きこんだときのように。

下駄を突っかけて、中庭のほうに出て行く、道代、と低い声で呼ぶ。眼鏡のないのが辛い。道代、ともう一度呼んでプールのガラスの外を見る。いない。そして、プールの中は暗く、ガラスが弱い鏡のように、ぼくのものらしい白っぽい姿をうつしている。ふいに道代は家出をしたんだ、という気分に襲われた。家出？　なぜ？なぜだかわからない。わからないけれど、家出をしたんじゃないかっていう……。ぼくは、濡れたままの重たいジャンパー、ズボン、セーターを意識しながら、表の貧相な門のところまで出て行った。街灯が輝いていて明るかった。白い大きい看板、前へまわってみる。「春休み特別水泳教室」と鮮やかなスカイブルーで書いてあった。三月二十五日〜〜三月三十一日、四月二日〜〜四月八日、とその下に赤で横書きされていた。車が一台ふいに出て来て、体を照らす。目をそらすつもりで顔をそむけたとき、地面に何か黒いものが落ちているのに気づいた。車が去った。ぼくはあらためて落ちているものを見た。それは水だった。ぼくの服と体から落ちて、下駄を伝わって地面に拡がった濡れあと。目をこらしてみると、ズボンのすそから、ぽとりとひとつ落ちた。下駄の端からも落ちたようだった。眼鏡のない目が痛くなって来て、ふいにその水あとが、なにかの脱けがらのような黒々としたものに見えた。ぼくの脱けがらなのか、道代の脱けがらなのか、あるいは誰か別の……。しずくは、落着き払ったゆっくりさ加減で、まるで悪意があるように、粘り強く落ち続けていた。

# 津和子淹留

土橋の下をくぐり抜けると、瀬がふたつにわかれていた。左手のは用水路につながるはずと思いあたり、彼女は川しもへ向って流れが斜めにせりあがっている感じの、底の平らな水面へ足をいれて行った。見た目より瀬の勢いが強かった。くるぶしとふくらはぎの間を水が駈けのぼるように叩いて来る。川霧が立つのはこんな場所だろうかという気もするが、全然逆で滝のように落差の大きい水面なのかも知れない。背中で穏やかにそくそくと橋を踏む音が聞こえ、おはようがんす、という声が落ちて来た。足の位置をかえずに腰をおとす形で彼女はふりかえり、見あげながら挨拶をかえした。今朝最初に出会った人影は、草の大籠を背負った老人だった。すっぽりと手拭で頬かむりをしているから年寄らしく見えるということもある。なにいしてるだね、と足を停めずにいった。ひびわれてはいたが、やはりそう老けた声ではなかった。わたし、と答えかけると、落としもんだら一緒に探してくれてもいいが、と立ち停ってこちらを見おろした。彼女の知っている顔ではなかった。よその部落



か、それとも最近遠くから帰って来たひとかどちらかだ。落としものじゃありません、と彼女はいった、ただずうっと川かみから歩いて来たんです、水のなかをばしゃばしゃ。

ただずうっとだとかい、と男はどなりつけるようにいった、一文の得にもならねえんに、よくもそんなとんまな真似ができたもんだのう。ええ、と彼女は曖昧な声を出してから、自分がなぜそんなことをするのか喋ってみたいとほんの短い間考えた。ただずうっとだと、男はすぐまた嘲るようにいい、背をこごめ大籠をゆすりあげて歩き出した、たいした極楽とんぼでがんすな、このご時世に。藁草履で蹴りつけるように踏むので、土橋がきしんで揺れた。腰にさした大ぶりの草刈鎌が二、三度鈍く光る。ごくらくとんぼ、と彼女はのどの奥で繰返してみた。非難のことばだということはすぐ了解できたが、正確な意味はわからない。虫のあの蜻蛉だろうか。確かに川の上を何の目的もないように飛んでいるのはよく見かける。でもあれは羽虫をあさったり、澱みに卵を産み

つけるためだから……。じゃあ、極楽っていうのはなんだろう。もしかしたら子どものころ「とおせみ」って呼んでいた、あのつかまえてみてもちっとも面白味のない糸とんぼ……、細っこい背中の上に羽根を合わせて草の葉先にしがみついている、その合わさった羽根をつまんで取ろうとすると予想外に動きがすばやくて、人を小馬鹿にしたふうな……。ねえちゃんよう、と呼ぶ男の大声が響いて来た。

土橋から部落に向う登り坂の中途にいるらしく、白い頬かむりだけが熟れきった麦の穂の上に突き出ている。極楽とんぼも結構だけど、買出しに来たふりをして、ひとさまの畑のもんに手をかける魂胆じゃあるめえなあ、ええ。最後のええという尻あがりの叫びかたが、もうそれと決めつけている感じだった。泥棒なんかじゃないわ、わたし、と彼女はとっさにどなり返した。そして両手でメガホンの形を作った。ゆうべから木屋の神宮のうちに泊っているんです、というつもりだった。そうすれば身もとがわかって疑われずに済む。だが、すぐ気が脆いものにかわった。身もとが知れて、ああ例のあの、と見られるほうがもっと不愉快だ。畑のほうなんて行きません、と彼女は手のメガホンで叫んだ、また川をまっすぐさかのぼって帰るだけです。



男は疑わしそうに首を振り、口をとがらせる感じで何か喋っている。しかし川音のために声は聞こえなかった。聞こえません、もっと大きい声でいえ、と彼女は思わず伸びあがるようにしていった。あのなあ、と男がざらつく声で叫んだ、道楽だの気晴しだのっていうんは、おてんとさまが出て、世の中がまともに明るくなってから、やらっしゃれってえこんだ。いい終るとすぐ頬かむりは黄ばんだ穂波の向うに消えた。まったくだわ、と彼女は声に出して自分自身に呟きかけた。人目をわざと避けているようなありさまに腹が立つ。これでは泥棒だと見られて当り前だ。彼女は爪先で流れの表面を横になぎはらった。すると、水は思いのほか大きく広がり、すけた扇のように薄い膜を作って膝の高さほど舞いあがったあと、音を立てずに崩れ落ちた。

川はひらけた空間だからと彼女は急に了解する。だから部落の入口の坂下からこの流れにはいって来たとき、裸足の足もとがおぼつかないほどの暗さはまったく感じなかったのだ。むしろ、浅瀬を択んでいる限りは川底の薄明るい透けかたが、眼に快いくらいだった。いま男にいわれてみると、川しもの右手にせり出している山肌のあお黒さがあらためて目立ち、ひとを拒んでいる時刻だという気持に襲われる。あそこは確か急斜面の杉林だったと気づき眼をこらして見たが、ただ影の大きいかたまりとしか感じられなかった。彼女は自分を拒んでいるようなその影のかたまりに歯向うように顎をあげ、瀬のなかを乱暴に歩きはじめた。

水がとびちって手にかかる。思いきりまくりあげたズボンの裾にも撥ねとんで来る。と、その飛沫がきっかけのようになって、半年前の記憶のかけらがぱらぱらと頭の中に降り落ちた。この先にアカシヤのはえている島がある。子どもたちはアカシヤ島とか川中島とか呼んでいたが、あれはいぬアカシヤだ。島の右側に大岩がある。杉林の急斜面から川のまんなかへ転がり落ちて来たみたいな大岩だった。それがふたつあるはずだ。一方はやや尖った姿でぬっと突立っている。七、八メートルくらいだったろうか。別のほうは二個の岩が寄り添い、それがちょうど水門のようになって下を流れが通り抜けていた。オトコ岩とオンナ岩。ひとつ岩とふたつ岩というのが古くからの名前らしかったが、せめて雄岩雌岩とでも呼べばいいのにと子どもにいってみたら、雄岩だとかい、へんへんだ、と口をとがらせてからかわれた。お岩様になっちまったら、毒を飲まされて面が腐れて行っちまうんじゃんか、バチが当っても知らねえぞ。そういえば、両方とも岩の頂上にちっぽけな祠があったような気がする。何の神様だろう……。



もうその岩のどちらかが見えていいはずだというつもりで、彼女は足もとから目をあげた。煙が見えた。頼りなさそうな細い煙だったが、紫がかった空にほぼ直線で立ち、その白さは何かの合図のためのもののようだった。島のまんなか辺で誰かが火を燃やしているのだ。夏に大水が出ると十数本のアカシヤのまわり以外は、ほとんど濁流に隠されてしまう洲のような所だから、子どもたちが遊ぶ他は誰もいないはずなのに、何か変ったことが起きているのだろうか。彼女は岩の上に登って神様に挨拶したあとで部落の家並を眺めまわすという考えを捨て、煙の方角へまっすぐ向うことに決めた。

火元はじきにわかったが、島の頂上部のそのあたりには人影はない。近づいて行くにしたがって、それが手ごろな丸石二十個ほどで組んだかまどのようなもので、炎の勢いも思いのほか強いことが見てとれた。住みついた人がいるとすぐ彼女は判断した。相手に見咎められるより先に自分が探そうと思った。細長い洲の両側を急いで見渡す。せり出した山と大岩のほうの南側はまだ暗かったが、田んぼと部落につながる堤防の石垣からは柔い白さが撥ね出し、島との間のなだらかな支流も葭の短い葉尖を浮きたたせるほど明るくなっていた。アカシヤは、とひらめくような気持で彼女は思い起した。今ごろが花の盛りに違いないはずなのに一本も見当らない。

　それは無残に伐られていた。根元から五寸ほどの所を真横に挽きぎりされたその株は、新芽がはえて来るふうもなく、やや茶色っぽい砂と見わけがつかないほどの無個性な棒杭になって、さっきから彼女の足もとに点在していたのだった。たちどころに彼女は伐った人間を憎んだ。住んでいる人間が伐ったはずだから、今火を燃やしているその人人を憎もうと思った。ふいに、牛の鳴き声が聞こえた。うめくようなかすれ声だった。大岩に近い本流の側だと見当をつけ、彼女は火の勢いが弱まって煙が乱れはじめたかまどの横を通り抜けた。自分が地域の住民じゃなくても構わない。ここで生活していなくても文句をいう権利はあると思う。と、まるでそれに答えるようにまた牛が鳴いた。今度は明瞭に所在がわかった。島のまんなかから本流へ降りて行くゆるい傾斜に、ひとかかえほどの大石がごろごろ群がっている、それを越えたあたり。直線コースを取るつもりで、彼女は両手をかけてその石のひとつにのぼった。と間近に、丈の低いアカシヤが一本、春先の草のような薄い色で茂っていた。牛はその幹に繋がれていた。黒の大牛だった。木が哀れげに細く見えるほどだ。




　石から石へ彼女は裸足で用心深く跳び移って行き、種牛とでも思うほかはないその油じみて光る幅広で長々しい背中を斜めに見おろした。気配がわかったのだろう、低いうめき声を立ててから牛は顔を向けた。角は短くて先が丸かったが、目玉は藪睨みのようで底意をこめた感じで彼女に挑んでいる。その目附きのまま、下顎を動かし声を出さずに何か語るふうだ。のどから前脚の間に垂れている、肉とも皮ともつかないぶよぶよのひだが揺れた。彼女は肩をそびやかし、石をもうひとつ跳んでから遠めの砂地におりた。だが小石まじりのその荒砂の地面にはまるい糞が点々と散らばっていて、あやうく踏みつけるところだった。牛飼いとか馬喰とかそういう人間が住みついたのだと彼女は思う。それがどんな生活をする人たちなのか皆目見当がつかないけれど、ここを占領したのはその種のおとなたちだ。

　こわいもの見たさとでもいった感じで、彼女は鼻を働かせた。しかし動物くさい匂いはまるでしない。山が迫って来る大岩のあたりから谷川みたいな急流になるから、そのせいで匂いも飛び散ってしまうのだろうか。乾いて白っぽく見える糞を避けながら彼女は大牛のほうに二、三歩寄って行った。あっ、と声を立てそうになり、それから実際に声を出して笑い出した。大牛は綱が幹に巻きついて、黄色い真鍮の鼻環の間際まで巻きついていて、それで苦しがっていたのだ。石の上から見おろしていたときにはわからなかった姿勢と表情が、今の位置からはその体軀が巨大な分だけ滑稽で哀れっぽく見える。

まぬけ、とんま、と彼女は快活に呼びかけながら、かしげるようによじっている黒い大きい首に向って行った。何ですか君は、逆まわりに戻って行けば簡単じゃないの。そうはいってみても彼女には何の手だてもなかった。鼻の環を持って動かしてやれば済むことだが、目附きの穏和さに比べて、近くへ寄るほどに黒い顔の中の舌や鼻孔の鮮やかな赤さが、そのそばへ手を持って行くことをためらわせる。かといって、よく見かけるように棒や枝で掛け声と一緒に尻を叩いても、この巨軀が動くとは思えない。蹴とばされるくらいがせきのやまだ。まぬけ、とんま、と繰返しながら彼女はやっと別のことを思いついた。

急いで水ぎわに近い砂地の葭の葉をちぎろうとする。しかし葉は意外に芯のこわい手ざわりで、かえって根からすっぽりと抜けて来た。砂を払って牛の鼻先に近づけ、葉をひらひらさせながら逆の方角に誘導しようと試みる。うまく行った。長い舌を一度巻くようにして伸ばし、後足を横に動かしながら寄って来るのだ。はい、はい、と彼女は子どもをあやすように葭の葉を振って見せた。と、どきりとするほどの声で牛がうめいた。方向は逆だが、さっきと同じような形で鼻環から下がよじれてしまうのだ。綱は単純に巻きついているのではなく、おそらく牛の考えなしの動きのために下のが上になったり上のが下になったりして、その短さでくくりつけられたのと同じ結果になっているに違いない。それが今葉っぱを見せられている分だけ、舌を何度も伸ばしては巻きこみ、そのたびに鼻のあたりが一層よじれて苦しそうに見えた。

ごめんなさい、と彼女は小声でいった、わが国は降伏いたします。そして葉先を鮮やかな舌に近づけてやった。持っていた根元がぐいっと引っぱられるほど牛の力は強かった。柔和な目に戻って、ぐんぐん嚙みこんで行き、根元のところは巧みに嚙み捨てた。彼女はもうひとこと牛に声をかけてやりたいと思った。賢い犬の頭を撫ぜてやるようなそんなことば。ちょうどそのとき、ふいに自分が誰かに見つめられているという気配を感じた。ふりかえると斜め後にひとがいた。二メートルと離れていない近さから彼女を見ていた。しばらく前から見ていたような、動かない眼だった。

牛の持主だととっさに思った。綱が、と彼女は牛のほうを示しながらいった、こんぐらがっていたんです。だが相手はほんの少し口をあけただけで答える気配はない。瀬音の高さのせいで聞こえないのだと気づき、牛が怒ってるわ、と彼女は大声でいった。相手の男は首をこくっとひとつ振った。蒼さがしみついてしまったような、皮膚や肉を感じさせない顔の色がのど仏の下の窪みまで続いていた。早く解いてやったほうがいいわ、と彼女は目をそらせながらいった。

　自分はひとの指図を受けたかあありません、と相手がいった。声は大きかったが、答えたというより自分自身に喋りかけているふうに聞こえた。彼女は思わず相手の目の中をまじまじと見つめた。しかし、その細い切長の眼は特別なことをいってのけたような表情を帯びてはいない。変人なんだ、と彼女は決めた。呆けてしまったひともいる、ただ頑固になった人間もいる、きっとそういうのの一人だ。これ以上喋っても無駄だ、帰ることにしようと思った。そのとたんに相手の体が動いて来た。襲いかかられるのかと、くっと身を固くするほど、その動作は敏捷だった。

　濡れた藁草履で彼女のすぐ側の大石に乗り、大きくひと跳びして牛の真上に近い石に立った。そして片腕を思いきり伸ばし、よく張ったアカシヤの枝の附根に手をかける。折り曲げるようにぐいぐい下へ引く。しなった枝の中ほどに手を滑らせ、同じ動作を繰返す。牛が一声鳴き、その揺れにあわせるように首をゆすぶった。その葉っぱを食べさせるのかと声をかけようとしたとき、相手が彼女の方に体をひねった。片腕を伸ばしたままなので、めくれたカーキ色の服の下が素肌で、胸に近いところまで白い腹巻をしているのが見えた。力がへえらねえもんで、とその上から声が落ちかかって来た、自由がきかねえもんですから。枝を握っていないほうの手がゆるやかに弾みをつけ、彼女に向けて何か放った。黒いものが足もとの砂地に落ちた。頭の大きい五、六寸ほどの魚だ。一度灰色の腹を見せて撥ね、すぐのたくるように動くので、たちまち砂まみれになって行く。横ひれが大きいので鯊《はぜ》みたいだと思ったが、それをどうしたらいいのか見当がつかなかった。

　めりめりと木の裂ける音がして彼女が見あげたときには、相手は大枝を幹からねじるようにちぎり取り、茂った葉むらを牛の鼻先いっぱいに冠せてしまう形で無造作に置いていた。アカシヤの葉をそうしてしまうことに彼女はもうこだわりを感じなくなっていたが、綱を自由にしてやるほうが先なのにと思い、石から飛びおりてゆっくり近づいて来る相手にそういってみた。あれも昔は利口もんでしたっけえが、と相手は彼女のいう意味を遠い出来ごとのように受けた、生きものだら後戻りぐらいのこんはてめえでなにしなくっちゃあ。しかし牛のほうへは見向きもせずに、砂地でまだくねくね動いている魚を拾いあげた。釣ったの、と彼女はきいた。針にかかった、と相手がいった、鰻針をしかけといてこんな畜生じゃあ。砂を払うでもなく魚を握り直して歩き出した。煙のほうへ向って石を迂廻して行く。

　彼女もごく自然にその後に従っていた。カーキ色の厚手の上下の服の下から、筋骨質らしい確かな背筋が感じられた。何ていう魚ですか、と彼女はきいた、鯊みたいだけど。ここらじゃ「ぎゅうた」っていってますが、と背中が答える、指先ぐれえのは鰍《かじか》、川しもででかくなると鯰《なまず》、海にへえっちまえば鯊に化けるってこんです。冗談に違いないと思ったが鰻からの連想できかえしてみた。化けるなんてほんとですか。相手は半分ふりかえって彼女の目の前に魚の手を突き出した、このぎゅうたは鰻なんかより大きい音で悲しげに泣きます、こんなにして鰓《えら》のあたりを押してやると。嘘だあ、と彼女はいった、魚が悲しいだなんて、おどかさないで下さい。やってみるかね、と相手がいった、鼠のようなそんな類いが苦しがってるみてえに、自分にはそういう音に聞こえま



す。思わず胸の前で手を交錯させながら彼女は後ずさりした。魚の話ではなく、こんな男とふたりきりで島の中にいる、そのこわさだった。川を渡って逃げきれるだろうか。そう思うと瀬の音が急にあわただしい響きに聞こえて来る。相手は無精髭のはえた口もとをゆっくりあけて行った。それからふいに魚を握った手をだらんと下げ、のろい息づかいで笑い出した。

　自分は嘘をこしらって、おどしたわけじゃありません、と笑いながらいった。歯肉が鮮明な桃色をしていて、顔色と釣合わないほどだった。片方の糸切歯に銀が冠せてあった。それがどういうわけか表情全体を野暮ったい、人のよさそうなものに見せている。彼女は自分の錯覚をふりはらうつもりで、そのお魚いま食べるんだったら、わたしもちょっといただこうかな、といってみた。骨だらけでうめえもんじゃねえが、と相手は背を向けて火のほうへ寄って行った、まあ俺がしかけた針じゃねえから、文句もいえねえわな。えっ、と彼女は意味がよくつかめずに後を追った、あなたが釣ったんじゃないんですか。ああ、と相手はかまどの前で中腰になっていった、ここらの餓鬼どもがゆんべなにしといたやつだい。じゃあ泥棒じゃない、と彼女がいおうとしたとき、生っ木だの濡れっ木だのだから燻ってかなわねえ、と枝

の一本で火じろのなかをかきまわす。煙がいちどきに立ちこめたあと、石で囲んだ窪みのまんなかにぼっと強い火があがった。俺は盗っとってこんです、と自分からいい、炎の高さに向いあうように坐った。

子どもたちのものを、と彼女はいった、そういう楽しみを奪い取るなんて。燃えさしの枝がぱちんとはぜ、彼女は自分が弱々しいいいかたしかしていないと思った。許せないわ、ときついことばをなぜぶつけられないのだろうか。相手はこちらを見ようともせず、おとなのもんもとるです、と平静にいった。そして串がわりの錆びた太目の針金を魚の口から刺して行く。畑のもんは出来のいいんから順にとって来るわけだわなあ。無差別に、と彼女はあっけにとられてきく、どこのうちのものでも構わずにってこと……。遠出はしないね、面倒だから、そういって針金を火から離れたところへ斜めに立てた。土橋の下で頬かむりの男にどなられた声がふいに思いかえされ、彼女はしのぶような小さい溜息をついた。

相手が肩をゆすりあげて彼女のほうへ首をまわした。気どられたと思った。斜めに見あげているせいか、細く切れた目尻が鋭く強い。あんたはどこの人間です、とその目のままきいた。前にこの辺の、ここの部落にも疎開してて、と彼女はあわてて答えた。それで東京へ帰った



んですけど、荷物を、残ってた荷物を母がなんとかできればなんとかって……。吃っている。こんないいかたじゃ納得させられないという気がする。どこの身内だや、と相手がてばやくいった。はい、それが、身内とまではいえないような、つまり姉が諸戸のほうへ嫁入りともいえないようなあれですが、それなのに結局死んでしまって……。

しち面倒な話だな、と相手が少し軽い口調でいった。はい、面倒なんです、とても、というわけでわたし……。相手はそれを遮るような身ぶりで火のほうに体をこごめ、棒を取って灰の中をかきまわしはじめた。彼女はやっと気がゆるみ、さっきも知らない人から泥棒だと疑われちゃって、とそこまでいいまたぎくりと口をつぐんだ。しかし相手はゆっくり同じ動作を続けている。極楽とんぼだなんて悪口いわれました、と彼女は小声でつけたした。極楽とんぼ、とおうむがえしにいい、全身が起きあがった。お聞きしてもよろしいでしょうか、と丁寧にいってみる、それはどういう人間のことをさして……。これ、と相手はすぐいった。そして自分の顔を、火のために赤黒く見える頬を指先で二度おさえつけるように押した。彼女は問いかえすつもりで、かがんでそっちへ近づく。自分です、自分のような人間のこんです。

炎で光っているにもかかわらず、目の中の表情は読みとれなかった。だから冗談なのか本気なのか、すぐには判断できない。そういうこんだ、と相手はまるで自分自身を納得させるようにいった、ひとさまの畑のもんへ勝手放題に手をかけても、誰もどなりこんで来ねえ。うしろへ手がまわるざまにもならねえで、のうのうと食ってのけて行ぐ。こんな極楽とんぼがほかにあるもんじゃねえ。いい終っても口を半開きにしたままだった。そして糸切歯の銀冠を舌で何度もこそぐるしぐさをした。

そんなこと、と彼女は身を引きはなしながらいった、からかうのもいい加減にして下さい。軀がふるえ気味なのが自分でもわかる。ほんものだと半分直感的に信じこんだからだった。まあな、と相手は気のなさそうな喋りかたで応じた、どっちしろどうだっていいこんだ。何がですか、と彼女は時のはずみのようなもので突っかかって行った、盗まれたひとにとってはどうだっていいわけないじゃないの。それにあなたみたいなひとをどうしてここのむらで許して置くんですか。なぜなんですか。ことばの途中から相手は上半身を彼女のほうにむけた。だが喋っている彼女を見あげるというのではなく、ひとつひとつ吟味するふうに、素足と、まくりあげて曝されている膝と、そしてその上のほうへ視線がのぼって来る。



肌を見られているのだと感じた。なぜ、ともう一度繰返して彼女は口をつぐんだ。あんたいくつだ、と相手はいい、答えを待たずに、若くって結構なこんだと続けていった。結構なご身分のようだが、男はいるんかね……。それがどうしたのよ、と彼女は弾んだ息の続きで答えた、あんたになんか話す必要がないことじゃありませんか。まったくだ、と相手はいったが、まともに彼女の目を見かえして来た。襲われるかもしれないとまた思った。同時にこの蒼くて細い顔は何歳ぐらいなのかしら、という変にのんびりした考えが頭の中をよぎった。今まで ちっとも思わなかったけれど、二十五歳やっとというところだろうか。

ふいに相手があくびをした。声を立てずに背筋を伸ばすやりかただった。俺は朝めしにするが、とそっけなくいった、あんたは腹はしっかりしてるんかね。緊張していたせいで、腹はしっかりしてるということばが妙に感じのこもった重たさで彼女には聞こえた。いもを焼いたもんだが、といって火じろのなかへ目をしゃくる。おなかはぺこぺこです、とつられていもの所在を追いながら彼女はいった、起きぬけに何も食べないで出て来ちゃったんです。灰色のかたまりを相手はひょいとつまみあげ、お手玉のように両手の間で転がした。蒸し焼き、おじゃがの丸焼き、と彼女はつい大声を出した。はしゃぎすぎて見っともないと思うが、勢いよく相手の肩の横に並んでしゃがむ。これもひとさまの畑んのを盗んで来たやつだが、あんたの腹はうれしがって受けつけるっちゅうこんですか。それは明らかにからかっている口調だったが、こっちの身勝手さをすっぱり突いている。ごめんなさい、と彼女は素直に謝った、でも食べたいんです。相手が小さくうなずいた。

わたし、直線的な人間なのね、悪い意味で。だから思ったことをすぐいっちゃうし、腹ぺこだと見境なく……、そういいながら灰の上に転がっている、斑に黒焦げしたかたまりのほうへ手を伸ばした。と、うおうっ、という短い叫びと一緒に側からカーキ色の腕がとび出し、彼女の手の前を叩くように横薙ぎした。そして、火傷しっちまう、と動作にそぐわない穏やかな口調でいった。彼女は手をひっこめ膝頭に置いた。掌の中の熱が素肌に感電するようだった。その手が実際に叩かれたのだというなまなましい気がして、相手の横顔を見た。唇をほんの少しとがらせて、焦げて堅いじゃがいもの皮を剥ぐことに熱中しているだけだ。一皮むくたびに柔い湯気が薄く立つ。うん……、と相手は見つめられていることに気づいた声でいった。わたし、と彼女はいいかけた。



自分が川を辿って思いがけない迷路にはいりこんでしまったといってみたかった。それが胡散くさい迷路だとわかってはいるが、どういうわけか悪い酔いではないというふうなことを。

相手が彼女のほうに顎をしゃくった。棒で刺す、早く食いてえんだらな、といった。そして自分では息の音を大きく立てながら荒っぽく食べはじめた。棒で刺す、か、と彼女は口の奥で呟いてみる。勢いこんでいた食欲が急に逃げて行ったような気持だった。おーい、と呼ぶような遠い声が、低い川音にまじって聞こえて来た。人の声だという気はしなかった。島全体に向って、空気のようなものが呼びかけているのだと思った。迷路から自分が呼び戻されているのかもしれない。

しかし、人はいた。おーい、聞こえてるんか、と明瞭に呼びかけている。陽の光がまともに当って白く眩しいほどの石の堤防の上に、光を浴びてやはり白っぽく見える男が立っていた。呼んでるわ、と彼女がうながしたが、相手は目もあげずにいもを食い続けている。話いしに来たんじゃねえってばよう、とまた堤防の上の男が叫んだ。民謡をうたう老人のような張りのある高音だと彼女は思った。急角度の石垣を降りようとして、斜めに片足を踏み出し頭を下げ身をこごめている。禿げあがった頭にねじり鉢巻のようなものをしているのが見てとれた。来るわよ、と思わず彼女は立ちあがった、こっちへ来ます。しかし相手は妙に落着いた手つきでいもの最後の皮を捨て、それから石垣の人物を緊張のない目で見やった。それがただ顔をまっすぐあげるだけの動作だったので、彼女はあらためて川岸の人物がこっちの火のかまどと最短距離の石垣を択んでいるのだということがわかった。

遠一よう、とねじり鉢巻の頭がゆれて声が飛んで来た、食いもんを持って来てくれたんだってばよう。そして片手で綱らしいものを持ちあげる身ぶりを示した。なあんだ、と彼女は思った。遠一と呼ばれたこの男は盗っとなんかじゃないじゃないか。食べものですって、と彼女は十分厭味をこめたつもりで相手の顔を見おろした。だが何の反応もあらわれなかった。石垣に向って答えるつもりもないらしい。背筋を伸ばして視線をぴたりと向けているにもかかわらずだ。親戚のひとかなにか……、と小声できいてみた。親父です、自分の、と相手はいった。

決めつけるような低い声音だったが、それがどんな意味あいを持っているのか彼女には理解できなかった。田んぼをおこさなけりゃならなかんべや、とまた向うから



叫んで来る、牛の野郎に力をつけとかなけりゃどうにもならねえだんべが。叫ぶのと一緒に、父親は用心しながら石垣を一歩二歩とおりた。縄のついた飼葉桶を引っくりかえさないように気を使っているのがよくわかった。放っとけ、と彼女の下でカーキ色の肩がはじめて大声をあげた、畜生にはぴっちり食わしてあらあ。石垣のちょうど中ごろで父親は足を停めた。足場を確かめるようにしてから体をまっすぐこちらに向け、でたらめこけ、この盗っと鼬が、とどなりつけた、草っ葉だのいもの葉だので何がぴっちりなもんかや。それはほんとですといってみたい衝動に彼女は駈られた。とげとげのあるアカシヤなんかやってるんだもん。だが彼女は黙っていた。お前は何者だと父親のほうから叱られるだけかもしれない。ここの部落に住んでいたとき、いろいろな百姓家へ手伝いに行ったはずなのに、今石垣の途中にいるねじり鉢巻の律義そうなそのひとのことが、どうしても思い出せないのだ。

ふいに横の相手が立った。彼女の軀を突きのけるような勢いだった。父親に向って飛びかかって行くのか、それとも激しくいいかえすつもりなのだろうか。しかし、ほんの一瞬でその気配は消えた。馬鹿くせえ、と彼女にしか聞こえない気のない小声でいい、石垣のほうに背を

向けた。そして拳を固め自分の腰をとんとんとゆるい動作で叩いた。彼女にはそれがかえって父親を挑発しているしぐさに見える。しかし石垣のほうでは構わずに叫び続けた、てめえが捨鉢なざまだってこんは千も万も承知だ、そいでも野良仕事を忘れっちまうほど気が触れちゃいめえや、ああ。最後の高い音に哀願し、頼みこむような感じがこもっていた。腰を叩く手は停らなかったが、口で息を吸いこむ音がはっきり聞きとれた。いいてえことをさっさといえ、と後むきのまま鋭い声で叫ぶ。

石垣のましたの細い流れに陽がはいって来ていた。そのためにに島の側のかげりが剥ぎとられたように明るくなり、彼女たちと川岸との距離が急に近いものに感じられた。父親はすぐ何かいいかえす姿で胸をそらせたが、また止めて、飼葉桶の縄を両方の手で持ち直した。そして巧みに軀の釣合いを取りながら石垣をおりて来る。後むきなのにその気配を察したのだろうか、相手がすばやく彼女の顔を見つめ、お前さんは帰んな、といった。彼女も横むきで見かえしながら、はい、でも、と漠然と答えた。いもは持って行きゃあいい、ぎゅうたも、その魚も欲しけりゃ取って行ぐだよ、と相手は心のこもらない声でいう。明るさの中で色あせた燠を見おろし、それももっともなことだと彼女は思った。関係のない自分が父



と息子の諍いに立会っているいわれはない。おいもだけ貰うわ、と石で囲んだ火じろのふちにかがみこんだ。

そのとき、父親が石垣をおりきるのが目にはいった。両手で桶を持っているので、足が水を勢いよく撥ねとばした。それが虹色に光って見えた。父親は慎重に浅瀬の石を確かめ、据えるように飼葉桶を置く。ここへ置いてぐかんな、いいな、と桶のへりを平手で叩いた。相手がゆっくり軀をひねってそっちを見た。奴がそいつを食いこむかどうか、おれには何ともいえねえな、といった。拒んでいるというより、関心がないということを告げているようだった。食わせて呉れなけりゃ、しかたあんめえが、この馬鹿、と父親がふるえるような声でどなりつけた。ねじり鉢巻の上の禿げあがったあたりが怒りで赤らんでいる。てめえって野郎は、と続けていい、ことばの勢いに合わせて浅瀬をじゃぶじゃぶ渡って来る。自分を張り倒しに来るんかね、と相手が他人にいうような、わざと力を抜いた声をかけた。

父親は立ち停った。ことばの調子にぎくりとしたというよりは、自分が急に陽の差さない部分にはいったことに驚いたという身ぶりで、瀬の中を一歩二歩とさがって顔を光のほうに晒した。そうやって眩しそうな眼のまま、独りごとのように喋りはじめる。おらがは六反歩の

余だぞい、そいつをぶっ通しでおこしたりかいたりするんだわ。奴が最上等の甲種合格の牛でも、しめえには顎をあげて押しても引いてもいごかなくなっちまうべえや。喋りながら、ぎこちない身ぶりが少しずつ加わって来た。そのためだろうか、彼女が思っていたよりずっと小柄な背丈に見えた。小柄というのじゃない、若いうちから働きすぎたために体つきが真四角みたいになってしまったという感じだ。牛の話からの連想で彼女はぼんやりそんなことを思った。すぐに立ち去るという心づもりは自然に消えている。

ありゃあいい牛よ、と父親は顔を少しずつこちらに戻しながらいった、だからこそってもんだ、体がでけえ分だけ腹がなんじゃあねえか、しっかりこたえるもんをいれといて呉れなけりゃあ、そうだんべが、遠一。そいで、と気のない声が答えた、今日っから使いてえんか。呆けたことをいってくれるじゃんかや、遠一としたこんが、と父親は聞いていてあっけに取られるほど喜びにあふれた声を出した。いちふつかで生きもんに精がつくわけはあんめえ。ふんだからおらあ麦い刈り切るまで毎朝、ふすまとこぬかとまぜて、しっかり食いこませとくべえと思ってよ。ねじり鉢巻を額にこすりつけるように半回転させ、四角い肩をゆすぶって楽しそうに笑った。



毎朝この堤防の上へ持って来とくことにすらあや、なあ。

ご苦労なこんだ、と向うの笑いを押えつけるような声で、藁草履がしゃがんだままの彼女の横の小石を踏んだ。おれの持ちもんにちょっかいをかけるのは止しな。牛が使いてえんだら、よそのを借りらっしゃれ。断定的で突き放す口調だった。思わず彼女は息を詰めて相手を見あげた。顎から頬へかけての蒼く骨ばった線には、たけだけしいものはまるでなく、陽ざしの中の父親の姿のほうが遥かに威力がある。光をそのまま吸いとってしまう感じのごわついた肌のその父親の顔が、急にこくこくと何かを納得したように上下した。持ちもんだってか、てめえのな、といった、そこで大あぐらをかいて今日はでもねえその女も、てめえの持ちもんてこんか。自分をさしていっているのだと了解するまでには、ほんのちょっと時間がかかった。今までのところ、見られているという意識が彼女にまったくなかったからだ。

急いで立ちあがろうとする。急ぐから足がもたつく。襲いかかるようにそこへ声がたてつづけに降りかかって来た。行け、出て行け、牛も女も連れて消えっちまえ、この恥っさらしの……。違います、と彼女は夢中で叫んだ、わたしは関係ないんです、ついさっき川を歩いて……。カーキ色の服がそのことばを押しとどめるように、すぐ目の前を遮った。あんたは黙ってな、と低い声で相手の背筋がいった。そしてかまどの石のひとつにゆっくり足をかけた。上着のひろがった裾が、瀬の中の父親の姿を彼女の目から隠す形になった。思いがけないことだが、いま自分はこのひとに保護されているのだという気がした。

出て行けってんは命令ですか、とわざと伸びやかにいう、指図するんかね、この自分に。瀬のほうからの答えはなかった。彼女はかくれんぼの子どものように、眼だけ出してうかがった。父親はうつむいていた。流れの照り返しがちらちらぶつかって、顔そのものをゆすぶっているように見える。ひょいとその顔をあげた。荒っぽくなにして済まねえ、とうってかわった低い声でいった、まあ本心だと思って聞いてくれや。頼みってこんかい、と相手は答えた、それだら川んなかへ手をついてお願い申しますとでもいうんだな。不良同士の喧嘩みたいだとも思うが、相手のいいっぷりには勇み立って脅迫するような響きは少しもない。そうかや、と父親のほうも力まずにいった、ここへおつくべをかいて願いあげりゃ、聞いてくれるっちゅうんだな……。すぐにでもそうするような動作で、父親は足もとの水の中を目で確かめた。水苔が小石にべったりついて、ぬるぬるする川床に違いないと彼女は思う。



親父の気が済むんだら、それもよかんべ、と相手はいった。川風が出て来たらしく上着の裾がこまかくはためく。といっても、自分がそれに従うわけじゃあねえが、とまたいった。父親の顔が上目遣いをしながら引きあげられ、怒りでふくらんだ。理窟で申すわけじゃあねえが、と相手は平静に続けた、出て行けっていったってここは親父のもんどころか、むらの衆の土地でもねえわけよ。ふんじゃあ、とふるえ声で父親が叫び、すぐ絶句した。川は国のもんさ、日本国のな。国が出て行けって申すんだら、自分もこの島から撤退するこんを考えなくちゃあなんねえ。それだけいうとふたつの藁草履で砂地の地面をとんとんと踏んでみせた。

川は国の所有物だろうか、と一瞬頭をめぐらしたとき、彼女は相手の背中から完全にはみ出し、父親のぎらつく視線に自分の軀がさらされていることに気づいた。ふんじゃあ、てめえの押しこみ強盗はどういう理窟か、と父親はどなった。彼女はあわてて相手の背中にまわりこんで隠れた。隠れる自分はいま一体何者なのかとふと思う。そのあまも一緒にようく聞くだぞい、と彼女の気持を見通したようにどなり声が続いた。よその畑を荒しても、むらの衆がここへ押しかけて来ねえんはどういうこんだと思ってるんか。目の前の背中がゆっくりしゃがみながら、気違いだとおれのことを思って諦めてるんさあ、といった。

馬鹿あこけ、と父親がはねかえすようにいう、おれだ、みんなおらがへだ、押しかけてどなりこんで来てるんだぞい。相手がうずくまっているので、そのどなり声は彼女ひとりに向けられている気にさせられてしまう。そのたんびに、おれも高雄も頭あ下げて、詫びに行って、てめえが盗んだ分をお返し申してるじゃあねえか。ひとによっちゃあ、二倍量も三倍量も吹っかけて来る、そいでもはいはいって、おらんかは忍んでいる。そういうこんがてめえにはわからねえんか。そりゃあ惜しかんべえな、としゃがんだまま相手がいった、ひとさまに物を返すんは惜しくって惜しくってたまらなかんべな。地面を見つめたままのことばだったが、小馬鹿にするような、皮肉をこめているような感じだ。そうともさ、と父親は自分の感情に溺れて行くようにいう、ひとからは笑いもんになる、食いもんは惜しくっても返さねばなんねえ、おらがは毎晩泣きの涙だ、いやあ、はあもう涙も出ねえほどのざまだ。彼女はふいに何か叫んでやりたい心持になる。不合理じゃないの、誰も彼もみんな不合理



じゃないの、そんな馬鹿馬鹿しいことどうして解決できないの。声には出さないのに、軀全体が締って来るように固くなった。すると、突然自分が両手でじゃがいもを握りしめているのに気づいた。さっき立ちあがるとき拾いあげたのだろうが、まったく記憶にない。灰と焼け焦げの炭で、両方の掌がまっ黒に汚れている。

車んちに山羊がいべえが、と父親が今までにない柔い声でいった。そして瀬の中を一、二歩寄って来る。それがおめえ、昨日の朝乳がぺっこりしぼんでるっちゅうじゃあねえか。それも遠一のしわざだ、野郎が夜中だか明けがたに来て搾り取って行った、そういっておらがへ押して来やあがる。山羊を飼ってねえもんに山羊の乳が返せるわけがあるめえや。そうしたら何て抜かしたと思う、ええ。出来秋で結構だから、小麦を五合ばっか寄こせだと。彼女は思わずふき出しそうになった。鼻から息を吐きながら小声で笑いかけた。そのとき、すぐ下の地面から彼女に合わせるように笑い声が起きた。遥かに大きい声だった。哄笑するという感じで笑い続けながら、相手は弾みをつけて立ちあがった。

口惜しかんべえなあ、そいつは、と朗かにいった、口惜しくって夜も眠られねえってとこだ。同情しているのではなく、逆に、気味がいいと嗤っているらしい。そう

いうものいいで喋り続けて行く。ひとが夜遊びに出ても働きづめで溜めこんで来た人間だあ、口惜しくって歯ぎしりが出て、歯の二、三本が折れっちまうだんべえ。本家の百姓番頭からやっと小作になって、食うもんもろくすっぽ食わねえで爪に火を灯して溜めこんで、こちょこちょこちょこちょ田畑を買いふやして行ってよう、一人前の百姓になったらこのざまだ。相手はそこでもう一度、川の中の父親に高笑いを浴びせた。父親は四角い肩を小ゆるぎもさせず、じっと陽ざしの中に立っている。ひとさまにうしろ指をさされることもねえ立派な百姓に成りあがったってえんに、よたな伜一匹のために泣きの涙ですとかい。出来秋に麦五合とは、そいつは口惜しいこんだのう。たったの五合でも、肝がいれて腹わたが煮えくりかえるだんべなあ。

無駄口はいい加減にしろ、と気持を殺した声で父親はいい、ぴしゃりと水面を踏み直した。口惜しいんは人情だ、物が惜しいってんも人情だ。ふんだけど、おれがここへ来てるんはそんなこんじゃあねえ。てめえによその土地に行って一人立ちして貰いてえからだ、東京へでもどこへでも行って……。まったくだ、と相手は突然彼女のほうを向いていった、おれがあっちの岩のほうの淵で川流れにでもなって死んじまえば、大助かりだと思って



るんさ。神さまにして祀ってくれるぐれえのことはするつもりなんさ。彼女は神さまということばで、ふいに思い当ることがあった。最初から相手が戦争帰りの人間だと気づいていたが、やはり確からしい。

神さまですか……、と問いかけるでもなく彼女は呟いた。そうです、と相手はいった、神さまだら白い紙をちょこちょこ切って、米粒をひとつまじり供えりゃ済むわけだから、大いに大助かりってこんだ。遠一よう、と父親が呼びかけた、おめえよくそれだけ喋るようになったじゃんか。いや、おらあそれに故障をいってるんじゃあねえ、ありがてえと思ってるぐれえだあや。ひと頃は誰に何いいわれても、仲人さまに話されても、うんでもすんでもなかったけえが。ふんとによかった……。父親は心の底からという感じで大きい溜息をついて見せた。遠一の頭はぶち破れちまったわけじゃねえんだ、なあ。

しかし相手はそれに気を許した容子は見せなかった。思わずのぞきこんでいる彼女の目をはねかえす、硬いまなざしだ。そして、餓鬼や女をくどくような話は止めにしな、といった、そっちの肚の底は見えてるんだ。おれの肚だと、と父親がおうむ返しにいう、おらあこうして心を砕いて……。ふいに犬を呼ぶような高い口笛の音が彼女の耳をうった。三度めあたりで一番高い音程になっ

て、ただの鋭い息にかわった所で、相手はすっと息を吸い直し、牛は自分のもんです、渡してたまるか、とすばやくいった。父親の気落ちしたありさまが、彼女にもよく見てとれた。

視線があったとき、何だかわからないけどお気の毒ね、というふうなつもりで、彼女は父親に曖昧な笑顔をしてやった。姉ちゃんよう、とすぐ父親が気弱そうな声で呼んだ、遠一のやりくちにおらんかがほとほと愛想が尽きっちまったってこんは、わかってくれたんべなあ。彼女はうなずきかけて、あわててやめた。こんなところで変なかかわりあいになる筋合いは全くない。判定を下せといわれればどっちもどっちと答えるくらいが精いっぱいだ。姉ちゃんよう、と父親がまたいった。彼女にだけ語りかけるのだというふうに、体の向きを斜めに変えてだった。いや、娘さんて呼ぶんがほんとか、まあとにかく素性調べなんかしてる暇はおらあほうにはねえ。わたしが何者かってことでしょうか、と彼女は出来るかぎり切口上でいってみた。じゃあねえってばよう、と父親がすぐいう、その反対だんに。お前さんが、あんたさまがどこの誰さまでもおらあなんにもいわねえ、どうか一緒に東京へでもどこへでも行ってやっておくんなさい、それと、その男と一緒になって。



彼女が茫然としている間に、すぐ横で相手が含み笑いのように低く笑った。東京か、東京へ追いやって飢え死にさせてえって了簡か、といった。てめえに話してるんじゃあねえ、と父親がきつい口調で切りかえした、おらあ娘さんに訳を話してお願い申してるんだ。別に東京と限ったこんじゃあねえ、どこの土地へ行ってなにしてもだ、世帯を持ってくれるっていうんだら、おらあ出来る限りの、しんしょうをへずってでも……。彼女は自分がいま何かいわなければいけない、こんな馬鹿げきった誤解を受けていてはたまらないと思うが、とっさの間には全部を否定しきる簡潔なことばが出て来なかった。わたしはきのう東京から来たばかりで……とそれだけいうともうあとのことばが続かない。

自分とこの娘は縁もゆかりもねえです、と相手があっさり断言した。そうです、と彼女も急いでいう、わたしもう帰るところなんです。そして汚れた手の片方で焼けたじゃがいもを振って見せた、これいただきましたから帰ります。すると、すぐこのまま立ち去ってしまうのがちょっと残念だという気がした。あとがどうなるのかもう少し見届けていたい。

父親は下唇をさげたままの顔で暫くぼんやりしていた。それから、畜生、畜生、畜生と自分にいい聞かせるように目を落として呟いた。顔でも洗いな、と相手が自然味のある、まるで毎朝のしきたりのような声をかけた。ああ、洗うとも、と父親は乱暴にいいかえし、そのことば通り水のほうへ勢いよく手を伸ばして行った。腰を割り、がに股の姿勢で瀬の水を顔にぶつけるように洗う。そして濡れた顔のまま、おれも帰るど、とどなった。そういうこんだ、と相手がまた平静にいった、露の残ってるうちに刈らなけりゃ麦ははかが行かねえ。父親はそれには答えず、水の中で足を踏みかえて背を向けた。おてんとさまがあんなとこまで来たっちゅうんに、おらあ何てえ暇っかきをしてたもんか、と背中を見せたままいい、ふいにねじり鉢巻をむしり取ると、顔をぐいぐいこするしぐさを続けながら、石垣のほうへ戻って行く。馴れた足捌きなので、水しぶきはほとんど立たない。

　泣いているのかもしれないと彼女は思った。すると、胸と胃のあいだに、何か重たいものがおりて来るのが感じられた。父親は黒っぽく汚れのついた飼葉桶のところへ辿りついた。四角い肩が迷うように揺れたが、流れにさらされた取手の縄を引きあげて桶の中にいれ、まあ頼むわ、と曖昧な声を出しただけで、そのまま石垣に向って行く。突然耳もとで鋭い声がした、食わせてえんだら、自分で運べ。彼女はびくんとして相手を見た。相手はその視線を意識しないほど張りつめた容子で、父親の背を見つめている。しかし父親はふりかえりもせずに石垣に取りついた。両手を使って這うように登った。三、四歩登った所で、遠一の牛だんべ、どこにどう隠してあるかおらが知ってるわけはあるめえが、といった。そういってから丸めた背の上の頭をゆっくりめぐらし、こちらをうかがうように見る。

　爺い、と相手がはじめて荒々しい声を出した。殴りつけるような力があった。ゆんべもおとついも、夜の夜中にここらをうろついてたんは何の真似だ。よそ村の馬喰が牛を盗みに来たとでもいうんか。父親の顔がさっとひるんだ。頬の赤黒いしわが伸び縮みしながら、夜の夜中のこんなんか誰が知るか、と唾を吐くようにいった。知らねえんだら聞かしといてくれる、と相手がすぐ声をかぶせた、盗みてえんならこそこそしねえで、おれがやるようにおおっぴらにやれってこんだ。

　何だと、うん……、と意味がよく取れなかった感じで石垣の顔がゆれた。しかし相手はそれ以上何もいうつもりはないといった身ぶりで、かまどのふちに行ってしゃがんだ。棒を取って火じろの燠を突き崩している。父親は横顔のままその動きに見とれていたが、彼女と目が合うと、急に何か思いついたといったふうな、もっともらしい顔つきに戻った。そして敏捷な身のこなしで堤防をよじのぼって行く。小さい風がその角ばった軀のまわりに薄くすけて見える土埃を立てた。

登りきって立ちあがると、手拭を両手でぴんぴんと引っぱり、手早くよじって、またねじり鉢巻になる。きっと何か凄まじい捨てぜりふのようなものをいうに違いない、と彼女は思う。だが期待ははずれた。こちらのほうは見向きもせず、土手の上を横に歩き出す。腰をおとしているにもかかわらず、せかせかした、働きものらしい歩きぶりだった。二間と行かないうちにくるっと向きをかえ、麦のあいだの畦道に曲った。そしてたちまち姿が見えなくなる。彼女は何か拍子抜けした感じで、かまどのふちにしゃがんでいる相手を見おろした。

彼女の存在を意識している容子はまったくなかった。それどころか、つい今しがたまで父親と争っていたことも忘れたふうに、灰のなかをこまめに掻きまわしている。荒らいだ気分を鎮めるための動作なのかもしれない。そっと気をひいてみるというつもりで、彼女は裸足の爪先で砂に埋った拳大の石を掘り起こした。自分に何か用ですか、と相手がいった。細い目が彼女の瞳を捉えるようにふりあおいでいる。はい、とたじろぎながら答えたが、それ以上ことばが出なかった。出ないのではなく、もともと何もいうことなんかないのだという気がして来る。

たまたま通りかかっただけのことだ。ことばのやりとりの大立ちまわりには、手に汗を握った。だがそれは彼女にとって、結果何ほどのことでもありはしない。観客の興味、その程度の失礼な楽しさだった。いや、はからずも彼女自身舞台に引っぱり出されかかった。だがそのことで相手に文句をつけるわけには行くまい。遠くから眺めれば、薄暗い中の炎のまわりにうずくまっていた自分たちが、一対の男女に見えるのはごく自然だったに違いない。おいもを、と彼女はいった、丸焼きをどうもありがとう。固くなっちまって、はあ食えたもんじゃあるめえ、と相手がすぐいった、他に四つ五ついれといたっけが、それらもみんな消炭に化けっちまいました。彼女は自分の手の中のいもを見た。皮がこそげ落ちた部分にまた灰と炭の黒さがくっつき、ほかほか湯気をあげる彼女の空想の丸焼きとはまるで別な、薄ぎたないものに変っていた。

魚はまだだ、と相手がいった、持ってって炙りなおすかね。串を手にとり、確かめるように魚の角ばった頭を押す。結構です、と彼女はあわてていった、だってわたし……。見てくれはいいもんじゃないが、と相手は串の針金を渡すそぶりをした、醤油で附け焼きにでもすりゃあ、まあまあ香ばしくはなる。顎の先を振って彼女は断った。そうしながら、あなたってやさしいひとですね、と気軽にいってみたいと思った。実際に口を開きかけると、ふいに違うことばになった。わたし、ほんとはお父さんのほうに同情していたんです。いってしまってから自分でぎくっとし、だから親切にしてくれなくてもいいという意味の、あとのことばが続かなくなった。

相手は串を火から遠いかまどのへりに刺し直した。そして、それで間違っちゃあいません、と感情の波の立たない声で受け流した。自分がここを出て行ぐってこんがほんとです、と同じ調子ですぐ続ける。背をこごめたままなので、どういう表情なのか彼女にはわからなかった。人さし指を丸めて、串の先の魚の頭をぴんと弾いている。その動作が彼女に楽な気持を取戻させた。じゃあこんな所、さっさと出て行っちゃえばいいじゃありませんか。なるべく乱暴にいってみた。そのほうが快活でこだわりのない感じを与えるだろうと思ったからだ。相手の軀が撓って起き直り彼女のほうを見た。特別なことを聞いたというようなきつい目附きではなかった。考えのあるもんは誰でもそういうわなあ、といった、おんなしこんをいいます。



銀色の歯が弱い色で光り、それが彼女を笑いとばしているような感じだった。それじゃあ考えがないってわけですか、あなたは、と思わず彼女は勢いこんでいいかえした。何もないってこんじゃない、と相手は無造作にいって立った。それから、かまどの中に藁草履で踏みこみ、交互に動かしながら灰を両側から寄せて行く。燠を埋み火のようにして置くつもりらしい。小ぶりの草履からはみ出している足の指先が見るまに灰まみれになった。火の中心に近づくに従ってその足の動作がのろくなり、いずれ出て行がなけりゃなんねえ人間だってこんはわかってるんさあ、といった。彼女に語りかけるのではなく、光の薄くなった橙色の火にむかって、両足の爪先でいい聞かせている容子だった。

そうよね、と彼女も独りごとのようにいった、すぐ大水の季節になるし、冬は冬でとても……。山があるに、と急に強い語気で相手は遮った。大昔にゃあ、みんな山ん中に住んでたってこんだから。岩のあるほうの南側の山を、首をかしげて見あげてみせた。うねって続く頂きの線のかなり下まで陽が来ていた。杉の暗緑の葉筋が浮き立って見える鮮やかな明るさだった。山があるということばが実感として素直に感じられ、引越せばいいわけか、古代に戻って、と彼女はすこし憧れをこめていった。いもを寄こしてくんろ、と相手が唐突にいった。食わねえんだら燃しちまったほうがいい。その不機嫌の口調が彼女にはよくのみこめなかったが、いいえ、食べます、いまいただきます、と急いで答える。早くしな、とまた相手がいった、滓をそこらへ放り散らさねえこんだ、泥棒の食いもんはな。

うなずいていいものやら悪いものやらわからずに、彼女はただおびやかされただけの気分で食べはじめる。固くてぱさぱさし、香ばしさのかわりに酸味があった。やっと最初のひとかじりを噛みくだしたとき、自分は産れた土地を出て行ぐんは出て行ぐんだけど、と相手が早口にいった、それを強い気持でやるんか弱い気持でやるんか、はっきりしてねえんです。顔は彼女のほうに向けていたが、視線ははすかいに頬の横をすり抜け、何に焦点を定めているのかわからない。それでも、考えつめたことをきっちり報告しているような確かな口ぶりだった。

強い気持で……、と彼女はのどの奥で音を立てずに反芻してみた。具体的な意味がつかめるはずはなかったが、急に頑なだったり急にしなやかだったりする相手の姿勢の、その根もとのありかがほんのすこし見えたように思える。ただ黙っていては悪い。漠然としたことでも何か答えるべきだという気がする。相手のまなざしが動き、彼女の目をきっちり捉えた。考えこんで貰うほどのこんじゃあない、とその切長の目でいった、お他人さまの頭をわずらわせる類いのこんじゃないです。そして、急に歯肉を見せて笑った。別誂えのこんじゃあねえ、世間そこらによくあるこんだあね、と笑いながらいった。快活すぎるほどの笑いなので、ことばの裏に別のものが隠されている感じはもうしない。そうですか……、と事がかえって曖昧になったと思いながら彼女はぼんやり答えた。

相手は笑いやめたが、ゆるめた頬のまま、どうせむらうちの噂話で聞くこんでしょうから、自分でいっときます、と妙に滑らかにいった。いや、そうじゃなくても、あの川ん中にいる畜生は何もんかねって、あんたが訊ねることは目に見えてるわさ。それだったらわたし、と彼女はいいかけたが、相手のいう通りだと気づき、ことばを切った。自分が外地から帰ってみたら、かかあが弟野郎と一緒になっていたってこんです、と同じような滑らかさでいう、うちを継いでたっちゅうわけです。口先で軽っぽく喋る感じだった。自分は余分な人間になったっちゅうこんです、とまたいった。ふいに彼女はその底に隠されているものに思いあたり、奥さんが弟さんを好きになったんですか、それとも逆に……。まるっきり、と相手があっさり否定するいいかたで遮った。自分の公報が早くにはいっていたんです。やつらはそれがためにうちを継がねばならなかった、そんなこんです。いい終っても銀の歯と鮮やかな色合の歯肉を見せたまま、口もとをゆるめていた。自分も口をあけっぱなしで聞いていたと彼女はさとり、たぐりこむように唇をとじ、唾をのみこんだ。

ご愁傷さまというわけにも行くまい。といって、生き帰れてよかったですね、でもない。きっとそういう人が沢山いるんでしょうね、といえば相手は慰められるのだろうか、それとも傷つくのだろうか。挨拶はいらねえよ、と相手が彼女の気持をてばやく見越していった、まんま行ってくんな。はい、とほっとして彼女は答えた。相手は目をつぶるようにして空をふりあおぎ、まともな百姓だら麦の一反歩も刈りおえちまう時間だなあ、といった。陽ざしが二人の立っているすぐ向うまで近づいて来ていた。荒砂がところどころに黄金色をまぜて薄茶色に光っている。見渡すと、流れの方向に沿ってちょうど島の半分が縦に陽に曝されている形だった。日中になれば、いま陰の部分も全部陽が当るはずだ、と彼女は漠



然と思った。そういう時間、このひとは何をしているのだろうと思った。

行ぎない、と相手がゆるやかな声でいい、おいもごちそうさま、と彼女もさっぱり答えた。実際には一口かじったままのいもが手の中にあったが、それを握りかくすようにして石垣のほうに向って歩き出す。すぐに軀全体が光を浴びた。自分は一生もうこの島へ来ることなんかない。島どころか、この近くの村へやって来ることもないのだ。そのことを相手に伝えて置かなければ不公平だ、という気持が彼女の中でとっさにひらめいた。しかし……、とうっすら熱を帯びはじめた砂を蹠に感じながら彼女は思い直す。それをきっちり伝えるためには、姉の死のことを話さなければならない。戦死した男に後追い心中をした女のこと。そんなことをいまの相手が気持よく聞いてくれるはずなんかありはしない。

瀬にかかると、そこに飼葉桶があった。外側のひからびた汚れがてかって見え、果たして木でできた桶なのだろうかと疑ってしまう。それほど長年月使いこまれた代物なのだ。父親が叩いたように彼女もそのふちを掌で叩いてみた。牛の顔が思い出された。大きい体軀のくせに恨みがましいみたいな、人のいい目附き。父親と息子が意地の張りあいをしているのなら、第三者のわたしが食

べさせてあげればいいんだ。桶についている縄だけは、真新しい藁縄だった。普通の太さのを三本ほど縒り合わせて取りつけてある。食べ残しのいもを桶の中へいれ、その縄を両手でつかみながら、藁だったらこの縄も牛が食べてしまうではないかと彼女は思う。桶は意外に軽かった。

水をいれて、かんまぜなけりゃあだめだ、と島の中から相手が叫ぶ声が聞こえた。はい、と彼女は素直に答えて桶を置いた。飼葉に米の磨ぎ水を注いでいたのを見た記憶がよみがえった。瀬の深そうなあたりの水を両手ですくい、勢いよく桶の中へいれる。こぬかだかふすまだかの黄色っぽい粉が、小豆粒くらいにいくつか丸まっただけだった。相手が背中にむけて大笑いをとばしてよこす。つられて彼女も笑い出した。急いで桶の口を流れの上流にむけて傾けて行く。そこらじゃ無理だんべ、と相手がまた笑い声でいった、あっちの淵のほうでやるだよ。はい、と思わず返事をしてから、彼女は急に腹立たしくなって来た。そんなことなら自分できちんとやればいい、といってやりたい。

牛の畜生の近くでなにしたほうが、重てえ思いをしねえですむってこんです。そういいながら相手は小石の上を身軽に跳ね渡って、牛を繋いだ側の暗いほうに向って



行く。仕方なく彼女も縄を肩にかけ桶をかついだ。相手の姿が一度大石の上にとび乗り、すぐその向う側に消えた。この格好じゃああの石を越せるはずはないと彼女は思い、迂廻するつもりで上流のほうへ歩き出す。ふいに父親が呼んでいた相手の名前が頭に浮んだ。遠一。長男だから、一の字が下についているわけか。遠一さんよう、と彼女は呟いてみる。東京へ出て闇屋にでもなればいいじゃない。闇屋という考えが、自分がかついでいる桶からの連想なのか、それとも陰気さと活動性が奇妙にまじりあっている相手のありようからなのか。

まだ陽が来ていないほうへまわりこんで行くと、牛がたっぷりした声で鳴いた。綱をゆるめて解いてやっているに違いない。彼女の姿を見かけたとたん、もう一声あげて軀をゆすぶりながら寄って来ようとする。ゆったりした動作だったが、蹄が小石の上に乗って滑ったらしく前足がよろけ、のどから垂れているひだひだが激しく揺れた。小さい悲鳴で彼女は逃げた。てめえの桶は覚えてるってこんかな、と相手が笑う、そこらへ置いといてくれれば自分がやります。軀をかがめて桶の底を地面につけ、縄を肩からはずしかけたとき、ちらっと依怙地な心が起きた。結構よ、と彼女はいった、わたしが食べさせます。自分で思っていたよりよほど強い口調になってい

る。相手がききかえすふうに小首をかしげた。お父さんにはあんなに偉そうにいってた癖に、と彼女が続けると、相手はすばやく目をそらせた。

わたしが食べさせたいと思ったんですから、ともう一度繰返しながら流れのほうへおりて行く。淵は狭く小さかったが、底のほうは青緑に暗い。対岸の杉林が黒い壁のように目の前にあった。水まで冷たいと感じながら、下流のへりを三歩、四歩と慎重に踏んで、彼女は桶を少し傾けながら沈めて行った。急激に水がいっぱいに流れこめば桶と一緒に自分も沈む。そう思うと、自然に腰がうしろに引けて重心を下げていた。相手がこの格好を見つめているだろうかと一瞬気持が動いたとき、水がさっと流れこみ、黄色い粉が桶の中で浮きあがった。あわてて傾斜を立て直し水を防いでも、こぬかやふすまは渦巻きながら舞っている。分量の見当はつかないが、とにかく失敗はしなかったと彼女は思い、桶をひきあげにかかった。意外に重かった。取手の縄に手をからげて、ようやく淵のへりの浅瀬に戻して据える。

ふりむいて見ると、相手はまるでわざとのようにこちらに背を向け、腕組みをしているらしい姿だった。むしろ牛が遠い目で彼女を眺めかえした。かきまぜてやるんだっけ、と思いつく。桶の下のほうに藁を刻んだのがはいっていて、それとまぜてやらなければいけないはずだ。右腕を思いきりまくりあげ、桶の中に手をつっこんだ。つっこんでから、棒でやればやれるのにとすぐ思った。その通りだった。三、四センチにきっちり切ってある藁の切口が二の腕をひっかくようにこすって来る。棒を持って来て、と彼女は思わず叫んだ、棒です、手が痛くってとっても駄目。相手は体を向けかえ、首を振った。最後まで自分でやれっていうのね、と彼女は苛立ってすぐ叫ぶ。相手がもう一度首を振り、振り続けるしぐさのまま歩み寄って来た。水のいれ加減が足んねえんじゃねえのかな、と桶のほうを見ないうちにいった。

膝頭近くまである深みを通って相手は彼女の前へ来た。そして桶の中をのぞきこみ、小さくうなずく。もっと水をいれるのね、と彼女はきいた。相手は答えずに手を伸ばし、取手の縄をつかんだ。弾みをつけて高く持ちあげ、巧みに廻して深みのほうへ投げこむ形で置く。それから片足で桶のふちを踏み、取手の縄と釣合いを取りながらゆっくり傾けて行った。水がはいったと見えた瞬間にすっと足をはずしている。それらの動作がとぎれることもなく、また急いでいる感じでもないので、いかにも楽しそうだと彼女は思う。相手は桶を水の中に漂わせたまま、手早く中身をかきまわしはじめた。つりこまれて彼女も覗きこみ、そんなにびちゃびちゃでいいのね、といった。相手は答えなかった。かきまぜる手が急にゆるくなって停り、にぎりこぶしを作った。そして桶の中でふちをこんこんと叩いた。かなり力をこめた叩きかただった。それがどういう意味なのか聞くつもりで、彼女は相手のうつむいた横顔をうかがった。蒼い水の照りかえしのせいか、頬のこそげが急に目立つ。あの、と彼女がいいかけたとき、その顔をふいにそらせ、桶をぐいと押しやって深みへ戻って行った。腿のあたりまで水につかる。

それから、全身の力を両手にこめる姿で、桶をまっすぐ水の中に押しこんで行く。とっさのことなので彼女はただあっけに取られていた。桶のへりが水にかくれた。すると、暗い中にひそんでいた何かに激しく突きあげられたように、黄色いかたまりが水面におどり出た。なにするの、と彼女は叫んだ。しかし、それがはっきりした声になっていたかどうかおぼつかない。相手はまるで何かに耐えているかのように、まだ桶を押えつけていた。見るまに黄色いかたまりは拡散し、その腰や腕のまわりに漂いはじめる。穀類の油脂だ、と彼女は心の中で悲鳴をあげる。その油がそれ自身目的を持っているような勢いで、水の表面にほの白い膜を張って行く。馬鹿、と



やっとのことで彼女は胸いっぱいの声をあげた。相手の肩が揺れたように見えた。桶のふちの両手を放したのだ。しかし桶は浮びあがっては来なかった。

利口もんだと思ってやってるわけがあんめえ、と相手が背を向けたままでいった。低い調子だが、ふて腐れているという感じでもなかった。足腰にまつわりついている藁の飼葉を払いのける手つきと一緒に彼女のほうを見る。その動きにつれて、取手のところだけ出して、ひっくりかえりもせずに漂っていた桶が、下流に向ってふらつきはじめた。じゃあなんで、と彼女はいう。いい大人が変な八つ当りみたいな、と続けるつもりだった。水がふいにざわついて、桶が弾ねあがり横倒しに浮いた。相手が底を水中で蹴りあげたのだとわかり、彼女は思わず軀が震えた。自分は、と相手が桶の流れ行きを見守りながらいった、自分はいましばらく、甘ったれていたいってこんだ。

桶は小石が点々と露出した淵の終りですぐにひっかかった。そこからは狭められた瀬が、なだれるような速い動きにかわっている。引きずられるように桶の向きがひねれて、底の裏側をこちらに見せた。白っぽい木目がはっきりわかって、外側の汚れとは別物のようだった。流れがその木目を叩いて、波の歯をむき出して、ふたて

に別れて行く。彼女はそれらの動きに見とれながら、一体誰に甘ったれていたいと相手がいったのだろうかと思った。対象は人間ではなく、こういう場所、つまり産れ在所とでもいうものなのかもしれない。そう思うと、たわいないという軽い失望が起きた。馬鹿ね、と彼女は口先で呟いた。なに……、と相手が大声できかえしてから、ま近まで寄って来た。ずぶ濡れの下半身が気になって、つい目が行ってしまう。ズボンは薄物のように脚に張りつくというのではなく、逆にふくれあがって見えた。相手がそれをぶるっとふるわせた。水は大してとび散らない。まだなんか用が残ってるんかい、とその動作を小さく続けながら相手がいった。なまなましい声だ、と彼女は思う。にもかかわらず、相手の顔かたちからは、押しこんで来るような力はない。

　おれもぼちぼち女を試さざあってときに来てるこんは来てるんだが、と相手がいった。別のことに気を奪われている容子で、彼女をじかに見つめるというふうではなかった。正確な意味を了解するまで、彼女はぼんやり相手の顔を見ていた。目があったとき、やっとおぼろげにことばがさしている内容がわかりかけて来る。しかし、その焦点の定まらない視線には彼女を捉えて放さないという意志が感じられなかった。なあ、おめえ……、と相手がぼんやりした声で続けたとき、彼女は自分でも呆れるほどの早さで川岸の砂まで逃げた。こういうことはこんな場所で襲いかかって来るのだという実感がはじめて湧いた。恐怖心を払いのけるつもりで、あなたは一体どこで寝起きしてるの、ときつい口調で彼女はただした。寝起きなどということばを使うつもりはなく、本当にここに住んでいるのかと訊ねるはずだったのに、思いがけなくそういっていた。いい終ってまた斜め後ずさりに逃げる。

　一直線に陽のさしている島のまん中まで出てしまえばと思うが、牛にぶつかるととっさに気づく。どう迂廻すればいいのだろうか。水をはねながら相手が岸にあがった。自分は女となにするこんをしっかり試してみる、とゆるい調子で、しかもあけすけにいって寄こした。そういうこんで、てめえの肚がはっきりするもんだらはっきりする、そういう始末を考えないでもないってこんです。彼女は逃げる道筋も考えず、つい相手のことばに聞きいっていた。くどいたり襲ったりするのに、こんな馬鹿まじめとでもいう他ない喋りかたをするものだろうか。相手が傾斜を一歩一歩踏みしめるように登り、まっすぐ近づいて来た。

　なによ、と彼女は精一杯抗う声を出した、おんなおんなって、それは誰をさしていってるんですか。相手が答えたら、その瞬間に駈け出すのだ、と自分にいって聞かせ、爪先をじりじり曲げながら腰を引く。お前さんがさっきなあ、と相手がいいかけた。彼女は走り出した。川上に向ってだ。桶を運んで来た道筋だ。おれが寝起きしてる場所のことをいってたんべえ、とのどかな叫び声が追って来た。大石の群がりをまわりきったとたん、日向側の石垣が目にとびこむ。あそこでつかまらなければもう大丈夫だと思う。そして、相手との距離を計るために斜め後を見やった。距離は十分あった。それどころか、相手は追いかけるつもりが全然ないような、ゆっくりした歩きぶりだった。助かったと確認したとき、彼女は突然激しい動悸に襲われた。最初用水路へ出る瀬のほうを択んで置けばこんな目に会わなかったという後悔を、まるで軀自体が中から嘲笑しているような、小ゆすりを伴った動悸だった。

自分は天幕の中に寝てます、と相手がいった。そして、彼女のいる場所よりもっと川上のほうを顎で示す。テント、と小声で呟きかえしながらそっちを見た。大岩のあいさの所です、とすぐ相手がいった。青年団の天幕を盗んで来たなにだけど。山の黒さにはめこまれたような形で、岩肌のきめが定かには見えないふたつのかたまりがそこにはあった。どっちがオトコ岩でどっちがオンナ岩だったろうかと目をこらしたが、相手のいっている天幕らしいものは見あたらなかった。音は喧しくってたまらねえが、川っ風をよけられるもんだもんでねえ、とまた声をかけて来る。その拍子に、上流のほうの岩の頂上に白い小さいものがひらめくのが見えた。陽がさしかかって来たのだ。その陽で祠に供えたぎざぎざの紙の御幣が光っているのだとわかる。高い頂きだから風があるのだろう、まるで誰かに信号を送っているように規則的にひらひら舞う動きを繰返していた。

なんのための神さまだろう、と彼女はこの島に踏みこんだときの考えをぼんやり反芻した。死んだひとの霊を慰めるためか、それとも生きてるひとの暮しを守って貰うためのものだろうか。夜に来てくんな、と相手が少し弾みをつけた声でいった、岩のあいさに火を焚いて迷わねえようにしとくわ。はあ、と彼女はぼやけた答えかたをする。相手のいっている意味が頭にはいらなかったからだ。火を焚くんですか……、と曖昧にききかえしてみた。自分は特別急いで、せいてるってこんじゃありません、と相手がいった。いついつと日を限ってるわけじゃあねえんさ、とちょっとあわてたふうに附けたす、あんたのほうがなんです、その気になってくれるんだら、今夜でも、田植えどきになってからでも、自分のほうは……。

　意味がわかった。わかったとたんに彼女は笑い出していた。無理だわ、と思わずいった、だってわたし今日東京へ帰っちゃうんですもん。今度は相手のほうが意味がよくのみこめないというふうに首をふって見せた。今日の今日ってこんかね、ときく。そう、ぴったりです、と彼女は快活に答えた、ほんとに今日の今日なの、残念ね。そしてまた笑い出してしまった。相手も突然笑った。おめえも面白え娘だなあ、と笑いながらいった、いや、いい娘だってこんを自分はいってるんだが。彼女のことばを冗談だと受取った容子だった。そしてふいに、軀のそばへすり寄って来ていた牛の額をつんつんと軽く突いていった、なあ、おめえ、おらんかは今日の今日東京だかどこだかに吹っとんでっちまう娘を、あしたもあさってもずうっと待ってるっちゅうこんだ。牛はもっとそうして欲しいといった身ぶりで、相手の手に額をこすりつけようとしていた。

　冗談でも出まかせでもなく今日帰るのだ、と彼女は念を押すつもりで、一歩前へ踏み出した。相手が彼女を見つめかえした。自分は多胡遠一です、二十と五です、といった。いい終ったとたん、そのきまじめさにわれながら腹が立つという感じで、そんなこんはどうだっていいんだけどよう、と肩を荒っぽくゆすった。彼女はもう何もいうまいと心に決めた。そして相手と同じように乱暴に肩をふりむけ、石垣のほうに向って足早に歩き出した。おめえよう、と少しとまどったらしい声が背中に飛んで来た。日向に出ると焼けはじめた荒砂が蹠にじわっと熱かった。ねえさん、ねえさん、どこ行くの、と彼女は自分に呟きかけるように小声で唄った。それから急に、何かが気持の底から押し出して来るように思い、大声になる。わたしは九州鹿児島の西郷隆盛むすめです、明治十年三月に切腹なされた父上のお墓詣りに参ります……。瀬にかかり、水がはねとぶ。それ以上声を出して唄う気持は消えた。そして今まで考えもしなかったことが、はためくように浮んで来た。

　これほどあけすけに自分の軀が男の目に晒されたことはない。いや、相手は明瞭に軀を捉えたいということばをいった。彼女にとってははじめてのことだった。今まで自分はただの子どもだったに過ぎないと、ふいに思いかえされる。すぐ目の前に石垣がそびえ立っていた。大小取りまぜたその不規則の積石は、近くで見ると思っていたよりずっと黒ずんだ灰色だった。石のひとつに手をかけ、水から足を引き抜きかけたとき、まだこの軀は相手の目に晒されているのだと思う。両手両脚で這い登って行けば、その姿がまるごと相手の目の中にはいるだろう。

　彼女は石垣を登って行きながら、唄の続きを呟きはじめた。切腹なされた父上のお墓詣りに参ります、お墓の前で手を合わせ、なむあみだぶつと申します、お墓の陰から幽霊がふうわりふわりと、ジャンケンポン。最後の石から顔が抜け出したとき、そこには風があった。風と呼ぶにしては妙になまあたたかく、彼女の軀全体を小馬鹿にしているような空気の流れだった。石垣の上のごわついた夏草の上に足を乗せる。すると、相手にひとことだけでもいいかえして置きたいと思った。立ちあがると同時に彼女は両手でメガホンを作った。わたし、姉のお墓まいりに来たんです、と力いっぱい叫ぶ、だから、今日はもう……。そこまでいって叫びやめた。相手の姿はどこにも見えない。そして陽ざしが半ば以上行きわたった島は、ひどく小さいものに見えた。石のかまどがあるはずの場所も、ただ何事もないような普通の石川原だった。

　山の下草にももう露はない。八時半を廻っていることは確かだ。熊笹というよりもっと丈のない笹がところどころにあるのを踏んで登りながら、彼女は黒ズックの中の素足が芯のほうまでだるい火照りに浸されているのに気づいた。川の中を歩き過ぎたと思う。早く尾根に出て墓の場所の見当をつけたい。土葬のお墓は普通、村はずれや目立たない陰のような所にあるものという気がするが、ここのはちょうど部落のまんなかあたりで、南向きの丘の中段にむしろおおっぴらに位置していた。そんな記憶がよみがえって来る。あれは何か理由のあることなのだろうか。登りの勾配が急に膝にこたえ、彼女は手近な雑木にすがって腰を引きあげた。と、すぐ目の前に小さな窪地があった。

　すぐに、窪地と思ったのは目の錯覚で、人工的に切崩してならしたようなささやかな平らだとわかる。息の乱れを取戻すような心持で小幅歩きにはいって行く。それは山の中にふいに現れた荒庭とでもいう感じだった。五十坪足らずほどのその平坦な場所にはまともな高さの木は一本もない。灌木や萱の類いもざっと下刈りをしてあるらしく、低い株が穏やかな盛上りをいくつか見せているだけだ。突きあたりが背丈の二倍くらいの黒土の崖になって、上の山林へ続いていた。その黒土の下の中央に、葉の大きい夏草の茂みがややこんもりしている。以前服地の糸の代用品に使ったからむし、大きく固すぎて食べられない馬のすかんぽというやつ、そういう直立した丈のある草の葉や茎に、色のずっと濃い蔓草がまつわりながら繁っていた。彼女はゆっくり近づいて行きながら、その幅のある盛りあがりの後から、またひょいと何か生きものが現れそうな気がして、ほんの少し胸をどきつかせる。

もちろんそんな気配は何もない。かなぶんぶんの小さいのが一匹、ねじれた蔓草の茎の上をさも目的ありそうに這っているだけだ。風が全くないのでその動きだけが目にとまる。期待がたちまち薄れ立ち去るつもりになったとき、叢の根かたが青みを帯びた石で盛りあがっているのだと気づいた。よく見ると、それは一尺角ほどの切石だ。手を広げたくらいの長さで、荒けずりの柱という感じがする。横にまわりかけると、同じようなのがまた一本あった。半分土に埋まっていたが、石の青みは苔がついているのではなく、もともとそんな色なのだという、そっけないざらついた表面だった。まだもう一本あった。そのほうは土に埋まったのの上に立てかけるような形で置かれていたが、まん中あたりで折れているらしく、半分は全く草生に隠されている。石の柱だから、これでもお墓のつもりなのだろうかと彼女は一瞬思いめ



ぐらした。しかし、まわりにはそれを現しているようなものは一向に見当らない。確かに自然のままの石ではなく人の手が加えられたものなのだろうか。確認するつもりで彼女は腰をかがめ、その荒れた肌のほうへ手を伸ばした。

からむしの大ぶりの葉が頬をこすった。するとふいに、今ごろは山は蝮の季節だということが思い起こされた。やつらはこんな所に隠れているのかもしれない。急いで腰を伸ばし後ずさりする。ズック靴が切株の小山にぶつかる。わっ、わあっ、と彼女はおどけるような叫びを挙げて草のかたまりから離れた。はいって来たのとは反対の方角へ向った。荒庭がそこで終るすぐ間際まで出て行くと、雑木のまばらな下枝ごしに部落の長いひろがりが斜め目の下にあった。まるでしつらえられた展望台に立っているようだった。桑畑の緑をわずかに点在させて、あとは黄一色の麦秋だ。それが筋目立って縦に見える往還端の家並を、両側から攻めひしぐように押しつつんでいる。

黄色がつややかに見える部分は、もう刈り了えてそのまま横並べに陽に乾してあるのだろう。ところどころに人の頭らしい笠や帽子や白手拭が動いていた。不謹慎なことだが、そのすべての人々に向って大声で叫んでやり

たいと彼女は思った。いずれにしろ、これほど見晴しのいい場所があることは露知らなかったわけだし、今の今になってそれを見つけ出したのは何か運命のようなものが自分を包んでいるに違いない。そんな得意な気分を誰かに伝えたい。それが川原で出会った男でも構わないと思う。台地のへりぎりぎりの所を彼女は両足を揃え、弾みをつけながら横とびにいくつか跳んだ。跳びながらその子どもっぽい動作にいくらか腹を立てている。もうこんなことも終りだと自分にいい聞かせる。昔ひとりの女の子が何かの間違いでこんな村に暮していた、暫くたって再び訪れちょっと懐しんでみた、そういうことの全部がもう終りなのだ。今日一日、いや一日たたないうちに終ってしまうはずだ。

抑留ということばをよく聞く。極寒の地にとか、大陸の奥深くとか。東京生れ東京育ちのわたし自身は今見下ろしているこの土地に抑留されていたわけだ。だがそれにしては目の前の光景はあまりにのびやかすぎる。南北を低い山地に挾まれたこの東向きの谷は、今それ自体がゆったりした流れのように黄一色に息づいている。あの男は、と急に川原の相手のことが彼女の中によみがえった。この位置からは向う側の山の暗緑に埋めこまれたような形で川原の所在は全くわからなかったが、彼は一体、とあのカーキ色の姿を思い浮べる。生れ故郷に抑留されているということにでもなるのだろうか。いやそれもおかしい。誰かが強制的に引き留めているわけではないのに、勝手に居残ることは抑留という感じではない。それとも何か別のものが軀の中のどこかに綱をつけて縛っているのか。あの大牛が真鍮の鼻環をアカシヤの幹にくくられていたように。



ぼんやりそんなことを考えていると、最初目をみはらされた光景が、今はもうごくありきたりなものになっていることに彼女は気づいた。部落の家並のほうへ向って、台地の端から降りはじめる。と、遠くばかり眺めていておろそかだったすぐ足もと近くまで麦畑が這いのぼって来ていた。まだ青みの取れない貧相な列だった。傾斜地をならすこともなく、そのまま横に畝が並んでいる。そして、その斜めの青草のつながりの先が山裾に三角形でくいこんでいる所に、ぽっこりと黒い真四角な屋根が見えた。墓地下のお堂があれだ。お堂のすぐ向う側に短い石段と、お椀を伏せたような疎林がある。そうか、こんな簡単な地形だったのかと思い、麦の畝の間を目がけて両腕をひろげて飛び降りる。土は柔かく、のめりこんだズックの中にいちどきに泥がはいって来た。

かまわずに畝の麦をわけて行きお堂に向う。すぐに神宮迅一郎のカンカン帽の頭が見え、その手前に母の丸い姿があった。まるで日向ぼっこでもするように並んでお堂の濡縁に寄りかかっている。切符は買えたの、と彼女は穂の間を突っきりながら出しぬけに叫びかけた。二人があっけにとられたようにこちらを向く。迅一郎のカンカン帽が一度うなずいてから、あわてて手を横に大きく振った。取れなかったんですか、と彼女はなじるつもりの声を出した。馬鹿おっしゃい、と母がのんびりと切りかえして寄こす、今ごろがちょうど売出しじゃないの。今ちっとあとの時刻だねえ、とすぐ迅一郎が母にいった、若え衆を三人もとばしてあるから、間違っても午後のんは取りはずれねえっちゅうわけでやんす。そして低い声で笑った。

畑が終った所から芝草の道がお堂につながっている。彼女はズック靴を脱いでのぼり、中の泥を払い落とした。両方の黒靴を手荒くぶつけ合わせて、それを繰返す。迅一郎の笑いに同調して気楽そうな笑顔を見せている母が何となく愚かに見えて来る。その男に鼻環をひきまわされてわたしたちは帰るんじゃない、自由で何にも縛りつけられていないから戻って行くだけのことではないか。あとでいいきかせてやろうと彼女は思う。ごらんなさいよ、津和子、と母が弾んだ息でいった、この見事な白百合。そして濡縁からこわれものを扱うような手つきで、胸がかくれるほどの葉群を抱えて見せた。靴を持ったまま吸い寄せられるように近づくと、確かにそれは鉄砲百合だ。だが花はわずかに黄色味を帯びたのがひとつ開きかけているだけで、あとは百合と呼ぶのもばかばかしいような草色のちっぽけな菱形がいくつか、葉のきつい緑のかげに頭をかしげている。どこが見事なのよ、と反射的に彼女はいった、仏さまに葉っぱをお供えするわけですか。

母が緑の葉と一緒に軀をゆらして笑った。彼女のことばを待ちうけていたような得意そうな声だった。馬鹿おっしゃい、と口癖の軽いいいかたをする、根ですよ、球根まるごとなのよ、これをまわりにずうっと植えて下さるんですって。そのことば通り、しっかりと立った十数本の茎の根もとは、そのかさの三倍ほどのしめった黒い泥が縛ってある汚れ手拭からはみ出し、母の手もとがあやうく感じられるほどだった。へえへえ、と迅一郎が妙にへりくだった声を出した。カンカン帽のふちをずらしあげて、額の汗を白絣の袖でこする。彼女ははじめてこのぬぼっと高い男の全身を見た。絣の白が、骨組の荒っぽい桁はずれの軀を大まかに包みこんで、何やら年代じみた威厳を帯びている。以前にゃあどうしてどうして、とその軀を山のほうにふり向けながらいった、花どきになると匂いでこっちの鼻が馬鹿んなるぐれえあったもんだが、砂糖がなくなる頃からその根を掘り荒すもんがふえてのう。おれの山だから手え出すなっていったって、そこまでは取締るわけにも行がねえ。大きい目を細め、山のひだを確かめるように見ている。いかにもいまいましいといった顔つきだ。

　百合の根のきんとん、と母が少し上ずった声をあげた、昔いただいたことがあったわ、少しほろにがいっていうのかしら、そのあくのある所がかえって野性的な……。いやだわ、と彼女はすかさず母をたしなめた、今は食べものの話じゃないじゃないの。母は自分の弱点に照れた容子もなくあっさり笑った。そう、山よ、この山全体がそうなんですって、全部神宮さんの持ち山なんですって、と迅一郎の視線を見ならって山を見あげた。妙義山の麓まで他人の土地を一歩も踏まないで行けるんですって。ことばの内容ほどには、母の声に讃嘆の感じは含まれていなかった。持ち山とか、一歩もとかいうことに毛ほどの現実味も持っていないのだと彼女は思う。そして、それを自慢したに違いない迅一郎の表情をうかがってみた。農地解放だけではなく、山林にだってそれが適用される。そのくらいの知識は自分だって持っているということを、折があったら知らせてやるのだ。ズックを地面にぽとんぽとんと落とす。

　気配で迅一郎がこちらを見かえした。一瞬いぶかるように目を見開く。山は、と思わず彼女はいいかけた。迅一郎の目に機敏な反応があった。目から振りはじめるようにしてその大きい顎を振った。そして彼女に目を据え直すと、なんして津和子さんはお寺のほうへ来なかったんかね、といった。なあお母さん、立派ないいお経だったでやんしょう。お経、と母がききかえした、あたくしにはいいものかどうかわかりませんでしたわ。それにあのお坊さんたら、麦刈りを早く始めたくてそわそわしてるみたいなんですもの。迅一郎がお布施の額をいい加減なもので済ませたと母はいいたかったのかもしれない。立派なおっしゃんです、とすかさず迅一郎が断言した。学徒動員で伜を亡くしたんは、この村じゃおれとおっしゃんと二人っきりってこんだ。いい終ると、まるでそのために墓まいりに来たというふうな吐息をつき、石段のほうに向って大股に歩き出した。

　ああ、と母が百合の大株を抱えたまま、とまどった声をあげる。線香を、と迅一郎はふりむきながらいい、母の手から草のかたまりをもぎ放すように取った。そしてそのまま石段を登りはじめた。彼女は母にはかまわずその後を追った。粗末でひずみだらけの狭い石段を、新品らしいゴム裏草履が後へ向って蹴るようにあがって行く。彼女も負けまいとして石段を小刻みに踏んだ。姉の墓参をこの男の身勝手な調子でかき乱されたくないというつもりだった。足もとに気いつけろ、という太い声がふいに上から降り落ちて来る、すり減っちまったんにこの衆は直そうともしねえかんな。見あげると白絣は立停っていた。この石のでこぼこは踏みならされてこうなったのかと彼女はあらためて足もとを確かめた。するとごく自然に、さっき自分が見晴台のつもりで立ったあの場所の、青い長方形の石のことが浮んで来た。あそこの山に、と彼女は漠然とそのほうをさしながらきいた、庭みたいな平らな所があって、そこにも石が……。城跡っていうわな、とすぐ答えがかえって来た、そういうこんになってる。お城、城があったの、こんな所に、と彼女は思わず大きい声でいう。

母が追いついて来た。お城が見えるんですか、と息をきらせながら聞いている。大竹山城守ってえひとの城ですと、と迅一郎がいった。名前のほうはあてにゃならねえが、あったってこんは確かだんべなあ。いいながら逆に降りて近づいて来る。武田信玄が一日のうちに城を四十いくつも落としたってえ話はご存知か、とまるで別の



聴衆が石段の下にいるというふうに喋る。信玄公はこの関東平野が欲しくて欲しくてたまらなかったんだわなあ、とにかく高崎どころか川越あたりまで攻めこんでるぐれえだからして。そうらしいですわね、と母が心のこもらない声で相槌をうった。そこでだ、と迅一郎はおどしつけるように声を張った、信州佐久から関東へ出るんにはこの西上州一帯が格好の通り路になる。そこでだ、とまたいった、おらあほうはおらあほうで守らねばならない。彼女が笑い出す前に母が鼻先で失笑した。しかし迅一郎のほうはひるむどころか、かえって力をこめていう、内山峠の城を落としたあと、奴らの兵隊は側往還という側往還をなだれるように馬で抜けて来るっちゅうわけだあ。守るほうにしてみれば、せめて山の具合の確かなところから弓でぶつぐれえしか手はねえってこんだ。

側往還ってなあに、と彼女はきいた。母はともかく、自分はあの地形を見たのだから、いくらかでも信じるべきだと思ったからだ。そこの道さあね、と急に調子を落とした返事がかえって来た、中仙道に対してそう申すってこんだんべえ。まあまあ、と母が屈託のない声でいった、今あたくしが通って来たあの道路で戦争があったっていうわけですの。迅一郎は大きい肩をそびやかすようにめぐらして、また石段をのぼりはじめた。一歩一歩踏

みしめて行きながら、お前さんがたには金輪際わかりますまい、と低く腹の底から声を出した。やま地に育ったもんは、ひら地が欲しい、ひら地の人間は山を持ちたい。理窟はわかりますわ、と母は白い背中にくっついてのぼりながらいう、武田信玄の伝説がここにも残っているのはそれなりの理由があるわけですものね。立停ったまま彼女は石段の途中からもう一度さっきの荒庭のほうを見た。だがそこは青麦の畑の先端がそのまま山林に接続しているだけで、弓を射かけた砦の跡という面影は全く見当らなかった。伝説とはなんですい、伝説たあ、という荒びた声が上から聞こえて来た。

石段をのぼりきってこちらを向いている白絣の肩幅が、まばらな枝と空に浮き立って見えた。これらの歴史は妙法寺記っちゅう最上等の史料に書かれてござる。ほらだ講談本だと思うんだら大学の先生にでも誰にでも聞いてみらっしゃれってこんだ。母は石段をのぼりきることも出来ず立ちすくんでいるふうだった。あたくしそんなつもりでいったんじゃありませんわ、と白けた声でいった。わしはね、と押しかぶせるように迅一郎が続ける、田舎もんだと思って馬鹿にしねえで貰いたいから教えてくれてるんですわ、わかるかね。母の丸い後肩がぴくぴく動くのが彼女の場所からも見てとれた。誰も馬鹿にしてません、誰も教えて下さいなんていってません、と母は切口上でいった。しかしもともとまろやかな母ののいいが相手に通じるとは思えない。そんないいかたじゃ勝てないわといってやりたいと彼女は思い、次の瞬間果してその母の味方をする気分になっているのだろうかとふと自分を疑った。

この村の一等奥に菅原ってえとこがある、と上空を睨みつけるような姿勢で迅一郎はいった、その菅原城の城主高田憲頼親子は武田方の内山攻め志賀攻めを防ぐために、はるばる信州へすけに行って、十何日か守りきった挙句の果てに討ち殺されたっちゅうこんでやんす。その菅原がみなもとだからして、あの川を高田川と呼ぶ。突然母がうんざりしたような笑声をあげ、ずいぶん学がおありですのね、といった。当然のこんだわ、とひるんだ容子もなく迅一郎が答えた、わしらはてめえらの暮しにとって大事なこんは誰にも負けねえぐれえ勉強して来てる。生きてぐっちゅうことは勉強だわさ、なあ。それは明瞭に目下の者をさとす口調だった。ほんとに神宮さんは勉強がお上手ですこと、と母がゆるりと切りかえした、人をおどかして縮みあがらせるのもひとつの技術ですものねえ。技術、と虚をつかれて迅一郎がとまどった声を出す。

はじめた、はじめたと思いながら彼女はゆっくり二人のほうに登って行く。母は直線的でなくなった瞬間から達者なやりかたを見せるひとだ。それこそ技術にたけている。そうじゃありません、と母が甘ったるいほど尻あがりの調子で続けた、無関係なことで心理的な圧迫を加えて置きますと、あたくしども女はつい一番大事な場になっても気持の震えが停りませんでしょう、あがってしまって見るものも見えなくなって参ります。それっきり母は黙りこみ相手を見あげている。何を、何がいいてえんだか、さっぱりわかんねえ、と迅一郎はいい、ひとつだけ開いた百合の花の匂いをかいだ。あなたがどうしようもないけちだってこと、と彼女は思わず声をかけた、もうとぼけないほうがいいわ。津和子は黙ってらっしゃい、と母が何でもないことのようにすらっといった。ふん、ふん、と取ってつけたような鼻息を立てて迅一郎が花弁から顔をあげる、そういうこんかね、親子ふたりしてこのわしに文句をつけるっちゅう。馬鹿おっしゃい、と母がとっさに口癖を出した、あたくしはあたくし、津和子は津和子です。彼女のほうが石段のひとつ下にいるので、そういう母のつやつやした首筋と大きい襟ぐりで露出した背の肌が目の前にあった。

この小豆色のワンピースは、とふいに取りとめなく彼女の頭が動いた。母がどこかでぺらぺらした布地を手にいれて来て、娘の自分に与えることなどまるで考えずに、さっさと仕立てて着こんだ代物だ。だから、わたしはわたしといういい分は間違いなく正直なことばだった。だが奇妙なことに、それを口に出して迅一郎にぶつけているこの軀が、今は逆にひどく近しいものに思えて来る。ようし、聞くだけのことは聞かざあ、と迅一郎が太く響く声でいった。そして大きい背をかがめ百合の株を地面に置いた。さあ、いいてえこんを全部いって貰います、と軀を起こす。あら、と母が頓狂な高声をあげた、あたくしもう全部いってしまいましたのよ、申しあげましたわ。お母さまったら、という叱咤のことばが彼女ののどもとまで出かかる。だがそれは、うおっというような迅一郎のうめき声に押しとどめられた。

大きく見開いた目玉をきょときょと動かし、自分が今までしていた動作をふいにど忘れしたときのようにうろたえている。もう一度声になる溜息をついてから、これ以上何もいうことはねえっておっしゃったんですかね、とあやふやな調子できいた。はい、と母があっさり答えた。お母さまったら、と今度は彼女も母の肩に手をかけてゆすぶる、いえっていうんですもん、はっきりさせるべきだわ。あなたは黙ってらっしゃい、とまた緊張のない声で母が答える。いいえ、と彼女は一語一語区切るように力をこめ、母の軀を押しのけてその横に並んだ。新手の軍勢ってこんか、と迅一郎がいった。少し落着きを取戻したらしくカンカン帽のへりをいじっている。けちだけじゃなくて、けちの上に卑劣なんです、あなたは、と彼女はいった。

自分の声が震えているのがわかるが、それもかまわないと思う。そんな百合の花ぐらいでごまかそうってぃう、それをまるで大層なことに見せかけようとして威張ってみせる……。こいつにご不満だら、そこいらへ捨てっちまってもいいが、とすばやく迅一郎がいった。ご冗談でしょう、と彼女はいきり立っていいかえす、もったいなくてまた自分の山に植えに行くぐらいがせきのやまじゃありませんか。津和子、と母がつまらなそうにいい脇腹をつついた。いいえ、と母の手を押しかえしながら彼女は続けた、わたしがいいたいのはそんなことじゃない。雄一郎さんの、自分の息子の石碑はあんな大袈裟なものを建てて置きながら、そこへお嫁入り道具まで持ってやって来た姉のほうのはどうなんです。薄汚い竹の棒と卒塔婆が何本かで放ったらかしのままじゃありませんか。竹の束は犬はじきってえんだ、と迅一郎が無表情にいった、埋めた仏さんの軀をやま犬に食わせねえよ



うにって……。ごまかすのはやめなさい、と彼女はどなりつけている。長谷川登和子のお墓をあのまま放っとくんですか、どうするんですか、今答えて下さい。

迅一郎の目が急に細められ、なぜか柔和になったような感じがする。ふうん、とゆっくりした声でいった、お前さんはなにかね、石塔をこしらっておっ立てろと、こういってるんかね。それもひとつの方法だわ、と彼女は答える。陸軍中尉の雄一郎のんとおつかつぐれえ高いのを建てろってかい、と今度はあざ笑うようにいった。止めなさい、ばかばかしい、とはじめて母が強い口調でたしなめる。ばかばかしいにもほどがあらあ、と迅一郎が唾をとばすような勢いで叫んだ。はっきり聞かせ申しとくがなあ、伜は兵隊の位じゃあ村で二番に出世した男だぞい、死んだもんのなかじゃあ一になる。碑を建てねえってったって世間さまが承知するわけはあんめえ。そんなことの文句なんかいってないじゃないの、と彼女は少し心がくじけて来るのを感じながらいいかえした。

石塔は建てたけりゃあ建てろや、と迅一郎はいった。そしてこちらへ向って来るように草履で地面を踏み鳴らす。木洩れ陽が白い着物の上をぱらついて揺れた。そのぐれえの銭はおれが持つ、とまた断言した。しかしだ、さりながらだ、石塔には供養がつきもんだっちゅうこん

を忘れんない。むらの皆々さまにかくかくしかじかとご披露しなければなんねえ。さあ、そん時何ていったらいいんですい。母があっけらかんとした笑い声をあげ、お芝居じみた真似はもう結構よ、といった。しかし彼女は奥歯をきしらせながら、何といいかえしたらいいのか思いめぐらす。戦争の犠牲者です、と意外にすらっとことばが出た。戦死した夫の後を追って身を滅ぼしたんですもの、国のために死んだといったってちっともおかしくないじゃありませんか。へえ、へえ、へえ、と迅一郎が低い声で命令に対する返事のようにいう。だがそれはあざ笑うどころか、歯牙にもかけないということを伝えるつもりらしい。東京の焼跡じゃあ理窟はそんな具合になってるんかのう。おらあほうはそうは行がないねえ。首っ吊りは首っ吊り、川流れは川流れ、刃物を使うんは等級が一番低い。肺病ったかりとおんなしで、血い流して死ぬんは下の下っちゅうこんだ。その女亡者をあらためてどうご披露しろっていうんかね、ああ。

　あなたがそういう死にかたをさせた、そこまで姉を追いこんだのは当のお前ではないか。彼女は明確にその事実をいって、相手をなじり倒そうと思った。ことばより先に軀が動き、石段をあがる。百合の株に足がぶつかりそうになる。ふいに母が咳こんだ。気勢をそがれてふり



向くと、背を折るようにして、むせている。何がおかしいんだや、と迅一郎がその母に向けて叫びおろした。そうだ、母は笑っているのだ。線香を持った手を脇腹に当て、小豆色のワンピースの軀を丸めている姿は、まるで少女の笑いかたのように見える。だってえ、といいかけてまた笑いこけた。二人とも、二人とも、と繰返していう、石を建てるとか何とか、そんな馬鹿なことを信じてるんですもん。そんなどうでもいいことで湯気を立てて大喧嘩。全くお話にならないってところよ。喋りながら、まだ胸のあたりをさすっている。信じてるからいったんじゃないわ、と彼女は口早にいいかえした、死んだお姉さまのことを考えると口惜しいのよ、おなかの底から口惜しくなって来るじゃないの。

　自分のことばが涙を引き出した。目に熱い膜がかぶさって来る。そういうときは考えないの、と母が笑いの残っている声でいった。だって、と彼女は駄々をこねるように軀をゆすぶった、考えまいとしたって考えちゃうんだもん仕方ないじゃないの。涙が実際に頰の上をすべるのがわかり、母に甘えているのかもしれないと一瞬思う。感情を押し殺すつもりの低い声で、お姉さまの魂がそうさせるんだわ、と彼女はいった。馬鹿おっしゃい、とすばやく母が答えた、死んだ人間に魂なんてあるもん

ですか。霊魂なんてものはどこにも存在してるわけないじゃないの、馬鹿な子、涙まで流して……。これは口惜し涙だといおうとしたとき、あのう、と迅一郎が呻くような声を出した。長い顎を突き出すように背をかがめる姿勢だった。ちょっと伺っても宜しいかね、と慎重な口ぶりでいった、お母さんのご意見に従うっちゅうと、石塔もお墓もどうでも構わねえってこんになるんかね。

それは今までの小ずるい計算で訊ねているのではなく、母の真意をいぶかっている表情だ。はい、と母は「は」の音に力をこめて、しっかりと答えた。ふうん、と迅一郎がうなった、それじゃなにかね、娘さんの、登和子さんの墓、荒れたまんまでも気にならねえって、そんな具合におっしゃってるんだね。まあまあ、と母が手の線香をふりながらいう、折角用意して下さったんですもの、その白百合は植えていただきたいわ。迅一郎があわててしゃがみこんだ。植えますとも、植えますとも、と株の根もとを大事そうに両手で包む。そしてその姿勢のまま、あんたは変ったお母さんだのう、といくらか讃嘆の念をこめていった。母は何事もなかったというふうにのんびり石段をのぼりきり、合理的なんですよ、と簡潔にいった。そういう教育をする学校にいたんです、娘のとき、とまたいった。そこへ行くと津和子なんかもともと大した頭でもないのに、学校がめちゃめちゃの時代でしょ、何ひとつものがわからなくても、まあ怒るわけにも参りませんよ。はあはあ、と曖昧に相槌をうちながら迅一郎がうかがうようにこっちを見る。ほんと、と彼女はわざと快活にいった、だから相手が馬鹿だとすぐ喧嘩しちゃう。迅一郎がほっとしたように小さく笑って、どっこいしょ、と百合の葉群を抱えて立った。

墓域それ自体の入口はもう石段ではなくて、どういうわけか、土をそのまま踏み固めた形の四、五段の階段になっていた。それをのぼりきると、墓石の群が白く明るかった。風雨にさらされて形の崩れかかった古い石までも妙に明るい。その下に屍体が埋めてあるという、じめついた暗さはほとんどない。並んで行く二人のあとに従いながら、湿気が多いほうが早く腐って形がなくなっていいはずなのに、と彼女は何気なく考える。でももしその反対になるべく腐らせないためだったら、一年ちょっとの姉の肉体もまだ……。わしはお母さんにきちんと詫びをいうつもりだった、と歩き続けながら迅一郎がふいにいった。母のほうを見ずにまるでひとりごとのように続ける、墓のまん前で登和子さんをこんなざまにしちまって相済まねえってのう。母も立停らずに、何でそんなことなさるの、と平坦な口調できりかえした。えっ、と吃るような音を出して迅一郎が母のほうへ軀をふりむけた。さっきわしに文句をつけたかったたんは、わしが素直に詫びを申さなかったからじゃなかったんかね。勘違いしないで欲しいわ、と母が歩きをとめる、謝っていただいたら登和子がぽこっとここに生きかえる、そんなことでも起こるんでしたら話は別ですけど。そしてふりむきながら、ねえ津和子、と声をかけた。

今日んとこはおらあ駄目だ、と迅一郎が溜息をつくようにいった。そして芝居じみたしぐさでカンカン帽のてっぺんへ掌をやりぽんぽんと叩いて見せた。お母さんには全く参らされっちまった。母がちょっと得意そうな声で含み笑いをする。あたくしのはただの合理主義ですわ、といった。そんじゃあ信玄公の話にけちをつけたんも、その主義ですかい、と迅一郎は少し開き直る容子を見せる。いいえ、いいえ、あれは気分が愉快じゃなかったからだけのこと、と母が答える、ああいう威嚇射撃や予防線を張るやりかたって、この辺西上州に特有のことなのかしら、もしかしたら武田信玄にやっつけられた腹いせで。そして、機転のきく会話をやってのけたというつもりの朗かな笑い声をあげた。迅一郎はひょいと肩をすくめ、墓地の奥に向って足早に歩きはじめた。おれが生れ育ちが悪いっちゅう、それだけのこんだんべえ、と大きくゆれる背中でいった。気ばったところもなく、素直で神妙な口ぶりだった。

母には変な力があるとあらためて彼女は思う。合理主義なんて、まっかな嘘だけれど。毎年の大晦日に牛込穴八幡の一陽来復をどこに張るか、ひとりで大騒ぎをかえしていたのはこの母じゃないか。あれは逆三角形のその角を取ったような形をしていた。年ごとに恵方が違うから、それを正確にやらないとご利益がないなんていって。ぴったり午前零時じゃなければなんていって、除夜の鐘の……。この竹が犬はじきっていうのね、という母の声が墓石の一番奥のほうから響いて来た。山犬って、野犬がそんなにいるってことですか。ニホンオオカミのことだって学者は申してるようだのう、と迅一郎が答えている。昔はここらは狼と猪の領土だったっちゅうこんだねえ。今は神宮迅一郎というライオンの領土になったってことですか、と母が口先で笑った。彼女はのろのろ二人のほうに近づきかけて、母は何もわかっていないとまた思った。山林だって五町歩とか七町歩とか、それ以上の所有は許されるべきじゃないっていってるじゃないか。その程度の知識もないくせに、合理主義者だなんて見得を切っている。

二人の姿が見えた。母が線香の束を置いている側で、尻はしょりをした迅一郎がもう百合の株を植えはじめている。近寄って行くと、その二人を見下ろすような位置に黒御影石の大きい石碑が立っていた。雄一郎のものだ。上が不規則に尖っているので、それは黒い炎のようだ。故陸軍中尉神宮雄一郎之霊とだけ彫りつけてあった。ふいに、神宮のうちはかみの諸戸の部落にあるのに、どうしてこの滑沢の部落にお墓を作るんだろう、と彼女は疑問を感じる。津和子もお線香、と母がいった。結構です、お断りします、と彼女は答える、わたしは非合理主義だからお線香なんて信じないわ。馬鹿ねえ、と母が少し顔をしかめて見せた、さっきけなしたからむくれてるのね。そうよ、と彼女はいった、魂がないんならお線香なんて……。馬鹿おっしゃい、と母がうまく燃えて行かない線香の束を開かせながらいう。あたくしの考えではね、これはお香の香りでご遺体のいやな匂いを消すためのものよ、そんなふうなきちんとした意味があることです。花も、花を供えるんも、と迅一郎が調子を合わせた、そういうなにの名ごりっちゅうもんかのう。そして植えた株の根かたの土を平手でぴたぴた叩く。

彼女のなかに憤りのような感情がうねりあがって来た。姉は自殺したのだ。あの意地っぱりで、きかん気の姉が自分の軀を傷つけて死んで行った。だのに、母も迅一郎もその事実をまるでよそごとのように扱っている。こんなに平和で穏やかであっていいはずはない。匂いのためなの、そうなの、と彼女は気持をいちどきに押し出さないために低い声でいいはじめる、じゃあお母さま、そこの地面を嗅いでみるといいわ。こんな場所だからまだもとのままの格好を保ってるはずよ。いいえ、違うわ、季節が季節だからちょうどどろんどろんに腐りはじめて、ものすごい匂いがするでしょ。母がぎくんとして立ちあがった。その拍子に、履きふるしの茶の短靴が黒土のやわい盛上りの中にくっとめりこむ。たじろぎながらその足を引き抜こうと焦る。声にならない悲鳴をあげ、暴れまわるようなあわてぶりなので、こっちのズボンにまで土がはねとんで来た。

やっとのことで彼女の近くまであと戻りして、片手で胸を押えたまま、意地悪、という。それ以上何かいいたいのだが、ことばが出ないといったふうに睨みつけている。そんな母親が彼女にはひどく子どもっぽいものに見えた。こわがり屋の意気地なし、といってやった。そのとたんに、迅一郎が陽気に笑い出した。ながながと笑い続けている。あなた、と口惜しそうに母がそのしゃがんだ背中に呼びかけた。いやいや、と笑顔を向けて寄こしながら迅一郎がいう、去年ひと夏越してるからして、今はもうきれえな仏になってるって意味でやんすよ。じゃあ、それだったら、と母がまだ口惜しさの取れない顔でいった、ほんとはきれいなおこつにして東京へ持って帰りたいくらいだわ。ううん、と伸びをするようにして迅一郎が立ちあがった。掘ってみるかね、そういうご希望だら、といった。

この男ならそれをやりかねない、と彼女は思う。すると、今まで一度も湧かなかった恐怖心が背筋を駈けのぼった。馬鹿おっしゃい、と母が力いっぱいどなりつけた、法律だってそんなこと禁じてるはずじゃありませんか。なあになあに、と迅一郎はわざとのんびりした声で応じた、法律なんちゃあ人間の都合に合わせてこしらえるもんだわさ、この間まで白かったもんが明日っからは黒になるってえぐれえだ。もう結構です、と母がほんとうに腹を立てた声を出した、あたくしたちこれでもう帰ります。津和子、行きましょう。待ってくんない、おらあまだお参りが済んでねえんで、と迅一郎がいった。そして周囲に百合を植えた野位牌と卒塔婆の盛土の前にぺったりと坐りこんだ。

登和子さん、勘弁してくれやなあ、とふかぶかと頭を下げた。死なねえでもいいお前さんを死なせちまったんは、全くおれの責任だあ。そのこんは腹の底からそう



思ってるからな。止めなさいってば、そんな大袈裟な、と母が少し気弱そうな声でとがめた。はい、はい、と迅一郎は神妙にいった。しかし、野位牌に目を据えたまま、お母さんは魂魄なんぞあるもんじゃあねえって申してるが、このおれはそうじゃねえ、登和子さんの魂魄に届くように邪心を払って語ってるってこんだ、とカンカン帽を脱いで続けて行く。魂魄という耳なれないことばが白絣の大きい肩と奇妙につりあって、おぞましいような現実感があった。母はたしなめる気もうせたらしく、放心して眺めている。何か悪だくみがあって、それでこんなことをしているのだとふいに彼女は思った。なあ登和子さんよ、おれはお前に生きていて貰いてえって、ふんとに考えてたんだ、真剣になあ。そこまでいうと、まるで泣いているように肩をゆすりあげた。だってそうじゃねえかや、お前がなにしてっからたったの三月で戦争が終っちまった、いま三月お前が強え気持でいてくれさえしたらよう。

彼女は喋り続ける迅一郎の脇に、忍び足で寄って行った。こんな白々しい芝居をやってのけるその顔を見てやろうと思ったからだ。おらあお前にいってくれたことがあったんべや、お前に婿をとって、それで神宮のうちを継いで貰いてえってよう。そんときお前は笑って相手に

してくれなかったっけが。その横顔は意外に真実味を帯びていた。手の甲で鼻の下を二、三度荒くこすってい る。しかし、彼女は笑いとばしてやろうと思った。実際に大声で笑った。長い顎を突きあげるように向けて迅一郎が下から睨みつけて来る。嘘をこいてるっていうんか、と早口でどなった。誰だって笑って相手にしないわよ、そんな話、と彼女はいい、また笑いを続けた。笑いたけりゃ、いくらでも笑え、と今度は低い声で迅一郎がいう。二人ともいい加減にしてちょうだい、とたまりかねたように母が声をかけた、お墓の前で喧嘩するなんて一番恥かしいことだわ。見っともない。

間違って貰っちゃあ困る、と迅一郎が押しをきかせた口調で答えた。そして白絣の片腕をすっと伸ばしあげ、雄一郎の石碑を指さした。おれが宝ものをなくした人間だっちゅうことを、とっくり考えてみろや、と弾みをそいだ低めの声でいった。雄一郎と高崎中学で同級だったんが、四月の第一回の選挙で衆議院の議員さまになりゃあがった。復員帰りで最年少の当選者よ。それがだ、と急に太い声になった、おれと同じ商売の材木問屋の倅じゃあねえか。ふんだから奴だって、と石碑のほうを人さし指で何度も突くしぐさをする。命を失わなけりゃあ、議員さまにだって何さまにだってなれたはずだんべが。母がゆっくり歩みよって来た。迅一郎の伸ばした腕を軽く叩いた。およしなさい、繰りごとをいうほどのお年でもないでしょ、といった、あたくしだって登和子についてあれこれ申しあげたいことを我慢してるんですのよ。

迅一郎が身ぶるいのような感じで首を振った。あんたにはわからねえ、とすぐいった。あんたには津和子さんちゅう娘が残されてべえが。彼女には自分が名ざされているという気持が起きなかった。これまで母と自分がそれほど近い間柄だと思って来なかったからかも知れない。そんなふうにおっしゃるんでしたら、と母がゆるい調子でいいかえした、おたくには咲男さんて弟さんがいらっしゃるじゃありませんか。また迅一郎が首を振った。それが身震いに変って行き、伸ばしていた手で膝をばしんと叩く。あんなもんは屑の屑だ、人間さまと呼ぶんも恥かしいほどの代物だ、あんな咲男の畜生なんざあ。悲鳴のような叫びかただった。彼女は咲男の胴長の軀を薄情な気持で思い浮べた。しじゅう不安定にきょときょとしているぎょろ目と、今にも涎が垂れて来そうなでれっとぶ厚い唇。確かに屑の屑と呼びたくなる。しかし、この迅一郎の軀をぶよぶよにふやかせば、あれとそっくりになるじゃないかという気もする。とんだこんだ、とまた膝を強く打った、あれに神宮を継がせるぐれえだら、しんしょう一切をどぶへ捨てっちまうほうがましだい。

その咲男と自分を結婚させたいといったのはどこのどなたですかといってやりたい。あのとき、戦死した雄一郎と登和子の遺志だなどという詭弁まで使った、と彼女は思い起こす。大学病院かどこかで、きちんと診ていただいたら、いい治療法が見つかるかもしれませんのに、と母が心のこもらない口調でいった。診察ははあ受けっちまったあ、と迅一郎がどなりかえした、この春前橋まで引っぱってってだ、二回も出かけたがまるっきり無駄足だったんさ。母が少し同情したらしく、まるっきりですの、と溜息をつく。おらあ全く悲しみの深い人間よ、と迅一郎は母の口調を引きとるようにいってみせた。だからして登和子さんが生きててくれさえしたらばって、つい思っちまうっちゅうこんだ。こんな調子に巻きこまれてたまるものか、とふいに彼女は心がさめる。自分のほうに同情を引きつけて、それで今日の墓参りをしめくくろうなんて、あまりにも虫がよすぎるじゃないか。

神宮家のお墓はどうしてここの部落にあるの、と彼女は唐突にいった、住んでる所にあるほうが普通だと思うんですけど。学校の先生にものを訊くような客観的な口ぶりでいってやったつもりだ。すると急に別のことを思いつく。もしかしたら諸戸のあの部落に受入れて貰えないような悪い事情があったのかもしれない。うん、うん、と妙なことを訊かれたという感じで迅一郎が尻あがりの声を出した。そしてゆっくり立ちあがりながら、そのこんについて、まだ話してなかったっけかなあ、といった、おれ自身はこの村の地つきの人間じゃあねえってことを。知ってるわ、と彼女はすばやく答える、群馬県の山林は三人の大地主がほとんど独占してる、あなたはその二番目だか三番目だかの地主の山番だった、山の番人にすぎなかった……。目の前をカンカン帽のへりが横ぎった。それを団扇のように使って自分の胸をあおぐしぐさで彼女のことばを遮って来る。そんな時代より、いまっと以前のこんをおらあいってるんだ、とあおぐのを続けながら迅一郎はいった。昭和になってすぐのこんだ、この上の山を伐り払って、こんにゃく畑にすべえって時期があった。こんにゃく、と母がすぐききかえす、あれは山で取れるの、あのぷりんぷりんの、それから白滝にしたりする……。

彼女はこんにゃくがどういうものか知っている。紫色のべろのお化けみたいな花が咲く。その球根だか地下茎だかがこんにゃく玉だ。いつか手伝いに行った百姓家で、そのこんにゃく玉から大釜でこんにゃくを作っているのを見たことがあった。大竹の本家ってえうちがここのしものほうにあるだんべえ、と迅一郎は母の質問には応じないで、カンカン帽で部落のほうをさし示した。そこの当主っちゅうか爺さまが、こんにゃく粉の気違い相場に目が昏んで大儲けをたくらんだっちゅうわけだい。その頃まではここらの山は本家んちの持ちもんだったから、と今度は帽子を反対側にふりあげて山をさす。二町歩がほどを、荒塊を起こすっちゅう、まあ開墾だのう、そうしてこんにゃく玉を植える気になったんさ。そこでだ、と帽子を頭にぽんとのせ、その上を掌で叩いてみせる、こんにゃく作りにかけちゃあ並ぶもんがいねえっていわれたわしが呼ばれて来たっちゅうこんだ。ふん、と迅一郎は鼻を鳴らした、雄一郎が死んだ年よりも、おらあもっと若かったっけが。農事試験場の技師をへこまして呉れるぐれえ、おらあものを知っていた。

　呼ばれて来たって、一体どこから来たの、と彼女はきいてみる。この丈の高い男がどこで生れ育ったのか知りたいという気が起きたからだ。そりゃあ本場からに決まってべえが、とすぐ迅一郎が答えた。下仁田の奥を鏑川ぞいにどこまでもどこまでも、へえって行ぐ。荒船山の南っ手を一等奥まで詰めるまで行ぐ。奥牧村だわ。峠をひとつだけ越せば、信州は佐久の平に出る、関東のはずれのはずれっちゅうとこよ。まあ、佐久ですの、と母がいい加減に聞いていたらしく勘違いのことをいった、佐藤春夫さんなんかが疎開してらした米どころよねえ。馬鹿あこけ、と迅一郎がてばやくどなった、峠のあっちとこっちじゃ地獄と極楽ほども開きがある。おらあほうにゃあ、田んぼってえもんがたったの一枚もねえんだぞい。川ったって岩だらけの谷よ。山ったって灌木しゃあ生えねえごつんごつんの岩山だわ。そのあいさに、斜めに張りっついた帯の幅っくれえの畑があるっちゅうだけのこんだ。その畑としたもんが、四つん這いに這いのぼるほどの勾配でやんす。作りたくってこんにゃくを作ってたんじゃねえ。ほかに何い拵っても、はかが行がねえからあの玉っころを拵ってたってこんでやんす。眼を二、三度しばたたいてからとじ、その昔を懐しむ顔つきになった。

　彼女も想像してみた。この大きい軀が両手両足で傾斜地にしがみつくようにして働いている姿。すると思わず笑いが誘い出されて来た。こんにゃくばっかり食べてると、そんなに背が大きくなるんですか、と彼女はからかうつもりでいった。母が、津和子、とたしなめたが、自分でも小声で笑い出している。しかし迅一郎は気にとめるふうもなかった。この山のこんにゃく畑は、おれの力で成功した、大成功でやんした、と落着きのある口調でいう、にもかかわらず、その出来秋にゃあ気違い相場はおしめえになっていた、いや、二束三文で買手がつかねえほどの暴落でやんす。本家のお爺はそれがために、当時の銭で二十六万何千ちゅう借金が出来たっきりだわ。そういうことだったんですの、と母がもっともらしい口調でいった、それで神宮さんがこの辺の山を買い取ったわけね。

迅一郎は自分の顔の前で大きい掌を勢いよく開いて見せた。そんな銭がどこにあるかっちゅうんだ、こんにゃく作りの番頭野郎の一匹だい、おれは、といった。そこからあとの出来事は聞いた覚えがあると彼女は思う。富岡の近くの大山林地主の所へ行って、借金でどうにもならない大竹の爺さまの山林をごっそり買い取らせた。その上で、それらの山の差配をやらしてくれと頼みこんだ。つまり、結果としては自分の雇主を裏切った形。そんなふうに聞かされている。こんにゃくのお爺さんを裏切ったのよねえ、と彼女は声に出していった。いろいろなこんがあったわさ、と迅一郎は平然としていった、裏切らねばなんねえこともあった、嘘八百もつき申した。奥そいでもなあ、と急にしんみりした容子を見せる。



の山から出て来るんに当って、おらあ二度と戻るまいと自分に誓いを立てた、そんためにに親んとこから籍を抜いて、この滑沢を本籍地にしたんでやんす。墓がここにあるんはそういうこんだ。製材を別の部落におっ建てたんは、下手な恨みを買いたくなかったっちゅうこんだ。

それまでして成上っても、近々山林の解放があるから、もとのもくあみになる。そういい放ってやりたいという誘惑に彼女は駈られた。どういう形容句をつけたらいいだろうか。おかわいそうに、でもいい。骨折り損のくたびれ儲け、でもいいかもしれない。と、突然白絣の軀をゆらし、迅一郎が雄一郎の石碑のほうに足早に行く。三段になった台石をひとまたぎに登り、碑の前をふさぐように立った。顎をあげ、山のほうを睨みつけるような姿だ。何かいるの、と彼女は思わず声をかけた。それには答えず、まだ見据えている。それから急に顎を落としてうつむき、問題だな、問題だな、と小刻みに呟いた。彼女は自分の考えとの繋りから、山林解放をやはり気に病んでいるのだと反射的に感じとった。そうだ、裏切りも嘘八百もやって来たと自称している壮年のやりて男が、財産を根本からおびやかす今の時世に鈍感なはずはない。たとえ一年と半ほどでも、こんにゃくをなにしてたわけだからなあ、とまた迅一郎は低い声で自分にいい聞かせている。年貢の納めどき、という古びたことばが彼女の胸に浮んだ。そんな形容句が一番似つかわしい。そう思ってまじまじ見ると、石碑の前をふさぐ形で立っている長身のカンカン帽の頭の上に、「故」という碑面の文字と、次に間隔を少し取って彫りつけた神宮の「神」の字が三分の二ほど、黒石に対してやや白っぽい字づらを見せていた。

　何か、と母が誘いこまれたように声をかける、不吉なことでもあるんですか、それとも心配ごとかなにか。ほい、不吉どころか卦は大凶ってこんだ、とゴム裏草履が勢いよく地面に飛びおりた。そしてそのままのせかせかした容子で近づいて来ながら、開墾地の申請をくらったらばっさりここらを取られっちまう、と口早にいった、いくら昔話でもひとたびは畑にしたこんがあったっちゅう事実が大問題よ。なあんだ、と思わず気落ちして彼女は声に出した、山林全体の解放のことじゃなかったの。うっ、と迅一郎は軀の一部を突かれたような呻きをあげた。白絣の姿をはすかいに構える感じで彼女を見おろす。山林全体とは何だ、全体たあ、と気迫をこもらせていった、そんなたわけた真似をおらんかがままにさせると思ってるんか。進駐軍の、マ元帥のいいところまでおらんかは話をつけてある、手はうってござる。むざむ



ざ、はいさようですかなんて行ぐと思ったら大間違いだあ、ようく心得とけってえんだ。

　旧勢力ということばがよく使われる。これだと彼女は思う。こんなしたたかな連中の寄り集りなのだ。何かいいかえすべきだととっさに考えたとき、相手が息をゆるめてつまらなそうに笑った。小娘に力をいれて語ってきかせる話じゃあなかった、と掌で赤黒い顔を拭うように撫でおろした。母がほっとしたように溜息をついたが、でも農地委員会っていうの、地主さまにはなかなか厳しいんじゃありません、とほんの少し皮肉っぽくいった。なあに、と迅一郎はあっさり否定した。それから急に眉をしかめ、問題がちっとばかし違うんだわ、と内緒話らしく声を落とす、開墾地の申請っちゅうんは紙が県の開拓委員会ってえんへ廻ってぐんだねえ。適地かどうか係官が調べにやって来るっちゅう話でやんす。それだからしてここんとこの山があぶねえわけなんさね。村の農地委員だけのこんだら、と急に顎をしゃくってみせた、いっくらでも話の持ってぎようがあるっちゅうこんよ。いい切ると、これでおしまいといったしぐさで、白絣の尻や裾についた土をばたばた音を立てながら払い落としにかかる。

　泥がひとくれ、自分にぶつかったような気がしたと

き、けちんぼ、と彼女は思わず小声で叫んだ、開墾がどうこうっていう山は一町歩か二町歩のことじゃないの、畑のない人にそのくらい分けてあげるのは当然の義務じゃありませんか。迅一郎が聞き終ってから軀をゆっくり起こした。ふんふん、と鼻先で気のない声を出した。墓全体を眺めまわすように見てから、どうもなんだなあ、折角お墓へ参ったんに仏さまにろくでもねえ話を聞かせちまって、と穏やかにいう。そしてカンカン帽をとり、今日のとこは、ごめんなんし、と軀を折りまげ、その上で二、三度頭を下げた。こっちがあっけに取られているうちに、その大きい軀は帽子を手に持ったまま、出口の方に向ってすたすたと歩き出していた。切符、切符、と背をゆらしながら大声で叫ぶ、あんたがたの切符が取れたかどうか、急に気がかりになって来たわ。

石段の上まで出て行くと、先に帰ったと思っていた迅一郎の姿がお堂の前に立っているのが見おろせた。切符、大丈夫なんでしょうね、と叫びかけながら母が弾みをつけて石段をおりて行く。迅一郎が白っぽい軀全部でうなずくようにしてみせた。母は石段を降りきると、急にくるっとふりむき、墓の林全体に向ってそうするように、胸をそらし気味にして頭を下げた。すぐ背丈をいっぱいに伸ばしきって見あげ、登和子、さようなら、と



いった。声はからりとしていたが、これが母の感傷なのかと彼女は思う。もう一生ここへは来ませんから、ほんとにさようならですよ、とまたいった。自分がいったことばの意味に誘われたらしく、語尾が濁った声音になっていた。その位置のまま迅一郎のほうへ向きをかえ、神宮さん、長いことといろいろありがとう、ときっちり頭を下げる。まごついたらしく迅一郎のほうは帽子のへりに手をかけたまま何もいわない。ことにさっきのお話はうれしく思いました、と母が張った声で続けた、もし生きていてくれたら登和子に家を継がせて下さるつもりだったってお話。たとえ、ほんとうらしい嘘でも、あたくし心を和まさせていただきました。お礼申しあげます。母は再び頭を下げげた。ううっ、ととまどった声で迅一郎も頭を下げている。

今すべてが終る。幕がおりかけている。石段の上の彼女からは、互いに距離を取ったままの母と迅一郎の姿が、なにか型通りの舞台の終りのように見えた。母はもともとご挨拶が大好きなたちだけれど、やはりものごとの終りのけじめはこの程度のものなのかもしれないと思う。手足をわざとぶらんぶらんさせながら、彼女は石段をおりて行った。ほんとうらしい嘘とは恐れいりやんしたなあ、と迅一郎が近寄った母に喋りかけている、嘘い

つわりなく真実だったってえんに。はいはい、信じてもよござんすよ、と母がうんざりした口調で答えた。証拠だってある、と妙に力みかえって迅一郎は続ける、さっき話に出たあの城趾に新しいうちを建てべえってこんを、なき登和子さんとわしとで話合ったぐれえだからねえ。彼女はふいに心を動かされる。あそこもおたくの山なの、と叫びかけてみた。あのひと筆だけは部落の共有山よ、まわりは全部おれのもんだがね、とすぐに迅一郎が叫びかえして来る。そして少し声を落とし、そんでもよ、立派な櫟の山を三反か五反も渡しゃあ、たちまち交換がぶてるんは目に見えてるわさ。そこへおらあ登和子さんと総檜の住いを……。止めましょうよ、と母が苛立ちをあらわに示して遮った、止めて下さい、登和子のことはもう全部おしまい。あたくしは忘れることに決めました。

　まあよかんべえ、と迅一郎が自分を納得させるような低い調子でいった、人間ちゃあなかなか理解されねえもんよ。そして肩をあげさげして大きい溜息をつく身ぶりを見せる。時にはてめえの馬鹿でかい図体を呪うこともあるわな、とすぐに続けた、この馬づらが他人さまにただの悪党だと眺められっちまうんもわかってるってこんだい。何もあたくしそんな意味で、と母が薄気味悪そうに応じた。いやいや、と迅一郎は低い調子をかえずに首をふり、のろい動作で石段の途中の彼女を指さした、その津和子さんにしてからがそういうこんじゃねえですか。おれと顔を合わせるだけで、鬼畜生を見るような恐ろしげな目附きになっちまう。けちんぼだ、人非人だって二言めには決めつける始末でやんしょう。彼女は思わず吹き出してしまう。気にしてたんですか、あたし知らなかったわ、と快活な気分で叫んだ。ああ、ああ、と迅一郎が意味の不明瞭な声を出した、咲男の間抜けと一緒にさせべえと思ったんは、そりゃあおれの気の迷いだったわさ。それで津和子さんがおれを憎らしがってたんも心得てる。ふんでも、おらあ望みを持った、とふいに感傷的な口ぶりになる、望みを持ちたかったっちゅうんがほんとかもしんねえ。このまんま津和子さんがおらあちへ住みついてくれたら、その津和子さんに今度は婿をとって……。ばかばかしい、と母が吐き捨てるようにいった。

　あなたは間違いなく鬼ですよ、と軀をぶつけるような勢いで詰め寄る、ひとの娘を二人まで取って食べようなんて。そこまでいうと急いで軀の向きをそらし、高笑いをはじめた。笑って笑って、笑いとばしてやりたいという感じだった。今のこんじゃねえってば、と迅一郎が困り果てたという口調でいった、以前にそういう心づもりの時分があったってえこんを……。だめだめ、と母が笑いやめずに、ゆっくりきめつけた、昔であろうと今であろうと図々しいことには変りないわ。それを自分で図々しいと思ってないから、なお図々しいってことだわ。あざ笑うような笑いが、自然におかしくてたまらないといった声音になり、身をよじっている。

彼女は自分が何をいいたいのかよくわからないまま、石段を二段またぎにおりて、おりきった。遮るもののない陽ざしと、地面から蒸れのぼるうるみを帯びた熱気が、軀のまわりで小さい渦を巻いているようだった。ぼちぼち帰るとすべえ、と迅一郎が意外にさばさばした声でいっている。そう、と母もあっさり応じた、最後の最後でおなかの皮が痛くなったわ。この大人二人を束にして、と突然考えにひらめきがはいって来た。二人一緒にからかって、それで最後にしてやるのだ。彼女は蒸れた空気をのどもとに感じながら、ゆっくり二人のほうへ寄って行った。今のお話、まじめなことだと思っちゃったら、どうなるのかしら、とわざと子どもっぽくいってやる。地面を一歩一歩踏みしめて考えにふけっているふりをする。そうしながら、わたしがお婿さんを貰って神宮のうちを継ぐってこと、とまたいってみる。そりゃあ、と迅一郎が呆れはてたというふうな奇声をあげ、馬鹿おっしゃい、と母が軽い声で続け撃ちのようにいった。

だってえ、と彼女は首をかしげながらあげて二人を見比べる。迅一郎の目附きがすばやく細まった。うんうん、とあわてていう、おめえの、津和子さんの気にいった男を連れて来ても構わねえってこんだ。馬鹿おっしゃい、と同じことばを母は今度は不機嫌にいった。わたしまじめよ、とその母に向って強くいう、お母さまがどう思おうと、わたしはわたしですもん。母がぽかっと口をあけたまま、ぼんやりした視線で彼女を見つめかえした。津和子、と力のこもらない声でいい、まだ口を開いたままでいる。ふうん、と迅一郎のほうが急に疑わしそうに大きい目玉を突き出してまじまじと見る、まさか、なんじゃあるめえなあ、おらんかをからかって、だまくらかすっちゅうような……。そのことばに勢いを得て、母がやっと胸をそらした。理由をいいなさい、理由を、と叱った。理由、ととっさにききかえし、それを考えて置かなかったのは失敗だったと彼女は思う。

うーん、とズボンのポケットに指をかけ、両方の肩を首筋に寄せるようにそびやかす。城趾といわれた平らがふいに目につく。ほかの山肌よりも、ほんの少しだけ緑が薄れて見えた。うちよ、うち、とすぐにいう、あの見晴台にうちを建てて欲しいから。顎をくっくっとしゃくって、その場所を示してやる。母が誘われて見あげ、うちを建てる、とおうむがえしにいった。だってそうじゃない、あの製材所の横は電気のこぎりかなんかの音がうるさくって、とっても住めたもんじゃないわ。うまい理由をいってのけたと彼女は思った。それが真の理由かね、と眉を寄せて迅一郎がきいた、それでおらが神宮のうちを継ぎてえって申すんかね。そりゃあ、と少し気圧されて彼女は答える、ほかにも理由なんかいっぱいあるけど、とりあえず第一番に住む場所を素敵な所に確保して……。馬鹿おっしゃい、と母が手で空気を切るしぐさをした。お姫さまみたいにお城に住みたいとでもいうんですか、呆れて怒る気にもなれないわ。そして迅一郎のほうに向い、ごめんなさいね神宮さん、こんなあさはかな子のいうこと、いちいち相手にしていたら頭が変になるだけですわ。

迅一郎がカンカン帽を頭の上で左右に動かしながら呻いた。むうん、むうん、といっているように聞こえる。母ほどあっさり割切れないといった容子に見えた。さ、参りましょ、と母はいい、先に立って芝草の道をとっとと降りはじめた。行ぐべえ、お姫さま、と迅一郎が気落ちした声を彼女にかけ、ゆっくりと母のあとに従う。ふふ、と声を出し、彼女は鼻先で笑った。どうせだますつもりでやったことなのだから、このくらいがいいところだと思う。口笛を吹くときのように、唇をとがらせて息を吐き軀を弾ませながら、迅一郎の脇を、母の脇を走り抜けて行った。麦畑の日向くさい乾いた匂いが、ほんの少し酸味を伴って彼女の鼻をうって来た。

往還の白さが麦の穂ごしに見えて来たとき、薄い埃が舞っていて、風がある日なのだということにふたたび気づかされる。すると思いがけなく、朝から何も食べていない、おなかがすいた、としみじみ感じた。川でじゃがいもを一口かじっただけだ。もうすぐお昼に違いないと彼女は思う。しかし、麦を刈っている畑の人たちにはそんな気配は見えなかった。墓地のお堂に向ってゆるやかに段をなしているここの畑の広がりは、三分の一近く刈りきられていた。刈って横並びに乾された畑は、穂が立っているところよりずっと狭苦しいものに見え、その間で背を曲げ伸ばししながらたち働いている人びとの姿がぐんと大きく映る。稲刈りはしたことがあるけれど、麦を刈ったことはなかったとぼんやり彼女は考えた。稲は根もとや葉っぱがまだ青いうちに刈るけれど、麦はそうではないらしい。すぐ目の前の土手上の麦は、茎が根もとのほうまで黄色くなっている。麦稈真田なんてことばがある。そうだ、これで麦藁帽子なんか作るわけだ。と、ふいに別な心の働きが起きた。自分は一生その麦藁帽子を冠る側で、作り出すほうになることはないのだろうか。城に住むお姫さまとまでは行かないけれど、その帽子を冠って買出しなどにはやって来ても、麦を刈ったりこんにゃくを作ったりすることは、今後間違ってもあり得ないということか。母と迅一郎の歩いて来る姿が目にはいった。右を向き左を向きして、迅一郎が高声で畑の人に挨拶のことばをかけている。母もそれにつられて、ひょこひょこ頭を下げていた。おなかぺこぺこよ、と彼女は二人に叫ぶ。今気持の底でうごめいていた妙な考えを振り払うつもりで叫んだのだ。

母だけが聞きつけたらしく、馬鹿おっしゃい、というつもりの顎をしゃくって振るしぐさを見せた。一家総出かね、と迅一郎が右手の畑に大声をかけている、おれもすけてやりてえってとこだが。ぞろりと着ながしで結構な身分だな、お前さんは、と麦の中から高音の返事がかえった。あれは、とはためくように記憶が彼女のなかでよみがえった。あの父親だ、川原の。ねじり鉢巻の禿げ



あがった頭が穂波の向うに起きあがった。意外に手近な場所だった。そんな姿で人に声をかけてりゃあ、村会議員さまにでもなれると思ってけつかるんかね、とねじり鉢巻の頭をふりふりいい、すぐにかがみこんで麦の中にかくれた。迅一郎は気楽そうに笑った。そん時は一升さげて来るから宜しく頼むわ、と答えた。彼女はとっさにその迅一郎のほうに向って駈け戻りはじめている。どういう人なのか聞いてみたい。いや、それだけじゃない。同じ畑に家族がいるはずだ。とすれば川原のあの男のお嫁さんだった人も……。なあに、どうしたの、と母がけげんそうな声で叫んだ。

息の弾みをとめながら、迅一郎の袂の端をつかむ。うん、と大きい顎があっけに取られて彼女を見下ろした。伸びあがってその耳もとまで顔を持って行き、だあれ、今のひと、と彼女は声をしのばせて訊いた。ああ、と迅一郎は一度大声でいい、それから彼女にならって声をひそめた。こんにゃく作りを一緒にやってた仲間よ、甚三郎ってんだ、奴がちび甚、おれがでか迅で呼ばれてたっちゅうこんだわ。彼女は急いで袂を放し、畑のほうを見渡した。しかし人影は見えなかった。土手上の畑の、もう一枚向うの所で刈っているらしく、そのあたりの穂波があちこちで不規則にざわめき動いている。ふいに迅一

郎の軀が土手の上へ跳ねあがった。懐や袂をあたふたと探るしぐさをし、ピースの箱を取り出した。それを振るようにして畦道をはいって行き、甚公さまよ、一服やらねえかや、と弾みをつけた声をかける。ついて行くつもりで彼女は土手に片足をかけた。すると急にためらいの気持が起きた。あの父親は今朝じっと見つめて、姉ちゃんと声をかけた。一緒に息子を東京へ連れて行ってくれとまでいったのだから、見忘れているはずはない。今行ったら、叱るだろうか。どなりつけるだろうか。いや、家族の前だから逆に知らん顔をしているということもある。えーい、と彼女は声を出して土手の上に登った。心に勢いをつけてやるつもりだった。津和子、と母が後から呼びかける。お世話になったひとなの、と手短に答えて彼女は畦道を辿った。

わたしの軀をあんなふうに眺めた相手の家族だ。だからわたしだって眺め返してやる権利はある。麦の穂のちくちくする頭を掌で撫ぜながら通って行くと、そんな考えが湧いて来た。一箱まるごと呉れるだと、という父親の声がすぐ聞こえ、続いて、おれが煙草をやらねえ人間だってこんは知ってべえが、と迅一郎が答えている。細い畦が十字路になっている手前まで来ると、二人の姿が一緒に目にはいる。畦にしゃがみこんだ迅一郎に対して、畑のふちの父親のほうは腰をそらせる形で背中をさすっていた。七円だか十円だかのもんを恵んで、何をたぶらかそうって寸法かい、木屋の迅公さまは、と父親はそらせた首を体操でもするように大廻ししながら訊いた。変な度胸のようなものがすっと彼女の胸に浮び、今日は、とわざと親しみ深そうな挨拶をしてみた。父親は斜めにかしげた首のまま彼女を見返したが、なにげない声で、ああよ、といっただけだった。朝のことを意識してそうしたのか、全く忘れきっているのか、とっさには判断出来ない。

それよりも、お嫁さんは、そして弟とかいうひとは、と彼女は思う。しゃがんだ迅一郎の横まで行き、急いで畑の奥を見渡す。いた。二人ともいた。赤がわずかにとびちった絣と、その斜めうしろに薄い馬糞色の兵隊シャツ。何列かを刈りながらこっちの畦に向って来る姿だった。他には人の姿は見当らない。家族は三人、と思わず小声で迅一郎に訊いてみた。ふん、と迅一郎は曖昧に答えたが、父親の眼がすばやく彼女を正面で捉え、煙草の煙を吹きつけるように吐いて一歩踏み出し、こっちは大忙しのさなかだ、話があるんだらさっさと片づけてくんろ、ときつい声でいった。全くだあ、と迅一郎が調子よく応じる、お前さんのような固い一方の百姓に暇っかきをさせちゃあ申しわけが立たねえ。甚さまに山をひと山買って貰うべえと思ってよう、と間を置かずに続けた。墓裏のほれ、こんにゃくをなにした山だい。

えっ、えっ、と父親はげっぷを吐くような声を出した。赤黒い顔がきしむ感じで皺だらけになる。小首をかしげ、こんにゃく山ですと、と茫然という。ふいに畑の奥で兵隊シャツの姿が立った。鋭いまなざしでこちらを見据えた。部厚い胸板をそらすように突き出している。これが弟だ。川のあの相手の弟なのだ。そう思ったとき、親父よう、遊んでる時間じゃねえぜ、と声量のたっぷりした声でその弟が呼びかける。川の相手とはまるで似ていない感じだ。濃い眉のあたりに、何か割切れたようなこざっぱりした容子がひらめいている。いい男という俗なことばが彼女のなかにつっと浮んで来る。誰が遊んでなんかいるもんか、と父親は後も見ずにやり返した、木屋の迅公さまと折いって話してるんじゃんか。弟は鋭いまなざしを変えないまま、麦の中に軀を沈めた。すると、いれかわりのように、絣の女性が胸のあたりまで穂の上に上体を現して来た。お茶をいれましょうか、おいさん、といった、もうぬるまっこくなってるでしょうが。柔い品のあるものいいだった。だが、おいさん、という呼びかたがふいにひっかかる。嫁が父親にそんなことをいうはずはない。確かめたい心持でまじまじと見つめたが、相手の位置がちょうど陽ざしをまともに受ける角度なので、手拭の下は野良に出るにしては妙に白っぽすぎる丸顔だとしかわからなかった。迅一郎の軀が彼女の脇ですっと立ちあがる。

まあ、まあ、まあ、と弾みのある調子で答えた、すぐ済む話だ、放っといてくんろ。彼女はその迅一郎を見あげ、それから白絣の脇腹を、どういう関係なの、と訊くつもりでそっと押した。嫁ごよ、とすぐ察して迅一郎がいう、おれと同じで奥牧の産だわ、それが縁でこっちが仲人さまっちゅうわけだい。川の相手と結婚したときのことか。彼女はのどもとを震わせて息をのんだ。川の相手と結婚したときのことか。それともこっちの弟のほうとのことだろうか。そして神宮迅一郎が仲人。川のことと山のことが、いちどきにくるめく。それらの事実を結びつけようと試みる。だが駄目だった。意味不明の熱っぽいものが彼女の頭の中を、内側から押しひしぐだけだ。長い鎌をきらりと光らせて、嫁の絣の軀が動いた。刈り乾した麦の上に鎌をきちんと置いているのだ。

そして、まるで彼女に解答を与えるように、こちらへまっすぐに向って来る。今どき山の話たあ、一体何の魂胆だや、と父親が迅一郎にゆっくりした口調で訊ねた。

その瞬間、麦の列から離れた嫁の軀全体が彼女の目をうった。妊娠している。おなかが大きい。垂れさがって、見ているほうが重たくなるほどだ。見つめては悪いけれど、目が縛りつけられてしまう。縛られたまま、目まいのようなものが襲って来た。嫁はその下腹をひけらかしでもするように突き出し、その部分で空気をわけるようにして、ゆるい足どりで寄って来る。事実だ、事実そのものが歩いている、と彼女は思う。悲鳴がこみあげて来るような気持でそう思う。白絣の大きい軀がふいに彼女の横で沈みこみ、父親に向って内緒話をするように顎を寄せて行った。お久しぶりねえ、と嫁は歩きやめずにいった。それは間違いなく彼女に向けられた笑顔だった。はあ、と思わず曖昧な声を出してから、この色白の丸顔は、と気持がひらめき急に思い当る。このひとは知っている。何度も出会った顔だ。堆肥のようなものを山積みしたリヤカーを往還でよく引っぱっていた。女学校出にしては働きもんの嫁ごだと誰かがいっていたのを聞いたこともある。とすると、その頃はまだ川のあの相手のお嫁さんだったのだろうか。それとももう、戦死したことになっていて、この畑のひとと……。

お姉さんのお墓参りですか、よくご丁寧にねえ、とまたことばをかけて来た。少しこもる感じがする柔いいいかただった。このひとのほうもわたしたちの事情を逐一知っているのだと悟らされる。買出しも兼ねてるのよ、もちろん、と彼女はあっさりいった。辛いわねえ、あなたがたは、と答えが返った。それはわたしのほうがあなたにいうことばなのにと彼女はのどもとが熱いものでふさがれるような気がした。しかし、間近まで寄って来た嫁のかさのあるもんぺのまわりには、別に悲哀のような感じはない。むしろ動作が遅い分だけ、鷹揚というのだろうか、ゆったりした雰囲気だった。軽く彼女を覗きこみ、おなか空いてます、ときく。はい、と思わず彼女は率直に答えた。じゃあ、食べ残しのもんだけど、と下腹からまわすように身をよじって畦の隅に向う。十時のおやつのあれなんだけど、と背を見せたまいい、畑の端に置いた濃紺の風呂敷に手を伸ばした。わたしが取ります、と急いでいいながら彼女はその風呂敷包みに駈けよって行く。

盛りあがった風呂敷の結びめを解くと、小ぶりのアルミ薬罐と同じくアルミのどか弁、そして大きめの湯呑みが、木の木目が浮いて見える茶色っぽい大盆に載せてあった。その弁当箱の中におまんじゅうがひとつっきりだけど、と何か済まなそうな口調で嫁はいった。おまんじゅう、と反射的に上ずった声をあげ、彼女は弁当の蓋を取った。ふちに立てかけるような形で斜めに置かれてあった。表のてっぺんがくるっと指先でひねったまっ白い姿だ。うれしい、中華まんじゅうみたい、と彼女はいった。いっているうちに唾が出て来る。そっと手にとると、陽ざしでぬくめられていたような仄かな暖かさがあった。あなたがお作りになったの、と見あげながらきいてみる。女手はあたしっきりだから、と当然のように答え、お父さんもお茶のみますか、と大声で呼びかけた。しゃがみ合って迅一郎と話しこんでいる父親がせわしくなく手を振った。おらんかは今いい、おらんかはいらねえ、とせかせかした口ぶりで答えて寄こす。彼女は風呂敷を重ねあわせてから、まんじゅうを両手で包んで立ち、いただきます、と大きい腹のほうへ頭を下げた。期待されると困るんに、と嫁がゆっくり喋る、中のあんはお菜漬の古くなったんを油いためしたやつだから。

油いため、とおうむがえしに彼女はきく、お菜漬けをそうするの、しゃれてるわ。姉さんかぶりの下の表情に乏しい顔が、ふっと和む感じになった。あたしの実家が狭苦しい谷間だったでしょ、だから大陸の開拓花嫁にでもなってやれって、それで県立の農民道場へ行ってたんよ。そこで習ったのね、とつい彼女は讃嘆の声で相槌をうった。いってしまってから、じゃあ川原のあの相手とどうして結婚したのかという疑問に取りつかれる。気配を感じとったのだろうか、白手拭がゆらりと動く。津和子さんていったかしら、東京へ帰ったせいか、ずいぶんと大人っぽくなったんねえ、と話題を変えて来た。えっ、わたしが、と彼女は虚をつかれて答える、大人っぽいだなんて、そんな……。嫁は鼻を鳴らすように低い声で笑った。だって、疎開してたときは、娘とも呼べねえぐらい子どもっぽかったんだもん。彼女は顎を傾けるようにしてふと考える。確かに自分には男の子みたいなところがある。でも、だからって、そんなに子どもっぽかったろうか。少し口惜しい気がするが、どうもぴんと来ない。

胡桃のこんは覚えてる、と笑いを残したままの顔が彼女にききかけた。胡桃って、割って食べる、あの、とつりこまれていう。だが、どの出来事をさしているのか意味はつかめなかった。それが割れねえで、ぷんぷんしてたからおかしかったのよ、と嫁はほんとうにおかしそうに眼を細いものにする。彼女にはまだ何も思い出せなかった。あたしがうちの背戸で青い胡桃をはたき落としてたとき竹竿の先にこうして鎌を逆さにつけたやつで、小枝を押しこくるようにしてねえ。嫁はそのしぐさをゆるい身ぶりで繰返してみせながらいった。それをわたしが見てたのね、と思い出せないまま彼女はきく。そう、胡桃だって教えたら、あわてかえってその青いまんまのやつを石垣にのせてねえ、と嫁がまた身ぶりをまじえた。石でこうしてこうしてごつんごつん割ろうとしたってこんねえ。青い汁がとぶっきりで、どうにもこうにもならないもんだから、こいつ、こいつ、お前が鬼胡桃って悪者なんだななんて憤慨してねえ。嫁は声をあげて笑う。突き出た下腹が、それ自身息づいているようにゆれる。誘われて彼女も笑った。笑いながら、思い出せないわ、全然、といった。去るものは日々に疎しだもんねえ、と嫁はすらりといってのけた。

　とっさに川原の相手のことが浮んで来る。このひとはあの夫のことも、去るものはというつもりで見ているのだろうか。今それを直接確かめることは、いくら何でもはばかられる。しかしこのお嫁さんには、不思議にひとを包みこむようなのびやかな空気があると彼女は思う。まだ母親になっていないのに、まるで大ぶりの母とでもいうふうな感じだ。同じ狭い谷あいからここへ来たはずなのに、神宮迅一郎とは雲泥の差だと思えて来る。するとふいに、また川原の相手のことが浮んだ。強い気持で出て行くのか、弱い気持でそうするのか迷っていると彼はいった。そのことばの意味がこのお嫁さんを見ていると、ほんの少しわかりかけて来るような気がした。川でもよく会ったわねえ、と嫁が今までより早口でいった。自分の心の中が見通されているという気持に襲われ、彼女はぎくんと背筋がきしむ。夕方川っぷちで牛を洗ってると、あんたよく眺めに来たわ。またすんなりしたことばつきに戻っていたが、牛のことが出たので、そんな話ここでしてもいいのかと思わずのどもとが緊張で締まって来た。しげしげ眺めていてからねえ、と嫁は同じ調子で続ける、突拍子もない声で牛は川なんか泳げるのになあなんて、そんなおかしなことというんだもん。記憶がかすかによみがえった。ええ、ええと彼女は曖昧にうなずく。

　それからがもっと面白いのよ、とこっちの肩を叩く手つきをしてみせた、支那じゃ便衣隊が牛に乗ってクリークを逃げて行くんですから、そういってまるで自分が牛に乗りたいみたいな顔すんのよ。支那のは水牛だってあたしがいってるんに、牛も水牛も動物学的には同じだって一生懸命がんばっちゃってねえ。彼女にはそこまでは思い出せない。だが牛は川原でアカシヤに繋がれていたあの朝の大牛に違いない。ああ、ああ、と彼女は覚えているという感じの声を出した、まっ黒な骨格の立派な牛でしたよねえ。いい終ってから、父親が聞き耳を立てているかもしれないと急に思いつく。そっちのほうを見るのがこわい。しかし嫁は彼女の固い態度に気づいた容子もなく、そうなんよ、幾度も表彰を受けたことがあるわ、と落着いて答えた。その表情からは特別な感慨のようなものは見つけられなかった。あんたが水牛っていいたくなるぐらい大っきいやつだもんねえ、とまた白い肌の顔がいった。

そうか、と気持になだれが起きたような速度で彼女は思った。このお嫁さんは疎開もののわたしに好意を持っていてくれたのだ。そんなことは一度も考えてみたこともないが、今こうしておまんじゅうを呉れたのも、そういう心持のつながりからだ。どういう理由から好意を持ってくれたのかわからないけれど、耳の芯が鳴るようなうれしさが湧いて来る。渡る世間に鬼はないという古ぼけたことばが浮んだ。どういうふうにお礼をいったらいいものだろうか。出しぬけに、いい加減にしねえかってんだ、という烈しい声が飛んで来た。あの弟が叫んだのだ。自分たちが叱られたという思いで、彼女は首をすくめて声のほうをうかがった。

違っていた。弟は、畦のふちにしゃがんだ姿の迅一郎と父親を睨みおろすような格好だった。今どき山の売り買いの話に乗ったりしたら、大変なことになるぜ、父



ちゃん、と叫び続ける。半月形の鎌を握ったままなので、大変なことになるというものいいが、ことば通りの現実味を帯びて聞こえた。高雄にゃあ縁のねえ話だあ、余分な口を出すない、と父親がすぐいいかえして立った。全くよ、と同調して迅一郎も立ち上る。山ったってなにさ、昔二人して一緒にこんにゃくをなにしたとこよ、この甚公さまの手に渡るんが一等自然てもんだわさ。ふん、と弟は強い鼻息を立て、何が自然だってんだ、と一度迅一郎に胸をそらしてみせ、父ちゃん約束をかわしちまったんじゃあるめえな、と口早に続けた。父親は少しひるんだ容子でねじり鉢巻に手をやる。約束ったってほんの口約束じゃんかや、といった。

弟が鎌を持ったまま二、三歩前へ出た。取消しない、すぐ、とせかすようにいった。高雄君よう、とわざとのんびり受け流す口ぶりで迅一郎が応じた、野良で親を叱りとばすような真似は見場がいいもんじゃねえぞい、そこでお他人さまの娘も見てるこんだし。そういってこっちに向けて顎をしゃくった。弟の視線がひらめくような勢いで彼女に向けられた。わたし、と彼女は思わず呟く。しかしすぐには後のことばが出て来なかった。今日東京へ帰るんだから無関係だ、構わず思いきり迅一郎をやっつけて欲しい。そんな意味のことをいってやりた

かった。まあまあ、うちへ帰ってとっくりとだな、と迅一郎が調子よくいった、親子三人で話しあってから決めてくれろ、なあ。話しあいはいらねえ、と弟が押しかぶせるように断言した。態度についちゃあ、もうしっかり決めてある。それは彼女が聞いていても痛快なほどはきはきした口調だった。高雄、と高い声で父親がたしなめた、態度たあ何だ、態度たあ。

お父さんにも負けちゃだめよ、頑張って、と彼女は心の中で応援している。するとまたしても川原の相手のことが浮んだ。あの人は父親を歯牙にもかけず却けた。この高雄さんというのはその弟なのだ。目の前の嫁が穏やかな笑い声をあげる。うちは誰も彼も口が悪いんでねえ、と含むような小声で彼女に話しかけた。弟の視線がちらっとゆらいで、こちらを見る。だがすぐ父親のほうに軀を向け直し、父ちゃんなあ、とさとすようにきりだした、開墾適地の林野についちゃあな、おらんか二、三男ぼうの若え衆が、徹底的に組織的に調査しべえってこんに話が固まって来たとこなんだ。おらあちだけが下手な抜けがけなんかこいたら、袋叩きのような目にあうっちゅうこんなんだ。わかって貰わなきゃあ困るぜ。

了解が行きかねるという感じで、父親は懐から無意識にピースの青い箱を取り出し、それを右手から左手へ、



また逆へと移しかえている。ほおう、と迅一郎が胸いっぱいの声で嘆声をあげた。開墾適地の林野だとかい、徹底的に組織的にだとかい、川崎あたりへ工員かなんかで出てたもんが、立派にしゃらくせえことを抜かすでやんすなあ。尻あがりに力をこめて行き、最後はどなりつける口調になっていた。高雄、このおれに向ってそんなことを聞かせられる義理か、てめえ、とまたどなった。義理じゃあねえ、道理でいってるんよ、と弟は低い声で応じた。そして次の瞬間ぐいと胸をそらし、川崎の工員あがりだからなあ、と迅一郎に負けないほど声を張った、理窟の筋目はぴっちり通すぜ。ほおう、とまた迅一郎が嘆声をあげてみせる、てえことは、お前さんあたりがその調査とかなんとかの大将格って寸法かね。

鎌を無造作に放り出し、刈った麦の列を撥ねとばす歩調で、ふいに弟は迅一郎のほうへ向った。半長靴の皮靴だった。それが今すぐ腕力で叩き伏せるという烈しい感じを与える。彼女はおののくように目を見張った。この人ならほんとうに神宮迅一郎を殴り倒すかもしれない。弟は相手と一メートルくらいの距離でぴたっと足を停めた。おらんかには大将も一等兵もない、と下から押しあげて行く調子でいった。貧乏百姓の次、三男は全員平等だ、同じ力だ、なめた口をきいてると月夜の晩でも歩け

なくなるぜ。ほいほい、と迅一郎は軽く馬鹿にした口調で受け流した、こりゃあ工員どころの騒ぎじゃねえわな、川崎で喧嘩ばっか教わって来たってえこんかね。おう、と弟が吠えるようにいった、その上におらあ肺病ったかりだからな、捨身で行くぜ。そして胸を拳で叩いた。部厚い胸は肺病ということばとまるでそぐわないほど逞しい。いったことは必ず実行する、とその胸から押し出すようにじっくりいった。実力行使もするってえ意味だぜ、これは、と同じ調子で念を押す。

これ、よさねえか、高雄、てめえ、そんななにを、と父親が舌打ちするように叱った。弟はその父親のほうをふりかえることもなく、目を地面に落とし、兄貴のこともおれは放っとくわけには行かない、と自分にいい聞かせるように低く呟く。あっという思いに駈られ、彼女は急いで嫁の顔をうかがった。目を軽くつぶっていた。陽ざしが眩しいというほどの表情だった。高雄、高雄、高雄、と父親が困惑の気持を小刻みに声に出した。甚公さまよ、とそれを押しとどめるように迅一郎がいう、おらあ何も気にしちゃあいねえから、頭を病むにゃ当らねえや。それに、若え衆ってんはこのぐれえ勇ましいんが普通のこんよ。高雄君よ、と少し力をこめて続ける、話いきいていい勉強になったわ、おかげで対応策も考えられるっちゅうこんだ。ほんじゃお邪魔さま。そしてすばやく軀の向きを変え、畦道づたいに帰って行く。彼女は思わず溜息をついた。迅一郎にはひるんだ容子も、へこまされた感じもない。何という化物だろう。津和子、とその背中が厳しい声で叫んだ、おらんかは帰るんだ。はい、と彼女は小声で答えてから、今の叫びかたには苛立ちがあると思った。やっぱり内心には、やられたという傷があるのだと思う。

土手に出ると、待ちくたびれた感じで母がそこに背をもたせかけてしゃがんでいた。何をどなりあってらしたの、と咎めるようにいった。なあに、と白絣の大きい軀は土手をとびおりた、馬鹿な小僧っこが喧嘩をしかけて来やがったから叱ってくれたんさ。吐き出すような口ぶりでいい、足早に歩き出す。お待ちなさい、とその背に声をかけて母が立った。あたくしのほうにも叱ることがあります。切符は一枚しか買えませんでしたのよ。うん、と迅一郎が荒い声でふりむいた、一枚だと、一枚きりってこんかね。そして狼狽した感じで、いかつい顎を小刻みに左右させる。彼女は土手の上から見おろしながら、つい吹き出した。腹が立つよりも、迅一郎のあわてぶりが滑稽だったからだ。野郎どもはどこにいるね、野郎めらは、とまたそわそわしながら周囲を見ている。若い人三人も駅へやったなんてご立派なことをおっしゃっといて、実際はお爺さんが一人でこれ、と母は掌を開いて切符を見せた。津和子が小学生に化けても、今日は東京へ帰れないってことですわ。

迅一郎が節くれだった指を二本、自分の目の前で突き立てた。おらあ二匹送り出したんだ、しっかりもんを二匹ってこんだ。母の軀がするっとその指に近づき、人さし指のほうをつかむ形で握った。そのしっかり者が間違いのもとだったんです、と腹立たしそうにいった、どこかのうちの麦刈りの仕事に取っつかまっちゃったのよ。なあるほど、と彼女は嘲笑のつもりで、ゆっくり相槌をうった。迅一郎が大袈裟な身ぶりで、母の手の中から指を引きぬいた。どいつもこいつも、ろくなもんはいやしねえ、とまるで母と彼女に当り散す口ぶりでいう。馬鹿おっしゃい、と母がきめつけた、お爺さんのほうは申しわけないいってすぐ駅へ引きかえしたんですよ。もちろんあたくしがお駄賃をさしあげましたけど。迅一郎は溜息を吸いこむ形をしながら、カンカン帽を脱いだ。そして低い声で、どうもなあ、今日ってえ日はおれには厄日かもしんねえ、といった。

運勢なんかじゃない。神宮迅一郎という男が歴史そのものから見放されつつある。それをはっきり言明してや



るつもりで彼女は土手から両足を揃えてとびおりる。そのとたん、迅一郎がすたすた歩き出していた。二人でうちへ帰っておくんなさい、と遠ざかりながらいう、おらあ別な用をひとつ足して行がなきゃあなんねえんでねえ。そして往還へ出ると、白い路面を自分のうちとは反対側の方角に曲って、じきに見えなくなった。嘘つき、と母が小声でいってから快活に笑った。まあ信用したこっちもこっちですけどね、とすぐにあっさりしている。歴史の問題よ、と彼女は強くいいかえした。しかし、と即座に思い直す、この母にそんな問題を持ち出しても理解してくれるはずはない。おまんじゅう、と彼女はいって、両手の中の柔いまとまりを突き出して見せた。まあ、と母がふい打ちにあったときの声を出し、それから自分の気持を押えつけるような低い調子で、あんは何なの、あんこは、といった。彼女は白いつややかな表の皮を、拇指で二、三度押してみる。もうぬくもった暖かさは消えていた。ひみつ、とひとつひとつの音を区切るように答えた、お母さまに聞かせたら涎が停らなくなってかわいそうだから。

母が腹立たしそうに歩き出した。全く今日という日は厄日だわ、木屋へ帰って、あのおかみさんに手打ちうどんでも作らせて食べなきゃ、このおなかがおさまりませ

ん。往還へ出たとたん、わたしはまだ帰らないわよ、と彼女はいった。人通りの全くとだえた白いでこぼこ道がふいに気持を捉えたからだ。この地面をのんびり踏みしめて、何かぼんやり考えていたいと思う。風が起きて、意外に大きい埃の渦を巻きあげ、その心持を励まして来る。勝手になさい、と母はふりかえりもせずにいった。そのまま遠ざかって行く。うどんの話で急に思い出したんだけど、と彼女は声をかけた、木屋に置いてあるお姉さまの荷物、だまされたりしなかったでしょうね。食べもののことであたくしにぬかりがあるわけないじゃないの、といいながら母はふりむく。お寺の和尚さんの親戚ですって、相手は、とあたりをはばからない大声を出す。白米二俵で決めました。向うさまは秋のお嫁入りの道具に使うんですって、ですからそのお米をいただけるのも出来秋のこと。なあんだ、秋なの、いい条件でもないじゃないの、と彼女はいった、すぐに食べられるって期待して損しちゃった。母に何か連想がひらめいたらしく、ふいに二、三歩戻って来た。調子を変えた低い声で、あなた、あなたまさかこの辺に好きな相手でもいるんじゃありません、ときいた。好きとまでは行かなくても好意を持っていたとか、いるとか……。馬鹿おっしゃい、と彼女は母の口真似で遮った、そんな変なことという



と、秋にお米を運ぶときにも来てあげないから。どうせあたくしたち二人の手にはおえないわよ、二俵もあるんですもの、と母は軀の向きを変えて歩き出す、津和子をあてにする気はないわ。神宮さんのうちを継ぐなんて話にすぐ浮つゃうような子ですもの。

ようし、と彼女はその丸みのある背中に声をぶつける、絶対に来てやらないぞ、秋になんか。はいはいと母は淡泊に受け流し、道のまんなかを軀をはずませながら遠ざかって行く。秋になんか、と彼女は小声で繰返した。自分にいいきかせるつもりだった。すると、そのことばとは全くうらはらに、秋にはここはどうなっているだろうという思いが軀の芯を駈け抜けた。事のすべてを確かめたいと思った。あの弟がしかけている戦いは勝つだろうか。神宮迅一郎はほんとうに置き去りにされるのか。手足をもがれるまで叩き潰されるだろうか。ふりあおぐように山を見つめてみる。山はこんもりと丸かった。日ざしを吸いこんで緑がふくれあがっているようだった。その丸みがほんの少し起伏しながらうねうねと彼女の目の果てまで続いていた。川は、とふいに心がひらめきかえる。川の相手は去っているだろうか。弟は実力を行使するといった。果して追い出されてしまうのだろうか。また砂ぼこりが立ち、今度は小さな渦巻を見せ

ている。川原へ行ってみようと彼女は思った。

両側が刈り乾された畑の中の道を土橋に向う。急にあたりがひろびろとしていて、日ざしが一直線に軀に絡みついて来る気がした。喪服のつもりで黒シャツなんか着て来たから、とはじめて自分自身のことを思う。大人っぽくなったとあのお嫁さんはいってくれた。自分が忘れていた胡桃や水牛の話。わたしはここでそんなふうに暮していたのだ。姉の死のあとの五月末から暮の十二月まで。ふいに懐しさがこみあげて来る。そうだったと思う。あのお嫁さんは戦争中のことを懐しんでいたのだ。きっと川原の夫のことを偲ぶ心持だ。あのひとの心の中はまだ遠一というひとに繫ぎとめられている。去るものが疎くなることに本心では泣いていたのだ。頭がくるめき、自分が足踏みをしているようなありさまなのに気づかされる。

まんじゅうを食べようと思った。かじりついた。油と塩ときつすぎるほどの酢味が見事にまじりあっていた。おいしかった。白い皮が甘いものを口にいれたように感じられる。食べ終るのが惜しいと思いながら、最後の丸いへりを唇に当てたとき、刈り乾した畦道を麦の束が通るのが見えた。十歳ぐらいの男の子が青竹の両端にひとつずつ束を刺してかついでいる。それが畦をひと曲りしてこちらに向って来る。近づくにしたがって、その束が拍子を取るように揺れているのに気づいた。かついでいる子が巧みに釣合いを取っているのだと思い、見とれてしまう。束が彼女の目の前の土手際まで来た。すると、子どもは体をゆるりと横向きにまわし、慎重に青竹をおろしにかかった。土手の傾斜に立てかける感じでふたつの束を道に置いた。そして、自分は勢いよく黄色い束の間へ跳びおり、ふたたび竹をかついだ。その束がまた同じように揺れながら、彼女の視界の中で遠くなって行く。白い皮の残りを噛みくだしているうちに、思いがけなく、わたしにはこの村の顔だちのようなものがわかるという考えが浮んだ。顔だち目鼻だちのようなものだ。

山の顔も川の顔も、敵の顔も味方の顔も、という気がする。あれはあれ、これはこれ、と指さしていえる気がする。自分が住んでいる東京のほうが、遥かに遠々しいものに思える。ああ、と彼女は自分にとっても唐突な溜息をついた。もしかしたら、わたしの心はここに繫がれてしまったのだろうか。アカシヤの牛のように、畑のお嫁さんのように、と悲鳴をあげるような気持でそう思う。馬鹿おっしゃい、と彼女は声に出して呟き、その考えを振り払うように駈け出した。

土橋の見える坂上へ来た。息を整えるつもりで立ち停る。と、すぐ足もとに牛のものらしい糞があった。道のまんなかに縦に並んで大きいのがふたつあった。盛りあがるのではなく、へばりつくように広がって、表面の渦がまだしめっている。黒い大牛の、ととっさに思った。とすれば、川の相手は牛を連れてどこかへ出発したのだ。島へ行ってもいないかもしれない。テントもないかもしれない。彼女は気落ちした思いで、島のある下流のほうを眺めた。するとふいに、自分は川の相手に会って何をいうつもりだったのだろうかと思った。沢山いうことがある。何もないという気もする。でも、出発したのなら、強い気持でそうしたのか、弱い気持でそうしたのか、やはり訊いて置きたかったと思う。もう一度たずねたいような気分で牛の糞を見た。かげろうのようなかすかな湯気が立ちのぼり、吸いこまれる感じで空気に融けている。自分が繋ぎとめられてここに残るとしたら、それは強い気持でなのか、その逆なのかと彼女はうっすらと考えた。すぐには答えを出したくない脆い心だった。

# 狼の眉毛をかざし

## 一章――

老猿には人間なみに眉毛がはえるという。狼のものは、それをかざして対面する相手を見据えると、人でなしは畜生けだものの姿に見え、いかに装いこらしていても、たちどころに看破できるという。

丈のないその女の軀が全身を上目遣いにして伝松を見あげたとき、彼は束の間自分が狼のその眉毛の前に晒されているという気分に襲われた。宵には一雨来る。誰もそのつもりのあわただしい麦扱《こ》きのさなかだった。何の暇潰しかと足踏み脱穀機の騒音が、せわしなく彼の背をせきたてていた。

――おれが藤井伝松に相違ないが、と彼は見知らぬ女の顔から何か探り出せるものがあれば探り出すつもりで、同じことばを繰り返した。女がふいに眩しい眼をした。ごみがはいったように小刻みにしばたく。そして振り仰いで陽ざしにまともに顔を曝した。やつれてはいな



いが、色の青黒さが澱みついた感じをむきだしにした、小ぶりで丸い輪郭だ。それが息を吸いこむ形で低く呻き、

――だまされて、と一語一語区切りをつけていった。

――なに、と思わず伝松は問いかえす。女が身震いをして顔を落とした。顔が影のかたまりのように黒ずんだ。

――こんなこともある、こんなこともある、と自分に、その胸もとに顎をうちつけていい聞かせている。

――わけがわからんな、わしには、と彼は少しいたわりの気持をこめて訊ねてみた。相手があまりに手痛く落胆しているさまが見てとれたからだ。

女は答えなかった。崩れ落ちるように幅の狭い肩をめぐらし、すぐにも立ち去るそぶりだ。防空頭巾と汚れた雑嚢の紐が、その力ない背を斜め十文字に締めていた。焼け出されだと彼はとっさに思う。焼け出されが何かの間違いでおれを尋ねて来たのだ。

――どこから来なすった、と伝松はきく。

相手はそれにも答えなかったが、彼のことばから何か思いめぐらすゆとりが出た容子で、伸びをするように背筋を立て直した。

——このあたりに同じ名の人はいますか、と軀をふり向けて来た。しかし、今度は彼を見あげようとせず眼を伏せている。

——藤井姓は多いが、と彼はすぐ答えた。伝松というのはわしの他にはない。

——デンマツですか、伝松と読む……、と女はおうむがえしに、だが心もとない声音でいう。

——兄弟の名を貰ったもんだ。姐さまが松、その婿どののでか兄貴が伝次郎。両方から字をひとつずつ……。

女が彼のことばを遮るように胸の前で掌をいっきに開いた。手の中に白い紙があった。少し黄ばんだ紙きれだ。それを頭を下げて行きながらその動作と逆に伝松ののどもとに突きつけて来た。とっさには手に取って見るのがはばかられる。彼は首をよじり曲げて紙を覗いた。「多胡郡　小野毛村　大字枇杷ノ窪　藤井伝松」。間違いなく彼のことだ。彼が自分で書くよりも、遙かに力のある大人びた文字で二行に書かれてあった。だが自分が名指されているという実感はまるで湧かない。

——どこのもんが書いたのかな、と目の前の女に問うつもりもなく伝松は遠々しい気分で呟いた。すると、

——何の魂胆があってこのわしのことをご丁寧に……、と自然にことばが引き出されるふうに声が続いた。そいつをあんたさんの手に握らせて、おれのところに送りこんで寄こす……。自分のことばの途中から、伝松の耳には最初「だまされて」と区切るようにいった女の喋りぶりが浮かんでいる。

——いわないで下さい、と調子のくずれた高声で相手が遮った。ことばと同じ勢いで、開いていた掌をくっと握りしめた。彼が思わず声を出しそうになるほど、紙きれをその手の中で砕くように揉んでいる。

——きかないで下さい、と女がまたいった。今度は恥じいるような小声だった。伝松のなかで、ふいに利かん気が頭をもたげた。

——そういうわけにもいかないな、と彼はきつい口調でいった。その紙に書いてあるのは疑いもなくこのおれの名だ。そいつを無にするっていう法はない。

女がびくりとして彼をふり仰いだ。その眼が何かを懇願するように忙しく動いている。目の玉が大きい女だ、とはじめて伝松は了解した。顔全体に表情がない分だけ、目玉だけが働くのだという気がする。

——この紙は捨てますから、とその眼が語りかけて来

た。お忙しいなかを、お暇を取らせたことを、どうか勘忍して下さい。このまま、まっすぐ帰りますから……。

いい切らないうちに顔がゆらぎ、表情がひるんだ。伝松の横に七枝が近づいて来たからだった。骨の角ばった肩で女を威圧するしぐさを見せてから、

――どこのどなたさんかね、と七枝はいった。それから軽く伝松の脇腹を押し、

――猫の手も借りたいほど忙しいときに、何の長話だい、と邪慳につけくわえる。

――ああ、と彼がぼんやり答えかけると、突然女が身をよじった。まるで大層な身分の相手にそうするように、肩と首筋をゆすりながら下げて腰を折った。

――おかみさんでございますか、とその姿勢のまま喋る。卑屈さを通り越して、どこか下卑ていると彼は一瞬気色の悪い思いがした。たちの良くないゆすりに押しかけられた感じだ。

――人違いで、というのは尋ね先の相手を間違えたということでして……、女はするりといってのけた。

――どこんちとあたしの所を取り違えたっていうんです、とすぐに七枝がたたみかけた。

――はい、と反射的に女は腰を伸ばしかけ、伝松のほうをすばやく見た。眼が困惑していた。嘘は嘘のまま逃がして欲しいといっているようだ。彼も迷う。咎めだてするほどのことではないとも思う。

――藤井さん……、と相手がそれを見抜いたように縋ることばを出した。おかみさんにほんのちょっとした行き違いだって話してくれますか。

やめようと彼はゆっくり心を固めた。下手な庇い立てをしてやることはない。七枝がしつこく追求するはずはないが、厭味や当てこすりをしかけて来るのは目に見えている。伝松は痰をひとつ払ったあと、

――助け舟は出せないね、といった。落ち着いた調子でいったつもりだが、脱穀機の騒音でかき消されまいとするために自然に声高になっている。

――えっ、えっ、と相手は意味が呑みこめない感じのことばを重ねた。そして軀をすり寄せるようにして彼を見あげた。

――大字枇杷ノ窪、藤井伝松と、その紙にきっちり書いてある限りは、ただの行き違いでは済ませられんな、と彼は女の視線をはずしながらいい切った。

――紙、名前が、せきこんで七枝が聞きかけたとき、背後で疳高い金属音が響いた。針金をひきこするような音だ。脱穀機が逆廻りになったと彼はとっさにそっちを見やる。

——いい加減にしとくれ、と足踏みの動作をやめた花枝がいきり立った声で叫んだ。お母ちゃんもお父ちゃんも、あたいの脚が棒になっても知らん顔してる気なの。そんなに大切なお客さまですか、その女衆は、と花枝は顎を突き出し、そのままこちらに向かって来そうな勢いを見せた。

脱穀機の廻転が鈍くごきんごきんと鳴ったあと、庭の中がふいに静まりかえった。音の代わりに、麦の穂や藁から出た薄黄色の粉埃があたりに漂っている。それが六月の陽光をやわらいだものに見せている。

——ごめんなさいまし、と女がその空気全体に対するような高い口調で叫んだ。

——だまされたといったね、あんたは、と伝松は狭い肩幅を見おろしててばやく訊く。声は出さなかったが色黒の丸顔は力をこめてうなずき返した。

——ということは、このおれをだました人物もいるということだな。細かいいきさつは解らんが、おおよそはそうか、と彼はいった。答えを求めるというより、自分自身で納得したい気分だった。

女は特別な反応を見せなかった。ぼんやりと動かないその目附きが、両眼そのものの芯を覗きこむような、かすかな寄り目になっているだけだ。と、何の前ぶれもなく、干した麦の穂を叩くのんびりした音が規則的に響いて来た。往還に近い下の家のほうから、その音は濁った谺《こだま》と一緒に響きあがって来る。うちは仕事が遅れていると伝松は一瞬それに心を奪われる。こんな頭が確かかどうか解らない人間にかかずりあっていて堪るものかと思う。

——お前さん、と七枝が女を脅しつけるような声を出した。

——うちのお父うは融通はきかないたちだけど、他人さまに恨みを買うような男じゃないよ、それをあんた……。

下手な因縁をつけたら承知しない。そんなふうに決めつけたい容子で、七枝は汚れた軍手の両手を相手の肩にさしかけて行く。

——はい、はい、はい、はい、と女は続けざまにいった。ことばと一緒に肩をすくめ、何度もうなずいた。

——花枝、と伝松は脱穀機の前で棒立ちのままの娘に声をかけた。おれも戻るから仕事を始めろ。花枝が答えようとする前に、女が急にはきはきしたものいいで返事をした、

——はい、そうして下さいまし。わたしも戻りますから、何もなかったことにして下さい。悪いのはわたしで

す、馬鹿で馬鹿で話にならないのは……。

女は雑嚢をゆすりあげて帰り仕度を見せた。七枝が力のやりばを失った感じで、

——ちょっと、あんた……、ととまどった口調でいう。

——忘れて下さい、こんな女は来なかったことにしといて下さいまし、と女がすぐ遮った。しかし七枝はふいに頭がめぐり出したふうないかつい目附きになり、伝松と女を交互に見比べた。

——紙だとか、所番地だとかってのは、どこにあるの、どこによ、とその眼を動かしながらいう。

女の軀がいっきにちぢかんだ。ことばの礫から身を守るように首を垂れ、両腕で腹と胸もとを抱えこんだ。一度そうして置いてから、顔だけをゆるゆるもたげた。両眼をきつく閉じていた。おれはもうこだわらないと彼はいってやりたかった。だがそれが声に出ないうちに、女の掌がひらめくように動いた。紙を口の中に押しこんだのだった。黄ばんだ紙きれを歯ぎしりするような動作で揉みこもうとしている。

——これ、と七枝があっけに取られた悲鳴をあげた。しかし伝松には女の気持のありかが解ったような気がする。だから済んでしまったことのように平静な調子でいってやった、

——紙はないほうがいいさ。書いた手筆《てふで》の身許調べも厄介な話だからな。

女はうなずくように唇を何度も動かし、嚙むことを続けていた。

——これ、とまた七枝がいった。今度は相手を強くたしなめる口ぶりだった。

——出しなさい、その紙をこっちへ寄こしておくれ。吐き出すんだよ。

小さい軀を揉むしぐさで相手は首を振った。そしてすぐに嚥《の》みくだすつもりらしく、顎をあげ、のどもとを垂直に立てた。きめの荒いその肌がひきつり、息苦しそうにゆすれた。馬鹿、と思わず七枝が叫んで手をかけようとすると、崩れかかる感じで女の軀が沈んだ。両手を地面に当てがい、その間に頭を潜りこませる姿で吐きはじめた。

いつの間にか花枝が寄って来て母と並び、吐き続ける形を見おろして、

——病気だったの、このひと、と頓狂な声でいった。

事実、荷物が両側にずり落ちたその背は、骨がきしむような重みのある痙攣で波うっていた。ふん、と七枝が鼻を鳴らした。そして、何が病気なものかといった勢いでしゃがみこみ、女の肩を持ちあげるふうにつかんだ。

——紙はもう出たかね、と冷えた声でいい、つかんだ肩をゆする。

——母ちゃんたら、と花枝がその荒いしぐさに気をくじかれたらしい小声をあげる。だが女は土下座で平伏するといった姿勢で、一度二度とうなずいて見せた。そして、

——出ました、と辛そうに息の音でいった。

——どれ、とすぐ七枝が覗きこむ。

伝松は急にうとましい気持に襲われた。迷い猫のように闖入して来たこの女のしぐさも、ひとつひとつ狂言じみているし、その応対を何か大層な出来事のようにやってのけている七枝も七枝だ。

——おれは麦扱きにかかる、と彼は低い声で断言した。花枝もそっちのことは放っておけ。いい捨てる形で麦束の山に向かう。うず高いその山は例年より三分の一量ほど余計に嵩があった。よそのうちより仕事が遅れてしまうくらい取り入れても、おおかたは持って行かれるのかとふと思う。すると、その思いから急に導き出された形で、そのおれを嗤っている奴だという考えがひらめきのぼって来た。今の女に所と名前を渡したのは、おれをあざ笑っている者のしわざに違いない。確信とまでは至らなかったが、伝松は足を踏みしめて停まり、地面にしゃがみこんだ二人のほうへ見据える視線を投げた。

女が甦《いざ》るように両手で軀をずらすところだった。その動きにつれて七枝のかしげた頭が土の上を這う形だ。すぐに、

——汚《き》ったねえ、と呻いて七枝の顔がはねあがった。ほんとの反吐《へど》じゃないか、これは。悪さをするっていっても、お前さん……。

——病人だって、あたいは解ってたんだ、と花枝が同情のない調子でいう。彼は病人ということばに無意識にひきこまれ、軀全体で覗きこむような姿勢になった。

這いつくばった女の開いた掌のすぐ側に、薄茶色の反吐があった。それが水っぽく地面にひろがっていた。陽を受けて一ヵ所だけ光をはねている。紙だ。口の中で捏ねかえされ嚙み潰された、拇指の尖ほどもない濡れた紙礫が陽に曝されているのだ。掌が土の上から僅かにあがり、その小さい粒をさし示すしぐさを見せた。七枝が身をそらせて立ち、

——こんなもん、こんなもん、誰がさわりたいもんですかい、といった。うんざりした声だった。伝松のなかに小さい安堵の心が生まれた。だから下手にかかずらわりあうな、といってやりたいと思った。しかし、その安堵はすぐに突き崩された。母の嫌悪に逆らうように花枝

のほうが興味を示しはじめたからだ。

――おばさん、おばさんはどこから来たの、と花枝はきいた。しゃがんで顔をそむけている相手の、その顔のがわに廻りこんで行きながら訊ねている。いたわる口ぶりで、

――きっと町場だろうけど、やっぱり東京からかねえ。じゃないの。

女がゆるゆる軀を起こし、地べたに正座する構えになって行く。その姿に目を惹かれたまま、おれの頭はやわで働きがないと伝松は気づかされた。どこからやって来たのか。何をしていた者なのか。そして何をしにここへ現われたのか。当然すぎるそういう疑問を確かめようとしない自分は、一人前の男衆としてどこかに瑕《きず》のある人間だ。そんな気分が胸のなかをすり抜けて行くと、相手の答えをきっちり聞き届けて置きたい心持になっている。

だが女は、彼のほうへも七枝のほうへも向き直りはしなかった。目の前の花枝に対して顔をひきあげ、

――おばさんはねえ、あっちにもこっちにもいて、あっちもこっちも燃えちまって……、とはぐらかすようなことをいった。間を置かずに溜息をついて見せている。

――おい、と彼ははじめて荒びた声で呼んだ。あっち



もこっちも結構だが、ここへ迷いこんだのはどういう理窟だ、おい。

背骨をはじきとばされたように、相手が中腰になった。中腰が見る間によろけてまた膝をついた。

――天から降り落ちて来たら、それがおれんところの庭先だったってわけか。お伽話もいい加減にするもんだ、この雌狸め。

ことばの途中から、見あげて来る女の眼が殴りつけられたときのような恐怖心を露わにしているのがわかった。それだけ自分が怒気を表に出していることがわかった。

――父ちゃん、と七枝が軽くたしなめ、すぐ、こんなでかい声で父ちゃんがどなるのは久しぶりだね、と急に何かを探る目附きで皮肉っぽくいう。

――うるせえ、と伝松はその視線を払っていった。塩を撒きたいとこだが、勿体なくてできねえ次第だ。げろの仕末だけつけて、さっさと帰ってくれ。

それだけいうと、もう相手の反応を見届ける気はうせていた。無意識に軀がまわって、脱穀機のほうへ戻りはじめていた。女の低くしゃくりあげる声が背中に聞こえる。泣きながら小声でぐちっている容子だ。廻転軸に藁が捲きついたまま停まっている足踏み機の所へ彼が寄り

着いたとき、思いがけない高い悲鳴が届いて来た。そして、

――尋ねて来れば、いつでも置いてやるって、いわれたんです、食べさしてやるって……、と叫ぶ声。隠しごとを思いあまって投げ出した声だった。それだけに、気持の逆りが露骨に表われていて哀れだった。

伝松は機械にかがみこみ、からまりついた藁屑をはずしにかかる。女が来た理由がわかればそれでいいという気分だ。誰が藤井伝松の名を騙って瞞着したのか、それを詮索する心は起きない。彼は妻と娘があれこれ訊ねているらしいさざめきを遠々しいものに感じながら、てばやく仕事を続けて行った。花枝が腹を立てて放り出しただけあって、思いのほか捲きつき方はひどかった。廻転する丸胴から突き出た三角の銀色の突起という突起に、穂も穂軸も麦稈もいり乱れてひっかかっている。花枝の馬鹿が、と舌うちするように呟くと、ふいに苦笑が浮かんだ。これをいちいち手先ではずしている自分こそ馬鹿者だ。藁の根かたをいくつかつかんで、足踏みで逆廻転させれば簡単に取れることぐらい誰でも知っている。おれも今の出来事で少しうろたえていると思いながら、伝松は腰を伸ばした。

見るともなく庭の入り口を見やる。女三人がしゃがんだまま喋り続けていた。彼の位置からは、それが白粉花のまだ花のない薄緑の群生の葉むらに埋まりこんだように見える。友だち同士が親密な話を取りかわしているといった空気だ。

――お前ら、おてんとさまは待っちゃあくれないぜ、と彼は勢いをつけた声をかけ、藁の端を引きあげながら踏み板に足を乗せた。

――このおばさん、うちに置いてあげれば、父ちゃん、と叫ぶ花枝の弾んだことばが響いて来た。伝松はそっちを見ようとはしない。慎重に板に力をかけ、一息一息逆まわしして行く。

――父ちゃんたら、とまた花枝が叫んだ。なにをいうかと彼は思う。青年学級へもまだ行っていない餓鬼娘に世間のまわりゆきが解るはずはない。同情ってやつは、請うてもいけないし、してやってもいけないものなのだ。手もとが急に軽くなり、つかえていた大屑が抜け出して来た。脱穀機は風を帯びたように滑らかに廻り、からからと気持のいい音を立てはじめる。彼は踏み板を一段二段と間を置かずに押し踏んでその廻転を停めた。すぐ手を丸胴の突起にかけ前廻しに変えてやり、足に力をこめて機械いっぱいの作動にする。

と、その唸り音に惹き寄せられた感じで、七枝が足早

に近づいて来た。怒り肩をゆすりあげて、彼の耳もとに顔を寄せる。

——うん、と思わず伝松はきいた。

——あの女、うちに置くことにしたからね、と七枝はいった。あたしが決めたのだから文句はいわせない。そんなこわばった口調だった。

彼は女を見た。こちらの容子を見守っていたらしい立ち姿が、彼の視線とぶつかった瞬間、膝に手を当てがって深々と頭を下げた。伝松は相手が顔をあげないうちに目をそらした。勝手にするがいいと思った。七枝のえげつない心がらは解っている。田植え草取りまでの農繁期にこき使って、その上で放り出すつもりに違いない。しかし、とまた思う。七枝は執念のきつい女だから、あの紙を書いて渡した人物を探り出す魂胆も持っているのかもしれない。

——ぼんやりしてるんじゃないよ、と七枝が斜め後から声をかけて来た。ほら、と両手で持った麦の束を押しつけるように渡して寄こす。伝松はその束を受け取ったまま、何も考えまいと自分にいい聞かせた。踏み板の上下する動きに合わせて、二、三度片足足踏みを土の上で繰り返し、それからぐいと板に足をのせた。穂尖を、廻る風の中に突っこんで行く。手もとがぐいと引き寄せられ、ばりばりんと麦粒が扱かれて飛び散る響きがする。そしてすぐ、引かれていた手の力が柔らかいものに変わる。穂尖を抜き出し、廻る突起の銀色の光の上に軽く叩きつけ、そのはずみのまま左手下へ揃えて放る。ほい、と右側から七枝が声をかけて寄こした。

そのほうに軀をねじりかけたとき、伝松の目に弓子の姿がはいった。赤んぼうをおぶった上背のある格好が、石垣下の登り坂を前かがみにあがって来る。七枝も彼の視線を追ってそれを捉え、大声で、

——話は上手についたかい、と呼びかけた。弓子は立ちどまって背中の子をゆすりあげ、すぐに叫び返した。

——こんな時は実家っていってもお他人さま同然だねえ、腹が立っちゃった。

——馬を貸さないっていうんかい、とあわてて七枝がききかえす。

——じゃないのよ、と弓子は長い腕を胸の前で振って見せた。

——あっちの父ちゃんたらねえ、代わりに総出で田植えを手伝いに来いって。

——そのぐらいは仕方ないじゃないか、昔は村の衆みんながやったんだから、と七枝がほっとした調子でいった。それに対してまた弓子が腕を振って見せる。

——違うのよ、そうやってあっちのうちの田植えが全部終わってから、うちの田をおこしたりかいたりするっていうんだ。

七枝がことばを失った感じで、ふん、と鼻息を立てた。

——あたし口惜しくって、と弓子が叫び続ける。お父さんだって口惜しいでしょ、談判に行ってよ、と伝松のほうにことばを向ける。

——忍ぶときは忍ばなけりゃあならねえ、そんなもんだ、と彼はとっさにいいかえした。自分の所が軽く見られているという事実を考えたくなかったからだ。弓子はうつむいて子どもをゆすりあげてから、こくこくうなずいて見せた。

——わかりました。うちだって兵隊から帰って来れば、あっちのうちなんか見返してやればいいんだもんねえ。

いい終わると石垣下の道をすぐに折れて、庭先のほうに向かって行く。その姿が伝松の視界から消えたとき、あの嫁だけがおれの頼りだと彼は思った。あいつだけはおれのいうことを理解する。

——ちいっ、と耳もとで七枝が舌うちした。

——ばかばかしいったらありゃしない、馬喰三兄弟のその弟のお前さんが、牛も馬も持ってないなんて、と麦の束を押して寄こす。

——今日来た女をその牛馬代わりに使おうっていうんじゃないのか、と伝松は兄弟のことから話をそらすつもりでいった。

——使いものになるかどうか、と七枝があっさりいう。水商売かなんか、そういった式の代物らしいからね。

伝松は思わず庭先のほうへ目をやった。石垣をまわり了えた弓子の長身が、白粉花の列の向こう側からはいりかけるところだった。花枝が子どもじみた燥《はしや》ぎようで、すぐに女を引き合わせにかかる。足の踏みおろしで廻転をあげて行きながら、弓子はいい顔をしないかもしれないと彼はぼんやり考えた。考えながら穂尖を突っこむ。耳の芯をうって来る騒音のなかで、あるいはその逆で一番喜ぶかもしれないとも思う。

束の受け渡しを七、八度続けて、ちょうど刈りまるげの一把が終わった。七枝が新しい把の紮げた輪をといている間、彼は踏み板から痺れた右足をはずす。すると、それを待っていたように弓子の声が響いて来た。

——お父さん、よかったわねえ、いい助っとが出来て。

笑いを浮かべ、女のほうを指さすしぐさを見せる。やっぱりと彼は気づいた。嫁の立場としては手がひとつでも多いほうがありがたいわけなのだ。それとも、実家でむごく扱われたから、役に立つ他人が心底嬉しいということなのか。彼が弓子のことばにどう答えようかと決めかねているうちに、女の小さい軀が弓子のうしろの廻り、もう赤んぼうをおろす手伝いをはじめている。

——はいよ、と七枝が新しい束を渡した。その声にも何か弾みのようなものが感じられる。伝松は休みなく麦扱きを続けて行きながら、あの女がこのうちにいることになるという実感にじわじわと胸がほとびはじめた。これほどみんなが浮いた気分になっているのだから、事態が変わることはあるまいと思う。だが、うちの女どもは楽天的すぎるという気もする。身もともはっきりしないあいつが、もしお目見得泥棒の類だったらどうするのだ。そんな心持で、扱き終わった麦藁を手荒く放った。するとふいに、おれ自身はという考えがはためくように頭のなかをよぎった。あの女を置いてやることについて自分自身は何の意見も表に出していない。そして、これから顔をつき合わせて行くのだとしたら、おれはどういう態度を取るのだろう。そのことも決めていないのだ。

女がのどを突き立てて紙を嚥もうとした姿が浮かぶ。水っぽい反吐を地べたに吐く、ひきつった背筋……。そうだ、女が嚥もうとし、また吐いたあの紙きれは、おれの名だ。大字枇杷ノ窪、藤井伝松、その文字があの口のなかで唾液と反吐にまみれたのだ……。たゆみなく伝松は仕事をこなしていたが、いつの間にか自分が口で荒い息をしているのに気づいた。のどが機械からたちのぼる穂の荒埃のために、痛いほどいがらっぽくなっている。口をとじ、唾をのみこむ。そして、おれは果たしてどういう態度を取るのかと、自分の胸の底を覗きこむつもりで薄眼をしてみた。しかし何もわからなかった。何ひとつ心を決めるようなものは湧いて来なかった。

——一服したいとこだけどねえ、と七枝が新しい輪をときながらいった。

——そうするか、と彼も気持の疲れを露わにして答えた。

——冗談じゃないよ、とうちかえすように七枝がいい、顎で空をしゃくって見せた。

彼は何気なく空を見あげ、びくりとさせられる。高曇りだが、もう陽ざしはない。彼が気づかないうちに日がかげっていたのだ。西と北の山の端に、高曇りの雲より遙かに色濃いかたまりが、威嚇するように立ちのぼりはじめていた。

——お父さん、とすぐうしろで弓子が声をかけて来る。

ふりむくと、その隣に赤んぼうを抱いた女が並んでいた。

——ご挨拶したいっていうんで、と弓子は女の背をそっと押して寄こす。

女は赤んぼうをゆすりながら、

——旦那さん、ありがとうございます、と少ししわがれた声でいった。頭は下げず赤んぼうに頬ずりするような格好だった。

——ああ、と伝松は答えた。しかし、それ以上はいう気はなかった。

——もしここに置いて貰えなかったら、あたしはどこにも行く所がなかったんです、とまたいった。そして頬ずりとゆすりあげをもっと激しいものにして行く。

——ほんとうに身寄りがないもんで……、とふいに上ずった声になった。

——わかった、もういい、とそこまでいいかけ、女が軀をゆすっているのは泣いているからなのだと彼ははじめて悟った。見開いたままの丸い眼の尻から、太い筋が首の前までまっすぐに糸を引いていた。

——もういいから、と彼は目をそらした、そんなことより仕事が先だ、腹ごしらえでもしてやって、それから……。

——ご飯はもう花ちゃんがこしらえてますよ、と笑いを含んだ声で弓子が遮った。

彼は軀を脱穀機のほうに向け直した。山から湧いて来る黒雲の波形が目にはいった。その動きが急速に押し寄せて来る容子を見せている。彼はすがりつくように足踏み板に足を乗せ、思いきり力をこめた。廻転が逆まわりだった。大粒の埃が吹きあげるように彼の顔にかかる。すると、一種捨て鉢のような気持で、何事もなるようにしかならない、と思った。お天気と同じで、自分の力でどうこうしようとしてもはじまらないことだと思った。

## 二章——

雨の往還を南向きにそれる。くねくね折れ曲がった赤土のべったら坂にかかる。急ぎ足だが、滑らないためにごく自然に地下足袋を八の字の形に持って行く。馬鍬《まんが》のあの重たいやつを背負って降りるとなると、足を取られて怪我をしかねないと伝松は思った。蓑ごしにシャツのほうにはしめりが来ているが、ゴムびきの黒い雨帽子のなかは蒸れて熱い。その熱い頭が、坂を登るにしたがって、いまいましい気分に冒されはじめた。馬鍬の十六本ある太い牙が、ひとつの田も掻きあげないうちに三本も折れた。弓子の実家では、それをこっちの田の中に石がごろごろしているせいだとなじっている。使い古しの与太な代物を貸して置きながらだ。きっとおれの所の馬鍬を取りあげようという肚なのだと彼は思う。

滑らない用心のために逆に、ふっふっと息切れがした。すると、頭がくるりとめぐって、「女」のことが浮かんで来た。あれも全く役立たずの代物という気がする。寝泊りしてもう三日たつが、赤んぼうのお守り以外何ひとつ出来ないありさまだ。田植えには出るようにと七枝が声をかけたら、失敗するからこわいと答えたらしい。何ということか。疎開ものの小学生だって立派にやってのけているというのに。勾配が厳しくなった道を斜めに折れると、凶年だという考えが蒸れた頭のなかに立ちのぼった。今年は雨が少ないという。六月だというのに越後の山には雪が残っているという話だ。

凶年、凶作、ということばをのどもとで呟いてみる。なぜか解らないが、それが自分ひとりに襲いかかって来るような感じだ。彼は汗ばんで来た額を手の甲で払いのけるように拭った。あの女がひょっこり舞いこんで来たのが、何か不吉なことの前ぶれなのかもしれないと思う。たとえば、倅の伝伍の戦死の公報がはいる、たとえば、おれ自身が仕事のさなかに大怪我をする……。彼は味の悪い想像を振り捨てるつもりで、顎を左右にゆすぶった。ゴム帽の庇から大粒の雫が目の前を振れ飛ぶ。頬にもひとつかかる。と、思いがけなく心が和み、女が役に立たないのなら追い出せばいいだけだ、とすんなり考えが定まった。五十に手の届いた男が、この態のことで頭を悩まされてたまるかという気分だった。



石垣下にかかる所まで来ると、道が川になっていた。庭に降る雨が石垣を光らせて辷り落ち、一本になって狭い赤土の坂道を流れくだって来る。その水が地下足袋の先端に突きあたり、ほんの小さい渦を起こした。麦の供出を超過分まで出して、新しい地下足袋の配給を受けよう、と確かな心持になる。石垣に寄って行ったとき、彼は松葉牡丹が花をつけ出したのにはじめて気づいた。白と紅がひとつずつ、それに黄色い莟が水っぽくふくらんでいる。まるで花が招き寄せているように、そのすぐ脇を庭からの雨水が線を引いて垂れていた。ここへ登って来る道もおれひとりで作った、と彼は急に感慨に捉えられる。この石垣もおれひとりの力で築いたものだ。田んぼも畑も自分が稼いで買い溜めた。もう世間や兄貴たちの眼にいちいちびくつくような年ではない。

石垣の濡れた面に沿って庭のほうにはいりかける。と、とっつきの土間の奥のあたりから歌をうたうような声が聞こえて来た。誰か男の声らしいが、味噌蔵の脇に落ちる雨だれの音とまじりあって不確かにしか聞き取れない。急いで軒下にはいり、板の引き戸に手をかける。聞こえた。気持よさそうな大声だった。

——背なじゃ、餓鬼ぁ泣く、めしは焦げる。……

百三だ。百三の野郎だととっさに彼には解った。あいつめ何のつもりで、と思いめぐらす間、つい引き戸にかけた力がゆるむ。歌は調子をあげて、

——雨は天から、泪《なみだ》は目から、睡い辛いは心から、とそこまで続いて声がやむ。

——これでしまいだよ、と百三が得意そうにいう。小さい拍手らしい音が聞こえ、すぐ、

——お上手だこと、と女の声がした。

彼は戸を荒くきしませて引きあけた。土間の突きあたりのいろりの際に百三が中腰で立っていた。定時電灯がまだつかない薄暗いなかで、その姿がいろりの小さい火を受けている。すばやく顔を向けて寄こし、

——よう、伝、おれもとんだ助っとにさせられたところだ、と妙に白っぽい手をぶらぶら振って見せる。

伝松は答えずに土間へはいって行く。百三の手もとの板の間のへりには丸く口の開いた捏《こ》ね鉢があった。その中でうどん粉を捏ねるしぐさを示し、

——ま、祝儀不祝儀にも頼まれて打ったことがある名人さまだからいいようなもんだが。

朗らかな容子でいって、鼻先を白い指でついと擦る。女は、と伝松は思う。板の間の奥へ目をやる。小さい軀がいろりの向こう側に坐っていた。いつも彼が坐る横座の座蒲団の上にちんまりと坐って、両手を膝に置いている。彼は舌うちしたい心を押え、

——悟はどうしたね、と孫の名を口にした。

——奥ですやすや寝てますから、と軀も動かさずにのんびり答えてよこす。彼のなかに依固地な心が起きた。

——お前さんがこの百三に、うどんを打ってくれと頼んだのかね、と女を見据えたまままいった。

——はい、でもそれが……、と相手は眼をしばたかせ、困り果てたという容子になる。

——うどんを打ちながら、いいのどを聞かせて貰いたいと、そう願った次第か、と彼は追い討ちをかけるように口早にいった。喋っているうちに、ほんものの憎悪が湧きあがって来るのを感じた。

——馬鹿、よしなよ、と百三が力を抜いた声ですぐ押しとどめた。ぴたぴたと練った粉を叩き、

——おれのほうが見るに見かねて助けてくれたってことさ。お前がむかっ腹を立てるのは筋違いだぜ。歌だってこっちが好き勝手にうなってただけのことだ。

彼は百三のほうに向き直り、その百姓にしては華奢すぎる背筋と、抜け目なさそうにしゃくれた横顔を見つめる。そして、

——百、お前さんは、とゆっくり声をかけた。この糞忙しい最中に何の肚づもりで、そんな気楽な真似をしてるんだ、おい。

百三は含み笑いをした。捏ね鉢のなかに両腕を押しこむ格好で力をこめ、

——そういうに違いないと思ってた、といった。それから、ふちが赤く爛れ気味の目で、いろりの向こうの女をしゃくって見せ、

——お客さまに御一見のご挨拶に来たわけだ、という。

こいつ、とふいに伝松のなかで、訝しむ心の働きが起きた。近所ならともかく、大字をひとつ距てた部落にいるにしては、耳が早すぎる。まるでこの事態を見通していたような、すばやいやり口だ。

——ラジオのニュースでおれの所へお客が舞いこんだ話でもあったようだな。

探りをいれるつもりで、彼は少し茶化した調子でいってみる。

——たねもとは鉄沓屋《かなぐつや》。お前の中の兄貴がそういったのさ、伝松の野郎のとこへ天人が舞いおりたってな。そんな福々しい話を友だちとして聞きっぱなしで済ませられるわけはあるまい。尋常小学校から棒組のお前とおれの間だ……。

百三のことばを途中から背中に受け流す形で、彼は味噌蔵の手前の道具置き場の開き戸をあける。馬鍬は伝伍が出征した年に使ったままだから、二年も放りっぱなしだと思い、奥の闇をすかして見る。

——まあ、小学校からの友だちですか、と讃嘆するような女の声が聞こえて来た。

——なにも感心することはない、と伝松は焦立ちの気持で背をそびやかした。そのまま振りむかずに、

——小学校が一緒ってことだけなら、村じゅうが仲好し仲間になってしまう。

いい捨てる形で彼は開き戸の中の狭苦しい暗がりへ踏みこんで行った。

——おい、てめえ、おれがやさしく手伝ってやってるのに、ありがとうどころか、けちをつけて貶そうって寸法か。石頭の伝松め。

百三のどなり声が土間いっぱいに響いた。荒い本性をむき出しにした、喧嘩腰の口調だ。相手になっている暇はないという気で、壁際の唐箕《とうみ》に手をかけ、よいしょ、

と小声で呟きながらずり動かす。幅広い胴の中の板の羽根が、地面からの震動でかたかた鳴った。その陰にうずくまった格好で正方形の炬燵櫓に似た馬鍬の一部が見えて来る。牙々の刃金に銹《さび》が来ているかもしれないと一瞬心が配られた。ふいうちのように、

——藤井さん、と呼ぶ女の声が背中を叩くような近さで聞こえた。しのぶ感じの低い声音だった。

思わず首筋をよじる。と、開いた戸の向こうの仄明りを背負う形の影姿が、唐箕の吹き通し口に手をかけて立っていた。伝松の視線に会うと、柔らかく軀をかがめこむ。唐箕にかけた手が縋る感じになって、

——藤井さん、とまたいった。暗がりのために、その表情も目の動きも彼には見当がつかない。軀全体を女のほうに向け直す。

——ああ、と尻あがりの声で訊きかえして、相手の出方をうかがう形になった。すると、影姿が輪郭を震わせるように、少し後ずさってから、

——わたしは悪いことをしたんでしょうか、藤井さんを怒らせてしまうような。

声にもおののくような震えがあった。こういう人間なのかとっさに思う。怒る気配を見せればたちどころに縮みあがる。逆に、こっちが居ないと目を盗むふうに横着になる。

——おれの答えを聞くことはあるまい、と彼は相手に合わせた低い声でいった、

——自分の胸に訊いてみればいい、もしあんたの胸が、人並みに生きて脈を打ってるのならばな。

脅しはきいた。きいたらしかった。唐箕に縋っていた手がふうっと落ちかかり、胸もとに当てがう容子だ。

——脈を打って……、と息をのむようにいう。道具がひしめく手狭な囲いのなかでは、その息使いは思いがけずなまなましいものに感じられる。惑わされてはいけないと彼は自分にいい聞かせ、空気を振り払うつもりになって、

——いやいや、脈ぐらいけだものにだってある。その血が頭のなかを確かな筋を通って経回《へめぐ》ってるかどうかが問題だ。

すぐには相手の反応は現われなかった。意味がわからないほど馬鹿なのかと、もう一声浴びせる気になったとき、黒い影姿が横揺れして動いた。壁に軀をもたせかけたのだとわかる。と、その杉皮葺きの囲い壁が外に撓《たわ》って、僅かな表の光が彼の目を射た。細い縦の光線だった。それが女の耳と首筋を白く照らし出す。髪をひっつめて後で縛っていることにはじめて気づかされる。

――教えて下さい、どうしたらいいのか、とその姿のままいった。

――教えて教えられることと、そうでないことがあるさ。

彼は相手の首筋から目をそらした。男ならぶちのめして教えられるが、女はだめだという気分だった。

――やっぱり、と女が力をこめた声を出す。そのとたんに、外からの光の量が増した。仄白い光のなかで女が両腕で壁を押しやっている。杉皮葺きの裂け目から前栽畑の葱の畝が見えた。葱の浅い緑の前でだけ雨が白い筋を引くのが見えた。

――わたしがここにいるのが間違ってるんだ、間違いないんだ。

女の軀が壁に向かって喋りかけていた。そして、ふいに彼のほうへ顔だけ向ける。

――ねえ、そうなんでしょ、藤井さんはそう思ってるんですね。

あっさり答えるべきだと思う。女のいうことを肯定するつもりで、その顔に目を据える。葱の畝が顔の半分で隠され、その分の外の光が片方の目尻に射しこむようにはいっていた。そのせいか、女の表情には懇願する容子は見えなかった。むしろ、今この場で心を決めてしまいたいといったふうな、張りつめた感じがある。



――おれはお前さんの考えの通りに、と伝松はいった。と、そのことばを押しつぶすように、

――暗いなかで、女衆と男衆が何の長話だい。うどん作りは肝がいれるぜ、と叫ぶ百三の声が土間を渡って響きこんで来た。

壁についていた腕がびくっとして離れ、またもとの暗さが戻った。溜息をつく女の息の音だけがそこにある。伝松のなかで、思いがけなく妙な連想が産まれた。百三は女と男といった。もしかしたら、目の前のこの軀は、いつかどこかで百三と会ったことがある。その因縁がこの女を自分の所に舞いこませたのではあるまいか。

――おい、と彼は急いでそれを声に出した。あんたはあの百三と前からの知り合いだな。

――えっ、と女がすぐ答えた。その声からは、事実を指摘された呻きなのか、ただ驚いただけなのか見当がつかなかった。

――はっきりさせてくれ、あの野郎のことをここへ来る前から知っていたのかどうか。

女が激しく首を振る気配が、暗さに馴れた眼にはっきり感じとれた。

――わからない、なんでそんなことを疑われるのか、

とか細い声で呟いている。自問自答のような口ぶりだけに、真実味がこもっていた。

――もういい、と彼はいった。この女が持って来たあの紙きれの文字は、到底百三のようなろくでなしに書ける字ではなかった。そんな気分が落ち着きを伴ってやって来た。

――おれは馬鍬の重たいやつを引きずり出さなきゃならねえんだ。

ことばと一緒に彼は唐箕の後に軀をすべりこませる。かがんで櫓格子の向こう側に手をまわし、鉄の尖った牙の一本をこそぐってみる。掌に荒いざらつきが来た。銹にやられている。少し研《と》いでやらないと、馬が重たがってよく牽かないかもしれない。

――藤井さん、わたしは……、という声が唐箕ごしに聞こえた。

――ああ、と曖昧に伝松は答えたが、そうだ、さっきの身の振りかたのことを訊いているのだと思う。思うが、さっきのようにあっさり返事をしてやる気持が、どこかで削がれている。無意識のうちに手が別の牙の先を探った。こっちも同じようにやられていた。銹落ちの破片が掌の中に残るほどだ。

――わたしはどうすればいいんです、とまた女がいった。

――そんなことは、と彼はとっさにいうが、それからあとのことばが出て来なかった。

――うどんを伸ばして切る機械のことは弓子さんに教わったんだけど、メリケン粉をどうやって、水でやるのか、お湯なのか、わたしにはそんなこともわからなかった……。

それは彼に話しかけているというより、自分自身を確認するようなものいいだった。

――だめです、役に立たないんだ、なんにも知らないんだ、と同じ声音で続けている。

――何いってるんだ、と彼はふいに荒いことばを出して立った。自分でもどういってやるのか無考えのまま、ことばが自然に湧きあがって来る。

――赤んぼのときからうどんの打ちかたを知ってるものがあるかっていうんだ。知らなけりゃ覚えりゃいい。わからなければ真似をすることだ。

――はあ、と不安定な声でいい、軀が唐箕の向こうで揺れている気配だ。

――見様見真似ってことがある。誰だってそうして仕事を覚えこんで行くんだ。このおれだって、はたちの年まで百姓仕事については、ろくすっぽ知ってたわけじゃない。

——はい、と女がいった。まるで先生に答えるような、緊張した切れ味のあるいいかただった。

——今、今は何をすればいいんですか。

伝松のなかに奇妙な気分が頭をもたげた。自分のいったことが果たして相手に通じたのかという思いと、自分はそれを通じさせるためにこんな気合いのいれかたで喋ったのだろうかという疑問とが、混り合うような形で渦を巻いている。そして、そのどちらにも決着をつけかねたまま、

——今かい、今なあ、とぼんやりいった。

——はい、とまた同じような返事が戻った。

——井戸端へ行って砥石を取って来てくれ、と彼はいう。相手の生真面目な答えかたに促されて、そういったのだ。

——金剛砂《こんごうしゃ》の荒砥《あらと》だぜ。棚に並んでる中の一番でかいやつだと思えばいい。

——はい、と弾みのある声と一緒に軀が開き戸のほうに向かっていた。その動きが、あたりの空気を小さい風のようにかきまぜた。

馬鍬を土間まで運び出し、あおむけにどさりと置く。削ぎ立った牙という牙から赤銹の粉が散り落ちた。百三



のあざ笑う声がする。

——何だい、今これから田んぼ掻きか。立派な百姓面をしてる割には、大した仕事の速さだなあ、伝松兄貴としたことが。

——てめえんとこはどうなんだ、と彼はすばやくいいかえし、十六本の赤茶けた牙の列に顔を寄せた。銹は表面だけだとすぐ解った。

——わしの所は本日只今お田植えの最中です。親類近所の皆さんがたが総出でな。ご主人さまのわしは、その皆さんにアルコール類を差しあげるために飛びまわってたのさ。

いいながら、自分自身面白おかしそうに笑っている。

——どぶろくか、と彼は訊く。

——ああよ、唸って持ちあげるほどの大桶にひとつ仕入れたぜ。リヤカーに乗せたまま、お前の兄貴の鉄沓屋に預けて来た。

運のいい野郎だ、と伝松は思う。鋭さがなくなった牙の先端を指でこそぐって行きながら、そう思う。法螺を吹き吹きあげた百一九十九鉄砲、とひとに悪口をいわれるだけのことはある。怠け者で仕事嫌いなこの野郎のほうが、こっちより何日も早く田植えを済ませてしまうのか。人間ただ働けばいいってもんじゃない。そうい

う感じの小さい自己嫌悪に彼は襲われた。

と、しめっぽい雨風を軀のまわりにただよわせて女が駈け寄り、しゃがんでいる彼のすぐ脇に立った。

――これでいいんですか、金剛砥石っていうのは、といった。息を弾ませ、長方形の濡れた荒砥を大事そうに両手で差し出す。

――ああ、これだ、と彼が受け取ると、

――よかった、間違わなくて、と動悸を鎮めるしぐさで胸に手を当てた。

彼は両頬をすぼめるように寄せ、舌の上に唾液を溜めてから、荒砥の黒灰色の表づらに勢いよく、ぴょっ、ぴょっ、と二度吐きつけた。すぐに隅の一本を研ぎにかかる。銹が一皮取れると、その下から鈍い銀色が覗きはじめる。この調子なら、そう苦労しないで済むと気持が楽なものになった。

――そういうふうにするんですか、と耳もとで女の声が囁きかけた。しゃがみこんで彼の手もとに目を注いだままだった。砥石を牙に沿って押しこくる彼の手附きを、丸っこい小さい拳が見習うように真似て動く。

――これは女のする仕事じゃない。覚えることはないんだ、と彼は苦笑していった。

――全くだ、と押しかぶせるように百三の声が飛んで



来た。捏ねあげた白い塊を持ちあげて鉢の中に放る形で落とし、

――そいつは伝松に一番ふさわしい仕事さ。その姿を見ていると、いつか誰かに復讐する、復讐してやろうと思って牙を研いでるって感じだものなあ。

――人聞きの悪いことをいうな、と彼はすぐさま低い声で応じたが、復讐といわれてみると、どこかしら自分にとって真実感がないでもない。長年の友だちというのは見る所を見ているのかもしれないと思う。復讐か、と心で呟く。だが、いつ誰を相手に、とぼんやり頭の中をまさぐっても、具体的な手ごたえは何ひとつなかった。

あっ、と軽い響きの声をあげて女が立った。彼の手もとにも急に光が降り落ちて来た。定時電灯の裸電球がともったのだ。

――四時だな。関東配電も雨だもんだから一時間奢《おご》ってくれたわけか、と百三がせかされたような口調でいった。

――いつもは五時きっかりに点くんだよ、と彼は研ぎ続けながら女にいってやった。

――はい、と返事が戻った。教えられたことを覚えこむような、気持をこめた声だ。思わず彼はその姿を見あ

げる。裸電球に目を向け、のどもとをあげる姿勢をしていた。気配で彼のほうに顔を戻したとき、女の眼のなかに電球がその形のまま映る。それはほんの一瞬のことだったが、残像のように彼自身の眼のなかに電球のその光が焼きついたような気がした。

——姐ちゃん、姐ちゃん、と百三が呼んだ。あんたの仕事はこっちだぜ、手伝ってくれなきゃあ駄目だ。

——はい、と女は高い調子で答え、それから彼のほうに身を沈め、

——そうしますから、と声を落としていった。

——早く、早くう。おれが機械を廻すから、お前さんは下で伸びて行くやつを手で受けてくれなけりゃあ困るんだ。こういう具合にさ。

百三が走り寄って行った小柄な軀に、手ぶりで教えている。そうか、と伝松は思う。うどん機械は弓子がいつものように、戸棚の脇の、板の間のあがりはなに据えて置いたのだ。据えて、扱い方を女に教えて行ったわけか。それなのに粉が捏ねられなかったということだ。

——姐ちゃん、あんた何という名だね、と百三が訊ねる声が聞こえた。女が小声で何かいっている。

——そうか、まる子さんか。軀つきに似合ったいい名前だなあ、とまた百三がいった。



彼はそっちを見やる。女の姿は見えなかった。こちらに背を向けて機械を手廻ししている百三の、そのあちら側で伸びて落ちる、細帯のような粉の練り板を持たされている容子だ。

——まる子さん、年はいくつかね、あんた。

百三の口調には口説きにかかるような、甘ったるさがあった。彼は聞きたくないという思いで、ぺっ、ぺっ、と砥石に唾をかけ、牙の銹落としに熱中する。

——いいたくねえんなら、わしが当ててやろうか、という声がそれでも彼の耳にはいってきた。

——四十に行ってないことは確かだ。かといって三十歳といってしまうと、こいつは見え透いたお世辞になるなあ。

女がそれに対して答えたらしいが、百三がまわすうどん機械の、ぐりぐりときしむ音で消されていた。

——まあいいや、それじゃあ、最後に働いてた場所の名だけ教えてくれよ、とまた百三がいう。働いていた、というそのことばが強く伝松の気持を引いた。軀をひねるようにして二人のほうを覗き見る。百三が背筋を伸ばし、疲れたという身ぶりで自分の腰を後ろ手で叩いている。女のうずくまった軀がその足の向こうにあった。汚れた薄茶の上着が、黒ズボンの上で僅かに光って見え

た。あのベンベルグのやつは去年まで花枝が着ていたのだと思いあたる。高等科二年の子が着たものを借りているから、軀が若やいで見えたのかと気づかされる。

——焼けちまった所をひとさまに報告するなんて、そんなことは辛くって、と女は百三のほうを見あげることもなく拒んでいった。手にしたうどん粉の平たい表面を掌でいつくしむようなしぐさを続けながら、それ以上何もいわないでいる。腰を叩きやめて、百三が笑い出した。楽しそうにひと笑いして、

——お江戸は花の吉原ってわけでもねえだろうが、おれはそのほうには通じてる口だぜ。県の名前を聞いただけで、何々街のあたりって指させるぐらいだ。なあ、隠し立てはするなよ、まる子さん。

女の軀が転げるような感じで土間を横に飛んだ。百三の目から逃れたい。それがはっきり解る動作だった。

——百、いい加減にしろよ、と彼は穏やかに声をかけた。

——何がだ、と百三がすぐにいい返した。おれたちはうどんをこしらえながら、お話を娯しんでるだけだ。簑を着て、おまけに大層な帽子までかぶった土ん百姓に苦情を入れられる筋はないね。なあ、まる子さんよう。

声をかけるのと一緒に腕を伸ばし、しゃがんだ相手を招き寄せる手ぶりをする。薄茶の上体がその手から感電したように震え、横ずらしに軀をくねらせて立ちあがった。間を置かずに、

——藤井さん……、と彼を呼んだ。声が助けを求めていた。放って置けばこちらへ駈け寄って来る気配だ。

——百三よ、その人を構うんじゃねえ、と彼は長い砥石を振るしぐさをつけて大声でいった。

——身許調べも品定めもお断わりってことだ。何といったって、その人はこのおれを頼ってはるばる来たんだからな。

われながら巧くいえたと束の間伝松は思う。すると、百三が軀を正面向けにし、彼のほうへ二、三歩足を踏み出した。

——だからじゃねえか、だからどこから来たか訊いたんだ。それが悪いことなのか。

そういうと、軀をはすかいに開き、そらせた胸で挑んで来る。

——ああ、悪いとも、と彼はとっさに答えた。と、ごく自然にことばが続けのぼって来る感じで、

——秘密なんだ。そのことについては今のところ秘密だから、洩らさないことにしてある。

——馬鹿め。大層なことをいって誤魔化すのは止めに

しろ。餓鬼の頃からの友だちに向かって、秘密とは何だ。秘密っていう字が涙を垂らすぜ。この頓馬。

ほとんど叱りつけるような高く激しい口ぶりだった。百三の斜めうしろにいる女は、まるで自分がどなりつけられた感じで背をむけ、全身を硬直させているように見えた。藤井さん、と呼んだ先刻の声が彼の耳のなかでよみがえった。助けてやろうと思った。しかしどう助けてやればいいのだろうかと思った。

――百三が大騒ぎで啖呵を切るようなことじゃない、と彼は手探りするような気持でゆるゆる喋り始めた。嘘をまことしやかに、なおかつ、出来るだけぼかさなければならないと心を決めてのことだった。だから、銹落としの作業に戻って、それをわざとゆっくり続けて行きながら、

――いずれ戦争でも終わって、その人が戻る所へ戻れるようになれば何もかもはっきりするわけさ。いつおれがどこで知り合いになったか、その手のことは時期が来るまで胸に畳んで置きたい。まあおおよそそんな……。

――お前がどこかで知り合ったって、と百三が少したじろいだ声で訊きかえした。

――その辺を秘密にしときたいわけだ、と彼は勢いよく砥石をひと動かししていい切る。



――畜生、ひとを莫迦《ばか》にしやがって。

力を削いだ口調ですばやくことばを吐き捨て、土間を片足でどしんと踏む音が聞こえた。これで救いきれたかもしれないという気で、伝松は女のほうへ視線を送った。百三も女の背を見やっていた。そして、押しをきかせた声で、

――姐ちゃん、伝の野郎はとぼけた科白《せりふ》を渡して寄こしたが、お前さんはこの百三さまを小馬鹿にするんじゃないぜ、といった。ひっつめて縛った髪を小刻みに左右させて、そんなことはないという意味を小さい軀が示そうとしている。

――だってそうじゃねえか、とふいに百三は大声になった。うどん機械を指さし、

――こうやって親身にうどんまで打ってやったっていうのに、伝松とぐるになっておれを誑《たぶらか》している仕末じゃねえか。

喋っているうちにほんものの腹立ちに襲われた感じで、舌うちを数回続けうちして、

――馬鹿馬鹿しいったらありゃしねえ。まるで狸の穴に迷いこんだようなざまだ。小忙しいときに親切にしてやって、それをものの見事に裏切られちまった。さあ、おれは帰るぜ。こんな所にうろうろしてたら、大事など

ぶろくの桶まで狸に化かし取られるからな。

百三は粉で白っぽくなった両手を、振り払う形で打ち合わせ、土間をすたすた歩いて来る。小ぶりで足にぴったりついた新品らしい長靴だった。彼は砥石をのろく押しこくってから、何とはなしに小さい溜息をついた。百三に限らず、こういう種類の物見高い世間の眼に出会うことはこれからもあることだと思う。と、光る長靴が彼の腰の脇へ来て停まった。見あげかけるのと、百三が顔を寄せて来るのとがかち合う格好になる。百三がすぐ耳のほうへ口もとをまわした。

——いっとくけど、あれはだるまだからな。

せわしげな早口だった。訊きかえすつもりで目をあげると、相手の華奢な背筋はもう遠去かっている。だるま、と伝松はのどの奥で、おうむがえしに呟いてみる。それは淫売のことだ。あいつは何を証拠にそんなことが解ったのだ。思わず戸口のほうを振り向く。百三が首だけ表に突き出す姿で、

——ひどい降りになって来やがった、とひとり言をいい、そして自分の持って来た洋傘を取った。だが、彼の視線に気づくと、ふちの赤らんだ眼をむき出すように睨みつけて、突然大声で歌い出した、

——まる子まら大まらは、千年《せんねん》の古《ふる》まんこ……。




目は彼に据えたままだが、歌は女に聞かせるためのありったけの高調子だ。何かいって押しとどめようという暇もなく、続けて、

——その姿、嵌《は》めたげ。

伸ばして歌いきったとたん、傘を音を立てて開き、それを雨に向かって突きつける姿勢で、すいと戸口をまたぐ。

——百三、と無意識に彼は呼びかけた。

しかしその声が聞こえた気配もなく、相手は黒い傘をひと振りして、庭の出口へ向かい、たちまち戸袋の陰に見えなくなった。

彼はゆっくりと首筋を振り戻した。半分以上磨きあげた牙の列が、まんなかの何本かの銹色を残して地金の鋭い光を放っている。そこに眼を固着させたまま、彼は肩で溜息をついた。溜息をつこうと思ってついたのだった。今、女を見たくない。見てはならないという心と、見るのが嫌だという心がまじりあった形でそう思う。百三はだるまだといった。そして相手にも、それが解っているぞと知らせるつもりで歌まで歌った。もし真実だとすれば、百三らしい無残なやり口だ。と、ふいに、うどん機械のきしむ音がゆるい調子で響いて来た。

見る。女が背を丸め、全身でそうするように手廻しの

取っ手を廻していた。百三の話は法螺のひとつだったのかと瞬間的に思う。しかし、とすぐ気持が翻える。あの歌は子どもでも歌う罵倒の歌だ、罵る相手の名をまらということばと繋げて。それを聞かされて何も感じないはずはない。もしかしたら、百三の誹りを忘れたい、考えたくないというつもりで仕事にかかったのかもしれない。ふと気づくと、自分の左手の掌がよく尖った牙の列の上をゆるゆる往き来していた。何でおれがこんなことで悩まされるのかという思いが、急速に募って来た。もう馬鍬を砥ぐのは止めにしよう、と彼は決めた。四隅がこれだけしっかりして来れば、まんなかはこのままで構わない。早いところ田んぼに持ちこんで、牙の折れたやつと取り代えることだ。

――あの、藤井さん、と呼ぶ高い声が聞こえた。女が半身でこっちを見ていた。

――伸ばすのは終わったんですけど、細く切るほうへ捩子を変える、その変えかたが……。

そういって、白っぽい指先で機械をさし示す。彼は相手の表情を確かめたくなかった。だから、機械の所へ行ってそれを直してやるのも、出来れば避けたかった。

――それが解れば、うどんが全部出来あがるんです、と女は弾みをつけてまたいった。

彼は観念した。仕方がないと思った。

――今行く、と手短にいい、砥石を置いて、ズボンと簑の裾の赤銹の粉を手荒く払い落とした。そして立ちあがり、疎ましいものに近づくような気分で寄って行く。すると、急に相手が向き直って腰を折った。

――さっきは庇って下さって、どうも済いません。

淡白なものいいだった。ちょっとした出来事をさしているような感じだ。頭をあげ、丸い顔全体を彼のほうに晒したが、そこにも格別な浅ましいことに出会ったかげりは見当たらない。彼はすぐには応答も出来ず足を停めていた。そのとき、ぴしゃっと戸口で水のはねる音がし、続いて駈けこむ濡れた足音が響いて来た。足音の間から、

――うどん、どうなってる、と花枝が息を切らせながら叫びかけて来る声。

――はあ、と女が曖昧な返事をし、伝松もそっちを見やると、花枝は子ども子どもした草色の雨ガッパを彼のすぐ脇で雫をはねとばしながら脱ぎ捨て、

――嫂さんちの、田を掻いてくれている衆に出すんだから、とびきり上手にこしらえろって、母ちゃんにどなられちゃった。

そして、水びたしの藁草履で、女と機械のほうにせか

せか寄って行く。百三に打って貰ったことをどう釈明するのだろうか。彼はまなざしを投げるようにして女のほうをうかがった。ただうなだれて花枝を迎える姿勢をしていた。花枝が近づくとどういう意味なのか女は軽く会釈する。

——わあ、よかった、助かった、もう切ればいいだけじゃない、と花枝が讃嘆の声をあげた。そして女の狭い肩に腕を廻し、

——おばさん、ありがとう。ほんとに助かる、といった。

女の丸顔がゆらゆら揺れ、頬がほころびかかる。百三のことは陰して自分ひとりの手柄にする肚なのかと、彼はその笑顔から類推したくなって来る。

——いいえ、何も出来ないことだらけで……、と女はどうとでも受け取れる、ぼかしたものいいをした。

——百三に行き会わなかったか、花枝、と彼は大声で呼びかけた。

花枝の代わりに女が見開いた目をさっとあげた。礫を浴びたような恐怖の見開きだった。これからまたどんな礫が飛んで来るか、その前でおののき竦んでいるまなざしだ。

——別に誰にも会わないよ、何かあったの、と花枝が



ごく日常的な口ぶりでいった。

この娘に話しても通じる質のものじゃない、苦笑いするような気持でとっさにそう思う。わざと穏やかに軽い口ぶりで、

——会わなきゃ、それでいいんだ、といって、ことばを打ち切った。大人のことは折を見て大人同士で結着をつければいいという考えになっていた。馬鍬の櫓のふたつの角々についているマニラ麻の太引きを、坂を背負っておりるための紐にするために格子の間に通しにかかる。

——すごく、しっかり打ててるわ、と花枝が昂ぶった声でいっている。その間に機械を廻す音をまじえて、

——本職は鉢の中へ両足で踏みこんで、軀の重みで捏ねあげるっていうくらいだから、力がいる仕事なのよね え、これは。

伝松は女がどう返答するか、もう聞く気持を持ってはいなかった。よいしょ、と腹に力を溜める声を出し、一度馬鍬を垂直にしてから、すぐその格子に背を当て、太引きを肩から前へ廻して両手に巻きつけ、もう一度、よいしょ、と腰から押しあげるようにして担ぎあげた。二、三度小ゆすりして簑の背筋になじませてやる。そして軀を心持前にかしげ戸口に向かった。百三がいった通

り、表の雨は凄まじいものに変わっていた。太く筋を引く線と、そのしぶきが立てる靄りのために、まなかいの山のたたずまいが白く塗りつぶされている。用心深く敷居をひとまたぎしたとき、

――行ってらっしゃいまし、という女の声が聞こえた。馬鍬の背のすぐうしろからだった。

――ああ、と彼の口から反射的に答えが出た。

――お気をつけて、とまた女がいった。

すると思いがけなく、彼のなかで異様な考えが駈けめぐった。これは商売の女が客を送り出すときの挨拶ではあるまいか。この女は身にしみついたそのことばを無意識に、今使ってしまったのではあるまいか。誰でも若い時一度は経験する女買いを、このおれは、おれに限ってはしていない。そのおれに向かってこの女は……。敷居をまたいで両脚を縦に開いているので、よじれた背筋と肩に馬鍬の重みがじりじりのしかかって来た。まるで馬鍬の牙に女が両手で取りつき、ぶら下がっているような気持に襲われる。

――えい、と彼は薄気味悪い気分を振り払うつもりで、敷居をこえた。

濡れ光りのする土留めの石を弾み台にして、どしゃ降りの庭に出た。雨足がいっきに帽子を叩いて来た。二、三歩行くと、うつむけにしたそのゴム帽子のへりから、雫がなだれ落ちて来る。束の間、伝松は自分の眼が冷たい何かで蓋をされたような気がした。

## 三章――

――千切れやすい脆い草ねえ、と女がいった。

――哀れなるかな吉田さん、地縛り畠に埋められて、っていう唄がはやったことがあったのよ。節は覚えてないから、あたしが小さい時ね、弓子が喋りかける。

――金貸しの吉田さんが殺されたのは、あんたなんかが産まれる前のことさね、と七枝が口をさしはさんだ。

――あれは桑原だったんですかねえ、埋められたのは、と弓子が七枝に問いを投げる。

――魯桑《ろそう》のあの厚手の葉っぱが珍しかった頃だから、あたしがこっちへ嫁に来てじきのことだよ。魯桑の広い桑原がこの地縛りで一面に青い所へもってきて、ひとつところだけ、ぽっかり黒土が見えたんだね。これはおかしいってわけで掘っくり返したら仏さまが出て来た。それで人殺しが挙げられちまったんだよ。だけど、吉田さんはその頃の金貸しだけあって、死んだその懐からピストルが出て来たって大騒ぎだった……。

――止めてよ、そんな気味の悪い話、と花枝が背を伸ばして叫んだ。去年まで桑原だったんだもん、うちのこの畑にも屍体が埋まってるような気がしちゃう。

――この地縛りっていうかわいい草の下にねえ、と女が感じいったような声をあげる。

――それを止めてってっていってるんじゃないの。おまけに今日はお葬いなんだからね。もう草むしりなんかしないぞ。

花枝は両手をあげてぶらぶらゆすり、ついでに深呼吸をする身ぶりだった。

彼も金鍬の汗でじっとりした手を休めて、何気なく空を見あげる。高曇りの風のない日だ。にもかかわらず、地表から蒸れ昇って来る草の匂いのこもった湿気には、もう真夏の暑さがある。陽ざしに曝されているより、もっとむしむしする感じだった。

――葬式っていえば、出棺は一時じゃなかったのか、と彼は分蘖《ぶんげつ》を始めて横幅の広くなった陸稲の畝越しに、七枝のほうへ声をかけた。草をむしる動きを続けたまま七枝が、

――十一時には、あがって帰って支度をするつもりだけど、とひとり言のようにいう。

――じゃあ、行こう。あたいの腹時計はもうその辺まで来てるよ、きっちり。

花枝は母親の答えも待たずに、畝の間を馬入れ道へと駈けて行く。七枝がつられたように腰をあげた。泥の手を払って背筋に当て、軀をそらせて伸ばす。そして、そらせた首をふり向けて、目の端で彼を捉え、

――香奠、いくら包む、と気のない調子でいった。

――種付屋《たねつけや》の兄貴に訊きな、と彼もそっけなくいいかえした。

七枝はうなずく容子も見せないで軀を戻し、

――まる子さん、頑張っておくれよ、といい捨てる感じでいい、急ぎ足で出て行く。

――はい、そうします、と女がその背に向かって答えた。いつもの几帳面ないいかただと彼は思う。

――おれんとこは軍隊じゃないんだ。いちいち気をつけみたいな返事はいらないよ、と低い声でいってやる。

――はい、と同じ調子が返った。

とたんに弓子が吹き出している。そして、

――おばさんもよくうちに馴れてくれたわねえ、と笑いを残した声でいった。

その通りだと伝松も思った。いつかそのことをこっそり話して置こうと考えていた矢先だった。

――いいえ、みなさんやさしい人ばかりだから、と女

が柔らかいものいいで応じている。

これでよしという気分で、彼は特配で新品の金鍬の長い柄を握り直し、さくり、さくり、と砂気の多い土を浅く切るようにおこして行く。咲き遅れの黄色い小花が残っている地縛りの、這う蔓と長い鬚根を、鍬の上でひとふるいさせて土と分離し、削ったあとの地面に落とす。陸稲の畝の間でその仕事を続けながら、去年まで桑のあったこの畑では反収五俵がいいところだと思った。虫にも病気にもやられなくたってそんなものだ。

——あれ、おばあさん、とふいに弓子が叫んだ。彼と反対方向に向かって立ちあがり、

——よく表へ出られましたねえ、と声をつぐ。

姉だととっさに気づき、彼はふり向きざま頭をさげた。

——軀の塩梅はいいんですかい、と顔をあげる動作と一緒にいって、土手上のお松姉を眺めた。杖をつき、袷のふくれあがった感じの着流しだった。畑全体を検分するようにゆるゆる見渡して、

——こんな所まで出向いて来られるんだから、塩梅はいいに決まってる。のろまなことをきくもんじゃあない。

首の脇に突き出た大ぶりの瘤を重たそうにあげさげして、お松がきめつける。彼は苦笑し、この姉さんはおふくろのようなものだといつものように思う。自分より十八、九年上なのだから、餓鬼扱いされても致しかたない。



——おばあさんは鉄沓屋んちの実家のお葬いには行かれないんですか、と弓子が丁重に訊いた。それだけぴんしゃんしていれば当然列席するはずなのに、という意味をこめた口ぶりだった。

——誰が肺病で血を吐いた亡者のそばへなんか寄るもんですかい、とまたお松がぴしゃりという。あたしゃねえ、還暦を過ぎてからこっち、不祝儀の席には金輪際出まいって決めてあるのさ。坊主のお経なんぞ聞いてると、こっちが墓穴へ招き寄せられる気がしちまうからね。

杖にすがって腰を曲げ、大瘤を軀の前に突き出しているために、ことばに妙な実感がある。

——ほんとですねえ、と女がつい引きこまれた感じで相槌をうった。彼らに見習って畝の間に立ち、年寄りの全身を眺めまわす容子をしている。

——これ、とお松がけわしい声を出した。杖を女のほうに向け、突きつけるしぐさを二、三度繰り返し、それと一緒に叱りとばす調子で、

——お前は何者か。こんにちはの挨拶ひとつしない

で、人の話に嘴を入れるとは何事ですかい。それも縁起でもない胸糞の悪い話の最中にだよ。

いわれたほうは、慌てて身をすくめ、

——すいません、何の気なしにわたし……、と深々と頭を下げた。

——すいませんで済めば、駐在も巡査もいらないよ、とお松は押しかぶせるように憎まれ口を叩き、杖を振って今度は彼のほうをさして来た。

——伝松、ここへおいで。あたしを畑へ降ろしとくれ。

——姉さん、その軀で畑へなんか、ととっさに彼は手を大きく横振りし、無理だと知らせる。

——あたしぁね、その礼儀をわきまえない女衆の顔を見てやりたいんだ。そばへ寄って、とっくりとだよ。

ことばの途中からゆっくりしゃがみこみ、高土手の夏草の茂みを確かめる手つきで、草の根かたを杖で小刻みに払っている。

女が畝の間でよろけるように動き、どこへ逃げようかという眼であたりを見渡した。

——平気、平気、と弓子が低く笑った、あんな大芝居でもしないと気晴しのないおばあさんなんだから。そこまでは小声でいい、すぐ続けて土手に大声をかける。

——おばあさん、こっちの馬入れ道から来るほうが楽ですよ。危くないし。



——お前も抜け作の嫁だねえ、とお松がすばやく切り返した。杖の先を空中で輪を描くようにめぐらし、

——この年寄りの病人に向かって、この畑をひとまわりしろって指図をする気かね。そうやって息切れでもさせて、早いとこくたばってあの世へ行けっていうのかい。全くこのうちの衆はどいつもこいつも、人さまに対する礼ってものを知らなさ過ぎる。

弓子がうんざりした感じで

——全くあいた口がふさがらないわ、と呟くのを聞き捨てにして、彼は土手のほうに急ぎ足で向かう。

——はい、はい、はい、とお松に続けざまに声をかけてやり、いい出したら後へ引かない質なんだからいいなりにしてやろうと思う。

土手下に辿りつくと、姉は笑っていた。しゃがんだ姿でのどもとの瘤をゆすぶり、声のない笑いを続け、秘密めかした楽しそうな小さい声で、

——伝松。あの女の鑑定人に来てやったんだよ。お前たち一家が瞞《だま》されて、もしものことがあったら大変だと思ってね、といった。

——ありがとうございます、と彼は素直に答えた。この姉には何度も庇護して貰ったことがある。若い頃自分

が途方に暮れた時は、いつもそうだったという思いがふいに甦ったからだ。受けとめる形で両腕を土手の上に向かって斜めに広げ、

――そうっと寄っかかってくれよ、姉さん、という。

――行くぞ、と答え、嵩のある軀が頭から沈んで来る格好で、彼の掌にぶつかった。一瞬重さがこたえるが、相手の脇を押えこむように持ちあげると、全体は儚いほどの目方だった。袷の胸もとから年寄り臭い匂いが、いちどきに彼の鼻をうつ。蒸す日だけに、その皺の萎みが押し出してよこす饐《す》えかわばった臭みが噎《む》せるようにきつい。毀れものを置くように地面におろし、ふいにこの瘤婆さんが自分を見守って呉れている時間ももうそう長くはないと彼は思った。と、その姉は彼にことばをかけるでもなく、さっさと畝を分けて女のほうに近づきかけて行く。女のこわばった態度を見抜いた容子で、

――なにもこの杖で打ちかかろうっていうんじゃないよ。悪いのはきちんとした挨拶をお前さんに教えない伝松のほうさね、と歩きながら声をかけている。土手の上からどなり散らしていたのとはまるで別な、ものやさしい態度だ。女はそれでも緊張をとくことが出来ず、目を伏せて直立していた。

――一家を構えた主ならば、自分の所にこれこれこういう客人を置くことにした、そういって隣近所と主だった縁者に、よろしくの挨拶をしなくちゃあならない。それを伝松はとぼけた小僧だから、なおざりにしている。病人のこの婆さまがわざわざ出向かなければならない仕末ってわけさ。

伝松は、そんなことは百も承知だという気持で聞き流しながら、女の前にもう辿りついている姉の背に向かってゆっくり歩いて行った。姉はことばつきとは別物の、粗《あら》を探す俊敏な目の働きで相手の小さい軀を眺めまわしている。

――いいえ、それもこれもわたしが愚か者だから……、と女が小声で懸命にへりくだった。眼の中に顔を隠したい、出来るものなら軀の中に頭全体を引っこませてしまいたい、そんな感じで首を極度に縮めてのことだ。お松が毀れた笛のような音で、ひょっ、ひょっ、と笑った。瘤をゆすぶって女の胸もとに目を細めて寄せて行く。ひょいと手を伸ばして、苧麻《からむし》織りの国防服の襟をつかんだ。

――えっ、と問いかける声とひるんだ身ぶりを一緒にさせて、女はまくりあげた腕を振り、後ずさりするように軀をよじった。

――男もんの服を着てる、とお松は小声で呟き、あっ

さり襟もとの手を放す。放されたほうは、思わずよろめいて歩幅を大開きにした。その前足のほうをそろそろ軀に引きつける動作で年寄りとの距離を取り、

――ここのうちで貸していただいて……、と度肝を抜かれた感じの弱々しい声で答える。

――松雄さんのお古ですよ、と助けを出す口調で弓子がすばやくいった。

――そうかい、ここのうちじゃ、去年兵隊に行った次男坊の国民服を着せてやるほど、ご立派な待遇ってわけかね。

――待遇……、とぼんやりした声で女はおうむがえしに呟く。

お松はそれには取りあわず、急に横向きになって、彼を目で捉えた。

――伝松、お前んとこは麦の超過供出を大幅になにして国に御奉公したそうだが、見返りにどういう品を戴いたんだい、ときく。

――そいつだよ、その、と彼は畝の間で柄が斜めに立っている金鍬を顎で示した。

――うん、と声をあげ姉は目を動かして行き、

――なんだい、その柄の馬鹿長いてんぐゎ一丁か。そんなものを頂戴するために、よそものの女衆の手まで借りて大麦小麦合わせて三俵も五俵も人さまより余計に出したのかね。

女がやって来たのは麦を穫り入れたあとだから、供出とは無関係だと思うが、彼はそれをいう気も起こらず、のんびり笑い出す。

――馬鹿笑いはよしな、と姉は低く叱った。お前って人間はいつまでたっても算術が下手糞だ。三俵五俵を闇に廻せば、何だって手にはいる。シャツでも着物でもだよ。それをこの女衆に渡せばいいものを、松雄の国民服なんぞを着せかけてやるありさまだ。ものごとの釣り合いが、ひとつとしてぴったり取れてやしないぞ。

ことばの途中から姉は首を戻して、女の顔を見据えていた。

――お前さんは解るかい、こういう理窟が、と急に速い調子で訊きかける。

――はい、はい。よく解ります、と女も急いで答えた。

――解るんなら、それでいい、とお松はあっさりいった。

――それじゃ、もう仕事に戻ってもいいんでしょうか、とほっとした声で小さい軀が訊ねる。

――はいよ、そうしておくれ。

年寄りのそのことばをまるで命令だと受け取ったよう

に、女の軀がすばやい動きで地面に向かった。彼が金鍬でおこして置いた地縛りを、蔓の根かたで摑んで土をふるい落とし、もう一方の掌の中にまとめこむ形で握りしめて行く。その動作を顔を地面に這わせるような姿で、せわしなく続ける。

——苦労が身についてる、とひとり言のようにお松が呟いた。女のまるまった背筋が一刻も早くこの年寄りから逃げたいというふうに、草をむしりむしりして前進して行く、その働きぶりに目を注いだままのことばだった。それから首の瘤を彼のほうに向けて、

——まあ、大事にしてやりな、といった。

——ああ、解ってる、と彼は気持を出さない口調で答え、金鍬の所に戻り、柄を握る。

——弓子、お前、実家のことで忘れてることがありゃしないかい、金肥がどうこうとか、とお松が声をかけた。

——そうだわ。石灰窒素と硫安。半叺《かます》ずつ分けてやることになってたんだわ、と弓子がいった。

——約束は守れよ。ここへ来る道すがら、あたしに苦情が来たんだからね。

弓子はそれには答えず、彼に向けて、

——うるさいから、すぐ渡して来ます、お父さん、といった。




彼は金鍬の動きを止めずに、こくこくうなずいてやる。

——お昼の支度もあるから、あたしあがりますよ、と弓子が続けていった。それから笑いを含んだ声で、

——おばあさんはまだここに用が残ってるの、ときく。即座にお松は、

——こんな地縛りだらけの畑なんぞに、誰が長居をしたいもんですか。帰るよ、一緒に。

いい捨てると、そのまま畝の間を馬入れ道へまっすぐに向かう。すぐに草をむしっている小さい軀の真うしろにぶつかった。気配で女が横に跳びすさり、陸稲の葉群に軀が沈みこむ。お松はその慌てたぶざまな姿勢に目を注ぐふうもなく、ゆるゆる脇を通り抜けてから、

——こおんなに悪人はいないっていうからねえ、ともっともらしい口ぶりでいった。

畑の一番奥へ行って、赤んぼうを連れ帰るつもりの弓子が、

——そんな諺、はじめて聞いたわ、と叫んでよこした。そして、一本だけ伐り残してある立て通しの古桑の幹の下から、悟の白っぽい姿を抱きあげ、

——ねえ、悟ちゃん、あんたの大叔母さんは何もかも偉いひと過ぎて、つきあうのに骨が折れるわねえ、とま

た大きい声でいった。

お松のほうは、まるで聞こえなかったというそぶりで、馬入れ道にあがるところだった。彼は土を削りおこす仕事に戻りながら、弓子は女を庇うために叫んだのだと気づく。しかし弓子にはお松姉の正真正銘の偉さは解ってはいない、とすぐ思いが翻る。弓子だけじゃない、とまた思う。一番恩を受けたはずの七枝にもそれを察する力はないはずだ。結局おれだけだ、と彼は思う。同じような苦々しい目に遭った自分と姉だけが、気持が通じあうのだ。新品の鍬が切れ味よく辷って、左足の地下足袋の爪先に軽くぶつかった。頭を別のことに使いながら仕事をするもんじゃない、ととっさに気がつく。と、そのとき、もう立ち去ったと思っていたお松の声が響いて来た。

——伝松、その女衆のことだがなあ、とそこまでいって、ことばを切った。

見やると、悟を抱いた弓子が追いつくのを待つといった姿で、ゆるい勾配の坂の途中に立ち、杖にもたれている。

——お前まさか、あれじゃないだろうねえ、手をつけて、どうこうしようって肚づもりで……。

——よしてくれ、姉さん、と思わず彼は声を張った。




他の人間がからかって来るのは兎も角、この姉にそんな勘ぐりをされるとは心外だという気分で、

——餓鬼の時からおれの気性を、といいかけたが、それも馬鹿馬鹿しくなって、

——伝松も五十に手が届いたんですよ。笑い話としてだって歯切れが悪すぎる。偉ぶつのお松っぁんも、とうとう頭に呆けが来たようだなあ。

吐き捨てるように、それもわざと調子を落とした口ぶりでいってやった。

姉は事もなげに笑った。距離があるにもかかわらず、瘤のゆれが解るほどの笑いかただった。

——あたしのことは置いときな、とその笑いをしまいこむようにいう。こうして上から眺めてるとお前たち二人、夫婦だと見てもおかしくない、そう見えたから予め注意を与えてやったのさ。ありがたいと思いな。

彼はお前たち二人ということばにつられて、つい女のほうに目をやる。草むしりのせわしない手は停まっていた。顔をお松の声からそむけ、ふり仰ぐ感じで高曇りの空にぼんやり視線を漂わせている容子だ。ふいうちのように、弓子が大笑いする声が響く。いかにも楽しいことを聞いたというふうに、

——お母さんにあとで話しとくわ。夫婦みたいだったた

なんていったら、おなかをかかえて……。

――およし、と低いがすばやいいいかたでお松が遮った。低い声のまま、

――七枝も表には出さないが、一人前以上のやきもち焼きなんだから。

彼がそのことばに意表をつかれた気分で、坂のほうを確かめると、姉の腰を曲げた軀は、杖で拍子を取りながらゆるい勾配を登りにかかっていた。七枝がやきもち焼きだというのはどういう意味なのか、と彼は遠ざかる姉の背を眺めながら、ぼんやり考えた。自分が知らない秘密のようなものをお松姉は知っているのかもしれない。とすれば、自分はまだ姉には到底及ばない。薄い眉毛も白くなり、髪も白を通り越してそれが黄ばんで来ているあの姉には。と、もう弓子と並んだその後姿は坂を登りきって、往還へ出る道筋のほうへ曲がり、たちまち見えなくなった。

――糞婆ぁめ、たん瘤をぶらさげやがって、と彼は舌うちを声にする形で思わず呟く。腹立ちではなく、畏敬の念が吐かせたことばだった。女も見送っていたらしい中腰を落としながら、

――こわかった、あの瘤。喋るたびに生きてるみたいにゆれるもんだから、という。彼も仕事に戻って鍬を動かし、



――姉ごのが今はこのあたりで一番でかいかもしれないなあ、と独りごとのように喋る。おれたちが子どもの頃はもっと大きいのをさげた瘤婆さんが大勢いて、そういう後家婆ぁに睨まれると相当な悪童でも縮みあがったもんだよ。

――後家婆ぁ、後家さんのしるしですか、と女が奇異なことを聞いたといったふうな高声をあげた。

――後家っていったってなにさ、と彼は教えるつもりでいってやる。未亡人になってから男を寄せつけなかった、つまり後家の立て通しをした、そのしるしっていうか、病気ってわけだ。

――立て通し……、再婚しなかったってことね、と女がぼんやりした口調でいった。彼はいい年をしてそんなことの意味もつかめないのかと叱るような気分で、土をひと削りして、

――後家だってねえ、人によっちゃあ通って来る男があるだろう。そういうのと通じて宜しくなにしてる女には瘤は出来ないんだよ。最近じゃ、ホルモンの関係だとか甲状腺がどうとかっていってるじゃねえか。

――解りました、ホルモンですか。身の固い後家さんだって思えばいいんですね、あの瘤を見たら。

畝の間から感心したような声が聞こえた。彼は土手下の所までおこし了えて、そっちを見た。陸稲の浅緑に埋って相手の軀は見えなかった。ホルモンとか身が固いとかいうことばを、どんな顔つきで口にしているのかとふと思う。すると、百三が雨の日に囁いた、だるま、という声が耳の奥でとっさに甦った。そして、ちょうど二人きりだ、百三のことを話して置いてやろう、という気持が湧いて来る。金鍬の柄をまっすぐ立て、その上に両手と顎をもたせかける姿で、見えない相手に向かって声をかけた。淡白な大声で、

——いつかお前さんにちょっかいをかけた百三って野郎がいたろう。奴は今の瘤の話を使って後家さんのうちにはいりこんじまったのさ。明治三十九年の丙午《ひのえうま》の女だ、向こうさまはな。

——ひのえうま、ですか、とききき返す声だけが戻って来た。

——これが案の定、子どもをひとり産んだ所で亭主を食い殺してしまったわけだ。隣の隣の部落の火の見櫓の櫓下のうちだが、田地田畑をたっぷり持った立派な百姓家なんだが、丙午の前科者と来ちゃあ改めて婿に来る者もない。そこへあの怠けやくざの百三が目をつけたってことだ。しっかりもので器量も十人並み以上のいい嫁ごだった。背のすらりと高い女で、百三と並ぶと野郎のほうが肩までしか届かない。まあ何から何まで不釣り合いの極みなんだが、野郎め来る晩も来る晩も、くどきに通って行った。しつこく、くどき抜いたわけさ。

いつの間にか女が遙か遠い畝の間に立ちあがっていた。むしった草を手に持ったまま、軀を半開きにしてこっちへ顔を向けている。

——しつこくですか、何ていってくどいたんです、と息を弾ませて問いかけて来た。まるで自分がそういう目に遭っているような、心配そうな口調だった。彼は思わず苦笑し、

——だから、それがのどのたん瘤の話さ。後家を立て通したら、四十五十に手が届く前に、瘤を吊るすありさまになるぞって脅かしてな。器量よしが台無しになる、そいつを救うのはおれと一緒になるしか道はないって。

——まあ、ひどいことというのねえ、と女が溜息まじりの声を送って寄こした。

——そんないやな話を毎晩聞かされてたら、いくらしっかりものでも頭がおかしくなるって寸法だ。嫁ごが神経衰弱同然になったところで、百三がさっと手をつけた。ものにした。

——ふううん、と尻あがりに呻く気配が、陸稲の削げ

立った葉尖の列の上を渡って来る。

――話はこれでおしまいだ、と彼は畝を分けて隣のさくにはいり、鍬を握り直した。

――それで、そんなことで結婚できたんですか、と女の興奮の残っている声が響く。

――仕方があるまい、と彼は地縛りの青に、白く光る四角い切尖を、足もとに引く形でうちつける。軀を許しちまったんだから、女のほうは弱いやね。一文なしの百三が盛大な祝言をして貰って、婿どのにおさまった。

いい切るのと一緒にまた鍬を勢いよく辷らせておこす。

――いろんなことがあるんですねえ、とその背にまた声が飛んで来た。続いて溜息をつく音も聞こえた。そして、ことばが近づきかける感じで、

――藤井さんはおかみさんと、どんな具合に結婚されたんです、と低い遠慮がちの調子で女が訊ねた。彼はふりむきざまに、

――よしてくれ。そんなことをあんたに訊かれるいわれはない、ときつくいった。思いがけない問いかけだった。その分だけ自分の口つきがこわばっているとすぐ感じた。

――いずれ、あの瘤婆ぁあたりが黙ってても話してくれるさ、とこわばりを修正するつもりで暢びやかにいってやる。




立ち竦んでいた女が、口を半開きのまま声を出さずに二、三度大きくうなずき、軀を稲の葉のなかに隠すような身ぶりで、急いで草むしりに戻って行った。彼もよじっていた首を戻し、地面にへばりついた淡い草色の地縛りの土をひと削りする。

――あのおばあさんは偉い後家さんなのね、だからあれだけしゃっきりしてるんだ。

背中の遠くから声がした。顔をうつむけにしているからだろう、くぐもった感じのするひとり言だ。彼は見返る気もなく、何が後家なものかと思う。大馬喰として立てられている伝次郎兄貴はまだぴんぴんしている、と肚のなかで呟く。姉のあの瘤は、それにもかかわらず、後家同然の生活をして来た、その結果なのだ。だが、彼はそれらのことを相手に教えてやろうとは思わなかった。ちょっと話しただけで理解できる質のものじゃない、そういう気分で鍬を動かし続けて行った。削っては篩《ふる》い落とし、削っては篩い落としして後ずさる。その身のこなしのなかで、唐突に伝次郎兄の面立ちが浮かんだ。片眼に薄い膜のかかった、大ぶりで威丈高な顔がだ。彼にとっては、その風貌は思い出すだけでいまいましいもの

だった。それなのに今急に、人をどなりつける時のいっぱいに膨らませた鼻の孔や、その脇から口の両端に筋立って見える深い皺までがくっきり浮かんで来る。姉の瘤からの連想かと彼は舌うちするような気分で考えた。

　あの兄貴は仕事も凄腕だが、女にかけても達者な人だ。だから姉はきっと三十過ぎぐらいから後家さま同然にされてしまったに違いない。鍬の手もとを停めずに、そこまで頭が動いて行くと、ごく当然のことのように、七枝も伝次郎兄貴の女だったという記憶がすらっと湧きあがった。それで思いが波立つというのではなく、むしろ冷ややかな、ひとごとのような感じで記憶が引き出されて来た。すると次々に、関りのあることがらの欠片が、ぱらぱらと頭の中に降り落ちる。長男の伝伍は兄貴の子だ。弓子は今でもそれを知ってはいない。実家は知っていたから惚れた同士を裂こうとした。だが弓子は振り切って嫁に来た。その因縁が今も尾を引いて、あの実家から軽く扱われる元になっている。田を掻く馬鍬も結局取られてしまった……。土に打ちこんだ手応えが軽すぎると気づいた瞬間、長方形の刃先が勢いよく辷って浮き、地下足袋の拇指にその直角の角が突き刺さるようにぶつかって来た。切った、ととっさに思う。一番力を入れなければならない左の拇指だ。その先をやられた。そういう感じの、焦点の定まった痺れ方だった。鍬を放り出して左の地下足袋の鞐《こはぜ》をはずす。

――どうかしました、と問う女の声が頭上に飛んで来た。金鍬の長い柄が陸稲の葉並みに倒れかかった音で、気配を察した感じだ。答えずに足先を引き抜くと、ゴム底が指の上にくるまっている、その厚みのある黒いゴムが切れて細い裂け目を見せている。だが、拇指それ自体には押したような線があるだけで、切り傷はなかった。蒸れて足脂でべとつくその指先を揉んでやりながら、

――危うく、びっこになるところだった、と安堵の心を大袈裟に声にした。

――ええっ、と尻あがりのあわただしい口調でいい、女が畝の二列向こう側を近づいて来る。彼は地下足袋に足を入れ、鞐はとめないままで立ちあがり、

――傷はしなかったから、いいんだ。でも、縁起が悪いからひと休みして、お茶を飲む。あんたもどうだい。

女に声をかけると、畝を荒っぽく分け分けして畑を斜めによぎり、伐り残しの古桑のほうに向かう。

――あたしは……、と迷う感じの声が聞こえた。

――人が休むときは休むもんだ、と彼はてばやくいう。そして桑の根かたに置いた背負い籠に手を伸ばした。小ぶりで目の詰んだ籠の中は、笠をかぶせて陽除け

がしてあった。取ると、薬罐の脇の味噌漉し笊に食べ残しの茹でた馬鈴薯が一個だけはいっている。

――いもが残ってるから食えばいい、と大声でいうと、間近なうしろから、

――はい、と素直な声が寄って来た。

彼は立ったまま茶碗になみなみと、ぬるんだ黄色いお茶を注ぎ、一息に飲みほした。もう一杯ついでから薬罐を置き、自分も地べたに腰を下ろす。女が掌の泥を神経質過ぎるほどのしぐさで払っているのが目にはいった。

――いただきます、と視線を合わせて来てから相手はいった。すぐ笊ごと取り出し、坐らずにそのまま茹で薯の皮をむき始めた。

――ここへ腰を落ちつけて……、と地面を示してやると、女は首を大振りにゆっくり左右させた。

――夫婦みたいに見られちゃいけないって、おばあさんが……。

瘤の揺れを思い出すように目をしばたく。一緒に休むのを渋ったのもそのせいかと彼は気づき、とっさに笑いが込みあげた。気にすることはないというつもりで、長々と笑ってやる。しかし、相手は気持が楽になった容子を見せなかった。皮を剝ぐ手が停まり、ぼんやり心を漂わせる目つきを続けて、



――あなたの、藤井さんのそういうふうな、怪しげな者だと見られたら、あたしはここに居られなくなる、といった。

――下らないことをいうもんじゃない、と押しかぶせるように決めつけた。すぐことばを継いで、

――おれがそんな男か、このおれが、といった。目の前に立っている女にいうのではなく、自分をそう見ようとしている人間たちに向かってことばをぶつける気分だった。すると、思いがけない速度でその気分が膨れあがって来た。自分をこけ扱いにし足蹴にした連中に対してのあれやこれやの憤懣が、膨れながら渦を巻く感じで躯全体に満ちて来る。

――おい、と彼はそれらの心の動きを押えつけるように低い声で呼び、相手の目を芯で捉えた。

――あんたさっき、おれと七枝がどんな具合で一緒になったのかって訊いたね、と問いかける。また叱られるというふうに笊をかかえこみ、

――すいません、あれは……、と急いで女がいった。

――文句をつけてるんじゃない。話してやろうかって気になった、逐一話してみたいっていう。聞くかい。

相手がもぞっとした動きであとずさりした。目の中を見据えたままの彼のことばを、おぞましいものに感じた

身のこなしだった。

——いいから、こっちへ坐りな、と彼は少し声を張る。固くなることはないというつもりで、

——おれが話したいんだから、黙って坐っていればいい。人さまに身の上話なぞしたことはないんだが、今ひょいと心が変わって……。

いい終わらないうちに、自分の芝居じみた大袈裟なものごしに対して苦笑が湧いた。昔の恨みは昔の恨みだ。そいつをこの女に聞かせたところで何がどうなるものでもない。第一まともに理解するかどうか、そのことのほうが疑わしい。

——まあ、気まぐれだなあ。ただの気まぐれだ、と力を抜いていった。そして、今しがたの思いがけない気持の昂ぶりもひとつの気まぐれに過ぎないと自分に納得させるつもりで、小さい笑い声を地面に吐きかけた。と、その目の先に女の軀がゆるりとしゃがみこんで来た。

——伺ったほうがいいんでしたら、聞かせていただきます、と声をひそめていった。

——いや、それほどのなにじゃない、今すぐっていうほどの……、と彼は急いで答える。

——でも人目がありますから、並ばないで、このままで、と相手は彼の答えが聞こえなかった容子で、手をついて地べたに尻を落とした。陸稲の葉群で畑の外の目から軀を隠すつもりらしかった。伝松はその動作につられて、何気なくあたり一帯を見渡した。真正面の山の一点に薄陽が洩れ落ちているのが眼についた。その部分だけ檜林の緑が華やいでいる。それが見る間にこちらに動いて来るような気配だった。眼を凝らしていると、陽ざしが自分の頭の中にはいりこんで来るようで、重苦しいしこりが融け気分が軽いものに変わって行く。

——七枝とは見合いでも出来合いでもないんだ。仔牛一頭と引きかえに押しつけられちまったのさ、と彼は唐突にいった。無造作で、他人のことをいっているようだと自分でも思う。すると、冗談をとばしたときに近い快活さが湧きあがり、

——仔牛だよ、牛の仔。おれは大した馬喰だったわけさ、と自然にことばが押し出された。

——仔牛……、と女がたじろいだ声でいった。何を聞かされているのか見当がつかないという困惑した目つきだった。それを見ていると、喋ってしまえばあれもこれも大したことではないと彼は思った。

——はたちまでおれは馬喰だった。いや、その見習いだ。あの瘤婆ぁの亭主の伝次郎、岩淵伝次郎って義理の兄貴の下でな。それが瞞されて仔牛を取られ、銭の代わ

りに機織り女工を渡されたってわけだ。解るかい。

――ええ、でもよくは解りません、と女がまた表情の乏しい顔でいった。そして坐り心地が悪いというふうに軀を地面の上でずらせている。

――もちろん、おれは兄貴に叱りとばされた。馬喰にはさせない、破門だといって追い出された。今のように田地田畑を持っていなかったから、おれは山へはいって炭焼きの焼き子ってやつになったってわけだ。

――おかみさんも一緒に山へ……、と女がふいに目の動きを早いものにして訊いた。

――いや違う。その時はまだ一緒になぞさせて貰えなかった。七枝は伝次郎兄貴のところで、瞞し取られた牛の代わりだということで、女中奉公をさせられることになったんだ。解るかね。

――はい、解ります。暫く別れ別れの生活をしなければならなかったのね、と女は同情に耐えないという目附きをして見せた。そんな生やさしいものじゃない、ととっさにいおうとして、

――うん、と彼は低く呻いた。こんな話しかたではいつまでたっても解らせることはできないとすぐ気づく。手にしていたお茶をいっきに飲み、茶碗を置いて無意識に腕組みをする。その動作のなかで、正面の檜山がまた目にはいった。洩れ陽は消え、緑がただの緑に沈んで見えた。するとふいに、七枝とのいきさつを目の前の相手に解らせて、それでおれはどうするつもりなのだという心が起きた。五十の男がはたちの時の出来事で同情して貰うなんて、見っともない限りだ。彼は腕を振りほどいて勢いよく立った。

――それ以来、おれは兄弟とも親戚とも縁を切ったわけさ。いまだにまともなつきあいはご免こうむってるんだ。

それで話を終わらせるつもりで、彼は尻の土を軽く払った。

――縁を切って……、と女が胸苦しそうな声で呟いた。すぐ続けて、藤井さんも苦労したんですねえ、と曖昧ないいかたをした。

――なあに、祝儀も不祝儀も女衆に任せっきりで、おれのほうはかえって気楽そのものさ、と彼は答えた。

――だから今日のお葬式にも行かないんですか、と女がいった。それだけは意味がわかったという口ぶりだった。

――百姓はこの地縛りみたいに、畑や田んぼにへばりついているのが一番さ、とさばさばいい、めしの時間だな、もう、と空を見あげた。高曇りの雲行きが、よほど

薄いものに変わっていた。薄雲のその向こうに太陽の形があった。光を放つことのない鼠色の小さい輪だった。

## 四章――

博労馬方の身から一国の王になった者が大陸にはいる。神武天皇よりまだ二、三百年も昔のことだ。名を造《ぞう》父《ほ》という。造父は腕前のいい馬方として、周の繆《ぼく》王という五十歳になってやっと王位を継いだ苦労人の王に寵愛された。造父は恩義に報いるため桃林という山野を駈けめぐり、赤馬、空色の馬、紅葉のような馬、緑色の耳を持った馬を探し出し、調教の末これを献じた。繆王は造父を馬方にして西の方崑崙の峰を狩をして経回るうち、伝説の仙女、西王母に出会う。王は仙女とともに瑤池という池のほとりで宴を繰りひろげ、楽しさのあまり帰るのを忘れたという。その隙に乗じ、徐《じょ》という国の偃《えん》という王が反乱を起こした。造父は繆王の御者として一日に千里走る馬を馳せて取って帰し、ために繆王はたちまち反乱軍を撃滅することが出来た。よって、王は造父の功をたたえ、趙《ちょう》城に封じた。これが趙氏の基となり、その後戦国六国のひとつ、趙の国として発展するに至る。趙は河北省と河南省にはさまれた、黄河中流の北、今の山西省の地だという。

少年期に聞かされた逸話を王の名まで忘れることなく記憶していたのは、自分がやがては馬喰という職に就くと思ったからではなかった。緑色の耳をした馬というのに想像力をかき立てられたことも確かだが、やはり造父と西王母、ともに父と母という文字を名前に持つ人々の物語が耳に焼きついたのだった。物心ついた時には父も母もいなかった。兄や姉が、父母だった。だから造父の出世譚は快かったし、とりわけ仙女が西王母の名であるということが、まるで行末自分がめぐり会い暮らしを共にする女は母のように確固とした存在であると同時に、天女のようにあえかに華やいだ女性だということを暗示している。そう思ってひそかに胸をふくらませていた時期があったから、二十歳を越えたばかりのその日になっても、記憶は鮮かさを失っていなかったに違いない。

紺の股引の上を白脚絆の鞐でぴっしり締める。新品の足袋裸足の上に湿らせた草鞋《わらじ》を手際よく掛ける。姉がその背に緞子《どんす》の、重さがはっきり感じられる羽織を、落とすように着せかける。袖を通すのもそこそこに、裏庭の種付場へ出て行く。一足ごとに、張り詰めた寒気が鼻孔を頭の芯のほうまで撃って来た。草鞋で赤土の霜柱の林を小気味よく砕き飛ばして、それに対する。

朝まだきの薄闇の中に、牝馬《ひんば》をくくりつける柵と牝牛用の小ぶりのそれが、まだ一度も使われていない棒杭の地肌を白っぽく浮き立たせているのが目にはいった。去年の秋、裏山を切り崩して作ったばかりの種付場だった。この春から種付を始める予定で、すぐ上の兄が県の畜産試験所に勉強に行っている。その上の兄貴はもう鉄沓屋として一人立ちどころか、はやりにはやっている。今度はおれの番だ。そういう思いで種付場の左右の端に引き離されて立っている、ふたつの白木の柵を見やった。

造父と西王母のことが何の前ぶれもなく記憶の奥から確かな足どりで押し出されて来たのは、その二月の夜明けの種付場でのことだった。仔牛を追って旅に出る朝だ、その道のりは二十里近いと聞かされている、今明けがたの四時に出ても陽のあるうちには着けない、だから向こうの馬喰のうちに泊めて貰う手筈だ、仕事のことで泊りがけになることはこれが初めてなのだ、しかもひとりきりで商売をし了せて来る。自分は今一人前の大人として、その旅立ちをするのだ。次々に湧き起こって来る思いが気分を張りつめたものにさせ、そういうなかで趙王になった馬方の物語が記憶に甦ったに違いなかった。

するると、ごく自然な連想から、この旅でおれは女に出会うという予感が軀の中を貫いた。それは西王母でなければならない。仙女と呼ぶに価する女でなければならない。微かに上空で風が鳴り、寒気が毛のシャツをしみ透って背中一面を鳥肌立てた。空想の若さを風が嗤《わら》っているのかもしれないと思い、首を縮めて牛小屋に向かおうとしたとき、暗い戸口に伝次郎兄の姿があった。顎を引き寄せるように振って、おい、と招く。近づくと兄はどてらの上に掻巻《かいまき》を重ね着し、その嵩ばりで戸口をいっぱいに塞いでいる。宛書きの手紙は持ったな、とてばやく、だが風邪のためにかすれた声でいった。腹巻にしまったというつもりで胸もとを叩いてうなずきかえすと、伝松は狼の眉毛ってえものを知っているか、と兄は訊いた。

知らなかった。狼の……、とぼんやり問うように呟く。うん、狼の眉毛、目玉の上のこの眉毛だ。初めて出会う人物に対して、こいつをかざして透かして見ると、人非人は獣の姿、鳥の姿になって正体を現わすってえことだ。兄はそこまでいうと、軀をよじり曲げて激しく咳きこんだ。そうか、商売の心懸けを教えているのかと気づかされる。伝次郎兄は外気から身を護るように、二、三歩後へさがり、土間の光に顔を曝した。そして、膜のかかっていない左眼の前に、掻巻の鳶の羽根のような大きい袂から手先だけ出して、まるで今話したその眉毛の細い一本を持つ指のしぐさで、こういう具合に相手を見るんだ、大百姓だっていうが、屋敷内で機屋《はたや》までやってる相手だ、相当な狸に違いない。兄はもう見透かしてしまったように、ばさりと音を立てて袂の手を落とした。狼の眉毛ですかい、はい、と反芻するつもりで答えた。と、兄はゆっくり軀をめぐらして戻りかけ、そうだ、わしはいつもそうして失敗を防いで来た、といった。それさえ心得ていればそれでいい、他にいうことはないという感じで、元気で行って来いとも、道中無事にという式の送り出しのことばもかけてはくれなかった……。

　女衆ばかり十数人の華やいだ集団に出会ったのは、闇の黒さがこそげ落ちて、川面から立ち昇る僅かな靄が、街道のうねった筋目に不規則な白さを漂わせ始める時間だった。石峠街道を神流川沿いにゆるゆるくだり、寝静まった万場の町並みを抜けるまでは仔牛の前に立って曳いて行った。路面の仄かな黄色だけを頼りに、二本の手綱を両腰に当て引き立て引き立てして距離を稼いだ。時折り振り向くと、四つの鼻孔が前下に吐き出す湯気のような白い鼻息がこっちの背をせきたてて寄こす。かと思うと急に呻いて、何を急ぐのかと気弱な鳴き声をあげる。そんなことの繰り返しのせわしない道中だった。神泉村の半ばを過ぎ、鬼石の町にさしかかるあたりへ来たとき、牛たちが明るんだ道筋にやっと馴れて独り歩きをはじめた。一息つきながら曳く手を追う綱に変えることが出来た。すると、まるで待ち受けていたようにその女衆のかたまりが横手の村道からぞろっと出て来たのだった。二時間以上歩きづめのあと最初に出会ったのが、よそ行きに着飾った女ばかりだったので、思わず胸がどきついた。おや、若い牛方さんが道案内を買って出た、と年寄りらしい声が叫び、わっとさんざめく笑いがそれに続いた。幸先がいい旅だと励ましてくれるような、のどかな賑わいが感じられた。急ぎ足で来たかすかな汗ばみと相まって、寒気が俄かに飛びすさったように思えた。

　それは天神講《てんじんこう》の一行だった。朝発ちして、暮れるまでに伊香保の湯に行く予定だという。牛を追うのを、その十数人が包みこむような形でついて来る。それぞれに信玄袋を持って、着ぶくれした中年のおかみさんたちの集まりだ。天神講はむらうちでやるもんだと思うが、と訊いてみると、去年の晩秋蚕の糸を年があけてから売ったら馬鹿値も馬鹿値、倍近い儲けが出たので、部落打ち揃って今年の講は温泉につかりながら派手派手しくやるのだと、何人もが口つぎして答えて寄こした。成金さまか、と思わず呟く。世界大戦の好景気がこんな山あいの村にまで及んで来たのかという気分だった。船成金、鉱山成金とはいうが、お蚕成金とは初めて聞いた、代表格らしい中老の女衆が、まっさらの白手拭をかぶった頭を叩いて大笑いする。つられて喧しい笑いが起こり、その中から、馬喰成金かね、兄さん、緞子の羽織なんぞ着て、と声がかかった。すぐ続けて別の声が、成金さまなら抱かれてみたい、と相の手をいれる。女衆も多勢になると強くて達者だとつい思う。その気持が自然にへりくだった声になり、馬喰はからっきし駄目ですよ、と口にした。

　山なみに陽がはいり、薄茶の雑木の肌と、植林した杉の緑の間の、垂直水平の線をけざやかに仕切って見せた。仔牛が女たちのざわめきに勢いづけられて、軽やかな速歩で往還の土を蹴って行く。その頃になってやっと、女たちの顔形を見廻すゆとりが産まれた。若い娘がひとりだけいた。牛と並ぶように人々の先を歩き、ときどき振り返ってこちらを覗く姿勢だった。濃紫の被布《ひふ》を着ている。それより一色浅い紫の飾り紐が、振り向くたびに胸の両前で小さく揺れた。いかにも娘々している、と思わずこめかみに動悸がのぼって来る。今度振り返ったら目と目を合わせてやろうというつもりで、その後姿から視線を放さずに歩き続ける。明け放たれた朝の透明



な広みの中で娘の被布の地紋が揺れ光りしていた。紫の錦紗か、とのどの奥で呟いてみる。きっと地主か大百姓のお嬢に違いないと思う。そのとたんに娘がついと上半身を捻って来た。眼が合った。ああ、ととっさに嘆息したくなるほど、その眉と目のあたりに初々しい感じが漂っていた。男のように濃い眉毛と切れ長の眼の間にほとんど間隔がなく、それ全体が潤いのあるやわらかい翳りのようだった。そう思ったときはもう、娘はくるっと首を振り戻していた。まるで視線がぶつかったことに腹を立てたといったふうな、やんちゃなそぶりだった。かわいかった。今度は無意識のうちに小さな溜息をついてしまう。気配を感じ取って横を歩く中年の一人が、肩に肩を打ちつけて押し、馬喰の兄さんはさすが手が早いね、さっちゃんに色目を使いなすった、と囃すように笑った。色目ということばにどきりとさせられ、ふいに頬があからむのが自分でもわかる。さっちゃんと今名前が出た。さちこだろうか、それともこは付けないで、さちだろうか。娘が女衆の笑い声を振り払うような身ぶりで、軀そのものをくるりとこちらへ廻し、活発な足捌きのうしろ歩きになった。目尻をあげる感じの利かん気を見せて、わらわは馬喰さまにはお嫁に参りませぬぞ、と芝居の科白のようにゆるゆるした大声でいった。いい終

わらないうちから自分自身おかしくなって吹き出している。構えるところのない無造作な口のあけかたなので、上唇を押しあげる形の大ぶりな八重歯が、つややかにきらめいた。さっちゃんの器量なら縁組は東京の成金さまでも釣り合うっていうんだね、とすぐにからかう声がかかり、続いて、この正月にロシヤから鉄砲の玉を買いたいって偉い人がやって来たそうだから鉄砲玉成金の嫁御にでもなるかい、とずっとうしろのほうから別の声が飛んだ。とたんに娘は笑いをひっこめ、うしろ歩きを続けながら、すばやく舌を出し入れした。八重歯の先をちろりと舐めるように見えた。成金なんて、だあいっ嫌い、と伸びやかな長い首筋を、大袈裟に左右にゆする。被布の光る紫が、その拍子に仔牛の動く腰骨にぶつかった。娘は小さい悲鳴をあげ突然軀の向きを変えると、荷車の轍で掘られた往還の筋目に沿って一直線に駆け出した。被布の裾をはためかせ、牛皮のボストンバッグを振り振り遠ざかる。そんなお転婆じゃ誰も貰い手がつかないよ、と年寄りじみた声が駆けて行く背にことばを投げた。聞こえたのか聞こえないのか、三分の一丁足らずで娘は急に立ち停まり、こちらに軀を向け変えた。そこは道が川筋に向かってなだれるように折れて行く曲がり目の所らしかった。あたしはねえ、あたしんちとおんなじの、百姓家へお嫁に行くんです。軀全体で叫ぶ声だった。一瞬女衆はあっけに取られた形で沈黙し、すぐになごやかな笑いをそれぞれが声にして、あたり一面を満たした。わかったわね、と自分のことばの効果を確かめる調子でもう一声叫び、娘の濃紫に光る姿は角を曲がって坂道の下へと、下半身のほうから麦生の畑土に隠れはじめ、またたく間に見えなくなった……。

　朝餉の気配で賑わい出した鬼石の町並みを抜けた所で、天神講の女衆たちと道をみぎひだりに別れた。児玉から美里の村、寄居の町へと次第に眺望のきく平坦部にさしかかって行く。右手は秩父の連山だが、左手は見渡す限りの平らかな広がりだ。広がりにつりあった、大きい百姓家の樫の風除けが、あちこちに濃い緑を見せていた。あたしんちとおんなじの百姓家、とふと声に出して呟いてみる。すると、瓜実顔にもかかわらず頬がふっくらした娘の顔立ちがありありと浮かんだ。さちこだか、さちだか、あのさっちゃんのうちは、こういう大きい農家なのだと思いが甦える。田地田畑をたっぷり持ち、立派な家屋敷を構えていれば、ああいう娘が嫁に来るのだと思う。なぜ自分は馬喰なんかになるのだ、という思いがけない問いが心の底から突きあげるように起こって来る。今まで伝次郎兄やお松姉のいいつけ通り働いて来た。しかし、それはほんとうに自分の一生の通り道になるものなのか。疲れが出て歩みの遅くなった仔牛の足取りに合わせたように、急に気分に暗いかげりがはいりこむ感じだった。天神講の婆さまのことばではないけれど、東京へ出て鉄砲玉造りの職工になる道だってある。生糸の値が馬鹿景気だというから、少しは知識のあるその方面の仕事に行ったっていい。他にもいろいろあるに違いない。それだけ世間が激しく変わって行くさなかに、兄や姉の命令をそのまま自分の職と心得ているこのいいはたちの若い衆は、もしかしたら大馬鹿三太郎なのかもしれない。馬喰さまにはお嫁に参りませぬと八重歯をきらめかせて娘はいった。冗談らしくいった分だけ、そこには真実がある。白を黒、黒を白といいくるめる馬喰口は、やはりこの職業を低いものに見せてしまうのだ。若い女からも、軽蔑されてあしらわれるのだ。しっ、しっ、と自身の仕事を叱りつけるように、のろのろした仔牛の尻へ端綱の先っぽを空で唸らせ叩きつけてやる……。

お前さんが伝松馬喰かね、とものやわらかな口調で相手がいった。寄居の町から、小川、嵐山を過ぎて東松山にはいる前から平野の薄青い闇が、土手の枯芝を焼く白い煙を遙かに包みこむ勢いであたりに押し寄せ、比企郡吹塚新田という目ざす大字に辿り着いたときは、もう一面濃い闇のなかだった。途中二度食った握り飯の腹耐えも皆目無くなり、草鞋がけの足指が火照りきっている。晴次という馬喰の家は訊くとすぐにわかり、当の晴馬喰が軒先で待ちかねていて、手紙を渡すとすぐに伝松の名を確認したのだった。さぞかしお疲れのことだったろうなあ、と相手はことばを重ね、曳いて来た二頭を障子越しのぼうっとした明るみの中で透かし見た。とにかくすぐにも牛を繋ぎ、草鞋を脱ぎたい一心で、ええ、そりゃもう、くたびれ果てて、と答える。そこんとこを申し訳ないんだが、と晴馬喰は馬喰にしては切れ味の悪いものいいで応じてよこした。この足でまっすぐ買ってくれるお客さまのうちへ行って貰いたいんだ、わしと一緒に。

まる一日歩き詰めの疲労困憊が俄かに足先から駈けのぼり、軀の芯を貫いた。はあ、と曖昧な声でしか答えられない。相手は両手を腰の後で組んで歩き出しながら、わしも断われなかったんだ、向こうさまは牛小屋をわざわざ新築して新藁を敷きつめて、そこへ今夜から届いた仔牛を寝かせたいっていうんでね。わかりました、と小ざっぱり返答して晴馬喰のあとに従う。同じむらうちだから、じきの所さ、と相手がいたわるようにいった。そして、伝次郎兄貴の病気具合を訊き、その兄貴に昔から世話になりっぱなしだという意味のことをぼそぼそ喋り続けて歩いて行く。凍てはじめた夜気に眼球の潤んだ膜を晒しながら仔牛を曳き立ててその横に並ぶと、突然伝次郎兄のいったことばが思いかえされた。それは宿を借りることになるこの晴馬喰のおかみさんについての話だった。若後家で馬喰宿をしていた男好きのひとだったという。そこへ晴馬喰がはいりこんだために、他の馬喰との間で諍いが起きた。それを兄が調停に立って丸く収めたというのだ。おれもその女とは幾度も寝た縁さ、と伝次郎兄は事も無げにいっていた。伝松もちょっかいをかけられないように用心しろよ、とそのあとつけ加えた。そんなことを思い出しているうち、軀はくたくたただが、牛小屋を新築してまで待っているという買い手の百姓家へ直行するほうが、ずっと気持のいいことだという気分に変わって来る。

あのうちだ、と晴馬喰が指さして見せたとき、その気分は正しかったととっさに心が弾みを帯びた。道から一丈ほどの高みにその家はあった。間口が九間は優にある母屋の左手に、煙出しのついた竈屋《かまや》と納屋がひと続きの堂々とした家構えだ。母屋から洩れる煌々とした電灯の光が、納屋のまた左手に縦形に立った土蔵の白壁を浮きあがらせ、あたりの闇を押えつけている感じだった。紋所は源氏車かと蔵壁のその黒い輪型に目が行った。佐藤



千代太さんていってな、村会議員をしてる旦那だ、と晴馬喰がいった。議員さまか、とおうむがえしに嘆息すると、議員っていったって一級と二級とある、ここの旦那は国税をたんまり納めてるほうの一級議員さ、と相手がいった。いいながら、白御影の切り石の石垣下へ小走りに寄って行き、旦那、只今和牛が二頭、間違いなく到着しました、と大声で叫んだ。藤井の伝松馬喰も一緒です、と続けて叫ぶ。その声の大きさが、自分を出しぬけに晴れの舞台に押し出すような気がして面映ゆかった。しかしそれはすぐ引き締った心持に変わる。狼の眉毛で相手を見据えろといった今朝の伝次郎兄のことばが浮かんだからだ。村会議員だからといって、こっちが引けめを持つことはない。そう思って家全体を見渡す。ランプ暮しの山間部の人間にはその電灯はひどく眩しいものだった。と、倉に向かいあった形で、独立の棟があり、そのなかから、機を織る調子のいい響きが幾重にも重なりあって聞こえて来た。機屋を屋敷内でやっているといった兄のことばがぼんやり思いかえされた。相当な狸だと兄は断定したが、果たしてそうだろうか。からりとんとん、と杼《ひ》が走る音と筬《おさ》をぶつける音の合い間から、かすかな女の歌声が漂う感じで耳にはいる。耶蘇の讃美歌の節だとじきに悟った。歌っているのはひとりではな

い。何人もが声を合わせている。だが、声を合わせているにしては、力のないかぼそい歌いぶりだった。機織り場の棟のほうに目をこらすと、その窓には黒っぽい縦の桟がびっしりはまっていた。その桟の隙間から中の光が細い線をなして洩れていた。夜業のための歌なのだとやっと気づく。急に歌が一度途切れ、別の節がはじまった。今度はことばが明瞭に聞きとれた。……思い出ずるも、恥ずかしやぁ、父のみいもとを離れ来てえ、あとなき夢の、あとを追い……。

聞いていると、夜気で冷えた目蓋の裏側が熱くなった。自分が若すぎるせいかもしれないが、心を悲しいものにする歌だと思った。機の威勢のいい拍子にまるでそぐわない歌だった。耶蘇の歌を機織り唄の代用にしたのは、どんな工女のしわざだろうか。何の目的だろうと一瞬心を奪われる。だが、裏声に変わりながら筬の騒音にかき消されて行くその節まわしからは、工女たちの姿を思い描く手がかりはほんの僅かも摑めなかった。ずっと後になって、その歌は讃美歌二百四十五番というのだと人から教えられた。「悔改」という題で類別されているなかのひとつだという。それを教えられたとき、悔い改めか、と嘆息する思いで、自分のはたちの日の夜がありありとよみがえった。もしあの夜、機織り工女たちの無残な夜昼を知っていたら、そしてそれを強いている雇主の悪どいやり口に気づいていたなら、あっさり瞞されることはなかったはずだし、以後の自分の暮しぶりも今のありさまとはまるで違ったものになっていたはずなのだ……。

しかしながら、佐藤千代太はいかにも福々しい人相をしていた。ぽってりと下膨れした頬に短かめの八ノ字髭がかかり、船成金のような縁無眼鏡なのだが、その髭の口と眼鏡の眼が絶えず笑いを投げかけて寄こす感じに弛んでいて、疑うことに不馴れな目には、百姓といっても時勢にさとい旦那衆はこういうものかと感心させられてしまう。そして商売のほうはといえば、うまく運びすぎてあっけないほどだった。晴馬喰が手紙に書いてあった金額を述べると、間を置かずにうなずくし、仔牛のあら探しやけち附けをするふうもないので、余分な馬喰口をきく必要が全くない。これでいいのかとふと心配になりかかると、遠路の労をねぎらうために取りあえず一杯献じたいと八ノ字髭はいい、たちまち広々とした板の間に招じ入れられた。泥の草鞋がけを断わりながら囲炉裏に踏みこんで晴馬喰と並ぶ。そこにはもう、銘々膳の上に酒肴が用意されていて、すぐに大ぶりの盃を持たされる仕末だった。

たて続けに三、四杯、息を切らせながら熱いのを啜りこむと、胃が底のほうまで痺れ、勢いよく燃えさかる粗朶の火と合わさって、軀いっぱいの疲労感が甘い気だるさに変わって行く。そうだ、こういうとき兄がいってくれたように、狼の眉毛というやつで相手を見なければと思う。だが、佐藤千代太という村会議員はせわしなく二人の盃へ大徳利を傾けて寄こしながら、浮き浮きした笑顔で喋り続けていた。それによれば、牛小屋を新築したのは機織りの女工たちに牛飼いを覚えさせるためだという。飼い易い和牛からはじめて、まる一年したら乳牛《ちちうし》に切替えを計る。以後頭数をふやして行き、搾乳場も作る予定だ。もう牛乳屋の小商人たちに儲けをさらわれている時代ではない。農乳といって、百姓こそが京浜地帯の牛乳を賄う時が来つつある。こういう件について、有名な馬喰兄弟のその弟の伝松馬喰はどういう意見をお持ちか、と訊ねて来る。ふいうちでもあったし、酔いが捩り鉢巻のような熱の輪で額を締めつけているので、とっさにはまともな受け答えができなかった。と、相手はすばやく掌を打ち合わせる音を土間に響かせ、客人はくたびれていなさる、早くめしにしろ、と叫んだ。

背丈の割には恐ろしく肩の張った番頭らしい男が、竈屋のほうから汁椀とめし椀のお膳を運んで来た。むっつりした態度でめしをよそって寄こす。悪酔いしてはいけないと思い、それを夢中でかきこんだ。だが、その間にも佐藤千代太はしきりに盃を干すように奨め、話の続きを熱っぽく喋りまくる。これからの日本には恐ろしい勢いで工場がふえる、工場がふえれば職工がふえる、職工がふえれば肺結核がふえる。その結核には牛乳が一番ではないか。だから、このあたりの近間の平野部から大量に送り出してやらねばならないのだ。機織り女工に牛の面倒を見させるというのは一見奇妙に聞こえるだろうが、これは一日中休みなしで高機に取り付いている女たちの健康と神経を考えてのことだ。まさに一石二鳥だ。そういう素晴らしい計画に佐藤千代太は今日只今から着手する次第なのだ。

話の途中から、耳の芯がじんじん鳴るような気がし、聞かされている意味がよく摑み取れなくなっている。女工に牛の面倒などというのは、何か怪しげな感じがすることだが、同時にその伝で耶蘇歌を歌わせているのかとふと思ったりする。本人が宣伝するように、十年先を見越した偉い人物なのか、調子のいい法螺吹きに過ぎないのか、酔い痺れた頭ではその結着を定かにしようという気力ももう失せていた。炉端に腰かけたまま居睡ったのだろうか、自分の軀がぐらっと火じろのほうに傾き、あわてて立て直すと、話題はいつか兄の伝次郎のことに及んでいる。村会議員が眼鏡をきらつかせて讃めちぎり、晴馬喰がしきりに相槌をうっていた。弟を鉄沓屋にし、その下の弟を種付屋に仕立てあげたと噂で聞いたが、そうなればもう馬喰などという古臭い名で呼んでは失礼に当たる、立派な事業家だ。そんな意味のことを大声でいっている。これで末弟の伝松馬喰が将来性のある乳牛の方面の専門家にでもなれば申し分なしだ。どうだろうか、ひとつ行く行くこの佐藤千代太と組んで大牧場を経営しようではないか……。

自分がどう応答したのか、あるいはただ聞き流していたのか、全く記憶にない。高い板の間の天井がその黒い板目をぐんぐん高く持ちあげ、視界から遠去かる動きだけが目に残った。それから、足尖を熱い湯でごしごし洗われたような気もする。男衆が二人ほど、掛け声をかけながらこの軀を抱き起こしている、そんな感じがほんの少し、ひとごとのように頭のなかを往き来した。それだけだった。この大きい百姓家の客座敷に寝かされたと気づいたのは、夜中に目がさめてからのことだった。最初、意識を呼び起こしたのは地鳴りに似た低い音の連続だった。断続する音が背骨にぶつかって響くような心持がし、耳がそれを受けとめかえすと、ああ、機織りの例



の音かと気づいた。讃美歌と一緒に聞いたあの音が、まだ耳底から離れないのだと朧げに考える。だが音は次第に明確に聞こえ出し、しつこく止みそうにない。現実だとはじめて悟る。時間は解らないが遅い夜業のその音だ。やっと頭が動き出し、目が薄らあかりのなかの天井や欄間の透かし細工を捉える。そうだ、酔い潰れて村会議員のうちに泊められたのだ。軀をよじると、蒲団の客用のものらしい当たりのいい柔らかみが感じられた。掛蒲団のびろうどの襟かけから、かすかに憧脳の匂いがする。思わず息の出し入れを大きくする。それにつれて、のどがひりつき、頭の芯が突き通されたように痛んだ。おれは何か失敗をやらかしたのではあるまいかと、記憶のなかを覗きこむつもりで目に力をいれる。ふいに、部屋全体の光がもわっと乱れたような気がした。掛蒲団の黄色いへりが畳に触れている、そのすぐ先の畳の上に薄黒い影があった。この影は、このさっきからの薄明りは、ととっさに目を走らせ、片肘で上体を持ち起こす。蒲団の裾に人がいた。坐って向こうむきにだ。光はその姿のまた向こうにあるランプからのものらしかった。息を詰めたまま見据える。女だった。ほつれた髪の毛が光に浮いて、そして幾筋にも光っていた。

急いで肘をはずし、こわいものから逃げるように枕に

頭を落とした。芯が鳴った。夢だ。いや、悪酔いの続きかもしれない。朝の道中で紫の被布の娘に出会って心を惹かれた、それが今、この大百姓の家に寝かされたために、つい自分の頭から幻として出て来た。恐らくそんなことだ。目をきつくしばたき、愚かしい幻を払いのけるように、鼻で荒い息を吐いてやる。そのとたんに、また光が動いたようだ。畳の上の影が大きくゆらいで、お目覚めですか、と女の声が忍ぶような低い音で伝わって来た。思わず蒲団をはねて、起き直る。女が顔を向こうへ戻すところだった。頬と頬骨の張りがちらっと見えた。誰だ、お前、とことばが震えながら口をついて出た。そんな所で何を……。女の軀がまるでそれに応えるように前かがみに縮こまった。そして、次の瞬間、部屋中の明りがその軀の向こうのランプに吸い寄せられるように消えはじめた。ほやの中の芯を引っこめているのだと解ったとき、強い息の音で女が最後を吹き消した。光のすべてが女の背に吸いこまれた形で、真の闇が来た。意味が飲みこめぬまま、のどもとから叫び声が出そうになる。と、相手が立ちあがる気配がし、羽織っていたものを脱ぎ落とすような音がした。そして足音が近づいた。すぐ目の前にぼんやりと白っぽいものが揺れ寄って来た。ごめんなさいまし、とかすれた息の音でいった。夜伽、ということばが電流のように軀を走り抜けた。小さい風が動き、蒲団が裾のほうからまくりあげられた。ひやっとした夜気と一緒に、女の軀が転げる感じでぶつかって来た……。

相手がいつ去ったのか、その気配さえも感づかなかった。こっちの胸もとにすがる形で少し荒い寝息を立てたのにつられて、いつの間にか睡ってしまったのだ。目がさめたとき、雨戸の洩れ陽が障子に鮮やかな筋目をつけていた。陽の照る朝だと思った。すばやい速さで記憶が呼びさまされた。腹の筋肉に力を溜めてから、一息に軀を起こす。女はいなくても、その残りの何かがあるはずだと思う。そう思って障子の白でぼんやり明るんだ部屋を見渡した。なかった。何もない。ランプも、女が羽織っていた半纏らしいものも。十五畳敷きのその客座敷には、夜のなごりを実地に思い起こさせるものは、何ひとつ見当たらなかった。おはよう、という無愛想な声が、ふすまの向こうから聞こえて来た。番頭の声だ。手足をばたつかせ、蒲団の外へ身を跳ね出す。白っぽい浴衣の前が、だらしなくはだけていた。昨夜寝間着がわりに着せられたものだ。急いで前を合わせるが、同時に、こういう時は蒲団を畳むのが礼儀だと気づき、ただまごつくばかりだ。すべりのいい音を立ててふすまがあいた。蟹のような軀つきの番頭が、蒲団の周囲をすばやく一瞥した。よくおやすみになれたかね、とその目をゆっくりこちらの顔にふりあげて訊く。へえ、へえ、と急いで答える。目のなかを覗かれたくない思いで上半身をそらし、蒲団をあげますというしぐさでかがみこむ。ご厄介になるつもりじゃなかったのに、つい悪酔いしてこんな仕末で……、と掛蒲団を畳みにかかる。どうだかな、と押しを利かせた声が背中の後を通った。思わずふりむくと、番頭はぴしっぴしっと乾いた音を響かせて障子を左右にあけ放った。部屋の光が即座に鋭いものに変わった。一段低い縁側をはさんで、そこに雨戸の薄茶色の裏側があり、その立て付けのひずみ、割れ目、節穴から光が勝手勝手に黄ばんだ筋をなして斜めに流れこんでいた。番頭が勢いよく縁側に降りたので、角ばった肩が光の筋を掻きまぜるように見えた。こりゃあ恥ずかしくって、まなこが潰れちまいそうな上天気だ、そうじゃないかね、伝松馬喰さん。そういって、わざとらしく光の穴から外を覗く。この番頭は夜中の女のことをいっている、と茫然と思う。削げてとがった形の耳たぶが顎骨にへばりついていて、そこに焦点を合わせたように洩れ陽がちらついていた。酷薄な人間に違いない。それが今、自分をおどそうとしている。もしかしたら女を送りこんだのはこの男かもしれない。のどもとが焼けるような感じで、それらのことが解りかけて来た。だが、何と答えたらいいのか、どういう態度で身を処すべきなのか、まるで見当がつかなかった。

ふいに相手が笑い声をあげた。笑いながら手ばやく雨戸の一枚を繰った。そして毛皮のちゃんちゃんこ姿で、日向ぼっこのように縁側の陽ざしのなかに坐りこんだ。若いに似合わず達者なもんだなあ、さすが兄弟揃って馬喰衆ともなるとお仕込みが違うねえ。こちらを見ようとはせず、のんびりした声でそういった。ちょっと待ってくれ、ゆんべのことはなにもおれが……、と思わず声が出てしまう。しかしそのあとをどう説明したらいいのか、すぐにはことばが続かない。なあに、なあに、と番頭は急に親しみを見せるしぐさで手を振った。ここのうちには機場に十五人も娘っこがいる、全部が寝泊りの女工さ。若い衆とあれこれ事が起きるのは天然自然のことわりってもんだ。はあ……、とぼんやり答えるほかはなかった。妙に心安い相手の口ぶりからは、どの程度の魂胆なのか見究めがつかなかったからだ。しかし自分が寝間着姿でだらしなくしていれば、どんな付け込みかたをされるか解らないという恐怖心はある。浴衣を丸めるように脱ぎ、枕もとにきちんと畳まれてある自分の着物を気ぜわしく羽織る。その背の向こうで番頭がまた戸を一枚ずつ繰って行きながら、一晩や二晩の遊びなら取り立ててどうこういうこともないさ、とあからさまな大声でいった。旦那もあの通り太っ肚なひとだし、おれたちだって工場仕事に障りがなけりゃ、目をつぶることにしてある。

　そうか、そういう意味なのかとやっと頭がめぐりはじめた。夜なかの女は女工だ、その女工に仕事のことで何か支障があったといいたいのだ。そう思って縁側の相手を見やると、庭一面の柔らかい照り返しが広い幅で目にぶつかって来た。土質のいい黒々とした庭土の上に、うっすらと湯気が漂っていて、平野部はもう春がはじまったのだと気づかされる。すると、みるみるうちに心持が確かなものに変わって行った。ことばは換わさなかったが、自分が女を抱いたことは間違いない事実だ。取扱いがまともだったかどうか心もとないが、男としてはじめて交わったことは、相手の骨ばった軀も承知しているふうだった。おれは今そのことから逃げかくれしたくないと思った。あのひとは何てえ名のひとですか、と締めた兵児《へこ》帯を腰のほうに押しさげながら訊ねてみる。平静な調子でいえたという気持だ。ええっ、と番頭があっけに取られた声をあげた、お前さん床をひとつにし



たのに名もきかねえのかい、呆れた流儀だなあ。それから三、四度肩をあげさげし、目つきが険のあるものになった。七枝だ、七つの枝と書いて、七枝さんと読む、といった。その名をのどの奥で反芻すると、闇のなかでの出来事がはじめて甘さを伴って思いかえされる。番頭が荒い身のこなしで座敷に跳びあがり、こちらの気分を突き崩すような勢いで、ま近まで顔を寄せて来た。七枝はこの(佐)の工場じゃ、ぴか一の織子さまだ、さすがお目が高いと讃めたいところだが、それを夜中にくわえ込んどいて、挙句に引き抜こうなんて虫がよすぎやしねえかい。一気にまくしたててから、背の低い番頭の肩があばら骨をぐいと突きあげて寄こした。相手になじられているその理由がすぐには納得できなかった。ぴか一の織子ですか、とぼんやり呟きかえす。とたんに番頭が畳をずしんとひとつ踏んで、やにさがっている場合か、きさま、とどなった。七枝はやめて出て行くっていってるんだぜ、お前さんが唆かしたか女がその気になったかそいつは知らねえが、(佐)としちゃあ大損害だ、きちんとした返答を貰うぜ。どうなんだ、伝松馬喰。

　再び相手が肩をぶち当てて来るのを捻ってかわし、畳の上にきっちり正坐をする。頭を軽く下げてから、自分はあの娘さんと出来たことは確かだが、出てくとか唆か

すとかってこととは無縁です。名前も知らなかったことでお解りのように、ろくすっぽどころか、ひとことも話をしなかったんですから。誤解を招かないように、はっきり喋ったつもりだった。いけ図々しいことをいうな、と押しかぶせるように番頭が叱りつけた。お前さんが白を切り通すなら、この場へ七枝を呼ぶぜ。七枝の口から、伝松兄いと一緒にここを出て行きたいっていうお話を聞くぜ。思わずたじろいで、叫びおろす相手の口もとを見あげる。七枝のあま、兄さんに惚れちまったって、このおれに申し出たんだ、とその口もとが悪意に満ちたように引きつれて動いた。信じられねえ、と無意識にことばが出る、酔っぱらってはいたがおれは正気を失っちゃあいなかった……。ふいに毛皮のちゃんちゃんこが降り落ちて来る形で目の前に坐った。人間には間違いも出来心もあるさ、とうってかわった穏やかな声でいった。腹を立ててるわけじゃぁねえ、じゃねえが工場を預る者として困り果ててるってことは知って貰いたいね え、とすぐ続けていった。そういう相手の顔を正面から見据えると、向こうも深々とこっちの目のなかを覗きこんで来た。旦那さんの耳にはまだこの話はいれちゃあいないよ、とその眼がいった。ほんの少し安堵の気持が生まれ、自分はどうすればいいんですか、とつい素直に訊



ねてしまう。番頭はまるで待ち受けていたようにてばやく懐を探った。同じ大きさの紙包みをふたつ取り出し、目の前の畳の上にぽんぽんと音をさせて置いた。仔牛二頭分の代金だ、晴馬喰に渡さずにじかに伝松さんに渡せってえ旦那のいいつけだ、とあっさりいった。そのまま受け取っていいものかどうか、とまどっていると、とりあえず一頭分、と番頭は包みのひとつを取って手渡して寄こした。そして、解るだろうね、こいつの意味は、と残った包みを人さし指で示した。七枝の問題が片付くまでは、この分は預りにしといて貰いたい。脅迫する感じはなかったが、最初からそう決めていたというふうな、有無をいわせない態度だった。自分がいいように曳きまわされたという気分が先に立ち、抗議のことばがとっさには出て来ない。

攫《さら》い取るような手つきで番頭は畳の上の紙包みを懐に戻し、すいと立ちあがった。解ったな、といった。番頭さん、と思わずうろたえが声になった、いくら何でも牛の代金のほうは……。誰も渡さねえっていってやしない、ときつい声で相手は遮った。お前さんに考える暇を与えようってだけだ。そこに朝めしを持って来て置いた。食いながら、女か金か、ゆっくり損得を勘定しろってことさ。顎をしゃくって相手が縁側に降りる。軀の芯

を震えが貫いた。最初からこうするつもりで女を送りこんだのだ。待て、番頭、と荒い声でいって立った。こんなことで瞞されてたまるかという思いだった。駈け寄ってちゃんちゃんこの肩をつかむ。きさま、こっちが若いと思って、なめた真似はよせ、とその肩をゆすぶる。なにがよ、と番頭は落ち着きかえって、ゆすぶられるままになっている。だってそうじゃあねえか、工場の女に男出入りはつきものだっていったじゃねえか。それをこっちの仕事の、職の上の金と引きかえとは話が汚なすぎるじゃねえか。牛の金は牛の金として……。もっともっといってやらなければと思うが、昂ぶりのためにことばが舌の上でもつれてしまう。放せ、この餓鬼、と番頭がいった。肩をつかんだこっちの手を、ざらつく掌でばしんと叩いた。馬喰が牛馬を扱う仕事なら、おれのほうは女に機を織らせるのが仕事だい。その工場から女を一匹かっさらおうとしてるのは、どこのどなたさまかってんだ。引っくりかえしていえば、こいつは馬喰から牛を盗むようなもんだ。わかるかい、この理窟の筋目が。

　のどもとを下から突きあげるように番頭の口ぶりはどぎつかった。が、その理窟はこっちを罠にかけるためのものじゃないかと、たちどころにいいかえせる質のものだと思う。女については攫うどころか、勝手に転がりこ



んで来たものだ。いや恐らくこの番頭がいやがる女工に無理強いしたに決まっている。そうして置いて、牛と女を一緒くたにするなんて……、その辺まで速い動きで頭がまわり、それを声にしようとして真正面に相手に対したとき、庭はずれの白壁の土蔵が目にはいった。まだ陽ざしの来ていないその壁は、白さが落ち着きのある重みを感じさせる。源氏車の紋の、幾層にも重なった華奢な輪が、なだらかな庇の線の下にひっそりとおさまって見えた。旦那に話そう、とひらめくような気持で思った。こんな小悪党ではなく、事業家の佐藤千代太なら男らしく笑いとばしてくれるに違いない。自然に和んだ表情になっていたのだろうか、なんだい、その面は、と番頭が訝かしそうにいった、理窟はわかったのか、理窟は。ええ、ひと通りのことは、とあっさり答えてやる。相手のまなざしが拍子抜けしたようにちらちら動いて、おれは冗談をいったんじゃねえ、七枝のような腕っこきの織子はそうざらにはいねえから、そいつをおめおめ引き抜かれちゃぁたまらねえから話を持ちかけたんだ、といった。そうですかい、と同じようにあっさり応じながら、そんな大切な女工をなぜ夜伽に出したのかとふいに疑問が湧きあがった。かまをかけるつもりで、あの娘がほんとにぴか一の腕ですか、とききかけてみた。番頭の目が

びくりとひらめいた。だが、すぐ無表情にかえり、縁先の踏石へ降りる。置いてあった竹の皮の草履を突っかけ、めしを食い終わったら機場へ来てくれよ、そこで最後の取り決めをする、と捨て科白のようにいった。七枝さんもまじえた上でかね、と急に心にゆとりが出来て、娘の名を口にした。ふん、と不機嫌そうに番頭は肩をそびやかした。十五の鼻ったれからうちの工場に世話になってた癖に、馬喰風情に惚れこんで急に出て行きたいだなんて、恩知らずの犬畜生よ、あのあま。唾を地面に吐きかけてせかせか歩き出し、どっちにしろお前さんの勝手だ、この景気ならよその工場へ叩きこんでもいいし、金が大事だっていうんなら、女一匹どこへだって売り捌けるってもんだ。番頭が遠ざかって行くその方角から、機を織る音が低く聞こえはじめた。それは今仕事が始まったというのではなく、ずっと前から響いていた音を、こっちが聞き洩らしていたのかもしれなかった。それほど自分は緊張していたのだと思うと、急に軀から力が抜け、その場にしゃがみこんでしまった。よく磨きこまれた縁側の板目が鈍い光を撥ねて軀を包んだ。馬喰風情に惚れこんで、ということばがぼんやり頭に浮かぶ。ランプが吹き消された闇のために、おれはまだその顔立ち目鼻立ちも知ってはいないと思った……。



機織り場は直射の陽を避けるためだろうか、東側に大きい葭簀《よしず》が外から囲うように立てかけてあった。その脇を抜けて、庭の終わりが小高い竹林につながっている、反対側の窓のほうへ寄って行く。まるで棟全体が吼えかかって来るように、絶え間ない機の音が頬の皮膚を震わせた。このなかであの女も織っているのだと思うと、桟の間からあからさまに覗きこむのが、やはりこわいような気がする。まっすぐ佐藤千代太の所へ行って、番頭が悪どい冗談をいったがこっちには全然その気がないのだから、とすっぱり申し出たほうがいいのかもしれない。そういえば、女が惚れこんだなどという話も、金儲けのために番頭が拵えあげた与太に間違いない。そんなことばにほんの少しでも気を惹かれて、うろうろ覗き見しようなんて、とんだ抜け作の鼻下長だと嗤いものにされるだけだと気づいた。騒音でふさがれた耳を、また自分から蓋をするつもりで踵をめぐらす。葭簀のところに戻りかかったとき、出しぬけに機の音全体の拍子が揺れるように乱れた。そのまますぐに何台かが織りやめたらしく、騒音が半減し、耳が楽なものになる。と、柔らいだ音の中から、てめえらは手を休めて見物することはねえんだ、という罵声が響き出して来た。あの番頭の声音だ。工場仕事にさし障りが、とさっきいわれたことばがすばやく頭に浮かんだ。七枝という名のあの女が、機場のなかで何かしでかしたのだろうか。これはそのためのどなり声か。そう考えると、軀がなかのほうから突き動かされたような感じで窓の桟に走り寄り、それに取りついて内部を覗きこむ姿勢になっていた。番頭のどなり声にせかされたのか、騒音がぶりかえし、叩きつける筬の響きが目の前の縦の桟木をびりびり揺すぶっていた。このふしだら女、おれの目が節穴だとでも思ってるのか、ええ。そう叫ぶ番頭の声が細かい抑揚まで聞きとれ、今度はひとりの娘をどなりつけているのだとはっきり解った。

　桟に顔を押しつけて目を凝らすと、機場のなかは番頭の罵声とまるでそぐわない感じの、派手派手しい彩りに満ちていた。染めた経糸《たていと》の色とりどりの列が目の前いっぱいに広がっている。そして、こっちの窓にまっすぐ向かう形で並んでいる織子たちも、何事もないかのように顔を軽くうつむけ手足で高機を操り続けている。番頭は、叱られている娘は、という思いで別の桟の間に顔を移し、奥のほうをうかがう。いた。五台ずつが三列並びの一番奥の機台の脇に番頭は立ち、台にしがみつくように軀を沈めている娘の襟首に片手をかけていた。あれか、あの娘が七枝なのだろうか、ととっさに思ったとき、番頭がもう一方の手に握った棒のようなものをふりかざすのが見えた。こちらが息を詰める隙もないほど、手馴れた速さで娘の腰のあたりに打ちおろした。だが打たれたほうは悲鳴もあげない。いや、少しぐらいの声はこの騒音に消されてしまうのだろう。台を放せ、このあま、と番頭がまたどなった。水をぶっかけて、その腐れ眼をぱっちり醒ましてやらあ。ことばと一緒に棒を放り出し、両手で娘の肩をかかえあげた。薄茶色の盲縞の軀が台から浮いた。その顔も見えた。蒼白い小娘の顔だった。目をきつくつぶり歯をくい縛っているようだ。これがゆうべ蒲団のなかにはいって来た顔なのか、そう思うといっきに頭に血がのぼり、こめかみが動悸で鳴った。助けてくれ、誰か助けてやってくれ、と心が叫ぶ。しかし、他の織子たちは全く無関心に筬を打ちつけ杼の吊り糸を引いているだけだった。このふしだら女め、と番頭は同じことばを繰り返しながら、盲縞の小さい軀を横がかえするようにして立たせた。朝めしが終わって半ときもたたねえのに、台の上でとろとろ眠りこけるとは何ごとだ、きさま。夜なかに男をくわえこみでもしなきゃぁ、そんなざまになるわけはねえ。ことばよりもっと荒い手つきで娘の軀を左右にゆすぶる。だが娘は血の気の薄い顔を胸もとに引きつけ、ただ黙っているばかりだ。恥じいっているふうに頭を小刻みに垂れて、じきに顔の肌が見えなくなる。

夜なかの男というのはこのおれのことか。だとすれば、出て行って口をきいてやるのがほんとうだ。入口は、工場の入口はどこか、と急いで見渡す。だが見当たらない。ぐるりと廻った裏手だろうか。とすれば、ここから声をかけて番頭を呼び出したほうが手っとり早いと思う。桟の間に口もとを寄せ、叫びかけるつもりになったとき、娘の悲鳴が聞こえた。子どもっぽい細い叫びだった。縞の筒袖を番頭がはぎとったのだ。すぐ続けてはだけかけた肌襦袢がむしり取られ、もっとか細い悲鳴と一緒に裸の上半身がむき出しになった。思わず自分の眼がその胸もとに引き寄せられる。だが乳房の姿かたちまでは見えず、ほの黒い疣のような点々だけがあった。撫で肩のひ弱そうな胸だと思ったとき、娘は軀を捩りながら胸全体を両腕でかかえこんだ。機の音がいつの間にか乱調子になっていた。何人かの織子が首をひねって、娘のほうを眺めている。眺めてはいるが、誰も声をかけてやる容子はない。姉さん、と娘が震え声でいった。姉さん、お詫びをいれてお呉れよ、謝ってお呉れよ。焦点の定まらないまなざしで右左を見やっている。もう一声、姉さん、といいかけ、そのことばを自分で押しつぶすような動作でふいに軀を沈め、土間にしゃがみこんで姿が隠れた。手桶を持った番頭がそのまうしろの辺から足早に近づき、ひどくあっさりした手つきで、ぐらりと桶を傾けた。水は幅を持ってまっすぐに落ち、こちらからは撥ねとんだしぶきは見えなかった。かかったのか、かからなかったのか、娘の声もしない。番頭は手桶の底を叩くそぶりを見せてから他の織子全体に声をかける調子で、一杯で目玉がぱちっとしないんなら、もう二、三杯たて続けにかぶってみるか、おい、と弾みのある声でいった。

きさま、と無意識にどなり声が出た。桟と桟に頬を押しつけ、いい加減にしねえか、この番頭野郎、と続けて叫んでしまう。すばやく番頭がこっちを見た。織子たちの視線も一斉に向かって来た。しかし番頭の位置からは窓外の所在がはっきりつかめないらしく、誰だ、そこらでわめいているのは、と曖昧に叫びかえすだけだ。そして一、二歩こちらへ近寄りかける。と、それに軀をぶつけるような形で、下から裸の姿が立ちあがった。当たり前じゃないか、睡いのは、と出しぬけに娘は叫んだ。髪がその顔にはりつき、軀が濡れ光りしていた。腰巻きの下半身もぐっしょりして、薄汚れて見えた。そのみじめな姿全体をゆすぶりながら、ゆんべも受取り分が仕上がらないで、背中も腰もひっぱたかれたんだ、それでも二時まで台に取りついてたんだ、今睡くなったって目まいがしたって、しょうがないじゃないかよ。ことばの激しさのなかに、子どもが思いあまって駄々をこねているような感じがまじっていた。幼いのだ。幼い分だけ、その反抗は哀れに見えた。水なんか何杯でもかけろ、ともう胸もとを隠しもせず、手をぶらぶらゆすり眼をひきつらせて番頭ににじり寄って行く。この娘は違う。ゆうベランプを消した軀つきではない。それがやっと解り、ほうっと溜息が溢れ出た。だが、と瞬く間に気持が翻めきかえる。裸の小娘があの女でないからには、別に七枝と呼ばれるひとがこのなかにいるわけだ。今、機台に乗ってこっちを見ているいくつもの眼のなかに、間違いなくいるのだ。そう思ったとたん、気持に怯みが生まれ、急いで桟から顔を遠ざける。だが、それを追いかけるように、やあ、いろ男、と番頭がこっちを確認した声で呼びかけて来た。すぐ続けて、七枝、お前の思いものの馬喰さまが迎えに見えたぜ、と叫んでいる。どの顔が返事をするのだろうか、とふいに好奇心が湧いた。今更逃げようがないという開き直りの心もあって、おれは藤井伝松だよ、と桟に頬を当てて叫んでやる。七枝さんとほんのちょっとばかり話をすることがある。こっちへ出て来てくれないか。



機場のなか全体に、小さいどよめきが起きたような気がした。女たちの手の動作がゆるゆるしたものに変わり、首を左右させながらこっちの姿を確かめようとしている。隣同士ことばをかわしあっているのも目につく。だが誰ひとり台を離れて近寄って来るものはいなかった。こんな陽のある時間にあからさまに声をかけたので、相手も縮みあがってしまったのかとふと思う。そんな眼であらためて隈なく見渡してみた。どの織子も薄汚れた手拭を深めにかぶり、地味な色合いのくすんだ着物なので、それぞれのおだまきから迫《せ》りあがる反物幅の経《たて》糸《いと》の、赤や紫や濃い黄色のその彩に気押されて、ひどく薄ぼんやりした姿にしか見えなかった。誰が若く、どれが年配なのか、すぐには区別がつかない。ふいに裸の娘が機台の間を駈け出した。腰巻の足をもつれさせながら、まともにこっちに向かって来る。お兄さん、あたいも連れてってお呉れよ、と甲高い声をかけ、蒼白い軀を桟木にぶつけるように走り寄った。七枝さんだけじゃなく、あたいも一緒に、ね、ね、ね。両の目尻が赤く爛れていた。その眼でこっちの瞳のなかを懸命に捉えようとしていた。本人が上半身裸であることを全く意識していない分だけ、その懇願は強く気持をゆすぶって来る。餓鬼、と番頭が叫んだ。叫びながら軀を踊らせて迫って来る。ふざけた真似をやめねえと、おまんまを差しとめるぞ、てめえ。いい終わるのと同時に娘の肩に手をかけ、力いっぱい突きとばした。ついでに足払いも喰わせたのか、娘の顔は一瞬浮きあがるように揺れ、目の下に叩き落ちて見えなくなった。

太い呻き声が口をつく。自分の軀が同じ力で打ち据えられたような感じだった。恐怖と怒りがいりまじって、背中の芯を通り抜けて行く。桟のすぐ向こうで番頭のちゃんちゃんこの背が動いた。てめえら、ここはお祭り見物の場じゃねえぜ、さっさと仕事にかかんな。その口ぶりは、こんなことは日常茶飯事だという意味に聞こえた。機の音がゆるゆる響き出し、調子のとれた騒音にかわりかけたとき、窓のましたあたりの地面から、わめき叫ぶ娘の泣き声が湧きあがった。泣きながらわめいているのだが、何をいっているのか聞きとれなかった。地面に倒れたままなのだろう、その姿は羽目板に隠れて見えなかった。そして、泣き声もじきに機の音に覆われてしまう。軀がふらつくような気分で、窓の桟から離れる。機の調子がぐんぐんあがって、工場の棟全体が唸るような音になると、まるで心のなかが空っぽになって何もかも吸い取られてしまったような気がした。自分は世間を



知らなすぎたが、地獄というものは確かにあるのだと思った。こいつが生き地獄かと思い、陽を浴びて暖かそうに光っている莨簀の編み目を掌で撫でながらのろのろ歩いた。すると、うつむいたその目の先に真っ白い足袋があった。下駄先をこちらに向けて揃え、絣の着物をきちんと着た女の姿があった……。

七枝ですが、と頭を下げた。ああ、とぼんやり口のなかで受け答えする。これがあの……と気づいていったのではない。行きずりの挨拶に手際よく応答できなかったときのような、焦点の定まらない呟きだった。にもかかわらず、眼のほうはひとりでに相手の姿を捉えかえし、骨ばった嵩のある姿だと見てとっている。ニコニコ絣といったろうか、浅めの紺地に橙色の下駄の歯型をとばした上等とはいえない着物を、よそ行きのように胸もとをしっかり合わせて……。急に相手が頭を下げたままの姿勢だということに気づく。だが、こちらの視線が顔に届いたのを意識したらしく、すっと頭をめぐらした。面をそむける感じで顔がむこう向きになった。顎の線と筋ばった首が陽ざしを撥ねて白っぽく見えた。ああ、と同じことばが今度は溜息の形で出た。これがゆうべの、とはじめて頭の芯のほうに意味が届いたからだった。あんたは……、と確認するつもりで、あわてて問う。待って

ました、さっきから、と間を置かずに答えが返った。顔をそむけたまま、声も気持をそいだ低い調子だった。さっきから、とのどもとで思わず反芻する。自分が桟から覗きこんで叫んでいたのを、ずうっと、この葭簀の陰からうかがっていたというのだろうか。

眼が気持を伴って相手の軀つきを確かめはじめる。よそ行きだと漠然と受け取っていたが、軀のかげに大ぶりの風呂敷包みを持ち、絣の模様と同じ橙色のメリンスの帯をしめている姿かたちは、そのまま遠くへ旅に出るようないでたちに見える。束髪だが、きっちりと結いあげ、櫛目が油光りしていた。おい、と無意識に鋭い声が出てしまう。これは、この格好はここを出て自分と一緒に連れ立とうというつもりだ。こっちの考えを確かめもせずに、ひとり決めで付いて来る寸法なのだ。そう思うと頭に血がのぼった。番頭のことばの真偽はともかく、目の前のこの女は否応なくそのことを押しつけようとして、これだけの支度を整え待ち構えていたのだ。罠だ。おれは罠にかけられた、とのぼせた頭の芯が鳴った。

背筋が思いのほかしゃっきりして、着物姿がこざっぱりしている、その軀つきがふいに憎々しいものに思えた。さっきの濡れた髪が顔にへばりついた半裸の小娘のありさまが目の奥から浮かび出て、つい思い比べる気持になっている。あの娘の真剣な懇願は心をゆさぶった。それに比べると、目の前のこの女はいかにも厚かましく見える。顔をそむけ、見てくれのいい立ち姿だけをこっちの目に晒し、早くことばをかけろと催促しているような態度だ。ようし、と心持が固いものになった。相手がどういおうと、手厳しくはねつけてやる、仔牛の値と引きかえだなんて笑い話もいいところだとどなりつけてやる。姉さん、とゆっくり声を押し出しながら、相手の軀へ一歩踏み出した。あけすけな目付きになり、そむけた面を眺めてやるというつもりで覗きこむ。はい、と答えながら相手は軀ごとよじって、もっと顔を隠す姿勢になった。ゆんべはどうも……、とかすれ気味の声でいった。突然ランプを吹き消した格好が思いあわされ、もしかしたら顔じゅう大痣で凄じい面相かもしれない、とぞくんとした気持になった。機頭《はたがしら》さんと話をつけてくれたんですか、とまた女の首筋がいった。番頭との金銭問題をさしているのだと気づき、肯定するつもりではなく、うーん、と曖昧に口の端で呻く。と、相手は弾みをつけてふりむき、ありがとうございます、と顎を突き出すようにしてこっちの眼のなかへことばを投げてよこした。角ばって特徴のない顔だが、口を半開きにし、しきりに目をしばたいて、喜びをあらわにしていた。

おれは何も……、と否定のことばをいいかけて、この顔は目が藪睨みだ、相当の斜視だと気づく。そのために顔をそらせていたのかと思う。ありがとうございました、と女がまたいった。落ち着いたそぶりで、首をかしげながら上体を折った。腹立ちの気持は消えていたが、この女とぐずぐず話していても始まらない、ととっさに判断する。はやばやと支度までさせて申しわけなかったが、と穏やかに切り出す。おれのほうはあの番頭と取決めをする気は毛頭ないんだ。今すぐここの旦那と話をして、つまり何もかもそれから先のことなんだ。女の目が母屋のほうを見やった。それから、ゆっくりとこちらに振り戻して来た。一方の瞳が極度に目頭に寄っているので、まともにみつめているのかどうか見当がつかない感じの視線だった。わかったね、と念を押してみる。すると、相手はがくりと顎をおとし、旦那さんは駄目だ、旦那さんは……、と自分の胸にいいきかせるように呟いた。駄目って、どこが、と訊きかえしたが、女はうなだれたままだ。行くよ、とひとりごとのようにいい、羽織の襟もとを引いて身じまいしながら母屋に向かって歩き出す。付いて来るかもしれないと思ったが、その気配はなかった。硝子戸の戸口まで来てふりかえると、女は葭簀の前にたたずんだままだった。やや高くなった陽ざしのなかで、全身が何かをこらえているような感じで身じろぎもしない。離れて見ると、その軀つきは意外に肩幅のしっかりした大人びた姿だった……。



佐藤千代太の上機嫌は昨夜と同じものだった。土間におり立ち、ラッコの毛皮をつけた二重回しを女中に着せかけさせながら、ゆうべの話の続きだといって喋りまくる。乳牛《ちちうし》の、そして牛乳の時代がやって来るということをくれぐれも頭に叩きこんで置いて貰いたい、その専門家になって貰いたい、そして二年したら血統のしっかりした仔牛を伝松馬喰自身が探し出し、それをここまで追って来て貰いたい。その気になってくれるならば、二年先の約束も取りかわして置こうではないか。眼鏡をきらめかせて一方的に話し続け、急にいかめしく身をそらせながら、わしは村会へ出なければならんから、これで失礼する。顎をしゃくるようにいい捨てて、足早に戸口を出て行く。旦那、待ってお呉んなさい、と呼んで後を追った。庭の日溜りのなかで、その二重回しの前へ立ちふさがるようにして、仔牛の代金のことなんですが、とやっと話を切り出す。

番頭に渡して置いたが、受け取ってくれなかったのかね、と佐藤千代太は訝かしそうにいった。二十年近くこのうちにいる者だ、銭金を誤魔化す男でないことはわしが保証する、とつけ加える。はあ、金額に間違いはないんですが、とそこまでいいかけ、女と一頭分が引きかえにされそうだということをどう説明しようかと迷う。じゃあ、いざこざの種は何だね、と相手はききかけ、軀をめぐらして機場のほうを見やった。つられてそっちを見ると、絣の女がまだ葭簀の前に立ちつくしているのが目のなかにとびこんで来た。うん、と尻あがりの声で佐藤千代太が答えを促した。あれです、あの女のことです。と前後のことを無考えのまま、不用意にことばが出てしまう。

　機の騒音があるから、その声が女の所まで届いたとは思えなかったが、葭簀の前の軀がきっちり向き直り、陽ざしに顔を曝すようにしてこちらを見つめる容子だった。突然佐藤千代太が笑い出した。妙に下品な響きで笑い、お前さん、手をつけたのか、といった。しかし、あたしぁ何も好きこのんであの娘を……、と答えかけたとき、女が風呂敷包みを抱え直し、一直線にこっちへ歩きはじめた。何ていったかな、あの女工、とすばやく佐藤千代太が訊く。七枝さんとかって、とつりこまれていうと、そうか、あの七枝と出来合いになった、それでこのわしに支度金をいくらか出させようって寸法か、伝松君は。声を張り、威嚇するような口ぶりだった。冗談じゃない、とついこっちも大声になっている。番頭が夜なかに押しつけといて、その上で仔牛一頭分の金は渡せないっていってるんだ、そんな騙《かた》りのような真似を村会議員のあんたは……。ことばを遮るように、佐藤千代太は二重回しの大袖をぱたぱたとこちらの顔の前ではためかせた。そして、七枝、七枝、と表情が解る距離まで寄って来た女に声をかける。わしはな、女工ひとりひとりの仲人を勤めるほど暇人じゃあないぞ、余計な世話を焼かせるもんじゃあない、と大声でいった。声に押しとどめられた形で女は歩みをとめていたが、聞き終わった瞬間、駒下駄を引きずって一散に駈け寄って来た。風呂敷包みをもどかしそうに置き、地面に膝をついて、旦那さん、お願いします、と手と額を一緒に地べたにつける。あたしは佐の工場にいても機頭に歯向かってばかりいる役立たずの人間です、どうか、この馬喰さんと一緒にして、暇を出してお呉んなさい。

　ことばの意味がとっさの間には飲みこめなかった。歯向かうとか役立たずとかいうその中味と、夜中に自分の部屋へ来たこととの関係が、どこかでずれている気がする。喰い違っている気がする。裸のあの小娘がいったように、工場から出て行きたいのは解る。番頭との間柄がまずいというのも解る。しかし、その番頭と肚を合わせなければ、仔牛の代金の問題は出て来ないはずだ。誰だろう、誰がここまでたくらんだのだ……。よしなさい、と突然不機嫌な声で佐藤千代太がいった。わしは工場のことも仕事のことも知ってはおらん。話は番頭とつけなさい、あれに任せてあるんだ、解ったね、伝松君。ことば尻をきつい調子でこちらに向けて来た。ここで何かい返さなければ自分は罠から抜けられない、そう思うのだが、瞬間的にはことばが付いて来ない。嘘だ、とふいに女が地べたから顔をあげた。何から何まで旦那さんが指図してる癖に。機頭だって旦那さんのいいつけの通りに……。ばさっと二重回しの裾が翻り、雪駄が地面の風呂敷包みを押しこくるように蹴った。無駄口を叩くな、と動作に合わせて鋭い声でいった。わしはここの主人だ、主人だからして何事も間違いがないよう上から監督はしている、それだけのことだ、馬鹿もの。

それじゃあ、この娘さんと切り放して牛の代金をきっちりして貰いましょう、とはじめて強いことばが出た。佐藤千代太の荒いしぐさに引き出された形だった。あたしだってそうだよ、とまるでこっちの強さに合わせる口ぶりで女が地面から叫びあげる、ここを出たって借金がいつまでも付いて廻るのなんか、もうやめにして貰いたいんだ。佐藤千代太は指先で髭の周囲をこすりながら、



空を見あげていた。それから、大きく舌うちをして、諸君らは何と話の解らん人種なのであるか、と演説口調でいった。銭や金のこと、金銭問題の一切は番頭が仕切っていると何度も申しているではないか。まあ、単位が五百円千円となれば、それはわしも考えなければならんが、うん。そこまでいって眼鏡のふちを押しあげたが、急に表情が楽なものに変わり、来た、奴が、と顎をしゃくる。いってらっしゃいまし、と大声で叫びながら、番頭の姿が工場の棟から駈けて来る。

佐藤千代太はその声を二重回しをくるっと翻す姿で受け、胸をそらせて庭から道へ出るゆるい傾斜に向かって歩き出した。いってらっしゃいまし、とすぐ近くまで来てまた番頭がいった。佐藤千代太は答えるようにくるっとふりむき、お前なぁ、と番頭に声をかけた。その若い二人の間柄についちゃあ、とやかく口をさしはさむんじゃないぞ。二人とも自由だ。自由に自由恋愛を遂げた青年男女に向かっては、わしが村会議員であろうとも、いや村会議員であるからして、何ひとつ苦情を申す気はない。わかったな。おわかりだな、二人とも。すばやい動きで目を往き来させ、ひとり合点を二、三度したかと思うと、二重回しの黒い袖はトンビという呼び名のように石垣のふちをふわりとかすめ、道のほうへ舞い降りる

ように出て行った。

待て、狸、と激しいことばが逆った。追う姿勢で足を踏み出す。その肩がぐいと引き戻され、おわかりなんだろう、お前さんら、と番頭がどなった。うるせえや、と叫びかえして肩の手をふりほどこうとする。何が自由だ、何が恋愛だ、ひとをだまくらかしやがって、こん畜生。村会でも村長でも、おれは出かけて行って逐一ぶちまけてやるぞ。叫んでいる途中から、番頭の両腕が羽掻い締めの形で脇の下を締めあげて来た。喋りな、いくらでもわあわあ騒ぎな、ただし、この庭のなかでだ、とあざ笑うようにいった。そのことば通りの手馴れた押えこみかたなので、もぎ放そうとしても軀の筋が痛むだけだった。さあ、黙ってねえで、いいたいことをいいなよ、とまたいう。あんたがたは自由で、自由恋愛だっていうじゃねえか。

番頭のそのまた後にいるはずの女の姿には目が届かなかった。恋愛ということばをどんな顔付きで受け取ったのか確かめたい、とほんの少し気持が惹かれる。すると、姉さん、とごく自然に呼びかける声が出た。七枝さんか、七枝さんだね、と続けて呼ぶ。はい、と背中の下のほうから声が戻った。まだ膝をついたままなのだと気づく。あんたはどう考えてるか知らんが、ゆんべのことはゆんべだけのことだ、おれはそう思ってる。最初っからあんたの身柄を引き受ける気なんざ毛頭無かった、わかるかい。今度は返事が戻らなかった。だが、さっき佐藤千代太にあれだけきついものいいをした女だ、きっとひと通り以上の考えを持っているに違いない、その考えをまとめようとしているのだ、そう思って答えを待った。野郎め、と番頭が羽掻い締めのまま、爪先でこっちのふくらはぎを蹴りあげた。つまみ食いをして食い逃げする気か、それだけの身分か、てめえ。うるせえ、お前に喋ってるんじゃない、と身をよじりかけたとき、間近の目の端に橙色のメリンスの帯がはいって来た。風呂敷包みをしっかり抱え、絣の姿が顔をうつむき加減にして、まん前に立った。

目を伏せたまま、馬喰さんの話はわかりました、といった。おい、七枝、話が違うじゃあねえか、とあわてた口ぶりで番頭がいう。伝松さん、と女は一度目をあげまっすぐにこちらの眼のなかを覗いた。男の眼のような固い視線だった。そして、するする軀を離して距離を取り、牛のお金のことは村役場で騒げばいいと思うよ、と早口にいう。ここの旦那は人目や外聞に弱いから、それで取り戻せばいいんだ。七枝、七枝、と番頭が舌うちするように遮ったが、こっちの背を押えているために手が出せないでいる。あとで薪雑棒の五十も喰わしてやるぞ、ともどかしそうにいった。やれるもんならやってみな、と女は挑むように肩をそびやかした。姉さん、七枝さん、と思わずことばが口をついて出る、あんたはこんなことでいいんですかい。女は黙ってうなずいた。うなずき終わってから、はい、と少し口をゆがめて声を出した。あたしはこのまんま逃げますから。てめえ、と耳もとで番頭の大声がした瞬間、七枝という女は駒下駄を鳴らしながら走り始めていた。村会議員とは正反対の方角をとって、絣の軀が逃げる。

番頭の腕がとっさにゆるんだ。追いかけて突きのめし、取っつかまえて連れ戻すのだろうと思った。だが、何を思い直したのか、小さく舌うちして締める腕にまた力がこもる。追わないで放っとくのか、と訊いてみた。その手にゃ乗らねえ、とすぐ番頭がいいかえす、女を追わしといてお前さんは旦那のいる村役場のほうへ飛びこもうって寸法なんだろう、そこでひと騒ぎしようっていう。なるほど、この番頭にはそっちのほうが大変な事態なのかと気づく。まあ、そいつは最後の方法さ、と大きい態度でいってやる。役場で騒がれたくなかったら、今朝ふところへしまった金を出して貰おうか。すぐには答えはなかった。怯んでいるに違いないと思い、どうなんだ、おい、と強いことばを重ねる。と、含むような低い笑いが起き、その笑いの息を首筋に吹きかけて寄こした。そうかい、七枝のあまと、そんな談合をぶったわけかい、と笑い声のままいう。七枝のやつは独りで逃げす、お前さんのほうは銭を取り戻す、ふん、それじゃあこの㊧は丸損てことじゃあねえか。いって聞かしとくが、銭はここにはないぜ。今頃は旦那が郵便局の金庫に納めちまってらあ。取れるものなら取ってみやがれ。

自然に溜息が出た。恐らく番頭のいう通りだろう。これだけ計画的に事を運ぶのなら、その辺のことも計算にいれて進めているはずだ。わかったよ、手を放しな、と気落ちした声でいう。役場へどなりこむんじゃねえだろうな、と番頭のほうも少し気を抜いて訊く。ああ、取りあえず晴馬喰のとこへ行って相談する、それしか道がないから。正直にそういった。実際、目の芯が痛むような感じで疲れがやって来ていた。このまますぐ人と争うような気迫が失せていると自分でも思う。番頭は背中を押しこくるようにして、締めていた腕をといた。そして、すばやく前にまわり、伝松馬喰さん、気持をいれかえたらどうだね、とうってかわった卑屈な調子でいった。うん、と意味がつかめずにききかえす。いや、晴馬喰なんぞに相談を持ちかけても百の銭も出ないってことさ。それより、あの七枝をふんづかまえて、三等料理屋へでも、淫売にでも、さっさと叩き売れば、仔牛一頭どころかお釣り銭が来るってもんだ。聞いていても、三等料理屋とか淫売とかいうことばからは何の現実感も受け取れなかった。ただ合いの手を入れるつもりで、そうかなあ、と呟いてみる。そうとも、と弾んだ声で相手が応じた。いかつい肩を丸めるようにして、こちらの掌を両手でさする。そうしてくれよ、そうすればおれも旦那に叱られねえで済むし、お前さんだって口を拭っちまえば立派な商売をして帰れることになるんだ。なあ、これでこそお互いの顔が立つってもんだ。お前の兄貴も偉ぶっだそうだが、おれだって旦那のいいつけには逆らいようがねえんだ、わかるだろう。荒れているにもかかわらず粘りつくような脂っこい手が、甲と掌の両側を包みこむように揉む。そのしぐさには、もう瞞すという感じはなかった。共犯者になってくれと懇願しているようだった。

ゆっくりと相手の手の中から掌を引き抜く。番頭さんのいってることは解ったよ、と声に出していう。そのことをおれがし了せるかどうかは別問題だがね。脚絆の鞐がはずれているのをひとつ掛け直し、羽織の裾をはたく。いずれにしろ、仲継ぎをしてくれた晴馬喰に話をし



てみるよ。いい捨てる形で出口のほうへ歩く。あんたなら出来るさ、と追って来ながら番頭がいった。七枝が惚れこんだってのは作り話じゃねえんだ。惚れた女は男のいいなりになるに決まってるじゃねえか。ゆるい坂をくだりきって道へ出ると、風はまだ冷たかった。この風を切ってあの女は逃げて行ったのだとふと思う。おれが手をくださなければ、七枝って女はどうなるんだい、と風を受けて歩きながら背中で訊いてみる。駐在でも本署でも電話一本で間違いなしに取っつかまえてくれるさ、という番頭の声が石垣の上から降り落ちて来た。見せしめに工場の梁から逆さ吊りにでもしなけりゃならねえ……。

晴馬喰の家は昨夜暗いなかで見たのとは大違いだった。軒が傾き、煤けた障子がよじれて、あばら家といいたいような構えだ。表が往還端なので、羽目板も戸も下半分が泥の乾きで斑らに汚れていた。その戸をきしませて引きあけようとしてみたが、なかから心張り棒で支えてあるらしく、がたつくだけで開かなかった。晴さん、晴馬喰さん、と呼びながら丈のない油菜の畑のふちを通って裏手へ廻る。裏庭も殺風景に荒れていた。母屋と鍵の手に細長い厩舎があったが、牛が一頭だけ膝を折った姿で所在なさそうに下顎を動かしているだけだった。晴さん、晴次さん、と声を張ってみたが、やはり返事は

なかった。井戸の向こうの勝手口からはいれば、はいれないことはないと思ったが、もし今ごろまで寝ほうけているのなら、そんな人物なら話をしてみても甲斐がないという気がした。ゆうべの態度といい、この家の荒れかたといい、もともと頼りになる相手ではなかったのだ。そう思うと、軀の芯がやわなものになって行くような激しい気落ちに襲われた。井戸に近寄り、汲み置きの手桶の水で顔を洗う。伸びかけた髭が掌の下で音を立てるようにざらついて来た。すると、どういうはずみか、自分は馬喰なんかやめようという心が起きた。こんな間抜けな商売をして帰って行けば、伝次郎兄に張りとばされることは目に見えている。暫くは独り立ちさせて貰えるはずもない。とすれば、このままどこかへ出奔して、一頭分の金を何かの元手にして、別の仕事にありついたほうが賢いということか。今までの自分のやりかたから見れば、はっきり悪事を働くことになるが。

庭のはずれが同じ高さで畑に続いている。そのほうへ、考え考えしながらゆっくり出て行った。厩舎が終わる線まで出ると、風がふいに強く感じられた。拭かずに水気の残っている顔面がひりつくような気分だ。同時にその風が渡って来る方角が一面の薄緑だと気づく。花はまだだが、葉の上に薄色の細い茎が立ちはじめた油菜の



畑だった。ほぼ視界いっぱいの広がりを持って、まったいらに長々と続いていた。緑のその果てに枯芝の高い土手があった。きっと土手の向こうは川原なのだろう。こういう広みで暮してみたいと思った。少なくともこの緑の菜畑で一日中ぼんやり寝そべっていれば、今の塞がれた心持がいくらかはほどけて来るかもしれない。そんな気分で細い畦に足を踏みいれて行った。と、目の果ての土手に黒い人影が見えた。緑のなかからふいに立って、土手を登ろうとしていた。女だ、七枝だ、ととっさにわかった。茶色っぽい風呂敷包みをかかえたまま、四つん這いで登って行く。坂道が切ってない所らしく、いかにも登りづらそうな姿だった。思わず、おーい、と声をかけた。かけながら自然に足早に近づいて行き、もう一度、おーい、と呼んだ。

女がふり向いた。首をまわしただけではこちらの所在がつかめなかったらしく、上半身全部を向けて来た。そのとたんに、土手の草つきから手が離れ、ずるずると軀が斜めにひねれた形で六、七尺の高さをずり落ちた。距離が遠いために、その動きがふざけてそうしているように見えた。しかし、緑の向こうに跳ねるように立ちあがった絣の上体は、あわただしい身ぶりで風呂敷を片手担ぎにして、こちらを確かめる容子も見せずに、土手下

沿いに夢中で走り出す。川しもを目ざしているのか、そうやって街へ出て行くつもりなのかと訊ねる思いで、どっちへ行くんだ、お前さん、と叫んでみた。すると、女の軀は急に歯止めをかけられたように停まり、首をうろうろと左右に振った。どの方面に逃げれば安全なのかと迷っているふうだ。番頭のことばに従えば、いずれ巡査につかまる。そのことを知らせてやろうと思った。駐在がなあ、とそこまで声をかけると、女は今度は今来た方向へ一散に戻りはじめる。その姿がふいに哀れさを通りこして、滑稽なものに感じられた。七枝さんよう、と女の名を呼んでやった。どっちへ行っても無駄じゃないのかい。

駈ける足がみるみるのろくなり、そのままぶらぶら歩きに変わった。そして、特にこっちを見るのでもなく、そんなことは知ってるよ、と叫びかえして来る。今まで幾回も逃げて、そのたんびに摑まったんだ。声の終わりのほうが息切れのために苦しげな音になっていた。自分でもそのことに気づいたのだろうか、突然風呂敷包みをその場に落とし、土手に向かって倒れこむように、あおむけに軀をもたせかけた。なにげなく引き寄せられ菜畑の間を通って近づいて行くと、相手に何をいうつもりなのかと自分で自分を疑う気持になった。金は結局瞞し取



られたといってみてもはじまらないことだし、お前さんも可哀想だといっても助けてやれるわけではない。強いていうとすれば、番頭が淫売か何かに叩き売れと焚きつけた件をあかす態のことだが、それは口にするだけで気色の悪い話だった。油菜の畑が尽きた所に一段さがって小道があり、そして高土手になっている。この道をさっき逃げまどっていたのかと思う。しも手を見やると、堤防工事の新道らしい長々した路面の上で、空っ風のなごりが白い砂を捲きあげていた。

兄さんはあっさり振ってくれたもんねえ、と出しぬけに女が声をかけた。土手の下に腰をおろし、膝で風呂敷包みを抱くような形で顎をもたせかけていた。斜めに小道を距てた距離だったが、これ以上近づくのがはばかられ、腹が立ったろうなあ、と小声でいう。相手は鼻先で笑うような、そうでもないような息の音を立てた。こっちが勝手に惚れこんで、独りぎめしたんだからしょうがないよ、と穏やかな声でいった。惚れこんで、とおうむがえしに呟き、あれは番頭野郎の作り話だと思ってたが、と訊いてみる。女はまた同じような鼻息を立て、馬喰さんは酔い潰れて大鼾だったけど、あたしのほうはその顔を一時間の余も眺めて待ったんだもん。感情がはいった口ぶりではなかった。むしろ、ずっと昔のことを

噂話で喋っている感じだ。頼りにならねえ野郎だと見破っちまえばよかったわけだ、とこっちも遠い出来事のようにいってやる。いいながら、ふいに昨夜の気配が頭に浮かぶ。ごめんなさいまし、と確かそんなことばでこの女が蒲団のなかにはいって来た。そうか、あのときはおれの寝顔をとっくり見定めた上で、そのつもりになって軀を寄せて来たのか……。兄さん、おなか空いてる、と女がいった。風呂敷を置き直して開きにかかり、ゆんべが天神講だったんで工場の衆にも赤の御飯が配られたんだ、それを食べないで結びにしといたもんだけど。

　天神講か、と無意識に吐息が出る。昨日の朝出会った女衆のこと、さっちゃんと呼ばれた紫の被布の娘のこと、あの連中は温泉場で派手派手しくやるのだといっていた。これ、無駄になっちゃったから今食べたほうがましなんだよ、と女は新聞紙がべったり張りついた結びらしいものをかざして見せた。おれは、と顔の前で手を振って断わる。相手はこくこくと、自分自身にうなずくように首を動かし、新聞紙をはがして行った。その手つきをとめずに、ほんとは馬喰さんに裏切られることはわかってたんだ、と呟いた。それじゃあ、どうしてあんな、ととっさに訊いてしまう。夜伽のようなことをなぜしたのかというつもりでだった。十中八、九はすっぽかされるって知ってたんだよ、だからそのときひとりで逃げる用意のために、こいつを秘密でこしらえといた。ことばが終わらないうちに薄桃色の握りめしにかじりついている。おいしくておいしくてたまらないというような、せわしない口もとだった。逃げるためのなにを今食っちゃっちゃあ困るのに、とおずおずことばをかけると、もう逃げられないじゃないかよ、乱暴にいいかえして寄こした。もうこうやって見つけられちゃったじゃないかさ。おれは関係ない、追手なんかじゃない、そういってやるつもりで掌を大きく左右させながら道に出て近寄る、番頭はまだ手配をしちゃあいない、と思わず声をひそめていう。今はまだ誰も追って来やぁしない。

　えっ、えっ、と女は息を吸いこむ感じで顔をあげた。そのまま虚ろな表情でいる。陽ざしの線が土手を越えかけているので、遮られた光が片頰の表面をかすめるだけで、目のへこみは仄暗いなかにあった。今ならまだ逃げられるぜ、と念を押してやる。虚ろな顔付きは変わらずに、手だけがあわただしく動いて、食いかけの握り飯を包み直し、風呂敷の中に押しこんだ。街のほうへ出るんだね、その動作を邪魔しないようにそっと訊いてみる。えっ、とまた女が問いかえし、それから急に溜息をついた。だめだ、だめだ、と軀を縮めるようにして呟いた。

ひと休みしたんで、勢いがなくなっちゃった、気持がそがれちまったわ、といった。それじゃあ、むざむざ摑まるのをここで待ってるのかい、と女の横へ行き土手に並ぶ。うん、と相手は曖昧な声を出し、ほんとは暗くなるまでここらで潜んでいて、そのあと川原伝いに抜け出すつもりだったんだけど、と気の抜けた口調でいう。人目につく往還を避けるにはいい知恵だと感心させられ、そうか、そうやれば成功するなあ、と相槌をうった。敵だっても行かないよ、と女は詰まらなそうにいった、こっちの手のうちを百も承知なんだから、大抵のところ無駄なんだ。それは投げやりないいかたというのでもなかった。いろいろなことを見聞きしすぎて、そのために年齢よりずっと老けた考えが身についてしまったような態度だった。

するとゆうべ見ず知らずの自分に対して軀を張って来たことの意味が、おぼろげに解りはじめた。一晩目をつぶって過ごせば、あの工場から抜ける道が開ける、そのことを頼りにこの女はあの座敷でこっちが目を覚ますのを待っていたのだ……。背を伸ばして土手に寄りかかっているので、地べたにしゃがみこんだ女の肩と襟足が自然に目にはいる。だが、それを見ていても夜の肌のふれあいのようなものは一向に思い合わされては来なかった。むしろ苦労ばかりしている不運な友だちがそこにいるという気分だった。機場のやりかたはむごいもんなあ、と気分がすらりと声になって出た。一人でも逃げられれば大損害だってんで、夢中で追いかけるわけだよな。つかまえれば見せしめにどぎつい罰を喰わせるだろうし。女が斜めに顔をふりあげた。おととしの夏一人だけ成功したのがいるよ、あたしよりひとつ年下の子だけど、といった。今みたいじゃなくて不景気だったから、毎日三人も五人もひっぱたかれるようなざまだったんだ。越中から来てた子でねえ、礪波《となみ》山の合戦のあの礪波よりずっと山寄りの所から来ていて、それが不器用で不器用で糸を切ってばっかりいて……。その娘はどうやって逃げ了せたんだね、とつりこまれて訊く。山へはいったって話です、秩父の山に取りついて、どこまでもどこまでも行って信州へ出ちまったって。今は大阪のほうで砲兵工廠の職工さんと世帯を持って、とてもいい暮しをしてるっていいます。

その口ぶりには、羨みではなく、仲間が出世したことを誇り、そのことで自分の未来も場合によっては開けたものになるのだと、人にも自分にもいいきかせるような調子があった。なるほどなあ、と答えてやる、悪い時期を乗りきりゃあ、いい運にもめぐり合うってもんだ。それは仔牛を瞞し取られた自分自身にも当てはまることだと思った。ふん、と女が鼻先で声を立てた。すぐ続けて、何もあたしを慰めてくれなくてもいいんだ、とさばさばした口ぶりでいい、つっと立ちあがった。油断のない目であたり一帯をぐるっと見渡す。それから、ばさばさと着物の裾を叩き、風呂敷をきちんと締め直しにかかった。出発するのかい、と急いで訊ねる。だが相手はうつむいたまま、一緒に行ってくれない癖に余分な口出しはよして下さい、と冷えた声で答えた。全くだ、と気押されて呟き、土手から背中を離した。まあ、いずれ大阪へ行ったその娘さんのようになってくれよな。菜畑のほうへ戻りながら、別れのことばのつもりでそういった。

誰があんな真似するもんか、ときつい声が背中に飛んで来た。あの子が逃げたために、おかげでひどい目にあった者がいるんだ。ふりむくと女は荷物を抱えあげる所だった。そうか、他の女工たちが手ひどい扱いを受けたのかと思う。あの子の妹だよ、と相手はすぐにいった。旦那と機頭が越中の田舎まで押しかけて行って、借金を返せって親をどなりつけた末、尋常を出たばかりの妹を代わりに連れて来たんだ。今㊧で泣く泣く追いまわされてます。あの裸の小娘がその妹だ、とはためくように頭がまわった。しかし、それを口に出して訊く気は起きなかった。それよりも借金ということばのほうが重たい感じで身にしみた。自分がこの足で帰るとすれば、一頭分の代金は伝次郎兄に対する借金になるのだろうか。たまらねえなあ、と溜息まじりのことばが出て来た、借金なんてものを誰が考え出したんだろう。ふふ、と含み笑いのような声で女が笑った。口をゆがめてもう一度笑い、借金で得をしてるのは男じゃないか、おかげでこっちが泣かされてるんだ。それは心の底から憎々しいといったものいいだった。得をしているのは男、とのどもとで呟きかえしてみる。この娘にとってそういう男というのは、やっぱり家族なのだろうか。それともただ、工場主や機頭たち全体をいったのだろうか。

あんたの、七枝さんの借金はどうなってるんだね、とつい身を乗り出してことばをかける。大きなお世話、とうちかえすように女はいった。馬喰さんに払ってお呉れなんて、口が腐っても頼みゃしないから。済まない、余計なことをいって、ととっさに頭を下げる。あーあ、と突然女がのんびりした声をあげた。あんたってひとは、見かけよりずっと子どもなんだねえ。今やっとそれがわかったよ。ああ、と素直に答える。おれは山育ちで世間知らずだから……。世間だけじゃないでしょ、と女がふいに早口でいった、女のことも知っちゃあいなかった。

いきなり顔に血がのぼる。ゆうべのことをこんな所でいわれるとは思わなかったからだ。その件についちゃあ……、と疚しい気持で口を動かすが、どう返答したらいいのかわからなかった。女がからっとした笑い声をあげた。どうせこれっきり会わないんだから、別にどうってことはないんだよ。ただちょっとからかって……。そこまでいいかけて、どきりとしたように口をつぐんだ。そして、人が来る、と細めた口先で気ぜわしくいった。まるで、それに合わせるように、おーいと呼ぶ声が背中の遠くから聞こえて来た。ふり向くと菜畑のずっと向こうに晴馬喰の半纏姿があった。伝松さんよう、と家を背にした形で手招きしている。いや、手招きしながら縁の間をこっちへ近づく容子だ。さよなら、と女がいった。お達者でね。そして最初のときのように急な土手を登りにかかる。待てよ、あれは追手じゃないぜ、といってやったが、聞こえなかったように夢中で這い登ろうとしている。伝松さん、済まなかったなあ、とまた晴馬喰が呼びかけた。声がよほど近いものになっていた。おれはねえ、何も知らなかったんだよ、その女工衆とあんたのことなんかはな。叫びながら次第に早足になって、畑の畝のなかを斜めに突っ切って来る。佐藤の旦那はそりゃあ、たくらみの多いひとだ。それでも、あんたが女に手をつけなけりゃあ、こっちも口のききようがあったんだが。聞いているうちに、心がむらむらした。ことばとは反対にこの男も最初からたくらみに加担していたのだと思う。

うるせえや、とはっきり荒いことばでどなりかえす。あんたに口をきいてくれなんて誰が頼んだか。いいきらないうちに、足もとでばさりと音がした。茶の風呂敷包みだ。土手の中途から女が落としたのだ。見あげると、女も首をふり向けて晴馬喰のほうを見やっていた。包みを拾いあげ、おい、と示してやる。一瞬女は迷っている。折角登ったのにという顔付きだった。いい、おれが持って行く、とすぐにいい直し、包みを横抱えにして土手に取りつく。おれを恨むのは筋違いじゃねえかよ、と少し気弱な声で晴馬喰が叫んでいる。答えずに這い登り、女の軀の横に並ぶ。ありがとう、と手をさしのべて来た。いや、上まで、と首をふり、そのまま登りつめて行く。あんたまさか、これっきりおれと商売の縁を切ろうっていうんじゃねえだろうなあ、とまた晴馬喰がいった。登りきった所で見おろすと、もう土手下すぐの畑まで辿りついている。手痛いことばを叩きつけてやりたいという気持と、こんな男に何をいっても無駄だという気持がいりまじって、すぐには答えが出て来ない。

女が登りきって、風呂敷包みに手をかけた。また逃げる気が起きちゃった、といった。顔全体に赤みがさし、胸で大きい息をしている。うまくやんなよ、というと、その胸が、うん、とふくらんだ。すると、相手が急に年若い小娘のように見え、出来たら、逃げきるのを見届けてやりたいと思った。川しもかい、方角は、と声をひそめて訊く。渡って、向こう側へ行って様子を見る、と女も同じ調子でいった。送るわ、おれ、となめらかにことばが出た。でも、商売がどうのって、あの人が、と女が顎をしゃくった。構わねえんだ、あれは、と答え、風呂敷包みを持ち直す。と、下からそれを見守っていたらしく、おーい、その女工のことはおれはまるっきり責任がないんだぜ、氏素姓も知らねえんだからな、と晴馬喰が叫びあげて寄こした。

わかったよ。だけどあんたも同じことをしつこすぎるじゃねえか。気持がそのまま声になっていいかえした。だってよう、と下からすぐに応じて来る、そのまんま帰ったら、伝次郎兄貴は何もかも晴が悪い、晴のせいだっていうだろう、そいつが気に病めて……。兄とのそのことは今は考えたくないと思う。行くか、と女に声をかけ、土手の反対側に出て行く。川原は広々としていた



が、水量は石のかげに見えかくれする程度の、まだ冬場の流れだった。そこへ降って行く土手の斜面は、一面立ち枯れの葦だ。穂架《ほわた》が飛び去ったあとの細い芯が川風になぶられている。下駄じゃ無理かもしれないけど、橋は渡りたくないから、と女がいった。おぶさって降りるかい、となにげなくいってやる。と、女は軀をはすかいにしてこっちの目を覗きこんだ。すぐに目をそらし、よしなよ、氏素姓のわからないものに情なんかかけないほうがいい、とかすれ気味の声でいった。そして邪慳な手つきで風呂敷包みをもぎ取り、駒下駄の尖を地面にかわるがわる打ちつけ鼻緒を足袋にくい込ませた。

そして挨拶する容子も見せずに、風呂敷を持たないほうの手で葦の下茎を捉え、それを頼りに一歩、一歩足もとを確かめながら軀を斜面に沈ませて行く。葉尖で手を切るなよ、ととっさに声をかけた。だが枯葉の鳴る音だけが遠くなって、じきに姿が見えなくなる。軽い失望が起き、目を遠くに投げる。山ともいえないほど低い山裾に霞の甘い白が線をなしていた。唐突に、これがおれの人生のはじまりなのかと思った。商売も女も、力を出しきる時間がないうちに、もう結果が現われてしまった。この次どうやったら失敗を免れるのかもわからないうちにだ。伝松馬喰よ、と呼ぶ声が低く伝わって来た。まだ

そこにいるのか、いたら返事をしろ。こもるような感じなので、相手が土手に取りついて登って来るのだとわかった。いるよ、馬鹿面をして突っ立ってる、とぶっきらぼうに答える。おれは約束するよ、と晴馬喰が同じような響きをさせてまたいった。今度の件についちゃあ、このおれが伝次郎兄貴に詫びに行く。だからお前さんはそれまで何もいわねえでいて呉れろ。下手に早まった真似をしねえでいて呉れろよ、なあ。こもる声が次第に近づき、地面の底からどよめき昇って来るように感じられた。

　というのもよう、と息切れの音がまじり、伝松さんは商売にしくじったわけじゃねえ、しくじりは女問題だけだ。女についちゃあ誰だってなんだよ、このおれにしたところが……。聞きたくない、耳をふさいでいたい、そんなつもりで、草鞋がけの足で土手の土をとんとんと踏む。すると軀が勢いづけられたような気がし、葦の傾斜に一歩踏み出している。水面へ突っこんでいくように、両手を伸ばして前で合わせ、頭を伏せ気味にしていっきに土手を駈け降りる。鼓膜をじかにこするように、乾ききった葦がざわめいて鳴った。手といわず顔といわず、鋭いものが叩き、引きこすり、飛び去って行った。それらに歯向かって叫び声をあげようとのどもとを膨ませたとき、ふいに目の前が開け、葦の茂みから軀が抜け出ていた。谷あいと違って粒の揃った穏やかな丸石が、足もとから目の先いっぱいにすがすがしい白さで光っている。女は、とすぐ気持がひらめいて、あたりを見廻した。姿はない。もしかしたら、中途で足をとられて……と思い当たったとき、かなり離れた下流のほうの葦が揺れ、ゆっくりとニコニコ絣の軀が現われた。怪我はなかったかい、と思わず大声をかける。女は穏やかに首を左右させ、斜めの路がちょうど見つかったもんで、といった。そして手早く下駄を脱ぎ、足袋を脱いで風呂敷のなかにしまい、丸い石の上を素足の先で、ひとつ、ふたつ、と子どものように跳ねとんだ。石がこんなに温ったまってる、とのびやかな声でいった。

　そのまま石の上伝いに近づいて来て、あんた馬鹿ねえ、とすらりという。うん、とぼんやりききかえす。だってその顔、と女がいった、葉っぱで切れて、髭みたいだよ、痛くないの。手をやると、頰骨の出っぱりと顎の下に細いひりひりする線が走った。痛かぁないが、変な顔か、と訊いてみる。女は背を向けて光る瀬のほうを見やりながら、変は変だけど、いい男だよ、といった。おーい、川原へおりたのかい、とまた声がま上のほうから追って来た。しつこいなあと舌うちする。と、女はもう逃げる姿勢で石を五つ六つ跳んでいた。水のなかを越すのは骨だぜ、その身なりじゃあ、といいながら後を追う。すぐに小さい水溜りがそこここに見え出し、そのふちで伸びすぎた芹がゆるゆる風を受けとめていた。ここらの平地では芹も大事にしない、と何の気なしに思う。それだけ物が豊富なのに、人間はどれもこれもひとかどの悪だ。

　ちょっとこの包み、と女がいった。近づいて来て横に並び、風呂敷包みを押すように渡す。受けとると、足尖で裾を蹴るように捌いてから、よいしょ、と勢いよくまくりあげた。まくった裾を帯にはさむ。腰巻だか襦袢だかわからなかったが、その裏の白さにあわてて目をそらす。そらしながら、自分はいつの間にかこの女に親身な気持を持ってしまっていると思う。と、まるでそれを見抜いたというふうに、伝松よう、女をかまうのはもうやめにしろ、と叫ぶ晴馬喰の声が風の上を渡って来た。ふりかえると、土手の上から口もとに両手を当てがって呼びかけていた。そんな女工とつるんで帰ったら、兄貴が許しちゃあ呉れねえぞ。女もふりむいて声のほうを見ていた。急に、ふん、と鼻息を立て、かまうのはやめなさいって、と小声でいった。そして、乱暴な足つきでじゃぶりと浅瀬に踏みこみ、風呂敷、返しとくれ、と手をさしのべる。



　いいんだよ、あんな能なしのいうことは聞くな。こっちも手荒にいいかえし、水の中に草鞋の足をいれた。晴馬喰のことばをふり切るつもりでしぶきを飛ばし、幅のある本流のほうへまっすぐ近づく。瀬の表面は流れを感じさせないほど滑らかで渡りやすそうに見えた。勘当だぞ、とまた聞こえた。叫び疲れたしわがれ声だった。兄貴が勘当するに決まってるぞ、そうなったらおれだって話のつけようがねえや。語尾が風に流され、ふいに弱々しいものに聞こえる。勘当、と肚のなかで呟いてみても一向に実感が湧かないまま、摺り足で流れのなかを行く。三分の一も行かないうちに水が膝頭の上までせめぎのぼって脚絆を隠した。そうだ、と急に思い当たり、土手のほうを見やる。疲れて手も下げてしまった相手に、この女は見送って逃がしてやるだけだ、だから勘当だ何だと取り越し苦労はするなといってやろうと思った。しかし絶え間ない流れの音のさなかにいると、それを叫んでやっても、土手上までは届きそうにないという気がする。と、晴馬喰のほうがこちらの姿に勢いづけられた感じで、勘当されれば、商売も終わりだぞ、食って行けねえんだぞ、と軀いっぱいを上下させてどなった。

　耳もとで流れが鳴り、女の軀が近寄って来た。まくった裾をまた帯の上までたくしあげるようにしていた。うちから勘当ですか、と細い目に力をいれた表情でいった。いや、おれは兄貴に世話になってるだけで、ととっさに答える。親はないんですか、とすぐ女がことばを重ねた。ああ、とうなずき、だから勘当ったって……。あたしはねえ、と女は押しかぶせるような強い声を出した。父ちゃんを、父親をあたしのほうから勘当してやるんだ。どうして……、と意味がつかめずにぼんやりきく。だってさ、こっちが働いた給金を㊧へ取りに来るだけじゃあ、まだ飲みしろが足りなくって、旦那に泣きついちゃあ借金をふやして行くんだ。そんなことはもうごめんだからあたしが勘当する他ないじゃないか。そういうことか、と実感が湧かないまま手短に相槌をうつ。

ふふっ、と笑いとも溜息ともつかない感じで女が息を抜いた。そんなことといったって、うまく逃げきったらの話だけどね、といった。逃げきりなよ、おれもできるだけのことはするから、と強い声で励ましてやる。そうだ、そんな親父なら勘当しちまいな、と続けていう。あんたも勘当すればいい、と女が早口でいった。おれには親なんか、と答えかけると、兄さんだよ、その世話になってるとかっていう。その兄さんに対してこっちから縁を切ってやればいいんだ。そういわれると、一瞬心が



奪われる。さっき自分一人でそのことを考えたからだ。今懐にある一頭分を元手にして、何か別なことを、とさっきは思った。うん、と確信のないまま小声でいう、てめえ自身のことはなかなか決めづらいよ。と、女が身震いして流れに逆らい、こっちに軀をまわした。冷えたのか、とすぐ訊いてやる。こんな所で立ち話も……、といいかけると、違うよ、違う、と軀ごとゆすぶるように首を振った。顔が川しもへ向いたので、光の照り返しがその上をかすめ、動きにつれて顔そのものが上下に伸び縮みするように見えた。一緒にだよ、一緒に血のつながりを勘当しちまおうっていってるんだよ。

意味はわかった。わかったが思わず、一緒に、と訊きかえしてしまう。うん、と女はまぶしそうに目をつぶった。そして、あたしが今あんたをくどいてるのがわかるかい、といった。今急にくどきたくなって、それでくどいてるんだよ。ああ……、とぼんやりとしか答えられなかった。わかるの、といって女が目をあけた。ああ、お前さんの気持はな、とまだ曖昧な口ぶりでしかいえない。ねえ、東京へ出よう、一緒に出よう。あたし、どんなにでもして働くからさあ。あんただって、馬喰なんかやめて職工にでも月給取りにでもなればいいじゃないか。すぐ世帯を持とうとなんか思わないで、お互いに溜

めるだけ溜めて、一緒になるのはゆとりが出来てからでいいんだからさ。すぐ夢のような新生活だなんて思わないで、一年でも二年でも歯を喰いしばってさあ……。

抱えている風呂敷の底がいつの間にか水びたしになっているのに気づく。息を吸いこむようにして抱え直し、のどの奥で、新生活と呟いてみる。と、目の前で女が顔を光に曝して喋っている分だけ、そのことばから強い現実味が感じられた。すると、心がふいに引き締ったものになり、すぐに答えを出さなくても、実行する気になれば実行できるのだと思った。行こう、とゆっくり声をかけ、流れの中央に一歩一歩足をさしのべて行った。自分は恐らく兄や姉の所へ帰るだろう、と確かな心持で思いはじめる。商売の失敗も、女のこともきちんと報告して、一切の片をつけてから、女のいう通り東京へでもどこへでも出て行けばいいのだ。首だけ向けて、大丈夫か、と女に声をかける。あんたは返事をしないじゃないか、まだ、と女がいった。返事がなきゃあ、もう一歩も歩けやしないよ。おーい、と土手から、かすかな叫び声が聞こえた。手をぐるぐる振りまわし、軀じゅうで叫んでいるらしかったが、ことばは全く聞きとれなかった。ぐるぐる廻している手が、自分の心を励ましているようにも見え、また、今なら取り返しがつく、引き返せというようにも見えた……。



## 五章――

午前中は庭先のほうが喧ましかったが、午後になると北側の屋根の雪も一挙にとけはじめ、背戸の軒から簾のような雨だれになって激しく落ちている。部落総出の獅子舞の笛は、ひっきりなしのそのざわめきに消されがちで、高い音色の所だけがきれぎれに響いて来た。伝松は笛の節まわしのとぎれを自分の声で補って、ヒャール、ヒャール、ヒャッヒャッル、ヒャーヒ……、と低く口ずさみながら藁草履を編んで行く。筵を敷いた土間のその手もとには、闇屋が届けて寄こしたぼろきれを細裂きにした束が、ごたまぜの色で山をなしている。それを一目おきに藁に編みこんでやるのだが、闇屋のことば通りにこれが塩とうまく交換できるかどうか、かなり疑わしいという気がする。囲炉裏端で背を丸めていた伝伍が、痰を払うように呻いてから、出しぬけに、

――獅子ィノ子ォハ、と唄い出した。調子がまるではずれた鈍《のろ》い間のとりかたで、

――産マレテ落チルト、親ヲ見真似テ、カシラ振ル、振ウール、親ニ見真似テェ……、と続けたが、そこから

大きいあくびに変わり、

――こんな、獅子を振るなんてことがあるのは、全く思い出さなかったなあ、と感情のこもらない声でいった。彼は弓子のねんねこを着こんだその年寄りくさい背を見やり、

――村うちにいたって忘れちまった、五年ぶりなんだ。お前だけ特別じゃあない。

あまり呆けた呆けたというと本人もその気になり過ぎると思い、突き放した口ぶりでいった。そして唄のつながりを、

――ソーレヲ咥《クワ》エテ、谷底エェ落トス、ソーレヲ咥エテェ、谷底へオートス、と声を張る。

――ふうん、親獅子が産まれたての仔をひどい目に遭わせるっ話だってけ、あれは、と伝伍が顔をふり向けて来る。伝松は思わず苦笑した。

――馬鹿ぁいっちゃあいけない。その反対だ。立派な獅子に仕立てあげて……、とそこまでいいかけると、青膨れで一日中炉端を離れようとしないこの長男の軀を動かしてやろうという気が起きて、

――おい、藁が足りなくなった。半束ほど叩いて来てくれ、と彼はいった。

――勘弁して貰いたいな、と伝伍は気張ったふうもなく即答する。ちょっとでも重たいものを持つと心臓が踊りを踊るんだ。獅子舞いどころか八木節ぐらいになる。

まるで他人の軀を預っているようないいかただと彼は思う。これが普通の若い衆の一人前の仕事をやってのけ、人から羨しがられた息子だろうか。

――それじゃあいっそ、獅子の連中の所へ行ってどぶろくの大酒でもくらってみたらどうだ、と荒い声をかけた。女衆も総出で賑やかだぞ。

――獅子は見たいさ。見に出かけて行くのは構わないんだけど、帰り道がおおごとだからな。往還からうちへあがって来るこの胸つき坂のことを考えると、やっぱり降りて行く気にはなれねえや。親父よう、と伝伍の口調が独りごとから急に彼に対する呼びかけになった。

――親父はどうしてこんなてっぺんへうちを建ててくれたんだ。もっと往還端にこしらえといてくれれば、おれだってあちこち出かけられるのによう。

伝松はもう口をきく気を失っていた。年を取ると子どもに帰るというが、この手の青年たちもそれに似た心の働きで、人生を一から始めかけているのかもしれない。

と、獅子の笛が耳になじみの深い、吹きはじめの節になっているのに気づく。ヒューヒャレトレヒュ、トーヒョーヒー、トレヒュトーヒョ、トレヒューヒョ……。

音にならない口笛で遠い響きを真似て行きながら、彼は自分で藁をひとかかえ抱いて井戸端に出た。水を吹きかけて湿りを呉れてやり、平石に載せて木槌で叩きはじめる。叩いては廻して行くと、藁仕事の連想から俵作りのことに頭が動いた。米を供出するための二十俵近い俵編みにはまだ取りかかっていない。それを縛る縄の分量も相当いるはずだ。獅子に浮かれている連中のうちではどうなっているのだろう。いや、他人さまはともかく、七枝も弓子も花枝もみんな出払ってしまった。夜なべに俵を編めといっても、おいそれとは動かないに違いない。笛の響きが中休みのように止んで、軒先からの雨だれの音だけになったが、伝松はふいに獅子舞いを腹立たしいものに思った。そんなものにふわふわ浮き立っている人間たちを忌々しく感じる。すると思いがけなく、戦争中の暮しがひどく心安らかだったということに気づく。誰も彼も余計なことをいわずに、余計な心配りを捨てて、ただ夢中で働いていた。それが今急に恋しいものに思えて来る。そういえば、百姓仕事を毛の先ほども知らなかった、あのまる子。疎開していた連中が半数近く帰って行ったのに、まだ帰るとはいい出さないでいる。いる分には別に構わないが、あの女までが七枝の着古しで身なりを整えて獅子を見に出かけた。草一本むしるのにも、いちいち指図を求め、いいつけ通りにはいはいと地面を這いまわっていたが、時世がこんなふうになると、あの女も以前のように素直そのままというわけにはもう行くまい。

背中の戸口をがたがた鳴らし、伝伍が出て来た。手に小皿を持ち、それに塩がいれてあるらしく、人さし指をなめてから歯を磨きはじめた。より目のような目付きで真剣に磨いている。

——今が朝か。気楽なやつだ、と彼はつい吐き捨てるようにいった。

——そんな眼でおれを見るな、とふいに伝伍がどなった。予期しない激しい声だった。彼はあっけに取られ、

——眼。眼がどうした、ときく。

おれが戦死したほうがいいと思ってたんだろう。こうやって帰って来ちまったのに、まだそう思って見てる。

伝伍のそのものいいからはもう激しい感じは消えている。のろのろと抑揚がなく、やや甲高い一本調子なので、気持のありかがすぐにはつかみづらい喋りかただ。彼は木槌で藁の根かたをばさっと叩き、

——世迷言はよせ。そんなことを人さまに聞かせると、呆け茄子だっていわれるぞ、馬鹿、と打ち切るようにいった。

――人さまにはいわない。親父にだけいうんだ、と伝伍は唇の間に人さし指をはさんだまま、ぼんやりした声を出した。そして伝松が藁打ちを続ける木槌の前に顔を寄せるようにしゃがみこんだ。

――親父の子じゃあねえってことを、おれの口から人さまにふれまわっても嗤《わら》いものになるだけだ。

相変わらず気持のはいらない声音だったが、それが今は逆に確信を持っていっている口調に聞こえる。こいつは知っていたのだ、ととっさに彼は思ったが、いつ誰に知らされたのか詮索する気は起きなかった。なるべく何でもないことのように、

――だから、どうなんだ、と軽くいってやる。

――仕事を続けろ、と意外にすばやい声で伝伍がいった。いわれてみると、伝松は自分が木槌を耳の脇に大きく振りあげたままの姿勢だと気づいた。空咳をひとつして、また藁打ちにかかる。小刻みに、そくそくと叩く。

――おれは子どもの時分から、いつ誰からっていうんじゃなく知ってたなあ、と伝伍がひとり言のように喋り出す。伝次郎伯父さんの種だって。母ちゃんがあの馬喰んちへ女中奉公してたとき出来た子だって。腹がふくれてから親父と一緒になったって話だ。

――だから、それがどうしたっていうんだ、と彼は呟くように訊く。伝伍のいいたがっていることは大よそ見当がつく。しかし、一度は本人に洗いざらい喋らせたほうがいいという気がした。それと同時に、なぜ自分はこの話を疚《やま》しいと感じないのだろうか、と思った。恥ずかしさもやるせなさも感じないほど、自分は年をくってしまったのか。

――おれは小むずかしいことをいうつもりはない、と伝伍はいった。親父は自分の血のつながった松雄にうちを継がせたいんじゃねえか、そいつをおれは昔っから疑ってたから……、おれがころりと戦死をすれば、親父の思う通りになる……。

――ならなかった、ならなかったんだから、それでいい、と彼は口早にいった。そして、水脹れの顔のなかの切り傷のように細い息子の眼を覗きこみ、

――弓子には話したのか、昔のことを、と訊ねる。伝伍は薄笑いのような気弱な表情を見せ、すぐそれを陰すように立ちあがった。

――小隊長から遺書を書けっていわれたとき、ひと通り書きかけたんだが、恨みごとをいうようで、見っともないと思って破って捨てた。

――それでいい、と伝松はまたいった。おれのほうは松雄をどうこうなんて思ったことはない。だから、お前

のほうが破いて捨てるような気持なら、それで何もいうことはない。

——ことばにしていうと、きれいなことになりすぎるぞ、と伝伍が背戸の雪の残った畑のほうへ軀をまわしながら答えた。

——おれは頭がまだしっかりしてないから、これ以上のことは考えたくねえが、ただ、それでいいってほど簡単じゃあないなあ。

しかし一応のことを喋って気が済んだという身のこなしで、伝伍は井戸のポンプを押し、トタンの筒先に顔をやって水をふくむと、勢いよくがらがらと口をすすいだ。彼はことがらがあっさり済んだことを物足らなく思った。いつか、唾を吐きかけられ、この倅や嫁から荒々しく罵られるようなありさまを秘かに予期していたからだ。そのときは、ひとことも返答せずに胸のなかを石のようなものにしようと、勝手に決めていたからだった。そうやって心のうちがわに蓋をしたまま死ぬのが、自分には一番ふさわしいと思って来た。だが、もうこうなった以上、あらためて特別なことは起こり得ない。年とともにすみやかな速さで、おれはごく普通の人間になって行くのだという気がした。

——おい、こっちも小正月をやるか、一杯飲んで、と



彼はなにげない口ぶりで声をかけた。息子は間のびした笑いをして、

——おれは朝から盗み酒をしていた、といった。親父の疑り深い目付きでも見破れなかったのかな。ふいに胸をつかれた。木槌の手がそれが、石そのものの上を叩き、指先に鳴るような痺れが来た。疑り深い……おれはそういう目付きをしている、そういう目付きだと思われているのか。伝伍が軽口のようにいったことだけに、それが通り相場になっているのだと気づかされる。木槌を放り出し、指を空でばらつかせる形で手を振る。目は窓だから、と彼は茫然と思った、なかが暗ければその窓辺も明るくはない。

土間へ戻った伝伍が、何事もなかったような口調で、

——おばさん、もう帰ってたのかい、と呼びかけている。ええ、と答える女のかすかな声が聞こえた。伝松は藁を揃えて戸口に近寄り、

——おれたちは一杯やる所だ、お香こでも出して貰おうか、と大声でいった。

——はい、とまた女の声は低かった。見ると、背戸口のガラス戸を半開きにして、小柄の軀が軒の雨だれを眺めあげていた。羽織とお対の黄色のまじった派手っぽい銘仙の後姿は、幅のない肩の丸みと釣り合って、一瞬嫁

入り前後の娘と見まがうほどだ。

——おばさんのようなひとには、ここらあたりの獅子なんぞ、退屈で見てられなかったろう、と伝伍が囲炉裏から声をかけた。女がびくんと肩をすくめてふりむき、すぐに目を落とした。

——おばさんのようなひと……、とくぐもった声で呟きかえした。

——町場育ちのってことさ、と伝松は意味を引きとって答え、筵の脇に藁の束を放った。すると、ごく自然な頭の働きで、この女は獅子舞いの場で若い衆にからかわれたに違いない、それを苦にして悄気《しょげ》ているのだと思う。

——おばさんも一緒にどうだ、と茶化し気味にいって、彼は板の間へあがって行った。女は馴れた身のこなしで土間の隅から粗朶をひと抱え取り、囲炉裏の木尻に置いた。そして、その横にあがりかけてから、急に気づいた容子で、

——ああ、着物が汚れて……、汚しちまった、おかみさんのやつを、といった。片裾を両手でたくしあげ、泥がこんなに、といったきり、どう仕末したらいいのかわからずに怯えている感じだった。

——だからこの坂はいやだっていうんだ。とけた雪でどろんどろんなんだよなあ、とどぶろくの壜を持ち出しながら伝伍がいう。しかし、坂のせいではないと伝松は即座に了解している。そういうことはあからさまにして置いたほうが却っていいというつもりで、

——若い衆に追い廻されたな。なまじ避けようとすると、やつらはなお面白がって追って来るものな、とさばさばいってやる。

——はぁ、と曖昧に女がうなずいた。

——若い衆っていったって、威勢のいいのは、大方忠霊塔にはいっちまったろう、と伝伍がいった。

——お前はうちに坐ったまんまだからわからない、と伝松はいう、松雄なんかもその口だが、外地に行って苦労しなかった連中は力があり余ってるから、こわいもの知らずで、天皇も糞を垂れるなんてえ紙を張り歩いてる……。

——松雄さんには助けて貰って……、と女が不安定な高い声でいって土間へしゃがんだ。尻のほうにも泥がついているかどうか確かめているようだった。

——青年や酔っぱらったひとが変なことをいうのを、黙れって叱りとばして呉れて……、とその姿のまま顔をうつむけて呟いた。

——変なこと、近ごろの変なことってのはどんなのか

ね、と伝伍が茶椀のどぶろくを音を立ててすすった。

——だるまっていわれました、と女はいった。早口にすらっといった。特別なことを口にした感じはなかった。伝伍がのんびりと、

——だるまか。そういえば少林山の達磨市は済んだのかい、もう、ときいた。座敷のほうへ首をしゃくって、年神さまの棚には煤けた古いのしか載せてなかったが、といった。

伝松は口を噤んだ。上唇を歯の間に繰りこむようにして口をとじ、のどと胸の間で、だるまということばを息のあげさげに従って動かしてみる。最初女がやって来た夏の日のことが浮かんだ。所書きと藤井伝松の名を書いた紙きれを、瞞されたといって口の中へ押しこみ、恥辱を陰すように呑みこもうとした……、嚥みくだせずに反吐を吐いた……、あの文字を誰が書いたのか明かそうとしなかった……、しかしそうやって女を送りこんで寄こした人間がいるのだ……、女の身もとを知り、なおかつこの自分の生活を知っている誰かが……、だるまということばは、その誰かがあからさまにか、ひそひそ声でか、いい触らし、広めたものに違いない……、それが今、半年たって女自身に吐きかけられた……。いや、もしかするとそれは考え過ぎかもしれない、現に百三などは一目見てすぐ、だるまだと断定することばをいった……、そういった式で、身もとの不確かな女を怪しい怪しいということから、自然にだるまと呼んでしまうことだってある……、自分にしても、どこかよそのうちにこんな女が舞いこんだのを知ったら、どうせだるまの類だろうなどと軽口を叩くかもしれない……、とすれば、若い衆がからかったり、なじったりしても別段……。

——親父よう、とふいに伝伍が声をかけた。眉根を寄せ、訝るように彼のほうを覗きこみ、女の商売の、あのだるまの話か、とやっと気づいたというふうに訊く。

——おばさんにききな、と伝松はわざと面倒臭そうに答え、土間のほうへ首を振った。

——はい、と女がいった。ゆっくり立ちあがって、そうです、はい、とまたいった。丸みのある瞼を燃えの弱い粗朶の炎のほうに向け、眼を凝らして動かさないでいる。

——それじゃ、あんたは……、とあわてふためいて伝伍がいった。それでことばがとぎれ、女の顔つきに見とれている。気楽な世間話にすればいいのにと彼は思う。そのつもりで、

——よくある冗談さ、派手な着物姿だとすぐいわれっちまう。これが今の東京なら闇の女とでもいうわな。お

うむがえしに、

——闇の……、と伝伍が呟く。

だが女はまるで聞こえなかったように火じろを見つめたままだ。粗朶に杉の葉が混じっていたらしく、赤味の強い炎が立った。せわしなく燃えすさり、木尻の女のほうにそのゆらめきが近づいた。すると、彼のなかで出しぬけに別な考えが走り抜けた。この女は自分がだるまだということを肯定しているのかもしれない。そうですと答えたのは、そのことばでからかわれたという意味ではなく、実際にそれが自分だといい切ったつもりなのかもしれない。思わず彼は相手の薄光りする銘仙の姿全体に目を走らせた。だが、軀恰好には居直ったような感じはみじんもない。ただ無心に、こちらの視線を吸いこんでしまうようにその場に立っている。

——腹が減った、おれ、と急に伝伍がいった。話の区切りがついたと勝手に決めこんだ口調だった。女が目をしばたき、とっさに目覚めたという容子で、

——ごめんなさい。今すぐなにします……。この泥をちょっと落としてから、とちまちました動作で井戸端の戸口へ向かった。ぬかるみで尻餅をついた感じの焦茶色の汚れが、着物の腰と一緒にゆれ動いた。伝松は溜息の代わりに、音をしのばせて胸いっぱいに息を吸った。今まで、女、と頭のなかで呼んでいたにもかかわらず、相手を生身の女と思うことはほとんどなかった。それが今、思いがけないなまなましさで、女、として見えて来る。




——注いでくれ、おい、と彼は伝伍のほうに茶椀をさし出す。急に襲って来た気持の負担をやわらげたいと思ったからだ。

——いいおばさんだ、と注ぎながら伝伍がいった。うちは母ちゃんがきつい質だから、あのくらい気のいいひとがいると釣り合いが取れる。

——あぁ、と彼は気持を出さずに答え、ずるずると酸味のたったどぶろくを飲みこんだ。

表の板戸が何の前ぶれもなくがたっと鳴った。軀をぶつけるような音だ。続いて松雄の声が響いた。

——おい、ばばぁ、だるま、いるか。叫びと一緒に拳で戸を叩く。酔いにまかせた投げやりなどなりかたで、

——だるま、いるのか、出て来い、いるのなら。

——ばかぁ、と伝伍が叫びかえした。腰と腹をゆすって精いっぱい声を出したので、茶椀のどぶろくが指にこぼれた。それを急いで舐め、

——きさまぁ、とまたいった。声を落として、親父、やつを一丁絞ってもいいか、と訊く。

――無理だ。そのぶよぶよ軀じゃあ。お前がやられる、と伝松は答えた。

戸を引きあけて松雄がはいって来た。獅子舞の黒いたっつけ袴の上で、カーキ色の上体が水をかきわけるように前後に揺れている。

――逃げたか、あのだるまは、と息を切らせていった。いいざま、ぼろきれの束を蹴とばす。伝伍が中腰になって、

――よせ、きさま。そんな呼びかたをするもんじゃあない、とたしなめた。

――はーん、兄貴もなにか、とふらつく軀がこっちを向いた、鼻毛を引き抜かれたのか、あのだるまに。

――鼻毛……、鼻毛とは何だ、と伝伍がぼんやりした口調で訊きかえす。

――南方呆け。親父ひとりがのぼせてるならともかく、兄貴まで誑されたんじゃ、人さまの嗤いものになるのは当たり前だあ。

女が井戸端で聞いていると彼は思った。首をすくめ背筋を固くしている姿が目に浮かぶ。

――松、お前はどうなんだ。そうやって騒ぎ廻ってれば讃められるわけか、と水をかけるように伝松はいった。と、そのことばに誘い出された感じで、女の軀の半



身が戸口にすっと現われた。目を伏せて、伏せた目で松雄の足もとを見ている。だが松雄のほうは気づかずに両手をだらしなくゆらし、

――こっちはあのあまを若い衆から庇って呉れたんだ。だってのに、だるまの畜生め、ぬかるみのなかでおれに背負い投げを食わしゃあがって……、それで逃げやぁがって……。

――ふうん、見当がついた、と伝伍が考え考えいった。きさまは恩着せがましくなんだろう、つまり、あのひとにちょっかいをかけて、自分ひとりいい目を見……。

しゃっくりが湧いたように伝伍のことばがぽっきりと切れた。戸口の姿に気づいたのだ。松雄がその視線を追って顔を向けるのと同時に、女の軀が動いた。土間の隅のほうまで横動きにすさって行き、身を守るようにしゃがんで、

――勘忍して下さい、と地面へ手をつく。そこまでが一息の動作なので、松雄のほうもあっけに取られたままだ。

――おばさん、止しなよ、そんな……、と伝伍が困惑した声でいった。

――ほんとに申しわけありませんでした、と、また女が頭を下げた。だが、松雄は却ってそのことばに勢いづ

けられた容子で、どさどさと近づいて行き、よろける足を踏みしめて、

――だるまぁ、と、どなった。女の顔が撥ねるようにあがり、囲炉裏のほうを見た。丸い目が伝松の視線を探すようにちらちら動いた。今出て行ってやらなければ、ととっさに彼も思う。酔っぱらいの倅を押しとどめるのは自分の役割だと思う。にもかかわらず、軀のほうは気持の速度について来ない。自分で自分がもどかしいような感じだった。

――お前、松雄、と伝伍が怯えた声を出したとき、松雄は踊りあがるように足を踏み出し、ばばぁ、と、女の肩口を蹴った。小さい軀はあっけなく後にのけぞり、隅に積んである粗朶の束に頭がぶつかる。ああ、ああ、と伝伍が鈍い悲鳴をあげ、だるまなら股を開け、と松雄がまたどなった。

――いい加減にしろ、と伝松ははじめて腹に力のはいった声を出した。自然に腰が浮き、すばやく土間へ降りていた。

――なんだ、親父はなんだよう、と、嵩にかかった口ぶりで松雄がわめいた。こいつが、だるまがかわいいっていうのか。

――獅子の所へ戻れ、と彼は勢いを殺していった。挑発したくないと思ったからだ。

――戻れだと……、松雄が気の抜けた声になる。

――そうだ、おばさんには後で謝っとくから、早く行け。坂に気をつけてな。

伝伍がこれで仕末がついたという口ぶりでそういうと、うるせぇや、と松雄の調子に荒びた気分が一挙に戻った。

――謝るとはなんだ、謝るとは。このあまのために、うちじゅうが恥をかいてるんじゃねえか。親父がだるまを抱えこんでるってんで、母ちゃんまで笑われてるんだ。兄貴にはそれがわからねえのか。

地団太を踏むように黒いたっつけ袴が土間を踏み鳴らした。そうか、そういうことをいう人間も少なからずいるだろう、と伝松は思った。

――わかったよ、松雄のいい草は、と彼は口早にいった。と、あおむけのままの女が粗朶につかまって軀を起こしかけ、低い声で何かを呟きはじめた。間違いが……、とそれだけ聞こえたとき、

――黙れ、だるま、と、軀を踏みつけるような勢いで松雄の脚が動いた。が、その勢い以上の弾みで足もとがずずっと滑り、腕が宙を引っかく動作を残して、前のめりに倒れこんだ。上体が女の肩先を叩き伏せるような落

ちこみかただった。

——何だ、お前、何を……、と伝伍がうろたえた声で叫ぶのを耳にしながら、伝松は地べたの二人のほうへ寄って行く。うおっと呻くような悲鳴が足もとからあがった。下から撥ねあげられた形で、カーキ色の背筋が反りかえった。悲鳴が細い声でもう一度続き、眼と頬のあたりを押えた松雄の顔がぐるっとあおむけに廻った。軀全体がその動きに従って回転し、こたりと地べたに伸びる。女が跳ねあがるように立った。小枝を鋭く削ぎ落とした粗朶を手に握っていた。それが手から落ちた。あたしは……、と、息を吸う音で呟いた。

——畜生、畜生、と伸びた軀が呻いた。駄々をこねるように足をばたつかせた。伝伍が近づき、手で押えた松雄のその片顔を覗きこんで、

——血か、血が出たのか、と、のろい口調でいった。ことばに誘われて身をずらすと、彼にもそれは見えた。指の又から黒っぽい液が盛りあがり、見るまに手の甲に筋を引いた。

——手をどけろ。目は大丈夫か、と、彼はいった。傷を見るつもりで松雄の腕に手を伸ばす。拒むようにその腕が震え出し、

——見えねえよう、死んじまうよう、と、ふいに松雄が泣き声でいった。子どものような泣き喋りだ。馬鹿ぁ、貴様ぁ、と、急に伝伍が兵隊ふうの強い声で叱咤し、すばやい動作で松雄の袖口をつかんだ。弱音を吐くな、とそれを手荒く引っぱり、

——何だ、これは。鴉の爪がひっかいたようなもんじゃないか、貴様ぁ、といった。

——薬箱を取って来る、と伝松はいい、板の間のほうへ歩き出す。あの箱はどこにあったろうか、座敷の戸棚のどっち側だろうかと頭がめぐりはじめたとき、急に胸がからになるような大ぶりの溜息が出た。すると、その溜息とは正反対に、いい年をして自分は事のいちいちを深刻に取りすぎていると思った。女の前身が淫売であろうがなかろうが、このおれにはどうということでもない。倅がそれを騒ぎ立てても、構わずに放って置けばいいのだ。よいしょ、と彼は大声でいって、あがり框に足を弾ませ、板の間を踏んだ。旦那さん、と囁くような女の声がした。いつ追って来たのか、すぐまうしろから呼ぶ声だった。

——うん、話はあとだ、と彼は振り向かずにいい捨て、座敷に向かう。ああ……、と縋る感じの高い声がした。そして、

——いろいろお世話になりっぱなしで、と、女がいっ

た。また忍ぶような小声なので、

——なにが……、と意味がつかめないまま彼は首をまわした。女が框に両手をついて頭を下げているのが見えた。髪がいつもより黒々しているとぼんやり眺め、それからふいに、逃げ出すのだ、と目を叩かれるような感じで気がついた。今この女は逃げて行く。

——長いこと、ありがとうございました。とその髪が板の間のふちをこすった。下げた頭を震わすように横ゆすりしていた。

——行くのか、と彼はとりとめなく口の先でいった。それ以上のことばが出て来なかった。はい、と答えてから女は顔をあげた。だが眼は彼を避けていた。その伏目のために、引き止めて欲しいというつもりなのかどうか解らなかった。

——今すぐにか、と彼はもう一度ぼんやりいった。と、女の顔がぐるっと向きをかえ、土間に寝ころんだままの松雄と、その顔の血を拭いている伝伍のほうを見た。

——お騒がせしてしまって、かきまわすような真似をしちまって……、と呟いた。

——あれはただ松雄が飲んだくれて……、と彼が大声で打ち消しかけると、女の姿が身震いするように首を振った。その瞬間に眼が合った。光のない穴ぼこのような眼だった。

——それじゃあ、行きます、とせき立てられたように、それだけ大声でいった。そして、薄く減った下駄の音を土間に響かせ、小走りに庭の戸口に向かった。散らばったぼろきれの束をひとつふたつ跨いで行く。

——おばさん、どうしたんだ。これは何でもないのに、と伝伍があっけに取られて叫ぶ。戸口を抜け出た女の軀の上に西陽がいっきに走った。銘仙のなかのとびとびの黄色が光を撥ねて舞った。

——家出か、家出なのか、と伝伍が虚ろな声でいったとき、戸口にはもう姿はなかった。振り返りもせずに出て行く、と伝松は思った。

——何だよう、何だってんだ、と、呻きながら松雄が上体を起こした。不安定に顔をゆすぶって、あたりを見廻している。その顔の半面が、流れた血とそれをこすった血とで、赤黒く斑らになっていた。彼にはその色が、このうちに残して行った女自身の血の色のように見えた。夏の始めから飼犬のように従順に働いてくれた人間を、自分が見殺しにしたのだという気がした。今あの小さい軀が雪どけのぬかるみ坂を滑り滑りして降って行くと思うと、ソレヲ啞エテ、谷底へ落トス、という獅子の節が繰り返し胸のなかで鳴った。

## 六章――

　坂下に仮橋がほの見えて来た。去年流されたあと、応急に杉丸太を三本括りつけたものだ。自然に足が早まる。その動きにつれて道がみしみし音を立てた。昼間ぬかるんだ路面がいびつに捏ねられた姿のまま凍てつきはじめているのだ。ここは川風が吹きあげて来る場だからと彼は気づく。山へはいるには足拵えが不十分かもしれないと思いつく。ゴム長の上に荒縄を巻かないと、あの一丁八丁の急傾斜は溶け残りの雪がつるつるになっていて足を取られそうだ。途中の田んぼで藁屑でも拾って縛って行こうと伝松は考える。と、出しぬけに川しものほうから賑やかな笑い声と拍手が響いて来た。獅子宿だ。まだ若い衆がかなり居残っている。今年の当番は慶ちゃん水車《ぐるま》のうちだったと気づき、そのほうを透かし見た。星あかりでトタン屋根の鋭い角々《かどかど》が銀色に光っていた。トタンは闇で手にいれたがコールターを塗るのは夏場になってからだという噂話がぼんやり甦る。百姓にとって闇ほどありがたいものはないと慶ちゃん水車は自慢していた。そんな意味のことを七枝が喋っていたのを



思い出す。そういえば、今自分が女に持って行ってやる三枚の百円札もその闇のおかげだと彼は思い当たった。

　屑米を精米所に持って行ったとき、そこに百三がいた。誰彼なしに待ち構えている感じで、こんなに沢山米の粉を碾《ひ》いて座敷いっぱいをお繭玉で飾り立てる気かとからかったあと、一斗とちょっとの半端のほうの叺《かます》を強奪するように取りあげ、二百円を押しつけてから瞼をそろばん玉のようにぱちぱちさせて、もう一枚足して寄こした。そして声をひそめ、まる子さんの味はどうだい、と、きいた。こっちが女とそういう係わり合いになっていると決めてかかった口調だった。彼は弁解する気も起きず黙っていたが、女が寄りつけば銭が出て行く、この金は嬶にも内緒にしとけよ、と百三は笑いながらいった。あの日自分はなぜ七枝にこの三百円を陰しだてしたのだろうか。聞こえ出して来た低い瀬音のなかで、思いがけなく伝松は自分の心のありようを探っている。あのときは、女が逃げ出して行くことはもちろん、それを追いかけて金を渡してやろうなどとは露ほども予期していなかったというのに……。もしかしたら、百三のことばを表面馬鹿にしながら、気持の隅では真に受けていたのかもしれない……。

　風が鼻先で唸った。仮橋にかかる寸前で、その刃が頬

と首筋の上に斬りかかって来る。急いで腰の手拭を取り頬かぶりをしたとき、おれはやはり人目を忍んでいるという気分に伝松は襲われた。まるで誰かがこっちの姿をあざ笑っている感じで、獅子宿のほうからどよめくような喚声が聞こえる。一時が鳴るのを確かめてからうちを出たのだから、もう獅子も最後に取りかかる筈だと彼は思う。最後は確か獅子頭に刀を縛りつけ、それで斬り合いの真似ごとをするやつだったと思いながら杉丸太に足を乗せて行く。だが踊りを呼び出す笛の始まる気配はなかった。代わりに、高い調子で流行歌のようなものが聞こえ出した。何人もが声を合わせて乱雑に歌っている。橋の半ばを過ぎたあたりで、ああ、耳覚えがあると彼は気づいた。そう解ると急に歌詞が明瞭に聞きとれるようになる。勘太郎だ、伊那の、と、思った。今の若い衆はこんな昔の歌を唄っている。他に何かありそうなものだという気がするが、それがどういうものか彼には解らなかった。足もとから丸太のきしみが消えてからも、暫くその歌声が背を追って来た。終わると短いどよめきがひとつだけあって、声が急に遠のき、自分の長靴の音だけが残る。無意識に誘われた感じで彼は歌をのどもとで繰り返した。……桑を摘むころ、会おうじゃないか、霧に消え行ぅく……。ふいに気持が穏やかなものに変わって



いた。半年働いてくれた人間に自分は餞別を渡してやるのだ。相手が睡っていたら、枕元に置いて来ればいいと伝松は思った。

　女はあれから、庭へ飛び出した足で獅子宿に行き、七枝に着ている羽織着物を貰いたいと頼んだという。七枝は花枝をすぐうちに戻し、白米を二斗南京袋に詰めて女に渡させた。まともに往還を行くと村はずれで駐在につかまる恐れがあるから、山越しするように教えたという。日が暮れかけているのを女が不安がった。花枝は昨日うちの炭焼窯が火止めをした所だから、横のさしかけ小屋で一晩明かして朝発ちすればと教えたのだという。それらの話を遅い夕めしの間に伝松は聞いた。あの女は金を持っていないのじゃないか、ということばがそのとき口から出そうになった。しかし彼は黙っていた。うちの者にはいわずに自分が届けてやろうととっさに決めた。現金を渡してやるという話になれば七枝はもちろん、弓子も渋るに違いないと思ったからだった。これでいいのだと再び彼は思う。山の黒さが目の端から端まで覆い始めたのを感じながら、あの窯までなら無理に急がなくても往復一時間半だと思う。足場が悪くて二時間かかったとしても、うちの者が誰も目を覚まさない間に帰りつけるはずだ。と、そこまで頭がめぐって行ったと

き、もし女が睡らずに起きていたらという考えがふいに頭をもたげた。自分は何と挨拶をするだろうか。長い間御苦労さま。いうことはそれだけか。それで終わりだろうか。いや違う。ひとつだけ訊くことがあった。お前をおれの所へ送りこんだのは誰だということだ。女は、瞞されたといっただけで、その人物のことをぼやかし続けた。だが、今すべて終わりになるとすれば、訊き出して置きたい。ひょっとしたら獅子舞いの人出のなかで、彼女は当の瞞した人物に出会っていたのかもしれない。松雄とのことだけではなく、それがおれの所から逃げ出す原因になった。そう考えるほうが、あわただしい夕方前のあの出奔のしかたが解りやすくなって来る……。

道の右手が杉林にかかった。目の高さが闇になった。だが足もとは溶け残りの雪でむしろ定かな感じに映《うつ》る。左手の道下に一面凍りついた田んぼが見えはじめる。山裾にそのままつながる最後の日影田を、子どもたちがスケート場にしている所だ。斜め半分が杉の影を吸い取って青黒く、残りの部分は特に光ることもなく頼りない白さで広がっていた。勾配が急にきつく感じられ、一丁八丁の最初の曲がりにかかると、日影田の白い氷の上に幾節ものひっかき傷のような線が見えた。昼間子どもたちが下駄スケートで滑った跡だ。自分は滑ったことはないが、スケートの下駄を拵えたことはあると伝松はぼんやり思い出す。あれは伝伍のためだろうか、松雄だったろうか、鉄沓屋の兄貴の所へ行って刃を打って貰った……。銭金で頼むのもなんだから、小豆の二、三升でどうだろうかと訊くと、伝松もようやっと落ち着いた百姓になったなあ、と兄貴がいった。いたわる口調だったような気がする。落ち着いた百姓……。そのことばからすると、伝伍が小学校へあがるようになった頃だろうか。関東大震災の翌年あたりかもしれない。農事小組合と養蚕組合にいれて貰ったあたりの時期だ……。

ほとんど人が登り降りしなかったらしい急坂の雪は、凍りはじめたばかりで却ってさくさくと歩きやすいくらいだった。暗がりをひと曲がりすると、杉を抜き伐りしたあとが空に向けてぽっかり穴をあけている。そこから杉の緑に染まった星明りが落ちて来て、闇を斑《まだら》なものに変えていた。じぐざぐを幾つか折れ曲がると、すぐに軀が汗ばんで来た。荷物なしなのに膝がきつい。もう走り詰めのように働き続ける年は過ぎた、とふと思う。年寄りのように、曲げた膝にそのたびに片手をかけて押しやり、

——まったく、一丁八丁とはよくいったもんだ、と彼は大声でいった。声に出すと、一緒に坂を登っている人

間がいるような気がした。そして、自然に女のほうへ気持が動いて行った。何も鳥が飛び立つように出て行くことはなかったのにと思う。松雄が戻り伝伍が帰って来たのだから、確かに働く手は足りるようになった。だが、そういう時こそ百姓をもうひとまわり大きくしなければ駄目だ。開墾もある。山羊も豚も鶏もある。いや、それだけじゃない。農地改革ってやつがある。まだどう転ぶか見通しは立たないが、実際の耕し手を優遇するというのだから、一人でも余計に働き手を持っているほうが勝ちだ。恐らく女はそういうことを何ひとつ考えずに、ただ自分がいらない人間になったと思いこんだに違いない。そう思って、出て行くきっかけを探していたのかもしれない。

——馬鹿だなぁ、と、荒い吐息と一緒にまた声を出す。何もあの程度の諍いごとで飛び出して行くことはなかったのだ。嫁に行きそびれた娘が一生うちの手伝いをして終わることは、そう珍しいことではない。そんな調子でずうっといてくれてもよかったのに、と伝松は思った。

急坂を登りきると杉林が切れ、行手が遙かに明るんで見えた。楢を主にした雑木の小山が右にも左にもうねうねと続き、枯葉とはだれ模様を作っている残り雪が、その小山に遠近感を与えていた。息をたて直すこともなく、彼はゆるい傾斜の山道を早足で辿る。もう一度、一生手伝いとしてうちに居ついてくれてもよかったという思いが戻って来た。こんなことにならないうちに、一家の主人としての自分が、それをいい渡してやればよかったのだという気がする。いずれ仕事を切りまわすことになる伝伍も弓子も、おばさん、おばさんと呼んで好意を見せている。だから女さえその気持になってくれれば……。

ふいに彼はぎくりとして足をゆるめた。最初から女を呼び戻す気でおれはこの真夜中に出かけて来た。最初からそういう肚づもりだったのかもしれないと感じたからだ。しかし、伝松はすぐに首をゆするように動かして、自分の気分を自分で打ち消した。道端の雪の表面を掌でなぎ払い、その下の柔らかい雪をひとつかみ取る。急いで口にいれる。舌を彎曲させ、熱いものを含んだときのような息遣いで嚥みくだす。唾液をすぐそのあとから送ってやりながら、ゆっくり考えを固める。もし女が戻って来るとすれば、それは本人がそういう望みをうちの者全員に改めて切り出さなければ駄目だ。その前に自分が取り決めをするようなことではない。伝松はひとつ大きい溜息をつき、自分の頭は今同じ所を行ったり来たりしていると思った。夜がそういう考えを強いているのかもしれないが、もう止めだ、これ以上何も考えまいと思い定め、また足早に歩き出した。

尾根へ出ると、そのまた向こうに黒々とした尾根の輪郭がある。その中間の窪地に窯があるのだが、今辿り着いた丸尾根からは、まだ窪地は見えて来ない。林のなかへ踏みこんで行く。そこからは自分の持山なので、もう道に従って行く必要はなかった。堆肥作りのために落葉が掻きつくされて黒い地面が露出した上を、彼は窪地に向かって斜めに降りて行った。東南向きのその傾斜には雪はほとんど無かった。加速度がついて、いつの間にか駈け足に近い大股になっている。櫓の下枝で顔を打たれないために半纏の肘を張り腕を立てる。その腕に当たった何本もの小枝が一度撓《しな》ったあと、細い音で空気を切った。音がやむと立木のない広みに出た。炭を焼くために暮に伐り払った区画だ。あのときは女も弁当持ちで一日中手伝いにここに来た、と伝松は急に思い起こす。はじめて鉈《なた》を握り、危っかしい手つきで下枝を払っていた姿が目に浮かんだ。結びめしに味噌をつけ、それを朴の木の葉でくるんで焼いて食ったことがあった。押麦半分のぼろぼろめしなのに、こんなおいしい御飯生まれてはじめて、と女は何度も繰り返し、焚火の火照りで艶のない顔を真っ赤にしていた。あんたはどこで産まれて、どこで育ったんだ、とあのときつい訊ねそうになって、しかし結局は訊ねなかった。そんなことがあったと思い返していると、自然に足がのろいものになった。さっきまで目の高さにあった向かい側の尾根が遙か上のほうに見え、その北向きの斜面が雪で覆われているのに気づく。雪は星明りをはねかえすような際立った白さもなく、ただ寒々と薄闇のなかに広がっていた。夕方女自身もこの山仕事の場所を通っただろうか、とふと思う。通ったとすればその日々を懐しんだろうか。いや反対に、この寒中に立ち去って行くその恨みのようなもので思い出していたかもしれない。

小屋の藁屋根のてっぺんが仄かに見え出した。目を据えて五、六歩寄って行くと、そのささくれ立った藁がかすかに風にあおられているのが見てとれる。窯の余熱が風を呼んでいるのだと彼は気づいた。隣に黒灰色の窯の上部も見えはじめたが、火を止めてあるので煙らしい煙は昇っていない。余計な物音を立てて相手を目覚めさせることはないというつもりで、窯の側へ大廻りする形で降りて行く。香ばしさと燻《いぶ》さの混りあった空気がゆっくりと鼻にしみて来る。寒気に馴れきっていたせいで、鼻の奥がむず痒くなった。山奥から急に人臭い場へ出て来たような感じだった。

窯横に切ってある短い傾斜道を降りる。半纏の裾が熱気を掻きまぜ、軀全体がその熱い唸りに捲きこまれる。急いで通り抜け、焚口の前の平場に出た。窯と並んだ形で、一間《けん》半ほどの庢にさしかけてある小屋は、入口が垂れ蓆《むしろ》で塞いだままだった。無造作に近づきかけてから、彼は急に思いついて頬かぶりの手拭を取った。三百円の金をただ枕もとに置いても、あとで相手がそれに気づかなければ何の意味もない。毛糸の腹巻に手をいれて、一枚ずつ四つ折りにした札を三枚取り出す。それを手拭の一方の端にくるんで縛る。この手拭を蓆のまんなかに結んで垂らして置けば、間違いなく目につくはずだと彼は思った。しかし、と、すぐに迷いが起きる。結んで置くのは蓆の表側でいいのか。それとも女が目覚めてすぐ見あげる小屋の内側のほうが安全というものか。

女の腕に縛って置けば簡単だという思いつきが、とっさに頭のなかに湧いた。屑米を闇で売った金だが、まともな供出の値で行けば三俵にも当たる額だ。それを渡してやるのだから、やはり絶対確実なやり方でなければならない。垂れ蓆のまん前まで足音を殺して寄って行くと、だが、とまた戸惑う心が起きた。寝ている女の腕に括りつけるという動作が、これからそれをする段になると、妙に後ろ暗い振舞いに思えて来たからだった。こめかみで小さい動悸が鳴った。これではまるで夜這いに来た若い衆と同じではないかという気がした。

——おい、と彼は遠くにいる人間に声をかけるような、あけひろげの調子でいった。自分の気恥ずかしさをはねのけたかった。相手にも忍んで追って来たような感じを与えたくないと思った。

——起きなよ、おれだ、と同じ口ぶりで続けた。だが返事はなかった。蓆の表面を軽く叩いて揺らし、

——金が無くちゃあ難儀だと思って、届けに来たんだ。

聞き耳をたてるつもりで蓆の編み目に顔を寄せる。しかし、なかからは何の気配も感じられなかった。

——おい、と今度は荒い声で呼び、次の瞬間、ここへは来なかったんじゃないかと彼はふいに気づいた。七枝が教え花枝がいったとしても、雪が残っている山に独りではいって来るほどあの女は気丈ではない。泊るのはもちろん、山越しという手だって、よほど土地柄に馴れた者でなければ簡単に択ぶはずはないではないか。

——ごめんよ、と彼はいって蓆の端に手をかけた。万一寝こんでいて声に気づかなかったのなら、乱暴なやり方で済まないという意味でだった。たくしあげながら勢

いよく捲くる。星明りはほんの入口を曝して見せただけだったが、人気がないことは直感で解った。やっぱりそうかと思った。蓆の端を掲げた手をおろす気にもなれず、彼は呻き声に近い吐息をついた。窯に面した奥の横手は囲いをしてないので、そっちから寄せて来るもわっとした熱気が静かに顔を撃った。眼が馴れ、藁を敷きつめた奥の奥までがぼんやり見とおせた。何もなかった。放り投げるように摑んでいた蓆の端を落とす。その下隅が入口の柱に引っかかり、垂れた裾が斜めになった。

——馬鹿が、と彼は相手にともなく自分にともなく呟き、その部分が平らに地面につくように長靴の先で軽く押しやった。と、その爪先に重みのある手応えがあった。藁がきしむようななかすかな物音がした。

柱のかげに何か置くようなことはしていなかったはずだと彼はぼんやり考えながら、もう一度蓆をめくった。白いものが眼にはいった。米だ。米がこぼれている。そして目立たない色の南京袋が柱の根もとで横倒しになって口を開いていた。思わずしゃがみこんで袋の口に手をやる。こぼれ出た白米を押しこみながら袋を縦にして行く。女は来た。ここにいた。南京袋をこの柱に立てかけて置いたのだ。彼は手探りで敷藁を五、六本摑み取り、まるで今までその仕事をし続けていたようなすばやさで袋の口をくくった。動作のつながりで袋をとんとんと地面にゆさぶり落とし、安定させてやると、はじめてゆるやかな溜息が出た。無駄足ではなかったと思った。米がここにある限りは取りに来るのだから、手拭の金をこの袋の口に巻いて置けば問題はない。

すぐ帰るつもりの中腰で、伝松は袋の口に手拭の端を挿み、金が包んであるほうを入口の柱にひとめぐりさせる。腕と腰の動きが蓆をそのたびに押しのけ、外の弱い光が敷藁と地面をちらちら明るませた。米粒がまだ大分散らばっているのが解る。もったいないと思う。籾ならまだしも、八分以上に精米した米だ。集められるだけ寄せて置こうと思い、彼はまたしゃがむ姿勢になった。すると、この寒い真夜中に女はどこへ出て行ったのかと、まっさきに怪訝に思うはずの疑いに、やっと頭が辿りついた。大小便なら近間で済む場所だ。水だろうか、のどが乾いて。しかし目の前の北斜面には雪がある。だとすれば、寝つけずに辺りをほっつき歩いているのか。南京袋の米を、口をあけたまま こんな入口の柱の所に置いて……。

だしぬけに不吉な気分が襲いかかって来た。女は米を捨てて行った……、ここで睡るつもりもなく、取りに帰るつもりもなく無造作にうっちゃって行った……、ということは、ただ当てもなく奥へ奥へと山をはいって行った……、はいって行って、どうとでもなれという捨鉢な気分で……、自分で自分の軀を棄て去るような、そういう心持で……。伝松は寄せ集めた地面の米粒を無意識に固く握っていた。それに気づくと、米を捨てて行ったと思ったのは、今自分の掌がそれを拾おうとしていたことからの連想に過ぎないのかという気もした。握った米粒をひとつまみ口に放りこみ、彼は小屋の外に出た。切れ味のある寒気がいっきに軀を締めつけて来た。じきに胴震いがはじまる。やっぱり何かあった、とその震えのなかで思った。この冷えの山の中を悠長にうろつくことなど出来るはずはない。

　大声で呼ぶつもりで胸に息をいれる。目をあげて、ぐるっと見渡す。雪の北斜面は伐採あとの禿山だから一目で人影のないことが解る。南の傾斜はさっき彼が降りて来たところだ。檜の裸の枝が薄明りで蜘蛛の糸のように透けて見えた。動くものがあればすぐに目立つはずだ。伝松は呼ぶための息をただ太く吐き出した。息のけざやかな白さが顔の先で反りかえり、千切れて消える。風があるのだとはじめて気づく。山の狭間のようなこの縦長の窪地を、風がそのまま通り道にして西から東へゆるく吹き抜けているのだ。彼は何気なく、風の来るほうへ向



かって息を吐きかけ、窪地を五、六歩辿った。すぐに立ち停まり、また何の成算もなくのろのろ引き返す。眼が意味もなく地面を這う。牛が丸太を曳いた跡があった。ところどころ赤みのある土がむき出しになっていた。光の加減でそこが火傷の痕のようにてかって見えた。ああ、と彼は胸のなかで声をあげた。こういう、あてどのない焦立たしさには覚えがあると思った。軀全体で舌打ちしたいような心持なのに、それは誰にも伝わって行かない……、伝わって行かないまま来る晩も来る晩も、おれは山の中をうろつき歩いていた……。

　あれは冬ではなかった、と伝松は思い出す。春祭りも済んでからのことだ。そうだ、百三はぜんまいを採りに来たついでに寄ったといっていた。仔牛と七枝の件で即座に伝次郎兄に叩き出され、その足で山にはいってから最初に七枝の消息を伝えてくれたのが百三だった。馬喰宿で元気に女中仕事をしている、とあっさりいった。しかし別れぎわになってから、あれと一緒になるか止めにするか、肚を決めるのは今のうちだぜ、と突き放す態度に変わった。意味がわからずに聞きかえすと、花には蜜が溜りっぱなしだ、片眼の熊ん蜂がそいつを放って置くとでも思ってるのか、と百三はどなりつけた。意味は解ったが信じる気にはなれなかった。はた目にはそうも

見えるさ、と彼はいい、はぐらかすつもりで笑った。おい、と百三が肩をつかんだ。貴様の真《しん》の姉ごのお松ねえさんの眼玉も、はた目だなんていうのかい。

　はたちの彼は、反射的に百三の頬を張りとばしながら、その瞬間に理解した。百三が来たのはお松姉に頼まれてのことだ。七枝を救い出すのならそうしろ、棄てるならそれもはっきり形にしろ。お松姉は百三の口を借りてその決断を迫っているのだ。だが、彼には決断できなかった。ある時は、一気に山を駈けおり腕ずくでも七枝を連れ出そうと思った。ある時は、当の七枝のほうから自分の所へ逃げこんで来るのでなければ、連れに行っても無駄だと思った。夜がやって来ると、その両方の気持がたがいちがいになったり一緒になったりして襲いかかって来た。そうして、どっちとも決められないまま、決められない自分に対しても軀全体で舌打ちするような思いで、ただうろうろと夜を歩き続けていたのだ……。

　伝、枝ぶりのいい木を探すような目付きはするなよ、と百三が叫んだ。その日彼をひとり炭焼小屋の前に残して、山を降って行きながらのことばだった。見やると、ひと握りのぜんまいの薄茶に巻いた若芽で、首筋をこするしぐさをしていた。あれはこっちの表情を窺った上で百三がとっさに感じた危惧だったのか。それともやはりお松姉が、最後にそういえと命じたことばだったのだろうか。

　今小屋の前に戻って来ながら、枝ぶりのいい木を探す、か……、と伝松はのどもとで呟いてみる。よく使われる決まり文句のその響きが、何となく滑稽な感じだった。当時の自分はただ聞き捨てにしたが、首を吊るとき果たして枝ぶりのよしあしを見定めたりするものだろうか。ふいにまた風が通り抜ける。暖かいのと冷たいのが軀を割るような吹きかただ。気づくと、いつの間にか窯の焚口を通り越していた。ふりむいて小屋のほうを見る。屋根の上のささくれた藁が数本、底深い空の蒼黒さに向かって手を振るように揺れていた。意味がある合図のように見えた。出しぬけに気持が女のことに走った。枝だ、と思った。木を探して、と思った。

　無意識に首をまわし、あたりの枝の連なりに視線を辷らせる。すぐその辺に、だらんとぶらさがっている気がして身が竦んだ。だがこんな小ぶりの楢の立木では到底無理だと、眼のほうがたちどころに打ち消して寄こす。とすれば、どこの木だと思いがめぐる。林道へ出る途中に丹波栗がある。この雪斜面を乗っ越した所に大榎があった。松を択ぶとすれば……。ああ、おれは今まさに枝ぶりのいい木を探している。そう思うと急に足の力が抜け、彼は地面に膝をついた。ゴム長がよじれて上体がふらつき、そのために両手までついてしまう。粉炭と灰のしめった地面だった。軀の重みで掌がくいこみ、ぴったり吸いつけられた感じになった。

おれがこの夜中に山へ来たのは女の魂が呼び寄せたからだ、とその姿勢のまま彼は思った。屍体を見つけろといっているのかもしれない。枝からおろして呉れといっているのかもしれない。おろしたら、どうすればいいのだ……。背負って山を下れというのか……。下れば、駐在所へ行くことになる……。何者が何の理由で首吊りをしたとおれはいえばいいのか……。彼は自分が問いつめられているような気分で、顎をあげ視線を漂わせた。濃淡のない薄明りが、自分のほうを覗きこむ無数の目のように思えた。伝松がだるまをどうしたんだって、とその目が囁き合っているような気がした。それらのすべてに歯向かう心持で彼は背筋を立てた。地面から離れる手に、引っぱられるような抵抗があった。その掌を胸の前でたてよこに固く組み合わせる。それを下腹のほうに押しさげて行く。

そうして息を一段二段と吸うと、気持の根もとが頑丈で揺るがないものになった。女が死んだことをおれは隠す、と彼は思った。誰にも知らせずに自分で仕末をつけるのだ。他人の目がこわいからではない。自分一身に起こった事柄を自分一身で片付けて、そのまま黙っていたいからだ。そうやって人に自分の心のありかを覗かせないのがおれという人間のやりかたなのだ、と確かな頭で思う。屍体はここに埋めればいい。自分の持山のなかに埋めれば誰にも解りはしない。米も袋ごと埋めてしまえば、おばさんは帰りたい所へ帰ったと花枝たちもいうだろう。それでいいのだ。藤井伝松の所へ降って来た女は、藤井伝松の心の秘密のなかで融けて消えればいい。

彼は唐突に立ちあがった。この凍てついた地面に埋められるかと気づいたからだ。道具はない。仮にあったとしても、こちこちの土を簡単に掘り切れるとは考えられない。いや、道具はある、とすぐに心が翻る。小屋の奥の敷藁の下に鉈と下刈鎌が一丁ずつ予備に置いてあるはずだ。あれを使って……深い穴は掘れないが、いくつかに軀を分ければ……、手は手、足は足で切り放して行けば……。まるで百姓仕事の農作業の段取りのようにそこまで頭が進んで行ったとき、ふいに女の顔立ちが浮かんだ。小さいまんじゅうのような、白い粉ではなく、まぜもので皮の色が悪くなったまんじゅうのような顔。あれも首のところで切る……、鉈をそこへ打ちおろして……、骨を、骨の髄まで……。

彼は小屋の垂れ蓆のほうへ向かった。早く取りかからなければ時間が足りないと思った。鉈ではたやすく骨をぶった切れないだろうから、と、冷静に思った。おぞましい感じではなく、昔バラバラ事件と呼ばれたやつが東京の本所かどこかにあったと気づく。あれは鋸で挽いたのだというように覚えている。蓆に手をかけて捲くると、自分がよく知っているのは地縛り畑に埋められた吉田さんのほうだと考えが動く。そういえば、あの話は女も知っているはずだ。畑仕事の合い間に七枝が語ってきかせていた……。七枝はあれを面白おかしい昔話のように喋っていた……。だが、あの頃、当の七枝をおれがそういう目に遭わせようとした、そのことはまるで知らないに違いない……。

暗い敷藁の上を這って行き、奥の隅を手探りでめくって、下刈鎌の幅のある刃と鉈の柄に触れる。取り出し、中腰になって入口へ戻る。気がせいているにもかかわらず、その動作のなかで七枝との記憶が停めようのない勢いでせりあがって来た。釜の奥底にこびりついた古い焦げ滓が、突然強い火で焼かれて膨れあがって来るような感じだった。伝松は馴れきった手つきで鎌を腰に差し、鉈のほうは鞘を戸口に放って右手で柄をしっかりと握った。自分の目の前に山を登って来たお松姉が立ちはだかっているような気分だった。



七枝と御祝儀を挙げろ、とお松姉はいった。挨拶も抜きで、息を切らしたままのことばだった。汗で髪の毛が幾筋も頬に張りついていた。いつ、と、上半身裸の伝松は茫然と呟いた。四、五日で支度はできる、と姉は即座に答えた。その準備は済ませてあるという口ぶりだった。この糞暑いさなかじゃなしに、と、伝松がいいかけると、早くなければ意味はねえ、止めにしたほうがましだ、と、姉は断言した。それっきり黙っていた。蟬が伝松の胸さわぎを煽るように喧しかった。孕んだんだな、あれが、と、自分を納得させるように低くいった。解ればいい、と、姉は背を向けた。明日にでも山を降りろ。住まいはあたしが用意しとくから。

山は降りるが、と伝松はいった。降りることは降りるが、と繰り返すと、七枝の軀の輪郭が浮かんだ。骨ばった大柄の背が下腹を突き出している姿だった。それに伝次郎兄の膜のかかった眼が重なった。胃袋に焼けるようなものが流れ落ちた。住むところなんぞいるもんか、と伝松は大声をあげた。あのあまをぶち殺してやる、と続けていった。お松姉はゆっくりとしゃがみこんで背を丸めた。遅蒔きだ、お前の腹立ちは、といった。春先にそれだけの心持になってれば、こっちだって頭を病まずに済んだんだよ。伝松は百三がやって来た日のことをとっさに思いかえした。夜中にさまよい歩くことにも疲れはて、自分はそのことを忘れよう忘れようとしていたのだ。畜生、と、伝松はいった。歯ぎしりをして口を歪めた。自分の腑甲斐なさが口惜しかった。好きなようにしろ、と、姉がいった。七枝を叩くでも斬るでも、気の済むようにしろ。おう、と、伝松は吠えた。すっ裸にして川へ放りこんでその上から踏んづけて呉れる。

御祝儀を挙げろ、と、また姉はいった。それだけ腹わたが煮えくりかえるのは相手が好きなしるしだ。若いと思ってだまくらかすのは止せ、と、伝松はどなった。瞞されてお呉れよ、と姉があっさり答えた。わたしゃもう四十になる。親のないお前たち弟を一丁前にするために、どんなことにも目をつぶって来たんだ。さいわい鉄沓屋も種付屋もいい商売になった。伝松が事を荒立てさえしなければ、一家一族繁昌して行く。おれに泣き寝入りをしろっていうのか、と伝松はいった。そうじゃあない、と姉はいった。七枝は根性曲がりだが、その分気がきついからよく働く。働きさえすればいい嫁だ。伝松は呻き声をあげた。兄弟みんなのために、悪いことをみんなおれに押しつけるんだな、とほとんど泣き声でいった。お松姉がふいに立った。自分だけが苦しいと思うん



じゃない、と、強い口ぶりでいった。そしてふりむいて見据えた。亭主の不始末を実の弟に押しつけてるんだ、あたしは。そんな堪らないことをしなければならないように、あたしこそ何かに押しつけられているんだ……。

あのときはもう、お松姉ののどの瘤は脹みはじめていただろうか、と彼は思う。三十年だ。もう三十年もたってしまったと思う。だらりと下げていた鉈の手をひと振りして握り直す。相変わらず山は自分にとって災いの場所だという気がした。とにかく木を探さなければならない。早いところ探し当てなければ、暗いうちに埋めきれない。まず林道のほうへ出てみようと彼は決めた。女の足が道のない急斜面を登るはずはない。恐らく林道を詰めた国有林のあたりだと見当をつけ、彼は窪地沿いに西に向かって歩き出す。牛に材木を曳かせたあとが、切れたりつながったりしながら長々と伸びていた。ちょうどその線のあたりまで土地台帳ではうちの持山だと思いながら、せかせかと辿って行く。

楢林のはずれにかかると、目の先の地面で小さいものが光っていた。黄色っぽい板きれのように見えた。二、三歩寄って目を凝らすと、下駄だと解った。ニス塗りに黒っぽい緒の女物……、いや、女自身が履いて出たものだ。両方が揃えて置かれていた。こんな所で……、と、

胸の芯が打ち据えられた。そこから動悸がのぼって来て、額が箍《たが》をはめられたようになった。川流れの人間も履物を揃える。そう気づくと眼をあげて実物を見るのがこわかった。下駄ばかり見つめていると、それがぼやけて遠のく気がした。

——ばかぁ、と自分を励ますつもりで小声を出し、その勢いで顔をあげる。喧嘩の相手に立ち向かうような眼で、さっと周囲を見る。軀をそれに従わせ、ひとめぐりする。下駄の上を跳ねまたいで先を見やる。同じことだ。伐り株ばかりの北斜面は闇に融けるまで続き、彼の持山の先は榾林がもっと丈の低いものだった。ぶら下がったのではないのか、と瞬く間に気勢が削がれる。

伝松はもう一度下駄を見やった。確かに下駄だ。七枝か弓子の履き古しの。それがきっちりと榾林のほうに向けて揃えてある。その先を目で辿り、あっと思う。枯葉の掻き溜め場所だ。地形の窪みを使い、まわりに一尺高の杭を打って小枝で囲んだ、二間四方ほどの……。その枯葉の溜りのなかに……。なぜ、と思いめぐらすより先に足が動き、厓のはずれを飛びあがった。溜りのなかが見えた。薄茶の葉の無数の積み重なり。それ以外には何もない。寄って行き、杭に手をかける。赤みを帯びた葉の表と白い粉をふいたような裏側がいりまじり、汚れた池のようだ。一本横の杭に手を送り、顔をずらせて透かし見ると、表面のまんなかあたりが心持窪んでいた。

ここが死に場所、という気分がまたぶり返して来た。同時に、ぬくぬくしたいい寝床だという気がしないでもない。

——おい、とあやふやな声で彼は呼んだ。寝てるのなら起きろよ。声が僅かに谺した。それだけだ。思わず顔をそらし、雪の斜面を目にいれながら、

——いるのか、いないのか、それだけでもはっきりさせろ、と叫ぶ。生きてるのか死んだのかというつもりのことばだった。谺が幾重にも重なって最後が含み笑いのように響いた。畜生、と、伝松はその響きに対して小さく舌うちした。と、出しぬけに背中で枯葉が鳴った。きしり合う音に重さがあった。

ふりむいて杭に縋る。葉が、溜りのまんなかで波立つように動いていた。見るまに荒く揺れ、葉屑が幾ひらも舞いとび、それを追うように掌と腕が出た。安堵の声をかけるつもりで彼は息を吸った。腕がもがくようにばさりと落ち、そのすぐ脇から顔が斜めにもちあがった。

——何だい、あんたぁ、と、彼はいった。非難をこめて、そういった。しかし、聞こえたのか聞こえないのか、女は肩に力をいれ懸命に上体を起こそうとしてい

る。それが巧く行かずに繰り返し身をよじる。

――膝で立たなけりゃあ駄目だ、膝を先に立てる、と思わず彼は教える口ぶりの大声を出した。女が見た。ふいうちに合ったように唇を開いた。そのとたんに不安定な着物姿が横倒しに倒れた。枯葉のざらつく音と一緒に、

――藤井さん、と弾みのある高い声で女が叫ぶのが聞こえた。

――ああ、心配になったもんだから、と彼は穏やかにいった。金のことをいうつもりだった。

――来てくれた、来てくれた、と女ははしゃぐようにいう。動作もそれに合わせ、うずたかい葉の積みあげの上で手足をばたつかせている感じだ。

――子どものような真似をして、と思っていることが自然に口から出た。

――だってぇ、と女がいった。暴れるような勢いで上半身を立てた。丸い眼が彼の軀を捉え、

――そう思って、待ってたんです。

――待って……、とおうむがえしに伝松はききかえす。

――はい、と女は答えた。ゆっくりと眼を合わせて来て、



――こわくって、こわくって、ひとりじゃあとってもの……。だから、藤井さんが来てくれればって……、とその眼で訴えるようにいった。

彼の心に揺れが起きた。待たれていたのが、なぜ自分なのかと思う。しばたきながら相手の視線をはずし、

――小屋のなかは寝辛かったかね、と訊く。

――はい。炭焼の窯からは変な音が聞こえるし、あの蓆を知らないひとが急に捲くりあげるような気がして……。この葉っぱの中は、前に山仕事のとき花枝ちゃんとお昼寝したことがあったから……。

――気楽だなぁ、あんたってひとは、と思わず彼はいった。そして右手に握ったままの鉈を目の前にかざした。

――気楽……、といいながら乾いた葉を踏みしだいて女が寄って来ようとする。膝頭まで葉の積もりにめりこむので歩きにくそうだった。すぐによろけて立ち停まり、

――行くあてがどこにも無いんだから、気楽に睡ってでもいる他なんにも……、と開き直る感じでいった。彼は責められている気がして、

――そのことじゃあない。小屋に姿がないから、おれは木にぶらさがっていると思いこんで……、とつい口に

してしまう。

女は心持首をかしげ、まじまじと彼を見た。それから慎重に二歩三歩と近づき、

——そうですか、と沈んだ声でいった。意味をよく摑んだ口ぶりだった。

——おれはなにも……、と打ち消すつもりで彼は気ぜわしくいった。だが相手はゆっくりと顔をふりあげ、星を探す目つきで、

——自分じゃ考えもしなかったけど、そう見られて当たり前なんだねえ、といった。ことばを胸のなかに畳みこむような呟きだ。違う、おれが悪い連想から錯覚しただけだ、と伝松はいってやりたかったが、とっさには声が出なかった。同じ姿のまま女がまた呟く。

——藤井さんは、あたしが死んだと思って来て呉れたんだ。死んだあたしのところへ……。

——止さねえか、と彼は強い口調で遮った。おれは金を届けに来たんだ、三百円の……。

——死んでいればよかったわ、と彼のことばに逆らう強さで女がいった。眼が星のひとつを捉えている感じで、瞳が据わっている。

——そうして、小さい、赤んぼが死んだときのような、かわいいお葬式を出して貰えばよかった。




芝居がかっていると彼は思った。すると、何かの駆け引きのためにこんなふりをしているのかもしれないという気がした。

——葬式は無かったな、と伝松は声を押えていった。おれにはそんな気は無かった。

——えっ、とつかえるような声を出して、相手が彼を見た。われに帰った表情で眼を細かく動かした。積んだ葉の上にいるので、その顔がこっちと同じ高さにある。別れぎわだ、いうだけのことはいって置こうと彼は心を決めた。

——山のなかに埋《い》けるつもりだった。このおれんちの山に、と鉈の峰で斜面のほうに輪を描く。女の眼がその方角を追うが、

——いける……、と意味が摑めない声を出した。

——穴を掘って隠しちまおうと思ったんだ、誰にも見つからないように。誰も知らない今夜のうちに、それをし了せるつもりだった、おれは。

——そういう場所がここにはあるの、と女は現実味の乏しい口ぶりで訊いた。

——あるもんか、と彼は乱暴に答える。木を伐って、その先を削って、小さい穴をいくつもいくつも掘るんだ。

――小さい穴をいくつも……、と女が口真似をした。理解しようとして、山肌のあちこちに目を動かしている。この軀だと思い、

――まるまるは無理だからさ。手足を細かに切って、刻んで、ひとつずつ……。

――その鉈で、ですか、とふいにせきこんでいい、鉈の手もとに眼を据えた。まるで刃の切れ味を確かめでもするように瞼を細めた。

――あたしの軀を、ですか、とまたいった。低い、のどに絡まる感じの声だった。

――まぁな、と彼は手短にいい、何気なく鉈の手を背にまわして陰した。

――手足を……。首も、胸も……、と女は区切るようにいった。顎を引きつけ、自分の軀を見廻す眼になっていた。袖を揺らして、羽織の袂のなかへ両腕を引っこめて行く。

――おなかも、胴体も切って……、といった。

――話だよ、ただの。そうすれば人目につかないってだけの……。

彼は両手をうしろに廻し、半纏の裏側の腰に鉈の柄を差す。

――出な。出て小屋へ行こう、と相手の気分を打ち切るつもりでいった。だが女は袂にいれた手をあおって、くすんだ色の帯を叩き、ずらしあげて胸を叩き、独りごとに溺れるふうに、

――きれぎれになる。あたしが小さくなって、いくつにも小さくなって……、最後に、なぁんにもなくなる……。

――馬鹿、いい加減にしろ、と焦立った声で伝松はいった。女がのろい動作で彼を見かえした。

――何で怒るんです、とぼんやりいった。心もとない感じで顔が揺れている。

――冗談を真《ま》に受けるんじゃないってことだ、と彼は論す口ぶりでいった。女の唇が動き、何か呟いた容子だった。それから、軀を跳ねあげるように動かし、

――やっぱり、からかったんだ、とはっきりした声音でいった。そうじゃあない、屍体になっていたら切るつもりだったと彼はいおうとした。だが、むご過ぎることばになりそうな気がして、首を振っただけだった。

女は袂に手をいれたまま、軀全体を落葉のなかで引きずって、僅かずつ近寄って来た。顎を胸につけているので、葉屑のついた髪の毛が彼のほうへ押して来るようだ。

――一度気持がなにしたから、抜け出られない……、

といった。乾いた葉のざわめきに消されそうなのろい呟きだった。彼にはおおよその意味は摑み取れた。だが、うなずくわけにも行かない。

——うん……、と尻あがりの声でききかえす。足の動きに合わせて女の顔があがった。

——鉈をひらひらさせて、あんなふうにするもんだから……。

いいさして、急に眼が張りのある動きになった。

——鉈、あの鉈は……、と彼の腕まわりを探った。袖から急いで手を抜こうとして身をよじり、その動作で重心を失ってぐらつき、横倒しに倒れた。

——おい、ととっさに声をかけ、彼は杭に軀を寄せた。すぐ目の下に相手の白い腕が出ていた。葉溜りの床は柔らかいからと思うが、

——大丈夫かい、と訊く。

答えるように手が伸びて、杭の中途を握った。その手を揺すぶるように波うたせて、

——藤井さんに、切って、小さくして……、そうして貰おうと思ってたのに……、と高い声でいった。葉の表面に向けて、かぶりを振るように髪の毛を左右させている。

伝松は少し度を失った。こんな気持になられてはかな



わないと思った。声を張って、

——いつまでも夢を見てるんじゃあない、と葉の上にうつぶせに伸びた軀に呼びかけた。相手の震えるような揺れが停まって、

——はい、と素直な返事が戻った。

——小屋の南京袋の所に金を置いて来たから、役に立ててくれ、と彼は気が楽になっていった。

——はい、はい、と答えが繰り返された。息を呑みこむような感じだった。泣いている、とふいに彼は気づく。

——お前さん……、とつい咎める口ぶりでいう。

——はい、夢で……、と相手は杭の手に軀を引き寄せ、身を起こしかけた。くたびれ果てた顔だと彼は思った。丸い顔が丸いまま、どんよりと重たそうだった。肩にしゃくる動きが残っていた。

——足もとがなんだから、下駄のところまで運んでやるかな、と彼は気持を出さない声でいった。

——いえ、と女はあわてた感じで答え、両手で杭を下に押しやって立ちあがろうとする。軀がぐらついてまた沈みそうになる。

——ほら、と彼はそれを支え、両手で袂の脇を挟んだ。すいません、と相手が呟くのを遮るように、よいしょ、と勢いをつけて持ちあげる。ぐるっと一回転さ

せ、その弾みのまま大股に林のはずれに出た。足もとが一尺ちょっとの厓だ。それを確かめるために停まると、女が極端に首を捻って顔をそらしているのに気づいた。濡れ筋のある頬が、目のすぐ下にあった。

——暗い性質《たち》だなぁ、とことばが何気なく口をついて出た。女の脇腹がそれに答えるように手の下で震えた。

——まぁ、仕方ない、と彼は急いで打ち消し、片膝を折って段を降りた。すぐその前に下駄があった。ゆるゆるとその上に置く。柄の割には重みのある軀だ、とそのときになって気づいた。

足が下駄の上についたという合図のように、女が顔を戻した。目が合った。まだ虚ろで表情のない眼だった。

——重たいひとだ、とわざと快活にいい、彼は手を放した。すると、相手の軀がふらついて凭れかかって来た。思わず手を拡げて受けとめる。女の頭が胸に当たった。

——しっかりしなよ、と彼はいった。おれはもうこれで帰るんだから、と続けていおうとして、ふいに思い出した。自分の住所氏名を書いて渡した人間のことを、今訊いて置こうと思った。女の背中を軽く叩いて、

——あんたに藤井伝松の名を騙ったのは誰なんだい、と何でもないことのようにいった。すぐには答えは返って来なかった。手をやった背中が大きい息づきで何度も上下した。それがふいに停まって、

——だるまって、そういわれるような女です、と低い声が彼の胸に伝わって来た。

——瞞されたと解ったとき、すぐ帰ろうと思ったんだけど……、でも口惜しかったから……。相手をつかまえて、一言恨みをいって、それで帰るつもりで……。

肩が小刻みに揺れはじめ、声にしゃくりあげる感じがはいった。

——うん、と伝松は柔らかい声で先をうながした。

——だけど、そいつにはとうとう会えずに……、藤井さんちが居心地がよくって、……ただぼんやり半年以上も……。そこまでいうと、急に顔をあげ、濡れた目で眩しそうに彼を見あげた。

——楽しかったんです、といった。

——ああ、と彼もいった。女の気持に捲きこまれているという気もしたが、考えてみると自分自身も楽しい時期だったと思う。

——だけど、もう帰れない。村中のひとがあれだから……、もう……。

女はまたうなだれて首を振っていた。唐突に、抱きたい、と伝松は思った。

——おい、と無意識に声が出た。自分でもあっけないと思うほどの速さで手が動いた。羽織を撥ねる感じで手をいれ、両胸から着物の八ッ口を探った。

——えっ、と女がのろい口ぶりでいって首を立てた。何も気づかない柔らかい軀ごなしだった。

——おれは……、と彼はいった。そのあとのことばが出ないうちに、指の腹が肌にさわった。藤井さん、と女が短く叫んだ。拒まれている気がした。声を押しつぶすように左手で背筋を締めつけた。その拍子に掌全部が八ツ口を通り抜けた。

笑っているのか痰を切ろうとしているのか解らないが、のどの奥から声が出て、お松姉の瘤を揺らしている。いつまでたってもお前からだけは目を放せないと思っていたが、案の定だ、と瘤がいう。

気負い立ったところがなく、穏やかに確認する感じなので、おれもてめえ自身から目が放せないって気が心の隅でしていたなあ、と答える。

いい気になるな、と瘤が横揺れして、姉の目がこっちの目を窺きこむ。女が気にいってどうにもならないっていうのかい、と訊く。そういうことばでいわれるのとは違うような気がして黙っている。そうでないとすれば、



みんなに対する面当てのようなものか、とまた訊く。

面当て……、とおうむがえしに呟くと、だってそうだろう、第一番があたしの亭主野郎だ、次が七枝、ついでに倅の伝伍のこともある。

違うなあ、と彼は打ち消す。こいつは誰々に対してっていうんじゃあ、やっぱりない。それじゃあ、行く当てのないだるま女に同情したってことか、と瘤がいう。同情だなんてきれいな口でこの年寄りを瞞すのかい、お前。

同情じゃあない。まるで同情しなかったっていえば嘘だが、同情からじゃあない、と力をいれて答える。

姉が煙草を吸ったらしく、瘤の前で煙が揺れて、行く当てがないなんてお前が引っかけられたんだろう、日本人なら生まれ在所があって然るべきだよ、という。

沖縄だっていってます、だからアメリカがいて、というと、ふうん、あれは琉球紬かい、琉球薯だから小粒なのかい、と笑い声をあげる。笑いごとじゃあないんだ、姉さん、と押しとどめる。

そうとも笑いごとじゃあないさ、五十男の色狂いじゃあ、妾までは行きつくだろう、その気なんだろう、と姉がいう。

冗談じゃあない、おれがそんなことのできる人間か、と思わずいいかえす。

ふうん、それでも棄てたくないっていうんだろう、どうするんだい、若いうちなら駈け落ちって手もあるが。

駈け落ち、駈け落ち、と呟くと、急に現実味が湧いて、おれが駈け落ちしたら、あとはどうなるだろう、と目の前の瘤に訊ねる。

どうにもなるかい、とすばやい答えが戻る。暫くはお前の一統とあたしたちが物笑いになって、そのうちに伝松なんてもんがいたことをみんなが忘れるだけのことだ。

おれは忘れられたくはない、とつい叫び声をあげる。

それじゃあもう一度考え直せ、と瘤が押して来るようにいう。人の二倍も三倍も苦労を背負って、やっと一人前の百姓になれた身じゃあないか。それを訳がわからない女に引っかけられて無一物になるって法はないよ。

間違わないでくれ姉さん、と、急いでいう。引っかけられたんじゃあない、手を出したのはおれだ、おれのほうだ。

馬鹿をいえ、とまた笑い声が聞こえる。男にそうさせるのが女の手だ、商売の手ってもんじゃないか。

それならそれだっていい、と、急に腹が立って大声を出す。おれはおれが自分でやり出したことだと承知してるんだから、それでいいんだ。



田畑家屋敷と秤にかけるほどのことか、それが、と向こうも叱りつけて来る。

秤にかけろっていうんなら秤にかけるさ、と売りことばに買いことばのようにいう。一人前の百姓になったのは、なりたくてなったんじゃあない。見まわしたらそれより他生きて行く道がなかったからだ。それと比べたら今度のことはおれが進んでやったんだ。どっちに傾くか決まったことじゃあないか。

やっぱりお前のは何かの仕返しだね、と瘤の揺れがぴったり停まっていう。他人に対しての仕返しじゃないっていい張るんなら、伝松が伝松に仕返しをしてるんだ、そうじゃあないかね。

ふいにことばが詰まる。大声で、そうとも、といえば変な意地を張っている感じだし、小声でうなずけば、何だか恨みがましい感じになる。

結局、おれは何か別のことを一回だけしてみたかったんだ、まわりから強制されないでだ、それだけは姉さん解ってくれるだろう。と、あやふやな調子でいう。

逃げるのかい、それじゃあ、と、決めつけるように姉がいう。あたしたちみんなと縁を切って、このむらとも縁を切って、別のお墓を探しに出て行くのかい。

そういうことになるのかなあ、とやはり不安定な心で答える。

駄目だよ、と突き放すように瘤が大揺れした。ここを出て行けばお前は伝松でも何松でもない、ただの浮浪人だ。まわりから強制されないで好きなことを、なんて大口を叩くんなら、みんなの見ている前でそれをやり抜いてごらんていうんだ。

ここで、みんなの見ている前で……、と意表をつかれた思いで繰り返す。瘤が妙に長く伸びて目の前を行き来する。こわいんだろう、伝松。おっかなくって出来ないんだろう。

何が、と、歯ぎしりしていう。何がこわいもんか。

と、ふいに瘤が目の前から消える。その奥に丸いものがひとつ光っている。目を凝らすと、暗いなかに伝次郎兄の姿がある。大きい搔巻をかぶって、犬のように四つん這いで、こっちを見ている。膜のないほうのひとつの眼で、斜めにじっと睨んでいる。

逃げるもんか、と、それに向かって大声で叫ぶ。しかし、その眼は置きもののように動かない。目ばたきひとつしない……。その輝きが見る間に強いものになって来る……。

陽ざしに曝されている、と目をしばたきながら彼は思った。違った。月の光だった。いつ差しはじめたのか、窯のほうに向けて開いた囲いから、斜めに顔に落ちかかっている。月の出は今頃か、と夢の続きのようにぼんやり思う。と、すぐ顎の先で黄色っぽい布地が光っている。羽織だ、女の、と気づき、藁の上で頭をひねる。女は小屋の反対側の隅に寝ていた。軀全体が波に打ち寄せられた感じで囲いに貼りついていた。こちらに背中を向けた横向きの姿だった。それが自分の軀を守っている姿勢のように見える。

伝松は音を立てないように起きた。羽織をかけてやろうと思うが、それで目を覚まさせないほうがいいと考え直し、中腰で入口の蓆に近寄る。これも音をさせないように捲くった。蓆をくぐって外へ出ると、明るい雪の斜面が目の前一面に光っていた。そうだ、あの軀を抱えて来た、横抱きにして来たのだと気づく。長靴を履く。足の裏に冷えが伝わって来ると、自分は今どこへ行くつもりなのだろうかと思った。心を決めないまま、ゆっくりと歩く。すると、雪の勾配をまっすぐ登って行こうという気持が起きた。

睡りが軀にまといつけて呉れていた柔らかいぬくみが、一足ごとに引き剝がされる。月の光が容赦なくそうして来るという気がする。この明るさは何時ごろのものなのか。ほんの少し寝入っただけとも思うし、睡りほうけて朝が近いとも思える。どちらとも決め難い気分で彼はまともに月を見あげた。歪みが十三夜ぐらいだった。月の兎が奇妙に強い黒味を帯びていた。見つめていると、それはたちまち別のけだものに変わった。木を渡るいいいももんがあに見え、すぐまた痩せこけた黒山羊の姿になる。と、突然これは終わりのない夜だ、おれは今そのなかに閉じこめられている、という途方もない考えに取り憑かれた。急いで彼は首を振り、山裾のはだれ雪に目を落とした。そして、今日は昭和二十一年の二十日正月だぞ、と脳の髄を確かめるつもりで自分にいい聞かせる。そうだ、明日は役所の便所の下肥をうちが取りに行く順番の日だ。四樽ずつ積んだリヤカーを二度牽かなければならない。それを書記どもが出勤して来る八時過ぎまでに終わらせる。取ったあとに石灰を撒いて置かなければ……。

そこまで頭がめぐって行ったとき、彼はのどが痺れるような唸り声をあげた。おれのそういう暮し向きは、ついさっきで終わってしまった。藤井伝松はもう百姓ではない。息子たちも嫁も孫も、もうない。三十年の七枝との縁が切れたのだ。これから何が始まるのか、その始まる方のことは解らなかったが、終わりになったひとつひ



とつの、一日一日の姿が今ありありと浮かんで来る。再び彼は唸った。自分の声が山犬の吠える音のように聞こえた。おれは間違いなく犬畜生だ、と胸のなかでいってみる。その勢いで、弾みをつけて急傾斜にとりつく。

地面の雪に目を据えたまま足を引きあげて行くと、眼の奥がちかちかとむず痒かった。晴れた日にやられれば雪盲だ、とふと思う。自分も何かにやられた雪盲かもしれないと思う。急に夢で出会った姉の面ざしが浮かんだ。話しあった中味が、きれぎれに思いかえされた。あれは、あれで目が覚めたのは、この足で姉の所へ行けという暗示だったのだろうか。

しかし、とすぐ気持が翻った。現実に姉と話しても、きっと自分は同じことをいうだろう。ここで、みんなの見ている前で、と姉はいった。ここで、みんなの見ている前で、とおれは答えるだろう。ゴム長の先で薄い雪をきしらせて行くと、次第にその気持が固いものになって来る。昔は兄弟親戚と絶縁されたが、今度はむら全体だと思った。おれは耐えられるが、女はどうだろうか、と思った。足を停めて見おろすと、窯と小屋が頼りない羽虫の二匹のように、ぶざまで小さいものに見えた。

# いま桃源に

気が急《せ》くんだら、置いていって、帰りに寄りない、と自転車屋がいった。お前は頷きかけたが、直ったのをこの店先の裸電球の下に置かれでもしたら、ととっさに気持が飜った。後輪の泥除けに、県立富岡中学校三年四組と白エナメルで大きく書かれている。身許をわざわざ若い衆たちに晒すようなものだと思った。急ぐって程のこんでもねえんさ、とぼかすようにお前はいった。

自転車屋は膝がしらに載せたチューブを擦《こす》る軽石の動きをゆるめず、無駄足だな、今夜は何もやらかしちゃいないんに、と呟いた。それから、侮る感じで、ふんと鼻声を出し、レコードの代りに口争いが飛んでくらあ。若え衆んなかに指導者がまる一匹もいねえってこんさ。いいきると、力のある短い息でゴムの削りかすを吹き払い、蒼みがちの顔をしゃくって坂上の家並を示した。おおよそのことは噂で聞いているとお前は小声でいったが、相手の視線がそっちに粘りついたままなので、つい見倣う軀つきになった。



だらだら坂の中途からはじまる杉皮葺きの屋根の重なりは、垂れこめた雲とひとつづきに黒かった。青年の集まる肥料配合所は登りきってすぐのはずだが、そのあたりにも暗がりを撥ねのける際立った光はない。お前は、梅雨が明けたことになっているのに気がふさぐ晩だというつもりで、いっそ降っちまえばいいんになあ、といった。血の雨がか、と自転車屋が即座に、だがのんびりした口ぶりで答えた。うん、と意表をつかれてふりむくと、彼は唇をすぼめて低く笑う。そして笑いを残したまま、あんちゃん、その騒動が見たくて遠っぱしりしてきたんじゃねえんかや、といった。半分はその通り当っていた。で、お前は用心深く丸眼鏡の顔をそらし、やくざ踊りの練習というものを一度見物したかったのだと口早に受け流す。

中学生が夜遊びをだってかい、と彼はゴム糊の大罐をこじあけながらいった。晩めし後じゃ、娘も若え衆も相手にしてくれなかんべ。爪はじきされて、川原へでも叩き込まれないようにしろ。声に波立ちがないので、相手が親切ごころでいったのか、嘲っているのかお前には判断がつかなかった。

だがそういう事実があるのは確かな話だ。夜這いそのものではなく、結婚前の男女が数人ずつ、野良の土手下や農具小屋の軒場に夜更けまで屯している。それを夜遊びと呼んでいるが、昔から、中学女学校蚕絲学校へ行く地主や教員の子どもたちは仲間に入れてもらえない。それがずっと不文律のようになっていた。だから、お前は冬場の田んぼに積み藁が乱れ散っているのを自転車通学の早朝に見かけると、これが夜遊びの跡かと気づき、そのたびに顔がほてった覚えがある。一度覗いてみたいとお前は長いこと思っていた。どんな話やどんなつきあいがあるのか、あさましく空想することもあった。今夜は宿河原の部落で演芸会の稽古をしているというのを口実に、はじめて出かけて来たのだ。

お前は少し疚しい気分で、もう古いしきたりに捉われる時代ではないという意味のことを喋った。内容にそぐわない心もとない口調になっていた。自転車屋は聞いているのかいないのか、糊を塗った表面を尖らせた唇でしきりに吹いている。と、坂上のほうから数人の叫び合う声がだしぬけに届いてきた。それは山からの颪に乗ったらしいきれぎれの響きだった。気を取られて口をつぐみ、部落の家並をすかし見ていたが、声はそれっきりでとぎれてしまった。あれが口争いなんかね、とお前は自転車屋に問いかけてみた。九時に手が届くんに、伊那の勘太郎もやらねえで……。

だが、彼はまるで聞こえなかったように息を吐きかけるしぐさを繰返していた。するとお前の頭が急にめぐった。普通は放っておくだけで張りつけるのに、わざとこんなことをしている。夜遊びに来てパンクさせたこっちに対して、厭味のつもりに違いない……。

おれはねえ、とお前は少し気色ばんでいった。肩をはすかいにし、小柄な背丈をひとりでに庇うつもりで、娘をかまうんが恥しくって小理窟並べたんじゃねえよ、それなんにあんたってえ人は……。行ぎな、と彼はさえぎるようにいった。瞳を小さく動かすだけの冷淡な口ぶりだ。行ぎない、ともう一度低くいう。こんで店は閉めっちまうから、こいつは裏の里芋畑んなかへ倒しとくことにすらあ。よそ村から若え衆が相当数はいりこんでるもんで、盗まれてもおらあほうは責任は百も取れないってこんだが。

どこではぐらかされたのかお前は摑みきれず、あっさり気抜けしてしまう。パンクの代金はあとで届けるからと、ぼんやり挨拶したあと、大石がむきだしの荒れ道を部落のほうに登りはじめた。しかし、じきに、滑沢の中学生よ、と声が追って来た。今までと違って、力みの強い声だった。ふりむくと、自転車屋は光の薄い輪のなかに立ちあがっている。てめえもいい馬鹿だなあ。痩せほそった軀ぜんたいで彼はそう叫んだ。

解放まつりのやくざ踊りだなんて代物を、あんちゃん、しんそこ嬉しがってるってんか。田地田畑を捲きあげられたとこの、その伜だんべによ。

のどもとを突き出して喚くために、口のまわりに赤黒い光が漲って見えた。そうか、とお前は胸のなかで呟いた。彼の険しそうにしていた姿勢がようやく飲みこめたからだ。同時に、このひとは農地問題はどうなのかと、せかされるような気分で考えた。掘立小屋に近いこの店は分家だ。碓氷川の広みへ出る峠の下で兄貴が古くから自転車屋をやっている。そっちでは百姓兼業なのだが、弟の彼は前栽畑一枚も耕してはいないはずだった。

眼を魅きつけるように光をざわめかせ、その姿が店先へ出てきた。わかってるんか、てめえは、と揺れる縞模様を作りながら彼はいった。お前は軀を折るように頷いてみせた。自分のほうのことではなく、解放まつりだと浮かれている小作農家に対して、彼が憎しみを持つほど不機嫌なのがわかったという意味でだった。しかし坂の暗がりの動作が向うから見通せるはずはない、とすぐに気づく、叫びかえすつもりで胸を膨らませたとき、ふいにこのひとはなぜしつこく念を押すのだろう、という疑いがお前の肚の底に落ちてきた。

おれのことは放っといておくんなさい。お前は路面の仄白い石を藁草履で蹴りながらそう叫んだ。

なんだと、この小僧が、と打ちかえすように光のなかの黒い人型が大声を出した。おれが夜遊びを咎めてると思ってやがるんか。そんなこんじゃない……。ことば尻がふいに自分にいい聞かせるような低い音になり、彼は足早に光の外へ出た。寄って来てお説教かと思い、お前は待った。だが足音も気配もしない。田の用水の気長に這うような音が耳を左右から挾んでくるだけだ。

蛙が鳴かないようじゃ今夜は降ることはない。お前はこだわりのなくなった気分で呟き、そんじゃ、おいさん、行くぜ、と太い息を吐きだした。待ちない、と闇の半ばの所ですぐ声が返った。長しょんべんの最中よ、いま。眼では探りきれなかったが、彼は店の横手にいるらしかった。

あんちゃんと同いどしの頃さ、と喋りかけ、それがゆっくり近づいてくる。丸石号の最高級の自転車だあね、サドルのばねが縦巻きで馬の鼻っ柱みたいに長い。滑沢の本家の爺さまんとこへその新品を届けに行かされたってこんよ。穏やかなその声の途中から、彼は大きい影を伸して電灯の薄明かりのなかにはいってきた。

昔ばなしかとお前は覚り、それで、と頷きかえす。おれは兄貴に聞かされた通り、二十年はもつ品物だって法螺を吹いたんさ。てめえの爺さまはせせら笑ったっけや。あげくになんて説教を垂れたと思う、ええ、中学生よ。問いかけのことばで彼は立ち停った。

こっちと四、五歩の距離があったが、店からの光をその軀が遮断したので、お前の眼は急に楽なものになった。彼の表情が読み取れそうな気がした。

二十年後には自動車を乗り廻している、そういってどなりつけた。おれはどなりつけられたんさ。あんちゃんと同いどしの頃だんべ、おれはむかっ腹を立てて丸石号をそのまんま持ちかえっちまった……。そいつがきっかけだったんさ、おれは刈入れが終るんも待たねえで東京へ出た。とび出したってこんになる。

自転車屋はそこで口をつぐんだ。感慨にふけるというより、今でもまだ腹を立てている感じのこわばった顔つきだった。お前には相手が黙っていることが息苦しく思えた。おずおずと、そいで農地解放のこんを怒ってるんかね、と声にしてみた。いってしまってから、飛躍しすぎていると自分自身とっさに判った。

彼のほうも感づいた容子で、息だけの低い笑いをした。そして、まあな、といった。東京の工場にいたおかげで、農地はひとかけらも手前のもんにはならねえわけよ。

そんじゃ、あれ、とせきこんでお前はいった。自転車屋さんがそんな具合になったんは、うちのおじいが悪い。そういうこんですか……。

さっきからの絡みつく態度は、この因縁だったのかというつもりで、お前はへりくだった口ぶりになっていた。しかし彼はゆっくり首を振ってみせた。両頬をうしろから光がかすめ、尖った顔が一層きついものに見えた。

人間の頭んなかには空気のはいるチューブがあるわけじゃあない。いまちっと複雑で出来のいい機械が詰まってるんに、と彼はいった。それからまた首を左右させ、三反や四反の農地で浮かれかえってる奴らなんか、おれは肚の底では問題にしちゃいねえ。わかるか、中学生。

そして、だしぬけに顔の前に二本の指を立ててみせた。二十年だ、二十年先を考えてみやがれってんだ。おれには腕ってもんがある。田んぼじゃねえ、腕に米粒がなる……。

自転車屋は次第にひとりごとのように、歯を噛みしめる感じで呟いていた。憤激と心の張りとが混ぜあわさった場所にいるらしい、とおぼろげに判ってきた。はい、とお前は無意識に受けこたえしている。

ああ、ああ、と彼の声が明るんだ。早いとこ東京へ出て、それで……。また二本の指に力をいれた。なあ中学生よ、とそれを振ってみせたとき、いきなり鈍いベルの音が彼の背の遠くで響き渡った。じきに店の前の強い光が荒く乱れ、人の絡りあった形がつぎつぎに見えてきた。

無燈火の自転車に相乗りした遠出の若い衆のようだ。二人乗りだけではなく、三人で乗っているのもいた。坂みてえだぞ、漕ぎきれるかや、と爆《は》ぜる声で誰かが叫んだ。
七、八人だけど、どこの衆かな、とお前は小声で自転車屋に訊いた。彼は黙ったまま、わざとのように道のまんなかに足を踏み直している。すると、そんな身のこなしを見ていたふうに、またベルが鳴った。二、三台分のが重なりあって耳に小うるさい。どいてくんな、ぶつかっても知っちゃかいねえぜ。ベルのなかから横柄な文句を投げてよこす。おらんかランプなんてねえんだからよ、と別の声が続き、ハート美人だって買えないわ、という女の声色に変わった。



三人乗りのひとりはすでに飛びおり、みんなの高笑いと一緒に走っていた。早苗田の黒ずんだ水面に彼らの影のつらなりが、もっと濃い黒みをすりつけて寄ってくる。お前は目先の頑な自転車屋の身構えとひきくらべ、胸もとに小さい怯えが走った。ただでは済まないという動悸がする。

わっしょ、と脅しに似た掛け声で、若い衆たちは道いっぱいに拡がって登りにかかった。腰をあげ、軀ぜんたいを揉む動きでペダルを踏む。お前はあわてふためき、一段さがった田のへりに飛びおりようとして動きかけた。しかし、いきなり自転車屋がこっちの腕を摑んだ。それと一緒に彼は坂下にまっすぐ向き直る。お前は振りまわされて、その横に並ぶほかはなかった。

先頭の一台が地下足袋をブレーキ代りに、ざざっと土を擦った。なんだ、てめえら、と停りきらないうちに声をあげる。他のもつられて一斉に足をついた。三台だ。それがみんな二人乗りで、もうひとりの駈けていた男は上背もあって逞しかった。その男が、どうしたってんだ、とこっちをまじまじと見た。

自転車屋はそれに答えるようにお前の腕を手荒く放した。しかしもう足が竦んでお前は動けないでいる。

宿河原には踊りの練習はないがね。今夜は中止ってこんです。彼はわざとゆっくりことばをかけ、一、二歩寄って青年たちとの間を詰めた。雨が来ねえうちに引っかえしたほうが賢こかんべと思ってね。

なにい、とか、誰だ貴様、とかいう声が飛びかい出したとたんに、かちっと締った音がして地面にかすかな火花が散った。駈けていた男が勢いよく前へ出て来る、その軍靴が石を蹴りつけたせいなのだった。男は姿かたちだけで自転車屋を押しひしぐ感じで、手を伸せば届く近さまで寄った。

坂の上下なのに、自転車屋の軀は相手の上背のなかに嵌りこみ、手もなく圧倒されたふうだった。彼の背筋が胴ぶるいのように揺れるのが、お前の場所からも仄かに判った。

男は、どこのお節介やきかね、おっさん、といった。余裕のある調子なので、からかっているように聞こえる。そこの店のあるじよ、と自転車屋はどなりかえした。おれは部落の関所っていってもいいぐらいのもんだい。だから与太のやくざ踊りは中止んなった、まんま別の所へ遊びに行ぎなって教えてるんさ。

青年たちの間から、うるせえ、与太とは何だ。どけ、というふうな罵声があがった。男が仲間を制するように片手を振り、自転車屋のじじいが関所か、面白え部落じゃんか、といった。そうとも、と彼は相手の男を突きとばしそうな身ぶりで肩をいからした。だから、すんなり帰るこんだ、なあ。

ふうん、と男がいった。おっさんが関所なら、おらんかは関所破りってこんかな。声はのびやかだったが、い い終ったとたん、男は大して上体を動かさずに腕を突き出した。

お前の位置から、その動作は勘でしか判らなかった。そうらしいと思ったとき、すぐ目の下の地面に自転車屋の軀がひねりながら跳ね落ちてきた。声もあげられず、ひるんで、お前はよろけながら後ずさりした。仲間の青年たちも事態が単純すぎたせいか、しばらく何もいわないでいた。それから賑やかな笑いと、軽い蔑みのことばが、急にいりまじる。

伸びきった自転車屋の背筋がゆるゆる縮かんだ。苦しくて呻いた、とお前は思った。恐怖心はあったが、介抱しようと思った。だが、その動作に移らないうちに、彼の全身が弾みをつけて、ぱっと立った。

おじさん、と思わずその肩にお前は手をさしのべた。まだ、やる気があるんか、と男が手短かに叫んだ。と、自転車屋は相手に背を向け、道のはしから田の畦へ、いっきに走って飛びおりていた。そして、青年たちには目もくれず、畦道伝いに店の明かりのほうへすばしこく駈けて行く。

お前がほっとして息をゆるめたのと同時に、逃げるんだけは一丁前か、とひとりがのんびりした声でいった。あんなもんを張り倒したんじゃ、この拳固に申しわけが立たねえや、と男が気持のよさそうな調子で笑った。

これ以上捲きぞえをくってはいけない。お前は男の笑い声のなかで、眼で逃げ道を探している。やはり自転車屋と同じやりかただ、と気持を固めた。だが、お前の思惑はあっけなく裏切られた。店の直線の光を浴びた自転車屋が、挑み直す叫びを投げて寄こしたからだった。

やい、碓氷郡の野郎めら、逃げねえでおとなしく待ってやがれ。用意してすぐ行ぐかんな。

青年たちはあっけに取られ、それから声を揃えて吹きだした。負け犬の遠吠えとはよくいったもんだ、と誰かが笑い声で叫びかえす。帰りは夜更けだからよ、おめえのほうこそ、かあちゃんをいじくりまわさねえで、童貞のまんま待っててくれや。

それで片がついたというふうに、自分たちだけの笑いあいに変わり、お互いに自転車を立て直し、坂上に目を移してきた。お前は射すくめられた形で、逃げるきっかけを失ってしまった。軍靴の男が、ちび、てめえも一戦



やりてえんか、と小ざっぱりした声をかけて寄こす。まさかとは思ったが、お前の足も背中もこわばっていて、動きが取れない。碓氷郡のと自転車屋がいっていたから、そっちの開けたほうの、喧嘩馴れした若い衆かもしれない。軀はこちこちなのにお前の内臓はすうっと浮きあがってくる感じだ。

と、また坂下から自転車屋の叫び声が聞こえた。てめえら、こっちの明るいとこで勝負を付けるど。さっさと戻ってこい。彼は三尺ほどの黒い縄のようなものを手にぶらさげ、腰を落として芝居がかった構えを見せていた。

なんだ、チェーンを使うんか、とひとりがいった。別の声が、武器を使うんは汚ねえぜ、じじい、と叫んだ。てめやかましい、この青二才め、と彼は叫びかえした。てめら十人ぐらい、チェーンで足をかっぱらって、メリケンサックでキッスマークだい。さあ、それでも怖くねえんなら戻ってきやがれ。

自転車屋はいいきると、そのチェーンを斜め十文字に振りまわした。黒い線が光をまばたかせるように走り、不吉な魔法使いのような感じだった。メリケンサックなんか、ふんとに持ってるんかなあ、と臆した声で誰かが呟くと、軍靴の男が、行っちまうべえ、気違いを相手に

することはねえ、と断定した。

それで青年たちは気が楽になった容子で自転車を跨ぎ直した。おっさん、一晩中そいつを握っててくんな、とひとりが叫んだ。おらんか、ねえちゃんのキッスマークを貰いてえんだい。気違いんとこへ夜遊びに来たんじゃねえやい。

行ぐべえ、とペダルを逆まわしする音を立て、先頭の自転車が漕ぎはじめる。よっしょ、と他も掛け声で動き出し、それが捨てぜりふのようになった。お前には彼らが近づくのが、却ってうまい弾みになり、軀のこわばりが抜けていた。自分でもどう飛びおりたのかはっきりしないうちに、土手下の暗がりにしゃがんでいる。片足が畦をすべり、泥田のなかで、まだ分蘗のはじまっていない稲株の一本を、草履の指がずるずる押し倒してゆくのが判った。構うことはない、とお前は思った。いつもなら急いで足を引き抜くのだが、今は構わない。

かがんだ姿勢のまま、お前は土手上をうかがった。口笛まじりの陽気なざわめきは、ペダルのきしみと一緒に、あっけなく坂上のほうに遠のいてゆく。自転車屋は、と気持がひらめいたが、諦めたのか芝居だったのか、その声ももう届いてはこなかった。殴られた打撃がぶりかえして、ひとりで唸っているのかもしれない。だが面倒をみに行くつもりにはなれなかった。

眼が闇に馴れ、自分が踏みつけている株が見えた。弱々しい葉尖が、お前のうつむくだけの動作で、蒼黒い水にくぐってゆく。すると、ひとを手ひどく、辛辣にいじめているような気がした。


肥料配合所の前には舞台は組まれていなかった。やはり演芸会は中止なのだろうか、と思う。

農休みのあすあさって二日間、配合所と道の間の三百坪ほどの空地に、本格的なものを組みあげる。そう聞いていたが、自転車屋のいい分どおり若い衆の諍いで、まだ手をつけることができないのかもしれない。

ここへ来たら、先に笈山のうちに声をかける約束なので、お前は横長の空地を眼で探るだけで通りすぎる。喋りあう声も、多勢のざわめきもあるが、光に姿を曝している者は見当らない。表戸を取り払った配合所の軒に、裸電球が四つ五つ並べて吊り下げられていたが、灯っているのは遠い端の一箇だけだ。その頼りない色が空地に流れ、力芝のくさばえを濃淡の斜線で区切っていた。

道でその光のはざまを越え、暗がりにかかると、空地の隅や用材らしい丸太の山のかげに、若い衆の塊がいくつもいくつも、ほの見えてきた。さっきの連中もこのなかにいるはずだ。そう気づいてお前は急ぎ足になった。濡れて重いほうの草履がびちゃっと音を立て、自分が片ちんばのような心もとない感じだった。

空地の隣の消防小屋を過ぎて、やっと光の余波から逃れでる。消防の小さい赤電球はこっちを照らしてくるのではなく、あたりの明るさを吸い取っているように見えた。すると、囲炉裏の燃し火の匂いが、往還の先から湿った空気にとけて漂ってくるのも感じられた。胸を膨らませてそれを吸いこむと、お前の気持はゆっくりとほぐれてくる。

首を向けかえ、あらためて空地を遠見するつもりになった。と、その動作に合わせたように、急に人声が高まった。なにかを囃したてる感じの響きだ。だが、お前が眼を凝らしてみても、配合所前の光の三角形のなかには、あいかわらず人影はない。

しかし若い衆たちの声はふざけあう調子でとぎれずに重なり、また囃すどよめきになって今度は小さい拍手がまじりはじめた。丸太を積んである附近からだ、とお前は見当をつける。丸材の小山が闇に白っぽく浮かんでいる、その前のあたりで、いくつかの軀が縺れたり離れたりするのが、薄墨色の影になってほの見えた。退屈しのぎってこんか、力のやり場が無くって、とお前は胸もとで呟いた。

賑やかな演芸会の稽古の場所を期待して、わざわざ遠出して来たのに、そいつをあっさりかわされちまって、とお前は思った。それは自分も似たようなものだという気がした。と、声の重なりが他の場所にも飛び火し、また盛りあがった。そして、明るみのなかへ踊り出る感じで、青年が二人配合所目ざして駈けて行く。

待ってました、と明瞭な大声がその背に飛んだ。配合所のなかで何をするつもりなのかとお前は目を凝らす。すると、その横長で特徴のない板囲いの平家は、ただ表戸が取り払われているだけではなかった。左右の端にぴらぴら光る紫色の引き幕らしいものが垂れ下っていた。

これ自体を舞台に仕立てたのか。諍いのために新しく舞台を作れなかったのかどうか、それは判らないが、裸電球の並びや幕を見比べると、これが舞台で、ここで演芸会をやるつもりなのだ、とはじめてお前は気づいた。

同じ背恰好で、同じカーキ色の半袖を着た二人の後姿が、その舞台のまん前に辿りついて、小声で何か話しあっていた。拍手があちこちの塊から起こり、催促の声があがる。一人が暗がりのほうを向き、配合所のなかを指さしてみせた。掌を水平に動かして、まっさらなんだあや、拙いじゃんか、と叫んだ。

彼のいう通り、舞台は二尺足らずの高さに薄い橙色の削りたてらしい板がいっぱいに張られていた。構うことあるかや、ここの衆に使う気がねえってこんなら、と誰かが叫びかえした。ああ、と彼は答え、地下足袋を脱ぐしぐさで軀をかがめた。相棒があわてて窘めるありさまが、頭の斜め上から来る光の中で万歳を演じているように見えた。結局板の上へ登るのは遠慮しよう、身振りがそんなことをいっていた。

その二人に暗がりのほうぼうから、いろんな叫びが飛びかってゆく。どれもうきうきして弾みがあった。気がつくと、お前も何かわからないが声をかけたいような気分で、空地のとっつきまで引き返していた。誰かが断続的に指笛を鳴らした。それがきっかけのように、地下足袋を脱ごうとした青年が、気をつけ、の姿勢になって頭を下げた。軀を起こすしぐさから、すぐ斜めに構えて肩を上下にゆすぶり、宿河原のみなみなさま、ならびに近郷近在のみなさま、と嗄れてはいたが透りのよい声でいった。世話役とか司会とか、そういう経験があるのらしかった。

宿河原の若え衆はゼロだんべや、と横の相棒がきまじめに訂正した。そういうこんでありゃます、ここの若え衆がゼロだからして、僭越ながら、はるばる北横野村から来たおらんかが、あいかわりまして、舞台をつとめさせていただきます。まるで目の前にマイクがあるように、彼はその高さを調節するしぐさまでする。すぐ始めろってんかい、と相棒が、こっちはギターを抱える身ぶりで訊いた。

そのときになってはじめて、部落の若い衆たちはどこに集まっているのだろう、とお前は疑いを持った。幕や電灯の列まで取りつけた舞台を無人のまま放りだして、どこでどんな論争をしているのだろうか。笈山は今夜来れば判ることがいろいろある、もしかしたらお前にとっても大変なことが起こるかもしれない、と脅かすようにいった。まっすぐ彼の所へ行けば、青年たちの動きも、それが自分にどう関係があるのかも摑めるはずだった。

しかしお前は空地の端から立ち去る気になれないでいる。やくざ踊りというものを、一度は見てみたい。二人が歌うだけなのか、踊りも同時にやるのか、まだはっきりしないが、それを確かめたいという気分だった。

流れ流れて大利根の、坂東しぶきを溯り、と嗄れ声が叫んだ。首を振り振り名調子のようにいうのだが、どこか節がはずれている。金波銀波の烏川、中仙道は碓氷川、峠の下のひや水を、産湯がわりに身にあびて、育った場所は北横野。そこまで一気にまくし立てると、相棒の肩に手をかけた。そしてゆっくりした調子で、御紹介いたしまするは、北横野村きっての二枚目ちゅうの二枚目……。

オカッパルこと岡晴夫。相棒は照れくさそうにいって、肩にかけられた手をするりとはずした。拍手とひやかす声がまじって、空地のじっとりとした空気を揺するようだった。彼はその騒がしさを押えるふうもなく、いきなり歌いだした。あおいめをふうく、やなぎのつうじにい、はなをめしいまあせ、めしませはあなあをう……。

東京の花売り娘、だった。耳になじみがあって、ついお前も胸のなかで歌いかえしている。すると、司会役が軀をくねらせて踊りはじめるのが目にはいった。舞台の上ではなく、その前の草むらなので、ただふざけて女の真似をしているように見えた。いいど、いろっぽいで、という掛け声がその姿に重なると、彼はスカートをつまみ挨拶をかえす身ぶりをすばやく入れた。ふいに、歌う男の上半身にまっ黒い影が音を立てるように、ばさりと落ち、それがすぐ踊る恰好のほうに移った。顫えのある大きい影だった。

歌い手がびくっとして電球のあたりに顔を捻ったが、そのままなにごともないように鼻にかかった声を伸し続



ける。影は二人を離れ、力芝の地面に落ちて、色を薄くしながら幅と長さを拡げた。それでもまだ小刻みに顫えている。蛾だ。栗の木につく大蛾の類いだとやっと見当がついた。それが裸の電灯のまわりにまつわりついているものらしい。

お前が蛾の影に気を取られているうちに、歌は終りかけていた。ああ、とうきょうの、と酔ったふうにながが引き伸ばされ、最後は空地の暗がりと明るみをいっぱいに充たす指笛と口笛と喚声で消されてゆく。それで弾みがついたらしく、別の影姿が二人に向かって駈け出して行くのが見えた。一発、行ぐからな、おれさまも、とその大柄な軀が叫んだ。

さっきの男だ。自転車屋を殴ったあの男だ、ととっさに判った。向うからは見えないはずなのに、お前は思わず身を隠そうとして、眼をさまよわせていた。爆《は》ぜかえるように拍手が盛りあがる。さっきの仲間たちに違いない。男は舞台の前に辿りつくと、行儀よく廻れ右をし、ポケットから白い布を出して振ってみせた。お贈りいたしますのは、裏町人生。きどって歯切れよく叫んでから、脇にいるさっきの二人に、組み踊りで頼むぜよ、おめえがマドロス、そっちがねえちゃんで行げや、と横柄にいった。

すぐに歌がはじまったが、お前は濡れたままの藁草履を取りあげ、含んでいる水を絞って切った。娘役のほうが白い布をネッカチーフのようにして口でくわえていたが、その大袈裟な所作にももう興味がなかった。むしろ、偽物ばかりつかまされていることで、自分が腹立たしい感じだ。ぽとっと草履を地面に落とし、突っかけて歩きはじめる。

消防小屋の表まで来たとき、歌の続きがとぎれ、いい争う声がたけだけしく聞こえた。見ると、今度は舞台に人が乗っているようだった。舞台の上から空地に向けて、手ぶりをまじえてどなりつけていた。すると、対抗する勢いで、姿を闇に隠していた若い衆のいくつもの群れが、配合所の光に軀を曝し、舞台前をまばらな半円で取り捲くのだ。仲間うちのふざけ合いではなかった。血の雨、ということばがとっさに甦り、お前は空地の草つきに向かって駈け戻った。

てめえらのやり口が、白とも黒ともつかねえからじゃんか、山猿。まわりより頭ひとつ高い後姿が舞台に対して叫びをあげた。裏町人生を歌った男だった。舞台には半袖の法被を引っかけた青年が二人だ。脇ポケットが横に張りだした乗馬ズボン型のをはき、それが紺無地の法被とつりあって、山仕事のいでたちのようだった。なんとでもいえ、山猿で結構だい、おらんか、とその一人が叫んだ。だからして、やくざ踊りの、そんな派手派手しい演芸会は中止だって申してるんさ。もう一人がやや落着いた口ぶりでいい足した。年をくっているらしく宥める感じだった。

だったらなお、おらんかが賑やかして呉れてるんを禁ずることはなかんべじゃねえか、と舞台の下から食ってかかる声が喚く。そうだ、その通りだということばが、いくつも重なりあって、罵るように響いた。そのなかから、ご苦労さんです、存分に歌って踊っておくんなさい、どぶろくの接待ぐれえはここの娘たちになにさせますからって、そういう挨拶をするんが民主主義だんべや、宿河原の山猿めが、という喧嘩腰の口調がひときわ大きく聞こえた。

お前は暗がりを丸太の積んである手前まで、そろそろと近寄って行った。なにか始まったとしても、この陰なら巻き添えをくわずに済む。腰の高さより幾分上までの小山だから、誰もいっきには跳び越せないと思った。すると、まっさきに逃げ腰になっている自分の気持のありかに、お前は嘔《むか》つくような苛立ちが湧いてきた。同年の連中はもうみんないっぱしの若い衆だ。いま騒いでいるなかにも、同級生がまじっているに違いない。だのに、おれはなんだ、という気がする。

心を確かな場に据えるつもりで、お前は丸太の一本に片手をつき、吸いこんだ息を横隔膜のほうへ押しさげた。なにかいうべきだ。ここで発言しなければ、覗きが趣味の年寄りと同じようなものだ、と思う。

民主主義だってかい、そいつをいって貰えば助かるなあ、ということばがふいに耳にはいった。舞台の上から説得している年配の彼のものだ。おれたち宿河原じゃあ、そいつをよくよく討論して、あげくに中止に踏切ったってこんなんだ。やれ解放だ、やれ百姓の天下だなんて、いい気になってるってえと……。

細く甲高い叫びが、てめえ、説教垂れる気か、と手短かに遮った。あと何かいったらしかったが、お前も丸太についた手を押しこくるようにして、いきなり声を張りあげた。そんじゃ、なんで、舞台なんか、こしらえたんだや。踊りの師匠を招んで、練習したんは、どういうこんなんだ、はっきりしゃあがれ、こん畜生。

自分が喚いているのに、ひとの声のように喧しい、とお前は思った。耳の芯が動悸と一緒に震えている。舞台の二人が、ことばの中途から、こっちに眼を据え直したのが判った。若いほうは首を上下させていた。兇暴な力が顔の上を行き来しているように見えた。




この餓鬼は、と彼はどなりかえした。法被の袖を広げ舞台の板を荒く踏んで、横歩きに動いた。てめえ誰に頼まれて、そんなこんを吐《ぬか》しゃがるんだ。明るいとこへ出て面を見せてみろ、スパイ小僧。いまにも、直線でお前のほうへ飛び降りてきそうな身ぶりだった。電灯のすぐ下なので、彼が激怒で軀を顫わせているのが手にとるように判った。

しかしお前は怖さを忘れている。スパイ小僧と彼はいった。誰に頼まれたかともいった。その意味がまるで摑めないのだ。スパイ、とお前は胸のなかでいってみた。すると、正体は判らないままに、そのことばが指している方角だけはぼんやり浮かんできた。舞台の二人とは対立している一派の人間だとお前は見なされたのだ。だから彼は、よそ村から来た若い衆に対するより、ずっとどぎつい気持になったのに違いない。スパイなんかじゃねえってば、おれ、とお前は叫んだ。そんだら、裏切もんてこんか、きさま、と相手が即座に叫びかえした。

軽いどよめきが空地を渡った。見ると、半円になっていた若い衆たちの目も、いちように お前のほうをうかがっていた。向うからも暗がりのこの場所が見すかせるのだろうか。お前はとっさに顔を伏せた。軀が芯のほうから凍えるようだった。伏せた眼の先に丸太の白っぽい木肌があった。逃げるのに都合がいいと思っていた材木の積み山が、いまはひとびとの眼の、その目じるしになっているらしい。さっき舞台の彼は小僧とか餓鬼とか呼んだが、丸太の高さと引き比べて、お前の背丈を眼で把えたのだろうか。

　せわしない気持の行き来に飽きて、お前は首筋を思いきり伸し、舞台のほうへまっすぐ胸を向けた。どうせ見つかっているのなら、顔を伏せていても無駄だ。そういう捨鉢な気持になってきたからだった。すると、姿勢につられたのか、笈山のことが頭をよぎった。彼がいてくれたら助かるのにとお前は思う。笈山の名前を出して自分の身許を明かそうかと、思いつきが滑るように移ってゆく。

　それを踏んぎりのわるい声にして、中学の笈山さんが所へおれは、といいかけると、あばら骨の二、三本も折られてえんか、きさまあ、と向うの叫びがお前のことばの上に押しかぶさってきた。中学も笈山も彼の耳にはいらなかったのだ。そうではない、と動悸のなかで気持が黙った。舞台の彼らと笈山のうちは敵かもしれない。意見がわかれて、対立しているのかもしれない。とすれば、笈山を訪ねるお前は、スパイだったり裏切者だったりしても不思議はないのだ。

　あれもこれも始めてのことばかりで、自分の身を判断する力がお前には無くなっていた。さっきの自転車屋のように一発張りとばされれば、その上でやっと自分の場所を確かめられるかもしれない。そんな気がした。すると動悸がやんで、顔のほてりが消えたようだった。

　小さいざわめきが、また空地から湧きはじめている。ここの部落がどうであろうと、はるばる夜遊びに来た若い衆が賑やかにやることは勝手ではないか。そんな意味のことばが、口つぎする形で舞台の二人に向けられているのだ。最初のときと違って、苦情を訴えるような穏やかさだった。お前を罵った若いほうの法被も、それを受ける姿勢で向きを変えていた。おれのこんは忘れてくれたんか、とお前は胸のなかでいった。痛い目に会わされても構わなかったんに。血を流す覚悟もできてた、おれは、とその続きを声にして白い丸太の山に呟きかけた。

　年配のほうが若い法被を手招きし、耳もとで指図するように何か呟いている。それから、まあ宿河原青年団の話も聞いてやってくれや、とうちとけた口調で叫んだ。ことばの途中で、空地に飛びおり、半円の若い衆のなかに、ずかずかと踏みこんでゆく。気合に呑まれて、空地の人の輪がひずみ、ひとりでに彼のいいぶんを聞こうとする囲みが出来かかる。

　お前は迷った。話は耳にいれて置きたい。だが近寄れば、またスパイ呼ばわりされるはずだ。といって、この場でこっそり立ち聞きしていても、見つけられたら同じことだ。迷いながら、無意識のうちにお前はしゃがみこんでいた。こうすれば、少しは人目に立たずに済む。軀のほうが、てばやくそれを直感したふうだった。

　青年は声をひそめがちに喋りはじめていた。そのために、きれぎれにしか聞きとることができない。だがお前には主旨が幾分かは判っているので、おおよその見当はつきそうだった。

　宿河原はこの村うちでもどんづまりで耕地面積が少ない。猫の額どころか、いたちの額だ。だから解放といっても、四反歩を越す田畑を手にいれたものは一人もいない。彼はそんなことを手短かに喋る。ことばつきの穏やかさに誘われ、お前は地べたの草つきに尻を落とした。あぐらをかき、首をすくめると、丸太の不揃いな先が波の形に出入りしていて、軀を斜め半分隠してくれる気がした。

　問題は、とだしぬけに声が大きくなった。おらんかにとって、ふんとの解放は山だ。山林原野ってもんを解放させてからに、開墾なり畜産なりに持って行がねばなんねえ。平野部の衆には、すいんと判って貰えねかもしんねえが、解放も解放まつりも、そこへ行ぎつかなければ、戦争にわざわざ敗けたことが生きねえんだ、おらあほうにとっては。彼のことばつきは昂ぶりのために、ひとを叱りつけるような響きになった。

　演芸会の中止とそれが、どういう関係があるのか、というふうなことを、誰かがおずおずと訊ねている。声が吃っているので、お前は自分がそれをいっているような気がした。山林解放のことは彼が話す通りだと思ったが、そのために、舞台まで用意したのを止めてしまう必要があるのだろうか。そんじゃあ、演芸会で人集めしといて、その場で今みたいに気勢をあげりゃいいんに、山林のこんでも、解放のこんでも……。お前は口のなかでそう呟いた。

　と、ちょうどお前のことばに反撃を加えるように、青年が押えた声で短く叫んだ。厳しいいいぐさらしいが、意味は聞きとれない。ふんとか、それ、と訊きかえす若い衆も、意表をつかれた急《せ》きこみかただった。それが弾きがねで、ざわめきが高まり、声が縺れあって、また聞き辛くなっている。お前は手探りで地面に両手を這わせた。少しでもひとびとの近くに寄ろうとして、四つんばいの姿勢だ。片手が芝草の株にかかり、もう一方が地べたにじかなので、背中が捩《よじ》れ、杉丸太のつるりとした肌がすぐ目の先にくる。

お前は、犬の立ち聞きってざまだな、と胸もとで自分に語りかけ、その姿で膝を擦《ず》ってゆるりと前進にかかった。湿りをおびた夏草の癖のない匂いと、鶏糞らしい酸味のある刺戟が鼻をつく。そして、そのなかから、駐在の畜生はそれをはっきり口にしたんかや、と訊ねる甲走った声が届いてきた。

要求だの命令だのってこんになりゃあ、おらんかだって駐在を生かしちゃ置がねえよ、と青年は早口に答えた。駐在……、とお前はおうむがえしに耳の奥で反芻した。近眼で小男の、ただお愛想をふりまくだけが能の、あの巡査が演芸会に文句をつけたという意味だろうか。考えられないこんだ、そんなんは……、とお前は思う。四つん這いのまま、首をせいいっぱい上に伸し、小声で喋っている青年の表情を捉えようと試みる。

彼の法被の上体が、若い衆たちの頭のあいだに僅かだけ覗いた。舞台からの電気明かりを背負う向きなので、顔だちはただ暗いかげりにしか見えない。その影が動く気ぶりもなく、おらあほうは小麦も大麦も供出が完納できてねえんさ、といった。力を抜いた喋りかただったたが、明瞭に聞き取れた。供出も完納してねえ地区だってんに、踊りの師匠さまがたには米でお支払いなさるそうだが。駐在の畜生め、戸ごとにそんな挨拶をしに廻ったって次第だあや。どこんちへ行っても、薄っ気味悪いぐれえ、にこにこいてだぞ。

なんてえ犬っころだ。ぶちのめして呉れろ。追放しっちまえ。でも、脅しにひっかかることはなかんべ。ふん縛る権力なんかねえんだからよ。構うこたあねえ、実力で行げや。開催しっちまえば、手は出せねえど。出したら、おらんかが吊しあげて呉れっから。

若い衆たちは、いまにも実力を行使したい。そんな身ぶり手ぶりで、どよめくように喚き続ける。いちいちもっともなことだと思いながら、気がつくと、お前も膝はついたままだが、軀を起こし肩をいからせていた。もし若い衆がこのまま駐在所へ押しかけるのなら、自分もついて行って一緒に抗議しよう、という気持だった。おれはスパイや裏切もんじゃねえんだかんな、とお前は胸のなかで叫んだ。

だが、喚声の塊は、いっとき膨らむだけ膨らみきると、ふいに力を失った。申しあわせたように音がとぎれ、空地ぜんたいが夜気のなかに沈む感じで、急に静かになった。ひとつの声が、そんじゃあ一発さあ、ここでおらんか……、と叫びかけ、まわりの沈黙に押されたように口をつぐんだ。

青年はそれを待っていたようだった。少し芝居がかった口ぶりで、問題はおらあほうの身内にもある、身内のほうが大問題ってこんなんだ、実は、といった。麦の供出なんざあ、と誰かが応じかける。そんなこんじゃない、と彼はすばやく断定した。

山林原野の解放、山地主から開墾地をぶったくる、そういう景気をつけべえと思って、おっぱじめた解放まつりなんに、目っかちがまばたきするあいだに、若えとこがやくざ踊りに狂っちまった。彼は用意した科白が終ったみたいに、そこで一息いれた。大きく吐息をついてみせた。それから舌打ちをいれ、おれなんかより半廻り若い、十八、九の奴らが狂いっきりになっちまった。今ははあ、解放も開墾も耳にへえりゃしねえ。

お堅いこんだなあ、あんたら、と嘲るふうな声があがった。碓氷郡から来た恰幅のいいあの男だ。男は青年の法被の肩に手をかけたようだった。演芸会は演芸会、百の問題は百の問題でうめえことやってくんなやれ、ええ。語尾を高い音で押しつけ、威嚇している。

お前はまた、なにか始りそうだという動悸のなかで、自分が混乱して、どう考えていいのか判らなくなった。法被のひとは、まじめで正しい。だが、それで演芸会が無くなってしまうというのも腑に落ちない話だ。盥といっしょに、あかんぼまで流しっちまうってこんだ、とお前は胸もとで自分にいい聞かせる。だが、何か起こったとき、どっちに味方したらいいのか、まるで見当がつかなくなっていた。

法被の彼はしかし落着きを崩さなかった。そうありてえもんさ、可能だらばなあ。ことばに合わせて柔かく軀を捻り、相手の腕を肩からはずしていた。そして配合所と消防小屋の軒がぶつかっている辺に向けて、話は進んだんかや、ふうさんよう、と大声で呼びかけた。その向きのまま返事を待つふうだったが、反応は聞こえてこない。すると彼は探しに行くといった身のこなしで、配合所の舞台に寄り、ひとまたぎで跳び乗った。まだかや、おい、とそこでもう一度叫んだ。

お前の耳さきに、ふうさんという名が粘りついている。同じように呼ばれる者は他にもいるかもしれない。フジオとかフミオとかフトシとかいう名前ならば。だが、お前は滑沢の部落の房文青年のことを思い浮かべたのだ。あのふうさんは団長でも実力者でもないけれど、寄合いとか振舞いとか、人が集まる場を賑やかす名人だ。いま夜遊びにここまで来ていても不思議はない。

ふうさん、そこらにいねえんかや。彼は紫色の幕と灯った電球のほうへまた声をかけた。今度は口先を細めた親しげな喋りかただった。仲のいい棒組という感じなので、お前は自分の想像が無意味な思いつきに過ぎなかった、と考えをすぐに翻した。きっと、むらうちの若い衆のことに違いないと思った。

法被の姿は電灯の真下まで行き、なにかひとりごとを呟きながら、幕の向う側に隠れようとしていた。逃げっちまうんかい、あんた。その横姿に、いきなり誰かが軽口を飛ばした。彼は袖口を引っぱられた感じで、上体を空地のほうにふりむけた。若い衆の顔をひと通り見渡すように機敏に眼を走らせ、どいつだや、ちょっかいかけやがった罰当りは、と押しをきかせた口調でいった。

おらあ宿河原農事実行組合の笈山だい、逃げるわけがあるまいじゃねえか。彼は乗馬ズボンの膨らんだ両脇をぱたぱた音をさせて叩いた。そして演説を始めるように正面を向き、両手を開いて軀の前に突き出してみせた。これが笈山自作の叔父御に当る笈山さんなのか、とお前は思った。兵隊に行く前まで、この地区のではなく村の青年団の副団長をしていた人だ。笈山自作からそう聞かされていた。叔父御はゆくゆくは村どころか郡全体を背負って立つ偉ぶつだ、そういって笈山は自分のことのように威張ってみせたのだった。



お前はいま、偉ぶつなのかどうか、半信半疑で彼のまくしたてる恰好に見とれている。立て膝の姿勢にくたびれて丸太に手をかけ、そろそろと立ちあがりながらだ。彼は一度前に突き出した手を、扱いに困った容子で、胸の前に組んだりほどいたりして喋る。おらあほうが演芸会を中止しようがしめえが、それがどうだってんだ、ひとの疝気を気に病むとはてめえらのこんだぞ。

まったくだ、と彼は自分で頷いてみせた。夜の夜なかにおらあほうまで、山猿と人間が半々だってえこの宿河原まで出っぱって来るほど、てめえらがやくざ踊りに惚れこんでるんだら、そんな暇があるってんなら、てめえたちの地区で好きなように舞台をおったてりゃあいいじゃんか。さあ、いますぐ取って帰して、むらうちで相談ぶちゃがれってんだ。

舞台をこしらえるんにも勉強がいるだんべが、と誰かが大声で答えた。おらんかが来たんは、むらうちが喧嘩騒ぎで割れてるってんも含めて、そのこんの見学勉強であります、隊長。お前はうまい応答だと思い、暗いなかで声を立てずに独り笑いをした。

罰当りめ、と舞台の彼も失笑しながらいった。おれのほんとの肚をいやあ、あれなんだぜ、やくざ踊りだの流行歌だのを入れこまねえで、正真正銘の解放まつりを考えてみろってこんなんだ。おらあほうの仲間割れから勉強しるんだら、そっちのこんで行ってくれや。判ったかい、おれの本心が、と彼は教えさとす口ぶりでいった。

ばあか、とさっきと同じ声がすばやく切りかえした。そんな糞おもしろくもねえ話を判ってたまるかい。歌も踊りもねえおまつりだとかい。ふん、ふんだ。共産党がこしらえたがってる憲法には、そんな具合ちゃんに書いてあるんか。やだ、やだ、お断りだい、とそこまでを一息に叫び立てた。一緒になって弥次る調子で、同じような意味のことばが他からもいくつか重なった。はあもう、おらんか若え衆を瞞くらかそうったって、そうは行がねえぞ、という甲高い叫びが、そのなかでひときわ耳についた。

お前も同じようなことを頭のなかで叫んでいた。何が偉ぶつなもんかや、そこらの教員がお説教たれるんと、毛ほども変わってねえじゃねえのよ。口には出さなかったのに、お前は舞台の笈山に詰め寄るつもりで、何歩か明るいほうへ軀を押しやっていた。眼の膜に裸電球の赤っぽい線がさしこみ、光が区切る斜線のなかへ上半身がまるごとはいったのがわかった。だがお前には恐怖心はなかった。むしろそれに勢いづけられた気分で、偉そうな理窟いうんは止めれ、演芸会ひとつできねえ癖しやあがって、と声を立てた。自分が首をふりふりして喚くのがわかった。これは学校にいるときと同じだ、と思った。

すると、舞台の彼の眼がお前の顔のあたりを射抜いてきた。歯ぎしりするような燃えたつまなざしだ。おらあなあ、と彼は震え気味の声でいった。てめえたちひとりひとりの間違った考えってもんを、ひとつひとつ叩きのめしてやりてえ気持だぞ。いまはせわしなくってできねえけど、そのうちきっと、そうすっからな、ようく覚えていやあがれ。ことばも視線といっしょにまっすぐお前にぶつけられていた。

だが、相手の啖呵が逃げの口上だとお前には判った。お前は叫んだ。そして自分の声の高さに引っぱられて、追いうちをかけるつもりで、ようく覚えてるともや、と戦争中の村の副団長が演芸会をパアにしちまったってんをな、と思いきりよくどなっている。それはききめがあった。礫が小脛にぶつかりでもしたように、彼は背をかがめ、視線を落とした。

それから、だしぬけに舞台の板を踏鳴らし紫色の引幕のほうへ向かって行く。急な用事を思い出したみたいな歩きぶりだったが、見るまに法被と乗馬ズボンの姿は幕のかげにはいった。足音もそれなり消えてしまい、戻ってくる気配はなかった。お前は自分の文句がそうさせたのかと思い、幾分あっけに取られていた。もう少し騒ぎ続けたかった、という気がする。やっぱし逃げたんじゃねえか、と誰かが叫んだ。ディスカッションてんを知らねえんか、きさま。そんな声も聞こえた。

と、答えの代りに、いきなり明かりが消えた。闇が眼の前で、ばしんと爆《は》ぜるような音をたてた。眼の奥にはまだ照らされた配合所の舞台が漂っていて、それが萎むように黒みをおびて行く。とっさのことなので、若い衆たちもすぐには反撥することもできず、低いざわめきと息の音が闇のなかで波うっているだけだった。

帰れ、帰っちまえ、餓鬼めら。配合所の裏手から笈山の叔父御の叫び声が響いてきた。今夜はこれで、しまいってこんだ。稽古もねえし、喧嘩騒ぎもねえぜ、とさっき舞台にいた若いほうの声が続けてどなって寄こす。それで眼が吸い寄せられると、肥料の配合所はスレート葺きらしい鼠色の屋根の線をぼおっと空に浮かべている。

あのなあ、宿河原の衆よう、とこっち側の暗がりから甲高いまじめそうな呼びかけがその屋根を渡って行った。あんたらじゃなくって、踊りにのぼせてる、いまっと若え連中も今度の中止を承知したってことなんかい。



そいつだけ教えて呉れろや。お前もつりこまれて、そうだ、と小声でいった。

すぐには答えは返ってこなかった。物音はしないが、相談しあっている気配がその沈黙のなかに感じられる。まだ事は決まっていないに違いない、とお前はふいに察しがついた。法螺っぷきの穀っつぶし、と別の若い衆が空に向けて毒づいた。偉そうなことばっか並べやがったくせして、真実の返答はできねえってんか。

やかましいや、どん百姓の三文でく。すばやい谺のように罵声が戻った。若いほうの青年だ。よしなよ、腹立てたら負けだんに、と笈山の叔父御がたしなめる低いことばも続けて聞こえる。ふんだってよう、と若いほうがそれにいいかえし、そのまま響きが遠のいた。また打合わせをしているのだ、とお前は思った。すると、ひとりでに爪先立ちして胸がスレート屋根の稜線の上に向いていた。湿り気の多い空気が胃のほうまで降りて行き、それといっしょに片手をメガホンのように口に当てる。

やるんか、やらねえんか、はっきりしろい。お前は胸いっぱいに叫んだ。そのあとに罵ることばを附けたいのだが、思うように口にのぼらない。だしぬけに足音が撥ねかえってきて、お前の声の余韻を消した。二人が駈け寄って来るらしい、ととっさに気づく。ぶちのめそうっていうんか、とお前は低くいった。すると、それへの気構えもないのに、両こぶしを首筋の前で握りしめていた。

だが、すぐに足音はやみ、もう近づいてくる気配はなかった。配合所の横手の所でふたりは立ち停ったようだ。ほんとのこんをいうから静かにしといてくれや、と笈山の叔父御がいった。声をひそめていることを強調するような、のどにからまる音だ。騒動にならねえように、今夜いっぱいは内緒にしといて呉んろや、この話、と若いほうも口調を合わせていった。いいながら、ふたりはそろそろ前へ出てくるのらしかった。姿が引幕にかかり、乗馬ズボンの張り出しポケットと顔が切りはなされて、ぼんやりとそこに浮かんだ。

おらあほうの中止は決定的なんさ、ふんだけど、演芸会は中止にはできねえって次第よ。なんもかんもこんぐらがっちまってなあ。笈山は首をゆすりながらそういった。表情は判らないが、顔が宙に漂っているようで頼りない感じだ。八分通り踊りをものにした若手だの娘っ子だのが、ただの中止じゃ承服できねえって。師匠たちにくっついて旅役者になって呉れっからって、えれえ鼻息なんさ。

結局は薬局、やるこたあやる、そういうこんかい、と訊きかえすほうも声をひそめている。

おらあほうじゃあ、できねえって、さっき理窟を話したんべが、と笈山がおうむがえしに答えた。

演芸会はやる、どっかでやる、と若いほうが高い調子でいった。この村内の、どっかの部落にあとを受けて貰うんさ、そいつが決まりかけてるとこよ。

口笛がひとつ、短い息で鳴った。それが、よかった、という意味に響き、急に若い衆たちのざわめきが広がった。どこだや、どこの地区で開催だや、とその中から弾んだ声が出る。名を出さねば、信用しねえで、とお前もひきこまれて、てばやく叫んだ。

そいつをいえりゃあ苦労はない、と若いほうがいった。訝しているんじゃあるめえな、とすばやく誰かが問いかえした。

演芸会はやる。ある。どこかの地区にやって貰わざあってこんだ。信用しねえといげねえから、候補をいっとくわ、候補だけな。そこまでいうと笈山の姿は幕の前から見えなくなった。もっとこっちへ寄ってくるようだ。供出を果したところで、むらうちのまとまりのいいとこっていやあ、それで判るだんべけどよう、とその声が近くなって、お前はまるで自分ひとりが内密に話しかけられている気がする。

下《しも》のほうから、中里、滑沢、日向、それに尾崎と……。

お前は思わず荒い声をたてそうになった。そういうことだったのかと気づき、耳の芯が熱くなっている。候補に滑沢がはいっている。いや、それだけじゃない。さっきの、ふうさんという呼びかけ。今夜来てみると笈山が強いるようにいったこと。ちょっと考えをめぐらせば、すぐに判るはずだったのだ。おらあほうか、やっぱし、とお前は胸をからにするような吐息をついた。

尾崎だの日向だのがまとまるわけはあんめえが、中心になる衆がいねえもんよ、とのんびりした口ぶりで誰かが喋っている。滑沢か中里、他にはなかんべ、と断定的な声がそれに続いた。師匠へ支払うんが米何俵てんだもん。

どっちなんだや、とお前はいった。声を殺したつもりなのに、強い詰問になっていた。

いい加減にしろい、と笈山の押しかぶせる声が即座にお前のほうに向いてきた。今そいつをいっちまったら、まつまる話もまつまらなくなるってんが判らねえんか。

ことばの途中で、すっと勢いがそがれたのを感づいたとき、消防小屋の遠い裏手から、まっ白い光が地を這って流れてきた。どうしたあ、ととっさに若いほうが叫び、同時に光の源へ向かって走りだしている。笈山も続



き、二人の揺れてゆらめく影がお前の眼から、明かりが撥ね出している戸口のありかを遮った。

だが、そこが今夜の寄合いの家だ、ともうお前も気づいていた。家の姿は確かめられなかったが、玄関口からと思われる光が、配合所の横手に当り、その照りかえしが消防小屋を浮き立たせていた。若い衆たちがふたりのあとを追って、ぞろぞろ、そっちに向かいかけた。

お前も軀を消防小屋寄りに斜めに動かして行き、寄合いの家を眼で捉えようとしている。ふたりが戸口に駆けこむところだった。すると、それを押しかえすように、派手な色模様があけ放った板戸の間を埋めつくす勢いで、つぎつぎ姿を見せた。着物の娘たちだった。ついたんか、話が、という笈山の叫びが届き、処女会はまだ判こをつく気はねえんよ、と答える野太い娘の声が聞こえた。

どよめくように若い衆たちが囃したてた。いいど、処女会。やれやれ。おらんかが味方だからな。声が重なりあって、騒々しくあたりを満たした。てめえなんか処女の腹を膨らませるほうの味方だんべが、と仲間をからかう陽気な叫びが飛び出し、それがきっかけで、騒ぎが笑い声に変わった。

伝染してお前も笑った。笑ってから、自分の声だけ向

う と離れているとと気づく。見まわすと、配合所前の空地にはもう誰もいなかった。行ぐべえ、とお前は自分を励ますつもりで、ひとりごとをいった。そして、若い衆の並んだ背姿を目でよけて、もう一度娘たちのいる戸口を確かめようとする。派手な色に見えたのは、娘たちが浴衣に帯という姿だからだと判った。それが白の多い塊に見え、そのなかに色の浅い赤や紺や黄色がまじって、光を吸いとっていた。

と、見るまにその塊が動きはじめた。戸口から庭先へ列をなして出て来る容子だった。遠巻きにしていた若い衆たちが、また一段と騒がしくなった。だが娘たちの列は、それに惑わされるふうもなく、まっすぐの二列で足早に動き、若い衆の輪を突っきろうとしていた。

こっちに来る、とお前は思った。舞台で踊るつもりなのだろうか。そういえば、帯だけではなく子供っぽい赤の三尺もまじったとりどりの浴衣は、稽古のためのものに違いない、と気づかされる。

娘たちのきまじめな列の動きにつれて、若い衆たちもこっちへ戻りかけていた。結局どこに決まったんだや、と誰かが問いかけた。滑沢、と投げつけるような口ぶりで娘の声が答えた。まだあたいたちが返事してねえんだから、本決まりじゃないってば。笈山に処女会は判こをついていないと抗議した太い声が、たしなめるようにいった。

やっぱり滑沢になったのだ、とお前は思う。自分たちの所が演芸会をやる。そう考えるだけで、膝に震えがくるような気がした。と、もう娘たちの列の頭は消防小屋の脇を抜けていた。新品の手拭をかぶっているのもいる。菅笠をふたつ抱えているのもいた。年齢順に並んでいるのか、先頭は娘というより、おばさんの感じだった。その二列を若い衆たちが両側から挟んで、口々に話しかけ、冷やかしながら、ぞろぞろ来た。お前は遠くへよける気も起きず、ぼんやり突っ立っていた。おらあほうで、来る晩も来る晩もこんな騒ぎになったら……、とお前は胸のなかで呟いた。だが、そのあと、ことばが湧いてくる源が、ぼうっと熱っぽくなるだけで、どう続けたらいいのかわからなかった。

処女会は怒りに燃えてるんですから、なにい聞かれても今夜は口をきかないってこんなんよ、とすぐ目の先で野太い声があがった。手拭をかぶったおばさんのような娘だった。その白い頭を列の後にふりむけ、ねえ、みんな、とまた叫んだ。若い衆たちがそれに気押されて一瞬黙りこむと、駈け足、と彼女は耳を突きさすような口調でどなった。

列は舞台には眼もくれず、空地をまっすぐ横切って往還に向けて走り出した。若い衆たちが何か面白いことに出会ったように朗らかな喚声をあげ、それを追って行く。全速力で走り、列を追い抜いて往還まで飛び出して行くひとかたまりもあった。

お前は娘たちをただ目で追っていた。十七、八人だと思った。この色とりどりの浴衣の娘たちが、往還をこのまま自分のうちのほうまで走って行く。そんな気分で見送っている。列の一番うしろは、学校を出たばかりの小娘たちのようだった。遠い戸口からの光が、その揺れる赤い三尺結びの上で踊っていた。同級生か、一年下のあまもいる、とお前は思った。

列が往還に出きった所で、また囃し立てるどよめきがあがった。処女会をバカにしてるってこんじゃないか、とあのリーダーらしい娘の声がひときわ強く聞こえてくる。若い衆は滑沢まで出っぱってって踊ったって、そりゃよかんべでしょう。でも、あたいたちは晩がて、夜道を滑沢まで通う気にはなれんでしょうが。

同情する、同情する、と誰かが答えた。夜道は狼だらけだからよ。ばかあいえ、と別の声が笑いながらいった。ハート美人をダースで用意しとくから、ぜひぜひ夜道を通っておくんなさい。



笑いや口笛といっしょに若い衆と娘たちの一群は、往還を部落の奥手のほうへ遠ざかって行った。それが消えがてになったとき、お前のなかにふいに冷静さが戻ってきた。ここのあまたちが来ねえんだら……、と胸もとでいってみた。おらあほうのあまが、あんな具合式に踊るってこんか。あとのほうは声にして呟いた。だが、それらしい実感はなにも湧いてこなかった。

だしぬけに、柔かいものが擦れる音がした。ふりむくと、暗い舞台の前に片方の幕が中途半端に引かれている。若い衆のいたずららしかったが、その軽そうな紫の幕が、僅かな風にあおられてゆらめいているのだった。あけるところなのか、しめ損ったところなのか、どっちともいえないありさまで、幕はゆらゆら、ひとりでに動いていた。おらあほうの演芸会のようなもんか、とお前は思った。

あたい、待っていたんよ、一時間の余も、と笈山の妹がいった。鼻の膜を震わせる高い音なので、土蔵の軒の暗がりでは一人前の娘の声に聞こえた。お前は頷いただけで家のほうに眼をやる。入口のガラス障子のガラスの所がパラピン紙で塞がれ、なかの光が赤っぽい長四角で弱々しく流れていた。勢いが盛んでないうちだとお前は思った。親父が公職追放で、おまけに田畑をよほど解放させられたはずだ。

　笈山さんは、と訊くつもりで妹に眼を戻すと、あたいが案内しる役なん、あんちゃんのいいつけです、と断定的にいった。ふうん、とお前は気乗りのしない声で答えた。すると、いきなり妹がお前の肘を引きおろすように摑んだ。冷たい小さな掌だった。青木くん、あたいの名前、判ってるん、と語尾を甘ったるく撥ねさせていう。

　名前……、とお前はあやふやに受け、か細い姿を見おろした。紺の長袖のセーラー服を着ていた。胸当てに縫取りのマークがある上等な品物らしかった。だが上着だけで、下は白く光る人絹らしいシュミーズのままだ。あたいねえ、トウコ……、と妹はいい、軀を蔵の壁から離して、お前の腕にかけた掌を力瘤の出るあたりへずらしてゆく。毛穴がこそばゆく縮むような、ゆるりとした撫ぜあげかただ。

　お前は年上の女に自分がいじられている気がした。ひやりした指と掌の触れが肌のなかへしみとおって、軀の芯でそれが熱いものに変わる。だが、すぐにお前は気持を取り直した。やめれよ、と腕を振り払って軀を引き離す。

　おい、おしゃくしの花王石鹼。腹立たしい気分でお前はどなりつけ、相手のしゃくれた顎に向けて人さし指を突き出した。てめえ一体幾年生だ、小生意気な面すんな。

　等子だっていったんに、と笈山の妹は怯えた容子も見せずにいった。平等のあのヒトシイって字、そいでトウコって読ませるん。おとっちゃんは金持と貧乏人が平等で、あっちもこっちも平らな世の中が来るぞって、あたいが産れた時にもう……。そうだ、とお前は胸のなかで呟いた。笈山の親父は地主なのに農民運動をした人だ。自作という息子の名も、凶作と不景気で百姓が借金だらけの時、小作も地主も無くしてみんなが自作農になれという意味で附けたものだ。

　呼びすてでもいいんよ、等子っていってお呉んなさい。妹は小首をかしげてお前を見あげた。肉の薄い貧相な顔だが、眼はよく張っていて、黒みの強いなかに利かん気が光っているようだった。ふん、なにが等子だや、とお前は反射的にいった。だが気持はもう、相手のいいなりになってもいいという場所だった。

　気配を察したらしく、行ぎましょう、と等子が思いきり声を鼻に抜いていった。青木くんは夜遊びは始めてだから、とびっきりすばらしい所をお見せして呉れろ、あんちゃんがあたいにそう命令したんだもん。お前はすっかり気を呑まれ、ふうん、と呻くようにいうほかはない。

　等子は竹の皮の草履を軽そうに撥ねさせて、もう歩きだしていた。おい、等子よ、とお前はその全身を眼で追い、慌てていった。そんなすばらしいスタイルでおれを案内せよって、兄貴が命令したってんか、おい。等子はまわれ右をして、こちらを向き、直立の姿勢になった。このセーラーが冬物なんで文句つけてるん、と開き直った口ぶりでいう。

　それもそれだけどさあ、といいかけてお前は口をつぐんだ。下半身《しも》とかシュミーズとかのことばがうまく口にのぼらなかったからだ。どうせ買い出しの東京もんから捲きあげるんだら、スカートも対でなにすりゃあよかったんに、とひとりごとのようにいう。

　スカートだってあるんに、と等子が答えた。でも、はいてみたら雨ゴートみてえにぶかぶかなんよ。ここいらや、ここいらんとこ。いいながら等子の掌が腰や小さい尻をぴたぴた叩いた。すると、その人絹のシュミーズが、垢がしみついた汚れものに見えた。お前は眼をそらしながら、沢山だい、その話は、といった。

　先に立って白壁の脇を抜け、樫ぐねの風よけの下を通りながら、行ぐって、どっちのほうなんかや、とお前は



訊いた。答えを待たずに、おれは笈山さんに会って真剣に相談ぶちてえこんがある。子どもにちょっかいをかけられてはたまらぬという意味で、お前は厳かな口ぶりになった。

　ひん、ひんだ、と横に追いついてきて等子がいった。脅かしても通じない、といいたいのらしかった。うちのあんちゃんは、ほんもんの真剣勝負に出向いてるんよ。相談ぶつひとなんぞ相手にしてる暇はありませんです。お前よりももっと息ごんだいいぐさだった。そしてシュミーズの前で、白線が何本もはいった袖口の両手を重ね、だしぬけに小犬が吠えるような喚声をあげる。声にうながされた勢いで、眼の先の薄闇をその両手で薙ぎ払うしぐさをみせ、跳びはねて先へ進む。

　お前は苦笑し、笈山が剣道三段であることに思いが行った。血の雨が降るって噂だもんな、とからかうつもりでことばをかけた。もう相手の下半身の白は小路から往還へ漂い出すあたりだった。そのシュミーズの裾が翻って、等子の軀がくるっとふりむいた。

　涙まじりの血の雨か、真紅島田の涙雨、と妙な節まわしで叫んでよこした。なにわ節か、とお前がいいかえそうとすると、それを見抜いたように、なにわ節じゃねえって、あんちゃんはいいました、と顔を浮き沈みさせ

ながら等子が続けた。竹刀とか木剣とかを持って行ったんか、と引きこまれてお前は叫び、急ぎ足で近寄った。誰なんかを、どいつらをやっつけに行ったんだ、とせきこむ声を押えながら訊いた。

等子はゆらりと首を振った。敵ははっきりしてねえんですと、という。中学生は青年団の団員じゃないから、組合の叔父さんの用心棒ってこんになってるんよ。青木くん、うちの叔父さん知ってなさるん。

ああ、とお前は答えたが、配合所の前での叔父御の演説に触れる気は起きなかった。それよりも、竹刀を握った笈山の姿のほうに頭がめぐっていたからだ。

おれも行ぐ、とお前は小声でいった。気づくと、握りしめた両拳に力がはいっている。笈山さんが用心棒だら、おれはそのまた用心棒になる、と吃りながらつけくわえた。

笑わせないでおくれ、といってその声のまま等子はくつくつ笑いだしていた。笑いごとか、これが、とお前はいった。お笑いぐさじゃん、と達者に等子が応じた。眼鏡猿の、そのちっこい軀で、偉ぶった顔しても無理でしょうが。あたいの用心棒にも役不足ってとこだんに。

なんだと、いま一遍いってみやがれ、と思わずお前は凄んでいる。ことばといっしょに手が伸び、等子のセーラー服の袖をつかんだ。すると、引き寄せたわけではないのに、嵩のない少女の軀がゆらっと脇腹にもたれかかってきた。お前は意表をつかれ、急いで摑んでいた手を放した。だが等子の背筋は、縋りつく感じに柔かく撓って、こっちの腰に胸もとを密着させてきた。おい……、とお前は困惑していったが、振り払うことができないでいる。

ぶたないでおくれえ、お願いですから、と等子が霞のかかった声でいった。息がお前のランニングを通して皮膚に当った。それは暖かいものではなかったが、軀の芯に囁きかけられた気分だ。犬っころみてえに、まつわりつくなや、バカ、とお前はわざと荒びた口調でいう。だから、ぶたないでくれってば、とまた等子がいった。顔をあげ、眼でお前の眼を捉えようとしながらだった。

眼の芯が出会うと、等子のことばが使い馴れした、ひたむきなものだと判った。お前は、下瞼が赤みを帯びているあたりを覗きこみ、等子はうちでいつでも叩かれてるんか、と訊いた。よく張った眼がしばたたいて頷き、あんちゃんじゃない、父ちゃんがぶちはたくんよ、酔っぱらっちゃあ毎晩、といった。

ふうん、と溜息で答え、お前は相手から軀をもぎ放した。戦争中笈山の親父は大政翼賛会のお偉方だった。それが今はなにもすることが無くて……、ととっさに覚る。おれは追放でもねえし、呑んだくれでもねえよ、と笑いながらいってやる。うん、と短い息で等子が返事をし、すばやく気持の切りかえができたというふうに両腕をぶらんとゆすぶり、往還を歩きはじめた。

　つられて後を追いながら、どっちへ行ぐ気だ、とお前は訊いた。この方角は部落のどんづまりだし、配合所や寄合いのある家とは逆向きだと気づいたからだ。しかし等子の軽々した姿は、薄黄色に乾いた道づらを足音も立てず先へ先へ進んで行く。それが闇の海を上手に泳ぎ渡っているように見えた。父親に殴られる話を洩したことを恥じている、とお前は思った。

　そう思うと、生意気面をしたこの子どもをもっといじめてみたいという気が起きた。四、五歩跳ねとんで等子の横に並び、親父にひでえ目に会うんは等子だけなんか、とお前はわざとあけひろげの声でいった。

　しいっ、しいっ、と等子が口を封じる合図を出した。そして、ふいに立ち停り、耳を貸しとくれえ、と秘密めかせた口ぶりでいう。お前がおざなりに上半身をかがめると、あんねえ、お夏清十郎の濡れ場を見に行ぐんよ、あたいたち、と囁いてよこした。その息が耳にかかったわけではないのに、お前はたじろいで棒立ちになった。

濡れ場だと……、と思わず呟いている。やーだ、濡れ場も知らねえん、中学生のくせに、と等子が手でぴしゃりと二の腕を打ってきた。

　お前の気持の表面に、ハート美人ということばが波音を立てて持ちあがってきた。さっき若い衆が娘たちに投げていた響きが、耳の芯で鳴っている。知ってるさあ、濡れ場ぐれえ……、とお前は自分の気持の波を押えこんでいった。あれのことだんべ、あれのな、とわざとなんでもないふうに声を継ぎたす。すると、そのことばに誘われて、夜遊びの男女は真夜中ではなく、こんな時間からあれをするのだろうか、と火照った頭がそっちへ回転して行った。どこが密会の場所なのだろう。一組なのか、それとも何人もが入り乱れているのだろうか。

　お前の眼は薄闇の遠くを探っていた。まばらな家の灯が、あちこちに高く低く浮かんでいて、その穏やかな赤っぽい光が闇と融けあう所に、うっすらと霞の帯がかかっているように見えた。背後でふいに低く呟く鼻声がした。ふりむくと、等子はおかっぱの頭に白手拭をかけ、背筋をくねらせながら何かの身振りをしていた。

　踊りの真似ごとだとお前が気づいたとき、等子は手先をひらひらさせ、歌を口ずさんでいる。かわいいお夏を、小舟にぃ乗せぇてぇ、花の清十郎に漕がせたぁや……。

鼻先で歌いながら草履を踏みしめ、細い軀をくるりくるりと翻してみせる。そして、お前の眼を十分奪ったことを確かめた容子で、手をだらんと垂らし踊りをやめた。それが濡れ場なんか、とお前は拍子抜けしていった。そんな下らないものに関わってはいられないという気分だった。滑沢に演芸会が持ちこまれるかもしれないのだ。その次第を早く知って真剣に考えなければ、とお前は思った。

等子が大きいしぐさで首をすくめ、頭の手拭を取って宙でぱさぱさと振った。はえる所にはえるもんがはえてねえ衆は、なんにも判らないんねえ、と大人びた口ぶりでいった。いまから覗きに行ぐんは、ほんもんのお夏狂乱なんだから。青木くん、腰抜かさないようにしとくれよ。

お前は計略にかかったような気分だった。だが、それと同時にときめきが攻めのぼってきて、前口上ばっか喋くらねえで見せるもんを見せろ、と早口にいった。だが自然にどなり声になっているので、一層みっともないという気がする。しいっ、しいっとまた等子が唇に指を立てた。指を立てたまま近づいてきて、正真正銘のエロなんよ、と低くいった。

エロ……、とお前は胸のなかで繰返した。と、それを見抜いたように、静かにするんよ、最後まで、と等子が念を押す。そして答えを聞くまもなく歩きだしていた。足早に二、三間行き、馬入れ道らしいところを真横の曲る。お前は往還に取り残されたまま、等子のことばを反芻していた。ほんもののお夏狂乱だといった……。それが正真正銘のエロだといった……。

そういうこんか、とお前は思わず口に出して呟いた。お夏を踊るはずの娘が、踊りの女そのもののようにのぼせ狂って、あげくに、ほんものの濡れ場を実行している。おおよそそんなことに違いない、と腑に落ちたからだった。お夏狂乱……、とお前はまた呟いてみた。ことばが舌と口蓋の間に粘りつくような気がする。そのお夏はどこの家のどんな娘なのだろう、と思った。相手の清十郎は決まった一人なのか、それとも時によって違う男なのか見当もつかなかったが、お夏はきっといい娘なのだ、とお前は理由もなくそんなことを思っていた。さっき見た処女会の、張りつめた容子の列が眼の奥によみがえった。あの仲間なのだから、エロだって真剣なエロに違いないという気がした。そして、そこまで考えが漂って行くと、てめえはなんにも知っちゃあいないんに、という声が気持の奥から冷やかすようにのぼってきた。エロも濡れ場も、どういうもんか想像もできないってんに、てめえもいい馬鹿だ。冷やかす声は続けてそんなふうにいった。

行ぐぞ、おれは、と自分の内心を打ち消すつもりでお前はいう。勢いをつけて草履で地面を蹴り、三段跳びの足つきで馬入れ道へ向かう。すると、風が出はじめているのが判った。田植から日の経っていないか細い苗の頭が、往還と平行の向きで僅かに揺すられていた。その風が闇の湿りを少しずつ吹き払って行くようだった。あしたの農休みには、おてんとさまが出らあ、とお前は胸のなかでひとりごとをいい、道なかに芝草を残した馬入れへはいって行った。

田んぼ一枚ぶんを越え、畦みちが左右に分れ出ている所まできて、等子はどっちへ向かったのだろうと目の果てを透かし見た。左手の小高くなったあたりに古桑らしい丈のある木が一本だけあって、それが大ぶりの人の形に見えた。田んぼがそこで終り、その先は畑だと気づかされる。やはりあいびきの場は畑のなかかとお前は思う。気持を確かなものにするために、胸を起こし大きい息を吸った。その音がのどから耳の裏側を擦するように打って、また動悸が攻めのぼってきた。

だしぬけに、濃い影がその桑の根かたでゆらめくのが見えた。慌ただしく草を踏みしだくような音も聞こえ



た。お前が眼を凝らし思わず構える姿勢になったとき、小さい影が身を丸くして馬入れ道の上に弾き出されてきた。追われてるんか、ととっさにお前は胸のなかで叫んだ。だが、シュミーズだけが白く目立つ影絵は、思いのほかのんびりと草履の音を響かせ、ゆるい駈足でこっちに向かって来る。おい……、と声を忍ばせて呼び、お前は等子が躍り出てきた叢の向うに視線を泳がせた。が、そのあたりには動くものの気ぶりは感じられない。桑の大枝が闇を集めて黒ずみ、こっちを威嚇しているだけだ。

だが等子は駈けてくる。ひゃあー、と悲鳴とも溜息ともつかない声をあげ、顔が確かめられそうな所まで駈け寄って来た。おかっぱの髪を左右に揺すり、おっかねえ……、おっかねえ……、ときれぎれの息でいい、見るまにお前の脇をすり抜けた。等子、こら……、と引きとめるつもりで呼ぶが、相手の軀はもう声の射程からはずれている。シュミーズの後姿が、逃げる動物の白いしっぽのように、闇に線を引いていた。往還へ出たらしく、それがもと来たほうへ急角度で曲った。

わけが判らないまま、お前もとっさに駈けだしている。藁草履が道なかの草生を打ち鳴らすので、それが人の追って来る音に聞こえ、短距離のダッシュのようにお

前は走った。往還に出ると目の先が黄ばんで明るく、等子の姿が歩いているのらしく見えてきた。

なんだや、おい、なにがどうしたんだや。お前は軀を振りながらそう喚いた。すると、等子はちらっと首を捩るそぶりだけで、またいっきに走りだした。お前は速度をゆるめ、等子と同じように首を捩ってみた。だが、追って来るような人影も足音もなかった。瞞くらかしゃがったな、この餓鬼、とお前は胸のなかで叫んだ。取っつかまえてひっぱたいてやるから、そう思え。

大股になると、夜気がしみて瞼が潤った。手足も内側から脈を搏って、軀ぜんたいがほぐれてくる。すると、演芸会のことはどうなっているんだろうという、もともとの懸念がこめかみの所に鋭くのぼってきた。こんな腐れあまを相手にしてる暇はねえんに、とお前は胸もとで呟いた。追うことをやめ、しょんべん垂らしめ、と捨科白を吐いて早歩きに移る。

等子は肩で息をつきながら立ち停っていた。お前を迎える身のこなしで、あたい嘘こいたんじゃないんよ、といった。いままでは毎晩あそこでやらかしてたんだから。十時きっかりにふたりがあっちとこっちとから来て……。喋り続けるのを無視して、お前はその横を歩き過ぎた。なに怒り顔しるん、と等子が追ってきながらいった。あたいだって見せものを見られねえでがっかりなんに。




おっかねえって騒いだんは、あれはなんの真似だ、とお前はいった。足の速さをゆるめずに、きつい口ぶりでそういう。だって、ふんとにおっかなかったんだもん、と等子が答えた。あすこは昔あたいんちやってた蚕糸の、糸取り工場のあとなんよ。壁が落ちて、こまいも腐り落ちて、蜘蛛の巣と百足のすみかでしょうが。ひとが誰もいなけりゃ、おっかなくっていっときも我慢できるもんじゃねえ。

ごくろうさんでやんした、とお前は同じ歩きぶりでいった。生意気をいっても子どもは子どもだ、と思うともう腹を立てる気もなくなっている。等子よ、帰って寝なよ、濡れ場は夢で見るこんだ、といってやる。そして、それを口にしてみると自然に心が決まっていた。おれは処女会の集りを覗きに行ぐんだ。もともとその結論を調べるためにおれはやって来たんだからな。お前は断定的にそういった。すると、それは急がなければならないことだと思った。

あたいも行ぐ、と等子が即座にいった。そしてズボンの皮帯に手をかけてきた。やかましいや、とお前はその手を叩いて振り放す。と、それが引きがねのようになって、往還を一散に走りだしていた。部落の中ほどの、固まった家の明かりが、肩のあげさげにつれて揺れて見え、その刺戟がちょうど逆に働いたらしく、お前の頭のなかにまっくらな糸取り工場の荒れた構内が浮かんできた。等子がいったことは嘘ではないという気がした。蜘蛛と百足のすみかになって荒れ放題の座繰りの小工場はお前のうちの庭先にもある。今まで気づかなかったけれど、あれも逢引の場所なのかと思った。もし滑沢に演芸会が持ちこまれたとしたら、あの工場のなかが今度はお夏清十郎の場所になる……。走り続けながら、お前の頭はそんなふうにめぐって行ったが、いまはもう、ときめきは湧いてはこなかった。

　電球三箇ぶんくらいの太い束の明かりが、梯形に路面を浮かせていて、そこが床場《とこば》の店だと判る。七、八人の若い衆が店から溢れ出た容子で、往還の地べたに坐ったり立ったりしているのが遠目にもよく見えた。農休みの前の晩じゃ、徹夜のかきいれってこんだ、とお前は胸で呟き、自分の坊主頭のことに気持が動いた。自転車屋のいいぶんのように、その明るみが関所だという気がした。ポケットから急いで汚れ手拭を引き出し、引っぱって皺を伸しながらお前は頬かぶりをする。額にかかった部分を帽子の庇のように、眼鏡の上までずりおろした。そして手を後手に腰の上で組み、急用を思いついた百姓おやじのつもりで、お前は足早に若い衆のゆるい車座に近づいて行った。

　店の間口から遠い、道の石垣寄りを択んで行くと、屯している連中がただ待っているのではなく、桶を据えて酒盛りをしている容子が見えてきた。肥桶のひとまわり大ぶりのやつから、アルミの柄杓や丼で白い汁を汲みだしていた。黙っちゃあ通れまい、とお前はとっさに思った。草履の足先が区切られた光の圏にはいったとたん、やってがねえかい、とひとの好さそうな声がかかってきた。

　どう返答したらいいのかとまどって、お前は顔をそらした。石垣に自分の影がいかつい姿でくっきり貼りついていたが、胸の中途からは立木の茂みにまぎれている。と、同じ声が、夜道に早え遅えはねえや、なあ、眼鏡のあにい、といった。立って柄杓を手にしている浴衣の青年だった。

　そうとも、それもそうだ、とお前は反射的に答えた。答えると気持が楽になって、ひとくちだけ招ばれて行があ、と明かりに顔を曝して桶のほうに寄って行く。いきなり眼のすぐ前を青蠅がとびかい、それがきっかけのように、粘りつく匂いが鼻をうった。ひとくちって挨拶があるかや、いっぺえとか駈けつけさんべえとかってえんだ、と酔いのはいった別の声がいった。弱いんだい、おらあ、と小声でお前は弁解する。だが、若い衆たちの眼は店のなかに向いていて、お前のことを気にとめるふうもない。

ほれよ、まんま流しこみない。浴衣の尻をはしょった青年は、桶から出した柄杓の柄をお前のほうに向けて寄こした。そのまま口飲みしろという意味だ。はい、とかしこまって答え、その柄とアルミを両手で捧げるようにして受け取る。口きりいっぱいのどぶろくは、沸きの最中らしく大粒の泡を浮かべ、僅かに黄味を帯びていた。そろそろと、お前はいびつなアルミを引き寄せ、味わう考えもなく、ずるっとひとくちすすった。のどをこして降りてゆくのが判ってから、酸味《すみ》がきついと思った。

失敗作だから、みなさんに振舞っちまうんさ、と浴衣の青年がいった。眼を返すと、お前の飲むさまを眺めていたらしいまなざしだった。慌ててお前はまたアルミに口を寄せた。これ全部を飲みきったら、無灯火の自転車で無事に帰れるかどうか判らない、という気がする。正月に母親が作ったときは、御飯茶椀一杯で頭がのぼせかえり、あとで下痢になった。だから、それっきり飲んだ



ことがないのだ。ひとつ息を大きく吸って吐き、やれるだけやってみようと決めたとき、店のなかから笑い声が起こり、それが道の若い衆たちにも飛びうつった。

見ると、床場の太ったおかみさんが鋏を使いながら、若い衆に話をしているようだった。商売だから、女のふりをしてるんが真相だんべ、と店のなかの誰かが訊いている。信じろってば、とおかみさんがすぐにいいかえした。おらが宿になった夜だって、あの師匠ふたりはひとつ蒲団だあや。わざわざふたっつ並べて敷いといたんによ。噓いつわりなく男の夫婦ってこんさ。

また若い衆たちが笑った。重ね餅かい、と誰かが叫び、宿河原はおかげで処女が保たれてらあ、と別な声がいった。お前は踊りの師匠のそんな噂を少しだけ聞いたことがある。女形のほうが腰巻をして、女便所しか使わないという類いの話だ。しかし、男同士が夫婦だというのはいまはじめて聞くことだった。おらあ信じられねえ、という真面目そうな声が笑いの静まりのなかから出てきた。軍隊じゃ珍しかあねえが、娘があり余ってて、それが股倉を濡らして待ってるってんに、わざわざ毛むくじゃらのけつの穴を掘っくりかえすなんちゃあ……。ばあか、と笑い声が遮った。そういう真実があるからして、変態性って立派な日本語があるんじゃんか。

行ぎな、とふいにお前の耳もとで浴衣の青年がいった。一息に飲んじまって行ぎない。青年は店のほうを眼で示し、顔をしかめてみせた。子どもが聞く話じゃない、そうお前に語っているようだった。はい、とお前は口のなかで答えた。そして、のどぼとけを何度もあげさげして、いっきにどぶろくを飲んだ。最後はアルミのふちを眼鏡の上にかけるようにして飲み終る。鼻の奥がひりひり痺れた。

おごっつおさんでした、とお前は青年の手に柄杓をかえした。すると、声を出したせいか、腕を動かしたせいなのか、胃のなかでいきなり熱い球のようなものが脈をうちはじめた。浴衣の青年は柄杓を無造作に桶のなかへ投げ、演芸会のために戦争をおしめえにしたわけじゃねえんになあ、と小声でいった。お前に話しかけたのか、ひとりごとなのか、はっきりしない喋りかただった。店のなかの笑いがすぐにそれを消した。

やるほうはいいだんべが、女形のほうはいい気持がしるんかいなあ、と甲高い声が聞こえた。ためしてみれば、とおかみさんがこれも大声でいった。誰かにいっぺん突っこんで貰やあ、味のよしあしが判るだんべに。すると、どっと若い衆が喚き声をあげ、店のなかがむせかえるようになった。

お前は、その騒ぎに同調せずに平静な顔をしている浴衣の青年に眼をやり、それを真似て、何も聞かなかったしぐさで桶の所を離れ、急ぎ足で暗がりのほうに向かった。

明るみから抜け出ると、とたんに足がもつれ、川の水に頭ごと突っこみたいほど、動悸とほてりが頬かぶりのなかにずんずんのぼってくる。闇の遠くに消防小屋の赤電球が見えたが、暫くはそれが何なのかわからず、自分の眼の奥に赤い点があるような気がした。あの向うが舞台だ、とお前はぼんやり思った。舞台をもう一度覗いて、そこに何もなかったらもう帰るのだ。そんな気分がだるい軀の芯から湧いてきた。手をぶらぶら振り、赤電球から眼を放さずに、ゆっくり歩いて行く。

その赤が急に眼のなかから消えた。と思った瞬間、まぢかで空気が揺らぎ、肩が何かにぶつかっていた。軽い当りかたで応えはしなかったが、飲んだくれ、気いつけろ、と太い罵声が耳もとで爆《は》ぜた。草刈籠を背負った老人の、その籠にぶつかったのだ。とお前はやっと了解する。だが詫びのことばはすぐに出てこない。この部落ではこんな夜中まで仕事をするのかと漠然と思うだけだ。てめえ、どこの若え衆だ、と老人が腹立たしげにいった。

滑沢の……、とお前はおうむがえしに答えた。と、老人は灰色の野良シャツの手でお前の肩をやわらかく叩いた。うってかわった口ぶりで、ほうか、滑沢の衆か、ご苦労なこんだのう、おらあほうの尻ぬぐいじゃあ、肝の煎れることが多かんべなあ、といった。よろしくお願いしやんす、と籠ごと頭を下げ、お前が何をいっていいのかとまどっているうちに、すたすた床場の明かりのほうへ去って行く。

見送りながらお前は吐息をついた。その息が鼻に戻って、気色の悪い匂いがした。肝が煎れるとも、とひとりごとが口をついて出る。すると、ほてった頭がはためくように廻って、滑沢という名を出せばいまは大威張りできるのだ、と思った。

ごたごた吐《ぬ》かすない、おらあ滑沢のもんよ。胸のなかで啖呵のまねごとをし、お前は背筋を伸した。いましがたまでの気怠さが失せ、気持が妙に伸びやかで快くなっていた。もちろんどぶろくのせいだと自分で気づいている。そして、夜遊びのときは必ず飲んでからにしよう、と考える。そんな浮わついた気分で、処女会はどこで討論会こいてるんだ、と声にして呟き、肩であちこちを眺めまわすような勢いで歩き出した。

その場は若い衆がまた三、四人ずつ立ち話をしながら群れているので、すぐに判った。部落のまんなかの四辻を、消防小屋とは反対の方向に曲ってゆく所らしかった。川っぷちのうちだとお前は思った。もしかしたら、うちのなかではなく、川原の広みで車座を作って処女会をやっているのかもしれない、という気がした。

若い衆たちの小さい塊のあいだを縫って角を曲ると、そこからは足がすべりそうな急坂だ。両側が切り通しの厓なので闇の底へ流れ下って行く細い急流のような感じがする。草履が小石の石車に乗せられて、ずるっと斜めに運ばれ軀がよじれた。用心深く背筋を立て直そうと身動きして、お前は、若い衆たちが上の四つ角を屯場にし、ここへ下りて来ない理由がようやく呑みこめた。

引き返そうかと束の間お前は迷った。と、闇の底からどっと喚声がのぼってきた。口笛もまじった若い衆たちのものだ。ふうん、とお前は鼻先で溜息をつく。処女会を覗いている若い衆もかなり多勢いる、と判ったのだ。おらあ滑沢だもんな、とお前は呟き、草履の足で地面をまさぐり直した。当事者なのだから一番近くまで行く権利がある、という気分だった。

足取りが楽になり、坂がつきるようだと感じたとき、両側の厓が右手に彎曲しはじめた。穏やかな水音が響き、闇がひとかわ薄く剝がされたと思うと、突然左手の崖が垂直に切れて終っていた。その代り、眼の高さ一面に点々と白い泡のようなものが広がっている。

　隠元ささげの花だった。篠竹の支えにからまった蔓の間で、いまが盛りのように見えた。薄紅の花もまじっていた。急坂の心もとない暗がりから出て来たせいで、お前は眼といっしょに気持もなごやかなものになった。川音のうねりが静かに同調してきて、別の天地にはいりこんだ心地がした。すると、はじめて、豆の畑を照らしている光源に気づかされる。

　それは道の角度から顔をそむけるような向きの、障子ごしの明かりだった。家ぜんたいの姿は判らなかったが、五枚か六枚並んだ障子戸のまっ白な長方形が、隠元畑の向う側にあるのだった。耕地が少ない地区なのに一畝《せ》も二畝《せ》も豆なんかを作って、とお前は眼を奪われたまま思った。が、明かりのほうへそろそろ軀を移して行くと、蔓の支柱の枯れた篠竹の間に貧相な陸稲の列が見えてきた。地味が悪いもんで、結果、豆の野郎がご主人さまになっちまった、と畑の持主になったつもりでお前は呟く。

　耳の膜が自分の声でゆすぶられると、酔いが一瞬遠のき、ふいに人の気配が行手に色濃く感じられた。すぐに姿は捉えられないが、若い衆があちこちのものかげで囁きあっているふうだった。お前は、障子戸のなかが処女会の集り場だ、とようやく了解する。しかし、それらしい娘たちの声はまったく聞こえてこなかった。

　豆のさくを一列一列確かめるような忍び足でお前は障子の明かりのほうに吸い寄せられて行く。と、だしぬけにその障子が、紙の音をたてて鳴った。砂をぶっつけた物音のようだった。続いて鋭い指笛が響き、処女会のみなさま、時間が迫ってまいりました、ぼちぼち決を取っておくんなさいまし、という若い衆の叫び声が聞こえた。あとを追ってやや低い声が、待ちくたびれたぜ、おらんかも。よう、表へ出てみろやれ、はあ空がしらじらあけだんに、という。それを包んで数人の笑い声もする。

　右手の切りたった崖下にその連中はいるようだった。空が、ということばにつられてお前は首筋をそらせた。だが空の闇はこの部落へ着いた頃よりもっと暗く奥深かった。三方のふちを山の稜線で切りつめられた狭い天の、一番下の黒雲が煙を流したような速さで動いていた。眼がそれに引きずられ、自分が流されているように感じられると、急激に吐気が襲ってきて、胃袋からのどもとの線を荒く手摑みにした。お前は急いでしゃがみこみ、胸を手でさすってこらえる。吐いちまったほうがせいせいするんに、と自分にいい聞かせるが、一方ではこのままこらえきろうと力んでいる。吐いて胃が空になれば、ただの中学生に戻ってしまう。そんな心持が辛い息づかいのなかから湧いてきたのだ。

眼の先の地面がゆらっと傾く気がして、これはめまいだ、もう駄目だと観念したとき、闇の幕が片づけられたようにあたりが明るくなった。見ると、障子戸のまんなかの一枚が引きあけられていた。その光がお前のしゃがんでいる地面にまで届いたのだった。めまいではなかったと気づくと、あっさりお前の吐気は消えていた。胸のなかのにがい固形物が融け去った感じだ。そして、豆畑の先のざわめきのほうに耳がゆく。

結論を聞かしてくれや。やっぱし滑沢のんに合流するんか。そのほうが演芸会も夜遊びも倍おもしろくなるだんべや。若い衆たちは口つぎするふうに、開いた障子のなかへ声をかけていた。だが、みんな暗がりから叫んでいるらしく、明かりの射すところには誰の姿も見えなかった。その障子のなかがわも、お前の位置がかなり斜めなので、隠元の茂った蔓ごしに、土間に置かれた唐箕と滑り台の形の千石篵《どおし》が覗けるだけだ。よう、宿河原の処女会は聞か猿、言わ猿、山猿なんか、とおどけた声がまた叫んだ。



すると、それに答えるように若い小柄な娘が戸口まで出てきた。お前は豆の葉を避け、急いで覗き見る。肩あげをした浴衣に桃色の三尺の幼い顔だちを光に曝し、こわごわ表をうかがう姿だ。いいぞ、人生の並木路、とすかさず誰かが声をかける。小娘は慌てて家のなかへ首を捻り、指図を仰ぐような身ぶりになった。

さっとしめて、しんばり棒をかっちまうんよ、と焦立った声がなかから響いた。それと同時に、白手拭のおばさんのような顔が小娘の横に現われ、表ぜんたいを押えつけるように見まわした。意見があるんだら、明るいとこで堂々と発表しておくんなさい。それもできねえほど度胸がねえんなら、わたしらにちょっかいかけるんじゃないんよ。こっちは女性の解放について、骨がきしむほど真剣な討論をなにしてる時でしょうが。

鬼瓦、ひっこめ、と若い衆がいまいましそうな低い声でいった。すると、それに口火を切られた容子で、蛇姫さまお顔を見して、雪之丞出てこいや、娘船頭さんよう、というふうな呼び声がたてつづけに飛んでゆく。その賑やかさのなかでお前はふいに納得した。娘たちはやくざ踊りのその流行歌の名前で呼ばれているのだ。笈山の等子も、だから、お夏、お夏といったのだ。

高石かつ枝さん、高石かつ枝さん、水車小屋の表までどうぞ、旅の夜風が待ってます。早口の気取った口ぶりで誰かが叫ぶと、若い衆たちの間から弾けるような笑いがあがった。それは障子の向うにも伝染したらしく、娘たちが忍び笑いをする華やいだ空気がお前の所にも伝わってきた。お前は無意識のうちに立ちあがり、お夏う、清十郎が待ってるど、と叫んだ。だが、その反応が現われる前に、戸口の白手拭が脇の小娘を押しやり、障子戸を音を立ててしめていた。

不満の口笛と罵声がもとの仄明かりに戻ったなかで、ひとしきり喧しくなった。今度は障子をはずしっちまえ、全部取っ払っちまえ、と煽る強い声があって、耳覚えからお前はあの男だと気づいた。自転車屋を殴った碓氷の大男の彼だ。二、三歩進むと眼が馴れてその所在がわかった。道が軒先へはいってゆく手前に、二股に分れたひょろ長い樹があり、彼らは枝葉の広がりを楯に取った形で庇下に屯しているのだった。

白手拭の娘はさっきその庇下だけではなく、反対側の川音のするほうも睨みまわしていたと思いつき、お前は豆畑のなかも確かめてみた。そこには地べたに腰を下ろしているひと塊がいた。そして家の奥のほうに眼を送ると、軒から黒々とした大きい輪の一部がはみ出して見えた。水車小屋なのか、とはじめてお前は気づく。部落共有の精米所に違いない。だから、障子戸ばかり五、六枚引きの表見で、普通の百姓家とは違う造りなのだ。いま水車は廻転をとめてあったが、水音が高いのは用水に落差をつけて小さい滝を作っているせいだと判った。

庇下に行こうか、それとも豆畑のなかを通って水車のほうに廻ろうかとお前は迷う。碓氷の大男の彼に見つかるのは怖いという気持と同時に、おれはただの弥次馬じゃない、滑沢のものだ、といい渡してやりたい気もするのだ。と、障子のこちら側を影絵のように人が走った。背を丸め、戸ににじり寄って行き、がたっとその一枚をあけ放った。そして、波うつ影を畑の上に掠めさせたと思うと、もう庇下のほうに隠れていた。

喚声と囃し声を耳にしながら、ばか餓鬼が、とお前は胸もとで呟いた。弥次馬の彼らはこの程度のことを繰返して面白がっている、とそれを蔑む気分だった。軀が自然に前へ押しやられて、明るみと眼の間をもう豆の茂みが遮らない所まで来ていた。とんだこんだ、これじゃあわざわざ人目に立つようなもんだんに、とお前は思う。だが、神経の根が妙に太くなっていて、慌ててものかげへ隠れるような心は起きなかった。

戸口へ人生の並木路と呼ばれた幼な顔の娘が急いで出てきた。眼をつぶってのどもとをそらし、やめとくれえ、もう。悪さはよして帰っとくれよう、と高い掠れ声でいった。体罰をくらっている子どものような悲痛な口ぶりだ。泣くじゃあない、並木路にはこの兄さんがついてるから。畑のなかからうきうきした叫びがかえって、また笑いが高くなった。娘は耳を覆うような表情で、ゆっくり戸をしめた。しめきったとたんに、あたいたちはもう演芸会はおしまいにしたんだ、と涙のまじった早口でどなってよこす。

訝ることばがいくつか飛びかったが、まるで蟬が小便をして逃げ去るみたいなありさまで、ざわめきはぴたっとおさまり、単調な川音だけが地を這って響いている。

演芸会がおしまいだと……、とお前はのどの奥で自分に問いかけた。じゃあ、おらあほうの滑沢でもやらねえってこんなんか……。いや、宿河原の処女会は参加しねえこんになった、人生の並木路がいったんはそれだけの意味じゃなかろうか……。

青木くん、という囁きといっしょに、だしぬけに背筋が叩かれた。等子だとお前は気づくが、さっき感じたほどのいまいましさがいまは消えている。なんでおれの居場所が判ったんだや、とふりむかずに声を殺して訊いた。その白い頰っかぶりが目につかねえわけはないでしょうが、と等子は笑いを含んだ声でいった。朴の木の花みてえにぽっかり間抜けに浮かんでるじゃんか。

うるせえや、とお前は舌うちしていったが、やはり間抜けに見えると思い、乱暴に手拭を顔から取った。熟《じゅく》柿《し》っ臭え、飲んだんね、中学生の癖して、と等子がいった。あたりを憚らない口調だった。お前はいきなり頰を張られたような気がして、のどとこめかみの血管が膨れあがるのを感じた。あっちへ行げ、餓鬼、とお前はほんものの憎らしさをこめてふりむいた。

すると、そうしようと思わないうちに、とっさに、力のはいった腕が動いていた。拳がどこに当ったのかも判らなかったが、相手の小柄な背丈が豆畑のなかへあおむけに躍りこんでゆく手応えだけはある。蔓を支える篠竹の三角の交差が音を立ててわななき、葉と花が頼りないもののように宙で揺れた。おらあ張り倒しちまった、とお前は蔓の揺れをぼんやり見ながら胸のなかで呟く。

腕力だけではなく度胸のようなものもまるでなかったから、これまで人を殴り倒した経験はない。それらしい場に遭遇したときは、いつも逃げることにしていた。逃げられないときは、諂ったり口先でごまかしたりしてきた。小突きまわされるような場合も、自分から手を出したら終りだといつも思っていた。だから、たとえ相手がちびで女の子でも、お前は自分の力で、それも一撃で倒してしまったことに茫然としている。自分の腕がそれをやったのは確かだが、この自分が、という考えになじめないでいるのだ。

篠竹ががさっとまた大きく揺らいだ。その音が放心している お前の耳に鋭く刺さった。動悸がいきなり高い調子で湧き、それがつぎつぎ胸の一点に集中して、呼吸を押えつける感じだった。等子……、とお前は息を無理に吐いて、やっと呼びかけた。

すぐには答えはかえらなかった。もう一度豆の葉が擦りあわさるように揺れてから、おお、痛て、という声が地べたから聞こえた。こっちの緊張とはかけはなれた呑気な口ぶりだった。お前は急いで畑に踏みこんでしゃがみ、平気なんか、とうわずった声で訊いた。

等子は篠竹の太いのにすがって上体を起こすところだった。シュミーズが紙屑のようにめくれ、その下の黒いズロースがお前の眼にはいった。平気なんか、とお前は同じことをまたいった。うん……、口んなかが切れたみてえ。起き直ってから等子はそういった。非難する声音ではなく、簡単な報告のようだった。

口んなかがか……、とお前は繰返して呟き、気持が軽くなって手をさしのべた。冷たい指先が手首をまさぐって摑んでくる。縋って、お前のほうに小犬のような生暖かい体温を送ってよこしながら、うん……、血がのどへおりて行ぐんよ、と等子はいう。お前はそのことばにうちのめされる。その顔を見たくないという気で腕をたぐり寄せ、胸ふところのなかへ等子のおかっぱ頭をいれた。

張っとばすつもりはなかったんだ、おらあ……、と謝る意味をこめてお前は囁いた。等子が眼の真下で髪を揺すった。それから、お前の胸に唇を当てるような近さで、酒っくらいを怒るつもりはねえんよ、あたい、と息の音でいった。

父親に毎晩殴られているからか。そう訊こうと思ってことばが浮かんだが、うまく口にのぼらなかった。と、急に等子が軀を引き放し、豆畑のなかに立ちあがった。なんか起こってるみてえ、騒動が、と声を弾ませていった。

お前も立って水車小屋のほうを見やった。若い衆たちがまるで勢揃いのように、障子戸の前に並んで立ち塞がっていた。口々になかへ向かって喚いているのだが、しばらくは意味が聞きとれなかった。等子の軀がお前の脇にぶつかってきた。村うちのどこの地区でも演芸会なんかやらせねえってんだよ、処女会は。早口でそういいお前の手を取って引っぱった。滑沢でもか、と反射的にお前も口走り、畑から踏みだして障子戸のほうに向かう。

　戸をあけねえと蹴やぶるぞ、と叫ぶ声がした。よその部落にも禁止するっちゅうんは勝手すぎるだんべや、と説得するような声もあった。そういうんが女めらの封建主義なんだ、全体主義ってんだど、と太い押えつける口調が響いた。碓氷のあの大きい彼だ……、とお前は思った。

　若い衆の並びのすぐうしろまで来ると、停れというように等子が手に力をいれた。ああ、とお前はのどもとで呟き、おらあほうのんも妨害するってわけなんか、と声を忍ばせて訊いた。あたいにいったって知るもんか、処女会の衆に質問しなけりゃ真相はあばかれないんに、とすばやく等子が答える。

　わかってらい、といってお前は手を振りほどいた。その拍子に、等子の上唇が腫れて厚ぼったくめくれあがっているのに眼が吸いつけられる。痛むか、ととっさに労りのことばをかけようと気持が動いた。だが、お前はそうしなかった。障子ごしの光で薄紫のてかりを帯びたそこが、自分の恥の傷口のように見えたからだ。

　質問をしる度胸はない、とお前のまなざしを誤解した目つきで等子が囁いた。答える気もなく視線をはずすと、ふいに、障子をがたがた鳴らす音が響いた。碓氷郡から来たあの逞しい彼だった。よう、おれたちはお通夜にはるばる出向いたんじゃねえんだぜ、と彼はいって、軍靴の先で障子の腰を横に引きこすった。演芸会がおしめえなら、せめて残念会でもやって賑やかそうじゃねえか。なあ、おい。

　お断りします、となかからすかさず声がかえった。年かさの娘のらしかった。わたしら、これっから若い衆のほうも説き伏せに行ぐんよ。遊び呆けてる暇なんかあるわけないでしょうが。残念会もやれねえ、その残念会でも勝手にやらかしとくれよ、そちらさんで。

　ばかあま、婦人警官にでもなりゃがれ、と彼はいまいましさを表に出した声でいった。そして、障子を背負った姿のまま、くるっとこっちを向いた。聞いたかや、いまの山猿のいいぐさ、と若い衆みんなに語りかける身ぶりでいう。おれらは観客だよ、お客さんだあ。それに対してお茶のいっぱいどころか、おととい来いってんだぜ。宿河原は山猿だ山猿だと聞いてたけども、これほどの雌猿とは思わなかったい、なあ。

　彼は攻撃するというよりは照れかくしの口ぶりだ、とお前には思えた。だが、若い衆の仲間は同意のしるしで、山猿、とか、え、て、こ、う出てこい、という喚き声をあげた。彼はそれを押えるしぐさで手を振った。猿ったっておらあほうのえてこうだら、お客さまが来りゃあ榛名山まで苔桃を取りに行ぐってぐれえだ。ほんもののえてこうが苔桃をだぜ、と彼は繰返した。仲間が笑うのを待っているふうだった。それから急に強い調子になって、おらあ問題だと思う、といった。娘っこだけじゃねえ、ここの青年たちにも問題があるんだ、今夜のこのざまは。こいつを放っとくって手はねえ……。

障子の向う側が彼のことばの途中から騒々しくなっていた。女の声がいくつも重なりあって聞こえた。やっちゃえ、やっちゃえ、という高い響きがひときわ耳につく。そして、いきなり大男の彼のうしろで勢いよく障子があいた。ひとつだけではなかった。なかの娘たちは駈けるような身のこなしで、つぎつぎに戸をあけ放つ。

光が一斉に溢れ、若い衆たちはとまどって身じろぎした。そっちへ繰りこんじまうんよ、と指図する叫びがなかから聞こえると、両側に開いた障子戸を、今度は水車のほうの軒へ片寄せる形で娘たちは押して行った。とりどりの色の浴衣姿が表へ視線を投げようともせず、押し黙ったままそれをやるのだった。こらえてきたものが、いまにも弾けそうな圧力がある、とお前は思った。涙声を出した人生の並木路の姿が眼にとまった。視線で追う



と、唇をとがらせるように緊張している顔だちが、さっきよりずっと大人びて見えた。

なにいしるんだ、とざわめきのなかから若い衆のひとりがあっけに取られた声をあげた。本土決戦か、と別の声がいった。すると、それをしおに、暗がりを求める若い衆たちの影が、小魚のようにさっと散った。いつ隠れたのか、大男の彼もお前の眼の届くところにはいなかった。

だが、お前は高い天井から電球がいくつもぶらさがった家のなかに眼を奪われていた。土間いっぱいに、ねこや蓆が敷きつめられ、農機具類は壁ぎわに寄せてあるので、上蔟まえの蚕屋のように平っぺたく広々していた。ここが踊りの稽古場なのだ。いや、演芸会が終りになったいまは、その夢の跡だ、とお前は少し感傷的になってそう思った。

背中のランニングを等子のものらしい冷たい手が、二度三度引っぱった。なんだや、とお前は乱暴にふりむいた。等子は細い顎をまわしてあたりを示してみせた。みんな隠れてどこにもいないといいたいのらしかった。眼をやると、豆畑の浅緑の葉が光に浮きたち、白い花が泡のように飛び散って見えた。明かりが届かない先にも、その白が遙かに漂い、途方もなく広がった花壇のよう

だった。

なにしてるんよ、と等子はお前の陰に身をひそませながら低くいった。ひとりっきりおっ立って、見っともないじゃんか、と咎める口調だ。お節介はやめれ、とお前はいいかえした。おらあ好きなようにするんだ、とことばを継ぐと、自分は滑沢のことを訊いて置かなければならないのだという気持が、急ぎ足で胸のなかを通った。

お前はまっすぐ家のなかを見た。娘たちは軀を寄せあうような小さい輪を作って、奥の壁ぎわにいた。おばさんのような白手拭の娘がみんなに何かいい含めている容子だった。事情を話して貰うとすればあの人だと思い、白手拭に眼を据えてお前は敷居のほうに出て行く。酔っ払い、気違い、と等子が短く叫んだ。背中に軀をぶつけてきて、皮帯の後をつかみ、力いっぱい引き戻しにかかる。青木のばか、正気になれってば。低く叱咤する声に真実味が溢れている。

虚を突かれて、お前は一歩足踏みし、その足もとが頼りなくよじれた。放せ、これ、とうろたえた声をたて、腹にくいこんでくるはめこみ式の海軍バックルを指先で押えるだけだ。後手で突きとばせばいい、と頭では判っていたが、腕はそう動かなかった。等子が引っぱる力と無意識に均衡を保ちながら、お前は、これは酔いのため



だ、とぼんやり感じた。

酔っ払いのエロ、と等子が悲鳴に近い鼻声でいった。お夏はここにはいやしねえってんに。そういいながら全身でぶら下がる容子だった。ばかをいうな、エロなんかじゃない、とお前は大声で答えたい。だが、相手の力をこらえるほうが先になり、ことばは出てこなかった。

そして、ふいに軀ぜんたいが熱っぽく、だるくなっているのに気づく。手足のあちこちで脈が勝手に搏ちはじめ、脈のないところは妙に重たく思えてくる。等子……、おらあ違うんだってば、とのどの脈に合わせながら、お前はやっとそれだけいった。

と、視線の先で白手拭がゆらゆら動いた。なにいしてるん、そんなとこでえ、と咎めるような叫びが響いてきた。自分は滑沢から……、と何も考えず反射的にお前は答えた。そう答えると眼の焦点が合い、白手拭のなかの陽焼けした顔がどういうわけか親しみのあるものに見えた。だが相手の態度は違っていた。それがどうしたっていうん、ときりかえす口調でいい、浴衣の裾を素足で蹴ってこっちへ向かって来る。

逃げべえ、とせきこんで等子が囁き、引っぱっていた力を急に緩めた。反動の弾みで、お前の腰は前へ押しやられ、敷居のほうへ軀がよろめきかかった。縺れる足を

踏みしめ、お前はやっと背筋を立て直す。酔ってるんよ、このひと、と等子の弁解する声が耳にはいった。

若い衆たちがあざ笑うざわめきが聞こえた。厓下の枝葉の暗がりからだった。ちびの癖しやがってよう、と誰かがいっている。等子のことか、おれんこんか、とお前は思った。川んなかへ頭をおっぺしこんでやりぃ、と白手拭が歯切れよく等子にいった。

おらあ、滑沢から……、とあわててお前は同じことをいった。そのあとどういったらいいのか判らず、またつかえてしまう。白手拭が首をよじりお前に眼を据えた。そいで、賛成しに来たん、反対で来たん、どっち、と早口にいった。どう答えてもただでは置かないというふうに顎を突きだしている。おらあ、自分は……、演芸会ってもんには……、とお前はいう。いいながら具体的には何ひとつということがないと思い当る。こういうときは、わけの判らない理窟でも喋る他はないと気づき、青春てもんについちゃあ、自分は深く考えた末……。

のろま、よせ、と等子がすばやく遮った。いうのといっしょに鋭く脇腹を小突いてよこす。あんねえ、この者は中立、ただの中立なんよ、と落着いた口ぶりで等子は応答した。あんちゃんの友だちの中学生なんよ。そいだから意見もあるわけはねえし、どっちの派でもないってこんです。

厓下からげらげら笑う声が響くなかで、ふん、中学……、と白手拭はいった。ばかばかしいという眼つきでお前のぜんたいを眺め、鶏を追い払うような手ぶりを見せて、あとは白地に朝顔の小娘のような浴衣を翻し奥のほうへ戻って行く。

帰るべえ、と溜息まじりに等子がいった。腫れた上唇を舌でなめ、疲れきったという表情だった。お前も返事のつもりで溜息をついた。そして、小走りに豆畑のへりを行く等子のうしろに従いながら、早く暗がりに紛れてしまいたいと思った。眼を伏せ身をかがめて、豆畑の角を坂道のほうへ曲りかける。

よう、湯島の白梅、と厓下のあたりから冷やかす声が襲ってきた。中学んときから女に助《す》けて貰うんかやと続けて叫ぶ。お前は思わず足を停めた。黒く広がった枝のかげで若い衆たちがこっちを見ている。悪意が見ているとお前は感じた。ばかあいえ、と別の声がいった。学生が女芸人を犠牲にしるんは、滝の白糸のほうだんべや。

どっちにしたっておんなしこんさ、いろおとこが儲ける話じゃんか。最初の声がそう答えるのを耳にしながら、お前は闇のなかへいっきに躍りこんだ。逃げるんか、よた中、挨拶ぐれえしろ、という叫びが背中に飛んでくる。畑んなかへもぐるんよ、と耳もとで等子の声がした。楽しんでる口ぶりだ。そしてことばの通り、蔓の列を揺すぶる音をさせ、それが遠のいて行く。

だが、お前の眼はまだ闇のあやめを見分けることができないでいた。それに、等子の背丈なら畑なかにうずくまっても平気だが、おれのほうはとても……、という気持だった。迷いながら、若い衆の声がもう追ってこないことに気づく。圧下をそっとうかがうと、眼が馴れたらしく、若い衆七、八人の足もとがおぼろげに見えてきた。

すると、その視線を待ち受けていたように、足のずっと上で枝をかきわける耳ざわりな音がした。お前が首をすくめる暇もないうちに、おい、てめえまだ騒ぎ足りねえってんか、待ってれ、そこで、と太い声がどなってよこした。

だめだ、と悲鳴のようにお前は胸のなかで呟いた。逃げる気力がない、つかまっても仕方がない、と諦める気分だった。予想した通り、あの大男の彼が茂みから出て、軍靴を地面にうちつけながら近づいて来る。娘が山猿だら、ほかもほかだなあ、ええ。ここいらじゃ中学生が夜遊びに来て、あげくにでっけえ面してるんかや。

お前は黙っていた。喋るまいと思って、意味を聞きとらないようにしていた。そのために殴られても、それはそれでいいと思った。伏せた眼の先に大きい軍靴がはいって停った。奥歯をしっかり噛みしめていないと歯が折れるはずだ……。お前はさし迫った気持もなしにそんなことを思い出している。

頬の横をゆるい風が通り、相手が肩をつかんだ。短い身震いが背筋を降りたが、彼の手は思ったより柔かい当りだった。来な、と短くいい、その手が押す。

足取りはおぼつかなかったが、お前は若い衆のいる茂みに眼を据えて歩いた。二股にわかれた大きい株は柘榴に見えた。それより奥の、たてこんだ葉群は若木の柿かもしれない。そんなふうに判るとおれはもう酔っちゃあいない、どんなこんでも我慢しきれる、とお前は思った。

うしろから彼の手がまた肩を押した。山犬かと思ったら、野兎ぐれえのしろもんだ、誰か料《りょう》ってみろや、と若い衆ぜんたいに声をかける。ようし、おらんか気が立って、気が立ってしょうがねえんだから、とすぐひとりが応じた。彼の子分らしいいいかただった。

二、三人が葉の作る闇から姿を見せ、それをしおにお前は立ち停った。とたんに、学生の癖して娘をかまうとはなんだ、と耳もとをきんきんする声が襲い、力いっぱい突きとばされていた。よろけながら、自分と同じ背恰好だと眼のはしで捉えた。年も似たものだと思った。すると、今まで感じなかった恐怖心がいきなりお前の頭の芯をうちのめすようだった。

　無意識にお前は軀の前の捻れた幹にすがった。文化的にゃんなやれ、文化国家ってえ具合によ、と大男の彼が軽い口ぶりでいった。お前はそろそろと足をずらしてきて、幹にしっかり両手を捲きつけた。耳を塞ぎ、この手を放さないでいよう、というつもりだ。白なまずのようにまだらでささくれだった表皮が、見つめていると、まだらのまま眼の奥にこびりついてくる気がした。葉の色は裏まで透けるほど快い緑なのにと思う。

　科学的ということばが背中から耳にはいった。解剖が一等いいんに、と突きとばした年下の声がする。ひんむいて、ちんぼをしごいてくれるんさ、あまめらに見せながらさあ。喋りながら自分で興奮している容子だ。

　お前はすぐには意味が汲みとれなかったが、ふいにそれに気づき、急いで首を捩った。あけ放ったままの水車小屋の戸口に浴衣姿がふたり、軀をこごめているのが見えた。あとかたづけのような感じだ。白いねばがどのぐれえ飛びでるげな、と年下の声がまたいう。お前の脚に震えがきた。錘りのようなものが胸から胃に落ち、代りに血がずんずんこめかみに昇るのが判る。そんなこん、とお前はのどの奥で叫んだ。暴力というものはもっと単純で直接的なはずじゃないか、といいたかった。

　てめえっちの話は、そのたんびに小汚ねえなあ、実験だら自分の持ちもんでまずやるこんだ、と大男の彼がいった。歌だんべ、やっぱし、カムカム英語のあれなんか、どうだや、と媚びる声が応じた。つまんねえ。子供だましだ、と彼がまたいい捨てた。救われたという気分だが、お前は彼がどういうたちの男か判らなくなっていた。

　戸口のほうで娘たちの賑やかな声がしはじめ、戸を繰る音が響いてきた。引きあげるんか、処女会は、と誰かが大声で呼びかけると、そのことばの最中に明かりが一斉に消えた。救われた、とまたお前は思った。この闇なら小突かれてもすぐ逃げられる、と思った。だが、全部消えたのではなかった。赤っぽい光の常夜燈のようなのが残されたらしく、いま障子戸をしめきるそのなかから、普通の百姓家のような貧しい光が洩れている。

　大男の彼がお前のすぐ脇に来ていた。年下の男がつき従うふうに逆の側に来て、娘たちの姿をお前の眼から塞いだ。木に手なんかかけやがって、このばか。抱きつく相手が違うだんべや、ときんきんする声でいった。うしろ手にして、木へ廻せ、と大男が手短かに命令した。

観念してお前が手を放すと、年下の男のねとつく掌が左の手首をねじりあげた。それを木の幹に押しつけ、うしろをまわって右手も摑んだ。磔だ、と痛さを忘れてお前は思った。その耳もとへ、大きい顔がかがんできた。女めらにいいてえことをいえ、中学生だらいうことがあるはずだ、なあ、といった。大声ではなかったが、鼓膜が押しこくられる感じだ。いえ、と年下のがうしろで合わせた両手をきつく引っぱる。背骨のまんなかと後頭部が幹にぶち当った。背中のほうは鋭く突かれるような痛みだった。やだ、とお前は痛さの反射で叫び声をあげた。誰が喋るもんか。

はたくでも蹴るでもしろ、おらあなんにもいいたくねえや、とお前は自分のことばの勢いに乗って続けた。黙れ、とうしろの両手がまたぐいと引かれた。小ずるい野郎だ、と脇から彼がいった。叩けっていいやあ、こっちが叩かねえと見越していやあがる。

そうかもしれないとお前は思った。すると、叩かれても蹴られても何も喋らないといった自分の科白が、捕虜になった軍人や、優秀な軍事間諜の真似だと気づいた。「亜細亜の曙」の本郷少佐は、こんなときどういったのだったろう、とそんなほうに頭がめぐり、ふいに自分の立場が悲壮なもののように思えた。

だからさあ、ズボンをむしって、まらをひっぱじいたほうがいいっていったじゃんかい、と幹にぐりぐりお前の腕をこすりつけながら、年下のがいった。

来るど、とうしろでざわめきがあがり、列、と叫ぶらしい娘の太い声が小屋のほうから響いた。幹をはさんだうしろ手のまま、お前の軀の向きもそっちに変えさせられた。障子戸の薄明かりの前で娘たちが二列に整列しているところだった。

耳もとで、かちっと低い音がし、突然眼鏡の横から光がじかに射しこんだ。お前が首を捩ると、それは大男のものらしかった。彼が手にした懐中電灯だ。取手が上についた箱型のものだった。その光がお前の顔のほぼ正面にまわってくる。いえ、おれのいう通り、でけえ声でわめけ、と彼が耳に口をつけていった。息の熱さが、今度はただでは済ませない、といっている気がした。

なにを……、とお前は呟き、眩しさから逃れようとして顔を伏せた。おれの口真似だ、チンてとこを一番でけえ音で……、と電灯の先がお前の顔の向きを追ってくる。その拍子に眼の下の地面が照らし出された。赤いものが敷きつめられたように散らばっている、と眼が捉えたとたん、光はもうそこを過ぎていた。伏せた顔を電灯で下から照らし、わかったな、と彼が念を押した。

お前は力をこめずに少し頷いた。わかったからではない。映ったものを眼の奥で追っていたからだ。いまの赤は朱色だった、と思う。柘榴の花だ。それが一面に落ちて、まだ腐らないでいる。お前は草履の足を僅かによじって、拇指で地べたを探ってみた。それらしい滑りのいいものが触れた。指に力をかけ、それを踏む。かすかに潰れる音がした、と思う。

チンは、と耳の脇で彼がいった。堂々と面をあげて、女めらにぶつけるんだぞ、といった。お前は顔をあげて娘たちのほうを見た。だが、斜め前の懐中電灯のために、宙の羽虫が見えるだけだ。見えねえ、眼が昏んで、とお前はいった。彼はすばやく電灯を娘たちのほうに振った。光は中途でまぎれて、浴衣の列には届かなかったが、先頭が豆畑のへりを歩きはじめているのが、家明かりで判った。

行ぐぞ、と彼が電灯を振り戻し、チンはなんじら娘たちとともにあり、と囁いた。チンは、とお前はおうむがえしに呟き、こういうエロがいまはやっているのかと思う。ばか、でけえ声がでねえんか、とうしろでどなり声がし、頭のうしろが幹に激しく当った。立ち昏みがし、眼の芯が赤いもので塞がれたようだった。

チンはなんじら娘たちとともにあり、とまた耳もとで声が響く。痺れた頭でお前はそのことばを追い、棒読みのような喚き声をあげた。チンは娘たちと常に利害を同じゅうし、きゅうせきを分たんと欲す。彼は念を押すようにゆっくりことばを吹きこんでくる。お前はもう意味もわからず、ただどなるだけだ。チンとなんじら娘たちとの間のちゅうたいは、と彼がいった。チンとなんじら娘たちとの間のちゅうたいは、とお前は叫ぶ。そして、これは勅語だ、とふいに覚った。

終戦のあれだろうか、と思った。だが、いまの頭では、堪え難きを堪え忍び難きを忍びという一節しか浮かんでこない。チンマン相互の信頼と敬愛とによりて結ばれ、という彼の囁きが聞こえ、お前はその通りを叫んだ。眼をつぶったまま叫ぶのだが、娘たちがいますぐ前を通って行くのが、ざわめきと気配で判った。だが、恥しさはなかった。むしろ、自分が何かを積極的に裏切っているという気がした。

いきなり若い娘の甲高い叫びがあがった。若い衆がからかっている、とお前は思ったが、眼を開くつもりはなかった。わざときつく閉じると、瞼の裏が赤く見えた。柘榴が散っているとお前は思った。腹のふくるるは単なる神話と伝説とに依りて生ぜるものに非ず、と彼がいった。お前は瞼のなかの柘榴の花に向かって同じことを叫んだ。チンをもってあきつみかみとし、かつ宿河原娘をもって他の娘たちに優越せる娘にして……、と彼の声が興奮して高くなって行った。夢中であとを追いながら、お前は瞼のなかが熱いものになるのに気づいていた。柘榴が黒みを帯び、目尻から涙が溢れはじめた。

　チンの政府は娘たちの処女と後家とを緩和せんがため、あらゆる夜遊びと寝床とに万全の方途を講ずべし……。叫びながら、お前は自分が涙声になっているのが判った。泣き声でもいい、それでもいい、と思った。戦争に敗けたとき泣かなかったのだから、いま泣いてもいいのだ。そう思うと、ほんもののしゃくりあげが襲ってきた。

　里芋畑のひと畝ふた畝めに、ハンドルの一部が大ぶりの芋の葉の下で鈍く光っていた。近づくと、倒した上に破れかけた古蓆がかぶせてある。サンキュウ、ソウ、マッチ、とお前は胸のなかで呟き、そっと引き起こしにかかった。手になじみのある車体は思い通り、きしむ音ひとつ立てなかった。

　往還へ向かう畑道でサドルにまたがる。ここからいっきに漕いで往還へと走り曲れば、声をかけられても返事をせずに済むと思ったからだ。がちゃっ、と店のなかから鈍い金属音が響いてきた。続いて、畜生、今度は足の一本もへし折って呉れっから、と酔いのはいった自転車屋の声が聞こえた。碓氷の彼に殴られたのを根に持っている、とお前は気づく。その復讐をするために店をあけて待っていたわけなのかと思う。

　あの彼にしかえしをするとすれば、それは自分にとっても……、とお前は一瞬そういう心持になった。だが、それはすぐに消えた。あのとき涙を流し、それでもう終ったことなのだ、という気がするからだ。右のペダルを足の甲でそろそろ押しあげ、踏み足になって、ひと思いに地面を蹴った。背を折って重心を前にかけると、おれは自転車屋とは違うんだ、と軀ぜんたいでそう感じる。

　曲りめに溝があって、前輪がはずみ、チェーンがあわただしい音を立てた。見つかる、と腰を浮かせながら思ったとき、誰だや、と鋭い声が届いてきた。お前は往還でハンドルを立て直し、構わずに足に力をこめた。

　泥棒、と自転車屋が叫んだ。泥棒、待て。そいつは滑沢の中学生のんだど。声の響きで彼が往還まで飛びだしたのがわかり、お前は苦笑してブレーキをかけた。おれだい、当人だよ、おいさん、と首を捻って叫びかえす。

ばあか、ごめんなんしぐれえいっていげ、と自転車屋は気の抜けた声でいった。勘弁なあ、おらあ疲れ果てて……、とお前は正直に答えた。おい、待ちろ、おい、と急に自転車屋がせきこんだ口ぶりでどなった。こっちへ走り寄ってくる気配で、中学生もあの喧嘩騒ぎで痛えめにあった口か、といって寄こす。

お前は黙って上体をねじ曲げただけだった。痛い目といわれればそうだが、あれは喧嘩のうちにはいらないことだ。あんちゃんよ、泣き寝入りするこたあねえ、一緒にいま一戦たたかいに行ぐべえじゃねえか。走る息遣いが声にまじって、その真剣さが駈けてくる感じだ。お前は仕方なく自転車を降り、相手を待った。

おれも、やられた、やられた。やっつけるんもやっつけたが、向うは十九はたちの野郎めらだ、こっちは力が続きゃあしねえ。自転車屋は途中から走りやめ、のろい歩きに変わっていたが、呼吸は荒々しいままだった。

どっちの派となにしたんだい、とお前はその熱意に負けて訊いている。十九はたちといえば、踊りに狂っている若手なのだろう。つまりこの人は笈山の叔父御に味方したのだ、と思った。

自転車屋は立ち停り、上気を振り払うふうに掌をせわしなく左右させた。そして、どっちもこっちもあるもんかや、とお前の考えを打ち消すようにいった。踊り野郎も開墾派も処女会も、どれを取ったって、おらあ気にいらねえ。だから、あたり構わず暴れまくってくれたんさ。おかげで最後は両方がおれにかかってきゃあがる……。

お前は呆れて、相槌をうつ気にもなれなかった。薄闇のなかで見つめると、自転車屋の顔はあちこち膨れあがり、いびつになっている。行ぐべえや、早えとこ、配合所へ、とその顔をしゃくって催促する。チェーンじゃあ人さまを片輪にしっちまうから、棒の先へチューブの長えんとタイヤの切れっぱしをくくりつけてみたんだ。今度は参ったっていうまで奴らをぶちのめして……。

なんでおれが行がねばなんねえんだや、とお前は不愉快になって遮った。決まってべえが、滑沢のは、笈山の中学生とおんなしこんで、どの派でもねえんだんべ。

笈山が……、と思わずお前は呟いた。ああ、ああ、奴もおれと心を合わせて猛烈なありさまだあや。竹刀をおっぷりまわして、最後はてめえの叔父御を叩くとも叩くとも……。

お前は溜息をつこうとして、そのまま息をのみくだした。笈山は演芸会に賛成とも反対ともいわなかった。ただ、大事なことがあるから来てみろといっただけだ。もしかしたら、相手構わず竹刀で叩きのめすというのが笈山の本心なのかもしれない。そして、お前に来いといったのは、その自分の考えを実地に見せてやるという意味だったのかもしれない……。お前は遠くなった坂上の家の重なりを眺めやった。あそこの配合所の広場と舞台で、笈山は何かの片をつけたかったのだ。おれが泣きながら喚いたんと、似たようなこんか、とお前は胸のなかで呟いた。

自転車屋がいきなり笑いだした。まるでお前の気持の動きようを観察していたふうな低い笑い声だ。笈山とお前は全然別ものだ、と突き放してくる感じだった。そして、笑いおえると何もいわず背を向けて戻りはじめる。お前はその態度ですぐに気づかされた。自転車屋はこっちに暴れる度胸がないと決めて、話しただけばかばかしかったと思っているのだ。意気地なしの餓鬼めと軽蔑しているのだ。

そう思われても構わないという心持で、お前はサドルをまたぎ直した。すると、急に碓氷の彼のことが胸に浮かび、自転車屋にさっきのことを話してみたい気がした。詔書をあんなふうに読ませた彼は、ひょっとすると笈山や自転車屋と同じ内心を持っているのかもしれない、と思う。



ハンドルを握ったままふりむくと、店の先に向かうその姿が黒い影絵になっていた。影絵が肩を揺すって駈け、見るまに光のなかへはいった。一戦たたかいに行くといったことば通りの、あわただしい身のこなしだった。笈山もこれからまた竹刀を振りまわすのだろうか、とそっちへ頭が行く。あるいは、自転車屋がタイヤやチューブで武器を作っているあいだも、剣道三段の力でたたかい続けているのかもしれない。

お前はペダルを邪慳に蹴ってクランクを逆回させた。乾いた金属音が軋みをたて、チェーンが空まわりする。油がきれていて、いまのおれのようなものだ、とお前は思った。暴力に耐える気力がない。笈山のように進んで打ちかかってゆく憤怒のようなものが、おれのなかでは形も重さも持っていないという気がした。おらあ、帰って、寝っちまうべえ、とお前は吐息の声でいった。声の伸びてゆく先で、疎らな植えたての稲が暗い水に規則正しく小さい影を並べていた。いまちっと根っこの太え株にならなけりゃあな、とお前は自分を慰めることばを心に呟いた。

チンは帰って寝っちまうんさ、ともう一度声にして呟き、草履の足に軀いっぱいの力をかけて漕ぎはじめた。見た眼では判らないほどの傾斜だが、ゆるい下りなので膝の力がすぐ軽い動作になってくる。すると、眼鏡に当って去って行く闇の靄に向かって大声でどなりたい気持が起きた。チンは、チンの、信頼する、娘たちが、チンと、その心を一にして、自ら奮い、自ら励まし、もって、この大業を、成就せんことを、こいねがう。

大男の彼に喋らせられた最後の文句が、叫びはじめると自然に終りまで暗誦できた。向い風にのどの奥を晒すと、少しずつ心が晴れた。これが詔勅の結末だとすれば御名御璽がつくはずだ、とお前は気づく。

この大業を成就せんことをこいねがう、御名御璽、とお前はまた、眼のうしろに去ってゆく往還の黄ばんだ薄明かりに向けて叫んだ。そして、これは人間宣言のあれだ、とようやく思い出している。さっき磔のような姿勢のときは、なにも考えられなかったけれど、これは間違いなく元旦に発されたあの詔書だ、と思う。

正月あけの始業式のとき、校長が一節一節解釈をつけて繰返し読んだ。最初のほうに五箇条の御誓文が引いてあって、平和主義や人類愛、新日本の建設ということばもはいっていた。そうだ、校長は、民主主義ということばは使われておらないが、詔書ぜんたいが民主主義であります、といったのだった……。

前輪がぐんと宙に浮くと同時に後輪も音を立ててバウンドした。引き続いて、ハンドルを震わせる小さいバウンドが起こり、宿河原は終りでそろそろ尾崎の部落だとお前は気づく。路面を慎重に択ぶつもりになると、四、五十メートル先に固まった人影が見えた。

動作で、いま山側の田んぼ道から躍り出た容子が見てとれた。四、五人が追われるように小走りに行く。そのあたりから勾配が登りになっているらしく、軀の上半身が蒼い闇空に影姿で浮いて見える。お前はベルの引手に拇指をかけたが、ばねがばかで寝呆けた音しか出ないことに気づいた。腰をあげ加速度をつけるように漕ぎながら、ジープさまが通るで、とお前は叫んだ。

白いものが漂いでた感じで、顔が一斉にふりむいた。四人らしいと思ったとき、一団はあわてふためいた仕種で道端の草つきによけている。お前は快活な気分で、ご苦労、ご苦労、と威張った声をかけ、その前を過ぎた。

着物が二人、と眼のはしをその姿が掠めた。そのうちの一人は娘のようだった、とふりかえることもなく、漠然とお前は反芻した。重そうな荷の包みを、着物ではない男が持っていたなと思う。と、うしろから意味の聞きとれないざわめきがあがり、なんでえ、たまげるじゃあねえか……、子どもだい、ありゃあ、という粒だった声が遠ざかりながら耳にはいった。

　ことばがことばだから、買い出しでも泥棒でもなかろう、とお前は思った。自転車屋のいうように、一戦たたかってひどい目にあった口かもしれない。往還がまたゆるい下りにかわって、右手の川沿いにゆったり広がる新《しん》田《でん》と、小ぢんまりまとまった尾崎の部落の明かりが見えてきた。眼の前のこれに比べると、さっきの宿河原は貧しい地区だ、とあらためて気づく。あそこは以前、大半が傭いの炭焼きで暮していたところだ。演芸会をやるやらないで大喧嘩になるのは、その生活から来ている、という気がした。

　宿河原の貧乏こじき。山猿のえて公。どうせ出来ねえんだら、はなっから練習なんかしなけりゃいいんに。ばか奴らめ。

　片手放しで、宿河原の霞んだ明かりのほうへ首を捻り、お前はそう叫んだ。柘榴の木の下でいじめられた意趣返しのつもりだった。叫びの終りぎわで、ハンドルの手が危うくなり、あわてて軀を立て直す。と、道の左手に黒々とした小屋が見えた。眼の角度で、雑木山の濃い闇にもっと濃い黒で嵌めこまれたように見える。

　行くときも気になった杉皮葺きの薄気味悪い小屋だ。こんな田んぼなかの、しかも山寄りの場所に、なぜこれがあるのだろう。藺の乾燥場なら、床が四、五尺持ちあ



がっているはずだが、これはむしろ押し潰されたふうに地面に這いつくばっている。どこかのうちの農具小屋かとも思うが、近づくに従って、それにしては大き過ぎると気づく。

　それが眼の脇を過ぎたとたん、道が急角度の下り坂になった。ブレーキに手をかけながら、こいつもお夏清十郎の場所か、とお前は思う。まわりがこれだけ広々していれば、等子みたいな小娘も簡単に覗きには来られないだろう……。もしかしたら、今この瞬間にも、別のお夏と別の清十郎が……。勝手な思いがざわざわと頭のなかを駆けめぐり、自転車の風を切るスピードが上気を煽りたてる。

　ふりむけば危険だ、と判っていながら、お前はブレーキを断続的にかけ、上体を廻した。勾配の少ない屋根が、重そうに空に漂っていた。漂って見えたものが、だしぬけにぐらっとかしがり、ハンドルが斜めにとられた。荷車の轍の溝だと思うまもなく、前輪が道脇の土手に乗りあげ、弾みをくって上体がぐんと押しあげられる。

　ブレーキ、という考えは起きず、お前はとっさにハンドルを切り直していたが、それは儚い軽さで、自転車ぜんたいがもう闇の空中に乗り出していた。新田《しんでん》の薄緑の

広がりがいっきにせりあがって眼の高さに来る。

落ちても泥田だ、と安心と諦めが交差したとたん、ものものしい水音がお前の耳を包んだ。腰と肩に、板で打ち据えられたような衝撃があって、真黒い暗幕が音をたてて瞼を覆う。田んぼではない、ということだけが頭の芯を貫き通した。

そして、しばらくは自分の姿勢が判らなかった。くるぶしからひりひりする波が上って来て、それが腰骨の鈍痛と結びつく。自分で自分の軀ぜんたいを感じることができずに、くるぶしの脈の搏ちどころにだけ意識が寄ってゆくのだ。

こいつが今夜のしめくくりってこんか、ざまはねえな、おい、とお前は自分の心に呟きかけた。すると、両手がハンドルをしっかり握っていることが判った。倒れているのではなかった。ふくらはぎの両方のところで水音がしぶきをあげ、用水堰《ぜき》の小川がたっぷりした量で、膝の下をさらさら流れている。

痺れて疼く右肩が堰《せき》の土手の草つきに寄りかかっていた。あんちゃん、堰んなかで自転車を漕いでるんかい、とのろのろした声でいってみる。どういうはずみで流れの方角と一致したのか摑めなかったが、いまお前は、往還から優に三尺は下の用水のなかに、自転車に腰かけたまま浸っているのだった。たいした酔っ払いでやんすな、とまたお前は呟いた。



眼が定かになった。虎杖《いたどり》の赤い筋のはいった大きい葉枝と、粉を吹いたように白い苧麻《からむし》の丸い葉の裏が眼鏡のすぐ前にあった。左手をそろそろハンドルから放し、その葉群を押しのけてみると、堰の水が蒼くまっすぐに流れている。眼鏡の玉にかかった飛沫が、流れの先をいびつに暈《ぼか》している。とにかく眼鏡は安全だった、とお前は思った。軀の傷はどうせ酔っ払ったのだからもともとだ、と思った。

いつの間にか、くるぶしの痛みの波が止っていた。かすかにひりひりした感じはあるが、それは水のなかのことで、膝から上の軀の芯には届いてこない。右肩の疼きだけが、いま重たかったが、そこで軀を支えているのだから、確かめる気にはなれなかった。

濁りが澄んでゆくように、心持が軽やかになってくるのが判った。もう十一時を廻っているかもしれないと思うが、いましばらくこのままでいたい気分だ。痛みのないほうの爪先を流れに遊ばせてみると、藁草履がなくなっていた。水底に伸して行って探ってみる。底は玉砂利のようなころあいの小石と、粘りの少ない泥だった。往還の坂より遙かになだらかだが、流れに傾斜がかかっているせいだと思った。

背中の遠くで人声がした。さっき追い抜いて来た連中だと、すぐに気づく。坂の上にさしかかった容子だと思ったが、ふりむいて見る気持は起きない。こっちのありさまを発見されて、助けあげられるようじゃあ堪らない、とお前は思った。黙ってやり過せたら、それが一番だ。背中を草の葉っぱがカモフラージュしててくれたらなあ、という気がする。

足音をじっと待つつもりだったが、近づいて来る気配はなかった。低い男の声のあとで、あたしあ、薄っ気味悪くって、心細いわ、という調子の高いことばが聞こえた。着物の女だ、とお前は思ったが、娘の声にしては嗄れ過ぎていた。それでも音は高いので、電気鋸で引き擦るみたいだ、と思う。

しし小屋ったって、ライオンのあの獅子じゃあねえんだよ、お師匠さん、と今度ははっきりした男の声が答えた。ここらは昔、猪の野郎が畑を荒す盛り場でね、薯畑のこんだが、野郎らがあの牙できれいさっぱりほじくりかえしちまうんだ。おらあお目にかかってねえが、おらんかの親父の頃はこの小屋へ夜っぴて詰めて、火をがんがん焚いて、カンカラなんぞを叩きまわして、猪野郎を追っ払う他なかったって話なんさ。




ほう、ほう、それで猪《しし》小屋。いのししのしし小屋ですか。あたしらも牙のある野郎を追い払うために火でも焚きますか。澄んで張りのある声がそう応じている。土地の人間ではない、これも師匠の一人だろうか。ぼんやり聞き耳を立てるうち、ふいにお前は床場の店のなかの噂話を思い浮かべていた。師匠の二人は男同士の夫婦だとあのおかみさんはいった。ほんとうだとすれば、高い嗄れ声が女形で、つまり女房で……、今の丁重なものいいの人が亭主ということだ……。

土手に打ち当りそのまま支えになっていた肩を、肘を張って引き放してやる。その手で虎杖の茎を摑み、お前は猪小屋のほうへそろそろと首を捻った。捻りきらないうちに、筋の軋みが刺すように頭の髄まで走った。

気づくと、お前は自転車ごと逆側の低めの土手に倒れ、腰まわりが流れのなかに放り出されていた。畜生……、と思わず呻きがのどをつく。すると、物音や気配を憚る気が全く失せて、水を撥ねとばしながら反射的にお前は立ちあがった。自転車はハンドルが土手にかかったのをそのままにして足を抜き、這う姿で畦道までいっきに登る。

立とうとすると、裾まくりした軍隊ズボンが水でこわばり、錘りのように足腰にまつわりついた。つべてえじゃねえか、てめえ、とお前はまるで他人に悪さを仕掛けられたような罵り声をあげる。脱いで絞り取るというほどの気持にはなれずに、片足ずつ夏草の葉先を蹴って、水しぶきを飛ばした。すると、流れに浸ったときには感じなかった冷たさが、尻から背筋へ這いあがってきた。

いい馬鹿だなあ、てめえって野郎は、とまた他人を貶めるときのことばを胸もとで吐いた。眼鏡が水滴でまだらに曇っていて、それが自分自身にうんざりしていることの印のように思える。涙を拭くみたいにお前は指の腹でその表面を擦った。坂の上からまた人声がいりまじって聞こえてきた。

一時間もすりゃあ戻るってば、師匠、と猪小屋のいわれを説明した男の声が強く響く。軀ごと捩ってお前が眼を送ると、眼鏡のなかに火の色がうつった。煙をまじえた、かさのある燃やし火が、小屋のなかを明るませている。炎の前に影が立ちはだかって、奴らだって夜っぴて騒ぎをかえしてるわけじゃねえんさ、ぼちぼち酔いもさめて、お互いお詫びのしっこをする頃だんべよ、と慰めるようにいった。殊にお師匠さんたちには申し訳ねえってんで……。

なあに、なあに、と別の声がせきこんで遮った。宿河原になんか愛想をつかしてくれたって構ゃしねえってこんよ。今夜っからでも、おらあほうの滑沢へ来て貰えりゃあ、宿の二軒や三軒は……。火の前から影が動き、待ちろってば、そう先走ったって、片づくもんが片づいてねえざまなんだから、といった。

お前の耳を、おらあほうの滑沢へということばが、ぐいと捉えていた。あれはふうさんだ。ふうさんが踊りの師匠の面倒を見ているのだ、と判った。ことば通りだとすれば、師匠たちは滑沢を宿にするのだ。それは滑沢で演芸会を、ということを決定的にするはずだ。そして、宿ということになれば、こんな場合、馬喰の速夫さんの所かお前のうちかが必ず択ばれる……。

お前は畦道を小屋のほうに走りだした。眼のはしに炎の赤をとめていたが、この次失敗すれば田のなかで泥まみれだと思い、足もとに用心がゆく。急に火が蓋をされた気がすると、それは坂道のせいだった。勾配がぐんぐん畦の高さを引きはなし、高土手の形でお前の頭の所に来ていた。

どこから往還へ出てやろうか、とお前は思案した。火が直接見える場へ出て行けば、こっちの姿も晒されることになる。いまそうしていいのかどうか、とっさには判断がつかなかった。ほんとに一時間で戻っとくれよ、という女形の声が聞こえてくる。ほんとに薄っ気味が悪くって、まだ胴震いがとまらないんですから、と甘える口調でいった。男の師匠のなだめるらしい声が手短かに何かいった。

ここでは聞きとれないと気づき、お前は焦った。ズボンの両膝をたるませるように引きあげ、低い気合いをかけて、用水堰をまたいで跳ぶ。土手にぶつかった両手で、そのまま草に取りついて行く。と、燃し木をくべすぎて火事を起こさねえようにしとくんなさい、という声が地面を伝わって響いた。戻りは自転車にリヤカーつけて来るから、これ以上無駄歩きはさせませんです、とふうさんがいった。土のなかから聞こえてくるような気がして、お前は這いあがる動作をとめていた。

地下足袋のものらしい音が、せわしない調子で遠ざかって行く。その足音が重なって乱れているので、ふうさんも行っちまった、とお前は思った。足音が完全に消えると、その代りのように、背後の遠みで蛙の鳴き声がかすかに聞こえた。とぎれることのない穏やかな響きだった。河原の河鹿だ、と思った。

その鳴き声が背中にしみ通ってくると、お前は、あれもこれもどうでもいいことだ、という気がした。疲れが急に押し寄せてきた感じで、おれになにがどう出来るわ



けでもあんめし、と胸で呟く。演芸会を呼び寄せることも、妨害することも、そして自分のうちが宿にされる事態が起こっても、何ひとつそれに干渉できるわけではないのだ。そんな気分でなにげなしに首を廻すと、堰のなかの自転車が、まるでお前そのもののように、無抵抗に流れに洗われていた。土手にもたれかかったハンドルは、肘を枕にしてうたた寝している姿に見えた。

お前は肩の力を抜き、四つ足の形で土手をあがって行った。考えたり、隠れて想像したりすることに飽き果てた気持だった。往還へ出ると、戸をあけ放した猪小屋の焚火が、炎の先端の浮き沈みまでよく見通せた。女形というものを一目覗きたいという未練はあったが、そうするとまた妙ないざこざに捲きこまれそうだと思って断念する。坂下へ降りて、それから堰沿いに自転車を取るつもりで、お前は歩きはじめた。片方の草履がないので、裸足のほうへ余分な負担がかかる気がした。草履を取って、思いきりよく田んぼのなかへ投げてやる。あした、こやしになりな、と呟くと、その返事のように小さい水音がした。

おい、といきなり鋭い声が飛んできた。誰だ、きさま。礫のような叫びと同時に、お前の眼の周囲から明るみが失せていた。ぼんやりふりむくと、小屋の戸口を浴

衣姿の男の上体が塞いでいる。白い肩口とリーゼントスタイルの髪が光っているだけで、顔つきは判らなかった。

おらあ、なんでもありません、とお前はいった。なんでもない奴が、なんでうろうろしてるんだ、と相手が即座に叫びかえした。腹にこたえるようなきついいいかただったが、お前は、いい声のひとだ、やっぱり師匠だ、となんとなく思った。こっちへ来い、顔を見せろ、とまた叫んでよこした。

違うってば、自転車が堰にはまりこんじまって、それで、おらあ……。お前はあわてふためいて弁解したが、喋りながらそれが相手には通じそうもないと気づいている。戸口の姿が揺れ、焚火の火先がまともに見えた。来なよ、明るい所で話そうぜ、と申し渡す声がし、師匠が戸口から出てきた感じだった。

この裸足ではどうせ逃げきれない、とお前は観念して、小屋のほうへ、往還を登って行く。炎の前を細い影がまた通った。女形のほうも表へ出てきたものらしかった。眼をさまよわせてその姿を捉えようとすると、自転車がどうしたって、と師匠がすばやく咎めてきた。

どこの誰だか、名前をいって貰わなくっちゃ駄目よ、と続いて高い嗄れ声がいった。ふたりとも戸口のすぐ脇にいる容子だが、わざと姿を暗がりにひそませているらしい。おらあ、といいかけただけでお前は焚火に眼を据え直し、まっすぐ戸口へ寄って行った。気持が捨鉢になっていて、全身を見つめられていることが却って快いものに思えてくる。濡れてんの、あんた……、と女形がおずおずした口ぶりで訊いた。びちゃびちゃで、はだしで……。切り傷もある……。

お前はそっちに眼を向けずに、はい、びちゃびちゃで、はだしで、塩梅悪いったらねえんです、といった。気色が悪いのはこっちだ、と師匠がうちかえすようにいい、横手の濃い暗がりから顔を出した。予想よりも恰幅がよくなかった。ポマードで固めた髪かたちのスマートさを除けば、そこらの青年と大差ない、とお前は思う。その軀が戸口の直接の光のなかに来てお前と並んだ。浴衣の袖を舞わせ、肩を叩いて寄こした。手を放さずに、ぐいとお前の上体を押えつけながら、幽霊ってわけじゃないようだな、一人前に体温がある、といった。

体温……、と呟いて、女形も出てきた。だって、薄っ気味悪いじゃないの、猪小屋なんてこんな所へひょっこり……。眼はお前の全身を探っていたが、姿を師匠のうしろに隠したままだ。どう見たって、なみの若い衆じゃないよ、これは、という。師匠が肩の手を押しこくるようにはずした。そう見えるっていうぜ、おい、とお前の表情をまじまじとうかがう。

　はい、とお前は無意識に答えた。すると、ことばが自然に押しだされる感じで、若い衆じゃねえんです、おらあ、といった。中学生です。中学へ行ってるもんだから、中立です、どっちの派でもねえってこんです。つまり、騒ぎにも喧嘩にもおらあ毛ほども関係してねえんだってば。判ってお呉んなさい。声が淀みなく続くので、自分でも妙な気がした。

　女形がいつの間にか師匠の隣にいた。あやめだか、かきつばただかの大柄な浴衣に朱色の帯をしている。中学生なの、それで眼鏡かけてんのか、と少し落着いた容子でいった。中学生をスパイに使うこともあるさ、とすぐに師匠がいった。そこらじゅうに傷を拵えてるし、血もこびりついてる。簡単に信じちゃあいけねえよ。

　だが、その口調にはもう許している感じがこめられていた。嘘こいてるんじゃねえよ、そこの土手下へ来てみてくれやあ、とお前は楽な気分でいった。堰の、田んぼの用水んなかに自転車が嵌りこんだまんまになってるんを、その眼で見て貰えば……。

　お断りよ、と女形はいった。顎が細くて、眼が吊れていた。狐だ、ととっさにお前は思う。土手の下だなんて、お断りですよ、とまたいった。暗がりへ連れこまれたら、なにされるか判ったもんじゃないわ。お前はふいにおかしさがこみあげてきた。このひとは女のつもりなのだ。それでこんなことをいっている、と気づいたからだ。最初は女臭く感じていた声が、続けて聞いていると、間違いなく男のものだと思えてくる。煙草を吸い過ぎた年寄りの声だ、といったほうがいいくらいだ。

　なんて顔してんのさ、と何かを感附いたらしい表情で女形がいう。それから急に往還の向うへ首を廻し、いつまで待たせんのかしら、あのひとたち、と呟いた。幽霊みたいな小僧がとびこんで来るし、心細いったらありゃしない。女形は喋りながら自然に師匠に寄りそう軀つきになっていた。

　お前は眼を奪われ、弱まった燃し火の光がちらちらする師匠の顔を、つい覗きこむつもりになっている。すばやい視線で師匠が見かえしてきた。睨みつける眼だ、と思ったとき、その眼がすぐに細められた。口もとが少し笑うように歪んで、辛いでしょうが、しばしの苦労……、と小声で歌った。お前の緊張を茶化すような節まわしの鼻唄だった。

　女形が顔を振り戻した。そして、同じような小声で、外ぅは白ぁ刃の、外は白刃の、雨が降ぅるぅ……、と節をつなげて歌ってゆく。喋るときとは違って、太い男の声だった。

　お前は笈山のことを思った。竹刀を振りまわす姿が浮かんだ。碓氷の大きい男のことも浮かんだ。自転車屋は新しく作った武器でまたたたかっているのだろうかと思った。なんてえ歌ですか、いまのんは、とお前は訊いた。お島仙太郎、とそっけない口ぶりで師匠はいった。

　とんだお島仙太郎になっちまったねえ、あたしたち、と女形がいった。お前はお夏清十郎の物語はおぼろげに知っていたが、このお島仙太郎というのは初耳だった。どういう話か聞いてみたいという気がした。あのう、と女形のほうにまっすぐ軀を向けかえる。吊りあがった眼に拒むような力がこもっていて、中学の子どもはもう帰んなよ、と即座にいった。もの淋しいから火でもじゃんじゃん燃してやるわ。そういいながらお前の顔の前を袂で煽って小屋のなかへはいって行く。動作がさっきの歌の節まわしになって、きょうも吹くかよ、男体颪《なんたい》、繫ぁぐ手とを手ぇが、繫ぐ手とを手が、また冷えぇるぅ……、ラララ、ランラン……、と伴奏を鼻で響かせている。

　師匠の手が、ゆっくりお前の肩を摑んだ。歌に気を取られていたので、別に怖いという感じはしなかった。おたく、暫くここで待ってて貰おうか、と師匠は低くいっ



た。人質ってわけでもないが、あたしらを迎えに来る人が戻るまでの間だ、いいね。わけは面倒だからいわない、いいね、と小屋の戸口へお前の軀を押した。

　一時間ほどで戻るとふうさんたちが喋っていたのを思い出し、お前は黙って、されるままに小屋のなかへはいった。くべたばかりの小枝がぱちぱち撥ね、小さい炎の波頭が大きくひとまとまりになるところだった。この子……、としゃがんでいる女形が咎める眼で見あげた。ズボンを燥かしてえんだってさ、おふくろに叱られないようにだろう、とすばやく師匠が答える。

　はい、とお前も答えた。いろいろなことが面倒臭く、軀も重たい気がして、そのまま戸口を背にして坐りこんだ。下はただの砂地で、火じろも囲炉裏ではなく、ただの石でまわりを囲った浅い穴らしかった。口をきくことは禁じるぜ、と師匠が火の向うにまわって腰をおろしながらいった。あたしらはくたびれてるんだ、なあ、お島。機嫌を取るように女形に声をかける。自分もそうだといおうとしてお前は口をつぐんだ。

　女形が袂で口を覆い、低く笑った。仙太郎も草鞋《わらじ》の紐が痛むのね、とこもる声でいう。流行歌の文句の続きなのかもしれない、とお前は思った。だが、女形はまだ笑い続けていて、それが高いかすれ声になってゆく。する

と、これは何か卑猥な意味なのだ、という気がした。等子のようなちびが知っていて、自分には判らないことかもしれない。

じろじろ見るんじゃないの、と女形がいった。袂で打つそぶりをして立ちあがり、眼をつむってなさい、黙って眼をつむって、ここにいないひとみたいになるの、と少し笑いの残った声でいった。お前は頷いて眼をつぶった。炎の火照りが急に強いものに感じられた。物音だけで聞いていると、女形は小屋の隅のほうへ行き、燃し木を取っているようだった。

滑沢か、と呟く師匠の声がした。下《しも》のいくらか裕福なとこだっていうが、どうなるのかな。独りごとの口ぶりだったが、お前は眼を閉じているために、自分に問いがかけられたような気がした。思わず眼をあけ背筋を伸すと、あんた、だめじゃない、ここにいないひとだっていったでしょ、と枯枝を抱いた女形がきまじめにいった。

はい、と答え、お前はまた眼をつぶった。結局このひとたちはやって来るのだ、と思ったが、どういうわけか現実感は湧かなかった。いま身許をあかさないでいて、そのうち宿が自分のところになったとき、と思ってみるが、胸がときめくような感じは起こらなかった。枝をばさっと火に載せた煽りが、あぐらをかいた膝に届いてきた。すぐに、枝先が爆《は》ぜる音が耳を覆う。

あたしあ、あのふうさんてひと、お愛想がよすぎて、ちょっと頼りにならないような気がするんだなあ、と女形が喋っている。お前は胸のなかで首を振った。実力者じゃないけれど、敵が少なくて、その上、嫁に行かない姉さんが保険婦をしているから、割合むらうちでは信用がある。そんなことをいってやりたかった。いま考えてもはじまらないさ、と師匠が穏やかに答える声がした。

さきざきのことは、その場になってみなけりゃあ、なにひとつ判らないさ。秋が来て、ここらの田んぼが、白米の、宝ものの山になるってこと以外はな。炎の音が高鳴ってゆくなかで、師匠はそういった。燃え盛る火を見つめながら喋る感じだった。台風が一発来れば、それも当てになんないんじゃないの、と女形が答えるのが聞こえた。それが考えてもはじまらないって考えだろう。それよりレコードが一枚でもアウツになってないかどうか確かめとけよ。師匠が今度は早口に応じている。

夫婦か、そうだ、これは夫婦だ、とお前は思った。だが、床場の店先で聞かされたことのような、耳に粘りつく空気はまるでなかった。薄眼をあけると、女形が大型のトランクから唐草の風呂敷を取り出すところだった。

師匠はそれを受け取り、手早くほどいて、レコードの一枚を焚火の明かりにかざしている。うん、と頷く仕種でそれを女形に渡し、また次の一枚を取り出していた。

お前はこっそり溜息をついて眼を閉じた。ふたりとも、お前のことをそこにいない人間のようにしている、と思った。すると、軀の芯がにわかにほどけ、どこか寄りかかる所があれば寄りかかりたい気がした。


そうして、お前は眠った。いつ睡りに落ちたのかも判らず、いつ地べたへ横寝のかたちになったのかも判らずに。

十四歳の中学生のお前は、そうして猪小屋で眠りこんでしまった。まだ十四歳のお前は、ふたりがいつ去ったのかも知らずに眠り続けていた。迎えにきたひとがあったのかなかったのか、誰が火じろに砂をかけてくれたのかも知らずに。

そして、そこで長い夢を見た、とあとあとお前は、思い出すことになるのだが、恐らくそれは錯覚だろうと思われる。というのも、心も軀もくたくただったから熟睡してしまうのが当然だったし、それよりもなお重要なことは、当時のお前が一度も就眠中に夢を見た経験がなかったことだ。




東京で過した幼年時と少年期のはじめには、お前もよく夢を見た。しかし、疎開して百姓生活に馴れる頃から、お前は見ることがなくなった。ほんのときたま、それらしいことがないではなかったが、覚めたあと記憶しているほどのものは、ただのひとつもなかったのだ。

だから、十四歳のお前が、その夜夢を見たと思いこんだのは、何かの錯覚に過ぎないはずだ。なぜそう思いこんだのか、今では原因を探ることは不可能だが、辛うじて判断すれば、その夜からいくらも経ずにやってきた演芸会時代のとりどりのことがらが、あとになってから夢として取りこまれ、お前がその時代を思いかえすたびに、時代の幕あきのような役目として定着されてしまったのではないだろうか。つまり、のちのちの現実を、それより前のありもしない夢のなかに、お前はそれと気づかず繰りこんでいたことになる。

だが、そういった事態が往々にして私たちの身の上に起こるものだと仮定すれば、お前が長い夢を見たと信じこんでいたことも、全くの錯覚だとはいいきれないのかもしれない。

目覚めたとき、戸口から光が射しこんでいた。その光で目覚めたのかもしれなかったが、お前は、あわてふためいて跳ね起きたために、何のきっかけで自分から睡りが去ったのか思いめぐらすこともしなかった。

陽は白い靄の姿ではいって来ていた。もう朝草を刈りに出る時間だととっさにお前は思った。急《せ》きこんで戸口に身を曝すと、表は靄の海で、まだ直射がやって来るには間があると気づく。この靄のうちに帰りつければ朝帰りにはならない、と悲鳴のような考えが頭のなかを走った。

出ようとしてからふりかえり、夜の焚火のありかに眼をやった。燃えさしが石囲いのなかに何本も突き立てられ、灰の白が隠れるほど砂がかぶせてあった。あのひとたちが去りぎわに消して行ったのだと判ったが、いまはそれを思い浮かべている余裕はない。

靄を吸って往還に立つと、その靄が甘く感じられた。湿気の多い重たいものではないから今日は上天気だ、とお前は思った。はだしの足でその乳色を蹴って坂を降りて行く。すると、急いていた頭のなかの動悸が鎮まり、おれにははじめてのこんだ、とお前は自分の心にいいきかせた。ひとりっきりで、外で夜を過したんは、はじめてだ。

母にはいうまい、とすぐ思った。あれこれ聞かれても、説明するのはやめようと思った。誤解されても、詰



問されても、黙ってやり過そうという気分になっている。

坂の終りぎわで、堰の土手に飛び移った。そして、逆戻りの形で流れの脇を自転車のほうに辿って行くと、河原のほうではもう靄が吹き消されているように見えた。見るまに乳色が融けて、川っぷちにかけての田んぼの広みがずんずん明るくなってゆく。

ひとさまに見られっちまうなあ、とはだしの爪先にこわばった草の葉を感じながら、お前は頼りない声で呟いた。草刈籠を背負った連中は自転車のお前を見ても、ただ朝の挨拶をするだけだろう。だが、そのときの彼らの眼つきを想像すると、思わず気持が竦んでしまう。

ハンドルの鈍い銀色が、捩れた姿で夏草を押しひしいでいた。ばかめが、とお前はそれを罵って、踵で軽く蹴った。足に触れた部分の露が取れ、そこの光がお前のほうを見かえしてくるようだった。

乱暴に流れをかき乱しながら、自転車をひきあげにかかる。チェーンから、スポークから水がしたたり落ち、お前のズボンのカーキ色は、また濃淡のまだらになった。パイプの三角に腕をさしこみハンドルを支えて、サドルを眼の高さにまで持ちあげる。その姿勢のまま、投げやりな気分で土手道を戻りはじめた。

もう靄は残り滓のように漂っているだけだった。部落の家が固まっている下流の河原に陽がさしこんできた容子で、そのあたりの立木や建物の一部が反射光で、ちらちら揺れ光りしていた。あそこで流れが急角度にうねるはずだと思ったとき、ふいにお前は、田の畦にも土手にも全く人影がないことに気づく。

ああ、と溜息をつきながらお前は納得した。今日は農休みだ。農休みの朝なのだ。だから誰も朝めし前に表へ出る者はいないのだ。そうか、とお前は快活に叫んだ。今日から二日間農休みだということが天の恵みのように心に沁みた。

小走りに坂下を過ぎ、リヤカーの幅の小さい板の橋で堰を渡って往還に出る。ご苦労さん、と自分に声をかけ、お辞儀をする姿勢になって、タイヤを地面につける。三角から肩を抜くと、はじめて昨夜の肩の疼きがぶりかえしてきた。

たいしたことない、たいしたことない、とお呪《まじな》いのように呟き、お前はサドルにまたがった。ペダルを逆まわしして踏み出す足になると、ふと猪小屋をもう一度、明るいなかで見て置きたいという気がした。ハンドルの手をゆるめ、上体を捩る。だが、まだ山陰で陽の射してこない小屋は、無愛想で何の表情もなかった。



首を戻しかけたとき、お前の眼のはしに、遠く黒いものの列がはいってきた。新田《しんでん》がはじまる上流の、その急な堤のような石垣を七、八人の人が降りて行くところだった。黒いのは紋つきの羽織らしかった。

何をする人たちなのか、すぐには見当がつかない。と、見るまに先頭のひとりが石垣を降りきった。やれやれというふうに腰を伸しているさまが見てとれる。かなりの年寄りらしい、とお前は思った。と、その年寄りは軀をめぐらして後から降りて来る人々に何か叫ぶような身振りをした。手に白い御幣と葉のついた小枝を持っているのが判った。

全員が降りきると、一斉に裾まくりやズボンをたくしあげる仕種になった。そして御幣の老人を先に立て、まっすぐの一列で川のなかへ踏みこんで行く。お前はすがすがしいものを見たような気持で、胸いっぱいに息を吸った。

神社へ行くのだと思った。それらしいものがこのあたりにあることは聞いていなかったが、きっと山の出鼻か岩の上あたりに、小さい祠のようなものがあるに違いない。そこへ農休みの感謝をささげに、お参りする一行なのだろう。上《かみ》から降りて来たのだから宿河原の衆に違いなかった。

喧嘩のお詫びもしときなよ、とお前は叫んだ。声は届かないと判っていたが、そう叫びたかった。その勢いで自転車を漕ぎはじめる。チェーンががりがりと軋み声をあげ、ペダルが二倍の重たさに感じられた。流れで油がすっかり取られてしまったのだ。

勢いをつけるために、腰をあげて漕ぐ。土踏まずがペダルの金具に当って、鈍い痛みがあった。だが右左と交互に痛みとやわらぎがやってくるので、そのつもりになると、刺戟が却って快いものに変わった。

部落の家並にかかる手前で、往還がゆるい下りになった。お前はサドルに腰を戻し、流れの上《かみ》をふりかえって見た。黒い人々の列はもう流れの向うに着こうとしていた。陽ざしが真横からその姿に当っていた。脚に遮られた水が点線のように光を撥ねかえしている。そのためか、人々の黒い姿が長い一本の丸太のように見えた。流れを漂って流れる生木の太いやつだ、とお前は思った。

自転車に加速がつきはじめ、お前は急いで軀を振り戻した。漕がずに走らせていると、軋みの音は無くなっている。後輪のチェーンのかかったあたりから、虫の鳴くような高く細い音が聞こえるだけだった。眼が風に晒され、その奥にいま見た人々の黒い列がよみがえった。すると、自分も流されている丸太のようなものだ、と思った。ゆうべ一晩自分は流されていた。行き着く先がどこなのかもわからず、あっちの岸こっちの岸にぶち当っていた、という気がした。

師匠のリーゼントスタイルの髪が浮かび、さきざきのことは、その場になってみなけりゃあ……、ということばが耳の芯で思いかえされた。いま自分が考えられることも、そんなものだ、とお前は思った。流れの先が判らない限りは、いましばらく流されて行く他はないのだ。

尾崎の部落にはいると、日の丸の旗を掲げているうちが眼にはいった。農休みを旗日と思っているのだろうか。そうだとしても、これはマッカーサーに禁止されているはずなのに、とお前は気づく。だが、その旗はたなびくこともなく、赤い筋のはいった手拭のように垂れて見える。それを横眼にして、お前はまた勾配の出てきた道を、力いっぱいペダルを踏んで通っていく。チェーンの嚙みあいが、お前をからかうように、がりん、がりん、と鳴り続けている。

# 鳶の別れ

第二古志乃湯って名前。コシノユ。

彼女は音のまをあけて棒読みにし、こっちの反応を窺う目つきだった。銭湯……、とぼくは胸のなかで呟いたが、とっさに答えは出てこなかった。

わかってるの、感じ？

かすれ声で重ねて訊ねられた。しかし、第二というから第一という風呂屋もあるのか、そんなふうに頭がめぐった程度だった。

鈍感。ヒヤリングがなってないじゃない。

今度はすばやくきめつけてきた。「古志って、軀のこの腰に聞こえちゃうってことをいってるの。コシノユノ娘なんて呼ばれてごらんなさい、そのときの私の気持……」

ぼくには笑い出すだけの度胸はなかった。頷くのも具合が悪い気がする。きっと、早めの疎開以来村の子になりきってしまった状態の、底の透けないうちとけない眼でぼんやり彼女を見かえしていただけだったろう。

夏の日盛りだった。あたりの畑には見渡すかぎり人の影は無かった。風もなく、とうもろこしや藷の葉の青臭い熱気が噎るように澱んでいた。そんな静かすぎるほどの炎天下で、彼女は何の前ぶれもなく喋り出したのだ。伸びきってびっしり地面を覆ったさつま芋の蔓をひっくりかえす、飽きがくるほど単調な仕事を二人並んでやっていたときだったと思う。

蔓を返したあとの湿った黒土の上に、〝古志〟と彼女は書き、すぐ均して消し〝越ノ国〟と書いた。習字の練習のように三本の指尖を揃えるので、泥が幅広く刳れ、字のふちがくっきり盛りあがった。

いまも眼の奥に、その日の光景のかけらが残っているのは、長谷川津和子の東京での暮しを聞いたのが始めてのことだったからだ。ぼくはまるで授業を受けるようなつもりで、ひとつの家の戦中物語を聞いた。他の家のそれと大差のない崩壊と離散のありさまだったが、彼女の口ぶりには暗い嘆きはなく、むしろさばさばした無頓着さがあった。五歳年下のこどもに喋るという意識がそうさせたのかもしれない。あるいは、そのときの彼女にとって、東京はすでに燃えつき、滅び去ったものとして映っていたのかもしれない。

# 1

煙突は商店街を山の手側に抜けてほんの少し行った場所のように見て取れる。駅の高架になったホームからは、〝第二〟の文字まではすぐ確認できた。その下は汚れがひどく、ぼくの思いこみがあるために、辛うじて〝古志〟と読めるほどだった。地肌の黒ずみは、遊びのあぶり出しに失敗して焼け焦げにしたふうな色合いだ。

小ぶりの避雷針つきで、それが三月はじめの靄った朝空に立っていた。煙もなく、天を目ざす様子もなく、二週間前に上京したぼくにもありふれた眺めだった。あの下で長谷川津和子が母親と一緒に銭湯を再開しているという実感はまるで湧いてこない。

ありかと、たたずまいを見てしまったのだから、これで帰ってもいいのだという気がした。しかし無意識のうちに、改札へ向う狭い階段を降りかけている。引きかえしたとしても今日一日することがない。その気持が働いているせいだ。

実際には映画を観て過すこともできる。日は潰せる。だが、それにはもう飽き果てていた。泊まり先の先輩はこっちの気分をおもんばかり過ぎて、朝から晩までほうぼう引きまわしてくれる。それが夜には必ず映画館になってしまうからだ。

いよいよ明後日か。おめえ、明日が一等辛い日よ、人生でな。彼は昨夜そう言ってぼくの肩を抱いた。

曖昧にぼくは頭を下げた。心遣いは身にしみたが、人生とか、一番辛いなどと言われると、正反対のほうに頭が動く。入試なんかみずもの、と割り切ってしまいたくなった。合格不合格に一切気を奪われ、宙吊りになっているのはごめんだ。同時に、彼に引っぱられてわざわざ気をそらすのも馬鹿げたことだと思う。

せせこましく、うねりのついた商店街からは、煙突は見えていない。人通りもまばらで、店もやっと表戸をあけ始める時間だった。そのせいか、グレイやクリーム色のモルタル造りがずいぶんと眼につく。空襲で燃えた一帯なのか、とそっちへ頭が向いた。バラックから板張りになって、六年後の今はこどもの絵のようなパステルふうに変ったわけだ。

と、いきなり、焼け汚れたままのさっきの煙突が眼の芯に突っ立つのを感じる。ここも、銭湯も住いも全焼したというのに、あいつは今も生き延びている……。思ってもみないことだった。そのせいか、こめかみの両方に痺れのようなものがじいんと響いてきた。

そして、痺れがおさまりかけると、津和子の以前の口ぶりがゆっくり耳の奥に甦りはじめる。

もちろん私は焼け出されじゃないわ。だって、そのときは姉の死の後始末でこっちへすっとんで来てたじゃない。聞いたのはお母さまからだわ。お母さまったら、煙突がとってもきれいだったなんて言うのよ。きれいっていうよりそれは美しかったって。高台の神社の森から見てたのね、父と一緒に。まわりの家並みが燃えさかるでしょ、そのすごーい明るさが、舞台のフットライト。煙突を四方八方から照し出すのね。ですから、コンクリの肌目がまるでお化粧したみたいに、素敵な白塗りに見えてました。母って、そういうアナーキーなひとなの。アナーキーって、わかる、きみ？ でも父は違っていたわ。夜中の二時、白塗りの煙突のてっぺんから、細い煙がまっすぐ昇ったそうです。釜にとうとう火がはいったのね。ご臨終かって呟いて、父は見届けに戻って行った。戻ってって、それっきり帰ってこなかった。第二古志乃湯と心中よ、あのひと、母はそんなふうに言ったわ。もっとも私が居合わせたとしても、父が戻って行くのを引きとめはしなかったと思うの、いまでも。わかりますか、こういうこと？

「本日定休日」という小さい木札が、第二古志乃湯の表に無愛想に引っかけてあった。ぼくは家を二、三軒通り越して大きい敷地の裏手へ廻って行く。のぼり勾配を少し行くと、それらしい白ペンキ塗りの木の柵があった。表札はなく、「長谷川」と書いた紙を張った郵便受けだった。

そこから奥はコークスを敷きつめた小道が煙突の根元のあたりへ続いている。玄関はちょうどその中途のところだ。ありきたりの桟入りのガラス戸なので、構わずに引きあけると、出しぬけに鈴が鳴った。

音はやわらかかったが、ぼくはふいに動悸がのぼってくるのを感じる。思いがけなく、女の家へ訪ねて来たという気持に襲われたからだ。暫くは声もかけられずにいる。

ハジメさん？ 高い声が頭の上から落ちて来た。いっしょに階段を降りるらしい弾んだ足音がし、もうそこに津和子が見えた。

どなた、と言った。咎める感じがあった。

はあ、とぼくは答えかけ、実際にはまだ彼女をまったく見ていないことを悟る。玄関のなかは暗く、白っぽい服の女性がそこにいる、立っているということしか眼にはいっていない。無意識にたたきの中に軀を滑りこませ、表情を探ろうとしていた。

動きを見ていたのか、すばやく電灯がつけられた。

「誰にご用?」こっちの眼がたじろいでいる隙にまたきつい口ぶりで彼女は訊ねる。

見ず知らずの人間に対することばつきなので、ぼくのほうは却って照れや恥しさがあっさり飛び散った。

青木です、群馬の、滑沢の。言いきると、ぼくの視線はやっとふだんの感じを取り戻し、津和子の顔かたちを捉えにかかる。

変わっていなかった。ぼくが眼の芯にとどめ続けていた彼女がそこにいた。広い額と尖りめの顎。きかん気そうな上唇のめくれ。ただ、眼に力がない気がした。昔はせわしないほどまなざしが働くひとだったのにと思う。と、その眼がこっちの視線にゆるく絡んできた。

どうして、ここ探したの、と言った。

答える間を与えずに、なぜ、なぜわざわざ滑沢から出かけて来たのよ、と言った。

表情を動かさずにことばを浴せかけられ、ぼくは棒立ちのまま、どう対応していいのか見当がつかなかった。だが、彼女の眼に少しずつ力がはいってきたのだけは判った。




「こんな早い時間に、どういうつもりなのよう?」語尾をあげて引っぱる口ぶりだった。すると、耳に覚えのある以前の近しさがやっと漂い出した気がする。答える気が湧き、明日が入試の発表なので、とどうにか口に出した。しかし、こまかいニュアンスを説明するところまでは、どうしても口がもとおらない。

ふん、と津和子は軽い鼻声で言った。で、どこの試験?

「早稲田と慶応と、それから東大です、一応」

彼女は爆《は》ぜるように笑い出す。しかも尖った笑いかただった。すぐにはやめようとせずに、また息をついで笑う。

二十三歳。いや、四になっているかもしれない。ぼくは笑い続ける反らせめにした喉もとから眼をはずした。バカにされることは承知していたが、それでも腹が立った。説教されるのはまだいい。しかし、笑いとばされて、それっきりと思うと、胸やけしたときのようなじりじりしたものが溢れかかってきた。

おれ、とぼくは言った。

津和子は笑いやめた。棒っきれを折るような、だしぬけの中断だった。ぼくはことばを遮られた気がし、自分が何を言おうとしていたのか、つかの間判らなくなってしまう。

彼女はこっちの姿を眼のあげさげで眺め渡した。「東京に親戚なかったんだっけ、八束くん」張りのない声音でそう言った。

親戚……、おうむ返しに呟き、ぼくはゆるゆるした速度だったが、憤りのようなものが眉間から奥にはいってゆく気分だ。他の縁故よりもっとぴんと張った綱が津和子との間にはある。時はたってしまったけれど、その手ごたえだけは残っていてもいいはずではないか。そう思いはじめたとき、ぼくは一息に喋りはじめていた。

早慶東を三つ受けるのは確かに笑いの種だろう。無方針でしかもすべり止めなしなのだから。しかし父との関係が特殊すぎるのだ。金は滑沢の母の所に送って来るが、もう四年も顔を合わせていない。妾の子同然だ。そんな上に立って、これから学費を出させるとすれば、どうしても……。

津和子が胸の前で掌をひらひらさせている。それが見るまに大きい動きになり、ぼくのことばをはばんだ。思わず、声をとぎらせると、彼女は軀をゆすって、また笑った。今度のは明るい。「私、そんなんで笑ったんじゃない。違うのに」

「じゃ、実力のこと言いたいんですか」ぼくは自分自身



を覗きみるようなつもりで眼を落とした。オーバーもマフラーもなく、学生服の上にジャンパー。摺れて白っぽさの目立つギャバジンのズボン。靴、編上げの古。底に寒さ凌ぎの、唐辛子を半切りにしたやつが手拭に包んで敷いてある。試験場《ば》で足が冷えっちまっちゃあね、と母が作ったのだった……。こんないでたちの人間が朝早く手ぶらでやって来て、それで歓迎されるはずはない。彼女のことばを待たずに、ぼくはもう引き返す気になっていた。

「そんじゃ、これで……」と言いかけたとき、背中でオート三輪の音がした。あけっぱなしの玄関のすぐ前を通過した音だ。津和子はそっちを顔ぜんたいで追いながら、「月曜日うちがお休みってこと、きみ知ってて来たんでしょ」とゆっくり訊く。違う、偶然だった、とぼくが答える間も与えず、「おあがんなさい、どうぞ」と同じゆるい口ぶりで言った。

そして、三輪車のモーターの音が低まったのを確かめた容子で、ハジメさん、まだだったら、朝ごはん、一緒にしない、と叫んだ。

津和子はまっ白の毛足の長いセーターを着ていた。首はとっくり襟ではなく、V型でもなく、丸でもなく、胸の入口の骨が見えたり見えなかったりする。何というス

タイルなのだろう。はじめて見る襟型のものだ。風呂屋は、東京では、金が儲かってしょうがない。そう聞いていたのは嘘じゃない、とセーターを見ながら思う。

「私の部屋は二階。そこの廊下が階段にぶつかってるから……」彼女は五年前とかわらない肉の薄い顎をしゃくってみせた。

ぼくには事柄の移り変りを気持に沁みこませる余裕はなかった。ただ反射的に、「あの、朝めしは食堂でひと通り、その……」と、あとさきの見境もなく答えてしまう。

そのとき、津和子が玄関の上から、いきなり腰をしずめ、ぼくの掌を摑んだ。握手だった。「神宮迅一郎が死んで、それを、君が伝えに来た。最初っからそう思いこんじゃったの。あやまる、謝ります」そしてすばやく手を引く。

「死ぬわけがあるもんか、あの者《もん》が」

「とは思ってたけど、でも、もう寝っぱなしなんでしょ? 見舞いに来いって手紙がついこの間母宛てに届いたんですもん。……再び立って世に雄飛する余力はもう残されて居りません、せめて死んだ倅と、死んだあなたの娘さんのことでも語りあう以外、なす術なき状態にて……。文句まで覚えてるわ、母に内緒で私が勝手に開封しちゃったから」

ぼくは唖然として暫く口がきけない。神宮迅一郎は現職の村会議長だ。それだけじゃない、確か郡の自由党支部長だって勤めている。もちろん一度倒れて何日か寝こんだのは事実だ。しかし、今は倒れる前より精力旺盛だということは誰でも知っている。しかも呆れたことに、神宮迅一郎は自分に不都合な事態にぶつかると、熟れ過ぎの西瓜《すいか》のように頭がぱっかり割れそうだ、突っ立ってはおられないと称してさっさと家へ帰る。そうしておいて電話で人々にも役場にも猛然と指示を与えるのだ。「政治をいごかす人物は、やっぱし軀の機械が違うっちゅうもんさ」村では半分の腹立ちと恐らくそれ以上の畏敬をこめて彼を噂話の種にしていた。

津和子のふかふかした白いセーターに向って、いま、ぼくはその説明に取りかかろうとする。だが疑いがひとつだけ浮かんだ。もしかりに迅一郎が死んだとしても、どうしてそれを伝えに来るのが、このぼくなのか。彼女はなぜ、そんな奇妙な思いこみに捉われたのだろうか。

「おれんちは今、神宮んとことは何のつきあいも無いのに……」言いかけるのを待っていたように、

「だって、あの村で私の住所知ってるの、迅一郎と、それから君のお母さんだけだもん。そうでしょ? 私、年

賀状はどういうわけか、君んところの青木ます枝様にはは欠かしたことがないじゃない？」

こうこくとぼくは二度頷いた。東京へ出たら何かの時に寄れと言って、母が書いて呉れた数人の住所の紙に、「第二古志乃湯。長谷川津和子」が入っていたからだ。

おはようさん、という声と一緒に青年がうしろから入って来た。ハジメさんとさっき彼女が声をかけたオート三輪の人なのだろう。背が低く、豚皮製らしい汚れた皮ジャンパー姿だった。ぼくを無視し、玄関の板の間に上って行く。横を通るとき頭がこっちの肩そこそこだったから、身長百五十以下に違いない。

「八束くんも、さっさと上るのよ」津和子は命令口調で言った。

「だって、おれ、朝めしは……」

「馬鹿ね。お茶ぐらいつきあいなさい」

「皮ジャンの今の青年とですか？」

津和子はまるでこっちの心を読んでいたように、顔の前で両手をひらめかせた。そして、声を落とし、ハジメさんは燃料運びの使用人、私の亭主であるわけないじゃないの、と言う。

はあ、とぼくは間の抜けた返事しかできない。

「こんな商売だから、お休みの日だけは二階で御飯食べることにしてるの」セーターの背を見せて廊下を歩きかけた。

固いひび割れの入った編上靴の紐をぼくは解きにかかる。と、彼女は足音を立てて戻り、君、誤解しないでよ、私、独身、結婚する気なんて当分なし。

ぼくはふいに過去の彼女の匂いを嗅いだ気がした。昔、疎開して村にいたときの津和子は、いつもこんなものいいの、いわば少女と娘の中間だった。

「玄関しめてね」と重ねて彼女は言った。そのつもりで振り向くと、コークスを敷いた私道らしい表の通路に射している陽は、もう朝のものではなかった。三月にしては暑くなりそうな輝きが、コークスの黒のその凹凸に当ったり当らなかったりして、光の波模様のようなものを作り出している。

## 2

「どこうろうろ？　八束くん」彼女が呼ぶ。お紅茶って言ってるのに、と続く声が谺する。山のなかの響きとは違って、膜がかかったように濁り、たて続けにいくつも重なりあう。ぼくは男湯のがらんとして広いタイルに立っていた。高い天井、左右のこれも高い場所にある明り取りの窓。そして戦争前と変わらない正面いっぱいのペンキ絵に見とれる。

まさか、女湯なんか覗いてるんじゃないでしょうね。それは津和子の歩きながらの独り言らしかったが、谺のせめぎ合いはペンキ塗りの富士から撥ね返ってくるふうに思えた。

その富士は雪を冠っている。五合めまでと計算して描いたような放射状の雪だ。湖とも川ともつかない水色のうねりが山麓からぼくの方へ向ってはではでしく広がっている。

せっかちな足運びの反響が、うしろの脱衣場に入って来た。田舎ものね、とすぐに言った。人見知り屋さんで、お茶も一緒に飲めないなんて、そんな臆病さじゃ、受かる試験だって受からないと思うな。津和子は喋りながら、半分開いたガラス戸から、つかつかタイルの上を近づいて来る。

「ぼくは、こういう空気がなつかしかっただけで……」

そう答えて、ペンキ絵や、その下に並んだ質屋薬屋などの小さい看板の絵、とりわけ〝中将湯〟の広告の髪の長い美女の方を指でさし示した。

「呆れたひと」と即座に彼女は言う。「もっとも君も疎開ぐみで、チビの時は練馬か板橋か、あの辺に少しは住



んでたんでしたっけ」

ぼくはもう一度〝中将湯〟の日本人とも外人ともつかない、葉っぱの王冠をつけた女の絵姿を見た。「あれ、あの女王様みたいな広告。お風呂屋へ行く途中の電柱にもっと大きく、一本また一本て続いていて……」

津和子は興味なさそうに、「そんなの、今もおんなじ。あの髪飾りは月桂樹の輪ってことらしいわ。月桂冠ね。大学受ける年になっても、まだ憧れの女性っていうふうに見えるんですか?」横に並んで試すようにぼくを覗きこんだ。

「女王ありき」とぼくは腹立ちまぎれに声を大きくした。谺がすぐ音を濁した。

「それ、なんのこと?」

「外国の小説にね、〝女王ありき〟っていう題名があったってこんさ。〝ありき〟だから、過去形ですよ、無論のこと」

「よろしい。君も少しは生意気なことが言える青年になった。まあ成長と呼んでよいであろう。女王も満足である」彼女の声も大きくなっていた。芝居がかっていた。

ぼくはふいに思いつく。この無人の洗い場、湯舟、それは舞台だ。そして薄べり敷きの広い脱衣場は五年前に住

観客のいた場所とそっくり。そう考えれば考えられる。

「津和子さんは〝演芸会〟の女王様だったからな。おれ、その頃の舞台の女王には憧れてましたよ。昭和二十一年、二十二年……」

「ザ・パースト・テンス。過去形ばっかり使う。一度ちょっと讃めるとすぐ」苦みのある答えを返し、きついまなざしになって彼女は湯舟の方へ行く。からんと響く木の音をさせ、乱雑に置かれていた浴槽の蓋を神経質に積み直した。

昔の田舎のできごとは禁句なのだとぼくは思う。確かに彼女は女王だったが、追われるように東京に逃げ帰ったのだからそれも当然のことかもしれない。

すいません、よたな昔ばなしなんかして、とぼくは詫びた。そのときになって彼女が服を着換え、薄グレイのきっちりしたスーツ姿であることにやっと気づいた。こっちにうしろを見せ、ペンキ絵の方に対して背筋をぴんと張ったありさまは、このまま外出するいでたちに見えた。それとも、答えて呉れないところをみると、やはり、ぼくを許さない、それを無言で示しているのだろうか。

「この富士山、どう思う?」姿勢を変えないまま津和子が低い声で聞いた。問われている意味がとっさには摑めない。そのペンキ絵が通りいっぺんのものとしか思えないからだ。

「気がつかなくても仕方ないわね。雪が美術屋の職人さんが普通に描くのより、よほど多いの。無理いって麓のほうまでなるべく白くって頼んだのよ、母が」

「涼しそうにしたいから……?」

「それを通り越して、寒々とさせたかった、とでも言えばいいかな。つまり、母は雪国の雪山にしたかったんですって」

彼女は笑った。笑いながらぼくの所へ戻って来た。

「まだ意味判らないみたいね。古志乃湯の古志は越後、新潟県です。空襲で焼け死んだ父が新潟県人。母は合理的な人だったはずなのに、故人を偲ぶなんて急に呆けた事言い出したのよ」

母親はここが全焼するまで、銭湯という商売を嫌いぬいていた。自分の父が銀行員だったためだ。しかし、その津和子の祖父は銀行を止めたあと、独立して不動産と金融の仕事を始めた。一番番頭が婿という形で母親と結婚する。第二古志乃湯は抵当流れで手に入れたものだが、戦争インフレを見抜いた祖父は婿にそれを経営させることにした。結果として、母親は風呂屋のおかみさんにされてしまったのだった。「私のほうも、つまり小学生までは風呂屋の娘なんて呼ばれる、いやらしい立場にいたわけじゃないわ。だから昔の母のように、今すぐにでも止めたいって思ってる。それなのに、まるでさかさまになっちゃって、母は夢中でこのトタン板も……」

身振りで津和子はペンキ絵のほうを示してみせた。トタン板、とぼくはぼんやり問い返す。

「迅一郎よ。あの神宮に母は闇で手に入れて欲しいって手紙を出したの」

ぼくはやっと成行きを摑みはじめた。ペンキ絵のことを彼女が言い出したのは、神宮との関係からだったのだ。ふうん、と溜息が出る。山林地主の神宮が製材所を持ち、その力で闇屋の元締めのように振舞っていたのを知っているからだ。

「只だったの。あいつ、只で母にプレゼントしたのよ。私、くやしかった。君のあの田舎と二度と関係なんか持ちたくなかったのに……」射すくめでもするように、津和子の眼は雪の富士に向けられている。横から窺いながら、ぼくは彼女が追われるように村から立ち去った当時を思い浮かべようとした。

いきなり視線がこっちに戻った。「また過去形。大過去まではいってくるんだから、救いようがないわね。でも別に君の顔見たからってせいじゃないの。そういう意味では余計な責任なんか感じて欲しくないわ」言いおわりはもう、いつものさばさばした声音に戻っていた。

ふうん、とまたぼくは呻く。自分が訪ねて来たせいではないと知って、心が軽くなっている。「女王ありき、なんて気障りな文句を使って、それで津和子さんが怒り出したのかと思ってた、おれ」

「半分は真相よ、それだって」と彼女は言う。「でもね、いやなことはいやなこととして、長谷川津和子が女王の如く存在してたのも、これも真実ね。君が一番よく知ってたわけだけれど……」

そうだ、ぼくのうちの倉が演芸会の踊りの稽古場になった。そのための師匠を、出来秋に白米で支払うという契約で三人もやとった。あとで考えると恐しいほど賑やかな時代だった。五年たった今、もう誰もすすんで思い出しはすまい。津和子女王の相手役を勤めた中の、次男、三男坊は朝鮮戦争景気以来、みんな村を離れてしまっているのだから。

「あの倉の隅っこで、津和子さんとぼくだけが青年団に入ってないのに、練習、ほら、あのやくざ踊りの。あれのレコード係をやってたの覚えてますか」

彼女は笑顔になっていた。そして、舌を長く突き出し上唇をすうっと舐めて見せた。「あれはレコード係なんて高級なもんじゃないわよ。手廻し蓄音器の古針を一本一本砥ぐ召使いみたいなもの……」

気持がそこへ甦ってゆき、ぼくは眼で頷いた。誰に命じられたのか判らないまま、ただ毎晩練習の見物人でいる間に、錆びの入った短い鉄針を砥がされていたのだった。まず金剛砂の荒砥で錆落とし。鎌に使う普通の砥石で丸さを戻す。最後は肌色の滑砥で針尖の確かな鋭さを作りあげる。

津和子がもう一度舌を細めにして歯の間に覗かせ、ぼくの眼に語りかけていた。

「うん、針がオーケーかアウトかってやつは、べろの上にそのたんびに、先っぽを当てて決めたんだっけ。砥石の泥くせえ味がして、おれ、そのたんびに唾を吐いて……」

「嘘。ちくんて刺すとき、酸っぱかったわ。百本あるなしのあれ、毎晩休む暇もなく、ちくん、また、ちくん。酸っぱくて痛い舌ざわり、今でもなにげなく覚えてるんだなあ。愚かにも、とでもいうべきね」

彼女は木の小さい腰かけが山型に積んである隅へ行き、自分で一脚。もう一脚を小さい掛声でぼくに投げた。乾いて人気のないタイルの洗い場で、このまま話しこもうという意味らしかった。ぼくは受け損ね、腰かけはからんこん、とすがすがしい響きを立てる。屈んで拾いあげたとき、スーツの姿はもう腰を下ろしていた。洗い用の腰かけが低く過ぎるためか、津和子はタイトなスカートの脚を、斜め横にくの字に曲げている。二本揃えて、そうしている。眼が自然にそこへ行くので、こっちが、たじろいでいると思ったのか。

「この辺の喫茶店、十一時過ぎないと開かないから……」

いいえ、ここの方が、とぼくはくの字の反対の所へ腰かけを置く。

「あのレコードの中味……。やくざ踊りやマドロスふうのあんな歌が、思ってもいないのに今でも鼻歌で出たりして……。『青い山脈』とか『銀座カンカン娘』なんていう、いまはやってる方は一度もその気が起きないっていうのに。いやあね。なぜ追っ払えないいんだろう」

ぼくは黙って頷く。だが、ふいに、それは違う、という気が起きる。

「針を砥ぎながら、歌詞を一所懸命覚えてたのは、ぼくの方ですよ。津和子さんは馬鹿にして、どれも同じ曲、どれも同じような作詞って言って、あの時あざ笑ってたんだ、おれのこと」

それはそうに決まっていると彼女は断定する。むらうちから只ひとり遠くの県立中学へ通っている少年が、夜な夜な遅くまで流行歌を覚えようなんて、どう見たって軽蔑ものだ。それも新しいものならともかく、戦争前の「旅笠道中」「伊那の勘太郎」「月形半平太」。「湯島の白梅」もあった。髷ものでないのは「旅の夜風」「女の階級」「国境の町」「裏町人生」。ぼくは途中から声を嚙み殺して笑う。

「うん？」と津和子は意外そうに小首をかしげた。まなざしがすうっと冷えたものに変わる。

「だって、愚かにもなんて言ってるのに、このまんま放っとけば、あの時かけた歌をひとつ残らず並べちまいそうだから。五十六だか、七枚だか、それを……」

「それが変？」

「変よりなにより、たった今、中学生のぼくの態度がなって無かったって決めつけて……、歌を小馬鹿にしてた津和子さんがですよ……」

「女王ありき」小声で彼女が遮った。「君がさっき、きざっぽく呼んでくれたように、私、踊りの、舞台の、若い衆や娘たちの、主役でございました。演芸会のレパートリーの三分の二に出ていたのよ。覚えてないほうがかえって変じゃない」

ああ、とぼくは肯定する。しかし、彼女がその時代をただ懐しんでいるとは思えない。騒然とした時が瞬く間に過ぎたとたん、津和子は村を憎んで、誰にも別れを告げずに帰った。その事実を胸に刻みこんでいたからだ。突然の帰京はあとあとまで悪い噂を産んで行った。若い衆に寄ってたかって輪姦された……。神宮迅一郎の本妻が嫉妬に狂って刃物で脅かしたために、裸足で逃げて……。

ああ、そんだけどもさあ……、と言ってぼくは絶句し、津和子の上質のものらしいスーツの三角の襟もとに眼をやる。

彼女は笑う。得意そうに笑っている。こっちを言いこめてやったという意味か、それとも、昔の女王の気持になっているのだろうか。喉の奥がほの見える。薄い血の色が、息遣いで揺れているようだ。

「女王ありき、じゃねえんだな。お姫さまってほうがほんとだよ。バックに材木屋で山地主の、義理のまたその義理くらいだけど、凄いおとっつぁんが控えていて……」

つまらない、と彼女は気のない声で呟いた。こっちが神宮迅一郎との関係を悪意で喋り出そうとした態度はすぐ見抜いた容子だが、透き通った眼をまっすぐぼくの顔に据えたままだ。

「おれは、ぼくは嘘を言っちゃあいない。事実、実際そういう背景があって……」

「それがつまらないって言ってるんです」高い調子だった。反響がよけいそれを強調する。「事実なんてものが、つまらないのよ、そもそも。実際？　一体それがなんですか。私が、あの田舎の、種付場や繭の乾燥場に作った舞台で踊ったり芝居したり。そんなこと、長谷川津和子にとっては、世を忍ぶ仮りの姿に過ぎないんだわ。いっときの、世を忍ぶ仮りの姿。どこを探したって、事実も真実もありはしません」

一息に言い切ったとたん、すっと立ちあがり、ペンキ絵の富士山に向って両腕をひろげた。そして鼻先で、ふんと音をたて、「シアトリカルってことば知ってる？　新劇の舞台だったら、赤毛をつけてこんなふうに見得を切るわけね。どう、判った、きみ、八束くん？」

振り向いて眼でぼくに笑いかけてきた。

ものは言いようだ、と反論するつもりで、興奮してぼくも立った。無意識だったので腰かけ台を弾じいたらしく、木とタイルが乾いた短い反響を作り出す。と、ちょうどそれをきっかけのように津和子は、脱衣場のガラス戸に向った。「私もう、そろそろ出かけなければならない時間みたい」

ぼくは肩すかしを食った気分で自分が横倒しにした腰かけ台を取り、山型の上へ手荒く積んだ。彼女の坐っていたのにも手をかける。

放っときなさいよ、そんなの、と叫ぶ声が番台の方から欲して聞こえた。どうせ時間をもてあましてるんでしょ、私と一緒に行きましょう。

どこへ連れて行こうというのだ、とぼくは彼女の切れ味のいい響きの中で思う。

「病院。すぐ近くだけど、母が入院しているの」先廻りして津和子は続けた。「入院て、そんな大病なんですか？」ぼくはガラス戸の向うへ大声をかけた。しかし、もうそこには津和子の姿は見えない。

「だから、私がこのまま風呂屋のおかみさんになっちゃいそうなのよ」歩きながらのことばらしく、終りのほうが聞きとりづらいほど遠のいてゆく。



## 3

戦争に敗けた次の年のお盆だった。だしぬけに神宮迅一郎がぼくの家に現れた。人なみはずれて丈の高い軀の、馬面といっていいほど長い顎が、庭先に集まった多勢のうしろに際立って見えた。その脇にあなたがいたのだ。

他にむらうち以外の人はいなかったから、八月十五日のお盆その日ではない。迎え火を道祖神の辻で燃やしたあとの、十三日の夕暮。ぼくの記憶ではそうだ。

若い衆や娘たちの独走で出発した演芸会の夜の練習がもう一ヵ月近く続いていた。とうとう大人たちも肚を決め、芋煮会でもやろうということになる。庭はずれの醬油造りの大かまどに大鍋をかけ、里芋を煮っころがして一杯やるべえじゃねえの。その場でお師匠さん方に、三人の師匠はぼくの家に泊っていたのだが、むらうち一同で正式に頭を下げる。段取りはそんなふうに進んでいるらしかった。

麻幹《おがら》の残り火を消すのもそこそこに、子どもたちの先頭に立ってぼくが戻って来ると、庭先はもう大人や若い衆たちの人だかりで、むんむんするほどだった。一升ビンが手から手へ廻されていた。どぶろくの白をみんな茶碗でやっていた。まん中の大かまどから、時折火の粉が舞って、その人々の上をかすめる。

あなたは竹串に芋を刺して配っている娘たちに混じるわけにもゆかず、若い衆からも離れ、神宮迅一郎の横手に立っていた。見物人という格好だったが、真赤な袖なしのワンピースのようなものを着て、妙にはではでしく見えた。私、ここにいます、と言いたがっているようだった。若い衆のひとりが一升ビンと茶碗を迅一郎の前に持って行き、すすめにかかる。彼は首を振って断る。と、横手にいたあなたがその茶碗を取り、若い衆に注がせたのだ。そして、あなたは一息に飲む。子どもがいやな薬を急いで嚥みくだす感じだった。

ぼくはその身ぶりを、ひまわりの列と坪庭《つぼや》の間から覗き見していた。あなたは、もう一杯というふうに若い衆に茶碗をさし出している。華やかな娘に挑まれた感じで、若い衆は一度仲間の方を笑顔でふりかえり、今度はどぶろくが地面にこぼれるほど勢よく注いだ。

津和子さん、おめえ、なんで、そんな真似をこくんだ。ぼくは胸の中であなたに叫びかけている。

ぼくには判らなかったからだ。迅一郎が一杯さされるというのは、よくあるお愛想の類いだが、あなたがその酒を飲み、またもう一杯という姿勢は、仲間うちとして自分を認めろという行為としか思えない。だが、そんなことが簡単に許されないことは、あなたも知っているはずだ。あなたとぼくが練習の場に居させて貰えたのは、あのレコードの針。ぼくの場合は自分のうちの倉。そして、あなたは手廻し蓄音器を馴れた様子で扱う調法さ。それ以外、ぼくらは若い衆の中に踏みこめなかった。一ヵ月近い夜の練習の間、あなたはそれを身にしみて了解していたはずじゃないか。

火の粉がもう舞わなくなり、煙が夕闇を一層引き立たせる灰色に変わりはじめたとき、ふいにどよめきが上った。拍手が起きた。いつ用意してあったのか、林檎《りんご》箱ほどの台があり、その上に三人の師匠が並ぶ。女形はいつもの浴衣姿とは違って、さっぱりした白シャツ。まん中にリーゼントで肩幅のある芝居の師匠。その向う側が一番若いランニングの角刈。

世話役がもそもそいうことばに対して、リーゼントの師匠が、張りのある声で、よろしくお引き立て願います、と叫び、三人一斉に頭を下げた。また大拍手だった。まん中の師匠は両手で軽く制し、ついと腕を伸し、掌を返した。それは人ごみのうしろに居る神宮迅一郎に向けた手つきだった。

「神宮さん、舞台の材木、板、一式、ありがとうさんです。この場を借りて、おん礼申しあげます」また三人が頭を下げる。

ぼくはあなたの表情を見つめた。村の衆の拍手に対して迅一郎はぺこり、ぺこりと二度頭を垂れて受け答えたが、あなたは、全くのよそごとというふうに、手にした茶碗の中に眼を落としているだけだった。

あなたに近寄り、その眼の中を覗きこみたい、と思った。神宮が舞台の材木を寄附する、それが村の衆全員の



前で披露される、とすれば神宮の義理の娘という格のあなたは……。

そうなのか。一連のそういう手順が判っていて、さっき茶碗酒を堂々と受けてみせたのか。あなたの服の赤い色が、ぼくの眼の中でじわじわと滲み、見るまに霞んで遠ざかる気がした。もう、ぼくらが一緒にレコードの針を砥ぐ時は終りだ。あなたは疎開者の、それもむらうちではない人間なのに、若い衆と娘たちの仲間入りを果たした。考えられる限り見事な公認のされ方ではないか。恐らく、長谷川津和子は師匠たちから別格扱いを受け、演芸会の花形になることを約束されたようなものだ。

ぼくは人々の方角から軀をそらし、井戸端へ向う。顔を洗って、自分の机の前に坐ろう。もとの普通の中学生に戻る。いまはそれしか考えられない。

井戸水を木のバケツに汲む。手を水に入れる。すぐ顔を洗う気が起きないほど、ひんやりしている。と、だしぬけに拍手とどよめきが入り混って聞こえてきた。「神宮！　頼むぜよ！」という叫びもあった。

見ると、迅一郎の長い顔が人群れの頭上をまるで波に漂うように動いていた。輪の中央に押し出されて行く感じだった。

ぼくはあなたの居場所を眼で追う。赤い服は、輪のは

ずれの同じ所に蹲《うずく》まっていた。濁酒に酔ったせいなのだろうか。それとも、ぼくが知らない別の理由があったのか……。ひとりでに足が動いて、ぼくは坪庭へ戻りかけた。服の赤い嵩《かさ》が葱の列ごしに丸まっているだけで、顔がどこにあるのか判らない。

津和子さん、おめえ、泣いてるんじゃあるめえな！ぼくは腹の中で呼びかけていた。つい今しがた、あなたが得意然と酒を受けたと思いこんでいたにもかかわらずだ。

髪の毛の黒が見えた。向こうむきに顔を伏せているのだと判る。また拍手が響いた。神宮迅一郎が師匠の載っていた台に上る所だった。ぼくは駈け出していた。人の眼が迅一郎に向いている間に、あなたと話したいと思ってのことだった。

「滑沢のみなさん！」ゆっくりした、しかし圧力が十分にある迅一郎の声がする。「私がもうひとつ寄附をさせて貰いたいって申し出たんは、舞台の引き幕のこんです」

周囲が呑まれた容子で静かになった。ぼくは葱の列を大跨《また》ぎに越し、あなたの横に辿りつく。見下ろすと、別に嗚咽《おえつ》しているような髪の揺れもなく、気分の悪さで軀が崩れたふうでもなかった。むしろ、ものごとを考え抜くために頭を垂れている。そんな感じの力のこもった身の置き方に思えた。

短い間の静かな空気が割れ、また拍手になった。それに合わせるように「木屋の神宮は出過ぎたことをする、と申される向きもあるでやんしょう。しかし、しかしです。この神宮が昔のその昔、奥牧村の一匹の山猿としてこっちへ出て来たとき、最初に草鞋《わらじ》を脱いだんは、この青木さんの本家でやんした。本家の爺様が開墾あとの、こんにゃく植えに傭って呉れたってこんでした。それだけじゃあない。そういう因縁があって、私は倅の墓を、故陸軍中尉・神宮雄一郎の石塔を、こっちの部落の墓場に建てさせて貰えたんであります。御恩はお返しせねば、男ではない。私はそういう肚づもりで、寄附を申し出たわけでやんす。ここのむらうちの者でない野郎が、とお考えのみなさんも、ひとつ、そういう神宮の心持を察して、快く受けてやってお呉んなさい。お願いします」

ぼくが迅一郎のよく通る演説に気を取られている間、いつ立ち上ったのか、あなたはぼくと肩を並べていた。背筋を伸し、輪の中央の彼をじっと見据える顔つきだった。横からそっと窺うと、きつい、火を吹くようなまなざしに思える。

話し終えて神宮が頭を下げたとたん、あなたはぼくに顔を向けた。厳しい大人の眼をしていた。それが瞬く間にゆるんで、瞼ぜんたいが笑いに変わる。だが、その眼もとは今までぼくが針を砥ぐ仲間として知っていた長谷川津和子のものではなかった。皮肉っぽさが鋭く出ていた。邪気の少い、あけひろげの感じがなかった。笑っていながら、心を閉じているように見えた。

ぼくは意味が何ひとつ摑めないのにもかかわらず、あなたを失ったと思った。

レコード係は、止めるんかい？　ぼくは茫然としたまま呟いた。

そう。さっと、あなたは断定的に言った。

踊りを習う？　明日あたりから。ぼくは同じように気落ちした声で訊く。

今夜から習う。習うんじゃないわ。始める。

それはわざとぼくを打ちのめすとでもいうような、胸に息をためた確固としたものいいだった。

あなたにどういう態度をして、そのあと家の中へ戻ったのかは覚えがない。いきなり、「木屋の山猿め、何をぶってけつかるんだ、ご大層に。ああ？」そう問いかける祖父の甲高い声に耳を引きとめられた。ぼくは囲炉裏の脇を過ぎるところだった。むらうち皆が浮かれつどっ



ているにもかかわらず、祖父は昔の地主の姿勢のまま、炉端から動く気は無かった容子だ。

舞台の幕を寄附。投げるようにそれだけ答え、座敷を抜けて定時電灯がついた自分の部屋にはいる。椅子に腰を落とすと、机の前の襖に夏休みの宿題の計画表が張ってあった。演芸会のこの騒動が始る前、夏がこんなふうになるとは露思わずに、自分で藁半紙に書き出したものだった。その紙がみるまに霞み、眼に涙の膜がかぶさってきた。

庭のはずれからまた、どよめきが上った。外は立ちこめる煙のために、もう濃い紫色の闇がおりかかっていた。すると、憤りのような気持で、ふいに去年の夏の自分のことに頭が行った。戦争で、海軍軍人として死ぬつもりだった、とぼくは思った。こんな馬鹿騒ぎがなんだ、津和子がなんだ、と思った。

だが、その考えが逆さまの弾きがねになって、こらえようとしていた涙がいっきに溢れ出てきた。うつむくとズボンの上にぼたぼた落ちる。泣くことに誘われて胸のなかの壁が熱いものになる。と、なんで戦争が終ってしまったんだ、永久に続くはずだったじゃないかという歯ぎしりのような思いが湧いた。

しゃくりあげて息を吸うと、藪蚊の群れが唸りをあげ

耳もとを飛びかっている。振り払うつもりで立った。まるでそれを待っていたように、すぐ眼の先で笑い声があがった。「中学生が涙ぼっち吊してるんわい」だらけた笑いのまま、そう叫ぶ。神宮咲男のでかい図体が明け放しの縁先からこっちを覗いていたのだった。薄のろ、行げ。とっさにぼくはどなりつける。それがいつも津和子の尻にくっついている神宮の出来損いの次男を追っ払うやりかただからだ。薄ら馬鹿、うろうろこいてると張っ倒して呉れるど！

「おらあ、本家んちに用があるんだい。中学生に叱られたって帰るわけにゃあ行がねえんだい」咲男は光のはずれに顔を突き出してみせた。そして馬面の自分の顔の前に唐草の大きい風呂敷包みを、これ見よがしに吊して揺った。一升ビンを二本括ったものらしかった。どぶろくか、とぼくはつられて訊ねる。「どぶじゃねえやい。ほんもんの透きとおった酒だい。おとっちゃんがおめえんちのお爺に呉れてくれるってやつだい」

　寄こせ、こっちへ。言いながらぼくは縁側に出た。神宮の酒なんか叩き割ってやる。寄こせ、ノータリン。

　もし咲男がすんなり渡したとしたら、ほんとうにビンを割っていたかどうか、それはなんとも言えない。だが何かの形で腹いせのような行動をしたかったことだけは確かだ。当の咲男はもうのぼせあがっていた。意味の聞き取れない叫びをあげ、ビンの包みを両腕でかばうように抱きしめた。荒い息を立て、縁側のぼくをおどおどしたどんぐり眼《まなこ》が見あげている。

　ぼくはふいにおかしさがこみあげてくるのを感じた。庭にいるのだから、すたすた逃げればいいものを、この白痴はそれすら頭が廻らないと思ったからだ。脅かすつもりで、どしっと床板に踏音を立てて、寄こさねえ気だな、そんじゃあこっちにも覚悟があるど、と芝居がかりで叫んでやる。すると呆れたことに、相手は縁先の土留めの石の上にしゃがみこむ始末だった。ビンを腿の間に挟み、どでかい軀ぜんたいで守るつもりに見えた。いじめる対象ができ、ぼくは図に乗ってくる。言うことを聞かねえんだら、てめえのその背中の上に飛びおりて呉れるぞ、いいんか、この薄ら馬鹿！

　始めて咲男に逃げ出す気が起きたようだった。長い顎を右左に振り方角の見当をつけようとしている。そして、そろそろ腰を浮かしかけた。逃がすもんか、こん畜生、とぼくは叫んだ。逃げられたら逃げてみろ、畜生。

　叫んだ瞬間、気持がほんとうのものに変わっていた。ぼくは咲男の軀を蹴るように跳んだ。足がまだ届かないうちに、相手の悲鳴が聞こえた。逃げ損ねて、つんのめったのらしかった。ぼくは腿のあたりを一度踏んづけ、その向うの庭土の上で二、三歩たたらを踏む。

　おっこわれた、と呻く咲男の涙声が聞こえた。「おとっちゃんにぶっぱたかれるう」泣きながら同じことばを繰り返している。

　やかましい。どなるのと一緒にぼくは長々と伸びた図体の先にある風呂敷包みを取りあげていた。流れ残りの酒が子供の小便のように垂れ、乾いた土を濡らしてゆく。包みの重さから割れたのが一本だけらしいと判った。「おんのせえじゃねえよう。中学生が悪さをしかけたんだよう」寝そべったまま咲男が泣き喋りする。

　やかましいや、とぼくはまたどなった。神宮がなんだ、こんなもんがなんだってんだ。それを掛声のようにして、風呂敷を丸石に叩きつけた。響きのない鈍い音がした。みるみる白い石が濡れ、電灯の遠い光を薄っすら撥ねるのが判る。

　咲男はもう何も言わずに泣いているだけだった。ぼくの方もその場から離れることができ辛くて、ただぼんやり突っ立っていた。気がつくと、斜め横に迅一郎、前の縁側に祖父がいる。「折角の宝物を……」と舌打ちするように迅一郎が言った。「宝物だかどうだかな」と甲高い声で祖父が応じる。「ただの井戸水を詰めてきて、わざと割らせちまったって寸法じゃないのか、うん、神宮？」

　それは中傷だ、ひど過ぎる、とぼくは思った。迅一郎がどう反応するかつい窺ってしまう。しかし彼は口では答えなかった。泣いている自分の息子を足で蹴転がして遠ざけ、唐草の風呂敷を持ちあげた。底が妙に凋んでしまったその包みを、大袈裟にかかげ縁側の祖父の顔の前に運んでゆく。

「何いする」無言の動きに気圧されて祖父が呟いた。

「匂いでやんす。匂いを嗅いでやってお呉んなさい。この神宮の手土産が上物の清酒かどうか、爺様のその鼻で……」迅一郎がぐいと風呂敷を突き出した。包みの底から残りの液体が縁側に一筋、つつうっと垂れる。祖父はいまわしいものに出会った眼つきで、うしろへ下った。

「やかましい、やかましい」と口早に言った。「仮りに酒だったって、元へ戻るわけがあるまい。てめえの知恵はその程度の猿知恵ってこんだ。いいか、迅公、お前さんはな、ほんものの酒を吊して来ても世間さまが水としか思やしない、そのくらいの信用しかねえってこんを言って聞かせたんだ」

　迅一郎は風呂敷包みを無造作にうしろの地面に放った。ぼくのすぐ前に落ち、がちゃっとガラス同士がぶつかる音を立てた。「爺様の言うんも一理はあり申す」押し殺した声で彼は言う。「確かに神宮は今まで、それぐらいの格だった。だが、これっから先はそうそう見くびらねえで貰いたい。ひとさまや村のために、ひと肌でもふた肌でも脱いで、おおやけのこんに身を捧げて……」「よしゃがれ、よしゃがれ、きれい口は」と祖父が幾分からかうように遮った。「お前さん、舞台の材木だの幕だのをなにしたそうだが、むらの衆がそいつを尊敬して拍手してると思っちゃ大間違いだぞ。肚んなかじゃ、誰も彼も、成り上りもんの木屋からは何でもふんだくってやれって、馬鹿にして笑いもんにして手をはたいてるんさ。これがものの道理ってもんだ」全て言い切ったという身ぶりで袖を振り、祖父は座敷へすたすたと戻って行った。

もう夜の闇が落着きはじめていたが、部屋からの光で、迅一郎が肩で息をしているのが見て取れた。その肩がゆるゆるとこっちに廻った。地べたの咲男とぼくとを見比べている顔の動きだった。しかし、ぼくのほうには向わず、速い勢いで咲男の上体を引き起こした。そしてものも言わず、その頬を平手で打った。張りのある高い音だった。馴れてるから叩くのが上手なんだ、とぼくはぼんやり思った。止んでいた咲男の泣声がまた上った。



「おんのせえじゃねえんに。中学生が悪さしたんだってばよう」訴えるようにそう叫んだ。

当事者はおれだ、とぼくははじめて気づく。すると、迅一郎にどう仕返しを受けるか判らないという考えがはためき、軀ぜんたいが早い動悸に包まれる気分だった。「中学生よ」と呼びかける彼の声がした。思っていたよりは柔かみがあった。何か答えようとするが、ぼくののどはひきつったような具合だ。

「お前さん、その地べたの割れたしろものの匂いを嗅いどいて呉んろ」同じようにゆっくりした口ぶりだった。はい。ぼくは嗄れた声でやっと答え、膝と背を曲げた。甘ったるい香りが鼻の芯を突きあげてくる。これはほんもののお酒です、そう言って一刻も早く逃げ出そうと思った。と、ふわっと熱っぽい空気が寄せてきて、ぼくの後頭部が大きい掌で押さえこまれている。

その手が二度三度、地面に向ってぼくを押しこくった。どう匂う、どう匂う、と彼の呟く声が、呪文のように耳に落ちかかってくる。ぼくは前のめりになるのを足先の力で怺えた。すると、出しぬけに憤りが甦った。あなたから踊りを始めると断言されたあとのあの気持だった。水だ、水、匂いなんかねえ。ぼくは辛い姿勢のまま呻くように言った。

また迅一郎の手が頭を押してきた。ひがみだ、本家のんは、と呟くように迅一郎は言う。解放で農地を取られちまって、しんしょうが何も無くなっちまった奴らめ。

　掌がもう一度強く押しこくってきた。ぼくは頭からよろけ、それをしおに一気に逃げ出していた。どこかであなたがこのありさまを見ている。見ているにもかかわらず助けようとはしてくれないのだ。どういうわけか、そんな思いが胸のなかを通って行った……。

「ばかみたい。なんでそんな詰まんないこと覚えてるの」と津和子は言う。言い切ると足を早め、スーツの後姿になった。ぼくは自分の些末な記憶について、うまい弁解をしたいのだが、すぐには理窟が出てこない。

「他のことはともかく、私のことは間違いだらけ。でも直すのも面倒臭いから言いません」いかにも飽き飽きしたというそぶりを見せ、それから道端の狭い川のほうに尖った顎をしゃくった。「この川、立会川って言うの。何と何が立会うのか、子供の頃から疑問に思ってたけど、結局誰にも訊ねてみなかった……」言い終りがどういうわけか溜息のようになっている。

　ぼくはふいに思いつく。「立会人てのあるよね。おれ、もしかしたら津和子さんの……」

「決闘みたいじゃない。じゃ私と誰が決闘するの、君が



立会人だとしたら」

　神宮迅一郎。そう答えようとして、ぼくは思いとどまる。川の行手に眼をうつすと、病院らしい灰色のドームが家並の上にぽっかり突き出ているのが見えた。

## 4

　窓をいっぱいにあけ、津和子の母は三階から町並の方を見下ろしていた。ネグリジェというものなのだろうか、淡いピンク。広がった裾の先が柔かいひだひだになっている。ぼくら二人がドアをあけてはいり、しめたあともわざと知らんふりとでもいった容子で背を見せたまま窓枠に摑まっていた。

　津和子がぼくの脇腹を軽く突いた。こういう人なの、というつもりだろう。今こんな状態なの、といいたいつもりなのだろう。

　おはよう、おかあさま。津和子は押しつける口調で二度目の挨拶をする。

「春は名のみの風の寒さやって歌。今日はそれとちょうど正反対のお日和なのね。ああ、外を歩きたい」母は首だけを緩い動作でこっちへ向け、津和子とぼくを見比べる感じになった。眼だけは躍ねるようによく動くのだ

が、ネグリジェの軀は危っかしげな鈍《のろ》さで、やっと向き直る。その眼がぼくに据えられた。どういう意味なのか、両手を自分の首に持ってゆき、咽喉のまわりで撫で始めた。

君の学生服が気になってるのよ、と津和子は囁き、母には、お友だちよ、すぐ近くまで来たんで、つきあって貰っただけです、とあっさりした声で言った。

「そう。私、私の知ってる方かと思って、ちょっと考えちゃった。ふうん、そう」眼からせわしない光が消え、母はのろのろベッドに戻ってくる。学生服にはもう興味を失った容子だった。

脳血栓とかで倒れた。それ以来、軀はもちろんだが、頭の中に血の塊が残っていて、半分呆けた状態だ。津和子はそんなふうに説明していた。見舞いの人に対して、よく人違いをしでかすから、君も気をつけて相手にならないようにしなさい、とも言った。

確かにそう見える。この人はぼくに少くとも五、六回は会ったことがあるはずだ。それなのに、これだけじろじろ眺めまわしても何の反応もない所を見ると、彼女の言った通りなのだろう。

津和子がベッドに横になるのを助けている間、ぼくは眼をはずしながら、ぼんやり考え、それからふいに心の



中で苦笑した。この母がぼくを知っていた時期は中学一年二年だ。自転車のペダルにまともに足が届かないほどのチビだった。別に病人や記憶喪失で無くても、話さない限り、簡単に思い出すはずはない。

「お昼、いつもの通りでいい」と津和子が訊いている。

「食べることなんて、いまは考えてないの。外よ、表へ出たいのよ」そのあとだしぬけに、ハミングと歌うのとの中間といった唇で「楽しや、五月、草木は萌え、小川の岸に菫匂う、やさしい花を、見つつ行けば……」と口ずさみ続けた。

三月です、中も表も。津和子が叱りつけるように遮る。

判ってるわ、人をバカ扱いして。お雛様があさって。季節感は津和子より私の方が上よ。

じゃ、五月の歌なんか止めて、と津和子はいっそう手厳しく言う。

「あなたはいくつになっても人の心が読めない」母親は溜息まじりに嘆いた。横眼遣いでベッドからぼくを見上げ、わざと嘆いてみせるというふうだ。「かの子の小説、いつか津和子に渡してあげたじゃないの。『やがて五月に』。私の気持はあのタイトル……」

この人は呆けて少女に帰ったのだとぼくは思った。だ

からピンクの寝巻なんだ。丸顔の頬もそういえば、妙につやつやして仄かな赤味がさしている。

「津和子さん」と小声で母が呼んだ。少女、とぼくが考えていたような甘ったるい口ぶりだ。「私、起きたいの、起こしてちょうだい」

はい、はい。津和子は病人相手の気を抜いた返事をし、母の肩口に掌をさしこんでやる。上体を馴れた身のこなしで起きあがらせる。

そのとき、ぼくはいきなり危っかしいような妙な気分に取りつかれ出した。津和子の母の眼つきだった。ふたつの眼が、軀を起こす動きのなかなのに、ぼくの顔に注がれたままなのだ。尖ったものが進んでくるような、光のあるまなざし。そいつがぼくを捉えて放さない感じだからだ。

見舞いの人間に対して、人違いをしやすい、と言った津和子の話が甦える。もしかすると、このぼくがそれをやられそうだ。ふだんなら面白おかしいことだが、試験発表の寸前に変な奴と取り違えられでもしたら、こいつは縁起がいいはずはない。

ぼくは急いで顔をそらした。それだけでは足りないとすぐ考え足して、視線の先の、あけっぱなしの窓際に近寄って行った。




「学生服のことなんですけどね、津和子さん」のんびりと縺《もつ》れた声が、ぼくの背に張りついてくる感じで耳にはいった。

「いまはお昼ご飯の相談。考える気がないんなら、『やぶ清』さんから、例のざるそば、一時ちょうどにって言っちゃいますよ」ぽんぽんと弾みをつけて津和子が言う。呆けた相手の頭を転調させる手口なのだろう。

外は真冬の晴天のように高く青かった。すぐ真下は、ぼくが地図で知った中原街道らしい幅広の路面が、彎曲して登りの緩やかなものに変わっている。その向こうが商店街らしい家並み。私鉄の、高圧線の電柱とでもいうのだろうか、コの字を縦にした鉄の黒い門構えのようなものが間遠に繋り、遙か向うでは、くっつきあっているように見えた。立会川があった。家並みの軒に隠されていたのが、やっと躍り出た感じで、細いが力のある光の撥ねかたをしている。下流は線路とは八の字に開く形で別れ、先の方はまた別の家ごみに入りこんで見えない。そのせいで細長い池か沼がぽっかりそこにあるふうに映る。何が何に立会うのか、という津和子の疑問が、ぼんやりと頭をかすめた。

ベッドの母親のことも気になって、ぼくは盗み見るように首を捻る。津和子が大ぶりの花瓶に手をかけていた。水を取り代えるためのしぐさらしかった。

「やっぱりそうなのね」不意打ちのように母が声を出す。呆れたことに、ぼくの背中を見続けていたような粘りのあるまなざしだ。やっぱりそうかと言いたいのはこっちです。そんなつもりでぼくはわざと唇をゆがめ、向うの視線に沿って睨み返す。

「何がやっぱりですか」花瓶に花が插してあるのを抱えたまま、津和子が視線の中を割って通った。黄菊と白いカーネーションを取り合わせた、すがすがしい色だった。ドアの所まで行くと、「八束くん、ちょっとあけて」とスーツの肩で言った。

うまく逃げられたと思い、ぼくは急いで津和子の脇にすり寄る。ドアを引きあける。サンキュー、と彼女は少し大袈裟な息遣いをし、そのあとすぐ小声で、取り合っちゃだめ、危い、危い、と囁いてよこした。

「慶応はボタンまで違うものにさせられちゃったのかしら？　あんまりひどすぎる話じゃない？」ぼくたちを呼びとめるような高い声で母親が言った。

津和子は震えがきたというような身ぶりで、小刻みに首を振った。慶応というのは何のことだ、ぼくを誰と間違えたのだ。判らないけれど、せわしく頭をめぐらせてみた。




「行こう。きみも手伝って！　この花瓶たらバカ重いのよ」ことばの途中で彼女はもう部屋の外に出ている。

「水道がまた、一番遠い所にあるのよ」

はい、と弾みをつけて答え、ぼくも廊下にとび出す。ドアを後手にしめるとき、「津和子さんたら！」と病人の叫ぶ声が、少し痛ましそうに響いた。

先に立ってずんずん歩きながら、あーあ、と津和子は言い、それから思わず吹き出すというふうな高笑いをしてみせた。

「慶応って言ってたね、慶応って」追いついてぼくは訊ねる。津和子は笑いをすっと飲みこみ、「いやんなっちゃう。きみ、どこのどなたさまと人違いされたんだと思う？」花瓶をこっちの腕の間に押しつけて、眼を細めた。暗い眼だった。

むろんぼくには見当さえつかない。だが彼女の顔つきから察すると、たとえ慶応でも碌な人物でないことだけは明瞭だ。「聞かなかったことにするよ。だからそのわけは話さないで下さい」白いカーネーションの先を伸びかけの髪の毛でひとなぶりしてぼくは答えた。

「よし」と津和子はきっぱりした調子で言った。「たとえ、君自身にちょっとは関係のあることでも聞かないことにする。それでいいわね」

おれに、おれに関係が？　ぼくはうろたえた言いかたになっていた。しかし彼女は受け答えする代りに、さっさと歩き出し、廊下の途中を曲って見えなくなった。

鉛管がむき出しで蛇口がいくつも並んだ広い洗い場にはいって行くと、津和子は待ち受けていたように花をさっと抜いて金盥《かなだらい》に漬け、花瓶をぼくの手から奪い返した。その水を捨てるしぐさも、不機嫌そのもののようにぼくには思える。

やめてくれや、そんな態度。ぼくは怺《こら》えきれず、突っかかるような強い口調になった。「おれはね、何も気にしちゃいないんだぜ。ペテン師でも落第学生でも、誰に間違えられたって、へっちゃらだ。たとえ鬼みたいな人非人だとしても」

彼女は振り向きもせず、死んだ人でもいいわけね、と声を冷たくして答えた。

いいよ、いいよ、とぼくも勢いに乗って受けてしまう。

「いい魂なら、乗りうつって呉れることもあるわけじゃないか」

「悪い霊魂なら、とり憑《つ》かれるわ。もののけっていいます」水道の水が花瓶から溢れ、あたりに飛び散っているにもかかわらず、津和子は軀を動かそうとはしなかった。

ぼくの方はその表情のない後姿に、本気で腹が立ってくる。「おお、よかんべえ。とり憑いて貰いたいもんだ。大体おれは人がよすぎる質《たち》だから、ちょっとばかし悪《わる》が混じって呉れると却ってありがたいくらいだぜ。よう、水を停めたらどうなんだい。あんたは芝居が過ぎるってもんだぞ、いくら演芸会の女王様だってよ」

津和子が水を停める。だがその手つきは、ぼくの罵りを受けとめたふうではなかった。ゆっくりと余分な水をこぼし、花の黄色と白を活けてゆく。

おれは行く、とぼくは言った。おっかさんとこへ行って、わざと人違いされてみる。それで津和子さん流に、死んだ人物の芝居をやらかしてやる。

実の所そんな気はないくせに、ぼくは声を落とし、そう断言した。彼女の暗く不機嫌なありようを真似た演技のつもりだった。だが、それでも彼女は同じそぶりを続けている。

「いいんですね」やけになってぼくは念を押した。津和子はやっと顔をこちらに向けた。「いいわよ、君の問題だけで片が附くのなら」濡れた両手を振り、洗い場にしぶきを散らした。

「だって、人違いされたのは……」

「君は自分のことばっかり言い過ぎる。こだわり過ぎよ」

「そりゃ、おっかさんがあれで娘がそのためにってことぐらい……」

「低脳！　おったんちん！」男の児のような叫びかただ。「君が人違いされた過去の人間が、私にも関係のある人だってこと。そのくらいの想像がつかないで、よく文学部なんか志望したわね。農学部の畜産科へでも行くべきだわ」

ぼくはやりこめられて、返答のしようがなかった。しかし、このままでは口惜しい。

「問題がずれてるとおれは思うんだ。だってさ、津和子さんはいつも人違い事件に出会ってるわけじゃないか。その中には当然、あなた自身に関係のある女や男だって混じってくるだろ。その分だけ、面の皮も脳味噌の皮も厚くなってるはずなのに」

「想像力、まだまだ不足」津和子はゲームのやりとりのようなスピードで言う。そのために、重苦しさが少し取れてきたふうに見えた。「最初に訊いたじゃない？　どこの、どなたさまにって。そのことばで、直感的に君は間違えられそうな人物のことを、自分の服装やら方言まじりの喋りかたに絡ませて考えるべきだった、違う？



第二に、脳味噌の皮とかが厚くなってるはずの私が、なぜ不必要なほど神経質になったのか。そのふたつを繋いだら、何かの答え、つまり近似値には行きつくんではないでしょうか。違う？」

眼の芯が彼女の尖ったよく動く顎のあたりから、いつの間にか離れてゆく。津和子の言い分は正しい。こっちには事態を推しはかる力量が足りない。流しの上の壁のしみが、自分の頭の中の濁りのように見えてきた。母が人違いしたのはぼくの田舎の人物。しかも、田舎にはほんの時たましか来なかった母が知っている人物。それで死人……。

神宮雄一郎。津和子はあっさり言ってのけた。故陸軍中尉、こんな簡単な問題、なにうろうろ考えてんのよ。ああ。ぼくは気を奪われ、薄ぼんやりした声しか出せない。津和子は事がひとつ片附いたような身ぶりで洗い場の隅に行く。手早い動作で干してある雑巾を取り、水を出してざぶざぶ濯ぎ、花瓶のまわりを拭きあげにかかった。固絞りの上に、力をこめているらしく、瀬戸物の表面がかすかに鳴っている。所によって、きゅっきゅっという音が、もっと堅い物どうしのぶつかりあうような、張りつめた響きを立てた。

肩の脇をかすめ、だしぬけにカーキ色の雑役婦がはいって来た。津和子のすぐ横にバケツを置き、おかあさん、どう、とさらっと挨拶をして顔見知りのお喋りを始める。

ぼくは病室へ戻る心にもなれず、神宮迅一郎の死んだ長男のことに考えを集中させようと思う。

黒御影石の丈の高い石塔がまず浮かんだ。貧しい村だったら全体の忠霊塔でもこれほど押し出しのいいものは作れまい。そう噂された立派過ぎるしろものだった。迅一郎があのとき演説したように、それはぼくたちの部落の埋め墓にある。一番はずれにあるので却って目をそば立てさせられてしまう。「おらあほうの御先祖さまを見下してけつかる。陸軍で中尉まで行ったたっちゅうが、いまいましくって、あすこへ行ぐたんびに肝が煎れる」祖父は神宮製材所のことが話題になると、必ず大石塔の件を持ち出していた。しかし、その頃からぼくの考えは違うものだった。村ぜんたいから始めて大学にはいった人。それもまっすぐ慶応へ。学徒出陣。航空隊の陸軍少尉として戦死……。

顔を合わせたことは一度もない。疎開で祖父の家へぼくたちが戻ったとき、神宮雄一郎さんはもう熊谷陸軍飛行学校に居たはずだ。国民学校六年生のぼくは、それ以前から海軍へ絶対にはいる、軍艦で死ぬと心を決めていたのだが、それにしても、隣部落から陸軍の飛行少尉が出ていることは、ぼんやりその心の支えとなっていたはずだ。

墓地の緑を映すように磨きあげられた石の、碑面の文字の彫りがいま眼の奥に甦ってくる。磨いてあるのは表だけで、あとは自然の岩のように上が波形に尖って、山あいの狭い天を切っていた。ぼくは自分なりの小さい溜息を洩した。魂が乗り移り、霊がとり憑くということがあるとするなら、昭和二十年夏以前に神宮雄一郎にとり憑いて貫いたかった……。そんな奇妙な感傷が胸を貫いて行ったからだ。

「遂には松沢行きってこともあるんですってさ」雑役婦の声が思いがけず耳にはいる。低めて秘密めかした言いかただったからかもしれない。津和子より頭半分背が高く、その細っこい軀を折るようにして囁いていた。

「気違い病院の、あの松沢？」と津和子が訊き返した。別に驚いたふうでもなかった。

「また聞きのまた聞きぐらいなんだけど、そんな具合に人違いを始めると、体はぴんしゃんしてても、頭の方は世間に出せないってんでね。一例だけらしいけど、ここからも別荘行きが、あなたのおかあさんの重症の形で出たことがあるんですって。また聞きのまた聞きよ、気にして貰っちゃ困るんだけど」

「むしろ、いいお話よ、私にとっては」一息置いてから津和子は答えた。「自分のうちのことで恥かしいんですけど、最近のお袋さんたら、私のこと、六年前に死んだ姉と間違えるのよ、しょっちゅう。たまったもんじゃないわ、死人となんか……」

「おっしゃる通りね。いっくら血の繋りって言ったって、死んだねえ……」

「六年前。これがまた、病気じゃなくて自殺なの」

「あら、そいじゃ、今年が七回忌じゃありませんか。それよ。それでおかあさん、そのことが頭を離れないから、あなたと亡くなったお姉さんとを……」

津和子は、答える代りに、ふんふんと楽に頷くような調子で、軽く笑った。

ぼくは、彼女の不機嫌のありかがやっと腑に落ちてきた感じだ。津和子が昭和二十年に自殺した姉の登和子として扱われるとすれば、神宮雄一郎に人違いされたこのおれは、津和子との関係では一体どうなる？

短い時のなかで頭がめぐり始める。彼女が登和子でぼくが雄一郎とすると、二人は恋人どうしだ。そういう形で取り違えられたことになる。死んだ二人は恋人よりもっと進んだ関係だ。登和子は雄一郎の子を妊娠したという名目で、神宮迅一郎の所に勝手に嫁入りしたはずだったのだから。そして一度だけだけれど、ぼくは死んだ登和子さんに会っている。戦争の最後の年の麦畑。穂軸が一面にようやく出揃いはじめたばかりの夕方。柔かくて長めの穂尖が、草色のブラシのように列をなし、夕風に頭を叩かれていた。列はそのつど、はにかんでいるように身を捩《よ》じり、波立って……。ぼくは高土手を歩き、その麦畑を見下ろしながら……。

津和子が、ぼくを見ている。顔にしっかり眼を注いでいる。いつ振り向いたのか判らなかったが、こっちの存在が急に心がかりになったという容子だった。「八束くん」と音のまを区切ってゆっくり呼ぶ。「田舎じゃ、七回忌、どんなふうにあれするか、知ってる？」

登和子さんの七回忌をやるつもりなのか。胸の中でそう反芻し、「特別どうってことは……。おれが知ってるのは、和尚《おっ》しゃんに来て貰ってお経をなにして……」

「そうそう」雑役婦がもの知り顔で口をはさんだ。「生前お世話になった方をお招びして、お浄めのお酒、心ばかりですって言って御馳走出して、つまり、親しかった人が寄りあって故人を偲ぶって意味。それでいいはずよ。まあ、地方によっては、別のちょっとした、しきたりはあるんだろうけどね」

「日にちは五月半ばなんですけど、母は今年はじめから言い詰めなの。どうする、どうするって」

「そりゃ、おやんなさいよ」と雑役婦は断言した。「おかあさんの頭から、そういう気がかりや心配ごとを取り除いてあげるのも、あなた、この際は治療のうちですって」

津和子は視線を天井に向けて泳がせ、「それもそうね」とぼんやりした口調で答える。ぼくは、「やがて五月に」といって岡本かの子を持ち出していた、さっきの母の少女のような表情を思い浮かべる。と、ふいに、その七回忌は東京なのか、墓がある向こうなのかという問いが胸を掠めた。

「あそこにお墓があって、登和子さんはあそこに埋《い》けたまんまなんだから、やるとすれば……」

ぼくの肩を津和子が摑んだ。

「きみ、私に田舎へ行けっていうの」呟きだったが、肩にかけた指には強い力があった。

「遠くっちゃ、ことだわよねえ」雑役婦が代って喋って呉れた。「おかあさんはもちろんあの体だし、お嬢さんはあれだけのお風呂屋さんを一人で切りまわしてるんだから。略式でいいんじゃないの？　お寺さんがなんだったら、私、話をつける先、いくつかは知ってますから」




「ありがとう。その折はまたお願いするかもしれません」

津和子はてきぱき言って頭を下げ、その動作の繋りですぐ花瓶に手をかけていた。

廊下を二人で戻りかけると、七回忌なんて、誰がやるもんですか、と津和子は言い切った。ぼくに聞かせるというのではなく、花の黄と白に息を吐きかけるふうだった。雑役婦にはもちろん、母、死んだ姉、そして田舎の神宮迅一郎、そういうひとびと全部に向って、腹を立てているというふうに思えた。

そうだね、おれもやることないと考えるなあ。相手の気持を察したというつもりでぼくも呟く。

曲って長廊下へ出てから津和子は歩調をのろいものに変えた。そのリズムで言い含めるように話し出した。あれこれ判ったつもりになっているかもしれないけれど、いま君が想像してるほど簡単じゃないのよ。七回忌や姉のことじゃないわ。雄一郎さんのこと。ていうのはね、話しついでだから言っとくんですけど、母はこの私が雄一郎さんを好きだったんじゃないかなんて昔から言い続けてきたんです。病気になるよりもずっと前、姉が死んだすぐあとくらいね。で、それはまるまる嘘でもないから、なお変な具合なのよ。だってそうでしょ？　姉の恋人で慶応の学生で、いつも話の聞き役をさせられてた妹が、その男の人に好意を持つなんて当り前だと思わない？　むしろごく自然の心理って言ったほうがいいわ。

うん、とぼくは小さく相槌をうつ。

そこへもってきて、例の人を取り違えるってことがダブルわけなのね。いまの母の前だと、ある日は津和子、翌日は登和子って扱われちゃうのよ。ことが三つも重なってくる。そこへ君が来て、雄一郎さんになっちゃった……。

「入りくみ過ぎてるなあ。一回や二回聞いたって、とっても判んないや」

「喋ってる私さえ判んないんだもん。考え出したら、うんざりの二乗、三乗……」

だが、口つきはもうこだわりのない容子に戻っていた。

部屋はドアがあけ放しになり、最初のときのように母親は窓際に立っている。

「花瓶の水をお銭湯の蛇口へ汲みに行ってたんですか、はるばる。ちょっと眼を放すと津和子はすぐ油を売って来るんですからね」緩慢に振り向きながら、憎まれ口をきいた。

「油じゃないわ、売ってたのは過去。過去を売っ払って参りました」

母親は意味が取れないらしく顔をしかめた。そしてまた、ぼくの顔と学生服に眼を凝らしはじめる。

視線をはずして背を向けるのもいやで、ぼくは母親が背負った形の窓外の空を眺めた。鳶が一羽、高い天にいた。廻っているというより、ただ浮かんでいるように見えた。鳶が舞う季節は今頃だったろうか、とぼんやり思う。すると、浮いている感じの小さい黒い影は、静かに下へ横へと動き、母のピンクの寝巻に隠されて行った。前からの連想のせいか、その鳶が母に憑いた、とぼくは思った。



## 5

Once upon a time there was a queen. 姉が自殺した直後、うろ覚えのそんな言葉が、彼女の胸の中に繰り返し、感傷と焦立ちを取りまぜた気分で浮かび上ったことがある。クィーンのQが大文字だったり、小文字だったりする形でだった。
昭和二十年五月の二十四、五と続く空襲で第二古志乃湯が焼けたとき、彼女はその場に立ち会っていない。姉の死があったためだ。人手がなく両親は動けなかった。

五月二十日、「危篤」「死ス」と二通の電報がいちどきに届き、五月二十一日すでに信越本線に乗らなければならなかったせいで。

それらしい前ぶれがなにひとつ無い死の告知だった。東京にいても一夜あければ一家全滅ってときだから、と父は上野駅のごった返す大ドームで自分自身を納得させるように呟いていた。だが彼女はすし詰めの列車が関東平野のはずれにさしかかり、行手が屏風のような山なみに遮られ出してからも、まだ姉の死を得心しはしなかった。むしろ、朗らかな冗談と受け取るほうが、よほど姉らしいことだと思い続けている。偽電報で呼びつけて置いて、東京じゃ絶対に口にできないお御馳走、山ほど召しあがんなさい、などとあっけらかんと笑い出すのではないだろうか、とすら思う。

敗血症。それがこの慌ただしい死因だという。電話局の本局で夜中まで待ち、神宮迅一郎から母が聞き出したのだった。山歩きをしていて篠竹の切株を踏み抜き、そこから入った毒が軀中に廻って、どうこう手当をしている暇さえ無かった。神宮迅一郎はつまらない事を報告するように、素気ない口ぶりだったと母はいきり立っていた。切符がじき手にはいらないようなら、簡単なお経と埋葬をこっちに任せて貰ってもいい。迅一郎が報告したことは、それで一切だったという。

敗血症……。毒が軀中に……。彼女はそれ等のことばと、姉の登和子とを、どうしても結びつけることができない。もしかしたら死の恐怖を自分が知らないせいかもしれない。そう思ってもみる。三月十日の大空襲以来の、いわば炎と死の饗宴とでもいうべき時のなかにいながら、彼女はまだその恐怖を身近なものとは考えていなかった。考えることはみっともないと考えてきた。死への怖れを持つなんて恥ずべきこと、と思ってきた。だから姉の死も事実として素直に受け取れないのかもしれない。そういう気もする。敗血症、その症状を聞き調べる余裕もなく、彼女は群馬県の西のはずれの村に向っている。姉の血は、文字通りゆけば、一体なにに敗れ去ったというのだろう? 母に輪をかけて傲慢、妹の自分より三倍も快活なあのひと、恐らくは血だって遙かに濃厚なはずの……。

汽車がだしぬけに失速し、気力を無くした感じで停車した。駅ではなかった。理由が判らず騒ぎかえす乗客の人いきれのなかで、片側が桑畑、もう一方が熟れかかった麦の穂波だと知る。麦のくすんだ辛子色の果てに浅間があった。左の裾半分は濃緑の近間の山に隠されている。肘を軽く友だちの肩に置き、ひと休みといった薄ブラウンのゆったりした姿に目を魅かれ、あれこれ惑わされていた心がみるみる解きほぐされてゆく思いがした。

浅間には、なじみがある。それも姉と一緒の明るい夏。戦争が始る年の夏だ。コッテージと姉の女学院の仲間たちが呼んでいた沓掛の山荘へ、女学校へはいりたての彼女はお伴として始めて連れて行かれたのだった。別に豪奢な生活ではなかった。もう食べものの不自由さは始っていて、以前には住みこんでいた別荘番も姿を消し、十八、九歳の女学院生が交替で食事当番という仕組みだった。

そうなると一般的なブルジョアの娘、六、七人の中で姉が一段と輝かしく見えた。母譲りの食いしんぼうと機転のきかせかたとで、炊事も寝起きも総大将になり、山荘の持主の娘が却って女中のように使われ出して……。朝夕の冷気はもちろんだが、鳥の鳴き声が殊のほか素敵なものだった。そして、早朝起きで星野温泉の共同風呂へ勢揃いで向かう。

彼女はまだ胸のふくらみのしるしもない年だった。味噌っかすは服の番人、と姉は決めつけ、自信に充ちた水泳選手のように広い共同風呂へまっ先にはいってゆく。他の女学院生がまるで引率されたようにそれに続く。背丈はもっと高い仲間がいたにもかかわらず、姉が裸身でも、最も成熟しているように見える。お登和はアミを十人くらい持っている感じ……、誰かが叫ぶ声がにぎにぎしい嬌声にまじって響いていた……。

昭和十六年のあの夏。姉は、私と似たりよったりの年齢のはずだったと彼女は思う。成熟が早かった人間には、終りも早くやって来るものなのだろうか。

汽車は依然として動かなかった。あたりの窮屈さがゆるんだと気づいて見まわすと、飽き果てた乗客たちが降り、外の土手に寝ころんだり、麦畑のなかで伸びをしている。そして、浅間山もいつの間にか綿帽子を冠り、褐色が蒼いシルエットに変りはじめていた。隣にいた中年の婦人に誘われて彼女も麦畑の側に降りる。どういうわけか、その上品なものいいの婦人は、大型のバスケットを胸もとに抱えたままデッキを危っかしげに降りた。

猫ですの、中味。麦の畝の間にはいって行きながら婦人はいたずらっぽく囁いた。しゃがんでバスケットをあけた。黒猫だ。毛並みが光っていた。だが憔悴しているふうで、軀を弓なりに丸めたまま出てこようとはしない。啼かれては困るので、お薬をちょっとあれしたもので、と婦人は言い、黒猫を畑の湿った土の上に出してやる。いとおしそうに、そこらじゅうを両手でさする。無言で続けているので、猫の名を訊くと、人間と同じ名前なんです、恥かしくて申しあげられませんわ、と答えた。

　気楽な人、と彼女は思う。こんな人とつきあっている暇はない。浅間に向ってもう一度伸びをし、周囲の話し声に耳を持ってゆく。その容子で、ここが、群馬八幡と安中のちょうど中間あたりだと判った。そうか、とすると、あと二駅ばかりでいいのだ。暗くなるまでこの汽車が停りっぱなしだったら、歩こう。斜めに小さい丘陵の峠を越せばいい、といつか姉の手紙に書いてあった。着替を入れただけのリュックだから、歩けばいいんだ、と彼女は決める。駅に迎えくらい出ているはず、そう母は言ったが、私は私の流儀でやる。そのほうが、この辺の土地、あの神宮雄一郎さんが中学生までの生活を送った風土が判ってくるというものだ……。

　猫の婦人が肩に手を触れた。見ると、いくらか元気を取り戻した大ぶりの黒い動物は、一心に塵紙の上に置かれたものに喰らいついている。戦死した弟の名をつけました。婦人は少しも気取りのない声で言う。表情を覗くと、瞑目しているようだ。

　いきなり彼女は雄一郎のことを思う。あの人もこの正月、戦死の公報がはいったのだ。姉の死の電報があってから、それを関連づけて考えなかったとは、何という迂



闊さだ。肩に置かれた婦人の掌から電流のようなものが背筋を走った。震動の波は膝頭まで辿りつくと、柔かいうねりに変わって、頭のうしろへ熱い温度を伝えてきた。と、今度は婦人が彼女のそぶりを窺っている。おたくでも……、と小さく訊く声。

　いいえ。彼女は意地汚なく塵紙を甜める黒猫を睨みつけた。姉はこの手の女とは別だ、と思うからだ。雄一郎の公報のあと、東京に戻るか、それとも母自身が慰めかたがた姉の所へ行く。そう申し送ってやると、答えは食糧買出しのためならどうぞ、だった。あの人との永別は半年前に済ませました、その時遺書も貰ってしまいましたから、今更……。

　たとえ、ことばの上の意地っ張りにしても、長谷川登和子はそういうひとなのだ。ひょっとしたら、まだ彼女が見たこともない雄一郎の父の山林地主に談じこんで、神宮登和子になっているのかもしれない、式を挙げることもせずに。なんの苦もなく、そのくらいのことはやってのける姉だ。が、そのだしぬけの訃報に呼び寄せられて、誰ひとり知る人のない土地へ、葬いの立会いに出かけて来た自分……。猫に戦死者の弟の名をつけたりする明解な立場の人に到底語れるものではない、という気持だ。

線路脇のひとびとが俄かに動き出すと、いきなり汽笛が鳴った。発車の合図にしては、弱々しい呻きのように響く。そして、ここでも駅と同様の押しあいへしあいだ。彼女はどうせあと二駅と思い、最後にぶら下がるつもりでいた。

お嬢さん、と婦人が悲鳴をあげた。麦の列を一散に駈け出す様子を見ると、黒猫に逃げられたのらしかった。もう一度、お嬢さん、摑えて、と後姿で叫んで寄こす。彼女は苦笑した。猫は恐らく汽笛におびやかされて反射的に走り出したに違いない。しかし追えば逃げるのがこの動物の習性のはずだ。あるいはあのクロスケはもっと賢くて、バスケットに押しこめられるのを拒絶したのかもしれない。

畑の果てで、婦人が麦の畝を横に分け分けして、うろついているのが見えた。「キヨノリ！　キヨノリさん！」と呼んでいる。涙で頰のひきつった声だと思った。それが戦死した弟の名前というわけだろう。

汽笛がもう一度鳴り渡り、その中をデッキに近寄りかけたとき、お嬢さん、置いて行かないで、と金切声が背中に届いてきた。私が置き去りにするわけじゃあるまいし、ととっさに彼女は反撥を感じる。空襲で戦争で人間がぞくぞく死んで行くとき、猫の一匹くらい野生に帰してやったっていいじゃないか、おたんちん、と思う。だが、デッキに手をかけたまま、やはり振り向いてしまった。

婦人はもうこっちの眼を捉えていた。こちらです、あの枝！　自分のすぐうしろの緑の濃い茂みを大きい身ぶりで指さしてみせる。

キヨノリ、キヨノリ！　猫を呼ぶのか彼女を呼ぶのか、とにかくありったけの高い音だった。キヨノリの馬鹿野郎と彼女は胸の中で叫び返したが、デッキの取手を摑んでいた力が思わず弱いものになっていた。

彼女はあとになって思い返す。あのとき汽車に置いてきぼりをくい、夜道をえんえん歩く羽目になったのは、あとさきを考えない軽はずみのせいもあるが、やはり気持の隅で、キヨノリと呼び立てる悲痛な声音と雄一郎の戦死とを重ね合わせにしていたせいだった、と。

これもあとで知ったことだが、黒猫が登っていたよじれた大枝の下の断崖は碓氷川のそれだった。汽車がゆるゆる遠去かってから十分か、十五分、結局婦人と枝の上の猫を残して、彼女は線路伝いに歩き出したのだった。

途中、ひとに訊ね、中山道に出た。安中の松並木。これが善光寺へお参りする巡礼の道と思い、自分のぺちゃんこのリュック姿に苦笑する。これでは唯の買い出し女に過ぎない、内心でいくら悲愴ぶってみたところで。

そして夕闇と夜。六里近くを歩きとおしたことになるのだが、気が張っていたせいで、それほどの距離とは思えなかった。磯部のいくらか賑やかな町筋を抜け、幅のある丘陵を登り、木立で真暗な峠を降ると、明戸という部落《むら》の灯がかすかに見えた。訊くと、すぐ先の川を、上《かみ》へ上へ遡んなされという。川は碓氷川と違って、せせらぎが間近かな平たい川原なので、ずっと辿りやすかった。新光寺、久原、川端、十二、中里……。のちのち演芸会時代によく招かれて踊りに行ったむらむらだ。

北山。そこは大きい四つ辻で、角の自転車屋が九時過ぎなのに眩いほどの灯りを店先に吊していた。諸戸《もろと》の神宮製材は、と丁寧に訊ねてみる。すぐに答えは返って来なかった。遅い夕食中だったらしく、店へ降りてからも暫く口をもぐもぐ動かしながら、じっと彼女を見据えている。眼が人ずれした容子の、太ったおかみさんだった。

「姉が死んだっていう電報で、いま東京から……」彼女は堪りかねてつけ加えた。

「とんだこんでした。刃物で自殺だなんて、ここらでも何十年ぶりの出来事だんに」

疲れと衝撃で彼女はその場にうずくまった。




自転車屋は親切だった。背の低い主人がすぐ神宮に報らせると出て行き、おかみさんも焼酎を含んで顔に吹きかけた上で、荷台に乗るなら連れて行ってやると言った。彼女は言われるまま、そうして貰った。考える気力も体力も無かった。

家を出てから十二時間の末、姉の遺体が待っているはずの場所に辿りついたことになる。太い石の柱が二本、それが門構えだった。家の中の光とその門柱の中間に、大男の神宮迅一郎が突っ立っていた。門灯がないので橙色の光を背負ったシルエットだ。自転車屋のおかみさんが彼女を降ろしてくれたとき、眼先の地面に彼の長い頭の影がうっすらと落ちていた。光が眼の正面に当るのを避け、突っ立ったまま声を発しようとしない相手の表情を探ろうとすると、たちまち自分が大男の影の中にすっぽり塡まりこんでいるのに気づく。

「北山のかあちゃんよ、上ってお茶の一杯も飲んでってくれや」大男は存外やさしい声で自転車屋に呼びかけた。だがシルエットぜんたいは揺らめくこともなく、彼女を見下ろす軀つきのままだ。

津和子です。焦《じ》れて切口上になった。言うと眼が馴れて、向うの服装や顔立が僅かずつ見て取れるようになる。雄一郎さんのお父さんがこんな男、と彼女は思った。雄一郎が戦地から帰れないことを承知で姉が自分勝手に嫁入りした、その義父が……。

野卑というより、獰猛。自分の語彙ではそんなふうにしか表わせない、と思った。肉色の毛の腹巻の上は裸で、どてらともねんねこともつかない短い着物を羽織り、下は両脇がだらりとした乗馬ズボンのようなもの。長く太い黒のゴム長靴。土方の現場監督だって、もう少し締りのあるいでたちのはずだ。大きい山林地主だと雄一郎も姉も言っていたが、それがこんな格好をしてるなんて、まして私が今日着くと判っていながら……。

「迅一郎は酔っている。勘弁して貰いたい。尋常一様でなく酔い果てた。登和子の野辺送りを独りでやる。山育ちのいい年をした男もそれを、とつおいつ思案してるってえと……」中味にそぐわない力のある口ぶりだった。姉の自殺の言いわけをもう始め出したのかもしれないと彼女は感じる。「私が来たんですもの、独りじゃないじゃありませんか」

並はずれて大きい顔が、ぐらんぐらんと音を立てるように頷いた。軀を寄せて来た。「遠路はるばる御苦労さんでやんした。ぶっ倒れちまったって自転車屋から聞いて、いま気を揉んでたとこだ。見たところ無事らしくって、おれもひと安心だ。なあ、津和子さん」

迅一郎はすり寄って両掌をひろげ、彼女の手を包んだ。それは思いがけず暖かかった。じわっとしたしめりが伝わってきた。

薄気味悪い動物に触られた。とっさにそう感じて彼女は身を引く。第一、たとえ中年でも男に手を握られたことなんかなかったからだ。「安心ですって?」と嫌悪感がひとりでに強いことばを押し出してくる。「自殺したんでしょ、姉は。刃物っていうから庖丁とかナイフとか……」

「ノミだ。柱なんぞに穴を掘りこむノミ。そいつの一等幅広のやつで、ここところをやっちまった」首筋の脇と手首の動脈を軽く叩いてみせる。

「どうして……」と呟き、彼女はそのあと何を訊き出したらいいのか、自分でも判らなくなっていた。目の前の大男がいう内容が、具体的に思い浮かべられないのだった。

「ああ、ああ」と神宮迅一郎は声を落とした。「おれにも訳が判ってたわけじゃねえが、なんとか説明すべえ、おれの口から津和子さんに話す。そのつもりで、昼すぎから暗くなるまで、おらあ駅に待ち詰めだったんさ」

「私は線路と川沿いに真っ暗な道を……」彼女がいいかけたとき、突然迅一郎はすばやく軀をひねって家の方を見た。

　きさまら！　そんなとこで雁首揃えて覗くんじゃねえ！　引っこんでけつかれ！

　廊下のガラス戸が揺れる。そう思えるほど激しい叱り方だった。戸の向うの人影が二、三人立ち去るのが見えた。彼女も腹の底を揺すられるような気がした。

　迅一郎の顔の上を橙色の灯りの線が掠めていた。光を撥ねるので大きい眼が力に充ちているようだ。そして骨の張った長い顎に、切り立った感じのどす黒い影がある。彼女は胸のなかで溜息をついた。並大抵の男ではない、と思った。獰猛の上に賢さがつく。あるいは悪そのものがつく。そんな人かもしれない。

　視線に気づいたらしく、迅一郎が向き直った。礼儀知らずの馬鹿奴らだもんで、と軽く言う。まともに考えねえでやって呉んない。

「こうやって表で立話してなきゃ、いけないんでしょうか。私、疲れてます。おなかだってぺこぺこです」

「おれも礼儀知らずってこんか。ただ、あんたさんは何を置いても、姉御さまに対面するって思いこんでたもんだから」

「もちろん、それも含めてだわ」意味が判らないが、彼女は次第に苛立ちを感じていた。姉の死、自殺、といった厳しいはずの事柄から、何となく心をそらされている。そう扱われているという気がするからかもしれない。

　行ぐべえ。迅一郎はふいに重みのある声で言った。そして土蔵らしい白壁の建物を漠然と着物の袖を振って示した。

　蔵ですか、蔵の中？　思わず彼女は訊いた。

　中じゃあねえ、外だ。表に出してある。言いながら大きい軀は、向いあった家と土蔵の中庭を突っきり、黒々と茂った高い樫の風よけの方へ動いていた。

　外？　野ざらしのまま？　彼女はのど元で悲鳴をあげそうになる。歯を食いしばってそれを堪《こら》えると、見えない手で首を締められたような息苦しさと動悸が、熱っぽくどっと押し寄せてきた。

　迅一郎の着物姿は蔵の角を家と逆の方向に曲って隠れた。隠れぎわ、その顔に上から電灯のものらしい光が落ちかかり、半白の坊主頭が一瞬光る。蔵の向う側に別の小屋か何かがあるのかもしれないと思った。喪服の黒、と言って母が持たせて呉れた古いワンピースのことが頭をよぎったが、そのリュックを背負ったまま、迅一郎の後を追う。

　小屋はなかった。蔵の窓と樫の木の間に十燭光ほどの裸電球が吊されていた。古びて丈の高い屏風が地べたに逆さに立てられ、蔵と風よけの垣の間を遮っていた。迅一郎の胸から上が、屏風の折れ目から突き出て見えた。

　この向うに棺がある、と判った。迅一郎は棺のそのまた向うにいるのだと判った。

「風が通るもんで、お灯明を点けとくわけに行がねえんだ」大箱のマッチを取り出し、背を丸めこむ形で屏風の向うにしゃがんだ。お線香をあげるという意味なのだろう、と彼女は思う。しかし、姉が、屍体が、棺が、つい二メートルほど先に横たわっていること、そのことはまだまだ信じきれなかった。眼が敏捷に動き、芝居っけもたっぷりのこの大男に、うまく誑かされているという気持が心の片隅にあるせいかもしれなかった。

　点いた、と低い声が地面を這って届き、津和子さん、と同じ口ぶりで呼ぶ。

　はい。答えると、ふいに身震いがきた。松脂の燃える匂いがうっすら鼻を衝《つ》いた。ローソクの代用品らしかった。

　早く線香をなにして呉んろ、火が……。

　はい、ともう一度ことばを返す。だが足がすくんでいた。いま強い心にならなければと奥歯を一度きつく嚙みしめる。




「原因はなんですか、わざわざノミとかで……?」力をこめたつもりなのに声がかすれた。

「判ってりゃあ、話してる。判らねえから話せねえ」屏風のかげからの返事だ。

「たとえ自殺としても、どうしてこんな所に置くの? 隠さなければならないことが、なにかあるんですか」

「こっちへ来て見りゃあ、あんたさんも納得が行ぐんに。血よ。棺にいっくら詰めものをしても、血があとからあとから洩り出して……、そいつが匂って匂って……」

「お医者さんでも看護婦でも、その程度の処置くらい出来るはずじゃないの」

　屏風の向うに迅一郎が立った。彼女を見るのではなく、大きい眼を斜め下に落としている。

「医者の野郎には、敗血症ってえ診断を書かせなけりゃあなんなかった。診ねえでなにさせるんだから米を半俵、先に届けて恩を売った寸法だ。看護婦なんてえ女は、ここらじゃラジオ代りだ。傷口を見たら何を触れ歩くか知れたもんじゃなかった……」

　棺に報告をしていると彼女は思った。どこまでがこっちに見せるための演技で、どこが本心なのか見当がつかない。しかし、それを聞かせられているうち、姉は死んだ、ということがじわじわ胸に染《し》み透《とお》ってくる。屍体がそこにあるのだという実感に貫かれてしまう。

自殺なら自殺でいいじゃない。それが姉の意志だったとしたら……。自分に言い聞かせるつもりで彼女は呟いた。

「ここらじゃそうは行がない。殊にこのおれのうちから、刃物で命を縮めたもんを出せるわけがねえ。考えてもみろ。ここは陸軍中尉神宮雄一郎のうちだ。その遺宅ってこんだ。それに泥がかけられるか。汚れた血しぶきをぶっかけられるか。あんたは十七だか八だか、その若さだって、これっくらいの成行きが摑めねえほど気が廻らねえってことはあるまい、ええ?」

迅一郎の視線は彼女を眼の芯で捉えていた。思わず頷いてしまうほど、底に力をこめた語気だった。

理窟は止《よ》しにすべえ、仏さまもうるさがるだんべえ。早えとこ、線香立ててやれや。

父親が娘に言い聞かせるような、やわらかい声音に変わっている。

彼女は逆さ屏風の手前の地べたにリュックを置き、樒の下枝をよけながら棺の置かれた場所へ廻って行った。棺よりも、そのまわりを取り囲んだ真っ白なものが眼にとびこんでくる。

「石灰《せっかい》だ、生石灰《せいせっかい》」

「石灰っていうと……」

「生石灰《きいしばい》よ。蝿がたからねえように消毒したんだ。時期は早いがここらは畜生を飼ってるうちが余計ある関係上、金蝿が多いんでなあ」

ああ、あれか、と彼女は気づく。便所の汲取屋が仕事を済ませたあと撒いて行くあれだ。

寝棺は大きく、弱い電灯の下でも、まるで磨きをかけてあるように、詰《つ》んだ木目がつややかに光っていた。その下に藁と籾殻《もみがら》らしいつぶつぶが厚く敷かれているようだった。石灰はその籾殻をまぶすように撒かれていたのだ。

横向きの棺と迅一郎の間に黒い文机があった。経机《きょうづくえ》というものかもしれなかった。線香立てと小さい鉦と、そしてさっき迅一郎が火をつけた松のつけ木のような小片が、皿の上で炎と細い黒煙を立てている。

迅一郎が脇によけた。彼女は机の前にしゃがみ、松の炎から線香に火をうつした。鉦はひとつ叩くのか、ふたつだったろうかと思ったが、掌を合わせ眼をつむると、その気はうせた。

釘はまだだから、挨拶はできる。

首筋の上から、囁き声が落ちてきた。思わず見上げると、

「姉御の顔を拝んどかなけりゃあ、ご両親に報告もできまいよ。それと、登和子が自分で自分を亡《な》き者にしたってえこんを、あんたさまにもしかと見て置いて貰いたい」

シャツブラウスの肩口を、相手の着物の裾が叩くように通り過ぎた。こっちが答える暇もなく迅一郎は棺の、恐らくそこが頭に当るほうへ廻り、蓋に手をやる。

彼女は気持を鎮めるつもりで、棺桶ぜんたいを見やった。三月十日の大空襲では、屍体をただリヤカーに積んで運んだと聞いている。ここのうちが製材所だとしても、これは以前から用意を整えてあったような見事なものだ。

この棺は……、と彼女はぼんやり訊いた。

ああ。登和子が自分で木を択んで、製材の薄のろめにこしらえさせた、前もってのこんだ。

だってそんな……、と言い、あとのことばが出なかった。

「おれもそのこんをあとで聞き知った。聞いても、おいそれとは信じられねえで、滝公《たきこう》ってんだが、その薄のろを手が痛くなるほどぶちのめした……」

「じゃ、それじゃあ、もし、神宮さんがこの棺のこと、予め判ってたら……」姉の自殺を食いとめることができたのか、とそこまで訊ねたかった。

「そうとも、おれは助けた。助けられた」すばやい対応の仕方だった。一見獰猛としか思えなかったが、雄一郎の父だけあって、頭もよく回転する。彼女はそんな気持で小さい溜息をついた。

「助けたかった、おれは」と迅一郎はまた言った。「東京から飛んで来て、こんなありさまを目にすれば、この神宮がくびり殺したとでも思うだんべよ、そりゃ。真実は逆さなんだ。おれは嫁御として登和子を尊いもんと思ってきた。何から何まで登和子の望みを叶えさせてやる。そんな努力もし申した。それが、その努力が水の泡だ。判るかい、妹御《いもうとご》として」

迅一郎の眼がまっすぐ注がれていたが、彼女は答えなかった。姉からの手紙には確かに居心地がよいと書いてあった。東京では手に入らないおいしそうなものが列挙してあって、まるで女王さまね、この時代に、と食いしんぼうの母が羨んだものだった。

そして、いま迅一郎が言うように、嫁として尊ばれていたのなら、姉は一体なぜ……。これでは自殺の理由がなお一層判らなくなるではないか。答えずに迅一郎の長い顎に落ちた影を見かえしながら、彼女はふいに気づく。

遺書、ありました？

無い。探したんだ、ひと通り。そいでも見つかんねえ。見つかってりゃあ、いまこの場でお見せしている。

小さい風が舞って、松の火を消した。黒い煙ときつい匂いだけが残っている。彼女は自分の軀が芯から疲れきっているのを感じた。これから姉の姿を見たとしても、泣くのにだって気力がいる。その気力まで消え失せたような心持だった。

「ご対面すべえ。おれもこれが最後のしまいだ」と神宮迅一郎が言った。

はい。ほとんど声にならない答えだった。

「来な、こっちへ。津和子さんが先だ」

言われて立った。すると、棺のまわりの白い粉が迫るように眼にはいってきた。血が洩れて、匂って、匂って……、金蠅がたかるから……、と言われたことばが甦った。

こんな惨《みじ》めな、と思った。惨めな姉なんか見たくない。惨めな姉とお別れするのなんか、いやだ。昔のままの快活で傲然としていた姉。それを心に留めて置いた方が、どんなにいいかしれやしない。私は見るのはいやだ。絶対見たくない。

「私、見たくなんかありません」心のなかの最後のことばが口に出た。

「そうか。それも判る」迅一郎はあっさり受け流した。「よし、若い娘さんに無理に辛い思いをさせることはねえってこんだ。そいじゃ、向うへ行ってて呉んろ。神宮迅一郎は仮にも喪主だから、最後の挨拶をする」

一度軽く合掌し、その手を蓋の両端にかけた。この男はどんな挨拶をするのだろう、と彼女は思う。すると、今度はその場で見届けてやりたいという心になった。

かげへ行ぎな、と相手はこっちを見ずに声をかけ、棺の蓋をゆるりと持ちあげた。だが、それでは上からの灯りが届かないといった容子で、蓋ぜんたいを軽く持ちあげ、五、六十センチずらした。

姉は見まい、と決め、彼女は迅一郎の表情にだけ焦点を絞る。しかし、棺の中の隅が眼にはいった。葉と黄色い花が見えた。ポンポンダリヤのような濃い黄色だった。

迅一郎は手を両脇に下げ、ただ棺の中を見下ろしているだけだ。何も喋らず、表情の動きもなかった。瞼がほんの少し細められている。彼女の位置からはそれ以上のものは見て取れなかった。

だが、何もしないでいる迅一郎の時間は長かった。まるで、まなざしだけで対話を続けているとでもいうふうだった。別れというより、死人の一切を自分の中に眼で刻みこんでいる。そういう容子だと彼女は思う。すると、ふいに何の脈絡もなく、姉の自殺はこの男のせいだ、という考えが翻めくように頭の中をよぎった。

その考えのために、思わず深く息を吸いこむと、迅一郎がちらっと眼をあげた。そして手早く棺の蓋を戻し、「出棺は明日の十時だ。隣の滑沢ってとこに雄一郎の石塔がある。その横へ埋《い》けさせて貰うことに決まってるんだ。これしきのこんにも、今どきは世話役に米を呉れてやらなきゃあ話が進みゃあしねえ」早口にそれだけ言った。

彼女は自分の口が封じられたという気がした。それはいつ取り戻せるのだろうかと思った。取り戻せる機会が結局は来ないまま終るのかもしれないと思った。マッチをする音がし、迅一郎が線香を手にしているのが見えた。鉦を軽くふたつ鳴らし、ごくあっさり合掌していた。

「その野辺送り、おれは見てないんだなあ。勤労奉仕の泊り込みかなんかに行ってたのかもしれない。噂を聞いたのはかなりあとだから。もっとも神宮迅一郎のことだから、ありとあらゆる手で口止めしてたってことかな。でも、とにかく、戦死者の後追い心中だとか、迅一郎が



死んだ倅の嫁に手をつけて、それで、とか、みんな嬉しそうに喋ってたね」

嬉しそうにね、と津和子は穏やかに言い、手をあげて白服のボーイを呼んだ。「ビール、今度は黒ビールにするわ」馴れた口調で註文する。「こっちのカレー、まだ？」

ボーイが去ると、このビヤホールのカレーライスは生卵つきなのだと彼女は小声で言う。黒ビールに卵入れるっての知ってる？　精力剤ですって。この頃はやってんの。

津和子は煙草の煙をぼくに吹きかけ、少しかすれた声で笑った。過去の長話に照れているというふうに見える。

「嬉しそうって言ったのはね、百姓独特のって意味合いだよ。他人の不幸を喜ぶってやつ。隣んちの稲の作柄が悪いと、それだけで嬉しくなっちゃう、そういうメンタリティさ。そこへ持ってきて成り上り者の木屋《きや》の神宮だろ」

「戦争末期の、誰に当り散らしていいか、わけわかんないみたいな……」

「うん。日本が敗けるように、神宮迅一郎も落ち目になる。中学生のぼくだって、漠然とそのくらいのこと考えてたなあ。いや、そんなことはどうでもいいんだ。煙草

一本貫います」

午後二時過ぎのビヤホールは閑散としていた。ぼくらの他にベレー帽の老人が窓際で本を読んでいるだけだ。津和子がライターで火をつけてくれた。男持ちの大ぶりの銀色で、蓋がかしゃっと重たげな音を立てる。と、炎はガソリンの匂いなのに、ぼくは津和子が昭和二十年に松のしでから線香をつけている、その香りを思い浮かべていた。

「お姉さんを迅一郎が、言ってみれば、死に追いやった。殺されたんだ。そう直感的にあれしたっていうのは判るけど、その怨みを津和子さんが演芸会の舞台ではらすっていうこと、おれにはどうも……」

それも直感的、と彼女はすばやく答えた。ボーイが近づくのを見ていた容子だった。黒ビールの小瓶と、ぼくが頼んだカレーがテーブルに置かれると、ちょうだい、と津和子は生卵を取った。

精力剤が必要なほど疲れているのか、とぼくが訊く。違う、昼間から酔っ払いたくない、それに夕方また病院へ行くので母が小うるさいからだ、と津和子は答える。

連想の働きで、彼女が迅一郎に含む所があって、そのために戦後二年近くも東京へ帰らなかったことをあの母親は知っていたのだろうか、と思った。それを口にしてみる。

コップの黒い泡の中にある黄身をつつきながら、「ぜんぜん」と津和子は言った。「母は田舎でおいしいものを食べられるから私が居続けたんだって、今でも言ってるわ。登和子の代りで、養女になるつもりだったんだろう、なんて馬鹿なこと」

でも……、と口にしかけて、ぼくは止める。神宮が若い妾を家に入れたという噂は、ほとんどの人が信じていた。養女という名目の妾だと言って。

冷《さ》めちゃうじゃない、早くお上んなさい。津和子は福神漬やらっきょうの入った長四角のガラス器を押してよこした。そしてぼくが食べはじめると、独りごとのようにゆっくり喋ってゆく。

迅一郎が養女にしたいと申し入れてきたのは事実だ。その上で婿を取り、神宮家を継いで貰いたいとも言った。聞かされたとき、彼女は考えるようなふりをして相手の出方を窺っていた。

「その前に、雄一郎さんの弟の咲男、あのほんものの精薄と一緒になってくれって言い出したんじゃなかったっけ?」とぼくは口をさしはさんだ。

彼女は泡の残りがかすかについた唇をとがらしてみせる。「あの猿。いま考えると神宮のいい血はぜんぶ雄一郎さんに行って、残った毒が咲男の図体と眼玉だけ大きい、あの脳味噌に固ったってことよね。そういう兄弟って、世間によくあるじゃない、時には兄と弟が反対の形だったりして」最後はひとごとのような軽い口調になっている。酔いが出て来たのかもしれなかった。

　ぼくは福神漬を皿に取り、別のことを考える。猿、と彼女が呼んだ薄のろの咲男は、昭和二十二年の二月に死んだのだ。その死がきっかけで彼女はむらの若い衆から爪はじきにされたはずだ。演芸会の女王がたった一晩かそこらで、青年たちの群れに追い払われ、その結果、津和子の突然の帰京に繋ったのではなかったろうか……。

「猿のことはその場で笑いとばしたんだから、別に何でもなかったわ。問題は迅一郎が自分の子を私に産んで呉れって言ったことのほう」

　思わずぼくは唾を飲む形で頷いたが、彼女の言いっぷりはあっさりしていた。

「もちろん寄せつけはしなかったわ。でもまわりでは怪しいって思ってたでしょうね。だって、あいつの眼はそれからあともずうっと、私を女として、子どもを産ませたい相手として見ていた……。私のほうもいつもそれを意識して、いいえ、意識させられていたんだから。そのうち、私はじょじょに気づきはじめたんだわ。姉もこんなふうだったに違いない……。それが姉を死なせた理由だってこと。とすると、私は姉の代用品なのかと思ったの。そう思わせられたの」

　津和子はうつむいて喋っていた。自分の気持の底を覗きこんでいるように見えた。ぼくは何も言ってはいけないと思い、音を立てないようにして彼女の煙草を取り、そっと火を点ける。

　と、ふいに彼女が立った。ぼくには眼もくれず、急ぎ足で奥のカウンターテーブルへ向って行く。そして、さっぱりした声で、大ジョッキふたつ、自分で持ってゆきます、と声をかけている。酔いがほんものになって、もっと酔っぱらいたくなったのだ、とやっと判った。

　ぼくの前にひとつ置き、自分は立ったまま喉もとをそりかえらせて、外国映画の男優のように飲んでみせた。

「姉がだんだん私に憑《の》りうつって来る。そういう気がしたの。母は焼け出されて何も持たずに来たから、私の着るもの、何から何まで、姉が昭和十九年にトラックで神宮の所へ運んどいたものだった……。そんな着物、オーバーやマフラー。私、いつの間にか登和子になってた……」

　もう一度同じ飲み方で少し口に入れ、子どもっぽく、くすくす笑った。笑いながら前の席に戻って坐り、判

る、少しぐらい？　と訊く。そしてぼくが頷くのも待たずに、

「これ、おふくろさんの人違い話に影響されてるみたいね。でも、私、舞台に立って踊ってたとき、自分は長谷川登和子である、そう自分に言い聞かせたときがあったのよ」

ああ、とぼくは小声で言った。腹は張っていたが、ジョッキを持って、ひと息に泡とその下の淡く光るビールを飲む。その動作のなかで、女王のような人物が舞台の女王に憑《の》りうつったのか、と語呂合わせのようなことを思った。

ところが変なんだなあ。津和子はまた視線を胸もとに落とし、ゆっくり呟いた。朝からお弁当持って、ござ持って、昼過ぎには超満員の観客、あの近郷近在のむらのひとのなかに、そのどこかのすみっこに、姉がいて、私のこと、じいっと見てる。そんな気もしてたんだなあ。眼が散って、それで、踊りの振り、何遍も間違えたりして……。

ぼくも思い出していた。いつどこから始ったのか判らないが、素人演芸会という熱狂のときがあった。大阪のほうの小さい町で天井が落ちて六十人もいっぺんに死んだというニュースを読んだ覚えがある。つまり関東平野



の隅っこのぼくらの所だけではなかったのだ。昭和二十二年春に津和子が去って、ぼくたちのほうでは一挙に熱がさめたが、大阪のは、その年の夏ごろだったように思う。「まんま、おらあほうも続けていりゃあ、人死にが二十や三十は出たかもしんねえなあ」と大人たちが若い衆を冷やかしていた記憶が残っているのだから。しかし、少くとも、あのあたりではぼくらの滑沢部落が先頭を切ったことは確かだった。最初村内の山寄りのむらがドサ巡り劇団から師匠を呼んで来たのだが、報酬にあたる米の支払いでむらうちが割れ、それを滑沢の若い衆が助けるような形で引き受けてしまった……。

だから津和子が言うように、近郷近在のひとびとが、牛や馬の種付場に組んだ舞台に、押せ押せで集まって来たのだった。進駐軍が顔を見せることもなく、ダンスや教会という人集めのない山間の村では、たったひとつのいわば大衆集会でもあったのだ。

テーブルに両肘をつき、津和子がこっちを見ていた。目が潤《うる》み、もの憂い顔つきになっている。「君んとこの分家のアコさん、それともう一人、ほら、細面で軀のしなやかな……、何ていったっけ、あの人？」

「小板橋弓子。みんなユンちゃんて呼んでた……」

「そう。私だけが女王だなんて嘘よ。アコさん、ユン

ちゃん、それにおツウさんの私。それが三羽烏だったじゃないの」

「ユンちゃんはちょっとしたらすぐ嫁御になったから、烏は二羽になった……」

「うんうん」津和子は眼を閉じながら頷き、「でも、踊りはともかく、お芝居の娘役はいつもおツウさんだったわね」と言った。

「師匠の田林さん、あのリーゼントが、津和子さんをひいきしてたからだろ」

彼女はだるそうに眼を開いた。「君、立会人のくせに何も知ってないからいやさ。もともと私があの仲間入りをすることになったきっかけ、つまり君が話してたあの夕方だけど、その前からリーゼントが私をくどいてたのよ」

「くどいて……？」

「踊りをやれって奨めながら、しつこく手を握ったりして」

ぼくはそれは知らなかった。仲間に加わってから、あの師匠と津和子の間柄がはじまったのだと思っていた。

「神宮迅一郎があんな具合に乗り出して来て恩を売ったのも、ひとつはそのことを嗅ぎつけたからなのよ、判った？　ぼんやり立会人」




「うん」ぼくはただ頷くだけで、頭の芯にビールの酔いが輪を描いて届くのを感じる。

津和子がふらっと立ち上った。もう飲むのは止めた方がいいとぼくは言う。トイレ、と彼女は答え、それから「アコさんやユンちゃん、今どうしてる？」と訊いた。

ふたりとも嫁に行き、アコさんはもう三人めの子を産んだはずだと答える。

表へ出ると、風のないなごやかな日差しがあった。

「帰りはバス。ここタクシーなかなかつかまんないから」津和子はそう言って、しゃがみこんでしまった。立ち上らせるつもりでスーツの肩に手をやると、黒文字の枝のような匂いがした。そういう香りの香水をつけているのだと思った。

「平気」と言いながら彼女は空の高みを見やった。「このビヤホールの上にダンスホールがあったの。その名もカサブランカと申しました。私、田舎から帰って一年ほどの間、毎晩通って来てた……。またしても女王さまみたいないい顔になっちゃった。母が不良少女って呼ぶから、もう不良は通り越して、不可。不可の落第女、夜の女ですって答えてやった……」

黒文字の香りを胸に入れながら、ぼくは見かけよりよほど肉付のいい彼女の軀を立たせにかかる。

あの時間も、こっちの時間もいや。まるで浮かれた戯《たわ》言《ごと》みたいな時間……。姉は世の中がこんな具合になるなんて知らないで死んだんだから、やっぱり私よりお悧巧なんだわ。

そう喋る唇がぼくの顔にまともに向けられていた。口紅はつけていないのに、その色はつややかに光っている。

「八束くん、私のこと好きなんでしょ。好きだから会いに来たんでしょ」と唇をこっちの頬に押しつけるような近さで言った。

はい、とぼくは背筋を固くして答えた。

彼女のパットのはいった肩がぼくの胸を強く押した。押しこくるという感じだった。

私なんかだめ。自分の年にふさわしい子、探しなさい。

言い終りはもう背中になっていて、そのまま大股にバス停の丸い標識に向けて歩き出していた。

## 6

大崎広小路から登り坂にかかると、あなたはもう寝ている。バスの僅かな傾きにつれて首がぐらんとぼくの肩にかかった。頬に色が出ているというほどではないのに、軀の火照りは強い。香水と酒臭さが体温になって、伝わってきた。

坂を登りきって平坦な道になっても、あなたはぼくに首と脇腹を預けたままだった。睡るときの癖なのか、下唇で上の唇を噛むように押さえていて、酔い寝のしどけない容子は感じられない。不可、落第、夜の女と言っていたが、そういう気配はまるでなく、身も心もくたびれ果てた小さい女の子といったふうで、無心に一心に睡りこけていた。バスのうしろの方に乗ったせいか、路面のでこぼこが大きい揺れで響き、そのつど、あなたの上半身はぐらりぐらりと斜めに傾く。少しとまどったあと、ぼくは明るいグレーのスーツの肩に手をまわし、あなたを確保した。

すると、年上のひとという意識が俄かに消え、自分が弱いものを庇ってやっている気持になった。そして揺れを食いとめるために、逆に揺れに上体を合わせていると、体温のぬくみを通して、ぼくにも酔いが深くはいりこんでくるようだった。

ビヤホールであなたは、演芸会の観客のむらびとの中から姉がじっと観ているかもしれない、そう思ったって言ったけど……、ぼくは胸のなかであなたに話しかける。おれだってかぶりつきや真んなかは見っともないから、一番はずれの大桑や桐の木によじのぼって、あなたの踊りを見ていたんだぜ。踊りの手ぶり身ぶりのひとつひとつ、そいつをおれ、練習場の倉の中で相変らずレコード係りをやりながら眼で追いかけていた。だから、あなたが、まわってちょん、といった具合のところをひと間遅れたりすると、思わず握ってた枝に力がはいっちゃったりして……。

芝居のときもそうだった。大抵、長谷川伸の「一本刀土俵入り」や「鯉名の銀平」だったが、あなたのセリフが遠くて聞きとれなかったりすると、やきもきして、すぐにでも舞台の袖に飛んで行きたいと思ったりもした。

それにしても最初の種付場での舞台は、みんな不馴れで、珍妙なことばかりだったね。前の晩の舞台稽古でチャンバラの立ち廻りをやっている最中、若い衆が力を入れ過ぎて、木組み全体がぐらぐら揺れ出した。チビ番と呼ばれる大工はその場にいたけれど、こんなものはおれの得手《えて》じゃねえってむくれちゃうし、あげくの果て、何軒もの家から木臼や石臼の大きいやつを持ち寄り、舞台の下へ這いつくばって押しこむ……。そのうち秋の空がもう明かるんできた……。ぼくは徹夜であそこにつきあっていたけれど、あなたはそんな晩のこと、今でも覚



えてますか？　もっとも、舞台まわりは若い衆よりも今ではずっと熱中しはじめた大人たちの仕事で、殊にあなたたち娘は、知らん顔で最後の稽古に熱中していたのかもしれない。だって、石臼木臼で大騒ぎの間じゅう、やくざ踊りの歌やマドロスもののレコードが聞こえっぱなしだったのだから。

バスがいくつ停留所を越したのか、数えるのをすっかり忘れているうち、また速度がずっと鈍《にぶ》くなった。窓外を見ると、道幅を拡張している工事のようだった。そのために車線の半分が通行止めで、人夫が旗を振りながら車の整理をしていた。緩いスピードがあなたの寝心地を楽なものにさせたらしく、軀ぜんたいの傾きがぼくにかかってきた。力が完全に抜けているので、重たい気はしなかったが、折った首のその項《うなじ》がぼくの眼の前にある。癖のない直毛。太くつやのある髪。その生え際の毛穴が数えられるほどの近さだ。毛先にだけ軽くウェーヴがかけられていて、あなたが少し身じろぎすると、ぼくの眼鏡のふちから頰をなぶってくる。

幾分からかわれているような気持で、ぼくは顔をそらした。バスが片側通行を抜ける所だった。そして家並の上の空は青みを失い、灰色に変わろうとしていた。

次は警察署前、警察署前。と車掌が連呼した。今朝出

がけに地図を調べたとき、中原街道側から第二古志乃湯の道も一応指で辿ったのだが、いまは何も思い出せなかった。S医大病院の前には必ず停るはずだし、そこまではあなたに寄りかかられ肩を抱いている姿勢を続けていたかった。停留所を過ぎてバスが普通の速度に戻ると、ふいに腿の上に重みがかかった。あなたが両手ともぼくの腿にあて、突っ伏すような姿になったのだった。

どぎまぎして、あなたの肩を引きあげてやる。乳房の上のあたりの小刻みな身震いが掌に伝わった。いやがっているのか、任せきっているのか、ぼくには判らなかった。

すると、踊りの稽古のときの、リーゼントの師匠の顔が浮かんだ。あなたに対して彼はやさし過ぎた。口で教えれば伝わることを、いちいち手を取ったり腰に触わったりして、他の娘たちに顔をしかめさせていた。だがあなたは平然と任せきっているように見えた。にもかかわらず、ときどき、だしぬけに、先生の教えかた、しつこくて、いや、と若い衆に聞かせるための高い声を出す。ほんとよ、あんた、と狐のような顔立ちの女形が見張っていたように応じる。リーゼントと女形は男同士の夫婦者とみんなが言っていたから、普通の夫婦のようなやきもちなのかもしれない。



おツウさんにべったりじゃ宮本武蔵じゃないさ。もっとも武蔵は両刀使いの名人だからね。女形がしわがれ声でそんな意味のことを言うと、気のきいた若い衆たちが腹をかかえて笑い出すのだった。野暮天の青年やぼくが意味を聞くと、両刀使いってんは、女も男もどっちもなにするってことじゃんか。師匠の奴、女形とおツウと代りばんてんに尾《つる》んでるってこんさ。

はんぶんはほんとうだったろう、という気がする。師匠たちはぼくの家の奥座敷に寝起きしていた。深夜、リーゼントと女形がよく言い合いをするのをぼんやり聞いた記憶もある。

いや、そんなことよりも、姉の怨みをなんとかするために、と言ったあなたのことばは、ほんとうなのだろうか。ぼくはいま、あなたの肩を引き寄せている腕が少しずつ痺れてくるのを感じながら、そのことを疑い出す。神宮迅一郎があれこれ気を揉んでいたことは確かにそうだ。夜十一時頃になると、神宮製材所と書いた弓張提灯を持って、咲男がどたどたと迎えにやって来ていた。迅一郎本人も、大して用事がないらしいのに、祖父と炉端で夜の時間を潰していた。

しかしとぼくは思う。あなたは結局は楽しんでいたのだ。かりにスタートは迅一郎に対する嫌がらせだったとしても、途中からは、やはり浮かれて我を忘れた。そのほうがどう考えても……。

　バスが登り坂にかかり、幅広の道の行手はそのまま灰色の空に接していた。あっとぼくは声を立てそうになる。これは午前中病院の三階から見下ろしていた坂じゃないか。とすると、S医大前の停留所はもう過ぎてしまったことになる。

「津和子さん」廻していた腕で肩を揺すぶった。「通り越しちゃった、降りるところ」

　あなたは、しばたたくように眼を開いたが、すぐ顔をしかめ、首筋を落としてしまう。もう一度肩の手に力を入れかけたが、ふいにぼくは気持が違うものになっていた。わざと寝かせたまま終点まで行こう、と決めたのだ。

　きっとあなたは、このあとぼくが訪ねてくることを許さないに決まっている。とすれば、少しでも長い時間、この姿でいたい。大袈裟にいえば永遠にということだ。入試の結果で落胆する日は来ずに、あなたの小骨の多い文句は何ひとつもなく、駆け引きゼロの嫋《しな》やかな軀だけがここにある……。

　肩に廻した掌をおずおずとスーツの胸もとのほうへ、ずらして行った。腕が伸びきり、指先が乳房の裾野を探り当てた。神経と力をこめるのだが、それ以上指を這わせて行く勇気はない。すると、案の定あなたは寝ているひととは思えない速さで首と軀をよじった。が、それで眼をあけるのでもなかった。大嫌いな虫が飛んできて、身にまとわりつく、それを無意識に避けるという容子だった。

　ぼくがたじろいでいるうち、バスは坂を登りきった。後の窓から、S医大のドームが見えていた。やはり乗り越したのだ、次で降りた方が、と思っていると、バスはすぐ急勾配の下りにかかり、じきにドームが見えなくなる。この坂は峠のようなものだったのだとぼくは気づいた。

　行手の左右に高い枯木立と、常緑樹の緑が点々と見えた。この峠を境に郊外へ出たという眺めだった。そして右手の木立の間に青い水の広がりが見えはじめる。光るのではなく、逆に光を吸い取って静まりかえっていた。池なのか沼なのか、ぼくには判らなかったが、そこがバスの終点に違いないという気持が翻めく。

　ぼくは苦笑いをし、あなたの肩から手をはずした。なにが永遠だ。なにが少しでも長い間だ。自分の甘い思い入れが、いまは腹立たしくなってくる。次は洗足池、と車掌が言った。乗客がまばらになったためだろう、投げやりな知らせかただった。

洗足池！　ぼくも乱暴に声をかけ肘であなたの脇腹を押した。

うん？　緩やかな伸びと一緒にあなたはこっちへ顔を向けた。洗足池、ともう一度ぼくは言った。

いやよ、そんなの。もうボートに乗って喜ぶ年じゃないわ。

ことばつきは明瞭だったが、あなたはすぐ眼を閉じ、腕組みをした。足を通路に伸し、背をじょじょに突っぱって、今度は首をあお向けにして寝こんでしまう。

戸を半分あけただけの寒々とした売店でバスは停ったが、そのまま発車し、風が細縞を見せている水辺を通って進んで行った。終点というのもぼくの勝手な思いこみに過ぎなかったわけだ。

視線が頰に当っている気配なので、向き直ると、昇降口の女車掌が蔑む眼をしていた。紅の濃い唇を突き出し、あなたのながながと伸した肢体を、程度の悪い酔っ払い、と罵っているように思える。ぼくは急に居心地が悪くなった。車掌のまなざしの中で、あなたの腰や足に手をかけて姿勢を直させるのも気が引けることだ。

もう降りよう。むりやりあなたを降ろすのだと決めたとき、バスはまたくねった坂を登り始めていた。車掌が



次の場所を気のない声で呼んだ。なんとか台、としか聞こえなかった。なに台でもいい、そこで降りて引き返そうと思い、おい、と手荒にあなたの肩を叩く。反応はない。もう一度力をこめ小突いてやる。だらしねえぞ、なにが女王さまだ、おたんこなす。耳に息の声を吹きこんでやった。

やっとあなたの軀が動いた。だが行儀を整えるどころか、逆に組んでいた肘でぼくのほうを突きかえす始末だった。その動作をストップモーションさせたといったふうに、両肘を張って後のシートにもたれかかる。

ぼくは諦めた。諦めるのと一緒に、この横柄な姿かたちは、本来のあなたのものだろうか、とふと思った。表情は相変わらず口もとに締りがあって、むしろ内省的とも見えるのだ。もしかしたら夢のなかであなたは姉になり変わっているのではなかろうか。夢に亡霊が現われ、それがあなたに取り憑いて……。そんなおぞましい気分に襲われ、ぼくは無意識に立ち上り、吊皮に手をかけていた。

「降りるの」と車掌が焦立った声で叫んでよこした。ぼくの所作を見つめていたのかもしれない。

「ええ、はい」とっさにそう答えてしまう。

車掌が、次願います、と運転席のほうに向き直る声に

かぶせて、過ぎちゃったよ、もう、という太い断言がこっちまで飛んできた。

## 7

ぼくは神宮咲男になったような気分で、中原街道から折れた急坂を降っている。

津和子の腰巾着兼下男の、あの大男でのろまな咲男は、都合のいい時にはどんな用でもいいつけられ、面倒になると彼女から犬のように追い払われていたのだった……。「おらあ、津和子さんの番人だかんな」だらしのない口もとで繰返し述べたて、長い腕をぶらぶら振って威張ってみせた。もちろん、子どもたちだって、咲男の言い分をあざ笑うだけだ。「番人て、そんじゃ咲男はあの人のどこんとこを番してるんだや」知恵の進んだ子どもが、卑猥な意味をこめて訊く。「ぜんぶだい。頭の毛から足の爪まで。おとっちゃんがそう言ったんだど」「大したもんじゃんか。津和子さんの一等大切なとこも咲男は番をしてるってこんか」子どもたちは一斉に大笑いする……。

気が重くなって編あげ靴をひきずっていると、「さっさと歩きなさいよ、君」と津和子は振り返りもせずに言った。「ぼやぼやしてると降り出す空ですからね」確かに彼女は急いでいるように見える。だが、それは酔いざめの千鳥足が坂の急勾配で勢いづいているだけのことなのだ。

それを口にしようとし、ぼくはすぐ思いとどまる。バスを降りてから四、五分ほどの間、ひとこと言うたびに、さんざん説教されたからだった。まず、乗り越したのだから逆方向に歩くべきだというと、判っていたのならなぜ起こさないのかとむくれる。Ｓ医大のドームを説明すると、上州の人間は中山道安中宿のことでも喋んなさいと言う。バスの去った方角を少し辿り左へ折れて踏切りを渡ろうとするので、これも方向感覚からいうと逆のはずと言いかけたとたん、ジャンパーをぶら吊《さ》げたぼくの手をぱちっと叩いた。中原街道は私にとっては町内の大通りじゃないの。君が生意気言うんなら、線路のその向うに見える駅の名前言ってみなさい。

地図の記憶からいえば池上線のはずなのだが、彼女の勢いに押され、口ごもってしまう。

しかし、気持の上では相手の絡みぶりに反撥があるのでそれが自然に顔に出た。すると、待っていたように、「八束くん、私のことにいちいち反対なら、もう今日はサヨナラしてもいいんだから。態度の悪い野良犬みたいな人について来られるのなんか、いや」

ぼくが昔の神宮咲男に自分をなぞらえる気持に陥ったのは、そんなやりとりのあとのことだった。

くだりが一番急傾斜にさしかかり、先が細くふたつに別れる三叉路になった。が、津和子は足の加速度を変えなかった。「ここはと、左へ左へと択ぶわけだな」高い声の独りごとを言い、両側から木がかぶさっている小路を、とっとっと大股に弾みをつけて降りて行った。今までよりももっときつい勾配だ。枝が空を遮って暗いので、どこかの家の門へ通じる私道のような感じがする。ぼくは三段跳びのように駈け、彼女と肩を並べた。酔っ払ってるんじゃないのかと訊ねるつもりだったが、息のとぎれで、「酔っ払い！」と叫んでしまう。津和子はこっちの顔をのぞきこんだ。バスに乗ってからはじめてのことだった。眼が潤みをおび、目尻も線を引いたように赤く火照っている。「酔って、なにが悪いのよう」と小声で言う。ぽんぽんこっちをやりこめる口調が消え、急に疲れが出たというふうな甘えの声に聞こえた。しかしそれ以上なにも言わず、緩い足取りになって先に立つ。

今度は首を右にし左にして、あたりの風景を気にしはじめた。自信を失っているのだ、とぼくは思う。「やっぱり中原街道へ戻って……」そういいかけると、「黙って、黙って」と津和子は秘密めかした口ぶりになった。「私、考えてるの。どうもこれは怪しい。私は道に瞞されてる……」

ぼくはあやうく笑い出しそうになる。つい今しがたまでの年上ぶった高慢さがころっとひっくりかえって、これでは子ども同然じゃないか。「道が津和子さんほどの人物を瞞すんですか、ふうん」精いっぱいの憎まれ口でそう言ってやる。

「私たち、いま一体どこにいるのよ。この細い変な坂、どこへ向ってんのよ？」

ぼくは答える気が起きない。いや、答えようにも、なにも判ってはいないのだ。津和子さんの町内の大通り、そういう話じゃないんですか、と投げやりにことばをぶつける。

やだあ、そんな無責任なこと言わないで。私はまだ酔ってんのよ。女が昼間から酔ってるのに助けようともしないっていうの。

「戻ろう」あれこれ考えることをやめ、ぼくは強い口調で言った。「まわれ右だ、いいね」

やだあ、と津和子はまた甘えた声を出し、ふり向いて坂上を見やった。こんな急な坂、今の私が登って行けるわけないじゃない。

うんざりして溜息をつくと、ぽつっと雨が来た。

「私はとにかくまっすぐ行くわ。坂ってものは永久に続いてるわけないんですから、このまま平らで、楽《らく》ちんな所へ出るはずよ」彼女は雨に気づいていなかった。ぼくは枯れた枝先の天を見上げる。またひとつ、頬と眼鏡の弦《つる》へ。大粒ではなかったが、冷やっこい感触だった。

ぼくは眼が覚めた。いや、ビールの酔いが頭の芯から抜けたという気がした。こんな津和子に振りまわされて堪るか、と思った。

「ぼくは神宮咲男じゃないからな」空に眼をやったまま言う。「えっ……」ふいを突かれた声で彼女がこっちを見たが、「行きたいんなら、楽ちんなとこでもどこでも行けよ。その代り、雨にじゃんじゃん降りされて、べしゃべしゃになっても、ぼくは知らない」

「雨……？　ほんと、雨ね、やっぱり……」

「雨の話じゃない。おれを野良犬扱いや、咲男の薄のろみたいに考えるなって言ってるんだよ。飲んだくれの、夜の女の癖しやがって」押さえた調子で決めつけながら、ぼくは音を立てはじめた降りをよけ、椿の茂った葉むらの下に軀を寄せて行く。

津和子は細く縦に落ちる雨足とぼくとを、等分に見比べながら、締りのない口もとで突っ立ったままだ。「なんで……？　なんで咲男のことなんか急に言うの……？」そのことばも、こっちを問詰するのではなく、自分の頭の中に訊いている感じだった。

「勝手にそこで濡れてなさい。雨がその髪の毛にしみ通れば、ちょっとは頭がすっきりして、自分が何者で、おれが何者だが、判って来るよ」

追い討ちは効果があったように見えた。彼女は慌ててハンカチを取り出し、髪の雫を払い、椿の下枝に近づいてくる。眼を合わせ、「生意気ね、まだ大学受かったかどうか判んないくせに」声を出さない笑いで、身を寄せてきた。濡れたせいか香水の匂いが強く鼻を搏った。向きを変え、ぼくと肩を並べ、醒めたわ、お酒の国からただいま戻りました。そして笑いを声にした。

「信用できないな、まだ」ぼくはもうひと押しする。

「酔っ払いがどうこうって、そんなことはどうでもいいんだ。問題は死んだお姉さんとあなたのこと。怨みが原因で演芸会に加わったなんて、やっぱりおれ、話がうますぎて信用できない」バスの中で考えたことだった。

あーあ、と彼女はオーバーな息使いで、細く線を引いている雨空を見あげた。「昔話はもう沢山って私が言ったとする。すると君は、これは単に過去じゃない、現在の津和子の態度に切れ目なく繋ってる。きっとそんなふうに決めつけるつもりなんだわ。私、それが、あーあ、なのよ」雨に向かって喋る姿勢で、単調ないいまわしだった。確かにその通りなので、もうさすがに追い討ちはかけられない。

「ところで、私たち、いつまでここで雨宿りしてればいいの?」

「止むまで」とぶっきら棒にぼくは言った。

「それは知恵がないってもんじゃない、咲男くん」

咲男くん……、とわざと声を落として繰り返し、「しまった、言っちゃった、怒られるぞ」ぼくの顔を窺きこんだ。睨みかえそうとすると、眼鏡、拭いたら、とハンカチを手に押しつける。「怒るにしても、眼鏡の玉が雨だれで斑らだったら、迫力ありませんよ」

ぼくは黙って眼鏡を拭く。終ってハンカチを返すと、どういうわけか腹を立てる気が起きなかった。

津和子はそのハンカチを両眼に当てた。指先で眼球を押すしぐさをし、「君は咲男なんかじゃないわよ。絶対、ない」と戯《おど》けの取れた低い口ぶりで言った。

当り前だ、とぼくは心の中で答えている。

「だって、あいつは死んだのよ。私がいたために、そのせいで死んでしまった……。若い衆は私を憎む代りに咲



男をいじめて、あの氷が岸辺のあちこちに張っている、寒中の碓氷川に放りこんだんだもの。スケープ・ゴート、私の身代りの小羊……」途中から眼を押すことをやめ、ハンカチの白をぱらぱら振ってスーツについた雫を払い落としていた。

碓氷川のその夜の白々明けを、ぼくも遠くから眺めていたのだった。しかし、いまは思い出したくないと思った。眼の奥に浮かべるだけで、おぞましい気がした。

「昔話なし!」と今度はぼくが言う。「それより、なんとかこの、訳の判らない所から脱出しようじゃないの」

「うん、すぐ止みそうな雨じゃないものね。よし、商店街を見つけるまで走って、傘買おう。それからタクシーだわ」まだ酔醒めのうちなのだろう、気の変わるのも早かった。言い終りはもう頭にハンカチを冠せ、駈け出す姿だ。

おれが行があ、津和子さんはここで待ってろ。待ってて呉んろ、いいな!

ジャンパーをすっぽり眼鏡の所までかけ、ぼくは飛び出している。考えなしに、坂の下に向かってだった。いま下って来た道を戻るほうが土地勘があるはずなのに、そっちを択んでいた。椿の緑に染まって仄蒼い津和子の全身が、低地を眺めやっているのに釣りこまれたのかも

しれない。

降りはじめより雨足はずっと太い筋目になっていた。駈け下りて行くのでジャンパーは翻えり、たちまち眼鏡の玉が水滴で歪んだレンズに変わった。拭いても拭ききれるものじゃない。そう決めて路面の足もとだけを頼りに走る。坂は右、左と一度ずつ軽く折れた。と、急に路に光がはいってきた。アスファルトに撥る水しぶきが白い色を帯び出しているのだ。眼をあげると、もう木の下の薄闇ではなかった。行手も開け、雨で靄ったねずみ色の中空が眼の両端に広がっていた。

商店街、商店街と胸で呟いてみる。すると、すぐ眼の先の金網が頭にひっかかる。寄って覗くと厓下に流れがあった。急ではないが水量のある一人前の川だった。向う岸も同じ金網、同じ断厓になっている。

厓は深かった。流れの上で細かな水紋を立てる雨の粒の果てまで、十五メートルほどは優にあって、岸と岸の幅の二倍くらいに思える急傾斜だった。護岸工事の中途らしく、向うの厓は切石の石垣積みが不揃いな線で土を隠し、その土も削り取られて、ローム層の赤土の肌をさらしていた。

ぼくは急に胴震いした。寒い。厓のせいではなかった。ズボンの膝から下と腿の前面がびしょ濡れだからだった。慌ててまた左右に眼を走らせる。橋がふたつ、両方ともぼくの位置から等距離にあった。遡るか下るか、すぐには断がくだせない。と、また川風のために、冷たさが軀の芯にまで届いてきた。

いきなり神宮咲男のことに考えがゆく。ついさっき思い浮かべるのもいやだと決めていたのに、厓と雨と冷えが、二月の碓氷川の断厓と川原を呼び戻したようだった。

奇妙なことに、碓氷川の薄茶と草色の厓が眼の芯に甦ったのではなく、翌日の昼二月の澄んだ空を舞っている鳶が浮かんだのだった。実際には、ぼくは瀕死で畑の上に倒れていた神宮咲男の上を、ねずみかもぐらを狙うようにあの鳥が、悠然と羽を広げて輪を描いていたという情景を眼にしたわけではなかった。噂で聞いたに過ぎない、いわば画面なのだった。にもかかわらず、いまのぼくには、それが現場に立会っていたように甦ってきて、たっぷりした翼を広げ、後頭部の天で鮮やかに旋回している。

咲男はその日のうちに急性肺炎で死んだ。死因は津和子の言った通り、寒中の川に叩きこまれ、若い衆の石つぶてを浴び、逃げ、冬の川を渡りきって、向う岸の厓を這いのぼり、あげく、疲れ果てて日中吹きさらしの畑に倒れこんでいたからだった。原、と呼ばれる碓氷郡と甘楽群の境の丘陵の畑だ。発見したのは、働きもので通っている甚さんだった。音《おん》が同じなので、迅一郎がデカじん、甚さんがチビじん、戦前の遙か昔、二人ともぼくの家の傭い百姓という身分の人。朝八時にそのチビ甚さんが「原」へ出かけて行ったとき、獲物を狙う姿の鳶が周囲にお茶の木を植えてある麦畑の上を、ぐるりぐるりとめぐっているのを認めたのだった。意識不明の高熱で、咲男は神宮製材に運びこまれてから、半日ちょっとで死んだ。甚さんはそのいきさつをぼくの家の炉端で、まるで絵物語のように身ぶり手ぶり入りで、祖父に語っていた。横で聞き耳を立てているぼくが、実際にその鳶を見たように思いこむほどの、リアルなしかた咄《ばなし》だった。

「海軍の少尉から上の奴らが着るんがあるべえやい、あのいい色っけの外套が。そこへ白いマフラーだあね。おらあ鳶の野郎が山兎でも見つけたんかと思ったんさ。はなに眼が行ったんはマフラーの方だったんべ。山兎だら、鳶に呉れてやることはねえ、晩のおかてには兎汁だっちゅうわけで、跳びに跳んだってこんなんですよ。鳶と競争だあ。野郎め、それでも三四回《さんよん》は急降下爆撃をかけたねえ。そいでも、このおれが突っ走るもんだから、諦めたんか、未練気に天で廻ってたってわけなんだいね。それが見分けの着くとこまで息を切らして、すっとび込んだら……、あの薄のろの咲男の畜生が嗅も立てねえで、ってこんさ。おれもいい馬鹿だのう、本家のおじい」

「てめえが抜け作なんは、兎と薄のろを取り違えたこんじゃあるめえ。放っときゃあ、おてんと様がきれいに往生させてくれるしろものを、忠義づらで神宮がとこへ運びこんだ。それが甚公の頭の足りねえとこだ。ふん、全く、てめえはいい馬鹿だ」祖父はそんなふうに決めつける。「昔はてめえも神宮もおらがの、こんにゃく畑で同じ格だったてえんに」炉の端から火吹竹を取り、それをチビ甚さんの頭上でくるくる廻した。「おじい、やめてくんろ。とんびが舞ってるようで、咲男の、死んだんぼうの匂いがしてくるようで……」

咲男が肺炎で死んだのは、私のせい、と津和子は言った。その半分はほんとうだ、といまぼくは考える。

昭和二十二年二月。節分の前だったか、すぐあとだったか、日にちの記憶は確かではない。戦後解散させられたままの滑沢青年団に呼びかけがあった。碓氷郡青年会議主催の原市の合同大演芸会に招ばれたのだった。コンクールだから、甘楽群のいい所にも呼びかけるという主旨だった。そして、その会場は、種付場や桑畑の仮舞台ではなく、原市町の「原市座」。初めてほんものの本舞台だった。コンクールとなれば勝って優勝旗、とみんなが思った。用意も、高崎の鬘屋、衣裳もその筋でということだ。準備の交渉は津和子に任されていた。そして、運搬は神宮製材のトラック。

そのトラックに、ぼくは自転車と一緒に乗っていた。乗せて貰う羽目になった、と言ったほうが正確だ。学校帰りに、原市から同じように自転車通学している同級生のあとをついて、夕方「原市座」の楽屋。演《だ》しものの半分は終っていたが、若い衆みんな舞台衣裳のままだった。訊くと、最終審査が夜九時か十時で、最優秀のはもう一度踊り、芝居は見せ場を繰り返すからだという。おらあほうを優勝させねえようじゃあ碓氷の審査員はあき盲だ。そんなふうに息まいている。

津和子はむらの青年たちとは離れ、楽屋の一番奥まった所に坐っていた。「月形半平太」の舞妓姿が眼にはいる。まわりは、ぼくが全然顔を知らない若い衆たちだった。主催者なのか、このあたりの人間なのか、とにかく競うように彼女に話しかけている。すぐ脇に咲男が、のぼっとした図体で突っ立っていた。

ぼくは若い衆から大麦入りの握りめしを貰い、そこの隅で待った。優勝するなら、それを見てから帰りたいと思ったからだ。しかし、審査の発表があったのは、なんと午前二時近くになってからだった。滑沢は踊りも芝居も敗けた。板鼻あたりの、セミプロ混入の連中にさらわれてしまったのだった。途中の情報では、こっちに決まりそうだというので、全員衣裳を着っぱなし、鬘下地の絹の水色のままだった。

トラックへの乗りこみ。着換えにまで頭が行く気配は誰にも見られない。ぼくは不機嫌な連中と相乗りする気を捨て、「原市座」の裏手、丸太の山のうしろに置いた自転車の所へ行く。だが、わざわざこの晩のために用意して取り附けて置いた、角型の懐中ランプがあっさり盗まれていたのだった。四里以上の道のりは、どう考えてもトラックに乗せて貰わなければ帰れるものではない。

もし、人生に厄日というものがあるとしたら、この晩がそれだと思う。ぼくだけのことではない。松井田の手前まで来た時、だしぬけにトラックが動かなくなったのだ。枇杷の窪という場所だ。道下の川原ぎりぎりの家の入口に白濁色の鉱泉が湧いている。ふくらし粉代りに、また塩分もはいっているので、ぼくは一升ビンを二本自転車の荷台にくくりつけ、よく汲みに来たものだった。

「塩湯《しおゆ》んちを叩き起こして、火にあたらせて貰うべえや」と誰かが暗い中で叫んだ。「押せ、押して呉れりゃ、どうにかなるかもしんねえ!」と運転手が叫び返した。

ぼくも若い衆たちと肩をぶつけあいながら押した。だが、駄目だった。誰がいつそうしたのか、うしろの方に火の手が上り、寒さしのぎの焚火の輪が出来ている。確かにぼくと、海軍コートの咲男を除いて、舞台衣裳では二月の真夜中は辛いに決まっていた。運転手もあっさり諦めて焚火に軍手の両手をかざす。夜明けまで待つ他ない、という意向のようだった。つぎつぎに若い衆が、そこらの枯草をくべるので、火の手は見るまにあたりを明るいものにする。と、なぜか咲男だけはトラックの荷台に坐ったままなのが見えた。衣裳箱に腰かけ、みんなの輪を見下ろす姿だった。

「これだけ遠っ走りして、優勝旗も取れねえようじゃ、おらんかの演芸会もエンドマークってこんか……」フウさんとみんなが呼ぶリーダー格が、火の手に向ってぼそっと言った。

反論したのは舞妓姿の津和子だった。今度は師匠をわざわざ招ぶこともなく、全員の工夫で決選投票まで残れた。それに、こっちが敗けた相手方はセミプロやチンドン屋まで動員していたではないか。「角力に勝って、勝負に負けたってだけじゃないの」

「でもなあ」とフウさんが声を落としたまま言った。「一生も末生《まつしょう》も踊ってるわけにゃ行がなかんべ。おツウはそれで満足かもしんねえが、一丁前の百姓の倅はもう、踊る方じゃなくって、観る側に廻っちまったぜ」

声は出さなかったがみんな頷いているふうだった。ぼくもそうだと思った。最初は若い衆全員が参加していたのに、始めてから半年で、半数近くが脱落した。いや、脱落ではなく、フウさんのことば通り、仕事に身を入れ出したのだ。米さえあれば、という百姓の天下はみるみるうちに終りはじめている。

津和子もまわりの空気を悟ったのか、それ以上反論はしなかった。火の近くへしゃがみこんだところをみると、寒さのせいで気力がうせていたのかもしれない。

カンクさんが来たど。ふいにトラックの上から咲男が悲鳴をあげるような声を立てた。自転車のチェーンの音とランプの細い光が、焚火明かりの中にはいって来るところだった。

原市から、おらんかを追って来たみてえだな。誰かが小声で呟いている。

警官は火の横を黙って漕ぎ抜け、運転台の脇で自転車を停めた。「責任者は」とどなり声で言う。「おれだけど。頭ごなし泥棒とっつかまえに来たみてえな言い方していいんかい、民主警察ってもんは」黄色い粋な縦縞を着たフウさんは、踊りの足運びのようにして寄って行った。

「闇。ヤミ物資」と警官は断言した。兵隊帰りのような感じだった。運転台に懐中電灯を向け、すぐそれを荷台のほうに振った。「おらんかが闇を……」フウさんが訊ねかけるのにも答えず、警官は身軽に荷台に飛び乗っていた。「こっちは情報を握ってるんだ」

　誰もあっけに取られていて声を出せなかった。「運転手！」火の輪を見下ろして制服がまた呼んだ。しかし、運転手は動かなかった。「何のことを言ってるんだか、おらあ知らねえけど、ヤミ物資は、そいつを摘発するんがおたくさんの仕事じゃないんかね。どうぞ、隅から隅までお探しになってお呉んなさい」そうは言ったけれど、運転手の声には震えがはいっていた。ぼくは瞬間的に了解する。この神宮製材の運ちゃんは、神宮迅一郎の命令でコンクールへの参加にかこつけ何か怪しい荷物を運んでいるのだ。

　警官は衣裳箱の上に坐って、それまで何ひとつ動かないでいる咲男の横顔を懐中電灯で照した。すると、まるでそのタイミングを待っていたように、「カンクさん、勘弁して呉んなやあ！」と泣声で咲男が言った。警官は咲男の大きい図体をぐいと押しのけ、荷台に倒した。あっけないほど手馴れたしぐさだった。




　結局、新品のゴム長靴十足と棒状の洗濯石鹸が一山。警官はそれを運転手とフウさんに持たせ、原市へ引き返して行った。咲男を、と一度は思ったらしかったが、父ちゃんにぶっとばされるう、と泣き続ける容子を見て、話にならないと決めたようだった。「私も行くわ」と津和子が言った。フウさんが軽く手を振った。おツウみてえに口から先に産れたような女が一緒じゃあ、罪が倍にも三倍にもなっちまう。

　咲男は声を落とさず、荷台の上で泣き続けていた。一体誰が張本人なんだや、と若い衆のひとりが言った。神宮迅一郎、と判っていながらやはり口に出したかったのらしかった。それに答える代りに、やっぱしフウさんの言う通り演芸会はこれでおしまいってこんなんね、と娘の声がした。ぼくの家の分家のアコさんだった。津和子は躊ったまま、眼の中に炎を映していた。喋りたいけれど喋れない、そんなふうに見えた。

　運転手無しなのだから、歩く他はないという意見が出た。寒いけれど、今のうちに着換えなければ、と別な娘が言った。「優勝旗もかつがないで、テクで帰るなんて、滑沢の若い衆も落ちるとこまで落ちっちゃったわねえ」アコさんは年上らしい労《いたわ》る口ぶりで、津和子の脇にしゃがんだ。おツウも強情張ってちゃだめよ、とでも言っているようだった。

入れかわるように津和子が立った。「私」と言った。「私が張本人よ。長靴も石鹸も知ってたんだもの。知ってて神宮のおやじの命令を食いとめられなかったんだもの」舞妓だから唇に丸く小さく紅をつけていた。そこから歯並みを見せ、食いしばるようなものいいだった。暫くは誰も答えなかった。咲男の泣き声だけが一層大きくなったような気がする。

「でも、私」と津和子は尖った顎を胸に押しあてるようにしてまた言った。「こんな終り方はいやだ。幕切れはどうしたって、もっと美事なもんじゃなきゃ、お芝居だって締らないじゃないの。幕が引けないじゃないの。こんな終り方、私、許せない。自分で自分を許せない」声がだんだん落ちて行った。ぼくは泣いているのだと思った。だが違っていた。いきなり顔をあげ「神宮迅一郎の悪事のために、滑沢の演芸会が潰されていいの。そんなことで諦めがつくんですか。私はいや。私はいや」

眼がひとびとを睨みまわしていた。「おツウひとりじゃ芝居にも組踊りにもならないじゃん」アコさんがわざと遅い口調でたしなめる。

じゃ、それじゃ、今夜の責任は私にあるんだから、私をどうにかして。ぶん殴るのでもいいし、川に投げこん



で呉れてもいいわ。そうしたら、私、川の中で凍《こご》え死ぬ。

今度は泣いていた。たっぷりした涙の線が着物の襟まで繋って行く。アコさんが立って肩に腕をまわした。「止《よ》しいよ。悪《わる》が神宮だってこんはみんな知ってるんだから。こういう多勢の衆でやるこんは、一度熱が醒めると、ちっとやそっとじゃ戻らないんだから」

ぱっと誰かが火を蹴った。「アコ姉さんよ、ちょっとばっか話がやさし過ぎやしねえか」威勢のよさと正義漢で通っている高男、あのチビ甚の次男だった。「おれだって演芸会は止めにして、早えとこ、まともな百に戻るつもりだよ。そいでも今夜の白黒ははっきりつけなけりゃ、肚の虫は治まらないぜ」一息に言い切り、もう一度火を蹴った。まわりの明るさが増すほど激しい力で蹴った。

「ええ」と津和子がまっすぐな声で受け答えた。「だから、私に罰を加えてって言ってるんです。ぶって下さい。気の済むだけのことをして下さい」

高男は、ようし、行ぐぞ、と低く言う。「馬鹿はやめ。二人ともいい年して何だっての」とアコさんが間にはいる形で大声をあげた。「張っとばすんだったら、その咲男で沢山じゃん。第一神宮の息子だし、泣き声が小

うるさくって、それでみんな気が変になっちまってるんだから」

返事もせずに高男は荷台に飛び乗った。横になっていた大きい図体を引きずりあげ、小気味のいいという感じの往復びんたを呉れた。

咲男は奇妙な叫びと一緒に飛び降りた。どこへ逃げようかと、大きい眼玉が道を探していた。「摑まえろ、逃がすな！」高男が叫んだ。

今になって思い返してみると、集団の心の動きとはああいうものか、という気がする。咲男は本能的に細い道を択び、枇杷の窪の鉱泉へ下る急坂を逃げ、若い衆はまるで兎狩りでもするように一団となって、そのあとを追い、最後は碓氷川の川原まで追いつめたのだった。咲男が岸で停れば、もしかしたら、ことはそこで終っていたかもしれない。しかし、全身に恐怖が行き渡っていた咲男は、寒さをものともせず、じゃぶじゃぶ川を渡り出してしまったのだ。あたりはちょうど明け始めていて、道に残ったぼくたちの眼に、川の中を逃げて行く青い外套が見え始める。どういう罵声を浴びせているのかは判らなかったが、若い衆の声がどよめきとなって聞こえ、川の中に石礫を放っているようだった。ときどき、大粒のやつが立てる水しぶきが、ぼくの場所からも、はっきり見て取れた……。

そして、その日のうちに咲男は死んだ。津和子は急性肺炎のその場には立ち会っていない。鬘と衣裳を高崎まで返しに行くと言って、むらへ着いたその足で、整理し、出発したのだから。もしかしたら、畑の上を鳶が舞い、チビ甚さんが倒れている咲男を見つけた頃、あの丘の道を通っていたのではないか、と思う。すると、鳶は津和子の頭上のすぐ脇を廻っていたことになる……。

ぼくは雨空を見あげる代りに金網に摑って、名前の判らない深い厓の川底を見下ろしている。病院で鳶を見かけたのだから、咲男の鳶の話を彼女にしてみたい。怒り出すかもしれないが話したい、と考える。そして金網を離れかけたとき、細い口笛がうしろで聞こえた。小学校二、三年くらいの男の児だった。ぼくは川の名前を訊ねた。

ノミガワ、と男の児は言う。字はと聞くとただ首を振った。「商店街、お店の沢山あるとこはどっち？」やっともともとの目的をぼくは思い出した。「あっち」傘を振って漠然と川の向うを示し、あとはすぐ口笛になって去って行く。やれやれという気分でぼくは溜息をついた。

雨は心持降りがやわらいだようだったが、服にしみ通ったために、橋を渡って動くのが億劫になっている。冠ったジャンパーの下から左右の橋を見やり、雨と同じように傘が天から降ってこないものか、などと埒《らち》もないことを思った。と、川下の橋の所に津和子らしいグレイのスーツ姿が見えた。迷わず小走りに橋を渡ろうとしている。

津和子さん。ぼくは駈け出しながら呼んだ。ズボンがからみつき、足を取られそうで、二度三度よろけた。彼女は橋のまん中で立ち停り、「バカァ！　どこ迷ってたのよう」と叫んでよこす。軀をゆすりながらの大声だった。そのせいか、演芸会時代のあの威勢のいい娘らしさが全身に漂っている。

## 8

夜空の高みに煙突が仄白く浮いているので、ヘッドライトの橙色が捉える母親の和服すがたが、まるで舞台のひとのように思える。

雨はもう完全に止んでいた。だが、なぜ母が迎えうつように玄関先に出ているのか判らなかった。オート三輪が母に遮られた格好で停り、ぼくは荷台から飛び降りる。



寒い、寒い、寒い。津和子がたて続けに叫んだ。叫んでからようやく助手台を出た。もう一度同じ口ぶりで、寒い、寒い、寒い、と言う。それは眼の先に立ちふさがっている母に抗議しているような具合だ。

すると母はその勢いを撥ねかえすように、まっすぐ津和子ににじり寄った。「絶対に、絶対にですよ、七回忌はやります。やって貰いますから」と言った。それからすぐ続けて「ストーヴに火がはいってます、かんかんに」母はぼくのほうにも向けて、指で中へはいれというしぐさをしてみせた。家の上の方を指さし、眼も催促している。二階ということらしかったが、ぼくは普通の親切心なのか、例の人違いからなのか区別できない。

こっちの訝しげな表情を母親はすばやく読み取っていた。「昼間はぼんやりしてたけど、今はあなたが青木の本家の息子さんて、ちゃんと判ってます」

行こう、おはいんなさい、と津和子が表情の乏しい声で言う。君は荷台だったんだから、このままじゃ肺炎にでもなっちゃう。言い終りはもう玄関に足を踏み入れている。

部屋はむんむんしていた。「七回忌だか七周忌だか、そんなの、私、ぜったいにしませんからね」と津和子が言った。学校の教室で使う石炭ストーヴがある。ひと折れして窓へ行く煙突。それが熱気をむんむんするほど放射していた。それなのに津和子は自分のうしろのガスストーヴをつける。もともとは和室だが、黒っぽい絨毯を敷き、応接セットといった具合に椅子が勝手な場所に配置してあった。

「あなたが反対するくらい、最初から判ってますとも」

母は石炭ストーヴの横のソファに腰をおとし、ふところから折った紙を出した。読みますよ、と決定したことを報らせる口ぶりで言った。どうぞ、と津和子は受けたが、すぐ、着換えてこようかな、寒い、と独りごとで言って、立った。

確かに寒さが軀の芯から取れない。表面だけ、ぽっぽと暖いのだけれど、パンツまで水がしみ通っているので、そのバランスの悪さが胴ぶるいのような形で襲ってくる。だが、津和子はまた同じ姿勢で椅子に戻った。

「いいわ、お母さまのあやしげなプラン、言うだけは言って」

多磨墓地に墓誌を作ります。墓碑じゃない、シよ、墓誌です。午后いっぱいかけて、もう形も決めてあるの。これがね……。

はいはい。シ、だから紙なのね。どうぞ、拝見させていただきます。



つまらない憎まれ口はやめて貰います。これを作らないと、戦争が終ったことにならないの。私の頭の中では。ほんとうに、あたくしが、うかつだったの、今まで。

はいはい、と同じ口調で津和子は答えた。お母さまに戦争があったなんて、到底信じられませんけど、そうお思いでしたら、お好きなようになさったらいいわ。

津和子、と母は言った。勢いが厳しくなっていたが、おもねるような粘りもある。

ぼくは締めきったカーテンを見ていた。敷物のトーンに合わせてあるのか、黒い地に大小の蝶が舞っていた。黄色のが主ではなく、アゲハの青をひき立てるようなデザインだ。厚地のそのカーテンとふたつの火で、熱っぽい密室。そんなことをぼんやり思っていると、「あなた」と母親がぼくのほうを指でさしながら呼んだ。はいはい、と津和子の口調に合わせてぼくは気軽に返事をする。

「止めなさい、八束君。口をきくんじゃありません」低く、だが押しをきかせて、津和子が言った。見ると、こっちに視線を向けずカーテンのほうに眼をやっていた。「はい」とぼくはまた反射的に答えた。

いいえ、と母が言った。「これが一番大事なことなの。たとえ津和子がどんなに文句をつけても、あたくし、これをやり抜くつもりなの。あなた、協力してちょうだい」

ことばが終らないうちに津和子は立っていた。考えごとのなかにいるという歩きぶりで、ドアの所へ寄った。

「ハジメさん、来て」緊張した声ではなかったが、もう我慢ができないといった態度が、自然に出ている。

返事がないうちに、「何がハジメ？」と母親がいきり立った口調で叫んだ。それは今までの正常らしさを越え、病人の熱っぽさと饐《す》えた気力とが、はっきり耳にくるいい方だった。

「うるさい。お母さま、うるさい」と津和子は答えた。「飲むから」と言った。

ぼくも酒を飲みたい、と痛切に思う。中途半端な冷えが、いまは妙な生暖かさに変わっていた。部屋が暑すぎるのだけれど、立って行って火をとめるだけの力はこっちにない。

ハジメさん。津和子はもう一度呼び、そのまま部屋の外へ出ていた。階段をおりる足音が響いている間に、「何がハジメさんですか」と母がいう。舌うちするような、いまいましさが感じ取れた。声が低いので、ぼくは自分が話しかけられていると思ってしまう。

いきなり母親の着物姿がすぐ眼の先に来ていた。「あの子が何て中傷誹謗しているかしれませんけど、私、頭は確かですからね」ことばつきは病人らしいのろさだったが、ぼくは一種の脅しのように受け取ってしまう。

「手っとり早く言いますと、私は登和子のお骨《こつ》が欲しいの。それをあの神宮迅一郎さんに頼みたいの。手紙はもちろん津和子に書かせますけど、あなたからも直接神宮さんに訳を説明して欲しいの。判りました？」

ぼくは自分が何を言っていいのか、まるで見当もつかない。お骨《こつ》が欲しい……、と胸のなかで呟きかえしてみた。七回忌で多磨墓地とかに墓誌を作る。きっと、死んだ夫と長女とを並べて書くのだろう。だが、お骨《こつ》とは一体何のことだ。

「判りません、判りません、わたし」ぼくは立ち上って外人のように手を振った。取り合うな、口をきくなと言った津和子のことばが甦ったからだった。母は疑わしそうに眉根を寄せた。「ふうん」と尻あがりの声で言う。視線が粘っこくなった感じだ。

「だめです。さっぱり判りません」逃げ出したい気持で、丁重に念を押す。

「そう。上州のひとって、そんな馬鹿？」

「上州人がじゃありません。このおれが頭悪いだけなんです。勘弁して下さい、ほんとに」

「嘘つき。大学受けに来たって津和子は言ってました。あんな村から高等教育を受けようって人が馬鹿なはずないじゃないの」

「じゃ、つまり、今、冴えてないんです」

「冴えてちょうだい。それから私の頼みごと、きちんと聞きわけて……」

「だめです」今度はぼくもつい大声になっていた。「お骨《こつ》だのお墓だのって、そんなの十八歳の人間が……」

そこまで言いかけて、ぼくは出しぬけに悟った。登和子さんというひとは、滑沢のあの墓地に土葬してある。この母はそれを掘り出して、お骨《こつ》にしたいと主張しているのだ。何を自分が喋りかけていたのかも忘れ、ぼくはただぼんやりしている。何という、しつこい、どぎついことを考え出すひとなのだろう……。頭が廻るから、そうなのか。それとも、やはり病気の加減から来ているのだろうか……。

階段を踏む音がした。重って聞こえるので、あのハジメさんも一緒なのだと判った。と、母親はなにごとも無かったようにこっちの前を離れ、ソファにゆっくりと腰を落としている。

二人がはいって来た。津和子は胸に両手で一升ビンを抱いていた。重たそうに見えた。椅子に坐ると、すぐ封を切りそうな手つきになる。「酒はあと」とハジメさんがす早い口調でたしなめた。背丈とは違って、いかつい声だ。

「お母さんも病院ですよ。すぐ戻りましょう」彼は間を置かずに言う。「この前、無断でこっちへ泊って、さんざん文句言われたんじゃないんですか」

「誰が泊るって言いました？　話の片をつければ、すぐに戻る予定」語調はしっぺ返しなのに、老人くさい弱々しさが出ていた。「お墓の石を新しく作るぐらいのことなら、さっさと決めたらいいじゃないか」と彼は母と津和子と両方に視線を送った。その態度にはこの一家を切り廻しているらしい押しのきかせ方のようなものがある。ぼくは急に眼の芯に閃くものを感じた。さっき、オート三輪で迎えに来てくれたときの彼の対し方のようなもの。いや、津和子との間の空気だ。燃料運びの使用人と朝は言っていたのに、雨の中での容子は全く違っていた。自分の寒さにかまけて、ぼくの頭はまともに働いていなかったが、今思うと、二人の間は遙かに近しいものに違いない。用意してきた大きいタオルを彼女に一度投げ渡したあと、いきなり取りあげ、すっぽり頭にかぶせて髪の毛を揉みしだくように荒っぽく拭いてやった。動作の間二人とも黙ったままだった。

そういうタイプの男と思い、ぼくはぼんやり眺めていたのだが、あれは恋人というよりもっとなまなましい男と女のやりとりだったのだ……。

母親がのろい身動きで立った。「あんた。私はハジメの意見なんか一回だって求めてませんよ」口調はせいいっぱいの切口上だ。

「おれは意見だなんてもん、ひとつも喋っちゃいない」馴れたやり方でハジメさんが切り返した。「石の種類だ、形だ、字だ。その手のことは結果、おれにやらせるんだろう。だから、やるなら引き受けるって言ってるんだよ。七回忌の法事とかも、やっぱりそういう寸法になる。なっちゃう」ことばの途中から投げやりの感じが受け取れた。いちいちまともに向いあうのはもう飽きたと言っているようだった。

ぼくは母親の反応に眼を魅かれていた。まるで関係のないことが話されているように、ぼんやりした顔つきだ。若い二人の方を特に見やることもなく、自分の頭のなかをゆるゆる点検しているような目ばたきを何度もする。それから、明るんだ声で「津和子さん。いいわけなのね、それで」と言った。

「私はまだ意見は決めない」津和子もひとごとのように答えた。もうコップに注いだ冷や酒を半分ほど飲んでいて、残りを顎を持ちあげる勢いのまま一息にあおる。

「やな日だ、今日は」とハジメさんが短く低く言った。津和子の酒を責めたことばなのだろうが、ぼくは自分のことを指された気がした。

だって、と津和子は新しくコップに注ぎながら、絡む口ぶりになる。あなたはまだ、お母さまが何をしたがってるか、その全部を聞いちゃいないんだもん。私がこんな気分になるの……。

なんだ、もっと、しち面倒なことか?

もちろん。

言え。

やだ。頼むんなら、お母さまがあなたに直接言うんじゃなきゃ。

まわりくどいのはこっちもごめんだぞ。

だからじゃない。だから私……。ひとと口きくの、やだ。

ひとって、おれか。

ハジメさんは調子を変えずにそう言ったが、津和子のほうは、はっきり気圧されたようだった。ぼくは立ち上りたかった。ここを出て行く、簡明で楽な口実が欲しいと思う。

ふいに温い空気がやんわり押してきた。見あげると、母がドアの所のハジメさんに向ってまっすぐ寄って行く。

「病院に戻るわ。送ってちょうだい。雨は上がったけど、道が道ですから、ガタガタの三輪車でお願いすることにするわ」

声にならないほど小さく返事をし、ハジメさんがドアをあけた。

「私たちは飲みましょう」津和子がぼくに呼びかけた。わざとのように声を張ってだった。「そうそう。その受験生。田舎の秀才さん。大事な人だから、お刺身のいいのでも取ってあげてちょうだい」母は即座に甘ったるい口ぶりで調子を合わせた。

ぼくはまた、頭の芯を棒で突かれたような気がした。大事な人。そう母が言うのは、あのお骨《こつ》のことだ。それをやらせようとしているのだ。もちろん、知らん顔もできる。無理な話だと拒絶もできる。しかし、こんなことの当事者と見られるだけでも、たまらない。お刺身のいいの、というのが、なんだか腐りはてたもの、いや、屍体の肉のかけらのような気さえする……。

眼の前に津和子の突き出す透明なコップがあった。すぐ受け取りかね、ぼくはドアのほうをふり向く。母はまだそこにいた。やわらかい視線でぼくを眺めていた。ふだんなら、社交的とでも思えるまなざしだった。「おれ、神宮のおやじと話すのなんか……」撥ねかえそうとして、そんなことばが口をついて出る。

「こら。文学少女になんか構うんじゃない。飲むの」と津和子が言った。その勢いでコップを握らされている。

「何が文学少女です。こういうふうな……」

「お墓をあばくなんていう考え」と津和子がきめつけるように言い変えた。

「人ぎきの悪い言いかた、止めてちょうだい。私は、ずっと前民俗学のご本でそういう葬りかた、つまり、一度ではなく二度……」

「嘘よ。私、さっきやっと判ったの。お母さまは、エミリ・ブロンテ」

えっ、と母は曖昧に口をあけた。

「嵐ヶ丘。ヒースクリッフ。文学少女のなれの果てが思いついた、ちょっとしたたわごとよ」

なれの果てって、あなた……。母が茫然と取りとめない口ぶりで言いかけたとき、

「こっちは待ってるんだぜ」と下から叫ぶ音が強く響いた。「また、どしゃ降りに逆戻りだ。コートみたいなもん用意しないと、ひどい目に遭う。判りましたか」

はい。答えたのは津和子だ。コート、コート。続けて

そう言いながら、母を押し出すように急《せ》かした。肩に腕をまわしている。

ぼくは母親が最後にひとこと、まだなにか言い残して行きそうだ、と思っていた。しかし、そうではなかった。「コートはあなた、この前洗い張りに……」弁解するような呟きが、そのまま階段を降りる音に繋ってゆく。

ドアはあけっ放しのままだった。下から吹きあげて来る冷気が、部屋の熱すぎる湿りけを眼に見えない力で掻きまぜている。足もとがふいにうそ寒くなるが、ぼくには戸をしめる気は起きなかった。膝を縮め、コップの酒を飲んだ。自分がどんな部屋に取り残されていようが構うもんかという気がした。すぐあけて、津和子が床に置いていった一升ビンから注いだ。のどが乾いていたせいで、次の一口も別に抵抗はなかった。

ほう、とぼくは唇を尖がらせて、誰もいない眼の前に息を吹きかけてみる。もう一人前の酔っ払いのつもりになった。飲めるだけ飲んでみせる、なに、飲めなくなっても飲んでみせる。ひっくりかえったら、そのまま寝るだけのことだ。それで何か故障でもあるっていうのか……。三杯めをと思いビンに手を伸した。

だが、たちどころに心が挫ける。先輩の笈田が心配する。いや、怒り出す。いま泊めて貰っている笈田の下宿で、彼は呆れるほど上品に振舞っている。そこへ真夜中よれよれの軀で戻って行ったら、どんなことになるか、だ。追い出されたら行き場がないのだ。戦後村内から大学進学したのは二年先輩の彼ひとりだった。働きに上京している青年は多勢いるが、こんなとき頼りにするのは、やはり気が引ける。



ためらいで空っぽのコップを見つめていると、昔の笈田のことが頭のなかを鈍い速度で通って行く。彼は津和子への手紙を何度もぼくに手渡した。「戦争中は剣道一筋で、三段まで行ったが、今は短歌一筋で『アララギ』に投稿してる。渡す前に必ず讃め上げろよ。返事がねえようだら、青木、てめえのあばら骨はそのたんびに一本ずつ、ぶっ挫いてやる」ぼくはその厚ぼったい封筒を鞄に押しこめられながら、笈田さんが直接なにしたほうが……、などと小声で言うだけだ。津和子は、便所の落とし紙に使いなさい、と受け取って呉れない。かと思うと、げらげら笑いながら芝居がかった声音でぼくに朗読してきかせたりした。その中味は太宰治はもちろん「愛と認識との出発」も「善の研究」さえも、つまり本屋で出たてのを買い、それからの引用だらけだった。甘えて訴える調子が突如偉そうな説教になったりする。だが、繋ぎ具合が妙に達者なので、つい感心して聞き惚れていると、だしぬけに津和子が耳たぶをぐいと引っぱった。「おい、下級生。きさまはラヴレターのためだけに本読むようになるなよ」それから、「長谷川津和子をくどくのは、ぺらぺらした紙じゃだめ。体当りで、ハート美人持参でいらっしゃいって」にこりともしないで、どぎついことを言った……。

ハート美人。そんなことばがあった。それを平然と口にすることが若い衆の間で、はやりのような、いっときがあったのだ。

胃のあたりから、いきなりこめかみが熱くなってくるのを感じながら、ぼくはまだ過ぎ去った時間のなかから抜け出られない。そうだ、笈田に対して、馬鹿正直にぼくは伝えた。ハート美人ということばは使えなかったけれど。そのあと彼はもう手紙を押しつけなくなった。ぼくは暫くの間、笈田がほんとうに体当りしたのかどうか、気がかりで仕方がなかった。他の若い衆と津和子との間はどうでもいい、笈田とだけはいやだと思ったからに違いない。奇妙なことだが、一緒に自転車通学している彼に限って、なま臭い、性的なそねみ心が、おれにはあった……。

ぼくはやはり一升ビンに近寄って酒を注いでいる。いま笈田の下宿に泊めて貰いながら、こっそり第二古志乃湯を訪ねて来たことが少し疚しい。同時に出し抜いてやったという快感の方もかなりある。その両方が熱っぽい頭の中で、ゆらゆら上になったり下になったりしている。そんな気分でコップを口にあてがうと、今度は酒がひどく酒臭く思えた。飲んだくれに間近で口をきかれたときの匂いだ。唇をコップのふちに持って行き、鼻の息を停める。手際よくやったつもりなのに、空気も一緒にずるっとのどの入口まで届いた。そう思ったときはもう噎せかえっている。軀ぜんたい、膝まで抱えあげるように噎せ続けた。だが、コップの右手だけは安定させたいと気使うので、背筋が妙に引っぱられて辛い。治まりかけた、やっと、と思ったとき、いきなり両耳をがんと張られた。往復びんたがいちどきに来たようだった。

しかし、それは津和子がはいって来て、ドアを勢よくしめたからに過ぎなかった。うしろからもぼくの慌てぶりが判ったらしく、「足で蹴っとばしちゃったの」と彼女は言う。ふり向くと、両手で長四角のお盆を持っていた。「おれのほうも、ぼさっと考えごとしてて……」ぼくも急いで答え、縮こめていた姿勢を直した。「お墓を掘りかえして、あばくっていう、あれ?」なにげない口ぶりで津和子は言い、そのままお盆を低めのテーブルに置いた。

　それが、と言いかけてぼくはとまどっている。笈田の下宿にいることや、それにまつわったことを話したいのだが、ことばが出てこないのだ。

「気にしないで、食べましょうよ、まずは珍妙なおもてなしだけど。鍋焼きうどんとチャーハン。われながら呆れた取り合わせになっちゃった。でもこのチャーハン、お醤油漬けのニンニクとバターが材料なんだ。こんな日にお刺身だなんて寒々したこと言われた反動で、鍋焼き注文しといてから、えいやあって作っちゃった、発作的ね。どっちを肴に飲んでくれてもいいわ」喋りながら手際よく、二人のぶんを並べわけて行く。「椅子なしで、坐ってやろうよ。山賊の宴会っていうほど、お互い豪気な人間じゃないようですけど」声が明るんでいた。

　縦と横の形でテーブルの前に坐ると、ぼくはやっと津和子が着替をしてきたことに気づいた。朝と同じようなセーター姿だったが、スキーのときに着るようなざっくりした黒のものだ。すぐこちらの目つきを察して、「君は着たきり雀でかわいそうね。でも、まさか、ハジメさんのってわけにも、ね」

　百姓育ちで馴れてるってことは知ってるはずでしょう。そんな意味のことを弁解するように言いながら、ぼくは急いで鍋焼きの上の蒲鉾を食べはじめていた。短い留守の間こっちがビンでも目立つほどがぶ飲みしたのに、津和子は黙ってふたつのコップをいっぱいにする。

「八束くんの合格を祈る。これは当然として、あと何のために乾盃しようかな」ほの黄色く透《す》けるコップを瞠った両眼の間でゆききさせ、それ越しにぼくに何か考え出せと催促する容子だった。お墓の話一切が消えてなくなること、そう言ってやりたかった。だが、乾盃のことばとしては奇妙過ぎると思う。快活な、未来に向けてのことでないと、やはり変だ。何も見つけ出せずに、胸のなかで小さく呻いていると、津和子はコップの動きをのろくし、わざと寄り目を作ってみせた。ぼくをからかっている感じだった。しかし、それを怺えるように崩さないでいるのを見ると、寄り目にした中点で自分自身に問いかけているという気がしてくる。

「ハジメさん……」とぼくはやっと思いついて声にした。そのとたん、寄り目がす早く両側に開いた。「やっぱり、あれだわ」ぼくのことばが耳にはいらない口ぶりだった。そして、おでこの上までコップをあげ、「神宮迅一郎、あなた、早く死んでしまいなさい」と言った。

　いまのぼくは、もう奇異なことばだとは思わなかった。ああ、とつられて同調し、コップを眼の高みに持ってくる。だが彼女はこっちを無視して、ゆっくり手を下ろし、ごくりと音のする飲みかたで飲んだ。木屋の迅公、てめえなんぞ死んじまえ。ぼくは真似して言い、真似して酒を口に入れる。

うん？　とはじめて聞かされた文句のように、津和子はけげんそうな顔つきでぼくに眼を注いだ。君、ほんとにそう思ってんの、君？

ぼくはたじろぐ。真似をしたと言えば済むことだが、死んでしまいなさい、とコップをあげた彼女の気持の芯が、今になると急に摑めないからだ。「だってさあ」ぼくは考えるのが面倒なのでわざと声を張った。「奴は一ぺん引っくり返ってるし、村の衆だって、くたばり損いって呼んでるぐらいだから……」

津和子は穏やかに笑った。別にぼくの言い分を遮るというふうではなかった。しかし、こっちはもう続ける気が無くなっている。「いいのよ。君はそれでもいい」笑いが自然に静かなものいいになっていた。でも、ぼくのほうは軽くあしらわれているようで不満だ。一息に半分ほどをのどに送り、「どうせ葬式に出るつもりなんだろうけど、どういう資格です、長谷川津和子さんは」思わず挑む口ぶりになっていた。

彼女は一度答えそうな目もとを見せた。だがすぐ視線をはずし、立って奥のほうにゆっくり寄る。どういうつもりなのか、黒地に蝶の舞っているカーテンを両側に引きあけた。それものんびりした動作でだった。腰高のガラス窓は四枚びきで透明なものだが、ぼくの位置からは部屋の電灯が映って見えるだけで、あたりが却って暗くなったように思える。雨のしぶく音だけが僅かに強く聞こえるようになった。

風はないみたい。ガラスに額を押しつける姿で津和子は呟く。ここへ来て見てって言いたいところだけど、なにもかも霞んで、まっくら。

ぼくが腰を浮かすと、いい、見ても無駄、と向き直った。そして、セーターの黒をガラスに寄りかからせ、なんとなく外は嵐だと思ってた、ばかな思いこみね。やはり低い声で言う。

神宮迅一郎のこと、むかしの姉の手紙には「嵐ヶ丘」のヒースクリッフのような男。そんなふうに想像すれば間違いない。そんな意味のことが書いてあったの。だから、さっきお母さまにそのこと持ち出してみたの。ヒースクリッフがキャサリンのお墓をあばくように、お母さまは迅一郎にそれをやらせようとしているのねって……。

キャサリン……。ぼくは引きこまれて小声で繰り返した。

キャサリン・アーンショウ。彼女がすぐ重ねた。八束くんは「嵐ヶ丘」読んだ？

ぼくはただ頷く。実際は去年の夏休み、ぼくたちより優秀な一級下の連中の英語熱に感染し、丸善からペンギンの「Wuthering Heights」を取り寄せていた。むろん、難解で歯が立たなかった。十頁まで訳本とつき合わせてやっと辿りついたに過ぎない。だが、今は黙って津和子に話させたほうがいいと思う。

黒いセーターはまた窓の外の闇を眺めていた。顔立の肌色が薄すらとガラスの反射で、ぼくの眼にはいる。

ヨークシャーの田舎の、あの荒地でヒースクリッフがキャサリンの棺を見るところ、私いま思い出そうとしてるんだけど……。地が開いて急に彼の軀そのものを引きずりこみ、天が裂けて空に神が姿を現わす……、そんなふうなイメージが出てこなかったかしら……。

言われてみると、そんな具合の箇所だったかもしれないと思った。だが、簡単に神なんかが出て来るのかなという疑問もあった。

津和子は窺うようにぼくを見た。ぼくは喋らずに少し首を振る。「そうか」とふいに彼女は活溌な口ぶりに変えた。「これも勝手な思いこみの類いかもしれないわ」カーテンはそのままで、ばさりとテーブルの前に横坐り



に足を投げ出した。あわただしい手つきで酒をあおり、「つまりあれなのよ。お墓を掘りかえしてる最中、あの迅一郎がぱっくり地面に呑みこまれて、ずるずる引きずりこまれて……」

それで、死んでしまえとさっき乾盃したのか。ぼくは津和子がさばさばした口調で言うぶんだけ、逆に現実感を持ってしまう。その光景が眼の奥に浮かんで来そうになる。ふふ、と彼女は音にして含み笑いをした。「なんて顔すんの。最初からこんなこと冗談じゃありませんか。言いだしっぺの母が、そもそも頭をやられてるひとなんだもの。私はただ、あのひとの文学少女っぽい空想を、ちょっとオーバーに、つまり風船に水素のガスを入れただけ」

話はこれでおしまいというふうに、自分で作ったという薄茶色のチャーハンをひと匙口に入れた。うん、いける、君もおつまみのつもりで……。頬ばりながら手ぶりで奨める。

ものを食う気分はうせていた。黙ってビンを取って注ぐ。もう底五センチほどしか無かった。焼酎のほうがいいのになあ。思っていることがストレートにことばになる。ジンならあるけど、とすぐ答えが返った。十八か、九か、その年にしては今日は飲んだくれて正体不明にな

りたい日ってことでしょ?

　どこからどう取り出したのか、ぼくが両肘をついているその前に、透きとおったビンが置かれた。「割ったほうがいいんだけど、炭酸も氷も今はないわ」声が頭のまうしろから落ちて来る。「グラス、これ」長めで周囲にギザギザのあるのを、やはり頭越しに突き出してきた。首を捻って見あげると、「今度は楽しい物語よ、どんなに酔っても構わないけど」と津和子は言った。黒いセーターから出た首筋がかなり色づいていた。静脈の青もその底に筋をなして見えた。やさしい軀がここにあるという気がした。と、新しいコップを受け取っても、まだぼくが眼を戻さないでいたせいか、「楽しい物語は無理だって言うの」と問いかける。声までやさしく響いた。ぼくは心臓をやわらかい手で握られた気がし、急いで眼を落とした。それでも、動悸と火照りがいちどきに軀のなかから湧きあがって来る。「楽しい……」と吃りがちに呟くだけだ。

　と、横から手が伸びて、津和子はもう自分の場に落ち着いていた。「私もびりんとくるストレートに変えよう」とこっちの手からビンを取りあげる。「日本酒は泣きのお酒になるのよ、なぜか。もしかしたら原料がお米のせいかなあ。米、米。あの米のなかった頃の涙の記憶」節



をつけるように言って、自分のコップに半分、ぼくのにも同じように注いだ。

　さて、今度は何のために乾盃? 潤みで光っているにもかかわらず焦点の揺れる黒目が、また訊ねかけた。乾盃なしに願います、とぼくは気を鎮め手短かに答える。いいのよ、今度は楽しい物語って言ったでしょ。そうだわ、女王ありき、のその女王のために。彼女も早口になっていた。言い終るとすぐ、ジンを口に含んでみせた。ぼくがためらいながら匂いをかいでいると、「ものはいいものよ。彼、昔からP・Xにコネクションがあって……。ああ、鼻とのどのまん中につうんと匂いが突きささる……」

　ハジメさんはそういうひとなのか、進駐軍とコネクションがあるような、そう問い返す暇もなく、「There was a queen. 私、もてたわね。ほんとにもてた、あの頃」決まり文句を喋るように澱みがない。回顧しているふうではなく、昨日の出来事を報告する感じだった。「君は楽屋へはあんまり出入りしなかったっけ?」

　ぼくは態度を濁したまま、ジンをこわごわ舌の上に乗せた。突きささると津和子は言ったが、飲みこんでみると頭の軸にまっすぐのぼってゆく感じで、気持に一本芯が通った気がした。すると、「嵐ヶ丘」の墓場の箇所が、

その部分だけすうっと甦ってきた。ヒースクリッフは棺の釘をあけかけたとき、確かおれも一緒に棺の中へはいり誰かが上から埋めてくれたら、と自分から呟くのではなかったろうか。にもかかわらず死んで棺の中にいるはずのキャサリンが地上を歩きまわっているという奇怪な感覚に捉えられ、あばく作業を中止する。埋めてもと通りにし、目に見えない死者のキャサリンに家へ連れ戻される……。

八束くん、と咎める声がし、津和子が眼の前のコップに溢れさせてジンを注いだ。「君、私がいろんなこと話してるのに、ずうっとあさってのほう見てたでしょ。それどういうことなの?」

ヒースクリッフ……。呟きかけてぼくは口を閉じた。説明するのがややこし過ぎるという気がしたからだった。津和子は何も聞こえなかったように、自分のコップに荒っぽく注ぎ、いっきにあおって、独りごとのように喋り始めた。

舞台に出て行く……。化粧が厚塗りだから自分の娘でも見違えちゃうというほどだったわ。一応は名前をアナウンスしてあるんだけど、観てるほうは、あれはどこのうちの何番目の娘かっていうふうに話しあっていた。ああ、あそこの、っていうだけで、何反歩の自作農だとか、小作で潰れかかった小屋みたいなうちの子だとか……、つまり戦争前からの階級がたちどころにはっきりするのよ、誰でも彼でも。ところが、私にだけはそれがない。きっと、「木屋の神宮のあととりで戦死したのがいたんべ、そこへ式も挙げねえで嫁入りしてきた東京のあまがいたと思いねえ。そのあまがあろうことか、戦死者に後追い心中をかけたってこんよ。迅公さまが手をつけたとかって話だが、まず呆れたことに棺をてめえで用意して、ノミのばがでかいんでわが身を刺してあの世へ行ったわけだいねえ。そこでだ、そのあまのおっかあと妹が、事件のあとに焼け出されで疎開して来たってえ寸法さ。おっかあのほうは、東京であきないがあるからじき帰ってったが、妹野郎がなんのつもりか居坐っちまった」まずそんなふうにして身許の説明が始まるんだわ。私は舞台で全身を人目に曝してるんだから、どう言われようと拒めっこない。間違いなく、こんなことも話されてたでしょ。話すなんていうんじゃないわ、それは。エロチックなニュースとして、子どもまで面白がるような……。そうです、成り上りでよそものの神宮は、それには格好の人物なんだ。すでに一人、養女という名前で、どこか薄のろな女を妾にしてたわ。そのあとが私の姉と来る。戦死した倅の嫁になんとやら、ってことで。またそのあとが私なんだわ。でも、私はそれを覚悟で、あの舞台とも言えない四尺五寸の高さに立っていた……。笑うなら笑え。妾なら妾だって構わない。私はひとりの長谷川津和子なんじゃありません。姉の登和子が背中にいるんです。笑うなら、その姉のぶんまで……。

「そうそう、ほんと」とぼくは言った。

「黙って。黙ってて」津和子はぼくを見てはいない。まるでコップの奥のほうに自分の姿が映っているというふうに、眼をそこに落としていた。「君なんかには、やっぱり判りゃしない。一体私が何者だったのか。何の役をあそこで演じさせられていたのか……」

「いま判ったら何かがどうにかなるってわけじゃない。どうだっていいのに」聞くのに疲れ捨鉢の口調でぼくも応じていた。しかし彼女はほんの少し小鼻のあたりをしかめただけで、ジンをつまらないもののように飲む。

「舞台に新聞紙で包んだお金が飛んで来た。わざと軀めがけてぶつけるのね。でも、ほんとうのはなは楽屋に来る。私がいつも一番だった。なんでなの。なんで、よそ者で身許のあやしいおツウのとこに、いっぱいはなが来るのよ。それも、よその、またよそむらの人から……」

　ぼくは聞くまいとしていた。だが津和子の眼がいまはぼくを捉えている。「ああ」と仕方なくぼくは言う。「この部屋はぽっぽしすぎて、おれ、ほんとに参っちまってるから、もうその話は……」

　いろり端ってわけには行かないわね、確かに。津和子はふいに楽な口ぶりで言い、言い終りはもう立ちあがっていた。私は背中もあぶられてるんだもん、頭がおかしくなって当然だわ。

　うしろのガスストーヴを消したが、立ってみると、あらためて空気がいかにも濁っているという手ぶりを見せた。窓に行き、錠をまわし始める。

　おれ、帰らあ、とぼくは言った。

　そう。いいわよ。帰んなさい。執着のない口ぶりで津和子が答える。そして、朝の新しい空気を入れるといった容子で窓を一枚引きあけた。風はすぐには動かなかった。

　結局、どうでもいいのよ、と彼女は言った。窓の外に手を出し、雨を受けている軀つきだった。いろんな意味で思いあがってたんだ、私。姉が背中に憑いてるなんて、いま考えたら恥かしくて仕方ないことを……。

　そう言って津和子が絶句すると、冷ややかな空気が足もとへ、するっと流れた。ぼくはふいに心がもとへ戻る。母親が言っていた墓場の話はどうなのかと思う。無茶に決まっているが、いまの神宮迅一郎だったら、やりかねない。そんな気がする。ヒースクリッフ、とさっき津和子も言った。

　すると、むらの墓域ぜんたいが眼の芯にはいってきた。ぽっかり丸い疎らな林。あの小さい丘。一度だけ、ぼくは以前に葬ったひとの、ばらんとした骨を見ている。そのときは別に、怖しいとは思わなかった。叔父の骨で、祖母のための穴を掘ったら、すぐ横から出た、と掘る番に当っている中年のおやじさんたちが、手にして見せてくれた。「早死にの人のんは、固いやね。こうしてみても、重味が一息違うって判らあい」そんなふうなことを言った。着ていたものや棺はどうなのかと頭が動いたが、それ以上のことは喋らせない空気があった。

　もし、迅一郎があそこを掘りかえしたら、どうなるのだろう。地面がいきなり口をあけて神宮の軀をずるずる引きこむ。そんな意味のことを津和子は言った。しかし、あり得ることではない。恐らく、きれいな、洗われたような骨が出て来るに決まっている。

　天が裂けて神が姿を現わす、と彼女は言った。それだって馬鹿な話だ。あそこの天は、山の稜線が狭い梯形に切っている。なにかが現れるほど大きく高い天ではない。ぼくは思いに耽っていたせいで、ほとんどうなるような溜息をついた。




「寒い？」と津和子が言った。「じゃなくて、おれ、ほら、ちょっと、考えごとを、なにして……」振り向いて見下される形なので、ついどぎまぎした答えになった。

「なにをよ、なに？」と追いうちを掛けるように彼女はことばを継ぐ。ガラス戸をもう一枚引きあけ、セーターの黒で腕組みをしてみせた。

　ぼくは遠慮をするのは止めだ、と決める。

　お墓のさあ、掘るって、あれだ。

　ばかね。あんなこと、刑事事件にでも引っかかってなきゃ、許可になるもんですか。ばかね、お母さま以下。

　神宮ならやるよ。別におまわりなんかが自転車でとろとろ来る頃は、きれいに地ならしし終って……。

　そう。じゃ、君、やんなさいよ。神宮と一緒になって。

　やれってんなら、やるよ。試験がアウトだったら、やけだから、そのぐらいのこと。おれはあそこから昔の骨がころころ出るんを見てるんだからな。

　津和子が、だしぬけに、しかしのろい動作で両眼を覆った。指先で眼の芯を押しているように見えた。「やってくれてもいいわ。もし出来るのなら」と少し芝居がかった言い廻しで言う。

「おらあ、やだ」とぼくは言う。「頼むんだら頼むで、いまちっと言いようってもんがある。まるで、おれが好きでやりたがってるような口つきは止めれ」

「うん」と静かな声で津和子は答えた。「君の言うことのほうが正しい」

「ほんじゃ、どうするんだ」とぼくは言う。

「骨がほんとに、きれいに出るの？」同じ口調で言い、眼から指先を放した。

「そんなこと、おれが研究してるわけねえじゃんか。恨みのこもってるもんは、まだ肉がどろどろくっついてるかもしんねえし」

「私、いま判る」言いながら津和子は背を向け、窓の外に軀ぜんたいを向けた。「穴の中にいるのは私なんだ。最後の最後に踊ったあの、月形半平太の舞妓の、きんきらした着物で」

　天には、誰がいるんか。なにか、かさにかかった口ぶりでぼくは言い返した。

「違う、違う」と彼女は低く呻いた。「やっぱり姉だわ。血が溢れっぱなしのあのひとがいて、あのゆったりした軀のなかで私はただもがいている……逃げたいのか、そうしていたいのかも判らないまま……」

　天には、とぼくはせきたてるようにまた言った。

「きっと、それも私なんだ」


　うん？　ぼくは意表をつかれた形で、それしか言えない。ああ、あ、と津和子が疲れ果てた声を出し、窓の外に向って頭を垂れた。まるで掘り返した穴の中を見つめているようなそぶりだった。

　空を舞ってるんは、鳶なんだ、とぼくは言う。咲男が死んだとき上を舞ってたあん畜生がまた来てて……。

「鳶？　とんび？」彼女の黒い姿が、すばやく捻れ、まともに眼の芯でこっちを摑もうとする。「それ、どういうこと？　なに？」

　ぼくのほうは答えあぐねてしまう。やりとりの中ではそこまで言い切れたが、開き直られると、どう説明していいのか、取りかかりようがなかった。

「私が、鳥になるの？」という津和子のことばが終らないうちに、がたっと後のドアがあいた。風がいっきに吹き通った。振り向かないでも、それがハジメさんだと判った。津和子の眼が二、三度しばたたき、拒むように、背中になった。「やな日だな、おい」と肩の上から声がかかった。

　思わず「はい」と答えてしまう。「送るよ。行こう」こざっぱりした早さで彼がまた言った。

「行って」と背中のまま津和子が答えた。「二人とも、居なくなって下さい」

ハジメさんはそれに対して黙っている。

ぼくもすぐには立てなかった。

風がもう一度吹き抜けると、まるで荒れた開墾地にでも坐らされている気がした。いや、これは昭和二十二年冬の碓氷川の川風かもしれない、咲男が薄氷を踏みしだいて渡って行ったときの、あの過去からの……。

肩が二度叩かれ、ハジメさんが催促しているのだと判った。「ああ、ご馳走さんでした、いろいろと」呟いてテーブルに両手を突く。それで支えて重たくだるい軀を起こしにかかった。だが、たちまち腰が砕けた。皿やコップが音を立てた。

腰が抜けたか、とハジメさんがけわしい声で言った。なにかいいわけをしようと、こめかみに力を入れかけたとき、ふいに風が停った。彼がドアをしめたらしく、木の小さいきしりと、金具の高い音が耳に遠く聞こえる。

9

朝日を撥ねて汚れの目立たない煙突は、電車がはいってくると、たちまち視界から隠された。通勤客に揉みこまれて、考える暇もなく、ひといきれの車内にぼくは立っている。発車してもあたりの景色は見えなかった。




これでいいのだと思った。一昼夜を過した界隈に別れを告げる必要などはない。あの部屋で蒲団を畳んで積み重ねたあと、ぼくはお礼もお詫びも書き残さずに出て来たのだ。階段を音を立てないように降り、玄関を滑り出た。見ようによっては、逃亡するような姿だった。

それでもいいと今は思う。酔い呆けて泊りこんだことが恥かしいからではなく、津和子を包んでいる空気からいっときも早く離れたかったからだ。過ぎ去った時代にいつまでもこだわっている彼女。いま自分はそんなサイクルに同調していたくはない。そんな心持で人の肩と肩の間に身を任せていると、昨日のおずおずした訪ねかたがよそごとのように思えた。

電車の中は首から上だけが、切り離されたようにむうんと暑い。これでは二日酔に逆戻りしそうだ。そんな気分になりかけたとき、出しぬけに速度がにぶり、人ごみ全体がつんのめるように前へ押された。軀を立て直すまぎわ、ラクダ色のマフラーをした中年男に顔をすり寄せてしまう。臭い、と男は吐き捨てるように言い、上体ごとそむけた。

頬に血がのぼった。朝めしどころかお茶一杯飲んでいないのだから、きっとすさまじい熟柿臭さに違いない。首を折り、鼻でこっそり息をつぐことにした。すると、臭いのは胃袋だけではないと気づいた。下着までしみ通った雨をストーヴで乾かし、恐らく生乾きのその服のままごろ寝したわけだった。軀ぜんたいだ。そう思うと恥が、うなだれたぼんの窪から、はすかいに眼の奥へ貫き通ってゆく。動悸もきて、それがほんものの二日酔に変るのが判る。

こいつ、なんの用事でやって来たんだ、津和子。険のあるハジメさんの口ぶりがおぼろげに浮かんできた。

たちあいにん、とぶっきらぼうに津和子は答えていた。そのとき、ぼくはテーブルにだらしなく横顔をもたせかけていたはずだった。

むかし私が楽しかった頃の。無表情な声で彼女がつけ加える。

「そうか、神宮なんとやらの女だったときが、そんなに楽しかったっていうのか」ことばを節約するように早口で、しかも押し殺した口つきだった。

物音で眼をあげると、津和子が窓をゆっくりしめていた。しめ終ると一度ハジメさんとぼくに眼を走らせた。けわしい感じではなかった。どういうわけか、憐むような、それに皮肉っぽさのはいったまなざしだった。すぐにまた背を向け、水蒸気のついた窓のガラスに指で一本線を引いた。



お姉さまよ、女だったのは。神宮迅一郎が女として扱い、お姉さまもそうされることを望んでた……。長谷川登和子だけが女だった……。

ぼくにいうのでもなく、ハジメさんに聞かせる感じでもなかった。それなのに、独りごととしては高い調子の喋りかただった。

男が、そう、つまり父親が、息子の嫁を狙うっていうの、あれ、どんなに楽しいことなんだろう。お姉さまは相手のその眼のうちをよくよく読んでいたんだわ。だから存分に狙わせてやった、わざと沢山隙を作って。それはあのひと自身にとってもスリリングで楽しかったのよ。そういう毎日毎日が戦争中の、秋から冬、冬から春まで続いてたんだわ。そうして極限まで、狙う狙わせるってことがあって……。それで姉は登りつめたところから落っこちるように死んだんだ。私は今でもそう思ってるわ、姉はほんとうの獲物にも餌食にもならなかった……。

「代りに……」とぼくは呟いていた。津和子の話に引きこまれ思わず口をついて出たことばだった。津和子は喋りやめた。こっちの声が耳にはいったらしかった。窓にもう一本ひとさし指で線を引き、今度は向き直るといった身ぶりで、軀の正面を向けた。

昭和二十一年十月二十五日だったわ、とあっさりした声音で言う。そして眼をつぶった。その日のことを話しますという容子に見えた。じょじょに眉と眉の間に縦のしわが寄ってゆく。ぼくはふいに思いついて横にいるハジメさんを見あげた。腕組みをし、足を大きく開いていた。顎をあげ天井を見ていた。酔い疲れたぼくの眼には、それがどういう態度なのか判断するゆとりがない。

菅原の天神さまのお祭りの日だった……。津和子はめりはりのない単調な声でまた喋りはじめた。滑沢の私たちの舞台にあわてふためいたんでしょ、あそこのむらの若い衆も踊りをやるって、ポスターまで張り出してたの。だから、みんなお弁当持ちで出かけたわ。菅原は奥の奥だから、神宮のうちの前の往還を通って行くわけね。おツウ、行ぐべえ。誰かれとなく私に声をかけて行く。でも、私は自分が舞台に立つだけでいっぱいだった。ひとの踊りなんか見る気があるもんですかって思ってたの。製材はもちろんお休みで、みんな出かけた。咲男も咲男のおふくろさんも、迅一郎の妾の養女もみんな行っちゃった。夕方近くなると、もう往還を通るひともいなくなって、私は急にぽかっと淋しくなってたわ。いつもの日なら、このくらいの時間から、本家の、そう、八束くんちの倉で稽古が始まるはずなのに……。製材所のなかにはいったの、なんていう気もなしに。ふだん覗くだけだったから、いろんな道具が面白かったわ。それに挽き立てのおが屑の匂いで噎せるほど香ばしかった……。丸い大のこぎりがあったわ、電気で廻るあれ。あの銀色の鮫の歯のようなやつ。ぶるん、びぃーん、て回転させてみたくなった。できたら、大きい板をまんまんなかから縦に押して行って、びびびって立ち割るっていうのか……、もしかしたら私、お姉さまがこの製材所のなかでこっそり棺桶を作らしたってこと、それが知らず知らず頭の隅でうごめいてたのかもしれない。スイッチを探して私は電気を入れたわ。しばらくは音に圧倒されてました。ですから、すぐうしろへ迅一郎がやって来て、私がどの板にしようか眺めまわすのを、あいつがものも言わず見つめていたなんて、毛ほども気がつかなかった……。

ぼくは池上線の桁はずれに高いホームから、国電五反田のこれも高架になっているホームに向けて階段を下ってゆく。出ると、ここは東西に伸びた駅のせいか、風がホームぜんたいを乗っこすように吹いていた。その冷えに曝されて、のぼせがまたたくまに取れてゆくのを感じる。羽織っただけのジャンパーの前をとめ、そうか、おれはこれから試験発表を見に行くのだという気持が甦った。
渋谷方面は陽のさしている側だ。顔に光を当てるつもりで線路ぎわまで出てみる。と、折返しということなのだろうか、池上線の高いホームから電車がのろのろ下っていくありさまが眼にはいった。スピードを殺しているので、きしるような鈍い響きを届けてよこす。それが次第に普通の音に変わってゆくのを耳にしていると、さっきの記憶の続きで、津和子の言った大のこぎりのことがごく自然に浮かんだ。

彼女のことばがではなかった。ぼく自身が神宮の木屋で眼にしたそのものが、頭の奥にひとつの場所として浮かびあがってきたのだった。挽き立てのおが屑と津和子は言った。その匂いも身に覚えのあるものだ。あれは香ばしいというのではない。動物の体臭に似た、なまなましい匂いだ……。反対側に電車がはいってくる音が轟くにつれ、ぼくはもう神宮迅一郎のばかでかい図体が眼の芯に映るような気がした。廻っている大のこぎりと津和子の姿に瞳を据えた五十近い大男の姿が。

津和子は一番幅のある板を撰び、それに手をかけているが、まだ迅一郎がすぐ近くにいることに気がついていない。こどもの遊びのように陽気な掛声で板を抱えあげ、のこぎりの台のほうに運んでゆく。上等なやつだから重たいんだわ。そう言って台におろしたとき、眼先の地面に大きい地下足袋の足があった。しまったと彼女は思う。いたずらを見つけられた気分だ。ごめんなさい、と即座に言うが、のこぎりの音で到底聞こえないと判り、すいませーんと胸いっぱいに叫んだ。叫ぶ途中、はじめて視線が出会った。いつもはよく動く大きい目玉が静止していた。ひと皮かぶったような鈍い光だった。迅一郎は怒っている。彼女はそうとしか思わなかった。停めるわよ、停めればいいんでしょ！　力の限り声を高め、スイッチのほうに軀を向ける。と、二、三歩も行かないうちに、髪の毛を摑まれていた。それを痛いと感じるまも与えず、迅一郎の大きい掌が彼女の頬を張りとばした。踏みこらえ、倒れないでいるのがやっとだった。顔半分と片耳が、内部から唸り声をあげている。怒るんなら、ことばで言え！　私だってさきに謝ってるじゃないの！　叫びが割れ、かすれるのがぼんやり判った。

だが相手は無言のままだった。僅かに口をあけ、息を吐いているだけだ。眼はこっちに向けられていたが、ほんとうに自分を見据えているのかどうか判断できないようなまなざしだった。思わず暴力を振るって、それで茫然としているのか、と彼女は思う。先手を取ろうととっさに気づき、正面から迅一郎に近寄った。ねえ、スイッチ切ります、それから叱るんなら叱って。ことばの間を区切り、ゆっくり言ってのけた。しかし迅一郎はなんの反応も見せない。まるで彼女が眼の前で喋ったことが聞こえていないというふうだった。ばかぁ、耳どこについてんの、返事しなさいよ。図に乗って彼女は迅一郎の腕を軽く叩いた。と、その腕がゆるく持ちあがり、思わず見とれたとき、もう彼女は自分がおが屑のなかに横倒れになってしまったのを知る。力をこめたびんたがもう一度来たのだった。

電気の大のこぎりはまだ廻り続けていた。迅一郎がなにか呟いたらしかったが、声は届かない。急いで軀を立て直し、彼女はおが屑のなかに正座した。相手が小刻みの歩幅で寄ってくる。その地下足袋から半纏に眼をあげてゆくと、はじめて身うちに胴ぶるいがくるのを感じた。いま、私は女として襲われている。迅一郎は男をむき出しにして私を捉えようとしている。そう思いながら彼女は立った。抵抗ということばが浮かんだ。どう拒み、退けたらいいのだろうか。迅一郎がま近でまた呟いた。口の開きから、津和子、と呼んでいる気がした。いや、ととっさに思いが翻える。トワコと呼んだのかもしれない。

彼女は走った。蹴散らしてゆくおが屑の撥ねが眼に見えていたのだから、恐らくは冷静だったに違いない。並んだ道具置きの場所から、一番大きいのを手にした。それは小ぶりの鍬の形をした手斧《ちような》だった。持ったとき、姉にもこんなときがあった、という思いが頭の芯を駈け抜けた。しかし、刃物は一度振りかざしてしまうと、もう自分の手には負えなかった。さがらずにただ近づいてくる迅一郎に、彼女は手斧をふるった。うちおろし、そのために相手を殺してもいい。そういう力が動きのなかで、勢いづいてゆく。

迅一郎はかるがるとかわしているようだった。かわしながらなお寄ってくるので、刃物を持った彼女のほうが壁に追いつめられてゆく姿だ。最後だと思い、両腕が耳をこすりあげるように振りかざした。これ以上近寄ったら、ま正面から手斧を振りおろすという構えだった。しかし、相手は見抜いていたように、地下足袋の足で彼女の片膝を蹴った。よろけて軀ぜんたいが傾いたとき、迅一郎は手斧を持った彼女の腕を押さえていた。きつい、砕くような力がこもっていた。放すまいと、痺れを感じながら彼女は思う。骨なんか砕けてもいいと思った。迅一郎が息を大きく吸うのが耳を搏った。それに気を奪われた瞬間、腕ぜんたいが押しこくられ、また、自分が地べたに倒されているのを知る。おが屑のない、冷たい地べただった。でも、私はまだこれを握っていると彼女は気づく。黒い土に刃先がくいこんでいたが、手斧を持った両手はまるで張りつけられたように、その太い柄を摑んだままだ。そのせいか恐怖心は無かった。むしろ、軀にゆとりがうまれ、チャンバラごっこのように、来るならこい、寄らば斬るぞ、と心のうちで叫んでいた。

寝ころんだまま手斧を相手の顔の左右にゆるゆる振った。迅一郎は少し焦点の定まった眼で見下ろし、すてろ、おけ、と言った。声そのものは聞こえなかったが口の動きで、そうと判った。うるさい、と彼女は叫びかえした。お姉さまを死なせて、そのうえ私まで同じ目に会わせるのか、きさま！　叫びながら自分のことばが芝居の科白のように思えた。絵にかいたような人生ということばが、ふいに浮かんだ。迅一郎が眼をつぶった。姉のことを言ったのが効を奏したのかと思った。あるいは、そうやってこっちを安心させ、また、すばやく力ずくで来るのかもしれないとも思った。

鼓膜がびいんと痺れた。なにかが始ったと思った。しかし、そうではなかった。電動の大のこぎりの音が、かえって唸りを高めながらゆるやかになって行った。迅一郎が背中をどやされたように振り向き、遠くを見た。

いいい、しばやの稽古かね、菅原のお祭にも行がねえで。若い酔った高声が呼びかけてくる。あれは、と彼女は思った。高男だ、と思った。娘に刃物を持たせるようじゃあ、神宮も男がすたるなあ、とまた言った。のこぎりの音がやんだので、その声は製材所のなかいっぱいに響き渡った……。

ぼくは渋谷で降りる。だが暫くはホームに立ったまま、ぼんやりと過去の出来ごとを追っていた。

高男は津和子がいい役を取りすぎる、よそものとして、それはむらうちの団結によくない、そんなことを菅原からの帰りに絡みに来たのだった。練習の間じゅう、いつも彼女にそのての嫌みを言っていたのだったが、いまは酔いの勢いでその決着をつけたい。そのつもりで、ひとり早めに戻って来たところだ、と笑いながら話したという。津和子はとっさに高男に近寄っていた。ふだん敵どうしのように口をきかなかった若い衆が、皮肉なことに、一番のたよりだと思った。

喋りまくる高男に対して迅一郎はなにひとつ答えようとはしなかった。木屋の若い姿だってえことだが、いま拝見したとこ、そんな具合ちゃんでもなさそうだな。それだけ、どぎついことを言われても迅一郎は黙っていた。黙って、津和子が捨てた手斧をもとの場所に戻しただけだった。

　どっかへ連れてって、いますぐ、と彼女は言った。高男のほうがむしろあっけに取られていたようだった。神宮迅一郎を製材所のなかに置き去りにし、津和子は若い男の腕をぐいぐい引っぱりながら、秋の夕陽の川原へ出かけて行った。「終ってから、じゃぶじゃぶ川の中へはいって行ったの。水、冷たかった。にび色って言うの、そんなふうに暖かそうに光ってたのに……」

　津和子が語ったそんなことを、ぼくはおぼろげに思い起こし、実際のことだったのか、あとになって彼女が脚色したのかいまは疑わしく思う。ゆうべハジメさんも、それで神宮なんとやらとなんでもなかったって保証はない、という意味のことを言っていたような気がする。

　娼婦だったんだ、私。戦後解放のインバイでございました。津和子はさも面白そうに声を立てて笑った。それからあと、ぼくは浮き沈みを繰り返して深酔いの泥沼に落ちて行ったのだから、ハジメさんがそれにどう対応したのか、はっきりしない。が、彼がしきりと、アメリカに行きたい、と繰返したことだけ耳の底に残っている。とすると、PXに出入りしているという彼は、自分の今後をそんなふうに決めているのだろうか。それに対して津和子がどう答えたのか。ぼくはほんものの眠りにはいってしまったから、推し量る根拠もない。

　きっと、母親の指図に従って父と姉の七回忌をやるのだろう。だが、そうしてみても姉や迅一郎や月形半平太に一生つきまとわれて過すに違いあるまい。逃げたいと思う分だけ、ひょっとしたら作り話をつぎつぎに附け加えて行きながら。

　井ノ頭線は出てほんのすぐ、トンネルにはいった。するといきなり、違う、津和子は違うという気分が起きた。五年近くの間、軀のなかで養ってきた毒のようなものを彼女はまるごと吐いてしまったのだ。天にいるのも私だとも言った。地の底から這い出すのだとすれば、どこへ向うのだろうか。立会人であったぼくは、津和子の行末にほんの少しでも頭をめぐらさなければならないはずだった……。もしゆうべが彼女の戦後の終りだったのだとすれば……。

　考えを追う暇もなく、あっというまにトンネルに光がさす。抜けると眩い正午近い光がガラス窓を通して眼をたたいてくる。

# 年譜

**一九三三（昭和八）年**
一月五日、群馬県甘楽郡妙義町行沢にて、父寛、母ますの次男として出生。田村家はもと名主で、参勤交代の助郷なども務めた旧家であった。母の生家青木家は、長野県南佐久郡瀬戸で村社の宮司を代々務めていた。父寛は当時、日本生命高崎支部長。兄弟は、姉、兄、妹三人。

**一九三六（昭和十一）年　三歳**
父の東京転勤に伴い、東京都荏原区上神明町に移住。

**一九三九（昭和十四）年　六歳**
東京都荏原区立大原小学校に入学。

**一九四四（昭和十九）年　十一歳**
三月、疎開のため、母、兄妹とともに群馬県妙義町の生家に戻り、妙義町国民学校に転入。父は単身東京に残った。

**一九四五（昭和二十）年　十二歳**
群馬県立富岡中学校（旧制）に入学。



**一九四八（昭和二十三）年　十五歳**
群馬県立富岡高等学校に入学。文芸部、演劇部、図書部に在籍し、小説などの創作を始める。

**一九五一（昭和二十六）年　十八歳**
四月、東京大学文学部に入学。先に上京していた兄とともに、品川区旗の台に暮らす。同級生に、石堂淑朗、吉田喜重、藤田敏八、種村季弘らがいた。東大演劇研究会に所属する。

**一九五五（昭和三十）年　二十二歳**
三月、東京大学文学部国文学科を卒業。卒業論文は「内村鑑三研究序説」。
四月、松竹大船撮影所に入社。同期に石堂淑朗、吉田喜重、一期上に大島渚、山田洋次、二期上に篠田正浩、高橋治らがいた。

**一九五六（昭和三十一）年　二十三歳**
番匠義彰、大場秀雄、野村芳太郎らの助監督を務める一方、一月、大島渚、高橋治、吉田喜重らとともにシナリオ同人誌「7人」を刊行。オリジナル・シナリオを書き始める。十月より発刊された大船撮影所・監督助手会「シナリオ集」に参加、作品を発表していく。

### 一九五九（昭和三十四）年　二十六歳

三月、新人俳優紹介映画『明日の太陽』（監督：大島渚）の助監督を務める。

十一月、映画『愛と希望の街』（監督：大島渚）の助監督を務める。

### 一九六〇（昭和三十五）年　二十七歳

映画『彼女だけが知っている』（監督：高橋治　共作：高橋治）、『死者との結婚』（監督：高橋治　共作：高橋治　原作：ウィリアム・アイリッシュ）の脚本を執筆。

九月、脚本監督作品『悪人志願』（共作：成田孝雄）を発表。

### 一九六一（昭和三十六）年　二十八歳

八月、松竹大船撮影所を退社。

十一月、大島渚、石堂淑朗らとともに、独立プロダクション「創造社」を設立する。

映画『飼育』（監督：大島渚　原作：大江健三郎）の脚本を執筆。シナリオ作家協会第十三回シナリオ賞、映画評論賞（日本映画61年の殊勲者）を受賞。

### 一九六二（昭和三十七）年　二十九歳

TVドラマ「おかあさん」シリーズ『奇妙な別れ』（TBS　演出：真船禎）・『美しき惑いの年』（同前）、『目の中の茶色の空』（TBS　演出：大山勝美　原作：飛鳥高）、『鏡子の家』（TBS・連続9回　演出：大山勝美　共作：山田正弘　原作：三島由紀夫）、東芝日曜劇場『人間の土地』（ABC　演出：井尻益次郎）、『YS－11』（NET　演出：河野宏　共作：山田正弘）、ラジオドラマ『ガンキング』（TBS　演出：田原茂行　共作：石堂淑朗）の脚本を執筆。

### 一九六三（昭和三十八）年　三十歳

映画『狼の王子』（監督：舛田利雄　共作：森川英太朗　原作：石原慎太郎）の脚本を執筆。

TVドラマ「おかあさん」シリーズ『さらばルイジアナ』（TBS　演出：実相寺昭雄）、東芝日曜劇場『河豚』（RKB　演出：久野浩平　原作：火野葦平）、純愛シリーズ『てんとう虫だまし』（TBS　演出：村木良彦）、愛の劇場『薔薇海溝』（NTV・連続7回　演出：田中知巳　原作：水上勉）、テレビ指定席『心のある場所』（NHK　演出：小野田嘉幹）、ラジオドラマ『驟雨』（TBS・連続6回　演出：田原茂行　原作：吉行淳之介）の脚本を執筆。

### 一九六四（昭和三十九）年　三十一歳

映画『人間に賭けるな』（監督：前田満洲夫　共作：森川英太朗　原作：寺内大吉）、『花嫁は十五才』（監督：江崎実生　共

作：森川英太朗、江崎実生　原作：藤原審爾）の脚本を執筆。
TVドラマ「おかあさん」シリーズ『冬のたたかい』（TBS　演出：真船禎）、『青銅の基督』（RKB　演出：久野浩平　原作：長与善郎）、『離合散散』（NTV）、東芝日曜劇場『海』（RKB　演出：小部正敏）、『美しい星』（TX・連続5回　演出：真船禎　原作：三島由紀夫）、『夏の日終る』（NTV　演出：せんぼんよしこ　原作：萩原葉子）、『アジアの曙』（TBS・連続13回　監督：大島渚　共作：石堂淑朗、佐々木守　原作：山中峯太郎）、TVドキュメンタリー「日本の青春」シリーズ『島からの眺め』（名古屋テレビ　演出：内藤豊、田村孟）の脚本を執筆。

**一九六五（昭和四十）年　三十二歳**

映画『続・キューポラのある街　未成年』（監督：野村孝　原作：早船ちよ）の脚本を執筆。

TVドラマ・NHK劇場『サヨナラ三角』（演出：山田勝美）、東芝日曜劇場『夜の出帆』（演出：甫喜本宏　原作：原田康子）、風雪シリーズ『二〇世紀開幕』（NHK　演出：和田勉）、『わが子よ』（TBS　演出：真船禎　共作：石堂淑朗、佐々木守　原作：永井隆）、ザ・ガードマン『人間の絆』（TBS　監督：富本壮吉）、「おかあさん」シリーズ『嘘ついたら針千本』（TBS　演出：坂崎彰）・『菊の目じるし』（同前）、松本清張シリーズ『ある小官僚の抹殺』（KTV　演出：水野匡雄）の脚本を執筆。



**一九六六（昭和四十一）年　三十三歳**

映画『白昼の通り魔』（監督：大島渚　原作：武田泰淳）の脚本を執筆。シナリオ作家協会第十八回シナリオ賞を受賞。

TVドラマ・東芝日曜劇場『さよならアイちゃん』（RKB　演出：生川之雄）、松本清張シリーズ『鉢植を買う女』（KTV　演出：堀泰男）・『熱い空気』（演出：水野匡雄）、おかあさんシリーズ『一年ののち』（TBS　演出：山中啓子）・『あいつのおふくろ』（演出：村上瑛二郎）、若者たち『巷のあひる』（CX　演出：北田親友）、ザ・ガードマン『沖縄へ直行せよ』（TBS　演出：安田公義）、七人の刑事『煙は残った』（TBS　演出：今野勉）、『赤い殺意』（TBS・連続130回　監督：大槻義一　原作：藤原審爾）の脚本を執筆。

三月、結婚。渋谷区西原に転居。

**一九六七（昭和四十二）年　三十四歳**

映画『日本春歌考』（監督：大島渚　共作：佐々木守、田島敏男、大島渚　原題：添田知道）、『無理心中　日本の夏』（監督：大島渚　共作：佐々木守、大島渚）、『炎と女』（監督：吉田喜重　共作：山田正弘、吉田喜重）の脚本を執筆。
『日本春歌考』により、シナリオ作家協会第十九回シナリオ賞を受賞。

TVドラマ『氷壁』（NTV　監督：弓削太郎、共作：石森愛弘、原作：井上靖）、おかあさんシリーズ『雨は天から』（TBS）、NHK劇場『あなたと会う日』（演出：成島庸夫）・『市電の別れ』（演出：山田勝美）、『お手伝いさんの縁談』（CX・連続4回　演出：近藤久也　共作：佐々木守）、「レモンのような女」シリーズ『燕がえしのサヨコ』（TBS　演出：実相寺昭雄）、「あなたならどうする」シリーズ『婚前の二人』（TBS　演出：下村尭二）、『白い十字路』（THK・連続65回　演出：大西博彦）、「まじめに行こうぜ」シリーズ『ほら吹き男爵』（NET　演出：河野宏）の脚本を執筆。

シナリオ作家協会シナリオ研究所講師を務める。
四月、新宿区市谷田町に転居。

**一九六八（昭和四十三）年　三十五歳**

映画『絞死刑』（監督：大島渚　共作：佐々木守、深尾道典、



大島渚）、『さらばモスクワ愚連隊』（監督：堀川弘道　原作：五木寛之）、『帰ってきたヨッパライ』（監督：大島渚　共作：佐々木守、足立正生、大島渚）の脚本を執筆。『絞死刑』により、キネマ旬報脚本賞、シナリオ作家協会第二十回シナリオ賞を受賞。

TVドラマ『花いちもんめ』（CX・連続8回　演出：近藤久也）、『元禄一代女』（ABC・連続7回　監督：篠田正浩　原作：井原西鶴）、ポーラ名作劇場『ぎんぎんぎらぎら』（NET・連続8回　演出：久野浩平　原作：瀬戸内晴美）の脚本を執筆。

**一九六九（昭和四十四）年　三十六歳**

映画『新宿泥棒日記』（監督：大島渚　共作：佐々木守、足立正生、大島渚）、『少年』（監督：大島渚）の脚本を執筆。
『少年』により、キネマ旬報脚本賞、毎日映画コンクール脚本賞、シナリオ作家協会第二十一回シナリオ賞、第十九回シナリオ特別賞（六七年度）を受賞。
TVドラマ『きんきらきん』（TBS・連続13回　演出：高橋一郎、井下靖央、田沢正稔ほか　共作：向田邦子）、『まだ見ぬアナタ』（CX・連続16回　演出：近藤久也　原作：石浜みかる）、『月火水木金金金』（ABC・連続13回　演出：井尻

益次郎、西村大介　共作：佐々木守）、『うしろの正面だあれ』（TBS・連続13回　監督：中川晴之助　共作：加恵雅子）を執筆。

十一月、TVドラマ・ポーラ名作劇場『サヨナラ三角』（NET・連続8回のうち5回まで　演出：白崎英介、河野宏原案・太宰治）を執筆中に、「さよならテレビ　訣別の辞」を雑誌「映画評論」に発表。TVドラマ脚本の断筆を宣言する。

**一九七〇（昭和四十五）年　三十七歳**

映画『東京战争戦後秘話』（監督：大島渚　主題：大島渚、田村孟　脚本：原正孝、佐々木守）。

連作小説「細民小伝」を雑誌「映画批評」に発表。「会計係加代子」（十月号）、「理容師リエ」（十一月号）。

前年執筆した『きんきらきん』舞台化される（新橋演舞場原作：田村孟、向田邦子　脚色演出：北條誠）。

**一九七一（昭和四十六）年　三十八歳**

映画『儀式』（監督：大島渚　共作：佐々木守、大島渚）の脚本を執筆。キネマ旬報脚本賞、毎日映画コンクール脚本賞を受賞。

連作小説「細民小伝」を雑誌「映画批評」に発表。「三人の運動会」（一月号）、「居残りイネ子」（二月号）、「七年目のシゲ子」（四月号）、「忍ヒ難キヲ忍ヒ」（八月号）、「個室は月子」（九～十一月号）。

四月に設立された原宿映画学校（現・東京映像芸術学院）の発起人となり、講師を務める。

**一九七二（昭和四十七）年　三十九歳**

映画『夏の妹』（監督：大島渚　共作：佐々木守、大島渚）の脚本を執筆。

連作小説「細民小伝」を雑誌「映画批評」に発表。「見送り仙子」（六～七月号）。

**一九七三（昭和四十八）年　四十歳**

創造社、解散。

六月、小説「蛇いちごの周囲」により第三十六回文學界新人賞を受賞（筆名・青木八束）。同作は第六十九回芥川賞候補となる。

小説「世を忍ぶかりの姿」を雑誌「映画批評」七月号に、「目螢の一個より」を「文學界」九月号に発表（ともに筆名・青木八束）。

**一九七四（昭和四十九）年　四十一歳**

小説「津和子淹留」を「文學界」四月号に、「狼の眉毛をかざし」を「野性時代」七月号に発表（ともに筆名・青木八束）。

**一九七五（昭和五十）年　四十二歳**

小説「いま桃源に」を「文學界」九月号に、エッセイ「妙義町国民学校」を「野性時代」三月号に発表。

四月より、横浜放送映画専門学院（現・日本映画大学）の講師を務める。

**一九七六（昭和五十一）年　四十三歳**

映画『青春の殺人者』（監督：長谷川和彦　原作：中上健次）の脚本を執筆。キネマ旬報脚本賞、第一回日本映画大賞シナリオ最優秀賞を受賞。

石膏詰め子殺し事件を題材とする映画（監督：真船禎　共作：吉田剛）の脚本第一稿を執筆（未映画化）。

**一九七七（昭和五十二）年　四十四歳**

小説「鳶の別れ」を「新潮」三月号に発表。



**一九七八（昭和五十三）年　四十五歳**

TVドラマを再開し、『遠ざかる足音』（TBS・連続15回　演出：龍至政美、和田旭、竹之下寛次　原作：曾野綾子）、『声赤い耳鳴り』（TBS・連続40回のうち15回　演出：新津左兵、下村尭二　共作：山田正弘　原作：松本清張）の脚本を執筆。

**一九七九（昭和五十四）年　四十六歳**

映画『十八歳、海へ』（監督：藤田敏八　共作：渡辺千明　原作：中上健次）、『夜叉ヶ池』（監督：篠田正浩　共作：三村晴彦　原作：泉鏡花）の脚本を執筆。

TVドラマ・ポーラテレビ小説『からっ風と涙』（TBS・連続130回　演出：村上瑛二郎、内野建、豊原隆太郎）の脚本を執筆。同作、舞台化される（大阪新歌舞伎座　作：田村孟　脚本演出：マキノ雅裕）。同作のノベライズがTBSブリタニカから出版される。

一月、父寛逝去。

**一九八〇（昭和五十五）年　四十七歳**

TVドラマ『スペイン子連れ留学』（CX　演出：近藤久也　原作：小西章子）の脚本を執筆。

三月、杉並区和田に転居。

**一九八一（昭和五十六）年　四十八歳**

TVドラマ『拳骨にくちづけ』（TBS・連続17回のうち3、4、7回　演出：服部晴治、福田新一　共作：寺内小春、北原優）、『萩の咲く道』（TBC　演出：片倉幹熙）の脚本を執筆。

四月、新藤兼人と雑誌「青」3号で対談。

八月、「第六回湯布院映画祭」にゲストとして参加。脚本監督作品『悪人志願』上映される。

**一九八二（昭和五十七）年　四十九歳**

四月より、松竹シナリオ研究所特別講師を務める。

TVドラマ「ザ・サスペンス」シリーズ『陽のあたる場所』（TBS　演出：龍至政美　原作：セオドラ・ドライサー）の脚本を執筆。

**一九八三（昭和五十八）年　五十歳**

TVドラマ『年下のひと』（THK・連続65回　演出：大西博彦、井村次雄）の脚本を執筆。



**一九八四（昭和五十九）年　五十一歳**

映画『瀬戸内少年野球団』（監督：篠田正浩　原作：阿久悠）の脚本を執筆。日本アカデミー賞優秀脚本賞を受賞。

TVドラマ『夢追い旅行』（THK・連続65回　演出：大西博彦、井村次雄）、「ザ・サスペンス」シリーズ『あなたの声が見えない』（TBS　演出：大槻義一）、ラジオドラマ『チターはもう歌わない』（NHK－FM　演出：多田和弘　原作：軍司貞則）の脚本を執筆。

二月、シナリオ作家協会に入会。同協会シナリオ講座講師を務める。

**一九八五（昭和六十）年　五十二歳**

神坂次郎『元禄御畳奉行の日記』を原作とする映画（監督：前田陽一）の脚本第一稿を執筆（未映画化）。

十二月、東大演劇同窓会OB公演『旅路の果て』（制作：秋元実、登石雋一　演出：鈴木利直）に出演。

**一九八六（昭和六十一）年　五十三歳**

映画『波光きらめく果て』（監督：藤田敏八　原作：高樹のぶ子）、『片翼だけの天使』（監督：舛田利雄　原作：生島治郎）の脚本を執筆。

**一九八七（昭和六十二）年　五十四歳**

TVドラマ『夫が戻る日』（東海テレビ・連続65回　演出：大西博彦、井村次雄）、ラジオドラマ『優駿』（NHK－FM　演出：多田和弘　原作：宮本輝）の脚本を執筆。

**一九八八（昭和六十三）年　五十五歳**

TVドラマ『再婚します。』（東海テレビ・連続65回　演出：大西博彦、河野和平）の脚本を執筆。

「朴歯では内股に歩けないのだ　中島丈博小論」を雑誌「シナリオ」二月号に、エッセイ「幼年時代」を同誌七月号に執筆。

七九年より取り組んでいた映画『連合赤軍』（監督：長谷川和彦）の脚本第一稿、八文字美佐子事件を題材とする映画『ラブ・ノート』（監督：野村芳太郎）の脚本を執筆（いずれも未映画化）。

**一九八九（平成元）年　五十六歳**

映画『舞姫』（監督：篠田正浩　共作：篠田正浩、ハンス・ボルゲルト　原作：森鷗外）の脚本を執筆。

TVドラマ『予期せぬ出来事』（NTV　演出：藤田敏八）の脚本を執筆。

「ワタクシ映画ということ――新藤兼人『青春のモノクローム』をめぐって」を雑誌「シナリオ」二月号に執筆。

座談会「これでいいのか!?　日本映画」（雑誌「シナリオ」二月号）に出席。

第二回シナリオ作家協会大伴昌司賞の審査委員を務める。

**一九九〇（平成二）年　五十七歳**

連載エッセイ「映画に遠い脚本家」を雑誌「シナリオ」に執筆（九月号～九二年十一月号まで全26回）。

ゾルゲ事件を題材とする映画（監督：篠田正浩）の脚本に取り組む（未映画化）。

**一九九一（平成三）年　五十八歳**

エッセイ「How to become a ……」を別冊宝島「シナリオ入門」に執筆。

座談会「追悼　小川徹における人間の研究」（雑誌「映画芸術」夏号）に出席。

**一九九二（平成四）年　五十九歳**

映画『おこげ』（監督：中島丈博）に出演。

第五回シナリオ作家協会大伴昌司賞の審査委員を務める。

**一九九三（平成五）年　六十歳**

「エロスと老境――新藤兼人の近著二作をめぐって」を雑誌「シナリオ」十月号に執筆。

座談会「ソナチネ」（雑誌「映画芸術」夏号）に出席。

**一九九四（平成六）年　六十一歳**

四月より、武蔵野美術大学造形学部映像学科講師を務める。

十一月、崔洋一とともに第二回さっぽろ映像セミナーの講師を務める（セミナー参加者のシナリオより、『[Focus]』『月とキャベツ』の二作品が九六年に映画化された）。

座談会「全身小説家」（雑誌「映画芸術」秋号）に出席。

**一九九五（平成七）年　六十二歳**

「生体解剖ふうに――『テレビの内側で』（田原茂行・著）を読んで」を雑誌「シナリオ」十二月号に執筆。

第八回シナリオ作家協会大伴昌司賞の審査委員を務める。

**一九九六（平成八）年　六十三歳**

追悼文「森川英太朗のはるかな思い出」を雑誌「シナリオ」四月号に、「映画［Focus］に寄せて―シナリオは映画にならなければならぬ―」を同誌十二月号に執筆。



**一九九七（平成九）年　六十四歳**

二月六日未明、意識不明となり、東邦大学附属大橋病院に入院。

三月二十八日、逝去。

四月三日、実相会館　別館たちばなにて、お別れ会が営まれる。

**一九九八（平成十）年**

雑誌「映画芸術」春号に追悼特集「孟さん、おつかれさまでした」掲載される。

**一九九九（平成十一）年**

シナリオ作家協会第二十三回シナリオ功労賞を受賞。

**二〇〇一（平成十三）年**

七月、『田村孟　人とシナリオ』（シナリオ作家協会出版委員会・編）出版される。

## 映画脚本一覧

| 年 | 作品名 | 監督 | 共作 | 原作 | 出演 | 製作会社 | 受賞 |
|---|---|---|---|---|---|---|---|
| 60 | 彼女だけが知っている | 高橋治 | 高橋治 | | 笠智衆 水戸光子 | 松竹大船 | |
| 60 | 死者との結婚 | 高橋治 | 高橋治 | ウィリアム・アイリッシュ | 小山明子 渡辺文雄 | 松竹大船 | |
| 60 | 悪人志願 | 田村孟 | 成田孝雄 | | 炎加世子 渡辺文雄 | 松竹大船 | |
| 61 | 飼育 | 大島渚 | (脚本協力) 松本俊夫 石堂淑朗 東松照明 | 大江健三郎 | 三国連太郎 沢村貞子 | パレスフィルムプロ | キネマ旬報ベスト・テン第9位 シナリオ作家協会第13回シナリオ賞 |
| 63 | 狼の王子 | 舛田利雄 | 森川英太朗 | 石原慎太郎 | 高橋英樹 浅丘ルリ子 | 日活 | |
| 64 | 人間に賭けるな | 前田満洲矢 | 森川英太朗 | 寺内大吉 | 藤村有弘 渡辺美佐子 | 日活 | |
| 64 | 花嫁は十五才 | 江崎実生 | 森川英太朗 江崎実生 | 藤原審爾 | 和泉雅子 山内賢 | 日活 | |
| 65 | 続・キューポラのある街 未成年 | 野村孝 | | 早船ちよ | 吉永小百合 浜田光夫 | 日活 | |

| | | | | | | | |
|---|---|---|---|---|---|---|---|
| 66 | 白昼の通り魔 | 大島渚 | | 武田泰淳 | 川口小枝<br>佐藤慶 | 創造社 | キネマ旬報ベスト・テン第9位<br>シナリオ作家協会第18回シナリオ賞 |
| 67 | 日本春歌考 | 大島渚 | 佐々木守<br>田島敏男<br>大島渚 | (原題)<br>添田知道 | 荒木一郎<br>伊丹十三<br>小山明子 | 創造社 | シナリオ作家協会第19回シナリオ賞 |
| 67 | 無理心中<br>日本の夏 | 大島渚 | 佐々木守<br>大島渚 | | 桜井啓子<br>佐藤慶 | 創造社 | |
| 67 | 炎と女 | 吉田喜重 | 山田正弘<br>吉田喜重 | | 木村功<br>岡田茉莉子 | 現代映画社 | |
| 68 | 絞死刑 | 大島渚 | 佐々木守<br>深尾道典<br>大島渚 | | 尹隆道<br>佐藤慶<br>渡辺文雄 | 創造社<br>ATG | キネマ旬報脚本賞、同ベスト・テン第3位<br>シナリオ作家協会第20回シナリオ賞 |
| 68 | さらば<br>モスクワ愚連隊 | 堀川弘道 | | 五木寛之 | 加山雄三<br>伊藤孝雄 | 東宝 | |
| 68 | 帰ってきた<br>ヨッパライ | 大島渚 | 佐々木守<br>足立正生<br>大島渚 | | 加藤和彦<br>北山修<br>端田宣彦 | 創造社 | |
| 69 | 新宿泥棒日記 | 大島渚 | 佐々木守<br>足立正生<br>大島渚 | | 横尾忠則<br>横山リエ | 創造社 | キネマ旬報ベスト・テン第8位 |
| 69 | 少年 | 大島渚 | | | 渡辺文雄<br>小山明子<br>阿部哲夫 | 創造社<br>ATG | キネマ旬報脚本賞、同ベスト・テン第3位<br>毎日映画コンクール脚本賞<br>シナリオ作家協会第21回シナリオ賞<br>同・第19回シナリオ特別賞（67年度受賞） |

| 年 | 作品名 | 監督 | 共作 | 原作 | 出演 | 製作会社 | 受賞 |
|---|---|---|---|---|---|---|---|
| 70 | 東京战争戦後秘話<br>映画で遺書を残して死んだ男の物語 | 大島渚 | (脚本)<br>原正孝<br>佐々木守 | (主題)<br>大島渚<br>田村孟 | 後藤和夫<br>岩崎恵美子 | 創造社<br>ATG | |
| 71 | 儀式 | 大島渚 | 佐々木守<br>大島渚 | | 佐藤慶<br>河原崎建三 | 創造社<br>ATG | キネマ旬報脚本賞、同ベスト・テン第1位<br>毎日映画コンクール脚本賞 |
| 72 | 夏の妹 | 大島渚 | 佐々木守<br>大島渚 | | 栗田ひろみ<br>小松方正 | 創造社<br>ATG | |
| 76 | 青春の殺人者 | 長谷川和彦 | | 中上健次 | 水谷豊<br>原田美枝子<br>市原悦子 | 今村プロ<br>綜映社<br>ATG | キネマ旬報脚本賞、同ベスト・テン第1位<br>第一回日本映画大賞シナリオ最優秀賞 |
| 79 | 十八歳、海へ | 藤田敏八 | 渡辺千明 | 中上健次 | 永島敏行<br>森下愛子 | にっかつ | |
| 79 | 夜叉ヶ池 | 篠田正浩 | 三村晴彦 | 泉鏡花 | 坂東玉三郎<br>加藤剛 | 松竹 | |
| 84 | 瀬戸内少年野球団 | 篠田正浩 | | 阿久悠 | 夏目雅子<br>郷ひろみ | YOUの会<br>ヘラルド・エース | 日本アカデミー賞優秀脚本賞<br>キネマ旬報ベスト・テン第3位 |
| 86 | 波光きらめく果て | 藤田敏八 | | 高樹のぶ子 | 松坂慶子<br>渡瀬恒彦 | 松竹富士<br>ニュー・センチュリー・プロデューサーズ | |

| | | | | | | |
|---|---|---|---|---|---|---|
| 86 | 片翼だけの天使 | 舛田利雄 | | 生島治郎 | 二谷英明<br>秋野暢子 | プロジェクト・エー<br>ヘラルド・エース |
| 89 | 舞姫 | 篠田正浩 | ハンス・ボンゲルト<br>篠田正浩 | 森鷗外 | 郷ひろみ<br>リザ・ウォルフ | ヘラルド・エース<br>マンフレッド・ドルニオークプロ<br>テレビ朝日 |

# TVドラマ脚本一覧

| 年 | 作品名 | 制作 | 演出・監督 | 共作 | 原作 | 出演 |
|---|---|---|---|---|---|---|
| 62 | おかあさんシリーズ 奇妙な別れ | TBS | 真船禎 | | | 杉村春子、本山可久子 |
| 62 | 目の中の茶色の空 | TBS | 大山勝美 | | 飛鳥高 | 蜷川幸雄、谷育子 |
| 62 | おかあさんシリーズ 美しき惑いの年 | TBS | 真船禎 | | | 筑紫あけみ、岸久美子 |
| 62 | 鏡子の家 | TBS | 大山勝美 | 山田正弘 | 三島由紀夫 | 岸田今日子、杉浦直樹 |
| 62 | 東芝日曜劇場 人間の土地 | ABC | 井尻益次郎 | | | 田口計、佐野浅夫 |
| 62 | YS－11 | NET | 河野宏 | 山田正弘 | | 殿山泰司、北沢彪 |
| 63 | おかあさんシリーズ さらばルイジアナ | TBS | 実相寺昭雄 | | | 原知佐子、柳生博 |
| 63 | 東芝日曜劇場 河豚 | RKB | 久野浩平 | | 火野葦平 | 鈴木瑞穂、奈良岡朋子 |
| 63 | 純愛シリーズ てんとう虫だまし | TBS | 村木良彦 | | | 岸久美子、吉野憲司 |

| | | | | | | |
|---|---|---|---|---|---|---|
| 63 | 愛の劇場 薔薇海溝 | NTV | 田中知巳 | | 水上勉 | 南田洋子、清水まゆみ |
| 63 | テレビ指定席 心のある場所 | NHK | 小野田嘉幹 | | | 青山京子、宗近晴見 |
| 64 | おかあさんシリーズ 冬のたたかい | TBS | 真船禎 | | | 野際陽子、杉村春子 |
| 64 | 青銅の基督 | RKB | 久野浩平 | | 長与善郎 | 山本学、南田洋子 |
| 64 | 離合散散 | NTV | (不明) | | | 中原早苗、和田孝 |
| 64 | 東芝日曜劇場 海 | RKB | 小部正敏 | | | 伊藤雄之助、山岡久乃 |
| 64 | 美しい星 | TX | 真船禎 | | 三島由紀夫 | 渡辺文雄、戸浦六宏 |
| 64 | 夏の日終る | NTV | せんぼんよしこ | | 萩原葉子 | 細川ちか子、有田紀子 |
| 64 | アジアの曙 | TBS | 大島渚 | 石堂淑朗、佐々木守 | 山中峯太郎 | 御木本伸介、小山明子 |
| 65 | NHK劇場 サヨナラ三角 | NHK | 山田勝美 | | | 田島和子、蜷川幸雄 |
| 65 | 東芝日曜劇場 夜の出帆 | HBC | 甫喜本宏 | | 原田康子 | 根上淳、鳳八千代 |
| 65 | 風雪シリーズ 二〇世紀開幕 | NHK | 和田勉 | | | 稲野和子、菅野忠彦 |

| 年 | 作品名 | 制作 | 演出・監督 | 共作 | 原作 | 出演 |
|---|---|---|---|---|---|---|
| 65 | わが子よ | TBS | 真船禎 | 石堂淑朗、佐々木守 | 永井隆 | 岸久美子、松島滋宏 |
| 65 | ザ・ガードマン 人間の絆 | TBS | 富本壮吉 | | | 宇津井健、戸浦六宏 |
| 65 | おかあさんシリーズ 嘘ついたら針千本 | TBS | 坂崎彰 | | | 藤間紫、野川由美子 |
| 65 | 松本清張シリーズ ある小官僚の抹殺 | KTV | 水野匡雄 | | 松本清張 | 三国連太郎、戸浦六宏 |
| 65 | おかあさんシリーズ 菊の目じるし | TBS | 坂崎彰 | | | 長谷川裕見子、岸久美子 |
| 66 | 東芝日曜劇場 さよならアイちゃん | RKB | 生川之雄 | | | 十朱幸代、東野孝彦 |
| 66 | 松本清張シリーズ 鉢植を買う女 | KTV | 堀泰男 | | 松本清張 | 根岸明美、寺島達夫 |
| 66 | おかあさんシリーズ 一年ののち | TBS | 山中啓子 | | | 杉村春子、小川真由美 |
| 66 | 若者たち 巷のあひる | CX | 北田親友 | | | 田中邦衛、佐藤オリエ |
| 66 | 松本清張シリーズ 熱い空気 | KTV | 水野匡雄 | | 松本清張 | 望月優子、楠田薫 |

| | | | | | | |
|---|---|---|---|---|---|---|
| 66 | ザ・ガードマン 沖縄へ直行せよ | TBS | 安田公義 | | | 宇津井健、清水将夫 |
| 66 | 七人の刑事 煙は残った | TBS | 今野勉 | | | 堀雄二、芦田伸介 |
| 66 | おかあさんシリーズ あいつのおふくろ | TBS | 村上瑛二郎 | | | 奈良岡朋子、有川博 |
| 66 | 赤い殺意 | TBS | 大槻義一 | | 藤原審爾 | 八木昌子、戸浦六宏 |
| 67 | 氷壁 | NTV | 弓削太郎 | 石松愛弘 | 井上靖 | 有馬稲子、芥川比呂志 |
| 67 | おかあさんシリーズ 雨は天から | TBS | （不明） | | | 左幸子、左時枝 |
| 67 | NHK劇場 あなたと会う日 | NHK | 成島庸夫 | | | 三田佳子、佐藤英夫 |
| 67 | お手伝いさんの縁談 | CX | 近藤久也 | 佐々木守 | | 伊藤雄之助、宝生あやこ |
| 67 | レモンのような女シリーズ 燕がえしのサヨコ | TBS | 実相寺昭雄 | | | 岸恵子、伊丹十三 |
| 67 | NHK劇場 市電の別れ | NHK | 山田勝美 | | | （不明） |
| 67 | あなたならどうするシリーズ 婚前の二人 | TBS | 下村尭二 | | | 早川保、堀井永子 |

| 年 | 作品名 | 制作 | 演出・監督 | 共作 | 原作 | 出演 |
|---|---|---|---|---|---|---|
| 67 | 白い十字路 | THK | 大西博彦 | | | 藤岡琢也、小山明子 |
| 67 | まじめに行こうぜシリーズ ほら吹き男爵 | NET | 河野宏 | | | 植木等、高千穂ひずる |
| 68 | 花いちもんめ | CX | 近藤久也 | | | 岩下志麻、荒木一郎 |
| 68 | 元禄一代女 | ABC | 篠田正浩 | | 井原西鶴 | 岩下志麻、荒木一郎 |
| 68 | ポーラ名作劇場 ぎんぎんぎらぎら | NET | 久野浩平 | | 瀬戸内晴美 | 岩下志麻、田村正和 |
| 69 | きんきらきん | TBS | 高橋一郎、井下靖央 | 向田邦子 | | 若尾文子、二谷英明 |
| 69 | まだ見ぬアナタ | CX | 近藤久也 | | 石浜みかる | 浜美枝、米倉斉加年 |
| 69 | 月火水木金金金 | ABC | 井尻益次郎、西村大介 | 佐々木守 | | 吉村実子、吉田日出子 |
| 69 | ポーラ名作劇場 サヨナラ三角 | NET | 白崎英介、河野宏 | | 太宰治 | 津川雅彦、小川真由美 |
| 69 | うしろの正面だあれ | TBS | 中川晴之助 | 加恵雅子 | | 犬塚弘、春川ますみ |
| 78 | 遠ざかる足音 | TBS | 龍至政美、和田旭 | | 曾野綾子 | 新珠三千代、渡辺文雄 |
| 78 | 声　赤い耳鳴り | TBS | 新津左兵、下村尭二 | | 松本清張 | 小林千登勢、高津住男 |

| | | | | | | |
|---|---|---|---|---|---|---|
| 79 | ポーラテレビ小説 からっ風と涙 | TBS | 村上瑛二郎、内野建 | | | 木村弓美、田村亮 |
| 80 | スペイン子連れ留学 | CX | 近藤久也 | | 小西章子 | 中田喜子、滝田栄 |
| 81 | 拳骨にくちづけ | TBS | 服部晴治、福田新一 | 寺内小春、北原優 | | 大原麗子、丹波哲郎 |
| 81 | 萩の咲く道 | TBC | 片倉幹熙 | | | 岩崎加根子、高岡健二 |
| 82 | ザ・サスペンス 陽のあたる場所 | TBS | 龍至政美 | | セオドラ・ドライザー | 沢田研二、夏目雅子 |
| 83 | 年下のひと | THK | 大西博彦、井村次雄 | | | 根岸季衣、石田純一 |
| 84 | 夢追い旅行 | THK | 大西博彦、井村次雄 | | | 波乃久里子、石田純一 |
| 84 | ザ・サスペンス あなたの声が見えない | TBS | 大槻義一 | | | 鳥丸せつ子、岩城滉一 |
| 87 | 夫が戻る日 | THK | 大西博彦、井村次雄 | | | 松原智恵子、橋本功 |
| 88 | 再婚します。 | THK | 大西博彦、河野和平 | | | 萩尾みどり、岩井半四郎 |
| 89 | 予期せぬ出来事 | NTV | 藤田敏八 | | | 十朱幸代、勝野洋 |

参照：テレビドラマデータベース
http://www.tvdrama-db.com/

## 初出一覧

細民小伝（田村孟）……………………………………『映画批評』70年10月号〜72年7月号

会計係加代子　70年10月号　理容師リエ　70年11月号

三人の運動会　71年1月号　居残りイネ子　71年2月号

七年目のシゲ子　71年4月号　忍ヒ難キヲ忍ヒ　71年8月号

個室は月子　71年9〜11月号　見送り仙子　72年6〜7月号

蛇いちごの周囲（青木八束）……………………………『文學界』73年6月号

世を忍ぶかりの姿（青木八束）…………………………『映画批評』73年7月号

目螢の一個より（青木八束）……………………………『文學界』73年9月号

津和子淹留（青木八束）…………………………………『文學界』74年4月号

狼の眉毛をかざし（青木八束）…………………………『野性時代』74年7月号

いま桃源に（田村孟）……………………………………『文學界』75年9月号

鳶の別れ（田村孟）………………………………………『新潮』77年3月号

## 表記について

- 今日の観点から見て差別的とされる語句や表現については、著者の意図はそうした差別を助長するものではないこと、作品の発表された時代・歴史的背景等を考慮し、そのままとした。
- 漢字の字体については初出を尊重した。
- 明らかな誤字脱字については適宜訂正した。

# 田《た》村《むら》孟《つとむ》全《ぜん》小《しょう》説《せつ》集《しゅう》

著　者　田村 孟
発行者　大村　智
発行所　株式会社 航思社
〒113-0033 東京都文京区本郷1-25-28-201
TEL. 03 (6801) 6383 ／ FAX. 03 (3818) 1905
http://www.koshisha.co.jp
振替口座　00100-9-504724
編集協力　田村盟、山本均、荒井晴彦
印刷・製本　シナノ書籍印刷株式会社

2012年 9 月30日 初版第 1 刷発行



ISBN978-4-906738-02-1　C0093